Arne Dahl
Falsche Opfer
Tiefer Schmerz

SERIE PIPER

Zu diesem Buch

In einer Kneipe wird ein junger Mann brutal erschlagen. Per Karlsson, der am Nebentisch gesessen hat, gibt vor, nichts gesehen zu haben. Kurz darauf geschehen zwei weitere Gewaltverbrechen: In einem Stockholmer Hochsicherheitsgefängnis wird ein Drogendealer in seiner Zelle von einer Bombe getötet. Und dann kommt es auf einem Industriegelände zu einer blutigen Auseinandersetzung zwischen zwei Banden. Die Stockholmer Sondereinheit um Paul Hjelm und Kerstin Holm jagt in »Falsche Opfer« zwei Verdächtige: Sonja, die Tochter eines der Bandenführer – und Per Karlsson … In »Tiefer Schmerz« wird das Ermittlerteam von einer Mordserie in Atem gehalten. Was hat der qualvolle Tod des fast neunzigjährigen schwedischen Hirnforschers und Nobelpreiskandidaten mit der fürchterlich zugerichteten Leiche zu tun, die im Stockholmer Freizeitpark Skansen entdeckt wird? – Zwei knifflige Fälle des Bestsellerautors Arne Dahl, die beide mit dem Deutschen Krimi Preis ausgezeichnet wurden.

Arne Dahl ist das Pseudonym des schwedischen Romanautors Jan Arnald, geboren 1963. Arnald ist Literatur- und Theaterkritiker und arbeitet für die Schwedische Akademie, die alljährlich den Nobelpreis vergibt. Seine Kriminalromane um den Stockholmer Inspektor Paul Hjelm und die Sonderermittler der A-Gruppe, von »Misterioso« bis zuletzt »Ungeschoren«, begeistern Publikum und Kritiker und wurden schon mehrfach ausgezeichnet. Zuletzt erschien unter seinem Namen Jan Arnald der Roman »Maria und Artur«. Weiteres zum Autor: www.arnedahl.net

Arne Dahl

Falsche Opfer
Tiefer Schmerz

Zwei Bestseller in einem Band

Aus dem Schwedischen von
Wolfgang Butt

Piper München Zürich

Mehr über unsere Autoren und Bücher:
www.piper.de

Von Arne Dahl liegen bei Piper im Taschenbuch vor:
Misterioso
Böses Blut
Falsche Opfer
Tiefer Schmerz
Rosenrot

FSC
Mix
Produktgruppe aus vorbildlich bewirtschafteten Wäldern und anderen kontrollierten Herkünften
www.fsc.org Zert.-Nr. GFA-COC-1223

Taschenbuchsonderausgabe
April 2008

Titel der schwedischen Originalausgaben:
»Upp till toppen av berget« und »Europa Blues«,
Bra Böcker, Malmö 2000 und 2001

Vermittelt durch die Bengt Nordin Agency, Stockholm
Umschlag: Büro Hamburg. Anja Grimm, Stefanie Levers
Bildredaktion: Büro Hamburg. Alke Bücking, Charlotte Wippermann
Umschlagfoto: Peter Duddek / buchcover.com / VISUM
Autorenfoto: Sara Axelsson
Satz: EDV-Fotosatz Huber / Verlagsservice G. Pfeifer, Germering
Papier: Munken Print von Arctic Paper Munkedals AB, Schweden
Druck und Bindung: CPI – Clausen & Bosse, Leck
Printed in Germany ISBN 978-3-492-25169-3

Falsche Opfer

1

»Ich hab nichts gesehen.«

Paul Hjelm seufzte tief und von Herzen. »Du hast nichts gesehen?«

Er versuchte, den Blick des jungen Mannes zu fangen, doch der hatte die Augen niedergeschlagen und sah verbiestert zu Boden.

Verbiestert? Wann hatte er zuletzt das Wort *verbiestert* benutzt? Hatte er das Wort überhaupt je in seinem Leben benutzt?

Er fühlte sich alt.

»Also noch mal von vorn«, sagte er beherrscht. »Obwohl hinter dir eine wilde Schlägerei ausbrach, hast du *absolut nichts* gesehen. Ist das richtig?«

Schweigen.

Hjelm seufzte erneut. Er hob die Knöchel von der Tischplatte, streckte den Rücken und warf einen Blick zu der Kollegin hinüber, die an der tristen Betonwand lehnte.

In dem Moment, da ihre Blicke sich trafen, wurde ihm die Zwiespältigkeit dieses Augenblicks bewußt. Einerseits die Versetzung zur Abteilung für Gewaltverbrechen im Polizeibezirk City mit dieser endlosen Reihe trostloser, alltäglicher Gewalt. Anderseits die Rückkehr seiner Lieblingskollegin Kerstin Holm nach Stockholm.

Und das erste, womit sich das eingespielte Duo nach seiner Wiedervereinigung abgeben mußte, war – eine Kneipenschlägerei.

Paul Hjelm seufzte ein weiteres Mal und wandte sich wieder dem verstockten Zeugen zu. »Und du hast nicht einen einzigen kleinen Blick über die Schulter geworfen?«

Da lächelte der junge Mann schwach, ein etwas blasses, in sich gekehrtes Lächeln. »Nicht einen einzigen«, sagte er.

»Und warum nicht?«

Zum erstenmal begegneten die Augen des Zeugen seinem Blick. Klarblau. Eine etwas unerwartete Schärfe, als sei er im Begriff, etwas ganz anderes zu sagen als das, was er sagte: »Weil ich gelesen habe.«

Paul Hjelm starrte ihn an. »Hammarby hat gerade ein Heimspiel gegen Kalmar gehabt, sie spielen unentschieden, 2:2, und bleiben auf dem letzten Tabellenplatz, und du sitzt in der Stammkneipe der Byenfans und *liest*? *Kvarnen* ist brechend voll und laut, und im Gedränge frustrierter Hammarbyer sitzt der zwanzigjährige Per Karlsson allein mit einem Buch? Ein äußerst seltsamer Ort zum Lesen, das muß ich sagen.«

Per Karlsson lächelte wieder, das gleiche milde, in sich gekehrte Lächeln. »Es war ruhig, als ich kam«, sagte er.

Hjelm zog den Stuhl vor und ließ sich mit einem Krachen darauf nieder. »Jetzt bin ich aber richtig neugierig«, sagte er. »Was war das denn für ein Buch, das dich so gefesselt hat, daß du es fertiggebracht hast, nicht nur Schreie und Gebrüll und Gedränge zu ignorieren, sondern auch eine Schlägerei, die damit endete, daß ein Mensch einen Bierkrug auf den Schädel bekam und starb?«

»Starb?«

»Ja, er starb. Er verblutete am Tatort. Mir nichts dir nichts. Er verlor zwei Liter Blut in zwanzig Sekunden. Es schoß nur so aus ihm heraus. Alle Adern öffneten sich sperrangelweit. Er hieß Anders Lundström, kam aus Kalmar und hatte sich aus unerfindlichen Gründen ins *Kvarnen* verirrt, was wohl für einen Fan der gegnerischen Mannschaft ungefähr gleichbedeutend damit ist, in die Hölle zu geraten. Und tatsächlich töten ihn die Byenfans mit einem Bierkrug. Und von dem allen bekommst du nichts mit, weil du welches Buch gelesen hast? Das interessiert mich wirklich.«

Per Karlsson sah angeschlagen aus. Er murmelte: »Keins, das Sie kennen …«

»Try me«, sagte Paul Hjelm mit New Yorker Akzent.

Kerstin Holm bewegte sich zum ersten Mal, seit Per Karlsson das Vernehmungszimmer betreten hatte. Lautlos glitt sie zum Tisch und ließ sich neben Hjelm nieder. »Der Kollege hier weiß mehr über Literatur, als du glaubst«, sagte sie. »Als wir uns zuletzt gesehen haben, das war vor fast einem Jahr, da hast du, war es Kafka, gelesen?«

»K«, sagte Paul Hjelm mehrdeutig.

Kerstin Holm ließ ein kurzes, ein wenig bitteres Lachen hören.

»K«, bekräftigte sie mit New Yorker Akzent. »So try him.«

Der junge Mann sah verwirrt aus. Die schwarze Kleidung mitten im Hochsommer. Das ungepflegte, zottelige blonde Haar. Ein Intellektueller in spe? Nein, eher nicht. Der flackernde, gleichsam verwundete Blick. Das introvertierte Lächeln. Absolut kein Student von der Uni. Vielleicht tatsächlich ein junger Mann, der nur las, um sich zu bilden.

Eine Rarität.

»Ovid«, sagte die Rarität. »Ovids *Metamorphosen.*«

Paul Hjelm lachte laut. Er wollte das gar nicht. Per Karlsson zu verhöhnen war das letzte, was er im Sinn hatte. Und doch lief es darauf hinaus. Das passierte ihm immer öfter.

Die Insignien der Bitterkeit.

Verbiestert.

Hjelm verspürte einen kurzen, glücklicherweise rasch vorübergehenden Haß auf sich selbst.

Kerstin Holm sprang für ihn ein. »Es wurde wirklich eine Metamorphose. Für Anders Lundström aus Kalmar. Die ultimative Metamorphose. Die Verwandlung der Verwandlungen. Welche von Ovids Metamorphosen paßt auf das Schicksal von Anders Lundström, Paul? Orpheus?«

»Sicher«, sagte Hjelm gedehnt. »Orpheus, der von den trakischen Bacchantinnen in Stücke gerissen wird.«

Per Karlsson starrte sie an, plötzlich vollkommen außer sich. »Nein«, sagte er. »Nein, nicht Orpheus.«

Hjelm und Holm sahen sich mit einer gewissen Verwunderung an. »Jaja«, sagte Hjelm schließlich. »Wir wissen also, daß dein kleines ›ich habe nichts gesehen‹ eine Lüge ist. Es macht hiermit eine Metamorphose durch. Erzähl jetzt, was du gesehen hast, Per, von Anfang an. Von jetzt ab ist dies ein regelrechtes Verhör. Du heißt also Per Karlsson, bist am 12. April 1979 in Danderyd geboren, bist wohnhaft in Aspudden, hast eine neunjährige Schulausbildung und bist arbeitslos. Ist das korrekt?«

»Ja«, sagte Per Karlsson tonlos.

»Wir haben heute den 24. Juni, es ist acht Uhr dreizehn. Erzähl jetzt alles, was du am 23. Juni, also gestern abend, um einundzwanzig Uhr zweiundvierzig im Restaurant Kvarnen in der Tjärhovsgata gesehen hast.«

Per Karlsson sah ein bißchen blaß aus. Er starrte auf den Tisch und spielte mit seinen Fingern. »Nehmen Sie das hier auf?«

»Alles ist aufgenommen worden, seit du den Raum betreten hast. Und dies hier auch.«

»Ja, also, als ich ins Kvarnen kam, waren nicht viele Leute da. Ich hatte keine Ahnung, daß an dem Abend ein Spiel war, sonst wäre ich bestimmt nicht dahin gegangen. Es war ruhig. Ich las. Dann kamen sie rein. Die ersten Fans kamen kurz nach neun, und von da an wurde es immer voller. Ich versuchte weiterzulesen. Es ging ganz gut. Ich kann mich gut konzentrieren. Ich saß ein bißchen abseits, mit dem Rücken zum Tresen, fast ganz vorne am Fenster, also hörte ich mehr, als daß ich etwas sah. Aber natürlich habe ich mich dann und wann umgedreht.«

»Warum hast du gesagt, du hättest nichts gesehen?« fragte Kerstin Holm.

Paul Hjelm sagte: »Ist es so, daß man automatisch, wenn man mit der Polizei redet, antwortet: ›Ich habe nichts gesehen‹? Ist es schon soweit gekommen?«

»Jedenfalls ist das die häufigste Antwort, die wir bekommen.«

»Soll ich weiterreden?« fragte Per Karlsson verwirrt.

»Selbstverständlich«, sagten Hjelm und Holm im Chor.

Jalm and Halm, das berühmte amerikanische Komikerpaar.

»Eine Gruppe Byenfans von sechs, sieben Mann hörte, wie eine andere Gruppe, vier Jungs vielleicht, småländisch redete. Beide Gruppen standen am Tresen. Die Byenfans fingen mit den Småländern Streit an, die sagten, sie wohnten in Stockholm und wären für Hammarby. Man konnte hören, daß sie Angst hatten. Und daß sie logen. Die Byenfans hörten auch, daß sie logen. Sie wurden immer aggressiver. Zwei von den Småländern konnten sich dünnemachen und zogen Leine. Zwei blieben zurück. Die Stimmung wurde unangenehm. Es kamen noch ein paar Byenfans hinzu und versuchten, die andere Gruppe wegzuziehen. Sie sahen wahrscheinlich, was sich da anbahnte. Schließlich versuchte einer der Småländer abzuhauen. Er gab einem der Hammarbyer im Hintergrund einen Stoß, so daß der hinfiel. Da drückten drei aus der Gruppe den Jungen gegen den Tresen, und der, der hingefallen war, stand auf, riß einen Bierkrug an sich und schlug ihn dem Jungen mit voller Wucht auf den Schädel.«

»Hast du das gesehen?«

»Nein, nicht richtig. Ich hab immer mal wieder hingesehen, mich kurz umgedreht. Aber ich hörte es. Ich habe mich umgedreht, als ich den Schlag hörte. Ein verflucht häßlicher dumpfer Knall. Nicht wie wenn Glas zerbricht eigentlich, ich nehme an, es war der Schädel, der zertrümmert wurde. Scheiße, der Schädel, die Adern. Ich wandte mich genau in dem Moment um, als das Glas getroffen hatte. Es war ein kleiner freier Raum um ihn entstanden. Er hielt die Hände an den Kopf. Und das Blut lief nur so, durch die Finger, die Arme hinunter. Pfui Teufel. Und dann fiel er, sackte einfach zusammen und auf den Boden. Und die Byengang machte direkt ‘nen Abgang. Sie liefen schnurstracks zur Tür und raus. Der es getan hatte, hielt noch den Griff des Bierkrugs in der Hand, vollkommen blutig. Ein ganzer Haufen konnte sich verdrücken, bevor die Türsteher reagierten und die Tür blockierten. Dann kam ziemlich schnell die Polizei. Der zweite Småländer lag auf dem Fußboden und versuchte, mit seinem Pulli das Blut zu stoppen, ein Hammarbyer versuchte zu helfen, glaube ich, aber es war hoffnungslos. Überall war Blut.«

Per Karlsson war weiß.

Hjelm und Holm versuchten, die Informationen zu ordnen. »Dafür, daß du nichts gesehen hast, hast du ziemlich viel gesehen«, sagte Hjelm.

»Regen Sie sich doch deswegen nicht auf«, meinte Per Karlsson mürrisch.

»*Ein ganzer Haufen* konnte sich verdrücken?« sagte Holm. »Hammarbyer?«

»Hauptsächlich Hammarbyer. Auch ein paar andere.«

»Wie viele?«

»Ich hab vor allem das Opfer angesehen.«

Das Opfer.

Hjelm schauderte es.

Per Karlsson sagte: »An die zehn Hammarbyer haben sich verdrückt, würde ich sagen. Und er als erster. Der Täter.«

Der Täter.

Diese Pseudoterminologie, die in die Sprache einfloß, um das Individuelle zu überdecken. Der Zeuge. Das Opfer. Der Täter.

»Mit dem Griff des Bierkrugs in der Hand?« fragte Holm.

»Ja«, sagte Per Karlsson.

»Diesem hier?« sagte Hjelm und hielt einen Plastikbeutel mit dem Griff eines Bierglases in die Höhe. Er war blutig. Geronnenes Blut klebte an der Innenseite des Beutels.

Per Karlsson rümpfte die Nase und nickte.

»Wir haben ihn ein Stück entfernt in der Folkungagata gefunden. Er muß also um die Ecke gelaufen sein, am Hotel Malmen und am U-Bahneingang Medborgarplatsen vorbei. Die Fingerabdrücke sind nicht in unseren Registern. Es ist also von höchster Wichtigkeit, daß du uns helfen kannst, den ... Täter zu identifizieren. Du hast nichts davon gehört, daß darüber geredet wurde, wohin er verschwunden sein könnte?«

»Nein«, sagte Per Karlsson.

»Wir gehen noch mal ein paar Schritte zurück«, sagte Kerstin Holm. »Wie viele haben sich verdrückt, bevor die Türsteher die Tür blockierten? An die zehn Hammarbyer, sagst du, aber auch andere?«

»Das nehme ich an. Ein paar, die an dem Tisch neben der Tür gesessen hatten, waren verschwunden. Und noch ein paar andere.«

»Du verstehst, daß wir Verschwundene suchen, unparteiische Zeugen. Die an dem Tisch gleich bei der Tür saßen, waren also keine Byenfans?«

»Nein, sie waren schon vorher da, als das Spiel noch lief. Aber zwischen da, wo ich saß, und ihrem Tisch standen ein paar Tische. Und die wurden ziemlich schnell besetzt. Es war eine Clique von fünf Mann. Und wenn ich jetzt darüber nachdenke, blieb einer von ihnen sitzen. Einer mit rasiertem Kopf und blondem Schnauzbart.«

»Aber sie verschwanden also *nach* ... der Tat?«

»Ich glaube ja.«

»Wie sahen sie aus. Eine Gruppe von Arbeitskollegen?«

»Vielleicht. Ich habe es nicht so genau gesehen. Sie redeten nicht direkt miteinander.«

»Redeten nicht? Wieso, lasen sie Ovids *Metamorphosen*?«

»Sehr witzig. Sie haben doch einen von ihnen. Den mit dem rasierten Schädel. Fragen Sie den doch.«

»Okay. Andere? Du hast also am vorletzten Tisch zum Fenster hin und am vorletzten zur rechten Wand hin gesessen, vom Tresen aus gesehen. Diese Gruppe saß ganz links, auf der anderen Seite des Gangs. Und die Tische dazwischen?«

»Wie gesagt, sie füllten sich schon, bevor die Byenfans kamen. Soweit ich mich erinnere, gab es keine Sitzplätze für die Hammarbyer mehr, außer neben mir. Eine Gruppe setzte sich an meinen Tisch. Ein paar von ihnen sind nach der Tat abgehauen.«

»Und vor dem Fenster zur Tjärhovsgata hin? Das war doch die Richtung, in die du geguckt hast, oder?«

»Eine Frauenclique. Sie hatten die beiden Tische ganz in der Ecke besetzt. Junggesellinnenfete, glaub ich. Im Endstadium. Sie waren ziemlich betrunken – und hinterher total geschockt. Von denen kam keine raus. Die konnten ja kaum noch aufrecht gehen.«

»Andere? Direkt neben dir? An der rechten Wand?«

»Weiß nicht. Daran kann ich mich nicht erinnern.«

»Du kannst dich nicht erinnern? Du scheinst dich ansonsten ziemlich gut erinnern zu können.«

»Tut mir leid. Ich weiß es nicht. Es können welche da gesessen haben. Aber in die Richtung habe ich nicht geguckt.«

»Okay. Und in deinem Rücken? Zum Tresen hin? Du hast dich ja ein paarmal umgedreht?«

»An einem Tisch saß ein Mann allein und starrte mich an. Gleich am Tresen. Zwei Meter groß. Um die Fünfzig. Schwuler, würde ich tippen. Aber seinen Namen haben Sie ja. Er blieb da. Und war wohl am allernächsten dran am Geschehen. An die übrigen Tische erinnere ich mich nicht so gut. Eine Clique Sänger- oder Künstlertypen, die dablieben. Zwei Paare mittleren Alters. Und von den Tischen weiter drinnen habe ich keine Ahnung.«

Per Karlsson verstummte. Auch Hjelm und Holm schwiegen.

Schließlich sagte Kerstin Holm: »Also fassen wir zusammen. Wir zeichnen eine kleine Skizze. Der Tatort, die Theke also, befindet sich im Innern des Lokals, an der der Tür gegenüberliegenden Wand. Direkt vor der Theke stehen ein paar Tische, die in den Raum hineinragen. Von denen weißt du nichts, du warst zu weit weg. Nach außen hin sieht es von der Theke gesehen so aus. Gegenüber die Fenster zur Tjärhovsgata. Links die Tür. Neben der Tür ein einziger längsstehender Tisch. Dann der Gang, dann dreimal drei ziemlich große Tische, an dem mittleren ganz außen hast du gesessen, mit dem Blick zum Fenster. Bevor kurz nach neun die Byenfans hereinströmten, waren folgende Personen im Lokal. Die Tischreihe am Fenster: an den beiden Tischen rechts die Junggesellinnenclique. Dann, am Fenstertisch gleich neben der Tür …?«

»Das weiß ich nicht. Es saßen ein paar Leute da, aber wer, kann ich nicht sagen. Sie blieben auf jeden Fall nachher da.«

»Jetzt die mittlere Reihe, die Tischreihe, in der du gesessen hast.«

»Rechts außen weiß ich nicht, wie gesagt. Dann ich – und nach einer Weile sieben, acht Byenfans. Am Tisch links von mir saß eine Gruppe Studenten, glaube ich.«

»Und die Reihe, die dem Tresen am nächsten liegt?«

»Herrgott. Jaja. Der erste Tisch, ganz rechts, unmittelbar am Tresen: diese beiden Paare und der lange Schwule, der mich anstarrte. Am zweiten Tisch: die Künstlertypen, vier Stück. Am dritten Tisch: keine Ahnung. Und dann der allein stehende Tisch neben der Tür: die Gruppe von fünf Mann, von denen vier abgehauen sind.«

»Na dann«, sagte Hjelm. »Kommen wir jetzt zum Täter.« Er verspürte eine gewisse Befriedigung darüber, das Wort ausgesprochen zu haben, ohne vorher eine Pause zu machen.

»Eigentlich fielen mir in erster Linie die Hammarbyhalstücher auf«, sagte Per Karlsson. »Einer hatte auch eine Fahne, eingerollt, grün-weiß kariert. Der Täter hatte halblanges, ziemlich blondes, ziemlich schmuddeliges Haar. Ich habe ihn fast nur von hinten gesehen. Ich glaube, er hatte auch ein kleines Ziegenbärtchen. Ich weiß nicht, Autobastlertyp, wenn Sie verstehen, was ich meine. Ich bin in Danderyd geboren und aufgewachsen, und er war so einer, den man da draußen auf Anhieb als südliche Vororte klassifizieren würde. Typ Farsta.«

Hjelm und Holm starrten ihn an.

»Vorurteile, ich weiß«, sagte er. »Jetzt wohne ich selbst in den südlichen Vororten. Arbeitslos und ohne Ausbildung in den südlichen Vororten. Das sind Vorurteile, aber besser kann ich ihn nicht beschreiben.«

»Nein, noch etwas«, sagte Kerstin Holm. »Komm mit zum Polizeizeichner. Der arbeitet inzwischen am Computer, es geht also ziemlich schnell.«

Sie stand auf. Per Karlsson stand auf. Sie war größer als er, konstatierte Hjelm sinnloserweise.

»Und sonst fällt dir nichts mehr ein, Per?« sagte er.

Per Karlsson schüttelte den Kopf und warf ihm einen versteckten Blick zu. Diese eigenartige, widersinnige Klarheit.

»Also dann. Danke für deine Hilfe.«

Sie verschwanden.

Paul Hjelm verschwand auch. In die schwebende, halbwirkliche Welt der Tagträume. Per Karlsson. Vor zwanzig Jahren in Danderyd geboren. Danderyd, ging aber nicht mal weiter aufs Gymnasium. Arbeitslos, aber saß in einer der bekanntesten und berüchtigtsten Kneipen von Söder und las römische Klassiker. Was mochte geschehen sein? Es war nicht möglich, sich eine Vorstellung zu machen. Außenseiter in der Schule? Aus Vaters Firma gefeuert? Geduckt und gedeckelt, aber im Begriff sich aufzurichten? Aufruhr gegen den Vater? Allgemein rebellisch? Ehemaliger Drogenabhängiger? Schwer von Begriff?

Nein.

Das andere vielleicht, doch dies nicht. Nicht schwer von Begriff. So viel hatte Paul Hjelm gesehen, obwohl er das Gefühl hatte – ja, schwer von Begriff zu sein.

Degradiert zum trostlosen Limbo der Kneipenprügeleien.

Paradise lost.

Nein, nicht schwer von Begriff. Im Gegenteil, ungewöhnlich aufgeweckt. Und jetzt mußte er aus dem Bewußtsein verbannt werden. Jetzt würden sie sich durch betrübliche Katerverhöre hindurchkämpfen, also mußte Per Karlsson auf andere Erinnerungsbänke versetzt werden als die von Hjelm. Nur seine Aussage durfte bleiben.

Hjelm gähnte, seine Gedanken rollten weiter. Die Monate bei der Ordnungspolizei. Die Abteilung für Gewaltverbrechen im Polizeibezirk City. Bergsgatan. Das höchst vorläufige Dienstzimmer, von dem er ebenso vorläufig befreit war. Das eigentlich einem Polizeibeamten namens Gunnarlöv gehörte, der krank geschrieben war und an dessen Telefon er sich immer mit »Apparat Gunnar Löv, Paul Hjelm« gemeldet hatte. Erst als ein alter Kollege von Gunnarlöv, der jetzt in Härnösand stationiert war, hereinkam und nach Ekel-Nisse fragte, begriff er, warum am Telefon immer eine Pause entstand, wenn er sich meldete. Die Leute mußten sich erst von seiner eigentümlichen Aussprache des Namens Gunnarlöv erholen. Er machte große Augen, als er den Namen im internen Telefonverzeichnis nachschlug und ihn dort gedruckt sah: Nichts von wegen »Gunnar Löv«, sondern »Nils-Egil Gunnarlöv« stand da. Ekel-Nisse.

War ein solcher Name überhaupt erlaubt? Gab es nicht Gesetze? War das nicht das gleiche wie ein Kind auf den Namen Heroin zu taufen, was eine Großfamilie in Gnesta vor einiger Zeit versucht hatte, Heroin Lindgren? Aus irgendeinem Grund war der Name abgelehnt worden, und die Familie hatte eine ganze Serie von Leserbriefen in der Lokalpresse geschrieben, in denen sie gegen die Bevormundungsgesellschaft Sturm liefen.

Gunnarlöv war jedenfalls krank geschrieben, weil er sich während seiner Arbeitszeit in der Filiale der Föreningssparbank am Stureplan befunden hatte, als eine hysterische Bankräuberin von vierzehn Jahren mit hocherhobener Tuckerpistole hereinstürmte und, Zitat, »sämtliche Aktien mit hoher Verzinsung auf einem Tablett« verlangte. Gingen Tuckerpistolen nicht mit Starkstrom? dachte Gunnarlöv und trat auf die Bankräuberin zu, um sie in aller Bescheidenheit auf diesen Umstand hinzuweisen, worauf er zu seiner Verblüffung nicht weniger als vierunddreißig Heftklammern ins Gesicht bekam, schön verteilt. Wunderbarerweise traf keine davon seine Augen. Das erste, was er sagte, als er aus der Bewußtlosigkeit aufwachte, war: »Gehen Tuckerpistolen nicht mit Starkstrom?« Seine Frau starrte mit rotgeweinten Augen auf seinen bandagierten Schädel und antwortete: »Es gibt auch welche mit Akku.«

Die Geschichte von Nils-Egil Gunnarlövs Geschicken und Abenteuern.

Ekel-Nisse im Wunderland.

Nun ja, Paul Hjelms Geschichte war auch nicht gerade viel erhebender. Im Gegenteil, weil nämlich die Geschichte von Ekel-Nisse immerhin gewisse bizarre Pointen in sich barg.

Kerstin Holm kam zurück, sie blätterte in einem Notizblock.

»Willkommen in der Wirklichkeit«, sagte Hjelm schroff.

»Die sieht in Göteborg nicht viel anders aus.«

»Schwedens Scheißloch.«

»Sag mal, was quatschst du denn da?« stieß Kerstin Holm in ihrem gutmütigen Göteborger Dialekt aus.

»Nein, Entschuldigung. Nein, nein. Es war nur was, das vor ein paar Wochen durch die Medien ging. Black Armys Anrufbeantworter vor dem Pokalfinale von Göteborg gegen die Blauweißen im Ullevi-Stadion. Stockholmer Überheblichkeit und die Animosität zwischen Fußballfans in einer unguten Mischung.«

»Jaja, und jetzt haben wir es wieder. Stockholmer Überheblichkeit und die Animosität unter Fußballfans. Das gröbere Modell. Hast du ihn gesehen?«

»Anders Lundström aus Kalmar? Ja. Verdammt scheußlich. Der Kopf war ein einziger Matsch. Daß ein Bierkrug so viel Schaden anrichten kann.«

»Aber warum? Was war der Grund?«

Paul Hjelm sah Kerstin Holm an. Die beiden hatten eine gemeinsame Vergangenheit, die bewirkte, daß kein Blick zwischen ihnen unschuldig war.

»Meinst du das ernst?« fragte er, halb im Ernst.

»Ja. Doch, ich mein es ernst. Ich meine es wirklich ernst. Warum eskaliert die Gewalt?«

Er seufzte. »Ja du. Jetzt hat man es jedenfalls mal aus nächster Nähe gesehen. Ein gutes halbes Jahr schon. Die graue alltägliche Gewalt in der City. Es trägt nicht gerade dazu bei, die philantropischen Neigungen zu fördern. Bist du jetzt endgültig wieder hier, Kerstin?«

»Ich war *ausgeliehen*. Du weißt doch, wie es mit Fußballspielern ist, die ausgeliehen werden. Irgendwas stimmt nicht mit ihnen. Jetzt bin ich nicht mehr ausgeliehen.«

»Für immer also? Und wie war es, wieder zu Hause zu sein im Göteborgischen?«

»Dies hier ist jetzt zu Hause, so viel ist mir klargeworden. Aber das ist wohl auch alles.«

»Aber das Leben ist okay?«

»Genau. Okay. Nicht mehr und nicht weniger. Unter Kontrolle. Ein bißchen mehr könnte es schon sein ...«

»Ich verstehe. Bei mir ist es das gleiche. Ich glaube, ich stecke in einer Krise, so um die Vierzig. Sollte nicht noch was kommen? War das schon alles? Du weißt.«

»Ich glaube schon.«

»Aber man muß das Beste daraus machen. Wir sind wieder zusammen, und jetzt werden wir eine perfekte Rundum-Lösung dafür liefern, was in den Medien schon unter der Bezeichnung ›der Kvarnenmord‹ läuft. Oder?«

Kerstin Holm kicherte und schob sich einen Priem unter die Oberlippe.

»Was soll denn das sein?« sagte Hjelm und zeigte darauf.

»Lebenserneuerung«, sagte Kerstin Holm, ohne eine Miene zu verziehen. Dann bog sie auf einen anderen Pfad ein – den der Erinnerung: »Was ist mit den anderen? Mit Gunnar habe ich die ganze Zeit Kontakt gehabt, und ihm geht es ja gut.«

»Ja. Doch, unser Freund Gunnar Nyberg ... Er blieb ja als einziger beim Reichskriminalamt. Die Belohnung dafür, daß er sich weigerte, an der Endphase der Jagd auf den Kentuckymörder teilzunehmen. Und so landete er mitten in diesem Pädophilendschungel. Pedo University.«

»Ich kann ihn vor mir sehen«, lächelte Kerstin Holm und blätterte in ihrem kleinen Notizblock. »Er hat gerade den Kontakt zu seinen Kindern und zu seinem einjährigen Enkelkind wiederaufgenommen, und genau in dem Moment bricht die Pädophilenwelt des Internets über ihn herein. Eine Lokomotive unter Volldampf.«

»Bestimmt.«

Zwei Bilder auf zwei Netzhäuten. Sicher zum Verwechseln ähnlich. Ein prustender Riese mit bandagiertem Schädel, der Pädophile mit der Lötlampe jagt.

»Jaja«, sagte Hjelm grimmig. »Wir anderen haben unsere kleinen Strafen bekommen. Böses Blut kehrt wieder.«

»Das wollten wir nie wieder sagen.«

»Recht hast du. Nie wieder.«

»Und die anderen?«

»Seit der Auflösung der A-Gruppe habe ich nicht viel Kontakt zu ihnen gehabt. Ich war ja der einzige, der ausgeliehen wurde und den tristen Weg zur Ordnungspolizei antreten mußte. ›Gunnar Lövs Apparat‹. Bestrafung. Ich glaube, ganz im Innersten hielten sie mich für verantwortlich für die Panne mit dem Kentuckymörder. Aber Jan-Olov wurde der Sündenbock.«

»Hast du mit ihm noch Kontakt?«

»Nein. Er verschwand einfach. Unfreiwillig pensioniert. Der pensionierte Kriminalkommissar Jan-Olov Hultin. Ich glaube, er hörte sogar auf, Fußball zu spielen. Das Märchen von Holzbein-Hultin ist aus. Söderstedt und Norlander sind bei der Provinzialpolizei gelandet, Abteilung für Gewaltverbrechen. Und Chavez hat sich weitergebildet.«

»Polizeihochschule?«

»Ja. Die Karrierepläne rollen weiter. Gibt es immer noch Kommissarkurse? Falls ja, hat er so einen gemacht.«

»Und unsere Räume? Die ›Kampfleitzentrale‹?«

»Ich glaube, die sind von Verwaltungspersonal übernommen worden.«

Sie schwiegen eine Weile und betrachteten einander. Wirklich alles hatten sie zusammen gemacht ... Für einen kurzen Augenblick trafen sich ihre Hände in einem flüchtigen Händedruck. Dann mußte es genug sein. Sie hatten viel Arbeit vor sich. Kerstin Holm blätterte ihren Notizblock durch. Paul Hjelm überflog die mediokren Kurzverhörprotokolle des Nachtpersonals. Gemeinsam betrachteten sie die kleine Skizze des Restaurants *Kvarnen*.

»Sie warten draußen«, sagte Kerstin und seufzte.
»Jaja. Der Nächste bitte«, sagte Paul und seufzte ebenfalls.

2

Himmel.

Wie lange war es her, seit er den gesehen hatte?

In Schweden gibt es fünfundfünfzig Gefängnisse mit über viertausend Plätzen. Sie sind in vier Sicherheitsstufen eingeteilt. Stufe IV sind offene Anstalten, Stufen I bis III geschlossene. Stufe I sind die sichersten Gefängnisse mit den gefährlichsten Gefangenen, und davon gibt es drei in Schweden: Hall, Tidaholm und Kumla.

Und jetzt sah er den Himmel, im Ernst, ohne Gitter. Und er blickte zurück zu den Toren, die sich hinter ihm schlossen, und für einen Moment hatte er das Gefühl, als verließe er seinen Körper und würde eins mit dem Himmel und sähe die ganze Ebene unter sich, die ganze Närke-Ebene mit ihren rechteckigen grünen, braunen, gelben Feldern, und die Anstalt sah aus wie zwei quadratische Felder inmitten aller anderen Felder.

Die Mauern waren gar nicht zu sehen.

Die Perspektive löste sie auf. Dann war er wieder unten.

Auf festem Boden.

Mit den Füßen auf dem Boden.

Er wandte sich noch einmal um. Die Mauern waren vollständig kahl. Nichts dahinter. Nichts, was aufragte. Nur Mauern. Grau. Graue Mauern.

Er setzte sich in Bewegung. Ein Lächeln spielte um einen Mundwinkel.

Er ging zu dem Van. Der dastand und auf ihn wartete. Brummte. Das Geräusch der Freiheit. Die Freiheit in Form eines grünmetallicfarbenen Vans.

Er hielt inne. Blieb einen Moment stehen. Leichter, warmer Sommerwind an seinen frischrasierten Wangen. Die Sonne. Morgendliche Hitze. In der Ferne flimmerte der Asphalt.

Er blickte zu dem Wagen hinüber. Die Hände, die herausgestreckt wurden, winkten. Noch kein Geräusch. Die Geräusche erreichten ihn nicht. Die Bewegungen dort drinnen. Wie ein Embryo. Ein Ei, das ausgebrütet wird. Konservierte Bewegungen. Zukünftige Ereignisse. Viele schnelle Schritte in einem Punkt gesammelt.

Schritt eins. Die Brieftasche heraus. Lumpige Scheine. Dreivierzig pro Stunde als Basislohn. Aber auch eine kleine Platte. Sie sah aus wie ein Taschenrechner im Visitenkartenformat.

Er zog sie heraus. Wog sie in der Hand. Hielt sie in Richtung des Wagens hoch.

Das Winken hörte auf. Das Geräusch verschwand, bevor es ihn erreicht hatte. Die zukünftigen Bewegungen wurden angehalten.

Ein einziger Knopf, leicht erhaben. Rot. Gleichsam leuchtend.

Er drückte darauf, lächelte schwach und kletterte in den Wagen.

Hinter den Mauern schoß eine Stichflamme auf.

Hoch, hoch zum Himmel hinauf.

Nicht mehr nur Mauern im Rücken.

Als der Van beschleunigte, hatte das Geräusch ihn noch nicht erreicht.

3

»Sie sitzen also im Vorstand des Hammarby-Fanclubs?«

Der Mann war um die Dreißig und blinzelte, als blendete ihn das Licht in dem verdunkelten Vernehmungsraum. Hinter der Tätigkeit des überaus aktiven Brummschädels lief indessen eine andere Tätigkeit ab. Die der Wachsamkeit. Das Gefühl, stets und ständig auf der Anklagebank zu sitzen. »Ja«, sagte er schließlich.

»Was sind eigentlich die Byenfans?« fragte Kerstin Holm.

»Auf jeden Fall keine gewalttätige Organisation.«

»Das hat auch niemand behauptet. Ganz und gar nicht. Aber ein Hammarbyanhänger hat in einem bekannten Hammarbytreffpunkt im Beisein mindestens eines Vorstandsmitglieds des Byen-Fanclubs ein schreckliches Gewaltverbrechen begangen. Deshalb ist es vielleicht nicht völlig aus der Luft gegriffen, daß wir fragen.«

Er blickte mürrisch vor sich hin und schwieg. Schaute hinüber zu Hjelm, der versuchte, einen wachen Eindruck zu machen.

»Ich weiß ungefähr, was es ist«, sagte Hjelm. »Eine unabhängige Zuschauervereinigung. Ist Anfang der achtziger Jahre aus dem harten Kern der Hammarbyzuschauer hervorgegangen.

»Genau«, sagte der Mann mit spürbarem Stolz. »Wir organisieren die Fahrten zu den Auswärtsspielen und haben Donnerstagabend und zwei Stunden bis eine halbe Stunde vor den Heimspielen das Clublokal geöffnet. Wir sind diejenigen, die dafür sorgen, daß es *nicht* ausartet. Wir stehen verdammtnochmal für den einzigen farbenfrohen Karneval in diesem angegrauten Land, und deshalb werden wir unmittelbar verdächtigt.«

»Nicht Sie als Gruppe werden verdächtigt, sondern Sie persönlich, Jonas Andersson aus Enskede, Sie höchstpersönlich.

Sie werden verdächtigt, uns die Identität des Totschlägers vom Kvarnen vorzuenthalten.«

»Des Totschlägers vom Kvarnen ...«

»Das ist der Name, den *Aftonbladet* ihm gegeben hat, Sie wissen sehr wohl, wem.«

Jonas Andersson aus Enskede begegnete Hjelms Blick, ohne zu zaudern. »Ich habe verflucht noch mal selbst da gesessen und einen Pulli an den zermatschten Schädel des Jungen gepreßt. Ich wußte gleich, daß wir die Schuld bekommen würden. Jetzt geht die Hetzjagd wieder los.«

»Haben Sie den Täter gesehen?«

»Nein.«

»Wo befanden Sie sich?«

»Mit ein paar Kumpels an der Wand, ein Stück von der Tür entfernt. Es war ein Heidenlärm und brechend voll, und ich habe nichts gesehen.«

»Sie haben nichts gesehen?«

Hjelm hängte die Schuhe an den Nagel. Es war das vierte Mal heute, daß er genau diese Worte sagte. Kerstin Holm sah, wie er das Handtuch warf, und nahm den verlorenen Staffelstab auf.

»Wir machen es uns einfach«, sagte sie und schob Jonas Andersson aus Enskede ein Blatt Papier über den Tisch. »Hier ist eine Skizze des Lokals. Wann kamen Sie, und wo sahen Sie was?«

»Ich stand hier, an derselben Wand wie die Tür, zusammen mit so zehn Leuten, die auf Sitzplätze etwas weiter in der Ecke warteten. Wir kamen gegen Viertel nach neun und waren wohl schon nicht mehr ganz nüchtern. Und wir standen da an der Wand und warteten.«

»Okay, war die Gruppe an der Theke da schon gekommen?«

»Es war wahnsinnig voll an der Theke. Ich weiß es nicht. Ich schwöre, daß ich es nicht weiß. Es war so ein Gedränge, und Lärm, und nur Gelaber. Nebelschwaden von Enttäuschung. 2:2 zu Hause gegen Kalmar. Der letzte Platz zementiert. Alle waren ziemlich gefrustet. Und plötzlich wird es ein paar Sekunden lang total still. Es entsteht sozusagen ein kleines Loch in der Masse. Und er liegt da. Mit zermatschtem Kopf. Ich lief hin und half dem Jungen, den Pulli gegen den Schädel zu pressen. Darunter weich. Verdammt scheußlich. Das einzige, was ich sah, war eine ganze Gruppe, die zum Ausgang stürmte.«

»Eine ganze Gruppe?«

»Bestimmt. Mindestens zwanzig Leute entwischten, bevor die Trottel von Türstehern reagierten. Wahrscheinlich saßen sie da und kifften.«

»Zwanzig Byenfans?«

»Auch andere. Jemand kam sogar noch raus, als die Türsteher am Platz waren. Hat sich wohl rausgeredet. Aber ich hab es nicht richtig gesehen.«

»Was Sie gesehen haben, war also wie eine Sturzflut in Richtung Ausgang?«

»Das kann man wohl sagen. Ein bißchen unerwartet. Man reagiert ja im allgemeinen so wie diese aufgedonnerte Brautclique in der Ecke. Panikschreie und so. Aber es waren ziemlich viele, die direkt einfach hinausstürzten.«

»Okay. Können Sie versuchen, das mal anhand der Skizze zu zeigen?«

Jonas Andersson holte tief Luft und stöhnte. Dann begann er, ein bißchen vage auf der Skizze zu zeigen. Er fing mit der Tischreihe am Fenster an. »Die Junggesellinnenclique an zwei Tischen unten in der Ecke. Drei von ihnen kriegten Panikanfälle. Der dritte Tisch, der Tür am nächsten: eine Gruppe Computerheinis. Sie waren nachher alle noch da. Die nächste Reihe: in der Mitte ein paar Byenfans neben einem kleinen Typ, der dasaß und las. Stur in sein blödes Buch vertieft. Auf der einen Seite, an der Wand, eine Gang Jugos. Auf der anderen Seite, uns am nächsten, eine Gang Studis. Dann, in der Reihe am Tresen: die Steintunte. Zwei Paare, die einen Tisch verstopften, und die Steintunte dazwischengequetscht am selben Tisch. Am Tisch daneben: die Alkis. Zu unserer Seite hin ein bißchen gemischte Gesellschaft. Und dann der Tisch bei der Tür, hier an der Wand, neben uns, ein paar harte Typen, keine Skinheads, aber beinah. Die sind abgehauen. Außer einem.«

»Jetzt wird es kompliziert. Die harten Typen. Wie viele waren das?«

»Wir standen neben ihnen, versuchten, mit ihnen zu reden, aber sie sagten kein Wort, saßen ganz still und drückten uns weg, wenn wir ihnen zu nahe kamen, einer hörte sogar Musik. Allerdings nicht der, der dablieb. Kahler Schädel. Mit Schnauzer. Fünf. Fünf waren sie. Einer blieb.«

»Was noch? Die Steintunte? Die Alkis?«

»Aber die waren hinterher noch da. Die haben Sie. Die Steintunte ist Schwedens mutigste Tunte. Sitzt immer da und hält Ausschau unter den Fans. Wir haben uns dran gewöhnt. Aber diesmal starrte er nur den Kleinen mit dem Buch an. Die Alkis kannte ich nicht, aber sie waren typisch. Alkoholisierte Kulturfuzzis, die ihr Södermalm lieben. Haben bestimmt dreißig Jahre lang nichts Kulturelles geleistet.«

»Und neben dem Leser also ›eine Gang Jugos‹?«

»Ja, drei, vier Jugos. Jugoslawen. Sie redeten. Der Junge mit dem Buch saß genau daneben. Und wurde von den Byenanhängern noch näher an sie rangedrückt.«

»Woher wissen Sie, daß es Jugoslawen waren?«

»Sie sahen so aus. Und sie sind abgehauen. Alle zusammen.«

Kerstin Holm hielt inne. Übergab den Staffelstab.

Hjelm war wieder einsatzfähig. Hatte sich erholt. War wieder dienstwillig. »Die ›drei, vier Jugos‹ stürzten also zum Ausgang, unmittelbar nachdem Anders Lundström den Bierkrug über den Schädel bekommen hatte?«

»Ja, genau. Da war irgendeine krumme Sache am Laufen. Ganz klar.«

»Dafür, daß Sie nichts gesehen haben, haben Sie ziemlich viel gesehen«, sagte Hjelm mit einem leichten *Déjà-vu*-Gefühl.

»Ich sitze im Vorstand«, sagte Jonas Andersson und blickte auf. »Ich versuche immer, den Überblick zu haben. Es tut mir wirklich verdammt leid, daß ich Überblick über die falschen Sachen hatte. Ich will den Scheißkerl genauso kriegen wie Sie. Er hat Jahre von Goodwillarbeit kaputtgemacht.«

»Die Alkiliga«, sagte Paul Hjelm unbedacht zu vier leicht angegrauten Herren in abgetragenen Cordjacketts und mit wehenden Haarmähnen und weißgrauen Bärten verschiedenen Zuschnitts.

»Wie bitte?« sagte der Rechte.

»Was sagten Sie?« fragte der Linke.

Die beiden in der Mitte sahen aus, als wären sie von einem fröhlichen Amateur in einem Abendkurs ausgestopft worden.

Hjelm riß sich zusammen und rückte die Situation zurecht. »Hat einer der Herren etwas von dem gesehen, was die Alkiliga am Tresen im Verlauf des gestrigen Abends angestellt hat?«

»Leider waren wir zum angegebenen Zeitpunkt und am genannten Ort in absolut Wesentliches vertieft«, sagte der Linke.

»Darf man fragen, worin dieses Wesentliche bestand?«

»Natürlich darf man«, sagte der Rechte. »Was damit bekräftigt sein dürfte.«

»Eine sogenannte rhetorische Frage«, sagte der Linke.

Die beiden in der Mitte neigten sich jetzt bedenklich einander zu, als müßten die Säume gleich reißen, und die Füllung würde herausquellen.

»Jetzt mal im Ernst«, sagte Paul Hjelm.

»Wir sind der ›Kreis der Vreeswijk-Freunde‹«, sagte der Rechte. »Wir hatten unsere Jahreshauptversammlung.«

»Wir versuchen, ein Museum für Cornelis Vreeswijk mitten auf Medborgarplatsen auf die Beine zu stellen«, sagte der Linke. »Wir hoffen, die Muslime dazu überreden zu können, vom Minarett ›Hönan Agda‹ zu singen.«

»›Felicia adjö‹«, platzte der rechte Mittlere heraus.

»›Lasse liten blues‹«, meinte der linke Mittlere.

Daraufhin ging das Duo wieder auf die Bretter.

»Die multikulturelle Gesellschaft«, sagte der Rechte mit visionärem Glanz in den Augen.

»Haben Sie überhaupt etwas gesehen?«

Das Duo in der Mitte erwachte wieder zum Leben.

»*Grimassen* …«, sagte der mittlere Linke nüchtern.

» … *und Telegramme*«, vollendete der mittlere Rechte mindestens ebenso nüchtern.

»Sie haben also gestern abend im Kvarnen Grimassen und Telegramme gesehen?« sagte Paul Hjelm und begann, sich gedanklich mit seiner Pension zu beschäftigen. Doch der knallgelb-signalfarbene Umschlag mit Informationen über das neue Pensionssystem, der neulich in seinem Norsborgsreihenhaus durch den Briefschlitz auf den Fußboden geplumpst war, machte diese Gedanken unmöglich. Er hatte sich um einige Tausender im Monat verrechnet. Wie der Rest des schwedischen Volks in seiner Generation.

Das Mittelduo beugte sich synchron über den Tisch vor und unterbrach seine mißlaunigen Pensionsgedanken.

»1966«, sagte der mittlere Linke vertraulich.

»Unübertroffene Platte«, fügte der mittlere Rechte hinzu.

»Mein moralischer Sinn war hoch erfreut, so ambitiöse Pläne für einen Partnertausch zu vernehmen, wie sie am Nachbartisch ventiliert wurden«, sagte der Linke, während das Duo in der Mitte in sich zusammensank, als habe jemand die Fäden losgelassen.

»Und mein moralischer Sinn war ebenso hoch erfreut angesichts des multikulturellen Gesprächs, das am Tisch dahinter stattfand«, sagte der Rechte.

»Darf ich nur einmal dazwischenfragen, ob Sie wissen, warum Sie hier sind?« sagte Hjelm und überlegte, wohin Kerstin verschwunden war. Sich aus dem Staub gemacht hatte, war eine näherliegende Beschreibung.

»Ja, das dürfen Sie.«

»Nur zu.«

»Wissen Sie, warum Sie hier sind?« fragte Hjelm seidenweich.

»Leider nicht«, entgegnete der Rechte. »Wir nehmen es als gegeben hin, dann und wann polizeibehördlicherseits ausgefragt zu werden. Das liegt in der Natur unserer gesellschaftlichen Rolle.«

»Außenseiter«, meinte der Linke todernst und nickte.

»Sie wissen also nicht einmal, daß gestern im Restaurant *Kvarnen* ein Mensch getötet worden ist?«

Es verschlug ihnen tatsächlich die Sprache. Sie wechselten verwunderte Blicke über die Köpfe des inzwischen vollständig zu Boden gegangenen Mittelduos hinweg.

»Wir werden natürlich alles in unseren Kräften Stehende tun, um Sie bei Ihrer Tätigkeit zu unterstützen. Doch das von Ihnen erwähnte Ereignis ist uns leider entgangen.«

»Unmittelbar neben uns saßen zwei nicht mehr ganz blutjunge Paare, vertieft in eine immer lebhafter werdende Diskussion über einen Partnertausch. Und einen Tisch weiter ging der multikulturelle Austausch vor sich.«

»Darüber hinaus waren wir erfreut zu sehen, daß das *Kvarnen* an einem späten Mittwoch abend sowohl Platz für das Hören von Musik als auch für Lektüre bereithielt.«

»Ovid. Der blinde König, der seine Ehefrau ermordete.«

»Und dann seine Mutter. Eine bedeutende Gestalt.«

»Ich vermute, Sie meinen Ödipus, beziehungsweise Orest«, sagte Paul Hjelm.

»Ganz genau. Oder Ovid, wie er auch genannt wird.«

»Lokale Varianten.«

»Und wo wurde Musik gehört?«

»Ein ganzer Tisch an der Tür saß da und lauschte genußvoll, möglicherweise einem Jazzkonzert? Einer von ihnen hatte Ohrstöpsel.«

»Ich erkannte die Art des Zuhörens. Aufmerksam. Wie bei Jazz. Oder Chansons. Cornelis.«

»›Brevet från kolonin‹«, fuhr das Duo hoch, um auf der Stelle wieder in sich zusammenzusinken.

Hjelm starrte sie an, einen nach dem anderen, von links nach rechts. Es fiel ihm schwer, sich zu konzentrieren. Er stöhnte einmal kurz und fixierte seine Notizen. ›Multikultureller Austausch‹ stand da in einer Krakelschrift, die nicht seine zu sein schien. »Warum nennen Sie das Gespräch, das hinter den Partnertauschern vor sich ging, multikulturell?« bekam er heraus.

»Es war eindeutig, daß es sich um einen Schweden im Gespräch mit südländischen Freunden handelte, beispielsweise Türken.«

»Oder Basken.«

»Basken?« entfuhr es Hjelm.

»Oder dergleichen. Indern, vielleicht. Wahrscheinlich Südmongolen.«

»Sie sprachen beide ein gebrochenes Englisch. Gesprächsfetzen drangen an unseren Tisch.«

»Englisch?«

»Und sie saßen direkt neben dem Lesenden?«

»Genau. Allerdings dann verschwanden sie.«

»Als die Tat sich ereignete«, konstatierte Hjelm.

»Was uns leider entging. Aber plötzlich waren sie alle verschwunden. Frauen schrien, meine ich mich zu erinnern. Das Paar kam um seinen Partnertausch herum, weil die Frauen plötzlich hysterisch wurden. Möglicherweise hätten wir darauf reagieren sollen.«

»Möglicherweise«, erlaubte Hjelm sich zu sagen. »Möglicherweise hätte das zu einem Augenblick des Nachdenkens gereichen sollen.«

»Doch, doch, ich habe ihn gesehen.«

Kerstin Holm und Paul Hjelm sahen sich an und wandten dann dem Mann mit dem rasierten Schädel und dem schütteren blonden Schnauzbart einen doppelt prüfenden Blick zu.

»Sie haben ihn gesehen?« sagte Holm. »Das haben Sie gestern abend im *Kvarnen* nicht gesagt. Zum Nachtpersonal der Södermalmpolizei haben Sie gesagt, ich zitiere: ›Ich habe nichts gesehen‹.«

»Es war spät, ich war müde und ein wenig angetrunken, und wir wollten gerade weiter. Die anderen waren schon draußen auf der Straße. Ich war noch drin und bezahlte. Es war meine Runde. Ich war ein bißchen sauer darüber, daß ich da im *Kvarnen* hängenblieb, während die anderen weiterzogen zur nächsten Kneipe, und deshalb habe ich nicht klar gedacht. Jetzt habe ich darüber nachgedacht. Und ich habe ihn gesehen.«

Der Kahle war an die Dreißig, trug einen recht eleganten hellen Anzug mit gelbem Schlips und war ein richtiges Kraftpaket. Hjelm fragte sich, ob die Jackenärmel eine Ausstellung von tätowierten Penissen verbargen. Er blätterte in den Papieren und fand den Auszug aus dem Strafregister für Eskil Carlstedt, 700217-1516, geb. in Bromma, Verkäufer, wohnhaft auf Kungsholmen. Es war leer. Nicht einmal das geringste Verkehrsdelikt.

Keine tätowierten Penisse.

»Okay«, sagte Kerstin Holm. »Was haben Sie gesehen?«

Eskil Carlstedt machte eine kurze Pause, saugte Luft ein wie ein Boxer Ammoniak, und legte los: »Wir hatten den Tisch direkt an der Tür. Ich saß mit dem Rücken zur Wand und starrte also auf den Tresen. Wir waren ziemlich früh da, gegen halb acht. Kurz nach neun strömten die Byenfans herein. Ein bißchen sauer, kaum aggressiv. Eine Gruppe bekam die letzten Sitzplätze, neben einem Jungen, der ein Buch las. Eine andere sammelte sich neben unserem Tisch. Dann kam diese Gang rein, sechs, sieben Leute. Die waren ein bißchen anders. Die Aggressionen waren spürbar, will ich mal sagen. Sie stellten sich an die nächste Seite des Tresens, von uns aus gesehen. Noch eine Gruppe kam und stellte sich ans hintere Ende. Zwischen diesen beiden Byengangs standen die Smäländer. Vier Mann. Dann griffen sie sie an. Einer drückte dem größten der Smäländer eine zusammengerollte Fahne ins Gesicht. Der verkrümelte sich zusammen mit einem Kumpel.

Sie kamen raus auf die Straße. Aber zwei blieben da. Es gab einen Tumult. Einer der Smäländer schubste einen Jungen um. Er kam langsam wieder hoch. Und plötzlich schlug er einfach zu. Ich bezahlte gerade. Die Kumpel waren ja schon gegangen, und die Kellnerin stand mir ein bißchen im Blick, deshalb konnte ich nicht richtig sehen, wie es geschah. Ich habe ihn gesehen, wie er vorbeilief. Den Griff des Bierkrugs hatte er noch in der Hand. Er hatte eine Jeansjacke an, Byen-T-Shirt, Byentuch, halblanges, schmuddeliges blondes Haar und einen kleinen Schnauzer.«

»Wie Ihrer?« fragte Hjelm.

Eskil Carlstedt starrte ihn gekränkt an. »Nein«, sagte er schließlich. »Überhaupt nicht. Bauernlippenschnauzer. Mechanikerschnauzer. Fieslingsschnauzer, mit Kautabaksaft gedüngt. Hing ein bißchen zum Kinn runter.«

»Würden Sie ihn erkennen, wenn Sie ihn wiedersähen?«

»Ja, ich glaube schon.«

»Wie viele waren Sie?«

»Fünf.«

»Aber als die Türsteher die Tür blockierten, waren nur noch Sie da?«

»Die anderen waren vorher gegangen. Standen wohl draußen auf der Straße und warteten. Wir wollten zur nächsten Kneipe. Ich war zurückgeblieben, um zu bezahlen. Wie gesagt.«

»Wie mehrfach gesagt, ja«, sagte Kerstin Holm. »Und wer waren die Kumpels?«

Eskil Carlstedt breitete die Arme aus, warf einen Blick auf seine Armbanduhr und strich sich über den glatten Schädel. »Einfach Kumpels. Eine Verkäufer-Clique. Wir gehen einmal die Woche zusammen aus. Reißen Bräute auf.«

»Und hören Musik«, sagte Paul Hjelm.

Carlstedt stöhnte. »Musik? Hören Sie mal, wie lange soll ich hier noch sitzen? Ich habe ein paar Stunden vor der Tür gewartet und habe noch einen Termin.«

»Uns liegen Zeugenaussagen vor, daß Sie schweigend

zusammensaßen und daß mindestens einer von Ihnen Ohrstöpsel trug.«

Carlstedt warf ihm unter nicht vorhandener Stirnlocke einen Blick zu. Nachdenklich. Er überlegte. »Jaja, okay, jetzt verstehe ich. Doch, Kalle macht in einer Rockgruppe mit. Catwalks. Karl-Erik Bengtsson. Wir haben uns eine Demo angehört. Die können richtig gut werden. Haben schon einen Vertrag für eine CD.«

»Und Sie haben alle gehört?«

»Ich verstehe nicht, was das hier mit dem Totschlag zu tun hat.«

»Haben Sie alle gehört?«

»Ja. Wir hatten nur ein Gerät und mußten nacheinander hören.«

»Also gingen die Ohrstöpsel von einem zum andern?«

»Ja. Und das dauerte ein bißchen, also wurde nicht besonders viel geredet.«

»Und die anderen? Können wir die erreichen?«

»Selbstverständlich. Obwohl sie ja keine Zeugen sind. Sie waren ja schon auf der Straße, als es passierte.«

»Wie gesagt. Fällt Ihnen sonst noch etwas ein?«

»Wie zum Beispiel?« seufzte Eskil Carlstedt und starrte demonstrativ auf seine Uhr.

»Zum Beispiel, wer sonst noch im Lokal war. Wir suchen Zeugen.«

»Aber verflucht noch mal, es war doch brechend voll. Okayokayokay. Ganz ruhig. Die, die standen, waren fast alle Byenfans. Bevor die Fans kamen, saßen alle. An der Theke war es leer, aber alle Sitzplätze waren belegt. Außer neben dem Jungen mit dem Buch. Da setzten sich die ersten Fans hin. Die Brautparty an den Fenstertischen unten. Daneben, auf unserer Seite, ein paar solche Yuppietypen oder Computerheinis. Dann der Junge mit dem Buch. Zwei leicht angegraute Paare, die richtig geil aussahen. Eine Schwuchtel. Ein paar Künstlertypen. Und zu uns hin ein paar gemischte Typen, eine Clique, vielleicht Studenten.«

»Sonst niemand?« fragte Kerstin Holm.

Hjelm betrachtete sie aufmerksam.

»Nicht, soweit ich mich erinnern kann. Aber die Hammarbyfans waren ja an die dreißig Mann. Obwohl die Hälfte von ihnen verschwand, bevor die Türwachen reagierten.«

»Aber Sie sind der Meinung, daß es unter den Hammarbyfans eine Reihe von Zeugen geben muß?«

Eskil Carlstedt lachte leicht. »Mindestens zehn Mann haben zugeguckt. Aber die dürften ja wohl nichts sagen.«

Hjelm stand auf und beugte sich über den Tisch.

»Dann stehen nur noch zwei Dinge aus, bevor Sie zu Ihrem ersehnten Treffen abdampfen dürfen. Erstens: Sie kommen mit zum Polizeizeichner und machen eine Rekonstruktion des Täters. Zweitens: Hinterlassen Sie in der Anmeldung unten in der Halle die Namen und Anschriften Ihrer vier Kumpel. Okay?«

»Okay«, seufzte Eskil Carlstedt und warf einen Blick zur Uhr.

Sie saßen still da, ihre Blicke ineinander verloren. Oder kurz und gut verloren. Vor ein paar Jahren hatten sie miteinander geschlafen. Ein einziges Mal. In Malmö. Während einer intensiven Jagd nach dem sogenannten Machtmörder. Der größte – und bei eingehender Betrachtung einzige – Erfolg der A-Gruppe. Die Medien riefen sie zu Helden aus. Die Gruppe wurde als »Sondereinheit für Gewaltverbrechen von internationalem Charakter beim Reichskriminalamt« dauerhaft etabliert. Dann kam der Kentuckymörder. Und ihre Affäre ging in Freundschaft über. Ziemlich enge Freundschaft. Sie waren zusammen in den USA. Sie arbeiteten mit dem FBI zusammen und wurden Jalm & Halm genannt, wie ein hölzernes Komikerpaar im Varieté. Es ging gut. Sie knackten ein altes Rätsel. Fingen einen gesuchten Serienmörder. Dann trafen sie eine falsche Entscheidung, und das Märchen der A-Gruppe war aus. Böses Blut kehrt wieder.

Doch das wollten sie nie wieder sagen.

»Wir könnten den Betrieb jetzt zumachen«, sagte Hjelm. »Es ist Mittagszeit. Wir könnten rausgehen in den immer empörteren Warteraum und sagen: Tut uns leid, kommen Sie morgen wieder. Niemand würde uns Vorwürfe machen.«

Er sah ihr in die Augen. Forschend. Versuchte zu sehen, was da vor sich ging. Und sie ließ sich ausforschen. Forschte zurück.

»Nein«, sagte sie.

»Nein«, sagte er.

Und wahrscheinlich gelang es ihnen wirklich zu sehen, worauf die Gedanken des anderen abzielten. Und es ging nicht mehr nur um eine Kneipenschlägerei.

Kerstin Holm drückte auf den Knopf eines internen Telefons, und ein großer schlaksiger Mann um die Fünfzig trat ein. In einem Trainingsanzug, in dem er aussah wie ein Camper, der sich verlaufen hat.

»Stein Bergmark, nicht wahr?« sagte Kerstin Holm und streckte ihm die Hand hin. Er ergriff sie und deutete galant einen Handkuß an. Dann begrüßte er Hjelm etwas männlicher. Absurd männlich, fand der, eine Spur zu spät, als der Schmerz kam.

»Die Steintunte«, sagte Stein Bergmark. »Volltreffer der Byenfans.«

Ihre Blicke mußten einen nicht geringen Teil Verwunderung ausgedrückt haben, denn er fügte hinzu, während er seinen Zweimeterkörper zwischen den Tisch und den Stuhl klemmte: »Sie wissen nicht, daß ich Stein heiße, aber sie finden mich steincool. Zwei Fliegen mit einer Klappe, kann man sagen.«

»Sie gucken sich also unter den Byenfans gern Gesellschaft aus«, sagte Holm. »Und die haben nichts dagegen?«

»Ich nehme an, es spricht ihre latente Homosexualität an. Die unterschwellig immer im Spiel ist, wenn man mit Männern zu tun hat.«

»Haben Sie jemals jemanden abbekommen?«

»Häufiger, als Sie glauben, Frau Polizistin.«

»Aber diesmal suchten Sie nicht unter den Byenfans, nicht wahr?«

Der Lange lachte auf. »Ich muß gestehen, daß mein Begehren diesmal mehr auf intellektuelle Stimulanz ausgerichtet war. Oder zumindest pseudointellektuelle. Wahrscheinlich spürte es, daß der Mangel akut geworden war. Sie wissen natürlich, daß das Bedrohlichste an der Homosexualität durch die Jahrhunderte hindurch ihr klassenüberschreitender Charakter gewesen ist?«

»Sie wohnen auf Östermalm und sind Abteilungsleiter beim Patentamt, ja.«

»Der vor allem mit arbeitslosen Hammarbyfans aus Bagarmossen und Rågsved verkehrt.«

»Wieso übrigens pseudointellektuell?«

»Der Junge mit dem Buch.«

»Aber warum *pseudo*?«

»Das sah ein bißchen künstlich aus mit diesem Buch. Als wollte er ein wenig mit einer Bildung angeben, die er in Wirklichkeit nicht besaß. Und ich war nicht der einzige, der seine Gesellschaft suchte, wie Sie es so diplomatisch ausdrücken, Frau Polizistin. Er war ein richtiger kleiner Leckerbissen. Sie haben nicht zufällig seine Adresse?«

»Nicht der einzige?«

»Von wegen«, sagte Stein ›Steintunte‹ Bergmark. »Eine Clique Machoschwuler saß die ganze Zeit da und starrte ihn an.«

»Eine Clique Machoschwuler?«

»Im Moment verhalten Sie sich genau wie mein Psychoanalytiker, Frau Polizistin. Fünfhundert Mäuse die Stunde dafür, daß Sie wiederholen, was ich gerade gesagt habe.«

»Mit dem Unterschied, daß ich keine fünfhundert Mäuse die Stunde verdiene.«

»Der Tisch neben der Tür. Wie soll ich sie beschreiben? Skinheads, die die Altersgrenze überschritten haben. Edelschwedische Bodybuilder. Fünf Mann.«

»Und alle starrten den Lesenden an?«

»Drei von ihnen. Die mit dem Rücken zur Wand saßen. Zwei saßen mit dem Rücken zum Lokal. Die starrten nicht. Aus natürlichen Gründen.«

»Sind Sie sicher, daß sie den lesenden Jungen anstarrten?«

»So hat mein konkurrenzbewußtes Begehren es jedenfalls aufgefaßt. Ich wurde eifersüchtig. Wer wählt einen Aal, wenn er fünf Filetsteaks in Reichweite hat?«

»Wer saß noch in der Richtung der Blicke?«

»Aber ich bitte Sie, Frau Polizistin. *I only had eyes for him.*«

»Versuchen Sie's.«

Stein Bergmark saß reglos. Vor seinem inneren Auge erstand ein Bild. »Ich saß an dem Tisch direkt vorm Tresen. Neben mir saßen ein paar angejährte Künstlertypen und diskutierten darüber, welches Lied von Cornelis Vreeswijk von der Spitze des noch ungebauten Minaretts gegenüber vom Björnschen Garten gesungen werden sollte. Vor meinen Augen saßen zwei Paare, die sich ziemlich ungehemmt sexuellen Phantasien hingaben. Hinter ihnen, neben unserem Leser und an der Wand, saß eine Anzahl ausländischer Gentlemen und unterhielt sich auf englisch mit einem Schweden, der mir den Rücken zugekehrt hatte. Sie dürften im Blickfeld gewesen sein. Ebenso die Studentengruppe auf der anderen Seite unseres Lesers, den Starrenden am nächsten. Und möglicherweise die überaus angeheiterte Brautpartygesellschaft unten am Fenster.

»Hmm«, sagte Kerstin Holm.

»Hmm«, sagte Paul Hjelm.

Die Steintunte legte die Hände in den Nacken und lehnte sich zurück. »Aber meine edlen Polizeiherrschaften«, stieß er hervor. »Sollten wir nicht einen Todesfall diskutieren?«

4

Arto Söderstedt hatte beschlossen, das Autofahren aufzugeben. Er besaß keinen Wagen, und im Dienst fuhr er äußerst selten. Dennoch hatte er jetzt im Laufe eines Hochsommervormittags, der den schlechten Wetterberichten Hohn sprach, nahezu zweihundert Kilometer zurückgelegt, und als der alte Dienstvolvo jetzt die fruchtbaren Felder der Närke-Ebene hinter sich ließ, mußte er es sich eingestehen.

Es machte Spaß, Auto zu fahren.

Weil er sich in einer Initiative engagierte, die den Autoverkehr in der Innenstadt, besonders auf Södermalm und ganz besonders in der Bondegata, in der er mit seiner großen Familie wohnte, drastisch reduzieren wollte, beschämte ihn dieses Eingeständnis ein wenig.

Er verminderte den Druck aufs Gaspedal, schaltete runter und wandte sich zum Beifahrersitz, auf dem er einen leblosen Sack transportierte.

Er piekte ihn an. Der rührte sich nicht. Er piekte ein bißchen fester. Jetzt kam Leben in den Sack, mit Bewegung zum Achselhalfter und allem.

Viggo Norlander wachte auf.

Ein prächtiger weißer Fleck von erbrochenem Babybrei prangte auf der rechten Schulter seiner Lederjacke.

Arto Söderstedt lachte laut auf. »Fünf Stück habe ich gehabt«, sang er in glockenreinem Finnlandschwedisch. »Fünf Säuglinge haben mir auf die Schultern gespuckt. Und trotzdem habe ich nie, wiederhole *nie*, so erbärmlich ausgesehen wie du nach der ersten Nacht.«

»Schnauze«, krächzte Viggo Norlander und versuchte sich aufzurichten. Beunruhigende Schallwellen wurden aus seinem großen Körper ausgestoßen.

Er hatte eine äußerst sonderbare Nacht hinter sich. Manisch depressiv. Eine manische Depression im Schnellvorlauf.

Abrupte Wechsel von äußerstem Glück und äußerstem Entsetzen.

Zum ersten Mal hatte er eine Nacht allein mit seiner zwei Wochen alten Tochter verbracht.

Es war eine merkwürdige Geschichte. Wie ein Traum. Er war fünfzig und hatte die ersten achtundvierzig Jahre im Zölibat gelebt, abgesehen von einer etwa einmonatigen, schrecklich gescheiterten Jugendehe, die jeden weiteren Umgang mit dem anderen Geschlecht uninteressant machte. Und der Gedanke an das eigene Geschlecht existierte überhaupt nicht in seiner Vorstellungswelt. Er war der denkbar graueste Polizeibeamte gewesen, umgeben und beschützt von einem banalen Regelwerk für Benehmen und Verhalten.

Vorzeitig verschieden, wie er heute von dem früheren Viggo Norlander dachte.

Dann hatte er genug gehabt. Seine verdrängte Seele explodierte, und er begab sich auf einen eigenartigen Feldzug nach Estland, der leider damit endete, daß die dortige Mafia ihn an den Fußboden nagelte.

Das war der beste Augenblick seines Lebens.

Er änderte sein Leben von Grund auf.

Er warf sämtliche grauen Beamtenanzüge fort, hungerte sich den Wanst ab und unterzog sich sogar einer Haartransplantation. Er brachte seine Garderobe auf den neuesten Stand, stylte sich und stürzte sich ins Stockholmer Nachtleben, wo er auch nichts ausließ. Nicht einer einzigen begehrlichen Frau verweigerte er seinen Beistand. Oder seinen Ständer, um es kurz zu machen.

Aber eine dieser Gelegenheiten war außergewöhnlich. Im letzten Herbst, mitten in der laufenden Jagd nach dem Kentuckymörder, trat eine Frau in seinem Alter über die Schwelle seiner Tür in der eindeutigen Absicht, sich befruchten zu lassen. Es dauerte eine Viertelstunde, da war sie schon wieder unten auf der Banérgata. Doch als sie sich auf der Schwelle umdrehte und ihn anlächelte, sah er, ja, *sah* er es ihr wirklich an, daß sie befruchtet worden war.

Er wurde von fiebergleichen Phantasien verfolgt, wie der Nobelpreissohn seinen greisen Vater im Pflegeheim aufsucht, um ihm für seine nahezu übermenschlichen Verstandesgaben zu danken.

Ganz so lief es allerdings nicht. Neun Monate später stand statt dessen eine Frau mit einem kleinen spuckenden Bündel über der Schulter auf seiner Türschwelle und sagte: »Dies ist deine Tochter.«

Viggo Norlander streckte ihr die Hand hin und sagte: »Viggo Norlander.«

Die Frau streckte ihm ihre Hand hin und sagte: »Astrid Olofsson.«

Darauf sagte Viggo Norlander: »Komm herein.«

Die Frau antwortete: »Danke.«

Und Astrid Olofsson trat nicht nur in seine verwohnte Junggesellenwohnung am ruhigsten Ende der Banérgata ein, sondern auch in sein Leben. Und sie war nicht allein. Ihre vierte Äußerung lautete: »Wie soll sie heißen?«

Bemerkenswerterweise zweifelte Viggo Norlander nicht eine Sekunde daran, daß es wahr war. Statt dessen stellte sich eine unmittelbare, zufriedene Ruhe ein. Er hatte sich dieses befruchtete Lächeln vor neun Monaten *nicht* eingebildet. Seine wunderlichen Phantasien um den Nobelpreissohn waren *kein* erstes Zeichen von Altersdemenz gewesen. Er *war* Vater geworden. Und er *hatte* es gefühlt, biologisch, wie eine Schwangerschaft auf Distanz.

Außerdem war die kleine Tochter, die er in seinen Händen hielt, ihm so verblüffend ähnlich, daß jede denkbare Spur von Zweifel ausgelöscht wurde. Das gleiche etwas schmale, in die Länge gezogene Gesicht, als sei die Schwerkraft gerade ums Kinn herum besonders stark. Der gleiche schief-einwärts-nach-hinten-Riecher, wie Arto Söderstedt die Sache ein wenig kryptisch bezeichnet hatte.

»Charlotte«, war Viggo Norlanders Antwort.

Er hatte keine Ahnung, woher sie kam.

Das war erst ein paar Wochen her. Seitdem waren sie jeden

Tag zusammengewesen. Er fühlte sich wohl in Astrids unerwarteter Gesellschaft. Und stellte fest, daß er unmittelbar abhängig wurde, abhängig im Sinne eines Suchtverhaltens, von dem kleinen Wesen mit dem schief-einwärts-nach-hinten-Riecher.

Er, der bis dahin kaum ein Foto eines Säuglings angesehen hatte.

Und jetzt hatte er zum ersten Mal mit der kleinen Charlotte eine Nacht allein verbracht. Eine Nacht zwischen Hoffnung und Verzweiflung. Als Abschiedsgeschenk hatte sie ihm eine ordentliche Portion Brei über die Lederjacke gespuckt. Weil er die ganze Nacht kein Auge zugetan hatte, war er unfähig zu irgendeiner Gegenmaßnahme, sondern trat nur hinaus auf die Banérgata und stieg in seinen Dienstvolvo, den zurückzugeben er sich trotz etlicher Aufforderungen weigerte. Ohne sich über Arto Söderstedts Anwesenheit hinter dem Steuer zu wundern, ließ er sich auf dem Beifahrersitz nieder und verwandelte sich umgehend in einen leblosen Sack mit Vogelkacke drauf. Schon auf den ersten Metern schlief er ein.

»In Kumla ist etwas passiert«, sagte Söderstedt. »Wir fahren als Reichskriminale hin. Lange her. Was war das für eine Nachricht, die du reintelefoniert hast? Krankes Kind zu versorgen? Charlotte geht es doch wohl nicht schlecht?«

»Nein, aber mir.«

»Dann fahr ich wohl besser. Eigentlich fahre ich ja nicht Auto.«

»Gute Nacht.«

Also fuhr Arto Söderstedt. Da Viggo Norlander schlief, mußte er das Kartenlesen auch noch übernehmen. Mit der einen seiner aus der Übung gekommenen Hände hielt er das Lenkrad, mit der anderen suchte er die Karte. Er schlug im Register von *Motormännens vägatlas över Sverige* Kumla nach und bekam ›44 8E 2‹ als Auskunft. Da er sich in einer unberechenbaren Autoschlange am Norrtull befand, kam ihm diese undurchdringliche Kombination von Ziffern und Buchstaben extrem rücksichtslos vor. Als er endlich das System begriffen hatte, zeigte sich, daß er auf ein kleines Kirchdorf südöstlich des Sees Tåkern in Östergötland verwiesen worden war. Weil ihn dies vage an einen früheren Fall erinnerte, begriff er schnell, daß es sich um das falsche Kumla handeln mußte, und zog erneut das Register zu Rate. Damit der in Plastik gebundene *Motormännens vägatlas över Sverige* nicht zuschlug, sobald er die Seite umblätterte, mußte er das aufgeschlagene Buch mit dem linken Schenkel von unten ans Lenkrad drücken, was ihm gewisse Probleme beim Steuern einbrachte. Aber auch fünf weitere Kumlas. Er seufzte leicht und ging sie eins nach dem anderen durch. Schließlich fand er das richtige. ›61 10F 1‹. Die E 18 über Västerås und Örebro, fand er heraus, gerade als er an Järva Krog und der Abfahrt zur E 18 vorüberfuhr. Er rumpelte weiter auf der E 4 nach Norden und dachte positiv. Nur gut, daß Viggo schlief. Siehe da, was für ein Glück er hatte. Er bog bei Kista ab und verlor nicht besonders viel Zeit. Und keiner hatte etwas gemerkt. Er fühlte sich richtig obenauf. Nichts baut einen so auf wie eine insgeheim korrigierte Peinlichkeit. Eine Folge dieser heiteren Gemütsverfassung war die Freude am Autofahren, und jetzt hielt besagtes Auto am Kontrollschalter des Kumlabunkers.

»Guten Morgen«, sagte die Wache.

Sag jetzt nicht Schnauze, dachte Söderstedt im stillen.

»Schnauze«, sagte Viggo Norlander.

Der Wachmann sah eher überrascht als verärgert aus. Er prüfte ihre Ausweise. »Länskriminalbehörde Stockholm? Wir haben eine eigene Länskripo.«

»Wir sind vom Reichskrim«, sagte Söderstedt. »Ans Länskrim ausgeliehen. Es geht um eure Explosion.«

Der Wachmann führte ein paar Telefongespräche und erhielt die Bestätigung. Die Tore glitten auf.

»Du kannst nicht zu allen, die dich ansprechen, Schnauze sagen«, bemerkte Söderstedt und ließ genußvoll das Kupplungspedal kommen. »Das ist eine unmögliche Lebensstrategie.«

»Schnauze«, sagte Viggo Norlander.

Sie parkten den Wagen auf einem genauestens ausgewiesenen Platz, passierten eine ganze Serie von Sicherheitskontrollen und gelangten ins Innere des Kumlabunkers. Sie wanderten durch Korridore, die bleigrau wirken würden, egal, in welcher Farbe sie gestrichen waren. Sie wurden durch eine Tür zum Büro des Chefs der Anstalt geführt. Er saß in einem ledernen Drehstuhl hinter einem leeren, auf Hochglanz polierten Schreibtisch und sah aus, wie Gefängnisdirektoren auszusehen pflegen. Eine ganz spezielle Kombination aus Beamter, Sozialarbeiter und Berufsoffizier.

Es war zehn Uhr zweiundzwanzig am Donnerstag, dem vierundzwanzigsten Juni, der Tag vor dem Mittsommerabend.

Noch glaubten sie, sie würden ihn feiern können.

Der Anstaltschef erhob sich und begrüßte sie. »Wieviel wißt ihr?« fragte er knapp.

»Nicht besonders viel«, entgegnete Söderstedt ebenso knapp. »Nur, daß es sich offenbar um einen Fall fürs Reichskrim handelt.«

»Es betrifft Gefangene der Kategorie I. Also ist es automatisch eine Sache fürs Reichskrim. Aber wir wissen nicht einmal, ob wir es überhaupt mit einem Verbrechen zu tun haben.«

»Krankes Kind zu versorgen«, dachte Norlander laut.

Der Anstaltschef betrachtete ihn entgeistert und entschied, daß Söderstedt derjenige war, mit dem sich reden ließ. Also redete er nur mit ihm. »Heute morgen explodierte in einer der Zellen eine starke Sprengladung. Der Insasse befand sich in seiner Zelle und mußte anschließend von den Wänden gekratzt werden. Wir haben zum gegenwärtigen Zeitpunkt keine Ahnung, wie es ablief, um was für eine Sprengladung es sich handelte, wie sie gezündet wurde et cetera. Der betreffende Insasse hieß Lordan Vukotic, wenn das bei euch was klingeln läßt.«

Söderstedt dachte nach, Norlander dachte nicht nach.

»Vage«, sagte Söderstedt. »Wir haben die Akte mitbekommen, aber …«, er mußte husten, »… hatten keine Möglichkeit, sie auf dem Weg hierher zu lesen. Aber es geht natürlich um Drogen?«

»Schwere Drogenvergehen und schwere Körperverletzung. Acht Jahre. Drei hatte er abgesessen. Mustergültiger Gefangener. Machte eine Ausbildung zum Wirtschaftsjuristen und sollte in Kürze seinen ersten Freigang bekommen.«

»Vukotic … der Kreis um Nedic?«

Der Anstaltschef nickte vielsagend. »Ganz klar, der Kreis um Rajko Nedic. Einer der führenden Drogenhändler. Aber das hat Vukotic nie zugegeben. Lordan Vukotic hat den Namen Rajko Nedic überhaupt nie erwähnt. Das ist die Art von Loyalität, die zählt, wenn man wieder rauskommt.«

»Nedic hat nie gesessen, nicht wahr?«

»Nie. Und jetzt war er außerdem auf dem besten Weg, sich einen persönlichen Anwalt anzuschaffen. Doch daraus wurde also nichts. Die Reste des Advokaten werden noch immer von den Wänden gekratzt.«

»Was ist passiert? Wurde sonst jemand verletzt?«

»Die exakt begrenzte Schadenswirkung läßt uns an ein sehr gezieltes Verbrechen denken. Eine perfekt berechnete Ladung. Pustete Vukotics Zelle vollständig weg, aber nichts anderes. Die Nebenzellen blieben unversehrt. Da sitzt übrigens ein alter Bekannter von euch, von der A-Gruppe.«

»Die A-Gruppe existiert nicht mehr«, sagte Norlander brummig.

»Es hat sie aber gegeben. Ihr wart verdammt gut, soweit ich das mitgekriegt habe. Die Besten. Allerdings habe ich nie begriffen, was mit diesem Kentuckymörder passiert ist.«

»Nein, wer hat das schon«, sagte Söderstedt leichthin. »Ein alter Bekannter?«

»Er heißt Göran Andersson. Noch ein mustergültiger Gefangener.«

Weder Söderstedt noch Norlander konnten ein kurzes Lachen unterdrücken. Die Verbrechenslandschaft der Vergangenheit … »Der lebt noch?« sagte Norlander.

Dann sagte keiner mehr etwas. Statt dessen folgten sie dem Anstaltschef in den Korridor, wurden von ein paar robusten Wachen in ganz andere Trakte des Kumlabunkers eskortiert und sahen, wie die Wände die Farbe wechselten. Sie wurden grauer und grauer. Und schließlich passierten sie die allerletzte, nachgerade spektakuläre Sicherheitskontrolle und befanden sich im Allerheiligsten. Aber es waren keine Insassen zu sehen. Der lange Korridor war abgesperrt, ein beißender Geruch von verbranntem Gummi, verbranntem Plastik und verbranntem Fleisch breitete sich von der einzigen Stelle aus, an der Leben und Bewegung herrschten. Kriminaltechniker liefen durch die Tür ein und aus. Die massive Tür stand sperrangelweit offen und sah vollkommen intakt aus. Kohlschwarz, aber intakt. Ein fetter Zivilpolizist lehnte an der Wand und rauchte eine schlechtgedrehte Zigarette. Er redete schleppend mit einem gutgekleideten, durchtrainierten Herrn, der Söderstedts Säpo-Warner unmittelbar ausschlagen ließ.

Der Anstaltschef hielt inne und stellte die Herren förmlich einander vor. Männliches Händeschütteln.

»Arto Söderstedt und Viggo Norlander vom Reichskrim. Bernt Nilsson von der Sicherheitspolizei. Und unser eigener Närkekrimmer Lars Viksjö.«

»Erster am Platz«, sagte der Dicke.

»Was habt ihr bisher?« fragte Söderstedt und äugte durch die Türöffnung. Die Verwüstung war unglaublich. Der ganze Raum war pechschwarz. Und alles da drinnen bis zur Unkenntlichkeit zerstört. Ein makabres Tiefseeaquarium. Möglicherweise war dieser gigantische Lippfisch ein Bett und jene skulpturierte Koralle ein Fernseher. Und möglicherweise waren die Algenbildungen an der Wand tatsächlich Überreste eines Menschen. Die Techniker schabten Lordan Vukotic buchstäblich von den Wänden. Dann wurden seine Überreste in sorgfältig beschriftete kleine Plastikbeutel verpackt und in einem blauen Plastikbehälter mit der enorm witzigen Bezeichnung ›Obduzentenpuzzle‹ verstaut. Söderstedt ahnte den Humor des Gerichtsmediziners Qvarfordt hinter diesem Leichenwitz; bestimmt war er derjenige, der das Puzzle zusammenlegen würde. Nirgendwo zwischen den Beuteln und Kästen fanden sich Bezeichnungen wie ›Sprengstoff‹ oder ›Zündvorrichtung‹.

»Verblüffend wenig«, sagte Bernt Nilsson von der Säpo schließlich. »Nicht einmal die simpelsten Fakten lassen sich so etablieren. Sonst weiß man doch in der Regel sofort, um was für einen Sprengstoff es sich handelt. Aber die Techniker sind ratlos.«

Söderstedt befingerte einen irritierenden Sonnenbrand an seinem kreideweißen linken Arm; das Ergebnis eines Lochs in seinem Hemd. Er vertrug die Sonne nicht so gut.

Dann wandte er sich an einen fieberhaft arbeitenden Techniker, der augenscheinlich *ratlos war.*

»Keine Neuigkeiten?«

»Nichts«, sagte der und kratzte weiter an der Wand.

Söderstedt wandte sich dem fleischigen Lars Viksjö vom Närkekrim zu. »Habt ihr einen Ablauf?«

Viksjö blätterte in seinem kleinen Notizblock. »Wecken halb sieben. Frühstück sieben. Arbeitspflicht ab halb acht für alle, die nicht studieren. Vukotic studierte Wirtschaftsjura. Deshalb befand er sich in seiner Zelle und nicht in der Werkstatt. Dem Personal zufolge ›übersprang‹ er das Frühstück, also hat er wahrscheinlich seine Zelle überhaupt nicht verlassen. Aber uns ist noch nicht ganz klar, was dieses ›übersprang das Frühstück‹ bedeutet.«

Der Anstaltschef sah etwas bedrückt aus. »Wir zählen die Männer beim Frühstück nicht«, sagte er entschuldigend.

»Wer hat gesagt, Vukotic habe ›das Frühstück übersprungen‹?« fragte Söderstedt.

»Viksjö blätterte hektisch in seinem Block. »Einer der Aufseher«, sagte er schließlich. »Erik Svensson.«

»Okay, mach weiter.«

»Der Knall kam um acht Uhr sechsunddreißig. Anscheinend studieren alle in diesem Trakt, so daß die Nachbarn sämtlich in ihren Zellen waren. Aber die Ladung war offenbar so exakt für die Zelle berechnet, daß sie die Wände nicht beschädigte. Die vier nächsten Zellennachbarn werden allerdings wegen Gehörschäden auf der Krankenstation behandelt.«

»Schwer zu verhören«, warf Norlander brüsk ein und zog den Finger über die pechschwarze Wand. Der nächststehende Techniker warf ihm einen strengen Blick zu. Die Schwärze klebte fest an der Fingerkuppe. Ekelerregend. Verbrannte Zellreste – in doppelter Hinsicht.

»Kann er dagesessen und an einer eigenen Bombe gebastelt haben?« fragte Söderstedt, ohne sich an jemanden speziell zu wenden. »Ist er deshalb nicht zum Frühstück erschienen?«

»Es fällt mir schwer, mir das vorzustellen«, sagte der Anstaltschef. »Obwohl das nur auf meiner Einschätzung der Person beruht.«

»Inwiefern?«

»Vukotic war der Typ, der sich beispielhaft führt, solange er drinnen sitzt, und zwar aus dem einfachen Grund, daß er so schnell wie möglich rauswill.«

»Um der juristische Berater des Drogenhändlers Rajko Nedic zu werden.«

»Vermutlich ja. Wir machten uns keine großen Illusionen, ihn rehabilitieren zu können. Auf alle Fälle lieber Wirtschaftsjura als schwere Körperverletzung. So muß man argumentieren.«

»Aber der Arm des Gesetzes ist nicht immer besonders lang«, sagte Söderstedt und wiederholte Norlanders Fehler. Die Schwärze klebte wie Leim an seiner Fingerkuppe. »Wie bekannt«, ergänzte er, seufzte tief und versank in sich selbst.

Unerwartet hatte sich indessen Viggo Norlander ein wenig erholt und übernahm das Kommando. »Sitzen andere von Rajko Nedics Handlangern hier ein? Mit wem hat Lordan Vukotic verkehrt?«

»Niemand gibt den geringsten Kontakt mit Nedic zu«, sagte Bernt Nilsson von der Säpo mit dem Kriminalregister im Schädel. »Aber es sitzen noch ein paar Jugos von der gleichen Sorte hier. Zoran Koco, Petar Klovic, Risto Petrovic.«

»Die drei Genannten sind also ›ein paar Jugos von der gleichen Sorte‹«, sagte Söderstedt zusammenfassend, was ihm einen vernichtenden Blick von Seiten Bernt Nilssons einbrachte.

»Man kann jedoch nicht sagen, daß er mit irgend jemandem *verkehrte*, eigentlich«, sagte der Anstaltschef. »Er blieb meistens für sich.«

Norlander wurde deutlicher: »Was wir brauchen, ist folgendes. Erstens: ein Vernehmungszimmer; zweitens: das Wachpersonal, vor allem Erik Svensson; drittens: Wir müssen das ohrenbetäubende Rauschen in den Trommelfellen der vier Zellennachbarn durchdringen; viertens: ›ein paar Jugos von der gleichen Sorte‹; und schließlich fünftens: aktuelle Information von den Technikern und Ärzten. Sind Qvarfordt und Svenhagen die maßgeblichen Leute?«

Sämtliche Anwesenden starrten ihn verblüfft an.

Nach einer Weile nickte Bernt Nilsson steif.

»Meine Herren«, sagte Norlander förmlich, während er die Babykotze in hauchdünnen weißen Streifen von seiner Schulter abzog. »Morgen ist Mittsommerabend. Ich habe die Absicht, den Tag meiner neugeborenen Tochter zu widmen, nicht Gewalttätern im Kumlabunker. Schreiten wir also zur Tat.«

Er warf einen letzten Blick in die ausgebrannte Zelle. Das hätte er nicht tun sollen. Denn mit einer Art großem Bratenwender pulte einer der Techniker gerade einen formlosen, schwarzgebrannten Klumpen von der Zellenwand. Er wog ihn in der Hand, drehte und wendete ihn. In einem gewissen Moment lag er genau so, daß er Viggo Norlander anstarrte.

Ja, der Klumpen starrte. In dem unförmigen Stück unbenennbarer Materie saß ein Auge eingeklemmt. Vollkommen unversehrt. Als könnte es noch sehen.

Norlander fand, daß es ihn anklagend anstarrte.

»Porzellanauge«, sagte der Techniker mit einem breiten Grinsen.

5

Man aß eine Kleinigkeit.

Es war kurz nach der Mittagspause, und zum drittenmal an diesem Donnerstag aß man eine Kleinigkeit. Man würde mindestens noch dreimal ein bißchen was essen können, bevor es Zeit war, nach Hause zu gehen. Um Mittsommer zu feiern.

Vermutlich indem man ein bißchen was aß, dachte Gunnar Nyberg und starrte auf seine noch unberührte Tasse schwarzen Kaffee.

Asketenkost, wie Ludvig Johnsson es nannte.

Johnsson stopfte vier Kopenhagener pro Tag in sich hinein. Er war dünn wie eine Bohnenstange.

»Es liegt am Stoffwechsel«, hatte Sara Svenhagen vor ein paar Wochen erklärt, am Samstag, dem zwölften Juni, um genau zu sein, kurz nach halb drei, während die Pädophilenjäger, wie die Gruppe inoffiziell genannt wurde, im Strandcafé am Norrmälarstrand saßen und ein bißchen was aßen.

»Du hast deinen Stoffwechsel ruiniert, als du Mister Sweden warst«, fuhr sie didaktisch fort. »Die anabolen Steroide haben das gesamte System durcheinandergebracht. Ludvig ist das genaue Gegenteil. Marathonkörper. Er hat sich seine Trauer förmlich vom Leib gelaufen. Sechzig Kilometer die Woche.

»Trauer?« fragte Nyberg und blickte traurig auf den Kopenhagener, der für ihn bestellt worden war. Er machte gerade eine knochenharte Abmagerungskur, und die ganze Zeit bekam er Kopenhagener und Zimtschnecken und Kekse und Mazariner in seine hilflosen Finger gedrückt.

Sara Svenhagen betrachtete ihn verwundert. Er schaute zurück. Sie war atemberaubend schön. Um die Dreißig. Ihr fast bronzeglänzendes, dunkelblondes Haar ergoß sich wie ein goldener Wasserfall hinab zu den gekräuselten Schulterbändern ihres kleinen schwarzen Leinenoberteils, das sich seinerseits so spröde an die sommersprossige goldbraune Haut schmiegte. Ja, er wurde immer ein wenig lyrisch, wenn er Sara betrachtete. Nicht altersgeil, sagte er sich immer wieder, obgleich zwei Jahrzehnte zwischen ihnen lagen. Nein, es war kein Begehren mit im Spiel. Sie war eher ein rettender Engel, eine Lichtgestalt, die immer zur Stelle war und einen wieder ans Licht des Tages zurückzog, wenn man ins allertiefste Dunkel des Menschlichen geblickt hatte.

Denn genau das war es, was die Pädophilenjägergruppe bei der Reichskriminalpolizei tat. Blickte täglich hinab in die denkbar schlimmsten Sümpfe des Menschlichen, das heißt gewöhnlich vor allem des Männlichen. Etwas so Grauenhaftes hatte er sich nie vorstellen können.

Es war eine überwältigende Zeit gewesen; erst jetzt begannen die Dinge sich zu normalisieren.

Gunnar Nyberg war der einzige aus der A-Gruppe, der mit intakter Ehre davongekommen war, auch wenn die Ehre intern war und niemals, unter gar keinen Umständen, das Licht der Öffentlichkeit erblicken durfte. Die Decke des Stillschweigens war über den Fall ausgebreitet worden, und da lag sie immer noch. Doch intern, im Reichskriminalamt, war er mit einem Glorienschein versehen worden, und wenn nicht der Gedanke an Schwedens größten Polizisten als Kommissar an sich so absurd gewesen wäre, hätte man ihn wohl befördert. Er hatte selbst abgewinkt, um dem Reichspolizeichef Ausreden zu ersparen. Keine Beförderung. Aber gern eine stimulierende Tätigkeit.

So kam es, daß der Mann, der bei einer journalistischen Umfrage im Polizeiblatt zu Schwedens größtem Polizisten ernannt worden war, in der erfolgreichen Pädophilenabteilung beim Reichskrim vor dem Computerbildschirm landete. Er, der gerade angefangen hatte, wieder zu leben, nachdem er von einem Aquariumsdasein in den trüben Wassern des Schuldbewußtseins beinah zerfressen worden war. Er, der sich gerade mit denen versöhnt hatte, die er für unversöhnlich gehalten hatte. Seinen Kindern. Seiner früheren Ehefrau. Den Zeugen und dem Opfer des großen Verbrechens in seinem Leben, der unvergeßlichen Mißhandlung seiner Ehefrau in seiner Bodybuilderzeit. Es war mehr als zwanzig Jahre her, doch jeden einzelnen Tag sah er die kugelrunden Augen seiner Kinder, wie sie die aufgeplatzte Augenbraue seiner Frau betrachteten. Seinen Schmerz sang er sich als Baßsänger im Kirchenchor der Gemeinde Nacka von der Seele.

Doch endlich hatte er den Schritt getan. Gunilla war seit langem wieder verheiratet und lebte in Uddevalla. Mit zitternden Beinen war er hinuntergefahren und hatte sie und Bengt besucht. Sie hatten gerade ihr Haus verkauft und sich auf Orust ein Sommerhaus angeschafft. Dorthin war er gefahren. Sie war ganz anders, als er sie in Erinnerung hatte. War aufgeblüht. War eine kleine Frau, die einen überraschend derben Ton am Leib hatte und ohne zu zögern ihm nicht nur verzieh, sondern ihn unter den Tisch trank, so daß er die Nacht in Tränen aufgelöst verbrachte. Ein lächerlicher Fleischhaufen. Das tat gut. Dann besuchte er seine Tochter Tanja in Uddevalla. Sie war verheiratet und machte Karriere. Kinder mußten warten. Eine eher abwartende, vielleicht eine Spur steife Haltung. Aber auch das ging gut.

Am besten ging es jedoch mit seinem Sohn Tommy, der als Bauer in Östhammar in Roslagen lebte und einen kleinen Sohn namens Benny hatte. Sie besuchte er, sooft er konnte. Die Benzinrechnungen stiegen drastisch. Daß sein alter rostiger Renault abnorm viel Benzin soff, war ihm schnurz. Dieser Enkel sollte verwöhnt werden. Um jeden Preis.

Und er öffnete sich nicht nur für die Welt der Kinder, sondern auch für die der Frauen. Plötzlich konnte er, nach fast zwanzig Jahre währender Enthaltsamkeit, an sich selbst als an ein sexuelles Wesen denken. Er begann wieder, nach Frauen zu schauen, vorsichtig, doch ohne von Schuldgefühlen überwältigt zu werden.

Und ausgerechnet da wurden beide Perspektiven auf das gräßlichste verzerrt.

Kinder und Sex.

Nach den ersten Schocks, als Sara und Ludvig ihn mehrfach schluchzend vor dem Bildschirm zusammengesunken gefunden hatten, nahm er sich der Aufgabe mit der denkbar größten Leidenschaft an. Die Gruppe war im Augenblick die Nummer eins der Reichskriminalpolizei, nach dem Hinscheiden der A-Gruppe. Sie waren, nach einer Phase trostlosen Jagens, mitten in einer erfolgreichen Periode und arbeiteten fleißig mit internationalen Kollegen zusammen. Bevor Nyberg dazugestoßen war, hatte man mit fünfzehn Ländern unter der Führung der National Crime Squad in England an der internationalen Aktion Operation Cathedral zusammengearbeitet, die ein großes Netzwerk von Pädophilen im Internet aufgedeckt hatte, und das erste, was er sich Ende Oktober hatte vornehmen müssen, war eine Widerwärtigkeit namens Pedo University. Im Mai des voraufgegangenen Jahres hatte die amerikanische Polizei eine internationale Aktion unter dem Namen Operation Sabbatical eingeleitet, und Ende Oktober erfolgte ein koordinierter Zugriff in den beteiligten Ländern. Und zu Hause verfolgten andere Teile der Gruppe all die Spuren und Netzwerke, die im Zusammenhang mit der Entlarvung eines zweiundzwanzigjährigen Pädophilen in Örebro entdeckt wurden, der als der bislang schlimmste Kinderschänder des Landes galt.

Es ging also voran. Und Gunnar Nyberg hatte zum erstenmal ernsthaft das Gefühl, daß er etwas *Wesentliches* tat. Er rettete Kinder. Und damit verbrachte er auch seine Freizeit. Seit einem Jahr hielt er in den Schulen der Stadt Vorträge über Doping, die immer mehr Anerkennung fanden. Gratis, zur unverhohlenen Verblüffung der Rektoren.

Wer kannte die negativen Nebenwirkungen der anabolen Steroide besser als er?

Und obwohl er tagein, tagaus die schrecklichsten Seiten des menschlichen Begehrens betrachtete, fand er, daß sein Leben sich gut anließ. Wider Erwarten, wenn er an den Kentuckymörder dachte.

Sein Blick schweifte über den Mälaren. Den Hochsommersee. Ein paar Wochen des Juni waren schon vergangen. Das Wetter konnte sich nicht richtig entscheiden, was es wollte, doch gerade im Moment schaute die Sonne hervor und strich ihre frischgebutterte Butter auf die Scheibe frischbackenes Riddarfjärden-Brot und garnierte das Ganze mit Spinnakern in allen Farben des Regenbogens. Die Luft fühlte sich ungewöhnlich gesund an, was nur teilweise an dem fehlenden Autoverkehr lag. Auf Västerbron war es jetzt die immer dichter werdende Läuferschar, die Schlangen bildete.

Gunnar Nyberg wandte sich wieder Sara Svenhagen zu. Ihre Miene ließ erkennen, daß sie auf etwas geantwortet hatte, was er schon wieder vergessen hatte.

»Entschuldigung, was hast du gesagt?« mußte er sagen.

»Ludvig ist seiner Trauer um die Familie davongelaufen«, sagte sie. »Das hast du also nicht gewußt? Daß Ludvig Johnsson vor ein paar Jahren seine Familie bei einem Verkehrsunfall verloren hat?«

»Wie? Das begreife ich nicht. Er ist mir immer als so ... unbekümmert erschienen.«

»Das ist eine Maske. Er läuft im wahrsten Sinne des Wortes um sein Leben. Jeden Tag. Frau und zwei Söhne, einfach so. Weg, von einer Sekunde zur nächsten.«

»Habt ihr damals schon zusammengearbeitet?«

»Ja, allerdings nicht mit dem hier. Das war, bevor die Polizei richtig begriffen hatte, wie ernst diese Geschichte mit der Kinderpornographie wirklich war. Wie wahnsinnig verbreitet sie ist. Nein, wir arbeiteten bei der Stockholmer Kripo. Er war mein Lehrmeister, kann man wohl sagen. Und Ludvig war es, der die ganze Pädophilenabteilung aufgebaut hat und mich mit rübergenommen hat.

»Und mich auch, nehme ich an.«

»Ihr kanntet euch von früher, ja«, sagte Sara. »Wieso?«

Gelände, das so schwer zu betreten gewesen war. Fast ausradiert unter Ängsten von zwanzig Jahren. Die Vergangenheit. Die Zeit damals. Die Zeit der Steroide.

»Wir sind zusammen zur Polizeischule gegangen«, sagte Gunnar Nyberg. »Wir waren damals richtig enge Freunde. Teilten das Zimmer. Aber wir drifteten auseinander. Als er ein guter Polizist wurde und ich ein schlechter. Und jetzt wußte ich nicht einmal, daß er seine Familie verloren hat.«

»So was macht die Zeit«, sagte Sara und legte ihre Hand auf seine.

Er lächelte. Schief, spürte er. Er lächelte schief und blickte in die Runde. Sie aßen ein bißchen was. Fünf Pädophilenjäger. Seine neue A-Gruppe.

Deren Chef, der Kometkarrierist Kommissar Ragnar Hellberg, allgemein als Party-Ragge bekannt, plötzlich aufstand und mit dem Finger zeigte: »Jetzt kommt die Spitze.«

Sie verließen das Strandcafé und drängten sich durch die Volksmassen hinauf zum Norrmälarstrand. Nyberg konnte ohne schlechtes Gewissen den Kopenhagener den wartenden Spatzen überlassen.

Die Spitzengruppe des Stockholm-Marathons war gerade durch, als sie das rot-weiße Absperrband erreichten. Wenn jemand sich über das heftige Drängeln beschwerte, bekam er einen Polizeiausweis unter die Nase gehalten. Nyberg wußte, daß Polizeibeamte suspendiert worden waren, weil sie außerhalb des Dienstes ihren Polizeiausweis benutzt hatten, und ließ den offenbar nicht besonders kleinlichen Kommissar Hellberg den Weg bahnen.

Die Dichte der Läufer auf der Marathonstrecke nahm zu. An die einhundert waren bereits durch, als Nyberg fragte: »Und wie erkennen wir ihn?«

»Das wirst du schon sehen«, lachte Sara.

Und er sah es. Man konnte es gar nicht übersehen.

Ludvig Johnsson lief mit einem blinkenden Blaulicht auf dem Kopf. Er lief unglaublich schnell und winkte der ausgelassen gröhlenden Pädophilenjägertruppe fröhlich zu.

Kommissar Ragnar Hellberg tauchte unter dem rot-weißen Absperrband durch und glitt durch eine Lücke in der Kette der Marathonläufer hindurch. Die Gruppe folgte ihm. Party-Ragge winkte mit seiner Legitimation großmütig den herbeieilenden Funktionären zu, die daraufhin mitten im Schritt innehielten und die in wichtiger Mission unterwegs befindliche Bullenbande durchließen. Sie eilten im Laufschritt die Polhemsgata hinauf.

»Was passiert jetzt?« keuchte Gunnar Nyberg, dessen Körper nicht direkt fürs Joggen gebaut war.

»Jetzt wird er wahnsinnig überrascht sein, uns oben an der Fleminggata noch einmal zu sehen«, sagte Sara.

Und sie kamen genau zur rechten Zeit, um zu sehen, wie sich das merkwürdige blinkende Blaulicht näherte. Ludvig Johnsson lachte tatsächlich sehr überrascht, zeigte auf sein Blaulicht und sah sie vorwurfsvoll an.

»Das bescheuerte Blaulicht wiegt ein paar Kilo«, lachte Kommissar Ragnar Hellberg sadistisch, als Johnsson außer Sichtweite war.

Dann konnten sie sich entspannen und noch einmal *ein bißchen was essen*, bevor es Zeit wurde, Johnsson auf der zweiten Runde unten am Norrmälarstrand abzupassen. Diesmal sah er nicht mehr so taufrisch aus, und beim zweitenmal oben an der Fleminggata war das Blaulicht verschwunden. Es ließ sich nie feststellen, wo es geblieben war.

Dafür nahm die ganze Gruppe Platz in einem vorgefahrenen Polizeiwagen, der mit eingeschaltetem Blaulicht Kurs auf Stockholms Stadion nahm, wo sie alle mit einem auf dem Kopf befestigten Blinklicht an der Laufbahn standen und den erschöpften Marathonhelden in Empfang nahmen.

Gunnar Nyberg stand da und fühlte sich mit dem blinkenden Blaulicht auf der Birne reichlich bizarr. Es war kurz vor fünf, und er tat sein Bestes, um mitzumachen, um genausoviel Spaß zu haben, wie ihm die anderen zu haben schienen, damit er nicht daran dachte, daß er *hierfür* den Feiertag mit seinem Enkel Benny in Östhammar geopfert hatte.

Und als er sah, wie der drahtige Jugendfreund auf der Laufbahn von Stockholms Stadion im Schatten des altehrwürdigen Glockenturms die herzlich-innige Umarmung der fabelhaften Sara Svenhagen entgegennahm, konnte er sich mit dem Gedanken fast versöhnen. Die güldene Haarpracht glänzte wundersam im glühenden Licht der Spätnachmittagssonne.

Das war damals.

Jetzt war es verschwunden. Sara Svenhagen hatte sich die Haare kurzgeschnitten. Sie war wie ein anderer Mensch. Ebenso ansprechend, keine Frage, aber ansprechend auf eine ganz andere Art und Weise. Interessanter, vielleicht. Weniger Lichtgestalt und mehr Mensch. Mit allem, was das beinhaltete.

»Was ist denn in dich gefahren?« fragte Nyberg unverblümt.

Ludvig Johnsson schien nicht richtig zu verstehen, wie er da schlank auf dem Bürgersteig neben dem Polizeipräsidium saß und seinen dritten Kopenhagener an diesem Tag verschlang.

Doch Sara verstand. Sie lächelte leicht. »Lebenserneuerung«, sagte sie nur.

Gunnar Nyberg starrte hinab in seine noch nicht angerührte Tasse schwarzen Kaffee und wußte nichts zu sagen. Was ihn betraf, reichte es bis auf absehbare Zeit mit der Lebenserneuerung.

Obwohl, da war ja noch das mit den Frauen, natürlich ...

Ludvig Johnsson setzte sich auf dem Trottoir vor dem Eßlokal mit dem sympathischen Namen Annikas Café & Speiselokal in der Kungsholmsgata auf seinem ranken Stuhl zurecht. »Und du bleibst bei deiner Asketenkost, Gunnar?« sagte er.

Johnsson sah beinah unverschämt gut durchtrainiert aus mit seinem sehnigen Körper und der gepflegten Glatze innerhalb des mönchartigen Kranzes von schwarzem Haar. Er trug einen leichten hellen Leinenanzug und einen grünlichen Schlips zu dem beigen Hemd und sah mindestens zehn Jahre jünger aus als Nyberg, obwohl sie gleich alt waren, also Ende Vierzig.

Es war immer eine unerhörte Qual, diesen gutgetrimmten Mann Überflüssiges in sich hineinschaufeln zu sehen. Überhaupt war es ein seltsames Erlebnis, Ludvig Johnsson wiederzusehen. Sie hatten einander während einer kurzen Periode vor fünfundzwanzig Jahren wirklich sehr nahegestanden. Gemeinsam die Polizeischule besucht, fast rund um die Uhr zusammengelebt. Schon da war die Verteilung klar gewesen: Gunnar verbrachte die meiste Zeit beim Krafttraining, Ludvig lief Amok auf den Joggingloipen. Gunnar wurde Mister Sweden und ein widerwärtiger Norrmalmsbulle mit Baseballschläger. Ludvig ging in die Provinz und wurde ein freundlicher Stadtteilpolizist in Vänersborg. Und jetzt begegneten sie sich wieder. Als Pädophilenpolizisten, wie eine Boulevardzeitung sie eine Spur zu unvorsichtig genannt hatte. Und erstaunlich wenig hatte sich verändert. Auf ganz verschiedene Art und Weise hatten beide ihre Familie verloren, und nun fanden sie wieder zusammen. Wiederum eher aufgrund der Unterschiede als aufgrund der Ähnlichkeiten. Ludvig spritzig, geschmeidig, elegant, europäisch. Gunnar groß, stark, kämpferisch, urschwedisch.

»Ich *muß* Asketenkost zu mir nehmen«, sagte Gunnar Nyberg. »Ich habe noch zwölf Kilo abzunehmen bis zu Schwedens zweitgrößtem Polizisten.«

Ludvig Johnsson lachte amüsiert. »Ja, ich habe diese Reportage gelesen. Hatten sie vorher mit dir gesprochen?«

»Jemand rief an und fragte, ob ich immer noch hundertneununddreißig Kilo wöge. Ich habe geantwortet: nein, hundertsechsundvierzig. Auf dieser Konversation baut die Reportage auf. Schwedens größter Polizist.«

»Nein, hört mal, Leute«, sagte Ludvig Johnsson abrupt und schlug sich auf die Marathonknie. »Jetzt ist verdammt erst mal Mittsommer angesagt. One to go. Mögen die Pädophilen ringsum im Lande in Frieden ruhen. Auf jeden Fall ein paar Tage. Was wollt ihr machen?«

»Ich verbringe die Tage mit meinem Enkel«, sagte Nyberg, ohne zu zögern. »Tanz um den Mittsommerbaum in Östhammar.«

»Ich laß es ruhig angehen«, sagte Sara Svenhagen. »Abschalten. Es ist alles ein bißchen zu sehr auf Hochtouren gelaufen die letzte Zeit.«

»Ich werde mich erneuern«, sagte Ludvig Johnsson kryptisch.

Da schallte eine wohlbekannte Stimme die Kungsholmsgata entlang: »Nein, was sieht man denn da. Schwedens eindeutig größter Polizist.«

Gegen die graue Fassade des Polizeipräsidiums zeichnete sich ein kurzhaariger dunkelblonder Mann mit rotem T-Shirt, Jeans und Sandalen und einem roten Mal auf der Backe ab. Nyberg machte sich die Mühe, sich zu erheben und die Arme auszubreiten. Die beiden Männer umarmten einander. Als Nyberg losließ, sah der andere aus, als hätte ihn gerade eine Anakonda umschlungen.

»Geehrte Pädophilenjäger«, sagte Nyberg launig. »Treffen Sie den Helden von Hallunda. Paul Hjelm, den Stolz des Polizeikorps'. Ludvig Johnsson und Sara Svenhagen.«

»Hallo«, sagte Johnsson.

»Hej«, sagte Sara Svenhagen.

»Hej«, schnaufte Hjelm und eroberte seine Lungenkapazität zurück. »Gratuliere zu euren Festnahmen in letzter Zeit. Es ist wohl ziemlich gut gelaufen.«

»Danke«, sagte Svenhagen. »Doch, unsere Mühe hat sich gelohnt.«

»Endlich, kann man wohl hinzufügen«, sagte Johnsson.

»Und du, womit pusselst du herum zur Zeit?« fragte Nyberg und schlug Hjelm auf die Schulter. »Warst du nicht bei der Ordnungspolizei gelandet?«

»Mitten im Alltag, kann man wohl sagen, ja. Im Augenblick geht es um den Totschläger vom Kvarnen, wenn euch dieses raffinierte kriminelle Genie etwas sagt.«

»Kneipenschlägerei?« sagte Nyberg rücksichtslos. »Bist du dafür nicht ein klein wenig ... überqualifiziert?«

»Sag das nicht«, erwiderte Hjelm. »Es läßt sich ganz spannend an. Na, wir werden sehen. Ich arbeite übrigens mit Kerstin zusammen, Gunnar.«

»Was du nicht sagst«, meinte Nyberg erfreut. »Meine alte Zimmergenossin. Sie wollte zurück. Und jetzt seid ihr zusammen gelandet. Das paßt doch gut.«

»Das paßt sogar ausgezeichnet«, sagte Hjelm. »Ich soll hier in dem erlesenen Annikas Café & Speiselokal ein paar belegte Brote kaufen, dann machen wir weiter mit den Verhören. Die Sache hat ganz überraschende Pointen.«

»Was hältst du von einem Besuch in Östhammar an Mittsommer. Du mußt mal kommen und meinen Sohn kennenlernen. Tommy.«

»Danke, also ich meine, nein danke. Ich glaube, die Kinder haben einiges geplant. Wir mieten wieder die Kate auf Dalarö.«

»Jaja, hol jetzt deine Totschlägerstullen«, sagte Nyberg. »Sonst kriegst du noch Ärger mit Kerstin.«

Hjelm ging hinein, kaufte in Annikas Café & Speiselokal ein paar ansehnlich belegte Brote und machte sich winkend auf den Weg zurück zum Präsidium.

Aber eigentlich war er an einem anderen Ort.

Anderswo.

Genauer gesagt im Restaurant *Kvarnen* um einundzwanzig Uhr zweiundvierzig am vorherigen Abend.

Er hielt plötzlich inne, dort auf der Kungsholmsgata. Der Riesenkomplex des Polizeipräsidiums türmte sich vor ihm auf. Nach rechts ging es zum Reichskrim in der Polhemsgata. Nach links würde er durch den schattigen Park am galanten Eingang des Länskrim in der Agnegata vorbeigehen und in der Bergsgata herauskommen, wo der deutlich anspruchslosere Eingang des Polizeibezirks City lag.

Rechts gehörte der goldenen Vergangenheit an.

Links der eher schmutzgrauen Gegenwart.

Ohne richtig zu verstehen, warum, stand er da und zauderte am Scheideweg wie Stiernhielms Herkules.

Erst jetzt war er gezwungen, etwas zu formulieren, was während mehrerer Stunden an diesem Donnerstag vor Mittsommerabend unformuliert im Vernehmungsraum in der Luft gelegen hatte. Und er hatte es ein übers andere Mal in Kerstin Holms Blick gelesen, wenn sie sich angesehen hatten, um ihre Intuition miteinander abzustimmen.

Ja – dies war ein ganz gewöhnliches graues und rohes Alltagsgewaltverbrechen in der Innenstadt von Stockholm. *Aber war es nur das?*

Waren es nur ihre hochgespannten Hoffnungen auf ein *richtiges Verbrechen*, die sie hinter dieser schäbigen Gewalttat unter Fußballfans etwas anderes vermuten ließen?

Paul Hjelm stand eine Weile dort am Scheideweg. Er spürte, wie Nybergs forschende Blicke sich in seinen Nacken bohrten. Dann akzeptierte er den Zustand der Dinge und wandte sich nach links. Kehrte zurück zur Ordnungspolizei, zur Abteilung für Gewaltverbrechen im Polizeibezirk City, und zu den grauen, aber rohen Gewalttaten.

Doch irgend etwas in ihm ahnte eine bevorstehende Metamorphose.

6

Ihr Magen knurrte nicht, er brüllte. Wie wenn ein einsamer Inder durch den Dschungel schleicht und das Herz ihm bis zum Halse schlägt, und plötzlich hört er das, was man, wie er weiß, nur einmal im Leben hört.

Sehr spät im Leben.

Das Brüllen des Tigers.

Obwohl der Tiger ein kaum furchteinflößender weiblicher Bulle von fünfunddreißig war und der Inder ein verweinter junger Bursche aus Kalmar von knapp zwanzig. Und in seinem Leben war es kaum spät.

Aber spät war es im Leben seines besten Freundes gewesen. Gestern abend. Am dreiundzwanzigsten Juni um einundzwanzig Uhr zweiundvierzig im Restaurant *Kvarnen* in der Tjärhovsgata auf Södermalm.

Kerstin Holm sehnte Paul Hjelm herbei. Mehr noch aber –

das mußte sie zugeben – sehnte sie die belegten Brote herbei, die er mitbringen würde.

Ihr Magen brüllte noch einmal auf. Mehr als mörderisch.

Aber davon merkte Johan Larsson aus Kalmar nichts. Er weinte hemmungslos. Er war vollkommen durcheinander. Er begriff nichts. Überhaupt nichts. Vier junge Burschen aus Kalmar hatten sich frohgemut nach Stockholm begeben, um zusammen mit ihrer Fußballmannschaft, dem überraschend erfolgreichen Aufsteiger in die erste Liga, Kalmar FF, ein kleines Abenteuer zu erleben. Am Mittwoch, dem dreiundzwanzigsten Juni, um neunzehn Uhr, hatten sie im Söderstadion ihre Plätze eingenommen, ihre Mannschaft angefeuert und zu einem beachtlichen 2:2 angetrieben. Durchaus zufrieden mit dem Abend, hatten sie ein Lokal aufgesucht, von dem sie hatten reden hören, *Kvarnen* am Medborgarplats. Da sollte Leben in der Bude sein, hatten sie gehört. Sie wußten indessen nicht, daß die Bude brechend voll war mit enttäuschten Hammarbyfans, deren gesammelte Frustration über den letzten Tabellenplatz sich jetzt dem Siedepunkt zu nähern begann. Und keiner hatte ihnen Glauben geschenkt, als sie wie Petrus dreimal ihren Meister verleugneten. Statt dessen war einer von ihnen gestorben. Sein Blut war in Johan Larssons Hände geflossen, war zwischen den Nähten seines rotweißen Spielertrikots hervorgeströmt, und das Leben würde nie wieder so sein, wie es gewesen war.

Vielleicht würde er das Meer von Blut vergessen, vielleicht würde er sogar seinen alten Freund, Anders Lundström, vergessen, doch nie würde er den blinden Haß vergessen. Die Wut ohne jedes Maß. Diese Blicke, die *nur töten wollten.* Die würden bis zum allerletzten Augenblick von Johan Larssons anspruchsloser Erdenwanderung dableiben. Soviel war ihm klar.

Aber sonst nichts.

Kerstin Holm tat, was sie konnte. Sie versuchte, mütterlich zu sein, sie sagte sich: Ich könnte die Mutter dieses Mannes sein; doch es klappte nicht richtig. Ihr war nicht hundertprozentig klar, was es hieß, mütterlich zu sein.

Sie hatte keine Kinder, wußte nicht, ob sie Kinder haben wollte. Vor einem Jahr wußte sie, daß sie *keine* Kinder haben wollte. Jetzt wusste sie nicht einmal mehr das. Die Zeit begann ihr davonzulaufen. Ihre Beziehungen hatten nicht richtig gehalten, was sie versprochen hatten. Als Kind war sie von einem Verwandten vergewaltigt worden, ihre erste Ehe mit einem Polizisten in Göteborg war eine einzige, merkwürdig in die Länge gezogene Vergewaltigung gewesen, ihr seltsames, kurzes, intensives Verhältnis mit Paul Hjelm vor mehr als zwei Jahren war in erster Linie eine vergoldete Erinnerung, von der das Blattgold abzublättern begonnen hatte, und die wichtigste Beziehung ihres Lebens, eine mindestens ebenso intensive Verliebtheit in einen krebskranken sechzigjährigen Pastor der Schwedischen Kirche, hatte so geendet, wie sie es vorausgesehen hatte.

Er war gestorben.

Sie war bei ihm, als er starb, und er ließ ihr ein Erbe von Erinnerungen zurück, mit denen sie nicht recht umzugehen wußte. Sie waren von etwas *Heiligem* umweht, dessen sie sich ganz einfach nicht würdig fühlte.

Paul Hjelm trat ein und winkte mit einer Plastiktüte. Sie stieß einen Seufzer der Erleichterung aus, und ihr Magen brüllte wild, als sei er sich über den Inhalt der Plastiktüte vollauf im klaren.

Paul hörte es, winkte noch einmal mit der Tüte, bekam unmittelbar Rückmeldung von dem Tiger in ihrer Magengegend und hob verwundert die Augenbrauen. »Die Mysterien der Biologie«, sagte er, setzte sich und überflog ihre Notizen. ›Gruppe von sieben‹, stand da. ›Blinder Haß‹, stand da. ›Drei Hauptfiguren, Täter eigentlich Nebenfigur.‹ ›Der, der half (Jonas A), verdammt wütend. Auf uns, weil wir dahin gegangen waren. Auf d. Tät., weil er Scheiße gebaut hatte.‹ – ›Anders hat ihn nur umgeschubst, damit wir hinter Hjalle und Steffe her und abhauen konnten.‹ – ›Ganz unerwartet.‹ – ›Die unglaublich kalten Blicke, als wäre niemand dahinter.‹ – ›Die ganze Gang verschwand. Auf einen Schlag.‹

Mehr stand nicht da.

Hjelm blickte auf und betrachtete Johan Larsson aus Kalmar. Er saß da wie ein Häufchen Elend und schluchzte.

Die sogenannte sinnlose Gewalt.

Einen Moment lang war ihm übel.

Dann sah er die neue Zeichnung an. Sie lag neben den beiden anderen. Drei voneinander unabhängige Phantombilder des Täters. So gleich und doch so verschieden. Per Karlssons, Eskil Carlstedts und Johan Larssons.

Das ungepflegte, halblange dunkelblonde Haar, der kleine Schnauzer, der ein paar Millimeter an den Mundwinkeln herabhing, die blauen Augen. Soweit stimmten sie überein. Doch die Gesichtsform, die Form der Nase und der Augen, das alles unterschied sich in grundlegenden Punkten. Aus diesen drei Skizzen ließ sich kein einheitliches Bild herstellen; es fragte sich, ob sie auch nur für die Medien brauchbar waren.

Hjelm hielt Johan Larsson Eskil Carlstedts Zeichnung hin: »So sah er also aus?«

Larsson blickte auf, das Gesicht hochrot, Rotz lief ihm ungehindert aus der Nase. Hjelm reichte ihm ein Taschentuch, ohne die Zeichnung hinzulegen. Schließlich gelang es Johan Larsson, die Zeichnung zu fixieren. Er nickte, dann sank sein Gesicht wieder auf die Arme hinab.

Hjelm tauschte die Zeichnung gegen Per Karlssons Zeichnung aus. »Also so?« fragte er.

Der junge Mann aus Småland sah wieder auf. »Genau so«, sagte er.

Hjelm seufzte und ließ die Zeichnung sinken. »Wie betrunken warst du?«

»Ziemlich«, sagte Johan Larsson nur.

»Und du hast in dem Lokal nichts anderes gesehen, woran du dich erinnern kannst?«

Kerstin sah Paul fragend an. Er blickte fragend zurück. Als sie sich wieder dem jungen Mann zuwandten, sahen sie, daß er sich fragte, warum sie sich fragend ansahen. Es wurde ein bißchen ätzend.

»Ich habe nur eins gesehen, woran ich mich erinnern kann«, sagte er glasklar.

Sie ließen ihn gehen.

Sie sahen sich an und rissen die Plastiktüte mit den belegten Broten auseinander.

»Die Computerheinis«, nuschelte Hjelm, den Mund voll von Mozzarella und Parmaschinken.

»Die hab ich mir vorgenommen, während du weg warst. Das ging schnell. Sie haben nichts gesehen. Und sie waren keine Computerheinis, sondern Aktienmakler. Sie saßen direkt neben der Tür und haben, weiß der Kuckuck, absolut nichts gesehen. Ausgenommen eins: die Junggesellinnenclique. Ich bekam den Eindruck, daß sie es auf einen raffinierten *gang bang* mit der Braut in spe und ihren sinnlos betrunkenen Kolleginnen abgesehen hatten.«

»Und die Junggesellinnenclique hatte wirklich nichts zu bieten, kann ich dir verraten. Ein raffinierter *gang bang* wäre ihnen, soweit ich es beurteilen kann, nicht völlig fremd gewesen. Was aber wohl bedeutet, daß die ganze Reihe unten am Fenster, ein Tisch Aktienmakler und zwei Tische Jungfernabschied, als Zeugen wertlos sind?«

»Das Beste, was die Aktienmakler zu bieten hatten, war: ›Es rauschten massenhaft Leute vorbei, und im gleichen Augenblick fingen die Bräute an zu jaulen.‹ Beide Gruppen waren ganz einfach ein bißchen zu scharf und zu betrunken. Genau wie das sogenannte Paarpaar, das tatsächlich ins Kvarnen gekommen war, um einen Partnertausch zu praktizieren. Sie hatten sich vorher noch nie getroffen, sondern nur erotische E-Mails ausgetauscht, in denen sie sich gemeinsamen Phantasien von Partnertausch und Gruppensex hingaben. Die Pläne dürften naturgemäß nicht realisiert worden sein, in Anbetracht des Alkoholpegels. Zu geil und zu voll. Alle zusammen – obwohl es erst zwanzig vor zehn war. Jungfernfete, Computerheinis und das Paarpaar.«

»Dann nehmen wir die, die naturgemäß *am wenigsten* geil und betrunken hätten sein sollen.«

»Aber anderseits diejenigen, die am beschäftigtsten waren.«

»Das Personal also. Die Kellnerinnen oder die Rausschmeißer?«

»Türsteher, heißt das. Welche von beiden haben es verdient, am längsten zu warten?«

»Rein mit den Kellnerinnen.«

Druck aufs Haustelefon. Kurzes Gespräch mit der Anmeldung, und herein stiefelte eine Schar Schönheiten von der leicht verlebten Sorte. Fünf Frauen. Sie sanken auf die Stühle und begannen im Kanon zu protestieren. Es hörte sich an wie das Affenhaus auf Skansen.

»Es tut uns natürlich ausgesprochen leid, daß Sie haben warten müssen«, sagte Hjelm verbindlich, nicht gänzlich geblendet von all diesem weiblichen Glanz. »Es mußten viele verhört werden, und keine von Ihnen verpaßt Ihre Arbeitszeit, denn es ist erst vierzehn Uhr zehn, und das *Kvarnen* hat noch nicht geöffnet.«

»*Dürfen* wir denn öffnen?« fragte die Älteste. »Ist es denn kein Tatort?«

»Wir haben alles sichergestellt, was sichergestellt werden mußte, also können Sie einfach weitermachen wie gewöhnlich. *Business as usual.* Und es wird bestimmt voll. Viel Gratisreklame in den Medien. Genau wie Tony Olsson in jedem Verlag, den er sich aussucht, Bücher herausbringen kann.«

»Tony Olsson?« sagten die Kellnerinnen im Chor.

»Der Polizistenmörder, der vor ein paar Tagen aus Costa Rica zurückgekehrt ist«, verdeutlichte Hjelm. »Und sich für unschuldig erklärt hat.«

»Und was hat das mit uns zu tun?« platzte eine der Damen heraus.

»Nichts«, seufzte Hjelm. »Wer von Ihnen stand hinter der Theke, als diese Sache passierte?«

»Ich«, sagte eine kleine dunkle Frau um die Dreißig. »Karin Lindbeck«, fügte sie routiniert hinzu.

»Was haben Sie von dem Vorfall gesehen?«

»Nicht viel. Ich stand am anderen Ende des Tresens und nahm die Bezahlung für eine Großbestellung entgegen. Es war kompliziert und dauerte lange.«

»Aber auch sicherheitshalber?« warf Kerstin Holm ein.

»Ich bitte Sie«, sagte Karin Lindbeck und hob abwehrend die Hände.

»Sie spürten also, daß die Atmosphäre bedrohlich war?« sagte Hjelm.

»Das kann man wohl sagen ... Es lag etwas in der Luft.«

»Und Sie hatten den Täter zuvor bedient?«

»Vermutlich. Aber er stand ein Stück im Hintergrund dieser Machogang und war etwas kleiner, glaube ich. Ein Mitläufer. Nicht besonders auffällig.«

»Ist es einer von diesen dreien?« sagte Hjelm und breitete die drei Phantomzeichnungen auf dem Tisch aus.

Die Barfrau Karin Lindbeck schaute sie durch. Schnell, routiniert. Gewohnt, sich Gesichter zu merken. »Kaum«, sagte sie nur.

»Keinerlei Ähnlichkeit?«

»Nur das Haar und der Schnauzbart.«

»Könnten Sie uns etwas Besseres liefern?«

»Ich glaube schon.«

»Und Sie hatten ihn vorher noch nie gesehen?«

»Möglicherweise habe ich ein paar aus dieser Gang mal gesehen. Aber nicht ihn. So auf Anhieb.«

»Sie können uns nachher bei ein paar Zeichnungen helfen, Karin. Fällt Ihnen sonst noch etwas ein?«

»Die Jungs aus Småland. Eine schüchterne Truppe, die ziemlich schnell einsahen, daß sie so fehl am Platz waren wie nur irgend möglich. Aber zu spät. Der, der starb, machte einen netten Eindruck. Er war derjenige, der bestellte.«

»Okay, danke. Der Rest von Ihnen waren also Kellnerinnen. Sie haben eine Einteilung, nicht wahr? Tischeinteilung?«

»Ja«, antwortete die älteste der Kellnerinnen, eine gefärbte Blondine Mitte Vierzig. »Ich hatte das Fenster. Die Brautfete und die Aktienheinis. Sie flirteten hemmungslos miteinander.

Und tranken genauso. Die haben mich voll auf Trab gehalten. Ich saß im übrigen hinten und machte gerade eine Pause, als die Sache passierte. Er war schon tot, als ich wieder herauskam.«

»Weiter.«

»Ich war in der Ecke«, sagte eine andere. »Hab nichts gehört und nichts gesehen.«

»Sehr kurz und bündig, aber vielleicht nicht die ganze Wahrheit.«

»Ich war im Innern des Lokals. Und da passierte nicht viel. Business as usual.«

»Weiter.«

»Ich hatte die Mittelreihe«, sagte eine junge Dame mit chinesischem Aussehen. »Zur Tür hin saß eine Gruppe Studenten, sie redeten über Prüfungen in Sozialanthropologie, glaube ich, dann der Junge, der so tat, als läse er, allein, und dann eine Gruppe Südeuropäer zusammen mit einem Schweden. Sie sprachen Englisch.«

»Sie haben nicht zufällig mitbekommen, worüber sie sprachen?«

»Ich versuche nicht zu lauschen.«

»Wie bei den Prüfungen in Sozialanthropologie?«

Die Chinesin wand sich.

»Nun kommen Sie schon«, sagte Hjelm. »Irgendwas haben Sie gehört.«

»Sie saßen zusammen und verhandelten über etwas. Sie waren keine Kumpels. Im Gegenteil, glaube ich. Mißtrauen. Versuchten, zu einer Lösung von irgendwas zu kommen.«

»Von was? Denken Sie nach.«

»Sollten wir nicht über den Mord sprechen? Von dem habe ich nichts gesehen. Stand mit dem Rücken dazu.«

»Antworten Sie nur auf die Frage.«

»Nein, ich weiß es nicht. Ein Treffpunkt, vielleicht. Ich weiß nicht.«

»Aber sie sind direkt abgehauen, als die Schlägerei anfing? Die ganze Gang? Sind sie abgehauen, ohne ihre Rechnung zu bezahlen?«

»Wenn man nur trinkt, bezahlt man sofort. Es gab keine Rechnung zu bezahlen. Alles war schon bezahlt. Aber sie sind wirklich ziemlich schnell verschwunden.«

Hjelm dachte nach. Irgend etwas rührte sich diffus hinter seiner Stirn. »Keine Rechnung? Nein, verdammt, klar. *Keine Rechnung zu bezahlen.*«

Die Kellnerinnen nahmen mißtrauisch diesen eigenartigen kleinen Ausbruch zur Kenntnis.

»Wer hatte den Tisch neben der Tür? Also an der Wand neben der Tür?«

»Ich«, sagte die jüngste der Kellnerinnen, eine recht kräftige Frau mit kurzen Haaren.

»Was saßen da für Leute, und was passierte?«

»Fünf sehr ernste und stille Typen.«

»Verkäufertypen?«

»Nicht direkt, nein, das finde ich nicht. Vielleicht kann man sagen, *man hätte erwarten können*, daß sie laut gewesen wären. Aber ganz im Gegenteil. Sie redeten kaum ein Wort zusammen. Saßen nur da und starrten verstohlen.«

»Fünf Machoschwule, die auf einen kleinen lesenden Jungen starren«, sagte Hjelm deutlich.

»Sie haben nicht ihn angestarrt. Es war weiter weg.«

»Hörten sie Musik?«

»Kaum. Einer von ihnen hatte kleine Ohrstöpsel, aber es sah eher wie ein, ja, ein Hörapparat aus.«

»Und dieser Ohrstöpsel machte nicht die Runde?«

»Nein. Es war nur der eine, der sie hatte. Er saß mit dem Rücken zum Lokal.«

»Und sie tranken nicht viel?«

»Wenn es hochkommt, jeder ein Bier.«

»Und keiner von ihnen blieb da, um die Rechnung zu bezahlen?«

»Nein, nein. Das war genauso hier. Es gab keine Rechnung. Aber einer von ihnen blieb da. Rasierter Schädel und Schnauzer.«

»Und die anderen vier waren *nicht* vor dem Totschlag gegangen?«

»Nein, sie sind als allererste abgehauen. Sobald der Bierkrug kaputtging. Einer von ihnen zeigte auf den, der dablieb, und sagte etwas. Und da setzte er sich hin und wartete.«

»Sie ließen Eskil Carlstedt also absichtlich zurück?«

»Wenn er so heißt, ja. So sah es aus. Ich stand gerade in der Byenfangruppe daneben und versuchte eine Bestellung aufzunehmen. Das dauerte. Ich stand auch mit dem Rücken zu dem ... Totschlag.«

Hjelm versuchte, Kerstin Holms Blick zu fangen. Sie saß da und zog harte Striche auf ihrem Notizblock. Schließlich hob sie den Blick. Er war konzentriert.

»Wollen wir mal kurz nach draußen gehen?« fragte Hjelm.

»Können wir«, sagte Holm. »Aber eine Frage noch an Sie«, fügte sie an und zeigte auf die Chinesin. Hjelm sah die unterstrichenen Wörter ›tat so als ob‹. Holm fuhr fort: »Warum sagten Sie, daß der Junge, der las, nur so tat?«

»Was?«

»Sie haben schon verstanden.«

»Er hat nicht einmal umgeblättert.«

»Was tat er denn sonst?«

»Weiß nicht. Dachte. Oder lauschte.«

Sie gingen hinaus in den Korridor.

»Wir schicken sofort eine Streife zu Eskil Carlstedt«, sagte Hjelm. »Er wohnt hier auf Kungsholmen.«

»Wir hätten auf das mit dem Musikhören reagieren müssen, die Demokassette, die Reaktion, als wir fragten«, sagte Holm. »Verdammt.«

»Und zugenäht«, sagte Hjelm.

Holm ging fort, um eine Streife nach Carlstedt loszuschicken. Hjelm kehrte zu den Kellnerinnen zurück. »Ja, meine Damen«, sagte er und streckte sich. »Jetzt brauchen wir möglichst detaillierte Beschreibungen von den Südländern, dem Schweden sowie den vier, die von dem Tisch an der Tür verschwanden.«

Die älteste der Kellnerinnen sprang erregt auf: »Aber was zum Teufel machen Sie hier eigentlich?« rief sie.

»Ich habe nicht die blasseste Ahnung«, sagte Paul Hjelm wahrheitsgemäß.

Drei robuste Türsteher der klassischen Sorte saßen aufgereiht da wie die Affen, die nichts sehen, nichts hören und nichts sagen wollen.

Allerdings nur fast.

Sie redeten nämlich eine ganze Menge. Doch ausschließlich darüber, wie heroisch sie die Tür blockiert hatten, obwohl alle versucht hatten rauszukommen. Sie stellten es ungefähr so dar, als wären sie heldenmütige UNO-Soldaten, die mit ihren bloßen Körpern einen Völkermord verhindert hatten.

»Im Hinblick darauf, daß mindestens zwanzig Personen sich davonmachen konnten, kann die Reaktion vielleicht trotz allem nicht als blitzschnell bezeichnet werden«, sagte Hjelm trocken.

Sie starrten ihn an. »Es gibt noch eine Tür zwischen der Garderobe und dem Lokal«, sagte der Älteste gekränkt. »Wir hören nicht alles, was da drinnen vor sich geht.«

»Wir hatten es mit einer verflucht aufsässigen Schlange zu tun«, sagte der Größte. »Viele lästige Immigranten.«

»Immigranten?« fuhr Hjelm hoch. Es war offenbar, daß der Mann nicht gewohnt war, ein anderes Wort als ›Kanaken‹ zu benutzen. Hjelm fuhr fort: »Trotzdem haben Sie an die dreißig bereits betrunkene Byenfans hineingelassen, von denen einer sich außerdem als Mörder herausstellen sollte.«

»Bei den Byenfans weiß man doch, wo man dran ist«, sagte der dritte.

»Ach so ist das«, sagte Hjelm säuerlich, ließ die Sache jedoch auf sich beruhen. »Hätten Sie nicht ein wenig schneller reagieren können, als zwanzig Mann auf einen Schlag aus dem Lokal herausstürmten?«

»Da entsteht ein verdammter Druck, und es war nicht ganz einfach, sich in die entgegengesetzte Richtung zu bewegen.«

»Unser Job ist schließlich, die Leute zu kontrollieren, die *rein*wollen, nicht die, die *raus*wollen.«

»Wir wußten ja nicht, was passiert war. Wir können nicht einfach anfangen, die Leute aufzuhalten, die das Lokal verlassen.«

»Was waren es denn für Leute, die herauskamen?«

»Männer. Nur Männer. Byenfans vor allem, auch ein paar etwas ältere Builder.«

»Meinen Sie Bauarbeiter?«

»Nein, Bodybuilder. Bauarbeiter gibt es doch wohl nicht mehr.«

»Irgendwelche ... Immigranten?«

»Eventuell auch eine Anzahl Ka... Herren mit dunklerer Hautfarbe, ja«, sagte der Größte. »Mir war so, doch.«

»Aber Sie müßten das hier doch alles wissen«, sagte der Älteste. »Sie hatten doch einen Mann vor Ort.«

Hjelm starrte Holm an. Holm starrte Hjelm an. »Einen Mann vor Ort?« sagten sie im Chor. Es klang zwar nicht übermäßig professionell, aber was soll man machen?

»Ja, sicher doch«, sagte der größte der Türsteher. »Wir hatten es gerade geschafft, uns hineinzudrängen und die innere Tür zu blockieren. Er war nicht richtig rausgekommen. Ich drückte ihn zurück. Da zeigte er seinen Polizeiausweis vor und drängte sich raus.«

»Seinen Ausweis?« sagte der Chor.

»Seinen Polizeiausweis.«

Sie saßen nur da. Schließlich sagte Kerstin Holm: »Fanden Sie es nicht sonderbar, daß ein Polizist hinaus wollte, nachdem ein Verbrechen begangen worden war?«

»Woher soll ich denn wissen, wie Sie arbeiten, verdammt.«

»Und wie er aussah, wissen Sie nicht mehr?«

»Es war ein ziemlicher Tumult, gelinde gesagt. Ein Typ lag auf dem Boden, in einer Blutlache. Alle schrien wild durcheinander, die Leute drängten zur Tür. Ich sah nur, wie er mit einem Polizeiausweis wedelte, und da hab ich ihn rausgelassen.«

»In die Freiheit«, sagte Paul Hjelm.

7

Viggo Norlander war scharf. Bissig. Hungrig.

Einem außenstehenden Betrachter konnte es sich so darstellen, als sei er ein hochmotivierter Polizeibeamter, der um jeden Preis einen komplizierten Mordfall lösen will.

Arto Söderstedt war *kein* außenstehender Betrachter. Er war ein skeptischer Betrachter. Und Viggo Norlander war kein hochmotivierter Polizeibeamter, der um jeden Preis einen komplizierten Mordfall lösen will. Er war ein hochmotivierter frischgebackener Vater, der um jeden Preis das Mittsommerfest mit seiner kleinen Tochter verbringen wollte.

Söderstedt fand das nicht in gleichem Maße ehrenwert. Er rief sich all die abgeblasenen Mittsommerfeiern mit seinen enttäuschten und weinenden Söhnen und Töchtern in Erinnerung und verspürte einen Stich von Neid angesichts der Zielbewußtheit Norlanders. So zielbewußt war er selbst nie gewesen.

Andererseits war seine Vaterschaft nie ähnlich außergewöhnlich gewesen. Im Gegenteil, er empfand sich als ein ausgesprochen normaler Vater. Anjas fünf Schwangerschaften waren ohne größere Komplikationen verlaufen, die Kinder waren eine Woche zu früh oder zu spät herausgeflutscht, kerngesund und kreideweiß. An der Vaterschaft konnte nie gezweifelt werden. Es sei denn, ein anderer Weißfinne hätte in den söderstedtschen Kleiderschränken gehockt und wäre wie *Jack in the box* jedesmal herausgeflogen, wenn der Gatte sich auf den Weg zur Polizeistation gemacht hatte.

Oder zum Gerichtssaal. Denn Söderstedts eigene kleine Extravaganz hatte nichts mit seinem Familienleben zu tun. Es war seine Karriere, die ungewöhnlich war. Und geheim. In sehr jungen Jahren war er fast besinnungslos in Rekordzeit durch die finnische Juristenausbildung gespurtet, war Anwaltsgenie in einer angesehenen Kanzlei geworden und hatte bereits im Alter von fünfundzwanzig Jahren den Abschaum der Welt verteidigt. Die bessergestellten Teile des Abschaums der Welt. Menschen, die es sich leisten konnten, einen Staranwalt wie Arto Söderstedt zu engagieren, um dem langen Arm des Gesetzes zu entwischen. Und noch darauf zu scheißen, mit der gleichen Selbstverständlichkeit, mit der ein Hund auf eine Wiese scheißt.

Schließlich hatte er ganz einfach genug. Warf seine Hugo-Boss-Anzüge und Armani-Schlipse fort, verschrottete den Porsche, gab seine finnische Staatsbürgerschaft auf, entfloh der Aufmerksamkeit nach Schweden und wurde – Polizist. In dem hartnäckig beibehaltenen Glauben, daß ein System sich trotz allem nur von innen heraus verändern läßt.

Und an diesem Nachmittag, während vor den Mauern die Hochsommersonne langsam niederging, saß er gemeinsam mit dem Abschaum der Welt von der zweiten Sorte zusammen im Bunker von Kumla. Der Sorte, die sich keinen Topanwalt wie Arto Söderstedt leisten konnte, um dem langen Arm des Gesetzes zu entwischen.

Er war nicht durch und durch zufrieden.

Aber Viggo Norlander war wie der Fisch im Wasser. In drastischer Weise uninteressiert an formellem Rang, hatte er Übergeordnete wie Bernt Nilsson von der Sicherheitspolizei und Lars Viksjö von Närkes Länskrim auf die Zuhörerbank verbannt. Oder war es die Auswechselbank?

Er hob seinen energiedampfenden schief-einwärts-nach-hinten-Riecher von dem Papierhaufen vor sich und blickte über die Versammlung in dem kleinen kahlen Vernehmungsraum. »Versuchen wir mal zusammenzufassen, bevor wir ihn reinlassen«, fragte er ohne Fragezeichen. »Der Wachmann Erik Svensson sah, daß Lordan Vukotic nach dem Wecken um halb sieben noch tief ins Bett vergraben liegenblieb. Unter seinem Laken teilte Vukotic mit, daß er sich nicht gut fühle, und bat darum, das Frühstück auslassen zu dürfen, was ihm erlaubt wurde. Als um acht Uhr sechsunddreißig die Bombe hochging, war er folglich seit dem Abend zuvor nicht aus seiner Zelle herausgekommen. Können wir daraus irgendwelche Folgerungen ziehen?«

»Es ist vielleicht nicht unwahrscheinlich, daß es zwischen dem Auslassen des Frühstücks und der Explosion einen Zusammenhang gibt«, sagte Bernt Nilsson. »Aber wenn ja, wie sieht der aus? War er wirklich dabei, unter dem Laken eine Bombe zu basteln, und etwas lief schief und sie ging von selbst hoch?«

»Hände auf die Decke«, sagte Söderstedt und wurde dafür mit Blicken der Art belohnt, wie sie einem singenden Orang-Utan im Ballkleid begegnen.

»Alternativ?« sagte Norlander kalt.

»Wir wissen zu wenig«, sagte Söderstedt abwiegelnd. »Es kann ein Dutzend Gründe dafür geben, daß er nicht frühstücken wollte. Vielleicht fühlte er sich wirklich nicht wohl. Vielleicht hat Lordan Vukotic zum ersten Mal in seinem Leben die Wahrheit gesagt. Mach weiter.«

Norlander machte weiter. »Die ›paar Jugos von der gleichen Sorte‹, Zoran Koco, Petar Klovic und Risto Petrovic, halten die Schnauze, kurz und gut. Alle drei gehören zur Bande des einflußreichen Drogenhändlers Rajko Nedic, genau wie Vukotic, und die rücken nicht mit der Sprache raus. Hatte jemand den Eindruck, einer von ihnen wüßte was?«

Drei geschüttelte Köpfe.

»Sie sahen tatsächlich verschreckt aus«, sagte Nilsson. »Selbst ein so notorischer Kriegsverbrecher wie Klovic wirkte beunruhigt. Vukotic stand dem unerreichbaren Nedic wirklich nahe, so viel wissen wir, man könnte ihn vielleicht seine rechte Hand nennen, und diese rechte Hand hat man im Herzen des Kumlabunkers erwischt. Vielleicht ist das, was wir da sehen, der Beginn eines Machtkampfs in der Drogenbranche. Vielleicht ist es jedenfalls das, was Klovic und die Jungs glauben. Obwohl es ansonsten keine Anzeichen dafür gibt.«

Söderstedt betrachtete Bernt Nilsson verstohlen. Er entsprach nicht richtig seinem vielleicht ein klein bißchen ungerechten Bild des Säpomanns. Keine verstiegenen Konspirationstheorien, keine absolute Schweigepflicht, nichts von den alten Dummheiten, die fast dazu geführt hätten, der A-Gruppe ihren ersten Fall zu vermasseln. Den Machtmörder. Aber anderseits war das vielleicht eine verstiegene Konspirationstheorie.

»Kriegsverbrecher?« war alles, was er sagte.

Nilsson sah ihn an. »Klovic war bezeugtermaßen Lagerwache in Bosnien. Bosnienserbe. Sollte eigentlich vor dem Kriegsverbrechertribunal in Den Haag sitzen, aber anscheinend reicht es nicht für eine Anklage. Petrovic war ebenfalls an ethnischen Säuberungen beteiligt. Allerdings in Kroatien. Von Serben. Aber unter Rajko Nedics Fittichen finden sich die ehemaligen Feinde in einer gemeinsamen Liebe. Der Liebe zu Waffen.«

»Also nimmt Nedic gern Kriegsverbrecher in Dienst?«

»Sie sind ja hervorragende Arbeitskräfte. Fertig ausgebildet, sozusagen. Nedic ist vielleicht seit dreißig Jahren in Schweden, er wurde schon in den siebziger Jahren schwedischer Staatsangehöriger, aber er scheint zahlreiche Kontakte zu den paramilitärischen Gruppen an allen Fronten des ehemaligen Jugoslawiens zu haben. Ein großer Teil der Drogen soll von da unten kommen.«

»Aber in diesem Fall können wir die Jugos abschreiben?«

»Sehr wahrscheinlich. Jetzt sind sie ja Opfer.«

»Also«, griff Norlander den Faden wieder auf, »haben wir nicht viel, wonach wir gehen können. Die allgemeine Rundfrage, um herauszubekommen, womit Lordan Vukotic den gestrigen Abend verbrachte, hat nichts ergeben. Es hat den Anschein, als habe der Anstaltschef recht: Er hielt sich wirklich für sich. Aß um halb fünf zu Abend. Die Zeit bis zum Appell um halb acht ist blank. Keiner sagt etwas über diese drei Stunden. Und die gehörgeschädigten Zellennachbarn haben nichts anderes zu sagen als ...«

»Was?« unterbrach Söderstedt.

»Was?« sagte Norlander.

»Die gehörgeschädigten Zellennachbarn haben nichts anderes zu sagen als: Was?«

Der dicke Lars Viksjö brach in ein dröhnendes Lachen aus.

Bernt Nilsson und Viggo Norlander zogen die Augenbrauen hoch. Und Söderstedt lachte sich ins Fäustchen; es war verlockend, Norlander ein wenig zu reizen. Seine energischen Kreise zu stören.

Dieser fuhr jedoch relativ unberührt fort: »Sie wissen nichts, außer daß plötzlich die Trommelfelle platzten. Pang, und sie waren hinüber.«

»Aber einer ist noch da«, sagte Bernt Nilsson. »Was dagegen, ihn zu treffen?«

Söderstedt und Norlander blickten sich an. Die Bande der Vergangenheit. Sie sagten nichts, ließen nur Göran Andersson eintreten und beobachteten ihn. Sein langer Körper steckte in einem kotzgrünen Freizeitoverall. An den Füßen trug er ein Paar ausgelatschte Birkenstock. Und das Gesicht war ein ganz anderes. Aus dem korrekten, gutfrisierten Bankbeamten war ein – ja, wie sollte man es nennen? – ein *Denker* geworden? Sein blondes Haar strebte in alle Richtungen, ein ziemlich ungepflegter Bart saß unordentlich in Flecken übers Gesicht verteilt, aber sein Blick, dieser klarblaue Blick, war glasklar. Das einzige, was das Bild eines waschechten Künstlers störte, waren zwei ein wenig blutige Wattebäusche in den Ohren.

Leonardo da Vinci, dachte Söderstedt.

Peter Dahl, dachte Norlander.

Irgendwo dazwischen lag vielleicht die Wahrheit.

Wie viele hatte dieser Mann ermordet?

Waren es fünf? Oder sechs?

»Hej«, sagte Göran Andersson. »Wo habt ihr Hjelm gelassen?«

Es dauerte eine Weile, bis bei ihnen der Groschen fiel. »Wir arbeiten nicht mehr zusammen«, sagte Söderstedt.

»Was?« sagte Göran Andersson.

Söderstedt kicherte. »Die gehörgeschädigten Zellennachbarn haben nichts anderes zu sagen als: Was?«

»Hörst du überhaupt etwas?« rief er.

Andersson kicherte auch. »Ihr müßt nur laut sprechen. Sie

sagen, daß geplatzte Trommelfelle heilen, aber einerseits dauert es lange, anderseits bleiben wahrscheinlich Narben zurück, die für alle Zukunft das Klangbild verzerren.«

»Was macht die Familie?« sagte Söderstedt laut.

»Danke«, sagte Andersson ebenso laut, als habe er Kopfhörer auf. »Jojje ist jetzt fast zwei Jahre. Wir sind uns ja nur hier begegnet. Der Vater im Kumlabunker.«

»Heißt dein Sohne Jojje?«

»Eigentlich heißt er Jorge. Vermutlich der blondeste Jorge auf dem Erdball.«

Söderstedt und Norlander wechselten verblüffte Blicke. »Jorge?« sagten sie im Chor.

»Nach dem Mann, der mir das Leben gerettet hat, ja. Jorge Chavez. Und Paul. Nach Paul Hjelm. Paul Jorge Andersson. Die beiden Polizisten, die mich aus der Unterwelt herausgehoben haben. Jetzt darf Jojje weitermachen. Und Lena, natürlich. Sie wartet auf mich. Sie trägt mich die ganze Zeit auf ihren zarten Armen.«

»Ei der Daus«, sagte Söderstedt. »Wirfst du noch Pfeile?«

»Nie mehr«, sagte Göran Andersson ruhig.

»Erzähl jetzt«, unterbrach Viggo Norlander.

Andersson wandte Norlander ruhig seinen klaren Blick zu. »Bist du nicht der, den sie gekreuzigt haben?« sagte er.

Norlander sah instinktiv auf die runden Narben an seinen Händen. Stigmata. »Erzähl einfach.«

»Gibt gar nicht viel zu erzählen«, sagte Göran Andersson. »Frühstück, zurück zu den Studien, Poff. Es ist ein extrem unangenehmes Gefühl, wenn einem das Blut aus den Ohren quillt. Beinah mystisch.«

»Du hast die Zelle neben Lordan Vukotic, nicht wahr?«

»Hatte. Ich glaube, sie haben den Sektor zugemacht. Ich weiß noch nicht, wo ich heute nacht schlafe.«

»Was studierst du?« fragte Söderstedt.

Der Blick kehrte zu dem hellhäutigen Finnlandschweden zurück. »Ich studiere Kunst. Wenn ich die Kunstgeschichte gelernt habe, will ich selbst anfangen zu malen. Theorie und Praxis sollen eins werden.«

»Du sonderst dich ein bißchen ab, Vukotic hat sich auch etwas abgesondert«, sagte Norlander. »Das verbindet vielleicht irgendwie. Hast du ihn heute morgen gesehen?«

»Nein«, sagte Andersson. »Wir sehen uns normalerweise beim Frühstück. Aber heute nicht.«

»Er wurde gestern nachmittag um halb fünf beim Essen gesehen. Bis zum Appell drei Stunden später scheint niemand ihn gesehen zu haben. Hast du ihn gesehen?«

»Du mußt dir klarmachen, daß ich in meiner Zelle sitze. Das ist alles, was ich tue. Ich esse im Speisesaal, ich werde ein paar Minuten auf den Hof gelassen, ich studiere in meiner Zelle. Sonst nichts.«

Söderstedt blickte sich um. War er der einzige, der etwas leicht Schwebendes in Göran Anderssons Antwort wahrnahm?

»Du hast nicht auf die Frage geantwortet«, sagte er nur.

Andersson saß da und schwieg. Reglos. Wie er einst dagesessen und auf seine Opfer gewartet hatte. Aber doch nicht ganz. Er zuckte die Schultern. »Wenn ich ein anderer wäre als der, der ich bin, der ich geworden bin, dann wäre dies eine Verhandlungsposition. Dann, meine Freunde, hätte ich gefragt, ob es nicht allmählich Zeit wäre für den einen oder anderen Freigang, oder zumindest für etwas längere Besuchszeiten.«

Es war still in dem kargen kleinen Raum. Vier Polizistenblicke auf einen dem Anschein nach transformierten Mörderblick gerichtet.

»Aber ich bin nun mal so, wie ich bin«, sagte er. »Kurz vor dem Appell hörte ich ein leichtes Jammern draußen im Gang. Nur kurz, als sei es zwischen den Zähnen herausgerutscht. Ich schaute nach draußen und sah, wie Lordan Vukotic sich in seine Zelle *schleppte*.«

»Wie, *schleppte*?« sagte Norlander.

»Er warf einen sehr schnellen Blick in meine Zelle. Das

Gesicht sah aus wie immer, aber es war offensichtlich, daß er schwer verletzt war. Die Beine gaben unter ihm nach. Der Blick, dem ich begegnete, war ein Todesblick.«

»Und du hast nichts unternommen?«

»Ich hasse diese Welt hier. Ich verstehe noch immer nicht, wie ich hier landen konnte. Ich will nichts mit ihr zu tun haben. Wenn er selbst es vorzog, die Sache nicht zu melden, warum hätte ich es dann tun sollen?«

»Du hast dich nicht so radikal geändert, wie es den Anschein hatte«, sagte Söderstedt.

»Was ist dann deine Interpretation der Tatsache, daß der verletzte Vukotic am Tag danach in die Luft gesprengt wurde?« fragte Norlander.

»Das ist wohl ziemlich offensichtlich«, sagte Göran Andersson und strich sich über seinen schütteren Bart. »Jemand hat die Spuren des eigenen Wütens getilgt.«

Und gewütet haben mußte jemand, wie sich zeigte.

Gegen halb sechs traf ein vorläufiger gemeinsamer Bericht der Kriminaltechniker und des Gerichtsmediziners ein. Ein langes, schwieriges Schreiben quoll aus dem primitiven Faxgerät in dem kleinen Vernehmungsraum der Kumlaanstalt.

Der Gerichtsmediziner Qvarfordt hatte sein Obduzentenpuzzle gelegt. Viggo Norlander konnte sich noch immer nicht ganz von dem starrenden Auge in dem Fladen frei machen, der von der Wand gekratzt worden war. Es betrachtete ihn anklagend, während er sich durch den Bericht des Gerichtsmediziners arbeitete.

»Ich weiß zwar nicht, wie sie das schaffen, aber Tatsache ist, daß sie folgendes herausgefunden haben: Lordan Vukotics Milz war gerissen, das linke Schienbein war gebrochen, und beide Arme waren ausgekugelt. In dem Zustand muß die Expolsion fast wie eine Befreiung gekommen sein.«

»Er hat also kaum an einer eigenen Sprengladung unter dem Laken gebastelt«, sagte Bernt Nilsson.

»Keineswegs«, sagte Söderstedt und blickte von dem zweiten Protokoll auf, dem der Spurensicherung. »Sie haben einen mikroskopisch kleinen Zündmechanismus gefunden. Ferngesteuert. Und der Sprengstoff soll eine Art Lösung sein, nehmen sie an. Flüssig. Aber sie wissen nicht richtig, was es ist, nur daß es hyperaktiv ist.«

Vier Polizeibeamte unterschiedlicher Herkunft und unterschiedlichen Charakters verdauten gemeinsam die Information.

Der korpulente Viksjö, der augenscheinlich den am besten eingestellten Verdauungsapparat hatte, durfte zusammenfassen: »Lordan Vukotic bekommt gestern abend eine richtig gründliche Abreibung. Er *schleicht* sich in seine Zelle und überspringt das Frühstück, *damit es nicht herauskommt, daß er Prügel bezogen hat.* Anschließend wird er mit Hilfe einer äußerst avancierten Sprenganordnung in tausend Stücke zerfetzt. Wie soll man das erklären?«

»Entweder ist es banal«, sagte Bernt Nilsson. »Ein Schurke mit guten Kenntnissen im Bauen von Sprengladungen schlägt ihn aus irgendeinem trivialen Anlaß zusammen und bemäntelt sein Verbrechen mit einem anderen. Bringt das Opfer, das auch der einzige Zeuge ist, zum Schweigen.«

»Oder es ist alles andere als banal«, sagte Söderstedt. »Zwei Fragen stellen sich. Warum versucht Vukotic zu verbergen, daß er mißhandelt worden ist? Warum wird er trotz seines Schweigens ermordet?«

»Er hat doch reichlich Anhang hier drinnen«, sagte Nilsson. »Er ist Rajko Nedics rechte Hand, er hat mindestens drei exjugoslawische Typen als Schutz. Warum wendet er sich nicht an die?«

»Weil *sie* diejenigen sind, vor denen er seine Verletzungen geheimhält«, nickte Norlander. »Und warum das?«

»Weil er gesungen hat«, nickte Söderstedt seinerseits. »Weil er gefoltert worden ist und geplaudert hat.«

»Und zwar über Nedic«, nickte Viksjö.

Am Ende schloß sich auch Bernt Nilsson an und machte das nickende Quartett komplett.

»Und das war es, was wir nicht erfahren durften. Deshalb wurde er so radikal ausgelöscht. Aber man hat die technische Kompetenz der Polizei unterschätzt.«

»Aber warum ein so avancierter und offenbar teurer Sprengstoff?« fragte Söderstedt.

»Wenn es denn wirklich so wenig ist – hochexplosive Flüssigkeit und mikroskopisch kleiner Zündmechanismus –, dann ist es wohl das einzige, was man in ein Hochsicherheitsgefängnis hineinbekommt. Noch dürfte es unmöglich sein, eine Wasserstoffbombe hinter die Mauern zu schmuggeln.«

Söderstedt seufzte und wedelte mit dem Fax. »Ich kann dennoch nicht umhin, Chefkriminaltechniker Brynolf Svenhagen zu zitieren: ›Perlen vor die Säue‹.«

8

Chefkriminaltechniker Brynolf Svenhagen hatte eine Tochter. Sie hieß Sara. Sara arbeitete in der Abteilung für Pädophilie beim Reichskriminalamt. Die Abteilung für Pädophilie beim Reichskriminalamt war im Moment verwaist. Verwaist bedeutete allerdings nicht, daß niemand arbeitete. Die Tochter des Chefkriminaltechnikers Brynolf Svenhagen arbeitete nämlich.

Allerdings zu Hause.

Sie hatte ihren beiden Kollegen, den Jugendfreunden Gunnar Nyberg und Ludvig Johnsson, gesagt (und sie zitierte im Halbdunkel sich selbst): ›Ich laß es ruhig angehen. Schalte mal ab. Es ist alles ein bißchen zu sehr auf Hochtouren gelaufen die letzte Zeit.‹ Der zweite Teil ihrer Äußerung war zutreffend, der erste war falsch. Sie hatte gelogen. Aber es durfte immerhin als eine Notlüge bezeichnet werden. Sie strich sich über das frischgestutzte blonde Haar und klickte sich mit der Maus weiter durchs Intranet. Sie war mit dem Zentralrechner der Polizei verbunden. Und sie würde noch viele Stunden arbeiten. So gut kannte sie sich selbst.

Obwohl sie sich nicht *wieder*erkannte.

Jetzt spiegelte sie sich plötzlich dort im Bildschirm, und wieder einmal war ihre instinktive Reaktion, daß sie dem Ordner ›Favoriten‹ im Internet-Explorer beigekommen und auf einer weiteren Kinderpornosite gelandet war.

Auf dem Bildschirm zeichnete sich nämlich ein kleiner Junge ab.

Sie stand auf und begann, in ihrer Zweizimmerwohnung in der Surbrunnsgata auf und ab zu gehen. Hatte sie sich deshalb ihre langen goldblonden Haare abgeschnitten? Um einem Opfer der Kinderpornographen zu gleichen?

›Was ist denn in dich gefahren?‹ wie Gunnar Nyberg spontan herausgeplatzt war, als sie in Annikas Café & Speiselokal saßen und aßen und Sonne tankten.

Ja du, Sara, was ist in dich gefahren? Fragte sie sich. Identifikation mit den Opfern? Spürte dein Unterbewußtsein, daß du dich allzuweit von der entsetzlichen Wirklichkeit entfernt hattest? Daß du aus einer Distanz heraus arbeitetest? Daß der Computer als immerwährendes Arbeitsgerät bewirkte, daß du dich in einem ewigen Cyberspace bewegtest? Daß ebendieses Gerät an sich den Gräßlichkeiten des Kindesmißbrauchs einen Schimmer von Unwirklichkeit verlieh? Und damit einen versöhnlichen Schimmer?

Der Abstand *war* ja groß. Sie selbst war in einer ruhigen, stillen grauen patriarchalischen Vorortwelt mit polizeilichem Anstrich aufgewachsen. Der urgesteinschroffe Brynolf drillte seine drei Kinder freimütig, nicht darin, mit vier Jahren vier Sprachen zu sprechen, nicht darin, mit acht Sinfonien zu komponieren, auch nicht darin, mit zwölf Tennisprofi zu sein, nein, er drillte sie in kriminaltechnischen Verfahrensweisen. Er ließ einfach die Kinder ein von der Ehefrau penibel aufgeräumtes Zimmer betreten, sich darin umsehen, schickte sie dann auf die Toilette, wo sie warten mußten, bis sie wieder herausgerufen wurden. Etwas war dann mit dem Zimmer geschehen, und die Kinder sollten mit Hilfe von Empirie und List herausfinden, was. Das waren eigentlich die einzigen Gelegenheiten, bei denen Sara ihren Vater richtig glücklich erlebte. Im übrigen war er weder gut noch böse, weder kumpelhaft noch gemein, sondern schlicht und einfach schroff. Wie ein altmodischer Patriarch.

Nein, die Ursache dafür, daß sie sich selbst so scharf antrieb, war kaum in ihrer Erziehung zu finden. Anderseits hielt sie noch viel weniger von dem genetischen Erklärungsmodell. Natürlich trug sie kein Polizei-Gen in sich, das sie dazu zwang, Lösungen zu suchen. Auch kein Mitgefühl-Gen, das sie dazu brachte, mit den mißbrauchten Kindern zu leiden. Und natürlich gab es – selbst wenn dies täglich in dem einen oder anderen Diskussionszusammenhang behauptet wurde – auch kein Pädophil-Gen, das ganze Stammbäume von Männern ihr Geschlecht vor kleinen Kindern entblößen und an gebrauchten Windeln schnüffeln ließ. Krankheit, ja – eine ganze Welt innerhalb der Welt der groteskesten Krankheit. Genetik, nein – keine Pädophil-Gene. Das zu glauben weigerte sie sich.

Nein, sie verstand den Grund dafür, daß sie sich den Hintern abarbeitete, ebensowenig, wie sie den Grund dafür verstand, daß sie sich plötzlich das Haar abschneiden ließ. Sie wußte nur, daß sie weitermachen mußte, daß sie um jeden Preis den Dingen auf den Grund gehen mußte und nicht zulassen durfte, daß durch eigene oder anderer Menschen Leichtfertigkeit auch nur ein einziges Kind in der Welt sexuell mißbraucht wurde, wenn dies verhindert werden konnte. Das war der Antrieb. Jedes kleine Versäumnis war gleichbedeutend mit Schuld. Und deshalb nahm sie eine immer übermenschlichere Arbeitsbürde auf sich. ›Es ist alles ein bißchen zu sehr auf Hochtouren gelaufen die letzte Zeit‹, war eine mehr als zutreffende Äußerung.

Sie hatte einen häufig wiederkehrenden Alptraum. Sie konnte ihn mit niemandem teilen. Nicht mit ihrem Chef, dem Partylöwen Kommissar Ragnar Hellberg, nicht mit ihrem Mentor, dem ewig laufenden Ludvig Johnsson, nicht einmal mit ihrem neuen Kollegen, mit dem sie so guten Kontakt bekommen hatte, dem Teddybären Gunnar Nyberg.

Nein, sie konnte ihn nicht teilen.

Es war einfach unmöglich.

Es ist Nacht. Eine Frau liegt in einem schwachbeleuchteten Krankensaal. Sie ist allein. Ihr Gesicht ist im Dunkeln. Nur ihr großer Bauch ist beleuchtet, als glühte er von innen heraus, mit einem ganz eigenen Licht. Sie kann fast sehen, wie es sich darin bewegt, sie meint, das Leben an sich zu sehen. Das Heilige im Leben. Sie streicht sich vorsichtig über den Bauch. Plötzlich leuchtet er nicht mehr. Die spröde Flamme des Lebens erlischt. Ein Schatten fällt über sie. Gleichzeitig kommt eine lang anhaltende Wehe. Sie versucht zu schreien, doch sie kann nicht. Sie hat keine Stimme. Nur den Schatten, der sich materialisiert und Mann wird, Geschlecht wird. Und die Wehen werden stärker, werden zu einem einzigen langen Krampf. Und gleichzeitig, genau gleichzeitig, dringt der Schatten in sie ein. *Sie wird vergewaltigt, während sie gebiert.* Und nur das reicht aus, um mehrmals zu sterben, immer von neuem. Doch es *ist* nicht genug. Die nächste Einsicht ist schlimmer. Er hat es nicht auf sie abgesehen. Sie ist nur ein Instrument, ein Hindernis auf dem Weg, das durchdrungen werden muß. Und da, genau in dem Augenblick, in dem sein Geschlecht das Kind erreicht, genau in dem Augenblick, als er ein zweites Mal penetrieren will, da stirbt sie.

In diesem Moment wacht sie auf. Im Todesaugenblick.

Sie schloß die Augen.

Wo verläuft die Grenze zum Wahnsinn?

Wenn man tatsächlich zuviel gesehen hat?

Sie war noch keine dreißig und hatte alles gesehen.

Eine bereits ziemlich brüchige Beziehung war sofort erloschen, als sie befördert und von Ludvig Johnsson in die Pädophilenjägergruppe geholt wurde. Seitdem war das Thema ›Beziehung‹ nicht aktuell gewesen. Sie wußte nicht, ob sie den Glauben an diese Art von Zärtlichkeit noch besaß. Sie lebte allein. Wollte allein leben.

Eine Weile stand sie am Fenster und blickte hinunter auf die Surbrunnsgata. Im Haus gegenüber gingen die ersten Lichter an. Eine Privatsphäre nach der anderen wurde entblößt.

Sara Svenhagen wollte sie nicht sehen.

Sie kehrte an ihren Computer zurück, sah im Vorübergehen den kleinen Jungen sich im Bildschirm spiegeln, ging vom Intranet ins Internet und klickte auf ›Favoriten‹.

In dem Sammelordner mit dem jovialen Namen ›Favoriten‹ lagen die Adressen Hunderter von Kinderpornowebsites, eine schlimmer als die andere.

Sie schaute auf die Uhr. Noch zwei Minuten und zwölf Sekunden.

Wenn es stimmte. Wenn sie wirklich den Code geknackt hatte.

Es war eine schwedische Website. Durch die japanische Polizei war sie auf deren Existenz aufmerksam gemacht worden. Sie offenbarte sich einmal in zwei Wochen für zehn Sekunden, um sogleich spurlos zu verschwinden. Kein Polizist hatte sie jemals fangen können. Alles deutete darauf hin, daß sie ein Adreßbuch enthielt, Adressen eines großen internationalen Netzwerks, in dem alle Fotos aneinander schickten. Falls alles stimmte, würde sich also auf dieser Website, die am Donnerstag, dem 24. Juni, um neunzehn Uhr, sechsunddreißig Minuten und sieben Sekunden auftauchen sollte, eine ziemlich umfangreiche Adressenliste offenbaren. In einer Minute und achtundvierzig Sekunden. Ein Klicken auf eine unterstrichene Zeile, die sich höchstens fünfzehn Sekunden zeigen würde, und die gesamte Liste würde heruntergeladen.

Der rätselhafte Code wurde im Verlauf einer Razzia bei einem Pädophilen in Nässjö gefunden. Er war auf ihrem Tisch gelandet, weil er für unknackbar gehalten wurde; sie hatte noch nicht Party-Kommissar Hellbergs volles Vertrauen. Party-Ragges. Also arbeitete sie viel im geheimen. Ließ sich nie Überstunden anschreiben. Verschoß unglaublich viel Pulver, um den Code zu knacken. Und plötzlich hatte sie es geschafft. Glaubte sie. Hoffte sie jedenfalls. Es war ein ziemlich einfacher Code. Fand man den Schlüssel, öffnete sich die Tür sperrangelweit. Und aus dem rätselhaften Nässjö-Code krochen eine Internetadresse und eine Uhrzeit hervor.

Nicht einmal Johnsson und Nyberg wußten, was sie trieb. Um neunzehn Uhr, fünfunddreißig Minuten und vierzig Sekunden. Noch siebenundzwanzig Sekunden.

Sie saß vollkommen still. Ihr Zeigefinger, der leicht auf der Maustaste ruhte, zitterte nicht das geringste bißchen. Jetzt oder nie. Eine zweite Chance bekam sie nicht. Dann wäre sie für immer verspielt.

Sie sah vage Konturen eines gleichsam selbstleuchtenden Bauchs.

Die Adresse war eingegeben, www. usw. Schnell die Retourtaste und dann mit dem Mauspfeil zu der unterstrichenen Zeile. Alles war vorbereitet. Der Countdown lief.

Neunzehn Uhr, sechsunddreißig Minuten, null Sekunden.

Sieben, sechs, fünf, vier, drei.

Zwei.

Eins. Null.

Retourtaste.

Und da war sie. Die Homepage. Anspruchslos. Undurchdringlich.

Aber mit einer unterstrichenen Zeile.

Hin mit dem Mauspfeil. Klick.

Speichern?

Aber klar doch.

Es rasselte ein bißchen auf der Festplatte. Sie war drin.

Und die Website war fort.

Sara Svenhagen lehnte sich leicht im Stuhl zurück. Die Andeutung eines Lächelns. Das konnte sie sich erlauben.

Ein großer Bauch glomm leuchtend im Dunkeln.

9

Rauf und runter, vor und zurück, immer wieder.

Wie das Pendel einer Uhr. Tick-tack.

Fünf, sechs Jungen im Alter von zehn bis zwölf fuhren Skateboard im Björnschen Garten. Und zwei geläuterte Polizeiinspektoren sahen ihnen von einer Parkbank zu.

Als Paul Hjelm sich zuletzt im Björnschen Garten aufgehalten hatte, war es der schäbigste, heruntergekommenste öffentliche Platz der ganzen Stadt gewesen. Ein Tummelplatz für Junkies und Alkis. Und jetzt war es nahezu eine Oase. Mit dem eleganten kleinen Café *Viva Espresso*, mit üppigem Grün, Spielplatz und Skateboardrampe. Und bald Stockholms erster Moschee.

Da kann man von Metamorphose sprechen, dachte Paul Hjelm.

Und nicht nur da. Die gesamte Gegend um Medborgarplatsen hatte ihren Charakter geändert. Hier schlug jetzt der Puls von Södermalm. Der Bereich um die Kreuzung von Götgata und Folkungagata war nicht nur das Kneipenviertel, zu dem es neu Hinzugezogene vom Land als erstes hintrieb, es war nicht nur als Stockholms gefährlichste Ecke bekannt, sondern als das Viertel mit Stockholms höchster Kneipendichte. Im Umkreis von fünf Minuten Fußweg um die U-Bahnstation Medborgarplatsen lagen nicht weniger als fünfundsechzig Kneipen. Um den klassischen Würstchenstand an der Ecke Götgata-Tjärhovsgata drängten sich zu jeder Stunde Menschen. Und gerade gegenüber, auf der anderen Seite der Götgata, an der äußeren Ecke von Medborgarplatsen, lag das große Straßencafé des aufwendigen Etablissements mit dem jetzigen Namen *London New York*. Und auf der anderen Seite von Medborgarplatsen ringelten sich die Schlangen zu der ständig gefüllten Kneipe mit dem eher bodenständigen Namen *Snaps*.

Es mußte also genaugenommen hinlänglich viele Zeugen dort draußen gegeben haben, als zwanzig Mann auf einen Schlag aus dem nur zehn Meter entfernten *Kvarnen* herausstürzten. Die nicht gerade überwältigend stimulierende Aufgabe, diese ausfindig zu machen, war an die Polizeiwache des Stadtteils Södermalm delegiert worden.

Doch was hatten diese potentiellen Zeugen auf der anderen Seite gesehen? Einen Schwarm von Kneipengästen, die herausstürmten und davonliefen? Das war in diesen Breiten nichts besonders Außergewöhnliches. Die Streifenpolizisten hatten einen ziemlich aussichtslosen Job vor sich.

Hjelm seufzte leicht und versuchte Menschen zu zählen. Allein von seiner Bank am Rand des Björnschen Gartens aus bekam er locker an die fünfzig zusammen.

Seit der Sommersonnenwende waren erst ein paar Tage vergangen, und es war immer noch hell. Es war acht Uhr am Abend, und die Sonne schien fast so intensiv wie mitten am Tag. Die Luft wirkte frisch, beinah wie auf dem Lande. Vögel sangen froh und naturgetreu. Sonnenstrahlen funkelten in den Fenstern von Björns Trädgårdsgränd. Kleine Kinder tollten noch munter auf dem Spielplatz, überwacht von schläfrigen Eltern. Und die Skateboardjungs würden bestimmt bis zum Einbruch der Dunkelheit bleiben.

Nichts deutete darauf hin, daß vor weniger als vierundzwanzig Stunden nur ein paar Meter entfernt ein Mann verblutet war.

Das Erschrecken der Öffentlichkeit über den Kvarnenmord hielt sich in Grenzen. Obwohl die Boulevardpresse wieder einmal Panikmache betrieb. Aber vermutlich hatten die Leute von Panikmache ganz einfach genug.

Es war nämlich ein Frühjahr der Gewalt gewesen. Die akuten Stadien des langen Bombenkriegs der Nato gegen Jugoslawien waren überstanden, achtzig Tage eifrigen Bombens. Krieg auf Distanz. Die ethnische Säuberung im Kosovo hatte endlich ein Ende gefunden. Die Flüchtlinge begannen in ihre verminte Heimat zurückzukehren. Zwei amerikanische Gymnasiasten hatten Hitlers Geburtstag damit begangen, ihre Schulkameraden mit allen möglichen Schießeisen niederzumähen. Die Eltern hatten keine Erklärung. Und in Schweden war ein Zweiundzwanzigjähriger in Örebro als einer der übelsten Kinderschänder des Landes überführt worden. Videofilme der selbst verübten Vergewaltigungen, eine großartige Sammlung von Filmen und Bildern und Internetkontakten. In einigen Tagen sollte der Prozeß beginnen, aber es stand bereits im voraus fest, daß er in eine geschlossene psychiatrische Anstalt eingewiesen werden würde. Und dann der Polizistenmord in Malexander. Die Täter waren endlich gefaßt, alle drei. Drei junge Männer mit Nazisympathien hatten in Östgötaland kaltblütig zwei Polizisten hingerichtet. Einer der Burschen war Kriegsveteran aus Bosnien. Ein anderer krönte seine Schauspielerkarriere mit ein paar Polizistengenickschüssen. Er hatte in Lars Noréns geschickt inszeniertem Stück *Sju tre* mitgespielt, in dem drei Nazis vor den Augen eines ohnmächtigen Autors auf der Bühne für ethnische Säuberung plädierten, was in schwedischen Feuilletons eine hitzige Diskussion hervorgerufen hatte. Doch kaum anderswo. Bis sich das Land gemeinsam über die Genickschüsse von Malexander empören und dem Theater die Schuld geben sollte.

Ein eigenartiges Frühjahr.

Kerstin Holm wandte sich auf der Parkbank um. »Was sagt die Familie?« fragte sie.

»Die sind auf dem Torp in Dalarö«, sagte Hjelm. »Ich kann mir die ganze Nacht um die Ohren schlagen, wenn ich will. Mit einer alten Flamme im *Kvarnen* einen draufmachen.«

»Alles zu seiner Zeit«, lachte Kerstin Holm. »Wie geht es ihnen?«

»Gut. Danne ist über die schlimmsten Pubertätsmacken hinaus. Er ist siebzehn und will Polizist werden, komischerweise. Man kann nur hoffen, daß es vorübergeht. Tova ist fünfzehn und absolut unerträglich.

»Und ... Cilla?«

Paul lachte leichthin und betrachtete Kerstin. Sie blinzelte zurück. Er sah die schmalen Ringe um ihre Iris, die verrieten, daß sie Kontaktlinsen trug. Und ihre Oberlippe war ausgebeult, als sei sie mißhandelt worden. Allerdings nur von der Gothia Kautabak AG.

»Danke, gut«, sagte er. »Cilla ist jetzt Abteilungsleiterin in der Reha-Abteilung im Krankenhaus Huddinge. Normale Arbeitszeiten. Und im Augenblick nimmt sie einen langen angesammelten Urlaub.«

Sie schwiegen eine Weile. Die Vergangenheit waberte zwischen ihnen wie ein Gespenst. Aber das kleine Gespenst Laban. Oder Casper. Das netteste Gespenst der Welt.

Es war eine Zeit, auf die sie beide mit offenen Sinnen zurückblickten. Und ganz ohne Bitterkeit.

Schließlich sagte Kerstin Holm: »Sollten wir ein schlechtes Gewissen haben, weil wir uns nicht voll auf den Kvarnenmörder konzentrieren?«

»Das haben wir doch getan, nach allen Regeln der Kunst. Dies hier muß man wohl als private Nachforschung bezeichnen. Außerhalb der Arbeitszeit.«

»Wir wagen also nicht, uns Überstunden anzuschreiben?«

»Das kommt ganz auf das Resultat an, vermute ich.«

Kerstin seufzte einmal tief und streckte die Arme zur Seite aus. Ihre Fingerspitzen berührten sein Nackenhaar. »Laß uns mal hoffen, daß es für diesen Sommer genug gewesen ist mit der Gewalt«, sagte sie, schien jedoch ihren Worten selbst keinen Glauben zu schenken.

»Warten wir ab, ob die Polizeiolympiade eine abschreckende Wirkung hat. World Police and Fire Games. Du weißt, daß sie in ein paar Tagen mit einem Fest eröffnet wird? Da kannst du all die Veteranen treffen. Die Spieler der A-Mannschaft.«

»Wie peinlich ist es, wenn man der Begeisterung für diese Spiele nicht soviel abgewinnen kann?«

»Sehr peinlich. Du bist schließlich Polizistin.«

Sie lachten.

»Es ist eine amerikanische Idee«, sagte Hjelm schließlich. »Zum ersten Mal in Europa versammeln sich Polizisten, Gefängnispersonal, Zollbeamte und Feuerwehrleute, um gegeneinander anzutreten. Besonders das Boxen muß eine Menge Kriminelle als Zuschauer anziehen. Bullen zuzuschauen, die aufeinander losdreschen.«

Ein frischer Wind blies dem Abend Leben ein. Es wurde rasch kühler. Die Sinne wurden nüchtern. Konzentrierten sich auf die Aufgabe.

»Es ist wohl an der Zeit, das Unformulierte zu formulieren«, sagte Kerstin Holm.

Da die einzige konkrete Handlung, nämlich Eskil Carlstedt zu einer neuen Vernehmung zu holen, ein Schlag ins Wasser gewesen war, gab es weiter nicht viel Konkretes zu tun. Die Thekenfrau Karin Lindbeck hatte eine Zeichnung des Täters produziert, die zuverlässiger zu sein schien als die drei vorherigen. Sie entschieden sich dafür, diese an die Medien zu geben. Und sie prangte bereits auf den Aushängern der Zeitungen. Viel mehr gab es im Moment nicht zu tun. Sämtliche Streifenpolizisten der Stadt waren jetzt mit der regional begrenzten Jagd nach Byenfans beschäftigt. Der Kvarnenmörder ruhte in ihren Händen. Es war ein in höchstem Grad regionaler Fall.

Den ganzen Nachmittag hatten sie sich die Tonbänder der Vernehmungen angehört. Was war das eigentlich für ein Verlauf, der sich da abzeichnete? Sie hatten bei den gleichen Passagen gestutzt.

»Wie viele Parteien sind eigentlich aktuell?« fragte Hjelm. »Sind es zwei oder drei?«

»Instinktiv würde ich sagen, drei«, erwiderte Kerstin Holm. »Aber die dritte ist viel zu vage. Trotzdem frage ich mich, was Per Karlsson da gemacht hat. Er las Ovid und sah nichts. Dennoch zeigte sich, daß er verflixt viel gesehen hat. Seine Aufmerksamkeit gehörte nicht dem Buch, das ist klar. Das einzige, was er *nicht* sah und *nicht* hörte, war die Gruppe, die ihm am allernächsten saß und sozusagen direkt in seine Ohren englisch sprach. Trotzdem genügt das nicht. Er ist nach dem Totschlag nicht abgehauen. Ich würde also sagen, zwei. Zwei Parteien.«

»Zwei Gruppen. Eine sitzt am Tisch gleich an der Wand neben der Tür. Die andere sitzt am mittleren Tisch ganz hinten an der entgegengesetzten Wand.«

»Die erste besteht aus fünf ›Macho-Schwulen‹, ›Skinheads, die die Altersgrenze passiert haben‹, ›edelschwedischen Bodybuildern‹, von denen man Unruhe ›erwarten konnte‹. Die zweite besteht aus ›drei, vier Jugos‹ oder ›wahrscheinlich Südmongolen‹ in englischem ›multikulturellen Austausch‹ mit einem Schweden, wahrscheinlich dem, der nachher mit seinem Polizeiausweis wedelt, um rauszukommen.«

»In der Englisch sprechenden Gruppe herrscht ›Mißtrauen‹, sie ›verhandeln‹, möglicherweise über einen ›Treffpunkt‹. Drei, vier ›Südeuropäer‹ in Verhandlungen mit einem – echten oder falschen – schwedischen Polizeibeamten. Nichts deutet darauf hin, daß sie sich der Anwesenheit der edelschwedischen Fünferbande bewußt sind, von der sie indessen ganz offenbar beobachtet werden. Unser Freund, die Steintunte, hat über unseren lesenden Freund gesagt: ›Eine Gang Machoschwule saß da und starrte ihn die ganze Zeit an.‹ Die Kellnerin hat gesagt: ›Nicht den haben sie angestarrt. Weiter weg.‹ Und weiter weg haben wir nur unseren ›multikulturellen Austausch‹.«

»Und dann der Ohrstöpsel.«

»Und der Ohrstöpsel. Dann ereignet sich der Totschlag. Man reagiert mit dem Rückenmark. Sieht ein, daß es hier gleich von Bullen wimmeln wird. Beide Gangs vermischen sich mit fliehenden Hammarbyanhängern. Von jeder Gang bleibt einer zurück. Wollen wir einmal annehmen, daß der ›Polizist‹ wartet, um nicht mit den fliehenden ›Jugos‹ zusammen gesehen zu werden? Wenn das zutrifft, ist er höchstwahrscheinlich wirklich Polizist. Oder versteht sich zumindest auf polizeiliches Vorgehen. Er weiß, daß die Minuten um die Tatzeit aus allen möglichen denkbaren Perspektiven unter die

Lupe genommen werden. Er hat vor, sich gegen Ende aus dem Staub zu machen, als ›die Jugos‹ schon weg sind. Doch er kommt ein bißchen zu spät. Die Türsteher haben plötzlich erkannt, daß etwas Dramatischeres von ihnen gefordert ist, als das Lokal von ›Immigranten‹ freizuhalten. Er überschlägt die Situation einen Augenblick lang. Ist es das Risiko wert, seine Polizeimarke zu zeigen, um herauszukommen? Oder ist es besser, zu bleiben und sich eine hübsche Erklärung zurechtzulegen? Zu handeln, wie ein Polizist handeln soll, und das Kommando über die Situation in die Hand zu nehmen? Möglicherweise kann man aus der Entscheidung, die er trifft, den Schluß ziehen, daß relativ viel auf dem Spiel steht. Er wagt nicht, das Risiko einzugehen, identifiziert zu werden. Also wedelt er den überforderten Türstehern mit seinem Ausweis vor der Nase herum und verduftet. Keiner kann ihn identifizieren. Er hat die richtige Wahl getroffen.«

»Aus der edelschwedischen Gang bleibt ein Mann zurück. Er ist im Begriff abzuhauen wie die anderen, erhält jedoch Order dazubleiben. Warum? Was war dein erster Gedanke, als du Eskil Carlstedt gesehen hast?«

Hjelm überlegte. Der Mann mit dem rasierten Schädel und dem schütteren blonden Schnauzbart betritt das Vernehmungszimmer. Er ist an die Dreißig, trägt einen ziemlich eleganten hellen Anzug mit gelbem Schlips und ist ein richtiges Kraftpaket. Hjelm fragt sich, ob die Ärmel seines Jacketts eine Ausstellung von Penistätowierungen verbergen.

»Ja«, sagt er nur. »Eskil Carlstedt war ein Köder. Vermutlich sahen sie alle fünf gleich zwielichtig aus. Aber Carlstedt war vermutlich der einzige ohne Vorstrafe. Dadurch, daß er blieb, lenkte er unsere Aufmerksamkeit von einer Bande ab, die sich bei genauerer Betrachtung verdammt verdächtig benahm. Er brachte uns dazu, für einen Augenblick zu glauben, sie seien eine Clique Verkäufer gewesen, die einen draufmachten und Frauen aufreißen wollten und sogar ein Demoband von einer Rockgruppe anhörten. Dieser Augenblick genügte Carlstedt, um sich in Luft aufzulösen. Und mit ihm die ganze Räuberbande. Für einen Mann ohne Vorstrafenlatte trat er verdammt routiniert auf.«

»Sie hatten die ganze Nacht, um ihre Strategie durchzugehen. Carlstedt wurde von der Polizei festgehalten, machte eine kurze Aussage, der zufolge er nichts gesehen hatte, hinterließ Name und Anschrift und kam am folgenden Morgen wieder zu uns. Da hatte seine Aussage sich verändert. Sie war gut einstudiert. Der einzige Punkt, wo er ein bißchen ins Schleudern kam, war die Sache mit dem Ohrstöpsel. Aber auch das hat er gar nicht schlecht gelöst.«

»Die vier Namen seiner Kumpel waren reine Erfindung. Kein einziger von ihnen existiert in Wirklichkeit. Er saß die ganze Zeit da und sah auf die Uhr. Weil er sie treffen wollte, um gemeinsam mit ihnen zu verschwinden. Er brauchte nur das Präsidium zu verlassen, und die Sache war aus der Welt. Also spielte er mit, setzte sich zum Polizeizeichner und produzierte eine Phantasiezeichnung, nannte vier falsche Namen, die von der Polizei bestimmt erst in ein paar Stunden nachgeprüft werden würden, und zog Leine. Und jetzt hockt die komplette Gang irgendwo zusammen. Um was zu tun?«

»Was mir auch auffällt, ist die professionelle Vorgehensweise beider Parteien. Aber zugleich können wir feststellen, daß sie eigentlich nichts Kriminelles getan haben. Nicht ernstlich. Wie zum Beispiel jemanden mit einem Bierkrug zu erschlagen.«

Sie erhoben sich gleichzeitig von der Parkbank. Eine leichte Dämmerung fiel über den Björnschen Garten. Der Spielplatz begann sich zu leeren. Nur die Skateboarder schwangen auf und ab, vor und zurück, immer wieder. Wie das Pendel einer Uhr.

»Wollen wir nachsehen?« sagte Paul Hjelm. »Ob dies alles nur Hirngespinste frustrierter Reichskrimmer sind, die sich nicht mit Kneipenschlägereien zufriedengeben?«

»Oder ob wir tatsächlich auf dem besten Weg sind, wieder Reichskrimmer zu werden«, nickte Kerstin Holm.

Es waren nur wenige Schritte zum Restaurant *Kvarnen*, einer von Schwedens letzten erhaltenen Bierschwemmen. Vor ein paar Monaten war es neunzig Jahre alt geworden. Nie zuvor war es Schauplatz eines Mordes gewesen. Aber fast. Es wurde 1906-1908 als Ersatz für den Hamburger Keller gebaut, jene legendäre Kneipe, in der die zum Tode Verurteilten ihre Henkersmahlzeit und ihren Abschiedstrunk zu sich nahmen, bevor sie zum Galgenhügel bei Johanneshov geführt wurden.

Das gleiche war mit Anders Lundström aus Kalmar geschehen.

Die Türsteher erkannten sie und ließen sie an der nicht vorhandenen Schlange ›lästiger Immigranten‹ vorbei. Die innere Tür öffnete sich, und sie betraten das Lokal. Die Kellnerinnen nickten ihnen kurz zu.

Es war tatsächlich brechend voll. Draußen vor der Tür ein richtig schöner Sommerabend, und eine Luft zum Schneiden im Innern des verräucherten Lokals. Sie blickten nach rechts, zu dem Tisch, an dem Eskil Carlstedt und die Kumpels gesessen hatten. Sie blickten zum Tresen. Sie blickten zu dem mittleren Tisch, an dem Per Karlsson und Ovid gesessen hatten. Und sie drängelten sich langsam durch zu dem Tisch an der gegenüberliegenden Wand. An dem das multikulturelle Gespräch stattgefunden hatte.

An die zehn, zwölf Zwanzigjährige saßen zusammengedrängt um den Tisch. Sie lachten, rauchten und tranken Bier. Sie schienen ihren Spaß zu haben. Genossen es, sich an einem medienmäßig so vielbesungenen Ort zu befinden. Im Zentrum der Ereignisse.

Hjelm vermutete, daß fünfundsiebzig Prozent von ihnen davon träumten, Programmchef im Fernsehen zu werden. Der Landesdurchschnitt.

»Hej«, sagte er und ging auf die Knie.

Sie starrten ihn an und zogen instinktiv die Beine ein. Er schob sich zwischen Frauenschenkel und hochgerutschte Miniröcke. Die Proteste verstummten, als er ins Dunkel unter dem Tisch abtauchte; er nahm an, daß Kerstin ihren Polizeiausweis gezeigt hatte.

Sesam, öffne dich!

Er kroch tiefer unter den Tisch. Es wäre nicht nötig gewesen. Fast ganz außen an der Kante saß ein kleines Ding, so klein, daß er es zuerst übersehen hatte.

Er zog es ab, kroch heraus, kam hoch, streifte sich Asche und Kautabak von den Knien und wandte sich Kerstin Holm zu.

Dann ließ er das kleine Mikrophon vor ihren Augen tanzen.

10

Sie liegen im Bett. Der Sonnenuntergang wird von ihren noch schweißnassen Körpern reflektiert. Es ist die Ruhe nach dem Sturm. Das Begehren ist abgeklungen. Es wird bald von neuem erwachen. Es ist nie weit entfernt. Es wird immer dasein. Nicht einmal der Tod kann sie trennen.

Doch es ist auch die Ruhe vor dem Sturm, wie die Redewendung eigentlich lautet. Und jetzt ist der wirkliche Sturm im Anzug.

Der Orkan.

Diese Einsicht pflanzt sich langsam fort durch ihre Körper. Die Ruhe weicht, die immer nur zeitweilige Ruhe.

Das Beben der Unruhe geht durch die Nacktheit.

Er setzt sich auf die Bettkante. Er ist hell, sie ist dunkel, und sie sieht, in diesem Augenblick sieht sie, wohin seine Seele sich bewegt hat. Wieder einmal. Und sie beugt sich vor zu ihm. Die Brüste berühren weich seinen Rücken. Und langsam und vorsichtig zieht sie ihn aus dem Todesschatten. Wie er es so oft mit ihr getan hat.

Sie weiß, daß er den Schulhof sieht. Sie weiß, daß er aus sich selbst herausgetreten ist. Sie weiß, daß er einen Jungen sieht, einen blonden Jungen, der dort auf dem öden Fußballfeld liegt. Sie weiß, daß er hört: ›Wenn du aufstehst, kriegst du Prügel.‹ Und einer nach dem anderen geht zu ihm hin. Steht da. Guckt. Und dann pissen sie auf ihn. Einer nach dem anderen. Zuerst nur die Jungen. Die Mädchen stehen im Hintergrund, kichern, schütteln sich. Die Mutigen gehen weg. Aber keine ist mutig genug zu petzen. Es wird einfach weitergehen. Und weitergehen. Aber noch kein Mädchen. Trost in der Erniedrigung. Dann bricht der letzte Damm. Ein Mädchen kommt auf ihn zu. Sie trägt einen Rock. Den Slip hat sie schon ausgezogen und hält ihn in der Hand. Sie senkt sich gemächlich über ihn. Pißt langsam auf seinen Körper. Und sie ist dunkel.

Aber da spürt er etwas Weiches an seinem Rücken, und das holt ihn zurück. Er hebt ab, er schwebt, er fliegt. Er sitzt auf einer Bettkante und fliegt. Er streckt die Hände hinter den Nacken und erreicht sie. Läßt die Hände durch das schwarze Haar gleiten.

Und sie kann wieder lächeln.

»Ich war geschädigt«, sagt sie und versucht, ein Schluchzen zu unterdrücken. »Ich war tot. Du hast mich aus dem Totenreich geholt. Das weißt du.«

Und sie sitzen da mit seltsam verschlungenen Gliedern. Sie sind eine Skulpturengruppe. Auf ewig vereint. In einer verrückten Liebe.

»Was willst du?« fragt sie.

Es ist ein Ritual. Keiner von beiden darf davon abweichen.

Er lächelt und sagt: »Ich will auf einer Veranda sitzen und lesen. Es soll warm sein, aber leicht regnen. Der Regen soll gemütlich auf das Dach der Veranda tröpfeln, und wenn ich vom Buch aufblicke, soll von den fallenden Regentropfen Dampf aufsteigen.«

Sie lächelt. Sie kennt es so gut. Sie sagt: »Weißt du, was ich will?«

Er lacht: »Keine Ahnung.«

»Ich will die Delphine singen hören. Ich will sehen, wie es über der hellblauen Wasseroberfläche aufschäumt. Ich will sehen, wie die Delphine in Freiheit spielen. Ich will hören, wie sie miteinander sprechen, wenn keine Menschen sie dressieren.«

Er wendet sich um, drückt sie ein letztes Mal fest an sich, zieht sich an, steht auf und geht zu der Schultertasche auf dem Fußboden. Er starrt hinein.

Sie steht auch auf, zieht sich langsam an, tritt zu ihm und legt den Arm um ihn. Auch sie starrt in die Tasche.

Darin liegen zwei schwarze gestrickte Gesichtsmasken und zwei mattschwarze Pistolen.

Er beugt sich hinunter und zieht mit einem Ruck den Reißverschluß zu.

Dann nimmt er den Wagenschlüssel vom Schreibtisch, wirft ihn in die Luft, fängt ihn auf und sieht ihr in die Augen. »Komm, fahren wir los und erledigen es«, sagt er.

11

Der Mann steht ganz still. Er hat mit allem gebrochen, und er steht ganz still neben seinem Wagen. In der Hand hält er einen Aktenkoffer. Ganz still.

Es ist dunkel, aber warm. Als habe der Sommertag sich noch ein wenig versteckt.

Als gäbe es noch Licht.

Der Sommer hat kaum begonnen, und die Nächte werden schon wieder länger. Es ist Mittsommerabend, denkt er, seit ein paar Stunden. Die Woche hat mit der Sommersonnenwende angefangen. Und endet mit dem Mittsommerabend.

Wie wir heutzutage die längsten Tage des Jahres feiern.

Keine Lilien und Akeleien, keine Rosen und Saliveien, keine liebliche Krauseminze.

Kein Herzensfreud.

Eigentlich will er nur an einen Ort, wo der Winter kürzer ist. Das ist alles.

Darauf wartet er.

Er steht ganz still und blickt ins Dunkel.

Richtig stockdunkel ist es nicht. Das wird es nicht in diesen Tagen. Nicht richtig, nicht wirklich pechschwarz. Wenn er den Weg entlang zu dem schäbigen Gewerbegebiet hinaufblickt, kann er Konturen alter Schuppen und rostiger Autowracks erkennen.

Da hört er es.

Und im selben Augenblick, in dem er die dumpfe Explosion hört, weiß er, daß die Sache schiefgelaufen ist. Alles. Sein ganzes Leben ist schiefgelaufen.

Er steht ganz still.

So heikel war die Sache also.

So dünn war die Trennlinie.

So delikat der Drahtseilakt.

Schon als er die dritte Salve hört, setzt er sich in seinen Wagen, seufzt und fährt davon.

Es ist schon alles zu spät.

Sechs Mann in einem Van. Einem metallicgrünen Van dicht neben einem alten Industriegebäude. Die Fenster sind beschlagen vom schweren Atmen und von den unfreiwilligen Aussonderungen der Männer.

Ein Warten ohnegleichen.

Die Nacht schleppt sich hin.

Fünf Mann befinden sich in leichter Bewegung. Fast regloser Bewegung. Einer schlägt ununterbrochen mit dem Zeigefinger an den Daumen, einer leckt sich ständig die Lippen, er wird noch Blasen kriegen, einer kneift sich in die Nase, einer läßt das Knie auf und ab wippen, einer kaut auf dem Daumennagel.

Aber einer sitzt vollkommen still. Er hockt hinten im Van. Es ist so anstrengend wie Stretching. Nach einer Minute pflegen die Schenkelmuskeln anzufangen zu flattern. Bei diesem Mann tun sie es nicht. Er ist absolut ruhig. Die linke Hand läßt die Maschinenpistole am linken Schenkel ruhen, den Lauf zum Dach des Van gerichtet. Die rechte Hand hält etwas, das einem Visitenkartentaschenrechner ähnelt. Dünn, schwarz, und mit einem einzigen, leicht erhabenen Knopf. Einem roten.

Er schaut auf die Uhr. Dann wirft er einen Blick auf seine Männer. Er sieht sie sich gegen das nicht richtig kohlschwarze Dunkel abzeichnen. Der Schweiß rinnt von den dicken schwarzen Wintermützen über ihre Gesichter. Alle tragen schwarze Mützen, außer ihm. Seine ist golden. Sie krönt seine Stirn wie eine Königskrone.

Der Schweiß trieft, aber die Gesichter sind unter Kontrolle. Angespannt, gesammelt, konzentriert. So soll es sein.

»Drei raus«, sagt er.

Die drei hinteren Männer verwandeln ihre schwarzen Wintermützen in Gesichtsmasken, ziehen schwarze Vorhänge über ihre Gesichter. Die Augen leuchten darunter. Sie entsichern ihre Waffen und springen hinaus. Drücken sich mit den Maschinenpistolen im Anschlag an die Wand des Schuppens.

Er schaut auf den Sekundenzeiger. Die ruhigen, unberührten Schübe. Schritt für Schritt für Schritt. Minuten ununterbrochenen Betrachtens.

Jetzt Punkt zwei. Eine Sekunde darüber. Zwei. Drei.

Da hört er die ersten Andeutungen von Motorgeräusch.

Sie werden lauter. Schließlich nickt er leicht und zieht den goldenen Vorhang vors Gesicht. Die beiden auf den Vordersitzen tun das gleiche. Aber ihre sind schwarz.

Hinter dem Schuppen wird die Fahrbahn erleuchtet, zuerst fast unmerklich, dann heller und heller.

Im selben Moment, in dem die Front des schwarzen Mercedes hinter dem Schuppen auftaucht, drückt er auf den roten Knopf.

Es ist nicht wie eine Explosion. Es ist eher so, als würde der Wagen von innen erleuchtet. Ein innerer Blitz. Sonderbar lautlos.

Der Mercedes rollt noch ein paar Meter. Bleibt stehen.

Die drei vom Schuppen sind bereits auf dem Weg.

Die drei im Van steigen aus. Einer von ihnen trägt eine goldene Gesichtsmaske. Er ist goldgekrönt, und er weiß es.

Als er bei dem Wagen ankommt, ist die Lage bereits klar.

Der Wagen brennt nicht, es steigt nur ein bißchen Rauch von ihm auf. Auf jeder Seite ein Mann, über den Wagen gebeugt. Sie werden abgetastet, eine Maschinenpistole in den Rippen. Im Wagen ein Mann. Auf dem Rücksitz. Er ist tot. Sein Körper zerfetzt. Eine Kette ringelt sich von einem Handgelenk zu einem Aktenkoffer. Der ist intakt. Explosionssicher. Der Goldgekrönte nickt dem maskierten Mann neben sich zu – dem Breitesten von allen. Der Breite holt einen Bolzenschneider hervor, beugt sich in den Wagen und knipst die Kette durch. Mit dem Aktenkoffer in der Hand zieht er sich aus dem Leichenwagen zurück.

Der Goldgekrönte nickt dem Breiten zu und fixiert die Männer, die gegen den Wagen geneigt stehen. Beide bluten aus dem Gesicht. Durch den Rauch nimmt er den Blick des Hinteren wahr. Aus dem dunklen Gesicht, wie er da an der Beifahrerseite des Mercedes steht, rinnt Blut. Ein dunkler, kalter Blick, der nicht weicht. Ein Blick, wie ihn der Goldgekrönte schon gesehen hat. Ein Blick, wie er ihn selbst haben möchte. Der Blick eines Mannes, der so viele Menschen getötet hat, daß es nichts mehr bedeutet. Der Blick eines Mannes, der weiß, daß er sterben wird, der das nicht fürchtet und der nur so viele wie möglich mit auf die andere Seite nehmen will.

Zwei Maschinenpistolen sind auf den Mann auf der Beifahrerseite des Mercedes gerichtet, zwei auf den auf der Fahrerseite. Als der Fahrer sich umdreht, sieht er genauso aus wie der Beifahrer. Ganz genauso.

Der gleiche Blick jenseits aller Hoffnung.

Der Goldgekrönte macht eine Geste mit der Maschinenpistole, und der Breite tritt ein Stück vor den Wagen, stellt sich ins Scheinwerferlicht. Er bricht das Schloß des Aktenkoffers auf und öffnet ihn. Die Maschinenpistole hängt an einem Riemen um seinen Hals.

Er schaut in die Tasche, blickt sofort wieder hoch. Enttäuschung in seinen Augen. »Was ist das, verdammt?« sagt er.

Der Goldgekrönte tritt zu ihm, der Kleinere der Maskierten folgt ihm. Drei Blicke in einen offenen Aktenkoffer.

In dem Aktenkoffer liegen ein Schlüssel und ein Funkgerät in je einer Box. Und ein Stück Papier ist dabei. Der Goldgekrönte reißt das Papier heraus.

Ein Moment der Unaufmerksamkeit.

Als er wieder aufblickt, hat der Dunkle auf der Beifahrerseite eine Pistole in der Hand. Er schießt sozusagen über die Schulter. Der Schuß trifft den Mann hinter ihm ins Gesicht, genau da, wo in der schwarzen Gesichtsmaske das weiße Loch leuchtet. Für einen Augenblick leuchtet es statt dessen rot. Dann überhaupt nicht mehr.

Es läuft ab wie in Zeitlupe. Der Mann auf der Fahrerseite zaubert ebenfalls eine Waffe hervor. Er schießt in ihre Richtung. Daneben. Maschinenpistolensalven dröhnen.

Der Breite reagiert instinktiv. Er bekommt die Maschinenpistole nicht hoch. Statt dessen läuft er. Den nächsten Schuppen im Auge. Er ist nur drei Meter entfernt. Zwei. Er spürt den Schmerz im Rücken. Ein Meter. Null. Er ist in Deckung hinter dem Schuppen. Als er fällt, ist aller Schmerz verschwunden. Er spürt nichts mehr. Als letztes sieht er den Aktenkoffer, der vor ihm auf dem Asphalt liegt. Er ist blutverschmiert.

Danach sieht er nichts mehr.

Dann zerplatzt die Sommernacht. Es ist, als explodierte sie, als würde der ganze Sommer in tausend Stücke gesprengt.

Aber es wird kein langes Feuergefecht. Vier Maschinenpistolen gegen zwei Pistolen. Der Goldgekrönte merkt, daß die

Kriegsroutine doch nicht soviel bedeutet. Die beiden Männer neben dem Auto liegen bald am Boden und baden in ihrem Blut.

Ein Jammern steigt auf in die Nacht. Als er sich umblickt, liegt noch einer der Maskierten verletzt am Boden. Er reißt sich die schwarze Gesichtmaske herunter und brüllt. Sein Gesicht ist lila. Seine Kleidung färbt sich an der Schulter rot von Blut. Der Goldgekrönte beugt sich zu ihm hinunter und macht dem Kleinen ein Zeichen.

Der Kleine haut ab. Folgt dem Breiten, der weggelaufen ist. Biegt um die Ecke des Schuppens. Bleibt wie angewurzelt stehen. Sieht den Breiten ausgestreckt in seinem Blut liegen. Sieht die Blutlache vor ihm. Sieht einen rechteckigen Abdruck in der Blutlache.

Der Abdruck eines Aktenkoffers.

Und von dem Abdruck weg ein paar Blutspuren, die nach und nach verschwinden und von der Nacht verschluckt werden.

Der Kleine flucht. Er folgt den Spuren, bis sie verschwinden. Er blickt in die Nacht. Nichts, nirgendwo. Nur das helle Sommernachtsdunkel. Er stürmt mit der Maschinenpistole im Anschlag eine Weile umher. Es hilft nichts. Der Aktenkoffer ist weg.

Neben dem Wagen schreit der Verwundete. Sein Hemd ist schon ganz rot. Der Goldgekrönte sieht auf ihn nieder, schließt die Augen und drückt ihm einen breiten Streifen Klebeband über den Mund. Die Augen weiten sich heftig. Es sieht aus, als wollten sie aus den Höhlen treten.

Dann steht der Kleine neben dem Goldgekrönten. Er hat seine schwarze Maske abgezogen. Sein Gesicht ist bleich. Er schüttelt den Kopf. »Er ist weg«, sagt er.

»Was sagst du, verdammt?«

»Esse ist tot, und der Koffer ist weg. Jemand hat ihn geklaut.«

»Was denn, jemand? Scheiße, verdammte! Verteilt euch. Sucht!«

Sie sind nur noch drei Mann. Drei verteilen sich nicht so gut. In der Entfernung hören sie einen Wagen starten. Sie begreifen, daß es zu spät ist.

Der Goldgekrönte bleibt stehen. Erstarrt. Es konnte nicht schiefgehen.

Es ist an mehreren Punkten schiefgegangen. Wie zum Teufel war das möglich?

Der Kleine geht an ihm vorbei. Er bewegt sich zielbewußt auf das noch rauchende Auto zu. Als er an dem Goldgekrönten vorbeigeht, sagt er: »Vielleicht gibt es noch eine Chance.«

Der Kleine beugt sich zu dem Mann auf der Beifahrerseite hinunter. Der Mann hustet Blut. Unbekannte Worte in einer unbekannten Sprache werden ausgestoßen.

»Frequenz?« sagt der Kleine und drückt ihm den Lauf der Maschinenpistole an die Stirn.

Der Mann lacht. Er lacht Blut. Das letzte, was er sagt, ist: »Fuck you, asshole!«

Dann bekommt er eine Kugelgarbe ins Gesicht.

Der Kleine blickt zu der rauchenden Maschinenpistole des Goldgekrönten auf. Er ist bleich geworden, starrt ihn an, geschockt. Dann erhebt er sich. Faßt sich. Steht still. Denkt. »Das Papier«, sagt er zum Schluß.

Und der Goldgekrönte nickt. Er hatte das Papier vergessen, das in dem Aktenkoffer war. Noch ein Minus im Protokoll.

Der Goldgekrönte faltet das Papier auseinander. Da steht eine Reihe von Ziffern.

Der Kleine nickt eifrig. »Ja«, sagt er. »Ganz verratzt sind wir nicht.«

Der Goldgekrönte sieht sich um. Nickt kurz. Er und der Kleine laden den Verwundeten in den Van.

Der Goldgekrönte denkt an ein Gespräch, das er kürzlich geführt hat – im Gefängnis, mit einem Mörder, der Kunst studierte. Über den fabelhaften Unterschied zwischen Theorie und Praxis. Er hat das Gefühl, gescheitert zu sein. Bleibt ein paar Sekunden unnötig stehen. Dann zieht er seinen goldenen Vorhang hoch und springt in den Wagen.

Sie waren sechs, als sie kamen. Jetzt sind sie drei und ein halber.

Allerdings – die anderen sind keine mehr, denkt der Goldgekrönte und faßt sich.

Das ist, was zählt.

Ein alter rostiger Datsun rollt bereits auf Värmdöleden. Der Junge ist von einem atemlosen, mit Grauen gemischten, überbordenden Glück durchströmt. Er fährt wie der Teufel. Nur gut, daß keine anderen Wagen auf der Straße sind. Es ist die Nacht vor dem Mittsommerfest, vielleicht die ruhigste Nacht des Jahres. Normalerweise.

Dieses Jahr war sie nicht so ruhig.

Er ist hell, sie ist dunkel, und er dreht sich zu ihr hin. Er sieht, wie ihre wunderbaren Beine zittern. Er legt ihr die Hand aufs Knie. Jetzt zittert auch die Hand.

»Geil«, sagt sie. »Geil, geil, geil! Hast du gesehen? Verflucht, hast du gesehen?«

Er nickt und sieht an ihren Beinen hinab zum Boden. Da liegt eine Schultertasche. Zwei Gesichtsmasken und zwei Pistolen kann man erkennen.

Unbenutzt.

»Wir haben nichts getan«, sagt er. »Sie haben es selbst getan.«

»Geil«, sagt sie.

Dann ist es eine Weile still. Atemschöpfen. Der Blick wandert von der Tasche zurück zu ihren Knien und weiter. Zu ihrem Schoß.

Zu einem bluttriefenden Aktenkoffer.

Da kann er sich nicht mehr halten. Er läßt das Lenkrad los. Der Wagen schlingert Värmdöleden entlang. »Wir haben es geschafft, verdammt!« brüllt er, legt den Arm um sie und gibt ihr einen langen Kuß.

»Geil!« brüllt sie und hebt die Arme zum Wagendach.

12

Die Pornopolizisten schlenderten in dem glasklaren Morgenlicht einher. Duftender Tau bedeckte den Asphalt. Es ist nicht gerade häufig, daß Tau wirklich duftet, doch am Morgen dieses Mittsommerabends duftete er wirklich. Sogar die Pornopolizisten spürten das. Obwohl sie auf anderes aus waren.

Der Nachtdienst bewirkte, daß die Uniformen sich wie wochenalte Unterhosen anfühlten. All diese Mühe, statt im Personalraum zu sitzen und Qualitätsvideos anzuschauen.

Die Pornopolizisten schauten sich gern Qualitätsvideos im Personalraum an. So gern, daß Außenstehende davon Wind bekommen hatten. Und diese Außenstehenden hatten es der Boulevardpresse mitgeteilt. Und so kamen die Pornopolizisten zu ihrer wenig schmeichelhaften Bezeichnung.

Vielleicht konnten die Ereignisse der Nacht sie reinwaschen. Auf jeden Fall hofften sie das, während sie in dem glasklaren Morgenlicht einherschlenderten und sich an den ungewohnten Anblick gewöhnten.

Dies hier sollte den hartnäckigsten Flecken fortwaschen können.

Es war gerade erst fünf Uhr, aber sie hatten bereits an die fünf, sechs Wagenladungen mit Freunden von der Boulevardpresse abgewimmelt. Nicht ohne Schadenfreude.

Sie traten zu den rot-weißen Plastikbändern, die ein Quadrat im Gewerbegebiet Sickla einfaßten, denn ein weiterer Wagen näherte sich, ein roter, an dessen Seite das farbenfrohe Logo von TV 4 prangte. Und dahinter knatterte ein alter roter BMW-Sportwagen.

Die Pornopolizisten traten zu dem TV-4-Wagen und zeigten mit der ganzen Hand. Die Fernsehleute gaben sich aber nicht so leicht geschlagen. Es kam zu einem längeren Wortwechsel, der damit endete, daß einer aus dem Wagen ihnen eine triste, doch wohlbekannte Bezeichnung an den Kopf warf, woraufhin die Pornopolizisten das Auto mit den Füßen zu bearbeiten begannen. Schließlich rollte es davon und parkte ein wenig ramponiert neben den Kollegen an einem angewiesenen Platz zehn Meter entfernt. Immer noch äußerst empört, wandten sich die Pornopolizisten dem dahinterstehenden BMW zu. Und als jetzt noch eine kleine, dunkle Figur ohne Umschweife aus dem Wagen stieg und das rot-weiße Absperrband anhob, brannte bei den Pornopolizisten eine Sicherung durch.

Sie traten hinzu und nahmen den dunklen Jüngling in einen eisenharten Griff. »Was zum Teufel bildest du dir ein, du kleine miese Mittelmeerkrabbe!«

»Wenn man einen schicken Wagen sieht, kann man seinen Arsch darauf verwetten, daß ein Kanake drinsitzt. Verschwinde, aber schnell!«

Sie sahen schon im voraus, daß der Mund des dunklen Jünglings im Begriff war, das unheilverheißende Wort zu formen.

»Die Pornopolizisten, wenn ich mich nicht irre«, sagte er.

»Schweinepimmel!« fauchten die beiden und drückten noch fester zu.

»Seid ihr noch ganz bei Trost!« schrie ein Mann in einem Jeansanzug, der aus dem Innern des abgesperrten Geländes herbeilief. »Das ist Kommissar Chavez vom Reichskriminalamt. Laßt ihn auf der Stelle los.«

Die Pornopolizisten ließen los und zogen bedröppelt ab. Ohne ein Wort.

»Es ist kein besonders feines Auto«, sagte Jorge Chavez und rieb sich die Oberarme. »Es ist Baujahr achtundsiebzig. Und Kommissar bin ich auch nicht.«

Noch nicht, fügte er in Gedanken hinzu. Aber dann wird es bestimmt keine Pornopolizisten mehr geben.

Der Jeansbekleidete streckte ihm die Hand hin und sagte: »Tut mir leid, die Sache. Sie haben eine anstrengende Nacht hinter sich. Ich bin Bengt Åkesson, Länskrim, Nachtschicht.«

Es gelang Chavez, seinen schmerzenden rechten Arm vorzuschieben und die Begrüßung durchzuführen. »Sind wir uns nicht schon einmal begegnet?« fragte er.

»Wir sind uns ganz kurz im Zusammenhang mit den Machtmorden begegnet. Ich hatte damals einen Russen namens Alexander Brjusov gefunden, als wir einen illegalen Spielclub aushoben.«

»Richtig«, nickte Chavez. »Åkesson.«

Er pflegte Menschen nicht zu vergessen.

Anderseits hatte er in letzter Zeit nicht soviel mit Menschen zu tun gehabt. Hauptsächlich mit Lehrbüchern. Nach der eigentümlichen Auflösung der A-Gruppe wegen des Kentuckymörders hatte er sich fortgebildet und weiter fortgebildet und war vermutlich der zur Zeit in Theoriefragen höchstqualifizierte Polizeibeamte Schwedens. Doch auch in der Praxis fand sich wohl das eine oder andere auf dem Pluskonto, trotz allem. Das einzige, was ihm für eine Beförderung zum Kommissar fehlte, waren Dienstjahre. Dienstjahre *en masse*.

Er war noch nicht viel älter als dreißig.

»Jaha, Åkesson«, sagte er. »Das einzige, was ich weiß, ist, daß ich mitten in der Nacht einen verwirrenden Anruf von einem mir wohlbekannten Abteilungsleiter bei der Reichspolizeibehörde mit Namen Waldemar Mörner bekam, der mir sagte, ich sollte die Ermittlung eines, Zitat, ›unglaublich grausamen Massenmords‹ leiten. Kann ich ein paar mehr Details erfahren?«

»Wir können ja einen Rundgang zu den Sehenswürdigkeiten machen«, sagte Åkesson und fuhr fort, während sie ihre Wanderung antraten: »Vor ein paar Stunden, genauer gesagt um drei Uhr acht, erhielten wir den Anruf einer älteren Dame, die mitten in der Nacht mit Hund und Handy einen Spaziergang machte. Sie sagte, sie stände mitten auf einem Schlachtplatz. Es lägen überall Leichen. Als wir herkamen, war es schon hell. Und wir fanden das hier vor. Fünf Tote. Alle erschossen, bis auf einen, der durch eine Explosion getötet wurde. Er sitzt hier in dem Wagen.«

Chavez blickte in einen ausgebrannten schwarzen Mercedes und bereute sofort, auf dem Hinweg schnell noch ein Sandwich in sich hineingestopft zu haben. Er hatte das Gefühl, daß es nur eine Stippvisite in seinem Magen machen wollte. Ein paar Sekunden brauchte er, um zu verhindern, daß es wieder zum Vorschein kam. Dann gewann seine Professionalität die Oberhand.

Der Mann auf dem Rücksitz war in der Tat durch eine Explosion getötet worden. Chavez wollte die Beobachtung nicht ausweiten. Das sollten die Gerichtsmediziner tun. Am Handgelenk des Mannes hing eine abgeknipste Kette.

Der Anblick genügte Chavez. Er hob den Blick und sah sich um. Das Gewerbegebiet Sickla. Eine holperige Asphaltstraße. Ein schwarzer Mercedes zwischen zwei Industriehallen. Schilder: ›Sickla bilverkstad‹ auf dem einen, ›Berras båt och bygg‹ auf dem anderen.

Er blickte auf die linke Seite des Mercedes. Ein Mann lag mit dem Gesicht in einer Blutlache neben dem Fahrerplatz. Ein Stück davon entfernt war eine etwas kleinere Blutlache, doch ohne Leiche. Er ging um den Wagen herum. Dort lagen dafür zwei Körper. Der neben dem Beifahrerplatz war von Kugeln durchsiebt. Der etwas weiter weg Liegende trug eine schwarze Gesichtsmaske. Statt Augen war durch die Öffnungen eine fleischige Masse zu sehen.

Pfui Teufel, dachte Jorge Chavez und brauchte wieder ein paar Sekunden, damit das Sandwich an seinem Platz blieb. »Du hast fünf gesagt?« wandte er sich an Åkesson.

Åkesson rieb sich langsam und fest mit der Hand über die Stirn. Erst jetzt sah Chavez, wie bleich er war.

»Der Letzte liegt dort drüben«, sagte Åkesson und zeigte in die andere Richtung. »Bei Berras Boots- und Baumarkt.«

»Alliteration kann nie schaden«, sagte Chavez und folgte ihm. Åkesson ignorierte seine Bemerkung.

Sie bogen vor dem Mercedes um die Ecke der Werkstatthalle. Da lag ein breiter Mann mit Gesichtsmaske. Er war in den Rücken geschossen worden. Vor ihm breitete sich eine noch nicht getrocknete Blutlache aus. Wie ein unregelmäßiger Rahmen um ein vollkommen regelmäßiges Rechteck. Ungefähr zehn immer schwächer werdende Blutspuren führten davon weg.

»Hmm«, sagte Chavez in Sherlock-Holmes-Manier. Es fehlte nur noch, daß er ein Vergrößerungsglas aus der Innentasche seines abgetragenen Leinenjacketts hervorholte.

Chavez und Åkesson tauschten einen langen Blick aus.

»Ja, du«, sagte der erste. »Hast du schon deine Schlüsse gezogen?«

»Ja«, antwortete der zweite. »Die sind ziemlich klar. Nehmen wir zuerst deine, dann vergleichen wir. Intuitiv gegen reflektiert.«

Chavez gab Åkesson einen anerkennenden Blick und sagte: »Zwei Banden. Die mit den Gesichtsmasken überfallen die ohne. Die letzteren kommen in dem Mercedes. Sie haben etwas an einer Kette bei sich. Vermutlich einen Aktenkoffer. Sie sind unterwegs zu einem Treffpunkt, um ihn im Austausch gegen etwas anderes zu übergeben. Die Räuber lassen auf die eine oder andere Weise den Wagen hochgehen und nehmen den Koffer. Der mit der Kette ist schon tot. Sie kneifen die Kette durch. Die anderen klettern aus dem Wagen. Aus ihrer Position zum Wagen könnte man den Schluß ableiten, daß sie gefilzt werden. Dann wird es schwierig. Irgendwas passiert. Der, dem das Gesicht aus der Maske quillt, wird von einem der beiden, die am Wagen stehen, erschossen. Sie werden danach beide erschossen. Die Blutlache hier deutet darauf hin, daß noch einer von den Räubern getroffen wird, aber nur verletzt, weil er nicht mehr da ist. Daß sie ihre Leichen zurücklassen, besagt, daß es ihnen scheißegal ist, ob sie identifiziert werden, und das gibt mir eine unangenehme Vorahnung. Es ist sicher noch nicht zu Ende. Und weiter? Was macht der Räuber so weit weg hinter der Kfz-Werkstatt? In den Rücken geschossen. Er flieht also. Wird aber von hinten getroffen. Wahrscheinlich ein Schuß direkt durchs Herz. Das Blut tritt nach vorn aus, auf der Brust. Okay. Soll man annehmen, daß diese Blutkonstellation vor ihm uns sagt, daß er den Koffer hat? Er haut ab, als die Schießerei ausbricht, um den Koffer in Sicherheit zu bringen. Als die vorüber ist, heben die Räuber den Koffer aus der Blutlache, machen ein paar nachlässige Schritte im Blut und verziehen sich.

Åkesson sah Chavez an, zog überrascht die Augenbrauen hoch und sagte: »Totale Übereinstimmung, fürchte ich. Ich habe nichts hinzuzufügen. Außer daß wir Abdrücke eines Vans gesichert haben, der neben ›Berras båt och bygg‹ stand. Und«, fügte er hinzu und gab Chavez einen verstohlenen Seitenblick, »daß die Mercedesbesatzung auffallend ausländisches Aussehen hat.«

»Und was ist mit den Räubern?« fragte Chavez unberührt. »Habt ihr gewagt, unter die Masken zu gucken?«

Åkesson verzog das Gesicht zu einer kleinen Grimasse. »Das war nicht so lustig«, sagte er. »Aber ja, die wirken etwas schwedischer ...«

Chavez betrachtete ihn. Es sah aus, als wäre er noch nicht fertig. »Und ...?« fragte er.

»Ich bin nicht ganz zufrieden mit den ›nachlässigen Fußspuren im Blut‹«, sagte Åkesson schließlich. »Sie scheinen nicht zu denen zu gehören, die leichtfertig Spuren im Blut hinterlassen.«

Chavez nickte eine ganze Weile. Das schwache Glied in der Kette seiner Erzählung. Unmittelbar bloßgelegt. Er versuchte sich zu überzeugen: »Man muß vielleicht berücksichtigen, daß sie geschockt waren. Schlachtplatz. Fünf Leichen. Einer verwundet. Drei von ihnen Kumpels.«

Er blickte über das grausige Szenario. Die Dame mit dem Hund und dem Handy hatte gesagt, sie riefe von einem Schlachtplatz an. Das stimmte. Aber etwas anderes stimmte nicht. Hier und da ging ein vereinzelter Polizist herum und schaute. Ansonsten war niemand da. »Wo zum Teufel ist die Spurensicherung?« platzte er heraus.

»Die sind auf dem Weg von Närke«, sagte Åkesson mit einem Schulterzucken.

»Von wo?«

»Von Närke. Das ist eine Landschaft.«

»Danke«, sagte Chavez.

»Sie haben bestimmt alle Hände voll zu tun gehabt mit der Explosion in Kumla. Die ganze Gang war da. Und deine Kumpels.«

»Meine Kumpels?«

»Söderstedt und Norlander. Wir waren eine Zeitlang Kollegen beim Länskrim.«

Chavez konnte sich ein Lächeln nicht verkneifen. Er stand auf einem Schlachtplatz und lächelte. »Die weißen Männer mittleren Alters«, sagte er.

Aber er dachte etwas anderes.

Hmm, ging es ihm durch den Kopf.

Die Explosion von Kumla.

13

Wir sehen ein Haus, das nur sehr wenige Polizisten gesehen haben. Es liegt ein wenig abseits an einem See mit dem ungewöhnlichen Namen Råvalen. Dieser See liegt in der Gemeinde Sollentuna, fünfzehn Kilometer nördlich von Stockholm.

Fakt ist, daß nur ein einziger Polizist jemals dieses einfache Haus am Rand des schattigen Mischwalds gesehen hat. Und der ist nicht mehr Polizist.

Er ist der Besitzer des Hauses. Jetzt kann er das wirklich im Ernst behaupten. Die letzte Rate wurde am selben Tag bei der Bank eingezahlt, an dem er in Pension ging. Es war ein Ereignis sondergleichen.

Und sehen wir ihn nicht gerade dort drüben? Ist das nicht dieser Zweiundsechzigjährige, den wir dort auf dem hügeligen kleinen Grundstück sehen, das nicht mehr ist als ein unbedeutender Einschub zwischen See und Wald? Ist er das nicht, der da im Hawaiihemd und in zu kleinen Shorts den Handrasenmäher den Hang hinaufrollt und wieder hinunter wie ein Sisyphus?

Rasenmähen ist eine endlose Arbeit.

Gras hat ja die Tendenz, nachzuwachsen.

Dafür, daß er Polizist war, hatte dieser Mann einen Defekt. Ehemaliger Polizist also. Nicht Polizist, *ehemaliger Polizist*. Dieser Defekt bestand darin, daß er Kraut und Unkraut nicht voneinander unterscheiden konnte. Natürlich konnte er lernen, daß *dieses* kleine grüne Büschel hier Kraut ist, während *jenes* kleine grüne Büschel dort Unkraut ist, aber den tieferen Sinn der Unterscheidung von Kraut und Unkraut hatte er nie verstanden.

Polizisten sollten definitiv Kraut von Unkraut unterscheiden können.

Nicht indem sie im Handbuch nachschlagen, das einem sagt, welches Grün Kraut und welches Unkraut ist, sondern indem sie instinktiv sagen können, was Kraut gegenüber Unkraut auszeichnet.

Das fehlte ihm.

Er hielt in seiner Sisyphusarbeit inne und beugte sich zu einem kleinen Büschel hinab. Er seufzte tief und strich mit der Hand über die grünen Halme.

Kraut oder Unkraut?

Er richtete sich wieder auf und machte mit dem Rasenmäher einen Bogen um das Büschel. Seit seiner Pensionierung praktizierte er regelmäßig die Maxime *live and let live*. Wer war er, um zu entscheiden, was Kraut und was Unkraut war?

Kein Kollege hatte ihn je zu Hause besucht. Er war allgemein als ›der Mann ohne Privatleben‹ bekannt gewesen und hatte nie jemanden an sich herangelassen. Nach der Pensionierung hatte er seine Prinzipien ein wenig gelockert und verkehrte tatsächlich – wenngleich nie zu Hause – mit einem alten Kollegen, seinem früheren Chef Erik Bruun von der Polizei Huddinge, ebenfalls vorzeitig pensioniert, jedoch nach einem Herzinfarkt, nicht aus – Notwendigkeit. Sie trafen sich einmal alle zwei Wochen im Kulturhaus, aßen zusammen und spielten ein, zwei Stunden Schach. Es war Bruun gewesen, der einst Hjelm aus Huddinge für die A-Gruppe ausgesucht hatte.

Die pensionierte Ehefrau des Rentners kam heraus und setzte sich mit Kaffeetasse und Morgenzeitung, Lockenwickler im Haar, auf die Terrasse. Sie winkte ihm zu. Er winkte zurück. Hinter ihr glitzerte der See Råvalen einladend in der Morgensonne.

Alles war eitel Freude, Sonnenschein. Es galt nur, das Dasein zu genießen. Ein Minimum an regelmäßigen Ausgaben. Der volle Satz in der Zusatzpension. Jeden Monat ein deutlicher Überschuß in der Kasse. Ein Grundstück, dessen attraktive Seiten ihm erst nach fünfunddreißig Jahren aufzugehen begannen. Er konnte sogar seinen beiden erwachsenen Söhnen ein ansehnliches Erbe hinterlassen.

Ruderboot und Angelrute unten am See. Sauna am Strand. Das Ornithologenfernglas am Nagel in einer Tanne am Waldrand. Zwei ordentliche Auslandsreisen im Jahr. Ein kerngesundes, frühpensioniertes Paar, das sich ruhig noch zwanzig Jahre in guter Verfassung halten konnte.

Kerngesund bis auf die Inkontinenz.

Doch mit der konnte man leben. Die Zukunft gehörte ihnen.

Der ehemalige Chef der ehemaligen A-Gruppe, der ehemalige Kommissar Jan-Olov Hultin, hatte also jeden Grund, mit dem Leben zufrieden zu sein. Er hatte keinerlei Grund, sich über das zu grämen, was gegen Ende seiner Karriere geschehen war. Er bereute nichts. Natürlich gab es die eine oder andere weniger glückliche Entscheidung im Zusammenhang mit dem Kentuckymörder, wenn er zurückblickte, aber absolut keine Dienstverfehlung, nichts, was ihn zur frühzeitigen Pensionierung hätte zwingen können. Nichts dergleichen.

Er brauchte sich für nichts zu grämen.

Es gab nichts, worüber er sich grämen müßte.

Er hatte keinerlei Veranlassung, sich zu grämen. Und so weiter.

Tag auf Tag.

Er hielt in seiner doppelten Sisyphusarbeit inne. Es knirschte auf dem Kies oben bei der Garage. Nicht noch ein schwerkrimineller Grundstücksmakler, der, Zitat: ›ein phantastisches Angebot‹ für das Grundstück auf den Tisch legen wollte. Er schleuderte den Rasenmäher geräuschvoll von sich und ging mit energischen Schritten den steilen Grashang hinauf.

Der Mann, der aus dem glänzenden neuen Saab stieg, sah unzweifelhaft wie ein schwerkrimineller Grundstücksmakler aus. Elegantes blondes Haar in einer sturmsicheren Frisur, die einem Toupet zum Verwechseln ähnlich sah, bronzebraunes Bräunungscremegesicht, gutgetrimmter Körper, sogar eine grobe Goldkette ums Handgelenk zu dem galanten leichten Sommeranzug.

Dennoch fiel Jan-Olov Hultin die Kinnlade herunter.

»Zum Teufel, JO«, keuchte der Mann, als sei er wie ein Elch den ganzen Weg gelaufen und nicht in einem Luxuswagen mit Klimaanlage gefahren. »Mit deinem Telefon stimmt was nicht. Eine meckerige Alte erzählt mir was davon, daß es abgeschaltet sei. Hast du deine Rechnung nicht bezahlt?«

»Ich heiße nicht JO«, sagte Hultin ausdruckslos. »Ich heiße Jan-Olov. Und das Telefon *ist* abgeschaltet. Wir brauchen kein Telefon.«

»Dann schalte es wieder ein, verdammt«, sagte der hellblondierte Mann, der *kein* schwerkrimineller Grundstücksmakler war, sondern Abteilungsleiter im Reichskriminalamt und gegenwärtig die rechte Hand des Reichspolizeichefs. Er hieß Waldemar Mörner, ein Mann mit legendären Peinlichkeiten als Spezialität.

Waldemar Mörner rutschte ein wenig im Kies, machte einen grazilen Satz über die Planke, die den Übergang von Grus zu Gras markierte, und mußte erkennen, daß seine erlesenen italienischen Schuhe nicht mit einem erlesenen Anti-Rutsch-System ausgestattet waren. Er rutschte im taufeuchten Gras aus, und zwar so, daß seine Füße in einer umgekehrten Pirouette in die Luft zeigten, er kullerte immer schneller werdend den ganzen Grashang hinunter bis zur Veranda, wo sein Körper mit einem dumpfen Bums an die Treppe schlug, so daß sein Handy ihm aus der Tasche flog und in der Kaffeetasse der Hausfrau auf der Veranda landete. Mörner erhob sich leicht schwindelig, streckte der Hausfrau die Hand hin, verfehlte sie um einen guten Meter, taumelte seitwärts den ganzen Weg über die Veranda, schlug über das Geländer und platschte direkt in den Råvalen.

Da dudelte sein Handy. Frau Hultin fischte es aus der Kaffeetasse und meldete sich: »Waldemar Mörners Apparat. Ja, er taucht gleich wieder auf.«

Nein.

Nein, so war es nicht.

So spielte es sich nur in Jan-Olov Hultins rachsüchtiger Phantasie ab. Aber Mörner glitt tatsächlich aus, als er den Schritt hinüber aufs Gras ausführte. Er griff nach Hultins kräftiger Schulter und konnte sich aufrecht halten.

»Hoppla«, sagte er neckisch und klopfte Hultin leicht auf die Schulter. »Gut, daß es noch Stützpfeiler bei der Polizei gibt.«

»Eben das tut es nicht«, sagte Hultin neutral.

Er hoffte, daß man ihm nicht ansah, wie sein Herz pochte. Gleichzeitig wußte er, daß er sich deswegen nicht zu beunruhigen brauchte. Niemand hatte je in Kriminalkommissar Jan-Olov Hultins Seele geblickt. Sie war hinter einer Mauer aus Neutralität so gut verborgen, daß er sich manchmal fragte, ob sie vielleicht dahinter verschwunden war.

War sie nicht.

»Doch«, sagte Waldemar Mörner.

The magic word.

»Doch«, fuhr er fort, ohne mit dem Keuchen aufzuhören. »Das tut es. Wenn du willst. Wir brauchen dich. Ich habe den

RP überredet, daß wir wieder anfangen. Wir haben einen richtig scheußlichen Massenmord am Hals.«

RP, dachte Hultin. Wer zum Teufel sagte RP, wenn er den Reichspolizeichef meinte? Es klang wie ein alter Krimi aus den Siebzigern. Statt dessen sagte er mit Betonung auf jeder Silbe: »Wieder anfangen?«

»Wiederaufguß«, verdeutlichte Mörner. »Das Netz einholen. Die Asse aus dem Ärmel schütteln. Die Spikesreifen aufziehen. Das Potential reaktivieren. Die Geheimwaffen entsichern.«

Hultin ließ den Metaphernschwarm an sich abprallen. Er erwiderte nüchtern: »Die A-Gruppe?«

»Ja, aber hallo«, sagte Mörner und sang: »Born to be wild.«

Es war ein bißchen viel. Hultin starrte ihn entgeistert an. »In welcher Form?« bekam er heraus. Vollkommen neutral.

»In *guter* Form«, sagte Mörner und boxte ihn freundschaftlich gegen den Oberarm; Hultin gelang es gegen jegliche Wahrscheinlichkeit, das zu ignorieren. »In *alter* guter Form.«

»In der ursprünglichen Form also?«

»Jepp. Wer würde es wagen, die Kreise eines alten Mannes zu stören?«

»Alle sind dabei?«

»Sogar Chavez hat locker akzeptiert, die Leitung der Ermittlung abzutreten. Allerdings nur an dich. Norlander verlangt, Mittsommerabend mit seiner neugeborenen Tochter verbringen zu können. Und ein kleines Fragezeichen, was Gunnar Nyberg betrifft. Er ist ja gut in Fahrt da bei den Pädophilen. Aber auch er kommt um zehn Uhr zur Sitzung.«

Neugeborene Tochter? Dachte Jan-Olov Hultin. Das Wortpaar schien ihm so gar nicht mit dem Wortpaar Viggo Norlander zusammenzupassen. Aber er sagte nichts. Statt dessen sah er auf die Uhr. Zehn nach neun. Nicht viel Zeit für einen Entschluß, der sein Leben verändern würde. »Ich muß mit meiner Frau reden«, sagte er.

»Tu das«, sagte Mörner. »Aber nicht zu lange.«

»Kann ich mir auch mal dein Handy leihen?« fragte Hultin, nahm es entgegen und glitt den Grashang zur Veranda hinunter.

Er ging zu seiner Frau, die ausdruckslos zuhörte – es war offenbar ein Familienleiden –, um schließlich kurz zu nicken und ein paar Worte hinzuzufügen. Er begab sich ins Haus, um das Hawaiihemd und die viel zu kleinen Shorts gegen etwas Respektableres auszutauschen, was bedeutete: einen sackartigen Lumberjack, ein etwas ausgefranstes lilafarbenes Hemd und ein Paar uralte dunkelblaue Gabardinehosen – tatsächlich waren es seine alten Uniformhosen. Währenddessen rief er Erik Bruun an, der geduldig, doch keineswegs neutral zuhörte. Das war nicht sein Stil. Als er schließlich antwortete, glaubte Hultin, den rotgrauen Bart um die ewige schwarze Zigarre auf und ab hüpfen zu sehen, die kein Herzinfarkt der Welt ihm aus der Schnauze würde reißen können.

»Aber verflucht noch mal, Jan-Olov. Davon hast du doch insgeheim zehn Monate lang geträumt.«

»Wirklich?« fragte Hultin aufrichtig.

»Aber ja doch. Wie die Katze um den heißen Brei.«

»Forgive and forget also?«

»Weder forgive noch forget. Ignore. Scheiß auf sie. Es geht nicht um sie. Es geht um dich. Du hast noch viel zu geben. Und außerdem kannst du wieder kicken bei den Veteranen. Stell dir vor, wie viele gealterte Angreifer danach lechzen, es wieder mit einem gestandenen Stopper à la Holzbein-Hultin zu tun zu bekommen. Du kannst beim Köpfen wieder Augenbrauen platzen lassen. Du wirst dich wie neugeboren fühlen.«

Hultin lief das Wasser im Mund zusammen. Er bedankte sich und legte auf.

Er gab seiner Frau einen Kuß auf die Stirn; ein Lockenwickler blieb am Kragen des Lumberjacks hängen.

Waldemar Mörner nahm ihn ihm ab. »Das macht keinen guten Eindruck«, sagte er.

»Wir haben für Ende September eine Griechenlandreise gebucht«, sagte Hultin und betrachtete nicht ohne Verwunderung den Lockenwickler in Mörners Hand.

»Das wird kein Problem«, sagte Mörner, warf den Lockenwickler wie ein Champagnerglas über die Schulter, öffnete die Tür des Saab mit einer gentilen Geste und fügte hinzu: »Bis dahin ist dieses kleine Debakel aus der Welt.«

Als Kriminalkommissar Jan-Olov Hultin in den Wagen stieg, folgte ihm eine selbstleuchtende Aura.

Eine Polizistenaura.

14

Erst war es Französisch, ein langes, kompliziertes Gespräch auf französisch. Viel Lächeln, viele kurze Lacher ins Mobiltelefon. Der Mann, der unbeweglich an der geschlossenen Tür stand und quer durch den großen Arbeitsraum blickte, hatte sogar den Eindruck, daß die Gesten französisch geworden waren. Er, der selbst höchstens zwei Sprachen sprach, hatte gelernt, die Sprachen an den Veränderungen der Körperhaltung seines Chefs zu unterscheiden. Lange bevor ein neues Gespräch in Gang kam, hatte die Gestik es ihm schon verraten. Jetzt hatten die Bewegungen ein anderes Tempo bekommen, sie waren langsamer, aber distinkter, vielleicht ein wenig kantig. Es wurde augenscheinlich ein deutsches Gespräch geführt. Nach einigen kargen, tiefernsten Phrasen nahm das Gespräch eine neue Wendung, was er daran erkannte, daß sich die Brust weitete, der Rücken gestreckt wurde und die Kiefer angespannt wurden. Weil ihm klar war, daß gerade spanisch gesprochen wurde, konnte der Mann seinen Blick durch den großen Arbeitsraum schweifen lassen. Die spanischen Gespräche zogen sich immer lange hin.

Alle in der Branche kannten diesen Raum. Hier wurden die großen Beschlüsse gefaßt, hier wurden die großen Transaktionen getätigt. Das Panoramafenster zur Meeresbucht hinaus, der computergesteuerte Globus auf seinem Gestell neben dem L-förmigen Eichenschreibtisch, die Wände mit den Mirós oberhalb der brusthohen Holztäfelung, die dicken persischen Teppiche auf dem glänzenden mosaikartigen Parkett.

Alles war wohlbekannt, legendär.

Der Mann an der Tür wußte, daß er sich nicht in diesem mythenumwobenen Raum befände, ja, nicht einmal Zutritt zum Haus bekommen hätte, wenn nicht die Umstände extrem wären. Der Personalmangel begann akut zu werden.

Sie kannten sich seit dreißig Jahren, kamen aus demselben kleinen Bergdorf und waren in ihrer Kindheit Freunde gewesen. Dennoch hatte er nie das Vertrauen des ›Großen‹ gefunden, außer als Freund, als ein Verbindungsglied mit der Vergangenheit. Dennoch akzeptierte er ohne Umstände seine Rolle als Reservist, als Substitut, als Surrogat. Auch das war eine Ehre.

Er nannte ihn ›der Große‹. Es ergab sich sozusagen von selbst. Doch er sagte es nie laut. Laut hörte es sich pathetisch an, peinlich. Doch in seinem Innern hieß der Chef nie anders als der Große. Da war es alles andere als pathetisch.

Als die Sprache von neuem wechselte, stellte er fest, daß es vor allem die Vielsprachigkeit war, die er an seinem Arbeitgeber bewunderte – darin war er ›der Große‹. Die Vielsprachigkeit war eine Voraussetzung für die weitverzweigte internationale Wirksamkeit.

Anderseits gab es Teile dieser Wirksamkeit, mit denen er sich ganz einfach nicht einverstanden erklären konnte. Daß der Große seine Einstellung zu diesen Teilen kannte, war vermutlich der Hauptgrund dafür, daß er nie zum innersten Kreis gehört hatte. Bis jetzt. Wo es keine andere Wahl gab. Wo es außerdem gerade diese Teile der Wirksamkeit waren, die das Problem verursacht hatten.

Die Sprache, in der er jetzt ins Handy redete, war ihm einigermaßen geläufig. Und die Gestik war auf eine protzige Weise selbstverständlich. Als sei es die Muttersprache.

Es war Schwedisch.

Er verstand, daß die ›Sicherheitsberater‹ am anderen Ende waren.

»Ja«, sagte der Große hinter dem Schreibtisch, drehte sich mit dem Ledersessel und schaute durchs Panoramafenster. »Ich verstehe. Und ihr habt keine Ahnung, wer er ist? Nein. Okay. Das macht ja die Situation instabil, gelinde gesagt. Ja, das Material kann sehr wohl unterwegs sein. Und dann ist die Katastrophe ein Faktum. Wir müssen uns also trotz allem auf seine Gier verlassen. Das ist das Verläßlichste, was wir haben. Wir müssen darauf vertrauen, daß er wartet, bis wir selbst die Lage normalisiert haben. Und das bedeutet, daß wir schleunigst den Koffer finden müssen. Erste Priorität also. Jaja, volle Kanne. Bis bald.«

Der drehbare Ledersessel machte eine halbe Drehung. Zum ersten Mal wurde ein Blick zur Tür geschickt. Und als der nächste Sprachwechsel stattfand, galten die Worte endlich dem Mann an der Tür. Und es war endlich die Sprache, die einmal den Mut gehabt hatte, sich serbokroatisch zu nennen.

»Ljubomir«, sagte der Große und winkte ihn zu sich. »Keine Spur?«

Ljubomir schritt quer durch den großen Arbeitsraum, begegnete dem scharfen Blick und schüttelte nur den Kopf.

»Und das Geld ist wirklich eingeschlossen?«

»Ja. Wahrscheinlich war es ein Fehler, Jovan das Bankfach einrichten zu lassen. Jetzt, wo er tot ist, haben wir weder einen Schlüssel noch die Unterlagen. Das Geld ist eingeschlossen. Es sei denn, wir rauben die Bank aus.«

Der Große zog leicht die Augenbrauen in die Höhe; das verhieß nichts Gutes. »Wir mögen seit unserer Kindheit befreundet sein, Ljubomir«, sagte er sanft, »aber denk daran, dich niemals, ich wiederhole: *niemals* darüber zu äußern, was deiner Meinung nach ein Fehler war oder nicht. Das liegt weit jenseits deiner Befugnisse. Du sollst nur das veranlassen, was ich dir sage. Das ist deine einzige Aufgabe.«

Ljubomir blickte hinunter auf den Schreibtisch.

»Hast du es?« fragte der Große.

Ljubomir nickte und legte eine Schultertasche auf den Schreibtisch. Er öffnete den Reißverschluß und holte ein Funkgerät heraus.

Der Große betrachtete es und sagte: »Die Frequenz?«

»Ist eingestellt. Du kannst gleich anfangen. Drück einfach auf den Knopf am Mikrophon.«

Wieder dieser Blick. Und dann eiskalt: »Ich weiß, wie ein Funkgerät funktioniert.«

Der Große saß einen Moment still mit erhobenem Mikrophon da. In diesen wenigen Sekunden glaubte Ljubomir, das wahre Wesen des Großen zu sehen; es zog wie ein eiskalter Nordwind über sein Gesicht und spannte die Gesichtszüge. Der jetzt sprechen würde, war ein anderer. Ein Herrscher. Ein Beherrscher. Der fürchterlichste Widersacher, den man sich vorstellen konnte.

Dann drückte er auf den Knopf und wechselte erneut die Sprache. Mit deutlichem, fast pädagogischem Nachdruck sagte der Große auf schwedisch: »Dies ist eine Mitteilung an dich, der du meinen Aktenkoffer gestohlen hast. Du weißt, daß ich dich fassen werde. Und du weißt auch, was dann passiert. Um *ungefähr* zu verstehen, bedarf es nur eines Minimums an Phantasie. Doch nicht einmal die bestentwickelte Phantasie reicht aus, es *genau* zu verstehen. Also gib den Koffer jetzt zurück. Wenn du nachdenkst, siehst du ein, daß das in aller Interesse liegt.«

Dann wechselte er von neuem die Sprache und wiederholte die Mitteilung auf englisch. Wort für Wort.

Ljubomir schauderte es.

Er hoffte, daß man es ihm nicht ansah.

Sie lagen wieder im Bett. Er war hell, sie war dunkel, und endlich schliefen sie.

Nach der längsten Nacht ihres kurzen Lebens waren sie ineinander verschlungen eingeschlafen, immer noch miteinander verbunden, ineinander. Die Vormittagssonne schien auf das heruntergezogene Rollo, und obwohl es in dem kleinen Appartement um die dreißig Grad war, hatte keiner von ihnen sich vom anderen wegbewegt. Sie weigerten sich, auseinanderzugehen.

Doch bald würde es notwendig werden.

Das war nicht das, was sie sich gedacht hatten.

Als sie übermütig durch die Tür hereingetanzt waren, hatte er den Champagner ausgepackt, die Folie abgezogen, das Drahtgeflecht um den Korken gelöst und sich bereit gemacht. Sie war auf die Toilette gegangen und hatte sorgfältig den Koffer abgewischt. Es durfte keine Spur von Blut daran sein, wenn sie ihn öffnete. Dann kam sie heraus, sie küßten sich kurz, bevor sie den Aktenkoffer auf den Tisch legte, neben die Champagnergläser. Er hielt die rechte Hand in einem festen Griff um den Champagnerkorken und war bereit.

Sie schlug den Kofferdeckel zurück.

Keine Geldscheinbündel. Nicht eine Münze.

Nur ein Schlüssel und ein Funkgerät in je einem Halter.

Der Champagnerkorken knallte von selbst. Er traf den Flurspiegel, der zersplitterte. Sieben Jahre Unglück. Wie um den Job zu Ende zu bringen, warf er die Flasche in den Spiegel. Die Nachbarn klopften an die Decke.

Er weinte.

Aber sie dachte.

Sie war schon dabei, weiterzudenken. Das war immer ihr einziger Verteidigungsmechanismus gewesen.

Sie hob den Schlüssel aus dem kleinen Halter, drehte und wendete ihn. Er hatte eine eingravierte Nummer. 401.

»Bankfach«, sagte sie. »Fach vierhunderteins.«

»Bankfach, Scheiße«, jaulte er. »Wo denn, verdammt noch mal? Kiruna, Paris, Guatemala?«

»Kannst du eine Kopie davon machen?« fragte sie, streckte sich nach Papier und Bleistift und warf sich auf das Bett.

Seine Verzweiflung verflog. Er sah diese Zielbewußtheit bei ihr, die sie auch hierher geführt hatte. Und die bremste seinen Hang zur Selbstzerstörung. Lenkte sie um. Auf das Konstruktive. Wie schon so oft zuvor.

»Du weißt, daß ich das kann«, sagte er, wiederaufgerichtet.

»Kannst du es jetzt tun?« fragte sie, während sie begann, auf dem Papier eine Liste zusammenzustellen.

»Ja, das kann ich.«

»Dann fang an«, sagte sie.

Er nahm den Schlüssel und ging zu der Kleiderkammer, in der er seine Werkstatt eingerichtet hatte. Bevor er die Tür öffnete, sagte er: »Und was tust du da?«

»Ich versuche, auf all die Städte zu kommen, in denen er seine Geschäfte tätigt. Das ist die einzige Chance.«

Er nickte und ging in seine kompakte kleine Werkstatt. Sie blieb auf dem Bett liegen und schrieb. So arbeiteten sie die Nacht durch, jeder für sich. Schließlich war beides fertig, der Schlüssel und die Liste. Da endlich konnten sie sich vereinigen. Und wie sie sich vereinigten. Es war, als begegneten ihre Körper sich zum ersten Mal. Alles, was sie in dieser längsten Nacht ihres Lebens mitgemacht hatten, nahm die Form des Begehrens an, die Form der Liebe. Und die Liebe und das Begehren waren identisch.

Ineinander schliefen sie ein. Vor dem inneren Auge der Frau lief die Liste ab, während sie einschlief. Alle diese Orte mit leicht zugänglicher Wirklichkeitsflucht. Diese endlose Kette von Bedürfnis nach Linderung, nach Ekstase, nach Ausweitung der Sinne. Als reichten die Sinne, die uns geschenkt sind, nicht aus. Als sei ihre Unbegrenztheit nicht unbegrenzt genug. Aber die Nachfrage nach Zustandsveränderung war auch unbegrenzt, und sie machte das Angebot unbegrenzt, und damit war der Kreis geschlossen. Der Kreis des Bösen. Und derjenige, der für das Angebot sorgte, der dafür sorgte, daß der Kreis böse blieb, das war *er*. Der Kernpunkt. Die Natter. Und sie ist wieder klein. Es ist ein Traum, der immer wiederkommt. Sie kennt ihn auswendig, kennt jedes Detail, jede Nuance, doch sie ist nicht in der Lage, ihn aufzuhalten. Es ist, als müsse der Traum *seinen Lauf nehmen*. Als müsse er *aus irgendeinem Grund* seinen Lauf nehmen. Dieses kleine Erwachen mitten im Schlaf. Ein alter, *unschuldiger* Traum, der unterbrochen wird, der nie mehr wiederkommt. An den sie sich nicht mehr erinnert. An den sie sich nie mehr erinnern wird. Anfangs ist es nur ein Flattern zwischen den Laken. Aber dann sind es die Augen, der Blick, der einem anderen gehört, oder eher keinem, keinem Menschen. Und ihre Beine werden auseinander gezwungen, und sie weiß nicht, was es ist, was da geschieht, versteht nicht, kann nicht verstehen, hat keine Voraussetzungen, um zu verstehen, was es ist, das in sie eindringt, kann nur das Fundamentalste verstehen, und das ist, daß das Vertrauen gebrochen worden ist, daß das Grundvertrauen zerstört worden ist, daß der Mensch, dem sie am meisten in der Welt hätte vertrauen sollen, sie am schlimmsten in der Welt behandelt hat. Und es ist nur der Anfang.

Es ist nur der Anfang, an den sie sich erinnert. Nur der Anfang ist ein Traum geworden. Der Rest lief wie von selbst. Wurde der tägliche Trott. Der Normalzustand. Ein Zustand, der es mit sich brachte, daß sie sich als erste von den Mädchen löste und zu dem liegenden Jungen ging und auf ihn pinkelte.

Und alles wegen *ihm*. Der Natter.

Und da, mitten im Traum, kommt die *Stimme*. *Die* Stimme. Sie wundert sich, daß plötzlich geredet wird in dem Traum, der immer so schrecklich lautlos gewesen ist, aber die Rede drang durch den Traum hindurch, von einem anderen Ort, einem dunklen, dunklen Ort, und es war wahnsinnig, vollständig wahnsinnig, denn als sie die Augen aufschlug und sich endlich im Raum orientiert hatte, hörte sie, daß die Stimme aus dem Aktenkoffer kam.

Und sie hatte geglaubt, alle Blutspuren seien fortgewischt.

Die Stimme sagte: »Dies ist eine Mitteilung an dich, der du meinen Aktenkoffer gestohlen hast. Du weißt, daß ich dich fassen werde. Und du weißt auch, was dann passiert. Um *ungefähr* zu verstehen, bedarf es nur eines Minimums an Phantasie. Doch nicht einmal die bestentwickelte Phantasie reicht aus, es *genau* zu verstehen. Also gib den Koffer jetzt zurück. Wenn du nachdenkst, siehst du ein, daß das in aller Interesse liegt.«

Und erst als die Stimme begann, die Mitteilung auf englisch zu wiederholen, gelang es ihr, aufzustehen und zum Tisch zu taumeln.

Sie verstand *genau*. Doch als sie den Koffer über den Kopf hob, um ihn in den schon zersplitterten Spiegel zu werfen, begann sie zu denken. Ihr einziger Verteidigungsmechanismus erwachte.

Er betrachtete sie vom Bett aus. Seine Augen waren weit offen, das Laken hatte er instinktiv zum Kinn hochgezogen. Wie einen vergeblichen Schutz. Der instinktive Schutz eines kleinen Jungen.

»War *er* das?« fragte er nach einer Weile. »Die Natter?«

Sie stand mit dem über ihren Kopf erhobenen Koffer da. Die Überlegung kämpfte mit dem Instinkt. Und gewann. Am Ende gewann das Denken über das Gefühl. »Ja«, sagte sie und legte den Koffer zurück auf den Tisch. »Ich glaube, wir müssen uns beeilen.«

Er setzte sich auf die Bettkante und begann sich anzuziehen. »Warum hast du ihn nicht zertrümmert?« fragte er. »Brauchen wir nicht nur die Schlüssel?«

»Wir dürfen die Auswege nicht verbauen«, sagte sie. »Damit können wir Direktkontakt mit ihm aufnehmen. Falls es nötig werden sollte.«

Er nickte und versuchte zu verstehen. Sie ging zurück zum Bett und zog sich an. Dann nahm sie die Liste vom Nachttisch und riß sie in der Mitte durch. Sie hielt ihm die eine Hälfte hin. Er nahm sie und betrachtete sie.

»Weißt du noch, wie wir Kontakt halten wollten?« fragte sie.

Er nickte. »Keinen Direktkontakt«, sagte er und zog sie an sich. Sie begegneten sich ein letztes Mal in der Mitte des Bettes. Ein langer, furchtbarer Abschiedskuß. Ein letzter Direktkontakt.

Alles, was sie füreinander waren, durchströmte sie.

Und alles tat weh.

»Denk daran, wofür wir dies hier tun«, flüsterte er. »Für den Gesang der Delphine.«

Sie lächelte und drückte ihn fester. »Und für den Dunst, der zwischen den fallenden Regentropfen aufsteigt«, sagte sie und spürte, wie Tränen in ihr aufstiegen.

Dann standen sie im Flur. Es war Zeit. Sie wollten nicht. Es war falsch. Dennoch mußten sie.

»Vierhunderteins«, sagte sie beherrscht. »Wenn es kein Bankfach 401 gibt, ist es die falsche Bank. Dann brauchst du es gar nicht zu versuchen.«

»Und du nimmst den Koffer?« sagte er.

Sie nickte. »Die Büchse der Pandora«, sagte sie und lächelte schief.

Dann gingen sie allein in die Welt hinaus. Genauso einsam, wie sie sich geschworen hatten nie wieder zu sein.

Sie waren weniger, als sie hätten sein sollen. So etwas kommt vor, dachte er und blickte sich in dem dunklen Kellerraum um. Das ist nicht die Welt, dachte er. Mit so was mußte man rechnen. Verluste, dachte er, nahm sich die goldfarbene Mütze ab und betrachtete sie. Bauernopfer, dachte er. Um die großen Partien zu gewinnen, mußten stets Opfer gebracht werden. Scheinbare Verluste.

Doch war Jocke wirklich ein *scheinbarer* Verlust?

Esse war *eine* Sache – aber *Jocke*?

Dann setzte er die Mütze auf und war wieder goldgekrönt.

Er wußte, daß vor der Tür schon die Mittsommersonne schien. Doch hier drinnen herrschte ein kühles, nach Keller riechendes Dunkel. Keine Fenster, nicht einmal eine Luke. Nur eine nackte Glühlampe dicht über der Tischlerbank, wo die einzige Aktivität stattfand. In einem Sessel in der Ecke saß ein großer Mann mit kurzgeschorenem Haar und putzte eine Maschinenpistole. Der Goldgekrönte dachte: Rogge putzt immer eine Maschinenpistole. Wenn es weitere Schießereien geben sollte, wußte er, daß er sich auf Rogge verlassen konnte. Allzeit bereit. Und auf der Bank daneben: Danne. Auf den im Normalfall auch immer Verlaß war. Danne Blutwurst. Knastname. Dunkel wie eine Blutwurst. Lila Gesicht. Wie lange würden sie ihn noch mitschleppen können? Die Kugel war zwar glatt durchgegangen und hatte weder einen Knochen noch ein lebenswichtiges Organ getroffen, aber er blutete immer noch. Die linke Schulter außer Funktion. Vielleicht würde er wieder in der Lage sein, Waffen zu tragen. Wackelkandidat.

Und dann ›Kulan‹ an der Tischlerbank. Das technische Genie. Klein und kompakt. Waffenversiert und cool. My man, dachte er, ging zu ihm hinüber und legte ihm eine Hand auf die Achsel.

›Kulan‹ saß über ein Funkgerät gebeugt. Es war eingeschaltet. Daneben stand ein Oszilloskop. Wellen von unterschiedlicher Form liefen über den Bildschirm. Er lötete an der Seite eine Leiterplatte an, drehte ein wenig an einem Rädchen, die Wellenform nahm ein anderes Aussehen an.

»Wir sind also nicht völlig verratzt?« sagte er zu ›Kulan‹.

›Kulan‹ sagte gar nichts, drehte nur weiter am Rad und erhielt eine Wellenform, mit der er zufrieden war.

»Nein, verdammt«, sagte er schließlich. »Das kriegen wir schon hin. Allerdings unter einer Voraussetzung.«

»Erklär jetzt mal das Ganze.«

»Okay. Soll Rogge nicht dabeisein?«

»Der versteht eh nur Bahnhof.«

»Jetzt paß auf«, sagte ›Kulan‹ und lehnte sich zurück. »Vermutlich ist es folgendermaßen. Sie hatten jeder einen Koffer – jeder sein Polizeifunkgerät. Sie haben einander nicht genügend vertraut, um Bares zu überreichen. Die Kohle liegt irgendwo in einem Bankfach, wir haben ja den Schlüssel gesehen. Es war wohl geplant, daß sie auf der Frequenz miteinander Kontakt aufnehmen, die auf dem Zettel stand. Den haben wir behalten. Wenn alles in Ordnung wäre, sollte die andere Figur die Mitteilung bekommen, in welcher Bank die Kohle liegt. Das Funkgerät in dem Koffer, war ein Polizeifunkgerät, ich habe schon einmal so eins gesehen. Wir kennen die Frequenz und können das Gerät finden, denn es ist eine Frequenz, die sonst nicht benutzt wird; schließlich wollen sie ja nicht abgehört werden. Dieser Funkgerättyp sendet immer ein schwaches Steuersignal aus. Mit Hilfe dieses kleinen Abhörmechanismus können wir das Signal lokalisieren – und damit den Koffer. Aber das Signal ist so schwach, daß wir es nur auffangen können, wenn es nicht weiter entfernt ist als rund zwanzig Kilometer. Ich muß es nur fertig kalibrieren, dann können wir anfangen.«

»Und welches ist die *eine* Voraussetzung?«

›Kulan‹ äugte zu ihm hoch. »Daß sie das Funkgerät nicht weggeworfen haben«, sagte er bedächtig.

Der Goldgekrönte spürte, daß er eine Grimasse schnitt. »Und warum zum Teufel sollten sie es behalten? Sie interessieren sich ja wohl nur für den Schlüssel.«

»Ich glaube«, sagte ›Kulan‹ mit Nachdruck, »daß sie genauso überrascht waren wie wir, wer immer sie sein mögen. Ich glaube, sie müssen nach dem Bankfach *suchen*. Und ich glaube, daß sie das Gerät behalten haben, um sich keine Chancen zu vermasseln. Aber wie gesagt«, fügte er hinzu, »das ist nur, was ich glaube.«

»Das reicht mir«, sagte der Goldgekrönte. »Das hat noch immer gereicht.«

Da fingen die Wellen auf dem Oszilloskop an sich zu bewegen. ›Kulan‹ fuhr hoch und rief: »Verdammt, hier kommt was.«

Und dann klang es aus dem Funkgerät auf der Tischlerbank: »Dies ist eine Mitteilung an dich, der du meinen Aktenkoffer gestohlen hast. Du weißt, daß ich dich fassen werde. Und du weißt auch, was dann passiert. Um *ungefähr* zu verstehen, bedarf es nur eines Minimums an Phantasie. Doch nicht einmal die bestentwickelte Phantasie reicht aus, es *genau* zu verstehen. Also gib den Koffer jetzt zurück. Wenn du nachdenkst, siehst du ein, daß das in aller Interesse liegt.«

Dann wurde das Gesagte auf englisch wiederholt.

Der Goldgekrönte fing auf einmal an zu lachen. Er lachte laut und lange. Dann sagte er: »Das ist mir ein heuchelnder Scheißkerl. Ich werde ihm diese verdammte heuchelnde Zunge wegsprengen. Das verspreche ich.«

›Kulan‹ betrachtete ihn skeptisch.

Der Mann saß vollkommen still. Alles war schiefgelaufen. Er saß da und versuchte, sein Leben wieder aus der Schieflage zu holen. Es ging nicht. Es gab keinen Ausweg. Es sollte elegant, unsichtbar und lautlos geschehen. Statt dessen ging eine Bombe hoch. Eine höchst physische, unelegante, in höchstem Maße sichtbare und geräuschvolle Bombe. Fünf Tote. Er wollte es nicht wahrhaben.

Alles, was er wollte, war, an einen Ort zu kommen, wo der Winter kürzer war. Naja, ganz ehrlich war das nicht. Er wollte auch einen Mann zur Strecke bringen, der nicht zur Strecke zu bringen war. Das fangen, was sich nie fangen ließ. Er sah sich im Raum um. Ein anonymer Raum. Jetzt gänzlich anonym. Er dachte das Wort: anonym. *Ich bin anonym*, dachte er. Alle Spuren der Vergangenheit waren ausgewischt. Was er jetzt tat, hatte *nichts* mit der Vergangenheit zu tun. Es war reine Zukunft.

Und die war schon im Eimer.

Der Küchentisch war weiß und trist. Kunststoff. Das wäre früher unmöglich gewesen. Jetzt war alles möglich. Eine furchtbare Freiheit. Sogar dies hier war möglich.

Der Mann stand auf, um eine Tasse Kaffee zu holen. Die Kaffeemaschine blubberte so chaotisch, wie sie es jedesmal tat, wenn ihr Werk vollbracht war. Zuerst Chaos, dann der große Frieden.

Und der Frieden war der Tod.

Er goß sich Kaffee ein, blickte tief hinein in das nachtschwarze Gebräu, wie ins Totenreich, und hörte ein Knistern vom Küchentisch. Er stürzte hin, so daß der Kaffee spritzte, und öffnete den Aktenkoffer.

Aus dem Funkgerät kam eine Mitteilung: »Dies ist eine Mitteilung an dich, der du meinen Aktenkoffer gestohlen hast. Du weißt, daß ich dich fassen werde. Und du weißt auch, was dann passiert. Um *ungefähr* zu verstehen, bedarf es nur eines Minimums an Phantasie. Doch nicht einmal die bestentwickelte Phantasie reicht aus, es *genau* zu verstehen. Also gib den Koffer jetzt zurück. Wenn du nachdenkst, siehst du ein, daß das in aller Interesse liegt.«

Die zivilisierte Brutalität der Stimme. Die gleichsam verfeinerte, raffinierte Grausamkeit.

Und zwei Dinge wurden ihm klar. Sie hingen zusammen, und doch nicht richtig.

Erstens, daß sie hinter dem Geld herwaren. Das bedeutete, daß sie selbst nicht rankamen. Aber wahrscheinlich würden sie es zurückbekommen, auf eine Art und Weise, die vermutlich weitere Todesopfer forderte. Und dann würde vielleicht alles möglich sein. Dies hier ist eine Mitteilung auch *an mich*, dachte er. Sie besagte: ›Halte aus, tu nichts Übereiltes, warte, dann kommt die Knete. Was du auch tust: Tu nichts Übereiltes.‹

Was zum Teufel hatte er da in Gang gesetzt? Eine fürchterliche Lawine war losgetreten, und er würde keine Chance haben, sie aufzuhalten. Sie würde über Stockholm hereinbrechen und alles mit sich ziehen.

Alles.

Und er und kein anderer hatte sie losgetreten.

Zweitens, die Gefahr. Bisher hatte er sein persönliches Risiko völlig ignoriert. Doch wenn der Zustand chaotisch geworden war, wenn die Kollegen auf der Bildfläche erschienen, wenn alles auseinanderzufallen begann, dann wurde der Zustand auch für ihn selbst instabil. Vielleicht würden sie sich ihn jetzt persönlich vornehmen.

Die Zusicherungen hatten gleichsam keine Gültigkeit mehr.

Er fürchtete den Schmerz. Das war alles.

Als er endlich die Kaffeetasse an den Mund hob, war nichts mehr darin. Das nachtschwarze Gebräu war über den Tisch und den Fußboden verteilt.

Es war noch nicht der Zeitpunkt, den Becher richtig zu leeren.

Es gab noch Dinge zu tun.

15

Die Kampfleitzentrale. Eine Bezeichnung mit Vergangenheit.

Alles war unverändert in dem alten, tristen Minivortragssaal, der einst, höchst provisorisch, als Sitzungsraum für die A-Gruppe der Reichskriminalpolizei hatte dienen müssen, die spätere ›Spezialeinheit für Gewaltverbrechen von internationalem Charakter‹, die anschließend selig entschlafen war.

Und jetzt wiederauferstanden von den Toten.

Vielleicht ebenfalls höchst provisorisch.

Die schmutzgelben, fensterlosen Betonwände, die Reihe der am Fußboden befestigten Stühle, die man herunterklappen mußte, um sich zu setzen, wie eine Serie Toilettensitze, der Tisch vorne auf dem Podium wie ein Pult im Gymnasium, von einem inzwischen reichlich überholten Computer gekrönt, die Uhr an der Wand, die gerade zehn zeigte. Und die beiden Türen.

Durch die eine tröpfelten Reste der alten A-Gruppe herein. Einer nach dem anderen. Mit gleichsam prüfenden Schritten.

Paul Hjelm traf als erster ein, ein erwartungsvoller Erstbetrachter. Er saß da und sah sie kommen. Versuchte, die äußeren Bilder mit seinen inneren in Übereinstimmung zu bringen. Sie stimmten nie ganz überein.

Sie stimmten nicht einmal bei Kerstin Holm überein, die als nächste kam. Obwohl sie den gesamten vergangenen Tag zusammengearbeitet hatten, kam ihre Erscheinung für ihn wie eine Überraschung. Er betrachtete sie verstohlen, während sie zu ihm hinüberglitt. Diese fabelhafte Frau. Immer die denkbar einfachste Kleiderwahl, und immer saß alles perfekt. Eine lockere, gerade geschnittene ungebleichte Leinenhose. Eine sommerlich leichte weiße Bluse. Das war alles. Und darüber: dieses leuchtende Gesicht, das besser alterte als jeder Bourgogne. Jede Andeutung einer Falte war eine Verbesserung.

Doch sein Blick war wohl ein wenig gefärbt.

Sie setzte sich und wandte sich ihm mit einem Lächeln zu, das er nur als *frisch* bezeichnen konnte, ein Wort, dem er immer mißtraut hatte, das jetzt jedoch eine Metamorphose durchmachte.

»Hast du es?« fragte sie nur.

Hjelm nickte und zog ein kleines Mikrophon aus der Brusttasche seines kurzärmeligen klarblauen Hemds. Er ließ es vor ihrem Gesicht pendeln. Sie nickte. Er machte weiter. Sie nickte weiter. Er machte weiter.

»Jajaja«, sagte sie schließlich und lachte nachsichtig.

Da ging die Tür wieder auf. Ein magerer, extrem weißhäutiger Mann mit einem gestreiften T-Shirt unter einem schlechtsitzenden hellen Anzug trat ein.

Er erblickte sie und breitete die Arme aus. »Meine Favoriten«, stieß er in klingendem Finnlandschwedisch aus.

Sie mußten aufstehen und Arto Söderstedt umarmen.

Er kicherte unentwegt. »Wir hatten ja gestern jeder unseren Goldjungen zu fassen«, sagte er. »Die Mediennamen rollen schon übers Land. Der Kumlabomber und der Kvarnenmörder. Es wurden kurze Fälle.«

»Und jetzt landen sie im Schatten der Sicklaschlacht«, sagte Kerstin Holm mit einem breiten Grinsen.

Die Tür ging erneut. Viggo Norlander trat mit blauen Ringen unter den Augen in den Raum. Sie paßten stilvoll zum Rosa der Stigmata an seinen Händen. Er winkte ihnen zu, setzte sich in die Nähe der Tür und schlief auf der Stelle ein. Absteigender Ast, dachte Hjelm.

Dann kam Schwedens größter Polizist. Gunnar Nyberg erhob einen einfachen Kaffeebecher zur Begrüßung. »Sie haben mir Asketennahrung mitgegeben«, röhrte er unbegreiflicherweise und ließ sich neben dem vernehmlich schnarchenden Norlander nieder. »Hej, Kerstin«, fügte er mit einem kleinen Winken hinzu. »Willkommen auf der Vorderseite.«

»Schwedens Scheißloch«, rief Kerstin zurück.

Nyberg lachte verwundert und stellte den Kaffeebecher auf dem kleinen Klapptisch vor sich ab. Dort konnte er stehen, bis er kalt war. Er hatte nicht die Absicht, ihn anzurühren.

Eine Toilettenspülung ging. Viggo Norlander erwachte mit einem Ruck; das waren wohlbekannte Töne. Sie warteten, während die Wasserhähne liefen. Schließlich öffnete sich die andere Tür, und Kriminalkommissar Jan-Olov Hultin trat mit angelegter Inkontinenzwindel aus seiner privaten Toilette.

Er nickte ihnen neutral zu und ließ sich am Pult nieder, vor sich einen dicken Haufen Papier.

Kerstin Holm ging nach vorn und stellte einen großen Strauß rote Rosen vor ihn. Er starrte ihn nur an. Eine ganze Weile. Dann grub er aus der dornigen Tiefe eine Karte hervor. Und es war still. Vollkommen still. Sie beobachteten ihn. Sein Gesichtsausdruck war völlig neutral. Aber die Augen waren auf den Tisch gerichtet. Ein bißchen zu lange.

Als er aufblickte, glitten zwei Tränen an seiner Riesennase abwärts. »Danke«, sagte er nur.

»Kleine Sammelaktion«, sagte Kerstin Holm. »Willkommen an alter Wirkungsstätte.«

»Danke«, sagte Hultin von neuem, fast autistisch. Dann gab er sich einen Ruck und machte eine Kehrtwendung: »Aber jetzt haben wir einen Job zu erledigen. Fehlt nicht einer?« Sie blickten sich in der ›Kampfleitzentrale‹ um. Der Joker fehlte. Die eigentliche Energiequelle.

Und wie auf Bestellung wurde die Tür aufgestoßen. Energisch.

Daß es sogar möglich ist, eine Tür energisch zu öffnen, dachte Paul Hjelm und betrachtete Jorge Chavez' zielbewußte Schritte den Gang hinab.

Er setzte sich allein in die Stuhlreihe, die Hultin am nächsten war, drehte sich um und winkte fröhlich allen Anwesenden zu, stand noch einmal auf und begrüßte etwas förmlicher den strategischen Chef der A-Gruppe. »Willkommen, Jan-Olov«, sagte er und schüttelte dem Chef die Hand. Danach setzte er sich und wartete.

Hultin zog für eine kurze Sekunde die Stirn kraus. Dann wurde er wieder der alte und kam zur Sache: »Vor fünfzig Minuten fuhr Waldemar Mörner in seinem Saab auf meinem Kiesweg vor. Ich wollte den Rasen fertig mähen und anschließend den ersten Sprung des Tages in den Råvalen machen, als ich erfuhr, worum es ging. Ich habe versucht, meine leere Wissensbank während der Fahrt mit dem Saab in die Stadt aufzuladen, aber im großen und ganzen weiß ich nichts über diese verfluchte Sicklaschlacht. Aber Jorge weiß einiges. Also übergebe ich das Wort sogleich an ihn. Bitte.«

Chavez war bereit. Er stieg auf das Podium und begann, mit Hilfe mitgebrachter Magneten in Form niedlicher Marienkäfer Fotos an der Flipchart zu befestigen. »Ihr müßt die Insekten entschuldigen«, sagte er. »Jemand unten im Lager hat eine falsche Bestellung aufgegeben. Dies hier sind jedenfalls Bilder aus allen erdenklichen Winkeln vom Gewerbegebiet Sickla unten am Södra Hammarby-Hafen. Sogar eine Totale, aus einem Hubschrauber aufgenommen. Hier. Fünf Tote bei einer Schießerei, die eindeutig nach einer Abrechnung in der Unterwelt aussieht. Ungewöhnlich roh, kann man noch hinzufügen. Eins der Opfer hatte vierundzwanzig Kugeln im Körper. Ein anderer wurde durch eine Sprengladung getötet, so daß die Eingeweide am Wagendach klebten. Hier.

Aber der Reihe nach. Es handelt sich um zwei Gangs. Gang 1: drei mit Pistolen bewaffnete Männer (die Personen 1 A bis 1 C auf dieser Skizze); Gang 2: sechs mit Maschinenpistolen bewaffnete Männer (die Personen 2 A bis 2 F). Gang 2 überfällt Gang 1, offenbar in der Absicht, einen Aktenkoffer zu stehlen.

Dieser schwarze Mercedes, der einer Autovermietung in Örnsköldsvik gehört und vor zwei Wochen von einem nicht existierenden Anders Bengtsson aus Stockholm gemietet wurde, kam gegen zwei Uhr in der Nacht auf dieser Nebenstraße im Gewerbegebiet Sickla gefahren. Im Wagen saßen die drei von Gang 1. Eine gutplazierte Sprengladung detonierte unter dem Wagen und tötete den Mann auf dem Rücksitz. Der Wagen rollte noch ein paar Meter und blieb dann stehen. Die Männer auf den vorderen Sitzen wurden bei der Explosion verletzt, aber nicht tödlich. Sie wurden von Gang 2, die in einem Van mit neuen Continentalreifen am Ort erschienen war – mehr kann über den Wagen noch nicht gesagt werden –, zum Aussteigen gezwungen.

Höchstwahrscheinlich wurden beide von Gang 2 gefilzt, allerdings offenbar ziemlich schlecht, weil es beiden anschließend gelingt, Pistolen zu ziehen und zwei in Gang 2 zu töten sowie einen zu verletzen.

Patronen, Schußwinkel und die Positionen der Körper zeigen, daß aus sechs der neun vorhandenen Waffen geschossen wurde. Nicht abgefeuert wurden die Pistole des Mannes auf dem Rücksitz und die Maschinenpistolen der toten Räuber. Keiner konnte schießen, bevor er starb; sonst hätten sie es sicher getan. Keiner der Beteiligten scheint vor dem Gebrauch von Schußwaffen zurückgeschreckt zu sein.

Seht jetzt auf die Skizze. Das Ganze dürfte in *dieser* Reihenfolge abgelaufen sein. Eins: Der Wagen wird gesprengt, Person 1 A wird getötet; zwei: Person 1 B und 1 C werden gezwungen auszusteigen und werden gefilzt; drei: 1 A wird nachträglich von dem Aktenkoffer befreit, wahrscheinlich von Person 2 A; vier: 1 B und 1 C ziehen ihre Waffen; fünf: 1 B schießt 2 B über die Schulter direkt ins Auge, tödlich; sechs: 2 A läuft mit dem Aktenkoffer zum nächsten Schuppen, möglicherweise weil der Koffer ihn daran hindert, seine Maschinenpistole in Anschlag zu bringen; sieben: 1 C schießt 2 A in den Rücken, tödlich; acht: 1 B schießt 2 C an; neun: 1 C wird mit fünf Schuß von 2 D, 2 E und 2 F getötet; zehn: 1 B wird mit sechs Schuß von 2 C, 2 D und 2 F verwundet; elf: 1 B wird aus nächster Nähe von 2 D mit achtzehn Schuß getötet; zwölf: der Aktenkoffer wird aus der Blutlache vor 2 A geholt und zusammen mit dem angeschossenen 2 C in den Van gepackt; dreizehn: der Van fährt weg. Zurück bleiben 1 A, 1 B, 1 C, 2 A und 2 B. Der verwundete 2 C hat Blutgruppe AB negativ. Die überlebenden Passagiere des Vans haben also jetzt den Aktenkoffer: 2 D, 2 E, 2 F, dazu ein angeschossener 2 C.

Jetzt kommt das Interessante. Wir sind uns ziemlich einig, daß es sich um eine Auseinandersetzung in der Unterwelt handelt, nicht wahr? Also müßte es in unseren Fingerabdruck-Computern nur so klingeln. Das ist jedoch nicht der Fall. Von den fünf Leichen – und andere Fingerabdrücke haben wir natürlich nicht – findet sich nur einer in unserer Verbrecherkartei. Es ist einer der Räuber, Gang 2, der, der den Schuß ins Auge bekommen hat. Er heißt Sven Joakim Bergwall und hat zweimal eingesessen, das erstemal in Tidaholm, das zweitemal in Kumla. Eindeutig ein Krimineller der Klasse 1. Bankraub, Totschlag, Mordversuch, schwere Körperverletzung sowie Volksverhetzung.«

»Volksverhetzung?« sagte Hultin, als er endlich zu Worte kam.

»Organisierter Nazi«, sagte Jorge Chavez und ließ die Worte einsinken. »Gehörte zum ›Weißen arischen Widerstand‹, war auch bei der ›Nordischen Reichspartei‹ dabei, als es diese Gruppierungen gab. War als Randfigur bei der Maskenbande beteiligt, wenn ihr euch an die erinnert. Raubüberfälle im ganzen Land, militärischer Anstrich. Aber die übrigen vier sind nicht in der Kartei. Keiner aus Gang 1. Weder 1 A, 1 B, 1 C – oder, auf der anderen Seite, 2 A.«

»Ich finde diese Codes ein wenig verwirrend«, sagte Gunnar Nyberg aufrichtig. »2 A war also der, der mit dem Aktenkoffer weglief und in den Rücken geschossen wurde? Der Riese?«

»Ja. Allerdings bist du noch etwas riesiger, um genau zu sein. Der Witz mit diesen Codes ist, daß wir die Anwesenden und ihre Bewegungen lokalisiert haben. Es gibt vier verschiedene Maschinenpistolenpatronen mit vier verschiedenen Schlagbolzenabdrücken. Vier Maschinenpistolenschützen. Plus die zwei, die nicht geschossen haben, deren Maschinenpistolen aber zurückblieben: 2 A, der in den Rücken geschossen wurde, und 2 B, der ins Gesicht geschossen wurde, 2 B war also Sven Joakim Bergwall. 2 B stand allein rechts von dem Wagen. 2 A griff den Aktenkoffer und stand dann vor dem Wagen, von wo er weglief. Vor dem Wagen standen auch 2 D und 2 E. Links standen 2 C und 2 F, von den beiden wurde 2 C angeschossen. 2 D und 2 F trafen beide 1 B und 1 C. Was kann man außerdem noch sagen? Wer von ihnen geht zu einem angeschossenen Mann am Boden und jagt ihm achtzehn Kugeln in den Körper? Der Wahnsinnige der Gruppe, der Führer der Gruppe? Intuitiv würde ich sagen: ja. Der Wahnsinnige *und* Führer. Ich tippe, daß 2 D der Führer ist. Und von ihm wissen wir nichts.«

»Und die Bombe?« sagte Söderstedt.

»Ja, da haben wir wohl unseren Anknüpfungspunkt, außer Sven Joakim Bergwall. Einige weiße Männer mittleren Alters hatten ja das verdammte Staatliche Kriminaltechnische Laboratorium komplett nach Närke verschleppt. Jeder im Dienst befindliche Kriminaltechniker hat im Kumlabunker Wände abgeschabt.«

»Komm zur Sache«, sagte der weiße Mann mittleren Alters Norlander schroff.

»Es ist der gleiche Sprengstoff und der gleiche Zündmechanismus. Beide unbekannt. Aber gleich. Und es ist klar, daß, wenn wir das, was wir bisher über die Kumla-Explosion wissen, mit dem vergleichen, was wir bisher über die Sicklaschlacht wissen, daß dann etwas nicht besonders Angenehmes zutage tritt.«

Söderstedt und Norlander betrachteten einander eingehend. *Muster*, dachten sie gleichzeitig.

Wann beginnt sich ein Muster abzuzeichnen?

Arto Söderstedt fühlte plötzlich, daß er lebte. Zum ersten Mal, seit er Norlanders Dienstvolvo nach Kumla gefahren hatte. Der wurde vom Fußvolk zurückgebracht, während sie von Örebro aus geflogen waren, um rechtzeitig um zehn Uhr hier zu sein.

Plötzlich stimmte alles. »Wir sollten einen Gruß ausrichten«, sagte er. »An euch alle, aber besonders an Paul und Jorge. Von einem Zweijährigen mit Namen Paul Jorge Andersson, genannt Jojje.«

Für einen kurzen Augenblick breitete sich in der ›Kampfleitzentrale‹ Verwirrung aus.

Söderstedt lachte sich ins Fäustchen. Er liebte Einleitungen, die Verwirrung stifteten. »Es ist Göran Anderssons Sohn«, fuhr er mit dramaturgischer Präzision fort.

Paul Hjelm und Jorge Chavez tauschten zum ersten Mal seit fast einem Jahr Blicke aus. Klappte das alte Zusammenspiel noch? Sie lasen einander auf jeden Fall wie offene Bücher. Der Serienmörder Göran Andersson hatte seinen Sohn auf die Namen der Polizisten getauft, die ihn festgenommen hatten. Es war ein merkwürdiges Gefühl.

Arto Söderstedt fuhr fort: »Anderssons Trommelfelle sind bei der Kumla-Explosion draufgegangen. Er saß gestern morgen um acht Uhr sechsunddreißig in seiner Zelle unmittelbar neben der von Lordan Vukotic und büffelte Kunstgeschichte. Am Abend zuvor hatte er Vukotic in seine Zelle taumeln sehen, mit – wie das Obduktionspuzzle später ergab – gerissener Milz, gebrochenem Schienbein und ausgekugelten Schultergelenken. Am Morgen darauf wurde er in die Luft gesprengt, und übrig blieb nur eine Masse, die an den Wänden klebte, möglicherweise also von demselben Mann, der rund achtzehn Stunden später den Daimler unten im Gewerbegebiet Sickla sprengte. Was bedeutet, daß wir richtig und trotzdem falsch gedacht haben. Vier Polizisten – zwei vom Reichskrim, einer vom Närkekrim und ein Säpomann – zogen gestern außerordentliche Schlußfolgerungen, verbrachten den gestrigen Abend aber auf völlig falsche Weise. Wir nahmen folgendes an: Vukotic wurde gefoltert und plauderte; deshalb wollte er nicht verraten, daß er gefoltert worden war, am wenigsten den Heiducken da in Kumla. Vielleicht lag er die ganze Nacht in der Zelle und versuchte, sich die Schultern wieder einzurenken. Zu welchem Nutzen, kann man sich fragen, wenn man sowieso am nächsten Tag in die Luft gesprengt wird. Warum wurde er am nächsten Tag in die Luft gesprengt? Das war die nächste Frage. Unsere Schlußfolgerung: Der Täter wollte verhindern, daß seine Tat entdeckt würde, und wollte deshalb, wenn auch spät, die Spuren seines Handelns beseitigen. Also suchten wir den Schuldigen unter Insassen, die sich mit Sprengstoff auskannten. Wir verbrachten die Nacht damit, eine Ansammlung von Figuren zu verhören, die irgendwann einmal in Zusammenhang mit Sprengstoff in Erscheinung getreten waren. Erst jetzt, hier in diesem Augenblick, geht mir auf, wie falsch wir argumentiert haben. Wenn der Täter wirklich ›die Spuren seines Wütens beseitigen‹ wollte, um Göran Andersson zu zitieren, bedeutet das, daß er die Konsequenzen, als er Vukotic folterte, nicht richtig einschätzte. Natürlich schätzte er sie richtig ein. Er wußte, daß Vukotic die rechte Hand des Drogenhändlers Rajko Nedic war. Unantastbar. Stand dem vielleicht gefährlichsten Mann in ganz Schweden am nächsten. Natürlich wußte man, worauf man sich einließ, als man Vukotic aus dem Weg räumte. Die Sprengung war kaum das Ergebnis einer nachträglichen Überlegung oder einer Art von Furcht, entdeckt zu werden. Sie war eher eine Herausforderung. Eine Mitteilung. Und diese Mitteilung besagt: Sieh dich vor, Scheißkanake, jetzt kommen wir! Doch nicht nur. Sie besagt auch: Scheißbullen, es ist mir schnuppe, wenn ihr mich identifiziert, ihr kriegt mich eh nicht zu fassen!«

Es herrschte völlige Stille in der Kampfleitzentrale. Wieder schien sie auf einen Schlag ihre Anführungszeichen verloren zu haben. Etwas unangenehm – doch zugleich faszinierend – *Großes* warf seine Schatten voraus.

»Ja«, sagte Arto Söderstedt. »Ihr seht alle, worauf ich hinauswill. Zwei Dinge. Erstens: Der Kumlabomber war keiner, der im Knast saß und verfaulte und Angst hatte, sondern er war ein Mann, der Kumla *verließ* – mit Schwung. Zweitens: Was wir hier vor uns haben, ist eine Konfrontation zwischen nazi-gefärbten, professionellen, vielleicht, ja, paramilitärischen Angreifern auf der einen Seite und einem von Schwedens führenden Drogenhändlern, Rajko Nedic, und seinem Anhang von Kriegsverbrechern aus dem ehemaligen Jugoslawien auf der anderen Seite. Das hört sich doch prima an. Und es erklärt vielleicht, warum keiner in Gang 1 – weder 1 A, 1 B oder 1 C – identifizierbare Fingerabdrücke hinterlassen hat. Sie sind direktimportiert aus, ja, vielleicht sogar aus dem Kosovo. Auf jeden Fall vom Kriegsherd auf dem Balkan.«

»Und alle drei sterben«, sagte Jorge Chavez, dem fast der Atem stockte. Ganz soweit hatte er noch nicht gedacht. Er betrachtete Arto Söderstedt, wie er, scheinbar träge, dasaß, schlaksig und kreideweiß, und diese gräßlichen Wahrheiten gleichsam beiläufig von sich gab.

Und er fuhr noch fort, mit einem Schreiben wedelnd: »Ich sitze hier mit dem Fax in der Hand. Es kommt vom Anstaltschef in Kumla. Gestern morgen um halb neun wurde ein Insasse aus dem Kumlabunker entlassen. Sechs Minuten vor der Explosion. Er hatte drei Jahre abgesessen, war verurteilt zu sechs wegen schwerer Körperverletzung, kam aber wegen guter Führung nach der Hälfte der Zeit frei. Auch er war einschlägig bekannt, wie man so schön sagt, und gehörte zum Umfeld nazistischer und rassistischer Organisationen. Er schlug vor drei Jahren zwei kurdische Bürgerrechtler zusammen, die im Solna Centrum demonstrierten. Auch da spielt eine Sprengladung eine Rolle, und zwar in einem kurdischen Kulturzentrum, doch ihm war nichts nachzuweisen. Er trägt den harmlosen Namen Niklas Lindberg, ist fünfunddreißig Jahre alt und kommt aus Trollhättan. Ausbildung zum Berufsoffizier, rasche Beförderung, war ein paar Wochen bei der UN-Truppe in Zypern – und schloß sich dann der französischen Fremdenlegion an. Er soll – doch das ist unbestätigt – über gute Kontakte zu fremdenfeindlichen Organisationen in aller Welt verfügen. Nicht zuletzt in den USA. Mein Tip, wenn ein solcher gestattet ist: Niklas Lindberg ist 2D. Der Führer *und* der Wahnsinnige. Der Mann, der aus nächster Nähe achtzehn Schuß auf einen verletzten Menschen abgab.«

»Der mit gewisser Wahrscheinlichkeit ein Kriegsverbrecher aus dem ehemaligen Jugoslawien war«, nickte Jan-Olov Hultin. »Jetzt beginnt es auch einem alten Pensionär zu dämmern. Jorge, Sven Joakim Bergwall hat seine letzte Gefängnisstrafe in Kumla abgesessen. Stimmen die Zeiten mit Niklas Lindbergs überein?«

»Lindbergs Name ist mir neu«, räumte Chavez ohne Umschweife ein, während er in einigen Papieren blätterte. »Aber Bergwall wurde vor einem Monat aus Kumla entlassen. Es ist wohl nicht ganz unwahrscheinlich, daß zwei gewaltbereite Nazis wie diese beiden in Kumla zusammengekommen sind. Bergwall hat das Ganze von außen organisiert, Lindberg von innen. So kann man es wohl sehen.«

»Was treiben sie da eigentlich«, fuhr Hultin fort. »Am Abend vor seiner Freilassung foltert Niklas Lindberg Lordan Vukotic. Aber das wirkt doch wie besser geplant. Am Abend zuvor? Es muß doch von langer Hand vorbereitet gewesen sein. Sechs Mann bei einem gutgeplanten Überfall – das haben sie doch nicht erst achtzehn Stunden zuvor beschlossen.«

»Ich glaube«, sagte Kerstin Holm plötzlich mit dem geballten Stimmvolumen der Chorsängerin, »daß es sich um einen Doppelcheck gehandelt hat.«

Wieder verbreitete sich eine gewisse Verwirrung in der konzentrierten Kampfleitzentrale. Wieder fiel eine neue Stimme in den Gesang ein und verschob die Harmonien. Alle starrten auf sie. Sie streckte Paul Hjelm die Hand hin, und er legte ohne zu zögern das kleine Mikrophon hinein.

Sie hielt es vor den versammelten Augen der Kampfleitzentrale in die Höhe. »Dies hier wurde gestern abend von der Unterseite eines Tischs im Restaurant *Kvarnen* in der Tjärhovsgata entfernt. Es ist ein subtiles Abhörgerät.«

»Der Kvarnenmörder«, platzte Gunnar Nyberg heraus, der allzulange still dagessen hatte und sich außen vor fühlte.

»Mitnichten«, sagte Kerstin Holm. »Eher seine Konsequenzen. Bei unseren Verhören mit Zeugen aus dem *Kvarnen* zeichnete sich etwas ganz anderes ab. Leute verdrückten sich en gros und en detail, sobald der Totschlag ein Faktum war. Im Hintergrund der alltäglichen Gewalt lief etwas völlig anderes ab. Oder möglicherweise im Vordergrund.«

»Doppelcheck?« sagte Jan-Olov Hultin in dem vergeblichen Versuch, in etwas, das keine klaren Linien hatte, klare Linien einzuhalten.

»Ja«, sagte Kerstin Holm und sammelte Kraft. Dann fuhr sie fort: »Der eigentliche Check, der wirkliche Check, fand am Mittwochabend im Restaurant *Kvarnen* statt. Ich glaube, daß sämtliche fünf Leichen dort am Mittwochabend anwesend waren. Allerdings lebendig.«

Sie starrten sie an. Es war mucksmäuschenstill.

»Ich weiß nicht«, fuhr sie fort, »wann Muster anfangen, sichtbar zu werden. Für Paul und mich wurden sie ziemlich früh sichtbar. Wir hatten keinerlei Anhaltspunkt, genaugenommen, außer dem, was wir *Witterung* nennen könnten. Etwas zeichnete sich ab. Wir wußten nicht, was es war, aber es war da, inmitten der Hammarbyfans. Um es ein wenig zu vereinfachen: Gang 2 saß da und belauschte Gang 1 mit dieser Abhörvorrichtung.«

Erst jetzt fiel der Groschen.

»Aber Niklas Lindberg wurde erst am nächsten Morgen entlassen«, sagte Hultin und versuchte zu folgen. Er spürte, daß er Rost angesetzt hatte – aber er spürte zugleich, wie der Rost in großen Placken abblätterte und um das Pult herum zu

Boden fiel. Er war zu Hause. Endlich war er wieder zu Hause.

»Das stimmt«, sagte Kerstin Holm. »Wenn wir versuchen, Söderstedts Annahme zu folgen, dann waren dies hier seine Mannen, die ihn später aus Kumla abholten, möglicherweise unter der Führung des jetzt dahingeschiedenen Sven Joakim Bergwall. Möglicherweise war es ebenfalls Bergwall, der die Geistesgegenwart besaß, einen Mann im Lokal zurückzulassen, um unsere Aufmerksamkeit von der Gang abzulenken.«

»Was kannst du über die nichtidentifizierten Opfer in der Sicklaschlacht sagen, Jorge?« fragte Paul Hjelm.

»›Übel zugerichtet‹ ist wohl die treffendste Bezeichnung«, sagte Chavez. »Bergwall, 2 B, hatte einen Schuß ins Auge bekommen, kein schöner Anblick. Ohne die Fingerabdrücke hätten wir da nichts gehabt. Das gleiche gilt für den Mann im Wagen. 1 A. Dunkles Haar, das ist das einzige, was wir definitiv sagen können. 1 B war völlig zerschossen. Vierundzwanzig Schüsse. Achtzehn aus nächster Nähe. Das Gesicht rekonstruieren zu wollen ist sinnlos. 1 C sieht am besten aus, und sicher ist es ein Balkangesicht. 2 A stürzte wie eine gefällte Kiefer mit dem Gesicht direkt auf den Asphalt. Davon ist nicht mehr viel da. Also insgesamt nur geringe Möglichkeiten, mit Rekonstruktionen in die Medien zu gehen.«

»Uns interessiert 2 A«, sagte Hjelm. »Der Große, der mit dem Koffer fortlief, in den Rücken geschossen wurde und keine Vorstrafen hatte. Kräftiger Körperbau?«

»Zweifellos.«

»Dünner Schnauzbart?«

»Ja.«

»Rasierter Schädel?«

»Ja.«

Paul Hjelm schwieg.

Den Rest überließ er Kerstin. Sie war startklar: »Er heißt aller Wahrscheinlichkeit nach Eskil Carlstedt. Verkäufer, wohnt auf Kungsholmen. Wir haben gestern morgen mit ihm geredet. Und ihm seine ganze Geschichte abgenommen. Er konnte gehen, ohne daß wir den geringsten Verdacht schöpften. Scheiße, wie schlampig.«

»Nun hör aber auf«, sagte Hultin etwas unerwartet. »Ihr hattet keinen Anhaltspunkt. Ihr habt einen Mann gesucht, der mit dem Bierkrug einen Schädel zerschmettert hat. Ihr seid verdammt weit gekommen mit dem wenigen, was ihr hattet. Falls es stimmt. Und sich nicht um freie Phantasien von guter alter Hjelmholm-Qualität handelt.«

»Fünf Mann«, fuhr Holm fort, anscheinend ohne ihn gehört zu haben, »an einem Tisch neben der Tür. ›Keine Skinheads, aber fast‹. ›Skinheads, die die Altersgrenze überschritten haben.‹ Sie verschwinden sofort, lassen aber Carlstedt zurück, weil er der einzige ohne Vorstrafe ist. Geistesgegenwärtig. Carlstedt wird von den Kollegen der Nachtschicht kurz verhört, kann sich aber ausweisen und wird aufgefordert, sich am folgenden Vormittag zu einem ausführlichen Verhör im Polizeipräsidium einzufinden. Danach trifft er sich mit den vieren, die abgehauen sind, und alle fünf verbringen die Nacht damit, die bestmögliche Erklärung zu finden, um die Polizei von sich abzulenken. Carlstedt soll sagen, daß er den Kvarnenmörder gesehen hat. Das lenkt tatsächlich unsere Aufmerksamkeit soweit ab, daß wir ihn ohne Umstände laufen lassen, nicht zu seinen vier Kumpels, sondern jetzt zu seinen fünf, denn die übrigen vier sind gerade in Närke gewesen und haben ihren Boß Niklas Lindberg abgeholt. Jetzt sind die sechs vereint. Es heißt nur noch, die kommende Nacht abzuwarten. Nicht nur aus einer, sondern aus zwei Quellen kennen sie jetzt Zeitpunkt und Treffpunkt. Von Lordan Vukotic im Gefängnis und von der Gang im *Kvarnen*, die weitgehend mit Jorges Gang 1 identisch ist: 1 A, 1 B, 1 C.«

»Warum zum Teufel sollten sie im *Kvarnen* sitzen und den Treffpunkt diskutieren?« unterbrach Hultin und spürte, wie die Mauern der Neutralität zu zerbröckeln begannen. »Das ist doch total irrwitzig.«

»Zwei Parteien sind beteiligt, was den Treffpunkt angeht. Diese beiden Parteien kommen im *Kvarnen* zusammen. Der

Aktenkoffer, der später übergeben werden soll, enthält entweder Geld oder Drogen. Die beiden Parteien trauen einander nicht. Sie begegnen sich an einem neutralen Ort, an einem *öffentlichen* Ort, um den Treffpunkt auszuhandeln. Sie sprechen englisch, weil es sich, wie gesagt, um erst vor kurzem eingetroffene Kriegsverbrecher aus Jugoslawien handelt. Das ist wahrscheinlich auch der Grund dafür, daß man einen derart öffentlichen Treffpunkt wählt. Die andere Partei hat vermutlich keine Lust, in irgendeiner dunklen Gasse eine Gang total unberechenbarer Kriegsverbrecher zu treffen. Zurück zum Knast: Vukotic weiß bereits von dem provisorischen Treffpunkt für die kommende Nacht. Oder zumindest geht Niklas Lindberg davon aus. Er geht ein großes Risiko ein, als er – am Vorabend seiner Entlassung – Vukotic innerhalb der Gefängnismauern schwer mißhandelt. Vielleicht, um *noch einmal abzuchecken*, was seine Kollegen kurz darauf im *Kvarnen* in Erfahrung bringen werden. Vielleicht, weil es ihm ganz einfach Spaß macht. Weil es Spaß macht, einen Kanaken zu foltern. Eine schöne Welt!«

»Es gibt also eine Partei, die in unseren Überlegungen fehlt«, sagte die Polizistenaura, die Jan-Olov Hultin noch umgab. »Der Mann, der mit Gang 1 im *Kvarnen* englisch geredet hat. Der den später geklauten Aktenkoffer in Empfang nehmen sollte. Wo zum Teufel kommt übrigens dieser Aktenkoffer her? Woher wissen wir, daß es sich um einen Aktenkoffer handelt?«

»Von dem Abdruck in 2 As Blut«, sagte Chavez. »Eskil Carlströms, wenn er es denn ist.«

»Carlstedt«, sagte Hjelm.

»Der paßte zu einer Tasche, Modell Aktenkoffer. Das war das wahrscheinlichste.«

»Okay«, sagte Hultin. »Nehmen wir das bis auf weiteres an. Zurück zu der anderen Partei in dem englischen Gespräch im *Kvarnen.*«

»Das habe ich bis zum Schluß aufgehoben«, sagte Kerstin Holm. »Das ist nicht so witzig. Wahrscheinlich handelt es sich um einen schwedischen Polizeibeamten.«

Es wurde ein wenig geseufzt in der Kampfleitzentrale. Nicht erstaunt, nicht empört, eher ein wenig desillusioniert. Im vorangegangenen Jahr hatte PAN, der Disziplinarausschuß der Reichspolizeibehörde, vier Beamte wegen krimineller Aktivitäten entlassen. Vier weitere kündigten selbst, um einer drohenden Entlassung zuvorzukommen. Einundzwanzig Kollegen waren disziplinarisch belangt worden, siebzehn von ihnen erhielten eine Abmahnung.

Holm fuhr fort: »Ein schwedischer Polizist. Er zeigte im *Kvarnen* seinen Polizeiausweis, um rauszukommen, als die Türwachen die Tür blockierten.«

»Könnte es nicht ein gefälschter Polizeiausweis gewesen sein?« fragte Hultin.

»Natürlich könnte es das. Aber er war der einzige Schwede in der Gruppe. Und der einzige Schwede wedelt mit einem Polizeiausweis. Außerdem hat es den Anschein, als sei er mit polizeilichen Prozeduren ziemlich vertraut. Er wollte nicht im *Kvarnen* zurückbleiben, als die Verhöre wegen des Totschlags begannen.«

»Dann ist es wohl an der Zeit, sich zu fragen, worum sich das Ganze dreht«, sagte Hultin. »Also wenn wir alle waghalsigen Hypothesen akzeptieren, die dem leicht eingerosteten Kommissar in der letzten halben Stunde um die Ohren geschwirrt sind. Worum geht es? Es muß wohl der Drogenhändler Rajko Nedic sein, der im Zentrum steht. Er soll also etwas in einem Aktenkoffer liefern, und zwar an einen Mann, der möglicherweise schwedischer Polizeibeamter ist. Was von großem Wert kann sich in einem Aktenkoffer befinden? Wahrscheinlich Geld, weil jeder Polizist weiß, wie schwer es ist, Drogen abzusetzen, ohne daß man zum einen oder anderen Zeitpunkt auffliegt. Offenbar handelt es sich auch nicht um eine Routinezahlung, sondern es muß über die Übergabe verhandelt werden. Also hat der Polizist ›Angst‹. Also ist es eine einmalige Zahlung. Warum? Ist ein schwedischer Polizist im Begriff, sich in die Drogenbranche hineinzudrängen? Das hört sich nicht gut an. Erpressung? Tja, warum nicht? Aber mit welchem Ziel? Und wie kommt es, daß die kriminelle, vermutlich nazistisch gefärbte Gang 2 davon erfährt, daß die Übergabe stattfinden soll? Sie wissen seit einiger Zeit, daß sie stattfinden wird, die sechs sind bereit, sobald Niklas Lindberg aus dem Knast kommt. Doch sie wissen nicht exakt, wann und wo sie stattfinden soll. Das bringen sie am Vorabend in Erfahrung, und zwar auf zwei verschiedene Weisen. Aber woher wußten sie ursprünglich davon?«

»Es ist wohl nicht unwahrscheinlich, daß es schon vorher via Vukotic gelaufen ist«, warf Söderstedt ein. »Lindberg und Bergwall sitzen in Kumla und belauschen ein heimliches Gespräch. Sie wissen, daß eine Lieferung stattfinden soll, aber wann, wo und wie? Vielleicht erfährt Lindberg, der noch länger einsitzt, später von dem Treffen im *Kvarnen*.«

»Viele Fragen«, sagte Paul Hjelm.

»Ja«, stimmte Hultin ein und sah auf. »Aber auch eine Reihe von Antworten, und zwar bedeutend mehr, als ich mir hätte träumen lassen, als ich in Waldemar Mörners vollklimatisiertem Saab die noch etwas farblosen Informationen überflog.«

»Was haben wir denn dann?« fragte Chavez, der noch vorn an der Flipchart stand und ein wenig überwältigt wirkte. »Wahrscheinlich drei Mann von sechs in Gang 2. 2 A ist Eskil Carlstedt. 2 B ist der Nazi Sven Joakim Bergwall. Die beiden sind tot. 2 D ist der Führer Niklas Lindberg. Uns fehlen der angeschossene 2 C sowie 2 E und 2 F. Was Gang 1 angeht, schicken wir die Fingerabdrücke von 1 A, 1 B und 1 C an Interpol – und vielleicht an exjugoslawische Behörden, falls das möglich ist.«

»Und dann der Sprengstoff«, sagte Norlander. »Was ist das für ein hyperaktiver flüssiger Sprengstoff, der durch eine elektronische Mikrovorrichtung gezündet wird? Niemand scheint eine Antwort zu wissen. Aber wahrscheinlich ist es wichtig.«

»Wahrscheinlich«, sagte Hultin. »Wir müssen weiter daran arbeiten. Interpol auch. Und eine ganze Reihe Dinge müssen bestätigt werden. Wir müssen in Eskil Carlstedts Wohnung ein paar Fingerabdrücke nehmen und sie mit 2 A vergleichen. Beispielsweise. Und dann kann man sich ja fragen, wie wir uns Rajko Nedic gegenüber verhalten wollen. Er hat ja immer viel Wert darauf gelegt, in aller Öffentlichkeit zu agieren. Ehrenwerter Geschäftsmann. Restaurantbesitzer.«

»Wir sollten schon mit ihm reden«, sagte Hjelm, »fragt sich nur, wann. Wann sollen wir offenlegen, was wir wissen? Was verlieren, beziehungsweise gewinnen wir dabei, daß wir mit ihm reden? Et cetera.«

Hultin nickte und blickte über das Auditorium. »Und jetzt wollt ihr wissen, was Sache ist, nicht wahr? Personalfragen. Ihr wißt, was sie gestern im Fernsehen gesagt haben. Die Personalknappheit bei der Polizei in diesem Sommer ist akut. Der Justizminister spricht offen von der schlechten Urlaubsplanung der Polizei. Mancherorts sind schon Bürgergarden gebildet worden, die sich um Angelegenheiten kümmern, um die wir uns nicht mehr kümmern können. Auch wenn wir zu einem Spezialeinsatz einberufen worden sind, müssen wir mit mehr als guten Gründen erklären können, warum wir hier sitzen, sieben Polizeibeamte verschiedener höherer Ränge, und uns mit dieser Sache beschäftigen. Heute ist Mittsommerabend. Es ist bald zwölf. Die meisten Polizisten haben jetzt frei und werden in Kürze auf unsicheren Beinen mit ihren Kindern um den Maibaum hüpfen. Aber ihr nicht. Im Gegenteil, ihr werdet wie gewöhnlich die Reichspolizeibehörde extraviel Geld kosten wegen all der vermutlich anfallenden Überstunden. Ist einer unter euch, der damit ein Problem hat?«

»Ich würde gern wenigstens einmal draußen auf Dalarö vorbeischauen«, sagte Hjelm.

»Meine Kinder warten um drei Uhr vor dem Skansen auf mich«, sagte Söderstedt.

»Ich möchte gern den Abend mit meiner neugeborenen Tochter verbringen«, sagte Norlander.

»Mein Sohn hat für meinen Enkel in Östhammar einen Maibaum aufgestellt«, sagte Nyberg.

Chavez und Holm sagten nichts.

»Vergeßt es«, sagte Hultin brutal. »Wir stellen jetzt eine neue Einheit auf. Sie ist seit fast einem Jahr nicht existent gewesen. Keiner quatscht von Urlaub, bevor dieser Fall hier gelöst ist. Ihr habt *genau jetzt* die volle Freiheit, zu eurem bisherigen Dienst zurückzukehren, aber nicht mehr in drei Stunden, nicht morgen. Ihr müßt das hier wirklich wollen. Soweit ich verstanden habe, ist dies auch die Chance, die A-Gruppe dauerhaft zu etablieren. Die letzte Chance. Es hat leider den Anschein, als würden wir gebraucht. Also: Falls einer von euch genügend Geschmack am normaleren Bullendienst gefunden hat, um dies hier sausen zu lassen, kein Problem, ihr seid frei. Aber nur genau jetzt. Also?«

Gunnar Nyberg blickte auf. In seiner Zerstreutheit nahm er einen Schluck von dem eiskalten schwarzen Kaffee. Beinah hätte er sich erbrechen müssen. Die Eßbewegung war ein Reflex geworden. »Es geht mir nicht um das normalere Bullendasein, an dem ich Geschmack gefunden habe«, sagte er mitten in einem Anfall von Übelkeit. »Es ist das noch abnormere. Ich stecke mitten in mehreren laufenden Kinderschändungsermittlungen. Ich kann das nicht einfach stehen- und liegenlassen.«

»Ich weiß«, sagte Hultin. »Ich habe eure Wege insgeheim ein bißchen verfolgt. Jorge will nichts lieber, als von der Theorie zur Praxis zurückkehren. Kerstin ist gerade aus Göteborg wiedergekommen. Zusammen mit Paul hat sie ihren Teil des Kvarnenmordes abgeschlossen. Artos und Viggos Explosion in Kumla kann allem Anschein nach problemlos in die Sicklaschlacht einbezogen werden. Für euch fünf scheint wie für mich grünes Licht zu sein. Du, Gunnar, bist das fehlende Glied. Du steckst tief in wirklich wichtiger Arbeit. Wie stellst du dich dazu?«

Nyberg seufzte laut. »Ihr geht nicht so oft was essen«, sagte er. Keiner von ihnen begriff, daß dies das denkbar höchste Lob war. Er verdeutlichte: »Es ist definitiv verlockend, wieder einmal einen richtigen A-Gruppen-Fall in Angriff zu nehmen.

Dieses Gefühl von freiem Fall. Aber für mich wäre es am besten, wenn ich, ja, ich weiß nicht, eine Zeitlang halbtags arbeiten könnte, während ich sehe, was ich bei den Pädophilenermittlungen tun kann. Damit nichts verzögert wird. Damit kein einziges kleines Leiden verlängert wird. Wenn ihr versteht.«

»Ich glaube, wir verstehen«, sagte Hultin. »Und wenn du mich fragst, ist das ganz okay. Ich habe nicht vergessen, daß du recht hattest, was den Kentuckymörder anbetraf, und wir anderen alle unrecht. Noch jemand?«

Keiner.

Hultin nickte und fuhr fort. »Also dann. Bevor ich anfange, präzisere Aufgaben zu verteilen, sollten wir, jeder für sich, ein bißchen darüber nachdenken, was wir als nächstes tun müssen. Und worauf wir uns einstellen müssen. Wir nehmen an, daß Gang 2 jetzt den Aktenkoffer hat. Alles könnte damit aus der Welt sein. Nedic könnte im unklaren darüber sein, wer den Koffer geklaut hat. Wenn da nicht die Vukotic-Bombe wäre. Wie lange braucht er, bevor er den Namen Niklas Lindberg herauskriegt? Und was passiert dann? Großkonfrontation? Und können wir davon ausgehen, daß Lindbergs Gang sich mit dem Koffer begnügt? Oder wollen sie mehr? Könnten die Nazi-Indikationen darauf hindeuten? Sind sie auf eine ethnische Säuberung des schwedischen Drogenmarkts aus? Und warum sollte dieser Koffer einem eventuellen schwedischen Polizeibeamten ausgehändigt werden? Wenn Geld in dem Aktenkoffer war: Warum bezahlt der Drogenhändler Rajko Nedic, der nie von der Polizei geschnappt worden ist, der Polizei Geld? Ist das der Grund, warum er nie geschnappt worden ist? Und so weiter. Wir brauchen folgendes. Erstens: mehr Information über den rätselhaften Sprengstoff; zweitens: die Identitäten von 2 C, 2 E und 2 F; drittens: den eventuellen Polizisten; viertens: eine Erklärung, warum Nedic der schwedischen Polizei Geld zahlt (falls es so ist). Wenn euch noch etwas einfällt, sagt es mir schnell. Also dann. Wir hören nicht eher auf, als bis der Mittsommerabend in Nacht übergeht. Keine

Blumen unterm Kissen. Kein selbstgewürzter Kräuterschnaps, keine Mittsommerkinder werden gemacht. Nur Arbeit, Arbeit, Arbeit.«

16

Nur Arbeit, Arbeit, Arbeit. Wenn auch von zu Hause aus. Sie blickte auf die Surbrunnsgata hinaus. Nie war ihr ihre kleine Ecke der Welt so verlassen vorgekommen. Das Mittsommerwetter war unentschlossen, mal Wein, mal Wasser, und zeitweise ziemlich viel Wasser. Und sie surfte. Allerdings im Cyberspace. Sie surfte im Internet.

Und gerade jetzt schüttete es nur so vor ihrem Fenster. Einer dieser prachtvollen kleinen Schauer. Kurz, intensiv, vorübergehend.

Sara Svenhagen hatte die Feiertagsangst fast vergessen. Die die Selbstmordrate gerade an jenen Tagen in die Höhe treibt, an denen das Pflegepersonal Feiertagszuschlag erhält. Dieser berüchtigte Klumpen in der Herzgegend. Der einem sagt: Du bist wirklich einsam, richtig einsam.

Niemand will dich.

Sie wußte nicht, daß sie diese Angst hätte spüren müssen. Sie war es, die niemanden haben wollte, nicht umgekehrt, doch die Feiertagsangst machte da keinen Unterschied. Sie biß sich fest. Sie sagte einem unwillkommene Wahrheiten.

In den Fenstern auf der anderen Straßenseite wurde kein Licht angeknipst. Auf dem Bürgersteig ging kein Mensch vorbei. Den ganzen Tag lang startete kein Wagenmotor. Die Stadt war verödet. Ausnahmsweise würde einmal nicht Stockholm an der Spitze der Gewaltstatistik stehen. Es fehlten ganz einfach die Gewalttäter, ebenso wie die potentiellen Opfer.

Sie waren auf dem Land.

Sie hätte im Haus ihrer Eltern auf Tyresö Mittsommer feiern können. Die Familie wäre jedoch nicht vollzählig gewesen. Es gab nämlich einen Trost im Ungemach. Sie wußte, daß auch ihr Vater nichts als Arbeit, Arbeit und noch einmal Arbeit hatte. Der Unterschied war der, daß der Chef der Spurensicherung Brynolf Svenhagen im siebenten Himmel war. Zwei großartige Nüsse zu knacken. Zuerst die Explosion in Kumla. Dann die Sicklaschlacht. Sie sah es vor sich, wie der strenge graue Mann gleichsam koloriert wurde und karnevalistischen Glanz bekam. Ein Mann in farbenfrohem Baströckchen und mit lila Troddeln, die an den Brustwarzen baumelten. Sie lächelte. Der Klumpen verschwand.

Sie blickte sich in ihrer kleinen Wohnung um. Eigentlich gar nicht so schlecht. Ihre inneren Räume.

Sie kehrte an den Computer zurück.

Seit neunzehn Uhr, sechsunddreißig Minuten und sieben Sekunden am Donnerstag, dem vierundzwanzigsten Juni, hatte sie sich nur den einen und anderen Minischlaf erlaubt. Das war achtzehn Stunden her. Da hatte sie die Adressenliste von der seltsamen, flüchtigen Internetseite abgespeichert.

Es war tatsächlich eine Adressenliste. Eine Adressenliste für Pädophile. Ein Netzwerk, das sich zwar größtenteils mit bereits bekannten Netzwerken zu berühren schien, aber dennoch eine ganz neue Liste. Keine Namen, natürlich, keine richtigen realen Adressen, aber gleichwohl eine ganze Serie von E-Mail-Adressen, darunter mehrere, auf die sie zuvor noch nicht gestoßen war. Und sie hatte sie alle im Kopf. Tatsache war, daß ihr Kopf voll davon war, vielleicht übervoll, vielleicht auf dem besten Weg, zu platzen.

Die Augenblicke von Minischlaf waren sofort von dem grauenhaften Traum okkupiert worden. Der selbstleuchtende Bauch, der Schatten, das Glied, das durch sie hindurch- und zu dem Kind vordrang. Sie war überzeugt davon, daß der Traum ihr etwas zu sagen versuchte. Etwas Lebenswichtiges. Aber sie verstand nicht, was. Sie fühlte nur die Angst, als sie im Todesaugenblick erwachte. Sie fand, daß der Traum viel zu aufdringlich war, um eine Botschaft zum Ausdruck zu bringen. Die Botschaft ertrank in Grauen.

Jedermann kann völlig anonym eine E-Mail-Adresse im Internet beschaffen. Hotmail, Microsofts eigener Server, war der Favorit. Es gab Millionen von Adressen, die mit @hotmail.com endeten. Das Reservoir war unerschöpflich. Aber – man hinterließ Spuren, hinter allen Maskierungen stand immer eine Telefonnummer. Diese Telefonnummer mit Hilfe der E-Mail-Adresse zu finden war manchmal unmöglich – wenn die betreffende Person einigermaßen versiert im Umgang mit Daten war –, manchmal aber zwar kompliziert, aber dennoch möglich. Und selbst wenn es einem gelang, die Telefonnummer zu finden, war es noch lange nicht sicher, daß man dahinter eine existente Person entdeckte. Die meisten Pädophilen waren clever genug, nicht von ihrem Computer zu Hause, sondern von einem öffentlichen Computer mit Internetanschluß, Typ Kulturhaus oder Königliche Bibliothek, ihre E-Mail-Adresse zu besorgen. Dagegen war es etwas problematischer, die verbotenen Früchte im Kulturhaus oder in der Königlichen Bibliothek zu genießen. Zu den Bildern vergewaltigter Kleinkinder zu onanieren war in den Salons des Kulturhauses nicht richtig angebracht. Die übliche Vorgehensweise war die, daß man seine Mail auf einem öffentlichen Computer abholte, die Bilder auf einer Diskette speicherte und sie dann am eigenen Computer im trauten Heim genoß. Da war man abgesichert. Keine Spuren, außer den physischen. Zu dieser und jener Zeit wurde dieses und jenes Kinderpornomaterial von diesem und jenem Computer heruntergeladen. Es kam dann darauf an, eine existente Person mit diesem Zeitpunkt und diesem Computer zu verbinden, und das war nicht einfach. Am einfachsten war es also, die *Trottel* zu fangen, die ein einziges Mal ihrem Begehren erlaubten, die Oberhand zu gewinnen, und es riskierten, das Material über den Computer zu Hause herunterzuladen – und damit über die eigene Telefonnummer. In dem Augenblick war die Spur etabliert.

Sara zählte bisher drei Trottel auf der letzten Liste. Das Aufspüren war ein komplizierter Prozeß, der indessen eine Reihe mechanischer Momente beinhaltete, die sie im Schlaf hätte ausführen können. Wenn sie jemals schlief. Mittels eines komplexen Zusammenspiels zwischen dem Zentralrechner der Polizei, Interpol, Internet und Intranet hatte sie bisher, nach ungefähr einem Drittel der Liste, achtzehn Telefonnummern offengelegt. Acht waren schwedisch. Fünf gingen zu öffentlichen Institutionen. Die anderen gingen zu Privatpersonen in Boden, Lund und Borås.

Sie bekam allmählich genug vom Cyberspace. Dann und wann sah sie das Spiegelbild des kurzgeschorenen kleinen Wesens auf dem Bildschirm. Inzwischen hielt sie es nicht mehr für einen kleinen Jungen. Sie war es selbst. Die echte Sara Svenhagen. So sah sie aus. Und sie war kein virtuelles Opfer von Kinderschändern, sondern eine reale Polizistin. Sie mußte sich bald praktischer Polizeiarbeit widmen können. Also suchte sie fieberhaft nach einer Stockholmer Nummer auf der Adressenliste. Bisher war keine aufgetaucht, und danach suchte sie weiter. Um direkt zuschlagen zu können. Physisch.

Um dem Mann real in die Augen sehen zu können.

Und wieder nur das Übliche zu erkennen: daß der Pädophile sich nicht als böse sah. Im Gegenteil, er war gut, er nahm die angeborene Sexualität des Kindes ernst, während der Rest der Welt das Wesen des Kindes mißverstand und es asexuell gemacht hatte. Der Pädophile machte dem Kind das wichtigste Geschenk seines Lebens: Es bekam die Sexualität zurück, deren es beraubt worden war.

Sie hatte das alles schon gehört. Aber sie würde es niemals verstehen können.

Sie fragte sich, ob die Liste ein so bedeutender Fang war, daß sie eine großangelegte internationale Aktion rechtfertigte.

Mit anderen Worten: Würde sie gezwungen sein, vielleicht bis zu einem halben Jahr zu warten, um zuschlagen zu können, zusammen mit Amerikanern und Briten und Deutschen und Franzosen, von Belgiern ganz zu schweigen? Und was würde während dieses halben Jahres geschehen können?

Es war eine Gewissensfrage, schon bevor sie in der Sinnenwelt auftauchte, ein klassisches moralisches Dilemma, wenn auch virtuell. Falls sich eine existierende Stockholmer Adresse offenbaren sollte, gegen die Sara Svenhagen auf der Stelle zuschlagen könnte – sollte sie es dann tun? Sie mußte die Risiken und Chancen gegeneinander abwägen. Auf der Goldwaage. Das Risiko, daß der virtuelle Stockholmer Pädophile sich an weiteren Kindern vergriff, gegen das Risiko, daß er das übrige Netzwerk warnen und damit bedeutend mehr Kindern schaden würde. Die Chance, einen Mann mit weiteren Informationen über die Pädophilenszene zu fangen, gegen die Chance, ein ganzes Netzwerk zu fangen.

Irgendwo im Verlauf dieses Rechenexempels begann Sara Svenhagen auf einmal den innersten Kern der Marktwirtschaft zu verstehen. Alles hatte seinen Preis. Oder eher: Man konnte alles mit einem Preis versehen. Wirklich alles. Jede Beziehung, jede Lebensäußerung. Das, womit sie sich gerade beschäftigte, waren ökonomische Berechnungen. Es war ganz einfach: plus und minus. Verlustminimierung. Geringstmöglicher Schaden. Die geringste Anzahl sexueller Übergriffe gegen Minderjährige.

Es kam ihr geschmacklos vor.

Notwendig, aber geschmacklos.

Alles konnte man mit einem Preis versehen. Die Vergesellschaftung der Intimsphäre. Die Verwandlung des Menschen von einer physischen in eine juristische in eine virtuelle Person. Es blieb eine Ziffer, ein Wert, ein Aktienkurs.

Plötzlich verstand sie vollkommen, warum sie sich das Haar abgeschnitten hatte.

Und genau da bekam sie die Telefonnummer. Sie fing mit 08 an. Stockholm.

Das Telefonregister gab ihr eine Adresse, eine reale Adresse, die ihr eigenartig vorkam. Fatburstrappan 18. Irgendwo in der Nähe der Söderhallen.

Und dann schoß die Wirklichkeit wie ein Habicht auf sie herab. Das moralische Dilemma war bei näherer Betrachtung fiktiv, oder zumindest nicht ihres. Sie hatte eine nicht ganz unwichtige Sache vergessen.

Dienstgrade.

Es war gegen zwei Uhr am Mittsommerabend. Der Tanz um den Maibaum war vielerorts schon in vollem Gang. Freitag. Danach der Mittsommertag und der Sonntag. Zwei Feiertage mit minimalem Personalaufgebot in der Stadt. Desto mehr auf dem Lande. Die Vorgesetzten tanzten um den Maibaum. Mit Sicherheit auch Ragnar Hellberg, der Komiker-Kommissar Party-Ragge. Aber sie hatte eine Nummer für den Notfall. Eine Handynummer.

Es fragte sich nur, ob sie Hellberg kontaktieren sollte. Es bestand keine richtige Eile. Der Pädophile in der Fatburstrappan 18 würde sich während des Mittsommerfestes vielleicht keinen schweren Übergriff zuschulden kommen lassen. Obwohl *vielleicht* für Sara Svenhagen nicht ausreichte. *Vielleicht* war nicht zufriedenstellend. *Vielleicht* würde er im Gegenteil Mittsommer mit einer richtigen Orgie von sexuellen Vergehen gegenüber Minderjährigen feiern.

Was würde Hellberg sagen? Er hatte möglicherweise schon die ersten Schnäpse intus und saß mit einem Partyhut schief auf dem Kopf da und lallte. Sie hätte nicht richtig sagen können, wie gut sie Hellberg wirklich kannte. Der jüngste und hipste Kommissar des Polizeikorps, allerdings hip auf diese eher gezwungene Unternehmermasche. Alle sollten Spaß haben. Das ist ein Befehl. Wir tragen Blaulicht auf dem Kopf beim Stockholm-Marathon. Oder? Aber okay, wenn es darauf ankam, war er wirklich kompetent. Sie konnte allerdings nicht ganz davon absehen, wie er Ludvig Johnsson ausmanövriert hatte, der praktisch die ganze Kinderporno-Abteilung schon aufgebaut hatte, als die Reichspolizeiführung den medienwirksamen Karrieristen Ragnar Hellberg berief und ihn im Schnellverfahren beförderte. Und Hellberg machte sich wirklich gut im Fernsehen. Party-Ragge, der die Reporter beim Vornamen nannte und stets einen Scherz auf Lager hatte.

Aber sie wußte eigentlich nichts von ihm. Weder ob er eine Familie hatte, noch wo er wohnte, und auch nicht, ob er ein Haus auf dem Lande hatte, wo er bei abgeschaltetem Handy saß und sich klein machte. Sollte die bloße Tatsache, daß sie sich unterstand, am heiligen Mittsommerabend bei ihm anzurufen, alle Türen verschließen? Würde sie sich eine Schimpfkanonade von einem Sill kauenden losen Mundwerk mitten in Saufliedern einhandeln?

Es war entweder – oder. Entweder würde sie grünes Licht bekommen, oder sie würde rotes bekommen. Im Augenblick war es gelb. Geändert nach der EU-Norm.

Sie rief an. Hellberg meldete sich fast sofort, als habe er auf ihren Anruf gewartet. Und er schien sich nicht im Paradies der Sauflieder zu befinden. In seiner Stimme erkannte sie zu ihrer Verwunderung den Tonfall der Feiertagsangst.

Saß Party-Ragge dort wirklich ebenso einsam und verlassen wie sie selbst? War seine ganze Partylöwen-Attidüde nur eine professionelle Maske?

Sie war tief verwundert, als sie sagte: »Ich habe da was gefunden.«

»Sitzt du *jetzt* bei der Arbeit?« sagte Hellberg, allerdings ohne den erwarteten jovialen Tonfall, der andeutete, daß sie sich statt dessen im Mittsommerheu wälzen sollte.

»Ja.«

»Ich auch.«

»Woran denn?« platzte sie ungeschickt heraus.

Ragnar Hellberg schien nicht der Typ zu sein, der auch nur an gewöhnlichen Werktagen Arbeit mit nach Hause nahm.

»Tja«, sagte er und schien zu kichern. »Verwaltungskram, kann man wohl sagen. Was hast du gefunden, Sara?«

»Ein neues Netzwerk.«

»Was? Ist es der Nässjö-Code? Der schien doch unknackbar zu sein.«

»Der Nässjö-Code, ja. Ein Trottel in Stockholm. Fatburstrappan 18. Aber auch einige andere. Die Frage ist, ob wir ihn sofort aus dem Verkehr ziehen sollen oder ob wir auf den Rest warten und sie uns gleichzeitig vornehmen.«

»Hast du internationale Nummern dabei?«

»Hauptsächlich, ja. Aber auch Boden, Lund, Borås. Bisher. Es sind noch viele übrig.«

»Wie viele Länder?«

»Drei bisher. USA, Deutschland, Frankreich. Es wird Zeit kosten, das international zu koordinieren.«

»Ja«, sagte Hellberg und schien nachzudenken. »Du willst ihnen also mit sofortiger Wirkung die Flügel stutzen, wenn ich dich recht verstehe? Damit sie nicht ihren Schatten über die Mittsommerblumen legen?«

»Ja, das möchte ich«, gestand Sara Svenhagen, ohne Hellbergs Blumensprache richtig zu verstehen.

»Ächz, Stöhn«, artikulierte Hellberg. »Wir haben keine Chance, Boden, Lund und Borås jetzt hopszunehmen. Aber hier haben wir eine Chance, da bin ich deiner Meinung. Okay. Zwei Dinge. Zum ersten mußt du genügend finden, um ihn festnehmen und dabehalten zu können. Er darf unter gar keinen Umständen Gelegenheit bekommen, mit jemandem Kontakt aufzunehmen, der das Netzwerk warnen kann. Keine Gespräche, kein Anwalt. Weise auf die neuen Regeln hin. Aber – wie gesagt – du mußt in der Wohnung etwas finden.«

»Willst du damit sagen, daß ich …«

»Nein, das tu ich nicht. Sieh nur zu, daß du etwas findest.«

»Und zum zweiten?«

»Dies hier bleibt unter uns. Ausschließlich.«

»Was? Warum das?«

»Das ist ein Befehl. Okay?«

»Ich verstehe nicht …«

»Okay?«

»Okay.«

»Zwei Streifenbeamte aus dem Viertel, um die Tür einzuschlagen. Halte die Information ihnen gegenüber auf Minimalniveau. Den Durchsuchungsbefehl besorge ich. Fahr direkt zur Södra Station und nimm dir ein paar Assistenten mit. Ruf nicht vorher an.«

»Ich versteh nicht ganz, glaube ich…«

»Du verstehst genau das, was du verstehen sollst. Okay?«

»Okay«, sagte Sara Svenhagen verwirrt und legte auf.

Sie betrachtete den Hörer.

Hatte sie wirklich grünes Licht bekommen?

17

Gewisse Spuren waren noch nicht beseitigt. Der eine oder andere Ordner mit Rechnungen, Auftragsbestätigungen und Bestellformularen stand noch da und sah verloren aus. Poster oder auch nur abgerissene Ecken von Postern, komplett mit Heftzwecken, hingen noch an den Wänden. Sie waren fast ausschließlich von der eskapistischen Sorte. Visionen von Paradiesinseln, märchenhafte Szenerien aus der unberührten schwedischen Natur, unerreichbare Schärenidylle, kilometerlange türkische Sandstrände mit Strandbars an jeder Ecke.

Das Verwaltungspersonal hatte seine Räume in aller Eile der A-Gruppe wieder zur Verfügung stellen müssen, und deren Mitglieder saßen an ihren Plätzen in ihren alten Zimmern, ohne sie richtig wiederzuerkennen. Paul Hjelm zog eine gewagte und nicht ganz vorurteilsfreie Schlußfolgerung: Verwaltungsarbeit erforderte eine hohe Dosis Eskapismus.

Das tat wohl an und für sich Polizeiarbeit auch, allerdings aus ganz anderen Gründen. Er wußte nicht richtig, ob das, womit er selbst zur Zeit seine Freizeit ausfüllte, als Eskapismus bezeichnet werden konnte. Er las, hörte Jazz und ›spielte Klavier‹; er achtete immer darauf, letzteres in Anführungszeichen zu setzen. Er hatte nämlich ein altes Versprechen eingelöst und ein Klavier angeschafft. Er paßte immer auf, daß das Haus – und am besten gleich das ganze Viertel – gründlich verlassen war, bevor er in die Tasten griff. Aber dann nahm er sich gern Freiheiten, experimentierte mit gewagten Harmonien, erprobte Grenzen, imitierte, spielte einfache Begleitungen und ertappte sich sogar dabei, daß er mitsummte, ungefähr wie Glenn Gould. Denn singen, nein, soweit ging Paul Hjelm nie. Er verstand nicht ganz, warum, aber er konnte sich nicht überwinden zu singen. Da verlief seine Grenze.

Was sein Lesen anging, benutzte er allerdings keine Anführungszeichen. Er wagte ohne Umschweife zu erklären, daß er das tat. *Er las.* Und er versuchte wirklich, sich von Schwierigkeiten nicht abschrecken zu lassen, nicht aufzugeben, wo er instinktiv das Gefühl hatte, aufhören zu wollen, sondern weiterzugehen, auch auf unbekanntem Territorium. Vielleicht war das Lesen tatsächlich Ausdruck einer Art Krise um die Vierzig. Er wollte verdammt nicht sterben, ohne soviel von den Möglichkeiten des Lebens erforscht zu haben wie möglich.

Zuletzt war es Rilke. Lyrik war immer noch nicht ganz einfach. Er arbeitete sich durch die *Duineser Elegien* hindurch und *spürte*, daß da etwas war, etwas absolut Grundlegendes, Wichtiges, Zentrales, ein Kontakt mit etwas, mit dem er selbst nicht in Kontakt zu kommen vermochte – aber er kam dennoch nicht richtig ans Ziel.

»Denn das Schöne ist nichts als des Schrecklichen Anfang, den wir noch grade ertragen.«

Er legte die *Duineser Elegien* zur Seite und versprach sich selbst, noch einmal zu ihnen zurückzukehren. Statt dessen nahm er sich Rilkes Jugendroman *Die Aufzeichnungen des Malte Laurids Brigge* vor und war verzaubert. Er fand kein anderes Wort. Verzaubert. Er konnte das Buch nicht weglegen. Die wunderbare Kindheitsschilderung war in dem geliehenen Büro bei der Stadtteilpolizei dabei, sie war dabei, wenn er sich mit »Apparat Gunnar Löv« meldete und diese merkwürdige Pause zur Antwort bekam, sie war dabei, wenn er im Bezirk City durch Blutlachen watete und versuchte, sich einen Reim darauf zu machen, warum in Dreiteufelsnamen dieses Messer zum Vorschein kommen und sich zwischen jene Rippen bohren mußte. Erst in dem Augenblick, als die ersten Hintergründe des Totschlags im *Kvarnen* zu erkennen waren, hatte er das Gefühl, das Buch ausgelesen zu haben. Er meinte, etwas merkwürdig *Dahinterliegendes* zu erkennen, das er normalerweise nicht entdeckt hätte. Er erlaubte sich, der Literatur für diese Entdeckung zu danken. Obwohl sich das ein wenig nach Idealisierung anhörte.

Seine Familienverhältnisse waren allerdings nicht idealisiert. Danne hatte die Pubertätsmuffeligkeit hinter sich gelassen. Statt dessen war Tova vom Pubertätswahnsinn befallen. Von allen guten Geistern verlassen. Er vermochte nicht einmal daran zu denken. Aber Cilla, die mit ihrer Tochter immer guten Kontakt gehabt hatte, setzte es hart zu. Jetzt war Tovas Mutter die antiquierteste, altmodischste Person, die überhaupt existierte, und zum erstenmal spürte Cilla wirklich ihr Alter. Das nicht besonders hoch war, jetzt aber abrupt mit ungefähr einem Jahr pro Tag zunahm. Demnach war sie jetzt dreiundneunzig, also nicht übermäßig aufgelegt für ehelichen Umgang.

Hinter dem Kopf von Jorge Chavez war Delphi zu sehen. Eine idealisierte griechische Urlandschaft mit goldglänzenden Heftzwecken. Chavez' Kopf steckte indessen im Computer. Sozusagen vernetzt.

»Das kleidet dich«, sagte Paul Hjelm.

»Was?« sagte Chavez und tippte weiter auf seinen Tasten.

»Delphi kleidet dich.«

Chavez hörte auf zu tippen und blickte über die Schulter. Er schnitt eine kurze Grimasse und tippte weiter.

»Wie geht's dir eigentlich?« fragte Hjelm abrupt.

Chavez seufzte und schaute auf. »Wollen wir arbeiten oder sozialen Umgang pflegen?« sagte er brutal.

»Wir wollen sozialen Umgang pflegen«, sagte Hjelm unberührt. »Wenigstens ein paar Minuten. Möchtest du Kaffee?«

»Nein, ich möchte keinen ungekochten Kungskaffee mit Kalkflocken drin.«

»Rassist«, sagte Paul Hjelm und goß aus der alten Kaffeemaschine auf ihrem gemeinsamen Schreibtisch zwei Becher ein. »Du mußt dich integrieren lassen. Sonst wirst du dich nie an die schwedische Gesellschaft anpassen. Und wirst nie in die Kneipen gelassen.«

»Das ist ein kleines Paradox in der schwedischen Gesellschaft«, sagte Chavez und nahm den Kaffeebecher. »Nur Menschen, die nie in die Kneipe gehen, werden in die Kneipe gelassen.«

Sie hoben gemeinsam die Becher. Es war lange her.

»Doch, mir geht's nicht schlecht«, fuhr Chavez fort und verzog das Gesicht; man sah die Kalkflocken förmlich in seiner Mundhöhle herumsegeln. »Ich hab so verdammt viele Kurse absolviert, daß ich sie schon nicht mehr richtig auseinanderhalten kann.«

»Chilenisch für Muttersprachler?« stichelte Hjelm und lächelte charmant.

»Wenn ich *binnen kurzem* Kommissar werde«, sagte Chavez mit dem gleichen charmanten Lächeln, »dann werden solche Tendenzen bei der Polizei ausgemerzt. Und du fliegst als erster.«

Doch, sie waren wieder angekommen. Alles war wie immer.

»Keine Frauen?« sagte Hjelm.

»Wie heißt der Mann, der den Film *Änglagård* gemacht hat?«

»Colin Nutley. Immigrant. Seid ihr zusammen?«

»Colin Nutley. Als er nach Schweden gekommen ist, sind ihm zwei Dinge aufgefallen. Die Frauen waren vollkommen phantastisch.«

»Und das zweite?«

»Aber die Männer ... Ich finde, das ist eine prima Formulierung.«

»Und das ist also die Antwort auf meine Frage?« meinte Hjelm ruhig.

»Jaja, du. Doch: Frauen. Mehrere Frauen. Aber keine spezielle.«

»Wird es nicht langsam Zeit, ein bißchen gesetzter zu werden?«

»Wie Viggo?« platzte Chavez heraus. »Hast du das gehört mit dem Baby? Was für eine wahnsinnige Geschichte.«

»Je mehr Schüsse, desto größer die Chance zu treffen. Auch wenn der eine oder andere ungewollte Treffer dabei ist.«

»Er lebt offenbar mit dieser Frau zusammen. Eines Tages steht sie einfach vor der Tür und sagt: Hier ist deine Tochter. Und jetzt lebt er mit Frau und Kind. Eine glückliche, normale Familie.«

»Jedenfalls sind ihm die ganzen Schwangerschaftsmacken erspart geblieben«, sagte Hjelm neidisch. »Glückspilz.«

»Ich weiß, daß dies hier Wasser auf die Mühle deiner Vorurteile ist, aber ich komme bei Frauen einfach gut an. So simpel ist das. Doch die ganz große Liebe glänzt noch durch Abwesenheit. Also ersetze ich Qualität durch Quantität. Du kennst ja wohl deinen Marx?«

»Nix«, sagte Hjelm und zeigte auf Chavez' Computer. »Hast du etwas gefunden?«

»Nur Gedanken. Und du?«

»*Wenn* dieser Mann im *Kvarnen*, der abgehört wurde, als er mit den drei toten Jugoslawen – wenn es denn die waren – englisch redete, wirklich Polizist ist, dann ist er die Schlüsselfigur. Er hat die ganze Scheiße ins Rollen gebracht. Drei Möglichkeiten: Bestechungsgeld, Erpressungsgeld, Bezahlung für etwas. Das erste fällt flach, weil es sich wohl um eine einmalige, anscheinend richtig große Bezahlung handelt. Nichts Regelmäßiges. Aber es kann natürlich eine erste große Anzahlung sein, etwas in der Art, so ganz undenkbar ist es nicht. Das zweite ist möglich, doch was sollte ein Polizeibeamter gegen Rajko Nedic in der Hand haben, was kein anderer Polizist hat? Das dritte wirkt am plausibelsten. Sie können Informationen kaufen, doch am wahrscheinlichsten ist, daß sie Drogen von ihm kaufen, ganz einfach. Aber dann müssen wir nach einem Polizisten suchen, der Zugang zu Drogen hat. Eine Beschlagnahme vielleicht, über die nicht Buch geführt worden ist? Ich meine jedenfalls, wir sollten uns ein bißchen unter den Drogenfahndern umschauen.«

»Sollte nicht in einem solchen Fall die Internermittlung eingeschaltet werden?« fragte Chavez.

»Es ist noch nicht bewiesen, daß er wirklich Polizist ist. Der Mann, der den Polizeiausweis im *Kvarnen* vorzeigte, braucht nicht einmal derjenige gewesen zu sein, der mit den Jugos zusammensaß und redete. Aber kein anderer scheint zu fehlen. Kerstin und ich müssen uns die ganze Belegschaft des *Kvarnen* noch einmal vorknöpfen, um nähere Beschreibungen des Polizisten wie auch der Räubergang zu bekommen.«

»2 C, 2 E, 2 F.«

Hjelm schnitt eine kleine Grimasse und sagte: »Wenn du auf diesen Bezeichnungen bestehen willst, ja. 2 A: Eskil Carlstedt, tot; 2 B: Sven Joakim Bergwall, tot; 2 D: Niklas Lindberg, unangenehm lebendig. Wenn wir die Blutgruppe von 2 C erfahren, kommen wir vielleicht ein Stück weiter, vor allem, wenn wir via Kumla gehen, wo er höchstwahrscheinlich der Nazigang angehört hat. AB negativ ist wohl nicht so häufig. Söderstedt und Norlander verfolgen die Kumla-Spur. Sie wollen auch die restlichen Jugos da verhören, und die restlichen Nazis. Klingt das nicht beneidenswert?«

»Kein bißchen«, sagte Chavez und riß sich mit gleichgültiger Miene einen Hautfetzen vom Nagelbett. »Sie werden sich an der Zellenwand die Köpfe einrennen.«

»Dann können sie sich gegenseitig von den Wänden schaben. Na gut. Also dann Eskil Carlstedt. Ich habe seinen Hintergrund nachgeprüft und bin seine Wohnung durchgegangen. Weil er wußte, daß die Wohnung durchsucht werden würde, hat er sie aufs penibelste gesaugt. Keine Spur. Die Nachbarn haben früh am Morgen des Vierundzwanzigsten gehört, wie staubgesaugt wurde. Bevor er hierherkam und sich von ein paar Stümpern verhören ließ. Die Festplatte seines PC: leer, alles gelöscht. Die Techniker sind gerade dabei, vielleicht können sie noch etwas wiederherstellen. Noch ein Leckerbissen für Svenhagen. Hast du übrigens seine Tochter gesehen, das ist was für dich, Jorge. Gunnar arbeitet mit ihr zusammen. Eine unglaubliche Frau. Ein bißchen kurzhaarig vielleicht.«

»Ich glaube nicht an Inzucht«, sagte Chavez finster.

»Es geht nicht ums Glauben. Es geht um die Leidenschaft, die alle vernünftigen Prinzipien über den Haufen wirft.«

»Halt die Schnauze und mach weiter.«

»Carlstedts Vergangenheit ist ebenso leer wie seine Festplatte. Kerstin ist gerade bei Kindwalls im Hammarbyhafen, wo er Fords verkauft hat, und redet mit seinen Kollegen. Gebrauchtwagenhändler. Inzwischen etwas gebrauchter als gebraucht.«

Chavez kicherte und sagte mit alberner Stimme: »›Würden Sie von diesem Mann einen Gebrauchtwagen kaufen?‹ Ich selbst denke fast nur über Nedic nach. Wie zum Teufel ist es möglich, daß er als ehrbarer Geschäftsmann lebt und tätig ist, wo jeder Polizeibeamte im Land weiß, daß er einer der führenden Drogenhändler ist? Die meisten bleiben ja unterirdisch, aber er spielt ein merkwürdig präzises doppeltes Spiel. Es scheint auf extremer Loyalität von nahezu mafiaähnlichem Zuschnitt aufzubauen. Niemand schwärzt Rajko Nedic an. So ist es einfach.«

»Und was sind das für legale Geschäfte?«

»Tja«, meinte Chavez vielsagend. »Restaurantbranche, zur Abwechslung. Drei Restaurants. Erlesene Küche, heißt es. Eins war kurz davor, einen Stern im Guide Michelin zu bekommen. Sie haben es auf dem Al-Capone-Weg versucht, also hintenherum, und wollten ihn wegen Steuerbetrugs festsetzen. Das klappte nicht. Den Teil seiner Geschäfte führt er tadellos. In der Restaurantbranche vorbildlich, sagt die Finanzpolizei.«

»Kann es darum gehen?« sagte Hjelm und rieb sich die eingebildete beginnende Glatze.

»Du meinst, daß ein Polizist den Hintereingang gefunden hat und jetzt versucht, einen kleinen Zuschuß zum Gehalt herauszuhandeln? Ja. Schon. Nur daß es keinen Hintereingang zu geben scheint. Und du hast es doch selbst gesagt: Was sollte ein einzelner Polizist gegen Rajko Nedic in der Hand haben, das nicht sämtliche Kollegen ebenso wissen?«

»Was sagt uns, daß es sich um einen einzelnen Polizisten handelt?«

»Die Tatsache, daß eine ganze Gang krimineller Polizisten unwahrscheinlich klingt«, sagte Chavez. »Nur das. Es funktioniert nicht mit dem Zusammenhalten. Aber vielleicht sind es die Pornopolizisten. *Das* klingt nicht unwahrscheinlich. Das mit der Mittelmeerkrabbe war ziemlich pfiffig. Ein eindeutiger Anhaltspunkt.«

»Was machen deine Arme?« grinste Hjelm boshaft.

»Beide Schultern ausgekugelt, Schienbein kaputt, Milz gerissen. Morgen früh sprengen sie mich in die Luft. Du sollst die Ehre haben, mich persönlich von den Wänden des Polizeipräsidiums zu kratzen.«

»Ich fühle mich geehrt. Aber muß es wirklich ein einzelner Polizist sein?«

»Muß es ein Polizist sein?« sagte Chavez, stand auf, streckte sich und trat ans Fenster, das auf den tristen Innenhof des Polizeipräsidiums hinausging. »Vielleicht hängen wir uns ein bißchen zu sehr daran auf. Es darf uns nicht blind machen.«

»Nein«, nickte Hjelm. »Nein. Klar. Und sonst? Die Waffen?«

»Gang 1 hatte russische Izh-70-300. Willst du mehr über diese Pistole hören?«

»Nein.«

»Nach dem Zweiten Weltkrieg«, begann Chavez wie ein Märchenerzähler vor dem Kaminfeuer, »mußte die klassische Tokarev-Pistole der Roten Armee ausgetauscht werden. Ein Ingenieur namens Nikolaj Makarov entwarf eine Pistole, die schließlich von Stalin akzeptiert wurde. Die Produktion konnte jedoch erst nach dem Tod des Diktators anlaufen.

1954 begann die Izhevskij Mekhanikeskij Zavod mit der Herstellung der, wie es heißt, außergewöhnlich guten Makarov-Pistole, die noch heute produziert wird. Nach dem Fall der Mauer öffnete sich plötzlich der goldene Markt für die staatliche Izhevskij-Fabrik, und russische Pistolen wurden zu harter Währung. Eine Weiterentwicklung der Makarov-Pistole, die Izh-70-Serie, erblickte das Licht der Welt. Die Izh-70 und Izh-70-100 benutzen die traditionelle Makarov-Munition vom Kaliber 9 x 18 mm, mit Magazinen von acht bzw. 12 Patronen, während die Izh-70-200 und Izh-70-300 für die international gängigere Browning-Munition vom Kaliber 9 x 17 mit Magazinen für acht bzw. 12 Patronen entwickelt wurde. Außerdem gibt es jetzt die taufrische Izh-70-400, speziell für die populäre Parabellum-Munition des gigantischen amerikanischen Markts entwickelt.«

»Unglaublich faszinierend«, murmelte Hjelm. »Verbindungen?«

»Die soll tatsächlich in den verschiedenen Kriegen auf dem Balkan benutzt worden sein. Aber sie ist, wie gesagt ... populär.«

»Und die Maschinenpistolen? Militärarsenal?«

»Na, wer sagt's denn«, sagte Chavez und ließ sich mit einem Krachen auf den Stuhl fallen. »Sie stammen aus einem großen Waffenarsenal in Boden, wo vor etwa einem Jahr ein Einbruch stattfand, der sich gewaschen hatte. Dreiundzwanzig Maschinenpistolen verschwanden, und Munition kistenweise. Eine Freude fürs Auge.«

»Boden«, nickte Hjelm. »Ich nehme an, daß Niklas Lindberg dort zu irgendeinem Zeitpunkt seiner militärischen Karriere stationiert war.«

»Tatsächlich nicht nur er, sondern auch Bergwall. Bergwall leistete seine Wehrpflicht dort ab. Lindberg war Kadett. Wenn es so heißt.«

»Frag mich nicht. Mehr mehr mehr.«

»Tja«, seufzte Chavez schwer. »Ich nehme mir die Nazi-Organisationen vor. Mit Gunnar Nyberg als backup, wenn mit ihm alles klargeht. Irgendwo ist diese Operation bekannt, und irgendwo weiß jemand, was als nächstes passiert. Ich glaube nicht, daß dies das Ende ist. Sie haben den Koffer, sie haben das Geld – oder die Drogen, falls es Drogen sind –, aber sie wollen auch was ganz Spezielles damit machen, darauf möchte ich wetten. Dann wird es also wohl folgendermaßen: Gunnar und ich verfolgen die Nazischiene, Arto und Viggo übernehmen Kumla, du und Kerstin, ihr nehmt euch den ›Polizisten‹ vor. Ich glaube kaum, daß es was bringt, direkt an Nedic ranzugehen. Das hat noch nie was gebracht. Außerdem ist es nicht Nedic, der hinter der Sicklaschlacht steckt. Das sind Niklas Lindberg und seine Bande. Auf die müssen wir uns konzentrieren.«

»Klasse«, platzte Hjelm heraus. »Dann hast du ja alles im Griff. Herr Kommissar. Fehlt nur noch eins. Ein Pensionär mit Namen Jan-Olov Hultin.«

»Jaja. Der bekommt eine Therapiearbeit. Körbe flechten, vielleicht.«

18

Jan-Olov Hultin flocht keine Körbe. Er ging direkt auf Nedic los.

Warum nicht? Dachte er, als er den gerade erst ausgehändigten Dienstvolvo im Granitväg parkte und die letzten Meter durch die luxuriösesten Teile des mittsommernachmittagleeren Danderyds spazierte. Das Wetter war unentschlossen. Gerade hatten die bedrohlichen Regenwolken beschlossen, eine Pause zu machen, glitten auseinander und machten einer verwirrten Sonne Platz, die nicht zu wissen schien, wohin mit ihren Strahlen. Sie fielen ein wenig willkürlich über die Bucht Edsviken, die sporadisch glitzerte, mal hier, mal da, und das wunderliche, unentschiedene Glitzern hatte eine hypnotische Wirkung auf den Pensionär a.D. Einen Augenblick lang meinte er, wieder auf der anderen Seite von Edsviken zu sein, und daß es Råvalen war, der glitzerte. Er hatte gerade aufs neue eine Niederlage erlitten bei dem Versuch, Kraut und Unkraut zu unterscheiden, hatte mit dem Rasenmäher den üblichen Bogen um die unschuldige Pflanze gemacht und schob ihn den Hang hinauf. Kein Saab mit Luxusausstattung knirschte auf seinem Kiesweg. Kein Mann mit dem Aussehen eines schwerkriminellen Immobilienmaklers kam ihm entgegen. Das Leben ging seinen geruhsamen Gang. Eine ständige Sisyphusarbeit.

Es ging vorüber.

Nicht jeder konnte sich Pensionär a.D. titulieren. Es mußte, kam ihm in den Sinn, einer der ungewöhnlichsten Titel des Landes sein. Und er wollte diesem Titel Ehre machen.

Warum nicht? Dachte er, doch nicht ganz so leichtsinnig, wie es den Anschein haben kann. Die A-Gruppe hatte die Frage Rajko Nedic ausdrücklich offengelassen. Sollte man ihn in Unwissenheit darüber lassen, daß die Polizei von seiner Beteiligung an der Sicklaschlacht wußte? In welcher Weise würde das die Lage verbessern? War es wirklich nicht richtiger, dafür zu sorgen, daß er auf dem Teppich blieb und nicht eine noch schlimmere Sicklaschlacht anzettelte? War es nicht besser, ihm zu zeigen, daß man Bescheid wußte, damit er nicht glaubte, frei agieren zu können? Nun war aber Rajko Nedic kein Mann, der agierte, ohne den Rücken vollständig frei zu haben; er würde kaum ein enormes Massaker veranstalten und eine Menge Spuren hinterlassen, eher würde er den Koffer mit Hilfe von Drohungen und professioneller Aufklärungsarbeit wieder an sich bringen. Dennoch spürte Hultin – und wieder war es eher eine Art innewohnendes Gefühl als argumentierbare Vernunft, die sein Handeln bestimmte –, daß es gut war, Nedic ein wenig unter Druck zu setzen, einen persönlichen

Kontakt herzustellen, Präsenz zu zeigen und ein persönliches Interesse am Geschehen an den Tag zu legen.

Und schließlich war er derjenige, der bestimmte.

Mit diesem unbestreitbaren Argument auf den Lippen trat er an ein verschlossenes massives Eisentor in einer langen Ziegelsteinmauer. Eine Überwachungskamera zoomte ihn ein, und noch bevor er sich nach einer Klingel umgeschaut hatte, erklang eine Stimme: »Name und Anliegen.«

Jan-Olov Hultin räusperte sich und sagte forsch: »Kriminalkommissar Jan-Olov Hultin von der Reichskriminalpolizei. Ich möchte mit Rajko Nedic sprechen.«

Einen Augenblick lang war es still. Dann glitt die Tür auf, und er trat in ein Gärtnerparadies. Ein Mann im blauen Arbeitsoverall und einer schäbigen Schirmmütze stand an einem selten schönen, prachtvollen Busch und befingerte die Blüten. Überall um ihn herum stand der Boden in vollster Blüte. Hultin, der ja Kraut und Unkraut nicht auseinanderhalten konnte, verspürte einen instinktiven Neid. Er trat zu dem Mann im Arbeitsoverall und sagte: »Ich suche Rajko Nedic.«

»Eine seltene Pflanze«, sagte der Mann und fuhr fort, die schönen lila Blüten zu befühlen. »Aber andererseits gibt es in diesem Garten alles.«

Dann zog er den Arbeitshandschuh aus und streckte Hultin die Hand hin. »Rajko Nedic.«

»Jan-Olov Hultin«, sagte Jan-Olov Hultin und drückte dem Mann überrascht die Hand. Er sah wirklich aus wie ein Gärtner und nicht wie ein führender Drogenboß. Doch wie sehen führende Drogenbosse aus? Vielleicht wie ein leicht zerfurchter, aber durchtrainierter Fünfzigjähriger ohne ein graues Haar, nur mit Blaumann und Schirmmütze.

»Ich glaube, meine ärmliche Jugend in einem sehr kargen Land zwingt diese ganze Blumenpracht hervor«, sagte Rajko Nedic ohne eine Andeutung von Akzent. »Ich stamme aus einem kleinen Gebirgsdorf im östlichen Serbien, wie Sie vielleicht wissen.«

»Ich wünschte mir, ich hätte eine ähnlich glückliche Hand mit meinem Garten«, sagte Hultin und blickte über die Farbenpracht.

»Ich muß vielleicht gestehen, daß es nicht allein mit einer glücklichen Hand zu tun hat«, sagte Nedic und streichelte die Blume, die er in der Hand hielt. »Es hat leider auch mit Geld zu tun. Einige von diesen Pflanzen sind Raritäten. Aber diese hier nicht. Meine Lieblingsblume. Dennoch steht sie in fast jedem schwedischen Garten und blüht, wie es sich gehört. Ganz gewöhnliche Akelei. Herrjemine! Als ich sie zum erstenmal sah, glaubte ich, einen Gottesbeweis zu sehen. Schauen Sie sich die Form der Blüte an. Diese vier phantastischen Glocken, die sich um einen gemeinsamen Haltepunkt wölben. Als hätten sie das Zentrum des Universums gefunden.«

Hultin betrachtete die Akelei. Sie war wirklich einzigartig. »Ein Meisterwerk«, sagte er aufrichtig.

»Ja. Wahrlich. Nun, Kommissar, was kann ich für Sie tun? Geht es um eine weitere unbegründete Anklageschrift? Ich habe mich wirklich angestrengt zu erklären, daß ich nur ein gewöhnlicher Restaurantinhaber bin. Kneipier.«

»Ich bin nicht hier, um Sie anzuklagen«, sagte Hultin und riß seinen Blick von der Akelei los.

»Eher um mein Beileid auszusprechen. Vier so ergebene Mitarbeiter.«

Rajko Nedics Blick änderte sich nicht. Er blieb der gutmütige Gärtner, der das Ergebnis der Geduld seiner grünen Daumen vorführte. »Ich fürchte, ich verstehe nicht, was Sie meinen«, sagte er.

»Vukotic in Kumla und die drei Kriegsverbrecher im Gewerbegebiet Sickla. Wirklich traurig.«

»Nein, jetzt kann ich nicht folgen, Kommissar. Ich weiß wirklich nicht, wovon Sie reden.«

»Haben Sie nichts von der Explosion in Kumla und der Sicklaschlacht gehört?«

»Leider kann ich den Eskapaden der Medien nicht ständig folgen. Ich arbeite ziemlich hart.«

Ein Handy klingelte irgendwo in seinem Overall. Nedic holte es heraus und antwortete in deutscher Sprache: »Hallo. Ja, ja, guten Tag. Leider können wir uns jetzt nicht sprechen. Ich rufe zurück in etwa zehn Minuten. Ja. Tschüß.«

»Zehn Minuten?« sagte Jan-Olov Hultin.

»Eine Schätzung«, sagte Rajko Nedic und zuckte die Schultern. »Vielleicht geht es sogar noch schneller, wenn Sie zur Sache kommen, Kommissar.«

»Deutsche Kontakte?«

»Lieferanten. Der größte Teil meiner Arbeitszeit geht für Verhandlungen mit Lieferanten drauf.«

»Lieferanten?«

»In diesem Fall von Moselwein, ja. Direktimport. Das ist inzwischen legal, wie Sie wohl wissen.«

»Dann will ich die mir zugeteilten zehn Minuten effizient nutzen. Diesmal wissen wir mehr als gewöhnlich, und außerdem ist nicht wie sonst die Drogen- und die Finanzpolizei eingeschaltet, sondern Sie werden es mit mir persönlich und meiner Gruppe zu tun haben, Herr Nedic. Es ist eine tüchtige Gruppe. Spezialisten. Wir wissen, daß Ihnen in Sickla ein Aktenkoffer mit Inhalt geraubt wurde und daß Ihnen vier wichtige Mitarbeiter verlorengegangen sind. Es könnte sein, daß sich der Personalmangel bemerkbar macht, auch wenn Sie jederzeit beliebig viele Kriegsverbrecher aus dem früheren Jugoslawien rekrutieren können. Wir wissen auch, wer Sie beraubt hat, falls es Sie interessiert. Sie sollten in diesem Aktenkoffer Geld oder Drogen an einen Geschäftspartner liefern, der diese Lieferung nicht erhalten hat. Dieser Geschäftspartner ist natürlich aufgebracht. Und vielleicht ein Risikofaktor. Wir wissen, daß Sie alles tun werden, um diesen Aktenkoffer zurückzuerobern, und wir werden die ganze Zeit dabeisein. Ist dies eine Erpressung, die Sie gern der Polizei melden möchten?«

Rajko Nedic betrachtete den älteren Mann mit der Eulenbrille auf der riesigen Nase. »Nein«, antwortete er.

»Ausgezeichnet«, sagte Jan-Olov Hultin und machte auf

dem Absatz kehrt. »Denken Sie daran, daß dies nicht die übliche Situation ist. Von jetzt an wird alles viel schwieriger.«

Er ging auf das Tor zu. Nach einigen Metern drehte er sich noch einmal um. »Nur eine Frage noch«, sagte er. »Was ist eigentlich der Unterschied zwischen Kraut und Unkraut?«

Rajko Nedic kicherte leise. »Ganz einfach, Kommissar«, sagte er. »Unkraut ist das, was man ausreißt.«

19

Als Sara Svenhagen davorstand und nach oben blickte, wurde ihr klar, warum sie die Adresse Fatburstrappan 18 nicht erkannt hatte.

Es war der Söder-Turm.

Im Jahre neunzehnhundertachtzig wurde die Planung des Geländes von Södra Station in Stockholm begonnen. Es sollte praktisch ein ganz neuer Stadtteil entstehen. Ein Architektenwettbewerb wurde ausgeschrieben. Die Wohnungsbaugesellschaft HSB schlug vor, ein ›Manhattan auf Söder‹ zu bauen und das gesamte Gelände von fünfundzwanzig Hektar mit Wolkenkratzern von zwanzig bis vierzig Etagen zu bedecken. Der Vorschlag hatte Anhänger in erstaunlich vielen Lagern, aber es war ja auch zu Beginn der achtziger Jahre. Eine Zeit des galoppierenden Wahnsinns. Natürlich konnte der Vorschlag trotzdem nicht verwirklicht werden. Neunzehnhundertvierundachtzig legte das Städtische Baubüro einen alternativen Vorschlag vor, in dem noch *ein* Hochhaus übrigblieb, ein Kompromiß, der darauf abzielte, die traditionelle Form der Wohnviertel beizubehalten – mit einem hohen Turm, einem Campanile oder einem Kirchturm –, während gleichzeitig die Befürworter der Wolkenkratzer-Idee nicht ganz leer ausgingen. Später im gleichen Jahr wurde erneut ein Architektenwettbewerb ausgeschrieben, und zwar für dieses Hochhaus, das am Medborgarplats errichtet werden sollte. Siebzig Entwürfe gingen ein, die allermeisten schlugen einen gewaltigen pseudoamerikanischen Wolkenkratzer von zirka fünfzig Etagen vor. Eines der Jurymitglieder verhielt sich wenig neutral. Sein Name war Sune Haglund, konservatives Mitglied im städtischen Bauausschuß. Er argumentierte lebhaft für ein extrem hohes und umfangreiches Bürogebäude, am besten mit rotierendem Restaurant auf der Spitze. Der Wettbewerb endete, ohne daß ein Gewinner benannt wurde, doch einige belohnte Teilnehmer durften sich zwei Jahre später an einem neuen Wettbewerb für ein gegenüber dem Vorschlag Haglunds bedeutend schlankeres Bürohaus beteiligen. Der dänische Architekt Henning Larsen gewann mit dem Entwurf eines runden Turms mit dreiundvierzig Etagen. Im Volksmund erhielt er den Namen ›Haglunds Latte‹. Dies war also neunzehnhundertsechsundachtzig. Nach einigen Jahren der Debatten und Ausschußberatungen kam man zu dem Ergebnis, daß dreiundvierzig Stockwerke enorm hoch seien, der Turm würde wie ein verrückter Phallus aus Södermalm aufragen, mit dem Testikel des Globus als trister Ergänzung in Sichtweite. Nein, man reduzierte auf dreiunddreißig Stockwerke, die zu dreiundzwanzig wurden, die schließlich, nach dem Veto der Stockholms-Partei, zu elf wurden. Aus der Latte wurde ein Daumen. Das wenig imponierende Bürohaus von elf Stockwerken wurde neunzehnhundertneunzig rechtskräftig abgesegnet. Inzwischen war das alte Bahnhofsgelände von Söder kurz vor der intensiv betriebenen Fertigstellung. Die Södermalmshallen, Bofills Bogen, die Fatburstreppe, der Fatburspark. Doch jetzt waren die neunziger Jahre, die Wohnungskrise war ein Faktum. Alles weitere Bauen wurde auf Eis gelegt. Bis zweiundneunzig. Da stellte der Liegenschaftsausschuß fest, daß nicht Büros benötigt wurden, sondern Wohnungen. Aus dem Bürohaus von elf Etagen machte Henning Larsen ein Wohnhaus von dreiundzwanzig Etagen, sechsundsechzig Meter hoch und mit ungefähr hundert Wohnungen. Im Frühjahr fünfundneunzig wurde der neue Detailplan angenommen. Der Bau konnte endlich beginnen.

Nach allem Wollen, allen Protesten, allen Kompromißversuchen war ›Haglunds Latte‹ zeitweilig in ›Haglunds Halbständer‹ umgetauft worden, und um – als der Bau beendet war – das Haus von Sune Haglunds leicht kompromittierendem Namen zu reinigen, erhielt es den offiziellen Namen Söder-Turm. Er hatte sich wohl nicht ganz durchgesetzt.

Auf jeden Fall wohnten Leute da. Die Wohnungen waren abnorm teuer, aber es wohnten Leute da.

Es wohnte zum Beispiel ein Mann mit Namen John Andreas Wiréus dort. Er war pädophil.

Sara Svenhagen stand zwischen zwei uniformierten Polizisten und blickte zu dem eigentümlichen enormen Kreis hinauf, der, einer Glorie gleich, über dem Söder-Turm schwebte. In diesem Moment fand sie tatsächlich, daß Haglunds Latte schön war. Vielleicht war ihr Blick ein wenig getrübt, doch so gefährlich war es auch wieder nicht.

Dagegen vermochte sie im Augenblick der Kombination Phallus, Glorie, Halbständer und Pädophiler keine sinnvolle Aussage abzugewinnen. Sie hatte an anderes zu denken.

Ihr Blick ging über Medborgarplatsen. Er lag seltsam verlassen da. Stockholms im Normalfall meistbevölkerter Platz war nahezu menschenleer. Es war bewölkt und ein wenig trist. Und vollkommen mittsommeröde.

Ein Hausmeister ließ das Trio in den Söder-Turm. In dem eleganten Treppenhaus roch es nach Neubau und schwach parfümiert. Sie bedankten sich beim Hausmeister und betraten den Aufzug. Der größere der beiden Polizeiassistenten trug eine kurze schwarze, mit Handgriffen versehene Eisenstange. Er hielt sie ostentativ in einer Hand. Sara dachte, sie sollte ihm vielleicht einen beeindruckten Blick zuwerfen. Nur um sich seines Wohlwollens zu versichern.

Es gelang ihr nicht richtig.

Der Aufzug beförderte sie in den sechzehnten Stock. Sie schritten durch einen exquisit blumengeschmückten Korridor und gelangten zu der Tür mit dem Namensschild Wiréus. Ist das wirklich ein Name? dachte sie und zeigte lautlos auf die Tür. Sicherheitshalber zog sie ihre Pistole. Die Assistenten faßten die Eisenstange an den Handgriffen, zielten auf eine Stelle unmittelbar unter der Türklinke und sahen sie an. Sie nickte. Sie schlugen die Tür ein und stürmten hinein.

Am Fenster in der tortenstückförmigen Dreizimmerwohnung saß ein graumelierter, etwa sechzigjähriger Mann in einem leichten Sommeranzug mit lilafarbenem Schlips. Er ließ eine Kamera mit langem Teleobjektiv sinken und starrte direkt in Sara Svenhagens Pistolenmündung. »Aber, Herrgott«, sagte er tonlos.

Obgleich sie in seinem Blick deutlich sah, daß er wußte, worum es ging.

»John Andreas Wiréus?« sagte sie.

»Ja«, flüsterte der Mann.

»Legen Sie die Kamera ab und heben Sie die Hände hoch.«

John Andreas Wiréus tat, wie ihm gesagt wurde.

»Legen Sie sich flach auf den Fußboden«, fuhr sie fort und nickte den Assistenten zu, die ihn mit einem leichten Touch von Brutalität durchsuchten.

Sie wanderte weiter durch die Wohnung. Sie war phantastisch. Und pedantisch aufgeräumt. Die Zahl der Antiquitäten war beträchtlich. Überall antike und elegante Gegenstände. Die Aussicht über die Stadt war großartig, in verschiedene Richtungen. Und im Schlafzimmer, umgeben von einem Flair von britisch-indischer Kolonialzeit, war der Computer eingeschaltet.

Als sie das sah, stellte sich eine absolut eiskalte Ruhe ein. Sie hatte ihn. Dann kehrte sie ins Wohnzimmer zurück.

Einer der Assistenten hatte sich aus irgendeinem Grund auf Wiréus' Rücken gesetzt. Der knackte und knirschte.

»Ich glaube, es reicht jetzt«, sagte sie und nahm die Kamera, eine Canon in Pressefotografenklasse. Bestimmt zwanzigtausend Kronen.

Der Polizeiassistent kletterte von John Andreas Wiréus herunter.

»Danke«, sagte sie einschmeichelnd und wandte sich dem Liegenden zu: »Was fotografieren Sie?«

»Ich bin passionierter Fotograf«, sagte Wiréus und versuchte, sich auf dem Fußboden aufzusetzen. Das Knacken ging weiter.

»Ich verstehe«, sagte Sara Svenhagen. Den Rest würde sie sich für die Abgeschiedenheit des Vernehmungsraums aufheben. Sie wandte sich an die Assistenten: »Nehmt ihn mit. Setzt ihn in einen Vernehmungsraum. Ich komme gleich.«

Sie packten zusammen und verschwanden. Sie stand am Fenster und wartete, bis der Polizeiwagen abgefahren war. Rechts sah sie den Komplex der Södermalmshallen mit ihrem doppelten Lichtspielpalast und die Ränder des merkwürdigen halbkreisförmigen Riesengebäudes, das den Namen Bofills Bogen trug. Geradeaus lag der expandierende Medborgarplats mit allen leeren Straßencafés und dem alten Medborgarhus mit Bad und Bibliothek. Und auf der linken Seite die Götgata und der rechte Teil des Björnschen Gartens.

Sie wandte sich wieder der wunderbaren Wohnung zu und tat ihr Bestes, um dieses zweifellos geschmackvolle Ambiente mit den schäbigen Praktiken des Pädophilen in Einklang zu bringen.

Aber die Offiziere in Auschwitz waren ja auch ziemlich fein eingerichtet.

Im Videoschrank fand sie auf Anhieb eine ganze Serie Kinderpornofilme. Das Dilemma war damit aus der Welt. Es gab ausgezeichnete Gründe für eine Festnahme. Sie ging weiter die Wohnung durch. Im Schlafzimmer lagen drei umfangreiche Alben mit Kinderpornoaufnahmen.

Die kleinere der Toiletten war als Dunkelkammer eingerichtet. Sie knipste die rote Lampe an und trat in eine eigentümliche Bilderwelt ein. An einer Wäscheleine unter der Decke hingen neue Fotoabzüge. Wahre Berge von Fotos lagen überall verteilt. Sicher fünf-, sechstausend. Und alle hatten mehr oder weniger das gleiche Motiv.

Sie hatte einen monströsen Anblick von der Art erwartet, wie er einen Menschen von Grund auf verändert. Fünf-, sechstausend Bilder von sexuellen Übergriffen auf Kinder. Der Söder-Turm als ein Turm zu Babel, die Ursache dafür, daß Gott sich gegen die Menschen wendet. Die Wohnung als das schrecklichste Pädophilennest des Landes. John Andreas Wiréus als Doktor Mengele.

So war es nicht. Zwar waren es Bilder von Kindern, doch sie schienen sämtlich vom Fenster in Haglunds Latte aus aufgenommen zu sein. Sommer, Frühling, Winter, Herbst. Kinder, die auf der Kunsteisbahn auf Medborgarplatsen Schlittschuh liefen. Kinder, die auf dem Weg vom Lichtspielpalast durch den Regen liefen. Kinder, die in der Sommersonne mit Hula-Hoop-Reifen spielten. Kinder, die zwischen schmutzigen Schneehaufen Skateboard fuhren. Kinder mit Fähnchen von McDonald's an der Kreuzung Götgatan–Folkungagatan. Kinder, Kinder, Kinder. Und die meisten Fotos waren ausgezeichnet. Sehr schöne Kinderbilder. Sie strahlten ein spürbares Gefühl für die Existenzform des Kindes aus. Des Kindes an sich. Sie war zutiefst erstaunt.

Es waren Schwarzweißfotos mit aufgedrucktem Datum. Es war wie eine lange Dokumentation eines Platzes, mit Kinderaugen gesehen. Sie dachte an den Film *Smoke*, in dem Paul Auster Harvey Keitel seine kleine Ecke der Welt dokumentieren läßt.

John Andreas Wiréus hatte seine kleine kranke Ecke der Welt dokumentiert. Mit den Augen eines Kindes.

Sie sah auf die Fotos an der Wäscheleine. Das letzte Datum war der siebte Juni. In einem Einmachglas auf dem Toilettendeckel lagen an die zwanzig unentwickelte Filme. Sie nahm das Glas mit, dazu eine zufällige Anzahl Fotos. In der Küche fand sie eine Konsum-Tragetasche und packte alles hinein. Dann kehrte sie ins Schlafzimmer zurück und packte auch die Alben in die Tragetasche, ging wieder ins Wohnzimmer und legte die Kamera sowie ein paar Kinderpornofilme dazu.

Sie setzte sich an den eingeschalteten Laptop und prüfte, ob er paßwortgeschützt war. Das war er. Sie hob die Paßwortsperre auf, schaltete den Laptop aus und packte ihn zusammen. Jede einzelne Diskette wanderte in die Konsumtüte.

Dann zog sie die aufgebrochene Tür zu, klebte eine Polizeiwarnung darauf und wartete auf einen der zurückkehrenden Polizeiassistenten.

»Habt ihr den Schlosser benachrichtigt?« fragte sie.

Er nickte.

Sie nickte.

»Nimm das Laptop mit«, sagte sie und ging.

Sie schlenderte durch den Fatburspark, an Bofills Bogen vorbei, und nahm Kurs auf die enorme Uhr über Södra-Station. Dann war sie bei der Polizeiwache in der Fatbursgata 1. Sie ging ohne weiteres an der Anmeldung vorbei und folgte dem ausgestreckten Zeigefinger des Polizeiassistenten zum Vernehmungsraum. John Andreas Wiréus saß da und sah aus wie ein Bankdirektor in der Sommerfrische. Ohne eine Miene zu verziehen, packte sie das Mitgebrachte auf den Tisch. Den Haufen mit Fotos, das Einmachglas mit Filmrollen, die Alben mit Kinderpornobildern, die Kinderpornovideos, die Kamera. Dann betrachtete sie ihn.

Er wich aus. Ertappt.

Wie ein Kind.

»Ich bitte um Entschuldigung«, sagte er artig.

»Ich glaube nicht, daß Sie ein praktizierender Pädophiler sind«, sagte Sara Svenhagen. »Andererseits wissen Sie aber, daß die Gesetze in bezug auf den Besitz von Kinderpornographie in der letzten Zeit wesentlich verschärft worden sind.«

»Ich weiß«, sagte er tonlos und senkte den Blick auf die Tischplatte. »War es das Internet?«

»Darauf kommen wir später. Sie hatten eine äußerst erfolgreiche Firma in Varberg, die eine Art Filter für Volvo herstellte, nicht wahr? Zulieferer. Sie gründeten die Firma in den sechziger Jahren, und nachdem sie den Volvo-Vertrag unter Dach und Fach hatten, schoß der Wert in die Höhe. Als Sie den Betrieb vor fünf Jahren verkauften, erhielten Sie eine hübsche Anzahl von Millionen. Und jetzt ist der Volvo-Vertrag annulliert worden, und die Firma ist in Konkurs gegangen. Clever gemacht.«

»Geht es hier um meine Geschäfte?« fragte John Andreas Wiréus äußerst verwundert.

»Nein«, sagte Sara Svenhagen. »Ich fasse nur zusammen. Sie verkauften die Firma und wurden finanziell unabhängig. Sie steckten ein paar Millionen in die Wohnung im Söder-Turm, schafften sich eine großartige Möbeleinrichtung an und verbrachten dann Ihre gesamte Zeit damit, im Fenster zu sitzen und aus dem sechzehnten Stockwerk Kinder zu fotografieren. Warum?«

Er schwieg, betrachtete seine weißen Knöchel, schaute auf und sagte: »Ich habe Kinder gern.«

Sie hielt einen Videofilm hoch. Sie öffnete ein Album und hielt ihm eine Seite nur wenige Zentimeter vors Gesicht. »Nein«, sagte sie. »Den Teufel tun Sie. Sie haben Kinder nicht gern. Sie *begehren* Kinder. Das ist ein verdammter Unterschied. Also warum machen Sie diese Bilder?«

Er starrte auf seine Knöchel. Nach ungefähr einer halben Minute zog sie das Album weg und begegnete einem völlig nackten Blick. Einem nackt *fragenden* Blick. Der tatsächlich eine Antwort auf genau die Frage zu suchen schien.

»Ich glaube«, sagte Sara Svenhagen, »daß Sie Ihre Sexualität hassen, daß Sie am liebsten kastriert sein möchten. Sie glauben, Sie haben Kinder gern. Aber in Wirklichkeit möchten Sie Kind sein. Sie wollen Kind sein. Sie sitzen da oben in Haglunds Halbständer und bilden sich ein, die Perspektive eines Kindes einzunehmen, doch eigentlich haben Sie ja eine gewaltige Distanz von sechzehn Stockwerken zwischen sich. Wie um den Abstand zu markieren. Die reale Unerreichbarkeit. Es ist ja ein per definitionem unmögliches Projekt. Sie sitzen da in sicherem Abstand und machen Aufnahmen, vollkommen manisch. Fünf-, sechstausend Stück, seit Sie vor ein paar Jahren eingezogen sind. Sie suchen das perfekte Kindheitsbild, aber das haben Sie selbst unmöglich gemacht. Sie haben sich ganz zielbewußt in eine solche Distanz begeben, daß das perfekte Bild nie möglich wird, das Sie wieder zu einem Kind machen könnte. Das ganze Projekt dreht sich um Ihr ständiges und grundsätzlich unmögliches Streben danach, ein Kind zu werden. Und wenn das Begehren einsetzt, bestrafen Sie sich, indem Sie das Allerheiligste schänden: das Kind in sich selbst. Wie allen Pädophilen ist Ihnen das physische Kind, das wirkliche Kind, vollständig gleichgültig. Alles dreht sich immer nur um das Kind in Ihnen selbst. Wenn Sie dasitzen und sich zu Bildern von Kindern, die gequält werden, einen runterholen, dann bestrafen Sie das Kind in sich selbst. Das Sie verhöhnt, indem es niemals ans Tageslicht kommen kann. Das da sitzt und Sie um die Testikel gepackt hält und Sie zu zerreißen droht.«

John Andreas Wiréus starrte Sara Svenhagen an. Sie fühlte sich fast ein wenig verschwitzt, wie nach einem Dauerlauf der Sprechorgane.

»Ja«, flüsterte er. »So kann es sein.«

»Aber Sie sind mir scheißegal«, sagte sie roh. »Ich will wissen, wie Sie in einem Pädophilennetzwerk im Internet gelandet sind.«

Wiréus blinzelte. Er konnte sein Ich nicht verlassen. Er saß vollkommen in sich selbst fest. Der ganze Mann schien eine Mauer zu sein, die einschloß und einschloß, bis nichts mehr da war, das einschließbar war. Alles war Mauer. »Ich weiß es tatsächlich nicht«, sagte er schließlich. »Ich war auf einer Seite und habe Bilder angeschaut. Dann begannen die Bilder in den E-Mails nur so hereinzuströmen. Ich weiß nicht, wie. Sie müssen irgendwie an meine Adresse gekommen sein.«

»Lügen Sie mich nicht an.«

»Das tu ich nicht. Ich lüge nie. Aber ich bleibe für mich. Seit fünfzig Jahren trage ich mein Geheimnis mit mir herum. Ich habe meinem Begehren niemals stattgegeben, es existiert nicht, es ist virtuell, und niemals habe ich jemand anderen von … meiner Art getroffen. Das ist das letzte, was ich will. Ich würde sie so unsäglich verachten. Schweine. Lumpen. Die nach Thailand fahren und kleine Kinder kaufen. Niemals. Ich will das nicht. Das ist nicht das, was ich will. Ich schwöre, ich habe keine Ahnung, wie ich in diesem Netzwerk gelandet bin. Meine Mailbox quillt über von Bildern, ohne daß ich eine Ahnung davon habe, warum das so ist.«

Sara Svenhagen hielt inne und überlegte. Wenn dies der Wahrheit entsprach, war es eine neue Strategie. Sie eröffnete bemerkenswerte Möglichkeiten. War es möglich, bei jedem Besucher einer Internetseite eine E-Mail-Adresse abzurufen? Und wenn ja, wie funktionierte es?

Sie betrachtete John Andreas Wiréus gründlich. Er saß erschüttert und gerührt da und dachte nur an eins, an das wirklich einzige, woran er in seinem ganzen langen Leben gedacht hatte. Sich selbst.

Und er sagte die Wahrheit.

Davon war sie jetzt überzeugt.

Aber er konnte ihr nicht leid tun. Soweit war es nicht gekommen.

Redete sie sich ein.

20

»Scheiße, ich hatte es.«

›Kulans‹ Gesicht zog sich zusammen, als habe er Schwefelsäure in die Fresse gekriegt. Er verstellte die Kopfhörer, drehte und lenkte an der Apparatur vor sich. Die Leuchtdioden blieben schwarz.

Er hatte das Signal bisher dreimal aufgefangen.

Und wieder verloren.

Beim ersten Mal waren sie aus dem Keller gestürzt und in den grünmetallicfarbenen Van gesprungen. ›Kulan‹ allen voran, sich wie eine Ballerina mit hoch in die Luft erhobener Antenne drehend, die Apparatur in der Hand, den Blick auf der Apparatur und die Kopfhörer über dem Schädel. Hinter ihm Rogge, der Danne Blutwurst trug. Und dann der Goldgekrönte in höchsteigener Person, immer noch skeptisch.

»Es ist noch da«, brüllte ›Kulan‹ und setzte sich auf den Beifahrersitz. Rogge warf Danne hinten hinein und lief herum zum Fahrersitz. Fuhr mit Vollgas an.

»Versuch die E 4 nach Süden«, fuhr ›Kulan‹ fort. »Da muß es sein.«

Dann war es weg. Der Ton verschwand aus den Kopfhörern, die Leuchtdioden erloschen.

»Satan«, sagte ›Kulan‹. »Aber bleib auf der E 4. Wir müssen es wieder auffangen. Hier ist die Chance am größten.«

Sie hielten sich knapp oberhalb des Tempolimits. Maximal hundertachtzehn. Wegen Geschwindigkeitsübertretung gestoppt zu werden wäre der Todesstoß. Es war nicht undenkbar, daß die Bullen während des Mittsommerfests ein paar Kontrollen extra eingesetzt hatten. Anderseits aber auch wieder nicht besonders wahrscheinlich.

In Södertälje kam das erste Dilemma. Kein Signal, und sie näherten sich der Kreuzung der Europastraßen. E 20 nach Westen oder E 4 nach Süden? ›Kulan‹ hob hilflos die Hände. »Göteborg oder Malmö?« sagte er. »Rechts oder geradeaus?«

Die Alternativen schossen dem Goldgekrönten durch den Kopf, während die verdammte Kreuzung sozusagen auf sie zuraste. Hätten die Diebe die Knete, blieben sie selbstredend auf der E 4. Dann wären sie auf dem Weg nach Europa. Aber jetzt mußten sie vermutlich Schlüssel ausprobieren. Und da gab es wohl absolut keinen Anlaß, Malmö Göteborg vorzuziehen. Göteborg war größer. Aber vielleicht hatten sie gesehen, daß es ein ausländischer Schlüssel war, und war für den Fall nicht Kopenhagen ziemlich wahrscheinlich? Was kam als nächstes, wenn sie geradeaus fuhren? Nyköping? Und nach rechts? Strängnäs, Mariefred, Eskilstuna, Örebro. Nein, verdammt, nicht Kumla. Das gab den Ausschlag. »E 4«, sagte er, und Rogge konnte gerade noch nach links hinüberwechseln und weiterfahren in Richtung Süden.

Der zweite Kontakt kam kurz hinter Norrköping. Sie hatten gerade die zweite Europastraßenkreuzung passiert und sich gegen die E 22 nach Västervik und Kalmar entschieden. Ein kurzes Signal, dessen Richtung jedoch nicht zu bestimmen war. Auf jeden Fall waren sie auf der richtigen Spur. ›Kulan‹ brüllte und schrie.

Rogge sagte: »verdammt, können wir nicht ein bißchen Gas geben?«

»Nein«, sagte der Goldgekrönte.

Auf der Strecke entlang dem Vättern geschah nichts. Sie passierten Gränna und Visingsö. Sie waren kurz davor, aufzugeben. Kein Piep. Hatten sie das Signal jetzt ernstlich verloren? Funktionierte ›Kulans‹ Scheiß-Eigenbau überhaupt? Sie wußten, daß Jönköping die Nagelprobe war. Ein Knotenpunkt mit Straßen in alle Richtungen. Die 33 nach Nässjö, Vimmerby, Västervik, die 30 nach Växjö, Kalmar und ganz Blekinge, die E 4 weiter nach Värnamo, Ljungby und Schonen, die 40 nach Borås und Göteborg. War es trotz allem Göteborg?

»Nichts?« fragte der Goldgekrönte.

›Kulan‹ schüttelte den Kopf. Huskvarna. Die letzten Hügel hinunter nach Jönköping.

»Wir müssen bald tanken, Nicke«, sagte Rogge. »Es leuchtet schon.«

»Ey, Kugelarsch, kannst du deinem Scheißapparat nicht irgendwie ein bißchen Dampf machen?« wimmerte Danne von hinten. »Mal irgendwie volle Pulle geben?«

»Du hast keine verdammte Ahnung, du angeschossener Scheißhering!« schrie ›Kulan‹ zurück.

»Schnauze«, sagte der Goldgekrönte ruhig.

Alle hielten die Schnauze.

Nicht Göteborg, das hatte er ausgeschlossen. Er stand zu seinen Entscheidungen. Nicht Västervik. Auch ausgeschlossen. Växjö? Da lag die ganze Latte von Karlshamn, Ronneby, Karlskrona, vielleicht Kristianstad. Aber das wäre doch wohl die E 22 gewesen? »Fahr weiter«, sagte er.

Sie fuhren weiter auf der E 4. In Skillingaryd wurde der Benzinmangel akut. Sie hielten an einer Tankstelle. »Bleib hier stehen«, sagte er, bevor sie ins Blickfeld des Tankstellenpersonals kamen.

»Wir müssen tanken«, sagte Rogge.

»Wir müssen Knete haben«, sagte er, zog sich die goldgefärbte Wintermütze über, entsicherte seine Pistole und sprang aus dem Wagen.

»Gehst du selbst?« fragte ›Kulan‹. »Ist das gut?«

»Das ist nicht gut. Das ist *am besten.* Wartet hier.«

Sie warteten. Nach fünf Minuten kam er zurück, in der Hand eine Plastiktüte. »Jetzt kannst du tanken«, sagte er und riß sich die Mütze vom Kopf. »Ich glaube nicht, daß du bezahlen mußt.«

Sie tankten. Als sie wieder auf der E 4 waren, brüllte ›Kulan‹ plötzlich auf. »Ich hab es wieder! verdammt, hier ist es. Sie müssen angehalten haben. Ich hab die Richtung. Sie fahren südwärts auf der E 4. Nicht weit vor uns.«

»Gas?« fragte Rogge.

»Halt dich an die Geschwindigkeitsbegrenzung«, sagte Niklas Lindberg ruhig und warf die Mütze ins Handschuhfach.

›Kulans‹ Gesicht zog sich zusammen, als habe er Schwefelsäure in die Fresse gekriegt. Er schrie: »Scheiße, ich hatte es!«

21

Das trotz allem Undurchdachte ihres Handelns ging ihnen viel zu spät auf. Zwei Autos auf unterschiedlichem Kurs durch Schweden. Ein alter, klapperiger Datsun und ein blendendweißer Ford Focus des prämiierten Vorjahrsmodells. Erst als sechshundert Kilometer sie trennten, ging es ihnen auf, daß Mittsommer war. Keine Bank in ganz Schweden geöffnet. Sie waren ihren jeweiligen Gespenstern ausgeliefert, mit denen sie nie wieder hatten allein sein wollen.

Es wurde ein Mittsommerfest, das keiner von ihnen je vergessen würde. Und das keiner von ihnen je wiederholen wollte.

Er lag in einem tristen Hotelbett kurz vor Orsa und hörte vom Ufer des Siljansees die Mittsommerfeierei herüberschallen. Seine Trommelfelle schickten die Geräusche als äußerst verzerrte elektrische Impulse an sein Gehirn weiter. Es klang schneidend und höhnisch. Ein ätzendes, scharrendes Geräusch. Die Spielleute von Orsa schlugen mit ihren Bogen gegen die straffgespannten Saiten seiner Nervenzellen. Kein gegen die Ohren gepreßtes Kissen half. Die Geräusche wurden von innen heraus verzerrt, das begriff er. Es war wie das Echo von Festlichkeiten für einen Hinausgeworfenen. Und er fragte sich, wie lange der kleine Junge noch an den Baum gebunden würde stehen müssen, während unten am Ufer das Fest weiterging. Mittsommer. Er durfte dabeisein. Zum ersten Mal war er eingeladen. Er war tatsächlich eingeladen. Er zitterte vor Glück, während er durch das Waldstück bei Edsviken wanderte. Es würde der Wendepunkt werden. Er schlug den Weg an der Hütte vorbei ein. Er blieb bei dem kleinen lächerlichen Flickenteppich aus Brettern stehen, der ihn vor der Welt verborgen hatte, wenn die Welt auf ihn einstürzte. Und wann tat sie das nicht? Da hatte er gesessen und Rindenboote geschnitzt, mit einer Besessenheit, die alles andere ausschloß. Er füllte die Hütte mit immer aufwendigeren Rindenbooten, bis er selbst fast keinen Platz mehr fand. Es war wie Michel im Tischlerschuppen. Allerdings bar jeden Humors und jeder Wärme. Und jetzt war er unterwegs zum Mittsommerfest mit der Klasse. Er war eingeladen worden, war endlich, endlich, endlich akzeptiert. Er stand vor der Hütte und wußte, daß sie ihm das Leben gerettet hatte. Dann trat er näher und riß sie ein. Es bedurfte keiner großen Anstrengung. Er brach ein paar Bretter ab, und sie fiel zusammen wie ein Kartenhaus. Ein Strom von Rindenbooten rann heraus. Er nahm Abschied von einem Teil seines Lebens und begrüßte einen neuen. Einen besseren. Denn daß es schlimmer werden könnte, war ja unmöglich. So ging er weiter durch den Wald. Er erkannte die Festgesellschaft unten am Wasser. Sie tranken. Eine Weile stand er still am Waldrand. Dann atmete er ein paarmal tief durch, brachte seine neue Sommerkleidung in Ordnung und näherte sich ihnen. Sie kamen ihm lachend und grölend entgegen. In seinem Innern drehte sich alles vor Freude. Sie griffen seine Arme, bogen sie nach hinten, banden ihn an einen Baum und flößten ihm Schnaps ein, bis er sich erbrach. Er stand da wie ein halb geschmückter Maibaum, seine neuen, feinen Sommersachen vollgekotzt. Schließlich waren sie fast hellgrün. Der Baum war geschmückt.

Er wälzte sich in dem tristen Hotelbett auf die andere Seite und fischte *Expressen* vom Nachttisch. Dieser Artikel, an dem er sich festgebissen hatte, er las ihn noch einmal, zog mit dem Kugelschreiber ein paar große Kreise darum. Die Überschrift leuchtete: ›Die Schwestern, die sich in Luft auflösten‹. Dann griff er zum Handy.

Sie lag in einem tristen Hotelbett in Falkenberg und hörte nicht einen Laut. Die kleine Stadt an der Westküste wirkte völlig ausgestorben. Kein Laut. Sie starrte an die Decke und dann auf den Aktenkoffer, der geöffnet auf dem Fußboden lag. Wenn sie Kontakt aufnähme. Aber es gab keinen Kontakt, den sie hätte aufnehmen können. Es gab nichts außer ihr und dem Bett. Einige Jahre lang hatte sie nicht in Betten schlafen können. Da erschreckten Betten sie zu Tode. Beinah buchstäblich. Sie hörte es noch. Etwas in ihr hörte noch die Schritte auf der Treppe. Aber es war schwach jetzt, fast verschwunden, als sei ihr Gehör das letzte, was sie verließ. Sie hörte nicht die Tür in dieser unverkennbaren Art und Weise aufgleiten, die lautlos sein sollte, aber es nicht war, im Gegenteil, die in ihr widerhallte, und sie wußte, daß sie für den Rest ihres Lebens in ihr widerhallen würde. Deshalb sollte es so kurz werden. Ein kurzes Leben. Deshalb erfuhr sie einen so unermeßlichen Genuß, weil sie die Tür *nicht* aufgleiten hörte. Auch nicht spürte, wie das Laken zur Seite geschoben wurde, auch nicht den ersten Schrei, den dumpfen, gleichsam stummen wahnsinnsschreienden Schrei, auch nicht den anderen, schrilleren, vorbehaltloseren, doch auch selbstanklagenden. Sie hörte überhaupt nichts mehr, bevor sie plötzlich auf ihren fast nackten Körper hinabblickte und ihn in geronnenes Blut eingekapselt fand. Sie sah die Bandagen um die Handgelenke, sah den Beutel mit Blut am Stativ hängen und begriff, daß sie es nicht geschafft hatte. Deshalb hatte sie angefangen zu weinen. Die Familie war um sie versammelt, und man sah, man sah es unmittelbar, daß sie glaubten, es seien Freudentränen. Es waren Tränen der Trauer. Der Trauer darüber, noch zu leben.

Er stand auf und trat ans Hotelfenster. Die Spielleute schienen ihre Dudelhölzer an den Nagel gehängt zu haben. Möglicherweise hatte jemand sie bestochen und mit einem ordentlichen Rachenputzer zum Schweigen gebracht. Er konnte bis zum Ufer des Siljan hinuntersehen. Wenn er sie an seiner Seite gehabt hätte, wäre es ein phantastischer Abendblick gewesen. Jetzt war er ihm ziemlich gleichgültig. Wie alles so lange gleichgültig gewesen war. Wann war die Wende gekommen? War es die einzige Wende, oder gab es kleinere Stationen auf dem Weg zur Endstation? Er hatte sich nach der Grundschule von ihnen abgewandt. Nie wieder Schule. Er hatte seine Tüftelei weiterbetrieben, mit der gleichen, alles andere ausschließenden Intensität wie bei den Rindenbooten. Er begann eine gewisse Genugtuung daraus zu ziehen, alles, wirklich alles hinkriegen zu können, ganz gleich, was auseinanderzunehmen und wieder zusammenzusetzen war. Und er schnitzte weiter, doch keine Rindenboote mehr, sondern abstrakte Holzskulpturen. Er wußte nicht einmal, daß es Skulpturen *waren*, bevor jemand es ihm erzählte. Es wurde auf jeden Fall so eine Art Leben daraus, wenn er nur die anderen auf Distanz hielt. Alle anderen. Und dann tauchte diese komische Einladung auf. Klassentreffen. Die alten Kumpels wiedersehen. Als hätten sie ihn nicht schon einmal zuviel eingeladen. Er war überzeugt, daß sie die Einladung aus Versehen geschickt hatten, daß er nur zufällig noch auf einer alten Liste stand, von der er längst hätte gestrichen sein sollen. Dennoch fühlte er, daß er wirklich *gehen sollte*. Er war fast zwanzig. Es lag lange genug zurück und würde ihn nicht mehr umwerfen. Er würde seine Existenz zeigen, als einen rein physischen Akt der Anklage. Ihr habt es nicht geschafft, mich zu töten. Kein Haß, nur seine bloße Präsenz als Anklage. Er kam hin in der festen Überzeugung, wenn nicht angebunden und mißhandelt und bepinkelt, so auf jeden Fall verspottet oder ausgeschlossen zu werden. Es war nicht so. All die alten Quälgeister waren da. Alle. Und keiner schien die geringste Erinnerung daran zu haben, wie sie ihn gequält hatten. Sie behandelten ihn anständig, lachten sogar über die Erinnerungen. Zusammen. Ausgelassen. Wie ausgelassene Kinder. Und er begriff, daß die Tortur sozusagen beiläufig stattgefunden hatte, ein wenig gedankenlos – ein bißchen Hackordnung muß sein, ein bißchen geduckt zu werden muß man schon abkönnen –, daß sie tatsächlich keine Ahnung davon hatten, was sie ihm angetan hatten. Und am allerschlimmsten würde das Wiedersehen mit dem Mädchen sein, das die treibende Kraft gewesen war. Mit den Jungs konnte er leben, doch die Demütigung, dem Mädchen zu begegnen, das als erstes gekommen war und auf ihn gepinkelt hatte, würde grauenhaft sein, davon war er ebenfalls fest überzeugt. Und auch das kam anders. Total anders. Sie hatte sich zu einer wunderbaren jungen Frau entwickelt. Ihr Blick ließ erkennen, daß sie diejenige war, die Schuld und Scham empfand, nicht er. Sie war die einzige, die überhaupt den verbotenen Teil der Vergangenheit berührte.

»Pfui Teufel, wie haben wir dich gequält«, war das erste, was sie sagte, und er konnte ihrem Blick begegnen, als sie es sagte. Und was er sah, war etwas *noch Schlimmeres*. Es war das erste Mal, daß er etwas Derartiges sah. Sein Blick ließ ihren den ganzen Abend über nicht los. Er saß da und las in der Tiefe der dunklen Augen ein Grauen jenseits allen Begreifens. Und in dem Augenblick wußte er, daß er alles wissen wollte. Wirklich alles.

Sie stand auf und trat ans Hotelfenster. Die Menschen begannen langsam nach Falkenberg zurückzukehren. Die Stadt war nicht mehr völlig verödet. Wenn sie ihn an ihrer Seite gehabt hätte, wäre es verlockend gewesen, in die Stadt zu gehen. Jetzt war es ihr ziemlich gleichgültig. Was war es, das sie so lange daran gehindert hatte, den Schritt zu tun? Zum erstenmal stieg ein Lichtstrahl aus der Vergangenheit auf. Es gab jemanden, zu dem sie ging, dem sie alles erzählen konnte, der zuhörte. Onkel Jubbe. Sie dachte an seine Miene, wie sein Gesicht sich in dieser speziellen Weise verfinsterte, an die Unbeholfenheit, mit der er ihr übers Haar strich, während sie dasaß und vollkommen lautlos schluchzte, wie seine Tränen auf ihr Haar fielen und langsam bis zur Kopfhaut durchsickerten. Aber am Ende genügte nicht einmal Onkel Jubbe. Sie schnitt sich die Pulsadern auf, nicht quer, sondern längs, nicht als Warnung, sondern als endgültige Lösung. Die alles andere als endgültig wurde. Sie bekam eine Einladung zu einem Klassentreffen, während sie im Krankenhaus lag. Es war wie ein Hohn. Als würde ihr die letzte Maske heruntergerissen und entblößte einen angefressenen Schädel. Das härteste Mädchen der Klasse. Ihre Handgelenke waren verheilt, doch sie weigerte sich, das Krankenhaus zu verlassen. Jeden Tag bat sie die Ärztin, eine neue Komplikation zu erfinden, und die Ärztin tat es, von Tag zu Tag mit besorgterer Miene. Schließlich war es nicht länger möglich. Sie ging auf das Klassenfest. Weit weg an der Bar des unerträglichen Golfclubs sah sie den, den sie am allerwenigsten treffen wollte, über den sie ihre Selbstverachtung ausgegossen hatte. Er sah so anders aus. So lebendig, wie neugeboren, und so furchtbar wunderbar, anders als alle anderen. Die waren alle gleich. Im selben Augenblick, in dem sie ihre ersten Worte äußerte, wußte sie, daß sie zusammengehörten.

Sie sagte: »Pfui Teufel, wie haben wir dich gequält.«

Der Rest ist, wie man sagt, Geschichte.

22

Sie hatten sich in Sundbergs Konditorei unten auf Järntorget verabredet. Sie war geöffnet, trotz des Mittsommertags. Sie nahm an, daß es wegen der Deutschen war. Nicht der Deutschen, die vor rund fünfhundert Jahren die Häuser um Järntorget herum gebaut hatten, sondern der Deutschen, die gerade an diesem Tag die Västerlånggata auf und ab schlenderten und sich fragten, warum alles geschlossen war. Sogar die Restaurants.

Jedoch nicht Sundbergs Konditorei, Schwedens ältestes Eßlokal. Das Lokal war proppevoll mit Deutschen, die Schutz vor dem Regen suchten. Es war nämlich ein reichlich trister Mittsommertag in Stockholm. Der wunderbare Sommer, der praktisch den ganzen Juni über schon angehalten hatte, war anscheinend vorüber. Der Regen fegte kreuz und quer durch Gamla Stan und spülte die Deutschen aus den Gassen. Die Glück hatten, strandeten in Sundbergs Konditorei.

Er saß eingepfercht im hintersten Teil des Lokals. Von Deutschen umzingelt.

Er winkte ihr leicht zu. Normalerweise, wenn man ein Treffen mit Party-Ragge, Kommissar Ragnar Hellberg, verabredet hatte, sprang er heftig auf, breit lächelnd, wild gestikulierend und laut tönend. So war es diesmal nicht. Nur dieses zurückhaltende Winken. Er trug ein verwaschenes grünes T-Shirt, Jeans und kaputte Sandalen; so kannte sie ihn nicht. Und sein dunkles, fast halblanges Haar, das sein Gesicht mit dem schwarzen Leninbärtchen umrahmte, hatte sie noch nie so ungepflegt gesehen. Unter den Augen hingen Andeutungen von Schwärze. Womit hatte er Mittsommer verbracht? Gearbeitet? Mit ›Verwaltungskram, kann man wohl sagen‹?

Sara Svenhagen fand, daß er jünger aussah, wenn er ernst war, knapp dreißig. Mit Männern im allgemeinen war es anders. Die sahen fast immer jünger aus, wenn sie lachten. Anderseits lachten sie ja nur, so richtig, wenn sie jung waren.

Ein kleines Paradoxon im Mittsommerregen.

Er saß ganz hinten neben einer Tür, von der sich rasch herausstellte, daß es die Toilettentür war. Sie schwang ständig hin und her. Sie schüttelte sich die Nässe ab und setzte sich mit einer simplen Tasse Kaffee neben ihn. Kein Kopenhagener. Es war sozusagen nicht angebracht.

»Hej, Sara«, sagte Ragnar Hellberg. »Alles in Ordnung?«

»Doch, alles okay. Ich fühle mich immer ein bißchen durcheinander, wenn ich mit einem von ihnen gesprochen habe. Sie scheinen auf einem anderen Planeten zu leben. In einem anderen Universum.«

»Wie wirkt er denn? Wie hieß er noch? Wirsén?«

»Wiréus«, sagte sie. »John Andreas Wiréus. Und er wirkt, tja, weggetreten. Hier und doch nicht hier. Wie in einer parallelen Existenz. Man redet mit ihm, aber er ist gar nicht da. Nicht richtig. Er wollte mich als Therapeutin. Ziemlich kaputt, aber auch ziemlich ungefährlich. Passiver Pädophiler, sagen wir mal. Hatte einen Haufen Pornokram. Machte aber vor allem Bilder. Massenweise anscheinend harmlose Bilder von seinem Fenster im Söder-Turm aus. Kinder auf Medborgarplatsen und Umgebung. Kaum kriminell.«

»Und hast du in seinen Computer gucken können?«

»Ja. Seine Angaben können wohl stimmen. Er scheint selbst keine Adressenlisten zu haben, und ebensowenig scheint er irgendwelche Bilder verschickt zu haben. Nur empfangen. *En masse*. Ich glaube, allein in seiner Mailbox waren fünfhundert Bilder. Ohne Absender, selbstverständlich, aber die sollten rauszukriegen sein. Wiréus ist unverschuldet auf einer Adressenliste gelandet. Vielleicht ist es kein Netzwerk.«

»Was sollte es denn dann sein?«

»Ich weiß nicht. Ich bin eigentlich keine Computerexpertin. Wir müssen wohl abwarten, was die Spezialisten sagen.«

»Es wäre mir am liebsten, wenn der Computer nicht dort landet.«

»Aber warum nicht?«

Ragnar Hellberg beugte sich vor. Sie sah, daß er seit einigen Tagen die Zähne nicht geputzt hatte.

»Ich könnte dir ganz einfach als dein Vorgesetzter von oben herab kommen und sagen: Das ist ein Befehl, und den hast du zu befolgen, und das war's. Aber das möchte ich nicht. Du sollst mir vertrauen. Laß uns das hier unter vier Augen handhaben. Ohne Außenstehende.«

Sie sah ihn prüfend an. Der junge Blitzkarrierekommissar. Der Partypolizist. So gedämpft. So ernst. Sie verstand nicht.

»Okay«, sagte sie. »Ich werde nicht fragen.«

»Ich weiß, daß du enorm was draufhast in diesen EDV-Dingen, Sara. Du kannst doch allein auch eine ganze Menge rauskriegen?«

»Vermutlich«, antwortete sie aufrichtig.

»Und was? Was ist es, wenn es kein Netzwerk ist?«

»Es ist eine Adressenliste. Sie offenbarte sich auf dieser flüchtigen Homepage am Donnerstag um neunzehn Uhr sechsunddreißig null sieben, für ein paar Sekunden. Die Webadresse habe ich. Aber sie wurde inaktuell in der gleichen Sekunde, in der sie sich offenbarte. Anonyme amerikanische Gratis-Site. Da ich überzeugt bin, daß Wiréus die Wahrheit sagt, glaube ich nicht, daß es ein Netzwerk ist, die Adressen kennen sich untereinander nicht, sie tauschen nicht in der sonst üblichen Weise Bilder aus. Die Liste ist eine Art und Weise, den Kreis zu erweitern, ohne etwas zu riskieren. Alle, die eine bestimmte Site besucht haben – die wir noch nicht kennen – werden mit Kinderpornobildern in Form von E-Mails bombardiert.«

»Ohne ihre E-Mail-Adresse hinterlassen zu haben?«

»Meines Erachtens ja. Man hat offenbar eine Methode gefunden, E-Mail-Adressen schnell zu identifizieren. Eine Methode, die für uns von großem Nutzen wäre. Weil ein sehr großer Teil derer, die eine anonyme E-Mail-Adresse haben möchten, via hotmail geht, glaube ich, daß das der Schlüssel ist. Man identifiziert im Schnellverfahren die Nummer des Anrufers, checkt sie ab gegen die hotmail-Besucher und findet eine Mail-Adresse. Wahrscheinlich geht es in ein paar Millisekunden. Ich bilde mir ein, daß es ein neues Verfahren ist.«

»Das bedeutet jedenfalls, daß die Gefahr einer Warnung nicht besteht? Wenn wir Wiréus freilassen oder ihn mit einem Anwalt sprechen lassen, wird er das Netzwerk nicht warnen?«

»Nein, weil es kein Netzwerk gibt, zu dem er Kontakt aufnehmen könnte. Natürlich kann man sich theoretisch vorstellen, daß er generelle Warnungen über die Kinderporno-Sites im Internet verschickt, doch das halte ich für unwahrscheinlich. Der bleibt in seinem Kleiderschrank. Aber ihn laufenzulassen ist wohl nicht angebracht?«

»Nein«, sagte Hellberg und lehnte sich zurück. »Nein, natürlich nicht. Das Kinderpornomaterial reicht. Und wir beschlagnahmen seinen Computer. Kannst du den mitnehmen zu dir nach Hause und daran arbeiten?«

»Ja. Wenn das denn nötig ist.«

»Ich muß darauf bestehen, daß es nötig ist, ja. Noch was?«

»Wiréus hatte ein Einmachglas mit unentwickelten Filmen. Und einen Film in der Kamera. Ist es okay, wenn ich die mit nach Hause nehme und sie entwickle? Kann ich mir im Lager eine Dunkelkammerausrüstung holen?«

»Kauf eine«, sagte Ragnar Hellberg. »Und gib mir die Quittung.«

»Keine Spuren?« sagte Sara Svenhagen und betrachtete ihren Chef.

»Keine Spuren«, nickte er.

23

Sonntag nachmittag. Zeit, das blutige Mittsommerfest zusammenzufassen. Ungewöhnlich viel Alkohol im Spiel. Ungewöhnlich viele Vergewaltigungen. Ungewöhnlich viele Körperverletzungen. Ungewöhnlich viel Mittsommer.

Aber das war nicht ihre Sache.

Paul Hjelm hoffte, daß das gestrige Treffen sich nicht wiederholen würde. Es war eine peinliche Angelegenheit. Zum einen war die halbe Gruppe abwesend, Söderstedt und Norlander in Kumla, Nyberg damit befaßt, die Reste seiner laufenden Kinderpornofälle zusammenzukratzen. Zum andern war der Ablauf wenig heroisch. Hultin kam durch seine einst so mystische Seitentür herein, knallte ein paar Papiere auf den Tisch, setzte sich und blickte in die Runde. Keiner in dieser wenig imponierenden Versammlung – Hjelm, Holm, Chavez – wollte anfangen. Alle würden trotzdem das gleiche sagen: daß nichts passiert war. Nicht einmal Hultin wollte dies offen sagen. Also gingen sie einfach wieder auseinander, ein wenig verdutzt.

Heute sahen die Voraussetzungen etwas besser aus. Alle waren anwesend, und das Mundwerk schien sich ein wenig gelockert zu haben. Es wurde nämlich geplaudert in der Kampfleitzentrale, ein dumpfes Murmeln.

Jan-Olov Hultin betrachtete sie durch seine Eulenbrille und ließ das Geplauder verstummen, indem er sagte: »Ich muß ein Geständnis ablegen.«

Eine ungewöhnliche Eröffnung. Er fuhr fort: »Ich habe Rajko Nedic gewarnt.«

Sie sahen sich an.

Chavez rümpfte die Nase, im übrigen unterblieben die Aufschreie.

»Ich hielt es für das Beste, ihn an die Kandare zu nehmen. Außerdem wollte ich mich ganz einfach vorstellen. Ich habe ihn in seiner Villa in Danderyd aufgesucht. Er feierte nicht Mittsommer. Dagegen machte er sich in einem Garten zu schaffen, der aussah wie der Garten Eden.«

»Kein Wunder«, sagte Söderstedt, »Eden liegt in Schweden.«

»Schweden liegt jenseits von Eden«, sprang Hjelm ihm literarisch zur Seite.

»Was hat er denn gesagt?« fragte Chavez.

»Nichts eigentlich«, sagte Hultin. »Er hat sich über die Akelei als Beweis für die Existenz Gottes ausgelassen. Und alles abgestritten.«

»Welch Wunder«, nuschelte Nyberg.

»Dann, meine Damen und Herren«, sagte Hultin. »Zeit, die Erfolge des Wochenendes zu präsentieren. Jemand, der sich bemüßigt fühlt?«

»Ich habe über etwas nachgedacht«, sagte Chavez. »Åkesson sagte draußen auf dem Schlachtplatz in Sickla etwas, was diese Blutspuren bei dem Kofferabdruck angeht. Es zeigte sich, daß es acht Spuren waren. Vier Jahre alte Reebok Größe 40.«

»Vier Jahre alt?« fragte Norlander erstaunt.

»Offensichtlich«, sagte Chavez und suchte in einem von Brynolf Svenhagens kriminaltechnischen Protokollen. Es gab inzwischen zahlreiche. Svenhagen befand sich in Ekstase. Die Protokolle überrollten sie. Karnevalsüberschwang.

»Man kann die Jahresmodelle unterscheiden«, sagte Kerstin Holm insider-schlau. »Die Sohlen sehen jedes Jahr anders aus.«

»Kommt zur Sache«, sagte Hultin.

»Erstens führen die Spuren in die falsche Richtung«, sagte Chavez. »Zweitens: Niklas Lindbergs Männer scheinen nicht von der Sorte zu sein, die schlampige Spuren in Blutlachen hinterlassen.«

»Sie waren schlampig genug, sich erschießen zu lassen«, sagte Hultin und zuckte mit den Schultern. »Die Hälfte von ihnen wurden von Männern erschossen, beziehungsweise angeschossen, die, soweit man es beurteilen kann, bereits gefilzt worden waren. Es ist denkbar, daß wir ihre Professionalität überschätzen. Und daß die Spuren in die falsche Richtung führten, besagt wohl nichts anderes, als daß derjenige, der den Koffer holte und ihn vom Blut seines Kumpans bespritzt fand, geschockt war. Er machte ein paar unbedachte Schritte in dem Blut. In die falsche Richtung. Dann hatte er das Blut von den Turnlatschen abgetreten. Er machte kehrt. Und kam zurück. Laßt uns nicht aus der Feder ein Huhn machen.«

»War nur eine Beobachtung«, murmelte Chavez und dachte an Korbflechten und andere anregende Aktivitäten für Pensionäre.

»Größe 40«, sagte Hjelm. »Ist das ein kleiner Mann? Oder eine Frau? Eskil Carlstedt hatte mindestens Größe 47.«

»46«, sagte Chavez, den Blick in Qvarfordts gerichtsmedizinischem Protokoll.

»Es gibt keine richtig regelmäßige Entsprechung von Schuhgröße und Körpergröße«, sagte Kerstin Holm. »Oder irgendeiner anderen anatomischen Größe ...«

»Weiter?« sagte Hultin. »Kumla?«

Söderstedt und Norlander sahen sich an. Beide schienen dem anderen das Wort überlassen zu wollen.

Schließlich sagte Norlander: »Alle halten die Schnauze.«

»Nur weil du ständig allen erzählst, sie sollen die Schnauze halten«, sagte Söderstedt. »Ich mache dich persönlich für alle gehaltenen Schnauzen verantwortlich.«

»Schnauze«, sagte Norlander.

Söderstedt fuhr fort, von seiner eigenen Schlagfertigkeit

inspiriert: »Dem Wachpersonal zufolge gab es in Kumla eine Art Nazi-Clique. Nichts Neues unter der Sonne. Organisierte Verbrecher sind heutzutage anscheinend entweder Einwanderer oder Nazis. Vielleicht ist das, was wir in der Unterwelt beobachten, eine Art unschönes Vorspiel einer breiteren gesellschaftlichen Entwicklung. Oder eher eine deutlichere, weniger verdeckte Version der Polarisierung, die in der Gesellschaft immer greifbarer zutage tritt. Wie verhält es sich denn genaugenommen mit dem Rassismus, wenn wir einmal nachfragen. Wenn wir ein wenig an der Oberfläche kratzen. Im Moment brauchen wir nicht sonderlich beunruhigt zu sein, was nazistische Parteibildungen und dergleichen angeht; dagegen sollten wir wachsamer denn je den inneren Feind im Auge behalten. Also den Feind in uns selbst. Da scheinen sich die Haltungen verändert zu haben. Eine Sperre ist gelöst worden. Es ist nicht leicht zu erkennen, doch seit einigen Jahren zeigt sich ein Unterschied. Es scheint plötzlich bedeutend leichter geworden zu sein, andere Menschen als Objekte zu sehen. Als Nicht-Menschen. Als Menschen, die nicht das gleiche rote Blut haben wie wir. Ist die ethnische Säuberung im Kosovo und in Bosnien eine strikt innere, historische Angelegenheit des Balkan, oder hat sie trotz allem mit einer breiteren Veränderung der, tja, aufgeklärten Mentalität zu tun. Wie groß ist eigentlich der Schritt von da, daß man alle Einwanderer nach Rinkeby oder Hammarkullen oder Rosengård schickt, zu dem Punkt, daß man Menschen aus ihrer Heimat vertreibt?«

»Zurück zu Kumla«, sagte Hultin vollkommen neutral.

Söderstedt wechselte ohne größere Probleme die Spur. »Niklas Lindberg und Sven Joakim Bergwall gehörten beide zu dieser nazistischen Clique. Möglicherweise war Lindberg der führende Mann. Im übrigen haben wir so an die zwanzig Namen zusammengekratzt. Acht von diesen sind inzwischen entlassen. Möglicherweise ist unter den Räubern noch der eine oder andere von diesen acht Namen, doch das läßt sich im Moment nicht mit Bestimmtheit sagen. Drei der Entlassenen haben die Blutgruppe AB negativ, Christer Gullbrandsen, Dan Andersson und – echt – Ricky Martin. Andererseits gehörte ja ein junger Aufsteiger wie der Gebrauchtwagenverkäufer Eskil Carlstedt zur Räuberbande. Es allzufest mit dem Kumlabunker zu verknüpfen ist wohl ein Fehler. Ebenso fragt sich, wie zutreffend es ist, die Sache mit Nazis überhaupt zu verknüpfen. Nun gut. Wir haben mit mehreren der noch einsitzenden Mitglieder der Nazi-Clique gesprochen. Für die gilt Viggos lakonischer Kommentar uneingeschränkt: Alle halten die Schnauze. Unsere exjugoslawischen Freunde halten noch mehr die Schnauze. Keiner sagt etwas. Tun so, als könnten sie überhaupt kein Schwedisch. Dagegen lauschten sie sehr intensiv unserem Bericht über die Folterung von Lordan Vukotic. Und Göran Andersson hatte nichts mehr zu sagen. Dagegen erzählte er eine ganze Menge Interessantes über Fra Angelicos Spiel mit blauen Farbnuancen.«

»Weiter«, sagte Hultin.

»Ich habe mit Eskil Carlstedts Arbeitskollegen beim Fordhändler Kindwalls im Hammarbyhafen gesprochen«, sagte Kerstin Holm. »Außerdem mit seiner alten Mutter in Bromma. Dabei ergab sich das Bild eines Mannes mit ziemlich extremen Ansichten in Rassenfragen. Also die Nazi-Verbindung können wir in diesem Fall beibehalten. Auch Gewalttätigkeit ist mit im Bild. Die Kollegen erzählten von einer ziemlich erschreckenden Paintball-Runde, der Einleitung zu einem Betriebsfest, als zwei von ihnen im Schutz der Dunkelheit von Carlstedt verprügelt wurden. Er ist völlig ausgerastet. Ganz allgemein war er bei seinen Kollegen nicht besonders beliebt. Ein Eigenbrötler, sagten mehrere, unmöglich, an ihn ranzukommen. Dagegen war er ein besserer Autoverkäufer als alle anderen. Total souverän. Als Sven Joakim Bergwall Carlstedt dazu brachte, im *Kvarnen* sitzen zu bleiben, verließ er sich auf dessen Autoverkäuferschnauze. Und jetzt sind sie beide tot. Das ganze Vertrauen vergeblich. Außerdem haben wir versucht, die Zeugen aus dem *Kvarnen* noch einmal zu befragen, und zwar um eine genauere Beschreibung des angeblichen Polizisten zu bekommen, der mit der Gang 1 zusammensaß. Die Information über seine Existenz kam ja so spät, daß wir keine Möglichkeit hatten, vorher danach zu fragen. Die meisten Zeugen waren über Mittsommer aus der Stadt geflohen, und diejenigen, die dageblieben waren, hatten nichts Vernünftiges zu sagen. Wir haben also keinerlei Personenbeschreibung des ›Polizisten‹. Das gleiche gilt im großen und ganzen für Gang 2. Alle erinnern sich deutlich an Carlstedt, den breiten Mann mit dem rasierten Kopf und dem Schnauzbart. Als wir ihnen ein Foto von Bergwall zeigten, meinten einige, ihn zu kennen. Jemand redete von einem Mann mit einem lila Gesicht. Der Mann mit dem Ohrstöpsel war weder Carlstedt noch Bergwall. Man kann das so interpretieren, daß der Techniker der Gang noch bei guter Gesundheit ist.«

»Apropos Techniker, so haben unsere eigenen sich Eskil Carlstedts Festplatte vorgenommen«, übernahm Hjelm und schaute in ein weiteres kriminaltechnisches Protokoll. »Das Problem war, sie war leer. Also wirklich leer. Was bedeutet, daß sie neu war. Der Computer war nicht neu, aber die Festplatte war neu. Allem Anschein nach unseretwegen ausgetauscht. Was wieder ein bißchen stärker für eine gewisse Professionalität spricht. Noch in der Nacht, bevor Carlstedt kam und sich von uns vernehmen ließ, derselben Nacht, in der sie die Vernehmung vorbereiteten, dürfte die Festplatte ausgetauscht worden sein. Sie sahen voraus, daß wir zu Besuch kommen würden. Den ganzen Computer zu verschrotten war ihnen zu riskant. Irgend jemand findet immer einen verschrotteten Computer. Also tauschte man die Festplatte aus, um keine Spuren zu hinterlassen. Was heißt, daß es auf der Festplatte Spuren gab, mit gewisser Wahrscheinlichkeit rassistischen Charakters. Wir haben jetzt eine ausgetauschte Festplatte, eine ausgefeilte Abhörvorrichtung im *Kvarnen* und zwei äußerst subtile Bomben. Technologische Kompetenz dürfte vorhanden sein.«

»Kann man heutzutage noch Verbrechen begehen, ohne

über technologische Kompetenz zu verfügen?« fragte der technologisch orientierte Chavez.

»Fleischmesser und Penisse sind immer noch populäre Verbrechenswerkzeuge«, sagte die weniger technologisch orientierte Kerstin Holm. »Besonders letztere haben viele Jahrtausende ausgezeichnet als Verbrechenswerkzeug funktioniert.«

Eine Weile war es still. Alle schienen an ihren Penis als potentielles Verbrechenswerkzeug zu denken. Kerstin Holm lachte sich ins Fäustchen.

»Das ist wohl auch eine Art Technik«, sagte Hultin schließlich.

»Was die beiden subtilen Bomben betrifft«, sagte Norlander und ließ seinen Blick einen Moment auf Kerstin Holms selbigen verweilen. »In einem von Svenhagens Protokollen habe ich endlich ein wenig Information darüber gefunden. Es handelt sich um eine hochexplosive und hochkonzentrierte Flüssigkeit, Typ Nitroglyzerin, aber effektiver und leichter zu handhaben. Sie wird ausschließlich durch Elektrizität gezündet, nicht durch Hitze, nicht durch Stöße, nur durch diesen kleinen Mikroauslöser, der einen kurzen, starken Stromstoß durch die Flüssigkeit schickt und sie zur Explosion bringt. Funktioniert ausgezeichnet mit Fernbedienung, wie wir gesehen haben. Es ist ein Sprengstoff, der in Schweden bisher nicht angewendet worden ist, aber es gibt gewisse Hinweise auf ähnliche Sprengstoffe in den USA. Sie haben bisher jedoch noch keinen Namen für das Zeug gefunden.«

»Möglicherweise können wir annehmen, daß Niklas Lindbergs Lager noch nicht geleert ist«, sagte Chavez. »Wollt ihr übrigens ein bißchen mehr über Lindberg hören? Ich widme ihm im Augenblick mein Leben. Habe in allen denkbaren Registern gesucht und eine ganze Reihe seiner früheren Freunde und Kollegen telefonisch interviewt und sogar eine Spritztour nach Trollhättan gemacht, um mit seinen Eltern und seiner geschiedenen Frau zu sprechen. Er war kurze Zeit dort verheiratet, als er noch in Trollhättan wohnte, obwohl er meistens bei Manövern und im UN-Dienst auf Zypern war.

Etwa zur gleichen Zeit, als die Ehe in die Brüche ging, verließ er die Armee und wurde Fremdenlegionär. Man kann das anscheinend immer noch werden. Seine Exfrau heißt immer noch Lindberg, was vielleicht den Schluß zuläßt, daß es sich nicht um eine Scheidung im Haß handelte. So hat es sich auch nicht angehört. Sie hatte es satt, daß er ständig weg war, sie hatte Liebhaber, er Geliebte unter den Krankenschwestern auf Zypern. Allgemein beliebt bei Frauen. Aber fangen wir von vorn an: Niklas Lindberg wurde im Januar 1965 geboren und machte am naturwissenschaftlichen Zweig des Gymnasiums in Trollhättan 1983 sein Abitur mit sehr guten Noten, trat 1985 seinen Wehrdienst als Gebirgsjäger an, bekam Bestnoten, begann die Offiziersausbildung im Herbst 1986, war 1988 Kadett in Boden, war 1990 und 1992 als Offizier auf Zypern, stieg durch die Dienstgrade aufwärts und war bei seinem Absprung 1994 gerade Major bei den Gebirgsjägern in Arvidsjaur geworden. Major mit neunundzwanzig, ist das nicht ziemlich gut?«

»Doch«, sagte Hultin. »Das ist ziemlich gut.«

»Ein paar Kumpels aus der Zeit am Gymnasium sprechen von einem immer zum Feiern aufgelegten jungen Burschen, bei dem alles glattlief«, fuhr Chavez fort. »Oberwassertyp. Mit Goldkrone, kann man vielleicht sagen. Frauen *en masse*. Das mit den Gebirgsjägern verstanden seine Kumpels hauptsächlich so, daß er unbedingt auch bei der Musterung gut abschneiden wollte. Er mußte immer gute Noten bekommen. Seine Kumpels haben das nicht ernst genommen. Er hatte überhaupt nichts Militärisches an sich. Er scheint seinen Militärdienst nicht mit der Absicht angetreten zu haben, eine Offiziersausbildung zu machen. Und seine Jugend scheint auf eine angenehme Weise kleinstädtisch-kleinbürgerlich gewesen zu sein. Die Eltern machen einen angenehmen Eindruck. Ein prima Paar, kann man wohl sagen. Studienrat und Arbeitstherapeutin. Keine rassistischen Tendenzen, und das spüre ich intuitiv, könnt ihr mir glauben. Sie erzählten von einem kleinen Blondschopf, der immer auf den Füßen landete, immer fröhlich war, sich immer der Schwächeren annahm. Die Kindheitsfotos lassen nichts anderes erkennen. Die Eltern waren wirklich maßlos traurig über seine Entwicklung zum Gewaltverbrecher. Eine tiefe und echte Trauer. Er wohnte noch eine Zeitlang in Trollhättan, nachdem er Offizier geworden war, heiratete eine Flamme aus seiner Kindheit und scheint so ein makelloses Bürschchen gewesen zu sein. Smart, hübsch, nett. Dann war da also eine Krise im Zusammenhang mit der Scheidung vor fünf Jahren. Im Frühjahr 1994. Ein kritischer Punkt. Ich habe mit zwei seiner Vorgesetzten in Arvidsjaur gesprochen, und keiner verstand, warum er aufgehört hat. Es gab keinerlei Klagen, von keiner Seite. Er sagte einfach Stopp und trat sofort in die Fremdenlegion ein. Zwei Wochen nach seinem Absprung. Es muß also gut vorbereitet gewesen sein. Warum? Ich habe keinen Kollegen aus seiner Zeit bei der Fremdenlegion auftreiben können, sie sind ja so ein bißchen geheimnistuerisch, aber ich versuche es weiter. Er hörte auf jeden Fall nach einem Jahr auf, fuhr nach Stockholm und war an einem mißglückten Bombenanschlag auf ein kurdisches Kulturzentrum beteiligt. Es hatte ein Fest stattgefunden, und die Bombe ging hoch, als alle schon gegangen waren. Es zeigte sich, daß der Zeitzündemechanismus nicht richtig funktioniert hatte. Es war also wirklich geplant, die Bombe mitten während des Festes hochgehen zu lassen. Und sie war stark genug, um viele, sehr viele Menschen zu töten. Es wurde allgemein vermutet, daß Lindberg persönlich hinter der Bombe steckte, aber es ließ sich ihm nichts nachweisen. Dagegen bestand kein Zweifel daran, daß er am Tag danach bei einer kurdischen Demonstration im Solna Centrum zwei Kurden schwer mißhandelte. Die Ermittlungen ergaben, daß er gute Kontakte zu Nazi-Organisationen in Schweden und in den USA und wahrscheinlich noch anderswohin hatte. Man kann also vermuten, daß seinem Ausscheiden aus der Armee irgendeine Art von nazistischer Bekehrung zugrunde lag.«

»Trotzdem klingt das mit der Fremdenlegion recht komisch«, meinte Hjelm. »Ist das nicht gerade eine wirklich multikulturelle Armee?«

»Vielleicht entdeckte er das«, sagte Chavez und zuckte die Schultern. »Aber er hatte einen Einjahresvertrag. Alles, was er wollte, war, ernstlich in den Krieg zu ziehen. Und vielleicht hat die Zeit unter all den Kanaken gereicht, um seinen Rassenhaß in ungeahnte Dimensionen zu treiben. Nun denn. Aus den Gesprächen mit beteiligten Polizisten und Juristen geht das Bild eines ungewöhnlich eiskalten Gewalttäters mit einer großen Vorliebe für Bomben hervor. Akuter Empathiemangel, hat selbst sein Verteidiger inoffiziell gesagt.«

»Er will immer der Beste sein«, sagte Kerstin Holm nachdenklich. »Kann es sein, daß er wirklich den Mann *herausfordert*, den er für den besten hält? Schwedens cleversten Drogenhändler Rajko Nedic? Der ja außerdem ein ungewöhnlich gut assimilierter Kanake ist.«

»Es gibt eigentlich nur *einen* besser assimilierten«, sagte Jorge Chavez und warf sich in die Brust. »Schwedens bestausgebildeten Polizisten.«

»Jetzt wollen wir mal hübsch auf dem Teppich bleiben«, sagte Hultin neutral. »Hat sonst noch jemand was?«

»Ein merkwürdiges Detail, das vielleicht nicht so wichtig ist«, sagte Viggo Norlander, begraben unter Protokollen, aus denen er eines heraussuchte. »Der Bericht der Spurensicherung vom Tatort in Sickla. Die Toten, Bergwall und Carlstedt, hatten ja schwarze Gesichtsmasken derselben Marke. Eine ganze Menge schwarzer Fasern von anderen solchen Mützen sind am Ort gefunden worden. Aber auch ein paar goldene.«

»Goldene?« stieß ein unkoordinierter Chor aus.

Chavez lächelte und sagte: »Aha. Der Goldgekrönte ...«

»Wovon redest du?« fragte Hultin irritiert.

»Ist es denkbar, daß Niklas Lindberg seine Überlegenheit gegenüber den Kollegen mittels einer Gesichtsmaske aus Gold demonstriert?«

In der Kampfleitzentrale trat eine allgemeine Pause ein. Plötzlich hatten sie das Gefühl, Niklas Lindberg bedeutend besser zu kennen.

»Natürlich ist das denkbar«, nickte Hultin.

Und nach einer weiteren Pause fuhr er fort: »Wie kommst du voran, Gunnar?«

Gunnar Nyberg hatte sich ganz still verhalten. Er saß zwischen den Stühlen. War dies hier seine Gruppe? Oder waren es Sara Svenhagen, Ludvig Johnsson, Ragnar Hellberg und die anderen? Er fühlte sich gespalten. »Ich habe mich im Internet umgesehen«, sagte er. »Bin munter zwischen Pädophilensites und Nazi-Sites hin und her gehüpft und habe mich nicht entscheiden können, wohin ich gehöre. Ich fange auf jeden Fall an, ein Gefühl für den Umfang verschiedener geheimer Netzwerke zu entwickeln. Und dafür, wie sie sich explosionsartig ausgeweitet haben, seit das Wort Internet in aller Munde ist. Aber Lindberg finde ich nicht im Netz. Auch Carlstedt nicht, außer als Verkäufer bei Kindwalls. Bergwalls Name erscheint auf gewissen rassistischen Homepages. Er scheint der Ideologe der Gang gewesen zu sein.«

»Jetzt sind sie ideologisch verwaist«, sagte Söderstedt.

»Aber deswegen nicht weniger gefährlich«, sagte Hultin. »Wir machen weiter wie bisher. Und vergeßt nicht, daß morgen nachmittag ein kleines Fest aus Anlaß der bevorstehenden Polizeiolympiade stattfindet, der World Police and Fire Games, die Mitte Juli vom Stapel läuft. Die haben jede Unterstützung verdient. Um sechzehn Uhr im Festsaal der Reichspolizeibehörde in der Polhemsgata. Ihr seid Ehrengäste. Waldemar Mörner hat in seiner subtilen Weise mitgeteilt, daß ihr dahin abkommandiert seid. Wer fehlt, fliegt, mit – ich zitiere – ›dem Arsch zuerst‹.«

»Ein Glück, daß die Prioritäten glasklar sind«, sagte Hjelm.

24

Vierhunderteins. Eine Eingravierung auf einem kleinen Schild am oberen Ende eines Schlüssels, der leicht zitterte. Das hatte er inzwischen einige Male getan. Bald würde er wahrscheinlich aufhören zu zittern. Es würde Routine werden.

Er hatte sich sogar ein kleines Ritual geschaffen.

Vierhunderteins, leichter geht keins, reimte er, drückte den Schlüssel hinein und drehte ihn um.

Nein. Er drehte ihn nicht um. Es ging nicht. Es war das erste Mal, daß der Schlüssel überhaupt hineinging. Schon ein bißchen komisch, dachte er, als er den Zettel aus der Tasche zog und ein Zeichen darauf machte. Warum ging der Schlüssel hinein? Hieß es, daß das Fach bei der Föreningssparbank war? Vielleicht. Doch das änderte nichts. Es mußte auf jeden Fall alles kontrolliert werden. Jeder Posten auf der Liste mußte abgehakt werden.

Jeder Posten. Jede Bank. Und die Posten waren Banken. Und die Banken waren Posten.

Die Postbank, dachte er zerstreut und ging hinüber zur SE-Bank auf der anderen Straßenseite.

Vierhunderteins, leichter geht keins.

Die Frau war Sommeraushilfe bei Systembolaget, im Moment war sie allein im Laden. Montag. Guter Tag, um anzufangen. Ruhig. Hauptsächlich Bestellnummer eins. Klarer Schnaps. Aber wenn jetzt ein Volltrottel hereinkäme und nach einem französischen Wein mit Namen Château Montpelliermontreusechargot Jahrgang 1991 verlangte, wäre sie aufgeschmissen. Sie war ein bißchen nervös. Der einzige Kunde war gerade auf dem Weg nach draußen. Ein anderer kam herein. Ein junger Mann mit einer kleinen Mütze in der Sommerhitze. Ein gewisses Château Montpelliermontreusechargot-Risiko war nicht auszuschließen. Auf jeden Fall nicht Bestellnummer eins.

Nein, nicht Bestellnummer eins. Aber auch nicht Château Montpelliermontreusechargot, sondern eine Pistole vor ihrer Nase.

Sie leerte die Kassen in einer Minute, und als der Mann den Laden verließ, trug er sechstausendneunhundertvierundzwanzig Kronen in einer Konsum-Tragetüte bei sich.

Sie selbst lag ohnmächtig auf dem Fußboden.

Vierhunderteins. War das nicht ein Dartspiel?

Nein, Fünfhunderteins hieß das. Und es gehörte in ein ganz anderes Buch.

Sie hob den Schlüssel und seufzte. Sie dachte nach. Sie versuchte, die Wahrscheinlichkeit zu berechnen, daß genau dies das richtige Bankfach war. Verschwindend klein, dachte sie. Vernachlässigbar, dachte sie.

Der Schlüssel paßte nicht hinein.

Hoppla, das war unerwartet.

Sie stöhnte und dachte über Methoden nach. War dies wirklich die beste Methode? Und wie zuverlässig war sie?

Also dann. Alle Banken in Kinna abgehakt.

Next stop Borås.

Da würde es wohl Vierhunderteinser geben.

Doch erst der Kontakt. Es hatte gut funktioniert bisher. Er war gewissermaßen die ganze Zeit bei ihr. Der Vorteil des Internets. Aber auch der Nachteil.

Die virtuelle Nähe.

»Nichts?« fragte Niklas Lindberg. Er hatte es langsam satt zu fragen.

›Kulan‹ schüttelte den Kopf.

»Könnte es sein, daß der Apparat ganz einfach den Geist aufgegeben hat?« fuhr Lindberg fort.

»Er lebt«, sagte ›Kulan‹. »Und wir müssen es so verstehen, daß wir weiter in nördlicher Richtung fahren müssen. Der letzte Kontakt war in Skillingaryd. Die Kontakte haben gezeigt, daß wir ungefähr das gleiche Tempo hielten. Dann sind wir etwas schneller geworden. Wenn sie bis Helsingborg weitergefahren wären, hätten wir irgendwo unterwegs ein neues Signal empfangen müssen. Das einzige, was ich mir denken kann, ist, daß sie irgendwo zwischen Värnamo und Örkelljunga abgebogen sind. Also arbeiten wir uns wieder nach Norden.«

»Wo sind wir jetzt?« stöhnte Danne aus dem Laderaum. Er sah blasser und blasser aus. Würde er es wirklich schaffen? War es an der Zeit, sich ein bißchen mehr ins Zeug zu legen und ihn teilnehmen zu lassen? Ein etwas größerer Raub vielleicht?

In diesem Moment kam Rogge zurück und setzte sich auf den Fahrersitz.

»Gutgegangen?«

Rogge nickte, reichte eine Konsumtüte nach hinten und drehte den Zündschlüssel um. Niklas Lindberg schaute in die Tüte, während der Wagen auf die E 6 hinausschoß.

»Gut«, sagte er.

»Gut?« sagte Rogge und trat aufs Gas. »Gut? Da sind mindestens zwanzigtausend drin.«

»Eine leichte Überbewertung der Leistung. Aber okay. Ausgezeichnet.«

»Das hört sich schon besser an«, sagte Rogge.

»Kann denn kein Schwein sagen, wo wir sind?« schrie Danne. Es klang fast wie ein Röcheln. Er verlor die ganze Zeit Blut.

»Ängelholm«, sagte ›Kulan‹ und drehte an seinen Rädchen.

Der Große wedelte so verächtlich mit dem Zeigefinger. Er würde nie auf die Idee kommen, so etwas privat zu tun. Es waren zwei verschiedene Rollen, zwei Hauptrollen, und die bargen viele Nebenrollen in sich. Ljubomir fragte sich, wie viele es gab. Der Große war ein Füllhorn von Rollen.

Ljubomir schlenderte auf den Schreibtisch zu. Auf dem Weg dahin versuchte er, den wedelnden Zeigefinger zu übersehen – er konnte nicht behaupten, daß er ihm gefiel. Statt dessen heftete er den Blick auf den großen elektronischen Globus. Er hatte ihn noch nie in Funktion gesehen. Er war bestimmt beeindruckend. Auf den Fluren hieß es, daß der Große ein paar Orte auf dem Computer eingab und daß unmittelbar die besten Transportwege für Drogen zwischen diesen Orten auf dem Globus aufleuchteten. Aber er wußte es nicht. Er hatte es in Wirklichkeit nie gesehen.

Ljubomir hatte den Schreibtisch erreicht. Der Große fixierte ihn. Mehr als gewöhnlich. Jetzt würde etwas kommen. Irgendeine Art von Loyalitätstest. Schon wieder.

»Hast du etwas zustande gebracht?« fragte der Große.

Etwas zustande gebracht, dachte Ljubomir.

»Nicht direkt«, sagte er. »Die Polizei behauptet zu wissen, wer sie sind. Dann sind es wohl Schweden. Irgendeine Bande. Man hat Zoran, Petar und Risto in Kumla verhört. Es war ein weißer Bulle, der von Nazis geredet hat.«

»Ein *weißer* Bulle? Sind sie nicht alle weiß?«

»Weißhaarig. Vollkommen weiße Haut.«

»Genaueres?«

»Ich weiß nicht, wie er heißt. Der andere hatte stigmatisierte Hände. Unheimlich, wie Petar sagte. Seltsame Wiederkunft des Herrn Jesus Christus.«

»*Nazis*, und Genaueres?«

»Weiß nicht. Ich muß noch mal bei Zoran nachfragen.«

»Zum Teufel, ›weiß nicht‹! Es ist dein Job, zu wissen. Es geht um den Mann, der Lordan getötet hat, und du sagst ›weiß nicht‹. Streng dich mal ein bißchen an, Ljubomir, sonst muß ich dich austauschen.«

»Entschuldigung.«

»Sag nicht Entschuldigung. Wie läuft die Beobachtung?«

»Sie haben mitgeteilt, daß alles ruhig ist. Keiner mit unserem Koffer ist in die Bank gegangen. Es ist schwieriger, wenn sie den Koffer haben verschwinden lassen. Aber am Fach ist niemand gewesen. So viel wissen wir.«

»›Sie haben mitgeteilt‹? Bist du nicht dagewesen?«

Ljubomir schwieg.

Es war ein stiller Trotz. Er dachte nicht daran, dorthin zu gehen. Er weigerte sich, zu *diesem Ort* zu gehen. Da verlief seine Grenze. Und die gedachte er nicht zu überschreiten.

Der Große sah es. Er sah es in Ljubomirs Augen. Und er ließ es dabei bewenden. Fürs erste. »Jaja«, sagte der Große und wedelte wieder mit dem Zeigefinger. Allerdings in die andere Richtung.

Das hieß ›verschwinde jetzt‹, das hatte Ljubomir gelernt.

Die Geste machte der Große privat nie.

Aber privat war er nicht der Große.

Privat war er der Jugendfreund Rajko aus dem kleinen Bergdorf im östlichen Serbien.

Vierhunderteins. Nein, verflucht. Hier hörten die Nummern bei zweihundert auf. Kleine Scheißbank. Puuh.

Und es wurde ein Trott. Wie ein Job von neun bis fünf.

Oder wie es nun war. Er hatte nie einen gehabt.

Vierhunderteins, leichter geht keins.

Er hörte, wie es hohl zwischen den Reimwörtern hallte.

25

Partytime! Montag, der 28. Juni, vier Uhr, und alle fühlten sich überhaupt nicht in Stimmung für die obligatorische PR-Party aus Anlaß der bevorstehenden World Police and Fire Games. Diese sogenannte Polizeiolympiade sollte vom sechzehnten bis vierundzwanzigsten Juli stattfinden und am Samstag, dem siebzehnten, feierlich in Stockholms Stadion eröffnet werden. Zwölftausend Polizisten, Feuerwehrleute, Zollbeamte und Strafvollzugsbeamte aus der ganzen Welt sollten in achtundsechzig Sportarten gegeneinander antreten. Eintausendneunhundert Medaillen sollten vergeben werden. Es sollte Stockholms größtes Sportfest aller Zeiten werden. Die Olympischen Spiele 1912 und die Fußball-Europameisterschaft 1992 eingerechnet.

Paul Hjelm hatte gewisse Probleme damit, den Charme darin zu erkennen, alle diese mehr oder weniger mittelmäßigen Sportler in Aktion zu sehen. Es roch nach dem Club für gegenseitige Bewunderung. Falls man nicht einen Freund oder Verwandten unter den Teilnehmern hatte, konnte es nicht viel interessanter sein, als bei einem Fußballspiel der sechsten Liga zuzuschauen.

Doch das war eine Geschmacksfrage.

Es gab andere Probleme, und das waren keine Geschmacksfragen.

In den letzten Tagen hatten die Medien etwas an die Öffentlichkeit gebracht, was intern alle schon wußten: daß die Finanzen ein einziges Chaos waren. Die finanziell Verantwortlichen für die World Police and Fire Games hatten der Stadt Stockholm die haarsträubendsten Jubelkalkulationen präsentiert – und mit Hilfe schwer erklärbarer PR-Reisen an diverse Ferienorte das Budget weit über den Rand des Konkurses hinausgetrieben. Stockholms Steuerzahler waren gezwungen, mit großen Summen einzuspringen, damit die dreißigtausend ausländischen Besucher nicht lediglich zur Eröffnung des Konkursverfahrens der havarierten Veranstaltungsgesellschaft anreisten.

Und jetzt sollte es ein Fest geben. Ein PR-Fest für diese gloriose Veranstaltung. Während die Schlächter von Sickla noch auf freiem Fuß waren. Es war ein wenig bedrückend.

Hjelm betrachtete die Rückenansicht einer Kellnerin. Sie verschwand soeben durch die Tür des Vernehmungsraums, in dem alle Vernehmungen, die das *Kvarnen* betrafen, stattgefunden hatten. Sie war, wie es so schön hieß, das letzte Vernehmungsobjekt dieses Tages: die chinesische Kellnerin, die am dreiundzwanzigsten Juni im Restaurant *Kvarnen* Gang 1 und den ›Polizisten‹ bedient hatte. Sie konnten ihr keine Fotos von 1 A und 1 B zeigen – das eine Gesicht zersprengt, das andere von Kugeln durchsiebt –, aber 1 C sollte sie sich ansehen. Sie hatten versucht, ihn lebendig aussehen zu lassen. Ohne großen Erfolg. Die Kellnerin schrie geschockt auf.

Als sie sich wieder gefaßt hatte, nickte sie und flüsterte: »Doch. Ich glaube, der war dabei.«

Nach dem ›Polizisten‹ befragt, sagte sie: »An den erinnere ich mich nicht so gut. Verglichen mit den anderen war er ziemlich unansehnlich. Die anderen waren finstere Burschen, so viel kann ich sagen. Ich glaube, er hatte dunkle Haare, war nicht so alt, nicht über vierzig.«

Und jetzt war sie fort. Eine Rückenansicht, die schnell aus dem Bewußtsein verschwand.

Hjelm schaute Holm an. »Na, wollen wir einen auf Party, Party machen?« sagte er und fuchtelte albern mit den Armen herum.

Sie betrachtete ihn nachsichtig. »Polizeiolympiade«, sagte sie und zog die kleine schwarze Lederjacke über ihr schwarzes T-Shirt. Mit ihrem Tonfall war nicht zu spaßen.

»Denk positiv«, sagte Hjelm und zog sein lottriges Leinenjackett über. »Es soll freien Schnaps geben.«

»Und wie jedermann weiß, gehören Sport und Schnaps untrennbar zusammen.«

»Sport, Schnaps, Korruption, Doping, Sauerstoffzelt und Bingo.«

Sie gingen durchs Polizeipräsidium. In den letzten Tagen war es gespenstisch leer gewesen. Und öde. Das öde Haus. Von Gott und den Menschen vergessen. Eine Ruine von Caspar David Friedrich. Heute war ein wenig mehr Leben in der Bude. Doch nur ein wenig. Die erste echte Ferienwoche hatte angefangen.

Ferien, dachte Kerstin Holm. So etwas hatten andere.

Sie selbst hatte eben erst angefangen, sich wieder an Stockholm zu gewöhnen. Die Zeit in Göteborg war nicht so glücklich gewesen. Man hatte sie an ihren alten Polizeibezirk ausgeliehen, wo auch ihr Ex arbeitete. Ihr früherer Mann. Die Kälte zwischen den beiden hatte schließlich die ganze Polizeiwache mit Rauhreif überzogen, so daß sie gehen mußte. Weiter. In einen Vorortbezirk. Angered. Viel Trubel und wenig Stimulanz. Sie schuf Ordnung unter Ganoven, die sie auslachten. Sie Oberklassen-Bullenhure nannten und ihr ähnliche Freundlichkeiten an den Kopf warfen. Sie kam nicht einmal auf die Idee, Kontakt mit ihrem alten Kirchenchor in Haga aufzunehmen. Sie war ja nur *ausgeliehen*. Jeden Augenblick konnte sie nach Stockholm zurückgerufen werden. Sie bekam ein Gefühl dafür, wie es den Sportprofis erging. Vom einen Tag auf den nächsten konnte man vom einen Ende des Kontinents zum anderen geworfen werden. Der Unterschied war – wieder einmal – das Gehalt. Für die richtige Anzahl von Millionen kann man sich vorstellen, auch ein wenig zu leiden. Jetzt war sie jedenfalls wieder zurück in Stockholm. Hatte eine Zweizimmerwohnung mitten in der City ergattert. In der Regeringsgata. Fühlte ihre Lebensgeister zurückkehren. Hatte angefangen, ein wenig waghalsig durch die Innenstadt zu joggen. Sang wieder im Kirchenchor. Kurz, sie hatte wieder Wasser unter dem Kiel. Aber PR-Fest bei der Reichspolizeibehörde? Naja. Wenn das nicht eher ans Kielschwein denken ließ. Oder, noch schlimmer, ans Kielholen.

Sie kamen zu den Zimmern der A-Gruppe. Hultin war weg, Söderstedt war weg, Norlander war weg, Nyberg war weg. Chavez war noch da. Er saß am Computer und hackte auf die Tastatur ein.

»Zehn nach«, sagte Hjelm und hackte seinerseits auf die Uhr ein. »Denk dran: ›mit dem Arsch zuerst‹.«

Chavez blickte auf wie aus einer anderen Welt. Er starrte sie mit leerem Blick an. Seine Augen sahen aus wie zwei Computerbildschirme.

»Die Gesundheit in Person«, sagte Kerstin Holm und lachte.

»Verflucht«, sagte Chavez verwirrt. »Wieviel Uhr ist es?«

»Soll das festliche Kleidung sein?« sagte Hjelm.

Chavez schaute an sich hinunter. Im Sommerhalbjahr trug er immer einen höchst unansehnlichen, ständig verknitterten

Leinenanzug. Hjelm mußte zugeben, daß er ihn nachgeäfft hatte, allerdings nur, was das Jackett betraf. Unten mußten Jeans oder Shorts reichen. Jetzt waren es Jeans.

Kurz: Keiner von ihnen war festlich gekleidet.

Während Kerstin immer richtig gekleidet war, darin waren die beiden Männer sich einig. Ein imponierendes Geschick, stets gut gekleidet auszusehen, egal, was sie anhatte. Im gleichen Moment fragten sich die beiden, ob es frauendiskriminierend war, so zu denken.

»Wobei warst du denn gerade?« fragte sie.

»Ja du«, sagte er, gab noch ein paar abschließende Befehle ein und zog sein Jackett über. »Ich war dabei, alles zu lesen, was es im Internet über die Sicklaschlacht gibt. Ich habe einen Chat gefunden, der sich ausschließlich mit der Sicklaschlacht befaßt. Der Sickla-Chat.«

»Wie FASK?« fragte Hjelm.

»Ja, genau. Fans of American Serial Killers. Eine muntere Vereinigung.«

»Aha«, sagten Jalm & Halm und wechselten vielsagende Blicke.

Chavez betrachtete sie verwundert, während sie in den Gang hinaustraten. Sie waren so eingespielt, in ganz anderer Weise als er und Hjelm. Nicht wie zwei gutfunktionierende Polizisten etwas unterschiedlicher Generationen, sondern wie, ja, wie Yin und Yang.

»Doch«, sagte er. »Es gibt eine Diskussion über Sickla, im ganzen Lande. Und diese Diskussion ist nicht ganz frei von rassistischen Aspekten, soviel kann ich sagen. Ihr könnt morgen früh eine Abschrift des ganzen Chats bekommen, wenn ihr wollt. Sehr informativ.«

Er betrachtete sie verstohlen, während sie ihre Wanderung durch die labyrinthischen Gänge des Polizeipräsidiums fortsetzten. Er konnte nicht umhin, sich zu fragen, was wohl geschehen war, als sie zusammen in den USA waren. Sie waren einander auf eine Art und Weise nahe, die voraussetzt, daß Intimitäten vorgekommen sind. Und dann ging er weiter zurück in der Geschichte. Gab es nicht schon früher, während der Jagd auf den Machtmörder, eine Reihe übersehener Zeichen? Kleine, unmerkliche Berührungen? Vielsagende Blicke? Insgeheim angedeutete Fürsorge? In der Mauer, die er so sorgfältig zwischen seinem professionellen und seinem privaten Leben errichtet zu haben glaubte – auf der einen Seite die Arbeit, auf der anderen Seite die Musik, der Jazz, der Baß, und die Frauen –, offenbarte sich ein Riß. Als er Hjelm und Holm bei ihrem entspannten Zwiegespräch auf dem Weg durch die Gänge beobachtete, dachte er zu seiner eigenen Verwunderung: Vielleicht verpaßt man etwas Wesentliches als Polizist, wenn man seine Privatsphäre nicht einbezieht? Vielleicht sind all die kleinen Einverständnisse und Fürsorglichkeiten und vorausschauenden Bemühungen, die man einsetzt, um eine Liebesbeziehung zu entwickeln und zusammenzuhalten, tatsächlich nötig, um ein wirklich guter Polizist zu werden? Auch wenn er es sich nicht gern eingestand, war Paul Hjelm immer noch sein Vorbild als Polizist. Wie Paul und Kerstin dieses Spielchen zwischen Gang 1 und Gang 2 im *Kvarnen* herausgetüftelt hatten, wie sie gleichsam improvisierend aus dem Hintergrundrauschen eine *Form* geschaffen hatten – wäre das anderen möglich gewesen als gerade diesen beiden? Wäre es Jorge Chavez und Paul Hjelm möglich gewesen? Oder baute die ganze Arbeit mit dieser unfertigen Ahnung auf der Geduld und der Sanftmut der Liebesbeziehung auf? Allerdings war ihm die Mühsal der festen Beziehung ziemlich unbekannt; er verließ sich noch immer auf die ungezwungenere Ungebundenheit der lockeren Verbindungen.

Die Gedanken vermochten, mit anderen Worten, ziemlich weit abzuschweifen, bevor sie wieder zurückgeholt wurden. Das Trio erreichte die provisorischen Festräume des Reichskriminalamts, sie bekamen von irgendwoher jeder ein Champagnerglas in die Hand gedrückt, sie hörten verstreuten Applaus, folgten den Geräuschen und sahen Waldemar Mörner von einem Rednerpult herabsteigen. Sie hatten eine bombensichere Attraktion verpaßt. Mörner sah unerhört zufrieden aus und lächelte, so daß seine kreideweißen Zähne wie von innen leuchteten. Er legte den Arm um Jan-Olov Hultin, der, mit dem Reichspolizeichef konfrontiert, tatsächlich ein Lächeln zustande brachte; sie sahen, wie es dahinter kochte, und wandten sich schnell ab.

Die Räumlichkeiten sahen aus wie vollkommen normale Polizeipräsidiumskorridore. Einzige Extravaganz waren ein paar Spruchbänder an den Wänden, die die World Police and Fire Games anpriesen. Ziemlich viele Polizisten hatten sich von den Bergen ungeklärter Fälle, die immer unkontrollierter in den immer schwächer bemannten Polizeistationen gestapelt wurden, losreißen können. Das eine und andere bekannte Gesicht glitt vorüber, das Trio nickte dann und wann, gab den einen oder anderen Scherz zum besten, sah Norlander in einer Ecke sabbernd schnarchen, sah Söderstedt in einer anderen quatschen und sah Nyberg in einer abseits stehenden Gruppe mit Kaffeebechern in den Händen: einen mageren, gutgekleideten Mann mit schwarzem Kranz um die Glatze, einen jüngeren Mann mit gutgekämmten halblangen Haaren und einem kleinen schwarzen Leninbart. Und eine kurzgeschorene Frau, deren Anblick Jorge Chavez' Latino-Herz für einen kurzen Moment stillstehen ließ.

Sie kamen in die Ausläufer eines Gesprächs.

Der Magere sagte zu Nyberg: »Tja du, in ein paar Tagen fängt der Urlaub an. Ich fahre raus zum Sommerhaus und spann mal so richtig aus. Kannst du dich noch an das Haus erinnern, Gunnar?«

Dann war Schluß mit dem Frieden.

»Die Pädophilen!« rief Paul Hjelm. »Steht ihr hier und *esst ein bißchen was*?«

»Wir sind keine Pädophilen«, sagte Gunnar Nyberg emphatisch und erhob drohend seinen Riesenkörper über die Neuankömmlinge. Dann stellte er kreuz und quer alle einander vor. Es wurde reichlich unübersichtlich, so daß sie die Sache selbst in die Hand nehmen mussten.

»Genau«, stieß Kerstin Holm hervor, als sie den mageren

Mann mit der Glatze begrüßte. »Der Marathonmann. Wievielter warst du dieses Jahr?«

»Ludvig Johnsson«, sagte der Marathonmann höflich. »Ich bin Sechsundneunzigster geworden, zum ersten Mal unter hundert. Und ihr seid die auf wunderbare Weise wiederauferstandene A-Gruppe, nehme ich an?«

»Fragmente davon«, nickte Holm. Hjelm begrüßte den jüngeren Mann mit dem kleinen Spitzbart und zuckte zusammen, als der sagte: »Kommissar Ragnar Hellberg.«

Er sah nicht älter als dreißig aus. Ein Kommissar, der jünger war als Chavez? War das möglich? War dies wirklich Party-Ragge?

Als Hellberg seine Reaktion sah, fügte er lachend hinzu: »Ich pflege den Titel zu sagen, um die Reaktion zu testen. Sie fällt oft genau so aus.«

»Tut mir leid«, sagte Hjelm. »Meistens kann ich mich beherrschen.«

»Das stimmt nicht ganz«, sagte Holm und warf ihm von schräg unten einen Blick zu.

Hjelm sank immer tiefer in den Morast der Ausreden. »Ich wußte zwar, daß es einen Hellberg gibt und daß er jung ist, aber wir sind uns ja noch nie begegnet und …«

»Laß gut sein«, soufflierte Kerstin Holm, und Hjelm ließ es gut sein.

Chavez gab tatsächlich der bedeutend größeren Frau einen Handkuß. Sie betrachtete ihn skeptisch, während Gunnar Nyberg sagte: »Schleck nicht die Hand der Dame, Schleimer.«

»Sara Svenhagen«, sagte die Dame.

»Jorge Chavez«, sagte der Schleimer und fügte hinzu: »Svenhagen?«

»Das ist auch so eine Standardreaktion«, sagte Sara Svenhagen. »Ja, Chefkriminaltechniker Brynolf Svenhagen ist mein Vater. Dann haben wir das aus der Welt.«

»Ungeahnte Qualität der genetischen Ausstattung des Chefkriminaltechnikers«, sagte Chavez eine Spur ungeschmeidig.

»Laß gut sein«, soufflierte Kerstin Holm erneut.

Chavez ließ sich zu neuen verbalen Großtaten stimulieren. »Man erwartet nicht, daß eine Kinderpornoermittlerin so aussieht.«

Zu diesem Zeitpunkt hätte er natürlich aus Gründen der Barmherzigkeit von der Bühne befördert und durch eine Seitentür hinausgeworfen werden müssen. Doch das unterblieb. Die anderen waren bereits ins Gespräch vertieft.

»Wieso hast du mich erkannt?« fragte Ludvig Johnsson Kerstin Holm.

»Ich habe selbst ein wenig angefangen zu laufen«, sagte sie und erntete einen erstaunten Blick von Hjelm.

»Kriegt ihr denn die Sicklaschlacht in den Griff?« fragte Ragnar Hellberg Hjelm. »Es scheint ja ein richtiges Wespennest zu sein.«

»Das kannst du laut sagen. Wir haben ein paar Spuren eingekreist. Aber es stehen keine Festnahmen unmittelbar bevor.«

»Jesses«, sagte Hellberg. »Du hörst dich an wie eine Pressemitteilung. Und jetzt wollt ihr mir auch noch Gunnar ausspannen.«

»Das müssen wir erst noch sehen«, sagte Gunnar Nyberg. »Es fällt mir schwer, mich von den feinen Homepages im Internet loszureißen.«

»Gunnar hinterm Computer ist für mich ein Widerspruch in sich«, sagte Hjelm. »Er ist der erdverbundenste Polizist, mit dem ich zusammengearbeitet habe. Er hat einmal ein Auto kleingekriegt, mit einer Kugel in der Halsgegend.«

»Er scheint viele Saiten klingen lassen zu können«, lachte Hellberg.

Sara Svenhagen war mit anderen Worten diesem komischen Spanier ausgeliefert. Ihre Gedanken waren anderswo, und der erbärmlichen Einleitung folgte schleppende Zerstreutheit. Aber nicht von seiner Seite. Im Gegenteil. Mit Hilfe unermüdlicher Arbeit fand er am Ende eine Reihe gemeinsamer Gesprächsfäden, seltsamerweise betrafen sie das Internet, und plötzlich standen sie allein da und gaben einander gute Ratschläge für das Arbeiten mit Java Script. Außerdem *hofierte* er sie ununterbrochen. Tauschte den gleichsam festgewachsenen Kaffeebecher gegen ein Champagnerglas aus, stieß mit ihr an, betrachtete sie unverblümt, machte ihr Komplimente von einer Art, wie sie sie noch nie gehört hatte, achtete äußerst aufmerksam auf ihre Reaktionen. Und das Sonderbare geschah, daß sie allmählich das Gefühl bekam, *gesehen* zu werden. Im Ernst gesehen zu werden. Geschätzt. Aufgewertet. Die Lage war so bedrängt. Das Internet machte sie virtuell, löste ihre Konturen auf, die Pädophilie machte sie unempfindlich gegen erotische Gefühle, und wenn es ihr gelang, einen komplizierten Code zu knacken und eigenhändig einen Pädophilen zu fangen, durfte sie es niemandem erzählen. Sie hatte sich in eine Ecke manövriert, sich das Haar abgeschnitten, sich von einem grauenhaften Alptraum fesseln lassen. Sie war verschwunden, unsichtbar geworden. Der einzige, der sie sah, war Gunnar Nyberg, und er sah sie nur als eine Lichtgestalt, das wusste sie. Und plötzlich stand sie vor diesem feurigen kleinen Mann, der sie die ganze Zeit ansah, wirklich ansah, um ihre innersten Gefühle zu erforschen, und sie wollte nur ihr Haar lösen, wie eine alleinstehende junge Frau es manchmal tatsächlich tat. Doch es war kein Haar da, das sie lösen konnte. Dennoch tat sie es. Ließ ein wenig ihre Stoppelhaare flattern. Und er schien verzaubert und verzückt zu sein, von ihrer bloßen Existenz, und es gefiel ihr. Sie mußte sich eingestehen, daß es ihr wirklich gefiel.

Sie blieben stehen, bis das Bedienungspersonal hungrigen Hyänen gleich um sie zu kreisen begann. Sie merkten nicht, daß sie die letzten waren, daß das Fest schon lange vorbei war, daß das Polizeipräsidium so gut wie leer war für die Nacht.

Als sie es schließlich merkten, hörte sie sich selbst sagen: »Kommst du noch mit auf eine Tasse Kaffee?«

Sie knutschten im Taxi zur Surbrunnsgata, widmeten sich im Treppenhaus leichterem Petting, rissen sich im Flur die Kleider vom Leib und liebten sich in dieser vollkommen hemmungslosen Art und Weise, mit Auftakt im Flur, Durchführung im Bett, Reprise auf dem Fußboden und da capo an ungenanntem Ort. Als sie wieder zur Besinnung kamen, fanden sie sich auf dem Küchenfußboden, ohne zu wissen, wie sie dort gelandet waren. Der Inhalt der Mülltüte lag über den Boden verstreut. Sie begriffen nicht, warum.

Sara hatte das Gefühl, als habe sie sperrangelweit die Fenster aufgestoßen, als strömte die Luft herein wie angesogen von einem Vakuum, als flatterte ihr kurzes Haar wild im heftigen Wind. Sie schlang die Arme um ihn und hielt ihn fest.

Jorge kam es vor, als sei etwas umgestoßen worden. Sex war nicht mehr das Ende von etwas, es konnte auch der Anfang sein. Es war ein radikaler mentaler Umsturz. Er fragte sich, was das bedeuten mochte. Er lag zusammengekauert in ihrer Umarmung. Sie hatte die Arme um ihn geschlungen, und er lag zusammengerollt mit der Wange an ihrer Brust.

Es war ein phantastisches Gefühl.

Ein Gefühl. Ein gemeinsames Gefühl.

Ein enormer Hohlraum im Dasein war ausgefüllt worden.

Er erwachte von Sonnenstrahlen. Der Natur ureigenstem Wecker. Obwohl sie bei näherer Betrachtung nicht ganz natürlich waren. Sie wurden auf ihn *gerichtet*. Mit Hilfe einer Drehung an der Jalousie.

Sie zeichnete sich als fabelhafte Kontur gegen die schrägstehenden Sonnenstrahlen ab. Wie in einen Wasserfall von Licht gehüllt. Er streckte ihr die Arme entgegen. Sie kam nicht näher. Sie stand ganz still da, vom Licht umströmt. Gänzlich unerreichbar.

Jaha, dachte er. Ein Alptraum.

»Ich habe etwas, was du dir ansehen mußt«, sagte sie.

Jaha, dachte er. Kein Alptraum. Ein Alltagstraum. Ein Traum vom Glück, das alltäglich geworden ist. Das war vielleicht doch ein bißchen früh.

»Komm schon«, sagte sie.

Offenbar nicht, dachte er. Offenbar nicht zu früh.

Er stand auf und akzeptierte, daß er nun schon wach war. Er trat zu ihr, durch den Wasserfall von Licht. Sie trug ein großes T-Shirt, das ihr bis über die Hüften reichte. Er selbst war nackt. Er tastete nach ihrem Körper.

»Zieh dir was an«, sagte sie.

Er zog sich was an und folgte ihr hinaus auf die Toilette.

Für einen kurzen Moment befiel ihn Skepsis. Hatte er sie so falsch eingeschätzt? Was gab es *auf der Toilette*, was sie ihm mit solchem Eifer zeigen wollte? Einen positiven Schwangerschaftstest? Eine Zucht Totenköpfe? Schrumpfköpfe in Leinöl?

Nein, er war ungerecht. Er kam in eine Dunkelkammer. Eine schwache rote Lampe leuchtete statt der gewöhnlichen. An einer Wäscheleine unter der Decke waren mit Wäscheklammern Schwarzweißfotos befestigt. Ein noch unentwickeltes Papier schwamm in einer stinkenden Flüssigkeit. Sie schloß die Tür.

Alles sah neu aus. Die gesamte Ausrüstung wirkte nagelneu. Mißlungene Abzüge lagen zerrissen in einem Haufen auf dem Fußboden. Wäre er nicht so müde und immer noch so glücklich gewesen, hätte der Detektiv in ihm vermutlich angefangen zu arbeiten. Er hätte gedacht: Hmmm, und dann hätte er gedacht: neue Ausrüstung, nicht vertraut mit Dunkelkammerarbeit – ist gleichbedeutend mit: irgendein Geheimauftrag.

Der schlummernde Detektiv in ihm wurde auf eine weitere Probe gestellt.

Sara Svenhagen sagte: »Vor ein paar Tagen habe ich einen Pädophilen festgenommen, der im Söder-Turm wohnt.«

Pause. Es wurde erwartet, daß er etwas sagte, Reaktion zeigte, wenn nicht mit einem Heureka, so doch zumindest mit einem Hmmm. Nein, der Detektiv schlief ruhig weiter.

Sie fuhr fort: »Söder-Turm ist Haglunds Latte.«

Nix. Der Detektiv in ihm war nicht zu sprechen.

»Haglunds Latte ragt über Medborgarplatsen auf.«

»Mach weiter«, sagte er nur.

»Der Mann hat sein ganzes Leben damit verbracht, Kinder

auf Medborgarplatsen und in der Umgebung zu fotografieren. Und zwar täglich. Er hatte ein Einmachglas mit noch unentwickelten Filmen zu Hause. Ich habe sie entwickelt.«

»Und warum?«

»Werd mal wach jetzt, Jorge. Täglich. Medborgarplatsen. Es war nur eine Ahnung. Ich habe zwölf Filme entwickelt, und jetzt habe ich ihn gefunden.«

»Wieviel Uhr ist es?«

»Halb sieben. Ich arbeite seit halb fünf.«

»O verflucht. Ich bin also in meiner Eigenschaft als Polizist hergeholt worden?«

»Hör auf. Sieh mal hier oben.«

Er folgte ihrem Finger zu den Fotos unter der Decke. Skateboardfahrer auf Medborgarplatsen. Zwischen Restauranttischen und Parkbänken herumkurvend. In der unteren Ecke eine Serie kleiner digitaler Zeichen. 21.43 23.06.99.

Der Detektiv in ihm schreckte aus dem Schlaf auf. Einen Moment lang blickte er sich in der Dunkelheit um, ohne zu verstehen, wo er war. Dann sagte er: »Aha.«

»Das kann man wohl sagen«, meinte Sara Svenhagen.

»Bedeuten diese Ziffern, was ich glaube?«

»Es ist eine hochmoderne Kamera. Sie schreibt sie auf jedes Bild. Dreiundzwanzigster Juni, einundzwanzig Uhr dreiundvierzig.«

»Aber verflixt!«

Er folgte der Serie von Fotos an der Wäscheleine. Eins nach dem andern. Auf dem zweiten fuhren die Skateboarder weiter Richtung Björnscher Garten. Auf dem dritten befanden sie sich mitten auf der Götgata; über ihren Köpfen war ein ganzer Wald von Beinen in Bewegung zu erkennen. Auf dem vierten verschwanden die Skateboardfahrer hinter den Baumkronen hinunter zur Rampe im Björnschen Garten; statt dessen sah man den Anfang der Tjärhovsgata. Auf dem Bürgersteig herrschte Chaos. Im Zentrum ein Jüngling, der wild in Richtung der Kamera lief. Er war von anderen Jünglingen mit Fahnen und gestreiften Tüchern umgeben. Alle sahen erregt aus.

Einer schrie. Der Jüngling in der Mitte hatte blondes, ungepflegtes Haar und einen Schnurrbart, der sich an den Mundwinkeln etwas nach unten zog. Er hielt etwas in der Hand. Chavez zeigte auf den Gegenstand. Sara zeigte auf das nächste Bild. Es war eine Vergrößerung der Hand.

In der Hand war der Griff eines Bierkrugs zu erkennen.

»Der Täter vom *Kvarnen*«, sagte Chavez atemlos.

Er riß das Foto herunter, daß die Wäscheklammern umherflogen. Er untersuchte es genau. Dicht an der Hauswand stand eine Gruppe von vier Männern. Ihre Gesichter waren nicht zu erkennen. Aber durch die Tür preßte sich gerade ein wohlbekanntes Gesicht nach draußen. Lebend sah er besser aus als tot.

Es war 1 C. Der Fahrer des Mercedes in Sickla.

Zwei Männer warteten auf ihn. Sie waren ebenso dunkelhäutig wie er. Sie unterschieden sich deutlich von den Trauben von Hammarbyfans.

Chavez riß das letzte Foto herunter. Der Täter war verschwunden. Und die drei waren verschwunden. Gang 1 war abgehauen, sobald 1 C herauskam. Statt dessen erkannte man jetzt die Gruppe an der Hauswand deutlicher. Eine der Gestalten war wohlbekannt. Chavez kannte das Gesicht wohl von den Gefängnisfotos her. Sein Name war Sven Joakim Bergwall. 2 B. Auch er war jetzt tot.

Gang 1 und Gang 2.

Gruppenporträts.

Sara Svenhagen stupste mit einer großen Plastikpinzette das Papier an, das noch im Entwicklungsbad lag. Sie drehte es um. Es entwickelte sich vor ihren Augen.

Gang 2 war ebenfalls fort. Ein letzter Mann kam aus dem Restaurant *Kvarnen*. Fast seine ganze Gestalt wurde von Hammarbyfans verdeckt. Nur Konturen waren zu sehen.

»›Der Polizist‹«, keuchte Jorge.

»Was?« fragte Sara.

»Du bist ein Genie, habe ich gesagt. Du, Sara Svenhagen, bist nichts Geringeres als ein Genie.«

Er legte beide Hände an ihre Wangen. Sie leuchtete dunkelrot in der Finsternis. Er küßte sie und sank auf den Fußboden. Dann kroch er unter ihr T-Shirt und ließ sein Gesicht an ihrem Bauch nach oben gleiten bis zu den Brüsten. Er schleckte die Geschmäcker ihrer Haut.

Sara Svenhagen schaute auf ihren großen Bauch hinab und streichelte ihn leicht.

Ihr war, als leuchte er wie von einem inneren Licht.

26

Paul Hjelm saß auf dem Sofa. Er hatte lange nicht auf einem Sofa gesessen. Überhaupt war er lange nicht zu Hause gewesen. Er erinnerte sich kaum noch daran, wie es war. Eine merkwürdige Ruhe breitete sich um ihn aus, als sei eine Glasglocke über ihn gestülpt worden.

Um ihn herum war es nämlich nicht besonders ruhig. Die Familie lief im Reihenhaus in Norsborg hin und her. Aus weiter Ferne, vom Nachbarn herüber, hörte er die allseits bekannte Erkennungsmelodie der Abendnachrichten. Es war neun Uhr, und alle wollten weg. Zum ersten Mal seit langem hatte er Zeit, sich darüber zu wundern, daß die Kinder groß geworden waren. Kein Kuscheln mehr. Keine intimen Familienabende mehr. Kein Vorlesen mehr. Nur dieser zähe, sich hinziehende Aufbruch.

Danne war siebzehn und wollte zum Fußball. Um neun Uhr abends? hatte Vater Paul protestiert. Es gibt einen Engpaß bei den Trainingszeiten, hatte Danne sehr pädagogisch erwidert. Tiefer reichten ihre Gespräche nur noch selten. Würden sie später Zeit bekommen, den Schaden zu reparieren? Oder war es bereits zu spät? War schon alles zu spät? Würde ihn eines Tages – wie die netten Eltern Lindberg in Trollhättan – die Mitteilung erreichen, daß sein früher so wohlgeratener Sohn Nazi und Gewaltverbrecher geworden war? Wie würde er reagieren? Konnte man das überleben? Er sah erschreckende Parallelen – der wohlgeratene Niklas Lindberg wurde Offizier, sein eigener wohlgeratener Sohn wollte Polizist werden.

Doch jetzt lief er wie ein Verrückter herum und warf allen, den neu angeschafften Papagei eingeschlossen, vor, bewußt und in böser Absicht seine Schienbeinschoner versteckt zu haben. Schließlich fand er sie, in sein eigenes altes, stinkendes Handtuch gewickelt. Ein wenig beschämt verließ er die Wohnung.

Aber Tova war noch da. Fünfzehn Jahre und wahnsinnig. Von allen guten Geistern verlassen. Paul hatte keine eigenen Geschwister, und fünfzehnjährige Mädchen waren unbekanntes Territorium für ihn. Er staunte über das Spiel der Hormone. Jetzt wollte sie in die Disko, zum dritten Mal in dieser Woche. Er wußte nicht, wieviel Sorgen er sich machen sollte. Disko hörte sich auf jeden Fall besser an als Rave, und Mama Cilla versicherte ihm, daß die Veranstaltungsorte alkoholfreie Jugendzentren waren. Als bekäme sie dadurch Extrapunkte von einer Tochter, die ihre Mutter mehr als irgend etwas anderes auf der Welt zu hassen schien. Erst in jüngster Zeit war ihm der Gedanke gekommen, daß es sich vielleicht um Liebe handelte, nicht um Haß; gewisse Blicke, die zwischen Mutter und Tochter gewechselt wurden, ließen das vermuten. Als spielten sie ihm nur etwas vor. Er begriff es nicht.

»Zwölf!« schrie Tova mit ihrer schrillsten Stimme. Waren es nicht die Söhne, die in den Stimmbruch kamen?

»Zwölf«, krächzte der Papagei, der definitiv im Stimmbruch war. Normalerweise hätte es Paul dazu veranlaßt, nach einem Pantoffel zu greifen und damit nach der verabscheuungswürdigen Kreatur zu werfen, aber heute war er immun. Er saß unter einer Glasglocke und betrachtete das Geschehen von einem anderen Planeten aus. Es war richtig witzig.

»Elf!« rief Cilla und hörte sich genauso an wie ihre Tochter und der Papagei. »Sag du ihr doch auch mal was, Paul. Sitz nicht einfach nur da wie ein Ölgötze!«

Ölgötze? Gab es die noch? dachte Paul unter seiner Glocke. Er rührte keine Flosse.

Die Tür ging auf, Tova glitt hinaus, Cilla lief hinterher und rief ihr durch die Türöffnung nach: »Wenn du um elf nicht zu Hause bist, dreh ich dir den Hals um!«

Hmm, dachte Paul unter der Glocke. Ist das gute Erziehung? Ist das ein Beispiel für Toleranz und Verständnis?

»Ölgötze!« wiederholte Cilla in Richtung des Geleeklumpens auf dem Sofa, während sie sich den Mantel überzog.

»Ölgötze«, rülpste der stimmbrüchige Papagei.

»Bist du nicht Abteilungsleiterin?« fragte der Ölgötze. »Hat man da nicht normale Arbeitszeiten?«

»Glaubst du, ich betrüge dich?« schrie Cilla. »Glaubst du das? Glaubst du, ich laufe da hin, um mit einem Doktor zu vögeln?«

Der Gedanke war ihm überhaupt nicht gekommen. Jetzt würde er sich festsetzen, das war ihm klar. Es gab nur eine Möglichkeit, ihn loszuwerden. Vorübergehend. Er warf einen lüsternen Blick zum Klavier hinüber, das abgeschoben in einer Ecke stand, von allen außer ihm verabscheut. Als Kompensation hatte er der Anschaffung des Papageis zustimmen müssen, ein über viele Jahre beharrlich vorgebrachter, doch abgeschlagener Wunsch.

Am schlimmsten war, daß das Viech sein mittelmäßiges Klavierspiel nachahmte. Ein richtiger Alptraum.

»Nein«, sagte er und schluckte den Rest.

Cilla seufzte schwer und machte eine kleine, versöhnliche Geste. »Tut mir leid«, sagte sie. »Tova macht mich wahnsinnig. Und der Job. Ich muß eben selbst manchmal hin und die Nachtschicht übernehmen. Sonst bricht alles zusammen. Wir gehen auf dem Zahnfleisch, das weißt du doch.«

»Ich weiß«, sagte er. »Geh nur. Mach das Beste draus.«

Ein flüchtiger Wangenkuß. Mehr nicht.

Er blieb noch eine Weile unter der Glocke sitzen. Wartete, bis es sicher war. Dann zerschlug er sie. Ein Schlag, und sie zerbarst. Er ging zum Klavier. Öffnete den Deckel. Setzte sich. Ließ die Fingerspitzen über die Tasten gleiten. Genoß den Augenblick.

Dann spielte er. Eine kleine Wanderung, die er gelernt hatte. Misterioso. Monk. Schöne, seltsame Töne. Er glitt in halsbrecherische Improvisationen ab. Schließlich begann er, mitzusummen. Aber er sang nicht. Soweit war er noch nicht.

Er fragte sich, warum. Aber gerade jetzt nicht. Jetzt spielte er nur.

Statt dessen sang der Papagei. Mit widerlicher Stimmbruchstimme.

Paul Hjelm lachte und spielte weiter.

Aber er sang nicht.

27

Es war Mittwoch morgen. Man könnte es auch etwas drastischer formulieren: Es war der letzte Junimorgen des Jahrtausends.

Jan-Olov Hultin referierte am Mittwoch morgen. Es gab kaum Veranlassung, sich in die Brust zu werfen. Die Ermittlung ging erstaunlich langsam voran. Er fühlte sich noch immer eingerostet.

Hultin saß vorn am Pult und wartete. Währenddessen ging er die letzten Papiere von Brynolf Svenhagens exaltierten Kriminaltechnikern durch. Mehr über Waffen. Eine Liste von Interpol mit Orten, an denen die russischen Izh-70-300-Pistolen in Erscheinung getreten waren; sie war endlos – sie umfaßte neben vielen anderen Orte in Bosnien, Kroatien, Serbien, Montenegro.

Außerdem eine Aufstellung darüber, wo die Maschinenpistolen aus dem Diebstahl in Boden vor einigen Jahren gelandet waren. Mehrere waren tatsächlich in rechtsextremistischen Kreisen an verschiedenen Stellen in Europa aufgetaucht; zwei bei einer faschistischen Gruppierung in Bulgarien, zwei weitere bei einer dänischen Rockerbande. Es erschien nicht als unwahrscheinlich, wenngleich es alles andere als bewiesen war, daß Sven Joakim Bergwall und Niklas Lindberg den Einbruch in das Waffenlager in Boden eigenhändig verübt hatten. Dann der Sprengstoff. Neue Informationen deuteten darauf hin, daß die hochexplosive Flüssigkeit in den letzten Jahren des Apartheidregimes von der südafrikanischen Sicherheitspolizei entwickelt worden war, offenbar in der Hoffnung, ihn bei einer der internationalen Massenveranstaltungen des African National Congress einzusetzen. Doch dies alles war noch nicht bestätigt.

Hultin blickte auf und seufzte. Es war noch nicht soweit. Die A-Gruppe mußte weiter warten.

Er hatte versucht, den Fall von oben zu sehen, ihn zusammenzufassen und die Linien zu verknüpfen, doch es war ihm nicht richtig gelungen. Etwas fehlte. Schwedisch-jugoslawisches Drogenkartell, ein einsamer schwedischer ›Polizist‹, rechtsextremistische Technoräuber, ein hochmoderner Sprengstoff aus Südafrika, tote Kriegsverbrecher aus dem früheren Jugoslawien. Es stank, weiter konnte er seine Analyse nicht treiben. Vermutungen ließen sich jedoch bedeutend weiter strecken. Stieg nicht ein Geruch von *Fortsetzung* von diesem Verbrechen auf? Ermittelten sie wirklich ein abgeschlossenes Verbrechen oder eher ein noch im Gang befindliches? Wollten die faschistischen Räuber wirklich nur den Drogenhändler berauben? War das alles? Sollte nicht in Wirklichkeit das Geld, oder was immer in dem mutmaßlichen Aktenkoffer war, für einen spezifischen Zweck genutzt werden? Doch hier geriet er auf immer dünneres Eis.

Er ging weiter zu einer Aufstellung der Reichspolizeibehörde über die gegenwärtige Verbrechenssituation im Land. Tatsache war, daß das blutige Frühjahr in einen ebenso blutigen Sommer überging. Mehrere Attentate auf Polizisten hatten sich nach den Malexander-Schießereien ereignet, zuletzt in Malmö, wo die Polizei unter dem Vorwand eines Autodiebstahls zu einem verlassenen Wagen gelockt worden war. Als der Beamte den Wagen öffnete, explodierte dieser. Der Kollege erblindete. Es handelte sich um ein direkt gegen die Polizei gerichtetes Attentat. Das war etwas Neues, dachte Hultin. Warum hatte man es auf die Polizei abgesehen? Ein neuer, unbegreiflicher Trend. Einen Moment lang dachte er an die World Police and Fire Games. Zwölftausend teilnehmende Polizisten aus aller Welt kamen in ein Land, in dem man Polizisten hinrichtete und in die Luft sprengte ...

Und weiter? Ein Norweger mit Kontakten im internationalen Alkohol- und Zigarettenschmuggel war vor kurzem ermordet in einem Kombi südlich von Stockholm aufgefunden worden. Eine Art Raubwelle suchte gerade die Westküste heim, von Ängelholm nordwärts. Ein kritischer Journalist, der sich auf schwedische Neonazis spezialisiert hatte, wurde zusammen mit seinem Sohn in seinem Wagen in Nacka in die Luft gesprengt. Alles schien auf seltsame Weise mit allem anderen zusammenzuhängen. Doch nur vage.

Hultin blickte auf. Nein. Noch nicht.

Er begann, Irritation zu spüren. Die Folgen des Vortags hielten an. Mörners Ansprache an die Polizeiolympioniken, die anschließende Umarmung – der Brechreiz saß ihm noch im Hals. Und jetzt diese Sitzung, die er nicht einmal selbst einberufen hatte – und dann hatte der Lümmel die Stirn, nicht selbst zu erscheinen. Als hätte Kriminalkommissar Jan-Olov Hultin nichts anderes zu tun.

Noch keinerlei Antwort von einem der exjugoslawischen Staaten außer Slowenien, und dort hatten weder 1 A, 1 B noch 1 C irgendwelche Spuren hinterlassen. Und in Anbetracht der Verhältnisse in Serbien und im Kosovo war von dort auch keine Antwort zu erwarten. Und aus Bosnien oder Mazedonien, die vollauf mit ihren jeweils eigenen Problemen zu tun hatten, auch kaum. Er hoffte immer noch auf Kroatien.

Er war drauf und dran, die Sitzung abzusagen, als die Hauptperson hereinpolterte, mit einem Triumphlächeln, das zu explodieren bereit war, in den Mundwinkeln. Jorge Chavez ging schnurstracks nach vorn zur Flipchart und befestigte dort, quer über alle vorherigen Bilder, drei ordentliche Vergrößerungen von Schwarzweißfotos. Acht absurde Marienkäfer waren notwendig, um jedes von ihnen festzuhalten.

Schließlich zeigte Chavez auf die Bilder und sagte: »Speziell für Sie, meine Damen und Herren, hier die Präsentation eines außergewöhnlichen Durchbruchs in der Ermittlung. Drei Fotos von der Tjärhovsgata beim Björnschen Garten von Mittwoch, dem 23. Juni, um einundzwanzig Uhr dreiundvierzig. Vor einer Woche. Eine Bilderfolge mit beispielloser Schurkendichte.«

Hjelm und Holm sahen sich an.

»Die Bilder sind also eine Minute nach dem Moment aufgenommen worden, in dem der Kvarnenmörder im Restaurant *Kvarnen* einem armen Småländer einen Bierkrug auf den Schädel knallte. Hier auf Bild 1 sehen wir den Eingang«, sagte Chavez und zeigte. »In der Mitte der Kvarnenmörder höchstpersönlich. Rechts an der Hauswand Gang 2 minus Eskil Carlstedt und Niklas Lindberg, die sich zu diesem Zeitpunkt im Innern des Lokals beziehungsweise im Gefängnis in Kumla befanden. Und oben links Gang 1, komplett mit 1 C, hier in der Türöffnung. Dem Fahrer des Mercedes.«

In der Kampfleitzentrale herrschte atemlose Stille.

»Bild 2«, fuhr Chavez im gleichen etwas irritierend triumphierenden Tonfall fort. »Gang 1 ist fort, der Kvarnenmörder ist fort. Dagegen sieht man Gang 2 hier um so besser. Und hier haben wir mit aller Wahrscheinlichkeit, neben 2 B, Sven Joakim Bergwall, unsere drei unbekannten Räuber. Der zweite Tote in der Sicklaschlacht, Carlstedt, 2 A, sitzt noch im *Kvarnen*, sozusagen als Puffer gegen die Polizei. Also dürften alle drei noch am Leben sein, einer allerdings verletzt. Dies sind also drei von den vier Sicklaschlächtern, nach denen jetzt gefahndet wird. Das Bild ist gut genug, um unsere drei Herren zu identifizieren, und ich habe den gestrigen Tag damit verbracht, genau das zu tun. Es war nicht ganz einfach, aber wir dürften jetzt genug Material in Händen haben, um mit der Identität der vier Räuber an die Öffentlichkeit zu gehen, vorausgesetzt, wir wollen damit an die Öffentlichkeit gehen.«

Er hielt einen Augenblick inne und blickte in die schweigende Runde. Er hatte tatsächlich die ungeteilte Aufmerksamkeit aller. Dann zog er rote Kreise um die vier Gesichter, eins nach dem anderen. »Dies hier ist Sven Joakim Bergwall, der ins Gesicht Geschossene. Es folgt dieser Mann, ein Knastbruder, wie er im Buche steht, mit Namen Dan Andersson, genannt Danne Blutwurst wegen der Brandverletzung, die er sich in seiner Zeit als jugendlicher Krimineller zuzog und die einen großen Teil seiner Haut lila färbte. Wie diese lila Farbe als Blutwurst interpretiert werden konnte, ist unbekannt. Andersson ist achtunddreißig Jahre alt und für insgesamt, jetzt haltet euch fest, sechsundachtzig Verbrechen seit seinem fünfzehnten Lebensjahr verurteilt worden, hauptsächlich Banküberfälle. Er ist im Februar aus Kumla entlassen worden und hat dort der sogenannten nazistischen Clique angehört, auch wenn der Rechtsextremismus nie eine Hauptbeschäftigung gewesen zu sein scheint. Dan Andersson ist ganz einfach Berufsverbrecher. Diese Figur hier heißt Roger Sjöqvist, der einzige verurteilte Mörder der Gang. Dreiunddreißig, Bodybuilder mit militärischem Hintergrund. Ermordete vor zehn Jahren einen Drogenhändler, nutzte vor einem Jahr einen Hafturlaub zur Flucht und hält sich seitdem versteckt. Er tritt recht eifrig in rechtsextremen Kreisen in Erscheinung und ist aller Wahrscheinlichkeit nach auch an einer Reihe von Banküberfällen beteiligt gewesen. Nach ihm läuft eine Fahndung. Schließlich, hier, der kleinere der beiden gutgebauten Herren, der Techniker der Gang. Agne Kullberg, genannt ›Kulan‹, weil es für einen harten Burschen wie ihn unmöglich ist, Agne zu heißen. Er hat nur eine Gefängnisstrafe abgesessen, wegen Körperverletzung, wurde vor sechs Jahren freigelassen. Er verprügelte einen türkischen Pizzabäcker in Hagsätra, der danach blind wurde. Er ist sechsunddreißig und hat in Hall eine Ausbildung zum Ingenieur absolviert, mit der Fachrichtung Telekommunikation. Hat jedoch nie als Ingenieur gearbeitet. Tritt in rechtsextremen Kreisen nicht auffällig in Erscheinung, ist aber Mitglied in einem zwielichtigen Schützenverein, dem auch zwei unserer berüchtigten Kollegen von der Norrmalmspolizei angehören, und außerdem Bergwall.«

»Woher zum Teufel kommen diese Bilder?« platzte Hultin heraus und starrte auf die Vergrößerungen.

»Können wir das erst einmal zurückstellen?« sagte Chavez und fuhr fort. »Wir haben nämlich noch Bild 3. Hier ist auch Gang 2 verschwunden. Es dürfte sich um den Zeitpunkt handeln, da es den Türwachen gelungen ist, die Tür des *Kvarnen* zu blockieren. Die Hammarbyfans stehen noch da und reden; sie wissen, daß es ein paar Minuten dauern wird, bis die Polizei eintrifft, es besteht kein Grund zur Eile. Die Schlange, die angeblich aus ›lästigen Immigranten‹ bestand, existiert nicht, wie man sieht. Nur Fußballfans. Bis auf diesen Mann, der leider fast ganz von den Fans verdeckt wird und bei dem es sich mit großer Wahrscheinlichkeit um den sogenannten ›Polizisten‹ handelt.«

Sie betrachteten die Gestalt. Sie war fast nicht zu sehen, nur die äußere linke Seite. Möglicherweise hatte er dunkle Haare. Möglicherweise trug er Jeans. Am deutlichsten sah man den rechten Schuh. Nike Air.

»Wir müssen abwarten, was die Techniker mit dem Bild anfangen können«, sagte Chavez. »Sie arbeiten auf Hochtouren.«

»Woher kommen die Fotos?« fragte Hultin unter Aufbietung seiner eisigsten Neutralität.

Chavez betrachtete ihn. Es entstand eine Pause. Sie schien eine Unendlichkeit zu dauern. Ein Kräftemessen. Hjelm meinte, sogar die Konturen eines zukünftigen Machtkampfs zu verspüren. »Sie wurden von einem in der Nähe gelegenen hohen Punkt aus aufgenommen«, antwortete Chavez und sagte damit eigentlich gar nichts.

»Haglunds Halbständer«, platzte der eingefleischte Södermensch Söderstedt heraus.

Chavez schwieg.

»Woher kommen die Fotos?« wiederholte Hultin mit unveränderter Eiseskälte.

Chavez löste sich aus dem Clinch, lehnte sich zurück in die Seile und atmete aus. »Ich kann das im Augenblick nicht sagen.«

»Mein Zimmer«, sagte Hultin nur.

Chavez nickte eine Weile. Dann sagte er: »Laß mich nur zuerst noch zusammenfassen.«

Hultin ließ ihn zuerst noch zusammenfassen.

»Zeitfolge«, sagte Chavez und begann, auf der Flipchart eine Art Verlaufsschema nach hultinschem Vorbild zu zeichnen. »Wo fängt diese Geschichte an? Was kommt zuerst? ›Der Polizist‹ bereitet einen Angriff auf Rajko Nedic vor. Warum? Hat er etwas zu verkaufen? Ist es Erpressung? Soll eine zukünftige Zusammenarbeit in Gang gebracht werden? Auf jeden Fall nimmt er Kontakt zu Nedic auf, und Nedic erklärt sich bereit, etwas zu liefern, was sich späterhin in dem berüchtigten Aktenkoffer befinden wird. Es spricht wohl immer mehr dafür, daß es sich um Geld handelt. Auf irgendeine Weise kriegt jemand in der späteren Gang 2 Wind von der Sache. In Anbetracht dessen, daß Niklas Lindberg die treibende Kraft zu sein scheint, kann man vermuten, daß er derjenige ist, oder zumindest einer aus seiner sogenannten Nazi-Clique in Kumla, der von der bevorstehenden Lieferung erfährt. Aller Wahrscheinlichkeit nach läuft dies via Rajko Nedics rechte Hand Lordan Vukotic. Zu der Gang gehören Sven Joakim Bergwall und Dan Andersson. Andersson wird im Februar entlassen, ist also wohl schon draußen, als die Clique die Information bekommt. Noch drin sind Bergwall, der im Mai rauskommt, und Lindberg, der am Morgen des

24. Juni entlassen wird. Möglicherweise schnappen sie zufällig etwas aus einem Gespräch auf, das Vukotic mit jemandem im Knast führt. Sie merken, daß es sich um etwas ›Großes‹ handelt – vermutlich einfach viel Geld –, und warten ab, bilden eine Gang, die aus dem Knastkumpel Dan Andersson sowie Bergwalls Ingenieurfreund aus dem Schützenverein, Agne ›Kulan‹ Kullberg, sowie ein paar rechtsextremen Kumpanen besteht, dem bisher nicht vorbestraften Eskil Carlstedt und dem Mörder Roger Sjöqvist. Nach und nach kriegen sie mit, daß es im Restaurant *Kvarnen* zu einem Treffen kommen soll, und zwar am Vorabend der Freilassung von Niklas Lindberg. Er findet, daß es großartig paßt. Er selbst kugelt am selben Abend Lordan Vukotic die Arme aus, um Informationen aus ihm rauszubekommen oder weil es ihm einfach Spaß macht. Daß Vukotic über die Mißhandlung schweigt, läßt jedoch den Schluß zu, daß es um mehr geht als um ein bißchen Spaß. Es gelingt Lindberg auch, gewisse Informationen aus ihm herauszubekommen, vermutlich den *provisorischen* Treffpunkt für die Übergabe des Geldes; die näheren Details werden ja im *Kvarnen* zwischen dem ›Polizisten‹ und Nedics Leuten ausgehandelt, Gang 1. Der ›Polizist‹ hat einen so öffentlichen Platz wie das *Kvarnen* gewählt, weil er Rajko Nedics Leute fürchtet; offenbar weiß er, wozu sie nach einem ordentlichen Völkermorden im früheren Jugoslawien in der Lage sind. Vielleicht arbeiten sie auch ein gegenseitiges Sicherheitssystem aus, damit sowohl der ›Polizist‹ als auch Gang 1 davon ausgehen können, daß sie lebend den Treffpunkt verlassen werden. Vielleicht handelt das englisch geführte Gespräch vor allem davon. Anwesend sind jedenfalls auch fünf Mann unter Leitung von Sven Joakim Bergwall, nämlich Eskil Carlstedt, Dan Andersson, Roger Sjöqvist und Agne Kullberg, letzterer mit einem Stöpsel im Ohr. Ihm ist es gelungen, unter dem Tisch, an dem der ›Polizist‹ und Gang 1 sitzen und verhandeln, eine mikroskopisch kleine Abhörvorrichtung anzubringen. Als die Hammarbyfans hereinströmen, stehen die Verhandlungen kurz vor einer Lösung. Obwohl es laut wird,

verhandeln sie weiter, bis das Ergebnis klar ist. Und Gang 2 sitzt immer noch am Tisch an der gegenüberliegenden Wand und lauscht, obwohl sie mehrfach von Fußballfans gestört werden. Sie dürfte also das Verhandlungsergebnis – zwei Uhr in der darauffolgenden Nacht im Gewerbegebiet Sickla – erreicht haben, unmittelbar bevor ein Hammarbyfan auf die Idee kommt, auf dem Schädel eines Småländers einen Bierkrug zu zerschmettern. Gang 1 und Gang 2 erkennen gleichermaßen, daß sie so schnell wie möglich verschwinden müssen. Aber beide sind trotz der Hast noch in der Lage, die Situation zu überdenken. Sämtliche Kneipengäste sind auf einen Schlag zu Zeugen verwandelt. Keine der Gangs kann von jetzt an unbemerkt bleiben. Beide sehen ein, daß ihre Existenz offenbar werden wird. Die Polizei wird minutiös die gesamte Lage im *Kvarnen* zum fraglichen Zeitpunkt unter die Lupe nehmen. Der ›Polizist‹ sorgt dafür, daß die Jugos vor ihm abhauen, damit man sie nicht miteinander in Beziehung bringt; er bleibt jedoch ein paar Sekunden zu lange und muß seinen Polizeiausweis vorzeigen, um hinauszukommen. Bergwall, können wir annehmen, sieht zu, daß der einzige nicht Vorbestrafte, Carlstedt, zurückbleibt, um als Puffer zu fungieren und die mysteriöse Gang mit dem Ohrstöpsel in eine Kumpanei von Verkäufern zu verwandeln, die einen draufmachen wollen. Es funktioniert. In der Nacht legen sie sich ihren Plan zurecht. Carlstedt bleibt und tischt der Polizei eine glaubhafte Geschichte auf. Bergwall, Andersson, Sjöqvist und Kullberg fahren nach Kumla, um Lindberg abzuholen. Vielleicht rechnen sie nicht richtig damit, daß er den Bunker in die Luft sprengt, als sie ganz offen dastehen, doch er tut es nicht zuletzt deshalb, weil er klarstellen will, wer der Boß ist. Machtdemonstrationen sind bekanntlich in der kriminellen Welt immer wichtig. Dann holen sie Carlstedt; vielleicht stehen sie mit ihrem Van vor dem Polizeipräsidium und warten darauf, daß Paul und Kerstin ihr Verhör beenden. Vielleicht zischen die sechs anschließend ab in ihr Versteck und gehen den Plan für die Nacht durch. Kurz vor zwei treffen sie in

Sickla ein, plazieren eine Minibombe auf der Straße und warten. Um zwei Uhr rollt der Mercedes heran. Irgendwo in der Nähe steht der ›Polizist‹ und wartet. Vermutlich hört er den Knall. Er sieht ein, daß es schiefgelaufen ist. Er haut ab. Lindberg, Bergwall, Carlstedt, Andersson, Sjöqvist und Kullberg nähern sich dem explodierten Wagen. Genau wie in Vukotics Zelle in Kumla handelt es sich um eine äußerst präzise dosierte Sprengladung. Sie wird genau unter dem Rücksitz des Wagens zur Explosion gebracht. Es waren drei Mann im *Kvarnen*, dazu der ›Polizist‹, vermutlich werden genau diese drei kommen. Einer von ihnen wird auf der Rückbank sitzen. Wahrscheinlich wird er den Aktenkoffer halten, und weil dieser Geld enthält, wird er explosionssicher sein. So ist es. Der Mann auf dem Rücksitz, 1 A, ist außer Gefecht gesetzt. Die zwei Überlebenden werden zum Aussteigen gezwungen und stehen auf beiden Seiten des Wagens, 1 B auf der Beifahrerseite, der Fahrer 1 C auf der Fahrerseite. Sie werden gefilzt. Bergwall geht um den Wagen herum und steht auf der anderen Seite. Carlstedt holt den Aktenkoffer vom Rücksitz, trennt mit einem Bolzenschneider, der übrigens gefunden worden ist, die Kette durch. Dann wird es unübersichtlich. Aus irgendeinem Grund läßt die Konzentration nach, die waffenfixierten Kriegsverbrecher 1 B und 1 C haben, wie die Techniker festgestellt haben, im unteren Teil ihrer Jackenärmel irgendwelche Vorrichtungen, so daß sie ihre Izh-70-300-Pistolen verstecken und blitzschnell ziehen können. Robert de Niro in *Taxi Driver*. Ein Schußwechsel bricht aus. 1 B schießt über die Schulter Bergwall durchs Auge. Carlstedt, der wegen des Aktenkoffers seine Waffe nicht ziehen kann, läuft weg. 1 C schießt ihn in den Rücken. Carlstedt wird ins Herz getroffen und stirbt im gleichen Moment, in dem er die Deckung erreicht hat. Wahrscheinlich ist 1 C da schon von mehreren Schüssen getroffen. Er schießt auf jeden Fall weiter und fällt dann tot mit fünf Kugeln im Körper zu Boden. 1 B liegt auch, von sechs Kugeln getroffen. Vielleicht tot, vielleicht noch lebend, weil Niklas Lindberg (oder möglicherweise Sjöqvist oder Kullberg) dann hingeht und achtzehn Schüsse auf ihn abfeuert. Ein Mann in Reebok-Schuhen Größe 40 holt den Koffer und findet ihn in einer Lache von Carlstedts Blut. Es ist Kullberg, der kleinste von ihnen; er hat Schuhgröße 40. Der Verletzte ist Dan Andersson, Danne Blutwurst, Blutgruppe AB negativ. Die Blutmenge läßt den Schluß zu, daß es sich um eine ziemlich schwere Verletzung handelt, aber er ist in keinem Krankenhaus zu finden, wenn also die Gruppe nicht aufgesplittert ist, sondern noch etwas Weiteres plant, ist Andersson immer noch dabei. Wenn sie ihn nicht ganz roh um die Ecke gebracht haben. Vielleicht beginnt er allmählich, ihnen zur Last zu fallen. Von den Sicklaschlächtern erfreuen sich also Roger ›Rogge‹ Sjöqvist und Agne ›Kulan‹ Kullberg noch bester Gesundheit. Und Niklas Lindberg natürlich. Und wie sieht es an der anderen Front aus? Es gibt zwei andere Fronten: den ›Polizisten‹ und Rajko Nedic. Unternimmt der ›Polizist‹ etwas? Wahrscheinlich nicht. Vermutlich wartet er, bis Nedic sich das Geld zurückholt, oder er verlangt neue, frische Knete. Es ist ja nicht sein Fehler, daß Nedic Mist gebaut hat. Nedic baut keinen Mist. Er haßt den Gedanken, Mist zu bauen. Er betreibt seine illegalen Geschäfte mit der Präzision eines Uhrwerks. Er schafft es, einen umfassenden Drogenhandel zu betreiben, und scheint es zu genießen, nach außen gleichzeitig als akribisch gesetzestreuer Restaurantbesitzer zu wirken. Viel kann ihm in seinem Leben nicht schiefgegangen sein. Vermutlich kocht er vor Wut. Aber die Situation ist nicht mehr die gleiche, weder für Nedic noch für den ›Polizisten‹. Der ›Polizist‹ ist in einer Situation gelandet, die einem Alptraum gleicht; er kann kaum damit gerechnet haben, daß seines Geldes wegen fünf Mann sterben würden, es kann ihm kaum gefallen, daß sich eine riesige Polizeiermittlung direkt auf seine kleine Transaktion richtet. Nichts kann mehr im verborgenen geschehen. Nedic weiß auch, daß wir ihm auf der Spur sind. Er weiß, daß wir mehr wissen, als die Medien geltend machen. Er muß eine Lösung finden, die drei Dinge umfaßt: daß er das Geld zurückbekommt, daß es ihm gelingt, die Banditen zu bestrafen, *und* daß er den ›Polizisten‹ zufriedenstellt. Alternativ läßt er den ›Polizisten‹ über die Klinge springen. Und der ›Polizist‹ muß sich darüber im klaren sein, daß dieses Risiko größer geworden ist. Es ist unabdingbar, daß er eine bombensichere Lebensversicherung hat. Vermutlich hat er die. Was also *gerade jetzt* geschehen sollte, ist folgendes: Gang 2 hält sich bedeckt vor Rajko Nedic, Nedic jagt sie, und zwar auf Hochtouren, der ›Polizist‹ ist nervös, aber passiv. End of story.«

Hultins Zimmer. Geduckter Primaner vor dem Rektor. Doch auch wieder nicht. Auch nicht aufrührerischer oder karrieregeiler Kollege. Njet. *Stolzer Mann.* Ein stolzer Mann, der vor der Obrigkeit auf seinem Recht besteht – das ganz und gar nicht sein Recht ist.

Die Obrigkeit fühlte sich müde.

Jorge Chavez war Jan-Olov Hultins bester Fund. Sein eigener, persönlicher. Der Rest der A-Gruppe war mit Hilfe von Tips aus verschiedenen Polizeidistrikten und in Absprache mit ihnen zusammengestellt worden, doch Chavez hatte er ganz allein gefunden. In dessen Eigenschaft als Norrlands einzigem Kanakenbullen, wie er sich selbst titulierte, auf Alptraumdienst in Sundsvall. Und er hatte sich als Volltreffer erwiesen. Der energischste Polizist, der Hultin in seinem ganzen Leben begegnet war. Und jetzt diese – wie hieß es gleich? – Insubordination. Diese direkte Befehlsverweigerung. Ein phantastischer Fund, die Fotos, und dann diese unbegreifliche Weigerung, die Quelle preiszugeben.

Er betrachtete Chavez. Wartete. Schwieg. Ließ ihn schmoren.

Schließlich sagte Chavez: »Es ist kompliziert.«

Mehr nicht. Hultin wartete weiter.

Und so ging es fort im gleichen Stil: »Es ist ein moralischer Konflikt. Ein ethisches Dilemma. Die Fotos haben uns bei der Feststellung der Identitäten geholfen. Wir brauchen sie nicht mehr. Es hat sich erledigt.«

»Nicht ganz«, sagte Hultin. »Wir müssen mit dem Bild des Kvarnenmörders an die Öffentlichkeit gehen.«

»Aber das können wir tun, ohne eine Quelle zu nennen.« Dann gleichsam flehend: »Im selben Moment, in dem ich es dir sage, Jan-Olov, sage ich es auch Mörner und dem Reichspolizeichef und dem ganzen verdammten Polizeikorps.«

»Nicht unbedingt«, sagte Jan-Olov Hultin neutral.

»Doch«, sagte Chavez und sah ihm in die Augen. »Du kannst es dir nach dem Kentuckymörder nicht leisten, Mörner etwas vorzuenthalten. Du hast eine zweite Chance bekommen und bist nicht gewillt, sie aufs Spiel zu setzen.«

Hultin erwiderte seinen Blick, ohne zu zögern. »Da genau denkst du falsch, Jorge. Es ist doch im Gegenteil so, daß ich nichts zu verlieren habe. Überhaupt nichts.«

Chavez schluckte und faßte einen Entschluß. Er sagte: »Sie sind von einem Pädophilen im Söder-Turm aufgenommen worden, Haglunds Halbständer, wie Arto gesagt hat. Er wurde von Sara Svenhagen festgenommen, falls du sie kennst.«

»Natürlich«, sagte Hultin. »Ich kenne sie seit ihrer Kindheit. Brynolfs Tochter. Eine sehr fähige Polizistin.«

»Aber Sara hat von ihrem Chef den Befehl erhalten, den Fall *privat* zu ermitteln. Sie darf unter keinen Umständen etwas über ihre Ermittlung preisgeben. Auch intern nicht.«

»Hellberg«, sagte Hultin und verspürte wieder eine Spur von Müdigkeit. »Ein etwas modernerer Typ von Kommissar als ich. Und warum nicht?«

»Ich habe keine Ahnung«, sagte Chavez. »Ich weiß nur, daß Ragnar Hellberg ihr absolute Schweigepflicht auferlegt hat. Sie hat sie schon gebrochen, als sie mir die Fotos zeigte. Sie hat sie selbst entwickelt. Zu Hause bei sich. Aufgrund einer *Ahnung*, daß der Pädophile das Nachspiel des Kvarnenmords eingefangen haben könnte. Einer Ahnung, mit der sie ins Schwarze traf.«

»Bei sich zu Hause?« fragte Hultin vielsagend.

Chavez schwieg. Schwieg und war stolz. Stolz über sein Schweigen.

»Warum nimmst du wegen Sara Svenhagen solche Unannehmlichkeiten in Kauf?« fuhr Hultin fort, obgleich er zu verstehen begann.

Jorge Chavez trat einen Schritt näher, beugte sich über den Schreibtisch und sagte klar und deutlich: »Weil ich sie liebe.«

28

Und sie liebte ihn. Es kam ihr ein bißchen pathetisch vor.

Sie kannte die Handbücher auswendig. Sie wußte, daß die Liebe langsam wachsen und mit viel Sorgfalt gepflegt werden sollte, daß es Zeit braucht, eine Beziehung zu etablieren, daß die Liebe nichts ist, was einfach mit einem Flupp auftaucht, mir nichts, dir nichts, fix und fertig. Sie glaubte absolut nicht an Liebe auf den ersten Blick. Und richtig, der erste war es ja auch nicht.

Aber fast.

Sie, die geglaubt hatte, immun zu sein. Sie, die geglaubt hatte, allzuviel gesehen und gehört zu haben, um für Amors Pfeile empfänglich zu sein. Sie, die geglaubt hatte, daß die Pädophilenpfeile ihr gesamtes Gefühlsleben versenkt hätten. Aber sie erkannte, wie *stark* der Mensch trotz allem war, wieviel der Mensch tatsächlich ertrug.

Sie stellte sich sämtliche kritischen Fragen. War es wirklich Liebe? Hatte er sich nicht nur in einem Augenblick offenbart, da ihre Gefühle in Aufruhr waren? Hatte er nicht seine in jeder Hinsicht sanfte Zunge auf unehrliche Art und Weise gebraucht? War sie nicht einem klassischen Latino-Verführungsritual zum Opfer gefallen?

Doch die kritischen Fragen reichten nicht weit. Sie dachte

die ganze Zeit an ihn. Sie war froh, erwartungsvoll, sehnsüchtig. Frische Energie hatte von ihr Besitz ergriffen, und sie arbeitete mit einem ganz neuen Schwung.

Denn merkwürdigerweise hatte die Liebe keinen *lähmenden* Effekt auf einen von ihnen, wie bei Teenagern. Dies mußte vielleicht eine reifere Liebe genannt werden, die sich befruchtend auf die Arbeit auswirkte. Beide arbeiteten härter als vorher, was in beiden Fällen unmöglich zu sein schien, und beide fanden, daß sie klarer dachten. Jorge hatte aus dem Handgelenk die ganze Sicklaschlacht zusammengefaßt, und Sara überblickte ihre Situation mit großer Klarheit.

Sie hatte zwei Dinge zu tun. Erstens hatte sie eine Liste durchzuarbeiten, die Adressenliste, auf der sie John Andreas Wiréus gefunden hatte und die sich so flüchtig auf der flüchtigen Pädophilen-Homepage offenbart hatte. Zweitens mußte sie einen Computer überprüfen, nämlich den von John Andreas Wiréus. Als erstes würde sie mit Hilfe der Spuren auf seinem Rechner die Homepage zu lokalisieren versuchen, die seine E-Mail-Adresse aufgespürt und auf jene Adressenliste gesetzt hatte, die sie irrtümlich für ein Netzwerk gehalten hatte. Immerhin war sie jedoch ein *potentielles* Netzwerk. Irgendwo sammelte jemand Adressen von allen, die überhaupt eine gewisse Homepage besuchten. Diese Homepage mußte lokalisiert werden, und in der Verlängerung dessen könnten vielleicht die Personen, die hinter dieser neuen Form von Pädophilenrekrutierung steckten, identifiziert werden.

Dies war eine aufwendige Arbeit, und sie war in vollem Gange, und ganz ohne professionelle Hilfe. Anderseits war sie mittlerweile selbst Profi. Sie bekam das Gefühl, mit einem Rechner und einem Telefonanschluß so gut wie alles tun zu können.

Wie war es überhaupt möglich, in einer Welt wie dieser einigermaßen erhobenen Hauptes zu leben? Alles war käuflich. Alles war möglich, wenn das Geld stimmte. Wie viele Menschen auf dem ganzen Globus waren eigentlich mit diesem unterirdischen Gewerbe befaßt? Worauf stieß sie? War es – die Hölle?

Einen Moment lang dachte sie, daß es tatsächlich die Hölle war. Die richtige biblische Hölle. Die sich in jedem Zeitalter wie ein unterirdischer Strom unter dem gewöhnlichen menschlichen Wirken erstreckte, zeitgemäße Formen bildete und empfängliche Menschen zu sich hinabzog. Und wie wurden Menschen empfänglich?

Sie begann mit diesem Virus einer weltweiten Verschwörung infiziert zu werden, der dann und wann jeden Hacker befällt. Die meisten glaubten, daß die Verschwörung in der Regierung der USA ihren Ausgang nahm, die in geheimen Gewölben UFOs versteckt hielt, die in Labors Aids hergestellt hatte und das Virus in Afrika erprobte. Andere glaubten immer noch an den Kommunismus und die Dominotheorie. Sie selbst hatte die fixe Idee – und da mußte sie wirklich auf der Hut sein –, daß nicht zuletzt diese Theorien Teil der Verschwörung waren. Die große Verschwörung bestand natürlich nicht in einer Elitegang, die wie in billigen Thrillern von irgendeinem Hauptquartier aus die Fäden zog – es handelte sich vielmehr um *unsichtbare Ideologie*. Es bedurfte keiner physischen Grenzposten; es galt, die Grenzposten zu internalisieren, dafür zu sorgen, daß der Ideologe in den Köpfen der Menschen wirksam war. Das 20. Jahrhundert war das Jahrhundert der Demokratie, aber auch das Jahrhundert, in dem man die Demokratie am intensivsten bekämpfte, vor allem aus dem Innern der Demokratie heraus. Wie bekam man – und *man* war natürlich der Markt, die größte und eigentlich einzige Ideologie der Gegenwart, ein vollkommen uniformes und absolut unflexibles Denksystem, das auf Gewinnmaximierung und nichts anderem als Gewinnmaximierung beruhte –, wie bekam man die Leute dazu zu glauben, sie seien im Besitz der Macht, während sie gleichzeitig der Macht beraubt wurden? Natürlich dadurch, daß man sie am Denken hinderte. Jedes Marketing dreht sich darum, die Menschen dazu zu bringen, das Denken einzustellen und sich statt dessen auf verschiedene Formen wohldurchdachter Idealbilder einzulassen. Ein Image zu verkaufen. Weiter? Massive Anhäufung direkt verdummender Fernsehunterhaltung, die jeden Teenager veranlaßte, Programmchef im Fernsehen werden zu wollen, Starrummel, Porno, Sporthysterie, Denken in ethnischen Bahnen, der Zwang, seine Zeit unablässig für absurde Wahlen zu verwenden, von der Müllabfuhr bis zum Stromlieferanten, die Beschränkung jedes wirtschaftlichen Denkens auf die eigene Brieftasche, die immer stärker mit den Börsenkursen gekoppelt war, und schließlich der Biologismus, den Sara Svenhagen als die Krönung der Idee auffaßte, die *um jeden Preis* verbreitet werden mußte: daß wir keine Macht über unser Leben haben. Jetzt waren unsere Hirne endlich matschig genug, unser Selbstvertrauen zerrüttet genug, um den Todesstoß zu empfangen: den Gedanken, daß es eigentlich gar keine Rolle spielt, was wir tun oder was mit uns geschieht – alles in unserem Leben wird sowieso von unseren Genen gelenkt. Das war der Todesstoß, und er setzte von allen Flanken ein, in allen Medien gleichzeitig. Was du auch tust, glaube nicht, daß du etwas an deiner Situation ändern kannst. Sie ist durch eine endlose Kette von Generationen vor dir festgelegt. Hast du einen älteren Verwandten, der pädophil ist, so weißt du, daß du selbst pädophil wirst. Es gibt also keine Veranlassung, der Versuchung zu widerstehen. Es ist sowieso vergeblich.

Sie wurde wütend. Es war Zeit, sich wieder der konkreten Wirklichkeit zuzuwenden.

Wiréus' Rechner enthielt eine enorme Anhäufung von Pädophilensites, die meisten davon bestens bekannt, mehrere unbekannt, gut versteckt hinter getürkten Titeln wie ›Veranstaltungskalender der Universität Göteborg‹ oder ›Spitfire planes. An historical outlook‹: Es konnte irgend etwas sein, irgendwo, irgendwann. Wiréus' Computer öffnete diese verborgenen Homepages, zeigte wiederum ein paralleles Universum. Und überall stieß sie auf Adressenlisten unterschiedlicher Art.

Vor allem begegnete ihr eine Reihe von Pseudonymen, auf die sie zuvor nicht gestoßen war. Sie wurden in gewissen sonderbaren Präsentationen erwähnt und hingen in der Regel mit einer E-Mail-Adresse vom Typ ›xxxxxxx@hotmail.com‹ zusammen. Diesen ihr bis dato nicht bekannten Homepages entnahm sie eine ganze Reihe Pseudonyme von der Art: ›crushy_tomboy‹, ›limmeystone‹, ›rippo_man‹, ›sweetfacepowder‹, ›lungan‹ und ›brambo‹. Von diesen ging sie weiter und suchte die Telefonnummern. Das war schwieriger. Diese Figuren machten nicht den gleichen Fehler wie John Andreas Wiréus. Die Telefonnummern führten zu offiziellen Institutionen in aller Welt. Die obengenannten zu schwedischen Nummern.

Sie loggte sich in den Hauptrechner der Polizei ein und suchte im Ermittlungsmaterial der Pädophilengruppe nach den sechs Pseudonymen. Drei von ihnen waren häufig vorgekommen und inzwischen gefaßt. Drei blieben übrig: ›rippo_man‹, ›sweetfacepowder‹ und ›brambo‹. In dem umfangreicheren Material über die internationale Pädophilenaktion *Operation Cathedral* fand sie schließlich ›rippo_man‹ und ›sweetfacepowder‹. Man hatte sie an schwedische Orte zurückverfolgt und auch die Rechner gefunden, von denen aus diese Pseudonyme benutzt worden waren.

Jetzt wurde es ernstlich kompliziert.

Eine sehr sorgfältige Durchsicht des Ermittlungsmaterials führte zu folgender Erkenntnis: Irgendein polizeilicher Ermittler hatte bereits alle diese Homepages besucht. Eine Figur wie ›rippo_man‹ kam ausschließlich zusammen mit ›brambo‹ vor.

Aber jetzt war ›brambo‹ verschwunden.

Dieser ›brambo‹ fand sich nirgendwo im gesamten Ermittlungsmaterial.

Dennoch *mußte* der Beamte, der ›rippo_man‹ in die Ermittlung eingebracht hatte, auch ›brambo‹ kennen. Es war ein schweres Dienstvergehen, ›rippo_man‹ einzuführen, ohne zugleich ›brambo‹ zu nennen.

Und ›rippo_man‹ war bereits wegen der Verbreitung von Kinderpornographie und sexueller Übergriffe gegen Kinder verurteilt. Es handelte sich um einen vierundzwanzigjährigen Medizinstudenten aus Linköping, der seit April eine vierjährige Haftstrafe in Hall absaß.

Warum zum Teufel tauchte das Pseudonym ›brambo‹ nicht in der Ermittlung auf?

Je länger sie suchte, desto deutlicher wurde das Muster.

Der Ermittler hatte ›brambo‹ ganz bewußt von der Ermittlung ausgeschlossen. Und *der Ermittler kam aus ihrer eigenen Gruppe.* Der Abteilung für Pädophilie bei der Reichskriminalpolizei.

Ein tiefes und heftiges Unbehagen erfüllte sie.

Sie drückte auf die Aufwärtstaste und ließ den Text zurücklaufen, zum Beginn des Dokuments.

Zum Namen des Ermittlers.

Da klingelte es an der Tür.

Sie wußte, wer es war. Sie hatte den ganzen Tag auf ihn gewartet. Sie liebte ihn.

Aber dies hier konnte sie nicht erzählen. Nicht jetzt.

Der Text rollte weiter. Die Klingel schrillte weiter.

Sie mußte es jetzt herausfinden. Jetzt.

Nun mach schon. Komm endlich!

Sie rief, verzweifelt: »Einen Augenblick! Ich komme!«

Es klingelte weiter.

Der Text hielt an. Sie sah den Namen.

Es war, wie sie geglaubt hatte.

Kommissar Ragnar Hellberg.

Dann loggte sie sich aus und lief zur Tür.

Jorge Chavez würde nie vergessen, wie sie ihn umarmte, als sie die Tür endlich öffnete.

29

Am Freitag, dem 2. Juli, endete Hammarbys Niederlagenserie. 3:0 zu Hause gegen Norrköping. Hans Berggren beendete seine Torflaute. Kennedy Bakircioglü schoß sein erstes Tor in der schwedischen ersten Liga.

Vielleicht als Resultat dessen, was am Morgen des gleichen Tags geschehen war.

Kurz vor neun spazierten zwei etwas heruntergekommene junge Männer ins Polizeipräsidium in der Agnegata. Sie verlangten nach Paul Hjelm und Kerstin Holm. Da sie bei der Länspolizei hereingekommen waren, entstand zunächst eine gewisse Verwirrung in der Anmeldung. Die Namen waren unbekannt. Während der langen Wartezeit hielt der ältere, größere Mann den Arm um den jüngeren, kleineren.

Endlich fand die Anmeldung die Namen Paul Hjelm und Kerstin Holm, rief bei ihnen an und bat die beiden jungen Männer, auf einem in der Nähe stehenden Sofa Platz zu nehmen. Keiner der beiden setzte sich. Dazu waren sie physisch nicht in der Lage.

Hjelm und Holm kamen zusammen herunter. Sie erkannten sogleich den älteren, größeren Mann. Es war Jonas Andersson aus Enskede, Vorstandsmitglied im Hammarby-Fanclub. Nach einem Moment erkannten sie auch den zweiten, kleineren Mann. Und zwar von einem Schwarzweißfoto, das mit Marienkäfermagneten an einer Flipchart befestigt war. Das ungepflegte blonde Haar und der Schnauzbart, der ein Stück über die Mundwinkel hinunterhing, waren ihnen inzwischen gut bekannt.

Was sie nicht erwartet hatten, waren die vollkommen verweinten Augen des Kvarnenmörders.

»Er saß heute morgen vor dem Clubheim«, sagte Jonas Andersson aus Enskede. »Er hat gesagt, er wolle Hammarby nicht länger schaden.«

Sie nickten ihm zu.

»Danke, Jonas«, sagte Kerstin Holm.

Jonas Andersson lächelte dünn und verzog sich.

»Wie heißt du?« fragte Paul Hjelm den Kvarnenmörder.

»Conny Nilsson«, sagte der Kvarnenmörder kaum hörbar. Seine Stimmbänder schienen sich verknotet zu haben.

»Warum kommst du gerade jetzt?«

»Ich habe mein Bild in der Zeitung gesehen. Nicht die Zeichnung, das Foto. Und jetzt reicht es. Es war kein Vergnügen.«

»Das kann ich verstehen«, sagte Paul Hjelm und setzte sich auf das Besuchersofa der Länspolizei. Er klopfte darauf. Conny Nilsson setzte sich neben ihn. Er war ziemlich klein, kompakt. Und vollständig am Ende.

»Wo hast du dich versteckt?« fragte Kerstin Holm und setzte sich auf die andere Seite des Kvarnenmörders.

Ohne ein Wort zu wechseln, beschlossen sie beide, diese Bezeichnung nie wieder zu benutzen.

»Zu Hause«, sagte Conny Nilsson. »Ich wohne bei meinen Eltern in Haninge.«

»Wie hast du es geschafft, dich zu verstecken? Sind deine Kumpels so loyal?«

»Meine Kumpels ... Ich kenne sie nicht, sie kennen mich nicht. Ich habe mich nach dem Spiel an eine Clique angehängt. Sie schienen mich gar nicht zu bemerken. Sie waren wahnsinnig sauer. Unentschieden zu Hause gegen Kalmar. Im *Kvarnen* fingen sie an, ein paar Småländer anzumachen. Es war eine verdammt aufgeheizte Stimmung. Die Småländer haben gelogen und gesagt, sie hielten nicht viel von Kalmar. Einer von ihnen hat mich geschubst. Ich weiß nicht, was passiert ist, es ist vollkommen schwarz. Ich nehme an, daß ich zeigen mußte, daß ich da war, daß ich kein unbedeutender Niemand war, den man einfach umschubsen konnte. Ich war schon an der U-Bahn vorbei, als ich merkte, daß ich ein vollkommen blutiges Stück Glas in der Hand hielt. Ich warf es weg und lief weiter und nahm einen Bus am Stadsgården. Das war alles. Ich war eine Woche krank.«

»Krank geschrieben?«

»Ich arbeite nicht. Ich habe keinen Job, um mich krank schreiben lassen zu können. Niemand außer meiner Mutter hat gemerkt, daß ich krank war. Eines Abends hörte ich, wie sie über den Kvarnenmörder schimpfte. Sie fragte sich, in was für einer beschissenen Welt sie lebte.«

»Jetzt weiß sie es.«

»Bald weiß sie es«, sagte Conny Nilsson. »Scheiße.«

Sie hatten nichts mehr zu sagen.

Sie übergaben ihn der Ordnungspolizei.

Sie fühlten sich elend.

30

Arto Söderstedt lieferte Kinder in der Tagesstätte ab. Im Sommer liebte er es, Kinder in der Tagesstätte abzuliefern. Er liebte es, jene kleine Veränderung im Verhalten zu beobachten, wenn das Kind sich aus Papas Kleiner in eins der Mädchen verwandelte. Es war eine richtige kleine Metamorphose.

Aber im Winter sah er sie nicht. Dann reichte die Energie nicht aus.

Als er seine kleine Lina noch einmal drückte, kam ihm der Gedanke, daß es langsam aufs Ende zuging. Er hatte fünf Kinder und hatte rund fünfzehn Jahre Kinder in der Tagesstätte abgeliefert und wieder abgeholt, und noch nie hatte er daran gedacht, daß es einmal enden würde. Im nächsten Jahr würde er kein Kind mehr in der Tagesstätte abliefern. Er würde *nie mehr* Kinder in Tagesstätten abliefern.

Vielleicht Enkelkinder. Doch hoffentlich noch nicht so bald.

Der kleine Flachskopf Lina schoß über die Schwelle, hin zu den anderen Kindern. Als er sah, wie sie einen kleinen Bengel mit Namen Rutger drückte, war sie nicht mehr Papas Kleine.

Er blieb noch einen Moment stehen und sah ihr zu. Die Kleinste.

Als er in den unentschlossenen södermalmer Sommermorgen hinaustrat, kam ihm die Idee, daß dies eine gute Szene für einen Krimi wäre. Ein Kriminalbeamter, der sein Kind im Kindergarten abliefert. Darin würden die Leute sich wiedererkennen. Aber natürlich wäre er noch besser eine Frau.

Nein, beschloß Arto Söderstedt. Dies war kein Krimi. Dies war Wirklichkeit.

Er wanderte die Bondegata hinunter. Die Sonne unternahm nur zaghafte Versuche, zwischen den übermächtigen Wolkenmassen hindurchzulugen. Die Straße war seltsam bunt; ein andauernder Kampf zwischen Sonne und Schatten. Er traf dem Steuerkratzer gegenüber auf die Götgata; der leuchtete im selben eigentümlichen, bunten, ständig wechselnden Schein. Dort drinnen saß Anja und prüfte Steuererklärungen. Beim Frühstück lieferte sie täglich Berichte über die erstaunlichsten Versuche von Steuerhinterziehung. Er brauchte deshalb kein allzu schlechtes Gewissen zu haben, daß die Kinder den Sommer in Tagesstätten, Freizeitheimen und Jugendlagern verbringen mußten. Die Eheleute teilten sich die Last der Schuld brüderlich – oder war es schwesterlich?

Unten in der Götgata wartete der frisch ausgehändigte Dienstaudi. Ohne Knöllchen. Er fing an, die komplizierten Parkbestimmungen zu lernen. Das Gaspedal war gut geölt, die Kupplung straff. Eine Weile saß er da und spielte Rallyefahrer. Er hoffte nur, daß ihn niemand sah, als er als der überlegene Sieger durchs Ziel der Safari-Rallye ging.

Dann startete er und fuhr nach Kungsholmen. Er wußte, was er heute als erstes tun würde. Er sollte zwar zusammen mit Viggo die Wohnungen von Roger Sjöqvist und Dan Andersson in den südlichen Vororten durchsuchen, doch das war nicht das erste, was er tun würde.

Als erstes würde Arto Söderstedt ein Auto kaufen. Im Internet.

Der Beschluß war gereift, zwar nicht langsam, sondern mit Nachdruck, ja, also, schnell. Ein Beschluß, der schnell gereift war. Er hatte den Beschluß mit wenig demokratischen Methoden in der Familie verankert. Anja, die seit zwei Jahren wegen eines Wagens nervte, betrachtete ihn skeptisch und versuchte, die verborgenen Motive zu ergründen. Er verriet nichts. Er saß nur da mit einem Pokergesicht und teilte altruistische Motive wie falsche Karten aus: Sie konnten in den Ferien nach Schonen fahren, sie konnten Tagesausflüge nach Kolmården machen, sie konnten mal eine Spritztour über den Bottnischen Meerbusen nach Vasa rüber machen und nachschauen, ob es in Finnland noch Freunde gab.

Er konnte ja nicht einfach den eigentlichen Grund verraten – daß Autofahren Spaß machte.

Was die Megafamilie brauchte, war ein Familienauto. Während er in die Garageneinfahrt unter dem Polizeipräsidium einbog, dachte er über den Begriff des ›Familienautos‹ nach. Es waren Kleinbusse, doch so konnte man sie ja nicht nennen. Das klang uncool. Gerade erst hatte eine europäische Verkehrssicherheitskommission das Resultat eines großen Sicherheitstests bei Familienautos vorgelegt. In Schweden war er besonders willkommen, weil sich im letzten Jahr ein paar Katastrophen ereignet hatten, bei denen Familienautos nach einem Zusammenstoß in Flammen aufgegangen waren. Zum Glück zeigte der Test, daß es auch sichere Modelle gab.

Er betrat sein Dienstzimmer, grüßte mit einem abwesenden Nicken Viggo Norlander, der schon wieder aussah wie etwas, was die Katze hereingeschleppt hatte, heute am ehesten wie eine zerzauste und totgespielte Kohlmeise, setzte sich an seinen Computer und rief das Internet auf.

»Wir müssen los«, sagte Norlander unwirsch. »Zuerst nach Handen, dann ...«

»Nach Fußen«, sagte Arto Söderstedt und gab sein Paßwort ein.

»Schnauze«, sagte Viggo Norlander.

»Du hast heute nacht also wieder Charlotte gehabt? Ist es gutgegangen?«

»Es ist so verdammt anstrengend.«

»Fängst du an, kalte Füße zu bekommen?«

»Nein. Nein, ich liebe es. Wirklich. Aber es ist anstrengend. Dreimal pro Nacht bin ich überzeugt davon, daß sie tot ist. Plötzlicher Kindstod.«

»Und Astrid?«

»Donnerstagabend. Da trifft Astrid sich mit ihren Freundinnen.«

»Kaffeekränzchen«, sagte Arto, während er darauf wartete, daß sein Paßwort angenommen wurde.

»Was?«

»Kaffeekränzchen, so hieß es früher. Heute sagt man Frauentratsch oder Frauenstammtisch. Wenn man auf der falschen Seite aus dem Bett gestiegen ist, kann man es auch Hühnerhof nennen. Aber das muß man für sich behalten. Und wie geht es ihr?«

»Tja, weißt du. Vitalität ist nur der Vorname. Astrid ist wie neugeboren. Sie hat am Ende ihr Kind bekommen. Sie sprudelt. Das kann man doch sagen: *sprudelt*?«

»Sagen kann man es. Wenn man es so meint.«

»Ja, das meine ich. Was machst du da, verdammt? Ich warte seit einer Viertelstunde. Wir müssen los.«

»Was meinst du mit sprudeln? Es sind erst drei Wochen vergangen seit der Geburt. Keine Nachwirkungen?«

»Sie ist ein wenig gerissen. Aber das hindert sie nicht.«

»Sexuell?«

»Das ist doch wohl unsere Privatsache.«

»Genau«, sagte Arto Söderstedt und tippte die Adresse von *Gula Tidningen* ein. »Privatsachen sind die, die man mit seinen Freunden teilt.«

»Schnauze«, sagte Viggo Norlander.

Söderstedt drehte sich zu ihm um. »Jetzt mach mal halblang, Viggo. Du hast dein erstes monogames Verhältnis seit

Gott weiß wie vielen Jahrzehnten, und ich will wissen, wie es ist. Das nennt man ein soziales Netzwerk. Ich bin dein soziales Netzwerk.«

Viggo Norlanders Gesichtsausdruck veränderte sich drastisch. Die mürrische schräg-nach-innen-rückwärts-Miene glättete sich in einem träumerischen Lächeln.

»Verstehe«, sagte Söderstedt und lächelte schief. »Das nenne ich fixe Arbeit. Geh schon zum Wagen, ich komme nach. Ich brauche hier nur fünf Minuten.«

Norlander verschwand.

Das ist mir eine lebenskräftige Kohlmeise, dachte Söderstedt und betrachtete die Überschriften auf dem Bildschirm.

Gula Tidningen war seit einigen Jahrzehnten Stockholms führendes Blatt für Gratisannoncen. Möglicherweise auch für die Hehlereibranche. Hier gab es alles Gebrauchte zu kaufen. No questions asked. Autos, zum Beispiel. Familienautos. Seit einiger Zeit gab es *Gula Tidningen* selbstverständlich auch online. Das System war vielleicht noch nicht ganz ausgereift, doch es gab auch so schon mehr als genug.

Er fand sieben interessante Objekte, vor allem Renault Espace und Toyota Picnic. Furchterregende Preise zwar, aber da hieß es einfach, zu Kreuze zu kriechen. Er schickte sieben Mails ab, in denen er sein Interesse bekundete. Das mußte reichen. Dann kehrte er zur Startseite zurück.

Die wöchentliche Rubrik ›Ich liebe dich‹ erregte seine Neugier. Arto Söderstedt liebte es, Kontaktannoncen, Liebeserklärungen und persönliche Mitteilungen zu lesen. Er konnte nicht recht erklären, warum – vielleicht war es nur eine perverse Neigung, vielleicht beinhalteten diese kleinen konzentrierten Phrasen wirklich *die Sehnsucht unserer Zeit.* In stark gestraffter Form. Das ganze komplizierte Gefühlsleben eines Menschen sollte auf ein paar Zeilen reduziert werden, und was dabei passierte, war in der Regel höchst interessant. Er dachte einen Augenblick an Norlander, der unten im Wagen saß und kochte. Doch nur einen Augenblick. Mit dem übertriebenen Schamgefühl eines Voyeurs schaute er die Annoncen unter der

Rubrik ›Ich liebe dich‹ durch. Einige waren recht phantasieanregend.

›Hengst-Harald. Ich brenne nach deiner Brunst. Stute-Edna.‹

›BK ist CF. 3 12 13 18 24 28 30. DL.‹

›Stefan. Komm zurück. Alles ist vergeben. Sogar die Kühltruhengeschichte. I.L.D. Rickard.‹

›3+3=5. Still waiting. D & die Gang.‹

›Eurydice. ›Kein Verbrechen ist schlimmer als bitterer Verrat, sagten die Schwestern Florento.‹ 82 12G 14. Orpheus.‹

›Samstag, 3. Du weißt, wo. Licking Jack.‹

›Ständer macht Spaß. Scheidensekret-Service.‹

Da reichte es, er klickte sich raus und lief zur Garage.

Viggo Norlander kochte. Er stand vor seinem rostigen alten Dienstvolvo und trat von einem Bein aufs andere. »Scheißkerl«, sagte er.

»Söderstedt«, sagte Söderstedt.

Sie fuhren die zwanzig Kilometer nach Handen südlich von Stockholm. Norlander fuhr wie eine zerzauste und totspielende Kohlmeise, die von der Katze reingeschleppt worden ist. Im Zentrum von Handen lag Dan Anderssons Einzimmerwohnung, die überrascht zu sein schien, daß sie geputzt worden war. Präzisionsgeputzt. Vermutlich würde die Spurensicherung nicht einmal einen Fingerabdruck finden. Es war das gleiche wie in Eskil Carlstedts Wohnung auf Kungsholmen. Sie gingen die wenigen Bücher und Mappen durch. Alles war in mustergültiger Ordnung. Sogar die Teppichfransen waren glattgekämmt. Ein Duft von Seife schwebte noch in der Luft unter dem eingezogenen Rauchgestank. Auf einem Regal stand ein Foto. Dan Andersson auf Mallorca, mit einem breiten Lächeln und einem riesigen Drink in der Hand. Sein Gesicht war tatsächlich leicht lila. Viel mehr gab es nicht zu sehen. Auch hier glänzten alle Formen von Rechtsextremismus mit Abwesenheit. Auch hier hatten sie eine Wohnung vor sich, die wußte, daß sie von der Polizei besucht werden würde und sich deshalb so nichtssagend wie möglich gab.

Arto Söderstedt tat seine Pflicht, aber nicht viel mehr. Irgendwo unter der grauen Routinearbeit lag nämlich etwas und scheuerte. Er fragte sich, was es sein mochte.

Ein Sandkorn, das darauf wartete, eine Perle zu werden?

Sie fuhren in nördlicher Richtung nach Hökarängen. Hier lag Roger Sjöqvists letzter bekannter Aufenthaltsort. Sjökvist war nach neun urlaublosen Jahren bei seinem ersten unbewachten Hafturlaub aus der Anstalt Tidaholm geflohen. Er hatte damals angegeben, er wohne an dieser Adresse. Es zeigte sich, daß es die Wohnung seiner Eltern war, und er hatte sich dort seit zehn Jahren nicht blicken lassen. Söderstedt und Norlander ließen sich von dem etwas heruntergekommenen Elternpaar Sjöqvist überzeugen. Der Vater – wenn er denn der Vater war – stank so stark nach Schnaps, daß die geringste Funkenbildung das ganze Hochhausgebiet hätte hochgehen lassen. Sie verließen schleunigst die Gefahrenzone.

»Verdammt ergiebig«, sagte Norlander im Wagen auf dem Weg zurück nach Kungsholmen. »Verdammt großen Nutzen haben wir getan. Verdammt sinnvoll, das Ganze.«

»Schnauze«, sagte Söderstedt.

Norlander betrachtete ihn verwundert.

Arto Söderstedt dachte nach. Es scheuerte immer unerträglicher. Das Sandkorn *verlangte* danach, eine Perle zu werden.

Er hatte etwas gesehen, gehört oder gedacht. Irgendwann an diesem Vormittag hatte ihn etwas gestreift, das seine Aufmerksamkeit hätte wecken sollen. Aber es war vorübergezogen, und jetzt lag es da und scheuerte wie ein Sandkorn in einer Muschel. Oder besser, eine Fliege im Auge, die durch Blinzeln hinter den Augapfel gerutscht ist und an die man nicht herankommt. Außer mit chirurgischen Methoden.

Söderstedts chirurgische Methode war von der rechtgläubig klinischen Art. Er ging den ganzen Tag durch, beim Aufwachen angefangen. Als er die Augen aufschlug, war Anja fort. Sie war schon zum Steuerkratzer gegangen, um überflüssiges Fett von Steuererklärungen zu kratzen. Danach Toilettenbesuch. Keine bemerkenswerten Gedanken. Irritation über

Hartleibigkeit. Frühstück. Lebhaft. Vier Kinder. Kleinere Prügelei zwischen dem Acht- und dem Zehnjährigen. Catfight, hatte er gedacht, das fiel ihm ein. Das fünfte Kind im Jugendlager nördlich von Uppsala. Ablieferung von drei Kindern, der Dreizehnjährige blieb zu Hause, zuerst zwei ins Freizeitheim, dann das Kleinste in die Tagesstätte. Reflexion über das Abliefern von Kindern im Sommer respektive Winter. Die blitzartige Einsicht, daß er bald kein Kind mehr in die Tagesstätte bringen würde. Betrachtung von Schattenspiel in der Bondegata respektive am Steuerkratzer. Wunderliche Phantasien darüber, sich in einem Kriminalroman zu befinden. Nachdenken über die Parkbestimmungen in Stockholms City. Der überlegene Sieg in der Safari-Rallye. Überlegungen zum Autokauf. Der Begriff Familienauto. Europäische Crashtests. Viggo. Diskussion über plötzlichen Kindstod, Kaffeekränzchen, Hühnerhöfe, der Begriff ›sprudeln‹. Viggos sexualträumerisches Lächeln. *Gula Tidningen*. Teure Familienautos. Sieben Interessebekundungen via E-Mail. Dann Beschämung. Das Gefühl kehrte zurück. Warum Beschämung? Die Rubrik ›Ich liebe dich‹ der Woche. Genau, Scheidensekret-Service. Da war es. Irgendwo da. Eine Mitteilung.

Wie war es noch? Stute-Edna. Kühltruhengeschichte. Licking Jack. Still waiting. Nein, es klingelte nicht.

›Kein Verbrechen ist schlimmer als bitterer Verrat, sagten die Schwestern Florento.‹ Da war es wohl. Die Schwestern Florento? Ein kleines Klingeln.

Ein *Verbrechen* von irgendeiner Art, das kürzlich durch die Presse gegangen war ... Waren die Schwestern Florento nicht Kriminelle? In den USA, oder? Zwei Prostituierte, die einen Zuhälterboß um einen Haufen Geld erleichtert hatten. Aber war das so wichtig?

Warum werden Kriminelle unter der Rubrik ›Ich liebe dich‹ in einer Mitteilung in der Internetversion von *Gula Tidningen* zitiert?

Jaja, so what? Es war die Kombination mit etwas anderem, das ausschlaggebend war. Wie war es noch gewesen? Orpheus und Eurydice? Ja, da war es, doch es war nicht das. Waren da nicht auch Ziffern? Kombinationen?

Was hatte da noch gestanden unter ›Ich liebe dich‹ der Woche?

BK, CF, DL. ›3 12 13 18 24 28 30‹. Nein, das sah nach einer Lottoreihe aus. Waren es nicht sieben Ziffern im Lotto? Initialen und Lottoreihe.

›3+3=5‹. Nein, das war ›still waiting‹. Einer von sechs fehlte. Zwei Dreier. Vielleicht zwei Dreiecksverhältnisse, die sich zusammentaten. Zwei kleinere Gruppensexgangs wollten fusionieren. Aber einer wollte nicht mitmachen. Das konnte man Gruppenzwang nennen.

Mehr. ›Samstag, 3‹. Nein, Treffen. ›Du weißt, wo. Licking Jack.‹ Klassischer Ehebruch. Der ja kein Verbrechen war. Begegnung zwischen Frau und Zunge.

Er pflegte sich an Dinge zu erinnern. Orpheus und die Schwestern Florento und – eine Ziffernkombination.

›Eurydice. ›Kein Verbrechen ist schlimmer als bitterer Verrat, sagten die Schwestern Florento.‹ 82 12G 14. Orpheus.‹

›82 12G 14.‹ Genau. Das war es. Das war es, was scheuerte. Es scheuerte weiter. Warum? Wie konnte er wissen, was die Kombination bedeutete? Es waren nur Ziffern und ein Buchstabe. Undurchdringlich. Laß gut sein, wie Kerstin Holm zu sagen pflegte.

Er konnte nicht gut sein lassen. Es scheuerte weiter. ›82 12 G 14‹. ›82 12 G 14‹. ›82 12 G 14‹.

In seinem Innern tauchte ein Wagen auf. *Dieser* Wagen. Viggo Norlanders mittlerweile unrechtmäßig angeeigneter Dienstvolvo. Warum? Wann? *Schwer zu lenken*. Jaha? Warum schwer zu lenken?

Weil er unter Zuhilfenahme des Lenkrads ein Buch halten mußte.

Kumla. Ein kleines Kirchdorf südöstlich des Sees Tåkern in Östergötland. E 18. Abbiegung bei Järva Krog verpaßt.

Arto Söderstedt riß den Straßenatlas aus dem Seitenfach in der Wagentür. *Motormännens vägatlas över Sverige*. Er schlug den zerfledderten roten Plastikumschlag auf und blätterte fieberhaft im Register. Kumla. ›44 8E 2‹.

Verdammt. Es stimmte und stimmte auch wieder nicht ganz.

›82 12G 14‹.

›44 8E 2‹.

Vor dem Register stand eine Beschreibung, wie die Kombination zu deuten war. Zuerst die Seite: 82 und 44. Dann ein Quadrat auf dieser Seite: 12G und 8E. Danach, um welches Viertel des Quadrats es sich handelte: 1 unten links, 2 unten rechts, 3 oben links, 4 oben rechts. Da stimmte es nicht. Die letzte Ziffer in der Kombination konnte nur 1, 2, 3 oder 4 sein. Nicht 14.

Arto Söderstedt verstand nicht richtig, womit er sich da eigentlich abgab. War es nur ein Gedächtnistraining? Um nicht einzurosten, wenn man fünfundsiebzig war?

Zusammenfassung. Kriminelle werden in der Rubrik ›Ich liebe dich‹ zitiert. Warum? Es ist kombiniert mit etwas, was eine geographische Position zu sein scheint, aber doch nicht richtig. War es doch eine Spur, die in die Irre führte? Hatte ›82 12G 14‹ trotz aller sonstigen Ähnlichkeiten nichts mit *Motormännens vägatlas över Sverige* zu tun?

»Wie verbreitet ist der hier?« fragte Söderstedt und hielt das rote Plastikbuch hoch.

Norlander starrte ihn so lange an, daß es schon stark verkehrsgefährdend wurde. »Du bist wahnsinnig geworden«, stellte er schließlich fest. »Endlich hast du den Verstand verloren. Es war ja nur eine Zeitfrage, bevor die Glocken schrillen würden.«

»Antworte mir einfach.«

Norlander entdeckte gerade noch rechtzeitig den entgegenkommenden LKW, um ausweichen zu können.

»Das ist der Standard-Autoatlas in Schweden«, sagte er nach einer Weile. Die Pulse pochten laut.

Söderstedt nickte. Okay, wenn man in Schweden eine geographische Position bestimmen wollte, war es nicht ganz unnatürlich, daß man zum *Motormännes vägatlas över Sverige* griff. Von dieser Hypothese arbeitete er sich weiter. Bei der letzten Ziffer, 1, 2, 3 oder 4, handelte es sich um die Einteilung jedes Quadrats vom Typ 12 G in vier identische Quadrate. 14 stand in *Gula Tidningen.* Wenn man sich eine noch präzisere Einteilung jedes neuen Quadrats, in diesem Fall also 12 G 1, in weitere vier Quadrate vorstellte, landete man jetzt in Quadrat 4 im Quadrat 1. Also 14.

Aus dem Quadrat mit der Bezeichnung ›82 12 G 14‹ machte er das Quadrat ›82 12 G 1‹, und hieraus machte er wieder vier Quadrate und wählte von diesen das vierte, d.h.: ›82 12G 14‹. Er schlug Seite 82 auf, suchte das Quadrat 12 G, darin Quadrat 1, unten links, und darin Quadrat 4, oben rechts. Er landete in – Avesta. Avesta an der Grenze zwischen Västmanland und Dalarna. Das wirkte nicht unwahrscheinlich. Eine Stadt.

Orpheus teilte Eurydice mit, daß er sich in Avesta befand, und bei der Gelegenheit zitierte er die Schwestern Florento.

Und? Die A-Gruppe steckte mitten in einer der schwierigsten Mordermittlungen seit langem – warum sollte diese kleine Mitteilung ihn interessieren? Er konnte es nicht anders erklären als mit dem Begriff *Witterung*. Dieses unbeschreibliche Gefühl, etwas völlig Unbekanntem auf der Spur zu sein.

Kriminelle, Position, Mythologie ... *Etwas* war da.

Aber es durfte natürlich nicht auf Kosten der laufenden Ermittlung gehen. Darüber war er sich im klaren.

Als sie zurück im Büro waren, ging Söderstedt sofort wieder ins Internet. Es waren vier Antworten wegen der Familienautos gekommen: verkauft, verkauft, verkauft, verkauft. Nicht besonders variationsreich.

Die Variation fand sich indessen auf der Homepage von *Gula Tidningen*. Unter der Überschrift ›Ich liebe dich‹ der Woche. Da stand jetzt: ›Orpheus. ›Aber die Schwestern lösten sich in Luft auf.‹ 41 7C 31. Eurydice.‹

Er hatte *Motormännens vägatlas över Sverige* mit hochgeschmuggelt. Er schlug nach, ›41 7C 31‹.

Es war Alingsås.

Er hatte etwas gefunden, doch er hatte keine Ahnung, was.

Alles, was er hatte, war die Witterung.

31

Ljubomir war da. Da. Er verstand sehr wohl, warum. Es war ein Loyalitätstest.

Die beiden Schweden waren im Arbeitszimmer der Villa gewesen. ›Sicherheitsberater‹ in Hawaiihemden und Shorts. Sie saßen schwer auf dem L-förmigen Schreibtisch und sprachen mit dem Großen. Leise, so daß Ljubomir nichts hören sollte. Er stand an der Tür wie immer. Und hörte alles. Sein Gehör war gut.

»Wissen wir, wer sie sind?« fragte der Große barsch.

»Nicht richtig«, sagte einer der Schweden. »Wir arbeiten noch daran.«

»Es scheint einen rassistischen Hintergrund zu haben«, sagte der andere. »Es steht ganz oben auf der Prioritätenliste. Kanakenkohle. Royal Straight Flush. Höher geht es nicht.«

»Wer, verdammt, hat Lordan in die Luft gesprengt?«

»Wie gesagt. An das Material kommen wir nicht ran. Unmöglich.«

»Ihr seid Exbullen«, sagte der Große. »Woran kommt ihr eigentlich, verdammt? Was tut ihr für euer Geld?«

Er machte eine kurze Pause. Faßte sich und fuhr fort: »Kommen wir an einen der Ermittler heran?«

Die beiden ›Sicherheitsberater‹ schüttelten die Köpfe. »Die sind schwierig. Wir haben einiges mit ihnen zu tun gehabt ...«

»Handverlesene Gruppe. Wasserdicht, smart, ein bißchen abgedreht. Unberührbar.«

»Niemand ist unberührbar«, sagte der Große. »Der, der hier war? Hultin?«

»Vergiß es«, sagte der erste Schwede und sah bedrückt aus. »Stützpfeiler. Alter Stamm. An den kommst du nicht ran. Du kannst ihn umbringen, aber nicht erpressen.«

»Scheiß auf die Bullen«, sagte der andere. »Sei ihnen voraus, einfach. Wie gewöhnlich.«

»Nichts von unserem Mann?«

»Er ist in Deckung gegangen. Wäre es nicht an der Zeit, ihn jetzt unter Druck zu setzen?«

»Absolut unmöglich. Seine Versicherung ist wasserdicht. Und wenn hier jemand wen unter Druck setzt, dann sind es meine Leute, die das tun. Ist das klar?«

Sie hatten die Diskussion beendet. Die Schweden waren gegangen, ohne Ljubomir eines Blickes zu würdigen. Da hatte der Große ihn einfach mitgezogen, ohne ein Wort. Er schleppte ihn durch den paradiesischen Garten zur Garagentür. Dort blieben sie stehen. Drei Mann waren sofort aus dem Wachraum gekommen und ihnen gefolgt, dicht auf den Fersen. Jetzt gingen sie vorbei, traten in die Garage und starteten den Wagen. Alles war grün.

Die drei Männer testeten alles. Sie deckten ihn mit ihren Körpern, sie gingen als erste in alle Räume, sie kosteten sein Essen, sie öffneten seine Post, sie starteten seinen Wagen, und sie *fuhren* seinen Wagen. Und das taten sie auch jetzt. Ljubomir saß im Fond eingeklemmt zwischen zwei Typen, während der Wagen zur Stadt brauste.

Und jetzt waren sie *da*. An *diesem Ort*.

Er war entschärft. Desinfiziert. Keine Spur der Widerwärtigkeiten der Vergangenheit. Eine leere Wohnung. Nur zwei weitere Männer, die genauso aussahen. Wie Parodien von Gangstern. Der zivile Look.

Sie wußten ganz einfach nicht, wie man sich zivil kleidete. Sie waren für verschiedene Armeen und paramilitärische Truppen rekrutiert worden, bevor sie auch nur erwachsen waren. Bevor sie gelernt hatten, sich zu kleiden.

Doch sie wußten, wie man Befehle befolgte.

Keiner sagte ein Wort.

Wenn man vom Präzisionsfernglas auf der Fensterbank absah, war es eine ganz normale Wohnung.

Wenn man von den Schreien absah, die aus den schallisolierten Wänden zu Ljubomirs Ohren aufstiegen.

Den grellen, hellen Schreien.

Ljubomir fand, daß sie sich in den porösen Wänden abgelagert hatten. All die Schreie. Alle stiegen sie im Chor zu ihm auf, wie eine furchtbare, schneidende Anklage. Er wurde überwältigt. Er spürte, daß er weiß wurde. Er trat ans Fenster, versuchte es zu öffnen. Keine frische Luft wehte durchs Fenster herein. Es saß vollkommen fest.

Der Große kam zu ihm und legte ihm den Arm um die Schultern. Es war keine freundschaftliche Geste – die hob er bis nach der Arbeit auf. Es war eine Kontrolle. Um zu sehen, wie stark er zitterte.

Um zu sehen, ob er sich übergeben mußte.

Sie standen da zusammen, die Kindheitsfreunde aus dem kleinen Bergdorf im östlichen Serbien, und blickten hinunter zu der Bank auf der anderen Straßenseite. Man konnte glauben, daß sie Freunde waren.

Ein kleiner, aber breitschultriger Mann mit einer Mütze auf dem Kopf betrat soeben die Bank.

Ein kleiner, aber breitschultriger Mann mit einer Mütze auf dem Kopf betrat soeben die Bank. Er kratzte sich an der Stirn, während er eintrat, kratzte sich so, daß die Hand sein Gesicht verdeckte. Er sah sich einen Augenblick um. Große Innenstadtbank. Noch nicht in eine Bürolandschaft verwandelt. Halb elf: wenig Betrieb. Vier Kunden, keiner von ihnen ein potentieller Held. Drei Kameras. Er fixierte ihre Reichweite, zog die schwarze Mütze übers Gesicht und sah durch die Augenschlitze einer Räubermaske.

Im gleichen Augenblick, in dem die anderen hereinstürmten, zog er eine Pistole und zerschoß die drei Kameras. Es waren nur drei Schüsse nötig.

Einer der anderen stand Wache an der Tür. Er konnte mit Mühe und Not seine Maschinenpistole heben. Zwei gingen mit erhobenen Waffen zum Tresen.

Einer von ihnen trug eine goldfarbene Räubermaske. Er sagte deutlich: »Wir sind uns bewußt, daß sie Alarm ausgelöst haben. Also bitten wir Sie, diese beiden Taschen schnellstens zu füllen. Sie haben eine halbe Minute Zeit, dann fangen wir an, die Kunden zu erschießen.«

Die Taschen wurden schnell gefüllt. Niemand schrie, keiner gab einen Laut von sich. Ein merkwürdiges Schweigen herrschte im Raum. Als hätten alle instinktiv erkannt, daß die Stimme es ernst meinte.

Auf dem Weg nach draußen nahmen sie ihre Gesichtsmasken ab, legten eine Kette um die Handgriffe der Türen und schlossen mit einem Vorhängeschloß ab.

Mit zwei Taschen über den Schultern gingen die vier Männer ruhig die Straße hinunter und bogen in eine Querstraße ab. Keiner bemerkte, daß der eine Mann sich kaum aufrecht halten konnte.

Der kleine, aber breitschultrige Mann mit Mütze verließ soeben in Gesellschaft einer jungen Blondine die Bank. Er steckte die Brieftasche in die Innentasche seines Jacketts und zerzauste der Blondine das lange Haar, bevor sie mit einer Umarmung auseinandergingen.

Der Große zeigte auf ihn. »Wahrscheinlich hat er in der Bank seine Tochter getroffen. Eine zufällige Begegnung. Seine *Tochter*. Verstehst du mich, Ljubomir?«

Ljubomir begegnete dem Blick des Großen. Er drang in ihn ein wie ein Schlagbohrer.

Der Große fuhr fort: »Diese Wohnung ist ein Spähposten und nichts anderes. Alles andere Ljubomir, mußt du aus deinem Bewußtsein auslöschen. Von hier aus sehen wir *alles*. Früher oder später kommen sie hierher, und dann werden wir sie fangen. So einfach ist es. *Niemand* trickst Rajko Nedic aus, Ljubomir, und *niemand* verrät ihn. Ich möchte, daß du das wirklich verstehst.«

Ljubomir nickte. Er verstand. Er verstand *genau*.

Und dennoch wollte sein Bewußtsein sich nicht säubern lassen.

32

Sie waren einander so nah, wie man einander kommen kann. Die Jalousien vermochten die Sonne nicht aufzuhalten. Dennoch lagen sie eng aneinandergedrückt. Ihre Körper sollten sich mit der größtmöglichen Fläche berühren. Die Wärme konnte nie drückend werden.

In der Wohnung in der Surbrunnsgata waren vierzig Grad.

Sie hatten etwas getan, was noch keiner von ihnen je getan hatte. Sie hatten geschwänzt. Sich plötzlich, wie auf einen gemeinsamen, gleichzeitig empfangenen Impuls hin, nach Hause begeben und sich geliebt. Wie auf Befehl einer höheren und wichtigeren Instanz, als es der Reichspolizeichef war.

Beide erkannten – ungefähr gleichzeitig –, daß sie in einer gefühlsmäßigen Wüste von Arbeit und nichts als Arbeit gewandert waren und daß sie erst jetzt die Oase erreicht hatten, nicht eine erneute Fata Morgana, sondern wirklich die Oase. Dort gedachten sie zu bleiben. Dort wollten sie ihre Pfähle einschlagen.

Nichts anderes würde sie von ihren Pflichten losreißen können.

Nur dies. Eine höhere Pflicht. Ein höheres Recht.

Sie mußten einander in- und auswendig kennenlernen, aus- und inwendig. Nichts sollte mehr verheimlicht werden.

Und doch geschah genau das. Eine doppelte Mauer erhob sich zwischen ihren engverschlungenen Körpern. Die Mauer der beiderseitigen Schweigepflicht. Und dazwischen ein sonderbares, vermintes Gelände.

Sie versuchten sich einzureden, daß die Mauer *sie* nicht berührte, nichts mit ihrer Zweisamkeit zu tun hatte, nur mit der Arbeit. Aber es ging nicht richtig. Die Arbeit war ein Teil von ihnen.

Man konnte sich, genaugenommen, zur Arbeit nur auf zweierlei Weise verhalten. Entweder man macht irgendeine

Arbeit, egal was, wenn nur der Gehaltsscheck am Monatsende eingeht – oder man sucht sich zielbewußt eine Arbeit, mit der man sich innerlich im Einklang weiß.

Sara Svenhagen und Jorge Chavez hatten beide letzteres getan. Wenn sie an ihren Ermittlungen arbeiteten, wenn sie sich langsam, ganz langsam einer verborgenen Wahrheit annäherten, taten sie zugleich etwas anderes. Etwas Wichtigeres. Stellten eine Ordnung wieder her, fanden Muster im Dasein, deckten verborgene Strukturen auf, näherten sich langsam dem eigentlichen *Sinn*. Sie taten ihre Arbeit mit *Hingabe*. Ein anderes Wort gab es nicht.

Und jetzt liebten sie sich mit der gleichen Hingabe. Zwei Hingaben im Clinch.

Jorge schmerzte seine Undankbarkeit. In der Überzeugung, ›nur‹ den Kvarnentäter lokalisiert zu haben, hatte Sara die A-Gruppe mit einem Fotomaterial versehen, das ihnen ermöglichte, die gesamte Gang 2 zu identifizieren, und das auch noch Bilder von Gang 1 lieferte. Es war wie eine Liebesgabe. Leider war das Bild des ›Polizisten‹ so gut wie nicht existent, und es war vor allem dieser ›Polizist‹, der der Grund für seine Undankbarkeit war. Wenn wirklich ein Polizist in die Sache verwickelt war, dann war strengste Schweigepflicht ein absolutes Muß, und das machte es unmöglich, irgendwelche wesentlichen Aspekte der Sicklaschlacht zu diskutieren. Und er war überzeugt, daß ein Gedankenaustausch über Niklas Lindberg und ›Kulan‹ Kullberg den Fall wirklich weitergebracht hätte. Er hätte gern Saras Meinung über Rajko Nedic und Lordan Vukotic gehört, über Danne Blutwurst und Roger Sjöqvist und Sven Joakim Bergwall und Eskil Carlstedt und eine Gang mutmaßlicher Kriegsverbrecher aus dem früheren Jugoslawien. Und – vor allem – über den ›Polizisten‹. Doch das war ausgeschlossen. Eine Mauer verhinderte es.

Sara hatte sich zwar gefragt, was der sonderbare Ausruf ›der Polizist‹ bedeuten mochte, den Jorge ausstieß, als das Foto des verborgenen Mannes aus dem Entwicklungsbad gehoben wurde. Doch ihre Frage war bald hinter ihrem eigenen Dilemma verschwunden. *Ihrer* Mauer. Ihr Vorgesetzter, Kommissar Ragnar Hellberg, hatte ihre Ermittlung totgeschwiegen, sie rigorosester Geheimhaltung unterworfen – und jetzt fragte es sich, ob dies seinerseits auf einem Dienstvergehen beruhte. Oder sogar einem Verbrechen. Er hatte zielbewußt sämtliche Spuren einer E-Mail-Adresse ausgelöscht, die ziemlich häufig auf verschiedenen Pädophilen-Homepages vorkam: ›brambo‹. Allem Anschein nach war ›brambo‹ ein Pädophiler, der im Internet aktiv war. Sie konnte einen von zwei Wegen wählen. Entweder konfrontierte sie Ragnar Hellberg mit ihrer Entdeckung. Oder sie suchte weiter nach ›brambos‹ Identität. Das einzige, was sie nicht konnte, war mit Jorge zu sprechen. Dies war *ihre* Mauer, und nur ihre.

Also lagen sie da, so eng zusammen, wie man einander nur kommen konnte – und gleichzeitig sehr weit voneinander entfernt. Zwischen ihnen lag ein sonderbares, vermintes Gelände.

33

Die Schwestern Florento waren in der Tat Kriminelle. Arto Söderstedt fand sie ziemlich schnell im Pressearchiv. Besonders in der Boulevardpresse war die Geschichte während einiger Tage um Mittsommer herum heftig aufgebauscht worden – länger hielt sich eine Neuigkeit selten.

Die Schwestern waren Prostituierte in Atlanta, Georgia. Sie hatten zu einem riesigen Stall von Kolleginnen unter einem Superzuhälter namens Big Ted Curtis gehört, der seine Huren ziemlich schlecht behandelte, selbst mit Zuhältermaßstab gemessen. Unter schwierigen Umständen war es den Schwestern gelungen, eine Internetschaltung aufzubauen, mit der sie sich

Zugang zu Big Teds Bank verschafft, sein Konto geleert und sich anschließend in Luft aufgelöst hatten. So ruiniert, beging er Selbstmord, und der ganze Stall von Prostituierten wurde freigelassen.

Vor einigen Wochen nun hatten die Schwestern Florento sich gemeldet, wenngleich von unbekanntem Ort. Sie kommunizierten per E-Mail mit der Presse und erzählten ihre Geschichte. Aber sie blieben verschwunden.

Jetzt saß Söderstedt da und dachte über die Geschichte nach. Jede Sekunde, in der er es unterließ, an Rajko Nedic und Niklas Lindberg zu denken, bereitete ihm ein schlechtes Gewissen. Allerdings immer weniger. Er konnte diese Geschichte nicht loslassen.

Ein Paar, vermutlich Liebende, nennt einander Orpheus und Eurydice – der antike Sänger und seine Geliebte, die er aus dem Totenreich heraufsang. Sie zitieren zwei kriminelle Schwestern, die sich ebenfalls aus dem Totenreich befreiten und denen es nebenbei noch gelang, ihren Quälgeist zu versenken und selbst reich zu werden, und sie teilen sich ihre jeweiligen Positionen in verschiedenen Teilen Schwedens unter der Rubrik ›Ich liebe dich‹ der Woche in *Gula Tidningen* mit. Hier ging etwas vor sich, was vermutlich nicht gänzlich im Rahmen des Gesetzlichen lag.

Söderstedt hielt das umfangreiche Ermittlungsmaterial über die Sicklaschlacht in der einen und den mageren Ausdruck aus *Gula Tidningen* in der anderen Hand. Merkwürdig war nicht nur, daß sie gleich schwer wogen, sondern daß sie sich auch gegenseitig anzogen wie Magneten.

Zwei Positionen. Orpheus in Arvika, Eurydice in Alingsås. Zwei Zitate, mit Anführungszeichen und allem: ›Kein Verbrechen ist schlimmer als bitterer Verrat, sagten die Schwestern Florento.‹ – ›Aber die Schwestern lösten sich in Luft auf.‹ Da traf ihn ein Genieblitz, er rief *Gula Tidningen* an und bekam den Webmaster ans Telefon.

Doch, die Zeitung hatte Backups von den Annoncen des letzten halben Jahres.

Arto Söderstedt ballte sekundenkurz die Hand zur Faust. Dann bat er darum, die Annoncen der Rubrik ›Ich liebe dich‹ vom letzten Monat gemailt zu bekommen. Das würde gehen. Es dauerte eine knappe Stunde.

Dann durchsuchte er das umfangreiche Material mit der Suchfunktion. Während ein ›Orpheus‹ nach dem nächsten auf seinem Bildschirm hervorgehoben wurde, dachte er darüber nach, wie drastisch diese kleine Funktion die polizeiliche Arbeit effektiviert hatte. Schließlich hatte er eine Sammlung gleichartiger Mitteilungen vor sich. Sie sahen alle gleich aus. Zuerst der Name des Empfängers (Orpheus oder Eurydice); dann, in Anführungszeichen, eine kleine Phrase mit mehr oder weniger klarem Bezug zu den Schwestern Florento; dann die Positionsbestimmung aus *Motormännens vägatlas över Sverige*, die übrigens ohne Ausnahme auf eine Stadt hinwies; schließlich der Absender (Orpheus oder Eurydice). Immer exakt die gleiche Form.

Die erste Mitteilung war am Mittsommerabend abgeschickt worden, am fünfundzwanzigsten Juni. Söderstedt spürte, wie die beiden Papierstapel näher zueinander gesogen wurden. In der Nacht auf den Mittsommerabend hatte die Sicklaschlacht stattgefunden.

Er betrachtete die erste Mitteilung eingehender. Sie kam von Orpheus. Der Code aus dem Straßenatlas sagte: Orsa in Dalarna. Und hier stand kein Zitat, sondern ein Hinweis: ›Expr., 24.06, S. 12 oben‹. Eurydices Antwort kam knapp zwei Stunden später, zusammen mit einem Code, der auf Falkenberg an der Westküste hinwies. Jetzt gab es ein Zitat: ›Die Schwestern waren nur seelische Schwestern.‹

›Expr.‹? Und dann ›S. 12 oben‹. Sicher war dies ein Hinweis auf den oberen Teil der Seite zwölf in *Expressen* vom vorhergehenden Tag. An Mittsommerabend waren wohl keine Zeitungen erschienen. Vielleicht hatte Orpheus die Abendzeitung vom Vortag zur Hand – und dort gefunden …?

Söderstedt rief in der Bibliothek des Polizeipräsidiums an. Eine Dame meldete sich, und fünf Minuten später brachte eine junge Frau ihm den *Expressen* vom vierundzwanzigsten Juni. Das meiste handelte vom Kvarnenmord, aber ganz oben auf Seite zwölf stand ein Artikel mit der Überschrift: ›Die Schwestern, die sich in Luft auflösten‹. Es war ein Folgeartikel über die Schwestern Florento. Nach ein paar Zeilen stieß er auf den Satz: ›Die Schwestern Florento waren nur seelische Schwestern.‹ Noch ein Stück tiefer stand: ›Kein Verbrechen ist schlimmer als bitterer Verrat, sagten die Schwestern Florento.‹

Und der Artikel endete mit den Worten: ›Aber die Schwestern lösten sich in Luft auf.‹

Er ging den Rest der Mitteilungen aus der Rubrik ›Ich liebe dich‹ durch. In allen fanden sich Zitate aus dem Artikel in *Expressen*.

Rekonstruktion, dachte Söderstedt und lehnte sich zurück. Orpheus findet den Artikel über die Schwestern Florento. In seiner ersten Mitteilung an Eurydice weist er darauf hin. Sie antwortet nach zwei Stunden, da hat sie sich allem Anschein nach ins mittsommerlich verödete Falkenberg begeben und den *Expressen* vom Vortag besorgt, und sie antwortet mit einem Zitat aus dem Artikel: ›Die Schwestern waren nur seelische Schwestern.‹ Die beiden haben also im vorhinein beschlossen, sich Orpheus und Eurydice zu nennen, die aus dem Totenreich aufgestiegen sind. Dann finden sie einen Artikel über ein seelisches Schwesternpaar, das das gleiche geschafft und außerdem noch eine märchenhafte Geldsumme mitgebracht hat. Sie identifizieren sich mit den Schwestern und schicken jedesmal ein Zitat aus dem Artikel. Sie bewegen sich durch Schweden, in verschiedenen Teilen des Landes, und sie haben vorher beschlossen, über die harmloseste, versteckteste Seite von *Gula Tidningen* mit der Rubrik ›Ich liebe dich‹ der Woche Kontakt zu halten. Das setzte Internetzugang voraus. Wie? Und warum das Internet? Warum kein Direktkontakt? Um die Gefahr, aufgespürt zu werden, zu vermeiden? Hmm.

Der Server, dachte Söderstedt. Es mußte möglich sein festzustellen, woher diese Mitteilungen an *Gula Tidningen* kamen.

Neuer Kontakt mit dem Webmaster. Ja, Orpheus und Eurydice hatten denselben Server. Einen spanischen Gratisserver mit Namen Virtud. Er fand ihn im Netz. Nach einer Weile sprachlicher Verwirrung und allgemeinem Widerstand akzeptierte der Webmaster von Virtud, daß Arto Söderstedt schwedischer Polizist war und rückte, immer noch äußerst widerwillig, mit den Angaben über Orpheus und Eurydice heraus. Sie waren als Baruch Spinoza und Elton John registriert. Das besagte nicht viel. Wichtig war, daß es zwei Telefonnummern gab.

Zwei Mobiltelefonnummern.

Orpheus und Eurydice gingen also von Mobiltelefonen aus ins Internet.

Er suchte die Nummern bei Comviq. Beide waren dort registriert. Auf den gleichen Adressaten. Ein Restaurant.

Restaurant Tartaros in Östermalm.

Neue, immer atemlosere Kontakte, jetzt mit der Patent- und Registrierbehörde. Was war das Restaurant Tartaros?

Schließlich erhielt Arto Söderstedt Auskunft auf seine Frage nach dem Besitzer.

Das Restaurant Tartaros gehörte einem Mann mit Namen – Rajko Nedic.

Arto Söderstedt fühlte sich plötzlich ganz, ganz ruhig.

34

Das fehlende Glied zwischen Sara Svenhagen und Jorge Chavez hieß Gunnar Nyberg. Vor nur einer Woche hatte er noch mit Sara im Paar gearbeitet, jetzt arbeitete er mit Jorge im Paar.

Obwohl es vielleicht ein bißchen weit ging, von Paar zu sprechen. Sie liefen nicht abwechselnd mit ihren Dienstwaffen im Anschlag dunkle Treppen hinauf, sie schützten einander nicht, wenn sie sich in eine finstere Gasse schlichen, sie spielten nicht netter und böser Bulle in irgendeinem nächtlichen Vernehmungszimmer. Nein, sie saßen an Computern. Ohne eigenes Verschulden war der einstmals so rauhbeinige Bodybuilderbulle vom einen Computergenie zum anderen geworfen worden und war darüber tatsächlich richtig gut geworden im Umgang mit dem Internet.

Jetzt reichte es allerdings auch.

Die Rückversetzung zur A-Gruppe hatte auf unerklärliche Weise alte Gewohnheiten neu belebt. Oder möglicherweise Unarten. Er begab sich wieder in die Unterwelt, in das Territorium des alten Gunnar Nyberg. Plötzlich bekam er genug von virtuellen Cybernazis und aktivierte eine überraschende Menge Fußvolk bei der Jagd auf die einzige Branche, die nie Urlaub machte.

Als erstes gab es eine Räuberbande. Diese Räuberbande bestand in hohem Maße aus relativ jungen Rechtsextremisten. Aber auch aus waschechten Berufsverbrechern wie Danne Blutwurst. Nyberg organisierte eine umfassende Befragung von Berufsverbrechern, Bankräubern und Skinheads. Er verfolgte vor allem die Spuren im Umkreis von Danne Blutwurst und Roger Sjöqvist.

Noch hatte es zu nichts geführt.

Als zweites gab es eine Drogenbande. Rajko Nedic schien zwar unerreichbar, doch auf Dealerebene mußte man irgendwo einhaken können. Egal wie.

Das war es, womit er im Augenblick beschäftigt war. Die alte Einschüchterungstaktik saß noch im Rückgrat. Er richtete seine unangenehm unveränderlichen einhundertsechsundvierzig Kilo über einer schmächtigen Figur namens Robban auf, einem bekannten Großdealer in Hjulsta. Robban saß in seiner Wohnung und betrachtete mit großen Augen die zerschmetterte Wohnungstür, die in Fetzen – nicht Splittern, nicht Bretterstücken, sondern merkwürdigerweise wirklich *Fetzen* in den Angeln hing. Robban dachte: Wie zum Teufel kriegt er es hin, die Tür in Fetzen zu schlagen? Doch das sagte er nicht.

Er sagte, mit zitternder Stimme: »Ich weiß nicht, wovon du redest.«

»Denk noch mal nach«, sagte Gunnar Nyberg.

»Aber verdammt«, begann Robban, dem Schluchzen nahe. »Du weißt genausogut wie ich, daß es ein idiotensicheres System ist. Man kennt niemanden. Es kommt eine Lieferung. Man holt die Lieferung ab. Man liefert Geld. Sie sehen zufrieden aus. Wenn sie nicht zufrieden aussehen, ist man tot.«

Nyberg schob sich noch ein Stück näher heran. Sein Grizzlygesicht befand sich nur ein paar Zentimeter von Robbans eher kaninchenartigem. Der Atem des Grizzlys roch nicht nach rohem Fleisch und frischem Blut – er roch nach Stehcaféimbiß.

»Jugoslawen?« fauchte das kaffeestinkende Raubtier.

»Könnten sie sein«, hechelte Robban. »Aber ich weiß es nicht. Sie sehen südländisch aus, das schon. Üble Typen. Reden miteinander immer ihr Rotwelsch.«

»Was meinst du damit?«

Und plötzlich ein Anfall von Kamikaze-Mut: »Scheiß dir doch in die Hose, Stinkbombe.«

Als Folge dessen drückte jetzt der Grizzlybär auf einen Punkt im Nacken des Kaninchens. Das Kaninchen erbebte heftig – ein zitterndes Stück Pelzwerk zweiter Wahl.

»Das habe ich durch Nahkontakt gelernt«, informierte Gunnar Nyberg sein Gegenüber pädagogisch. »Es funktioniert tatsächlich.«

»Warte, verdammt, warte«, bebte Robban.

Nyberg ließ ihn los und fühlte sich mies. Er hatte sich vorgenommen, im Dienst nie wieder Gewalt anzuwenden. Es war von selbst gekommen. Als verlange seine Grizzlyrolle einfach danach.

Robban starrte ihn *bewundernd* an. »Wow, Mann!« stieß er aus und massierte sich den Nacken. »Was für ein krasser Griff.«

»Komm jetzt zur Sache«, murmelte Nyberg beschämt.

»Okay. Ich habe gehört, daß es einen Drogenhändler gibt, der das zum Prinzip gemacht hat. Alle seine Mitarbeiter reden immer eine Art Rotwelsch miteinander. Das ist eine Methode, das ganze Gewerbe zu verschlüsseln.«

Eine Methode, das ganze Gewerbe zu verschlüsseln, dachte Gunnar Nyberg und sagte, wie es sich gehörte: »Welcher Drogenhändler?«

»Rajko Nedic.«

»Und du glaubst, daß es Nedic ist, der an dich liefert?«

»Ich habe keine Ahnung«, sagte Robban, zündete sich eine Fluppe an und versuchte, cool auszusehen. »Und vor allem habe ich es nicht gesagt.«

Nyberg ging zu seinem alten Renault zurück, saß eine Weile mit den Händen am Lenkrad da und blickte auf Hjulstas vollkommen homogene Siebziger-Jahre-Architektur. Die Julisonne wurde freudlos von den eintönigen Fensterreihen der graubraunen Häuser reflektiert.

Jaha, dachte Gunnar Nyberg; es war der wärmste Tag des Jahres, der Schweiß rann, und die Gedanken versuchten heldenhaft, einem Tag zu entkommen, der zu Treibsand geworden war. Und aufs neue dachte er: jaha.

Und: jaha.

Dann befreiten sich seine Gedanken mit einem kurzen, aber mächtigen Schub.

Wenn Rajko Nedics Mitarbeiter untereinander immer serbokroatisch sprachen – wie konnten die urschwedischen Nazis in Kumla mitbekommen, daß eine Lieferung stattfinden sollte?

Niklas Lindberg konnte Lordan Vukotic nicht gut *zwei*mal gefoltert haben. Das wäre aufgefallen. Dennoch wußte Lindberg schon zwei Dinge: daß eine Lieferung stattfinden würde und daß ein Treffen im *Kvarnen* bevorstand. Woher wußte er das?

Nedics Macht baute auf perfekter Disziplin auf. Niemand gab jemals etwas preis. Das war der Grundpfeiler des gesamten Unternehmens. Nur so konnte er mit dieser Präzision als gesetzestreuer Restaurantbesitzer agieren. Sein Wille war ganz einfach Gesetz.

War es ein Riß in Nedics Mauer, den er so plötzlich entdeckt hatte?

Einer von seinen Jungs in Kumla hatte gesungen – noch bevor Vukotic sang. Ein Leck in dem wasserdichten System.

Gunnar Nyberg sah die Chance, ein bißchen Unkraut in den streng getrimmten Garten zu säen. War es nicht möglich, daß die ganze Organisation Risse bekommen würde, wenn Nedic von dem Leck erfuhr?

Nyberg blieb sitzen. Die Knöchel seiner ums Lenkrad gekrallten Hände wurden weiß. Schweißtropfen rannen zwischen die Finger und lockerten den Griff.

Drei Mann in Kumla. Wie hießen sie? Zoran Koco, Petar Klovic, Risto Petrovic. Mit denen würde er sprechen. Sofort.

Ein Stück weit war er schon auf dem Weg. Hjulsta. Er lenkte den morschen Renault auf die E 18 und rollte in Richtung Örebro. Zwischen Bålsta und Enköping fuhr er durch eine Ortschaft namens Grillby. Der Name setzte in seinem Innern ein kleines Klingeln in Gang. Grillby? Er war einmal in Grillby gewesen. Wo? Wann? Wieso? Aber er verstand nicht, warum er jetzt daran dachte. Wahrscheinlich kam es von einer gewissen Zerstreutheit, die sich beim Fahren einstellte.

Hinter Örebro rollte er über die Ebene von Närke nach Kumla. Es hatte nicht viel länger gedauert als eine Stunde. Er wandte sich an den Anstaltsdirektor und saß wenig später mit den gesammelten Werken des Trios vor sich in einem Vernehmungsraum.

Das Material von Interpol war umfangreich, aber nicht besonders aussagekräftig. Es gab zahlreiche weiße Flecken auf der Karte der Verbrechenslandschaft, vor allem im Zusammenhang mit den jugoslawischen Kriegen. Zoran Koco war bosnischer Moslem aus Sarajewo und während des Bosnienkriegs offenbar einer der führenden Schwarzmarkthaie gewesen. Petar Klovic war bosnischer Serbe und Lagerwache in einem Konzentrationslager für Moslems gewesen. Keine Straftaten – wenn man von Verbrechen gegen die Menschlichkeit absah. Risto Petrovic war Kroate und ehemaliger Befehlshaber einer paramilitärischen Truppe, die an ethnischen Säuberungen beteiligt war. Allerdings von Serben in Kroatien.

Eine im höchsten Grad unheilige Allianz.

Der weiße Fleck auf Niklas Lindbergs Karte war das Jahr in der Fremdenlegion. Von Mai 94 bis Mai 95. Da waren Koco und Klovic bereits in Schweden. Nicht jedoch Petrovic. Für ebendiesen Zeitraum wies das Material über ihn eine auffällige Lücke auf. Im Juli 95 kam er nach Schweden und schloß sich Rajko Nedics Gang an, was natürlich unbestätigt war, wurde schon im September als Drogendealer inhaftiert und wartete seitdem im Gefängnis auf seine Ausweisung.

Nyberg rief die Interpol-Abteilung im Reichskriminalamt an. Diese wandte sich ihrerseits an die Fremdenlegion und meldete sich eine Stunde später mit einer Anzahl möglicher Namen aus den Jahren 94–95.

Während dieser Stunde hatte Gunnar Nyberg versucht, sich einen Reim auf die Dinge zu machen.

Ein Kroate, der an ethnischen Säuberungen beteiligt gewesen war. Es hing ein leichter Geruch von Ustascha über dem Ganzen, der faschistischen Organisation, die während des Zweiten Weltkriegs Serben ausrottete. Es war nicht ganz unwahrscheinlich, daß Risto Petrovic den Weg über die Fremdenlegion genommen hatte, unter falschem Namen, um sich der internationalen Gerichtsbarkeit zu entziehen. Dort hatte er einen Gesinnungsfreund getroffen, den abgesprungenen schwedischen Gebirgsjägermajor Niklas Lindberg. Petrovic hatte sich dann bei dem Serbenschweden Rajko Nedic eingenistet, der nicht sonderlich an ethnischer Reinheit interessiert war, um Lindberg mit Informationen zu versorgen, beispielsweise über eine bevorstehende Großtransaktion von Nedic an einen schwedischen ›Polizisten‹. Aber war

Lindberg wirklich groß genug, um einen Spion bei Nedic einzuschleusen? Oder existierten größere rechtsextreme Organisationen im Hintergrund? Die Petrovic wie auch Lindberg lenkten? Und wenn ja, fanden sich hinter der Sicklaschlacht größere Motive?

Als er dort in dem kleinen Vernehmungsraum saß, bekam Gunnar Nyberg das Gefühl, daß die Wände immer näher krochen. Was war das für ein seltsamer Zusammenhang, auf den er gestoßen war? Dank eines kaninchenähnlichen Drogendealers mit Namen Robban.

Da begann das Faxgerät zu knarren. Drei Karteiauszüge aus der Fremdenlegion 1994–95. Drei jugoslawische Namen und drei nicht besonders gute, doch klar erkennbare Fotografien.

Gunnar Nyberg rief Jan-Olov Hultin an. Er erklärte die Lage und nahm verschiedene Order entgegen. Alle klangen gut.

Er ließ Risto Petrovic hereinrufen. Eine gewisse Genugtuung breitete sich in dem Riesenkörper aus, als er auf Anhieb das Gesicht von einem der Fotos erkannte.

Petrovic saß da und sah ihn an. Er war groß, kompakt und übermäßig aufgepumpt in dieser spezifischen Knastweise. Ein Körper, der keine Bewegung hat, dafür aber jede Menge Schrott hebt. Und der Blick war grausam und grenzte ans Unmenschliche. Genau wie Gunnar Nyberg gehofft hatte.

Als er den Mund aufmachte, war er sich voll und ganz darüber im klaren, daß er in diesem Augenblick Risto Petrovic zum Tode verurteilte.

»Jovan Sotra?« las er von einem der Faxe.

Petrovic gefror zu Eis. Alle Konsequenzen standen ihm unmittelbar klar vor Augen. Im gleichen Moment, in dem Koco oder Klovic oder irgendein Nedic Nahestehender auch nur von dem Verdacht erfuhr, wäre er ein toter Mann. Was Gunnar Nyberg in diesem Augenblick durchströmte, war *Macht*. Reine Macht. Er begriff plötzlich exakt, was es bedeutete, das Leben eines Mannes in seinen Händen zu haben. Es war unerträglich.

Vielleicht hätte er am Computer bleiben sollen. Im sicheren Cyberspace.

»I don't know what you're talking about«, sagte Petrovic schließlich, doch sein Blick sagte etwas ganz anderes.

Nyberg schaltete auf Englisch um; es ging ein bißchen holperig. »Nach dem Kriegsende in Kroatien wechselten Sie für eine kurze Zeit von der Position eines paramilitärischen Befehlshabers als gemeiner Legionär zur französischen Fremdenlegion. Während dieser Zeit trafen Sie einen ehemaligen schwedischen Offizier mit Namen Niklas Lindberg. Als Sie sich hier in Kumla wiederbegegneten, gaben Sie Informationen über eine große Transaktion zwischen Ihrem Arbeitgeber Rajko Nedic und einem Dritten an Lindberg weiter. Lindberg benutzte diese Information, um Nedics engsten Vertrauten Lordan Vukotic zu töten und drei Angestellte Nedics in der sogenannten Sicklaschlacht zu berauben und zu ermorden, wobei auch die Lieferung gestohlen wurde.«

Petrovic starrte Nyberg an. Sein Blick suchte einen Ausweg. Er wußte nicht, ob er in dem großen Polizeibeamten, der wie ein Grizzlybär aussah, einen solchen finden würde. Vielleicht. Er wiederholte, in erster Linie, weil es von ihm erwartet wurde: »I don't know what you're talking about.«

Es klang so hohl, daß Nyberg ihn ganz einfach ignorierte.

»However«, sagte er und nickte. »There is a way out.«

Sie fixierten sich eine Weile. Der paramilitärische Befehlshaber und Schwedens größter Polizist. Der Fremdenlegionär und Mister Sweden. Es erschien ihm männlich bis zum Rand des Absurden.

»Wir warten auf einen Polizisten, der Lars Viksjö heißt. Er wird Sie an einen sicheren Ort bringen. Sie werden Kronzeuge, bekommen eine neue Identität und werden an jeden Ort auf der Welt gebracht, an den Sie wollen. Im Austausch dagegen erfahren wir folgendes. Erstens: wie die Verbindung zwischen Ihnen und Niklas Lindberg aussieht. Zweitens: alles Erdenkliche und Unerdenkliche über Rajko Nedics Organisation. Drittens: um was für eine Lieferung es sich handelte.

Viertens: wer der Empfänger der Lieferung war. Fünftens: wozu Lindberg sie benutzen will. Sechstens: wo Lindberg und seine Bande sich derzeit aufhalten.«

Risto Petrovic schloß die Augen. Er saß vollkommen still. Als er die Augen wieder aufmachte, war sein Beschluß gefaßt. Es war deutlich zu sehen. »Ich weiß nicht, wo Niklas Lindberg ist«, sagte er.

Danach sagte er nichts mehr.

Nach einer Viertelstunde absoluten Schweigens traf Lars Viksjö ein und nahm Petrovic mit. Der hatte erneut das Leben gewechselt.

Es würde interessant sein zu sehen, wie Rajko Nedic reagierte.

Gunnar Nyberg erlaubte sich einen Augenblick stiller Kontemplation. Nein, gestand er sich ein, nicht Kontemplation, das war zuviel gesagt. Eher einen Augenblick reiner und äußerster Selbstzufriedenheit.

Dann rief er Hultin an und erstattete ihm Bericht.

Hultin sagte: »Verdammt gute Arbeit, Gunnar.«

Nyberg sagte: »Schon gut.«

Dann setzte er sich in seinen klapperigen Renault und tuckerte nach Hause. Kurz hinter Enköping kam er zu der kleinen Ortschaft mit Namen Grillby. Er mußte anhalten. Was war mit diesem Grillby? Warum verlangte es gerade im Augenblick des Triumphs Aufmerksamkeit von ihm?

Grillby. Kleines Häuschen. Das Häuschen einer Tante. Jugendliches Gefühl von Freiheit. Abschluß der Polizeihochschule. Zwanzig Jahre her. Fünf Mann und ein Kombi voll mit Sechserpacks.

Was hatte er noch gesagt? ›Ich fahre raus zur Hütte und lade die Batterien auf.‹

Warum es nicht versuchen? Gunnar Nyberg folgte einer zwanzig Jahre alten inneren Karte. Grillby war anscheinend völlig unverändert, denn er fand den Weg ohne Probleme. Er fand einen kleinen Schotterweg, der aus der kleinen Ortschaft hinaus und in den großen Wald hinein führte. Ein paar Kilometer folgte er der immer unwegsamer werdenden Piste. Die Sonne verwandelte den alten Renault in einen Backofen und Gunnar in einen schmorenden Hackbraten. Er zweifelte immer mehr an seiner Erinnerung und seinem Ortssinn. Schließlich öffnete sich jedoch eine Lichtung in dem ziemlich lichten Mischwald, und die kleine Kate tauchte auf. Sie war vollkommen unverändert. Sie lag am Waldrand und wirkte verlassen. Eine kleine Waldkate in faluroter Farbe von der Jahrhundertwende. Hier war so manches Bierchen oben rein und unten raus geflossen.

Ludvig Johnsson lehnte an der Veranda und machte Stretchübungen. Er sah mit einem zutiefst verwunderten, beinah erschrockenen Blick auf. Offensichtlich war er nicht daran gewöhnt, Besuch zu bekommen.

Als Nyberg ihm zuwinkte, hellte sich sein Gesicht auf, er kam im Laufschritt an den Renault und sah durch das heruntergekurbelte Backofenfenster.

Er prallte zurück. »Jesses«, entfuhr es ihm. »Da hast du lange gesessen.«

»Es ist reichlich heiß«, sagte Gunnar Nyberg und wand sich aus dem viel zu engen Wagen. Dann streckte er sich und zeigte auf das Haus. »Es steht also noch«, stellte er fest.

Ludvig Johnsson nickte, ging zurück zur Veranda und fuhr mit seinen Stretchübungen fort. »Ja, es steht noch«, sagte er. »Kein Strom, kein fließendes Wasser, kein Telefon. Ich ziehe mich hierher zurück, wenn ich der Welt den Rücken kehren will. Und das ist immer öfter der Fall.«

Nyberg nickte. »Ich verstehe, was du meinst«, sagte er. »Ich selbst fahre zu meinem Sohn und meinem Enkel nach Östhammar. Dieses Jahr hat es noch nicht so oft geklappt.«

Johnsson hörte auf zu stretchen und betrachtete ihn. »Für mich ist das nicht aktuell«, sagte er nur.

Nyberg biß sich auf die Zunge. Viel zu spät. »Verzeihung«, sagte er.

Ludvig Johnsson trat zu ihm und legte den Arm um ihn. Es entwickelte sich zu einer Umarmung. Sie standen in der Sonnenhitze vor einer einsamen Waldkate an einem Ort namens Grillby in Uppland und umarmten sich. Die Macht der Vergangenheit.

»Ist schon in Ordnung«, sagte Ludvig Johnsson schließlich. »Lange nicht gesehen.«

Sie setzten sich auf der Veranda in den Schatten. Johnsson holte zwei Bier. Die leerten sich ziemlich schnell. Zwei neue kamen zum Vorschein.

»Gaskühlschrank«, sagte Johnsson.

»Jetzt reicht es«, sagte Nyberg. »Ich muß noch zurückfahren. Wir haben einen Durchbruch in der Ermittlung erzielt.«

»Von Pädophilen zu Nazis«, nickte Johnsson. »Ist es etwas, was du erzählen willst?«

»Ich glaube schon. Später. Ist es immer noch das Häuschen deiner Tante?«

Ludvig Johnsson lachte laut und kratzte sich die symmetrische Glatze. »Sie war schon damals senildement, als wir hier unser Examen gefeiert haben. Sie ist immer noch senildement. Liegt im selben Heim und sieht aus wie damals, obwohl sie fast hundert ist. Als ob die Demenz sie konservierte.«

Er schnitt eine kleine Grimasse und fuhr fort. »Dann, als ich Familie bekam, vergaß ich es beinah. Hanna und ich sind viel gereist. Und es ging weiter, als die Jungen kamen. Sie waren neun und sieben, als sie starben, und waren in vierzehn Ländern gewesen. Sie gaben damit an in der Schule. Vierzehn Länder. Und eines Tages waren sie einfach weg. Alle drei. Hanna, Micke, Stefan. Peng – weg. Ich weiß nicht, ob das zu verstehen ist.«

Es war vollkommen still. Gunnar Nyberg meinte, die Sonne scheinen zu hören. Ein feines, leichtes Surren im Hintergrund. Er wußte nichts zu sagen. Es gab nichts zu sagen. Ihm selbst war es gelungen, die Beschädigungen aus der Vergangenheit zu reparieren. Ludvig Johnsson hatte nicht einmal die Chance gehabt. Die fürchterliche Unwiderrufbarkeit des Todes.

»Jaja«, sagte Johnsson nach einer Weile. »Dann fiel mir wieder ein, daß das Häuschen noch da war. Hier kann ich ganz für mich sein. Ich brauche das. Vor der Begegnung mit der Pädophilenwelt die Batterien aufzuladen. Niemand weiß, daß es dieses Haus gibt. Bis jetzt.«

»Ich werde den Mund halten«, sagte Gunnar Nyberg und spürte, daß er einen Fehler gemacht hatte. Er war auf heiligen Boden getrampelt. Er hatte eine Sphäre bevölkert, die nicht bevölkert werden durfte. Ohne nachzudenken hatte er die Tür zu einer Intimsphäre aufgebrochen, so daß sie *in Fetzen* in den Angeln hing. Er fühlte sich wie ein Schurke.

Ludvig Johnsson beugte sich über den Tisch vor, legte seine Hand auf Gunnar Nybergs Hand und sah ihm mit glasklarem, forschendem Blick in die Augen. »Es ist in Ordnung, Gunnar«, sagte er ruhig. »Vielleicht ist es genau das, was ich brauche. Ich halte es nicht länger aus, Eremit zu sein.«

Sie sahen sich an. Auf gewisse Weise wohnten sie immer noch in jener gemeinsamen Wohnung vor zwanzig Jahren. Keiner von beiden hatte sie ganz verlassen. Wie man niemals einen Ort verläßt. Alles bleibt immer da. Und es waren wichtige Jahre ihres Lebens. Der weltgewandte Ludvig und der tumbe Gunnar. Hier waren sie wieder.

Dann machte sich Gunnar Nyberg eines Dienstvergehens schuldig. Er erzählte von dem Fall. Er bedurfte dringender denn je eines Gesprächspartners, und der wiederum bedurfte ebenso dringend genau dessen, Gesprächspartner zu sein, das sah man deutlich. Einen kurzen Augenblick lang hatte Gunnar Nyberg das Gefühl, daß sie gemeinsam den Fall lösen würden. Wie sie es auf der Polizeihochschule getan hatten.

Er begann mit dem Durchbruch, dem Leck bei Rajko Nedic, Risto Petrovic, er fuhr fort, indem er ganz am Anfang begann, bei den Ereignissen im Restaurant *Kvarnen* und im Kumlabunker bis zu exjugoslawischen Söldnern und Niklas Lindberg und der Fremdenlegion und potentiellen rechtsextremistischen Dachorganisationen, und dann war er fertig. Es war eine lange und komplizierte Erzählung. Und noch ohne Ende.

»Mannomann«, sagte Ludvig Johnsson.

Das war alles.

Als Gunnar Nyberg Grillby verließ, kam es ihm vor, als sei eine Last von seinen Schultern genommen worden. Eine alte Freundschaft war wiederbelebt worden, ganz ernsthaft, und er spürte, daß er für den Rest seines Lebens einen Gesprächspartner hatte. Ein gutes Gefühl. Als habe sich ein weiteres abhanden gekommenes Puzzlestück aus der Vergangenheit wieder eingefunden und liege jetzt an seinem Platz.

Er nahm die E 18 und kehrte nach Stockholm zurück.

35

»Ja! Ja! Ja!« grölte ›Kulan‹. »Hier haben wir ihn wieder.«

Es war das zweite Mal an diesem Tag. Beim ersten Mal war er nur vorbeigehuscht. Ein kurzes Signal, das möglicherweise, wenngleich nicht wahrscheinlich, ein falscher Alarm war. Diesmal jedoch war es unzweideutig. ›Kulan‹ war über die Maßen zufrieden. Sogar er hatte aufgehört, daran zu glauben.

Niklas Lindberg sah es ihm an. Der untersetzte, breite Körper erbebte gleichsam vor nicht mehr erhoffter Erwartung. Wie ein Soufflé, dachte er zu seiner eigenen Überraschung.

Er blickte hinab zu seinem Elternhaus. Wie still es dort unten im Tal lag. Dieses niedliche Reihenhausgebiet, in dem er entstanden war. Von Fremden ungestört. Eine gesunde, reine, anständige Jugend in Frieden und Freuden. Trollhättan – so gediegen schwedisch. Und jetzt: zwielichtige Pizzerien an jeder Ecke, Mafiosospielhöllen, südländisch unehrliche

Drückebergermentalität. Eine Welt von Vergewaltigern, Drogendealern, Messerstechern, Sozialhilfeschummlern, von arabisch-jüdisch-katholischer Korruption und machoverkleideter Feigheit. Er wußte auf jeden Fall, *wogegen* er kämpfte. Um das *Wofür* war es ein bißchen schlechter gestellt.

»Jetzt ist er wieder weg«, sagte ›Kulan‹ gedämpft und drehte an seinen Rädchen.

»Hast du eine Richtung bekommen?« fragte Niklas Lindberg.

»Ja«, sagte ›Kulan‹. »Nach Osten. Entweder die 44 oder die 42.«

»Was liegt da? Rogge?«

Roger Sjöqvist blätterte im Straßenatlas. »Schwer zu sehen. Es ist genau zwischen den Seiten. Die 44 teilt sich. Sie geht als 44 hinauf zum Vänern, Lidköping. Als 47 geht sie nach Falköping. Aber die 47 stößt auf die E 20, die nach Skara und Skövde führt. Was hast du noch gesagt? Die 42? Die geht nirgendwohin. Vårgårda. Fristad.«

»Wir brauchen noch eine zweite Indikation«, sagte ›Kulan‹.

Niklas Lindberg überlegte. »Nimm die 44«, sagte er. »Und gib ein bißchen Gas.«

»Und die Geschwindigkeitsbegrenzung?«

»Scheiß drauf. Wir sind jetzt dicht dran.«

»Was glaubst du, Nicke?« sagte ›Kulan‹.

»Ich glaube, daß wir eine zweite Indikation bekommen«, sagte Niklas Lindberg. »Und dann wissen wir Bescheid.«

36

Kommissar Jan-Olov Hultin war ganz und gar nicht begeistert davon, daß Jorge Chavez an seinem Pult saß und die Beine baumeln ließ. Alles andere als begeistert. Obwohl er nicht richtig verstand, warum.

Vermutlich, weil er nicht gesehen wurde.

Es war Freitag, der neunte Juli, und die Zeit raste. Es gab keine richtig heiße Spur. Zwar waren massenhaft neue Fakten hereingekommen, doch nichts wirklich Heißes, richtig Akutes.

Woher dann dieser plötzliche Optimismus?

Die letzten Sitzungen in der Kampfleitzentrale waren eher von einer etwas trostlosen Resignation beherrscht gewesen. So viel Information, und so wenig Handlungsspielraum. Nedic hielt sich bedeckt, und die landesweite Fahndung nach Niklas Lindberg und seinen Männern rückte immer näher. Wenn sie die Identitäten der Männer bekanntgäben, würde die Boulevardpresse die Sicklaschlacht auf das gröbste auswalzen, Lindberg würde als der Antichrist dargestellt und seine Männer als Apostel des Bösen. Das wollten sie um jeden Preis vermeiden. Noch hatte Hultin Mörner sowie den Reichskriminalchef und den Reichspolizeichef hinter sich, was die Geheimhaltung der Identität von Lindberg, Sjöqvist, Andersson und Kullberg betraf, doch je länger die Ermittlungen erfolglos blieben, um so stärker wuchs die Forderung nach Information der Öffentlichkeit. Bald würde man nicht mehr umhin können, den Superdetektiv ›Die Allgemeinheit‹ einzuschalten – und damit würde man Rajko Nedics Handlungsspielraum wesentlich erweitern; er würde plötzlich wissen, wer ihn beraubt hatte. Doch bald gab es keine andere Möglichkeit mehr. Hultin fürchtete diesen Augenblick. Er würde die Ermittlung lähmen, man würde in trostloser Überprüfung von Hinweisen steckenbleiben, und jede Möglichkeit, der Gruppe die Zügel zu lockern, wäre zunichte gemacht.

Und was wäre die A-Gruppe ohne lockere Zügel?

Der Anblick des ungezügelten Gunnar Nyberg dort unten in der Tiefe der Kampfleitzentrale war einer der Gründe für Hultins plötzlichen Optimismus. Doch es gab noch andere. Alle sahen wie angespitzt aus, möglicherweise mit Ausnahme von Viggo Norlander, der mit offenen Augen und sabberndem Mund schlief. Ein Leckerbissen für die Boulevardpresse: ›So betreibt die Polizei die Suche nach den gefährlichsten Kriminellen des Landes.‹ Und dann der sabbernde Mund in Großaufnahme. Super.

Er hatte gelernt, den Gesichtsausdruck jedes Mitglieds der A-Gruppe zu deuten, und wußte ungefähr, was zu erwarten war. Jorge oben an dem Pult sah forsch aus – das ließ Gutes vermuten. Die letzten Tage war er spürbar zerstreut gewesen; Verliebtheit – aber auch eine Art sichtbarer Druck, als lägen der Liebe unnötige Hindernisse im Weg. Paul sah richtig obenauf aus – was der Fall gewesen war, seit er mit Kerstin ein Paar bildete –, und Hultin ahnte gewisse Komplikationen. Kerstin ihrerseits sah auch aus, als sei sie gut in Form. Aber sie sah ja immer gut aus. Doch es war Arto, der am heftigsten auftrug. Die finnlandschwedischen Mundwinkel waren auf eine Art und Weise gespannt, wie er es lange nicht gesehen hatte. Es würde ihn nicht wundern, wenn Arto Söderstedt da unten saß und den ganzen Scheiß gelöst hatte. Es sah tatsächlich so aus.

Kriminalkommissar Jan-Olov Hultin erteilte der A-Gruppe also nicht ohne eine gewisse Erwartung das Wort.

Vorn am Pult stand ein Fernseher mit einem Videogerät. Chavez setzte ihn mit der Fernbedienung in Gang. Eine Sequenz von einigen Sekunden Länge wurde abgespielt. Ein kleiner, aber breitschultriger Mann mit einer Mütze auf dem Kopf betrat eine Bank. Er verbarg routiniert das Gesicht hinter der Hand und ging aus dem Bild. Nur seine Beine waren sichtbar. Die Füße steckten in Stiefeln und standen ein paar Sekunden neben einem Tisch still. Dann verschwand das Bild in einem Rauschen.

Chavez ließ die Sequenz noch einmal laufen. »Bankraub in Göteborg«, sagte er. »Bevor die Überwachungskameras zerschossen werden. Seht euch mal die Füße an. Messungen vor Ort haben ergeben, daß es sich um Größe 40 handelt.«

»Aber keine vier Jahre alten Reebok«, sagte Arto Söderstedt.

Sie betrachteten ihn. Sie warteten auf eine Fortsetzung, die jedoch ausblieb.

»Nein«, räumte Chavez ein. »Nicht die vier Jahre alten Reebok, die im Gewerbegebiet von Sickla in Eskil Carlstedts Blut herumgetrampelt sind. Aber Schuhe kann man wechseln. So was soll schon vorgekommen sein.«

Herausfordernder Blick zu Söderstedt. Keine Reaktion.

Chavez machte weiter: »Dieser Bankraub war jedoch die Krönung eines regelrechten Raubzugs durch das südwestliche Schweden. Alles, von Schnapsläden bis zu Banken, entlang der Westküste. Es fing am Mittsommerabend mit einer Tankstelle in Skillingaryd zwischen Jönköping und Värnamo in Småland an. Mittsommerabend war der Tag nach der Sicklaschlacht.«

»Skillingaryd liegt ja wohl nicht an der Westküste«, sagte Kerstin Holm.

»Na gut«, sagte Chavez. »Doch danach kommt die Westküste. An sechs Orten sind Raubüberfälle verübt worden: Ängelholm, Mellbystrand, Halmstad, Varberg, Ulricehamn, aber gestern der Höhepunkt in Göteborg, wo die Beute vierhundertzwanzigtausend Kronen betrug. Weil so gut wie keine Zeugenaussagen vorliegen, wissen wir noch nicht, ob es dieselbe Bande ist. Aber in Kombination mit dem routinierten Verhalten in der Bank in Göteborg und den Schuhen Größe 40 ist es wohl nicht ganz unwahrscheinlich, daß es tatsächlich unsere Jungs sind, die hier an der Westküste aktiv sind. Die Bankräuber waren nämlich zu viert, einer von ihnen offenbar verletzt. Ich möchte behaupten, daß es unsere Jungs *sind*. Es spricht nämlich noch ein Faktor dafür.«

»Und der wäre?« fragte Hultin geduldig.

»Zeugenaussagen von der Bank«, sagte Chavez. »Vier Räuber. Drei mit schwarzen Gesichtsmasken. Einer mit einer anderen Farbe. Gold. Ihr erinnert euch vielleicht an die goldenen Fasern in Sickla ...«

Hultin nickte, wandte jedoch ein: »Erst raubt man Rajko Nedic eine saftige Lieferung, wahrscheinlich einige Millionen, dann macht man mit einer Serie riskanter kleiner Raubüberfälle an der Westküste weiter. Der kleinste bringt viertausendzweihundertzwölf Kronen. Das klingt unwahrscheinlich.«

»Das *ist* unwahrscheinlich«, sagte Söderstedt.

Wieder wandten sich ihm alle Blicke zu. Er hatte etwas in der Hinterhand, hielt es aber zurück, das war klar.

»Es ist unwahrscheinlich, weil die Prämissen falsch sind«, verdeutlichte Söderstedt. »Wenn man die Prämissen ändert, wird es nicht nur wahrscheinlich, sondern wahr.«

Die Verdeutlichung hatte es nicht gerade deutlicher gemacht.

»Ich möchte später darauf zurückkommen, bitte«, endete er und starrte die Wand an.

Chavez fand, daß er verärgert sein sollte. Zu seiner Verwunderung war er das nicht. Die Neugier überwog. Er sprang vom Pult herunter und kehrte an seinen gewöhnlichen Platz zurück.

»Kerstin?« sagte Hultin.

»Schon bei der Arbeit«, sagte Kerstin Holm, stieg aufs Podium und begann, mit Hilfe der Marienkäfermagneten ein großes Foto an der Flipchart zu befestigen. »Dies wird wohl nur ein kleines Zwischenspiel, während wir auf Artos Enthüllungen warten. Wie ihr wißt, haben wir den Kvarnenmörder festgenommen, einen schüchternen und von allen übersehenen kleinen Jungen mit Namen Conny Nilsson. Ein ganz und gar nicht blutrünstiger Mörder. Ich weiß nicht, wie ich es erklären soll, aber ich habe den Eindruck, als wäre er nur ein Werkzeug von etwas Größerem, das in unserer Gesellschaft in Bewegung ist. Ein junger, etwas willenloser Mann, der plötzlich, ohne zu begreifen, *wie*, den blutigen Griff eines Bierkrugs in seiner Hand sieht. Ich weiß nicht, aber die Sache hat etwas Schreckliches, worauf ich aber nicht richtig den Finger legen kann. Nun gut, daß der Täter gefaßt ist, hat es kaum leichter gemacht, die Zeugen aus dem Kvarnen noch einmal zu vernehmen. Die ganze Bagage scheint in Urlaub gefahren zu sein und sich in alle Winde zerstreut zu haben. Paul und ich haben ja daran gearbeitet, den ›Polizisten‹ einzukreisen. Ein paar der Zeugen sind wie vom Erdboden verschluckt, bei anderen haben wir lange nachforschen müssen, um sie zu erreichen. Endlich sind wir ein Stück weitergekommen. Es hat den Anschein, als sei der ›Polizist‹ dunkelhaarig und habe einen Bart. Man scheint ziemlich einig darin zu sein, daß er unter vierzig ist. Der Zeuge mit dem besten Erinnerungsvermögen, die sogenannte Steintunte, behauptet mit Bestimmtheit, daß der ›Polizist‹ einen kleinen schwarzen Kinnbart trug, ihr wißt schon, diese Art von Bart, der sozusagen den Mund umschließt. Und, wenn wir etwas genauer eine äußerst exakte und wissenschaftlich gesäuberte Vergrößerung des Fotos betrachten, auf dem er also fast ganz von Hammarbyfans verdeckt ist, können wir hier ganz richtig Fragmente eines solchen Barts erkennen.«

»Und da«, sagte Paul Hjelm, »haben wir uns natürlich gefragt, wo wir zuletzt einen Polizisten mit einem solchen Bart gesehen haben. Natürlich unter der Voraussetzung, daß es sich tatsächlich um einen Polizisten handelt. Es ist noch nicht lange her, daß wir einen dunkelhaarigen Polizeibeamten im passenden Alter und mit dem richtigen Bart gesehen haben. Obwohl es natürlich viele gibt.«

»O Gott«, platzte Chavez heraus. Sara erstand vor seinem inneren Auge. Die wunderbare Sara Svenhagen. Die Mauern, die zwischen ihnen in die Höhe gewachsen waren. Und ihm entfuhr die Bemerkung: »Saras Chef.«

Gunnar Nyberg zuckte zusammen und starrte ihn skeptisch an. Hatte Chavez wirklich seine Lichtgestalt gemeint? Was hatte sie mit Jorge zu schaffen? Und sein eigener – zweiter – Chef? Party-Ragge?

»Jetzt wollen wir mal ganz, ganz behutsam vorgehen«, artikulierte Jan-Olov Hultin überdeutlich. »Keiner, will sagen *keiner*, setzt irgendwelche übereilten Beschuldigungen von Kollegen in die Welt, bevor wir nicht sehr, sehr gründlich die Fakten geprüft haben. Ist das klar? Gibt es irgendeinen Grund, daß wir Kriminalkommissar Ragnar Hellberg verdächtigen sollten? Daß er einen kleinen dunklen Kinnbart trägt? Ein bißchen mehr müßten wir schon auf die Beine stellen.«

»Redet ihr von Ragnar Hellberg?« platzte Nyberg heraus. »Party-Ragge? Aber der ist doch vollständig – harmlos.«

»Jetzt könnte man natürlich behaupten, daß kein Kriminalkommissar bei der Reichskriminalpolizei vollständig harmlos ist«, sagte Hultin scharf und fixierte Nyberg. »Aber im Grunde hat Gunnar recht: Es gibt keinerlei Verdacht gegen Ragnar Hellberg oder einen anderen bestimmten Polizeibeamten in diesem Land. Jetzt gehen wir wieder zur Realität über. Nicht wahr, Gunnar?«

Nyberg war immer noch vollkommen fassungslos. Erst das mit Jorge und Sara – dann Party-Ragge. Party-Ragge war in seinen Augen die Kosmetik der Pädophilengruppe, eine Galionsfigur, die ein robustes, aber wenig aufsehenerregendes Schiff schmücken sollte. Zitat Ludvig Johnsson.

Der Partypolizist gegen den Einsiedlerpolizisten.

Dann riß er sich zusammen und startete mit zerstreutem Tonfall seinen eigenen kleinen Triumphzug: »Niklas Lindberg kann kein Gespräch zwischen Rajko Nedics Männern in Kumla belauscht haben, weil sie untereinander immer serbokroatisch sprechen; das ist kennzeichnend für die ganze Bande. Also *muß* irgend jemand gesungen haben. Zuerst hat irgend jemand davon gesungen, daß eine Großlieferung bevorstand und daß am Abend des 23. Juni, also am Tag vor Lindbergs Entlassung, ein vorbereitendes Treffen im *Kvarnen* stattfinden würde. Dann folterte Lindberg Vukotic, um den Ort der Übergabe herauszubekommen, während gleichzeitig seine Leute das gleiche herausfanden, indem sie das Treffen im *Kvarnen* abhörten. Doppelt gecheckt, wie gesagt. *Aber* – derjenige, der das Ganze ins Rollen brachte, war jemand ganz anderer, etwas im Umfeld von Nedic so Einzigartiges wie ein Spitzel. Dieser Spitzel war nach verrichteter Arbeit im Dienst der ethnischen Säuberung in die Fremdenlegion eingetreten, wo er einen Schweden traf, der seine rechtsextreme Ideologie teilte. Dieser Schwede war Niklas Lindberg. Als dann beide, aus unterschiedlichen Gründen, in Kumla landeten, wurde der Spitzel Lindbergs Verbindungsglied zum Nedic-Imperium. Dieser Spitzel heißt Risto Petrovic.«

»›Ein paar Jugos der gleichen Sorte‹«, sagte der gerade erwachte Viggo Norlander forsch. Alle waren überzeugt, daß er im Schlaf redete.

»Risto Petrovic«, fuhr Gunnar Nyberg fort, »sitzt zur Zeit gut bewacht an einem geheimen Ort als potentieller Kronzeuge. Aller Wahrscheinlichkeit nach hat er viel über seinen Gesinnungsfreund Niklas Lindberg und seinen Arbeitgeber Rajko Nedic zu berichten. Dagegen hat er keine Ahnung, wo Lindberg und Genossen sich derzeit befinden.«

»Aber das hat Arto«, sagte Hultin ausdruckslos, während alle weiter verblüfft auf Gunnar Nyberg starrten, der schon wieder in seine körperliche Hülle zurückgesunken war.

»Wir hätten ihren Hintergrund kontrollieren müssen«, sagte Söderstedt selbstkritisch.

»Das hätte nichts gebracht«, sagte Nyberg. »Petrovic benutzte bei der Fremdenlegion einen falschen Namen. Jovan Sotra. Und da war Niklas Lindberg noch gar nicht auf der Bildfläche erschienen.«

»Aber trotzdem«, beharrte Söderstedt sinnlos und stand auf. Er ging zur Flipchart und schüttelte enttäuscht den Kopf. Dann befestigte er quer über alle Fotos und Pfeile und Aufzeichnungen eine riesige Karte. Es war die südliche Hälfte von Schonen. Drei verschiedenfarbige Schnörkel waren an verschiedenen Stellen des Landes eingezeichnet – wie übriggebliebene Papierschlangen nach einem Krebsessen.

»Ja, also, hört her«, begann er unkonzentriert. »Was ich gefunden habe, ist ziemlich seltsam. Möglicherweise ist es ein

Zufall. Vermutlich nicht. Kürzlich habe ich mit Hilfe beharrlicher gedanklicher Tüftelarbeit in der Internetversion von *Gula Tidningen* auf der Seite ›Ich liebe dich‹ der Woche eine Serie rätselhafter Mitteilungen gefunden. Zwei Parteien tauschten Informationen über ihre Position aus, und zwar unter Zuhilfenahme selbstgestrickter Hinweise auf das literarische Meisterwerk *Motormännens vägatlas över Sverige*. Meine Aufmerksamkeit wurde dadurch geweckt, daß sie die Schwestern Florento zitierten. Erinnert ihr euch an die?«

»Ja«, nickte Kerstin Holm. »Sexsklavinnen, die einen Aufruhr starteten und ihren Zuhälter um eine Masse Kohle erleichterten.«

»Ungefähr so, ja. Warum sollte man unter der Rubrik ›Ich liebe dich‹ der Woche Kriminelle zitieren? Ich habe jedenfalls Kontakt zu *Gula Tidningen* aufgenommen und deren Backups mit der ganzen Serie von Mitteilungen bekommen. Seit dem fünfundzwanzigsten Juni, Mittsommerabend, haben sie je sechzehn Mal Informationen gewechselt. Das ergab zwei Routen. Die *gelbe* hier durch Dalarna und Västmanland. Die *blaue* hier durch Halland und Västergötland. Die gelbe Route geht von Orsa nach Köping. Die blaue geht von Falkenberg nach Skara. Köping beziehungsweise Skara wurden erst vor ein paar Stunden ins Netz eingegeben. Zehn Minuten bevor wir hier zusammengekommen sind, erhielten wir auch die Nachricht von einem neuen Raubüberfall, auf eine Tankstelle in Falköping. Der Räuber trug dem Vernehmen nach eine Gesichtsmaske in einer Farbe, die am ehesten als golden bezeichnet werden könnte. Wenn wir jetzt die genannten Raubüberfälle in Skillingaryd, Ängelholm, Mellbystrand, Halmstad, Varberg, Ulricehamn, Göteborg und Falköping zu einer Route formen, dieser *roten hier*, dann sehen wir, wie die rote der blauen immer näher kommt.«

Arto Söderstedt machte eine Pause, blickte um sich und sah in völlig verständnislose Gesichter. »Sie jagen Eurydice«, verdeutlichte er.

Auch diesmal blieb der Verdeutlichungseffekt gering.

»Als mir diese Einsicht kam, wurde alles klarer. Wie Jan-Olov eben schon sehr richtig bemerkt hat: Warum sollten sich die Sicklaschlächter auf eine mediokre Raubtournee in Westschweden begeben, *wenn sie Nedic beraubt hatten?* Es ist dieses *wenn*, das die Prämissen verändert. Wenn sie Nedic um, sagen wir einmal, zehn Millionen beklaut hätten, dann hätten sie nicht Tankstellen um erbärmliche Tausender beraubt. Aber *sie haben Rajko Nedic nicht beraubt*. Sie haben es versucht, aber ohne Erfolg. Jemand anders hat vor ihren Augen die Lieferung stibitzt. Ein kleiner Mann mit vier Jahre alten Reebok Größe 40. Die Blutspuren fort von Eskil Carlstedts Leiche. Orphei Blutspur. Als ich der Spurensicherung Druck gemacht habe, gaben sie zu, daß die Spuren mit, Zitat, ›gewisser, wenngleich nicht ganz zufriedenstellender Wahrscheinlichkeit‹ von einem leichten Mann stammen, nicht von ›Kulan‹ Kullberg mit seinen achtundachtzig Kilo.«

»Orphei?« sagte Paul Hjelm und warf Kerstin einen Einverständnis heischenden Blick zu. Den sie erwiderte.

»Genitiv von Orpheus«, sagte Söderstedt wie ein senildementer Oberstufenlehrer. »Orpheus' Blutspur in modernem Schwedisch. Sie nennen sich Orpheus und Eurydice. Ich gehe weiter. Orpheus und Eurydice reißen sich den Aktenkoffer unter den Nagel. Sie teilen sich auf und hauen ab in die Provinz, jeder in eine Richtung. Warum? Das ist komplizierter. Aber wahrscheinlich deshalb, weil sie aus irgendeinem Grund wissen, daß sie gejagt werden. Sie wissen, daß Gang 2 hinter ihnen her ist. Sie versuchen abzutauchen. Ich weiß nicht, vielleicht haben sie das Geld versteckt und hoffen, daß zumindest einer von ihnen davonkommt. Denn Gang 2 nähert sich. Langsam, aber sicher. Vielleicht haben sie eine Suchanordnung, das ist unklar. Wir können auf jeden Fall ein paar Schlußfolgerungen ziehen. Erstens: Gang 2 wollte ganz richtig das Geld für einen bestimmten Zweck haben; für alle Eventualitäten benutzen sie die Gelegenheit, überall, wo es sich ergibt, ein neues, wenn auch bedeutend geringeres Kapital anzusammeln. Sie brauchen Geld für einen bestimmten

Zweck. Zweitens: Hier haben wir das Rätsel. Ich habe die Telefonnummern von Orpheus und Eurydice lokalisiert. Die Mitteilungen für ›Ich liebe dich‹ der Woche in *Gula Tidningen* kommen immer von denselben Nummern, zwei Mobiltelefonnummern. Beide Mobiltelefone sind auf das Restaurant Tartaros in Östermalm registriert. Der Besitzer des Tartaros ist – Rajko Nedic.«

»Sollte also Rajko Nedic sein eigenes Geld stehlen?« sagte Hultin verwirrt.

»Ja, es ist ein Rätsel, wie gesagt. Ich habe mit Nokia gesprochen, und es handelt sich um die denkbar modernsten Handys, mit integrierten Rechnern. Prototypen beinah. Man kann direkt mit ihnen ins Internet gehen. Sobald Orpheus und Eurydice an einen neuen Ort kommen, schicken sie sich unter der Rubrik ›Ich liebe dich‹ der Woche in *Gula Tidningen* eine Nachricht. Mit einer gewissen Wahrscheinlichkeit sind es ein Mann und eine Frau, und mit gewisser Wahrscheinlichkeit lieben sie sich. Vielleicht treibt Nedic wirklich ein subtiles Doppelspiel – vielleicht sind es zwei junge Leute, die sich von Nedics Organisation abgesetzt haben.«

»Es gibt offensichtlich eine Reihe von Löchern in Nedics wasserdichter Organisation«, sagte Chavez.

»Laßt mich mal sehen, ob ich es verstehe«, sagte Hultin sachlich. »Diese ganze weitgehende Theorie baut also auf einer gewissen geographischen Übereinstimmung zwischen deinen roten und blauen Linien auf? Von einem liebeskranken Paar, das im Internet Mitteilungen austauscht, schließt du darauf, daß sie diejenigen beraubt haben, die Rajko Nedic beraubt haben?«

»Die Handys gehören Nedic«, sagte Söderstedt und zeigte auf die Karte. »Und sieh dir die Linien an. Es ist ein gewisser Zeitfaktor mit im Spiel; deshalb lasse ich nicht locker, bevor ich nicht richtig sicher bin. Wenn wir die Geschwindigkeit betrachten, die die rote beziehungsweise blaue Linie bisher gehalten hat, also Lindbergs Gang beziehungsweise Eurydice, und ihre letzten bekannten Aufenthaltsorte, Falköping beziehungsweise Skara, dann werden sie aller Wahrscheinlichkeit nach morgen aufeinandertreffen. In Skövde.«

»Du glaubst also …?« fragte Hultin und fühlte sich unterbrochen.

»Daß wir morgen in Skövde Niklas Lindberg, Roger Sjöqvist, Dan Andersson und Agne Kullberg fassen können. Ja. Und außerdem die mysteriöse Eurydice. Viele Fliegen auf einen Streich.«

Hultin schwieg. Er überlegte. Was wäre, wenn Söderstedt völlig danebenlag? Nicht viel, ein fehlgeschlagener Zugriff, kein Kentuckymörderrisiko. Es war ziemlich vage, und der Teufel mochte wissen, wie Söderstedt die mysteriösen Orpheus und Eurydice gefunden hatte. Die Schwestern Florento? *Gula Tidningen*? ›Ich liebe dich‹ der Woche? Steckte nicht Nedic dahinter? Eine Art Verwirrspiel unter Zuhilfenahme der Handys des Restaurants Tartaros? Aber würde er sich jemals verzeihen können, wenn er sich die Chance entgehen ließ? Und würde die A-Gruppe ihm verzeihen? Er betrachtete die krumme rote Linie auf der Karte. Waren das wirklich Lindbergs Männer? Die Gesichtsmaske aus Gold … Småland, Skåne, Halland, Västmanland … Doch, es war keine zufällige Linie. Sie kehrten um. Eine Kehrtwende unten in Ängelholm und dann nach Norden. Sie waren auf der Jagd. Und nahmen die Gelegenheit wahr, unterwegs ein bißchen Kleinvieh mitzunehmen, bevor sie auf das richtige Wild stießen. Das stimmte. Und die blaue Linie? Im Zickzack durch Westschweden. Warum? Und die gelbe? Dalarna? Doch die Daten paßten perfekt. Sie begannen gleichzeitig, alle drei. Die Raubüberfälle und die Mitteilungen in *Gula Tidningen* hatten am selben Tag angefangen, am Mittsommerabend, dem Tag nach der Sicklaschlacht. Und natürlich würden die rote und die blaue Linie zusammentreffen. Zum ersten und sicherlich einzigen Mal. Und natürlich mußte Eurydice geschützt werden. Sie – wenn es denn eine Sie war – würde mit großer Wahrscheinlichkeit sterben.

Da nickte Jan-Olov Hultin. Kurz. Sachlich. »Okay«, sagte er. »Wir fahren nach Skövde.«

37

Es war zehn Uhr sechsundzwanzig am Samstag, dem zehnten Juli.

Er lag in einem lausigen Bett in einer Campinghütte bei Arboga und begann sein drittes einsames Wochenende. Er fragte sich, wie lange er noch durchhalten würde.

Vierhunderteins, leichter geht keins.

Die Worte verhöhnten ihn. In wie viele Bankfächer mit den inzwischen hypnotischen Ziffern 4,0,1 hatte er bereits den Schlüssel gesteckt? Fünfzig? Mehr? Er wußte es nicht. Der Alltag war wie ein Nebel. Er tat nichts anderes als Auto zu fahren und in Banken zu gehen und seine Position auf dem Straßenatlas zu bestimmen und kurzgefaßte Mitteilungen ans Internet zu schicken. Etwas anderes gab es nicht.

Erst an den Wochenenden. Da fiel alles über ihm zusammen. Die Entbehrung. Die Hoffnungslosigkeit. Das Eingeständnis der Niederlage.

Die Träume sollten Träume bleiben.

Doch am schlimmsten war die Entbehrung. Sein ganzes Wesen – Körper, Seele, Geist, alles, was er sich denken konnte – schrie nach ihr. Und die Wochenenden waren ein einziges langgezogenes Leiden. Eine Wanderung nach Golgatha.

Hymenaios ist vergebens nach Thrakien gerufen worden.

Er drückte das vergammelte Kissen, bis die Federn herausquollen und in der Hütte umherzusegeln begannen. Sein Blick fiel auf den kleinen Digitalwecker. Er sprang gerade auf 10.31.

Da kam der Stoß.

Sein ganzes Wesen wurde von einem Stoß durchzuckt, wie Elektrizität, von einem gewaltigen Impuls, der durch jede Nervenzelle des Körpers und weiter durch die eher ätherischen Verbindungsglieder der Seele und des Geistes schoß. Alles war Schmerz. Es gab nichts als diesen Schmerz, und der Schmerz war alles.

Alles außer einer kurzen, abrupten Erkenntnis: Ohne es zu wissen, mußte er sich umgedreht haben.

Orpheus mußte sich umgedreht und einen Blick über die Schulter geworfen haben.

Und Eurydice sank zurück in die schattige Tiefe des Hades.

Es war zehn Uhr sechsundzwanzig am Samstag, dem zehnten Juli.

Sie lag in einem lausigen Bett im Parterre eines Hotels in Skövde und begann ihr drittes einsames Wochenende. Sie fragte sich, wie lange sie noch durchhalten würde.

Hatte sie trotz allem falsch gedacht? Hatte die Natter sich doch nicht hinausbegeben in die Provinz und das Geld in einem ländlichen Bankfach verstaut? Fehlte etwas in ihren Berechnungen? War da nichts, woran sie sich erinnern sollte – was in die Berechnungen eingehen sollte? Etwas, das sie blockierte?

Sie überlegte. Das war immer ihr einziger Verteidigungsmechanismus gewesen. Und sie spürte in diesem Augenblick – als das Wochenende kam und gleichsam die Überaktivität des Alltags ertränkte –, daß ihr Gedanke sich ein kleines Stück der Wahrheit annäherte.

Ein Faktor fehlte in den Berechnungen.

Onkel Jubbe? War da nicht mehr?

Sollte sie nicht *wissen*, wo sich dieses Bankfach befand?

Soweit von des Gedankens Blässe angekränkelt …

Er war hell, sie war dunkel, und sie vermißte ihn. Das war das einzige, was glasklar war. Es war das einzige Unbezweifelbare im Leben. Das einzig Reine, absolut Unbefleckte.

Es war nicht möglich, jetzt noch länger voneinander getrennt zu sein.

Sie drückte das lausige Kissen, bis die Federn herausquollen und im Zimmer umherzusegeln begannen. Ihr Blick fiel auf den kleinen Digitalwecker. Er sprang gerade auf 10.31 um.

Da kam der Stoß.

Die Tür ging auf. Sie hatte sie nicht mal abgeschlossen.

Drei Männer mit Gesichtsmasken, zwei davon schwarz und eine in Goldfarbe, traten breitbeinig durch die Tür und schlossen sie hinter sich. Ein vierter Mann kletterte durch die Tür herein, die auf den kleinen Altan nach draußen führte. Alle vier hielten Pistolen in der Hand, und alle vier trieften vor Nässe.

Sie gefror zu Eis.

»Verdammt regnerisch«, sagte der Goldgekrönte und richtete seine Pistole auf sie.

Sie starrte in ein Paar eisblaue Augen. Das war alles, was durch den Goldvorhang zu sehen war.

Sie konnte nicht atmen. Es ging nicht. Sie bekam keine Luft.

»Okay«, fuhr der Mann fort. »Atme jetzt schön ruhig. Du kannst zufrieden sein. Du hast es geschafft, dich zwei Wochen zu verstecken. Das ist gar nicht schlecht, wenn man an den Widerstand denkt. Bist du übrigens allein?«

Sie bekam immer noch keine Luft. Sie fühlte, daß sie blau wurde. Und inmitten des Grauens, mitten in all dem, *dachte* sie. Die Verteidigungsstrategie. Sie dachte: Ich habe dies schon einmal gefühlt, es hat schon früher in meinem Leben Gelegenheiten gegeben, bei denen ich keine Luft kriegen konnte.

Der Mann mit der Goldmaske trat auf sie zu und gab ihr eine kräftige Ohrfeige. Sie konnte wieder atmen. Jeder Atemzug tat weh. Sie war woanders. Auf dem Weg in *einen anderen Raum.*

»Bist du allein?« fragte der Mann. Die drei anderen standen gleichsam in Habtachtstellung hinter ihm. Einer von ihnen schien verletzt zu sein. Sie hatte sie schon einmal gesehen. In derselben Kleidung. Sie hatte gesehen, wie der Verletzte verletzt wurde. Und vier andere erschossen wurden. Aus dem Blut des einen war ein Aktenkoffer aufgehoben worden.

Der goldgekrönte Mann mit der verbindlichen Art schaltete um. Abrupt. Er schlug sie noch einmal. Härter. Schrie: »Antworte, du Scheißkanakenhure!«

»Ich bin allein«, sagte sie schwach. Sie spürte, wie sie zu entschwinden begann. Allmähliches Dahinsterben. Als sänke sie zurück ins Totenreich. In die schattige Tiefe des Hades.

Da änderte der Mann wieder den Tonfall. »Danke«, sagte er höflich. »Um den Koffer zu finden, brauchen wir allerdings keine Hilfe.«

Er wandte sich mit einer kaum merklichen Geste an den kleinsten der Männer. Er trug Kopfhörer über der Mützenmaske und hielt einen kleinen Apparat in der Hand. Er ging zum Kleiderschrank, hob drei Wolldecken zur Seite und zog den Aktenkoffer heraus. Dann reichte er ihn dem Goldgekrönten.

Der öffnete ihn und nickte. »Das Radio und der Schlüssel«, bekräftigte er. »Ausgezeichnet. Und jetzt erzähle alles, was du von dieser Sache weißt. Zu allererst: Wer bist du?«

Der zweitgrößte der Männer hatte ihre Handtasche geöffnet. Er holte ein Mobiltelefon mit großem Display heraus. »Kontrollier das hier«, sagte er und hielt es hoch. »Man kann damit direkt ins Internet gehen.«

»Solche gibt es«, sagte der Kleinste fachmännisch. »Prototypen. Saumäßig teuer. Mit eingebautem kleinem Rechner. Nokia, natürlich ...«

»Portemonnaie«, sagte der erste und grub weiter in der Handtasche. »Führerschein auf den Namen Sonja Karlsson. Und ein Paß. Derselbe Name. Massenhaft Bares, bestimmt fünftausend.«

»Ein Paß«, sagte der Goldgekrönte. »Hattest du vor, dich ins Ausland abzusetzen, Sonja Karlsson?«

Sie sank immer tiefer. Die Wirklichkeit begann zu verschwinden. Eine andere Wirklichkeit trat an ihre Stelle. Es war wie eine Höhle, vertikal, wie ein Trichter hinunter in die Erde, und sie sank zwischen Höhlenwänden, Stalaktiten, Stalagmiten, und irgendwo tief dort unten war eine Öffnung, wie ein Tor, das Tor zum Hades.

»Jetzt darfst du ruhig was erzählen«, drängte der Mann mit der Goldmütze. »Sonja? *Karlsson*? Nein, verdammt, du bist Kanakin. Falscher Name. Ich hasse falsche Namen. Wie wenn Johan Bengtsson bei einem Bewerbungsgespräch erscheint und ist Buschneger. Das ist die schlimmste Form von Infiltration. Nein, du heißt nicht Sonja Karlsson. Was bist du? Iranerin? Oder Jugo, klar. Was hast du mit Rajko Nedic zu tun?«

Sie sank tiefer. Sie spürte, wie Arme und Beine sich langsam bewegten. Als sei die Luft Wasser.

Sie bekam einen Schlag. Keine Ohrfeige. Einen Schlag in den Bauch. Der Schmerz war irgendwo am Rande der Existenz. Nur vage wahrnehmbar.

»Sie scheint ziemlich weggetreten zu sein«, sagte der Verletzte mit atemloser Stimme von der Tür her. »Paß auf, daß sie nicht schlappmacht.«

Der Goldgekrönte betrachtete den Verletzten. Dann nickte er. »Du hast recht. Kommen wir zum Wesentlichen. Hast du das Bankfach gefunden, Sonja?«

Sie sah ihn verschwommen. Nur diese stahlblauen Augen im Gold. Bohrlöcher. Karies, dachte sie verwirrt.

Dann war sie wieder bei klarem Bewußtsein. Zu erzählen war trotz allem eine Art, sich am Leben zu halten. »Nein«, sagte sie. »Ich habe es gesucht, aber nicht gefunden.«

»Warum suchst du hier?«

»Er liefert seinen Stoff in drei Gebiete in Schweden«, sagte sie glasklar. »Dies hier ist eins davon. Die anderen sind Dalarna und Västmanland sowie Norr- und Västerbotten. Das sind seine Territorien. Er hat nicht Stockholm, Göteborg, Malmö. Er versucht, dort Fuß zu fassen, aber es läuft zäh. Einzelne Vorortgebiete.«

»Sieh mal an«, sagte der Goldgekrönte. »Sie spricht ja ein richtig gutes Rinkebyschwedisch.«

Er wandte sich an den Kleinen. »Was glaubst du?« fragte er in gedämpftem Ton.

»Sie sucht ja selbst«, sagte der Kleine ebenso gedämpft. »Vermutlich ist sie irgendwie aus Nedics Organisation abgehauen – Hure vielleicht, Empfangsdame, Dealerin, was weiß ich? –, und wahrscheinlich hat sie geglaubt, es sei Knete in dem Koffer. Ich glaube nicht, daß wir viel mehr aus ihr herausbekommen.«

»Aber wir haben den Schlüssel«, sagte der Goldgekrönte. »Das ist ein großer Schritt nach vorn. Ich muß unserem Lieferanten Bescheid geben. Versucht, soviel aus ihr herauszubringen, wie ihr könnt. Welche Banken sie schon probiert hat und welche noch nicht. Findet heraus, ob sie einen Komplizen hat. Ihr wißt schon, was ihr tun müsst.«

Dann fügte er hinzu, bedeutend lauter: »Ihr habt freie Hand.«

Der Zweitgrößte rieb sich seine freien Hände. Der Verletzte lachte ein hohles Lachen.

Dann verließ der Goldgekrönte den Raum.

Die drei anderen blieben zurück. Sie begann wieder zu sinken. Es ging immer schneller.

Der Kleine sagte: »Jetzt ist dein letzter Schutz fort, Sonja. Selbst habe ich nicht viel für Vergewaltigungen übrig, aber manchmal kennt Not kein Gebot. Wir haben zwei verdammt lange Wochen auf dem Trockenen gelegen, deinetwegen, und den Kollegen hier steht der Sinn nach Fotze. Je mehr du redest, desto größer ist die Chance, daß du davonkommst. Wir wollen folgendes wissen. Erstens: In welchem Verhältnis stehst du zu Nedic? Zweitens: Woher wußtest du von der Übergabe der Lieferung im Gewerbegebiet Sickla? Drittens: Bist du wirklich allein in dieser Sache? Viertens: Wo wolltest du weiter nach dem Bankfach suchen?«

Sie sank nicht mehr, sie fiel. Sie schlug gegen die Pforte des Totenreichs. Es war eine Tür. Eine normale Wohnungstür. Sie stand davor. Ihr Körper preßte sich gleichsam durch sie hindurch, langsam, schmerzvoll.

Der Kleine zuckte mit den Schultern und trat zur Seite.

Der Verletzte löste sich von der Tür. Seine weite Militärhose beulte am Schlitz aus. Er beugte sich vor. Sie sah den Schmerz in seinen Augen, während er ihre Hose packte. Er zerrte sie herunter, riß sie ihr von den Beinen, daß die Schuhe wegflogen. Sie fühlte, wie ihr linker Fuß sonderbar verdreht wurde. Dann zog er seine Militärhose herunter. Die Unterhose. Und sie starrte auf seinen Ständer. Er kletterte über sie und bewegte das Glied zu ihrem Gesicht hin. Der Gestank von Schweiß und ungewaschenem Geschlecht strömte über sie.

Und sie war durch die Tür. Sie war da. An *dem Ort*. Die schattige Tiefe des Hades. Und sie sah ein Glied, das sich näherte. Sie spürte den Gestank von Schweiß und ungewaschenem Geschlecht. Sie sah die Blitzlichter. Sie sah Bilder von Kindern. Sie hörte Schreie, die ihre eigenen gewesen sein mußten. Und sie wandte sich ab. Sie war nicht da. Sah durchs Fenster hinaus und dachte. Die Verteidigungsstrategie. Die Straße vor dem Fenster. Wagen, die vorüberfuhren. Autonummern. AGF. Agfa Film. BED. Englisch für Bett. DTR. Dithyrambe, was das nun sein mochte. EID. Eider. Oder first aid. Obwohl man es so wohl nicht aussprach. Und im Hintergrund, unter den ständig dunklen Wolken, der Blumenladen, der Videoladen, der Herrenfriseur, die Bank.

Die Bank.

Da wurde die Tür aufgesprengt. Sie hörte Schüsse. Der Mann auf ihr schoß und brüllte und fiel. Klebrige Flüssigkeit rann über sie.

Alles war Chaos.

Und Chaos war im Anfang.

Die Polizeiwache in Skövde war das, was man vielleicht als schwach besetzt bezeichnen konnte. Der diensthabende Vorgesetzte war allein. Der Rest der kleinen Truppe war unterwegs in der Stadt. Zwei kümmerten sich um einen Einbruch in das Lager von Konsum in der voraufgegangenen Nacht. Der Rest war auf Streife. Also fand der diensthabende Vorgesetzte es ziemlich merkwürdig, sieben höhere Polizeibeamte in Zivil in der Wache zu haben.

Er war einundsechzig und sah erwartungsvoll seiner Pensionierung entgegen. »Seid ihr sicher, daß ihr nicht lieber die Nationale Einsatztruppe hinzuziehen solltet?« sagte er zum vierten Mal.

Obwohl seine Frage eine unangenehme Wahrheit beinhaltete, hatte Jan-Olov Hultin angefangen, ihn zu ignorieren.

Er betrachtete seine Truppe. Die A-Gruppe war vollzählig zur Stelle. Sie hatten sich um zwei Karten versammelt. Die erste war ein ganz normaler Stadtplan von Skövde. Die zweite war der Detailplan eines Gebäudes.

»Also, noch einmal von vorn«, sagte Hultin. »Das Hotel liegt hier, am Stadtrand. Die junge, alleinreisende Frau, die unter dem Namen Sonja Karlsson eingecheckt hat und die wahrscheinlich unsere Eurydice ist, hat ein Zimmer in einer Ecke im Erdgeschoß bezogen. Hier. Es gibt zwei Zugänge, einen vom Hotelinnern aus, einen anderen vom Balkon. Außerdem gibt es Fenster an der gegenüberliegenden Wand, wir wissen nicht richtig, wie hoch. Zwei Mann gehen über den Balkon, Hjelm und Holm. Zwei stehen am Fenster, Chavez und Nyberg; Hocker zum Draufstehen werden mitgenommen. Drei gehen durch den Haupteingang. Norlander, Söderstedt und ich. Alle tragen kugelsichere Westen. Zuerst checken wir ab, was da drinnen vor sich geht. Kontakt via Walkie-talkie. Wenn Lindbergs Gang drin ist, schlägt Norlander die Tür ein. Die anderen warten, bis sie hören, daß die Tür eingeschlagen wird. Dann stürmt ihr rein. Vorsicht wird empfohlen. Es könnte sich um eine Geiselsituation handeln. Und es *kann* also wirklich angeraten sein, die Nationale Einsatztruppe hinzuzuziehen. Doch das wird dauern. Am besten wäre es natürlich, wenn ihr sie überrascht. Wir wissen, daß sie sich wahrscheinlich nicht freiwillig ergeben. Noch Fragen?«

»Nachbarn?« fragte Söderstedt.

»Das Hotel ist riesig und fast leer. Die nächsten Zimmer sind leer. Und tatsächliche Nachbarn sind ziemlich weit weg. Wir können nicht die gesamte Nachbarschaft evakuieren, ohne Aufsehen zu erregen. Wenn sie denn überhaupt da sind. Meiner Einschätzung nach können wir diese Sache durchführen, ohne andere als uns selbst in akute Gefahr zu bringen.«

»Und Eurydice«, sagte Söderstedt.

»Sie ist allerdings bereits in akuter Gefahr, wenn sie schon da sind. Also los.«

Sie gingen hinaus zu zwei Mietwagen und fuhren ruhig und ordentlich durch Skövde, bis die eigentliche Stadtbebauung abzunehmen begann. Dann waren sie da.

Es war zehn Uhr sechsundzwanzig am Samstag, dem zehnten Juli.

Es war ein scheußlicher Tag. Es regnete Bindfäden. Eins dieser Unwetter, die für alle schönen Tage Rache nehmen und die Statistik ausgleichen zu wollen scheinen. Es gab so gut wie keine Sicht. Sie aktivierten alle ihre Walkie-talkies, stopften sich die Stöpsel in die Ohren und gingen los.

Alle außer Hjelm und Holm, die um das Gebäude herumgingen, bewegten sich auf den Eingang des anspruchslosen Hotels zu. Bei der Treppe trennten sich Nyberg und Chavez von der Gruppe und schlichen mit je einem kleinen Hocker in der Hand langsam an der Hotelwand entlang zur Ecke, die dem Garten zugewandt lag; ihr Ziel waren die Fenster an der Ecke. Hultin nahm Norlander und Söderstedt mit ins Hotelvestibül. In der Rezeption lungerte die Sparversion eines Piccolos herum.

»Zimmer 12«, sagte Hultin und zeigte seinen Ausweis. »Eine junge Frau. Wir haben vor zwei Stunden miteinander telefoniert.«

Die Piccolovariante reagierte nicht nennenswert auf den Anblick des kriminalkommissarlichen Ausweispapiers. Der Mann senkte lediglich den Blick zu einem vor ihm aufgeschlagenen Gästebuch. »Karlsson«, sagte er schleppend. »Sonja Karlsson. Sie hat Besuch.«

»Von vier Männern?« sagte Hultin.

»Drei. Einer ist gerade gegangen.«

»Wie lange ist das her?«

»Fünf Minuten vielleicht. Zehn.«

»Wagen?«

»Ich hörte einen Wagen starten. Aber er war nicht hier vor dem Haus geparkt.«

»Okay«, sagte Hultin. »Schließen Sie sich jetzt für eine Weile im Büro ein.«

Die Piccoloimitation öffnete zum ersten Mal ganz die Augen. Das war die einzige Reaktion. Dann verschwand er im Hinterzimmer.

Hultin, Söderstedt und Norlander gingen durch eine Doppeltür in den Gang und zogen ihre Dienstwaffen. Langsam bewegten sie sich auf Zimmer 12 zu. Die Ziffern leuchteten wie eine Luftspiegelung von der Tür am Ende des Gangs.

Hjelm und Holm nahmen den Hintereingang. Sie kamen von der entgegengesetzten Seite und mußten sich an einer Reihe unbelebter Balkone entlangarbeiten, die alle von hohen Zäunen mit Kletterpflanzen umgeben waren. Beim letzten Zaun blieben sie stehen. Hjelm nickte.

Holm spähte um die Ecke. »Schwer zu sehen«, flüsterte sie. »Scheißregen.«

»Wir sind da«, flüsterte Gunnar Nyberg ins Walkie-talkie. »Die Gardinen sind zugezogen. Wir erkennen Bewegung, aber nicht viel mehr.«

»Wir sehen nichts«, sagte Holm. »Wir müssen näher ran.«

»Sie *müssen* da sein«, flüsterte Hultin. »Wir haben die Bestätigung, daß drei von ihnen da sind. Ich wiederhole: *Drei* sind da, einer ist weg.«

»Eurydice?« sagte Nyberg.

»Sie ist auch da. Wahrscheinlich haben sie die Waffen auf sie gerichtet. Also größte Vorsicht. Wir stehen genau vor der Tür und müssen exakt wissen, was drinnen vor sich geht. Paul und Kerstin?«

»Wir gehen jetzt dichter heran.«

Kerstin Holm schlich voran. Es patschte hörbar im matschigen Gras. Hjelm war dicht hinter ihr. Erst auf halbem Weg sahen sie die Tür genauer. Es war eine klassische Balkontür, unten Holz, oben Glas, unter der Tür eine kleine Treppe. Sie schlichen geduckt bis an den Fuß der Treppe. Sie waren durchnäßt, wischten sich das Wasser aus den Gesichtern. Hjelm deutete auf sich. Dann richtete er sich langsam auf. Die Stirn, die Augen über die Fensterkante. Wasser lief an der Scheibe herab.

Durch den Wasserschleier sah er drei Männer mit Gesichtsmasken und eine Frau im Schlüpfer. Einer der Männer zog seine Hose herunter und kletterte auf die Frau, um sein Glied an ihr Gesicht zu führen. Er hielt eine Pistole in der Hand. Die beiden anderen hatten jeder eine Pistole im Hosenbund.

Hjelm schnitt eine Grimasse und sank wieder nach unten. Er flüsterte ins Walkie-talkie: »Sie wird jeden Moment vergewaltigt. Der Vergewaltiger hat eine Pistole in der Hand. Die beiden anderen im Hosenbund. Das Kopfende des Bettes zeigt in eure Richtung, Jan-Olov, unmittelbar rechts, hinter der Tür, wenn sie aufgemacht wird. Ihr kommt nicht richtig an ihn ran. Wir müssen ihn vom Balkon aus nehmen. Wenn ihr reinkommt, steht der Meisterschütze ›Kulan‹ direkt geradeaus, der dritte links, gleich vor eurem Fenster, Gunnar.«

»Okay«, flüsterte Hultin. »Gunnar und Jorge, seht ihr was?«

»Nein«, flüsterte Chavez. »Wir müssen erst das Fenster einschlagen, dann die Gardine wegziehen. Das wird schwer.«

»Okay, dann wir und ihr, Paul«, sagte Hultin. »Das Holz der Tür eintreten oder das Glas zerschlagen?«

Paul blickte Kerstin an. Sie sah so sonderbar angespannt aus. Wie ein anderer Mensch. Ihre Lippen formten: ›zerschlagen‹.

»Zerschlagen«, sagte Paul Hjelm.

»Sind alle fertig? Jetzt tritt Viggo die Tür ein. Drei, zwei, eins.«

Die Tür flog auf. Hjelm sah es durchs Fenster. Wie in Zeitlupe. Norlander taumelte herein, und der Mann über der Frau schoß ihn in die Brust. Da schoß Hjelm. Schräg von hinten. Durch die Glasscheibe der Balkontür. Die Kugel drang von rechts in den Brustkorb des Mannes ein. Er fiel auf die Frau. Blut rann heraus. Die beiden anderen streckten instinktiv die Hände hoch. Die Scheibe über ihnen wurde zerschlagen, Glas regnete auf sie herab. Nybergs Gesicht und seine Pistole kamen zum Vorschein. Hjelm trat die zerschossene Balkontür ein. Die Frau glitt auf den Fußboden. Der Angeschossene auf dem Bett schoß noch einmal, haarscharf über Hjelms Schulter. Hjelm schoß wieder auf ihn. Zwei Schüsse ins Gesicht. Einfach durch die Gesichtsmaske. Hultin kam herein. Norlander stand auf und betrachtete das rauchende Loch in seiner Brust. Hultin, Söderstedt und Nyberg oben vom Fenster richteten ihre Waffen auf die beiden, die die Hände hochhielten.

Chavez lief außen herum und schrie auf: »Kerstin!«

Hjelm wandte sich um und sah Kerstin Holm auf dem Balkon liegen und die Hände gegen die Schläfe drücken. Zwischen ihren Fingern rann Blut. Chavez hockte sich neben sie. Hjelm taumelte zu ihr. Da kam der Große unter dem Fenster auf die Idee, seine Pistole zu ziehen. Er bekam sie hoch und schoß geradeaus. Hjelm fühlte, wie er auf den Balkon geschleudert wurde und neben Holm landete. Der Schmerz kam in rollenden Wogen.

Hultin erschoß den Mann. Ohne Pardon und mit vier Schuß genau ins Herz.

»Herrgott«, stieß Gunnar Nyberg oben am Fenster hervor.

Hultin ging zu dem Kleinen, der mit erhobenen Händen dastand, riß ihm die Maske vom Gesicht, preßte ihm die Pistole in den Mund und drückte ihn zurück, so daß er gegen die Wand fiel. Er war vollkommen weiß im Gesicht. Seine Augen starrten wild.

»Jan-Olov!« schrie Söderstedt laut.

Der Finger am Abzug zuckte. Der Pistolenlauf schlug klappernd an die Zähne des Mannes.

»Tu es nicht, Jan-Olov«, beharrte Söderstedt. »Geh weg da.«

Der Pistolenlauf blieb, wo er war. Hultin drückte ihn tiefer und tiefer in den Rachen. Der Erbrechensreflex setzte ein. Der kleine Mann weinte und schniefte und schluchzte. Schließlich erbrach er sich direkt in die Pistole.

»Geh da weg«, wiederholte Söderstedt. »Sieh nach, wie es Paul und Kerstin geht. Das zählt. Jetzt! Geh!«

Hjelm lag da und starrte nach oben in den Regen. Er sah die Regentropfen größer und größer werden. Alle wurden größer und größer. Sie veränderten sich nicht. Er starb nicht. Er wandte sich zu Kerstin um. Jorge preßte sein Jackett an ihren Kopf. Er schrie drauflos. Jorge schrie einfach drauflos. Eine vage Gestalt glitt in Pauls Rücken vorbei. Er starrte auf Kerstins Gesicht. Es bewegte sich. Es formte ein Wort, und das Wort war: »Paul.«

»Ja, Kerstin, ich bin hier. Es wird alles gut.«

»Paul, ich liebe dich.«

»Es wird gut, Kerstin. Es wird gut.«

Hultin riß die Pistole aus dem Mund des kleinen Mannes, zog ein paar Zähne mit, beugte sich vor und zerschlug ihm mit einem Kopfstoß die Augenbrauen. Das konnte er sich leisten.

Nyberg richtete von oben die Waffe auf den Kleinen, Söderstedt unten im Zimmer. Er verkroch sich in die Ecke und schluchzte.

Norlander saß auf dem Bett und riß sich wie wild die kugelsichere Weste vom Leib. Von seinem Brustkorb stieg ein wenig Rauch auf. »Scheiße, tut das weh«, sagte Viggo Norlander.

»Schnauze«, sagte Arto Söderstedt.

Hultin riß dem Toten unterm Fenster die Maske vom Kopf. »Roger Sjöqvist«, sagte er enttäuscht.

Dann ging er zum Bett und riß der Leiche mit den heruntergelassenen Hosen die Maske weg. Das Gesicht zerlief übers Bett. Es war einmal lila gewesen.

»Dan Andersson«, sagte er noch enttäuschter.

Erst da sah er Jorge, Paul und Kerstin draußen auf dem Altan. Aus dem Ärmel von Pauls Leinenjackett rann Blut. Und Kerstins Kopf war in Jorges Jackett eingewickelt. Und Jorge brüllte nur.

Hultin trat zu ihm und gab ihm eine Ohrfeige. Er verstummte.

»Was ist mit ihr?« fragte Hultin.

»Sie ist am Kopf getroffen, verdammt«, sagte Chavez gedämpft. »Was glaubst du, was mit ihr ist?«

Hultin nahm sein Handy und forderte Krankenwagen an.

Norlander kam mit Agne ›Kulan‹ Kullberg in Handschellen heraus, stieß ihn um und drückte sein Gesicht mit dem Fuß ins schlammige Gras.

»Mach halblang«, sagte Hultin neutral.

Nyberg kam in dem Moment um die Ecke, in dem Söderstedt heraustrat.

Nyberg sank neben Kerstin auf die Knie. »Verdammt noch mal, Kerstin«, sagte er still. »Was hast du gemacht?«

»Viel zu wenig«, sagte Kerstin Holm und lächelte angestrengt.

Söderstedt steckte seine Pistole ins Achselhalfter und seufzte: »Stellt euch vor, was passiert wäre, wenn Niklas Lindberg auch hier gewesen wäre …«

»Wo ist Eurydice, verflucht?« sagte Paul Hjelm und fiel in Ohnmacht.

Jan-Olov Hultin dachte an Kraut und Unkraut.

Dann kotzte er.

38

In Stockholm war es indessen sonnig am Samstag, dem zehnten Juli. Tatsächlich war es denkbar höchster Hochsommer. Die Stadt rang förmlich nach Luft unter ihrer Decke von Sonnendunst. Wo immer es ein Fleckchen grünes Gras gab, lagen die Menschen verstreut, wie von der Stadt ausgestoßen – der Schweiß der Stadt. Die Wolken hatten sich davongemacht, um nicht wegzutrocknen, und die Sonne schien der Erde ein paar Schritte näher gekommen zu sein, wie um sie genauer in Augenschein zu nehmen. Sie traute ihren Augen nicht – und schob sich noch näher heran.

Sara Svenhagen saß zusammen mit einer Busladung Deutscher in Sundbergs Konditorei am Järntorg in Gamla Stan. Weil eine Busladung Deutscher kaum in Sundbergs Konditorei am Järntorg in Gamla Stan hineinpaßt, war es ein wenig eng.

Sie wollte es ein wenig eng.

So eng wie möglich.

Sie wartete, und während sie wartete, ging sie die letzten Tage noch einmal durch. Legte sich Rechenschaft ab über den jüngsten Teil ihres Lebens. Hätte sie etwas anders machen können? Sie drehte und wendete das Geschehene und fand keinen direkt falschen Schritt. Ihre Schritte waren gerade und bestimmt und führten unweigerlich hierher. Zu diesem Punkt.

›Brambo‹ hatte sie hergeführt.

Eine Signatur im Internet. Das, was vor dem @ in einer E-Mail-Adresse steht.

Sie rekapitulierte: Über den Rechner des passiven Pädophilen John Andreas Wiréus hatte sie eine Anzahl von Homepages mit Kinderpornographie lokalisiert, die ihr unbekannt waren. Sie lagen gut versteckt hinter harmlosen Titeltexten und machten sich damit für die Suchmaschinen des Internets unauffindbar. Auf diesen Homepages fand sie eine ganze Reihe weiterer Signaturen, von denen einige schwedisch waren oder auf jeden Fall zu schwedischen Telefonnummern zurückverfolgt werden konnten, was nicht richtig dasselbe war. Diese Signaturen taten ihr Bestes, um unidentifizierbar zu bleiben, konnten aber in günstigen Fällen bei genauerer Nachforschung identifiziert werden. Es zeigte sich, daß diese Signaturen sämtlich in dem umfangreichen internationalen Ermittlungsmaterial vorkamen, wovon ein Teil von der Abteilung für Pädophilie beim Reichskriminalamt geschrieben worden war, zu der sie selbst gehörte. Sämtliche Signaturen außer einer: ›brambo‹. Auf allen Homepages, auf denen dieser ›brambo‹ erwähnt war, gab es auch einen ›rippo_man‹. Dieser ›rippo_man‹ war bereits, wie sich zeigte, unter anderem wegen Kindesmißbrauchs vorbestraft, und das dank des schwedischen Polizeibeamten, der ihn gefaßt hatte. Dieser schwedische Beamte hätte auch ›brambo‹ fassen oder zumindest ausforschen müssen, weil ›rippo_man‹ und ›brambo‹ auf den versteckten Pädophilen-Homepages unzertrennlich waren. Das war jedoch nicht der Fall. ›Brambo‹ war absichtlich aus dem Ermittlungsmaterial ausradiert worden. Und in sämtlichen Fällen zeichnete derselbe Mann für die Ermittlung verantwortlich. Sara Svenhagens eigener Chef, Kriminalkommissar Ragnar Hellberg.

Entweder würde sie Hellberg direkt angehen oder versuchen, mehr über ›brambo‹ herauszufinden, und sei es nur, um bei einer direkten Konfrontation mit Hellberg mehr vorweisen zu können. Sie entschied sich für letzteres. Das war nicht ganz einfach.

›Brambo‹ war eine wirklich gutgetarnte Figur. Es war klar zu erkennen, daß er nicht beabsichtigte, seine geheimen Lüste ans Tageslicht kommen zu lassen. Er benutzte ein paar richtig avancierte illegale Programme, die aus dem Internet heruntergeladen werden konnten und die Quelle vollständig unkenntlich machten. Wenn man diese Programme miteinander verknüpfte, was professionelle Programmierfähigkeit erforderte, konnte man sich anonym im Internet bewegen, darin waren sich alle Experten, mit denen sie sich unterhalten hatte, rührend einig.

Da kam ihr der Gedanke, daß Hellberg sich ganz einfach eines leichteren Dienstvergehens schuldig gemacht haben konnte: Er hatte ›brambo‹ ausradiert, weil er unerreichbar war.

Doch damit gab sie sich nicht zufrieden. Sie wußte, daß die wirklichen Internetexperten kaum mit einer Festanstellung bei der Polizei saßen. Und kaum sonstwo. Die wirklichen Experten waren Hacker. Häufig Teenager. Superfit. Also klinkte sie sich bei verschiedenen Diskussionsgruppen im Internet ein. Sie warf mit zielbewußt naiver Weiblichkeit ihre Fragen in die avanciertesten Chats, die sie finden konnte, wo Chen, 18, mit Bob, 16, über das neue Sicherheitssystem des Pentagons oder die langsamen Finanzroutinen an der New Yorker Börse diskutierte. Sie gab sich galant als sexy Doofe mit Problemen aus und erhielt pubertäre, testosteronpralle, jungfräulich klingende Rückmeldungen. Doch, diese Programme waren alt, ein paar Monate alte Upgrades, sie waren knackbar, aber nur für Jungs mit Dings. Mach einfach so und so. Und plötzlich hatte sie es. Während sie sah, wie sich auf dem Monitor langsam die Telefonnummer offenbarte, dachte sie an die Risiken und Möglichkeiten der Informationsgesellschaft.

›Brambos‹ Telefonnummer ging zu einem Restaurant. Restaurant Tartaros auf Östermalm in Stockholm.

Tartaros? Thanatos? Dachte sie, während sie im Unternehmensregister nach dem Besitzer und der Geschäftsführung suchte. Das hatte doch was mit dem Totenreich der alten Griechen zu tun? Mit der Unterwelt?

Die tiefsten Abgründe der Hölle.

Komischer Name für ein Restaurant.

War das nicht auch Freud? Eros und Thanatos? Die beiden stärksten Triebe des Menschen? Der Lebenstrieb und der Todestrieb?

Egal, das Restaurant hieß Tartaros. Und der Besitzer war – Rajko Nedic.

Rajko Nedic? Dachte sie. War das nicht dieser Drogenhändler, der immer ungeschoren blieb? Er war doch nie im Zusammenhang mit Kinderpornographie in Erscheinung getreten?

Sie untersuchte die Zeiten. ›Brambo‹ war zu allen denkbaren Tages- und Nachtzeiten im Netz gewesen. Es fiel ihr schwer, sich jemanden im Restaurant vorzustellen, der sich der Kinderpornographie widmete, während in der Küche unten Hochbetrieb war. Sie fragte bei Telia an. Es war eine Zweitnummer zum Restaurant, geheim, weitergeschaltet. Sie mußte alle denkbaren polizeilichen Methoden anwenden, um die Mauer der Schweigepflicht zu knacken.

Doch, die Nummer war weitergeschaltet. *Nach Hause* zu Rajko Nedic in Danderyd.

Plötzlich begann sich das Bild zu klären. Rajko Nedic war nicht in der Pädophilenbranche. Es war viel simpler.

Rajko Nedic war pädophil.

Sie begann, alle Kinderpornobilder im Internet zu sammeln, die ›brambo‹ zugeordnet werden konnten. Es war eine Kavalkade vom üblichen Zuschnitt. So alltäglich – und so unerträglich. All die Gesichter. Es waren stets die Gesichter der Kinder, die sie nicht losließen und die *sie* nicht loslassen konnte, die sie festhielten und sie anklagten, sie dessen anklagten, davongekommen zu sein, ihre Kindheit in Frieden verlebt zu haben, ihnen gerade jetzt und hier nicht zu helfen, abwesend zu sein in der konkreten Situation, ein furchtbarer, stummer, gleichsam stumm gemachter Schrei des Grauens stieg zum Horizont auf und fuhr über die Welt hin und zog sie mit sich und bereitete ihr Alpträume von einer furchtbaren doppelten Penetration mitten im Geburtsakt. Diese Blicke. Immer so dunkel – gebrochen und zugleich glasklar. Die akute Frühreife. Die gestohlene Kindheit. Die unfaßbar groteske Handlung.

Sara Svenhagen versuchte sich zu besinnen. Sie kannte die Situation nur zu gut. Sie versuchte wieder, Polizistin zu werden, objektiv, forschend, nach Hinweisen jagend. Es war stets die gleiche Prozedur, die gleiche Einengung des Gesichtsfelds. Am Ende gelang es.

Wenn auch durch einen Schleier von Tränen.

Auf den Bildern war hauptsächlich *ein* Kind zu sehen, ein kleines dunkles Mädchen in verschiedenen Altersperioden, doch es kamen auch andere vor. Es war immer derselbe Raum, derselbe Hintergrund. Die Wände waren offenbar geräuschisoliert – es sah aus wie an die Wand genagelte Bordellkissen aus Gold. Sonst gab es keine besonderen Merkmale. Das Gesicht des Täters war nie mit im Bild, und vom Körper war eigentlich nur das Glied zu sehen. Und daran war nichts Besonderes – außer was es tat.

Aller Wahrscheinlichkeit nach gehörte es Rajko Nedic.

Okay, dachte sie und streckte sich. Sie blickte sich in der Wohnung um. Jorges Spuren waren überall. Der Anblick seiner Unterhose auf der Bettlampe erfüllte sie mit Wärme. Sie stieg ihr von den Zehen hinauf bis unter die Kopfhaut.

Okay. Ragnar Hellberg war im Internet nie besonders heimisch gewesen; seine Spezialität war, mit der Presse Scherze zu treiben. Dennoch hatte er offenbar den äußerst komplizierten Code geknackt, den sie selbst – unter der Mithilfe von Meisterhackern – geknackt hatte. Er hatte eingesehen, worauf er da gestoßen war: eine Möglichkeit, das zu fangen, was sich nicht fangen ließ. Eine Hintertür zu der Organisation des unerreichbaren Nedic. Warum hatte er dann diese Hintertür nicht benutzt? Warum hatte er, ganz im Gegenteil, dafür gesorgt, daß nicht die geringste Spur davon im Ermittlungsmaterial zurückblieb?

Weil er sich privat an Rajko Nedic herangemacht hatte?

Weil Kommissar Ragnar Hellberg den Drogenhändler Rajko Nedic finanziell erpreßte?

Nüchtern betrachtet gab es also zwei Möglichkeiten: Entweder hatte Hellberg ganz einfach eine gewisse Scham darüber empfunden, daß die Signatur ›brambo‹ nicht zu knacken war und sie wegretuschiert – oder er hatte sein Wissen über Rajko Nedic in erpresserischer Absicht genutzt.

Welche dieser Alternativen zutraf, würde Sara Svenhagen in Kürze erfahren, denn durch die Horde deutscher Touristen in Sundbergs Konditorei am Järntorg in Gamla Stan drängte sich gerade Kommissar Ragnar Hellberg, auch bekannt als Party-Ragge. Er strich sich langsam über den kleinen Kinnbart, sah tief konzentriert aus und sank auf den Stuhl ihr gegenüber.

Er machte eine kleine Geste und sagte: »Warum hier?«

»Ich möchte es gern so«, erwiderte Sara nur.

Ragnar Hellberg nickte. Als verstehe er. »Dann laß hören«, sagte er.

»Rajko Nedic«, sagte sie.

Er betrachtete sie. Sein Blick war schärfer, als sie ihn je gesehen hatte. Jede weitere Reaktion blieb aus. »Mach weiter«, sagte er.

»Die Signatur ›brambo‹ ist der Drogenhändler und Restaurantbesitzer Rajko Nedic. Und du hast ›brambo‹ zielbewußt von der Ermittlung ausgeschlossen.«

Er lächelte. Ragnar Hellberg lächelte tatsächlich. Dann legte er seine Hand auf ihre und sah ihr in die Augen. »Danke«, sagte er.

»Wofür denn?« sagte sie und zog ihre Hand fort.

»Dafür, daß du es nicht warst«, sagte er.

Sie merkte, daß sie ihn voller Abscheu anstarrte. »Was ist denn das jetzt für eine Geschichte?« sagte sie.

»Es tut mir leid«, sagte er. »Ich mußte dich testen. Zuerst hatte ich nur vor, alles neue Material von der Gruppe fernzuhalten; deshalb solltest du privat arbeiten, Sara. Dann kam ich darauf, daß es der entscheidende Test sein könnte. Mit hoher Wahrscheinlichkeit würdest du über diese versteckten Homepages stolpern – und sie vielleicht sogar dechiffrieren. Aber das war mehr Nebensache. Wichtig war, ob du mich zur Rede stellen würdest oder nicht.«

Sie spürte, daß ihr Blick jetzt direkt mörderisch war.

Er fuhr fort: »Vor ein paar Wochen durchsuchte ich – aus einem ganz anderen Grund – meine alten Ermittlungen im Rahmen von *Operation Cathedral.* Ich fand bedeutend mehr Dateien mit meinem Namen, als ich je geschrieben hatte. Jemand hatte *unter meinem Namen* Ermittlungsmaterial geliefert. Es gelang mir, die fremden Dateien von meinen eigenen zu trennen und sie durchzugehen. Ich durchsuchte alle Internetseiten, auf denen die Signaturen vorkamen. Und dabei fand ich – genau wie du – den ungenannten ›brambo‹. Aber ich hatte keine Chance, ›brambos‹ Identität zu knacken.«

»Und du erwartest, daß ich dir das glaube?« platzte sie laut heraus. Eine Menge Deutscher betrachteten sie skeptisch.

Ragnar Hellberg fuhr ungerührt fort: »Es gelang mir, potentielle Übeltäter einzukreisen. Es konnte sich nur um eine von zwei Personen handeln. Einer meiner beiden Mitarbeiter hatte unter meinem Namen unvollständiges Material geliefert. Einer, der mir eins auswischen wollte, glaubte ich. Jetzt verstehe ich, daß das mehr ein Nebeneffekt war. Die Hauptsache war die Erpressung. Alles Pädophilenmaterial über Rajko Nedic befindet sich jetzt bei diesem Mitarbeiter, und wenn jemand auf die Idee käme, nachzuforschen, würde er bei mir landen. Und du, Sara, warst eine der beiden möglichen Personen.«

»Wie lange hast du diese Sache vorbereitet?« fragte Sara.

Sie wußte nicht, ob sie wirklich fragte. Sie wußte nicht, was sie glauben sollte. Aber sie verstand, in welche Richtung die Sache lief.

Sie spürte, wie sie blaß wurde.

»Ich habe keine Möglichkeit, es zu beweisen«, sagte Ragnar Hellberg. »Dafür hat er gesorgt. Sein Wort steht gegen meins, und ich weiß, daß mein Wort in der Gruppe ziemlich wenig Gewicht hat. Galionsfigur. Party-Ragge. Wer bin ich gegen Ludvig Johnsson? Den Mann, der seine Familie bei einem Verkehrsunfall verlor und dann die ganze Pädophilenabteilung aufbaute. Und dem die Chefposition gestohlen wurde – von mir. Dem leichtgewichtigen Partypolizisten.«

»Und es mußte also entweder ich oder Ludvig sein?« sagte Sara. Sie fand, daß sie etwas ganz anderes hätte sagen sollen. Hier saß dieser Mann, den sie häufiger im Fernsehen als im Polizeipräsidium sah, und klagte ihren Mentor an, den einzigen Polizeibeamten, den sie wirklich bewunderte: Ludvig Johnsson. Neben Gunnar Nyberg der einzige, den sie wirklich als Kollegen zu bezeichnen wagte.

»Ja«, sagte Hellberg. »Nur du oder Ludvig. Du mußt so denken. Hätte ich wirklich den gutgetarnten ›brambo‹ identifizieren können? Hätte ich wirklich eine Erpressung großen Stils gegen einen so notorisch lebensgefährlichen Mann wie Rajko Nedic in Szene setzen können? Würde ich es gewagt haben, mich in seinen Klan von Folterern und Kriegsverbrechern zu begeben? Party-Ragge? Denk doch mal nach.«

Sara Svenhagen schloß die Augen.

Sie war überzeugt.

Und überwältigt von Trauer.

Ludvig Johnsson. Ihr stellvertretender Papa.

Sie schlug gegen die Kaffeetasse, so daß der Kaffee über die Deutschen spritzte.

Ragnar Hellberg blieb still sitzen, Kaffeeflecken auf dem Anzug.

Sie gab ihm eine schallende Ohrfeige.

39

»Kerstin geht es gut.«

Einen Moment herrschte Schweigen in der Kampfleitzentrale. Dann brach der Jubel los. Kurz, intensiv, ein Deckel, der sich für eine kurze Sekunde hob. Dann schloß er sich wieder.

Paul Hjelm fuhr fort: »Ich durfte gerade das Krankenhaus verlassen. Auf dem Weg bin ich zu ihr hochgeschlichen. Die Kugel hat sie genau über dem Ohr gestreift und ein Stückchen Knochen vom Schädel hinter der Schläfe abgetrennt und ist weitergeflogen. Dabei wurde ein Blutgefäß verletzt, deshalb sah es schlimmer aus, als es war. Sie hat eine Gehirnerschütterung, aber sie läßt euch grüßen.«

»Und wie sieht es mit dir aus?« fragte Hultin vorn vom Pult.

Sie wechselten einen Blick. Den ersten seit Skövde. Ein Blick zwischen *zwei Männern, die getötet hatten*. Beide erkannten in diesem Augenblick, über welche eigentümliche Schwelle sie gestiegen waren. Keiner von beiden hatte in den letzten vierundzwanzig Stunden groß darüber nachgedacht. Jetzt traf sie der Gedanke mit voller Wucht.

Wir haben beide einen anderen Menschen getötet.

Es gab nichts zu sagen.

»Ja, danke«, sagte Hjelm. »Die Kugel ist durch den Arm gegangen und an der Weste abgeprallt. Ein leichter Rippenbruch, aber der Arm hat Glück gehabt. Nur eine Fleischwunde. Aber es tut verdammt weh.«

Hultin nickte und fragte geradeheraus: »Haben alle mit Interna gesprochen?«

Sie nickten. Alle hatten mit der Abteilung für interne Ermittlungen gesprochen. Hjelm war bereits im Krankenhaus mit einem alten Quälgeist namens Niklas Grundström konfrontiert worden. Es war erstaunlich schmerzfrei abgegangen.

Keiner hatte Hultins Pistolenmanöver erwähnt. Es war, als habe es nie stattgefunden.

Er selbst wirkte sonderbar unberührt. »Ja, dann wollen wir mal«, sagte er und streckte sich. »Diese Aktion hat sowohl Plus als auch Minus erbracht. Das große Plus ist, daß wir Eurydice gerettet haben. Das große Minus, daß sie uns entwischt ist. Daß Niklas Lindberg gerade die Gesellschaft verlassen hatte, war kaum unser Fehler. Möglicherweise hätten wir eine Viertelstunde schneller sein können, doch das lag jenseits unserer Einwirkungsmöglichkeiten. Ein geistesgegenwärtiges Mitglied der Gruppe« – Hultin warf einen kurzen, aber vielfältig dankbaren Blick zu Söderstedt – »hat dafür gesorgt, daß die Krankenwagen umgeleitet und damit die Aufmerksamkeit minimiert wurde. Dennoch reichte es nicht dazu, Lindberg zur Rückkehr zu veranlassen. Er roch natürlich den Braten und löste sich in Luft auf. Daß Roger Sjöqvist und Dan Andersson erschossen wurden, kann man als gerechtfertigt betrachten. Es war natürlich eine Panne, daß Sjöqvist die Möglichkeit hatte, auf Paul zu schießen, und auch daß Andersson auf Kerstin schießen konnte, aber mitnichten ein Dienstvergehen. Alles ging verflixt schnell. Wir haben Eurydices Schuhe, braune Sandalen Größe 40, den Aktenkoffer mit einem Bankfachschlüssel und Agne ›Kulan‹ Kullberg. Dazu also noch den Rechtsextremisten Risto Petrovic in sicherem Gewahrsam. Ordentliche Verhöre mit diesen beiden dürften dazu führen, daß wir eine Vorstellung von Lindbergs weiteren Plänen bekommen. Gegenwärtig sind beide erstaunlich wortkarg. Was wir *nicht* haben, ist Niklas Lindberg, der Van sowie die Beute aus dem Raubzug durch Westschweden, die sich auf insgesamt fast eine Million beläuft. Falls Lindberg weitere Pläne hatte, dürften sie wohl nicht ad acta gelegt sein. Dies war leider nicht der Schlußpunkt.«

»Der Bankfachschlüssel ist höchst gängige schwedische Norm«, sagte Chavez. »Er kann zu jeder beliebigen Bank an jedem beliebigen Ort gehören. Wenn wir das ganze rekonstruieren wollen, können wir wohl annehmen, daß das bereits belegte Mißtrauen zwischen Nedic und dem ›Polizisten‹ so groß war, daß Nedic nicht einmal wagte, Bargeld zu liefern. Statt dessen lieferte er einen Bankfachschlüssel und ein topmodernes Polizeifunkgerät. Wahrscheinlich sollte dem ›Polizisten‹ mitgeteilt werden, um welche Bank es sich handelte, sobald etwas geklappt hatte. Was, ist bis auf weiteres unbekannt. Das führte auf jeden Fall dazu, daß der Ingenieur ›Kulan‹ Kullberg eine elektronische Suchvorrichtung konstruieren konnte, um den von Orpheus und Eurydice gestohlenen Koffer zu orten. Jetzt haben sie keine Schlüssel mehr, so daß ihre Rolle in dem Drama ausgespielt sein dürfte. Sie müssen sich damit begnügen, noch zu leben und einander zu haben. Wir können vielleicht noch hinzufügen, daß es uns sonderbarerweise gelungen ist, das ganze Ballett aus den Medien herauszuhalten.«

Und mit einem Seitenblick fügte Chavez hinzu: »In hohem Maße also dank Artos Geistesgegenwart, die uns im übrigen auch dorthin geführt hat.«

Söderstedt sah völlig baff aus bei diesem unerwarteten Lob.

Er blätterte verwirrt in seinen Papieren. »Und ich hatte eine Geschichte erzählen wollen«, murmelte er. »Über die Metamorphose der Metamorphosen.«

Sie betrachteten ihn. Dieser ungewöhnliche Polizist ging von Klarheit zu Klarheit. Sie warteten gespannt auf den nächsten Schritt.

»Heute ist Montag«, begann Arto Söderstedt mit größter Präzision. »Montag vormittag, der 12. Juli. Zwei Stunden nach unserem Skövde-Intermezzo, am Samstag um ein Uhr, tauchte unter der wöchentlichen Rubrik ›Ich liebe dich‹ in *Gula Tidningen* eine kurze Mitteilung auf. Seitdem ist keine weitere Mitteilung erschienen. Wir dürfen davon ausgehen, daß das junge Paar nun vereint ist. Die Mitteilung lautete: ›Philemon. Ausgangspunkt. Baucis.‹«

Sie starrten sich an.

»Wenn die Polizei nun mythologisch unwissend wäre«, fuhr er fort, »so wäre uns diese kleine kryptische Nachricht entgangen. Das ist indessen nicht der Fall. Philemon und Baucis sind ein anderes klassisches Liebespaar der Antike. Wenn auch in gewisser Weise der Gegensatz zu Orpheus und Eurydice. Statt stürmisch und dramatisch ist ihr Verhältnis abgeklärt und friedlich. Wenn wir die beiden Geschichten miteinander verweben, sieht es ungefähr so aus: Der Hochzeitsgott Hymenaios wird nach Thrakien gerufen, wo Orpheus sich mit seiner Eurydice verheiraten will. Doch Hymenaios kommt vergeblich, denn Eurydice ist tot. ›Durch die Gefilde / schweifte die jüngst Vermählte, vom Schwarm der Najaden begleitet, / ach, und starb, an der Ferse verletzt von dem Bisse der Natter.‹ Orpheus, als der göttliche Sänger, der er ist, begibt sich indessen ins Totenreich hinab und fleht Hades an: ›Löst der Eurydice, fleh' ich, o löst das beschleunigte Schicksal!‹ Sogar Sisyphus stellt sein ewiges Steinrollen den Berg hinauf ein. Das ganze Totenreich läßt sich verführen, und Eurydice wird aus den Schatten heraufgeführt. Wenn Orpheus sich nicht umdreht und seine Braut ansieht, bevor sie die Unterwelt hinter sich gelassen haben, dann hat er sie in die Welt der Lebenden zurückgebracht. Aber er kann sich nicht zügeln, in seiner Besorgnis blickt er trotzdem über die Schulter. Wir können natürlich nicht wissen, was für eine Hölle unsere beiden jungen Leute durchwandert haben, aber gerade als Eurydice ins Totenreich zurücksinkt, gerade als Orpheus zurückkehrt, um in seiner Einsamkeit von den thrakischen Frauen in Stücke gerissen zu werden, gerade da – verwandeln sie die Verwandlung. Die Metamorphose durchläuft eine Metamorphose. Aus Orpheus und Eurydice in Thrakien werden sie jetzt zu dem strebsamen Paar Philemon und Baucis in Phrygien. Dorthin kommen ein paar Götter in menschlicher Gestalt, um die Bewohner der Gegend einer Prüfung zu unterziehen. Wo sie auch fragen, überall wird den Göttern Unterkunft verweigert. Überall – außer bei Philemon und Baucis. Das bettelarme Paar bietet den Göttern alles, was es hat, und sie erhalten ihren Lohn. Die Götter geben sich zu erkennen:

Wir sind Götter und tragen den unrechtschaffenen Nachbarn, sagten sie, würdigen Lohn. Doch euch vergönnen wir, teillos solcher Strafe zu sein. Verlaßt nur euere Wohnung; Folget unserem Schritt, und hinauf zu den Höhen des Berges Gehet zugleich!

Die alte Hütte von Philemon und Baucis verwandelt sich in einen goldenen Tempel, und die beiden werden die Hüter des Tempels. Auf die direkte Frage der Götter haben sie nur einen einzigen Wunsch: zusammen sterben zu dürfen. Und am Ende verwandeln sich beide, gleichzeitig, in Bäume, ›und zugleich umhüllte das Antlitz beiden Gebüsch‹.«

Söderstedt hielt inne und blickte über die verstummte Versammlung. »Ich hoffe, ihr wißt den subtilen Übergang zu schätzen. Gerade als Eurydice auf dem Weg zurück ins Totenreich ist, wird sie gerettet und wird statt dessen die arme, aber strebsame Baucis, die zusammen mit ihrem Gatten den Göttern hinauf zu den Höhen des Berges folgt und irgendwann im selben Augenblick stirbt wie er. ›Cura deum di sunt, et qui coluere colantur.‹ Vielleicht kann man es Reife nennen.«

»Darf man fragen, aus was für einer Quelle du zitierst?« sagte Paul Hjelm.

»Natürlich«, sagte Arto Söderstedt. »Es sind Ovids *Metamorphosen*.«

40

Gunnar Nyberg hatte das Kunststück fertiggebracht, sich einen Tennisarm zu holen, als er sich durch das Hotelfenster in Skövde gequetscht und seine Pistole auf die Räuber gerichtet hatte. Vermutlich hatte er sie zu fest gepreßt – ein paar eigentümliche Vertiefungen am Kolben ließen darauf schließen.

Oder er hatte ganz einfach einen Mausarm bekommen.

Einen Mausarm zogen sich Computerfreaks zu. Eine neue Volkskrankheit war im Anzug. Keine Staublungen mehr, keine kaputten Rücken, aber Mausarme. Gesellschaftliche Fortschritte kann man an verschiedenen Symptomen ablesen.

Er saß in seinem Büro und sah sich um. Es kam ihm so leer vor. Keine Kerstin Holm, mit der er ein Duett singen konnte. Nichts. Und wie lange war es eigentlich her, daß er seinen Enkel Benny in Östhammar zuletzt besucht hatte? Er hatte schon Angst, daß Benny seinen Großvater vergessen könnte.

Anderseits hatte Tommy, sein Sohn, ihn in zwanzig langen Jahren nicht vergessen. Sie nahmen ihre Beziehung auf eine verblüffend ungezwungene Art und Weise wieder auf. Das Leben kehrte zurück. Das Blut, das dickflüssige, begann wieder seine Marathonstrecken durch den Körper von Schwedens größtem Polizisten zu pumpen.

Doch jetzt verdickte es sich wieder. Er erinnerte sich an das Gefühl, als er neben Kerstin Holms blutendem Kopf im matschigen Gras auf die Knie sank. Des Lebens Flüchtigkeit. Es kam ihm vor, als löste das Leben sich von ihm ab und segelte durch die Regenschwaden davon. Den Augenblick würde er nie vergessen.

Kerstin Holm stand ihm so nah. Sie teilten eine Liebe zum Chorsingen, die teilweise abnorme Proportionen annahm. Menschen, die zusammen singen, Menschen, die die Möglichkeiten der Stimme bis zum äußersten dehnen und den schönsten Wohllaut hervorbringen, den der Mensch hervorbringen kann – konnte man Gott näherkommen?

In dem zwanzigjährigen Vakuum war ihm nur eine Frau ähnlich nahegekommen, und gerade als er dasaß und seinen enormen Mausarm dehnte, betrat sie sein Büro. Einen kurzen Augenblick dachte er über mystische Korrespondenzen nach.

Sara Svenhagen war nicht wiederzuerkennen. Sie sah verwüstet aus, kaputt, als hätte sie mehrere Nächte nicht geschlafen. Ihr weißes T-Shirt hatte mehrere große Kaffeeflecken und ihre Shorts waren nahezu absurd verknittert. »Gunnar«, sagte sie und strich sich über das kurzgeschnittene goldblonde Haar. »Du mußt mir helfen.«

Er stand auf, ging zu ihr und legte väterlich beschützend den Arm um ihre Schultern. Es kam ihm richtig und falsch zugleich vor. Denn rein professionell betrachtet war sie seine Mentorin, die ihn behutsam in die grausige Hölle der Kinderpornographie eingeführt hatte. Sie und Ludvig Johnsson.

Er führte sie zu Kerstin Holms Stuhl und ließ sie sich setzen. Selbst setzte er sich auf die Schreibtischkante; daß sie sich besorgniserregend bog, ließ ihn kalt. »Und Jorge?« sagte er. »Was kann ich tun, was er nicht kann?«

Sie betrachtete ihn mit zumindest angedeuteter Verblüffung. »Weißt du davon?«

»Ich habe es geraten«, sagte Gunnar Nyberg und kam sich wie ein Schurke vor. »Habe ich falsch geraten?«

»Nein«, sagte Sara Svenhagen. »Nein, ganz und gar nicht. Ich liebe ihn. Und er liebt mich. Wir sind aufgelebt, beide. Aber wir haben auch Mauern um unsere jeweiligen Fälle errichtet, ohne richtig zu verstehen, warum. Vermutlich ist es eine Art von krankhaftem Beschützerinstinkt. Verschone ihn damit. Verschone sie damit. Nein, Gunnar, das einzig wirkliche Verbindungsglied zwischen diesen beiden Fällen bist du. Außerdem berührt es dich persönlich.«

Nyberg wurde von dunklen Ahnungen erfaßt.

»Persönlich?« fragte er. »Privat?«

»So muß man es wohl nennen«, sagte Sara und sah ihm in die Augen.

»Okay«, seufzte Gunnar. »Schieß los.«

»Ich kann dir den ganzen Mist ersparen«, sagte sie. »Ich kann aufstehen und weggehen, und du bist das Problem los.«

»Schieß los«, wiederholte er.

Sara Svenhagen blickte zur Decke. Sie wußte nicht richtig, wo sie anfangen sollte. Sie beschloß, eine lange Geschichte kurz zu machen. »Eine Pädophilensignatur namens ›brambo‹ ist bewußt aus unseren Ermittlungen ausgeschlossen worden. Es geschah vor fast einem halben Jahr. Als ich nachforschte, entdeckte ich, daß alle diese unvollständigen Ermittlungen vom selben Kollegen durchgeführt worden waren.«

Nyberg spürte erneut die bösen Ahnungen. Sie liefen anstelle von Blut durch seine Adern, denn das Blut war jetzt vollständig geronnen.

»Es war Ragnar Hellberg«, sagte sie.

»Was?« stieß er hervor. »Party-Ragge?«

»Ich hätte einsehen müssen, daß das Unsinn war ... Nun gut, ich versuchte jedenfalls weiter, ›brambo‹ zu identifizieren. Es gelang mir schließlich. Es ist ein Drogenhändler mit Namen Rajko Nedic.«

Gunnar Nyberg saß reglos da. In seinem Innern flatterten lose Fäden. Die sich suchten. Sie waren fast dabei, sich zu einem Gewebe zusammenzufügen. »Ich verstehe«, log er schließlich.

»Okay. Ragnar ließ mich zu Hause arbeiten. Es kam mir so vor, als wollte er etwas verbergen. Und jetzt schien es glasklar zu sein. Er ließ mich inoffiziell arbeiten, um das, was ich eventuell herausbekommen würde, nicht an die Öffentlichkeit dringen zu lassen. Und das war – daß er Nedic erpreßte. Etwas anderes konnte es nicht sein.«

»Der kleine Bart«, sagte Gunnar Nyberg und dachte an das Restaurant *Kvarnen* in der Tjärhovsgata am dreiundzwanzigsten Juni um einundzwanzig Uhr zweiundvierzig.

Sie betrachtete ihn skeptisch, fuhr aber fort. »Jetzt mußte es reichen. Ich war gezwungen, ihn damit zu konfrontieren. Wir haben uns am Samstag getroffen, inoffiziell. Da tischte er mir eine Geschichte auf, mit der ich jetzt seit zwei Tagen kämpfe. Ohne während der ganzen Zeit ein Auge zuzumachen. Er behauptete, entdeckt zu haben, daß sein Name für Ermittlungen benutzt worden sei, die er selbst nicht durchgeführt habe. Jemand *anders* habe den Namen Ragnar Hellberg benutzt – um ihm eins auszuwischen. Dieser andere wäre einer von zwei Kandidaten. Ich bin das Ganze selbst durchgegangen. Soweit hat er recht. Es gibt nur zwei in der Gruppe, die es hätten durchführen können. Die eine war ich. Das war teilweise der Grund, warum er mich zu Hause arbeiten ließ, um nachzuprüfen, ob ich es war. Wenn ich es gewesen wäre, hätte ich ihn kaum wegen ›brambos‹ Existenz kontaktiert. Statt dessen war es der andere Kandidat.«

Gunnar Nyberg fühlte, wie sein Inneres bereits weinte. »Ludvig«, sagte er nur.

»Es war ein langes Wochenende«, sagte Sara Svenhagen. »Sollte ich dem albernen Partypolizisten glauben oder meinem Mentor, dem Kollegen, der mir am nächsten stand von allen? Ich habe mein Inneres nach außen gekehrt und wieder zurück.«

»Und zu welchem Ergebnis bist du gekommen?«

»Daß ich Party-Ragge glaube. Aus dem einfachen Grund, daß er nie auf den Gedanken gekommen wäre und noch weniger vermocht hätte, ihn durchzuführen. Es besteht kein Zweifel mehr. Ludvig Johnsson hat Rajko Nedic erpreßt – und ganz nebenbei die Schuld dem Mann zugeschoben, der ihm die Abteilung für Pädophile gestohlen hatte. Der Galionsfigur.«

»Hast du mit Ludvig gesprochen?«

»Er hat Urlaub. Und wenn er Urlaub hat, macht er sich unauffindbar. Niemand weiß, wo er ist.«

»Und was willst du tun? Was will Hellberg tun?«

»Man kann über Hellberg sagen, was man will, aber ein Paragraphenreiter ist er nicht. Er ist bereit abzuwarten. Er weiß, daß ich mit dir rede. Also, was willst *du* tun?«

Gunnar Nyberg sah ihr in die Augen. »Überlaß Ludvig mir«, sagte er.

Sie nickte. »Ich hatte vermutet, daß du das sagen würdest. Und ich will zusehen, ob ich mir Nedic irgendwie vornehmen kann.«

»Sei aber sehr vorsichtig. Er ist äußerst gefährlich.«

»Ich weiß. Ich werde versuchen, einen Weg zu finden.«

»Was hast du aus dem Internet?«

»›Brambos‹ Bilder. Ich habe sie bei mir. Willst du sie sehen?«

»Nein, will ich nicht«, sagte Gunnar Nyberg, streckte den Mausarm aus und nahm die Bilder. Farbausdrucke aus dem Internet. Die ganze Kavalkade von Erniedrigungen. Und er hatte sich eingebildet, dies gehöre der Vergangenheit an. Er nahm sich Zeit. Seine Gedanken waren in Unordnung. Hinter jedem Bild sah er Ludvig Johnssons Gesicht. »Er kann nicht vorgehabt haben, Nedic laufenzulassen«, sagte er. »Er muß irgendein doppeltes Spiel geplant haben. Das Geld von Nedic zu bekommen, aus Schweden abzuhauen *und* ihn hochgehen zu lassen. Etwas anderes kann ich mir nicht vorstellen.«

Sara nickte. »Ich weiß doch, wie brennend er sich hier engagierte. Seine eigenen Kinder starben. Jetzt konnte er andere retten. Es war ein persönliches Anliegen. Vielleicht allzu persönlich. Er brannte, bis er ausgebrannt war. Aber nie im Leben hätte er einen Pädophilen für Geld davonkommen lassen.«

Nyberg nickte und reichte die Bilder zurück. »Da ist ein kleines Mädchen«, sagte er und zeigte darauf.

»Ja«, sagte sie und warf einen Blick auf den Stapel von Bildern. »Eine arme Kleine, die häufiger vorkommt als andere. Ich glaube, ich werde versuchen, sie zu identifizieren. Und dieses Goldkissenzimmer.«

»Tu das«, sagte er und ergriff ihre Hand. »Wir haben geglaubt, daß Nedics Organisation wasserdicht ist, aber wir haben verschiedene Lecks gefunden. Es gibt eine Chance. Wenn jemand in der Organisation davon weiß, daß er pädophil ist, ist es nicht unmöglich, daß er oder sie das nicht gut findet. Versuch, jemanden zu finden, den man unter Druck setzen kann.«

Sara Svenhagen stand auf. Sie hielten immer noch ihre Hände. »Und du nimmst dich Ludvigs an?« sagte sie. »Mach es auf die richtige Weise, Gunnar. Versprich mir das.«

Er nickte und drückte ihre Hand. »Das verspreche ich, Sara.«

Die Reise nach Grillby war keine normale Reise. Es war eine Schmerzensreise. Aber auch eine Reise der Metamorphose. Gunnar Nyberg machte sich davon, ganz einfach. Kappte die Verbindungen. Verließ die A-Gruppe. Vielleicht würde er entlassen, vielleicht sogar disziplinarisch belangt, doch daran dachte er nicht. Er dachte nur: Jetzt sollte Ludvig verdammt noch mal in dem Mist aufräumen, den er hinterlassen hat.

Neben ihm auf dem Beifahrersitz des Renault lagen zwei Laptops mit Mobiltelefonanschluß, zwei Mobiltelefone und ein Adapter für den Zigarettenanzünder des Wagens. Hier war Arbeit angesagt.

Er hielt an einer Tankstelle und kaufte für einen Tausender Essen, Bier und Kaffee. Aber keine Kopenhagener.

Er kontrollierte sogar, ob er verfolgt wurde. Er traute Ragnar Hellberg nicht richtig.

Die Rapsfelder leuchteten prallgelb, und als Gunnar Nyberg auf das Grundstück mit der kleinen Kate in der Nähe von Grillby in Uppland einbog, war Ludvig Johnssons Wagen da – aber er selbst nicht. Wahrscheinlich lief er seine Trainingsrunden. Nyberg faßte die Tür an. Sie war offen. Er betrat die kleine Kate hoch bepackt mit den Einkaufstüten und verstaute das Ganze im Gaskühlschrank. Dann machte er ein Bier auf und ließ sich auf der Veranda nieder. Die Sonne schien freundlich auf ihn herab.

Nach einer Stunde kam Ludvig Johnsson tatsächlich angejoggt. Er lächelte schwach, als er Nyberg auf der Veranda sah. Nyberg sah das Lächeln, und er sah auch, was es ausdrückte. Die Einsicht.

Es war schiefgegangen.

»Es steht eine Tonne mit Regenwasser hinterm Haus«, sagte er. »Man muß das Wasser da rausschöpfen und sich damit begießen.«

»Das hat Zeit«, sagte Nyberg.

»Ja«, sagte Ludvig Johnsson und ließ sich auf der Veranda nieder. »Das hat Zeit. Hast du ein Bier für mich?«

»Ich denke nicht daran, dich allein ins Haus zu lassen«, sagte Nyberg. »Und ich denke auch nicht daran, dich aus den Augen zu lassen. Nicht eine Sekunde.«

Ludvig Johnsson starrte zum Himmel. Sein Blick schien sich im Blauen zu verlieren. »Wie viele wissen davon?« fragte er nur.

»Sara hat dich gefunden. Den ›Polizisten‹. Via ›brambo‹, wenn dir das was sagt.«

»Sara«, sagte Johnsson und lächelte. »Das hätte man ahnen können. Und Hellberg?«

»Hellberg weiß es auch. Aber er hält eine Weile still. Wartet ab, was ich mitbringe. Also hat es wenig Sinn, wenn du mich umbringst.«

»Aber Herrgott!« stieß Ludvig Johnsson hervor. »Was glaubst du eigentlich?«

»Was ich glaube, ist, daß dein kleines Manöver *bisher* acht Menschen das Leben gekostet hat. Drei exjugoslawische Kriegsverbrecher, einen Mann namens Lordan Vukotic sowie Eskil Carlstedt, Sven Joakim Bergwall, Roger Sjöqvist und Dan Andersson. Aber mit dem allen hätte ich leben können. Dieser Tage wurden aber auch zwei meiner Kollegen und engsten Freunde angeschossen. Paul Hjelm und Kerstin Holm. Ihr seid euch neulich begegnet. Kerstin hat mit dir bei diesem Fest anläßlich der World Police and Fire Games übers Marathonlaufen diskutiert, falls du dich erinnerst.«

Ludvig Johnsson begegnete seinem Blick. Sein eigener war völlig verstört. Wie erloschen. »Wie geht es ihnen?« fragte er.

»Sie überleben. Aber nur um Haaresbreite.«

»Alles, was ich wollte, war, irgendwohin zu kommen, wo der Winter kürzer ist ...«

Sie saßen eine Weile im Schatten. Das Sonnenlicht wurde durch die umgebenden Rapsfelder noch intensiver. Gelb überall. Die Farbe des Verrats.

»Ich hatte nicht vor, ihn davonkommen zu lassen«, sagte Ludvig Johnsson. »Ich wollte weg. Und danach wollte ich dafür sorgen, daß das Material in die Hände der Polizei käme. Ich wollte nur einen kleinen Bonus.«

»Das war ein teurer Bonus.«

»Du weißt, daß ich die Pädophilenabteilung eigenhändig aufgebaut habe. Ich war derjenige, der es erreichte, daß die Kinderpornographie in diesem *toleranten* Land endlich ernst genommen wurde. Meinungsfreiheit bis zum Gehtnichtmehr. Meine eigenen Söhne starben. Ich sah alle diese Kinder leiden, ich sah, daß das Internet einer Zunahme aller Formen von Kindesmißbrauch Tür und Tor öffnen würde. Jedes Kind, das ich rettete, wurde auf diese Weise zu meinem Kind. Ich arbeitete Sara ein, und wir waren ein verdammt gutes Team. Dann kam Party-Ragge und erntete die ganzen Lorbeeren. Das machte mir eigentlich nicht so viel, denn so geht es zu in der Welt, aber ich hatte auch nichts dagegen, ihn zum Sündenbock zu machen.«

»Und deshalb hast du dir einen kleinen Bart angeklebt, als du dich mit Nedics Gang im *Kvarnen* getroffen hast.«

Johnsson schnaubte nur.

»Gut, das war ein bißchen albern, aber ich brauchte einen Ausweg. Er mußte zum Sündenbock werden. Diese Typen waren knallharte Verhandlungspartner, wir saßen lange im *Kvarnen* und diskutierten hin und her, nur über den Treffpunkt, und es sollte nicht einmal Geld oder Ermittlungsmaterial übergeben werden. Nur zwei Bankfachschlüssel und eine Funkausrüstung. Und nach und nach würden wir einander mitteilen, um welche Banken es sich handelte. Ein ziemlich umständliches Verfahren, aber ich ließ ihn bestimmen. Alles, was ich tat, war, mir das allerneueste Polizeifunkgerät aushändigen zu lassen. Jaja, wir saßen da und redeten im *Kvarnen* und hatten uns gerade auf den Treffpunkt in Sickla um zwei

Uhr in der darauffolgenden Nacht geeinigt, als dieser Blödmann einem anderen einen Bierkrug auf den Schädel knallte. Ich schickte die Jugos schnell weg und dankte den Göttern für den kleinen albernen Bart und wartete, bis sie außer Sichtweite waren, und da tauchten die Türsteher auf. Ich wedelte mit dem Polizeiausweis und kam raus.«

»Ihr wurdet abgehört. Habt ihr nicht die Umgebung kontrolliert? Eine ganze Gang Nazis saß in der Ecke und hat euch abgehört.«

Ludvig Johnsson nickte. »Also so ist es zugegangen? Doch, es war ziemlich schlampig, sich nicht ordentlich umzusehen, aber ich hatte einfach eine Scheißangst. Mit diesen Typen war nicht zu spaßen. Drei richtige Ungeheuer aus Bosnien. Sie hätten ja auf die Idee kommen können, mich zu foltern, um mich dazu zu bringen, meine Versicherung preiszugeben.«

»Versicherung?«

»Die klassische. Eine Kopie des gesamten Ermittlungsmaterials bei einem alten Jugendfreund. Im Falle meines Todes sollte es der Polizei übergeben und Rajko Nedic als Pädophiler entlarvt werden.«

»Als ihr rauskamt, wurdet ihr fotografiert, die ganze Gang, ironischerweise von einem Pädophilen, aus dem Söder-Turm.«

»Aber dann hattet ihr mich doch schon lange.«

»Das Bild von dir war leider saumäßig. Man sah ein bißchen vom Bart, das war alles.«

Ludvig Johnsson lachte unfroh. »Da kann man mal sehen, Glück im Unglück.«

»Erzähl jetzt mal alles von Anfang an.«

»Jaja. Es war wohl im Februar oder so. Ich fand eine Serie versteckter Homepages im Internet und konnte eine Reihe von Signaturen lokalisieren. Ich nahm die ganze Bande fest – außer einem. Die Idee wurde im gleichen Moment geboren, als ich sah, daß ›brambo‹ Nedic war. Dem Teufel Geld abzuluchsen erschien mir nicht als besonders gefährlich. Mein Leben war vollkommen festgefahren. Ich lief nur noch. Ich lief um mein Leben. Wie der ursprüngliche Marathonlauf. Ich haßte den Winter immer mehr. Es war Winter, als meine Familie ausgelöscht wurde. Verfluchte winterliche schwedische Straßen. Ich wollte weg. Irgendwo in der Wärme sterben. Ich hatte eine absurde Vorstellung, auf irgendeine polynesische Insel zu fahren und mich zu Tode zu saufen; und das ich, der nie besonders viel für Schnaps übrig hatte. Auf jeden Fall schickte ich meinem Kumpel in Säffle das Material und nahm Kontakt zu Nedic auf. Er war ziemlich platt. Glaubte wohl, er sei im Internet total geschützt. Ich schlug ihm eine Summe vor, die sich gut anhörte, zehn Millionen, und er war einverstanden. Ich war vollkommen sprachlos. *Er war einverstanden*. Zehn Millionen. Man kann sich ja schon fragen, wieviel so ein Mensch hat ... Wir einigten uns darauf, daß ich seine Lieferanten treffen sollte, um die näheren Einzelheiten der Lieferung zu besprechen. Ich schlug das *Kvarnen* vor, so öffentlich wie möglich. Irgendwie ist es offenbar durchgesickert.«

»Nedics engster Vertrauter hieß Lordan Vukotic. Er war einverstanden damit, daß das Treffen im *Kvarnen* stattfinden sollte. Er machte im Kumlabunker eine Ausbildung zum Wirtschaftsjuristen und sollte vermutlich eines Tages die Finanzen des Imperiums verwalten. Anscheinend erwähnte er das bevorstehende Treffen gegenüber seinen Kumpanen im Knast, und einer von ihnen, ein Kroate mit Namen Risto Petrovic, informierte einen seiner alten Kumpels aus der Fremdenlegion, einen rechtsextremistischen ehemaligen Offizier namens Niklas Lindberg. Er scheint in Kumla eine Art ›nationalsozialistische Clique‹ angeführt zu haben. Der gehörten auch Sven Joakim Bergwall und Dan Andersson an. Andersson wird im Februar entlassen; er ist also draußen, als die Nachricht von der Lieferung von zehn Millionen eingeht.«

»Das muß im Mai gewesen sein«, sagte Johnsson.

»Im Mai wird die ideologische Triebkraft Bergwall entlassen. Möglicherweise hat Andersson da schon angefangen, eine Gang zu bilden, um die zehn Millionen einzusacken. Lindberg sitzt bis zum vierundzwanzigsten Juni, dem Tag nach eurem Treffen im *Kvarnen*, dem Tag vor der geplanten Übergabe im Gewerbegebiet Sickla. Er weiß, daß Bergwall und die Jungs euer Kvarnentreffen abhören, aber er nimmt auch die Gelegenheit wahr – ungefähr gleichzeitig –, Vukotic zu foltern, um herauszubekommen, was der über den Treffpunkt weiß. Am nächsten Morgen wird er entlassen. Die Jungs holen ihn mit einem Van in Kumla ab. Als er die Mauern hinter sich gelassen hat, nimmt er die Gelegenheit wahr, den verletzten Vukotic mittels einer elektronisch gesteuerten Bombe in die Luft zu sprengen. Ein Abschiedsgruß an Kumla, ein Gruß zu seinem Einstand an Nedic, und er verwischt seine Spur – alles auf einmal.

Daraufhin begibt sich die rechtsextremistische Gang von sechs Mann ins Gewerbegebiet Sickla. Lindberg sprengt den Wagen mit deinen drei Ungeheuern aus Bosnien in die Luft. Einer von ihnen ist sofort tot. Sie klauen den Aktenkoffer mit dem Bankfachschlüssel und einem Funkgerät, bekommen einen Schock, als kein Geld im Koffer ist, und ebnen damit den Weg für die kriegsgewohnten Bosnienungeheuer, die Pistolen aus irgendwelchen Mechanismen in den Jackenärmeln zaubern und zwei von ihnen erschießen, Carlstedt und Bergwall, und einen verletzten, Andersson. Sie selbst sterben natürlich. Aber in dem ganzen Wirrwarr *verschwindet der Aktenkoffer*. Eine ganz andere Gang, die sich Orpheus und Eurydice nennt, irgendwelche Aussteiger aus Nedics Organisation, haben auch Kenntnis von deiner kleinen Lieferung. Mitten während des Schußwechsels gelingt es ihnen, sich den Koffer unter den Nagel zu reißen. Auch sie sind nicht besonders glücklich, als sie darin statt Bargeld einen Schlüssel und ein Funkgerät finden. Sie teilen sich auf und reisen durchs Land, um nach der Bank zu suchen. Sie müssen also irgendeine Ahnung haben, wo die Bank sich befinden sollte. Also stehen sie Nedic relativ nahe. Von der Nazigang sind noch Lindberg, Sjöqvist, Kullberg und der verletzte Andersson übrig. Kullberg ist Ingenieur und konstruiert ein Gerät, mit dem sie das Polizeifunkgerät lokalisieren können. Sie verfolgen den Teil von Orpheus und Eurydice, der den Koffer und das Funkgerät hat. Das ist Eurydice. Nach einer Verfolgungsjagd von zwei Wochen finden sie sie. In Skövde. Da sind wir auch da. Wir töten Sjöqvist und Andersson und schnappen Kullberg. Lindberg selbst geht uns durch die Lappen. Ebenso Eurydice. Hjelm und Holm werden angeschossen.«

Ludvig Johnsson starrte verblüfft seinen einst so trägen Kollegen an. »Jesses«, sagte er. »Ihr habt hart gearbeitet. Wer sind diese Orpheus und Eurydice?«

»Das wissen wir nicht, und es ist auch nicht länger interessant. Wir haben jetzt den Bankfachschlüssel. Hast du eine Ahnung, wo die Bank sein kann?«

»Nein, aber es sollte in der Nähe der Stadt sein. Stockholm. Mein Bankfach mit dem Ermittlungsmaterial liegt in der Stadt. Handelsbanken am Odenplan. Warum erzählst du mir das alles? Dem Verbrecher? Dem ›Polizisten‹?«

»Damit du Ordnung schaffst in dem Mist, den du hinterlassen hast. Ich habe eine Computerausrüstung und Mobiltelefone und ein Ladegerät im Wagen, so daß es für zwei Mann in einer Hütte ohne Strom und Telefon reicht. Ich habe deinen Kühlschrank vollgepackt mit Essen. Und jetzt bleiben du und ich verdammt noch mal so lange hier und arbeiten, bis wir das Ding geknackt haben!«

»Aber was ist denn noch übrig?« stieß Ludvig Johnsson hervor.

»Nedic kann uns für den Augenblick scheißegal sein«, sagte Gunnar Nyberg entschlossen. »Ich glaube, das erledigt Sara. Orpheus und Eurydice sind uns genauso egal. Die sind aus dem Spiel. Was noch übrig ist – und zwar in ganz gehörigem Maß übrig ist –, das ist Niklas Lindberg. Er wollte deine zehn Millionen für etwas ganz Spezifisches. Er läßt mit Vorliebe hochentwickelte Mikrobomben von enormer Sprengkraft knallen, und er hat ganz nebenbei fast eine Million zusammengeraubt, während sie Eurydice gejagt haben. Die zehn Millionen bekommt er wohl kaum, wenn er nicht direkt auf Nedic losgeht. Aber vielleicht reicht ihm die knappe Million.«

»Was glaubst du?« sagte Johnsson.

»Ich glaube, daß die ersten Bomben Versuche waren. Er sprengte Vukotic mehr oder weniger aus Spaß in die Luft, und der Wagen in Sickla hätte ohne Sprengstoff gestoppt werden können. Er sprengt zur Probe. Wie die Franzosen in Polynesien, du Idiot. Er sprengt Warenproben. Die zehn Millionen sollten für eine ordentliche Ladung dieses flüssigen Sprengstoffs sein, der vom Sicherheitsdienst des südafrikanischen Apartheidregimes entwickelt wurde. Es dreht sich dabei um den gleichen internationalen Rechtsextremismus, mit dem Lindberg in der Fremdenlegion in Kontakt kam und der Nedics Mitarbeiter, den kroatischen Faschisten Petrovic, dazu brachte, Lindberg gegenüber zu plaudern. Der Sprengstoff konnte nach Kumla eingeschmuggelt werden, und jetzt soll er bei einer größeren Veranstaltung eingesetzt werden. Du und ich werden herausfinden, was Niklas Lindberg vorhat, und es verhindern. Das werden wir tun. Das bist du mir und Sara und der Welt schuldig, du dummer Arsch.«

Ludvig Johnsson betrachtete Gunnar Nyberg. Was er sah, war bemerkenswert. Gebündelte Energie. Eine absolute Zielbewußtheit, von der er nichts hatte ahnen können. Anderseits hatte er nie in der A-Gruppe gearbeitet. »Aber was ist mit dir?« fragte er. »Bist du abgehauen aus der A-Gruppe?«

»Wenn wir das hier hinkriegen, können wir vielleicht beide unsere Haut retten«, sagte Gunnar Nyberg und ging zu seinem alten, rostigen Renault.

41

Kerstin Holm war ins Karolinska verlegt worden. Es war Dienstag, und sie hatte Kopfschmerzen.

Das war nicht verwunderlich. Sie hatte die Röntgenaufnahme gesehen. Es sah aus wie ein offenes Loch im Kopf, doch es war nur der Schädelknochen, der unmittelbar über dem Ohr dünn wie eine Eierschale war. Durchsichtig. Dan Andersson hatte ihr einen Splitter vom Schädelknochen weggeschossen. Vom Knochen ein Splitter, zum Kochen zu bitter. Ein Teil ihres Kopfes lag jetzt festgetreten in einem regengetränkten Rasen in Skövde. Vielleicht würde er keimen, und zur Verwunderung der Hotelgäste würde eine kleine Kerstin Holm aus dem Gras emporwachsen.

Aber richtig wahrscheinlich war das nicht.

Sie wandte sich Paul Hjelm zu, der auf der Bettkante saß und dieses mitleidende Gesicht machte, wie Besucher es im Krankenhaus immer tun.

»Laß gut sein«, sagte sie.

»Laß was gut sein?« sagte er.

»Das mit dieser Miene.«

»Tut mir leid.«

»Es braucht nichts zu bedeuten.«

»Was?«

»Das mit Ovids *Metamorphosen*. Es kann ein Zufall sein.«

»Du hast recht.«

»Sag nicht, daß ich recht habe, nur weil ich im Krankenhaus liege und krankenhausmäßigen Mundgeruch habe. Sag statt dessen, daß ich mich irre. Widersprich mir.«

»Du irrst dich.«

»Danke. Warum irre ich mich?«

»Du hast keinen krankenhausmäßigen Mundgeruch.«

»Warum irre ich mich?«

»Weil er so lange in unseren Gedanken gewesen ist. Weil er

so komisch reagierte auf das mit Orpheus. Weil er im rappelvollen *Kvarnen* saß und Ovids *Metamorphosen* las. Weil gesagt wurde, daß er nur *so tat*, als läse er. Weil er alles sah, obwohl er las, bloß nicht die Gang, die ihm am nächsten saß und englisch direkt in seine Ohren redete. Weil er einer von drei Zeugen ist, die wir trotz aller Anstrengungen nicht haben auftreiben können. Weil das junge Pärchen nicht nur eine von Ovids Metamorphosen verwendet, sondern zwei, wenn sie miteinander in Kontakt treten. Orpheus und Eurydice *und* Philemon und Baucis.«

»Das ist eine Menge.«

»Per Karlsson. Es kann ja die Ermittlung nicht entscheidend verändern, aber wir sollten ihn vielleicht im Hinterkopf behalten.«

»Das meine ich auch. Was ist denn dann passiert? Der arbeitslose Per Karlsson, zwanzig Jahre und ohne Ausbildung, belauscht drei Exjugoslawen und einen ›Polizisten‹, die einen Treffpunkt vereinbaren. Ist es Zufall, daß er dort sitzt? Hört er es nur zufällig – oder ist er dort, *um sie zu belauschen*? Woher weiß er dann, daß diese Gangster sich dort befinden? Er und seine Liebste benutzen Mobiltelefone mit Internetanschluß, die Rajko Nedics Restaurant Tartaros gehören, was ja das Totenreich ist. Etwas fehlt. Natürlich kann Per Karlsson vorübergehend – und schwarz, also nicht registriert – als Kellner oder Tellerwäscher im Tartaros gearbeitet haben, aber das ist nicht richtig stichhaltig. Zwei hochmoderne Mobiltelefone *plus* Information, daß das Treffen im *Kvarnen* stattfindet. Das deutet auf eine wirkliche Nähe zu Rajko Nedic hin, zu einem Mann, der niemanden an sich heranläßt.«

»Obwohl es ein Zufall sein *kann*. Er sitzt wirklich im *Kvarnen*, um zu lesen. Dann hört er das Gespräch mit, und es macht klick bei ihm. Er tut also so, als läse er, und zu uns sagt er nichts vom Nachbartisch. Denn er sieht ein Geschenk des Himmels vor sich. Eine Anzahl Millionen als Geschenk für einen arbeitslosen armen Schlucker. Das ist auch durchaus möglich.«

»Aber dann machen die beiden sich auf den Weg, jeder in eine andere Richtung, um nach dem Bankfach zu suchen. Warum gerade dahin? Warum gerade nach Dalarna und Västmanland, beziehungsweise Halland und Västergötland? Sie können ja nicht ganz Schweden durchsuchen. Spricht das nicht doch für eine Art intimeren Wissens über Nedic?«

»Vielleicht. Aber das muß ja hinter Niklas Lindberg zurückstehen. Per Karlsson machte ja keinen direkt gemeingefährlichen Eindruck. Außerdem müssen sie ja jetzt aus dem Spiel sein.«

»Ganz sicher. Scheiße, jetzt fängt es wieder an, sich zu drehen.«

Hjelm stand auf und starrte sie an. Sie sah ihn sich drehen. Er sah so hilflos aus, wie Besucher im Krankenhaus es immer tun.

»Laß gut sein«, sagte Kerstin Holm und ließ es sich weiterdrehen.

42

Durch das Einfahrtstor konnte man das Paradies erkennen. Doch die Mauern waren hoch und wurden von einem bewaffneten Cherubim bewacht.

Der im vorliegenden Fall aus einer Überwachungskamera, einem Türtelefon und einer metallisch klingenden Stimme bestand, die sagte: »Name und Anliegen.«

Sie räusperte sich und warf einen Blick auf die vier hartgesottenen Polizeiassistenten in ihrem Schlepptau. Alle starrten in die Kamera. Es war wie eine Talentsuche im Fernsehen. »Kriminalinspektorin Sara Svenhagen, Reichskriminalpolizei. Wir möchten mit Rajko Nedic sprechen.«

»Herr Nedic ist zur Zeit nicht anwesend«, sagte die Metallstimme.

»Dann möchten wir mit jemand anderem sprechen. Ist ein Verantwortlicher im Hause?«

Es war still. Dann glitt das Tor zum Paradies auf. Der märchenhafte Garten schien keine einzige Farbnuance auszulassen, und der strahlende Sonnenschein verstärkte die Farben noch. Sara Svenhagen fühlte sich fast geblendet von der Farbenpracht und fast betäubt von dem vielfältigen Duft. Es war wirklich phantastisch. Ein Garten Eden.

Ein gutgekleideter kleiner Mann um die Fünfzig kam ihnen auf dem Gartenweg entgegen. Er streckte Sara die Hand hin.

Sie nahm sie und schüttelte sie.

»Ich heiße Ljubomir Protic«, sagte er in nicht ganz akzentfreiem Schwedisch. »Ich arbeite für Herrn Nedic. Womit kann ich dienen?«

»Ist er nicht zu Hause?« fragte Sara Svenhagen.

»Leider nicht«, sagte Ljubomir Protic höflich. »Kann ich vielleicht etwas tun?«

»Das kommt darauf an, wer Sie sind.«

»Ich bin Herrn Nedics Mädchen für alles, könnte man sagen.«

»Ich dachte, das wäre Lordan Vukotic. Aber er ist ja tot.«

Protic behielt sein höfliches Lächeln und antwortete: »Leider ist mir der Name nicht bekannt.«

»Stehen Sie Rajko Nedic nahe, Ljubomir?« fragte Sara.

»Ich stehe ihm sehr nahe, Frau Svenkragen.«

»Svenhagen. Und Sie können mich Sara nennen, Ljubomir. Wir werden in der nächsten Zeit viel miteinander zu reden haben. Und natürlich stehen Sie ihm nahe. Wenn ich nicht ganz falsch unterrichtet bin, verließen Sie vor dreißig Jahren gemeinsam Jugoslawien. Nur die jungen Männer Rajko und Ljubomir per Anhalter durch Europa einer goldenen Zukunft in Schweden entgegen.«

Ljubomir Protic betrachtete sie. Sein Lächeln begann zu verblassen. »Worauf wollen Sie hinaus? Ich habe nichts mehr zu sagen. Ich glaube, ich muß Sie jetzt bitten zu gehen.«

»Ich glaube, ich vergaß zu sagen, woher ich komme. Von der Abteilung für Kinderpornographie beim Reichskriminalamt. Dies hier hat nichts mit dem Drogenhändler Nedic zu tun. Es geht um den Pädophilen Nedic.«

Jetzt war die Reaktion wichtig.

Sara hatte die Zeit seit dem Gespräch mit Gunnar dazu genutzt, soviel Material über Nedics Organisation wie möglich einzusehen. Drogenhandel war sicherlich ein wesentlicher Faktor, wenn es um den eigentlichen Aufbau der Organisation ging. Der wichtigste Neuzugang war Ljubomir Protic, der Rajko Nedic praktisch von Geburt an kannte, doch erst jetzt in die Organisation eingetreten war, als Nedics rechte Hand. Von außen betrachtet schien er das schwächste Glied zu sein – aber dafür waren die inneren, freundschaftlichen Bande um so stärker.

Und die Reaktion war glasklar. Er erbleichte leicht. Er gab sich Mühe, die höflich zuvorkommende Miene beizubehalten, doch seine Gesichtsfarbe wurde fahl.

Auf diese Reaktion hatte sie gehofft.

Sie wandte sich an die Polizeiassistenten. »Nehmt ihn mit«, sagte sie und wanderte zum Tor des Paradieses.

Ljubomir saß in einem Vernehmungszimmer. Er fühlte sich wunderlich. Nur er und die Wände. Und sobald er sie anpustete, würden sie einstürzen. Das fühlte er. Also hörte er auf zu atmen. Es kam ihm vor, als verließe ihn mit jedem Ausatmen ein Stück Leben.

Schließlich war nichts mehr da.

Er hatte jetzt zwei Stunden hier gesessen. Niemand war bei ihm gewesen. Aber ihm war klar, daß jemand ihn beobachtete. Von irgendwo. Und inzwischen wußte wohl auch der Große davon, daß er hier war. Er sah keine richtige Zukunft.

Er erinnerte sich an die Lektion des Großen. Ein kleiner Regelkanon für den Fall einer Konfrontation mit der Polizei.

Sei immer höflich und entgegenkommend. Streite alles mit bedauernder Miene ab. Achte auf dich und deine kleinste Miene. Sag kein unnötiges Wort.

Der Große hatte ihm bereits klargemacht, daß er als Sicherheitsrisiko angesehen wurde. Er verstand ungefähr, wie er zu diesem Zeitpunkt argumentierte. Zwei Stunden bei der Polizei. Er hat schon alles erzählt, was er weiß. Ein Glück, daß er nichts erfahren hat.

Doch der Große wußte nicht, bei *welcher* Polizei er war. Der Polizei für Pädophilie. Und darüber wußte er wirklich alles.

Dann ging die Tür auf, und die kurzgeschorene Polizistin trat ein. Endlich. Sie sah so unansehnlich aus. Zart. Daß eine zarte Frau einem das Leben zerstörte, war wohl trotz allem nicht so ungewöhnlich. Jetzt hatte sie Trümpfe gesammelt. Würde er die Ruhe bewahren können – wenn *dieser Ort* zur Sprache kam?

Er kam direkt zur Sprache.

Sara Svenhagen legte einen Papierstapel auf den Tisch und sagte: »Zu diesem Zeitpunkt glaubt er, daß Sie alles erzählt haben, nicht wahr? Und da ist Ihr Leben nicht mehr viel wert. Deshalb können Sie ebensogut alles erzählen. Zum Beispiel über das Pädophilennest mit geräuschisolierten Wänden, die aussehen wie Bordellkissen aus Gold.«

»Glauben Sie wirklich«, sagte Ljubomir, als leiere er etwas Auswendiggelerntes herunter, »daß die Organisation so einfach zu knacken ist? Glauben Sie nicht, daß sie widerstandsfähiger ist?«

»O doch«, sagte sie. »Was den Drogenhandel angeht. Da ist sie nahezu unerschütterlich. Da sitzen alle Sicherungen am richtigen Platz. Aber hier dreht es sich nicht um den Drogenhandel. Hier geht es um die Hintertür in Nedics Organisation. Via Rajko Nedics sexuelle Eskapaden.«

»Ich weiß nicht, wovon Sie sprechen, Sara«, sagte Ljubomir. »Es tut mir leid.«

»Natürlich nicht. Was halten Sie von Kinderpornographie, Ljubomir? Was halten Sie von kleinen Mädchenschößen, die bis zum Nabel von kaputten Coca-Cola-Flaschen aufgeschlitzt sind? Was halten Sie von fünfjährigen Jungen, deren After so aufgerissen sind, daß die Scheiße einfach rausläuft?«

»Aber Jesus Christus«, sagte Ljubomir und starrte sie an.

»Ich werde Ihnen an die hundert Bilder Ihres Arbeitgebers in derartigen Situationen zeigen, und Sie werden sich jedes einzelne davon ansehen, und wenn ich Ihnen die Lider an die Stirn nageln muß. Haben wir uns verstanden?«

Ljubomir betrachtete die zarte Frau mit dem kurzgeschorenen Kopf. Er sah ihre Zielbewußtheit und erkannte, daß er verloren war. Er würde dagegen kämpfen, aber nur, weil es ihm eingebleut worden war, daß man dagegen kämpfen mußte, doch er würde verloren sein. Er würde anfangen zu weinen. Er würde an *diesen Ort* gezwungen werden und all das sehen, wovon er ein ganzes Leben lang den Blick abgewendet hatte. Alles würde auf ihn einstürzen. Das wußte er, als er in Sara Svenhagens Augen sah. Und er wußte, daß sie es sah.

»Rajko Nedic ist unter der Signatur ›brambo‹ auf Pädophilensites im Internet überaus aktiv gewesen. Wir haben ihn erst jetzt identifizieren können. Rein praktisch ist er schon aus dem Verkehr gezogen. Es wäre gut, Ljubomir, wenn Sie ein bißchen mehr erzählen könnten. Wie war es? War er schon pädophil, als Sie nach Schweden kamen? Zwei junge Männer, denen die Welt zu Füßen lag? Gab es etwas in seiner Kindheit, was ihn zu dem gemacht hat, der er ist?«

»Ich will mit einem Anwalt sprechen«, sagte Ljubomir.

»Das wollten Sie schon vor zwei Stunden. Und wie vorhin gilt auch jetzt: Sie dürfen nicht. Das einzige, was Sie dürfen, ist, diese Bilder ansehen. Ihr Arbeitgeber hat sie ins Internet gestellt. Er ist der vorsichtigste General, wenn es um den Drogenhandel geht, aber seinen Schwanz in kleinen Kindern zeigt er gern der ganzen Welt. Ich habe schon lange mit Pädophilen zu tun, vielleicht viel zu lange, aber diese seltsame, gleichsam unbezwingbare Lust, seine Perversionen vorzuführen, werde ich nie verstehen. Sie setzt jegliche Vorsicht außer Kraft.«

Sie schob ihm den Papierstapel zu.

Er betrachtete ihn. Dann schloß er die Augen. »Nein«, sagte er. »Ich will nicht.«

»Doch«, sagte sie. »Sie werden.«

Dann hielt sie ihm das erste Bild hin.

Es war *sie*.

Natürlich war es sofort *sie*.

Und es ging weiter und weiter und weiter, und obwohl er weinte, ging es weiter und weiter und weiter. Und auf allen Bildern war *sie*.

Er brach zusammen. Es ging nicht. Er fiel nach vorn über den Verhörtisch, und die Tränen liefen auf die Ausdrucke, daß die Farben sich auflösten und als ein einziger Schmier über den Tisch flossen, und sein Gesicht wälzte sich in dem Schmier, und als er aufblickte, war er ein Kasper, ein weinender Clown in frohen Farben. »Ich hätte es verhindern können«, schluchzte er. »Sie kam jedesmal zu mir. Nach jedem Mal kam sie zu mir und setzte sich auf meinen Schoß und nannte mich Onkel Jubbe und weinte ein Weinen, das jenseits jedes Weinens war, und starrte mich nur an, ohne Tränen und ohne ein Wort sagen zu können, weil sie dafür keine Wörter hatte, und jedesmal dachte ich, daß dies das letzte Mal sein müßte, wenn nicht, müßte ich den Kerl töten, aber ich tat es nicht, ich tat gar nichts, ich wandte den Blick ab von ihr, wie sie auf meinem Schoß saß und Onkel Jubbe sagte und meinte, hilf mir, Onkel Jubbe, es geschieht etwas, was ich nicht verstehe, und du bist so lieb und du kannst mir helfen, aber ich war nicht lieb, ich war der gemeinste der Gemeinen, denn ich wandte den Blick ab und sah nichts.«

Sara Svenhagen schloß einen Moment die Augen. Sie dachte ohne Worte. Dann reichte sie Ljubomir Protic ein Taschentuch. Er wischte sich die Tränen ab und blickte auf das Spiel der Farben im Taschentuch. Es sah wie ein Paradiesgarten aus.

»Wer ist ›sie‹?« fragte Sara Svenhagen.

Ljubomir sah sie gekränkt durch die Nebel an. »Aber Sonja natürlich«, sagte er. »Meine kleine Sonja.«

»Und Sonja ist …?«

»Rajkos Tochter. Seine *Tochter*, zum Teufel.«

»Und das ist sie auf den Bildern hier?«

Ljubomir schnitt eine Grimasse. Dann nickte er.

»Wie alt ist Sonja Nedic jetzt? Zwanzig?«

»Ja«, sagte Ljubomir. »Genau zwanzig.«

»Was für ein Leben führt sie?«

»Sie hat einen eigenen Wagen und eine eigene Wohnung. Studiert Mathematik an der Universität. Vor einem Jahr hat sie versucht, sich das Leben zu nehmen. Schnitt sich die Handgelenke auf. Der Länge nach. Sie wäre fast gestorben. Aber wenn ich sie in der letzten Zeit im Haus gesehen habe, wirkte sie nicht mehr so unglücklich. Ich weiß noch, daß ich dachte: Hoffentlich hat sie jetzt jemanden gefunden, jemanden, der sie glücklich machen kann, der ihr etwas von der Kindheit geben kann, die sie nie gehabt hat. Ich hoffe das wirklich.«

»Können Sie noch mehr sagen?«

»Rajko hatte selbst die gleiche Kindheit. Ich weiß das, denn ich habe mit ihm genauso dagesessen. Als wir Kinder waren. In dem kleinen Gebirgsdorf im östlichen Serbien. Ich konnte ihn ebensowenig trösten. Deshalb sind wir weggegangen. Um von all dem fortzukommen. Er glaubte, daß er seine Vergangenheit hinter sich lassen und ein anderer werden könnte. Aber sobald Sonja da war, kehrte es zurück. Er wiederholte das Verhalten seines eigenen Vaters. Und ich saß nur da. Wieder einmal. Pfui Teufel. Onkel Jubbe.«

»Und der Rest der Familie?«

»Es sind zwei Kinder da. Bei seinem Sohn hat er der Versuchung widerstanden. Er ist drei Jahre älter und arbeitet in der Organisation mit. Doch bei Sonja konnte er nicht widerstehen. Und seine Frau hat die Augen noch fester verschlossen als ich. Sie leidet an Kaufzwang und kauft sich aus der Wirklichkeit heraus. Und Rajko kultiviert seinen Garten, um ein Paradies zu schaffen, das er nie verstanden hat.«

»Andere Kinder?«

»Es hat auch andere Kinder gegeben. Ich weiß nicht, woher er sie bekommt. Jetzt, wo Sonja erwachsen ist, sind es andere Kinder. Vielleicht kauft er sie.«

»Und weiter?«

»Es ist wohl sowieso zu spät jetzt. Ich sage Ihnen alles, was ich weiß, Sara. Sie scheinen eine fähige Frau zu sein, aber Sie müssen wissen, daß ich eigentlich nicht besonders viel weiß. Ich kann mit den ›Sicherheitsberatern‹ anfangen. Zwei eklige Schweden, ehemalige Polizisten. Bei der Säpo. Sie heißen Gillis Döös und Max Grahn.«

»Den Rest können Sie den Drogenfahndern erzählen. Die warten schon vor der Tür. Ich will noch wissen, wo diese Pädophilenabsteige ist. Die Wohnung mit geräuschisolierten Wänden, die aussehen wie Bordellkissen aus Gold.«

Ljubomir lächelte zaghaft hinter seiner verschmierten Farbmaske. »Er ist da jetzt«, sagte er. »An *diesem Ort*.«

»Was sagen Sie da?« stieß Sara Svenhagen hervor. »Und das sagen Sie erst jetzt?«

»Nein, nein«, sagte Ljubomir. »Sie hat jetzt eine andere Funktion, die Wohnung. Es hat nichts mit Kindern zu tun.«

Sara atmete auf. Dann sagte sie: »Und wo liegt die Wohnung?«

»Am Hornstull. Hornsgatan 131. Dritte Etage. Ahlström steht an der Tür. Aber er hat mindestens fünf Mann bei sich, also seien Sie vorsichtig, Sara. Sie sind schwer bewaffnet.«

Sie nickte eine Weile. Dann betrachtete sie den Mann vor sich. Ein Funkeln war in seine Augen getreten. Dinge waren ans Licht des Tages gekommen, die jahrelang eingeschlossen und versiegelt gewesen waren. Und vielleicht hatte er irgendwie einen ganz, ganz kleinen Teil der Schuld bei Sonja Nedic zurückbezahlt. Meine kleine Sonja.

Er lehnte sich zurück und schloß die Augen.

Jetzt konnte Ljubomir in Frieden sterben.

Er war wieder Onkel Jubbe.

Und jetzt – endlich – hatte er etwas getan.

43

Paul Hjelm hatte getötet.

Er war angeschossen worden.

Kerstin Holm hatte – so hatte es ausgesehen – den Tod gesehen und gesagt, daß sie ihn liebe.

Jedes einzelne dieser Ereignisse reichte aus, um sein Leben zu verändern. Er war gezwungen, den ganzen Kram zu verdrängen. Um in die Rolle als Verhörleiter zu schlüpfen.

Hultin hatte nämlich die Rollen verteilt. »Verflixt, daß das Kerstin ausgerechnet jetzt passieren mußte«, sagte er barsch. »Jetzt mußt du Jorge als Beisitzer mitnehmen. Ihr zwei übernehmt die Verhöre von Kullberg und Petrovic.«

So wurden die ehemaligen Helden zu autorisierten Verhörleitern.

Jorge Chavez hatte während der Schießerei einen Panikanfall gehabt.

Er hatte von seinem Chef eine Ohrfeige bekommen.

Er hatte eigentümliche Mauern gegen die Frau errichtet, in die er frisch verliebt war. Auch dies war genug für ein paar Metamorphosen. Und auch das mußte verdrängt werden.

Sie betraten den Vernehmungsraum in einem gutisolierten Teil des Präsidiums. Da drinnen saß ein kleiner Mann mit löchriger Zahnfront, verpflasterten Augenbrauen und blauen Flecken im Gesicht.

Er lachte ihnen sardonisch entgegen. »Na, wen seh ich denn da?« sagte Agne ›Kulan‹ Kullberg. »Den Schreihals.«

Chavez fühlte sich unwohl. Er setzte sich, Hjelm blieb einen Moment stehen und fixierte Kullberg. Versuchte, ihn zu packen. Bezwang den ewigen, bohrenden Schmerz im Arm und versuchte, ihn zu packen.

»Aber einen knallharten Alten von Chef habt ihr«, fuhr ›Kulan‹ fort.

»Tja, Agne«, sagte Hjelm. »Es ist uns nicht entgangen, daß du geheult und in die Pistole gekotzt hast. Apropos Schreihälse.«

Er setzte sich. Die Eröffnung war ausgeglichen. Jetzt kam es auf die Fortsetzung an. ›Kulan‹ war ein bißchen kleinlaut geworden und hatte den Blick auf den Tisch gesenkt.

»Wir müssen ein wenig mehr darüber wissen, was Niklas Lindberg sich als Fortsetzung gedacht hat«, sagte Hjelm ruhig.

»Davon redet ihr jetzt schon eine ganze Weile«, sagte ›Kulan‹ zu dem Tisch. »Aber ich weiß es nicht, verdammt. Wir hatten es auf zehn Millionen Kronen abgesehen. Das war die einzige Fortsetzung, die ich im Sinn hatte.«

»Also es war ein gewöhnlicher Raub, Agne? Ohne ideologische Nebentöne?«

»Ja. Es ging um Knete. Um mehr nicht.«

»Erzähl ein bißchen mehr über diese Suchvorrichtung, Agne.«

»Nenn mich nicht die ganze Zeit Agne.«

»Ich versprech's dir, Agne. Jetzt erzähl.«

»Tja, unten in Sickla konnten wir einen kurzen Blick auf das Funkgerät werfen, bevor der Koffer verschwand. Da war noch ein Zettel mit der Frequenz. Mit Hilfe des Funkradiotyps und der Frequenz konnte ich eine Suchvorrichtung basteln, die das kleine Steuersignal auffängt, das diese Geräte immer aussenden. Wir fingen am Anfang ein paar Signale auf und folgten ihnen auf der E 4. Dann verschwand es. Wir fuhren bis hinunter nach Schonen, bevor uns klar wurde, daß der Koffer unterwegs irgendwo verschwunden sein mußte. Vermutlich nach Westen. Dann haben wir uns wieder hochgearbeitet, und in Trollhättan kriegten wir das Signal wieder rein. Und in Falköping. Und da war Skövde logisch. Da piepte es die ganze Zeit. Wir brauchten ihm nur ins Hotelzimmer zu folgen.«

»Solltest du dein Talent nicht lieber für etwas Vernünftigeres verwenden?«

»Ich hoffe, daß ich in Kumla die Chance kriege, mich weiterzubilden. Danach werde ich superanständig.«

»Warum habt ihr alles beraubt, was sich auf eurem Weg durch Westschweden anbot?«

»Warum nicht? Wir raubten alles, was sich anbot, weil es eben da war. Nur deshalb. Wir waren eine Räubergang und wir waren auf Knete aus – und solange wir den Koffer nicht hatten, mußten wir uns mit Kleinkram zufriedengeben. Man muß schließlich leben.«

»Nicht unbedingt. Es sind viele gestorben unterwegs, Agne. Du scheinst nicht um deine Kumpels zu trauern.«

»Sie waren nicht meine Kumpels. Sie waren Kollegen.«

»Und Lindberg?«

»Ein guter Führer. Mehr nicht. Wahnsinnige Physis, der Mann.«

»Die Gang bestand ja praktisch ausschließlich aus organisierten Rechtsextremisten. Meinst du, es lagen keine ideologischen Motive dahinter?«

»Ich bin kein organisierter Rechtsextremist.«

»Aber, Agne, du bist Mitglied eines Schützenclubs, zusammen mit allgemein bekannten Rechtsextremisten, unter anderem einer Reihe lichtscheuer Kollegen von uns. Leuten, die im Zusammenhang mit dem Palme-Mord Aufmerksamkeit erregt haben.«

»Nur bei Verschwörungstheoretikern im Fernsehen. Nein, ich bin in dem Club, weil ich gern schieße. Feinmotorik ist faszinierend. Präzision. Und hör auf, mich Agne zu nennen.«

»Ich versprech's, Agne. Wir brauchen zwei Dinge: Marke, Farbe und Kennzeichen des Vans sowie Niklas Lindbergs derzeitigen Aufenthaltsort.«

»Darüber weiß ich nichts.«

»Du weißt nicht, in was für einem Auto ihr gefahren seid, Agne?«

»Ich hab es vergessen. Leider.«

»Kurz bevor wir in dem Hotelzimmer eintrafen, hat Niklas Lindberg selbiges verlassen. Warum?«

›Kulan‹ blieb stumm. Das war ungewöhnlich.

»Na gut«, sagte Chavez. »Das Bild ist ziemlich klar. Du gibst dir die größte Mühe, Agne, uns glauben zu machen, ihr wärt eine ganz normale Räuberbande gewesen, die nur an Geld interessiert war. Warum ist es so wichtig, uns das einzureden? Und warum kommst du nicht auf eine ganz natürliche Erklärung dafür, daß Niklas Lindberg weg war, als wir kamen? Könnte er nicht beispielsweise ... tja, hinausgegangen sein, um das Geld an sich zu nehmen, das ihr in dem Van zurückgelassen hattet?«

»Irgend so was war es«, sagte ›Kulan‹ träge. »Die Situation war unter Kontrolle. Danne und Rogge wollten sich ein bißchen mit der Kleinen amüsieren. Das war nicht Nickes Stil. Er ist nach draußen gegangen, um nachzusehen, ob in der Umgebung alles okay war.«

»Gute Arbeit, Agne«, sagte Chavez. »Jetzt haben wir auch dafür eine natürliche Erklärung.«

»War es dein Stil, Agne?« fragte Hjelm.

»Was?« sagte ›Kulan‹.

»Sich ›ein bißchen mit der Kleinen zu amüsieren‹? Es fand ja praktisch eine Vergewaltigung statt, als wir reinkamen.«

»Und du Danne in den Rücken geschossen hast, ja. Sehr mutig. In den Rücken. Und dann zweimal ins Gesicht, als er lag. Er war schon vorher verletzt.«

»Ich habe gefragt, ob es dein Stil war, Agne.«

»Nein, es war nicht mein Stil. Ich hatte nicht vor, sie zu vergewaltigen. Aber einer muß ja Wache stehen.«

»Kennst du Risto Petrovic?«

»Nein.«

»Das war schnell geantwortet. Findest du nicht, Jorge, daß Agne verdammt schnell geantwortet hat?«

»Doch, das war imponierend schnell geantwortet von Agne. Du mußt doch wissen, daß er es war, der Lindberg in Kumla gesteckt hat, daß Nedic eine Lieferung plante.«

»Das war Nickes Sache. Mit dem Kumla-Teil hatte ich nichts zu schaffen.«

»Petrovic ist Kriegsverbrecher, organisierter Faschist und Nickes Kumpel aus der Fremdenlegion.«

»Was du nicht sagst.«

»Ja, das sage ich, Agne. Und das sagt *mir*, daß ihr alles andere wart als eine gewöhnliche Räuberbande, sondern nahezu ein faschistischer Kader, der im Auftrag einer hohen internationalen rechtsextremistischen Organisation unterwegs war, einer Organisation, die vermutlich weiß, wer Olof Palme ermordet hat.«

»Du machst Witze!«

»Ja, ich mache Witze, Agne. Danne Blutwurst und der immer noch ziemlich gut florierende Sicherheitsdienst des Apartheidregimes in Südafrika passen nicht richtig zusammen.«

»Ich heiße nicht Agne.«

»Nein, Agne, das Attentat, das ihr plant – und das Nicke bestimmt nicht auf Eis gelegt hat –, ist eure eigene Idee. Aber um den hochexplosiven Sprengstoff zu bekommen, sind Kontakte mit dem internationalen Rechtsextremismus erforderlich. Das Problem ist, daß sie ihn sich bezahlen lassen. Begreifst du nicht, Agne, was für kleine Fische ihr seid? Sie wollen *Geld* von euch. Sie haben keine Lust, die Kosten für eure läppischen kleinen Attentate zu übernehmen.«

Chavez hielt inne. Sie machten eine Pause und musterten Agne Kullberg. Gerade hier sollte sich sein Mienenspiel ein wenig ändern. Es sollte ausdrücken: ›Wartet nur ab, ihr Bauerntölpel.‹

›Kulan‹ starrte mit einem Blick auf den Tisch, der sagte: ›Wartet nur ab, ihr Bauerntölpel.‹

»Danke«, sagten Chavez und Hjelm im Chor.

»Wofür denn?« sagte ›Kulan‹ und beäugte sie mißtrauisch.

»Für den Hinweis, den du uns gerade gegeben hast, Agne«, sagte Hjelm. »Dafür bedanken wir uns herzlichst.«

»Was macht ihr da eigentlich, ihr Erbsenhirne?«

Auf ›Kulans‹ Gesicht zeichnete sich Unruhe ab. Sein Körper begann sich zu bewegen. ›Bauerntölpel‹, dachte Chavez.

»Warum hast du gesagt, daß du nicht Agne heißt, Agne?«

»War das, weil *du* nicht Agne heißt, Agne?«

»Denn wer Agne heißt, Agne, ist ein kleiner Kerl, auf dem sie alle herumhacken und der auf dem Schulhof von Östra Real gezwungen wird, Dreck zu fressen.«

»Und Agne hast du weit hinter dir zurückgelassen, Agne.«

»Oh, wie weit weg der Streber Agne ist, der kleinste in der Klasse.«

»Und wie lange es her ist, daß Agne von den großen Jungs richtig die Hucke vollgekriegt hat, Agne.«

»Und wie lange es her ist, daß die Mädchen vorbeiparadieren konnten, eine nach der anderen, und kichernd den haarlosen Penis des kleinen Agne betrachten konnten, Agne.«

»Und wie lange es her ist, daß Agne ihn nicht hochkriegte, als er in einem Hotelzimmer in Skövde ein kleines Kanakenluder vergewaltigen wollte, Agne.«

»Du bist ein kleiner Scheißkerl, Agne.«

»Du bist eine absolute Null, Agne. Keiner mag dich, keiner will dich haben, nur weil du ein kleiner Wurm bist.«

»Ein kleiner Ringelwurm. Wie dein Schwanz. Ein kleiner Wurm mit einem noch kleineren Wurm. Der Agnepagne-Tatterich.«

Dann abruptes Schweigen.

Jetzt gaben sie einen Scheiß auf ›Kulan‹. Gleichgültig. Abwesend.

»Gehen wir was essen?« sagte Chavez.

»Ich weiß nicht, ich muß Lotta aus der Tagesstätte abholen.«

»Lassen wir das hier sausen? Es ist langweilig. *Er* ist langweilig. Wie hieß er noch? Arne?«

»Banarne.«

Sie gingen zur Tür und quatschten weiter.

»Kennst du die Gemeinsamkeit von Stockholmern und Spermien?«

»Nee.«

»Aus den meisten wird nichts.«

»Göteborger Witz. Hast du eine Eins bei Fulham – West Bromwich?«

»Nix da. Aber ich muß noch eben im Schnapsbunker vorbei. Wieviel Uhr haben wir?«

»Genauso wie gestern zur gleichen Zeit.«

»Häng keinen raus, Kanake. Hast du schon die neuen Präser mit Einlochgarantie probiert?«

»Einlochgarantie? Golfpräser fürs Finish in bedrängter Lage.«

»Dagegen läuft Dame Edna im Moment verflucht gut. Sicherer Tip im siebten Rennen in Valle.«

»Benny Björn ist ein Scheiß-Pferdename.«

Sie schlugen die Tür hinter sich zu und gingen hinüber zum Spiegelfenster und schauten hindurch. ›Kulan‹ sah aus, als sei er völlig aus dem Gleichgewicht. Er befingerte so komisch seine Stirn.

»Lotta aus der Tagesstätte abholen?« sagte Chavez und guckte.

»Oder Benny Björn«, sagte Hjelm. »Ist gehupft wie gesprungen.«

Dann rissen sie die Tür auf und gingen wieder hinein. Hjelm ging schnurstracks auf ›Kulan‹ zu und brüllte zehn Zentimeter von seinem Gesicht entfernt: »World Police and Fire Games!«

›Kulan‹ erstarrte. Eindeutig. Es war nicht zu übersehen.

»Davon weiß ich nichts«, sagte er tonlos.

»Danke«, sagten Hjelm und Chavez im Chor.

»Golfpräser mit Einlochgarantie?« platzte Ludvig Johnsson heraus und las weiter auf dem Bildschirm.

Gunnar Nyberg las auf seinem. Er lachte laut auf. »Jorge zensiert seine Reinschriften nie«, sagte er.

Sie lasen weiter. Als sie fertig waren, meinte Johnsson: »Ein eigenartiges Verhör.«

Nyberg biß in einen eiskalten Hähnchenschenkel und lehnte sich zurück. »Sie sind ihrer Sache verdammt sicher«, sagte er. »Ein bißchen unorthodox, aber sie wissen, was sie tun. Ich selbst überrage sie hauptsächlich als Grizzlybär.«

»Was glaubst du?«

»Es scheint, als hätten sie ins Schwarze getroffen. Zuerst brachten sie ihn aus dem Gleichgewicht, brachten die Mauer zum Einsturz, und dann stießen sie zu. Und es stimmt. Heute ist Mittwoch, der vierzehnte Juli. Die Eröffnung der World Police and Fire Games findet am Samstag um fünfzehn Uhr in Stockholms Stadion statt. Verdammt! Niklas Lindberg will in Stockholms Stadion Polizisten in die Luft jagen!«

Sie fuhren anschließend zu einer kleinen Wohnung im Stockholmer Vorort Tumba. Sie riefen Lars Viksjö vom Wagen aus an und teilten ihm mit, daß sie unterwegs waren. Der korpulente Bulle aus Närke war kurzfristig zu Risto Petrovics persönlichem Kindermädchen avanciert.

Im Flur saßen drei uniformierte Polizeiassistenten.

»Wunderschönen guten Abend«, sagte Chavez beschwingt zu den Pornopolizisten. »Habt ihr in letzter Zeit ein paar Mittelmeerkrabben gefangen?«

Die Pornopolizisten blickten sauer hinter ihm her.

Sie kamen ins Wohnzimmer. Lars Viksjö rauchte eine ungeschickt gedrehte Zigarette, von der glühende Tabakbrösel aufs Parkett rieselten, und Risto Petrovic saß vor dem Fernseher und stopfte Spaghetti in sich hinein. Hjelm fühlte sich an einen Film erinnert, kam aber nicht darauf, an welchen.

Sie nickten Viksjö kurz zu, zogen zwei Stühle an Petrovics Tisch, schalteten den Fernseher aus und setzten sich.

»Für einen potentiellen Kronzeugen ist Ihre Aussage viel zu dürftig«, sagte Hjelm auf englisch. »Dies hier ist Ihre letzte Chance. Danach fahren wir Sie zurück nach Kumla. Und was dann passiert, ist Ihnen wohl klar.«

»Unser Kollege Gunnar Nyberg hat Ihnen eine Anzahl von Aufgaben gestellt«, sagte Chavez. »Erstens: die Beziehung zwischen Ihnen und Niklas Lindberg. Zweitens: alles Denk- und Undenkbare über Rajko Nedics Organisation. Drittens: die Art der Lieferung. Viertens: der Empfänger der Lieferung. Fünftens: wozu will Lindberg sie benutzen. Sechstens: wo Lindberg und seine Bande sich derzeit befinden. Wir fangen hinten an und modifizieren die sechs: Wo befindet sich Niklas Lindberg im Moment?«

»Davon habe ich keine Ahnung«, sagte Risto Petrovic mit einem halben Kilo aufgedrehter Spaghetti auf der Gabel.

»Keine denkbaren Verstecke?«

»Tut mir leid. Keine denkbaren Verstecke. Ich weiß sehr wenig über Schweden. Ich bin hergekommen, um einen Job zu machen, und wurde fast sofort festgenommen.«

»Dann nehmen wir fünftens: Wozu wollte Lindberg das Geld verwenden?«

»Dinge kaufen. Man kauft Dinge für Geld. Deshalb wollen es alle haben.«

»Danke für den Grundkurs in kapitalistischer Ökonomie. Er wollte das Geld also nicht für einen bestimmten Zweck?«

»Jedenfalls weiß ich nichts davon.«

»Vier: Wer sollte das Geld bekommen?«

»Sie fragen ja nur das gleiche wie die anderen.«

»Wer?«

»Ein schwedischer Polizist. Mehr als das weiß ich nicht. Er hat Nedic erpreßt. Zehn Millionen Kronen.«

»Die Summe haben wir bisher nicht gehört. Das ist eine große Summe. Der Polizist hatte also etwas richtig Wertvolles herausgefunden. Etwas, was Nedics ganze Organisation vernichten konnte.«

»Ja«, sagte Petrovic, den Mund voll Spaghetti. »So muß es gewesen sein. Aber ich weiß nicht, was.«

»Damit ist drei bereits abgehakt«, sagte Hjelm. »Zweitens: Rajko Nedics Organisation.«

Petrovic nickte und kaute zu Ende. Als er damit fertig war, beugte er sich unter den Tisch und hob einen Stapel handbeschriebene Blätter auf.

Hjelm nahm sie entgegen und blätterte sie durch. Es sah gediegen aus. Daran hatte er wirklich gearbeitet. Nur daran. Nedic zu vernichten. »Danke«, sagte Hjelm. »Beeindruckend. Jetzt sieht es ja allmählich nach etwas aus.«

»Thank you«, sagte Risto Petrovic und begann wieder, Spaghetti aufzudrehen. Drehung um Drehung um Drehung.

»Dann kommen wir zu erstens: Wie sieht eigentlich die Beziehung zwischen Ihnen und Niklas Lindberg aus?«

»Wir sind uns in der Fremdenlegion begegnet. Keiner von uns paßte eigentlich dorthin. Wir wurden Freunde und hielten ein Jahr zusammen durch. Dann sind wir uns im Kumlabunker wiederbegegnet. Ein freudiges Wiedersehen. Ich arbeitete für Nedic und gab Nicke einen Tip, daß Nedic einem schwedischen Polizisten zehn Millionen Kronen liefern sollte. Später erwähnte Lordan dieses Treffen, das in einem Restaurant *Kvarnen* stattfinden sollte. Das habe ich Nicke auch erzählt.«

»Und was sprang für Sie dabei heraus?«

»Nichts. Wir sind Freunde. Wenn man das durchgemacht hat, was wir gemeinsam in der Fremdenlegion durchgemacht haben, versteht man das. Sonst versteht man es nicht.«

Hjelm nickte und sah Chavez an. Chavez nickte und sah Hjelm an.

»Gut«, sagte Hjelm. »Dann wissen wir ungefähr, wo wir Sie haben. Sie wollen Nedic um jeden Preis vernichten, und Sie wollen Lindberg um jeden Preis schützen. Sie sind durch eine schwere Situation zusammengeschweißt worden. Sie sind Freunde, fast auf eine arabische Weise. Friends for life. Unzertrennlich.«

So gut, wie sein Englisch es ihm denn erlaubte.

»Kommt dir das bekannt vor?« fragte er Chavez auf englisch.

»Ich habe es vor gar nicht langer Zeit schon einmal gehört«, antwortete Chavez auf englisch. »Wir sind *nur* eine gewöhnliche Räuberbande. Wir sind *nur* Freunde. Das gleiche Muster.«

»Allerdings glaube ich nicht, daß wir jetzt anfangen können, von Golfpräsern zu reden.«

»Ich glaube nicht, daß das richtig weh tun würde. Also machen wir dies.«

Und damit zerriß Jorge Chavez Petrovics handbeschriebene Blätter.

Petrovic verschluckte sich. Halbzerkaute Spaghetti flogen durch den Raum und vermischten sich mit den glühenden Tabakbröseln Lars Viksjös, dem der Mund offenstand.

»Sie glauben, daß sie als Kronzeuge gegen Rajko Nedic auftreten können. Aber das ist ein Irrtum. Rajko Nedic interessiert uns einen Dreck. Was uns interessiert, ist das Attentat in Stockholms Stadion in ein paar Tagen. Die World Police and Fire Games. Alles, was Sie wissen. Wenn nicht, schicken wir Sie postwendend zurück nach Kumla zu einem vertraulichen Wiedersehen mit Zoran Koco und Petar Klovic und dem Rest von Nedics Mannschaft.«

Petrovic hörte auf zu husten. Die Spaghetti hingen ihm in Fetzen um den Mund. Es sah aus wie in den Schlußszenen von *Der weiße Hai.*

Jaws.

»Was steht hier, verdammt?« sagte Ludvig Johnsson. »In Klammern?«

»JC zerreißt Ps N-Mtrl«, las Gunnar Nyberg. »Jorge hat offenbar Petrovics Material über Nedic zerrissen.«

»Und wie kann er das rechtfertigen?«

»Das muß ein Trick sein. Er blufft. Vermutlich haben sie bereits eine Kopie. Aber es ist eine hübsche Wendung. Wird interessant zu sehen, was danach passiert.«

»Sie waren wahrscheinlich schon vor dem Ausbruch des Krieges in Kroatien organisierter Rechtsextremist«, sagte Hjelm. »Die Erben der alten extremnationalistischen Ustascha. Serbenhaß. Dann, während des Krieges, kamen Sie als Befehlshaber einer paramilitärischen Truppe wirklich Ihrer Aufgabe nach. Wahrscheinlich erweiterten Sie während dieser Zeit Ihr internationales Kontaktnetz. Bekamen auf diese Art und Weise falsche Papiere und flohen in die Fremdenlegion. Nahmen die Gelegenheit wahr, Gesinnungsgenossen in der Legion diesem internationalen faschistischen Kontaktnetz zuzuführen. Unter anderem Niklas Lindberg, der dann anfing, Bomben hochgehen zu lassen und Kurden zu verprügeln und deshalb in den Knast ging. Er seinerseits warb in Kumla Kumpels für das Kontaktnetz an: die sogenannte ›Nazi-Clique‹, darunter der bekannte Rechtsextremist Sven Joakim Bergwall, der bei der Sicklaschlacht ums Leben kam. Sie drei planten gemeinsam ein größeres Attentat in Stockholm, und was konnte sich besser dafür eignen als die sommerlichen World Police and Fire Games? Bullen und Gefängniswärter in die Luft jagen. Was für ein Traum. Sie wußten, daß in Ihrem großen internationalen Kontaktnetz ein geeigneter Sprengstoff zu bekommen war. Eine hyperaktive und zuverlässig explosive Flüssigkeit mit elektronischer Mikrozündung. Die Südafrikaner hatten es für die Massentreffen des ANC entwickelt, doch die Apartheid brach zusammen, bevor das Zeug in Gebrauch genommen werden konnte. Sie schmuggelten eine Warenprobe nach Kumla und gaben sie Lindberg, und Sie sorgten dafür, daß Lindberg ausreichende finanzielle Mittel hatte, um eine ordentliche Menge von diesem Sprengstoff einzukaufen. Das Geld konnte Ihrem Arbeitgeber Rajko Nedic abgeluchst werden, dem Scheiß-Serben, der es schaffte, die ehemaligen Feinde in seiner Organisation zu vereinen. Eine richtige Friedensorganisation. Zwei Fliegen mit einer Klappe. Sie konnten Polizisten und Serben mit ein und demselben Knall hochgehen lassen. Gut gedacht. Lindberg ist da draußen, er hat vielleicht nicht zehn Millionen, aber doch mindestens eine, und er kann trotz aller Komplikationen den Plan durchführen. Während Sie hingegen, bewacht von vier feinen Polizisten, Spaghetti kauen, Nedic vernichten und vom schwedischen Staat eine hübsche neue Identität erhalten. Wieder gut gedacht. Aber Sie haben die A-Gruppe vergessen.«

»*Was* habe ich vergessen?« stieß Risto Petrovic hervor.

»Nichts«, entgegnete Hjelm. »Gar nichts. Eine Nebensächlichkeit.«

»Wo? Wann? Wie?« sagte Chavez. »Sonst schicken wir Sie zurück zu Rajko Nedic. So einfach ist das. *Wo* soll die Bombe plaziert werden? Wo wird Lindberg sein, wenn er sie auslöst? *Wann* wird die Bombe dort plaziert? Wann soll sie gezündet werden? Und *wie* soll das Ganze vor sich gehen?«

»Sie irren sich«, sagte Risto Petrovic und wischte sich den Mund ab. »So einfach ist es nicht.«

»Warum nicht?«

»Weil es Dinge gibt, die größer sind als der einzelne.«

»Was meinen Sie damit?«

»Schicken Sie mich meinetwegen zu Nedic zurück. Dies hier ist größer als ich. Ich bin ein entbehrliches Rädchen in einer großen Maschinerie.«

Hjelm und Chavez sahen sich an. Es hatte so gut angefangen. Und jetzt kam etwas so Unerwartetes dazwischen wie – Idealismus.

Kranker schwarzer Idealismus.

Von der gefährlichsten Sorte.

»Schicken sie ihn zurück?« fragte Ludvig Johnsson.

Nyberg sah ihn an, während er an einem weiteren eiskalten Hähnchenschenkel knabberte.

»Kaum«, sagte er. »Er kann immer noch wertvoll sein.«

»Das glaube ich nicht«, meinte Johnsson. »Er wird nicht reden. Er ist in diesem verrückten Idealismus geschult. Das schwache Glied ist Kullberg. Da besteht noch eine Chance.«

»Wenn er genug weiß. Und das frage ich mich.«

»Ich glaube es. Ich glaube, deine Kollegen haben vollkommen recht. Und ich stimme dir zu: Sie sind ihrer Sache verdammt sicher. Daß die mir entgangen sind, als ich damals Leute für die Pädophilengruppe suchte. Sie haben sicher recht damit, daß die Planung in Kumla gemacht wurde. Drei intelligente Faschisten planten ein cleveres Attentat: Petrovic, Lindberg, Bergwall. Aber es stand noch ein intelligenter Faschist zur Verfügung: Kullberg. Ich glaube nicht, daß sie ihn nicht einweihten. Der Rest war Fußvolk, Kanonenfutter: Carlstedt, Andersson, Sjöqvist. Aber nicht Kullberg. Er weiß Bescheid.«

»Vielleicht. Was, glaubst du, macht Niklas Lindberg jetzt?«

»In Kürze wird die Lieferung erfolgen. Er kauft von der rechtsextremen Organisation Sprengstoff. Aber er ist immer noch sauer, weil die zehn Millionen eingefroren sind. Es hätte ein unvergeßlicher Knall werden können. Für eine Million wird es auch ganz ordentlich rumsen, schon, aber er will ums Verrecken die zehn Millionen.«

»Du meinst, daß ...?«

»Ja. Ich glaube, daß Niklas Lindberg sich direkt an Rajko Nedic ranmacht.«

44

Er ist hell, sie ist dunkel, und sie sitzen engumschlungen in der Sonne auf der Treppe vor der Högalidskirche. Sie sind dort nicht allein. Mehrere engumschlungene junge Paare sitzen auf der Treppe und beten die Sonne an. Sie sehen aus wie alle anderen.

Es ist wie ein in die Stadt versprengtes Stück Natur. Es ist grün in alle Richtungen, doch nur ein kurzes Stück. Dann beginnt der Asphalt wieder. Der Asphaltdschungel.

Sie wissen nicht, ob es eine Oase ist oder eine Luftspiegelung. In sehr kurzer Zeit werden sie es wissen.

Am klarblauen Himmel über Riddarfjärden tanzen kleine Wolkenschleier. Sie verwandeln sich ununterbrochen.

Es ist der Tanz der Metamorphose.

Er schaut hinab auf seine vier Jahre alten Reebok-Schuhe Größe 40; sie kommen ihm allmählich etwas schimmelig vor. Sie sind viel zu weit gegangen. Sie schaut auf ihre vor kurzem gekauften weißen Sandalen Größe 40, hebt den Blick und sieht in seine Augen, bis auch sein Blick von unten hochklettert. Ihre Münder vereinigen sich in einem Kuß. Das leichte Zungenspiel. Der Stich durch den Körper.

Sie können nicht aufhören damit, sich anzufassen. Nie mehr werden sie allein sein. Was auch geschieht jetzt, sie werden nie mehr allein sein. Sie haben vor, gemeinsam zu sterben, wenn ihre Münder von vermoderten Blättern verschlossen sind.

Aber dann werden sie alt sein.

Sie werden den Göttern hinauf zu den Höhen des Berges folgen.

Sie stehen auf und wandern durch das Grün des Högalidsparks. Auf der Kirchentreppe bleibt ein Exemplar des *Expressen* vom 24. Juni liegen. Die mit Kugelschreiber eingekreiste Überschrift verkündet: ›Die Schwestern, die sich in Luft auflösten‹.

Aber Ovids *Metamorphosen* steckt er ein. Die Taschenbuchausgabe.

Ein großer Baum erhebt sich über ihnen und legt beschützend einen Arm um ihre Schultern. Er bleibt dort liegen, als sie an der Hornsbruksgata den Park verlassen, in die Lignagata einbiegen und nur wenige Schritte weiter auf der Hornsgata herauskommen. Dort wenden sie sich nach rechts. Zum Hornstull.

Vor der Föreningssparbanken bleiben sie stehen.

Sie wirft einen kurzen, schrägen, scheuen Blick über die Straße. Zur dritten Etage des Hauses gegenüber. Sie nimmt an, daß die schwarze Kontur, die hinter dem Fenster zu erkennen ist, nur in ihrem eigenen Kopf existiert.

Dann gehen sie in die Bank.

Der Große steht da und sieht aus dem Fenster. Es ist unerträglich heiß. Eine grün schimmernde Schmeißfliege hat Geschmack an seinem Schweiß gefunden und startet immer neue Sturzflüge gegen seine Stirn. Er macht sich nicht die Mühe, sie wegzuwedeln. Bedeutend schlimmere Schmeißfliegen setzen zu immer neuen Sturzflügen gegen seine Stirn an. Von innen.

Die kann man nicht wegwedeln.

Undichte Stellen.

Bis vor ein paar Wochen war ihm der Begriff unbekannt. Die Worte existierten ganz einfach nicht in Rajko Nedics schwedischem Vokabular. Jetzt waren sie ein übers andere Mal aufgetaucht.

Zuerst der lästige Polizeibeamte Ludvig Johnsson, der herausgefunden hatte, was absolut nicht herausgefunden werden durfte. Er bezahlte jeden Preis, um das Problem loszuwerden. Er wußte sehr wohl, was mit Pädophilen im Gefängnis passierte. Dann Risto Petrovics Verrat. Kronzeuge. Wie sollte er damit fertig werden? Vielleicht ließ sich der Schaden begrenzen. Die Mitarbeiter erfuhren nicht genug, um ihm gefährlich werden zu können, besonders die direkt vom Balkan importierten nicht. Schlimmer war Ljubomirs Verrat. Obwohl auch er nicht besonders viel über die Geschäfte wußte. Das hatte Lordans Verantwortungsbereich werden sollen. Aber Lordan starb. Das war *sein* einziger Verrat. Und dann die aus dem Restaurant verschwundenen Mobiltelefone. Instinktiv hatte er gewußt, daß es sich dabei nicht um einen gewöhnlichen Diebstahl handelte.

Auch das war eine undichte Stelle. Irgendwie.

Da sieht er – und er versteht nicht, was er sieht, die Verbindungswege der Gehirnzellen reichen nicht aus. Er sieht – seine Tochter. Er sieht Sonja vor der Bank, zusammen mit einem jungen Spund. Und das paßt nicht zusammen. Es ist eine unmögliche Gleichung. Er steht in dem Zimmer mit den schallisolierten Wänden, die aussehen wie Bordellkissen aus Gold, und versteht nichts. Ihm wird ganz kalt.

Zwei gestohlene Mobiltelefone aus dem Restaurant Tartaros.

Er kann nicht mehr reagieren. Er kann seinen Männern kein Zeichen mehr geben. Kann ihnen nicht mehr befehlen, in die

Bank zu stürmen. Die Tür fliegt auf. Ein schallgedämpfter Kugelhagel versprüht Tod in der Wohnung. Es ist so still, als sie fallen. Drei von fünf. Er betrachtet seinen Körper. Keine Löcher. Keine heimtückischen, späten Schußverletzungen, die man erst merkt, wenn alles zu spät ist.

Seine beiden überlebenden Männer strecken die Hände zur Decke. Ihre ausdruckslosen Gesichter haben sich nicht nennenswert verändert. Als er sie sieht, begreift er, was kriegsgeschädigt heißt.

Er sieht den Gesichtsausdruck des Mannes nicht. Sein Gesicht ist von einer goldfarbenen Maske bedeckt. Ein wenig Rauch steigt leicht vom Schalldämpfer der kleinen Maschinenpistole auf. Der Mann schließt die Tür hinter sich. Als sei er zu Besuch. Er spricht ein glasklares Englisch mit schwedischem Akzent.

»Ich kenne eure Vorrichtungen in den Jackenärmeln. Benutzt sie lieber nicht. Dann überlebt ihr. Holt ganz langsam die versteckten Pistolen heraus.«

Die beiden legen ihre Waffen vorsichtig auf den Boden und schieben sie mit dem Fuß zu ihm. Der Mann wendet sich an Rajko Nedic. Zum ersten Mal in seinem Leben sieht der eine Waffe auf sich gerichtet.

»Und Sie verhalten sich vollkommen ruhig, Herr Nedic«, sagt der Mann in gesittetem Schwedisch. Dialekt, denkt der Große verwirrt. Bohuslän oder Västergötland. Uddevalla, Trollhättan.

Eine Leiche sitzt auf dem Sofa. Als sei der Mann auf seinem Posten eingeschlafen – ein absurder Gedanke. Die anderen liegen auf dem Boden. Es ist unwirklich. Es kann nicht passieren. Er wirft einen Blick über die Schulter, durchs Fenster. Sonja und der Junge gehen in die Bank. Da lächelt er. Schief. Ihm ist plötzlich alles klar.

»Setzt euch«, sagt der Mann und zeigt aufs Sofa. Die beiden entwaffneten Gorillas setzen sich neben die Leiche. Er wickelt sie schnell und routiniert in stark haftendes Klebeband ein. Sie sehen aus wie Silbermumien.

Rajko Nedic fühlt, wie die Zeit vergeht. Er rechnet aus, wieviel jede Sekunde kostet. Sonja steht immer noch da und wartet darauf, zum Bankfach vorgelassen zu werden. Noch ist Zeit. Zehn Millionen Kronen.

Zehn Millionen oder eine Tochter.

Der Mann blickt ihn an. Eisblau, von Gold umrandet.

»Wie haben Sie hergefunden?« fragt Rajko Nedic. Er muß ein wenig Zeit kaufen. Er muß denken, während er spricht. An etwas anderes denken.

Der Mann schnaubt nur. Sein Blick ist vollkommen fest. »Ich bin Ihnen von Danderyd gefolgt«, sagt er verächtlich und fügt hinzu, jetzt mit Nachdruck: »Ich brauche die zehn Millionen.«

»Ich auch«, sagt Rajko Nedic. »Ich komme selbst nicht an sie heran. Aber ich verstehe nicht – haben Sie den Schlüssel nicht bekommen?«

»Sie verstehen vieles nicht. Wo ist das Geld? In welcher Bank? Und wie ist die Nummer des Bankfachs?«

Der Große fühlt sich nicht so groß. Er sieht ein Szenario vor sich: Er sagt zu dem Mann: ›Die Bank gegenüber. Ein Junge und ein Mädchen sind da und holen *in diesem Moment* das Geld ab.‹ Und der Mann läuft hinunter. Und der Große befreit seine beiden Männer. Sie verfolgen ihn. In der Bank kommt es zu einem Feuergefecht. Seine kriegsgeschädigten Helden erschießen den Mann. Und Rajko Nedic bekommt seine zehn Millionen.

Dann muß er seine Tochter aufgeben.

Dann muß er seine Tochter ein zweites Mal töten.

Und in diesem Moment lösen sich die Schreie von den Wänden. Die grellen, hellen Schreie, die sich in den porösen Wänden, die wie Bordellkissen aus Gold aussehen, abgelagert haben. Sie brüllen direkt in Rajko Nedics Ohren. Sie sprengen seine Trommelfelle.

Er sagt: »Das werden Sie nie erfahren.«

Und zum ersten Mal in seinem Leben fühlt sich der Große groß.

Der Mann sieht über seine Schulter. Aus dem Fenster. Der Anblick gefällt ihm nicht. Vielleicht erkennt er sie.

Doch was der Mann sieht, ist nur ein flüchtiger Anblick von acht unverkennbaren Gestalten. An der Spitze eine junge Frau mit kurzgeschorenen Haaren. Sie schleichen durch die Hornsgata heran und nähern sich der Haustür.

Der Mann seufzt, fesselt Rajko Nedic mit dem starken Klebeband, nimmt eine kleine Metalldose aus der Tasche, drückt sie Rajko Nedic in den Mund und verklebt ihm die Schnauze. Bindet ihm das Kinn hoch, als sei er bereits eine Leiche. Der Große fühlt die kleine Dose auf der Zunge. Sie schmeckt nach Stahl. Er hat keine Möglichkeit, sie auszuspucken.

»Das ist ein altes Versprechen«, sagt der Goldgekrönte und verschwindet.

Sara Svenhagen folgt ihren Männern. Im Treppenhaus begegnen sie einem kurzgeschorenen, gutgebauten Mann mit klarblauen Augen. Er nickt ihnen zu. Kollegial, ist ihr Eindruck. Sie nicken zurück und steigen weiter nach oben.

Sie erreichen die dritte Etage und ziehen ihre Dienstwaffen. Sie finden die Tür, auf der Ahlström steht. Sie sammeln sich davor.

Da sehen sie, daß die Tür eingetreten ist. Sie ist nicht geschlossen. Es sieht nur so aus.

Sie drücken sich an die Wand. Die Pistolen am Kinn. Sie schieben die Tür auf.

Sie sehen Blut. Viel Blut. Sie sehen drei Leichen. Und zwei Silbermumien auf einem Sofa.

Und eine auf den Knien am Fenster. Sara erkennt Rajko Nedic. Sobald der Raum gesichert ist, tritt sie zu ihm. Er ist leichenblaß hinter dem Silberklebeband. Er nickt so komisch mit dem Kopf. Es ist eine Geste. Sie streckt die Hand zum Klebeband aus. Er schüttelt frenetisch den Kopf und macht weiter mit dem komischen Nicken.

Da versteht sie.

Die Geste besagt: *Haut ab hier so schnell ihr könnt.*

Und sie reagiert blitzschnell. Schafft ihre Männer raus ins Treppenhaus.

Als sie fort sind, fühlt sich der Große zum zweiten Mal in seinem Leben groß. Dann explodiert sein Kopf.

Sara Svenhagen hört im Treppenhaus den Knall. Sie versteht ihn und versteht ihn nicht. Sie kehren zurück. Vorsichtig.

Rajko Nedic liegt am Fenster. Das Silberband hat sich am Mund geöffnet. Blut sickert heraus. Sara pfeift auf jede Vorsicht. Sie läuft hin und reißt das Klebeband los.

Die Zunge fällt heraus. Ein blutiger Klumpen.

Jemand hat Rajko Nedic die Zunge aus der Schnauze gesprengt.

Sara Svenhagen richtet sich auf. Sie tut ein paar taumelnde Schritte zum Fenster. Sie braucht frische Luft. Es geht nicht. Sie bekommt das Fenster nicht auf. Es ist keine frische Luft zu kriegen.

Eine grün schimmernde Schmeißfliege im Sturzflug prallt an ihre Stirn.

Sara erbricht sich gegen die Fensterscheibe in der Wohnung mit den geräuschisolierten Wänden, die aussehen wie Bordellkissen aus Gold.

Sie kommen aus der Bank. Sie drücken sich die Hände. Fest, ganz fest. Zwischen ihnen hängt eine prallvolle Tasche.

Sie wirft einen kurzen, schrägen, scheuen Blick über die Straße. Zur dritten Etage des Hauses gegenüber. An der Fensterscheibe prangt ein Kotzfleck.

Sie lächelt. Es ist ein stilgemäßer Abschiedsgruß.

45

Sara Svenhagen war blaß und matt. Sie saß vorn auf Hultins Pult und baumelte mit den Beinen. Er fand es charmant. Aber er war ja auch ein altes *male chauvinist pig*.

Was sie zu erzählen hatte, war nicht ganz so charmant. Aber klärend. Gräßlich, aber klärend.

Alle waren anwesend, bis auf Gunnar Nyberg und Kerstin Holm.

Es würde also an diesem Freitag morgen Mitte Juli kaum Chorgesang geben. Heute begannen die World Police and Fire Games mit einem ›Frühstart‹ in mehreren Disziplinen. Morgen um fünfzehn Uhr sollte die feierliche Eröffnung stattfinden. Auch wenn die Teilnehmerzahl nicht ganz so hoch war wie geplant, und auch wenn die Organisation so schlecht war, daß bereits Prozesse anstanden, würde Stockholms Stadion überquellen von Polizisten aus aller Herren Länder.

»Ihr habt also Niklas Lindberg im Treppenhaus getroffen, als ihr auf dem Weg nach oben wart?« sagte Arto Söderstedt.

»Ja«, sagte Sara Svenhagen. »Aber wir wußten nichts von einem Niklas Lindberg. Die Mauern zwischen uns waren viel zu hoch.«

Sie warf einen Blick zu Jorge Chavez hinüber. Er saß blaß und erschöpft da und begegnete ihrem Blick. Er sah tief betroffen aus.

»Hat Rajko Nedic etwas gesagt?« fragte Viggo Norlander.

Sara Svenhagen lächelte grimmig. Es war kein Lächeln. Es sah nur aus wie ein Lächeln. »Nein«, sagte sie. »Er kann nicht sprechen. Er wird nie wieder sprechen können.«

»Aber er lebt?«

»Ja. Er liegt im Söder-Krankenhaus. Sie versuchen, ihm die Mundhöhle zusammenzuflicken. Aber die Zunge war nicht zu retten.«

»Eine präzise bemessene Sprengladung«, sagte Hjelm. »Hat dein Papa etwas über den Sprengstoff gesagt?«

Sie warf ihm einen finsteren Blick zu. »Ja, Papa hat gesagt, es sei der gleiche Sprengstoff. Und Rajko Nedic ist festgenommen wegen sexuellen Mißbrauchs von Kindern und der Verbreitung von Kinderpornographie. Ihr könnt die Anklage sicher bald noch um einige Punkte erweitern.«

»Interessant, das mit Gillis Döös und Max Grahn«, sagte Söderstedt. »Diese ehemaligen Säpo-Leute, die einmal fast eine unserer früheren Ermittlungen hätten platzen lassen, haben Nedic also mit Informationen über die polizeiliche Ermittlung versorgt?«

»Sie nennen sich ›Sicherheitsberater‹. Aber sie scheinen nicht viel zustande gebracht zu haben.«

»Überbezahlte Berater sind das Zeichen der Zeit«, stellte Söderstedt fest.

»Der ›Polizist‹ ist also Ludvig Johnsson«, sagte Hultin. »Er erpreßte Nedic, weil er entdeckt hatte, daß dieser pädophil war. Und jetzt ist er in Urlaub, und keiner weiß, wo. Kann wirklich niemand sagen, wo er sein könnte?«

»Doch«, sagte Sara Svenhagen. »Und er ist jetzt bei ihm.«

»Gunnar, mein Gunnar«, nickte Hultin besorgt. »Glaubst du, er schwebt in Gefahr? Glaubst du, Johnsson könnte auf die Idee kommen, Nyberg umzulegen, um davonzukommen?«

»Nein«, sagte Sara bombensicher. »Nein, da besteht keine Gefahr.«

»Aber wieder einmal hat Gunnar Nyberg sich von der A-Gruppe abgesondert. Diesmal hat er jedoch kaum das Recht auf seiner Seite.«

»Hättest du anders gehandelt?« sagte Sara und blickte in Hultins Augen.

Hultin nickte schwer. »Kaum«, sagte er. »Deshalb gedenke ich auch keine Maßnahmen gegen ihn zu ergreifen. Fürs erste. Wir müssen abwarten, wie es sich entwickelt.«

»Ich glaube, sie führen eine Parallelermittlung durch«, sagte Hjelm. »Gunnar hat sich in den Kopf gesetzt, daß Ludvig

Ordnung schaffen soll in dem Schlamassel, den er angerichtet hat. Und wenn Gunnar sich was in den Kopf gesetzt hat, dann läßt er nicht so leicht locker. Niemals.«

»Das klingt wahrscheinlich«, sagte Hultin. »Aber wenn schon. Dies alles ist jetzt erst einmal Nebensache. Jetzt geht es darum, bei den World Police and Fire Games eine Menge Menschenleben zu retten. Wir haben nur noch gut vierundzwanzig Stunden. In Kürze müssen wir anfangen, darüber nachzudenken, ob die Eröffnung abgesagt werden muß. Wirklich feine Reklame für Stockholm und die hochkompetente schwedische Polizei. Wir werden zum Gespött der ganzen Welt. Das sollten wir vermeiden. Kannst du eure Verhöre zusammenfassen, Paul?«

»Risto Petrovic ist der Kopf hinter dem ganzen Mist. Er hat Beziehungen zu wirklichen Spitzenleuten in der rechtsextremen Szene. Diese rechtsextremen Spitzenleute werden Niklas Lindberg in Kürze mit einer passenden Menge des flüssigen Sprengstoffs versehen. Für eine knappe Million Kronen. Es wird ein kräftiger Knall. Zwar kein Zehn-Millionen-Knall, aber es wird reichen. Stockholms Stadion wird mit größter Wahrscheinlichkeit dem Stadtbild der Vergangenheit angehören. Und im schlimmsten Fall kann er Tausende von Menschen töten, vor allem Polizisten. Wie kommen wir also an Lindberg heran? Vier Möglichkeiten: durch seine Bekannten, über Kullberg, über Petrovic, über die rechtsextremistische Dachorganisation. Letzteres ist prinzipiell unmöglich, es handelt sich um die denkbar lichtscheueste Organisation, wahrscheinlich Stützen der Gesellschaft rundum in der Welt, die ethnische Säuberungen in großem Umfang sehen möchten. Das dritte ist schwer. Es sei denn, wir könnten bei Petrovic einen schwachen Punkt finden, etwas, was ihn dazu bringt, wie ein Mensch zu denken und nicht wie ein schwer kriegsgeschädigter Soziopath. Das zweite ist vermutlich unsere beste Chance. Wir haben Agne gestern locker gemacht. Wir kriegten World Police and Fire Games aus ihm heraus, ohne daß er wußte, wie ihm geschah. Ich glaube, daß dort immer noch was zu holen ist. Das erste ist schwer, aber es ist möglich, daß wir uns in Lindbergs Bekanntschaftskreis eingraben und jemanden finden, ja, eine Freundin oder einen Freund oder sonst einen mit ihm Vertrauten.«

Hultin sah cool aus. Cool under fire.

»Ihr seid jetzt kaum noch allein«, sagte er. »Mörner ist mit dem ganzen Drama an die Öffentlichkeit gegangen. Und weil er selbst nicht mehr als ein paar Prozent begreift, war das, was er an die Medien weitergegeben hat, ein wenig holzschnittartig. Was sie bekommen haben, sind vier inzwischen mit Namen versehene Vorfälle: die ›Kumla-Sprengung‹, ein Toter; die ›Sicklaschlacht‹, fünf Tote, ein Verletzter; die ›Schießerei in Skövde‹, zwei Tote, zwei Verletzte; das ›Hornstulls-Blutbad‹, drei Tote, ein Verletzter. Es ähnelt allmählich einem Schlachtfeld. Wir sind bei elf Toten, und weil wir wissen, daß *Svenska Dagbladet* Leichen zu zählen pflegt, sollten wir versuchen, uns zu bremsen. Wir haben uns bisher bedeckt gehalten, was Nedic, den ›Polizisten‹, Orpheus und Eurydice und das Drohbild gegen die Polizeispiele betrifft. Die Presse versucht, nach bestem Vermögen die Puzzleteile zusammenzufügen, und das Ergebnis ist teilweise richtig ergötzend, wenn man was für Galgenhumor übrig hat. Was wir nicht haben. Auf jeden Fall prangen Niklas Lindbergs Name und seine Visage jetzt auf jedem Zeitungsaushänger in Schweden. Das dürfte seine Handlungsfreiheit um einiges einschränken. Ihr dürft jetzt über jeden Polizisten verfügen, den ihr auftreiben könnt. Drückt dem Reichspolizeichef einen Gummiknüppel in die Hand, und er wird damit wedeln. Die Macht ist in euren Händen.«

»Oder möglicherweise in deinen«, sagte Söderstedt.

Hultin ignorierte ihn glockenrein. »Die Macht liegt in euren Händen«, wiederholte er. »Nutzt sie gut. Folgende Arbeitsverteilung: Paul und Jorge, ihr macht weiter mit den Verhören. Zieht das ganze Register, schlagt unter die Gürtellinie. Arto und Viggo nehmen sich das internationale Material über Petrovic vor. Sucht nach denkbaren Erpressungsmomenten, Eltern, Geschwistern, egal, was.«

Hultin öffnete den Mund, um fortzufahren. Es gab keine Fortsetzung. Das waren alle seine Leute.

Und dennoch nicht ganz.

»Ich kann mit Lindbergs Bekannten dienen«, sagte Sara Svenhagen. »Wenn wir die Mauern einreißen.«

Wieder ein Blick hinüber zu Jorge.

»Okay«, sagte Hultin neutral. »Du und ich arbeiten uns in den Bekanntschaftskreis ein. Irgend etwas müssen wir einfach finden.«

Dann stand Jorge Chavez auf. Er sah ganz und gar ernst aus, geprägt vom Ernst der Stunde. »Es geht um diese Geschichte mit den eingerissenen Mauern«, sagte er, als beginne er eine Rede. »Hätten Sara und ich zwischen uns nicht diese Mauern errichtet, wäre dieser Fall leichter zu lösen gewesen. Wir hätten den ›Polizisten‹ schneller gefaßt, wir hätten Rajko Nedic schneller gefaßt, und nicht zuletzt hätte Sara im Treppenhaus der Hornsgata 131 Lindberg festnehmen können. Auf eine Weise bin ich froh, daß sie es nicht getan hat. Er hätte sich nicht gutwillig ergeben. Und dann hätte meine zukünftige Ehefrau in Lebensgefahr geschwebt.«

Sie sahen sich an. In der Kampfleitzentrale entstand ein kleines Vakuum. Die Überstundenzeit legte eine Pause ein. Lasten wurden von Schultern gehoben. Doch nur für einen kurzen Augenblick.

Während dieses Augenblicks sagte Jorge Chavez: »Keine Mauern mehr, Sara. Nie wieder. Ich frage dich vor den Menschen, die mir am nächsten stehen: Hast du Lust, mich zu heiraten?«

Sara Svenhagen zeigte die Andeutung eines Lächelns. »Wenn wir Niklas Lindberg fassen«, sagte sie.

Dann begegneten sie sich in einem Kuß auf Hultins Katheder.

Er mißbilligte das nicht.

46

Abend. Eine verlassene Tiefgarage. Ein wartender Wagen. Ein Schatten, der in den Wagen glitt.

Auf das Gesicht des Fahrers fiel ein schwacher Lichtschein. Ein Steingesicht. Er drehte sich nicht um. Er sah auch so. »Du kannst das Ding abnehmen«, sagte er auf englisch.

Niklas Lindberg nahm die goldglänzende Räubermaske ab. Er hatte eine Konsum-Tragetasche in der Hand.

»Ist das das Geld?« fragte der Mann nahezu verächtlich. »Wie konntest du dir die Millionen entgehen lassen? Das läßt nichts Gutes ahnen.«

»Es tut mir leid«, sagte Lindberg. »Dies sind neunhundertsechsundzwanzigtausendsiebenhundertsiebzig Kronen.«

Der Mann nahm die Tragetasche und wog sie in der Hand. »Hmm«, sagte er. »In Zukunft mußt du schon ein bißchen mehr bringen. Sonst können wir dich nicht brauchen. Und Petrovic sitzt fest.«

»Sitzt fest?«

»Die Polizei verhört ihn pausenlos. Die Kriminalinspektoren Hjelm und Chavez. Kennst du sie?«

»Kanake? Nein.«

»Nein. Sie haben euren ganzen Plan aufgedeckt. Es sieht nicht gut aus. Wenn sie eine Verbindung zu uns entdecken, werden wir nicht begeistert sein.«

»Risto hält die Klappe. Da besteht keine Gefahr.«

»Und Kullberg?«

»›Kulan‹ genauso. Das ist in Ordnung.«

Der Mann beugte den Kopf ein paar Millimeter zurück. Es schien ein halbes Jahr zu vergehen, bevor er sagte: »In Ordnung, sagst du? Du hinterläßt Spuren und sagst, es ist in Ordnung. Ich sage: Es ist *nicht* in Ordnung. Haben wir uns verstanden?«

»Sie reden nicht. Das verspreche ich. Reicht das nicht?«

»Wechseln wir das Thema. Waren die Proben zufriedenstellend?«

»Äußerst zufriedenstellend. Ist der Sprengstoff angebracht?«

»Er ist da, wo er sein soll. Die Flagge ist am Platz.«

»Die Flagge? Wir hatten doch von einer Eckstange gesprochen?«

»Wir mußten es ändern. Die Prämissen sind jetzt andere. Die Polizei ist in höchster Alarmbereitschaft. Wir können nicht riskieren, daß die Bombenhunde es entdecken. Alle Versuche haben zwar gezeigt, daß die Hunde auf die Substanz nicht reagieren, doch wir müssen hundertprozentig sicher sein.«

»Und welche Flagge?«

Der Mann mit dem steinernen Gesicht lachte tatsächlich. Kurz. Es ging vorüber. Er sagte: »Die Substanz steckt in der Flagge, die beim Einzug vorangetragen wird. Der schwedischen. Es schien irgendwie am passendsten zu sein.«

»Da kann man wirklich von Läusen in der Fahne sprechen«, sagte Niklas Lindberg und lachte auf.

Der Mann gab ihm einen eisigen Blick, und er verstummte.

Dann reichte der Mann ihm einen Umschlag. Er öffnete ihn und holte einen Schlüssel, einen Zettel und eine kleine flache Dose mit einem roten Knopf heraus. Sie sah aus wie ein Minitaschenrechner. »Der Türschlüssel«, sagte der Mann. »Auf dem Zettel steht der neue Türcode. Sie haben ihn gestern geändert. Und mit dem Zünder kannst du ja umgehen. Warum hast du Nedic die Zunge weggesprengt?«

»Das war ein altes Versprechen«, sagte Niklas Lindberg, steckte die Sachen ein und öffnete die Wagentür.

Der Mann legte die Hand auf seinen Arm. »Noch eins«, sagte er. »Es besteht ein gewisses Risiko, daß die Eröffnungsfeier abgesagt wird. Wenn das geschieht, sehen wir uns nie wieder. Und ich meine wirklich *nie wieder*. Ist das klar?«

»Das ist in Ordnung«, sagte Niklas Lindberg mit Nachdruck. »Ich werde euch nicht enttäuschen. Ich bewundere euch seit Februar sechsundachtzig.«

»Da kannst du noch nicht sehr alt gewesen sein«, sagte der Mann und ließ ihn los.

Lindberg verwandelte sich in einen Schatten, der mit der Dunkelheit verschmolz.

Einen kurzen Augenblick erlaubte sich der Mann, an den Februar sechsundachtzig zurückzudenken. Es war wirklich der Bewunderung wert. Es war ihnen gelungen, ein Land zu verändern. Ein unsichtbarer Putsch.

Eine Bombe war in der schwedischen Fahne explodiert.

Es war wieder einmal Zeit.

Dann mußte es genügen mit der Nostalgie. Der Mann mit dem steinernen Gesicht startete den Wagen und fuhr davon.

Weit weg.

47

»Es wird nicht abgeblasen«, sagte Gunnar Nyberg und lehnte sich zurück.

Sie saßen im Schein von Petroleumlampen und Kerzen in der alten uppländischen Häuslerkate aus dem 19. Jahrhundert. Vor ihnen standen moderne Laptops, die über Mobiltelefone mit dem Internet und dem Zentralrechner der Polizei verbunden waren.

»Woher weißt du das?« fragte Ludvig Johnsson und strich sich über die Glatze.

»Internes Rundschreiben«, sagte Nyberg und zeigte auf den Bildschirm. »Der Reichspolizeichef, der Chef des Reichskrim, der Justizminister, der Premierminister, der Chef der Sicherheitspolizei und Mörner haben die halbe Nacht getagt. Es geht nicht. Der Prestigeverlust wäre zu groß. Und es hat internationalen Druck gegeben. Die Polizei weltweit würde der Lächerlichkeit preisgegeben. Wenn wir nicht einmal uns selbst schützen können, wie sollen wir dann andere schützen? Es besteht die Gefahr, daß das der Todesstoß für die Polizei wäre, so wie wir sie kennen.«

»Und was für ein Todesstoß wäre es, wenn es knallt?«

»Tja ... Die Argumentation ist einfach: Es *darf* nicht knallen. Es *darf* ganz einfach nicht knallen. Eine sehr praktisch fundierte Argumentation.«

Ludvig Johnsson saß ganz still. Er schloß die Augen. Er wußte nicht, ob er wirklich auch hierfür noch verantwortlich zu machen war. Es war ihm auch egal. Alles war sein Fehler, das fühlte er, und jetzt schien es, als sollte das Ganze vollständig eskalieren.

Er faßte einen Beschluß. »Noch ein Bier?« sagte er und stand auf. Der Jogginganzug klebte ihm am Körper.

»Warum nicht?« sagte Nyberg. »Wir kommen doch nicht weiter. Wir stecken fest. Verdammt, und ich dachte, wir würden irgendwo eine Öffnung finden, aber es geht nicht. Es geht ums Verrecken nicht.«

Johnsson kam zurück und stellte eine Bierdose vor ihn hin. Sie war geöffnet. Johnsson öffnete seine mit einem Zischen und trank ein paar große Schlucke. Nyberg trank die halbe Dose in einem Zug.

»Ludvig, verdammt«, sagte er. »Lindberg hat Nedic fertiggemacht. Nedic ist die Zunge weggesprengt worden. Gibt es da nirgendwo einen Ansatzpunkt?«

Ludvig Johnsson stand vollkommen reglos da. Er schaute in das große Nichts und schüttelte langsam den Kopf. »Es gibt keine Lösung«, sagte er.

»Wieviel Uhr ist es?« sagte Nyberg.

Johnsson nahm noch einen Schluck Bier und sah auf die Uhr.

»Gleich sechs. Sechs Uhr früh am Samstag, dem siebzehnten Juli. Noch neun Stunden bis zur Eröffnungsfeier.«

Ludvig Johnsson stand nicht mehr still. Langsam begann er sich zu drehen. Schließlich rotierte er durchs Zimmer. Und das Zimmer begann zusammenzuklappen wie ein Buch.

Nyberg fiel vornüber auf den schlecht plazierten Plastiktisch. Er lag auf der Backe, und das Zimmer klappte weiter zusammen, immer weiter, bis nur noch ein kleines Quadrat in der großen Schwärze übrig war.

»Tut mir leid, Gunnar«, sagte Ludvig Johnssons Stimme von weit her. »Ich muß jetzt allein Ordnung schaffen. Es gibt keine andere Wahl.«

Dann sagte es plopp, und das kleine Quadrat war fort.

Agne ›Kulan‹ Kullberg sah zwar ein wenig erschöpft aus, doch sein Blick war glasklar. Noch einmal würde er sich nicht übertölpeln lassen. Er hatte ihre Tricks jetzt durchschaut. Er hatte nur eine einzige Strategie: die Schnauze halten. Nicht ein einziges Mal den Mund aufmachen.

Es war fast vierundzwanzig Stunden geglückt. Es war elf Uhr, und Paul Hjelm fühlte die Hoffnungslosigkeit steigen.

Es waren noch drei Stunden bis zur Eröffnung der World Police and Fire Games in Stockholms Stadion.

Es waren merkwürdige vierundzwanzig Stunden gewesen. Keiner hatte geschlafen. Söderstedt und Norlander hatten Petrovics Eltern ausfindig gemacht. Sie lebten in Deutschland, und über diese fanden sie einen Bruder, der mit dem Gesetz aneinandergeraten war. Sie beschafften einen falschen Ausweisungsbeschluß für den Bruder nach Serbien und zogen damit zu Petrovic nach Tumba. Lars Viksjö sah aus, als schlafe er seit einem halben Jahr in seinen Kleidern.

»Wir haben nachgewiesen, daß dein Bruder Serbe ist und nach Belgrad zurückgeschickt werden sollte«, sagte Hjelm.

Petrovic starrte sie an, sein Blick pendelte von Hjelm zu Chavez, von Chavez zu Hjelm.

Dann lachte er schallend. »Mein Bruder ist ein Dorftrottel«, sagte er.

Tja, das war ein Reinfall. Und Petrovic sagte nichts mehr. Er war unerhört standhaft. Sie kehrten zum Untersuchungsgefängnis und dem noch standhafter schweigenden ›Kulan‹ zurück. Es kam ihnen allmählich gespenstisch vor.

Sara Svenhagen teilte aus Trollhättan mit, sie habe Lindbergs Eltern und seiner Exfrau drei frühere Adressen in Stockholm aus der Nase gezogen. Hultin und Norlander sprachen mit Menschen, die nichts begriffen und nie etwas von einem Niklas Lindberg gehört hatten und direkt unangenehm wurden. Obwohl weder Hultin noch Norlander sich in der Regel lange zierten, wenn es nötig wurde, handfestere Methoden anzuwenden, brachten die handfesteren Methoden sie nicht weit. Die unangenehmen Menschen wußten tatsächlich nichts.

Söderstedt kam auf eine neue, vage Möglichkeit, was Petrovic betraf. Er fand eine Internetseite einer internationalen faschistischen Organisation, die überraschend offiziell erschien. Wenn man nun damit drohte zu verbreiten, daß Petrovic bei der Polizei gesungen hatte? Hjelm und Chavez übermittelten Petrovic die Drohung. Er sah tatsächlich etwas betroffen aus. Aber es reichte nicht. Sie fuhren schweres Geschütz auf. Doch vergeblich. Er hielt dicht.

Zahllose Polizisten durchsuchten das Stadion und seine nähere Umgebung. Lindberg würde wohl nicht wagen, selbst im Stadion zu sein, wenn er die Bombe zündete. Dennoch mußte er vermutlich so sitzen, daß er etwas sah. Also nahm man sich alle Häuser auf Östermalm vor, von denen aus man ins Stadion sehen konnte. Es gab nicht wenige davon, und das Klinkenputzen war in vollem Gange. Bisher hatte es ein paar Hinweise erbracht, aber keinen wirklich heißen Tip. Die Leute schienen ihre Nachbarn nicht richtig zu mögen.

Die Nacht verging. Hjelm und Chavez erhöhten den Druck auf ›Kulan‹. Es war aussichtslos. Er würde nicht reden.

Sie diskutierten ernsthaft, illegalere Methoden einzusetzen. Eine Zeitlang war Folter im Gespräch. Es war zutiefst bedrückend. Sie merkten es erst hinterher. Als löse die Demokratie sich plötzlich in Luft auf. Als ob plötzlich die schwedische Fahne explodiere.

Schließlich war es elf Uhr. Sie saßen nur noch da und starrten sich an. Auf der einen Seite ›Kulan‹. Auf der anderen Hjelm und Chavez.

Patt.

»Es sind noch drei Stunden«, sagte Hjelm schleppend. »Wenn es in Stockholms Stadion zu einem Attentat kommt, wirst du nie mehr das Tageslicht sehen, es sei denn durch Gitter. Das wird eine lange Fortbildung.«

›Kulan‹ blinzelte sie an.

»Bist du wirklich bereit, dein ganzes Leben wegen dieses lächerlichen Attentats zu ruinieren?« sagte Chavez ebenso schleppend. »Ist es das wirklich wert, nur damit ein paar Feuerwehrmänner aus Venezuela dran glauben müssen?«

›Kulan‹ blinzelte weiter.

»Scheiße!« schrie Chavez und verließ ›Kulans‹ Zelle.

Hjelm blieb zurück. Sein Handy piepte.

»Eine letzte Chance«, sagte Hultin in sein Ohr. »Einer der unangenehmen Menschen hat sich gemeldet. Eine Frau, die von einer eventuellen Freundin von Lindberg in Gnesta geredet hat. Kommt ihr mit?«

»Ja«, sagte Hjelm, ohne zu zögern.

Er rief nach der Wache und sorgte dafür, daß Agne ›Kulan‹ Kullberg gut weggeschlossen wurde. Die Wache war ein altgedientes Faktotum, das sich schlurfend wieder hinter sein Pult im äußeren Teil des Untersuchungsgefängnisses begab. Er starrte Hjelm eine Weile nach. Die ganze Nacht, dachte er und schüttelte den Kopf. Habt ihr gar kein Privatleben, ihr Burschen? Habt ihr keine Familie und keine Freunde? Seht mich an, ich arbeite von neun bis fünf, und mir geht es gut. Was hat es für einen Sinn, sich kaputtzumachen? Werdet ihr deswegen glücklichere Menschen?

Nach ein paar Minuten kam ein Mann an sein Pult, zeigte seinen Polizeiausweis und sagte: »Agne Kullberg bitte.«

Der Wachmann schüttelte den Kopf und sagte: »Daß ihr nie ein Ende findet, Jungs. Bitte hier unterschreiben, Inspektor.«

Er begleitete den Mann den Gang hinab und ließ ihn zu Agne Kullberg hinein. Ein gefragter Mann.

Der Wachmann betrachtete den Inspektor ein paar Sekunden. Erst jetzt nahm er den Geruch von altem, getrocknetem Schweiß wahr. Konnte man nicht wenigstens vorher duschen? Und diese stinkenden Joggingsachen ausziehen?

Er schüttelte den Kopf und kehrte an sein Pult zurück, an dem er jeden Werktag von neun bis fünf zubrachte. Das hatte er sich verdient.

Ludvig Johnsson ging auf ›Kulan‹ zu und hielt ihm seinen Polizeiausweis hin. Ohne ein Wort zu sagen, gab er ihm eine Spritze in den Arm.

Gunnar Nyberg kam langsam wieder zu sich. Ein kleines Quadrat offenbarte sich irgendwo und entfaltete sich, Schritt für Schritt, bis das ganze Blickfeld wieder am Platz war. Aber ganz wie vorher fühlte er sich nicht. Sein Kopf hämmerte gewaltig, und als er versuchte aufzustehen, sanken seine hundertsechsundvierzig Kilo mit einem Krachen wieder auf den Plastikstuhl.

Die Laptops hatten sich entladen, die Bildschirme waren pechschwarz. Er griff zum nächsten Mobiltelefon. Es war auch leer. In dem anderen war ein Rest von Leben.

Während er Hultins Nummer wählte, versuchte er, die Ereignisse zu sortieren. Er konnte mit Mühe und Not den Arm heben und auf die Uhr sehen. Herrgott, dachte er. Fünf nach halb drei. Alles war verloren.

Statt zu verzweifeln, versuchte er zu denken. Es gab eine, und nur eine einzige Sache, die Ludvig Johnsson bei ihrem gemeinsamen Versuch, eine Lösung zu finden, betont hatte. Daß ›Kulan‹ Kullberg das schwache Glied war.

»Hultin«, sagte es in sein Ohr.

»Wo bist du?« sagte Nyberg und kannte seine Stimme nicht wieder. Indessen erkannte er ein Gefühl wieder.

»Gunnar? Wo bist du selbst?«

»Grillby. Aber scheiß drauf. Dies ist wichtig.«

»Wir sind im Präsidium. Gerade zurück aus Gnesta, wo wir mit Lindbergs Freundin gesprochen haben. Sie haben vor einem halben Jahr Schluß gemacht und hatten sich nur in Kumla getroffen. Also nichts.«

»Ludvig hat sich ›Kulan‹ vorgeknöpft. Checkt das.«

»Au verdammt«, sagte Hultin. »Kommst du?«

»Sobald ich kann«, sagte Nyberg und drückte auf den Ausknopf.

Er versuchte hochzukommen. Es ging schon besser. Aber der Teufel mochte wissen, ob er würde fahren können.

Das einzige, was er wußte, war, daß er Ludvig Johnsson nie mehr wiedersehen würde.

Das war ganz, ganz sicher.

Die Trauer durchströmte ihn wie Lava.

Hultin, Hjelm und Chavez trafen atemlos und im Laufschritt am Schalter des Untersuchungsgefängnisses ein. Der Wachmann sah müde aus. Nicht schon wieder. Get a life, guys. Ja, ein Kriminalinspektor Ludvig Johnsson war dagewesen. In verschwitzten Joggingsachen. Ja, er war fast eine Stunde bei Kullberg gewesen. Nein, danach war keiner mehr dagewesen.

Sie joggten den Korridor hinunter. Der Wachbeamte mußte mitjoggen. Es war lange her, daß seine Beine gelaufen waren.

Er öffnete ihnen.

›Kulan‹ Kullberg war mit vier Ledergürteln am Stuhl festgeschnallt. Sein Gesicht war blaugeschlagen und verquollen. Seine Nägel standen in sonderbaren Winkeln von den Fingern ab. Die Hosen waren heruntergezogen, und der ganze Unterleib war bläulich. Und um den Mund saß ein silberfarbenes, stark haftendes Klebeband.

Die Augen waren geschlossen.

Hultin riß den Klebestreifen ab.

›Kulan‹ erwachte. Er starrte sie aus schreckgeweiteten Augen an. »Tötet mich nicht«, sagte er kaum hörbar.

Hjelm sah ihm in die Augen. Der Blick war verändert. »Er steht unter Drogen«, sagte er.

»Herrgott«, sagte Chavez.

»Ludvig scheint das persönlich genommen zu haben«, sagte Hultin. »Okay. Hallo, Agne. Wir wollen dich nicht töten. Keine Bange. Sag uns nur, was du Johnsson gesagt hast. Dann retten wir Lindberg.«

»Ihr hattet recht«, sagte ›Kulan‹ und starrte merkwürdig auf Hjelm und Chavez. »Ich war in der Schule ein Streber. Scheiß-Agne. Die ganze Schulzeit hindurch hieß ich Scheiß-Agne. Der Saftsack Scheiß-Agne. *Ich heiß nicht Agne, ihr Drecksäcke.*«

»Was hast du Ludvig Johnsson gesagt?« sagte Hjelm. »Nun komm schon, ›Kulan‹!«

»Ich hab ihm gesagt, daß nie Mädchen vorbeiparadiert sind und meinen haarlosen Pimmel angeguckt haben. Nie. Aber ich weiß, daß sie mich mit Handtüchern gefesselt haben und meinen Schwanz gepeitscht haben, bis er blau war. Guckt mal, wie blau er ist.«

»Es war Ludvig Johnsson, der ihn blau gemacht hat, ›Kulan‹«, sagte Chavez. »Jetzt nennt dich keiner mehr Agne.«

»Nein«, keuchte ›Kulan‹. »Nein. Ich heiße ›Kulan‹, die härteste Kugel, die euch treffen kann.«

»›Kulan‹!« schrie Hjelm. »Komm zu dir. Wo ist Nicke?«

»Valhallavägen 88 natürlich. Was glaubt ihr denn, ihr Arschlöcher?«

Einfach so.

Sie stürzten davon. Liefen durchs Präsidium.

»Wieviel Uhr?« sagte Hultin.

»Fünf nach«, sagte Chavez.

»Die Nationale Einsatztruppe«, sagte Hjelm. »Wo sind sie?«

»Im Stadion«, sagte Hultin und wählte eine Nummer. »Hallo? Einsatztruppe? Wir haben eine Adresse. Valhallavägen 88.

Wahrscheinlich unterm Dach. Er darf auf gar keinen Fall den Auslöseknopf drücken. Alles andere ist unwesentlich.«

»Wir fahren hin«, sagte Hjelm.

Er saß auf dem Balkon. In seiner Hand ruhte der kreditkartengroße Minitaschenrechner mit seinem einen roten Knopf. Er streichelte mit dem Daumen die Kante. Alle Macht in einem Punkt gesammelt. So sollte es sein. Es war eine Vereinfachung. Der Mensch konnte nicht mit der Demokratie umgehen. Das Zeitalter der Demokratie war das blutigste in der Geschichte der Menschheit. Das sagte alles. Eine einfache und saubere Lebensführung. Mehr wollte er nicht. Und das verlangte ein paar Opfer.

Er blickte hinab auf Stockholms Stadion. Perfekter Überblick. Sie verfügten wirklich über Mittel. Er war beeindruckt, und das geschah nicht so häufig. Nicht seit dem Februar sechsundachtzig.

Die Eröffnungsfeier begann. Es war sonnig und schön, aber drüben hinter Gärdet hingen schwere Regenwolken. Bald würde das Wetter umschlagen.

Das würde es tatsächlich.

Zuerst Musik – sie kam ihm sonderbar verzerrt vor. Dann sollte der Einmarsch beginnen. Wahrscheinlich würde Schweden an der Spitze gehen. Die Fahne sollte implodieren. Es ging jetzt schon so lange so. Die Läuse zerfraßen die Fahne. Das Stolzeste, was es gab.

Er spürte einen Stich an der Hand. Wie ein Krampf. Als er hinsah, klammerte sich eine Wespe an seinen Daumen. Er legte den Zündmechanismus auf den Tisch und knipste die Wespe mit dem Mittelfinger tot. Der Schmerz breitete sich in der Hand aus.

Wie absurd, dachte er und hörte es klicken.

Das Entsicherungsklicken.

Er wandte den Blick in die Wohnung.

In der Tür stand ein Mann im Jogginganzug und mit Glatze. Er richtete eine Pistole auf ihn. »Ich stehe hier seit einer

Viertelstunde und warte darauf, daß du es weglegen würdest«, sagte Ludvig Johnsson.

»Eine Wespe hat mich gestochen«, sagte Niklas Lindberg.

»Die Polizei, gerettet von einer Wespe. Was für eine Ironie.«

»Nicht wahr?«

»Eine einzige Bewegung zu dem Ding, und ich schieße. Komm langsam her.«

Niklas Lindberg saß vollkommen still. Seine Pistole steckte im Hosenbund. Er würde sie nicht erreichen. Aber den Auslöseknopf? Doch, es mußte sein – ein Opfer. Postume Anerkennung.

Er machte einen Versuch. Seine Hand zuckte vor.

Ludvig Johnsson leerte das ganze Magazin in ihn. Die Hand kam bis zur Tischkante, aber nicht weiter. Sie glitt herab und erschlaffte.

Johnsson stand still und atmete schwer.

Hanna, Micke, Stefan – mein Geschenk an euch.

Er trat auf den Balkon und nahm vorsichtig, vorsichtig die kleine schwarze Platte mit dem roten Knopf auf.

Da flog die Tür auf. Die Nationale Einsatztruppe quoll herein.

Sie sahen den Mann auf dem Balkon. Sie identifizierten blitzschnell den Zündmechanismus in seiner Hand. Und sie erschossen ihn.

Sie gaben so viele Schüsse auf ihn ab, daß es nie zu zählen sein würde. Der Körper hob ab, und sie schossen weiter. Der Körper wurde über das Balkongeländer geschleudert, und sie schossen weiter. Und sie schossen noch, als er wie ein mittelmäßiger Fallschirmspringer durch die Östermalmer Luft hinabsegelte und mit einem dumpfen, nicht menschlichen Plumps auf dem Straßenpflaster aufschlug.

Auf dem Balkontisch neben dem toten Niklas Lindberg lag der Zündmechanismus.

Er war so gefallen, daß der rote Punkt nach oben zeigte.

Unten in Stockholms Stadion ging die Eröffnungsfeier ihren geplanten Gang.

48

Gunnar Nyberg sang. Er sang um sein Leben. Er stand in der wunderschönen Kungsholms Kirche ganz außen im Chor und holte die Kraft seiner Stimme ganz von den Fußknöcheln herauf. Sein Baß drohte den Rest des Chors zu übertönen. »Komm, du herrliche Blumenzeit.«

Ganz einfach.

Auf Ludvig Johnssons Beerdigung hatte er ein Solo gesungen. Eine kurze Verdi-Arie. Eine von vielen Nummern auf der Begräbnisfeier eines Helden. Kommissar Ragnar Hellberg hielt eine magnifike Rede, und keinerlei Unregelmäßigkeit wurde erwähnt. Im Gegenteil, das Polizeikorps hatte seinen langersehnten Helden bekommen. Die Geschichte wurde frisiert, um in die Boulevardpresse zu passen, die ja die Dramaturgie des Landes lenkte. Johnsson hatte Lindberg eigenhändig aufgespürt, ihn unschädlich gemacht und war gleichzeitig von ihm getötet worden. Er starb den Tod eines Helden.

Eines Helden, der einen Verdächtigten gefoltert hatte.

Zwei Tage nach seinem Tod traf das vollständige Material über Rajko Nedics Kindesmißbrauch von Johnssons Jugendfreund aus Säffle ein.

Während er sang, glaubte Nyberg einen kurzen Augenblick lang, in einer der letzten Bankreihen eine Familie zu erkennen. Zwei kleine Jungen, eine Mutter und einen Vater. Der Vater hielt seine Familie umfaßt und lachte laut. Über alles und nichts.

Aber auf der anderen Seite sah er sehr viel, während er sang.

Sobald dies hier vorüber war, würde er endlich Urlaub machen. Er würde nach Östhammar fahren und die Familie seines Sohnes überfallen und heimsuchen. Lange. Lange.

In dem umfassenden Ermittlungsmaterial wurden, soweit es Gunnar Nyberg betraf, keine Unregelmäßigkeiten genannt.

Er sang fürs Leben und blickte hinüber auf die andere Seite des großen Polizeichors. Dort stand Kerstin Holm mit bandagiertem Kopf. Sie lächelte zu ihm herüber, während sie sang. Und er lächelte zurück.

Kerstin Holm sang die zweite Altstimme. Sie band die anderen Stimmen zusammen, obwohl das, was sie sang, dem Lied ›Komm, du herrliche Blumenzeit‹ überhaupt nicht ähnelte.

Sie sang fürs Leben. Dafür, daß ein paar unerklärliche Millimeter sie vom Tod getrennt hatten. Sie sang und dankte, doch sie wußte nicht, wem sie danken sollte. Nicht einmal hier in der Kirche war sie sicher, wem sie danken sollte. Und wofür.

Und sie dachte an Orpheus und Eurydice. Sie und Paul hatten Per Karlssons Wohnung in Aspudden besucht. Es war lange niemand darin gewesen. Auf Ovids *Metamorphosen,* das aufgeschlagen auf dem Tisch lag, hatte sich eine Staubschicht gebildet, und in der Unordnung fanden sie ein altes Schuljahrbuch der Gesamtschule in Danderyd. Nach längerer Suche fanden sie Per Karlssons Klasse. Die Sieben. Er war ein schmächtiger Blondschopf, einen Kopf kleiner als der nächstkleinste seiner Mitschüler. Er sah *verbiestert* aus. Und im Hintergrund stand ein ziemlich großes, dunkles Mädchen. Sie sah *kernig* aus. Sie hieß Sonja Nedic.

Eurydice war als Sonja Karlsson im Hotel in Skövde abgestiegen. Danach wurde sie Baucis.

Rajko Nedics Tochter mußte also die beiden Mobiltelefone aus dem Restaurant Tartaros auf Östermalm, das ihrem Vater gehörte, genommen haben. Sie mußte irgendwie erfahren haben, daß ihr Vater eine große Geldtransaktion plante und daß der Treffpunkt am Abend des dreiundzwanzigsten Juni im Restaurant Kvarnen auf Södermalm ausgehandelt werden sollte. Sie schickte ihren geliebten Per Karlsson dorthin, Orpheus, der sie aus der Unterwelt herausgesungen hatte, Philemon, der gemeinsam mit ihr alt werden und sterben würde, und er erfuhr von dem Treffpunkt im Gewerbegebiet Sickla. Das Paar begab sich dorthin, und hätten sie versucht, die grausame Kriegsverbrecherbande ihres Vaters zu berauben, wären sie aller Wahrscheinlichkeit nach geschlachtet worden. Doch es kam anders. Statt dessen wurde ihnen der Aktenkoffer mehr oder weniger geschenkt – paradoxerweise von einer Gang von Nazi-Räubern. Sie nahmen ihn und hauten ab. Doch es war kein Geld darin, nur ein Schlüssel. Sonja dachte über mögliche Bankfächer nach. Sie hatte keine Ahnung, wußte jedoch, wohin ihr Vater Rauschgift lieferte. Sie mußten sich trennen, und jeder mußte auf einer Seite suchen. Zwei serpentinengleiche Wege auf der Schwedenkarte.

Paul und Kerstin gingen weiter durch Per Karlssons Wohnung. Überall standen eigenartige Holzskulpturen in allen erdenklichen Formen, und eine Kleiderkammer war zur Werkstatt umfunktioniert. Der Boden war von Eisenfeilspänen bedeckt, und in einem Abfallkorb lag ein Eisenblech, aus dem ein Schlüssel herausgestanzt war. Ein Vergleich mit dem Bankfachschlüssel zeigte identische Zacken und Einkerbungen.

Und eine gute Woche nach der Eröffnung der World Police and Fire Games teilte die Kinderschutzvereinigung BRIS mit, daß eine große Summe Geld auf ihrem Konto eingegangen war, nämlich fünf Millionen Kronen. Das Geld war in Paris eingezahlt worden.

Philemon und Baucis hatten ihr Bankfach gefunden.

Kerstin Holm sang und fand zum ersten Mal in ihrem Leben, daß Gerechtigkeit geschaffen worden war.

Sie blickte hinunter auf Jan-Olov Hultin, der mit seiner Frau in der ersten Reihe saß, inmitten der farbenfrohen Familie Chavez. Papa Chavez, Carlos, warf zwischendurch mißtrauische Blicke zu dem Mann mit der großen Nase und der Eulenbrille hinüber. Hatte ihm nicht ein solcher Mann bei einem Altherrenspiel die Augenbrauen kaputtgeköpft?

Hultin sehnte sich nach seinem Rasen. Er sehnte sich danach, wie Sisyphus seinen Handrasenmäher den Hang auf und ab rollen zu können und dabei, getreu der auf traurige Weise vernachlässigten Maxime *live and let live*, jedes Unkraut zu umgehen.

Anschließend würde er im Råvalen baden, sein Comeback im Kreis der Veteranen-Fußballmannschaft der Stockholmer Polizei feiern, nach Griechenland fahren und nie wieder einen Menschen erschießen. Es reichte.

Doch in Pension gehen würde er noch lange nicht.

Und das war schwerer, als Kraut und Unkraut zu unterscheiden.

Er blickte über den Mittelgang zu Viggo Norlander hinüber. Er saß in einem viel zu engen Frack mit seiner Astrid neben sich. Über seiner Schulter hing Klein-Charlotte mit der schief-einwärts-nach-hinten-Miene. Aus ihrem Mund löste sich ein wenig kreideweiße breiige Spucke und legte sich wie Möwenkacke auf die Frackschulter. Norlander klopfte ihr behutsam den Po und sagte kein einziges Mal ›Schnauze‹.

Norlander seinerseits sah zurück über den Gang und betrachtete eine merkwürdige Ansammlung weißer Köpfe. Er hatte die Familie Söderstedt noch nie versammelt gesehen. Arto Söderstedt saß naß gekämmt wie ein Bauernknecht aus den dreißiger Jahren da und folgte Norlanders Blick, als dieser Stufe um Stufe an fünf weißhaarigen Kinderköpfen emporkletterte und weiter über einen weißhaarigen Mutterkopf zu dem naß gekämmten weißhaarigen Vaterkopf gelangte. Er sah die Stufenleiter, kicherte und zeigte auf seine Schulter. Norlander griff mit dem Finger in die Pampe und schüttelte den Kopf.

Söderstedt dachte an den Kredit, den er bei der Bank aufgenommen hatte, um seinen nagelneuen Toyota Picnic zu bezahlen. Er wußte, daß es eine ganze Menge anderes gab, an das er denken sollte, doch er hatte nicht die Energie. Nicht gerade jetzt. Er dachte, was für einen Spaß es machen würde, Auto fahren zu können. Es waren endlich Ferien, die Familie hatte ein Auto, doch kein Geld, um irgendwohin zu fahren. Er hatte das Gefühl, sich einem grundlegenden gesellschaftlichen Paradox anzunähern. Doch er hatte nicht die Energie, dem jetzt nachzugehen. Nicht gerade jetzt.

Nicht während der Polizeichor ›Komm, du herrliche Blumenzeit‹ in einem sonderbar langgezogenen Baßton ausklingen ließ, der zu den allseits bekannten Einleitungstönen von Mendelssohns Hochzeitsmarsch überleitete.

Das Brautpaar schritt gemessen den Gang hinab. Er war dunkel, sie war hell, und es gab keine Mauern zwischen ihnen.

Sara Svenhagen betrachtete ihren Vater, während sie den Gang entlangschritt. Der granitharte Chefkriminaltechniker Brynolf Svenhagen weinte bereits vernehmlich. Das war ja wohl reichlich früh, dachte Sara. Dann dachte sie an die verzerrten Bilder der Einsamkeit, daß sie für ihr Alter viel zuviel gesehen hatte, und an Alpträume, die sich ganz allmählich verflüchtigen würden. Der große Bauch leuchtete immer ungestörter weiter. Sie dachte an Ludvig Johnsson, an den Tod von Vätern und daran, wie die eigenen Schritte einen Weg bahnten, dem ein anderer niemals ganz folgen konnte. Sie dachte an die virtuelle Welt, an die leichten Schritte im Cyberspace gegenüber den schweren der Wirklichkeit. Sie dachte an die Verbindungen zwischen Eros und Thanatos, zwischen Liebe und Tod, sie dachte an die seltsame Gerechtigkeit des Schicksals und an Rajko Nedics Zunge. Und an Jorge Chavez dachte sie, daran, wie unberechenbar die Liebe ist, an all die Voraussetzungen, die sie möglich machen, und sie sah ihm in die Augen, und zum erstenmal, fand sie, lächelte sie vollkommen vorbehaltlos.

Flitterwochen in Chile, danach zurück zu ihrem neuen Job. In der A-Gruppe.

Das klang gar nicht so schlecht.

Jorge Chavez dachte nicht soviel. Er war vor allem besorgt, seine bummelige Verwandtschaft würde in der kühlen protestantischen Kirche nicht auf dem Teppich bleiben. Ihm kam es so vor, als wären die Chilenen in der Überzahl. Es brodelte gleichsam unberechenbar in der schwarzköpfigen Masse. Er überraschte sich damit, daß er versuchte, die Szene mit Niklas Lindbergs Augen zu sehen. Warum waren sie so bedrohlich? Was bedrohten sie? Vermutlich nichts anderes als das verzerrte Selbstbild. Der Schwede, der sich im Spiegel sieht und etwas ganz anderes erblickt als alle anderen. Wo alle anderen einen Menschen sehen, sah Niklas Lindberg einen Übermenschen.

Wie ging diese Verwandlung vor sich? War es so wie bei dem kleinen Streber Agne, der zu ›Kulan‹ wurde, ›der härtesten Kugel, die euch treffen kann‹? Oder war das zu einfach?

Dann fiel ihm ein, daß dies kaum passende Gedanken waren, während er den Mittelgang der Kirche hinabwandelte, um seine Liebste zu ehelichen. Ein paar Junggesellengewohnheiten mußten noch ausgemerzt werden, auf beiden Seiten der Mauerruinen. Das einstmals verminte Gelände mußte bebaut werden. Wenngleich behutsam.

Er schaltete um. Er war froh, ganz einfach, unbändig froh. Und das mußte reichen. Für jetzt.

Sein Blick fiel auf Paul Hjelm, der fast unsichtbar in einer der hintersten Reihen saß, allein. Paul lächelte ihm zu, ein wenig glücklich, als sei Glück tatsächlich teilbar. Jorge lächelte zurück und glaubte für den Moment, daß es möglich war.

Hjelm hatte sich nach hinten gesetzt, weil er allein war. Er war der einzige, der allein war. Sogar Mörner dort vorn hatte die Gattin bei sich. Oder zumindest eine Konkubine. Aber Cilla und die Kinder waren auf Dalarö geblieben. Er hatte eine Woche dazu gebraucht, ihnen wieder nahezukommen, war zurückgekehrt wie der verlorene Sohn und wurde langsam, ganz langsam wieder ein Teil der Familie. Sie durften bleiben, wenn sie wollten. Und warum nicht? Warum eine große Affäre daraus machen?

Nach der Sicklaschlacht und allem, was sie mit sich gebracht hatte, war es schwierig, aus irgend etwas noch eine große Affäre zu machen. Entweder war es Reife – oder es war Erschöpfung. Die Grenze zwischen beidem ist oft haarfein.

Sicher wußte er nur eins, daß er ein Mann war, der getötet hatte.

Er dachte an Berggipfel. Mehrere verschiedene Berggipfel. Den der A-Gruppe zum Beispiel, der inzwischen ernstlich zur Dauereinrichtung gewordenen A-Gruppe. Sie hatten ihren Berg bestiegen, astrein, doch teils war die offizielle Wahrheit frisiert, teils fehlten ein paar Gestalten – und mit ihnen das, worum sich alles gedreht hatte. Das Geld.

Immer das Geld.

Und damit erreichte er die nächste Bergeshöhe. Die von Philemon und Baucis:

Wir sind Götter und tragen den unrechtschaffenen Nachbarn,
sagten sie, würdigen Lohn. Doch euch vergönnen wir, teillos
solcher Strafe zu sein. Verlaßt nur euere Wohnung;
Folget unserem Schritt, und hinauf zu den Höhen des Berges
Gehet zugleich!

Er lächelte eine Sekunde, und ein Shakespeare-Zitat kam ihm in den Sinn. *Ein Sommernachtstraum*: ›Komm, schöne Fürstin, auf des Berges Höh: / dort laß uns in melodischer Verwirrung / das Bellen hören samt dem Widerhall.‹
Er bestieg den nächsten Gipfel. Es war der eines Eisbergs. Seine Gedanken gingen zu Conny Nilsson. Dem Kvarnenmörder. Die Spitze eines Eisbergs. Und er hatte jetzt ziemlich viel von diesem Eisberg gesehen.

Wuchs er noch, oder stand er im Begriff zu schmelzen?

Von der nazistischen Gang war nur noch ein kleinlauter Agne ›Kulan‹ Kullberg übrig. Wie gefährlich waren Leute seines Schlages? Wie viele von ihnen gab es? Waren sie eine reale Bedrohung der Demokratie? Schickten sie sich an – unmerklicher als die Sicklaschlacht –, die ganze Gesellschaft zu unterwandern? Gewannen ihre Wertvorstellungen allmählich an Boden? Oder waren sie nur die gegenwärtige Version des inhumanen unterirdischen Stroms, der immer alle Gesellschaften durchzog?

Paul wußte nur, daß er es nicht wußte.

Man konnte die Argumentation auch umkehren. Wenn Conny Nilsson nicht am dreiundzwanzigsten Juni um einundzwanzig Uhr zweiundvierzig im Restaurant *Kvarnen* Anders Lundströms Schädel zerschmettert hätte, wäre das komplizierte Netzwerk der Sicklaschlacht nie entwirrt worden. Seine Tat war wie die Zerschlagung des Gordischen Knotens.

Er versuchte, in dieser Tatsache einen positiven Sinn zu entdecken. Es wollte ihm nicht gelingen. Aber er würde weitersuchen.

Das Brautpaar war am Altar angekommen. Der Trauungsakt begann.

Doch Paul Hjelm hörte nicht besonders viel. Er war woanders. Er versuchte, den Sinn zu verstehen. Er fragte sich, ob es einen gab. Er befand sich ja nicht in einem literarischen Werk.

Aber für einen kurzen Augenblick war ihm, als könnte er das unsichtbare Muster erkennen.

Vielleicht lag der Sinn in der Metamorphose. Der ständigen, notwendigen, umständlichen, unumgänglichen, schwer zu meisternden Verwandlung. Die Nase über der Wasseroberfläche zu halten, unabhängig vom Wetter.

Der Trauungsakt ging zu Ende. Das Brautpaar küßte sich. Der Polizeichor – angeführt von einem dröhnenden Baß – stimmte einen Jubelgesang an. Und Paul Hjelm dachte: neues Jahrtausend. Er dachte: Schweden. Er dachte: Menschen.

Und die ganze Zeit – ununterbrochen – durchströmte ihn eine Stimme, die mit ihrer letzten Kraft sagte: ›Paul, ich liebe dich.‹

Und sein Blick suchte Kerstin, suchte den Chorsängerkollegen Gunnar, suchte das Brautpaar Sara und Jorge, Jan-Olov, Arto und Viggo.

Der Gesang fand Widerhall an den Kirchenwänden und mischte sich mit seinem eigenen Echo und wurde zu melodischer Verwirrung. Und plötzlich, einen kurzen, kurzen Augenblick nur, meinte er, Rilkes *Duineser Elegien* verstanden zu haben.

›Denn das Schöne ist nichts als des Schrecklichen Anfang, den wir grade noch ertragen.‹

Und Paul Hjelm sang.

Er wußte nicht richtig, was er sang, doch auch er sang.

Endlich.

49

Er hat seine Sprache verloren. Er sitzt und wartet, zusammengekauert. Er ist ein kleines, sprachloses Bündel. Die Schritte nähern sich, und er wartet wortlos. Er liegt auf dem Fußboden und zieht das Laken ans Gesicht, als könnte es ihn schützen. Er liegt auf dem Fußboden, weil er im Bett nicht mehr schlafen kann. Das Bett gibt ihm einen maßlosen Schrecken ein. Er hört, wie die Tür in dieser unverkennbaren Art und Weise aufgleitet, die lautlos sein soll, es aber nicht ist, im Gegenteil, sie hallt in ihm wider, und er weiß, daß sie für den Rest seines Lebens in ihm widerhallen wird. Wie lang es jetzt dauert. Das Laken wird fortgerissen, der Reißverschluß einer Hose wird geöffnet, ein rohes Lachen ist zu hören, und er weint ein Weinen, das jenseits jedes Weinens liegt, und er kann kein Wort sagen, weil er dafür keine Wörter hat.

Seine Zunge ist fort.

Er ist in den schattigen Tiefen des Tartaros.

50

Morgenrot ergießt sich über das glatte, klarblaue Meer. Das Himmelsblau tritt aus dem Farbenspiel hervor. Am Horizont zittert ein leichter Sonnendunst, und über den Baumwipfeln des Waldrands schwebt ein leichter, flüchtiger Nebel. Ein paar Regenwolken sammeln sich über dem kleinen Steinhaus – ohne die Sonne zu verdecken, die noch unmittelbar über der Krümmung der Erdoberfläche schaukelt.

Und die Krümmung der Erdoberfläche ist so sichtbar.

Alle Spiele des Wetters, alle Zeiten des Tages scheinen sich an einem Ort zu sammeln.

Auf der Veranda des kleinen Hauses sitzt ein Mann und liest. Es ist warm, aber es regnet leicht. Der Regen plätschert heimelig auf das Dach der Veranda, und als der Mann vom Buch aufblickt, steigt zwischen den fallenden Regentropfen Dampf auf.

Eine Frau kommt aus dem Haus und tritt neben ihn, sie legt ihm die Hand um die Schulter und fühlt, wie er seinen Arm um ihre Hüfte legt.

Sie sieht die blaue Wasseroberfläche sprudeln. Und sie hört ein Geräusch, ein knipsendes, mystisches Geräusch. Und dann versteht sie, was es ist.

Es ist der Gesang der Delphine.

Tiefer Schmerz

SERIE PIPER

1

Es war ein Abend Anfang Mai. Und es war vollkommen windstill.

Nicht der kleinste Windhauch kräuselte das Wasser von Saltsjön. Der Wimpel des Kastells draußen auf Kastellholmen hing schlaff herunter. Die gezackten Fassaden von Skeppsbron lagen wie eine Kulisse in der Ferne. Kein Zukken fuhr durch die Flaggen um Stadsgården, nicht eine Baumkrone regte sich oben an der Fjällgata, und das Grün von Mosebacke zeigte nicht die kleinste Bewegung. Das einzige, was das dunkle Wasser des Beckholmsunds von einem Spiegel unterschied, war der vorübertreibende regenbogenfarbene Schimmer von ausgelaufenem Öl.

Einen Augenblick lang war das Spiegelbild des jungen Mannes von einem fast perfekten konzentrischen Regenbogenkreis umgeben, *wie im Fadenkreuz eines Zielfernrohrs*, doch dann löste der Kreis sich auf und glitt langsam, in ständig wechselnden Formen hinunter nach Beckholmsbron. Der junge Mann schüttelte das Unbehagen ab, das ihn flüchtig gestreift hatte, und zog sich die erste Straße rein.

Dann lehnte er sich auf der Parkbank zurück, ließ die Arme über die Rückenlehne hängen und hob das Gesicht zu dem glasklaren Himmel auf, der sich spürbar verdunkelte. Er horchte in sich hinein: keine nennenswerte Wirkung. Nur die selbstsichere Ruhe, die für einen kurzen Augenblick erschüttert worden war. Mit einem herausfordernden Lächeln betrachtete er die Spielkarte, die offen auf der Parkbank neben ihm lag. Pikdame. Darauf lag die zweite Straße bereit.

Er rollte den Schein auseinander und leckte die Reste des weißen Pulvers ab. Dann hielt er ihn vor sich und betrachtete ihn. Tausend Kronen. Ein schwedischer Tausender. Alter

Mann mit Bart. An dem alten Sack würde er sich in den nächsten Monaten satt sehen, soviel war klar. Er rollte den alten Sack wieder zusammen und hob vorsichtig die Pikdame hoch. Er fühlte sich doppelt mutig, doppelt stark. Sich nach nur ein paar Wochen in einer neuen Stadt in einem neuen Land auf eine öffentliche Parkbank zu setzen und Kokain zu schnupfen, das war schon mutig genug, aber es wurde doppelt mutig durch das Risiko, daß ein plötzlicher Windstoß sich mit dem ganzen Rausch auf und davon machte.

Doch es war ja vollkommen windstill.

Es waren inzwischen zwei Straßen nötig, damit der Rausch sich einstellte. Daß er bald drei brauchen würde, bald vier und bald fünf, daran verschwendete er keinen Gedanken, als er die Röhrenform des alten Sacks an die Köstlichkeiten der schwarzen Dame führte und sich das Paradies reinzog.

Es kam. Wenn auch nicht mit einem Schlag wie früher, diesem Baseballschläger mitten in die Fresse, sondern schleichend, ein unmittelbares, unersättliches Verlangen nach mehr.

Der Rausch nahm langsam aber sicher zu und ließ allmählich das Gesichtsfeld zur Seite abdriften, leicht geneigt, aber Windstöße brachte er nicht hervor. Die dunkler werdende Stadt lag noch immer in völliger Windstille da, fast wie auf einer Ansichtskarte. An den Fassaden gingen schon hier und da Lichter an, in der Ferne glitten lautlos die Lichtkegel der Autos dahin, und der ein wenig modrige Duft erstaunten Frühlings wurde plötzlich verstärkt zu einer Kloake, zum Kot von ein paar gigantischen Giraffen, die sich zu dem verzerrten Geräusch greller, hallender Kinderschreie wie aus dem Nichts über ihm erhoben. Das ihm, der Tiere haßte. Tiere jagten ihm Angst ein, seit seiner Kindheit hatte er Tiere gehaßt. Und dann diese monströsen, stinkenden, schreienden Giraffen, ein Alptraum. Eine kurze Ahnung von Panik durchfuhr ihn, bevor er erkannte, daß die Giraffen große Werftkräne waren, und hörte, daß die Kinderschreie vom nahe gelegenen Tivoli kamen, das gerade für die Saison eröffnet worden war. Und der Gestank von Giraffenkot verzog sich und war wieder ein Stück erstaunter Frühling.

Zeit verging. Viel Zeit. Fremde Zeit. Er war woanders. In einer anderen Zeit. Der Zeit des Rauschs. Einer unbekannten Urzeit.

In seinem Innern begann es zu grollen. Er stand auf und sah die Stadt an, als betrachtete er einen Feind. Stockholm, dachte er und hob die Hand. Du brutal schöne Miniatur einer Großstadt, dachte er und ballte die Hand zur Faust. So leicht zu erobern, dachte er und erhob die Faust gegen die Stadt, als sei er der erste, der dies tat.

Er wandte sich in dem unaufhaltsam zunehmenden Dämmerungsdunkel um. Sein Gesichtsfeld war noch immer ein wenig schief, die Geräusche und Gerüche waren noch leicht verzerrt. Kein Mensch in der Nähe. In der ganzen Zeit hatte er keinen einzigen Menschen gesehen. Dennoch hatte er das Gefühl, nicht allein zu sein. Ein vages Gefühl, wie eine Ahnung. Dinge, die knapp außerhalb seines Gesichtsfelds vorbeizugleiten schienen. Er schüttelte es von sich ab. Das waren keine Gefühle für einen Mann, der eine Stadt erobern wollte.

Er nahm die Pikdame von der Parkbank, leckte sie genüßlich sauber, steckte sie in die Innentasche, dem Herzen am nächsten, und klopfte sich an die Brust seines hellrosafarbenen leichten Sommerjacketts. Dann rollte er den Tausender auseinander, der während der unmeßbaren Zeit des Rauschs an seiner Hand geklebt hatte. Wieder schleckte er Reste von weißem Pulver auf und riß dann den Tausendkronenschein demonstrativ in lange Streifen, die er zu Boden fallen ließ. Sie rührten sich nicht vom Fleck. Es war vollkommen windstill.

Als er sich in Bewegung setzte, gab er ein Klappern von sich. Das tat er jetzt immer. Für ihn war Reichtum noch an der Dicke der Goldkette zu messen, die er um den Hals trug. Die Leute sollten seinen Erfolg *hören.*

Er war erstaunt, daß die Vattugränd, deren Namen auf dem Straßenschild er mühsam buchstabierte, vollständig menschenleer war. Gingen Schweden abends nicht auf die Straße? Jetzt erst spürte er, wie kalt es geworden war. Und fast pechschwarz. Und vollkommen still. Nicht ein einziger jubelnder Kinderschrei vom Tivoli.

Wie lange hatte er, in seinen Rausch versunken, dort unten am Wasser gesessen?

Etwas wuselte zu seinen Füßen. Einen Moment lang dachte er, es wären sich windende Schlangen. Tiere. Ein kurzer Schreck.

Dann sah er, was es war.

Streifen von einem Tausendkronenschein.

Er drehte sich um. Schaumkronen auf Saltsjön. Und der Wind zog eiskalt geradewegs durch ihn hindurch. Die Tausendkronenscheinschlangen wirbelten weiter, auf Djurgårdsstaden zu.

Da war ihm wieder so eigentümlich, als wäre er nicht allein. Nichts. Überhaupt nichts. Und dennoch dieses Gefühl. Eine eisige Gegenwart von etwas. Ein Eiswind durch die Seele. Und auch wieder gar nicht. Als befände es sich die ganze Zeit gerade an dem Punkt, den sein Blick nicht mehr erreichte.

Er kam hinaus auf die große Straße. Kein Mensch. Kein Fahrzeug. Er überquerte sie und drang in den Wald ein. Es kam ihm vor wie Wald. Bäume überall. Und die Gegenwart von etwas immer deutlicher. Ein Käuzchen rief.

Ein Käuzchen? dachte er. Tiere, dachte er.

Und da sah er aus dem Augenwinkel einen Schatten, der hinter einen Baum glitt. Und noch einen.

Er stand still. Das Käuzchen rief wieder. Minerva, dachte er. Die Mythologie der Alten, die ihm in seiner Schulzeit in den Armenvierteln von Athen eingetrichtert worden war.

Minerva, die Göttin der Weisheit, Athenas Name, als sie von den Römern gestohlen wurde.

Er blieb eine Weile stehen und versuchte, Athena zu gleichen. Weise zu sein.

Geschieht dies in der Wirklichkeit? Bilde ich mir diese beinah unmerklichen Bewegungen nicht ein? Und warum verspüre ich Angst? Habe ich nicht Auge in Auge mit völlig ausgerasteten Fixern gestanden und sie mit ein paar schnellen Bewegungen betäubt? Ich bin Herrscher über ein Imperium. Was fürchte ich?

Da nimmt der Schrecken Gestalt an. Irgendwie fühlt sich das besser an. Als der Ast dort hinter der Fichte knackt und das Geräusch selbst den zunehmenden Wind übertönt, weiß er, daß es sie gibt. In gewisser Weise ist das schön. Eine Bekräftigung. Er sieht sie nicht, aber er nimmt Tempo auf.

Es ist fast kohlrabenschwarz, und es kommt ihm vor, als liefe er durch einen Urwald. Die Zweige peitschen ihn. Und die dicke Goldkette klimpert und klimpert. Wie eine Kuhglocke.

Tiere, denkt er und stürzt über die Straße. Kein einziges Auto. Es ist, als hätte die Welt aufgehört zu existieren. Nur er und irgendwelche Wesen, die er nicht versteht.

Mehr Wald. Bäume überall. Der Wind, der durch ihn hindurchpfeift. Der Eiswind. Und die Schatten, die überall an den Rändern seines Gesichtsfelds gleiten. Urzeitwesen, denkt er, überquert einen kleinen Weg und läuft direkt in einen feinmaschigen Drahtzaun. Er wirft sich auf den Zaun. Der schwankt. Er klettert und klettert. Die Finger rutschen ab. Und kein Geräusch außer dem Wind. Doch, da: das Käuzchen. Gellend. Käuzchenschrei verzerrt. Ein furchtbarer Laut, der sich mit dem unablässigen Wind vereint.

Ein Urzeitschrei.

Seine Fingerspitzen sind aufgeschnitten und blutig von den nadelscharfen Maschen. Die Gegenwart von etwas ist jetzt überall. Das Spiel dunklerer Schatten durch das Dunkel.

Er fummelt die Pistole aus dem Schulterhalfter. Hängt mit der einen Hand am Zaun und schießt mit der anderen. Er schießt in alle Richtungen. Wahllos. Dumpfe Schüsse in den Urwald. Keine Erwiderung. Keine Reaktion. Das Gleiten um ihn her geht weiter. Unverändert. Unerschrokken. Unbezwinglich.

Er schiebt irgendwie die Pistole zurück ins Halfter, noch ein paar Schuß übrig, eine letzte Sicherheitsmaßnahme, und die Nähe der Schatten verleiht ihm übermenschliche Kräfte, jedenfalls ist er selbst der Meinung, als er sich hoch und nach außen hebt und den Stacheldraht packt, der über dem Zaun in einem nach außen weisenden Winkel verläuft.

Übermenschliche Kräfte, denkt er mit einem ironischen Lächeln, windet die Drahtstacheln aus den Händen und schwingt sich hinüber.

Jetzt aber, denkt er, als er hinunter ins Grüne auf der anderen Seite des Zauns springt. Gleitet darüber, ihr da.

Und sie tun es. Er spürt sofort ihre Nähe. Er erhebt sich aus dem Gebüsch, in dem er gelandet ist, und starrt geradewegs in ein paar schräge gelbliche Augen. Er schreit unvermittelt auf. Spitze Ohren richten sich über den Augen auf, und darunter wird eine Reihe nadelspitzer Zähne entblößt. Ein Tier, denkt er und wirft sich zur Seite. Direkt vor ein anderes, ebensolches Tier. Die gleichen schrägen gelblichen Augen, die eine ganz andere Welt sehen als er. Urzeitaugen. Und als er weiter durch das Waldgelände stürzt, ist es vor der Eiszeit.

Wölfe, schießt es ihm plötzlich durch den Kopf. Herr Gott, sind das nicht Wölfe?

Ist das hier eine Stadt? schreit es in seinem Innern. Wie zum Teufel kann das hier eine Großstadt in Europa sein?

Er klimpert. Sein Weg ist eine geräuschvolle Autobahn. Er packt die dicke Goldkette, reißt sie sich vom Hals und wirft sie in die Vegetation. Hinaus in die Natur.

Er erreicht eine Mauer, und mit seinen blutigen, pochenden Fingerspitzen, die den Schmerz durch den Körper pulsieren lassen, findet er sogleich Halt, und wie ein Bergsteiger klettert er die senkrechte Mauer hinauf, er hievt sich hinüber, über einen Zaun auf der Mauerkrone, und unter ihm ist die Natur wie in gleitende Schatten gehüllt, die Bäume scheinen sich zu bewegen, ein Wald, der sich nähert, die stillstehenden Wölfe scheinen mit ihrer gesammelten Urzeitgleichgültigkeit an dem Gleiten teilzuhaben. Und er bekommt die Pistole hoch, und er schießt auf die Tiere, auf die von gleitenden Schatten erfüllte Natur. Nichts verändert sich. Nur daß die Pistole klickt. Er wirft sie nach den Schatten. Sein Gesichtsfeld ist außer Funktion. Er weiß nicht, was sie getroffen hat.

Er ist oben auf einem Weg. Asphalt. Endlich Asphalt. Und er hetzt weiter eine Anhöhe hinauf, und von überallher starren Tiere ihn an, dunkel, gleichgültig, und Gestank und Geräusche füllen die pfeifende Luft, und er versucht einen Namen zu finden für diese gleitenden Schattenwesen, die ihn verfolgen und die nie, nie, nie aufzugeben scheinen.

Namen beruhigen.

Furien, denkt er, während er läuft. Gorgonen, Harpyien. Nein, falsch. Nein, wie heißen sie noch? Rachegöttinnen?

Und plötzlich versteht er, daß es tatsächlich Rachegöttinnen sind. Daß es tatsächlich Göttinnen der Rache sind, die Fliegen, die unbezwingbaren Urzeitgottheiten. Die weibliche Rache. Aber wie hießen sie noch? Mitten im Wahnsinn sucht er einen Namen.

Namen beruhigen.

Er läuft und läuft, doch es ist, als käme er nicht vom Fleck. Er läuft auf einem Rollband, er läuft in klebendem Asphalt. Und sie sind da, sie nehmen Gestalt an, sie gleiten weiter, aber werden zu Körpern. Er glaubt, daß er sie sieht. Er fällt. Wird gefällt.

Er fühlt, wie er hochgehoben wird. Es ist stockdunkel. Urzeitdunkel. Der eisige Wind heult. Sein Körper dreht sich. Oder dreht er sich nicht? Er weiß nicht. Plötzlich weiß er nichts mehr. Plötzlich ist alles zu einem namenlosen, unstrukturierten Chaos geworden. Alles, was er tut, ist, einen Namen zu suchen. Den Namen von mythischen Wesen. Er will wissen, wer sie sind, die ihn töten.

Und er sieht ein Gesicht. Vielleicht ist es ein Gesicht. Vielleicht sind es viele. Frauengesichter. Rachegöttinnen.

Und er dreht sich. Alles steht auf dem Kopf. Er sieht zwischen seinen Füßen den Mond hervorkommen. Er hört die Sterne in Lichtjahrgesang ausbrechen. Und er sieht das Dunkel sich verdunkeln.

Jetzt sieht er ein Gesicht. Es steht kopf. Es ist eine Frau, die alle Frauen ist, denen er je etwas angetan, die er vergewaltigt, mißhandelt, erniedrigt hat. Es ist eine Frau, die alle Frauen ist, die ein Tier wird, das eine Frau wird, die ein Tier wird. Ein goldiges kleines marderähnliches Gesicht, das zerbirst zu einem riesenhaften, mörderischen Rachen. Es verbeißt sich in sein Gesicht, und er fühlt, wie seine blutenden Fingerspitzen auf erdigem Boden tanzen und verspürt einen Schmerz, der jede Vorstellungskraft übersteigt, der den Angriff des Tieres, des Tieres, das sich gerade mit seiner Backe davonmacht, wie ein Streicheln erscheinen läßt. Und er versteht nichts, absolut nichts.

Außer daß er stirbt.

Daß er vor reinem Schmerz stirbt.

Und da, mit einem letzten Schub von Genugtuung, erinnert er sich an den Namen der Schattengestalten.

Das letzte, was er spürt, ist Erde, die in die blutenden Fingerspitzen gesogen wird.

Das beruhigt.

2

Der alte Fischer hatte viel gesehen. Tatsächlich glaubte er nur, alles gesehen zu haben. Als er jetzt gegen Abend seinen Stand mit Melonen zusammenpackte, der schon vor langer Zeit die Fischernetze abgelöst hatte, mußte er sich eingestehen, daß es doch noch Überraschungen gab. Und auch das überraschte ihn. Das Leben – und vor allem der Tourismus – hatte immer noch ein gewisses Maß an Wahnsinn zu bieten. Das war ein beruhigendes Gefühl. Das Leben war noch nicht ganz am Ende.

Schon vor vielen Jahren hatte der alte Fischer eingesehen, daß das Geld, welches ihm der Verkauf von Melonen an Touristen einbrachte, die Einkünfte aus seiner Fischerei bei weitem überstieg. Von der bedeutend geringeren Anstrengung ganz zu schweigen.

Er hatte nicht viel für Anstrengungen übrig. Was ein richtiger Fischer indessen haben sollte.

Der alte Fischer blickte aufs ligurische Meer, das vor ihm unter dem abendlichen Frühlingshimmel lag und sich wölbte, als würde es ebenso intensiv genießen wie der Betrachter. Der Blick des alten Fischers wanderte hinauf zu den bewaldeten Hügeln, die das kleine Dorf umgaben, und weiter hinauf zu der Mauer um die alte Stadt, die einst ein etruskischer Hafen gewesen war. Doch davon wußte der alte Fischer nichts. Er wußte nur, und er ließ die nach Pinien duftende Meeresluft Atemzug um Atemzug durch seine Zahnlücken pfeifen, daß Castiglione della Pescaia sein Zuhause war und daß er sich hier wohl fühlte.

Und daß er heute zum erstenmal seit langer, langer Zeit überrascht worden war.

Es hatte recht harmlos angefangen. Mit seinem leicht verdunkelten Blick hatte er mitten am Strand einen blau-weißen Sonnenschirm wahrgenommen, wo die übrigen Sonnenanbeter sich so schutzlos wie nur möglich der Frühjahrssonne darboten. Unter dem Sonnenschirm saßen drei Kinder unterschiedlichen Alters, alle kreideweiß, ihre Haut ebenso leuchtend weiß wie ihre Haare. Dann kam noch ein solches Kind und setzte sich, und schließlich eine ebensolche erwachsene Frau mit dem kleinsten ebensolchen Kind an der Hand. Sechs kreideweiße Menschen saßen jetzt aneinandergedrückt unter dem Sonnenschirm und teilten den kleinen kreisförmigen Schatten auf dem mäßig sonnenbeschienenen Strand.

Von dem seltsamen Anblick fasziniert, ließ der alte Fischer für einen Augenblick den Geschäftssinn ruhen und vernahm wie aus der Ferne:

»Cinque cocomori, per favore.«

Das Erstaunen über die merkwürdige Familie unter dem blau-weißen Sonnenschirm vermischte sich mit dem Erstaunen über die gigantische Bestellung – und steigerte sich noch einmal beim Anblick des gutmütig lächelnden Kunden.

Es war ein magerer, gänzlich kreideweißer Mann in einem ausgebeulten Leinenanzug und mit einem bizarren Sonnenhut mit knallgelbem Pikachu.

Der eigenartigen Aussprache zum Trotz war die Bestellung glasklar. Wiewohl absurd.

»Cinque?« stieß der alte Fischer hervor.

»Cinque«, nickte der Kreideweiße, nahm das Bestellte entgegen und taumelte wie ein betrunkener Jongleur mit fünf großen Wassermelonen in den Armen den Strand entlang. Sie sanken nacheinander vor dem Sonnenschirm in den Sand, wie gewaltige Samenkörner, die ein Riese ausstreute. Der kreideweiße Mann warf sich beinah in den Schatten, als habe er sich in einer radioaktiv verseuchten Zone befunden und endlich den Strahlenschutzbereich erreicht.

Der alte Fischer überlegte eine Weile, wie fünf Wassermelonen auf sieben Personen zu verteilen wären. Danach formulierte er die unausweichliche Frage: Warum reist man nach Italien, an die Küste der Toskana, in die Maremma, nach Castiglione della Pescaia, *wenn man keine Sonne verträgt?*

Arto Söderstedt hatte selbst keine richtig gute Antwort auf die Frage. ›Schönheit‹ war keine zufriedenstellende Antwort, wenn man eine so drastische Maßnahme ergriff, wie fünf Kinder für einen wichtigen Frühjahrsmonat und etwas länger aus der Schule zu nehmen. ›Frieden‹ klang auch nicht überzeugend, wenn zwei erwachsene Menschen sich von ihrer Arbeit im öffentlichen Dienst für Monate beurlauben ließen, besonders nicht, wenn man beim Finanzamt Steuererklärungen prüfte und diese gerade jetzt den Steuerkratzer überschwemmten. So verhielt es sich mit seiner Frau Anja.

Kein Wunder also, daß sich schlechtes Gewissen einstellte und gegen die ›Schönheit‹ ebenso aufbegehrte wie gegen den ›Frieden‹. Nur an seine eigene Situation reichte der Stachel des Gewissens nicht heran. Arto Söderstedt hatte nicht die geringste Spur von schlechtem Gewissen, weil er dem Polizeikorps vorübergehend den Rücken kehrte.

Die A-Gruppe – will sagen ›die Spezialeinheit beim Reichskriminalamt für Gewaltverbrechen von internationalem Charakter‹ – hatte zwar im vergangenen Jahr vollauf zu tun gehabt, doch die großen, alles andere in den Schatten stellenden Fälle hatten durch Abwesenheit geglänzt, nachdem der als ›die Sickla-Schlacht‹ bezeichnete Fall sein denkwürdiges Ende erreicht hatte. Man war einer großen Katastrophe von internationalem Ausmaß extrem nahe gewesen. Aber das war jetzt fast ein Jahr her, und die Zeit hat ja die Tendenz, alle Wunden zu heilen.

Als ein Geldregen auf ihn niederging wie Manna vom Himmel, reagierte Arto Söderstedt jedenfalls, ohne zu zögern.

Außerdem fühlte er sich *ausgebrannt*. Alle waren heutzutage *ausgebrannt*, und wenn er meinte, eine Ausnahme zu sein, dann nur, weil er bisher gar nicht wußte, was es heißt, *ausgebrannt* zu sein.

Jetzt war auf jeden Fall er an der Reihe. Im Zeichen von ›Schönheit‹ und ›Frieden‹ erlaubte er sich, sein Ausgebranntsein zu kurieren – unabhängig davon, ob es existierte oder nicht. Und von ›Schönheit‹ und ›Frieden‹ gab es in der Toskana eine ganze Menge, dessen war er sich bereits nach wenigen Tagen sicher.

Die Familie mietete eine *Villa* inmitten der Weinberge des Chianti. Wenn *villa* auf Italienisch auch etwas ganz anderes bedeutete, so war es doch ein rustikales kleines Steinhaus an einem nach Pinien duftenden Abhang unweit des Dorfes Montefioralle in der Nähe der Stadt Greve. Unterhalb des Abhangs breiteten sich die Weinberge aus wie die Felder der Unendlichkeit, als wäre der Himmel geborsten und das Paradies in kleinen Stücken heruntergefallen, die sich zu einem überirdischen Flickenteppich zusammengesetzt hatten.

Arto Söderstedt genoß in vollen Zügen – zugleich fühlte er sich auf seltsame Weise *unwürdig*, als wäre Sankt Peter gerade in dem Moment eingenickt, in dem ein weißhäutiger Kriminalinspektor seinen mageren Leib schlangengleich durch das Tor des Paradieses wand. Ganz und gar unverdient. Er fand sich allabendlich auf der Terrasse sitzend wieder, mit einem Glas Vin Santo den Einbruch der Nacht erwartend, oder während ein richtig majestätischer Brunello di Montalcino die Geschmacksknospen umspülte. Zielbewußt unkritisch schluckte er den ganzen Toskana-Mythos, und es ging ihm ausgezeichnet dabei. Von seinem Besuch in Siena, dieser magischen Stadt, würde er niemals auch nur eine Minute vergessen. Trotz der Kinder, die im stilreinen Kanon im Herzen der Kathedrale ein Sirenengeheul anstimmten. Orgelpfeifen, war alles, was er dachte, während er die fünf Geschöpfe betrachtete, die der Größe nach aufgereiht standen und ein Sturmgeheul, Wutgeheul, Dromedargeheul ertönen ließen, bis ein Aufseher die ganze Bande einfach hinauswarf. Ohne eine Spur von schlechtem Gewissen leugnete Söderstedt die Vaterschaft. Der Aufseher beäugte mißtrauisch seine gleichermaßen weiße, nur eine Spur größere Gestalt. Im Hause Gottes in einer solchen Sache zu lügen ... In völlig ungestörter Ruhe wandelte er daraufhin eine halbe Stunde lang durch den Dom und genoß Donatello, Michelangelo, Pinturicchio, Bernini und Pisano in tiefen Zügen. Als er herauskam, saßen die Kinder ganz friedlich auf der Treppe der Piazza del Duomo und schleckten italienisches Eis. Nicht einmal Anja, die ein noch größeres Schleckermaul war als die Kinder, wirkte sonderlich empört über die geleugnete Vaterschaft.

Er hatte sogar das Handy abgeschaltet.

Als er jetzt unter dem blau-weißen Sonnenschirm saß und sich zu erinnern versuchte, wie er die Verteilung von fünf Wassermelonen auf sieben Personen unterschiedlicher Größe hatte vornehmen wollen, stellte sich der Gedanke an Onkel Pertti ein. Ein Gedanke, der ihm Dankbarkeit eingab – und ein schlechtes Gewissen.

Er hatte fast vergessen, daß der Alte noch lebte. Und jetzt lebte er nicht mehr.

Onkel Pertti war eigentlich der Onkel seiner Mutter, und in seiner Jugend war Onkel Pertti eine stets gegenwärtige Legende gewesen. Der Held des Winterkriegs. Der Arzt, der einer von den Großen in Mannerheims Armee wurde.

Arto Söderstedt hatte selbst keine Geschwister – wahrscheinlich war das der Grund dafür, daß er mit seiner ebenso geschwisterlosen Frau fünf Kinder in die Welt gesetzt hatte – und seine finnlandschwedische Familie war minimal. Seine geschwisterlosen Eltern waren seit langem tot, und andere Verwandte gab es nicht. Folglich gab es keinen anderen Erben.

Arto Söderstedt fuchtelte mit dem Messer und dachte: fünf geteilt durch sieben, hmm, 0,714 Wassermelone pro Person, vorausgesetzt, daß alle gleich viel bekommen sollen, wenn man aber nach Körpergewicht ginge …

Er hielt inne und betrachtete seine beschattete Großfamilie, die ihrerseits, immer grämlicher, das passive Messer betrachtete. Waren dies wirklich würdige Erben des großen Winterkriegshelden Pertti Lindrot, des Siegers bei Suomussalmi, eines der Architekten der berühmten Motti-Taktik, die die Truppen der an Straßen gebundenen Roten Armee aufrieb, indem sie sie durch den Wald in kleinere Einheiten aufsplitterte, die eine nach der anderen umzingelt und niedergekämpft wurden?

»Schneide sie doch einfach in Stücke«, sagte seine zweitälteste Tochter Linda ungeduldig.

Arto Söderstedt warf ihr einen gekränkten Blick zu. So schlampig führte er seine Aufträge wahrlich nicht aus. Nein. Arto wog fünfundsechzig Kilo, Anja ungefähr genausoviel, Mikaela vierzig, Linda fünfunddreißig, Peter genausoviel, Stefan fünfundzwanzig und die kleine Lina zwanzig. Zusammen zweihundertfünfundachtzig Kilo. Davon müßten also dreiundzwanzig Prozent, fünfundsechzig geteilt durch zweihundertfünfundachtzig, an jedes Elternteil gehen. Dreiundzwanzig Prozent von fünf Melonen sind …

»Schneide sie einfach in Stücke«, echote die kleine Lina.

… sind eins Komma fünfzehn Melonen. Mehr als eine Melone für jedes Elternteil. Hatte er sich die Verteilung ernsthaft so vorgestellt?

Das Messer blieb passiv. Die Familie nicht. Dann gäbe es nur null Komma fünfunddreißig Melonen für die kleine Lina, und das kam ihm nicht gerecht vor.

Gerecht.

War es gerecht, daß er, der sich auf das abenteuerlichste in Schulden gestürzt hatte, um ein großes Familienauto anzuschaffen, von heute auf morgen dieses Auto nicht nur ganz bezahlen konnte, sondern noch so viel übrig hatte, daß er umgehend, ohne die Familie zu informieren, ins Internet ging und für zwei Monate ein Haus in der Toskana mietete?

Nein, nicht besonders gerecht.

Aber was war schon gerecht im Leben?

Bestimmt nicht null Komma fünfunddreißig Melonen für die Kleinste, dachte er mit plötzlicher Entschiedenheit und schnitt die Melone in Stücke, die er ganz und gar gerecht zwischen den Familienmitgliedern verteilte.

Fast eine Million. Wer hätte ahnen können, daß der alte Onkel Pertti, dessen Existenz er vergessen hatte, auf solchen Ersparnissen saß? Mit dem Geld kamen die Erinnerungen, und Arto Söderstedt erinnerte sich eigentlich nur an einen stinkenden Mund und halb verfaulte Zähne. An einen Helden, mit dem es abwärts gegangen war, dessen Heldenglorie aber noch immer glasklar strahlte. Er hatte sozusagen *recht* damit, daß es mit ihm abwärts ging, so verstand er das hochtrabende Gerede seiner Eltern. Er hatte stets den Eindruck gehabt, daß sie es waren, seine Eltern, die den letzten verbliebenen Familienangehörigen versorgten. Und dann zeigte es sich. Daß er auf einer Million saß. Finnmark.

Nichts ist genau das, was es zu sein scheint.

Nach seiner Rekonstruktion mußte Onkel Perttis Lebenslauf ungefähr folgendermaßen ausgesehen haben: Junger enthusiastischer Landarzt wird nach dem ziemlich abrupten Angriff der Sowjetunion in den finnischen Winterkrieg hineingezogen. Er beweist großes Talent für den Guerillakrieg in winterlichen Wäldern und wird mehrfach befördert. Nach einigen entscheidenden Schlachten wird er zum Helden und verschwindet beim Sieg der Russen in den Wäldern wie ein klassischer Guerillero. Bei Kriegsende taucht er wieder auf, mehr oder weniger gebrochen. Trinkt immer mehr, kann sich auf verschiedenen Arztstellen in immer versteckteren Provinznestern nicht halten, kehrt schließlich nach Vasa zurück und wird ein Original, das bis ins hohe Alter von neunzig Jahren sein trauriges Leben führt. End of story.

Glaubte Arto Söderstedt.

Bis das Erbe kam.

Das jetzt, unter anderem in Form einer ansehnlichen Menge von Wassermelonenstücken, verbraucht wurde, in einem Schatten, der immer gigantischer wurde. Die toskanische Frühlingssonne berührte zu diesem Zeitpunkt den deutlich gebogenen Horizont des ligurischen Meeres. Bald würde sie tief genug stehen, daß die kreideweiße Familie sich hinauswagen könnte, um zu baden.

Wenn alle anderen – fröstelnd – den Strand verlassen hätten.

Arto Söderstedt sah den alten Fischer seinen Stand mit Melonen zusammenpacken, einen verwunderten Blick auf die beschattete Familie werfen, den Kopf schütteln und davonziehen, um in seiner Stamm-Osteria ein Glas Wein zu trinken. Dort würde er von der sonnenscheuen Familie erzählen und Geld auf den Tisch legen, das einst einem ganz anderen Original an einem ganz anderen Ort Europas gehört hatte.

Arto Söderstedt ließ sich für einen kurzen Augenblick von den Bewegungen des Geldes, den Wanderungen des Geldes, dem Ursprung des Geldes faszinieren.

Dann zog er den verknitterten Anzug aus und lief als erster vor einer Reihe von Kindern ans Wasser und tauchte den großen Zeh hinein, dessen Eiseskälte ihn an die finnischen Binnenseen seiner Kindheit erinnerte.

Am Strand saß Onkel Pertti, trank Koskenkorva aus der Flasche und lachte heiser über seine Feigheit.

Er lief hinein. Die Kinder heulten wie die Sirenen.

Im Rucksack oben unter dem blau-weißen Sonnenschirm lag das noch immer abgeschaltete Mobiltelefon.

3

Das Mädchen mit dem Glück im Unglück saß auf dem Krankenhausbett und sah verwundert aus. Vermutlich hatte sie seit dem vorausgegangenen Abend nicht aufgehört, verwundert auszusehen. Es war eine anhaltende Verwunderung.

Paul Hjelm fand ihre Verwunderung ganz und gar verständlich. Wenn man zehn Jahre alt ist und an der Hand seines Papas durch den Frühlingsabend spaziert, erwartet man kaum, angeschossen zu werden.

Doch genau das war passiert.

Sie hatte ein wenig gefroren, es war plötzlich Wind aufgekommen, der durch ihre dünne Daunenjacke drang und ihre bloßen Beine mit Gänsehaut bedeckte. Eine Hand hatte sie in Papas Hand geschoben, in der anderen hielt sie einen Ballon in Form eines lachenden gelben Clowns. Sie war ein bißchen gehüpft, hauptsächlich, um sich warm zu halten, aber auch, weil sie froh war über die Wundertüte, die sie aus dem Fischteich geangelt hatte und die jetzt in dem Plastikbeutel lag, den Papa trug. Sie fror ein bißchen, aber sonst war alles prima.

Da wurde sie von einer Kugel getroffen.

Von irgendwoher kam eine Kugel und schlug in ihren rechten Oberarm. Da blieb sie. Zum Glück.

Sie hatte Glück im Unglück.

»Das wird bald wieder gut, Lisa«, sagte Paul Hjelm und legte seine Hand auf ihre. »Es ist nur eine Fleischwunde.«

Lisas Papa saß mit verweintem Gesicht und übernächtigt auf dem Besuchsstuhl und schnarchte. Paul Hjelm tippte ihm vorsichtig an die Schulter. Er fuhr mit einem schniefenden Laut hoch und starrte verständnislos auf den Polizeibeamten auf der Bettkante. Dann sah er seine Tochter mit dem bandagierten Arm, und das Schreckliche fiel ihm wieder ein.

»Entschuldigen Sie, Herr Altbratt«, sagte Hjelm verbindlich. »Ich muß nur absolut sicher sein, daß Sie wirklich keine Spur eines Täters gesehen haben. Keine Bewegung zwischen den Bäumen? Nichts?«

Herr Altbratt schüttelte den Kopf und starrte auf seine Hände. »Es war kein einziger Mensch in der Nähe«, sagte er leise. »Es war kein Laut zu hören. Plötzlich schrie Lisa auf, und ihr Arm blutete. Erst als der Arzt es mir sagte, begriff ich, daß eine Kugel sie getroffen hatte. Eine Schußwunde! In was für einer Welt leben wir bloß?«

»Sie gingen also auf Sirishovsvägen in Richtung Djurgårdsvägen? Wo waren Sie genau?«

»Spielt das denn eine Rolle?«

Paul Hjelms Handy klingelte. Das war jetzt nicht so ganz passend. Er hoffte, daß keine Respiratoren oder Herz-Lungen-Maschinen den Geist aufgaben, wenn er antwortete. Er sah die Schlagzeilen vor sich: ›Das Handymassaker! Exklusiver Sonderbericht! Bekannter Kriminalbeamter ermordet vier Schwerkranke mit Handy.‹

»Hjelm«, meldete er sich lakonisch, denn wie meldet man sich anders am Telefon, wenn man nicht schwer gestört ist? Oder möglicherweise ein Anrufbeantworter …

Es war einen Augenblick still. Papa Altbratt sah ihn an, als wäre er dabei, einem vom Aussterben bedrohten Adler die Federn auszureißen. Lisa Altbratt sah weiter verwundert aus.

»Skansen?« stieß der Adlerschänder aus. Das war alles. Dann stand er auf, streichelte Lisa übers Haar und streckte dem Vater die Hand hin. »Ich muß fort, leider. Ich melde mich noch einmal.«

Auf der Treppe der Kinderaufnahme des Karolinska schien ihm eine Vormittagssonne ins Gesicht, die nicht wärmte. Astrid Lindgrens Kinderkrankenhaus.

Er klopfte sich an sämtliche Taschen, während er zum Parkplatz ging. Die Autoschlüssel waren verschwunden. Anderseits hatten sie es so an sich, verschwunden zu sein, also führte er das Klopfritual ein zweites Mal durch, und simsalabim! schon schwebten sie aus der Tasche des viel zu dünnen Jacketts herauf. Same procedure as last year.

Es war einer dieser frischen Frühlingsmorgen, mit denen die erste Woche im Mai um sich zu werfen pflegt. Solche Tage, die durchs Fenster so einladend aussehen, sich dann aber als heimtückisch maskierte Wintertage erweisen. Da er immer zu dünn angezogen war, hatte er jetzt praktisch nichts an. Die jämmerlichen Kleidungsfetzen boten nicht den geringsten Widerstand gegen die Eiswinde. Er versuchte, sie dichter um den Körper zu ziehen, aber da war nichts, was er dichter zusammenziehen konnte.

Es war neun Uhr am Vormittag, und die Autoschlangen um Haga Södra und Norrtull standen vollkommen still. Im letzten Jahr hatte der Autoverkehr drastisch zugenommen. Auf einmal war es überaus attraktiv, in Staus festzusitzen. Billige Psychotherapie vermutlich, eine Serie von Käfigen, in denen Urschreie ausgestoßen werden konnten. Anderseits waren die Alternativen kürzlich privatisierte Pendelzüge, die nie fuhren, oder gleichfalls privatisierte U-Bahnen, die stundenlang in finsteren Tunneln feststeckten, oder das Fahrrad auf sadistisch angelegten Radwegen, die niemand zu benutzen wagte, weil sie für äußerst häßliche Unfallverletzungen gemacht zu sein schienen.

Okay, er war ein Meckerpott.

Selbst hatte er wirklich keinen Grund zu klagen. Die rote U-Bahnlinie war von Dummheiten einigermaßen verschont geblieben. Seine tägliche lange U-Bahnfahrt zwischen Norsborg und Stockholm widmete er wie bisher intensivem, weltabgewandtem Hören von Jazz. Nach einem Ausflug in die Welt der Oper, einem leicht zerrütteten Kommissar Morse nicht unähnlich, war er zum Jazz zurückgekehrt. Er konnte sich nicht richtig von den Bebop-Jahren um 1960 losreißen. Gerade jetzt war es Miles Davis. *Kind of Blue*. Fabelhafte Meisterwerke ganz einfach, jedes einzelne Stück auf der Platte. Fünf Klassiker: ›So What‹, ›Freddie Freeloader‹, ›Blue in Green‹, ›All Blues‹ und ›Flamenco Sketches‹ – alle während des goldenen Jahres 1959 im Studio improvisiert. Die Musiker kamen ins Studio, ohne die Musik vorher gesehen zu haben. Miles kam mit einem Stapel Notenblätter, und sämtliche fünf Stücke sollen beim allerersten Versuch gesessen haben. Irgendwie so, als wäre dies eine Musik, die entstand, während sie vorgeführt wurde, die sich unmittelbar setzte. Eine neue Art von Blues, unendlich erdnah, unendlich *sophisticated*. Jede Sekunde ein Genuß.

Doch während der Arbeit gab es einen Dienstwagen. Er drückte den auf wunderbare Weise herbeigezauberten Schlüssel ins Zündschloß des beigefarbenen alten Audis, blickte über den Verkehr hin und seufzte schwer.

Es würde wahrscheinlich schneller gehen, nach Djurgården zu *schwimmen*.

Denn dorthin war er unterwegs. Der Kollege und Tandempartner Jorge Chavez hatte diesen versteckt hoffnungsvollen Unterton in der Stimme, nach dem Paul Hjelm sich schon lange sehnte. »Ich glaube, du solltest herkommen, Paul. Nach Skansen.«

Daß er gerade von einem anderen Fall kam, der mit der Umgebung von Skansen verknüpft war, machte die Sache zusätzlich interessant.

Er blieb bereits auf dem Gelände des Karolinska in Autoschlangen stecken und beschloß, keine Urschreie auszustoßen. Es war die Mühe nicht wert. Statt dessen ließ er die CD mit *Kind of Blue* in den CD-Spieler des Autoradios gleiten und lächelte, als die ersten Töne sich wie Honig über seine Trommelfelle legten. Während er sich sanftmütig aus dem riesigen Krankenhausgelände hinauskämpfte, verfiel er darauf, eigentümliche Nachnamen in eine Rangfolge zu sortieren. War nicht Altbratt ein Spitzenkandidat? Früher war er auf Größen wie Kungskranz und Riddarsson, Äppelblohm und Markander gestoßen, aber hatten die gegen Altbratt wirklich eine Chance?

Anton Altbratt war der wohlhabende Besitzer eines Pelzgeschäfts auf Östermalm, wohnhaft in Djurgårdsstaden, in zweiter Ehe lebend, deren Frucht die zehnjährige Lisa war. Er hatte natürlich ein paar erwachsene Kinder aus erster Ehe, und die neue Ehefrau, Lisas Mutter, war nicht zu erreichen gewesen. Sie befand sich auf Geschäftsreise an unbekanntem Ort. Hjelm bekam den Eindruck eines verwickelten erotischen Arrangements, beschloß jedoch, nicht nachzufragen.

Was konnte hinter dem Schuß auf die arme kleine Lisa stecken? Es war zu hoffen, daß es Papa Anton war, auf den es der Schütze abgesehen hatte. In dem Fall wäre es etwas einfacher, sich rationale Motive vorzustellen – die junge Ehefrau, die auf die Oberklasse zugeschnittene Geschäftstätigkeit, vielleicht sogar ein Angriff militanter Tierschützer auf einen Pelzhändler. Obwohl die Lautlosigkeit auf einen Schalldämpfer und damit auf eine Form von professioneller Kriminalität schließen ließ – also eher die Ehefrau, die aus finanziellen oder sexuellen Gründen den Gatten aus dem Weg räumen wollte, oder lichtscheue Geschäftsverbindungen, vielleicht illegaler Pelzhandel. Oder etwas in der Art. Dann war es nicht so bedrohlich. Ein geplanter, aber mißglückter einmaliger Angriff. War dagegen Lisa das auserwählte Opfer, sah es schlechter aus. Dann verflüchtigten sich die meisten rationalen Motive, und ein Wahnsinniger vom Typ Laser-Mann wirkte wahrscheinlicher. Allerdings mit Kindern als Spezialität.

Den Gedanken wollte Paul Hjelm lieber nicht zu Ende denken.

Natürlich gab es noch eine dritte Möglichkeit: daß *weder* der Vater noch die Tochter als Opfer ausersehen waren, sondern daß die Kugel aus schierem Zufall den Weg in Lisas Arm gefunden hatte. Für den Fall lag es nahe, von einer Abrechnung in der Unterwelt auszugehen, und die hatte sich irgendwo zwischen den Bäumen von Djurgården abgespielt.

Es gab also einiges, was man tun konnte. Die Aktivitäten der Ehefrau am gestrigen Abend überprüfen, herausfinden, wie die Ehe eigentlich aussah, nachprüfen, wer von dem Kinderfest oben in Rosendal wußte, die Führung der Geschäfte auf Unregelmäßigkeiten abklopfen, eventuelle Drohungen militanter Tierschützer oder ähnlicher Gruppen überprüfen, das Waldgelände, aus dem der Schuß mit großer Wahrscheinlichkeit abgefeuert wurde, durchsuchen. Und so weiter.

Sowie abwarten und sehen, ob es reiner Zufall war, daß zwei Verbrechen so nah beieinander begangen worden waren – je nach dem, was Jorge nun oben in Skansen zu bieten hatte.

Zeit Zeit Zeit. Er saß wirklich fest. Die Motortemperatur des Audis stieg wie gewöhnlich bei der geringsten Andeutung eines Staus drastisch an. Es war ein Wagen ohne die geringste Geduld. Da der Fahrer sich weigerte, aufzubegehren, mußte es statt dessen der Wagen tun. Als ob jedes in der Schlange stehende Fahrzeug per definitionem gezwungen wäre zu explodieren. Paul Hjelm stellte Gebläse und Heizung auf Maximum und dankte seinem Schöpfer, daß in Stockholm eher winterliche Kälte als sommerliche Hitze herrschte. Mit einem Auge auf der Anzeige der Motortemperatur ließ er seinen Gedanken freien Lauf – in der Begleitung von Miles Davis' und John Coltranes und Bill Evans' und Cannonball Adderleys und Wynton Kellys und Paul Chambers und Jimmy Cobbs unübertroffenen Improvisationen.

Ein Bild seines Lebens kam ihm plötzlich in den Sinn.

Ein eiskalt kontrollierendes Auge auf einen Motor, der kurz davor ist, zu explodieren. Gedankenbahnen in Form waghalsiger Improvisationen. Während sich der Wagen gleichzeitig äußerst langsam vorwärts bewegt.

Doch, genau so war es. Obwohl irgend etwas fehlte, um das Bild komplett zu machen.

Gerade als ›So What‹ in ›Freddie Freeloader‹ überging und ein geläufigerer Zwölftaktblues sich in die als Auto verkleidete Sauna ergoß, offenbarte sich auf dem rechten Fahrstreifen bei Roslagstull eine Lücke. Er schoß hinein, gab Gas, daß die Reifen quietschten, schaffte es noch bei dem neuen, europäisch vollgelben Ampellicht über die Kreuzung und sah plötzlich die gesamte Birger Jarlsgata leer vor sich liegen.

Doch, dachte er, jetzt stimmt es, jetzt ist das Bild komplett.

›Freddie Freeloader‹, dachte er und trat das Gaspedal durch bis zum Anschlag.

Es ging bemerkenswert glatt bis zum Stureplan, wo er in ein beinah obligatorisches Gerangel mit rücksichtslosen Fahrern von Reklamefirmen geriet, die auf ihrem Recht bestanden, auch wenn sie noch so sehr im Unrecht waren. Paul Hjelm war es egal. Laß sie doch, dachte er und lallte die Schlußsequenz des langen Solos der Zirkelkomposition ›Blue in Green‹ mit. Und auch im Wirrwarr unten am Nybroplan behielt er kühlen Kopf. Gerade als er bei offenem Seitenfenster eine Lieblingsphrase aus ›All Blues‹ grölte, sah er Ingmar Bergman mit Stock und allem ins ›Dramaten‹ tapern. Nicht ohne eine gewisse Verblüffung wandte der Alte sich um, und für einen Moment begegneten sich ihre Blicke. Es war sagenhaft.

Strandvägen war schlimmer. Es sah ungeheuer dicht aus.

Nein, dachte er. *Jetzt* war das Bild komplett. Eine schnelle, kurze Strecke freie Fahrt, und dann wieder das langsame, zähe, ruckhafte Vorwärtskommen. Schleppend.

Es lockerte sich ein wenig, und über Djurgårdsbron ging es richtig gut. Da hatte das Bild sich bereits in Luft aufgelöst. Gerade als er heillos vorschriftswidrig vor dem Eingang von Skansen parkte, verklangen die spanisch beeinflußten letzten Harmonien von ›Flamenco Sketches‹. Da rede noch einer von Präzision. Der Weg von Astrid Lindgren via Ingmar Bergman nach Skansen – wie eine Reise ins Herz Schwedens – war genauso lang wie *Kind of Blue* mit Miles Davis. Soviel dazu. Auf die Sekunde drei Viertel Stunden.

Es war also Viertel vor zehn, als Paul Hjelm durch die Tore von Skansen einzog, versehen mit einer kleinen Karte und dem Hinweis, sich zu den ›wilden Tieren‹ in der Nordostecke des großen Freilichtmuseums zu begeben. Während er auf der langen, überdachten Rolltreppe, die den Berg hinaufführte, nach oben glitt, überlegte er, welche Tiere nicht wild waren. War zum Beispiel der Mensch ein wildes Tier? Oben angekommen, trat er in ein ganz anderes Wetter hinaus als das, das er unten zurückgelassen hatte. Alle Winterwinde waren wie fortgeblasen, statt dessen wanderte er im denkbar höchsten Hochsommer durch die artifizielle Stadt des neunzehnten Jahrhunderts. Aprilwetter, hätte er fast gesagt, aber es war ja tatsächlich schon Mai. Donnerstag, der vierte Mai im Jahr des Herrn zwanzighundert. Oder zweitausend. Während die Sonne von den faluroten Wänden zurückgeworfen wurde, dachte er über die Konjunkturschwankungen in der Bezeichnung des Jahres 2000 nach. Zunächst war es selbstverständlich gewesen, vom ›Jahr zweitausend‹ zu sprechen, dann – nach der massiven Propagandakampagne einer unbekannten Sprachreinigungsinstanz – wurde es ebenso selbstverständlich, ›das Jahr zwanzighundert‹ zu sagen, auch wenn dies häufig mit einer gewissen Selbstüberwindung geschah. Und obwohl die offizielle Zwanzighundert-Version festlag, hörte man inzwischen oft, daß das eher dubiose Zweitausend benutzt wurde, hinter vorgehaltener Hand, als gehörte man dadurch zu einer unterirdischen Widerstandsbewegung. Widerstand aus dem Volk. Er selbst verfolgte eine Sowohl-als-auch-Linie. Sie erweckte allgemein Abneigung und orientierte sich am Verstakt. ›Zwanzighundert‹ waren zwei aufeinanderfolgende Trochäen, nach dem Schema –́ ◡ –́ ◡, während ›zweitausend‹ das rhythmisch unreine –́ –́ ◡ war, also zwei einleitende betonte Silben, denen eine unbetonte folgte. Da es weder für das erste noch für das zweite irgendwelche akzeptablen Argumente gab, ließ er den sprachrhythmischen Zusammenhang ausschlaggebend sein. Der Kampf zwischen den beiden Bezeichnungsvarianten war in Paul Hjelms Augen ein ganz und gar nacktes Zeitbild: der Wille zur Macht in seiner reinsten Form. Man wollte *recht haben*, man wollte *gewinnen*, und weder die nahezu nichtexistente Bedeutung der Frage noch der Mangel an Argumenten spielte irgendeine Rolle. Und die Widersacher waren sich in genau dem Punkt einig: Das Unentschiedene war der schlimmste Feind. Paul Hjelm war durch und durch überzeugt davon, daß seine eigene Position die eigentliche Widerstandsbewegung vertrat.

Daran also dachte der Kriminalinspektor in diesem Jahr des Herrn, in dem Schweden von Amnesty wegen gravierend zunehmender Polizeigewalt angeprangert wurde: Polizisten, hieß es, drehten regelmäßig die Gummiknüppel um, so daß sie mit der harten Seite schlugen, und Kosovo-Albaner wurden mit fünftausend edelschwedischen Kronen in der Tasche in ihre verwüsteten Heimatdörfer zurückgeschickt.

Einen kurzen Augenblick war ihm so, als hätte irgend jemand sich sein gesamtes Denkmuster angeeignet.

Er fragte sich, wohin all die guten alten sexuellen Phantasien verschwunden waren, die einem, neuesten Forschungen zufolge, mindestens fünfzehnmal am Tag kommen sollten.

Und eine letzte Frage fuhr ihm noch durch den Sinn, bevor er die Raubtiere witterte: Wer zum Teufel war dieser exemplarische Mensch, der fünfzehn sexuelle Phantasien am Tag schaffte? Dann nahm die Witterung überhand, und Paul Hjelm spürte eine echte Erwartung: wie ein Kind, wenn der Auftritt des Weihnachtsmanns unmittelbar bevorsteht, in dem Augenblick, in dem Papa sich mit einer Miene eindeutig vorgetäuschter Ausdruckslosigkeit auf die Toilette schleicht. Und der Weihnachtsmann hieß etwas so Komisches wie Jorge Chavez und war etwas so Hölzernes wie Kriminalinspektor beim Reichskriminalamt.

Genau wie er selbst.

Danach verschwand die Witterung ebenso plötzlich, wie sie gekommen war. Paul Hjelm war nämlich dabei, sich zu verirren. Später sollte er jede Kenntnis besagten Vorkommnisses leugnen, aber Tatsache war, daß er sich in Skansen verirrte. Seine Kinder gingen auf die Zwanzig zu, und es war eine gehörig lange Zeit her, seit sie sich nicht mehr von dem billigen Skansentrick täuschen ließen, zu dem man greift, wenn einem alle anderen Ideen ausgegangen sind. Inzwischen waren die Wildtiergehege in dem großen Freilichtmuseum umgebaut worden, und er fand sich unversehens im Gespräch mit einem unendlich träge wiederkäuenden Elchbullen, der wie ausgestopft und aufgezogen wirkte. Jemand anderes, um ein Gespräch zu führen, war nämlich nicht zu sehen. Es ging auf zehn Uhr zu, und vermutlich war Skansen ganz einfach geschlossen. Es war kein einziger Mensch in der Nähe, und der dusselige Elch hatte wenig zu sagen.

Vor allem schien er in totaler Unkenntnis darüber zu sein, wo sich die mörderischen Marder aufhalten konnten.

Schließlich landete Hjelm am Bärenfelsen, für ihn unbekanntes Territorium. Alles war mächtig aufgerüstet, und er verließ die labyrinthischen Konstruktionen mit dem

Gefühl, einem ausgeworfenen Garnknäuel gefolgt zu sein. Er kam bei den Pferden und Luchsen und Wildschweinen und Wölfen vorbei, und plötzlich war er da.

Bei den Vielfraßen.

Dort waren um so mehr Menschen in Aktion. Er erkannte sogleich die weißgekleideten Kriminaltechniker, die wie Bergsteiger im Anfängerkurs die kleinen Hügel im Inneren des Territoriums der Vielfraße auf und ab rutschten. Er erkannte das rot-weiße Plastikband, das kreuz und quer vor dem Schutzzaun ausgespannt war und ›Polizei‹ schrie. Er erkannte ein ziemlich moosbewachsenes Gesicht um die Achtzig, das dem Chefobduzenten Sigvard Qvarfordt gehörte. Er erkannte ein stramm germanisches Gesicht, das zum Chefkriminaltechniker Brynolf Svenhagen gehörte. Und er erkannte ein überaus energisches dunkelhäutiges Gesicht, das einem engen Kollegen gehörte – der außerdem der Schwiegersohn des Chefkriminaltechnikers Svenhagen war. Sein Name war Jorge Chavez.

Chavez erblickte Hjelm, sein Gesicht hellte sich auf, er näherte sich dem tiefen Graben, der den inneren Teil des Vielfraßgeheges vom äußeren trennte, breitete die Arme aus und rief, als habe er es eingeübt (was vermutlich der Fall war): »Wirf ab deine menschliche Hülle, o Krone der Schöpfung, und tritt ein in unsere animalische Orgie.«

Paul Hjelm seufzte und sagte: »Wie denn, verdammt?«

Jorge Chavez hob verwundert die Augenbrauen und blickte sich um. Schließlich wandte er sich an Brynolf Svenhagen, der vor allem hin und her zu wandern schien und stramm aussah. Als sei das eine Lebensaufgabe.

»Hast du die Laufplanke geklaut, Brunte?«

Brynolf Svenhagen betrachtete seinen Schwiegersohn mit tief empfundener Abneigung und sagte, wenig aufschlußreich: »Ich heiße nicht Brunte.«

Woraufhin er weiter wanderte und stramm aussah.

Chavez kratzte sich den Kopf. »Wahrscheinlich haben die Pornopolizisten sie beiseite gebracht«, sagte er. »Gleich lassen sie auch noch die Vielfraße rein.«

Paul Hjelm kletterte auf den schlanken Holzzaun, balancierte einen Augenblick und tat anschließend einen gewagten Sprung ins Nichts. Wie eine Ballerina schwebte er über dem wassergefüllten tiefen Graben und landete geschmeidig auf dem Trockenen neben seinem Kollegen. Es war sehr überraschend.

»Grazil«, sagte Chavez anerkennend.

»Danke«, sagte Hjelm, selbst noch tief verwundert darüber, daß er nicht rücklings in den Vielfraßgraben gestürzt, von Vielfraßkot überhäuft worden war und sich ein paar Nackenwirbel gebrochen hatte.

Er sah sich um. Das Territorium der Vielfraße war recht weitläufig, ein welliges Gelände, das sich hinauf zu einer verhältnismäßig hohen Hügelkuppe erstreckte. Hier und da waren Löcher im Boden zu sehen, wahrscheinlich Baue, und große Teile des grasbewachsenen Terrains waren von klitzekleinen Stoffstückchen bedeckt, fast wie Federn verschiedener Farben und verschiedenen Materials. Die Kriminaltechniker taten alles, was in ihrer Macht stand, um zu verhindern, daß der mäßige Morgenwind sämtliche Fasern davontrug.

Paul zeigte auf die Fasern. Jorge nickte, nahm ihn am Arm und führte ihn in Richtung der hinteren Ecke des Vielfraßgeheges, wo der Graben nur eine senkrecht abfallende Betonwand von drei Metern Tiefe hinunter zu dem eher erdigen als grasbewachsenen Boden war. »Fangen wir von vorn an«, sagte er.

Die Fasern hatten hier, zumindest teilweise, etwas zusammenhängendere Formen, vor allem ein hellrosafarbenes Hosenbein.

Aus dem Hosenbein schauten etwa zehn Zentimeter eines abgenagten Knochenpaars heraus.

Wahrscheinlich ein Schienbein und ein Wadenbein.

»Das ist das größte Stück, das übriggeblieben ist«, sagte Chavez bedächtig und ging in die Hocke. Hjelm tat es ihm nach und wartete auf die Fortsetzung. Sie kam.

»*Gulo gulo* heißen sie. Lateinisch für Vielfraß. Süße kleine Viecher. Sehen wie goldige Bärenjunge aus. Familie der Marder. Die nächsten Verwandten sind Dachs, Baummarder, Iltis, Wiesel, Otter und Nerz. Sie sind von der Ausrottung bedroht, und es gibt in Schweden nur noch rund hundert. Hoch oben im Gebirge. Sie werden einen Meter lang und ernähren sich in der Regel von Erdmäusen und Lemmingen. Doch manchmal wechseln sie das Beutetier ...«

Hjelm stand auf und streckte den Rücken. »Okay«, sagte er tastend. »Jemand war betrunken, ist ins Skansen geklettert und zu den Raubtieren hier hineingefallen. Es kann nicht das erste Mal gewesen sein.«

»Hätte ich dich dann hergerufen?« sagte Chavez und sah ihn scharf an. »Dies sind ungewöhnlich präzisionsangepaßte Mörderbestien. Kennst du deinen Ellroy nicht? Bei der geringsten Provokation reißen sie einen Menschen in Stücke, besonders wenn sie in Gruppen zusammenarbeiten. Ihre Schnauzen sind Bolzenschneider. Sie brechen umstandslos Knochen und zermalmen sie. Im Grunde haben wir Glück, daß überhaupt noch was übrig ist.«

Mit Hilfe eines Bleistifts hob Chavez vorsichtig den Stoff des gekappten Hosenbeins an. Etwas weiter oben im Verborgenen saß noch Fleisch an den Knochen und hielt sie zusammen. Da saß auch ein Knoten, an einem Stück Tau.

»Aha«, sagte Hjelm und ging wieder in die Hocke.

»Das kann man wohl sagen«, übernahm Chavez und fügte hinzu: »M.«

»O«, sagte Hjelm.

»R«, sagte Chavez.

»D«, sagte Hjelm.

»Ohne Zweifel«, sagte Chavez. »Und es wäre schön,

wenn wir einen Kopf finden könnten. Und hier haben wir auf jeden Fall eine Variante des Themas«, fuhr er fort und hielt den alten Gerichtsmediziner Qvarfordt auf. »Gibt es etwas Neues, guter Mann?« fragte er galant.

»Nix«, entgegnete der trotz Pensionierung unermüdliche Sigvard Qvarfordt und schob mit einer routinierten Kaubewegung das zu locker sitzende Gebiß an seinen Platz. »Kein Kopf, keine Finger. Schwer zu identifizieren. Für einen DNA-Befund sollte es reichen, doch wie ihr wißt, ist das System nicht besonders gut ausgebaut. Aber es ist ein Mann. Erwachsenes Individuum männlichen Geschlechts, also. Der Gerinnungsgrad des Bluts läßt auf gestern abend bis in die Nacht schließen. Und es wäre ja auch erstaunlich, wenn er länger gelegen hätte. Kindereltern und ähnliche Elemente hätten sicher Anstoß daran genommen, wenn unser Freund am hellichten Tag konsumiert worden wäre. Sonst habe ich nichts zu bieten.«

In diesem Moment heulte ein Kriminaltechniker oben auf dem Hügel auf und wedelte mit etwas, das er aus einem der Löcher herausgeholt hatte. Es sah aus wie eine Vielfraßkackwurst. Paul Hjelm ließ sich das Wort ein paarmal im Mund herumgehen. Hatte er dieses Wort in seinem bisherigen Leben schon benutzt? Die Wahrscheinlichkeit war gleich Null.

»Vermutlich ein Vielfraßpimmel«, flüsterte Chavez in Bühnenlautstärke.

»Hoffentlich war der Vielfraß nicht mehr in der Höhle«, flüsterte Hjelm deutlich vernehmbar zurück.

Während der Techniker den Hügel herunterrutschte, dachte Hjelm einen kurzen Moment über verschiedene Assoziationsbahnen und ihre Bedeutung nach. Der Techniker trat zu seinem Chef, der dastand und stramm aussah. Brynolf Svenhagen nahm den Gegenstand in Empfang, drehte und wendete ihn eine Weile und begann dann, in Richtung des Trios zu gehen. Er hielt dem alten Qvarfordt den Gegenstand hin, der durch eine zentimeterdicke Brille darauf starrte und dann nickte. »Ausgezeichnet«, war alles, was er sagte.

Widerwillig wandte sich dann der stramme Svenhagen an seinen Schwiegersohn und dessen mindestens ebenso verabscheuungswürdigen Kollegen. Er hielt den Gegenstand in die Luft.

Es war ein Finger.

»Ausgezeichnet«, sagte Chavez, ohne die geringste Neigung erkennen zu lassen, ihn genau betrachten zu wollen. »Fingerabdrücke«, fügte er überflüssigerweise noch hinzu.

Svenhagen machte auf dem Absatz kehrt. Chavez griff den flatternden weißen Ärmel und zog ihn an sich. Es wirkte wie ein Vorgeschmack der Fußball-Europameisterschaft.

»Leck mich doch«, sagte Svenhagen verbissen.

»Können wir eine erste Übersicht bekommen, Brunte? Wenn das nicht zuviel verlangt ist?«

Brynolf Svenhagen nickte schwer.

»Wir sind Polizisten«, sagte Hjelm, um Hilfestellung zu geben.

Svenhagen ließ eine weitere Mißfallensäußerung hören und überwand sich. Er führte die beiden Kriminalinspektoren zum Rand des Vielfraßgeheges, unmittelbar neben dem drei Meter tief abstürzenden Graben vor den Zuschauerplätzen. Dort ging der Gras- und Steinuntergrund in schwarze Erde über, und genau hier war der Bestand an bunten Fasern besonders groß. Dort waren auch die einzigen Blutspuren zu sehen, ein dunklerer Fleck, der fast ganz von dem erdigen Untergrund aufgesogen worden war. »Paßt auf, wohin ihr hier tretet«, sagte Svenhagen.

»Wie viele Vielfraße waren es?« fragte Hjelm.

»Vier«, erwiderte Svenhagen.

»Vier bestialische Ungeheuer, die sich einen Menschen einverleiben, und fast nirgendwo eine Blutspur – ist das nicht sonderbar?«

Svenhagen hielt inne und richtete einen eisblauen Begreifst-du-gar-nichts-Blick auf Hjelm. »Es hat während der Nacht geregnet«, sagte er und beugte sich nieder. »Glücklicherweise ist dies hier erhalten geblieben«, sagte er und zeigte auf den Boden.

Unmittelbar unter Brynolf Svenhagens Zeigefinger konnte Hjelm eine Reihe von Vertiefungen im Sand erkennen. Mit einer gewissen Mühe konnte er Buchstaben ausmachen. Fünf Stück.

Er buchstabierte »Epivu?«

»Allem Anschein nach«, bekräftigte Svenhagen. »Aber frag mich nicht, was es bedeutet.«

»Hat er es geschrieben?«

»Das wissen wir nicht. Die Größe der Buchstaben paßt zu einem menschlichen Finger, soviel können wir sagen. Außerdem läßt die Menge der Fasern darauf schließen, daß dies der Ort der eigentlichen ... Nahrungsaufnahme sein könnte. In dem Fall könnte man sich vorstellen, daß das Opfer, an Händen und Füßen gefesselt, eine letzte Mitteilung schrieb. Wir haben Proben entnommen, um zu untersuchen, ob die Erde Blutspuren oder Hautreste enthält. Und vielleicht kann auch dieser Finger zur Lösung des Rätsels beitragen.«

»Gibt es irgendwelche Hinweise darauf, wie er hier gelandet ist?«

»Nein«, sagte Svenhagen. »Natürlich massenweise Fingerabdrücke am Zaun, aber sonst nichts. Wir müssen uns alles vornehmen.«

»Wenn wir davon ausgehen, daß er derjenige war, der ›Epivu‹ geschrieben hat, dann kann er nicht ohne Kopf hier gelandet sein. Wie kann ein Kopf verschwinden?«

»Es gibt verschiedene Möglichkeiten«, sagte Svenhagen und betrachtete Hjelm. Vielleicht war dieser Mann doch nicht der Vollidiot, für den er ihn bisher gehalten hatte. Aber Brynolf Svenhagen war keiner, der es gern sah, wenn seine Vorurteile über den Haufen geworfen wurden. Das machte ihn womöglich noch bissiger. Er fuhr grimmig fort: »Die Vielfraße können ihn ganz einfach aufgefressen haben. Es ist tatsächlich nicht ganz unwahrscheinlich, daß sie sich den gesamten Schädel einverleibt haben, mit Kranium, Zähnen und Gehirnrinde und dem ganzen Kram. Aber es kann ja auch sein, daß es gar nicht er war, der diese Buchstaben geschrieben hat. Ihr müßt das mit den Tierpflegern klären, das ist euer Job. Vielleicht heißt einer der Vielfraße Epivu, was weiß ich?«

Hjelm ließ nicht locker. Er blickte sich in dem unwegsamen Gelände um. »Der Schädel kann sich also sehr wohl noch hier irgendwo befinden? Da hilft wohl nur weitersuchen. Außerdem vermute ich, daß ihr euch in der nächsten Zeit durch jede Menge Vielfraßkacke hindurchwühlen müßt. Vielleicht ist es nicht nur *ein* Mensch, vielleicht sind es zwei oder mehr oder eine ganze Fußballmannschaft, die von den bösartigen Vielfraßen verschlungen worden sind.«

Bei der Erwähnung des Durchwühlens von Vielfraßkakke sah Hjelm ein leichtes Zucken zwischen Brynolf Svenhagens Augen. So weit hatte der hyperorganisierte Chefkriminaltechniker offenbar nicht gedacht. Es war Hjelm eine kleine Genugtuung. Diese wunderlichen kleinen Machtkämpfe, an denen das soziale Leben so reich ist …

Warum können Menschen nicht miteinander umgehen, ohne sich in Kindsköpfe zu verwandeln?

Svenhagen zog ab.

Hjelm sah Chavez an. »Was ist das hier?« fragte er gerade heraus.

»Ich weiß es nicht«, erwiderte Chavez. »Aber richtig normal ist es nicht.«

»Nein«, sagte Paul Hjelm. »Richtig normal ist es nicht.«

Sie gingen nach Bredablick und machten Frühstückspause. Sie saßen ganz oben im Aussichtsturm, kauten dröge Käsestullen, starrten über das von der Frühlingssonne beschienene Skansen und sahen die Menschenströme von Minute zu Minute anschwellen. Stockholms gesammeltes Pensionärskorps schien sich mit tödlichen Brotstücken in den Händen eingefunden zu haben, die, binnen kurzem in monströse Klumpen verwandelt, mehr Seevögel das Leben kosteten als die gesamte Wilderei im Lande.

Obwohl es nicht genau das war, woran Paul Hjelm und Jorge Chavez dachten. Sie dachten an einen Mord.

Wenn es denn ein Mord war.

»Die Unterwelt«, sagte Chavez und versuchte vergebens, von der Käsestulle abzubeißen. Er wünschte, er hätte Bolzenschneider statt Kiefer.

»Ellroy?« sagte Hjelm und starrte ziellos auf die großartige Stockholmaussicht. »Was für ein Ellroy?«

»Auf die eine oder andere Weise die Unterwelt«, verdeutlichte Chavez.

»Auf die eine oder andere Weise: ja. Aber nicht auf jede Weise. Keine einfache Abrechnung im Drogenmilieu. Keine gewöhnliche Hinrichtung. Da macht man so etwas nicht. Dies hier ist etwas Besonderes. Es enthält eine Mitteilung.«

»Epivu?«

Hjelm schüttelte den Kopf und blieb stumm.

Chavez dachte laut weiter: »Wahrscheinlich wurde er gefesselt und zu den Vielfraßen hineingeworfen. Dort gelandet, konnte er noch das Wort ›Epivu‹ schreiben. Warum tut er das? Warum versucht er nicht statt dessen zu fliehen? Selbst ein so mittelmäßiger Sportler wie Paul Hjelm hat ohne bleibenden Schaden den Sprung über den Graben geschafft.«

»Die rechte Leiste«, sagte Hjelm und nahm einen Schluck des sonderbar zähflüssigen Kaffees. »Die Schmerzen in der rechten Leiste. Strahlen aus bis hinunter ins Knie.«

»Das hört sich nach Krebs an«, sagte Chavez. »Leistenkrebs, die gefährlichste Sorte. Den jüngsten Forschungsergebnissen zufolge in siebenundneunzig Prozent aller Fälle tödlich.«

»Zu seiner Verteidigung kann man sagen, daß es leichter ist, hineinzuspringen als heraus.«

»Wenn man zu bestialischen Raubtieren hineingeworfen wird, setzt man sich nicht als erstes hin und schreibt etwas mit dem Finger auf den Boden. Man versucht rauszukommen.«

»Anderseits ist es nicht gerade wahrscheinlich, daß die Mörder einen nur zu den Raubtieren hineinwerfen und dann direkt abhauen. Wahrscheinlich bleiben sie stehen und gucken. Wahrscheinlich richten sie Waffen auf einen. Wahrscheinlich hindern sie einen daran zu fliehen. Wahrscheinlich stehen sie da und genießen die Show. Gladiatorenspiele.«

»Klingt das nicht übermäßig kompliziert?« sagte Chavez. »Jemand soll hingerichtet werden. Man fesselt den Betreffenden, hebt ihn hinüber in das bereits geschlossene Skansen, trägt ihn durch den Tierpark, wo sich jederzeit noch verspätete Tierpfleger offenbaren können, nur um ihn zu den Vielfraßen zu werfen. Das tut man nicht, wenn man nicht einen ganz speziellen Grund hat, ihn genau den Vielfraßen vorzuwerfen.«

»Und da sind wir wieder bei Ellroy«, sagte Hjelm. »Wer ist dieser Ellroy eigentlich?«

»Oder«, stieß Chavez hervor und setzte mit einem Knall die Tasse auf die Untertasse, so daß letztere sich in zwei elegante Halbkreise teilte, »oder man jagt ihn und landet ganz zufällig in Skansen.«

»Und dann«, sagte Hjelm und nickte, »ist es nicht unwahrscheinlich, daß es irgendwo unterwegs zu einem Schußwechsel gekommen ist, und ein Querschläger dieses Schußwechsels kann sehr wohl im Arm eines zehnjährigen Mädchens eingeschlagen sein.«

Chavez betrachtete ihn mit einer gewissen Verwunderung. Hjelm hielt die Kunstpause lange genug durch, daß der Kollege anfing, sich zu winden.

Naja, es war kindisch …

»Um zweiundzwanzig Uhr vierzehn gestern abend wurde die zehnjährige Lisa Altbratt von einer Neunmillimeterpistolenkugel in den Arm getroffen, als sie den Sirishovsväg hinunterging.«

»Und wo liegt der Sirishovsväg?« fragte Chavez.

»Es ist eine Querstraße vom Djurgårdsväg, die von Rosendal herunterkommt.«

»Die Skansen-Karte«, sagte Chavez. Hjelm zog die ziemlich zerfledderte Karte aus der Innentasche seines Leinenjacketts. Chavez strich sie mit der Hand glatt und betrachtete sie.

»Hier geht der Sirishovsväg«, sagte Hjelm und zeigte drauf.

»Wo befand sich Lisa Alstedt, als sie angeschossen wurde?«

»Altbratt«, sagte Hjelm. »Hier ungefähr.«

Er zeigte auf einen Punkt kurz vor der Einmündung von Sirishovsvägen in den Djurgårdsväg, nicht weit von Oakhill und der Italienischen Botschaft. Und direkt daneben verlief der Zaun von Skansen.

»Hmmm«, sagte Chavez, der die Unart hatte, sich wie Sherlock Holmes anzuhören, wenn er dachte. »Lisa Altbrunn hier, Kreuz, der Vielfraßmann hier, Kreuz.«

»Altbratt«, sagte Hjelm und folgte mit den Augen Chavez' Bleistift.

Chavez fuhr fort: »Die Kugel?«

»Rechter Arm auf dem Weg hinunter zum Djurgårdsväg.«

»Also von irgendwo innerhalb des Skansen-Zauns. Hier. Kommt man hier rüber? Was ist dahinter?«

»Was steht da? Wölfe?«

»Genau: da. Ja, Wölfe. Hier.«

Hjelm folgte dem Bleistift, der sich von der Skansen-Karte zum Fenster von Bredablick und zu dem realen Skansen bewegte. Hjelm erkannte das Labyrinth des Bärenfelsens, und sein Blick ging weiter, vorbei an Pferden und Luchsen und Wildschweinen und Büffeln, weiter am Gehege der Vielfraße vorbei, wo die rot-weißen Plastikbänder im Morgenwind vibrierten, bis er das weitläufige Wolfsgehege erreichte. Der Zaun war zwar hoch, schien aber nicht unüberwindbar zu sein. Obwohl an seiner oberen Kante schräg nach außen abgewinkelt Stacheldraht verlief.

Paul Hjelm nickte. Ein fast schadenfrohes Lächeln breitete sich auf seinem Gesicht aus. »Ich glaube, daß Brunte seinen Untersuchungsbereich um eine Spur ausweiten muß. Willst du es ihm sagen?«

»Mit dem größten Vergnügen«, sagte Jorge Chavez und grinste.

4

Professor emeritus. Er hatte sich an den Titel nie richtig gewöhnt, obwohl er ihn seit Jahren trug. Er war inzwischen ein sehr alter Mann.

Obwohl er erst in den letzten Tagen angefangen hatte sich alt zu fühlen. Seit alles zurückzukehren begann.

Es war schwer, den Finger darauf zu legen. Es war eigentlich nichts Besonderes geschehen.

Dennoch war er davon überzeugt, daß er bald sterben würde.

Er hatte früher nicht soviel an den Tod gedacht. Der Tod war Teil all dessen gewesen, was verdrängt werden mußte. Und das war ihm gelungen. Es war ihm besser gelungen als erwartet. Es war ihm gelungen, einen Strich unter die Vergangenheit zu ziehen und neu anzufangen. Als wäre das Leben ein leeres Blatt Papier, das darauf wartete, vollgeschrieben zu werden. Anscheinend war es jetzt voll, anscheinend hatte es deshalb angefangen, auf die Rückseite durchzulecken. Und auf der Rückseite war all das Alte, all das, was auszuradieren ihm während eines halben Jahrhunderts nicht gelungen war. Er schrieb nicht mehr – er las. Und das war sehr viel schlimmer.

Es begann wie die Gegenwart von etwas, mehr nicht. Eine vage, diffuse Gegenwart von etwas, das sich plötzlich in seinem ruhigen, festgefügten Leben breitmachte. Auf eine gewisse Art und Weise war er dankbar; nicht alle durften eine Weile mit dem Tod an ihrer Seite wandern, bevor es zu Ende ging, nicht alle bekamen die Möglichkeit, darüber nachzudenken, was das Leben ihnen geboten hatte. Anderseits wäre es besser, Knall auf Fall zu sterben, ohne Reue, ohne Nachdenken, ohne Gewissensqualen. Einfach mausetot auf der Straße umzufallen und wie eine zerschlagene Weinflasche weggefegt zu werden.

The End, wie es einst am Schluß amerikanischer Filme zu lesen war. Damit man Bescheid wußte.

Doch nein: aus irgendeiner unergründlichen Ursache war ihm diese Frist geschenkt worden. Er verstand nicht, warum.

Oder eher: Je länger sie währte, desto besser verstand er.

Es war ein Morgen wie jeder andere. Keine größeren Krämpfe, nur der bösartige Ischias im Bein und die schlechte Verdauung. Überhaupt keine äußeren Veränderungen.

Bis auf diese plötzliche Gegenwart von etwas.

Ja. Die stille Gegenwart des Todes.

Äußerlich lief das Leben weiter wie bisher, wie es eben aussah für einen einst so aktiven Mann von über achtzig Jahren. Also schleppend. Er traf die Kinder wie gewöhnlich, er kam zu ihren immer angenehmen Sonntagsessen, er feierte den Sabbat, Pessach, Sukkot, Chanukka und Yom Kippur wie gewöhnlich mit ihnen zusammen. Es war gerade die scheinbare Normalität, die es so schrecklich machte. Denn schrecklich war es doch? Es war doch schrecklich zu sterben. Doch richtig sicher war er nicht.

Das bedrückendste war, daß es keine rationale Erklärung gab.

Er hatte sein Leben dem Gehirn gewidmet, dem menschlichen Gehirn. Er hatte auf einem Feld geforscht, das praktisch nicht existiert hatte, bevor er damit anfing. Er war nach Schweden gekommen, hatte die Sprache gelernt und sich in die Gesellschaft hineingefunden, um dann sofort seine medizinische Forschung zu beginnen. Es hatte ihn erstaunt, wie absurd wenig wir über unser eigenes Gehirn wissen. Im großen und ganzen hatte er im Alleingang die Gehirnforschung in Schweden etabliert. Schon in den fünfziger Jahren war er, gerade erst vierzig, Professor am Karolinska Institutet geworden, und seitdem war sein Name Jahr für Jahr in den Diskussionen um den Nobelpreis gefallen. Doch er hatte ihn nie bekommen. Dagegen gewann er die sich immer stärker festigende Überzeugung, daß der Mensch durch und durch Materie ist. Die ›Seele‹ war ein altes Konstrukt, das eine Lücke im menschlichen Wissen überdeckt hatte, nämlich die Kenntnis des Gehirns. In dem Maße, in dem das Wissen über die Gehirnfunktionen zunahm, nahm das Bedürfnis nach der Seele ab, genau wie Götter und Mythen und Phantasmen stets weichen müssen, sobald die Wissenschaft an Boden gewinnt. Er hatte geheiratet, Kinder bekommen und alle Alltagswunder durchlebt, ohne von seinem Glauben an den Materialismus abzuweichen. Der Mensch wurde ausschließlich von Nervenimpulsen im Gehirn bestimmt. So war es.

Und jetzt, im Alter von beinah neunzig Jahren, diese plötzliche Gegenwart von etwas, die nicht rational erklärt werden konnte, die keinen Platz unter den Nervenimpulsen des Gehirns zu haben schien.

Oder fehlte es ihm vielleicht nur an Wissen über das, was mit ihm geschah?

Er begann zu reisen; es wurde zu einem unwiderstehlichen Bedürfnis. Keine enormen Charterreisen über weite Ozeane, keine Zugreisen quer durch Rußland, keine Everest-Besteigungen. Es ging nur darum, unterwegs zu sein. In der Regel war es die U-Bahn, das kam ihm am logischsten vor. Zu reisen, ohne zu sehen, wohin man reist. Reine Bewegung. Das Reisen zu spüren, die Bewegung, ohne daß es einen eigentlich irgendwohin brachte. So sah das Bedürfnis aus.

Also hatte er die letzten Tage damit verbracht, U-Bahn zu fahren. Er fuhr einfach, ohne Ziel, ohne Kontrolle. Irgendwie entsprach dies der Reise, die er in seinem Innern unternahm. Zu den verdrängten Buchstaben auf der Rückseite des Papiers. Des Papiers, das er umzudrehen versucht hatte, so daß es vollkommen leer zu schein schien.

Und Sachen kamen ihm entgegen. Sie stürzten aus den U-Bahnschächten, sie wälzten sich von den Bahnsteigen auf ihn zu, sie stürzten von den Rolltreppen über ihn herab. Szenen nur, kurze Sequenzen, und er hatte keine Chance, Ordnung hineinzubringen. Es war sehr eigenartig. Er war dazu verdammt zu wandern, verdammt dazu, in Bewegung zu bleiben, als würde er im selben Moment, in dem er innehielte, sterben. Wie ein Hai.

Oder wie Ahasver, der wandernde Jude, verurteilt zu ewigem Leben und ewigem Leiden.

Und es gab vieles, was noch zu verstehen war, soviel verstand er.

Er saß in der U-Bahn. Er hatte keine Ahnung, wo er sich befand. Es spielte keine Rolle. Das Licht floß vorüber, dann und wann ein Bahnhof, manchmal sporadisch Lampen im Tunnel. Und Arme lagen über ihm, Beine lagen über ihm, dünne, dünne Beine, dünne, dünne Arme, und er sah ein nach unten hängendes Gesicht, und er sah einen dünnen Draht, der in die Schläfe eingeführt wurde, und er sah, wie sich das nach unten hängende Gesicht vor Schmerzen verzerrte. Und er schrieb in ein Buch. Er las den Text, den er selbst ins Buch schrieb, und das Buch sprach von Schmerzen, von Schmerzen, Schmerzen, Schmerzen.

Und er betrachtete seinen Arm, wo die Nummer eintätowiert war, und die Ziffern zogen durch ihn hindurch, weg von ihm.

Er fuhr weiter, weiter durch das Innere der Stadt, und der Tod saß an seiner Seite, und der Tod wollte etwas, aber er verstand nicht, was.

Er war unterwegs, das war alles.

5

Weil es Sara Svenhagen schwerfiel zu verstehen, warum sie sich in einem zivilen Polizeiauto auf dem Weg von Kungsholmen zu einem Motel in den südlichen Vororten von Stockholm befand, träumte sie sich zum frühen Morgen zurück. Ihre Gedanken bewegten sich hinein in einen eleganten Hauseingang in Birkastan, die echte Jugendstil-Treppe hinauf und durch die Tür, an der der einzige ausländische Name des Viertels prangte, durch die schicke, doch gerade im Moment ziemlich unaufgeräumte Küche der kleinen Dreizimmerwohnung, schließlich in das eheliche Bett, das heftig schwankte, und gerade in dem Augenblick, als sich das erste Stück der olivenfarbenen Haut des feurigen südländischen Liebhabers zeigte, wurde der Kameraschwenk ihrer Gedanken von einem extrem aggressiven Hupen unterbrochen, das ihr Gesichtsfeld wieder zu dem des Beifahrersitzes in einem zivilen Polizeiauto verwandelte, das von Kungsholmen zu einem Motel irgendwo in den südlichen Vororten Stockholms unterwegs ist.

So kann es gehen.

Kerstin Holm produzierte eine selten grobe Sammlung von Schimpfwörtern, wandte sich um und sagte: »Aber Entschuldigung.«

Sara Svenhagen verzog das Gesicht und schaffte es, sich auf die ältere Kollegin hinterm Steuer zu konzentrieren. »Ich weiß nicht, was ich entschuldigen soll«, sagte sie aufrichtig.

Kerstin Holm betrachtete sie und mußte insgeheim lächeln. »Laß mich raten, wo du gerade warst«, sagte sie und zeigte einem verblüfften alten Herrn mit karierter Schirmmütze in einem silbernen VW Jetta den Finger.

»Was hat er gemacht?« fragte Sara Svenhagen, noch immer ziemlich abwesend.

»Er hat bewiesen, daß Führerscheine ein Verfallsdatum haben. Versuch jetzt nicht, das Thema zu wechseln. Ich glaube, du warst im Schlafzimmer einer neugekauften Dreizimmerwohnung in Birkastan. Korrekt?«

Sara lächelte schwach und fühlte sich ertappt.

Kerstin nickte selbstzufrieden, hantierte an einer schwergängigen Schnupftabakdose herum und schaffte es schließlich, sich eine Prise unter die Oberlippe zu schieben. »Und du hast nicht auf die Frage geantwortet, was sie gekostet hat.«

»Sie war ziemlich heruntergekommen.«

»Genau. Die Variante ist neu. Hübsch. Zuvor habe ich gehört: ›Wir haben gegen zwei Mietrechte getauscht‹, ›der Quadratmeterpreis war unerwartet niedrig‹, und außerdem das kryptische ›die Immobilienkredite sind gerade günstig‹. Ich will eine Zahl hören.«

»Zwei Komma zwei.«

»Danke«, sagte Kerstin und gab dankbar Gas.

»Zwei Mietrechte eingeschlossen. Davon eins in Rågsved.«

»Das klingt ziemlich billig.«

»Es ist ein guter Preis. Der Quadratmeterpreis war unerwartet niedrig. Und sie war ziemlich heruntergekommen.«

»Was hast du für die Zweizimmerwohnung in der Surbrunnsgata bekommen?«

»Ich habe nicht schwarz verkauft. Es war ein Tausch. Mietrecht gegen Wohnrecht.«

»Niemand außer dir selbst hat behauptet, du hättest schwarz verkauft.« Es kam von Herzen.

»Dreihunderttausend. Und Jorges bescheuertes Rågsved-Appartment haben sie, glaube ich, mehr als Strafe aufgefaßt. Ein Kreuz, das sie auf sich nehmen mußten.«

»Also waren es insgesamt über zweieinhalb Millionen?«

»Fast. Wir wollten übrigens am nächsten Wochenende eine Einzugsfete machen. Was hältst du davon?«

»Ja, gerne.«

»Mit Anhang.«

Kerstin Holm gab eine Spur weniger dankbar Gas. »Hoppla, was für eine subtile Wendung«, sagte sie spitz. »Was für eine flexible Verhörtechnik.«

»Erzähl schon«, sagte Sara Svenhagen und wandte sich ihr zu. Sie konnte sich nicht richtig von dem Eindruck freimachen, daß Kerstin Holm der stolzeste Mensch war, den sie kannte. Selbst das Profil, das dunkle, elegant zerzauste Haar, die scharf konturierten Falten, alles atmete eine Art von erhabenem Stolz, den sie, ja, den sie bewunderte. Es war jetzt fast ein Jahr her, seit Sara Svenhagen zur A-Gruppe gestoßen war, und sie hatten mehrmals zusammengearbeitet, doch sie fühlte sich nie wirklich ebenbürtig. Kerstin Holm war in ihren Augen die beste Verhörleiterin des Polizeikorps, und sie konnte viel von ihr lernen. Aber manchmal war es anstrengend, wenn Kerstin einen direkt durchschaute. Nach einem Gespräch mit Kerstin blieb einem sozusagen kein Geheimnis mehr. Immer kam alles heraus. Und mit Kerstin selbst verhielt es sich genau umgekehrt: Die ganze Person war ein einziges großes Geheimnis. Deshalb empfand Sara eine gewisse Genugtuung dabei, das Gespräch umgedreht zu haben. Auch wenn Kerstin es natürlich sofort durchschaute.

»Ich komme allein«, sagte Kerstin Holm und schwenkte mit dem alten Volvo an der Västberga-Auffahrt auf die E 4 ein. »Wenn das in Ordnung ist.«

Damit war das Gespräch beendet.

Eine Weile war es still. Beide suchten nach einem Gesprächsthema. Es ging nicht ganz von selbst. Manchmal war es ein wenig zu heikel. Sara wußte, daß Kerstin vor Urzeiten etwas mit dem verheirateten Paul Hjelm gehabt hatte, der der Partner und beste Freund ihres eigenen Mannes Jorge Chavez war.

Manchmal war es ein Fettnäpfchenslalom.

»Ist es wahr, daß er der einzige Kanake im Viertel ist?« sagte Kerstin Holm schließlich.

Das brach das Eis. Sie lachten eine Weile. Frauenlachen. Ein gutes Gefühl.

»Es ist ganz, ganz wahr«, sagte Sara Svenhagen und wechselte die Richtung: »Wohin fahren wir eigentlich?«

»Nullcheck«, sagte Kerstin und lachte kurz. »Wir fahren zum Norrboda-Motel in Slagsta. Die Flüchtlingsunterkünfte sind voll, und die Einwanderungsbehörde hat das

Motel gemietet. Seit heute morgen werden im Norrboda-Motel ein paar Flüchtlinge vermißt. Und weil von dem ganzen Laden da unten ein Duft von internationaler Kriminalität aufsteigt, haben sie uns den Fall aufs Auge gedrückt. Wenn es denn ein Fall ist. Noch Fragen?«

»Was denn für ein Duft?«

»Das Motel da unten hat sich anscheinend ein bißchen weit in Richtung Selbstversorgung entwickelt. Es ist vor allem mit Warenschmuggel in Verbindung gebracht worden, das betrifft hauptsächlich Russen und Balten. Aber es ist auch von Prostitution die Rede gewesen. Und einige von denen, die jetzt vermißt werden, sind gerade der Prostitution verdächtigt worden.«

»Es geht also um eine Gang von Huren, die untergetaucht sind?«

Kerstin Holm schnitt eine Grimasse. Sie passierten Skärholmen, der Mainachmittag war kühl geworden, aber immer noch schön. »Darauf deutet einiges hin«, räumte sie widerwillig ein.

»Und wer hat sie als vermißt gemeldet?«

»Der Vorsteher, allem Anschein nach. Der offenbar selbst unter gewissem Verdacht gestanden hat. Ein Jörgen Nilsson.«

»Unter welchem Verdacht?«

»Nichts zu sehen, nichts zu hören, nichts zu sagen. Aber die Verdachtsmomente sind jetzt ausgeräumt. Diese Vermißtenmeldung ist wohl eine Methode, unter Beweis zu stellen, daß er auf der richtigen Seite steht.«

Sara Svenhagen lehnte sich in den durchgesessenen Beifahrersitz des alten Volvos zurück. Sie mußte sich eingestehen, daß sie die Prinzipien der schwedischen Einwanderungspolitik nicht ganz verstand. Aus gewissen Ländern, vor allem EU-Ländern, war es offenbar möglich, ziemlich unbehindert einzuwandern. Es ging schnell, die schwedische Staatsangehörigkeit zu bekommen. Aus anderen Ländern einzuwandern schien dagegen einfach unmöglich zu sein. Um eine Chance zu haben, mußte man Asyl beantragen und sich als Flüchtling bezeichnen. Und dann mußte man darauf achten, unterwegs keine anderen Länder zu besuchen. Gelang einem dieses Kunststück – das wiederum immer mehr Todesopfer forderte, die in Containern erstickten oder in Kielräumen verdursteten –, landete man in einer Flüchtlingsunterkunft, während der Fall geprüft wurde. Das Zusammenwirken von immer mehr Asylsuchenden, immer restriktiveren Vorschriften und immer einschneidenderen Personaleinsparungen bewirkte, daß die Wartezeiten ständig länger wurden, die Flüchtlingsunterkünfte überfüllt waren und die Unterbringung in angemieteten Lokalen stattfand, häufig zweitklassigen Hotels und Jugendherbergen. Dort saßen Menschen mit grauenvollen Erlebnissen im Gepäck jahrelang und konnten verschimmeln. Sara begriff nicht, wie man erwarten konnte, letztere jemals zu mündigen Staatsbürgern erklären zu können – noch begriff sie, wie es kam, daß es trotz allem so vielen tatsächlich gelang.

Sie hatte versucht, sich durch Lesen schlau zu machen. Keiner konnte der Frage mehr ausweichen. Die staatliche Einwanderungsbehörde sollte am 1. Juli dieses Jahres auf den Namen Migrationsbehörde umgetauft werden. Dem lag der Gedanke zugrunde, eine umfassende Sicht auf die Migration zu schaffen, die Wanderungsbewegungen und die Flüchtlingspolitik, die Einwanderungspolitik, die Integrationspolitik und die Rückführungspolitik in die Migrationspolitik einzubeziehen. Die Rückführungspolitik war eine Neuschöpfung der letzten Zeit. Der Gedanke an provisorische Flüchtlinge war erst in den letzten Jahren aktuell geworden, vor allem im Zusammenhang mit den Kriegen in Jugoslawien. Die Menschen durften ganz einfach eine Weile bleiben, bis es für sie sicher war zurückzukehren, und wenn man zurückging, bekam man einen kleinen

Unterstützungsbetrag mit auf den Weg als Dank dafür, daß man nicht zu der Belastung wurde, zu der man geworden wäre, wenn man geblieben wäre. Auf diese Weise verlieh man dem Phänomen eine Aura von Freiwilligkeit. Was eine reine Lüge war.

Das Wesentliche des neuen Migrationsbegriffs war jedenfalls – wenn Sara die Sache richtig verstanden hatte –, daß Rückkehr ein ebenso wesentliches Phänomen wurde wie Integration. Daran konnte eine ganze Menge über die Werte der gegenwärtigen Gesellschaft abgelesen werden. Fand sie.

Der alte Volvo war in Slagsta angekommen, das wie ein kleines künstliches Idyll vor schweren Namen wie Fittja, Alby, Norsborg und Hallunda an den Mälaren gepreßt dalag. Dort war auf jeden Fall das unglaublich häßliche Norrboda-Motel, ein langgestreckter viergeschossiger Bau in reinster Siebzigerjahrearchitektur. Die beiden Kriminalinspektorinnen standen eine Weile da und waren sprachlos. Beide verlangten gleichzeitig nach einem unmittelbaren Einblick in das Hirn des Architekten. Und wahrscheinlich war es genau das, was sie bekamen, als sie die gleichförmigen Flure mit der widerwärtig uringelben Auslegeware und der passenden vergilbten, für öffentliche Institutionen vorgesehenen Wand- und Deckenverkleidung betraten. Dies war also das Bild, das den neuen Schweden von ihrer eventuellen neuen Heimat vermittelt werden sollte.

Wahrscheinlich war es ein wirksames Moment der Rückführungspolitik. Sie fanden das Büro des Vorstehers hinter der menschenleeren Rezeption; ein Motelzimmer wie alle anderen. Jörgen Nilsson kam ihnen mit nervöser Herzlichkeit entgegen. Sara meinte, den Typ sehr gut zu kennen. Achtundsechziger-Idealist, der die Gesellschaft von Grund auf verändern wollte, sich aber in einen gefängniswärterartigen Bürokraten verwandelt sah. Diese vollbartverdeckte Grimasse von Bitterkeit …

Nein, das war ungerecht. Er hatte bestimmt sein Bestes getan.

Sie setzten sich auf die ihnen angebotenen Stühle in dem total anonymen Büro.

Nilsson setzte sich auf die Schreibtischkante und begann mit der Energie dessen, der sich rechtfertigt: »Vier Zimmer sind leer. In jedem wohnten zwei Frauen. Acht verschwundene Asylantinnen.«

»Was heißt ›verschwundene‹?« fragte Sara Svenhagen unschuldig.

»Daß sie sich heute morgen hätten melden sollen«, sagte Jörgen Nilsson und betrachtete sie verwundert, »es aber unterließen. Ich ging in ihre Zimmer – sie liegen nebeneinander – und stellte fest, daß sie fort waren.«

Kerstin Holm fühlte sich bemüßigt zu erklären. »Wir sind von der Reichskriminalpolizei«, sagte sie. »Wir beschäftigen uns normalerweise nicht mit Flüchtlingsangelegenheiten.«

»Reichskriminalpolizei?« stieß Jörgen Nilsson hervor und erbleichte merklich. »Es handelt sich doch nur um ein paar ... Frauen, die untergetaucht sind. Das passiert doch jeden Tag irgendwo in Schweden.«

»Aber hier ist es ein bißchen zu viel und ein bißchen zu oft passiert, nicht wahr?«

»Ich bin von jedem Verdacht reingewaschen. Es waren verbitterte abgelehnte Flüchtlinge, die mich angezeigt haben. Vollkommen grundlos. Und das wissen Sie genau.«

Sara Svenhagen wand sich ein bißchen und sagte dann: »Was wollten Sie eigentlich sagen statt ›Frauen‹?«

Jörgen Nilsson starrte sie entgeistert an. »Was?« stieß er hervor. »Haben Sie nichts Besseres zu tun, verdammt?«

»Sie wollten etwas anderes sagen als ›Frauen‹. Sie machten eine Pause, als würden Sie ein Wort verschlucken, das ein bißchen unbedacht gewesen wäre. Was war das für ein Wort?«

Im Augenwinkel nahm sie einen anerkennenden Blick von Kerstin wahr. Das wärmte.

»Ich begreife nicht, wovon Sie reden«, sagte Nilsson, erhob sich von der Schreibtischkante und begann, auf den wenigen Quadratmetern hin und her zu gehen. Es sah ein wenig unnatürlich aus.

Kerstin Holm legte eine Prise nach. Dann zog sie einen Zettel aus der Tasche und faltete ihn mit maliziöser Langsamkeit auseinander. Schließlich las sie: »Im September vorigen Jahres sind Sie hier eingezogen. Im Oktober wurde hier eine russisch-litauische Zigarettenschmugglerbande ausgehoben. Im Dezember waren es illegale Coca-Cola-Transporte aus der Türkei. Im Februar wurden ein paar Gambier mit großen Mengen Heroin in ihrem Zimmer angetroffen. Und im März gab es Anklagen wegen Prostitution. Ich nehme an, Sie haben das Wort ›Huren‹ verschluckt?«

Jörgen Nilsson ging weiter in dem kleinen Zimmer auf und ab. Trotz seines exaltierten Zustands schien er ganz darauf konzentriert zu sein, Vorteile und Nachteile gegeneinander abzuwägen. Dann kam er zu einem Entschluß, hielt inne und kehrte an die Schreibtischkante zurück. »Ja«, sagte er und fixierte Kerstin Holm. »Sie müssen verstehen, wie schwierig es ist, das zu entscheiden. Die Asylsuchenden sitzen monatelang eingesperrt, oft jahrelang. Natürlich müssen sie in dieser Zeit ein Sexualleben haben können. Es ist von Anfang an ein Pulverfaß, und irgendwie ihr Sexualleben einzuschränken hieße, das Streichholz an die Lunte zu legen. Aber manchmal ufert die Anzahl der Partner ein bißchen aus. Um es mal so zu sagen. Sie anzuzeigen würde bedeuten, sie auf der Stelle auszuweisen. Ich versuche tolerant zu sein. Und ja: Ich habe dann und wann ein bißchen viel weggeguckt. Das war meine Form von zivilem Ungehorsam. Ich will verdammt noch mal kein KZ-Wächter sein.«

»Und auf Sie haben wir es auch gar nicht abgesehen«, sagte Kerstin Holm und fühlte eine plötzliche Sympathie für den frustrierten Mann. »Wir befürchten, daß den Frauen etwas zugestoßen ist. Warum sollten sie untertauchen, wenn sie hier – mit Ihrem Segen – ihr Gewerbe relativ ungestört betreiben konnten? Es sind ja kostenlose Räume.«

»Aber es ist denkbar, daß sie in irgendeiner Form doch Miete bezahlen«, sagte Sara Svenhagen und sah Kerstin Holm an, die eine kleine Mißfallensmiene machte. Obwohl deutlich war, daß ihr Mißfallen dem Gedanken galt, nicht der Frage.

Jörgen Nilssons Ausbruch ging ein kurzes Flackern seines Blicks voraus. Dann kam es: »Sitze ich hier auf der Anklagebank? Sagen Sie mir ganz einfach, was Sie hier wollen. Wollen Sie mir allen Ernstes sexuelle Ausbeutung von Asylsuchenden vorwerfen? Nur heraus mit der Sprache! Glauben Sie, ich hätte acht Frauen ermordet und zerstückelt und aufgegessen, oder was glauben Sie?«

Sara spürte, daß sie vielleicht – doch nur vielleicht – einen Schritt zu weit gegangen war. Sie hatte aus eigenem Antrieb und ohne sich vorzusehen die Rolle des ›bad cop‹ angenommen. Irgendwie ganz von selbst.

»Wir sind, wie gesagt, nicht Ihretwegen hier«, sagte sie verbindlich. »Aber es ist wichtig, daß Sie nicht schludern, wenn Sie nachdenken. Denn jetzt sollen Sie nachdenken. Ist in den letzten Tagen überhaupt etwas Ungewöhnliches vorgekommen? Was ist gestern abend passiert, heute nacht, heute früh? Welche Nachbarn können etwas gesehen haben? Wer weiß von dem Bordellbetrieb? Welche Kunden kennen Sie? Gibt es einen Zuhälter?«

Kerstin wartete, bis Sara fertig war. Dann stand sie auf, schob Jörgen Nilsson Block und Kugelschreiber hin und sagte: »Die Zimmerschlüssel, bitte. Wir sehen uns die Zimmer an, während Sie die Antworten auf die Fragen meiner Kollegin zusammenstellen. Und uns jede mögliche Information über die vermißten Frauen geben.«

Die Schlüssel wurden ihr in die Hand gelegt, und als sie das Büro des Vorstehers verließen, konnten sie deutlich hören, wie der Kugelschreiber übers Papier scharrte, hektisch, wie bei einem Menschen, dem das Messer an der Kehle sitzt.

Die beiden Polizeibeamtinnen wanderten mit unbewegten Gesichtern den Korridor entlang – bis sie um die Ecke bogen und zur Treppe gelangten. Da fingen sie an zu kichern wie die Schulmädchen. Es ging vorüber.

Als sie die Treppe hinaufstiegen, sagte Kerstin Holm barsch: »Es ist wichtig, daß Sie nicht schludern, wenn Sie nachdenken.«

»Es kam mir einfach so in den Sinn«, sagte Sara ein wenig selbstzufrieden und strich mit der Hand durch ihr blondes Stoppelhaar. »Was für einen Grund sollte er haben, zu verschweigen, daß in der Flüchtlingsunterkunft Prostitution betrieben wird?«

»Gerade als ich angefangen hatte, ihn zu mögen. Ich habe ihm das wirklich abgenommen mit dem zivilen Ungehorsam. Ich alte Tante, bin naiver als du. Ein schrecklicher Gedanke.«

»Sag so etwas nicht. Die ganze Scheiße, die ich gesehen habe, als ich mit den Pädophilen gearbeitet habe ... Kein Grund, darauf neidisch zu sein. Und eine alte Tante bist du nicht.«

»Doch«, sagte Kerstin mit Grabesstimme.

Sie kamen zu den Zimmern, vier Zimmer nebeneinander in einem anscheinend endlosen Korridor im zweiten Obergeschoß. Zimmer 224, 225, 226 und 227. Nach einigem Hin und Her mit den Schlüsseln traten sie in das erste Zimmer ein, 224. Zwei ungemachte Betten an den Längswänden, ein leerer Schreibtisch, weit offenstehende leere Kleiderschränke, grauenhafte Leuchtröhren an der Decke, und überall die pißgelbe Auslegeware und die vergilbte Textiltapete. Eindeutig hatte die Atmosphäre nicht zum

Service des Bordells gezählt. Hier war purer Sex verkauft worden, und nichts anderes. Sogar die Leselampen waren Leuchtstoffröhren.

Sie blieben einen Augenblick stehen und überlegten.

»Was sagt die Intuition?« fragte Kerstin ebenso sich selbst wie Sara. »Lohnt es sich, die Spurensicherung zu rufen? Sind diese Frauen nur abgehauen? Oder ist ihnen etwas passiert? Sara?«

»Fingerabdrücke, Sperma ...«, dachte Sara laut. »Ja, du ... sehen wir uns erst die anderen Zimmer an?«

Die anderen Zimmer waren merkwürdig identisch. Tatsächlich waren sie kaum voneinander zu unterscheiden. Es war wie ein klassischer Alptraum: Welche Tür man auch öffnete, man gelangte in ein und dasselbe Zimmer.

Sie wußten, daß es einer großen Zahl langer Verhöre bedurfte, um überhaupt eine Ahnung zu bekommen, was geschehen war. Und dann würde es für die Techniker zu spät sein. Sie mußten ihrer Intuition folgen. Die Atmosphäre der Zimmer einatmen. Versuchen, eine kleinc Spur dessen einzufangen, was hier geschehen war.

Sie dachten an das Dekret von höherem Ort – will heißen, von ihrem Abteilungschef bei der Reichspolizeibehörde, Waldemar Mörner –, das dem Personal auferlegte, die Dienste des Staatlichen Kriminaltechnischen Laboratoriums so wenig wie irgend möglich in Anspruch zu nehmen, weil deren Preise, Zitat, ›nicht nur gesalzen, sondern total überteuert‹ waren.

So standen sie noch eine Weile und sogen die Atmosphäre auf. Dann nickten sie, beide gleichzeitig.

»Tja«, sagte Kerstin Holm. »Richtig normal ist das nicht.«

»Nein«, sagte Sara Svenhagen. »Richtig normal ist es nicht.«

Also wurde die Spurensicherung hinzugerufen. Das war gar nicht so einfach. Sie waren anderweitig beschäftigt.

»Skansen?« rief Kerstin in ihr Handy. »Was zum Teufel machen sie denn da? Vielfraßkacke?? Jaja, die haben wohl ihren Ellroy gelesen ...«

Sie knipste das Gespräch mit ihrem Chef, Kriminalkommissar Jan-Olov Hultin, aus und schüttelte den Kopf. Es tat immer noch ein bißchen weh, wenn sie den Kopf schüttelte. Vor einem knappen Jahr hatte sie einen Streifschuß abbekommen, so daß ihre Schädeldecke an der linken Schläfe nur noch hauchdünn war. Das Haar weigerte sich, dort zu wachsen. Sie befingerte unmerklich die kahle Stelle, die das zerzauste schwarze Haar nur mit einer gewissen Mühe zu überdecken vermochte.

»Frag nicht«, war alles, was sie sagte, als sie die Türen wieder abschlossen und die Treppe hinuntergingen.

Als sie ins Büro des Heimleiters eintraten, hatte Jörgen Nilsson schon an die zehn A4-Bogen beschrieben. Sie wechselten einen Blick und stöhnten.

Es würde ein langer Nachmittag werden.

6

Kriminalkommissar Jan-Olov Hultin saß in einem Stau und versuchte auszurechnen, einen wie großen Teil seines Lebens er schon in Staus gesteckt hatte. Als die Zahlen in astronomische Höhen zu steigen begannen, stellte er die Tätigkeit ein.

Allem Anschein nach hatte er mehr als ein Jahr in Staus verbracht. Der Gedanke war unerträglich. Er war dreiundsechzig Jahre alt, und von diesen dreiundsechzig Jahren hatte er mehr als eins in Autoschlangen festgesessen. Das war wohl, was man als Fortschritt bezeichnete.

Bei Norrviken in Sollentuna bog er auf die E4 ab, denn er wohnte auf einem äußerst begehrten Strandgrundstück am See Ravalen. Immer wieder tauchten schwer kriminelle Immobilienmakler auf und versuchten, das Grundstück zu einem Spottpreis zu kaufen. Den letzten hatte er mit einer spitz geschliffenen Harke davongejagt. Der schwer kriminelle Immobilienmakler hatte sich in die Hosen gemacht und mit tränenerstickter Stimme geschrien: »Harkenmörder!« Danach hatte Jan-Olov Hultin den ganzen Tag bereut. Es war noch kein Jahr her, daß er einen Menschen getötet hatte. In einem Hotelzimmer in Skövde. Außerdem hatte er einem unbewaffneten Mann seine Dienstpistole in den Mund gedrückt, und es hatte nicht viel gefehlt, daß er auch ihn erschossen hätte. Arto Söderstedt hatte ihn gehindert. Das war eine Schuld, die er wohl kaum würde zurückzahlen können. Ihm ohne Umstände zwei Monate Dienstbefreiung zu bewilligen war eine Selbstverständlichkeit gewesen – obgleich es gegen alle Regeln und Vorschriften verstieß.

Es geschah oft – viel zu oft –, daß Hultin sich wieder in jenem Hotelzimmer in Skövde befand. Natürlich konnte man es einen Traum nennen. Vermutlich war es ein Traum. Aber es kam ihm nicht so vor. Er war wirklich da. Es war sehr seltsam. Der gesamte Ablauf des Geschehens, bis ins letzte Detail, wiederholte sich, und am sonderbarsten war, daß er die ganze Zeit genau wußte, was geschehen würde. Dennoch konnte er nichts daran ändern. Er war gezwungen, Nacht auf Nacht – im vollen Bewußtsein dessen, was geschehen würde – den ganzen Verlauf durchzugehen. Paul Hjelm erschoß einen Schurken und wurde in den Arm geschossen, Kerstin Holm wurde am Kopf getroffen. Und Jan-Olov Hultin tötete einen Menschen und drückte einem anderen die Pistole in den Mund.

Es war nicht so einfach, einen Menschen zu töten.

Die Ereignisse in Skövde standen im Zusammenhang mit einer seltsamen, komplizierten und aufsehenerregenden Verbrechensserie im vergangenen Sommer. Die Medien hatten die früheren Fälle der A-Gruppe stets leicht zusammenfassen können, ›die Machtmorde‹, ›der Kentuckymörder‹, doch der dritte Fall war schwieriger, und zum Glück hatte die Presse nicht alle Wendungen, die der Fall genommen hatte, aufgeschnappt. Es kam zu einem Flickenteppich von eigentümlichen Bezeichnungen – ›die Kumla-Explosion‹, ›die Sickla-Schlacht‹, ›die Schießerei von Skövde‹, ›der Hornstull-Coup‹ –, und nicht einmal der wachste Leser vermochte die einzelnen Vorfälle zu einem Ganzen zusammenzufügen.

Denn ein Ganzes gab es. Und es war nicht schön.

Es war für alle ziemlich mühevoll gewesen, wieder in Gang zu kommen. Hultin selbst war als Operativer Chef der A-Gruppe zurückgekehrt aus seiner unfreiwilligen Pensionierung. Letztere würde er Waldemar Mörner, dem formalen Chef der Gruppe, nie verzeihen.

Es kam vor, daß die Staus schon anfingen, wenn er in Norrviken auf die E4 einbog. Das waren ärgerliche Vormittage. An diesem frühen Maimorgen dauerte es zum Glück bis Ulriksdal, bevor die Staufalle zuschnappte. Es regnete in Strömen, und er saß in einem absolut stillstehenden Stau und war sauer.

Nicht zuletzt deshalb, weil er sich in die Hose machte.

Das tat er anderseits ständig. Zu diesem Zweck trug er spezialgefertigte Windeln. Er litt an chronischer Inkontinenz, und was blieb ihm übrig, als in den sauren Apfel zu beißen. Aufgeben und sich krankheitsbedingt pensionieren lassen oder sich den Deubel darum scheren. Es ignorieren. Er wählte letzteres.

Doch je mehr er darüber nachdachte, desto klarer wurde ihm der Zusammenhang zwischen der Krankheit und diesen aufflammenden Zornesausbrüchen, die bis vor einem Jahr lediglich zu einigen bei Kopfstößen aufgeplatzten Augenbrauen geführt hatten, danach jedoch eskaliert waren und ihren Höhepunkt in Skövde erreicht hatten. Während des letzten Jahres allerdings war es ihm gelungen, sich – mit Ausnahme des Harkenmördervorfalls – an sein Prinzip ›leben und leben lassen‹ zu halten. Selbst beim Unkraut im Garten, das gedieh wie nie zuvor.

Der letzte Fall hätte sehr wohl zur Folge haben können, daß mehrere seiner Mitarbeiter abgesprungen wären; es war ein unerhört aufreibender Fall gewesen. Doch glücklicherweise waren alle noch da, und alle lebendig.

Ihm kam der Gedanke, daß er sie immer mehr als seine Kinder ansah. Er wußte, daß das ein Fehler war. Ausgerechnet er, der mehr als irgend jemand sonst in der Lage war, Arbeit und Privatleben zu trennen, fand, daß er auf seine alten Tage sentimental geworden war. Sie hatten so vieles gemeinsam erlebt und waren wie keine andere Gruppe, mit der er zuvor gearbeitet hatte, zusammengeschweißt worden.

Wenn der Teufel in die Jahre kommt, wird er religiös.

In einem kurzen Augenblick rückhaltloser Aufrichtigkeit stellte er fest, daß Paul Hjelm und Kerstin Holm, Jorge Chavez und Arto Söderstedt, Viggo Norlander und Gunnar Nyberg und selbst die neu dazugekommene Sara Svenhagen, des brüsken Brynolfs holde Tochter, ihm näherstanden als seine eigenen Söhne, die beide Junggesellen und großartige Geschäftsleute waren und höchstens Weihnachten zu Besuch kamen, aber dann nur ständig auf die Uhr schauten und die ganze Zeit mit ihren Handys telefonierten.

Jan-Olov Hultin versank in einer trüben Pfütze von gemischten Gefühlen. Jetzt reichte es aber mit der Gefühlsduselei. Und da war er schon beim Polizeipräsidium. Wohin die Zeit verschwunden war, würde er, so souverän er als Detektiv auch sein mochte, nie ergründen können. Diese Lücken in der Zeit gehörten zu den großen Rätseln des Lebens.

Wagen wurde geparkt. Kriminalkommissar schritt durch Polizeipräsidium. Kriminalkommissar erreichte Zimmer. Tasche wurde an Schreibtisch gestellt. Armbanduhr konsultiert. Toilette besucht. Windel gewechselt. Staubkorn aus linkem Auge entfernt. Korridor betreten. Tür geöffnet. Kampfleitzentrale leer. Stopp.

Die Welt nahm zwischendurch Telegrammstil an, wenn alles Routine wurde. Aber hier war stopp. Stopp. Wo befand sich sein Team? Warum war der triste Sitzungsraum, der – nicht ganz ohne Ironie – unter dem Namen »Kampfleitzentrale« fungierte, völlig leer?

Kriminalkommissar Jan-Olov Hultin befragte erneut seine Armbanduhr. Es war drei Minuten nach halb neun. Um halb neun sollte die morgendliche Lagebesprechung anfangen. Selbst wenn die A-Gruppe kein Paradebeispiel für Pünktlichkeit war, sollte doch irgendeiner zur Stelle sein.

Resoluten Schritts begab sich Hultin an sein Katheder, wo er wie ein Oberstufenlehrer, der sich weigert, in Pension zu gehen, zu thronen plegte. Er griff zum Telefon und wählte die Zeitansage. Mit ihrer menschlichen, allzu menschlichen Stimme sagte sie: »Acht Uhr, sechzehn Minuten und zehn Sekunden. Piep.«

Allerdings sagte sie vermutlich nicht ›piep‹.

Jetzt begann Jan-Olov Hultin über schwarze Löcher im Raum-Zeit-Kontinuum, gravitationelle Zeitdilatation und vergleichbare Phänomene nachzugrübeln. Hatte er sich, während seines Bads in der trüben Pfütze der gemischten Gefühle, in einer anderen, parallelen Zeit bewegt? Vierzig Jahre lang war seine Armbanduhr der Schweizer Qualitätsmarke Patek Philippe nie mehr als ein paar Sekunden vor- oder nachgegangen. Plötzlich ging sie eine Viertelstunde vor. Und dies genau in der Zeit, die verschwunden zu sein schien. Ihn fröstelte, und er ließ seinen Gedanken freien Lauf. Es ist bekannt, daß die Zeit innerhalb eines Gravitationsfelds langsamer geht als außerhalb. Je schwächer die Gravitation, desto schneller die Zeit. Eine Uhr auf dem Mount Everest geht schneller als eine Uhr im Marianengraben. Und was bei sehr hohen Geschwindigkeiten mit der Zeit geschieht, hat schon Einstein in der Relativitätstheorie gezeigt – und ganz so schnell hatte sich die Autoschlange wohl kaum durch Stockholm bewegt. Aber wenn es nun umgekehrt wäre. Wenn nun die Schlange so naturwidrig langsam war, daß sie für einen Augenblick die Schwerkraft aufhob und die Zeit dazu brachte, schneller zu gehen. Wenn es nun Gott war, der gesagt hatte: ›So, meine Kinder, jetzt reicht es mit euren Dummheiten. Ihr setzt euch allein in eure Autos, die Kohlendioxyd ausspukken, das die Welt verpestet. Außerdem bewegt ihr euch kaum noch vom Fleck. Ich muß euch ein Zeichen geben, auf daß ihr aufhört, euch wie die Idioten aufzuführen und zumindest Fahrtgemeinschaften bildet. Mindestens drei in jedem Wagen, und ihr dürft die Bus- und Taxispur benutzen.‹ So sprach der Mächtige zu dem nicht ganz so Mächtigen, der jetzt aufblickte und sechs mehr oder weniger aufmerksame Augenpaare auf sich gerichtet sah. Er schaute auf die Uhr. Sie zeigte drei Minuten nach halb neun. Und der Sekundenzeiger bewegte sich genau wie sonst.

Einen Moment lang zweifelte Jan-Olov Hultin. Er sah ein, daß er an einem Scheideweg stand. Es war eine Parallele zur Inkontinenz. Er hätte darin versinken können. Er hätte sein Leben der Suche nach Erklärungen dafür widmen können, daß ausgerechnet er von diesem boshaften, höhnischen, ununterbrochen peinlichen Zustand betroffen war. Doch er hatte eingesehen, daß er niemals eine Erklärung finden würde. Er hatte eingesehen, daß er in einen endlosen Abwärtssog von trostlosen Grübeleien geraten würde, der aller Wahrscheinlichkeit nach in einer Sucht oder mit Selbstmord enden würde. Er hatte das unergründliche Spiel des Schicksals akzeptiert, sich die Windel eingelegt und sein Leben weitergeführt.

Und jetzt? Hatte er ein echtes mystisches Erlebnis gehabt? Eine moderne Variante von Meister Eckhart oder Franz von Assisi? Oder war es einfach nur seine Armbanduhr, die angefangen hatte zu spinnen?

Was war mit der Zeit geschehen?

Er faßte einen Beschluß. Er würde die Uhr zur Reparatur geben. Und wenn es noch einmal passierte, würde er sich einer Computertomographie unterziehen und nachsehen lassen, ob ein Schlaganfall sich anbahnte.

Denn Gottes Stimme hatte so sonderbar nach seiner eigenen geklungen.

Er blickte über die versammelte A-Gruppe, räusperte sich, blätterte den Papierstapel auf dem Katheder durch und sagte mit höchst alltäglicher Stimme:

»Na dann, meine Freunde: Das Tagewerk ruft.«

Er betrachtete sie verstohlen durch seine Eulenbrille, um zu sehen, ob sie etwas merkten. Sie sahen aus wie gewöhnlich. Es gab keinerlei Anzeichen dafür, daß einer da unten etwas Ungewöhnliches bemerkt hatte. Er atmete aus und fuhr fort:

»Gestern hatten wir bekanntlich zum erstenmal seit langem wieder einige ungewöhnliche Vorkommnisse. Keiner von euch hat gezögert, die Spurensicherung kräftig einzuspannen, und die Rechnung wird dafür sorgen, daß sich Mörner der Magen umdreht. Aber natürlich habt ihr richtig gehandelt. Dies bedeutet also, daß wir drei Fälle in Arbeit haben, weil Viggo und Gunnar die ganze Vorortzugschlacht übernommen haben. Kommen wir da irgendwie weiter, Gunnar?«

Bevor Jan-Olov Hultin den Blick auf Gunnar richtete, ließ er ihn über seine Armbanduhr gleiten. Sie zeigte fünf nach halb. Die Zeit schien wieder an ihrem Platz zu sein.

Der darauf folgende Anblick von Gunnar Nybergs Gesicht war fast ebenso schockierend wie üblich. Doch nur fast. Inzwischen hatte sich Hultin wider alle Erwartungen tatsächlich daran gewöhnt, daß Schwedens größter Polizist abgedankt hatte. Von den hundertsechsundvierzig Kilo waren nur noch gut hundert übrig. Gunnar Nyberg hatte das Unmögliche wahr gemacht: Er hatte abgenommen. Und da der ehemalige Mister Sweden selten etwas halb tat, hatte er ordentlich abgenommen. Vierzig Kilo runter. Und das mit Hilfe des gesamten Registers: Gesundheitskost, Jogging, Schwimmen, sogar mit Akupunktur und Fußzonentherapie. Es war höchst imponierend.

Nyberg hatte mit aller wünschenswerten Deutlichkeit eingesehen, daß jeder Mensch auf der weiten Welt sein alles andere überschattendes Motiv durchschaut hatte; sie halfen ihm sogar auf die Sprünge. Doch noch hatte er kein richtiges Glück gehabt.

Er brauchte eine Frau.

Ja, doch, mehrere Kollegen aus der A-Gruppe hatten ihn mit weiblichen ›singles‹ aus ihrem Bekanntenkreis zusammengebracht. Er hatte mehrere ›dates‹ gehabt und begann all der angloamerikanischen Ausdrücke überdrüssig zu werden, die die Treffen mit dem anderen Geschlecht umgaben. Dagegen war er des anderen Geschlechts nicht im geringsten überdrüssig. Im Gegenteil. Ein zwei Jahrzehnte währendes selbstauferlegtes Zölibat war abgebrochen worden; Gunnar Nyberg mußte sich nicht mehr selbst kasteien wie ein mittelalterlicher Mönch. Er hatte sich mit seinen Kindern versöhnt und sogar mit seiner Exfrau, die er bei den dopingbedingten Ausrastern während seiner Bodybuilderzeit aufs gräßlichste mißhandelt hatte. Er traf regelmäßig seinen Enkel Benny in Östhammar, der inzwischen fast drei Jahre alt war und außerdem bald eine Schwester bekommen sollte, wie der Ultraschalltest unabsichtlich enthüllt hatte.

Leider mußte er zugeben, daß die Dame, die die zweifelhafte Ehre hatte, ihn vom Zölibat zu befreien, keine Erinnerung bei ihm hinterlassen hatte. Nicht genug damit, daß ihm ihr Name entfallen war, er wußte auch nicht mehr, wie sie aussah. Er war so nervös gewesen, daß er die Wände hochging in seiner alten Jungesellenwohnung bei der Nacka Kyrka, wo er im Kirchenchor den tiefsten Baß sang. Was er noch wußte, war, daß Viggo Norlander das Ganze angezettelt hatte. Es war bestimmt eine Kollegin von Viggos neuer Lebensgefährtin Astrid vom Reichsarchiv, eine Dame in den Vierzigern. Sie wollten sich bei ihm zu Hause treffen, um zum Krug im Nacka-Zentrum zu gehen, so weit erinnerte er sich, doch dann ließ ihn seine Erinnerung im Stich. Er glaubte nicht, daß sie überhaupt in den Krug kamen. Statt dessen hatte er eine vage Vorstellung von überraschend unmittelbaren sexuellen Aktivitäten. Weiter erstreckte seine Erinnerung sich nicht. Sie hatten sich nie mehr getroffen, und sein einzig bleibender Eindruck war Viggo Norlanders Bemerkung ein paar Tage später, mit einem vielsagenden Lächeln hingeworfen: »Sie ist immer noch bettlägerig, du Schurke.«

Wahrscheinlich war dies als Lob gemeint und nicht als Tadel, doch Gunnar Nyberg hatte keine Ahnung. Sicherheitshalber traf er sie nie mehr. Dagegen traf er andere Frauen, und je schlanker er wurde, desto sicherer fühlte er sich, und zum gegenwärtigen Zeitpunkt empfand er nur frohe Erwartung angesichts der Freuden, die das andere Geschlecht zu bieten hatte. Er war bereit für etwas Festeres.

Er räusperte sich und sagte: »Ihr kennt ja die Einzelheiten der sogenannten Vorortzugschlacht. Der Nachtpendelzug von Kungsängen. Drei Profisprayer führen eine Totalrenovierung in einem Wagen durch, in dem eine Gang von Alkis sitzt. Fünf Vollblutalkoholiker um die Vierzig sind moralisch entrüstet über diesen Vandalismus und gehen auf die Sprayer los, sämtlich gut durchtrainierte junge Burschen von Anfang Zwanzig. Es gibt eine gewaltige Schlägerei. Zwei Alkis tragen Gehirnverletzungen davon, ein Sprayer stirbt, alle sind mehr oder weniger schwer verletzt. Als der Wagen in Karlberg eintrifft, steigt ein Pensionär mit einem Schoßhund in ein Blutbad ein. Es ist tatsächlich genauso langweilig, wie es sich anhört, rein polizeilich betrachtet. Ich hoffe, daß die neuen Ereignisse stimulierender sind. Viggo und ich haben also nichts Neues zu bieten. Alle Beteiligten sind festgenommen und angeklagt. Außer dem Pensionär, der einen Herzinfarkt bekam. Er ist endlich außer Lebensgefahr.«

Hultin warf einen Blick auf seine Armbanduhr. Alles schien okay. Er nickte und dankte Nyberg. »Na, dann«, sagte er. »Die Vorortzugschlacht können wir dann wohl als abgeschlossen betrachten. Zeit für bestialische Marder.«

Jorge Chavez blickte aus diversen Papieren auf und warf einen Blick zu Paul Hjelm hinüber, der mit einer Geste andeutete, daß er aufs Wort verzichtete.

»Ja«, sagte Chavez. »Kennt ihr den Vielfraß?«

Niemand kannte offenbar den Vielfraß.

»Wie der Name schon sagt, ein großer Fresser. Ein Tier von maßloser Gier. Im Sommer ernährt es sich von Kleintieren, aber im Winter verschlingt es gern das eine oder andere Rentier. Vorgestern abend hatten vier Vielfraße in Skansen offenbar Wintergefühle, denn diese Wesen, die weniger als dreißig Kilo das Stück wiegen, haben da einen Mann mit Haut und Haaren verschlungen. Ganz buchstäblich. Übriggeblieben sind eine Menge Fasern von einem hellrosa Anzug, Segmente eines Wadenbeins und ein Doppelknoten an einem acht Millimeter dicken rot-lila gestreiften Polypropenseil, ein rechter Zeigefinger sowie dies hier.«

Er hielt eine ziemlich mitgenommene Spielkarte in die Höhe.

Es war die Pikdame.

»An der Pikdame finden sich Reste der wahrscheinlichen Ursache für die Gier der Vielfraße. Kokain. Analysen von Fleisch- und Blutresten zeigen dasselbe: Unser Opfer hat kurz vor seinem Tod ansehnliche Mengen Kokain konsumiert. Weil die Droge sich im Blut befand, steigerte sie die Gier der Vielfraße. Wir wissen ja, daß die schlimmsten Grausamkeiten zum Beispiel im Krieg unter Drogeneinfluß begangen werden. Offensichtlich unterscheidet sich die Tierwelt in dieser Hinsicht nicht besonders von der Menschenwelt. Die Vielfraße wurden von dem Kokain ganz einfach wahnsinnig und brachten es fertig, so gut wie das gesamte Skelett zu vertilgen, den Schädel inbegriffen. Er ist auf jeden Fall nicht gefunden worden. Dagegen haben die Mannen meines Schwiegervaters es geschafft, nicht nur eine DNA-Analyse, sondern auch einen durchaus brauchbaren Fingerabdruck zu produzieren. Keins von beiden findet sich jedoch in schwedischen Registern, deshalb haben wir sie weitergeschickt an Interpol und Europol. Die Fingerabdrücke des Opfers finden sich auch nicht an dem Eisengitter um das Gehege der Vielfraße. Keiner von den dort vorgefundenen Fingerabdrücken findet sich übrigens im Kriminalregister. Der Finger, der ziemlich zerschnitten war, wies Erdspuren auf, die von einem Erdhaufen in der südlichen Ecke des Vielfraßgeheges stammen, wo es zu den Zuschauerplätzen am steilsten ist. An einer besonderen Stelle an diesem Erdhaufen wurden Blut- und Hautreste des Opfers gefunden, und zwar in fünf Buchstaben, die er allem Anschein nach mit dem Finger in die Erde schreiben konnte. Das Wort, wenn es sich um ein Wort handelt, kann man als ›Epivu‹ lesen. Das E ist eine Versalie, der Rest sind kleine Buchstaben. Kann einer von euch damit etwas anfangen?«

Keiner reagierte.

»Nein«, sagte Chavez. »Wir auch nicht. Fehlanzeige auch im Internet, kann ich euch verraten. Kein einziger Treffer.«

»Soweit das Vielfraßgehege«, fuhr Paul Hjelm fort. »Das Seil ums Bein führte dazu, daß wir vorschnell vermuteten, er sei dorthin gebracht worden, möglicherweise bewußtlos oder bereits tot. Eigentlich dauerte es viel zu lange, bis ich reagiert habe. Ich kam aus dem Astrid-Lindgren-Krankenhaus, wo ich ein kleines Mädchen besucht hatte, das von einem unbekannten Täter kurz nach zehn Uhr vorgestern abend angeschossen worden war. In Djurgården, nicht weit entfernt von der östlichen Seite von Skansen. Wenn man die Bahn der Kugel schätzt und ihr folgt, gelangt man auf Höhe des Wolfsgeheges an den Zaun von Skansen. Den wenig begeisterten Kollegen von der Spurensicherung blieb damit nichts anderes übrig, als ihren Untersuchungsbereich auf die Wolfsgrube auszuweiten. Schließlich wurden drei Dinge gefunden: das Blut unseres Opfers hoch oben am Zaun, sogar am Stacheldraht darüber, außerdem auf der Mauer, die hinüberführt zu den Zuschauerplätzen auf der anderen Seite, eine zerrissene dicke Halskette aus achtzehnkarätigem Gold sowie eine mit Schalldämpfer versehene Neun-Millimeter-Pistole der guten alten Marke Luger vom Kaliber 9.0. Das Magazin war leer. Probeschüsse haben eine perfekte Übereinstimmung mit der Kugel ergeben, die aus dem Oberarm der zehnjährigen Lisa Altbratt entfernt wurde. Sie wird übrigens keine bleibenden Schäden davontragen.«

»Zusammenfassung also«, übernahm Chavez wieder. »Wer ist unser Mann? Er trägt einen sommerlich leichten hellrosa Anzug und eine dicke Halskette aus Gold, er zieht sich von einer Pikdame Kokain rein und ist mit einer mit Schalldämpfer versehenen Luger bewaffnet. Abdrücke des einzigen bewahrten Fingers – der rechte Zeigefinger glücklicherweise – finden sich auf allen dreien: der Halskette, der Spielkarte und der Pistole. Das ist glasklar. Wer ist er?«

»Schutzgeldeintreiber?« sagte Nyberg.

»Drogenhändler«, erwiderte Norlander.

»Pornodarsteller?« konterte Nyberg.

»Zuhälter?« platzten Holm und Svenhagen wie aus einem Munde heraus.

Die beiden Frauen sahen sich eine Weile an.

»Wir warten noch damit«, sagte Chavez selbstherrlich. »Auf jeden Fall stinkt es förmlich nach Unterwelt. Er ist nicht in unserer Verbrecherkartei, also ist er wahrscheinlich Ausländer. Wenn er Schwede wäre, hätten die Fingerabdruckdinger wahrscheinlich Sturm geläutet.«

»Aber was ist da eigentlich abgelaufen?« fuhr Hjelm fort. »Er wird zwischen die Bäume in Djurgården gejagt. Er schießt, aber es gibt keine Anzeichen dafür, daß er außer Lisa Altbratt jemanden trifft. Er gelangt zum Zaun und entschließt sich, hinüberzuklettern, obwohl unmittelbar neben dem Zaun ein kleiner Weg entlangführt. Worauf läßt das schließen? Verzweiflung, vielleicht panische Angst. Er zerschneidet sich am Zaun die Finger, greift hemmungslos in den Stacheldraht, bekommt die Stacheln tief in die Hände, wirft sich hinüber zu den Wölfen, die aber zum Glück satt und zufrieden gewesen zu sein scheinen.«

»Nur ein Gedanke«, sagte Kerstin Holm nachdenklich. »Gibt es eigentlich Verfolger? Kann es nicht eine Drogenpsychose sein? Das einzige, was für ein Verbrechen spricht, ist wohl das Seil ums Bein. Kann er das nicht aus irgendeinem anderen Grund da gehabt haben, ich weiß nicht, sexuellen, als einen aufreizenden Schmuck? Vielleicht wird er nur von seinen eigenen Dämonen gejagt und stolpert in schierer Panik zu den Vielfraßen hinein?«

Einen Moment lang war es still. Chavez zog seine Papiere zu Rate. »Das Seil war durchgenagt«, sagte er leise. »Es gibt keinen Beweis dafür, daß es um beide Beine geschlungen war. Es kann also um ein Bein gelegen haben, als Schmuck. Aber«, fügte er etwas lauter hinzu, »ist das wirklich wahrscheinlich?«

»Entscheidend ist doch, ob es überhaupt irgendwelche sonstigen Spuren gibt«, fuhr Kerstin Holm fort. »Das kann ja an verschiedenen Stellen sein, wenn ich mich nicht irre: außerhalb von Skansen, am Zaun, bei den Wölfen, an der Mauer, die von den Wölfen hinaufführt, auf dem Asphalt zwischen Wölfen und Vielfraßen und bei den Vielfraßen drinnen. Das letzte ist vielleicht weniger wahrscheinlich, aber der Rest? Wenn er den Zaun mit seinem Blut beschmiert, warum nicht seine Verfolger? Warum hinterlassen sie keine einzige Spur?«

Chavez kämpfte mit seinen Papieren. »Er hinterläßt offenbar selbst keine eindeutigen Fußabdrücke. Bei den Wölfen sind auf dem Weg zwischen Zaun und Mauer fast nur Steine. Auf dem Asphalt sind keine Spuren. Und auch nicht an dem Zaun hinunter zu den Vielfraßen.«

»Aber unten bei den Vielfraßen müssen doch seine Fußspuren sein«, sagte Holm. »Er schreibt doch in den Boden. Der muß doch porös sein. Wie sehen denn die Spuren da bei den Buchstaben aus?«

Chavez nickte – wie ein Mann nickt, der geschlampt hat. »Ja du, Kerstin. Seine Spuren sind nicht da. Vielfraßspuren, ja, ein allgemeines Chaos, ja, vermutlich Spuren des Schmauses, aber keine Fußspuren. Wir müssen auch bedenken, daß es letzte Nacht geregnet hat.«

»Aber nicht genug, um die Buchstaben unkenntlich zu machen ...«

»Er kann straff gefesselt hineingeworfen worden sein«, sagte Paul Hjelm. »Vielleicht wird er dabei verletzt. Er schafft es nur noch, dieses Wort zu schreiben, was aus irgendeinem Grund wichtiger für ihn ist, als sich aufzurichten. Dann kommen die Vielfraße.«

»Und überhaupt keine Spuren von irgendwelchen anderen?« bohrte Kerstin Holm nach. »Nicht einmal an dem scharfkantigen Wolfszaun?«

»Nein«, sagte Chavez verbissen.

»Laßt uns trotzdem versuchen zu rekonstruieren, was bei den Wölfen passiert ist«, sagte Hjelm. »Okay, er wirft die Pistole fort, denn er hat das Magazin leer geschossen. Nicht gerade raffiniert, aber begreiflich. Blinde Wut. Aber warum zerreißt er seine teure Halskette, diese galante Penisverlängerung, und wirft sie zu den Wölfen hinein?«

»Noch ein Anzeichen für eine Drogenpsychose«, sagte Holm, und Hjelm meinte sie gut genug zu kennen, um zu merken, daß sie jetzt dazu übergegangen war, sich ein bißchen mit Jorge anzulegen, dessen Gesicht immer finsterer wurde.

Und es wurde auch nicht besser dadurch, daß Hultin schlußfolgerte: »Wir wissen also nicht einmal, ob ein Verbrechen vorliegt ...«

»Doch«, sagte Chavez, äußerst erregt. »Dies ist ein Mord. Und wenn es keiner ist, dann springe ich zu den Vielfraßen hinein, das verspreche ich euch.«

Die A-Gruppe starrte ihn an. Sie wünschten sich zwar alle einen richtigen Fall, keine neuen Vorortzugschlachten, doch niemand wünschte sich das inständiger als Jorge Chavez, das war klar.

»Das kann eine prima Sommerattraktion auf Skansen werden«, sagte Viggo Norlander und schnaubte sich die Nase. »Lasse Berghagen präsentiert zwischen den Gesangsnummern den unerschrockenen Vielfraßpolizisten.«

»Schnauze«, sagte Chavez.

»Ich dachte, das wäre mein Wort«, sagte Norlander.

»Mal ehrlich jetzt«, sagte Holm. »Dieses unbegreifliche ›Epivu‹ und die Tatsache, daß er das schreibt, statt seine Haut zu retten, läßt das nicht den Schluß zu, daß er wahnsinnig ist?«

»Doch«, sagte Hjelm. »Ich glaube auch, daß er wahnsinnig ist. Er steht unter Drogen und ist wahnsinnig vor Angst. Aber ich glaube, daß seine Angst begründet ist.«

»Aber der Verfolger ist offenbar nicht zu den Wölfen hineingeklettert«, sagte Holm. »Gibt es einen anderen Weg dorthin?«

Hjelm und Chavez tauschten Blicke aus, und das war kein schöner Anblick.

»Das müssen wir uns noch genauer ansehen«, sagte Hjelm trocken.

Hultin gab sich einen Ruck, schielte heimlich zur Uhr und sagte: »Na, das hat lange gedauert. Wir haben ja noch einen Vorfall durchzugehen. Kerstin?«

Kerstin Holm wirkte ein wenig ermattet. Sie befingerte die kahle Stelle an ihrer Schläfe und glaubte förmlich fühlen zu können, wie die Gedanken sich hinter dem verdünnten Schädelknochen aufzulösen begannen. »Kannst du anfangen, Sara?« fragte sie.

Sara Svenhagen, die die ganze Zeit still dagesessen hatte, sah überrascht aus. Sie verstand sich als Kerstin Holms Untergebene und hatte höchstens damit gerechnet, die eine oder andere ergänzende Bemerkung beisteuern zu können. Sie nahm einen Schluck von dem eiskalten Kaffee, verzog das Gesicht und sammelte sich: »Acht Asylbewerberinnen, die mit großer Wahrscheinlichkeit als Prostituierte gearbeitet haben, sind in der Nacht auf gestern aus dem Nebengebäude einer Flüchtlingsunterkunft, dem Norrboda Motell in Slagsta, wo sie wohnten und arbeiteten, verschwunden. Die Frauen kamen alle aus Osteuropa, drei aus der Ukraine, zwei aus Bulgarien, zwei aus Rußland und eine aus Weißrußland. In Zimmer 224 wohnten die Russinnen Natalja Vaganova und Tatjana Skoblikova, in Zimmer 225 die Ukrainerinnen Galina Stenina und Lina Kostenko, in Zimmer 226 die Ukrainerin Velentina Dontsjenko und die Weißrussin Svetlana Petruseva und schließlich in Zimmer 227 die Bulgarinnen Stefka Dafovska und Mariya Bagrjana. Daran werdet ihr euch bestimmt erinnern.

Wir haben den gestrigen Tag bis spät in den Abend hinein damit verbracht, mit den Zimmernachbarn zu sprechen. Offenbar war es ein ziemlich öffentliches Geheimnis, daß sie Prostituierte waren. Wir haben eine ganze Reihe Namen von Kunden und konnten uns überhaupt ein ziemlich gutes Bild davon verschaffen, wie es überhaupt möglich war, daß das Geschäft dort betrieben wurde. Der Vorsteher Jörgen Nilsson drückte nicht nur beide Augen zu, es gibt auch eine Reihe von Anzeichen dafür, daß er beteiligt war. Als Kunde. Ich kann mir nicht denken, daß er noch lange in der Branche tätig sein wird.«

Kerstin Holm hatte sich erholt und übernahm: »Zwei Fragen standen im Mittelpunkt. Wann sind die Frauen verschwunden? War ihrem Verschwinden irgend etwas vorausgegangen, eine Art Ankündigung? Mehr als darüber etwas zu erfahren konnten wir unter den gegebenen Umständen nicht erwarten. Was wir bisher herausbekommen haben, ist folgendes: In der letzten Woche waren die Frauen unruhiger als gewöhnlich; es muß etwas passiert sein, was sie nervös gemacht hat. Darin sind sich die Zimmernachbarn einig. Allem Anschein nach waren die acht Frauen den ganzen Mittwochabend anwesend. Ein Zeuge behauptet, er habe sie noch um halb drei in der Nacht auf Donnerstag in einer fremden Sprache reden hören, wahrscheinlich Russisch. Als die Frauen sich am Morgen um neun melden sollten, waren sie verschwunden. Keiner der Zimmernachbarn – und mit den meisten dürften wir inzwischen gesprochen haben – hat gesehen oder gehört, wie sie verschwanden. Alles dies unter dem Vorbehalt, daß die meisten Verhöre mit Dolmetscherhilfe geführt wurden.«

»Wir wissen also nicht einmal, ob ein Verbrechen vorliegt«, sagte Chavez rachelüstern.

Kerstin Holm betrachtete ihn amüsiert. Sara Svenhagen betrachtete ihn zornig. Wie eine Ehefrau, wenn ihr Mann sich kindisch benimmt.

»Nein«, sagte Sara beherrscht. »Aber wir fragen uns natürlich, ob es reiner Zufall ist, daß ein unbekannter zuhälterhafter Mann in den Tod gehetzt worden ist, und ein paar Stunden später lösen sich acht Prostituierte in einer Flüchtlingsunterkunft in Luft auf. Man kann ja ein bißchen spekulieren. War er beispielsweise ihr Zuhälter? Falls ja, ist es wahrscheinlich, daß der ganze Laden von Konkurrenten vernichtet worden ist. Dann ist es durchaus möglich, daß die acht Frauen tot sind. Und dann haben wir einen wirklichen Sexkrieg am Hals. Und Schlachten zwischen verschiedenen Zuhälterringen bedeuten in der Regel auch Drogenkrieg. Oder war es umgekehrt, ein konkurrierender Zuhälter wurde von dem Zuhälter der acht beseitigt, bevor dieser seine Mädchen nahm und mit ihnen untertauchte?«

»Also, mal langsam jetzt«, räusperte sich Hultin. »Was tust du da eigentlich, Sara? Gibt es irgendwelche konkreten Berührungspunkte zwischen den beiden Fällen, die vielleicht nicht einmal Fälle sind?«

»Nichts Konkretes«, sagte Sara etwas kleinlaut. »Nur eine Ahnung.«

»Alle diese vagen Ahnungen gehen mir allmählich auf den Geist«, artikulierte der Große Häuptling mit großer Deutlichkeit und schielte wieder auf die Uhr.

»Also dann ein wenig konkreter«, sagte Kerstin Holm. »Unbekannter Mann mit diesem protzigen Hohe-Position-in-der-Unterwelt-Äußeren ist ungewöhnlich; in der Regel kennen wir sie ganz einfach. Also ist er höchstwahrscheinlich frisch angekommen. Seit einer Woche herrschte bei den Frauen in Slagsta eine gewisse Unruhe. Es ist wohl nicht gänzlich absurd, das eventuelle Auftauchen eines Kokain schnupfenden Mannes mit hellrosa Anzug und dicker Goldkette in der Nähe des Norrboda-Motels in der letzten Woche abzuchecken? Dann bekommen wir vielleicht außerdem eine Personenbeschreibung.«

»Das hört sich schon besser an«, murmelte Hultin.

»Vielleicht ist es Lasse Berghagen höchstpersönlich«, sagte Viggo Norlander.

»Und wenn wir die ganze Argumentation ein bißchen umdrehen?« sagte Gunnar Nyberg plötzlich. »Haben vielleicht die Damen ihren Zuhälter verfolgt und ihn zu den Philosophen hineingeworfen?«

»Vielfraßen«, korrigierte Chavez säuerlich.

»Kaum«, sagte Holm. »Sie waren bis mindestens um halb drei in der Nacht an Ort und Stelle in Slagsta. Mehrere Zeugen haben sie gerade gegen zehn Uhr am Abend gesehen und gehört, als unser Mann über den Wolfszaun kletterte.

»Haben sie denn Kunden empfangen?« fragte Hjelm. »War *business as usual*?«

Kerstin Holm wandte sich ihm zu und gab ihm einen kaum zu deutenden Blick, der ihn fast zurückschrecken ließ. Ihr Verhältnis war seit Skövde vor einem Jahr etwas angespannt. Da war er am Arm und sie am Kopf getroffen worden, und sie lagen nebeneinander, und ihr Blut vermischte sich unter einem Himmel, der alle Schleusen weit geöffnet hatte, und sie, völlig fertig, völlig durchnäßt, völlig blutig, hatte geflüstert: »Paul, ich liebe dich.«

Damit war nicht leicht umzugehen. Nicht zuletzt für einen verheirateten Mann.

Schließlich antwortete sie: »Wir sehen da noch nicht ganz klar. Auch das muß näher überprüft werden. Möglicherweise gibt es Anzeichen dafür, daß die Prostitutionstätigkeit als solche in den letzten Tagen eingeschränkt worden ist.«

»Na dann«, sagte Hultin und klappte diverse Mappen zusammen. »Dann zeichnen sich ja die Konturen der heutigen Aufgaben ab. Paul und Jorge gehen zurück nach Skansen und untersuchen eventuelle Alternativwege zur Überwindung des Wolfszauns. Wir müssen ganz einfach Klarheit bekommen, ob wir es nun mit einem Mord zu tun haben oder nicht. Kerstin und Sara reißen sich Viggo und Gunnar unter den Nagel und vernehmen weitere Personen, die etwas mit diesem Slagsta-Bordell zu tun haben. Auch da müssen wir tatsächlich erst einmal nachfragen, ob es sich überhaupt um ein Verbrechen handelt. Vielleicht sind wir auf dem völlig falschen Dampfer. Außerdem kann ich mitteilen, daß wir das hier bekommen haben.«

Er hielt eine Ansichtskarte voller Weinflaschen in die Höhe.

»Aha«, sagte Chavez, immer noch stinkig. »Die Erben.«

»Von Arto Söderstedt im Chianti, ja«, sagte Hultin, zog die Eulenbrille hinunter auf die Nasenspitze und las: ›Ihr Racker. Hier schuftet man sich ab mit dem Keltertreten, während Ihr Euch in dem frühlingshaften Stockholm einen Lenz macht. Tja, ungleich sind des Schicksals Lose. Wißt Ihr übrigens, wie man fünf Wassermelonen auf sieben Personen verteilt? Alle Vorschläge werden dankbar entgegengenommen. Zerschneiden gilt nicht. Grüße von einem warmen, pinienduftenden und Vin Santo-vernebelten Abend.‹

»Scheißkerl«, sagte Viggo Norlander.

7

Er war unterwegs. Wie ein Wurm glitt er in verschlungenen Mustern unter der Stadt dahin. Er dachte sich, daß diese unterirdischen Muster eine Schrift darstellten, einen unterirdischen Text, der dem verborgenen Text auf der Rückseite seines eigenen Papiers entsprach. Der immer lesbarer wurde. Er trat immer klarer hervor – und wurde immer undurchdringlicher.

Beides zugleich.

Er war fast neunzig und emeritierter Professor. Als Hirnforscher hatte er sich vorgenommen, nicht altersdement zu werden, die Gehirnzellen nicht verkümmern zu lassen. Er hatte zielbewußt Gehirntraining betrieben, damit die Gehirnwindungen in Form blieben. Er las gute Bücher und Tageszeitungen in vier Sprachen, er löste die schwersten Kreuzworträtsel in *Dagens Nyheter*, arbeitete sich durch mindestens eine Differentialgleichung pro Tag und betrachtete die Welt mit einem nüchternen, analytisch durchdringenden Blick.

Bis vor ein paar Tagen. Da war eine vage, gleitende Gegenwart von etwas in seinem Leben in Erscheinung getreten.

Es war der Tod.

Doch der Tod pflegte keine Forderungen zu stellen. Der Tod pflegte sich nicht tagelang neben einen zu setzen und darauf zu warten, daß etwas geschah.

Er begann zu verstehen, was von ihm erwartet wurde.

Vor mehr als einem halben Jahrhundert hatte er eines Tages das Blatt seines Lebens umgedreht. Es war vollgekritzelt. Die Erzählung, die dort stand, konnte nicht fortgeführt werden. Sie war an ihr Ende gekommen. Wenn er selbst weiterleben wollte, mußte er das Blatt umdrehen und so tun, als wäre es weiß. Dann war es möglich, weiterzuschreiben. Und weiterzuleben.

Er hatte das Papier umgedreht. Er hatte das Vergangene zurückgelassen und zielbewußt – mit präzisionsgesteuerter Gehirngymnastik – ausgelöscht. Der Text auf der Rückseite des Blattes verschwand, und ein ganz neues Leben nahm seinen Anfang. Ein schwedisches Leben.

Als jetzt auch dieses schwedische Leben zum Ende gelangte, verstand er, was von ihm verlangt wurde. *Er mußte das Blatt Papier umdrehen und die alte Erzählung lesen.* Doch das war nicht so leicht getan. Die Erzählung kam ihm entgegen wie Schläge, wie Axthiebe, wie Metalldrähte, die durch die Schläfe eingeführt werden.

Er glaubte nicht daran, daß so alte Menschen so intensiv fühlen können. Die jüngste Hirnforschung sprach dagegen.

Er betrachtete seinen Arm. Unter dem Jackenärmel kamen die Ziffern zum Vorschein. Die Ziffern auf seinem Arm. Sobald er sie ansah, setzten sie sich in Bewegung. Genau wie er selbst. Sie waren auf dem Weg, fort von ihm.

Das gehörte zu den Dingen, die er nicht verstand.

Und da kamen die Bilder, wie Axthiebe.

Arme lagen über ihm, Beine lagen über ihm, dünne, dünne Beine, dünne, dünne Arme. Er bewegte sich in einem Menschenhaufen. Es waren tote Menschen. Er sah ein nach unten hängendes Gesicht, und er sah einen dünnen Draht, der in die Schläfe eingeführt wurde, und er sah, wie das nach unten hängende Gesicht von Schmerz verzerrt wurde. Und er schrieb in ein Buch. Er las den Text, den er selbst in das Buch schrieb, und das Buch sprach von Schmerz, von Schmerz, Schmerz, Schmerz.

Und er sah ein neues Bild. Es nahm ihm die Luft weg. Er öffnete eine Tür. Er öffnete die Tür seines eigenen Hauses. Hier. In Schweden. Dieses Bild gehörte nicht hierhin. Er öffnete die Haustür von innen, und da stand ein Mann ohne Nase.

Dann lag der Mann ohne Nase tot vor ihm.

Er erwachte. Er schwitzte stärker, als ein Neunzigjähriger schwitzen sollte. Die U-Bahn fuhr durch die dunklen Tunnel, weiter und weiter. Er hatte keine Ahnung, wo er sich befand. Es spielte keine Rolle. Was zählte, war das Muster.

Er verstand nicht. Die Seiten vermischten sich. Die Vorderseite und die Rückseite des Blattes vermischten sich. Warum?

Er sah einen sehr hellen Mann in Uniform. Der sehr helle Mann in Uniform hielt einen dünnen Metalldraht in der Hand.

Das Bild verschwand.

Der Zug näherte sich einer Station. Er war allein im Wagen.

Er schloß für einen Moment die Augen. Gehirngymnastik. Kehre zurück. Du hast kein Recht, die Augen zu schließen. Du darfst vor nichts die Augen verschließen.

Und er kehrte zurück zu dem Muster, das seine Reise unter der Stadt bildete. Er war immer sicherer, daß es Zeichen bildete, vielleicht Buchstaben. Stockholms U-Bahnnetz war nicht direkt das New Yorker Straßennetz, aber dennoch konnten Zeichen gebildet werden. Und Zeichen waren gebildet worden. Er war gereist, und er wußte, wie er gereist war. Nicht wohin, aber wie.

Die Reise des ersten Tages trat langsam vor seinem inneren Auge hervor. Zuerst eine senkrechte Linie.

Die U-Bahn hielt an einer Station. Die Türen wurden geöffnet. Die Station lag fast leer da. Er wußte nicht, wo er war.

Zuerst eine senkrechte Linie, dann drei waagerechte. Ein Buchstabe. Am ersten Tag war er in Form eines Buchstabens gefahren.

Draußen auf dem Bahnsteig stand eine einsame Frau und sprach in ein Mobiltelefon. Aus dem Wagen hinter ihm strömte eine Jugendgang auf den Bahnsteig. Der Buchstabe war E. Großes E.

Die Türen der U-Bahn wurden geschlossen. Die jungen Männer näherten sich der Frau. Gerade als der Zug Fahrt aufnahm, sah er ein Messer aufblitzen.

Und er konnte nichts tun.

Außer den Buchstaben des folgenden Tages zu rekonstruieren.

Manchmal offenbarten sich die Gelegenheiten völlig unerwartet.

Meistens war ziemlich viel Planung nötig, die richtige Zeit, der richtige Ort, die richtige Person. Man mußte eine Weile dranbleiben, warten, abwarten, ein bißchen herumschleichen. Man mußte sich verteilen und aussehen, als gehörte man gar nicht zusammen. Dann schlug man zu. Wenn man genügend zusammen hatte, ging man direkt damit ins Netz. Es konnte weniger als eine Stunde vergehen zwischen Diebstahl und Verkauf.

›Frischgeklautes Handy zu verkaufen.‹ Und dann ein Zeitpunkt.

Es kamen immer schnelle Antworten. Als säßen die Leute nur am Computer und warteten. Die Bullen hatten nie eine Chance.

Aber manchmal ergaben sich diese ungesuchten Gelegenheiten. Ganz von selbst. Die zählten eigentlich am meisten. Eine Braut ganz allein auf einem Bahnsteig, beispielsweise.

Hamid sah es direkt. Er wechselte einen schnellen Blick mit Adib und stieg aus. Die Kleinfuzzis hinterher. Sie waren fünf, und sie waren gefährlich. Nie leistete einer Widerstand. Das hatten sie aus dem Fernsehen gelernt, daß keiner Widerstand leistete. Man gab einfach das Handy her. Wenn jemand großkotzig aussah, bekam er eins auf die Nase. Wer sich wehrte, bekam Schnittwunden.

Es kam vor, daß Leute sich in die Hosen machten. Das war eklig.

Es war eine scharfe Braut. Das sah er, obwohl sie mit dem Rücken zu ihnen dastand und in ihr Handy sprach. Langes schwarzes Haar, rote Lederjacke, enge schwarze Hose, schwarze Joggingschuhe. Jetzt drehte sie sich um und sah sie. Sie drückte auf die Aus-Taste.

Sie war echt scharf. Wenn sie sich nicht auf einem U-Bahnperron befänden, würde sie eine kleine Extrabehandlung bekommen.

Das Adrenalin pumpte durch den Körper. Hamid zog das Messer. Jetzt müßte ihre Unterlippe anfangen zu zittern.

Der Zug aus der Gegenrichtung war in der Ferne zu hören.

»Das Handy, du Hure«, zischte er.

Doch die Unterlippe zitterte nicht. Sie straffte sich. Die dunklen Augen wurden schmal.

Das Messer flog davon. Er begriff nicht, warum. Dann bekam er einen Tritt ins Gesicht. Er sah die Schuhsohle. Reebok. Dann fühlte er, wie die Zähne nach innen gedrückt wurden. Wie in Zeitlupe sah er, auf dem Kopf, daß Adib gegen eine Bank geschleudert wurde und wie leblos zusammensackte. Er hörte die Kleinfuzzis rennen.

Er fand das Messer. Er kam hoch. Pfui Teufel, dachte er und ließ die Zunge an den Vorderzähnen entlanggleiten. Sie waren nach innen geknickt und lagen am Gaumen an. Er spürte, wie eine abgebrochene Wurzel durch die Oberlippe drang.

Alles schmeckte nach Blut.

»Jju Jjau«, lallte er, angelte sich das Messer vom Perron und hielt es vor sich.

Sie stand genau vor ihm, vollkommen ruhig. Er warf sich nach vorn und packte das Handy. Da traf ein fürchterlicher Tritt sein Zwerchfell. Ohne Luft zu bekommen, fühlte er, wie er vorwärtsgeschoben wurde. Seine Hände, eine mit dem Messer, die andere mit dem Handy, liefen idiotisch über den Bahnsteig. Er hörte den Zug. Er sah die Lichter im Tunnel aufblitzen.

Er kämpfte wie eine Furie. Er fuchtelte mit den Armen und rutschte mit dem Kinn über den Bahnsteig. Er kämpfte um sein Leben. Aber da war nichts, wogegen er kämpfen konnte. Sein Körper wurde über die Kante geschoben, langsam, unerbittlich langsam, und das immer dröhnendere Geräusch der U-Bahn stieg zu einem Wahnsinnsschrei an, und das war das allerletzte Geräusch, das Hamid jemals hörte.

Danach war er ein zerrissener Mensch.

8

Die niedlichen Kleinen tranken Wasser. Wie goldige Bärenjunge hockten sie sich ein wenig plump hin und schlabberten Wasser aus dem Teich. Ihre kleinen rosa Zungen bewegten sich wie die von Katzenjungen. Es waren Tiere von dem Typ, den Kinder unbedingt zum Kuscheln mit nach Hause nehmen wollen.

Es wäre von den Eltern jedoch kein kluger Zug gewesen.

Die süßen Kleinen waren Vielfraße.

Paul Hjelm sah sie ein wenig tollpatschig, fröhlich mit dem eichhörnchenähnlichen Schwanz wedelnd, davonwatscheln. Er konnte sich nur schwer vorstellen, wie diese gutmütigen Geschöpfe sich Menschenschädel einverleiben sollten.

»Komm jetzt«, sagte Jorge Chavez ungeduldig. »Paß auf, daß sie dich nicht hypnotisieren. Denk an Ellroy.«

Hjelm beugte sich zum Holzzaun vor, holte sehr tief Luft und fragte geradeheraus, laut und deutlich: »Wer, verdammt, ist Ellroy?«

Doch da hatte Chavez das Vielfraßgehege bereits verlassen und lief auf der anderen Seite des Asphaltwegs am Wolfsgehege entlang. Als Hjelm ihn einholte, sagte Chavez: »Das Wolfsgehege ist also ziemlich groß. Es erstreckt sich von den Luchsen bis hierher. Unmittelbar unterhalb der Vielfraße endet es. Was passiert dann?«

Es hatte zu regnen aufgehört, aber der Boden war immer noch heimtückisch glitschig. Sie bogen ab zum Wolfsgehege, und jeder Schritt war lebensgefährlich. Ein kleiner rutschiger Abhang führte um das Wolfsgehege und hinunter zum äußeren Zaun. An einer Art Tor hockte ein langer schmaler Typ im Blaumann und mit Schutzbrille. Er schweißte. Bläuliche Funken sprühten um ihn her wie verirrtes Neujahrsfeuerwerk.

Sie warteten. Das Feuerwerk sank in sich zusammen. Er klappte die Schutzbrille hoch, die eher eine Gesichtsmaske mit eingebauter Brille war. Sie husteten. Er drehte sich um.

»Hej«, sagte Hjelm. »Wir sind von der Polizei.«

Der Typ im Blaumann nickte kurz und wollte sich wieder seiner Arbeit zuwenden.

Chavez faßte ihn an der Schulter. »Einen Augenblick«, sagte er. »Was ist denn hier passiert?«

Der Typ nahm die Gesichtsmaske ab, kam hoch und starrte aus gut zwei Meter Höhe auf Chavez hinunter.

»Ich finde auch, daß es teuer ist, nach Skansen zu gehen«, sagte er. »Und dann müssen die Kinder auch noch in dies blöde Aquarium, zu diesem bärtigen Fernseh-Jonas, und schon sind fünfhundert Mäuse zum Schornstein raus. Und dann wollen sie was essen und mit diesen dämlichen Schienenautos fahren und Lose kaufen, um Pokemon-Scheiß zu gewinnen, an dem Nintendo Milliarden und Abermilliarden verdient, und schon ist man nicht mehr weit vom Tausender entfernt. Da wünscht man sich, man wäre statt dessen lieber ins Gröna Lund gegangen, doch dann denkt man, daß da inzwischen mehrere Tausender den Abgang gemacht hätten. Aber zumindest hätte man da den freien Fall ausprobieren können.«

Die beiden Polizeibeamten drehten sich verwirrt um, um zu sehen, ob der Mann mit jemandem hinter ihnen sprach. Doch da war niemand.

»Entschuldigung«, sagte Hjelm. »Ich verstehe nicht …«

»Jemand hat den Zaun aufgeschnitten«, sagte der Mann und nickte zu dem feinmaschigen Netz. »Und ich kann die Leute verstehen.«

»Wann war das?«

»Sie haben es anscheinend gestern entdeckt. Ich arbeite nicht hier.«

»Es sieht aber aus, als arbeiteten Sie …«

Der Riese im Blaumann seufzte tief. »Ich bin von der Zaunfirma. Ich mache nur eine provisorische Reparatur. Es ist Freitag, und wir können den neuen Zaun erst Anfang nächster Woche liefern.«

»Und dies war also wann? In der Nacht auf Donnerstag?«

»So muß es gewesen sein. Und zwei Tage später kommen also zwei Polizisten in Zivil vorbei, um die Eindringlinge zu fangen. Schön, daß in diesen Einsparungszeiten wenigstens die Prioritäten stimmen. Und ihr glaubt nicht, daß sie möglicherweise inzwischen verschwunden sind?«

»Doch«, sagte Paul Hjelm. »Ganz entschieden.«

Ein Polizist in Uniform kam aus der U-Bahnstation Odenplan hochgestürzt und kotzte Viggo Norlander vor die Füße.

Aha, dachte Viggo Norlander und musterte seine kürzlich erstandenen italienischen Schuhe mit einem inneren Seufzer. *So einer.*

Nachdem er festgestellt hatte, daß die Schuhe mit heiler Haut davongekommen waren, und die Entschuldigungen des schuldbewußten Polizeiassistenten entgegengenommen hatte, wandte er sich Gunnar Nyberg zu, dessen Blick ebenfalls besagte: Aha. *So einer.*

So ein Fall.

Sie hatten im Norrboda-Motell in Slagsta gesessen und Asylbewerber vernommen, als Jan-Olov Hultin anrief und sagte: »Ich glaube, ihr solltet euch einmal etwas ansehen.«

Und so waren sie in die Stadt zurückgekehrt.

Während sie unter den rot-weißen Plastikbändern durchtauchten und sich in die Unterwelt begaben, begleitet von dem aschfahlen und dann und wann aufschluchzenden Polizeiassistenten, dachte Viggo Norlander an Erbrochenes. Das letzte Jahr war nämlich von Derartigem bestimmt gewesen. Komisch, dachte er, was für ein Unterschied zwischen dem Erbrochenen von Kindern und dem von Erwachsenen. Und besonders Babyerbrochenes, diese dünnen, weißen, fast wohlduftenden Schauer, die sich wie Nektar über frischgebackene Eltern ergießen. Und dann plötzlich verändert es sich, auf einmal riecht es wie – Kotze.

Das ist ein entscheidender Moment im Leben aller Eltern von Kleinkindern.

Dieser Moment war kürzlich bei der Familie Norlander eingetreten. Der eingefleischte Junggeselle Viggo, der ein wenig überraschend mit fünfzig noch Vater geworden war, bemerkte eines Tages, daß das Erbrochene von Klein-Charlotte angefangen hatte, schlecht zu riechen. Es war eine fürchterliche Entdeckung. Bald würde sie auch anfangen zu laufen. Auf einmal fühlte er sich alt. Ihn überfiel die Einsicht, daß er Charlottes Urgroßvater hätte sein können.

Urgroßvater.

Zum ersten Mal begann er, sich darüber Gedanken zu machen, wie es Charlotte mit so alten Eltern ergehen würde. Er geriet in eine Krise. Sie dauerte mehrere Minuten. Für Viggo Norlanders Verhältnisse war es eine ungewöhnlich lange Krise.

Der Bahnsteig lag völlig verlassen da. Es war ein schauerlicher Anblick. Die U-Bahnstation war geräumt worden, und zwischen Rådmansgata und St. Eriksplan verkehrten Ersatzbusse. In einer halben Stunde mußte der Verkehr wieder in Gang gebracht werden. Dann setzte in Stockholms Innenstadt der Feierabendverkehr ein. Und da würden Ersatzbusse nicht ausreichen.

Viggo Norlander und Gunnar Nyberg hatten also eine knappe halbe Stunde Zeit, um das Geschehen zu überschauen und unter Kontrolle zu bringen.

Hultin hatte sie auf der Stelle angerufen.

»Warum?« fragte Nyberg in sein Handy.

Einen Moment blieb es still. In Nybergs Innerem klang noch die Stimme aus der Vormittagssitzung nach: ›Alle diese vagen Ahnungen gehen mir allmählich auf den Geist.‹ Und Hultin wußte, wovon er sprach.

»Ich weiß«, sagte er kleinlaut. »Es ist vage. Aber richtig normal ist es nicht. Fahrt sofort hin.«

»Dürfen wir schnell fahren?« fragte Nyberg hoffnungsvoll. Im Zuge seiner Lebenserneuerung hatte er seinen alten klapperigen Renault gegen einen brandneuen ausgewechselt. Nachdem er mit achtzehn einen R 4 besessen hatte, einen lebensgefährlichen ›Laban‹ aus papierdünnem Blech, wurde er der französischen Marke nie untreu. Es war eine lebenslange Liebe.

»Ja«, sagte Hultin großzügig. »Ihr *sollt* schnell fahren.«

Und sie fuhren schnell. Slagsta-Odenplan in fünfzehn Minuten. Auf Straßen mit hoher Aquaplaning-Gefahr.

Sie glitten die Rolltreppe hinunter. Im Unterschied zu den meisten U-Bahnstationen in Stockholm war die Station Odenplan luftig und geräumig, mit hoher Decke und offenem Bahnsteig, ohne trennendes Mauerwerk. Ungefähr in der Mitte des Bahnsteigs saß ein junger Mann mit einer Bandage um den Kopf. Um ihn herum standen abwartend zwei Sanitäter mit einer Trage sowie drei uniformierte Polizisten. An der Rolltreppe am linken Ende des Bahnsteigs lag ein Stück Plastikfolie. Daneben stand ein Polizist. Und unten auf den Geleisen links lagen weitere Stücke Folie. Ein paar Kriminaltechniker gingen umher und fotografierten.

Als sie die Rolltreppe hinunterkamen, sagte der Polizist, dessen Erbrochenes Norlanders neue Schuhe um zirka zwei Zentimeter verpaßt hatte: »Ich hoffe, ihr seid auf das hier gefaßt.«

Seine Stimme war kaum als tragend zu bezeichnen.

»Nein«, sagte Viggo Norlander und hob die nächstliegende Plastikfolie an. Nyberg sah ihn von der anderen Seite der Folie, ohne zu sehen, was darunter war. Norlander hockte ganz still. Ohne eine Miene zu verziehen, ließ er die Folie wieder fallen, kam langsam hoch und erbrach sich auf seine neuen italienischen Schuhe.

So ein Fall also, dachte Gunnar Nyberg und reichte dem Kollegen sein Taschentuch.

Er machte sich hart, ging in die Hocke und hob die Plastikfolie an. Darunter lag ein Unterkörper. Er begnügte sich mit der Feststellung und richtete sich wieder auf. »War etwas in den Taschen?« fragte er den Polizisten, der daneben Wache stand.

Der Mann nickte und überreichte ihm einen verschlossenen Plastikbeutel.

Nyberg schaute hinein und sah ein Schlüsselbund, eine Brieftasche und sechs Handys. »Ahaa«, sagte er nur und schloß den Beutel wieder.

»Hamid al-Jabiri«, sagte der Polizeiassistent. »Vierundzwanzig Jahre alt. Aus Fittja. Zwei Vorstrafen wegen Körperverletzung und schwerem Diebstahl.«

»Ich sag's ja«, sagte Nyberg und ging weiter den Bahnsteig entlang. Auf einer Bank saß Norlander und wischte sich die Schuhe ab. Er ließ ihn sitzen. Dann holte er einmal tief Luft und sagte zu dem Polizeiassistenten: »Wollen wir uns den Rest ansehen? Wie heißt du übrigens?«

»Andersson«, sagte der Polizeiassistent und ging weiter, wobei er auf die Gleise zeigte: »Es sind drei Teile. Eins schlimmer als das andere.«

Nyberg sprang auf die Gleise hinunter, dicht gefolgt von Andersson, der fortfuhr: »Das nächste ist das schlimmste. Es ist nur ein Matsch. Oberkörper und Kopf. Der Kopf ist nicht spaßig.«

Nyberg hob die Folie an und sah, daß Andersson nicht gelogen hatte. Hier gab es nichts zu tun. Sie gingen weiter zum nächsten.

»Die beiden hier sind die Arme«, erklärte Andersson. »Offenbar sind sie beide abgerissen worden. Sie sind etwas besser erhalten.«

Norlander tauchte auf, kreideweiß. Söderstedt? dachte Nyberg verwundert und hielt ihn, als er heruntersprang.

»Wieder auf dem Damm«, sagte Norlander, heroisch schniefend.

Die beiden restlichen Folien lagen dicht beieinander, vielleicht zehn Meter weiter als der Körper. In der ersten Hand, der rechten, saß ein Messer.

»Sieh mal an«, sagte Nyberg.

In der anderen Hand saß ein Handy.

»Eine letzte Beute«, sagte Nyberg. »Ich hoffe, er kann es noch brauchen.«

Andersson legte die Plastikfolie zurück und schwang sich locker hoch auf den Bahnsteig. Er war von dem schauderhaften Anblick merkwürdig unberührt. Nyberg und Norlander mühten sich ein wenig steif über die Kante. Es ärgerte Nyberg, daß es nicht glatter ging. Nach all der verfluchten Gesundheitskost.

»Reden wir jetzt mit dem Kumpan?« fragte Norlander keuchend.

»Adib Tamir«, nickte Andersson. »Genau die gleiche Vergangenheit: Körperverletzung und schwerer Diebstahl. Dreiundzwanzig Jahre. Mit Gehirnerschütterung.«

Sie waren auf dem Weg zum anderen Ende des Bahnsteigs, als ein Mobiltelefon klingelte. Nyberg und Norlander griffen beide zu ihrem. Nichts. Dann schaute Nyberg in den Plastikbeutel mit den sechs Handys. Er hielt das Ohr daran. Von da kam es auch nicht. Er warf einen Blick auf Andersson, der die Hände hob.

»Au Scheiße, verdammte!« stieß Gunnar Nyberg hervor und stürzte zurück zu dem anderen Gleis. Norlander und Andersson folgten ihm.

Sie sprangen aufs Gleis hinunter. Nyberg riß die Plastikfolie von dem linken Arm fort.

Das Mobiltelefon in der Hand klingelte.

Nyberg beugte sich hinunter und versuchte, den Griff der Finger zu lockern. Es saß fest wie in einer Schraubzwinge. Schließlich bekam er es los. Er winkte Norlander und Andersson zu sich. Sie steckten die Köpfe zusammen wie eine Handballmannschaft vor dem Spiel.

Dann drückte Nyberg auf den grünen Knopf. Keiner sagte etwas.

Aus dem Handy kam ein unbegreiflicher Redeschwall. Eine Frauenstimme in einer fremden Sprache. Dann war es eine Weile still, dann kam etwas, was anscheinend ein Fluch war, und es war still.

Die drei Polizisten wechselten verwunderte Blicke. Schließlich faßte Nyberg sich und sagte: »Versucht, euch das zu merken. Wir schreiben es auf, jeder für sich.«

»Und warum?« fragte Andersson verwirrt.

»Weil es eine Mitteilung an den Mörder war«, sagte Nyberg gelassen.

9

Es schienen hauptsächlich willkürliche Ansammlungen von Buchstaben zu sein. Wild zusammengewürfelte Buchstaben. Und besonders ähnlich waren sie nicht. ›Epivu‹, dachte Kriminalkommissar Jan-Olov Hultin. War das auch eine willkürliche Ansammlung von Buchstaben?

Er saß in seinem ziemlich kargen Büro, während vor dem Fenster der Regen niederging. In dem wenig inspirierenden, rasch blinkenden Licht einer Leuchtstoffröhre, die im Begriff stand, den Geist aufzugeben, betrachtete er drei Zettel. Es war halb acht, es war Freitagabend, und allem Anschein nach war er allein auf den Fluren der A-Gruppe in dem Teil des Polizeipräsidiums in der Polhemsgata, in dem die Reichskriminalpolizei untergebracht war.

Es war anscheinend eine slawische Sprache. Trotz der Ungleichheiten und trotz der eigenartigen Schreibweisen fand Hultin, daß es russisch klang. Das hatten Nyberg und Norlander auch gemeint. Was für slawische Sprachen gab es außer Russisch? Tschechisch, Bulgarisch, Serbokroatisch? War Serbokroatisch noch immer eine Sprache? Oder gab es jetzt Serbisch einerseits und Kroatisch anderseits? Er war nicht sicher.

Ein Sprachexperte mußte hinzugezogen werden. Der war nicht zu beneiden.

Erstaunlich geistesgegenwärtig von Gunnar Nyberg übrigens. Aber er war schließlich als Polizist von Klarheit zu Klarheit gegangen, seit Hultin vor Gott weiß wie vielen Jahren die A-Gruppe zusammengestellt hatte, um den Fall mit den Machtmorden zu lösen. Von einem schwerfälligen Grizzlybären auf Menschenjagd in der Unterwelt zu einem modernen, klar denkenden, abgeschlankten Internetbullen.

Hultin griff zu einem neuen Papier. Protokoll des Verhörs mit Adib Tamir. Er las diagonal. Gutaussehende Frau, allein, mittelgroß, langes schwarzes Haar, rote Lederjacke, enge schwarze Hosen, schwarze Joggingschuhe. Eine Gang ›Kleinfuzzis‹ war dabei. Unbekannte Möchtegerns. Sie waren abgehauen. Zuerst trat sie einen messerbewaffneten Hamid nieder. Tritt ins Gesicht. Dann beförderte sie einen ebenso messerbewaffneten Adib mit dem Kopf voraus an eine Bank. Er war weggetreten. Als er zu sich kam, war alles voller Menschen, die schrien. Er sah Hamids Beine und Gedärme ein paar Meter entfernt auf dem Bahnsteig liegen und fiel gleich wieder in Ohnmacht. Als er wieder aufwachte, war der Bahnsteig leer, bis auf ein paar Bullen. Das war alles. Er hatte keine Ahnung, wer die kleinen Fuzzis waren. Solche, die sich anhängten. Die gab es immer. Die Profis waren Hamid und er. Klar könnte er versuchen, bei einer Zeichnung zu helfen, aber er hatte sie kaum gesehen. Sie hatte ihnen den Rücken zugewandt, bis sie sich umdrehte und die Unbezwingbaren in ein paar erbärmlichen Sekunden bezwang.

Schlußwort: »Sie muß Geheimagentin gewesen sein, oder so.«

Ja du, Adib, dachte Hultin. Wer weiß? Sie nahm jedenfalls einen messerbewaffneten Hamid an den Beinen, schob ihn wie eine Schubkarre vor sich her über den Bahnsteig, ließ den halben Körper über die Bahnsteigkante hinausragen, gerade als die U-Bahn einfuhr. Dann verschwand sie spurlos. Mit roter Lederjacke und allem.

Aber das Handy blieb in Hamids Hand zurück. So etwas würde einem geschulten KGB-Agenten wohl nicht passieren.

Näherten sich die Ereignisse der letzten Tage einander an? Begann eine Art Zusammenhang hervorzutreten?

Adib Tamir hatte auf jeden Fall Fotos der acht Frauen ansehen müssen, die aus der Flüchtlingsunterkunft verschwunden waren: Galina Stenina, Valentina Dontsjenko, Lina Kostenko, Stefka Dafovska, Mariya Bagrjana, Natalja Vaganova, Tatjana Skoblikova und Svetlana Petruseva.

Adib hatte den Kopf geschüttelt. »Nein«, hatte er gesagt. »Nein, überhaupt nicht.«

›Überhaupt nicht‹? Was bedeutete das? Hultin breitete die Paßfotos von acht Frauengesichtern vor sich auf dem

Schreibtisch aus und betrachtete sie eingehend. Doch, räumte er ein. Er verstand, was Adibs ›überhaupt nicht‹ bedeutete. Diese Frauen sahen *fertig* aus. Ihr Blick war erloschen. Es war kein Leben in ihnen. Keine von ihnen war über fünfundzwanzig Jahre alt, aber alle sahen bedeutend älter aus. Das Leben war hart mit ihnen umgesprungen, das konnte man sehen. Wahrscheinlich waren sie seit ihren Teenagerjahren Prostituierte, wie die übrigen osteuropäischen Prostituierten, die Schweden und Westeuropa überschwemmten. Eine fürchterliche Flutwelle von Frauenerniedrigung schwappte über Europa, und der Westen war aktiv daran beteiligt.

Für einen kurzen Moment empfand Jan-Olov Hultin Übelkeit. Über sein Geschlecht. Über seine Herkunft. Über sein so wohlbehütetes Leben.

Er wandte sich wieder seiner Arbeit zu. Den Technikern zufolge sollte es nicht unmöglich sein, das Abo des Mobiltelefons ausfindig zu machen. Die SIM-Karte lag vor. Das Abo war zwar nicht schwedisch, doch das sollte kein Hindernis sein. Und danach sollte man eine vollständige Liste der eingegangenen wie abgegangenen Gespräche bekommen können.

Darauf war er gespannt.

Bis dahin konnte er Puzzle legen. Die Stücke hatte er vor sich. Die Frage war nur, ob sie zusammengehörten.

In gut vierundzwanzig Stunden war viel geschehen. Anderseits wurden während eines Tages im Königreich Schweden eine ganze Menge Verbrechen begangen. Es war also keineswegs sicher, daß die drei Ereignisse irgendwie zueinander in Beziehung standen.

Genaugenommen war vielleicht überhaupt kein Verbrechen begangen worden. Die Frauen waren vielleicht ganz einfach aus dem Norrboda-Motel abgehauen; das hätte er selbst wahrscheinlich auch getan, wenn er dort in Verwahrung gesessen hätte. Der Skansenmann war vielleicht nur vor den Dämonen seines Drogenrauschs geflohen; nicht einmal das neu entdeckte Loch im Zaun mußte mit der Sache zu tun haben. Und sogar bei dem U-Bahn-Vorfall konnte es sich um reine Selbstverteidigung handeln.

Keines der Ereignisse mußte das geringste mit den anderen zu tun haben.

Doch bekanntlich kann der Wille Berge versetzen.

Also legte Jan-Olov Hultin ein Puzzle.

Zuallererst: Warum hing es zusammen? Die geballte Routine und Scharfsicht der A-Gruppe sagte – so gut wie einhellig –, daß es so war. Kerstin legte sich zwar via Jorge ein bißchen mit Paul an, doch dabei drehte es sich um irgendein privates Spiel, von dem Hultin nichts wissen wollte. Ihm fehlte nämlich Neugier. Verwunderung konnte er empfinden, Wißbegier, Erfahrungsdrang – doch nicht Neugier. Solange das Private sich nicht auf die Arbeit auswirkte, hielt er sich heraus. Er hatte ja inzwischen sogar ein verheiratetes Paar im Team, und es funktionierte besser, als man gemeinhin annahm. Hultin hatte nicht viel übrig für das Aufstellen strikter Regeln und Direktiven. Sollte Mörner sich mit so etwas abgeben. Es nahm ja doch niemand Notiz davon.

Er begann noch einmal von vorn: Warum hing es zusammen? Weil von dem Ganzen der Geruch internationalen Verbrechens ausging – am schwedischsten waren noch Hamid und Adib. Weil es in so schneller Folge geschehen war – eineinhalb Tage. Weil nichts richtig normal war – Vielfraßmord, Dirnenflucht, gewalttätige Frau.

Am Mittwoch, dem dritten Mai, um Viertel nach zehn am Abend, wird ein Mann, wahrscheinlich eine relativ große Nummer im internationalen Verbrechen, zu den Wölfen nach Skansen hineingejagt; der Wert seiner Goldkette wird auf beinah dreihunderttausend Kronen geschätzt. Die Tatsache, daß sich seine Verfolger einen bedeutend kürzeren Weg durch den Zaun zum Wolfsgehege schneiden, läßt auf sorgfältige Planung schließen. Man *treibt* ihn zu den Wölfen. Man rechnet damit, daß er über den Zaun klettert und auf der anderen Seite der Wolfsgrube wieder herauskommt. Man hat sich etwas ausgedacht, was dort auf ihn wartet. Also hat man es wahrscheinlich auf die Vielfraße abgesehen. Allem Anschein nach ist die Tat bis ins Detail geplant – und das Opfer reagiert genau wie vorhergesehen. Es fragt sich, ob man sogar darauf spekuliert hat, daß die Vielfraße durch das Kokain im Blut einen Kick bekommen. Falls das zutrifft, wäre es richtig raffiniert ausgedacht.

Anscheinend kennt man seinen Ellroy.

Am Donnerstag, dem vierten Mai, irgendwann nach halb drei am Morgen, verschwinden acht Prostituierte aus Osteuropa aus dem Nebengebäude einer Flüchtlingsunterkunft. Dies geschieht also einige Stunden später in derselben Nacht. Wie sieht die eventuelle Verbindung aus? Sara Svenhagen ist der Sache wohl trotz allem am nächsten gekommen – als ein gewisser Kommissar eine Attacke gegen ihre ›vagen Ahnungen‹ ritt. *Wenn* es eine Verbindung gab – und dies erschien ihm immer noch als das schwächste Glied in der Kette –, dann mußte es sich um eine von zwei Möglichkeiten handeln. Eins: Der Skansenmann war ihr Beschützer, und als er aus dem Weg geräumt war, wurden sie gekidnappt oder, schlimmstenfalls, ermordet. Zwei: Der Skansenmann war eine Bedrohung, die beseitigt wurde, und jetzt bekamen die Frauen endlich ihre Freiheit. In beiden Fällen dürfte er ihr Zuhälter gewesen sein, entweder ein guter oder ein schlechter. Und gute Zuhälter waren nicht gerade der Normalfall …

Hultin durchwühlte die Abschriften der Verhöre von Slagsta. Wie ein guter postindustrieller Arbeitgeber zählte er sie. Norlander zwei, Nyberg vier, Svenhagen sieben und Holm – zwölf. Okay, Norlander und Nyberg waren ein paar Stunden früher weggefahren, aber der Unterschied zwischen zwölf und zwei war dennoch markant. Außerdem gab es noch eine Anzahl Protokolle von den Damen vom Vortag. Insgesamt waren es an die dreißig Papierhäufchen.

Glücklicherweise hatte Kerstin Holm die Lage in einem separaten Promemoria vor dem Wochenende zusammengefaßt. Für den Fall, daß er jemals – gegen jede Wahrscheinlichkeit – in Pension ging, zeichnete sie sich immer klarer als seine natürliche Nachfolgerin ab. Sie hätte eigentlich schon längst Kommissarin sein sollen. Aber das hätten auch Hjelm, Söderstedt, Chavez, Nyberg sein müssen, ja, alle, bis auf Norlander, dachte er ein bißchen boshaft.

Zwei mickrige Verhöre.

Er faßte Kerstins Zusammenfassung zusammen. Leider konnte niemand in Slagsta sich an einen Mann mit dicker Goldkette und hellrosa Anzug erinnern. Dagegen wurde zunehmend klarer, daß vor einer knappen Woche etwas passiert sein mußte. Mehrere der äußerst widerspenstigen Freier hatten bezeugt, daß bei sämtlichen acht Frauen ein auffälliger Stimmungswechsel zu beobachten gewesen sei. Sie wirkten tief beunruhigt, wollten jedoch auf Fragen keine Antwort geben. »Sie hat gefickt wie eine verdammte Maschine«, wie ein gewohnheitsmäßig Sexmißbrauch treibender Wachmann aus dem Nachbarviertel in Slagsta über Mariya Bagrjana sagte.

Feine Formulierung.

Ein paar Nachbarn hatten sich an das Geräusch eines großen Fahrzeugs früh am Donnerstag morgen erinnert. »Es hörte sich an wie das Müllauto«, sagte eine alte Dame mit dem eigentümlichen Namen Elin Belin, »aber warum sollten sie schon um halb vier den Müll abholen?« Der andere Nachbar, ein arbeitsloser Schlachter, der laut eigener Aussage »im letzten halben Jahr nicht mehr als sechs Stunden geschlafen« hatte, sagte aus, es sei kurz vor vier gewesen, als er etwas gehört habe, was klang »wie ein SL-Bus auf Abwegen, denn hier fährt kein einziger vernünftiger Nachtbus, und Sie als behördliche Person können vielleicht meine Beschwerde bei der Verwaltung von SL vorbringen«. Dies stammte aus Viggo Norlanders mickrigem Anteil an den Verhören, was ziemlich seltsam war, denn wer hätte Viggo Norlander für eine »behördliche Person« halten können?

Die wichtigste Information stammte jedoch von Jörgen Nilsson, dem Heimleiter. Nachdem er ein wenig unter Druck gesetzt worden war – Kerstin war offenbar etwas unsanft mit ihm umgesprungen –, gab er zu, einen Zuhälter zu kennen. Schon im November hatte ein Mann Kontakt zu ihm aufgenommen, um sich zu vergewissern, daß er sich nicht in das in der Unterkunft betriebene Geschäft einmischen würde; ihm wurde freier Zugang zu den Zimmern 224 bis 227 angeboten, wenn er dafür den Mund hielt. Augenscheinlich hatte Nilsson diesen freien Zugang über Gebühr ausgenutzt. »Stammkunde«, wie ein empörter somalischer Zahnarzt in Zimmer 220 sagte, nachdem er sich von seinem Gebetsteppich erhoben hatte. Schließlich war es Holm gelungen, Nilsson zum Polizeizeichner zu verfrachten, der ein gutes altes Phantombild zusammenstellte. Morgen sollte es durch alle erdenklichen Register gefahren werden. Doch dieser Phantomzuhälter war allem Anschein nach *nicht* identisch mit dem Vielfraßmann.

Ein Schrillen des Telefons jagte ihm nicht nur einen Schrecken ein, der sein Herz aussetzen ließ, es erinnerte ihn auch daran, daß seine Argumentation falsch war. Dies war trotz allem nicht die wichtigste Information.

»Ich dachte mir schon, daß du noch da bist«, grunzte eine barsche Stimme am anderen Ende der Leitung.

»Du ja offenbar auch, Brunte«, sagte Hultin, während sein Herz sich wieder beruhigte.

»Ich heiße nicht Brunte«, sagte Chefkriminaltechniker Brynolf Svenhagen mit Nachdruck. »Ist es mein ungehobelter Schwiegersohn, der solchen Mist verbreitet?«

»Normalerweise sind es Pferde, die Mist verbreiten«, entfuhr es Hultin.

Eine Weile war es still im Hörer. Svenhagen suchte anscheinend nach einem schlagfertigen Kommentar. Da schlagfertige Kommentare aber nicht die starke Seite des strikten Technokraten waren, herrschte vorübergehend Schweigen.

Ein vielsagendes Schweigen, dachte Hultin.

Schließlich sagte der Chefkriminaltechniker, wenig schlagfertig: »Also willst du nun diese Information haben oder nicht? Ich habe wie ein Büffel geackert, um sie noch fertig zu kriegen. Es ist immerhin Freitag abend.«

»Ich will sie gern haben«, sagte Hultin und goß damit Öl auf die Wogen. »Danke«, fügte er sogar noch hinzu.

Das reichte, um Svenhagen zu besänftigen. Er schoß aus der Hüfte:

»Ich habe eine vollständige Liste aller aus- und eingehenden Telefongespräche, die von den Zimmern 224, 225, 226 und 227 im Norrboda-Motel in Slagsta geführt worden sind. Könnte das von Interesse sein?«

Obwohl es von allerhöchstem Interesse war, wurde Hultin eher wütend als überglücklich. Er hatte die Telefone in den vier Motelzimmern ganz einfach vergessen. Hatte er die Dinge nicht mehr im Griff? Waren diese Zeitlöcher doch alarmierender, als er für sich beschlossen hatte? War es ein Gerinnsel, das sich unaufhaltsam einem viel zu engen Blutgefäß im Gehirn näherte?

»Bist du noch dran, Jan-Olov?« fragte Brynolf Svenhagen besorgt.

»Ja«, sagte Hultin und riß sich zusammen: »Ausgezeichnet, Brynolf. Kannst du sie rüberfaxen?«

»Sie sitzen schon im Fax«, gab Svenhagen selbstzufrieden zurück.

Während er darauf wartete, daß sich das Faxgerät in Gang setzte, betrachtete Hultin seine Armbanduhr. Es war dreizehn nach acht. Bald waren exakt zwölf Stunden vergangen, seit das Zeitloch das Raum-Zeit-Kontinuum gelockert hatte. »Acht Uhr, sechzehn Minuten und zehn Sekunden. Piep.«

Vielleicht befand er sich bereits mitten in der Zeitlücke.

Das Faxgerät ratterte los und rief den guten Kommissar in die Wirklichkeit zurück. Obwohl er mit dem Begriff nicht richtig zufrieden war.

Die Wirklichkeit …

Hultin sah auf das hervorquellende Fax und fragte sich, ob es wirklich die Wirklichkeit war, in der er sich befand. Eine gute Weile starrte er auf das sich in Wellen ablagernde Papier. Krrr-krrr-krrr-prritt. Der Haufen wuchs. Die Zeit verschwand in hypnotischer Monotonie. Krrr-krrr-krrr-prritt. Krrr-krrr-krrr-prritt. Krrr-krrr-krrr-prritt. Ein Augenpaar starrte ihn aus der Dunkelheit an. Er zuckte ungewöhnlich heftig zusammen und warf einen Blick aufs Handgelenk. Die Uhr zeigte drei nach halb neun – die gleiche Zeit wie heute morgen, als es eigentlich sechzehn Minuten nach acht war. ›Herr Gott‹, dachte er. ›Es geschieht wirklich.‹

Paul Hjelm stand in seinem viel zu dünnen Leinenjakkett da, hielt einen Schirm mit Polizeilogo in der Hand und hatte Hörstöpsel in den Ohren. Seine zum Abschiedsgruß erhobene Hand sank unsicher durch die Raumzeit. »Aber was ist denn?« brüllte er.

»Schrei nicht so«, sagte Jan-Olov Hultin und starrte auf seine Armbanduhr. Der Sekundenzeiger tickte, aber war er nicht ungewöhnlich schnell? Was tat Paul hier? War es plötzlich Morgen geworden? War es schon Zeit für die Vormittagsbesprechung in der Kampfleitzentrale? War er zwölf Stunden lang in einem schwarzen Loch in der Zeit unterwegs gewesen?

»Entschuldigung«, sagte Hjelm und zog die Hörstöpsel aus den Ohren. »*Kind of Blue*. Miles Davis.«

»Um Musik zu hören, ist die Freizeit da«, sagte Jan-Olov Hultin verwirrt.

Paul Hjelm musterte ihn ziemlich eindringlich. »Mit dir stimmt was nicht, Jan-Olov«, sagte er schließlich.

»Was tust du hier um diese ... Tageszeit?«

»Ich wollte gerade nach Hause gehen. Ich habe mir das ganze Material noch einmal angesehen, und ich fresse einen Besen, wenn es nicht zusammenhängt. Aber was machst *du* hier?«

Hultin saß ganz still. Er strich mit der Hand über die Schreibtischkante. Doch, dachte er, dies ist die Wirklichkeit. Dies ist Materie, die ich fühlen kann. Raum ist nicht Zeit. Ich befinde mich in der Zeit auf eine andere Weise, als ich mich im Raum befinde. Ich bin hier, und ich bin jetzt. Scheiß auf den Rest. Dann wandte er sich zum Faxgerät um. Ein letztes krrr-krrr-krrr-prritt, und der Haufen war komplett. Er nahm ihn, glättete die Seiten auf dem Schreibtisch und sagte energisch: »Gravitationelle Zeitdilatation. Solltest du mal ausprobieren. Das gibt dem Dasein Perspektive.«

Hjelm fiel die Kinnlade herunter. Es war sehr unterhaltend.

»Wo ist das Handy von der U-Bahn?« fragte Hultin scharf.

»In meinem Zimmer«, erwiderte Hjelm eingeschüchtert.

»Was tut es da? Warum ist es nicht bei der Spurensicherung?«

»Ich habe es mir ausgeliehen, als sie ins Wochenende gegangen sind. Ich wollte es mir ein bißchen näher ansehen.«

»Ausgezeichnet«, sagte Hultin. »Hol es her.«

»Keine anderen Fingerabdrücke außer denen von Hamid al-Jabiris, offenbar. Wie schafft man es, an seinem eigenen Handy keine Fingerabdrücke zu hinterlassen?«

»Hol es her«, wiederholte Hultin.

Als Hjelm verschwunden war, sah er rasch den Papierwust durch, den das Faxgerät ausgespuckt hatte. Er fand unmittelbar das, wovon er wußte, daß er es finden würde.

Hjelm trat mit dem Handy ins Zimmer.

»Leg es auf den Schreibtisch«, sagte Hultin mit dem Telefonhörer in der Hand. Er wählte eine Nummer.

Das Handy auf dem Schreibtisch klingelte.

Es kam ihm nicht überraschend vor.

»Jetzt«, sagte Kriminalkommissar Jan-Olov Hultin, »jetzt ist das hier ein *Fall.*«

10

Es war Wochenende. Die ›Spezialeinheit bei der Reichskriminalpolizei für Verbrechen von internationalem Charakter‹ hatte frei. Die ganze Bande. Glücklicherweise hatte der Regen sich aus der Region Stockholm verzogen, so daß es möglich war, sich Feiertagsaktivitäten zu widmen.

Jan-Olov Hultin trat vor seiner Haustür am See Ravalen in den Wald hinaus, durch das Unkrautdickicht des Gartens, das waldähnlicher war als der Wald selbst, und spähte durch gesprungene Fernglaslinsen nach heimkehrenden Zugvögeln aus. Es war, als teilte sich die Raumzeit in Segmente. Gunnar Nyberg fuhr zur Familie seines Sohns Tommy nach Östhammar. Er nahm die Joggingschuhe mit und schaffte es sogar, eine Runde zu laufen, obwohl Benny, der jetzt bald drei Jahre alt war, sich unablässig an seinen Großvater klammerte. Er hing ihm fünf Kilometer lang um den Hals, was der Trainingseinheit besonderen Pfiff verlieh. Viggo Norlander blieb fast den ganzen Samstag mit seiner Astrid und Klein-Charlotte im Bett, die unermüdlich versuchte, über die Bettkante hinauszurobben. Nicht einen Augenblick dachte sie über die eigenartigen Aktivitäten ihres leicht angegrauten Elternpaars im Bett nach. Kerstin Holm hatte ein Großkonzert mit Orchester und allem Drum und Dran in der Jakobskirche, wo sie im Kirchenchor die Altstimme sang. Während der goldenen verdichteten Minuten des Kyrie in Mozarts *Requiem* spürte sie deutlich, wie die verdünnte Stelle an ihrem Schädel vibrierte, und sie stand in direktem Kontakt mit dem Weltall. Kyrie eleison. Christe eleison. Kyrie eleison. Das war der ganze Text. Der Herr sei uns gnädig. Christus sei uns gnädig. Der Herr sei uns gnädig. Das Ehepaar Jorge Chavez und Sara Svenhagen machte einen langen Spaziergang durch Vasastaden und blieb im Vasapark hängen, wo sie auf einer Parkbank landeten und zunächst äußerst nüchtern darüber diskutierten, welche Vor- und Nachteile es mit sich brächte, Kinder zu bekommen. Es endete damit, daß sie sich kräftige Schimpfwörter an den Kopf warfen. Als eine alte Dame mit Perücke vor ihren Augen die Polizei anrief, gingen sie nach Hause in die neu gekaufte Wohnung in Birkastan und liebten sich ebenso hemmungslos wie wortlos.

Dennoch war es kein richtig normales Wochenende. Keiner von ihnen, nicht einmal Viggo Norlander, kam darum herum, mindestens einmal pro Stunde an einen ganz besonderen Fall zu denken.

Dies betraf nicht zuletzt Paul Hjelm. Er war mit der Familie draußen im Häuschen auf Dalarö. Seit einigen Jahren mieteten sie die baufällige kleine Kate mit einem phantastischen versteckten Grundstück am Meer und eigenem, wenn auch verfallenem Steg. Die Besitzerin war eine enorm vitale, aber an den Rollstuhl gefesselte Dame, einst Schwedens erste Boxerin, und Hjelm wurde nie ganz klar, ob sie bewußt die allumfassenden Gesetze des Marktes ignorierte oder ob der Markt ganz einfach nicht hergefunden hatte. So gesehen handelte es sich um den letzten weißen Fleck auf der Weltkarte. Maja – so hieß die ehemalige Boxerin – hätte natürlich allein für das Grundstück so an die drei, vier Millionen bekommen können. Jetzt vermietete sie es für siebentausend im Jahr an die Familie Hjelm und wohnte in einer kleinen Zweizimmerwohnung im Zentrum von Handen. Einmal im Jahr kam Maja zu Besuch und verbrachte eine Nacht in ihrem alten Schlafzimmer. In der Regel war dies am ersten Maiwochenende, danach wurde es, Zitat, ›allzu schwitzig im Korsett‹.

Jetzt saß sie auf der Veranda, atmete in tiefen Zügen die abendkühle Meeresluft ein und sagte: »Es war weiß Gott nicht leicht damals, lesbisch zu sein.«

Da jeder Besuch von Maja eine neue Überraschung in sich barg, schauten Paul und Cilla sie nur ein wenig vorsichtig an und warteten auf die Fortsetzung. Die auch kam.

»Das könnt ihr mir glauben«, sagte sie und schlug ihre krummen, aber kräftigen Arme um das Ehepaar. »Ihr mietet hier ein richtiges kleines Skandalnest, meine Lieben. O weiowei, was haben wir hier für Orgien gefeiert. Kein Kerl, so weit das Auge reichte. Nur eine Masse nacktbadender Nymphchen. Die Nachbarsfrauen waren hysterisch. Aber die Männer haben nicht besonders wild protestiert, so viel kann ich sagen.«

»Und einige der Nachbarsfrauen leben noch, denke ich mal«, sagte Paul Hjelm.

Maja lachte schallend auf und boxte ihm in den Oberarm. Er wußte sofort, daß es einen blauen Fleck geben würde.

»Ich vergesse immer, daß du Detektiv bist«, lachte sie. »Du siehst nicht aus wie ein Detektiv, Paulus.«

»Finde ich schon«, sagte Cilla mit Eisesstimme.

»Aber, aber, aber«, schalt Maja. »Euer Ehegeplänkel müßt ihr später austragen. Jetzt habt ihr Gäste. Und ich nehme gern noch einen Dry Martini, danke. Ein wenig trockener diesmal, wenn's geht.«

»Dann müssen wir ihn zu Hause brennen«, sagte Paul und blickte verstohlen zu Cilla hinüber.

Er stand auf und goß der lauthals lachenden Maja noch einen unverdünnten Beefeater ein.

»Du hast natürlich vollkommen recht«, sagte sie ein wenig ernster, nachdem der Drink serviert war. »Sie verführten die Herrschaften, ließen sich auf deren goldenen Gütern nieder – und bekamen eine Bande von Badenymphomaninnen als Nachbarn. Ein bißchen unerwartet, wenn man in die Gesellschaft einheiratet und ein Konservendosenleben erwartet. Solange eine einzige von ihnen am Leben ist, verkaufe ich nicht. Und macht euch keine Sorgen, meine Lieben, solche Weiber sind zäh.«

Cilla stand auf und tat so, als hätte sie etwas zu tun. Den Rücken zum Tisch gewandt sagte sie: »Ich will dir sagen, warum er aussieht wie ein Detektiv. Weil er nämlich die ganze Zeit über einen Fall nachdenkt. Hier ist er mit Sicherheit nicht.«

»Entschuldige, daß ich existiere«, sagte Paul weise.

»Ein Fall?« jauchzte Maja glückselig auf. »Wie spannend! Erzähl mehr, Paulus.«

»Paulus«, krächzte eine Stimmbruchstimme aus dem Innern der Kate.

»Sind die Kinder auch hier?« fragte Maja erstaunt. »Ich dachte, ihr hättet gesagt, ihr laßt sie in der Stadt.«

»In der Stadt«, meckerte die halb erstickte Stimme.

Paul Hjelm seufzte.

»Ich lebe mit einem Papagei zusammen«, sagte er mit

einem Blick in Cillas Richtung. Sie stand immer noch mit dem Rücken zu ihnen und murmelte: »Er muß gerade wach geworden sein.«

»Ein richtiger Papagei?« fragte Maja angewidert. »Wie eklig.«

»Nicht wahr?« sagte Paul feige.

»Ich mag Tiere nicht«, fuhr die alte Dame fort und schlürfte Beefeater wie ein echter Seebär. »Das ist was aus der Kindheit. Es gibt tatsächlich Menschen mit Angst vor Tieren. Nicht Angst vor Spinnen oder Angst vor Schlangen oder Angst vor Kühen, sondern mit einer allgemeinen Angst vor Tieren. Man bekommt ganz einfach die Panik bei jedem Kontakt mit dem Tierreich. Es ist ziemlich lästig.«

»Du scheinst ansonsten nicht zu denen zu gehören, die unnötig in Panik geraten«, sagte Cilla, immer noch abgewandt.

»Panik ist vielleicht ein bißchen viel gesagt«, räumte Maja ein. »Aber das gibt es. Richtige Angst vor Tieren. Ich habe es aus nächster Nähe gesehen. Ich brachte mal eine kleine Großstadtgöre mit hier heraus, in die ich verliebt war, es muß gegen Ende der fünfziger Jahre gewesen sein, und als ich einen Hecht aus dem Wasser zog, schrie sie in Panik, bis sie ihre Zunge verschluckte. Ich habe sie ihr mit dem Wobbler aus dem Hals gezogen. Als ich sie ein paar Jahre später wiedertraf, sagte sie, daß sie immer noch den Geschmack von rohem Fisch tief im Hals spürte.«

Paul kicherte, goß sich selbst einen großen Beefeater ein und sagte: »Wenn ich nicht daran gehindert würde, den Fall zu diskutieren, könnte ich auch das eine oder andere über Angst vor Tieren erzählen.«

»Tieren erzählen«, krächzte der Papagei aus dem Haus. Paul und Maja lachten laut. Da konnte auch Cilla sich nicht mehr halten. Sie lachte, setzte sich mit einem lauten Plumps an den Tisch und goß sich einen gigantischen Beefeater ein, nahm einen Schluck, der zwei normalen Schnäpsen entsprach, und sagte: »Okay, zum Teufel. Ich befreie dich von deiner Schweigepflicht. Es ist bestimmt ebensogut, wenn du die Sache los wirst.«

Und Paul Hjelm erzählte. Während sich die Dunkelheit über die Gränöbucht senkte und der ein wenig verhangene Tag mit einer golden schimmernden Abenddämmerung seinem Ende zuging, erzählte er von Vielfraßen unter Rauschgifteinfluß und von osteuropäischen Huren, vom sonderbaren Schicksal eines Handyräubers und unsichtbaren Verfolgern in Skansen, von einer Machofrau in roter Lederjacke und von einem ausgesprochen ungeeigneten Leiter einer Flüchtlingsunterkunft. Maja lauschte hingerissen und war mehrmals nahe daran, aus dem Rollstuhl zu purzeln. Dann und wann streute sie Kommentare ein, die teils saftig waren, teils klug. Aber am stimulierendsten war, daß selbst Cilla zuzuhören schien, nicht nur, weil sie ein wenig angetrunken und müde war, nicht nur, weil sie es versprochen hatte, sondern aus wirklichem Interesse.

Als er fertig war, schwebte die Sonne noch über dem Wasser am Horizont. Paul griff nach Cillas Hand, und Maja sagte: »Geht ihr noch eine Weile auf den Steg und genießt die Stimmung. Ich fahre rein und lege mich hin.«

»Kommst du allein klar?« fragte Cilla.

Maja legte die Hand über Pauls und Cillas verschlungene Hände. »Im schlimmsten Fall«, sagte sie, »liege ich auf dem Fußboden und warte. Das habe ich schon mehr als einmal gemacht.«

Sie gingen zum Wasser hinunter. Der Steg, der plötzlich eine sündige Vergangenheit bekommen hatte, ragte mitten in ein glitzerndes orangefarbenes Leuchten hinaus, wie ein altes schwarzes Schiffswrack auf einem romantischen Gemälde. Weil die Gränöbucht windstill bis zum Horizont dalag und der eine und andere äußerst trockene Dry Martini durch ihre Kehlen gelaufen war, kam ihnen der Maiabend nicht besonders kalt vor. Als sie auf den Steg hinaustraten, zog Cilla ihre Kleider aus, Stück für Stück, ganz ruhig und selbstverständlich, bis sie völlig nackt in dem dunkelorangefarbenen Leuchten stand. Es tanzte ein bißchen in Pauls Kopf. Er betrachtete den zierlichen blonden, lichtumflossenen Körper, der im großen und ganzen seine Sexualität geprägt hatte. Da stand die Mutter seiner beiden Kinder, die alt genug waren, selbst Kinder zu bekommen, und war jung. Ewig jung. Sie fuhr langsam und sinnlich mit den Händen durch das zerzauste blonde Haar. Es war ein Frühlingsgeschenk, so viel verstand er. Er trat zu ihr und schlang die Arme um sie. Sie löste seine Kleidung, das hatte sie lange nicht getan. Schließlich war auch er nackt, und sie standen eng umschlungen in einem langsam vergehenden Licht auf dem alten Steg. Er hob sie hoch, sie schlug die Beine um ihn, sie machte sich weit und er drang ein, und es wurde dunkel auf dem Steg. Mit einem Schlag erlosch die Gränöbucht, und die Welt wurde still. Die Zeit zog sich zurück, die Grenzen lösten sich auf, und alles war eins. Sie schob sich zurück und berührte nur noch seine äußerste Spitze über dem Abgrund, dann nahm sie ihn in sich auf, so tief es ging, und schließlich legte er sich zwischen den auf dem Steg verstreuten Kleidungsstücken auf den Rücken, und sie sank langsam über ihn und umschloß ihn, und etwas, das größer war als sie beide, vereinte sie. So ritt sie ihn zum rhythmischen Geräusch der Wellen, die durch nichts als die Bewegungen des Stegs auf der spiegelglatten Bucht hervorgerufen wurden. Und die Erde schien sich zu heben, schien sich nähern zu wollen, und der schwarze Himmel sank und sank, bis er von Lichtpunkt auf Lichtpunkt perforiert wurde und das Licht aus einer anderen, dahinter liegenden, besseren Welt Keile in das Schwarze trieb und näher und näher kam und stieg und sank und Geräusche und Bewegungen war und Muster die sich auf der Wasseroberfläche ausbreiteten und der Mond legte einen dünnen Film von Licht über das Dunkel, einen Steg aus Licht der sie hinübertrug in die bessere Welt und sie traten ein und die Welt lächelte ihnen entgegen und alles war Licht und Schimmern und am Ende ein einziger mächtiger Lichtschein der von etwas anderem und Besserem erzählte das gleichzeitig hier und jetzt war und alle Laute waren nur Rhythmen die durch alle Löcher und alle Öffnungen in der schwarzen Decke des Himmelsgewölbes strömten aus Licht das spritzte und kam und sich entleerte und explodierte in Lauten die Licht waren und Licht das Laute war und alles war vorüber.

Und es war ganz, ganz still auf dem kleinen Steg.

Da klingelte ein Handy. Sie sahen einander nicht, fühlten einander nur. Er schüttelte leicht den Kopf, und sie nickte.

Sie war es, die nickte.

In dem Nicken lag eine tiefe Einsicht, das fühlte er, als seine Hand in dem Kleiderhaufen tastete und er das Gespräch annahm.

Er sagte nicht ein Wort. Alles, was sie hörte, war das schwache Klicken, als er auf den Ausknopf drückte.

»Deine Geschichte ist noch nicht richtig zu Ende, nicht wahr?« sagte sie und streichelte das rote Mal auf seiner Wange.

»Nein«, sagte er still. »Sie ist nicht richtig zu Ende.«

11

Fünf Tage war er jetzt unterwegs – es kam ihm vor wie ein ganzes Leben. Und in gewisser Weise war es das. Jetzt spürte er, daß die Irrfahrten sich ihrem Ende näherten. Eine Verwandlung bahnte sich an.

Das Gefühl einer Gegenwart war jetzt stärker. Sie wurde physisch spürbarer, mehr wie ein alter Freund, auf den man lange gewartet hat. Über ein halbes Jahrhundert. Zwei alte, sehr alte Männer, die sich gegenübertraten, jeder von seiner Seite eines gänzlich vollgekritzelten Bogens Papier. Es war, als wäre er im Begriff anzukommen, nach Hause zu kommen.

Und dort wartete jemand.

Unverbrüchlich treu.

Alles waren jetzt Bilder. Sie strömten durch ihn hindurch. Es war der Todesfluß, und er mußte den Fährmann rufen, um ihn überqueren zu können, um die Erlaubnis zum Sterben zu bekommen. Der Fährmann war es, der auf ihn wartete. Der ihn auf die andere Seite bringen sollte. Und er würde nicht haltmachen, bevor er nicht die Tiefe des Trichters erreicht hatte. Doch alles war besser als das Umherirren, unbegraben am Ufer eines Flusses, der nicht existierte. Das Umherirren Ahasvers. Jetzt war der Fluß da. Jetzt begann das ewige Leiden.

Es war ihm willkommen

Dann und wann war es ihm erlaubt, aus dem Bilderstrom hochzublicken. Um Atem zu schöpfen. Dann rief er sich seinen Reiseweg während dieser fünf Tage in Erinnerung. Die Reise jedes Tages formte einen Buchstaben. Der erste war ›E‹, großes ›E‹. Die Reise des zweiten Tages formte ein ›P‹, das hatte er herausgefunden.

Die Bilder waren unerbittlich. Es war nicht viel Zeit, um aufzublicken. Die Flutwelle schwappte über ihn hinweg. Doch die Erzählung blieb aus. Die Bilder paßten nicht zusammen. Es ergab sich keine Ordnung. In dem Augenblick, in dem die Ordnung hergestellt war, käme das Ende. Dann müßte er nicht mehr unterwegs sein.

Arme liegen über ihm, Beine liegen über ihm, dünne, dünne Beine, dünne, dünne Arme. Er bewegt sich in einem Menschenhaufen. Es sind tote Menschen. Einer der toten Menschen ist ein Mann ohne Nase, und er liegt auf dem Fußboden eines Wohnzimmers in Tyresö, und eine Hand mit einem Küchenmesser wird weggezogen, und unter dem Mann ohne Nase läuft das Blut heraus, und an dem Handgelenk bei dem Messer sind Ziffern, die sich in Bewegung setzen und auf dem Weg fort von ihm sind. Und sein Kopf hängt nach unten, und ein Metalldraht wird in seine Schläfe eingeführt, und er fühlt keinen Schmerz, obwohl er einen Schmerz fühlen müßte, der über jede Vorstellungskraft geht. Und nicht er hängt mit dem Kopf nach unten, es ist der Mann, der in unverbrüchlicher Treue am Ufer wartet, das der Todesfluß offenbart. Und das Buch, das er schreibt, das von Schmerz, von Schmerz, Schmerz, Schmerz spricht, wohin geht es? Und woher kommt es? Ist er es, der sein eigenes Buch schreibt? Er öffnet die Tür seines Hauses, und da steht ein Mann ohne Nase, und dann liegt der Mann ohne Nase tot vor ihm. Dann sieht er einen sehr hellen Mann in Uniform. Der sehr helle Mann in Uniform hält einen sehr dünnen Metalldraht in der Hand. Neben dem sehr hellen Mann steht ein dunklerer Mann. Er hat am Hals ein lila Muttermal. Es hat die Form eines Rhombus. Und hinter den beiden Männern, in sonderbarem, künstlichem Gegenlicht, ist ein dritter Mann zu erkennen, und der dritte Mann hat auch einen Metalldraht in der Hand, und er sollte ihn sehen, aber er sieht ihn nicht. Und am Handgelenk verschwindende Ziffern. Der Mann ohne Nase sagt ›Sheinkman‹, und er steht ganz still und beobachtet ihn, und der Mann ohne Nase sagt noch einmal ›Sheinkman,‹ und diesmal zeigt er auf sich selbst und ein riesiges Lächeln breitet sich über sein Gesicht aus, und da taucht er aus dem Fluß auf und sieht, daß die U-Bahnstation Sandsborg heißt.

Da ist er ganz nahe. Der Reiseweg des Tages steht klar vor ihm. Er bildet ein ›U‹. Heute ist er gefahren wie ein

›U‹. Es ist der letzte Buchstabe. Und wie ist er gestern gefahren? Er muß noch einmal hinein und den gestrigen Tag durchfahren. Langsam wird er zu einem Zeichen. Zu einem Buchstaben.

Als der Zug wieder anfährt, geht es nicht mehr durch Tunnel. Er fährt draußen im Licht. Obwohl es Abend ist und nicht sehr hell. Es geht auf den Abend zu, denkt er, und jetzt spürt er diese Gegenwart so deutlich. Der Tod sitzt neben ihm, und fährt mit ihm, er ist ein ganz normaler Mensch.

Obwohl er sich auflöst; die Konturen des Todes lösen sich auf. Warum das? Darf er auch jetzt nicht sterben? Oder ist es gar nicht der Tod, der ihn verfolgt? Sind es andere – Wesen?

Alles wird wieder undurchdringlich.

Ein Durcheinander. Arme, ein Mann ohne Nase, drei Männer im Gegenlicht, Ziffern, die sich bewegen, ein dünner Metalldraht, ein nach unten hängendes Gesicht, ein Buch, in das geschrieben wird, Beine, dünne, dünne Beine, ein Gestank, der sich jeder Beschreibung entzieht.

Der Buchstabe von gestern war ein ›V‹. Das ist vollkommen klar, als der Zug an der U-Bahnstation Skogskyrkogården hält und er mit zitternden Beinen aussteigt. Es ist ganz selbstverständlich. Er folgt einer inneren Karte.

Langsam fällt die Dämmerung um ihn her. Auf seinen Stock gestützt, überquert er die Straße und stolpert auf das große Friedhofsgelände. Wie Leuchtbojen beleuchten die Straßenlaternen seinen Weg, und hier und da brennt auf einem Grab ein kleines Licht. Es wird immer weniger Stadt und immer mehr Wald. Nur die Reihen der Grabsteine unterscheiden den Ort von einem Wald. Unter seinen Füßen sind die Toten unterwegs. Die Bäume, die Büsche, die Pflanzen holen sich Nahrung aus verwesenden Körpern. Einen Moment lang denkt er, daß die Vegetation anders aussieht als anderswo.

Als nähmen Gewächse, die sich von Leichen ernähren, eine andere Form an.

Er stolpert vorwärts durch den Frühlingsabend. Der Duft frisch ausgeschlagenen Grüns vermischt sich mit dem Gestank des Vergangenen. Eine Wolke von Verwesung liegt über dem Friedhof. Christliche Gräber erfüllen ihn immer mit Unbehagen – endlich beginnt er zu verstehen, warum.

Die eigentümlich geformten Bäume sind starr. Es ist vollkommen windstill. Dennoch spürt er eine Form von Gegenwart, die nicht mehr die des tröstenden Todes ist. Der tröstende Tod hat ihn verlassen. Die Gegenwart ist greifbar, aber dennoch ist sie nur vage, wie eine Luftspiegelung. Dinge scheinen sich gleitend gerade außerhalb seines Blickfelds zu bewegen.

Das Entsetzen darf nicht von ihm Besitz ergreifen. Er darf nicht in den Sumpf des Schreckens sinken. Er kämpft sich hoch an die Oberfläche. Gehirngymnastik. Fünf Tage ist er unterwegs gewesen. Es fehlt noch ein Buchstabe von seiner Reise. Der mittlere Buchstabe. Die Reise von vorgestern. Er ruft sie sich in Erinnerung, während er über den großen Friedhof stolpert. Ein Tier läßt sich hören. Ein Käuzchen, das ruft.

Er erinnert sich daran, daß er weit im Norden aus der U-Bahn gestiegen ist und eine kleine sinnlose Rundtour mit einem Bus gemacht hat. Daraus wurde ein Ring – oder ein Punkt.

Ein I-Punkt.

Der dritte Buchstabe ist ein kleines ›i‹. Das bedeutet, daß alle Buchstaben außer dem einleitenden ›E‹ Kleinbuchstaben sind.

Ohne es zu merken, hat er die christlichen Gräber hinter sich gelassen. Er befindet sich jetzt auf dem Gelände der jüdischen Gemeinde. Bet Hachajím, der Südfriedhof. Auf mehreren Gräbern liegen kleine Steine. Ganz oben auf den

Grabsteinen stehen zwei hebräische Buchstaben: ›Hier ruht‹. Unten fünf hebräische Buchstaben, die bedeuten: ›Möge seine/ihre Seele in den Bund des ewigen Lebens aufgenommen werden.‹ Es kommt ihm vor wie zu Hause. Und auch wieder gar nicht.

Da sieht er im Augenwinkel einen Schatten, der hinter einen Baum gleitet. Und noch einen.

Er steht still. Das Käuzchen ruft wieder. Es ist ein Todesruf, und das ist völlig logisch. Er steht da und ordnet die fünf Tage seiner letzten Reise. Fünf Buchstaben, und sie legen sich wie Spielkarten hintereinander. Zuerst ›E‹, dann ›p‹, danach ›i‹, dann ›v‹ und zuletzt ›u‹. ›Epivu‹.

Vollkommen sinnlos. Tragisch, mit noch einem undurchdringlichen Rätsel auf den Lippen zu sterben. Er lacht still. Ein Galgenlachen.

Doch da geschieht etwas Seltsames. Auch die Bilder legen sich in Ordnung hintereinander wie Spielkarten, in glasklarer Ordnung.

Er setzt sich wieder in Bewegung. Viel Bewegung ist es jedoch nicht. Er taumelt, halb über dem Stock hängend. Die Natur um ihn her ist wie in gleitende Schatten gehüllt, die Bäume scheinen sich zu bewegen, ein Wald, der näher kommt, und er nimmt die erste Spielkarte und sieht sie an.

Und sein ganzes Leben ändert den Charakter.

Da sieht er durch die Dunkelheit, daß mehrere Grabsteine umgestürzt sind. Einer ist zersplittert. Und natürlich ist es der. Der, zu dem er die ganze Zeit unterwegs gewesen ist. Er lacht kurz. Er hört sein eigenes Lachen, und es gibt ein leeres Echo. Unglaublich leer.

Es ist vollkommen logisch, daß dieser Grabstein zerstört ist. Er kniet daneben nieder und blickt auf. In einigem Abstand erkennt er mehrere Gestalten. Sie johlen und werfen Flaschen und zerschlagen weit dort drüben noch einen Grabstein, und ihre Schädel sind kahl. Er seufzt auf und befingert den zerstörten Grabstein. Er ist enttäuscht. Sind es Skinheads, die sein Schicksal werden? Neonazis? Wie – banal.

Er schaut die inzwischen so gut sortierten Bilder in seinem Innern durch. Es ist wohl jene Klarheit kurz vor dem Tod. Das Leben, das Revue passiert.

Ja, denkt er. Es ist vollkommen, vollkommen klar. Richtig. So ist es.

Damit kann man natürlich nicht leben.

Da versteht er auch die Buchstaben. ›Epivu‹. Natürlich.

Man muß nur die Perspektive wechseln.

Es ist kein Punkt über dem ›i‹.

Und nicht die Skinheads sind sein Schicksal. Es ist ein gutes Gefühl. Gerechter.

»Ihr habt lange gejagt«, sagt er laut, und er weiß nicht, in welcher Sprache er es sagt.

»Ja«, antwortet eine Frauenstimme. »Ziemlich lange.«

Er fühlt, wie er hochgezogen wird. Es ist stockdunkel. Urzeitdunkel. Der eiskalte Wind heult. Sein Körper dreht sich. Alles steht auf dem Kopf. Er sieht den Mond zwischen seinen Füßen hervortreten. Er hört die Sterne in Lichtjahrgesang ausbrechen. Er sieht das Dunkel sich verdunkeln.

Jetzt sieht er ein Gesicht. Es steht auf dem Kopf. Es ist eine Frau, die der Mann ist, der unverbrüchlich treu mehr als ein halbes Jahrhundert gewartet hat, und die ihn jetzt auf die Fähre über den Todesfluß geleitet, der endlich, endlich aus seinem Innern hervorströmt. Und er ist es, dessen Kopf nach unten hängt.

Da kommt der Schmerz.

Um ein halbes Jahrhundert verzögert.

Und er ist genau so, wie er ihn sich vorgestellt hat.

12

»Aber Himmel, Arsch und Zwirn«, sagte Jan-Olov Hultin. »Riechst du nach Gin?«

»Nix da«, sagte Paul Hjelm. »Möglicherweise eine Spur Dry Martini.«

Der Mond glitt sachte zwischen unsichtbaren Wolken hervor, und der Ort änderte seinen Charakter. Es war kein feuchter, finsterer Urwald mehr, in dem es von unsichtbarem Leben wimmelte, es war die karge, grausame, erstarrte Wohnung des Todes. Im gleichen Maße wie der Mond traten die Grabsteine in Erscheinung, einer nach dem anderen, bis alles aussah wie in einem Gedicht von Edward Young.

Grabpoesie.

»Sind die anderen hier?« fragte Hjelm.

»Der einzige, den ich erreichen konnte, war Gunnar, und er war in Östhammar. Die andern hatten ihre Handys abgeschaltet – und ich verstehe sie. Und du, wie zum Teufel bist du hergekommen? Ich hoffe, du bist nicht selbst gefahren …«

»Taxi«, sagte Hjelm kurz, während sie den schmalen Pfad entlanggingen, an dem der christliche Friedhof Skogskyrkogården in den jüdischen Südfriedhof übergeht. Die Grabsteine sahen ein wenig anders aus – aber im Grunde war es kein großer Unterschied.

Ein Platz für Tote.

»Erzähl mal«, sagte Hjelm, während sie um eine Ecke bogen und eine Traube uniformierter Polizisten sichtbar wurde. Sie wirkten bleich in dem schwachen Mondlicht. Um sie herum verlief das obligatorische rot-weiße Plastikband, und die beiden Kriminalbeamten tauchten darunter durch und betraten den Kreis.

»Ich fange ohne Vorrede an«, sagte Hultin und nickte einem der Polizeiassistenten zu. Der fingerte irgendwo im Dunkeln, und ein starker Scheinwerfer wurde angeschaltet. Hjelm war sofort geblendet. In dem flammenden, gleißenden Feuermeer, das hinter seinen Lidern das Blickfeld ersetzte, erkannte er einen Menschen. Und als das Feuermeer verblaßte, sah er – immer noch hinter den Lidern –, daß der Mensch mit dem Kopf nach unten hing. Dann vermochte er endlich die Augen zu öffnen.

Da wurde es deutlicher.

An einer Eiche hing ein sehr alter Mann. Von den zusammengebundenen Füßen lief ein Seil in den Baum hinauf. Die Hände des Mannes schleiften auf der Erde. Die grauen Haarsträhnen reichten fast bis zum Boden, unmittelbar neben einem Spazierstock und einem zerstörten Grabstein. Und in seinem Kopf stak in Höhe der Schläfe ein dünner, aber fester Metalldraht. Auf dem Gesicht des Mannes lag ein eigentümliches Lächeln. Es war ein grausiger Anblick in dem scharfen Scheinwerferlicht. Wie die Schlußszene eines Schauspiels. Einer antiken Tragödie.

»Jesses«, sagte Paul Hjelm.

Hultin zupfte ein paarmal an dem Seil, wie an einer Contrabaßsaite. Ein gebrochener Ton drang in die Nacht.

»Um die Füße ein acht Millimeter dickes rot-lila-gestreiftes Polypropenseil mit einem Kreuzknoten.«

»Rassisten?« fragte Hjelm und zeigte auf den zerstörten Grabstein.

»Sieht so aus«, sagte Hultin. »Etwas weiter fort sind mehrere Grabsteine umgestürzt und beschädigt. Und zerschlagene Schnapsflaschen.«

»Keine Fußspuren«, nickte Hjelm.

»Nein. Nicht direkt.«

»Keine Fußspuren im Vielfraßgehege, meinte ich. So hat er gehangen. Und mit blutenden Fingern das Wort in die Erde geschrieben.«

»Allem Anschein nach. Weißt du, wer dieser Mann ist?«

»Nein. Jude?«

Hultin zog den Jackenärmel des alten Manns hoch. Das manschettenbesetzte weiße Hemd rutschte mit.

In Höhe des Handgelenks verlief eine Reihe tätowierter Ziffern.

Hjelm schnitt eine Grimasse und zuckte zurück.

»O pfui Teufel«, stieß er hervor.

»Professor emeritus Leonard Sheinkman«, sagte Hultin leise. »Weltberühmter Medizinforscher. 1912 in Berlin geboren, also achtundachtzig Jahre alt.«

»Und so hier aufgehängt. Pfui Teufel.«

»Gelinde gesagt.«

Hjelm beugte sich nieder und betrachtete das alte, zerfurchte Gesicht. Er betastete vorsichtig den steifen Metalldraht, der in der Schläfe steckte. Er schauerte zusammen und mußte an einen früheren Fall denken, bei dem widerwärtige Metallinstrumente in den Kopf eingeführt worden waren. Es war kein Fall, an den er sich besonders gern erinnerte.

›Böses Blut kehrt wieder.‹

Doch das wollten sie nie wieder sagen.

»Ich weiß nicht, was es ist«, sagte Hultin und ging neben ihm in die Hocke. »Aber es erinnert mich an etwas.«

»Folter?« sagte Hjelm.

»Vielleicht.«

Sie richteten sich wieder auf.

»Wir müssen Brunte wohl zu den Vielfraßen zurückschicken«, sagte Hjelm.

»Darum kommen wir kaum herum …«

Hultin gab dem Polizeiassistenten am Scheinwerfer ein Zeichen, und das Licht erlosch. Es wurde stockfinster. Die Augen konnten jetzt im Dunkeln gar nichts mehr sehen, und der Mond war wieder hinter die unsichtbaren Wolken zurückgetreten.

»Zeugen?« fragte Hjelm.

»Ich habe gerade mit einer Familie gesprochen, die so gegen halb neun eine Gang Skinheads in vollem Galopp durch Skogskyrkogården hat rennen sehen.«

»Skinheads?« stieß Hjelm hervor.

»Es ist ja ihr Stil«, sagte Hultin und zuckte etwas zweideutig mit den Schultern. »Umgeworfene jüdische Grabsteine. Es wäre nicht das erste Mal.«

»Aber das hier«, sagte Hjelm und zeigte auf den alten Mann, der dort zwischen den Ästen baumelte. »Das wäre das erste Mal.«

»Richtig. Und wir müssen die Skinheads finden.«

»Klar. Natürlich.«

Die Worte wurden klein und belanglos. Es war so ungeheuer widerwärtig. Ihr Schaudern sagte mehr als tausend Worte. Ein alter jüdischer KZ-Insasse, auf einem jüdischen Friedhof in Schweden aufgehängt und gefoltert. Da versagten alle Worte.

Konnten wirklich schwedische Skinheads diese Tat begangen haben? Und falls es so war, was hatten sie dann mit dem anonymen Vielfraßmann in Skansen zu tun? Waren es Skinheads, die den höchstwahrscheinlich dunkelhäutigen Mann durch die Waldungen von Djurgården verfolgt hatten – genauso, wie sie dann den alten jüdischen Professor durch das Gehölz von Skogskyrkogården verfolgt haben mußten?

Das klang – unwahrscheinlich. Zwar hatte die A-Gruppe vor nicht allzu langer Zeit eine rechtsextremistische Terrorgruppe bekämpft, die ihre Fühler in alle Richtungen ausgestreckt hatte, wo undemokratische und inhumane Aktivitäten im Schwange waren; zwar hatten sie all diese sogenannten patriotischen Homepages im Internet gesehen, die bekannte schwedische Juden namentlich nannten, welche an der großen jüdischen Weltverschwörung beteiligt waren – aber dies hier war etwas anderes.

Alles andere als normal.

Mit einem letzten Blick auf den baumelnden alten Mann sagte Kriminalkommissar Jan-Olov Hultin ein wenig unerwartet: »Hauch mich mal an.«

Paul Hjelm starrte ihn an. »Was?« stieß er aus, seinem Chef direkt ins Gesicht.

»Danke«, sagte Jan-Olov Hultin. »Ich brauchte einen Schnaps.«

13

Kerstin Holm starrte den kurzgeschorenen Mann an und gab sich Mühe, grimmig auszusehen. Es fiel ihr ein wenig schwer, grimmig auszusehen, weil es acht Uhr am Sonntagmorgen war und sie an den Nachwirkungen eines rauschenden Fests mit einer Clique von Chor- und Orchestermitgliedern am voraufgegangenen Abend litt, bei dem man die Festbräuche der Familie Mozart befolgt hatte. Außerdem hatte sie erst vor fünf Minuten eine äußerst knappe Übersicht über den Fall erhalten. Während sie dasaß und sich anstrengte, grimmig auszusehen, versuchte sie gleichzeitig, eine Reihe sehr vage angedeuteter Fäden miteinander zu verknüpfen. Es war ein schwieriger Balanceakt, nicht zuletzt weil ihr auch noch schlecht war.

»Ich weiß, daß du nicht richtig vorbereitet bist«, hatte Hultin gesagt, als er sie vor einer Dreiviertelstunde angerufen und geweckt hatte und sie mit schrillenden Kopfschmerzen aus dem Schlaf hochfuhr. Sie wußte nicht, ob sie den Tag überstehen würde, ohne sich zu übergeben, geschweige denn ob sie ein vernünftiges Kreuzverhör mit einem Verdächtigen durchführen konnte, der schon *per definitionem* widerwillig war.

»Aber«, hatte Hultin weiter gesagt, »du bist unsere beste Verhörleiterin. Und Paul wird dabei sein.«

Als ob das ein Trost wäre. Hjelm saß neben ihr und sah aus, als ginge es ihm noch schlechter als ihr. Jenseits von Gut und Böse. Sie überflog die Papiere, die vor ihr lagen, und versuchte, kompetent zu wirken.

Sie betrachtete den Mann ihr gegenüber in dem sterilen Vernehmungsraum und versuchte, ihn sich als raffinierten Mörder vorzustellen. Es war schwierig. Er sah aus wie ein kleiner Rotzjunge mit Muffensausen. Allerdings, dachte sie und machte sich hart, er ist ja immerhin Skinhead.

»Also dann, Andreas Rasmusson«, begann sie und blickte den Jungen fest an. »Du bist heute nacht, dem vorläufigen Bericht zufolge, ›wie ein Gespenst‹ auf dem Hauptbahnhof herumgeirrt. Und heute früh bist du also von einer Familie erkannt worden, die gestern abend um halb neun auf dem Waldfriedhof war, um Blumen auf Großmutters Grab zu legen. Du kamst da aus der Richtung des jüdischen Friedhofs gelaufen, wo gerade zehn Gräber geschändet worden waren. Deine Fingerabdrücke sind auch auf einer zerschlagenen Schnapsflasche, die dort lag. Du bist achtzehn Jahre alt und nicht vorbestraft, und jetzt erzähle uns, was passiert ist. Dann ist es möglich, daß du das bleibst, also nicht vorbestraft.«

Paul Hjelm betrachtete Kerstin Holm. Ihm war nicht gut. Sie dagegen wirkte total unberührt von der mißlichen Lage und der unchristlichen Tageszeit und den Ausschweifungen des voraufgegangenen Abends. Wie konnte sie so unberührt sein?

Kerstin Holm spürte, daß sie sich übergeben mußte. Sie stand auf und sagte streng – wenn auch mit etwas gepreßter Stimme: »Denk ein paar Minuten nach über das, was ich gesagt habe.«

Und weg war sie.

Aha, dachte Hjelm. Neue verhörtechnische Experimente. Hübsch.

Er betrachtete Andreas Rasmusson. In ein paar Jahren würde er aller Wahrscheinlichkeit nach das Leben als Skinhead verlassen und in die Gesellschaft eintreten. Er würde von seinem früheren Leben Abstand nehmen – aber vermutlich nie die Ideen hinter sich lassen. Er würde das eine sagen und die ganze Zeit etwas anderes denken. Und das war ein explosiver Zustand. Früher oder später würde er hochgehen und ihm um die Ohren fliegen.

Einen Augenblick verweilten Paul Hjelms Gedanken beim Zustand. Dem schwedischen Zustand. Er war sich nicht sicher, ob er ihn verstand. Der Markt regierte, soviel war klar. Aktienwert hatte Menschenwert ersetzt. Die Frage war nicht so sehr, was das in der Gegenwart bedeutete, weil das ziemlich offenkundig war: wirtschaftliche Umverteilung von Armen zu Reichen. Was Geld brachte, war Geld, nicht Arbeit, und dieses Geld mußte ursprünglich irgendwo hergekommen sein. Das Gerede von ›Volksaktien‹ und ›Allgemeinfonds‹ war ein blasses Alibi dafür, mit dem wirklichen Geschäft weitermachen zu können wie bisher: damit Geld Geld bringen konnte, mußte es *großes Geld* sein. Und gewöhnliche Menschen hatten kein großes Geld. Einfach und glasklar. Sicher, gewöhnliche Menschen konnten ein paar Zehntausend an der Börse verdienen, doch das hatte keinerlei Bedeutung. Außer für die allgemeine Sichtweise, was den Markt betraf; es war ganz einfach eine Frage der Vermarktung. An der Börse zu spielen war wie Bingo, nichts anderes. Hatte man Glück, bekam man ein bißchen Geld. Also gab es kein Problem mit dem Ganzen. Die Vermarktung war gelungen. Im Prinzip kostenfrei.

Nein, die Frage war, was für eine Bedeutung es auf Dauer hatte. Wie veränderte diese unerhörte allgemeine Fixierung auf Geld den Menschen an sich?

Paul glaubte es sogar zu wissen. Eine gewaltige grundlegende Veränderung war im Gang. Er war bei seiner Arbeit so häufig darauf gestoßen. Alle Formen von Demokratie und Humanität bauten auf der Fähigkeit auf, mit dem Menschen, mit dem man sprach, den Platz tauschen zu können. Einfach so. Sich tatsächlich als der andere sehen zu können, mit den gesammelten Erfahrungen des anderen. Erst dann wurde der Mensch gegenüber ein Mensch. In den letzten Jahren hatte er beobachtet, daß diese einfache, grundlegende Fähigkeit zu schwinden begann. Eine Art von Schirm hatte sich zwischen den Menschen aufgebaut, und sie begannen sich als Objekte zu sehen. Investitionsobjekte. Wirft mein Gespräch mit dieser Person irgend etwas ab?

Es gab keine Welt außerhalb der Ökonomie. Und ohne eine solche Freizone stand es sozusagen jedem frei, seine Mitmenschen nach Gutdünken zu behandeln. Die Zahl der Gewissenlosen wurde größer und größer, glaubte er zu wissen.

Aber was glaubte er nicht alles zu wissen.

Kerstin Holm sah von oben auf ihn hinunter. »Hallo«, sagte sie. »Jemand zu Hause?«

»Der Mensch ist nicht Herr im eigenen Haus«, sagte Paul Hjelm und gab sich einen Ruck.

Ihr Blick verweilte noch ein paar Sekunden auf ihm. Dann wandte sie sich dem achtzehnjährigen Skinhead zu und sagte: »Nun, Andreas, hast du fertig überlegt?«

»Ich weiß nicht, wovon ihr redet«, sagte Andreas Rasmusson und sah käsig aus.

Käsig? Dachte Hjelm. Wieso käsig? Was für ein eigentümliches Wort.

»Na dann«, sagte Kerstin und klappte ihre Papiere zusammen. »Dann gehen wir zum Staatsanwalt und beantragen

Untersuchungshaft für dich. Du kommst vor Gericht, danach Jahre ins Gefängnis, mitten unter böse Einwanderergangs, und bleibst ein Leben lang alter Knastkunde.«

Und sie verließ den Vernehmungsraum mit Papieren und allem.

Paul starrte eine Weile auf die geschlossene Tür. Dann ging auch er hinaus. Er trat in den Raum hinter dem durchsichtigen Spiegel und sah Andreas Rasmusson am Vernehmungstisch sitzen und verwirrt blinzeln. Er hatte erwartet, Kerstin hier zu treffen, doch sie glänzte durch Abwesenheit. Eine Weile blieb er stehen und beobachtete den Skinhead. Wie eine vage Kontur in einem Feuermeer kam die Gestalt des an den Beinen hängenden Mannes ihm entgegen. Die grauen Haarsträhnen reichten hinunter bis zu dem zerstörten Grabstein.

Ihm ging es nicht richtig gut.

Kerstin kam herein und stellte sich neben ihn. Sie roch – schlecht.

Überrascht wandte er sich zu ihr um. »Sag mal, hast du gekotzt?«

»Warum sonst sollte ich wie von der Tarantel gestochen den ganzen Morgen rein und raus laufen?« fragte sie mit dem Blick zum Spiegel. »Ich hatte mich eigentlich auf einen freien Tag eingerichtet. Im übrigen riechst du auch nicht gerade taufrisch«, fügte sie hinzu und sah ihn an.

»Nein«, sagte er. »Vermutlich nicht.«

»Hat er reagiert?« fragte sie.

»Er sieht nur verstört aus.«

»Neuer Versuch?«

»Ich finde, ja.«

Sie gingen zurück. Andreas Rasmusson betrachtete sie, ohne eine nennenswerte Reaktion zu zeigen.

»Du bist sonst nicht gerade auf den Mund gefallen«, sagte Kerstin Holm. »Meinen Unterlagen zufolge bist du vierzehnmal verhört worden, und jedesmal hattest du eine schlagfertige Antwort auf Lager. Warum bist du heute so wortkarg? Weil Sonntag ist? Der christliche Sabbat?«

Er sah sie an, ohne sie zu sehen.

Paul Hjelm sagte: »Den Kollegen am Hauptbahnhof zufolge warst du beinah wahnsinnig vor Angst, als sie dich aufgegriffen haben. Was war denn da gewesen?«

»Ich will einen Anwalt«, sagte Andreas Rasmusson.

Sonntag, der siebte Mai, war ein denkwürdiger Tag. Auf den Fluren der A-Gruppe im Polizeipräsidium auf Kungsholmen herrschte so etwas wie ein passives Chaos. Einerseits gab es Massen von losen Fäden, aus ganz unterschiedlichen Richtungen, anderseits gab es nichts, wo man ansetzen konnte. Es war schließlich Sonntag. Der christliche Sabbat.

Waldemar Mörner, Abteilungsleiter bei der Reichspolizeibehörde und formeller Chef der ›Spezialeinheit für Gewaltverbrechen von internationalem Charakter‹, war am Zug. Da dies ein Teil des Alltags war und kein spezielles Feiertagsereignis, mußte er in den Fluren umherlaufen, ohne daß jemand von ihm Notiz nahm.

Er öffnete die Tür zu Kriminalkommissar Jan-Olov Hultins Zimmer und zeigte auf die Uhr. »Pressekonferenz in fünfzehn Minuten, J.O. Klare Kante.«

Und damit wurde die Tür wieder geschlossen.

Die Eheleute Jorge Chavez und Sara Svenhagen, die gerade erst über die Lage informiert wurden, da sie den ganzen Vormittag nicht anzutreffen gewesen waren, wurden in ihren Gedankenbahnen von diesem Ausdruck aufgehalten. Klare Kante? Welche Weisheit verbarg sich hinter diesem geflügelten Wort?

Hultin schnitt eine kleine Grimasse und sagte: »Immerhin war er Nobelpreiskandidat.«

Zwei Sekunden danach flog die Tür auf, und Mörners dichtes blondes Haar – das allgemein als Toupé angesehen wurde – wehte wieder herein. In äußerster Erregung schnaubte sein Träger: »Immerhin war er Nobelpreiskandidat.«

Sara und Jorge starrten Hultin an, der nur vielsagend mit den Schultern zuckte.

Waldemar Mörner hastete weiter. Jetzt war Eile angesagt. Er riß die nächste Tür auf und erblickte zwei ausgewachsene Herren mittleren Alters, die mit Papierkugeln nach einem Papierkorb zielten.

»Was tut ihr hier?« stieß er verwundert aus.

»Dies hier ist unser Zimmer«, sagte Gunnar Nyberg.

»Wir sind zum Sonntagsdienst herbeordert worden«, sagte Viggo Norlander.

Das war richtig. Die ganze A-Gruppe war zum Sonntagsdienst herbeordert worden. Und als sie zur Stelle war, gab es nicht viel zu tun. Der Beschluß konnte möglicherweise als übereilt bezeichnet werden. Und Waldemar Mörner hatte ihn gefaßt.

»Aber wo ist Holm?« röhrte er mit einer Stimme, in der die ganze Fassungslosigkeit des Weltalls mitschwang.

»Es ist nicht ganz undenkbar«, sagte Nyberg, »daß sie in ihrem Zimmer ist.«

»Und nicht in unserem«, verdeutlichte Norlander.

Mörner hastete weiter den Flur entlang, den Blick auf seine nagelneue, aber keineswegs echte Rolex geheftet. Dreizehn Minuten vor eins. Und die Weltpresse wartete vor der Tür. Gleich würde er hinausschreiten und den Namen des Nobelpreisträgers in sechs verschiedenen Sprachen verkünden.

Nein, ganz so nicht.

Er riß eine weitere Tür auf. Nein, wieder nicht richtig. Es war die Damentoilette.

Er wollte gerade weiterbrausen durchs Präsidium, als Kerstin Holm von einem Waschbecken aus zu ihm hochstarrte, an dem sie sich Wasser in das ziemlich bleichnasige Gesicht spritzte.

»Was tust du hier?« stieß er hervor.

»Sollte ich das nicht eher dich fragen?« sagte sie und gurgelte.

»Aber genau dich wollte ich sprechen«, sagte er verwirrt.

»Und ...«, sagte sie belehrend und begann sich das Gesicht mit einem Handtuch abzutrocknen, das deutliche Gebrauchsspuren aufwies.

»Ich brauche dich«, sagte Waldemar Mörner wie ein leidenschaftlicher Liebhaber unter dem Balkon.

Kerstin Holm legte das Handtuch zur Seite, verzog das Gesicht zu einer grimmigen Miene und fixierte ihn skeptisch.

»Pressekonferenz«, verdeutlichte er und zeigte auf seine falsche Rolex. »Es eilt. Noch zwölf Minuten. Elf.«

»Du brauchst eine weibliche Geisel«, sagte sie in einem Ton, der Feuer zu Eis hätte gefrieren lassen.

»Genau«, sagte Mörner, ohne die geringste Temperaturveränderung wahrzunehmen.

»Ich bin krank«, sagte Kerstin Holm und griff wieder zum Handtuch. »Versuch es bei Sara.«

»Aber sie ist doch noch ein Kind.«

»Um so besser.«

Waldemar Mörner verharrte tatsächlich einige Sekunden auf der Damentoilette und überlegte.

So kam es, daß Sara Svenhagen, ohne mehr als notdürftig über die Lage informiert zu sein, direkt vom Schwimmtraining im Eriksdalsbad kommend, zwischen Waldemar Mörner und Jan-Olov Hultin auf dem Podium in einem großen Saal im Polizeipräsidium landete und an einem Strauß speichelgetränkter Mikrophone roch. Sie starrte in die Fernsehkameras und spürte, wie sich ihr gechlortes Haar sträubte.

Paul Hjelm saß in seinem Zimmer und machte Notizen in Form eines Koordinatensystems, als das Bild des grünlichen Bürstenschnitts auf dem Fernsehschirm erschien.

»Grün?« sagte er.

»Chlor«, sagte Kerstin Holm, die neben ihm saß. »Sie schwimmen jeden Sonntag tausend Meter. Nach einer Weile wird blondes Haar grün.«

»Tausend Meter? Jorge?«

»Zwanzig Bahnen. Still jetzt.«

Waldemar Mörner räusperte sich. Das verhieß immer Gutes. Jetzt stand eine Sternstunde für Sprachpfleger bevor.

»Geehrte Mitglieder der Presse und übrige Ehrengäste«, begann Mörner. »Da wir einsehen, daß in Zusammenhang mit der jüngst verübten rassistischen Tat an einem sehr prominenten schwedischen Wissenschaftler in der zerebralen Branche, wenn ich einmal so sagen darf, überaus hohe Forderungen nach öffentlicher Offenheit gestellt werden dürften, haben wir beschlossen, Ihren höchst berechtigten Forderungen vorzugreifen und in einen bereits anfänglichen Zustand von Offenheit einzutreten, weil wir in einer offenen Gesellschaft leben und die Mittel der Polizei beschränkt sind, weshalb wir jetzt Ihren wohlskulpturierten Fragen, Professor emeritus Leonard Sheinkman betreffend, entgegensehen.«

Die Pressevertreter sahen einander abwartend an. Hoffentlich hatte jemand anders verstanden.

Schließlich sagte ein mutiger junger Mann: »Wer war er?«

Waldemar Mörner blinzelte heftig und stieß hervor: »Er war immerhin Nobelpreiskandidat.«

Das Bild verschwand. Paul sah Kerstin aufgebracht an.

»Es ist vielleicht nicht der richtige Moment, sich an Mörners Patzern zu weiden«, sagte sie, schaltete ab und legte die Fernbedienung auf den Tisch.

Dem mußte er zustimmen. Er sah eine Reihe von Ziffern an einem Handgelenk vor sich und empfand ein ausgeprägtes Unbehagen. »Okay«, sagte er und zeigte auf das Blatt Papier, auf das er gerade ein Koordinatensystem in

Form eines großen Pluszeichens gemalt hatte. »Vier Quadrate, vier Ereignisse. Der waagerechte Strich ist eine Grenzlinie. Über dem Strich: ›Skansen‹ und ›Skogskyrkogården‹. Unter dem Strich: ›Slagsta‹ und ›Odenplan‹. Gibt es irgend etwas wirklich Konkretes, was das Obere mit dem Unteren verbindet?«

»Was die beiden oberen verbindet«, sagte Kerstin, »ist das Seil. Ein Kreuzknoten an einem acht Millimeter starken rot-lila gestreiften Polypropenseil. Sonst noch etwas?«

»Nicht direkt«, sagte Paul. »Möglicherweise, daß im Vielfraßgehege keine Fußabdrücke zu finden waren. Er kann also mit dem Kopf nach unten am Geländer gehangen und völlig umnebelt mit den Fingern in der Erde geschrieben haben; Professor Sheinkmans Hände waren ja frei. Wir müssen nachprüfen, ob *so was hier* bei dem Material ist, das die Techniker bei den Vielfraßen gefunden haben.«

Er hielt einen langen, sehr steifen, millimeterdicken Metalldraht mit nadelfeiner Spitze hoch.

Kerstin Holm nahm den Draht und betrachtete ihn. »Der steckte also – wo? Im Kopf?«

»Er war in die rechte Schläfe eingeführt. Wir warten noch auf genauere Informationen von dem Gehirnchirurgen, der Qvarfordt bei der Obduktion hilft. Ich weiß nicht, ob sie schon fertig sind.«

»Hat es irgendwas Besonderes damit auf sich, daß dieser Draht einem Hirnforscher ins Gehirn eingeführt worden ist?« fragte Kerstin und legte den Draht angeekelt zur Seite.

»Das ist nicht ganz unwahrscheinlich«, sagte Paul. »Wir müssen auf jeden Fall die Angehörigen aufsuchen. Was wäre zum Beispiel mit Rache für eine alte Fehlbehandlung? Unter der Schädeldecke vergessenes Skalpell?«

Die Tür flog auf. Jorge Chavez stürzte herein, warf sich auf die Fernbedienung und schaltete den Fernseher an. Er setzte sich mitten auf Hjelms Koordinatensystem und verknitterte es. »Guckt mal«, sagte er atemlos.

Das Gesicht seiner Frau füllte den Bildschirm. Ihr gesträubtes Stoppelhaar hatte unbestreitbar einen Stich ins Grüne.

»Ich verstehe, was Sie meinen«, sagte Sara Svenhagen zur Öffentlichkeit, »doch zum gegenwärtigen Zeitpunkt haben wir keinerlei Veranlassung für die Vermutung, daß der Kentuckymörder wieder zugeschlagen haben könnte.«

»Was weiß sie denn vom Kentuckymörder?« fragte Paul Hjelm finster.

»Alles, was ich weiß«, sagte Chavez. »Still jetzt.«

»Wir wissen nicht einmal, ob es sich um eine Tat mit rassistischem Hintergrund handelt«, fuhr Sara fort. »Es ist zu früh für Spekulationen.«

»Obwohl es sich allem Anschein nach um eine rassistisch motivierte Tat handelt«, fiel Waldemar Mörner ihr ins Wort. »Wir haben bereits eine Verdachtsperson gefaßt.«

In der rechten Ecke kam jetzt eine Gesichtshälfte Hultins ins Bild. Sie war so verzerrt, als wäre er gerade dabei, eine ganze Reihe von Nierensteinen in die Windel zu pressen.

»Aber das ist doch ...!« sagte Paul Hjelm und warf seinen Kugelschreiber an die Wand.

»Haben Sie einen Verdächtigen gefaßt?« platzten mindestens sechs Pressestimmen heraus. Eine von ihnen, eine bissige Dame von *Rapport*, fügte noch hinzu: »Sitzen Sie die ganze Zeit hier und lügen uns an?«

Es knarrte und knisterte einen Augenblick gewaltig. Hultin griff den ganzen Strauß von Mikrophonen und zog ihn zu sich herüber. »Eine Person ist vernommen worden«, sagte er mit glasklarer Stimme. »In Kürze werden wir weitere Personen vernehmen. Ich wiederhole: Es gibt keine Festnahmen.«

»Warum erklären dann Sie, Herr Mörner, daß eine Verdachtsperson festgenommen sei?« insistierte die bissige Dame von *Rapport*.

Mörner blinzelte intensiv. Dann bewegte sich sein Mund, doch es war kein Laut zu hören.

»Können wir die Mikros wieder zurückstellen?« fragte eine verärgerte Technikerstimme.

Da schaltete auch Jorge Chavez den Fernseher ab. Das Trio wechselte Blicke, die zwischen Zorn, Verärgerung und Hohnlachen schwankten.

»Wie lange ist jemand wie Mörner eigentlich haltbar?« fragte Kerstin Holm schließlich. »Gibt es nicht irgendwo eine Grenze?«

»Noch lange, lange nicht«, sagte Jorge. »Aber war sie nicht gut?«

»Das Fernsehen verstärkt Farben«, sagte Paul. »Zwanzig Bahnen?«

»Say no more«, sagte Jorge mit steifen Lippen. »Was macht ihr da gerade?«

»Könntest du vielleicht aufstehen?«

»Wenn ihr sagt, was ihr gerade macht.«

»Das kann ich nicht, wenn du nicht aufstehst.«

Es war mit anderen Worten eine Patt-Situation. Ein unerhörter Machtkampf spielte sich jetzt zwischen den beiden Männchen des Zimmers ab. Kerstin Holm seufzte. Schließlich hob Chavez eine Arschbacke an, woraufhin Hjelm das Blatt herausziehen konnte.

»Unentschieden«, sagte Chavez, sprang vom Tisch herunter, zog den Extrastuhl von der Wand und setzte sich.

»Na gut, meinetwegen«, sagte Hjelm und strich das verknitterte Papier glatt. Er zeigte auf das große Pluszeichen und erklärte: »Ein kleines Koordinatensystem der letzten Tage. Wir haben uns gefragt, ob es irgend etwas Konkretes gibt, das den oberen Teil mit dem unteren verbindet.«

Chavez sah sich das Schema an. Oben ›Skansen‹ und ›Skogskyrkogården‹. Unten ›Slagsta‹ und ›Odenplan‹. Zwischen ›Skansen‹ und ›Skogskyrkogården‹ stand ›Seil‹.

»Es war also die gleiche Art Seil?« sagte Chavez. »Ich bin der Sache ja nachgegangen. Die Farbkombination rot und lila ist ziemlich ungewöhnlich. Aber ansonsten scheint es sich um ein vollkommen normales Polypropenseil zu handeln, das man in jedem Großmarkt kaufen kann. Ich war mit verschiedenen Herstellern im Inland und im Ausland in Kontakt, und sie wollten Proben ihres rot-lila gestreiften Seils Stärke acht Millimeter schicken. Sie kommen Anfang der Woche.«

»Osteuropa?« fragte Hjelm.

»Ja, auch. Rußland, Bulgarien, Tschechien und noch ein paar.«

»Gut«, sagte Kerstin Holm. »Dann haben wir die Verbindung zwischen den beiden unteren Quadraten, ›Slagsta‹ und ›Odenplan‹. Die Verbindung besteht darin, daß die Ninja-Feministin auf der U-Bahnstation Odenplan von einem der Motelzimmer in Slagsta aus angerufen wurde und daß sie selbst dort angerufen hat. Beide Richtungen also. Es war das Zimmer 225, in dem die Ukrainerinnen Galina Stenina und Lina Kostenko wohnten.«

»Ninja-Feministin?« fragte Hjelm.

»Das ist eine Bezeichnung, die vor ein paar Jahren im Schwange war. Davon versteht ihr Kerle nichts.«

»Nina Björk«, sagte Chavez betont nonchalant. »*Unter der rosa Decke*. Über die Konstruktion von Weiblichkeit. Sie wendet sich gegen gewisse Spielarten des Feminismus, beispielsweise Sonderstellungsfeministinnen, die an eine Form von angeborener Mütterlichkeit bei Frauen glauben, oder eben Ninja-Feministinnen, die die Waffen des Mannes stehlen und sie gegen ihn wenden.«

Hjelm und Holm starrten ihn überrascht an.

»Du hast offenbar nicht nur zu schwimmen angefangen«, sagte Hjelm.

»Es ist ein eher vielseitiges Training«, sagte Chavez. »Alle Muskelgruppen werden trainiert.«

»Wenn wir uns jetzt vielleicht konzentrieren können«, sagte Kerstin Holm und wandte die Waffen des Mannes gegen sie. »Ein bißchen rationales Denken, wenn ich bitten darf, die Herren. Dies hier ist interessant. Das letzte Gespräch zwischen den beiden Parteien kam von unserer Ninja-Feministin an die beiden Ukrainerinnen Galina Stenina und Lina Kostenko in Slagsta am Mittwochabend um zweiundzwanzig Uhr vierundfünfzig. Wie ihr euch vielleicht erinnert, schlug um zweiundzwanzig Uhr vierzehn am selben Abend die Kugel in den Arm der zehnjährigen Lisa Altbratt. Das ist vielleicht kein Zufall.«

»Oder eben doch«, sagte Paul widerstrebend.

»Jetzt denkt mal nach«, fuhr Kerstin fort. »Seit einer Woche herrscht unter unseren acht Damen in der Flüchtlingsunterkunft Unruhe. Etwas ist geschehen. Dann kommt der erste Anruf der Ninja-Feministin in Zimmer 225, bei Galina Stenina und Lina Kostenko, am Samstag, dem neunundzwanzigsten April, eine knappe Woche bevor sie verschwinden. Wir wissen, daß sie eine slawische Sprache sprechen, nach dem zu urteilen, was Gunnar und Viggo am Telefon gehört haben. Dann telefonieren sie fünf Tage hin und her, insgesamt neun Gespräche. Das allerletzte Gespräch geht also am Mittwochabend kurz vor elf in Slagsta ein; es ist das letzte registrierte Gespräch. Daraufhin wird in den Zimmern 224, 225, 226 und 227 im Norrboda-Motel heftig diskutiert, mindestens bis halb drei. Danach sind die acht Frauen weg. Aber irgendein größerer Wagen wird zwischen halb vier und vier Uhr am Morgen von einigen Nachbarn gehört. Das Müllauto oder ein SL-Bus auf Irrwegen.«

Jorge nickte heftig. »Aber das ist ja die Verbindung«, stieß er hervor.

Paul nickte auch. Dann sagte er: »Kann man auf irgendeine Weise herausfinden, von wo unsere Ninja-Feministin angerufen hat? Die ganze Zeit von Schweden aus?«

Kerstin blätterte in ihren Papieren. »Was ich jetzt lese, kommt also von den vier Anschlüssen in Slagsta. Die Liste von Telia, die Brunte am Freitag abend Jan-Olov noch gefaxt hat. Hier gibt es keine Möglichkeit zu bestimmen, woher die Gespräche kamen, nein – nicht wenn sie die Landesvorwahl gewählt hat. Vielleicht gelingt es ihnen, dem Handy eine Liste der geführten Gespräche zu entnehmen. Die Techniker haben die Nummer ja ziemlich schnell rausbekommen, also die Nummer des Handys. Ich glaube, daß man sie irgendwie der SIM-Karte entnehmen kann.«

»Wie sieht denn die Verbindung aus?« fragte Paul Hjelm. »Ist es die Ninja-Feministin, die unseren Mann den Vielfraßen vorgeworfen hat?«

»So kann man es deuten«, sagte Kerstin Holm.

»Es gibt also Verbindungen in verschiedene Richtungen«, sagte Jorge Chavez. »Aber die Verbindung zu einem achtundachtzigjährigen emeritierten Professor, der Buchenwald überlebt hat – es war doch Buchenwald, oder? –, wie sieht die aus, verflucht?«

»Buchenwald«, nickte Hjelm. »Ja, Kerstin, wie sieht *die* Verbindung aus?«

»Die macht alles kaputt«, sagte Holm und warf den Kugelschreiber an die Wand.

»Gewöhn dir nicht solche Dummheiten an«, sagte Chavez streng.

»Wer ist denn diese Frau?« fragte Hjelm geradeheraus. »Nehmen wir an, alles, was wir sagen, stimmt – wer ist sie? Diese Ninja-Feministin? Was macht sie mit acht Prostituierten? Will sie hinter dem ehemaligen Eisernen Vorhang ein Hyperbordell einrichten?«

»Selbstredend«, sagte Kerstin Holm essigsauer. »Ein antisemitisches Hyperbordell mit Vielfraßeinlage mitten im Herzen von Moskau. Das ist doch so klar wie nur was.«

»Jetzt werdet nicht ironisch«, sagte Chavez und fühlte sich wieder wie ein Junggeselle. »Wir lassen das bis auf weiteres auf sich beruhen. Versuchen wir, alles zusammenzufassen, bevor wir die Kinder von Sheinkman besuchen. Waren es nicht drei?«

»Drei«, nickte Hjelm.

»Das paßt ja wie die Faust aufs Auge. Aber zuerst nehmen wir uns jedes Segment deines Vierecks vor. Quadranten, wie es heißt. Alles, was zu tun ist, und alles, worauf wir warten. Quadrant eins: ›Skansen‹. Steht aus: Identifizierung. Wir warten auf Antwort bezüglich Fingerabdruck von Interpol. Sollte bald kommen. Irgendwo hat unser Mann eine Vorstrafenlatte, darauf verwette ich mein Nakkenhaar. Die Seriennummer der mit Schalldämpfer versehenen Luger ist auch an Interpol geschickt worden. Auch darauf erwarten wir Antwort. Noch mehr?«

»Der Metalldraht«, sagte Hjelm. »Die Spurensicherung hat eine halbe Tonne Krempel aus dem Vielfraßgehege gesammelt. Das Material befindet sich im Labor. Der erste von uns, der mit seinem Sheinkman-Kind klar ist, geht hin. Vielleicht ist schon ein spitzer, steifer Metalldraht gefunden worden, ohne daß sie ihn mit dem Vielfraßmann verbinden.«

»Das Seil ist, wie gesagt, im Labor«, sagte Chavez.

»Und dann dieses ›Epivu‹«, sagte Kerstin Holm.

»Ja, du meine Güte«, sagte Hjelm. »Das Wort hat mich zwei schlaflose Nächte gekostet. Aber ich komme damit nicht weiter.«

»Zusammenfassung«, sagte Kerstin Holm. »Fingerabdrücke, Pistole, Metalldraht, Seil, ›Epivu‹. Bis auf das letzte werden auf alles Antworten erwartet. Die Anwort müssen wir selbst finden. Schreib, Paul.«

Und Paul schrieb.

»Quadrant zwei«, sagte Chavez, »der taufrische. ›Skogskyrkogården‹, wie hier nicht ganz korrekt steht, weil es ›Südfriedhof‹ heißen müßte, aber meinetwegen. Gespräche mit den nächsten Angehörigen stehen unmittelbar bevor. Mehr?«

Hjelm übernahm: »Die Zerstörung der Grabsteine geht vermutlich ihrer Lösung entgegen, sobald Andreas Rasmusson den Mund aufmacht. Wahrscheinlich haben sie nicht das geringste mit dem Fall zu tun. Ich glaube eher, daß eine Gang Skinheads rein zufällig ihrem widerlichen Geschäft nachging, als ihnen jemand anders mit einem noch widerlicheren Geschäft ins Gehege kam. Vermutlich kommt Rasmussons Grauen daher, daß er Zeuge von etwas Furchtbarerem wurde, als er sich je auch nur hätte *ausdenken* können.«

»Zwei Dinge«, meinte Kerstin Holm. »Das erste: *modus operandi.* Warum diese sehr ungewöhnliche Hinrichtungsmethode? Jemanden mit dem Kopf nach unten aufzuhängen und ihm dann eine lange Nadel in den Schädel einzuführen, das ist alles andere als normal.«

»Ja«, sagte Chavez. »Alles andre als normal.«

»Das hat doch etwas ganz Spezifisches zu sagen, oder? Es hat eine Art von Geschichte. Wir müssen alle denkbaren Quellen aufsuchen und nach ähnlichen Methoden suchen. Wenn wir dabei keinen Anhaltspunkt finden, könnt ihr mich an der Nackenhaut aufhängen.«

»Das wollen wir nicht«, sagte Hjelm. »Aber gern eine Flasche Malt Whisky.«

»Ich wette nicht«, sagte Kerstin Holm streng. »Welche Marke?«

»Cragganmore.«

»Okay. Das zweite: Der Tatort. Andreas Rasmussons Reaktion nach zu urteilen ist der Südfriedhof auch der Ort, an dem der Mord begangen wurde. Es herrscht wohl kein Zweifel darüber, daß er Zeuge eines Mordes wurde und nichts anderes. Wahrscheinlich ist Sheinkman selbst zum Platz des Mordes gegangen. Was wollte er da? Hatte er einen Grund für seinen Besuch auf dem Friedhof? Wollte er ein Grab besuchen? War es Zufall, daß er gerade dort aufgehängt wurde? Was für Gräber sind in der Nähe? Und so weiter, und so weiter.«

»Gut«, sagte Hjelm und schrieb in sein Schema. »Nächste Angehörige, *modus operandi* checken, Gehirnchirurgen-Gutachten über Wirkung des Metalldrahts aufs Gehirn, Skinhead-Zeuge, andere Zeugen, Tatort checken. Mehr?«

»Nichts mehr«, entschied Chavez. »Quadrant drei: ›Slagsta‹. Den Rest der ein- und ausgegangenen Telefongespräche überprüfen – das ist ein ordentlicher Haufen. Die kriminaltechnische Untersuchung von Zimmer 224, 225, 226 und 227 durchkämmen. Bisher ist wohl nichts Besonderes herausgekommen. Rausgeworfenes Geld, die Spurensicherung zu rufen. Muß weibliche Logik dahinterstecken.«

»Das Fahrzeug«, sagte Kerstin und ignorierte ihn, wie man so sagt, astrein. »Hat sich zum Beispiel ein Bus um halb vier in der Frühe durch das kleine Slagsta gequält, sollte das nicht unbemerkt geblieben sein. Noch weniger ein Panzer oder ein mit Atomwaffen bestücktes U-Boot. Ich setze ein paar Leute vom Fußvolk darauf an.«

»Ausgezeichnet«, sagte Hjelm. »Und dann haben wir den Phantom-Zuhälter, nicht wahr?«

»Natürlich, ja«, sagte Kerstin. »Der Freiervorsteher Jörgen Nilsson hatte ja schon im November Kontakt mit einem Zuhälter. Ihr wollt wohl nicht wissen, was ich getan habe, um das aus ihm herauszupressen.«

»Doch«, sagte Jorge und wurde von neuem astrein ignoriert.

»Es gibt ein Phantombild, das durch die Register gefahren werden muß. Schreibst du, Paul?«

»Ununterbrochen. Check der Telefonate, Spurensicherungsprotokoll, Fahrzeug, Phantom-Zuhälter.«

»Haben unsere acht Flüchtlinge übrigens ihre Pässe bei sich?« fragte Jorge.

»Nein«, antwortete Kerstin. »Die lagen im Büro des Vorstehers.«

»Dann der letzte Quadrant«, sagte Jorge. »Der U-Bahn-Zwischenfall. Kriegen wir noch mehr aus diesem – wie hieß er noch – Tamir heraus?«

»Adib Tamir«, sagte Paul. »Gunnar hatte die Sache in der Hand, und ich glaube, er hat rausgeholt, was ging. Die große Nummer am Odenplan ist ja das Handy. Wir hoffen, daß es zugeordnet und eine Gesprächsliste produziert werden kann. Das ist eigentlich unsere größte Hoffnung. Dann muß ich gestehen, daß ich mir dieses Handy einmal vorgenommen habe – ein gutes altes großes Siemens E10 übrigens – und mich gefragt habe, wie man ein Handy benutzen kann, ohne einen einzigen Fingerabdruck daran zu hinterlassen.«

»Und dann haben wir den Sprachexperten«, sagte Kerstin, »der das zweifelhafte Vergnügen haben wird, mit Gunnar und Viggo und einem Polizeiassistenten namens Andersson über Phonetik und Slawistik zu diskutieren.«

»Haben wir noch mehr?« fragte Paul Hjelm und schrieb, als ginge es ums Leben. »Handy, Gesprächsliste, Sprachexperte.«

»Ich frage mich natürlich, was wir dem Verhalten unserer Ninja-Feministin auf dem Bahnsteig entnehmen können«, sagte Jorge Chavez. »Es ist so perfekt. Ping, ping, und die Angreifer sind weg. Aber sie läßt sich das Telefon aus der Hand nehmen. Was passiert eigentlich? Okay, sie wird von Hamid wüst angegangen, er fuchtelt mit dem Messer herum und alles, aber trotzdem. Muß sie ihn wirklich wie eine Schubkarre über den Bahnsteig schieben und ihn vor den Zug stoßen? Hätte nicht ein weiterer Tritt ins Gesicht es auch getan? Er muß doch schon fertig gewesen sein. Was geht da vor? Ist es reiner Sadismus?«

»Ich glaube tatsächlich«, sagte Kerstin Holm, »daß sie da schon kalkuliert hat. Sie rechnet damit, daß das Handy zertrümmert wird. Daß dies nicht geschieht, ist ein Wunder. Beide Arme gerieten also, dem Obduktionsprotokoll zufolge, unter den Zug, wurden abgerissen und unter den Wagen weitergeschleudert. Und die Finger schützen das Handy, und es bleibt ganz. Reines Glück.«

»Siemensqualität«, sagte Hjelm. »Denk an die Öfen.«

»Was für Öfen?«

»Die Krematoriumsöfen in den Konzentrationslagern der Nazis. Das war Siemens.«

Eine Weile war es still. Ein Geist glitt durch den Raum. Der Geist von Prof. em. Leonard Sheinkman. Es war, als wollte er etwas.

Sie erschauerten.

»Eins haben wir vergessen«, sagte Paul Hjelm nach einer Weile und blickte auf sein umfangreiches Schema.

»Was denn?« sagten zwei hoffnungsvolle Stimmen im Duett.

»Ist das hier nicht Hultins Job?«

14

Es war Sonntagnachmittag, und die drei fuhren in drei Wagen zu drei Adressen. Das Los hatte entschieden. Auf Chavez' Zettel stand ›Channa Nordin-Sheinkman, Kungsholmen‹, auf Holms ›David Sheinkman, Näsbypark‹ und auf Hjelms ›Harald Sheinkman, Tyresö‹. Diese drei waren offenbar die Kinder des Professors, und wenn man bedachte, daß er achtundachtzig war und erst im Alter von dreiunddreißig Jahren 1945 nach Schweden gekommen war, dürften seine Kinder um die Fünfzig sein. Vielleicht zehn Jahre älter als er selbst, dachte Paul Hjelm.

Erst auf dem Weg nach Tyresö merkte er, daß die Adresse, zu der er unterwegs war – Bofinksvägen in Nytorp – mit Leonard Sheinkmans Adresse aus dem Telefonbuch übereinstimmte.

Anscheinend hatte er bei seinem ältesten Sohn gewohnt.

Paul Hjelm quälte sich zwischen Sonntagsfahrern auf dem Tyresöväg dahin und empfand eine gewisse Erleichterung darüber, daß es ihm erspart blieb, die Todesbotschaft zu überbringen; der schreckliche Tod des Vaters konnte dem Sohn kaum unbekannt geblieben sein – so wie er den ganzen Tag in den Medien hinausposaunt worden war. Außerdem war zu hoffen, daß die örtliche Polizei die Nachricht vom Tod des Vaters überbracht hatte.

Die Sonne stand schon tief, und der Himmel war auf ungewöhnlich dunkle Weise blau. Dennoch war es nicht richtig so, wie wenn eine heimtückische Gewitterwolke sich als klarblauer Himmel verkleidet und mit einem finsteren Lachen die grobe Artillerie auf verblüffte Sonnenanbeter losläßt. Es war eher so, als wäre eine Haut von Blau über das Firmament geklebt worden, um zu verdecken, daß der Himmel nicht mehr blau war. Ein schwerer Druck lastete auf der schönen Frühlingslandschaft, und das Licht wirkte künstlich, als hätte ein Bühnenbildner versucht, Natur zu imitieren.

Oder es war einfach nur Paul Hjelm, den es graute.

Den es davor graute, in ein Trauerhaus einzudringen. Davor graute, trauernden Menschen seine konventionellen Fragen zu stellen. Den es graute bei dem Gedanken, blond und ein säkularisierter Christ zu sein und in einer geschützten Werkstatt aufgewachsen zu sein. Und – am Ende kam das eigentliche Eingeständnis – den es davor graute, die Judenvernichtung und die Konzentrationslager und den europäischen Antisemitismus ansprechen zu müssen.

Er war nämlich Schwede, und Schweden mögen solch tabuisierte Themen nicht. Wir kriegen Schweißausbrüche. Am allerliebsten gehen wir ihnen aus dem Weg, und wenn wir dennoch an sie rühren müssen, dann tun wir es mit einer Art distanzierter Ehrfurcht und einer Reihe von Klischees – wie daß es nie wieder geschehen darf. Die Vernichtung der Juden ist eine Abstraktion, über die man gern in großen Worten von einem Rednerpult spricht, mit der man sich jedoch nicht näher einläßt. Wir waren nicht dabei, wir können es nie verstehen, wir haben mit der Sache nichts zu tun, damit müßt ihr selbst klarkommen. Schwedische Geschichtslosigkeit und vorgetäuschte Neutralität in einer unheiligen Allianz. Wir *waren* in höchstem Maße dabei. Wir *haben* in allerhöchstem Grad mit der Sache zu tun. Wir *können* sie in allerhöchstem Grad verstehen. Wir *müssen*.

Weltmeister im Unter-den-Teppich-Kehren.

Ja, Paul Hjelm gestand es sich ein. Seine Erregung kam daher, daß es sich um ihn selbst handelte. Dieses jämmerliche, oberflächliche Wissen. Fragmentarische Bilder von toten, ausgemergelten Körpern. Jahreszahlen. 1939. 1945. D-Day. Der Wüstenkrieg. Stalingrad als der Wendepunkt des Krieges. Keimfrei und zurechtgelegt wie die Absturzbroschüren auf den Flugzeugsitzen. Fröhlich und heiter greifen wir nach unseren Sauerstoffmasken, atmen still und ruhig, worauf wir uns der Reihe nach und in guter Ordnung zum Notausgang begeben und unter einem klarblauen Himmel lächelnd die aufblasbare Rutschbahn in die einladend schaukelnden blauen Wellen hinuntergleiten.

Und bald waren alle Zeugen tot.

Doch, es lastete ein wirklicher Druck auf der Landschaft. Das Blaue war nicht blau. Das Grüne nicht grün.

Und da war er im Bofinksväg in Nytorp.

Das Haus, in dem Leonard Sheinkman gewohnt hatte und in dem sein Sohn wohnte, war kaum als luxuriös zu bezeichnen, aber es war schön. Ein stilvolles Haus aus den dreißiger Jahren, etwas abseits gelegen und mit herrlichem Meerblick. Wahrscheinlich ein architektonisches Originalwerk aus der Zeit, als solche nicht nur für Neureiche geschaffen wurden, die darauf bestanden, alles selbst zu entwerfen. Nach IKEA-Geschmack.

Er stieg aus dem alten Audi, der sich, da es keinen Stau gegeben hatte, auf dem Weg hierher richtig anständig aufgeführt hatte, und hoffte, daß sein Achselschweiß nicht zu riechen war. Es gibt ja bekanntlich zwei Sorten Achselschweiß, den, der riecht, und den, der nicht riecht. Der eine ist durch Anstrengung hervorgerufen, der andere durch Nervosität. Es würde sich herausstellen, von welcher Sorte das klebrige Naß in seinen Achselhöhlen unter dem Leinenjackett und dem blaßgelben T-Shirt war.

Hätte er sich nicht etwas respektabler anziehen sollen?

Jetzt ist es gelaufen, dachte er und klingelte.

Eine süße Sechzehnjährige machte ihm auf. Im gleichen Alter wie seine Tochter Tova. Sie war dunkel und streng gekleidet und machte den Eindruck aufrichtiger Trauer.

»Paul Hjelm«, sagte er und hielt ihr seinen Polizeiausweis hin. »Ich bin von der Polizei. Sind deine Eltern zu Hause?«

»Geht es um Großvater?« fragte das Mädchen.

»Ja.«

Sie verschwand. Statt ihrer erschien ein gutgekleideter Mann von etwas über Fünfzig.

»Ja bitte?« sagte er.

»Paul Hjelm, Reichskriminalpolizei. Sind Sie Harald Sheinkman?«

Der Mann nickte und bedeutete ihm, hereinzukommen.

Paul Hjelm wurde in ein Zimmer geführt, das die Bibliothek sein mußte. Jedenfalls waren sämtliche Wände von Büchern bedeckt, und der im übrigen anspruchslose Raum lag in einem angenehmen Dunkel. Lesedunkel. Er fühlte sich sogleich zu Hause. Am liebsten wäre er an ein Regal getreten und hätte die Buchrücken durchgesehen, aber er setzte sich statt dessen aufs Sofa. Harald Sheinkman setzte sich dicht neben ihn. Die Nähe war ihm nicht einmal unangenehm.

»Er war fast neunzig«, sagte Harald Sheinkman gedämpft. »Wir wußten natürlich, daß er jederzeit sterben konnte, aber die Umstände ...«

Er verstummte und starrte auf den groben Tisch aus Kiefernholz.

»Mein aufrichtiges Beileid«, sagte Hjelm und kam sich vor wie ein Tölpel.

»Was möchten Sie wissen?«

»Zu allererst, ob Sie eine Ahnung haben, was er auf dem Südfriedhof gewollt hat. Liegen dort Angehörige von Ihnen?«

»Nein. Auf Vaters Seite gab es ja aus erklärlichen Gründen keine Angehörigen, und die Familie meiner Mutter liegt auf dem Nordfriedhof. In Solna.«

»Und Sie wissen nicht, warum er dort war?«

»Wir haben ihn doch bei der Polizei als vermißt gemeldet.«

»Vermißt gemeldet?« stieß Hjelm aus, vielleicht ein wenig barsch.

Sheinkman blickte auf. »Sie wußten also nichts davon? Gibt es keinen Kontakt zwischen den verschiedenen Polizeidienststellen?«

Hjelm überlegte einen Moment. »Ich werde nachforschen, warum diese Information mich nicht erreicht hat, und ich bedaure das. Ihr Vater war also verschwunden?«

»Seit fünf Tagen.«

»War das etwas Ungewöhnliches?«

»Er hatte seinen eigenen Haushalt und war wohl ein wenig ein Eigenbrötler, wir hatten also nicht ständig Kontakt, aber meines Wissens ist er früher nie über Nacht fort gewesen. Nicht seit dem Tod meiner Mutter. Wir haben ihn schon nach der ersten Nacht als vermißt gemeldet.«

»Ihr Vater war fast neunzig. War er auf die eine oder andere Weise verwirrt? Das wäre in diesem Alter ja nichts Ungewöhnliches.«

»Überhaupt nicht«, sagte Sheinkman. »Er war Gehirnforscher und trainierte sein Gehirn sehr bewußt, um jede Form von Senilität zu vermeiden. Als er verschwand, lag das große Kreuzworträtsel von *Dagens Nyheter* auf dem Tisch. Gelöst bis auf den letzten Buchstaben.«

»Haben Sie nach ihm gesucht?«

»Ich habe es versucht. Ich war an seinem alten Arbeitsplatz im Karolinska, ich war in der KB, wo er zu sitzen pflegte.«

»In der Königlichen Bibliothek?«

Harald Sheinkman zeigte die Andeutung eines Lächelns.

»So fragen die meisten: KB? Die Kneipe? Nein, er ging nie in die Kneipe, dagegen aber in die Bibliothek. Er saß gern den ganzen Tag dort, glaube ich. Aber mir wurde auf einmal klar, wie wenig ich über sein tägliches Leben wußte. Ich hatte zuviel gearbeitet und ihn vernachlässigt, und jetzt war es zu spät, das ahnte ich. Ich wußte nicht, wo ich suchen sollte. Und keiner von den Menschen, die ich fragte, hatte ihn gesehen.«

»Und es hat keine Anzeichen irgendwelcher Art gegeben, daß etwas passiert war? Etwas Ungewöhnliches?«

»Nein. Und mir fällt auch kein Grund ein, warum er auf dem Südfriedhof gewesen sein sollte. Er war überzeugter Atheist und Materialist, wenn auch mit Respekt für unsere jüdische Tradition, aber aus welchem Grund er sich dorthin begeben haben sollte, ist mir rätselhaft.«

»Darf ich fragen, warum Ihr Vater bei Ihnen lebte?«

»Es war umgekehrt. Dies ist unser Elternhaus. Er hat das Haus in den fünfziger Jahren direkt vom Architekten gekauft. Anders Wilgotsson, falls Sie ihn kennen. Es war Vaters Vorschlag, daß ich als der älteste Sohn das Haus übernehmen sollte und er den Dachboden für sich ausbaute. Und es war eine gute Lösung. Familienkontakt und gleichzeitig Selbständigkeit. Vielleicht wurde es ein bißchen zu viel Selbständigkeit ... Er verschwand, ohne daß ich es bemerkte. Und wurde ermordet. Unglaublich.«

»Was arbeiten Sie, Herr Sheinkman?«

»Ich fürchte, ich bin in die Fußspuren meines Vaters getreten. Ich bin Arzt. Allerdings nicht in der ... zerebralen Branche.«

Es gelang Hjelm, das spontane Lachen in ein Husten und ein darauf folgendes friedliches Lächeln umzulenken. »Sie haben offenbar unseren verehrten Chef im Fernsehen gesehen.«

Sheinkman produzierte in etwa das gleiche Lächeln. »Eine nicht besonders würdige Darbietung, um es einmal so zu sagen«, erklärte er mit einer Neutralität, die der Hultins nicht nachstand.

»Nein«, sagte Hjelm. »Nicht besonders.«

»Aber Sie sollen ja recht tüchtig sein. Die A-Gruppe, heißt es wirklich so?«

»Es ist ein Spitzname. Der offizielle Name lautet: ›Spezialeinheit beim Reichskriminalamt für Gewaltverbrechen von internationalem Charakter‹.«

»Es hört sich so an, als wären Sie hierfür die Geeigneten.«

»Leider sind wir das. Die Tat, der Ihr Vater zum Opfer gefallen ist, muß als ein Gewaltverbrechen von internationalem Charakter bezeichnet werden. Sind die Details Ihnen bekannt?«

»Ja«, sagte Harald Sheinkman und blickte auf die Tischplatte. »Es hört sich an wie eine Art von Folter.«

»Möglicherweise. Sagt Ihnen das Ganze vielleicht etwas? Als Arzt? Als Sohn eines Mannes, der im Konzentrationslager gewesen ist?«

Sheinkman sah Hjelm mit einem neuen Blick an. Als habe er gerade beschlossen, alles Drumherumgerede beiseite zu lassen, die kleinen mildernden Lügen zu streichen. Vielleicht hatte er Vertrauen gefaßt zu einem blassen, verschwitzten Kriminalbeamten mit rotem Mal auf der Wange.

Er sagte: »Über die Zeit im Lager weiß ich sehr wenig; mein Vater schwieg darüber, als verdrängte er es bewußt. Und meine Kompetenz als medizinischer Experte ist begrenzt. Ich habe mein ganzes Leben als Allgemeinpraktiker in sogenannten Problembereichen gearbeitet. Ich habe mich um Menschen gekümmert, die geflohen waren vor Folter und Hunger und Strapazen. Das war oft ein Vierundzwanzigstunden-Job, zuweilen an der Grenze des Erträglichen. Es blieb gar nicht aus, daß man vieles mit nach Hause schleppte. Außerdem habe ich bei Ärzte ohne Grenzen mitgemacht und bin in der Welt herumgereist. Schließlich war ich ausgebrannt. Mehrere Monate lang vollkommen passiv; erst jetzt, wo es auch Journalisten zu treffen beginnt, wird es beachtet. Krankenhauspersonal ist seit Jahrzehnten ausgebrannt. Meine Frau hat mich verlassen und unsere Tochter mitgenommen, ich konnte den Kredit für unser Wohnrecht auf Södermalm nicht bezahlen und mußte hierher ziehen, zu meinem Vater. Das war vor zwölf Jahren. Ich lag hier, auf diesem Sofa, völlig am Ende. Ich war neununddreißig und hatte alles verloren. Da kam mein Vater auf die Idee, mir das Haus zu überlassen und sich selbst im Dachgeschoß eine Wohnung auszubauen. Ich glaube, man kann sagen, daß das meine Rettung war. Ich fing noch einmal von vorn an. Baute alles wieder auf. Bekam das Besuchsrecht für meine Tochter. Fing wieder an zu arbeiten, und außerdem begann ich zu schreiben. Jetzt habe ich meine frühere Arbeitskapazität wieder erreicht.

Doch sie sieht jetzt etwas anders aus. Ich schrieb zunächst Lageberichte über das schwedische Gesundheitswesen und die Vororte mit hohem Einwandereranteil. Es war schwer, das zu veröffentlichen. In letzter Zeit habe ich angefangen, Prosa zu schreiben. Ich habe ein paar Erzählungen in Zeitschriften publiziert und arbeite an einem Roman. Man könnte sagen, daß ich genau den entgegengesetzten Weg zu dem meines Vaters gegangen bin.«

Er schwieg. Paul Hjelm betrachtete ihn. Dies war eine Warnung: Wie leicht machte man sich von einem Menschen ein falsches Bild. Wie leicht beurteilte man ihn voreilig. Er hatte Harald Sheinkman als den Professorensohn gesehen, dem alles geschenkt worden war, und in gewisser Weise mochte das zutreffen. In gewisser Weise aber auch ganz und gar nicht. Eine Lebensweisheit: Nie voreilige Schlüsse ziehen über andere Menschen. Es endet immer ungut.

Er wollte Harald Sheinkman etwas über seine Überlegungen zur Gegenwart sagen. Daß wir zwar den gegenwärtigen Rechtsextremismus gehörig unter Kontrolle behalten müssen – aber daß die Geschichte sich wahrscheinlich nicht in so direkter Form wiederholen würde. Von der Wiederkehr des Faschismus war er ziemlich überzeugt, doch würde er wahrscheinlich auf eine eher schleichende, indirekte Weise eintreten – er würde sich sozusagen in unserem Rücken anpirschen, während wir auf seine einfachen, augenfälligeren Erscheinungsformen achtgaben – und plötzlich würden wir einem Menschen gegenüber sitzen und ihn als Objekt ansehen, als Gegenstand, als Ertragspotential. Daß der Ökonomismus das Vorstadium des neuen Faschismus war, davon war er überzeugt.

Doch er sagte nichts davon und wurde statt dessen wieder zum Polizisten: »In welcher Weise sind Sie den entgegengesetzten Weg gegangen wie Ihr Vater?«

»Ich bin der Arzt, der Schriftsteller wurde. Er war der Schriftsteller, der Arzt wurde. Vor dem Krieg war er

Schriftsteller, so viel weiß ich über seine Vergangenheit. Er kam aus Berlin und hatte eine Frau und einen kleinen Sohn, die beide das Konzentrationslager nicht überlebt haben; ich habe also einen seit langem toten Halbbruder. Die ganze Familie wurde ausgelöscht. Er blieb als einziger übrig. Damit konnte er nicht leben. Also fing er noch einmal von vorn an. Wendete das Blatt im Buch des Lebens, nehme ich an. Er war also vorher Schriftsteller, ein ziemlich verträumter und lyrischer Dichter, den Tagebüchern nach zu urteilen, aber nach dem Krieg wandte er sich der Naturwissenschaft und der Medizin zu. Ich vermute, er brauchte etwas Handfesteres und Beständigeres. Der Geist starb im Lager, die Materie überlebte. So kann man es vielleicht sehen.«

»Er hat also in Buchenwald Tagebuch geführt? Gibt es das noch?«

Sheinkman nickte. »Oben bei ihm.«

»Apropos«, sagte Hjelm. »Ich muß Sie bitten, mir seine Wohnung zu zeigen.«

»Natürlich«, sagte Harald Sheinkman, nickte und stand auf. Hjelm folgte ihm durchs Haus und eine Wendeltreppe hinauf, die relativ jungen Datums zu sein schien. Dann gelangten sie in Leonard Sheinkmans kleinen Unterschlupf. Es war hell und warm. Auch hier waren die Wände mit Büchern vollgestellt, hauptsächlich medizinische Fachliteratur, aber auch eine ganze Reihe literarischer Klassiker. Auf dem Küchentisch lag tatsächlich ein ausgefülltes Kreuzworträtsel aus *Dagens Nyheter* – sonst nichts. Es war klinisch sauber.

»Haben Sie hier abgewaschen?« fragte Paul Hjelm.

»Nein«, sagte Sheinkman. »All das hat er problemlos selbst gemacht. Er mochte keine Unordnung, das ist eine meiner frühesten Kindheitserinnerungen. Immer alles sauber und an seinem Platz. Es war ziemlich anstrengend. Auch für meine Mutter, meine ich mich zu erinnern. An sie erinnere ich mich allerdings nicht so gut. Die Bilder verblassen langsam. Bald ist nichts mehr da.«

»Ist es Ihnen recht, wenn ich die Wohnung allein ansehe? Wir schicken nachher auch noch ein paar Leute von der Spurensicherung her.«

»Natürlich«, sagte Harald Sheinkman und verschwand lautlos.

Paul Hjelm blickte ihm einen Moment nach. Dann ging er ein wenig unschlüssig durch die kleine Wohnung; er zählte zwei Zimmer und Küche. Das Licht fiel durch eine ganze Reihe schräger Dachfenster herein, und sämtliche Außenwände waren Schrägen. Eine Art von Existenz in der Schrägen. Und ohne Zweifel war diese Existenz in der Schrägen makellos gepflegt. Nirgendwo ein Staubkorn.

Zuerst jüdischer Dichter im kosmopolitischen Berlin der zwanziger und dreißiger Jahre. Dann Frau und Kind. Und schließlich das Konzentrationslager, in dem Sohn und Ehefrau und Mutter und Vater und sämtliche Verwandten unter grauenhaften Verhältnissen ums Leben kommen. Er überlebt, halb verhungert und gefoltert. Jede Illusion, jeder Glaube, jede Hoffnung ist dahin. Er geht in ein fremdes Land, fort von allem. Er fängt noch einmal an, from scratch. Lernt die Sprache, gründet eine neue Familie, verschafft sich eine Ausbildung, bekommt eine respektable Arbeit, wird angesehener Forscher, kauft ein Haus direkt vom Architekten, rettet einen Sohn, der im Begriff ist, zugrunde zu gehen, und wohnt nach dem Tod der Ehefrau weiter mit dem Sohn zusammen. Es hört sich an, als wäre Leonard Sheinkman das Unmögliche gelungen – wie merkwürdigerweise vielen anderen. Er bekam ein gutes neues Leben. Aber wie es dabei in seinem Innern aussieht, vermag niemand zu sagen. Der Zwang zu Ordnung und Sauberkeit war vollkommen natürlich nach Jahren im Konzentrationslager; daraus ließen sich keine Schlüsse ableiten.

Paul Hjelm mußte das Tagebuch lesen.

Es ließ sich nicht umgehen.

Schließlich fand er es in einem Bücherregal quer über den Büchern; es war das einzige in der ganzen Wohnung, was ein bißchen gegen die generelle Ordnung verstieß. Die vergilbten handbeschriebenen Seiten waren intensiv gelesen worden, geknickt und abgegriffen. Alles in allem umfaßte das Bündel nicht mehr als zehn Seiten.

Und auf deutsch.

Ein Strich durch die Rechnung. Doch verglichen mit der Leistung Leonard Sheinkmans war das ein Klacks. Er mußte ganz einfach sein vergessenes Deutsch vom Gymnasium wieder auffrischen.

Die Seiten waren sorgfältig datiert und paginiert, und es schien keine verloren zu sein. Es hieß also nur anfangen.

Nur …

Er nahm die vergilbten Seiten an sich und stieg die Wendeltreppe hinab. Harald Sheinkman saß auf dem Sofa und schien erschöpft zu sein. Er stand auf, als Hjelm herunterkam, und trat ihm entgegen.

»Dies ist wohl das Tagebuch«, sagte Hjelm und wedelte mit den Seiten. »Ist es in Ordnung, wenn ich es mitnehme? Sie bekommen es zurück.«

»Natürlich«, sagte Harald Sheinkman. »Sie lesen also Jiddisch?«

Hjelm stutzte und starrte verblüfft auf die vergilbten Blätter. Die Worte veränderten sich vor seinen Augen. Dann blickte er auf und sah Sheinkman an. Ein sehr entferntes Lächeln spielte um dessen Mundwinkel.

»Nein«, sagte Harald Sheinkman. »Nur ein Scherz. Es ist Deutsch.«

Paul Hjelm betrachtete ihn, dann fing er an zu kichern. Der Mann gefiel ihm. »Noch eine Frage«, sagte er schließlich. »Was für ein Mensch war Ihr Vater?«

Sheinkman nickte, als habe er auf die Frage gewartet. »Ich habe viel darüber nachgedacht. Schwer zu sagen. Als wir Kinder waren, stellte er hohe Ansprüche. Ziemlich hart, ein bißchen der klassische Patriarch. Wir sollten alle drei Ärzte werden, da gab es gar keine Diskussion. Mehr oder weniger ist ihm das ja auch gelungen. Am besten ging es meinem kleinen Bruder David; er ist als Gehirnchirurg tätig und Dozent im Karolinska und wird vermutlich bald Professor. Allerdings später als Vater. Er ist jetzt dreiundvierzig. Zwischen uns beiden liegt Channa, die begehrte auf und war in den Siebzigern in der linken Szene aktiv; jetzt unterrichtet sie an der Sozialhochschule. Und ich, als ältester Sohn, absolvierte problemlos mein Medizinstudium, weigerte mich aber danach, mich auf etwas anderes zu spezialisieren als auf Allgemeinmedizin. Zunächst kam es Vater hart an; er hatte in mir den Erwählten gesehen. Und als ich anfing, in Tensta und Rinkeby zu arbeiten, schüttelte er nur den Kopf. Aber ich glaube, daß er schließlich respektierte, was ich tat. Er war kein unzugänglicher Mensch. Als es mir dreckig ging, war er ein Fels in der Brandung. Als die ganze Welt schwankte, war er der feste Punkt. Da hatten wir ein wirklich gutes Verhältnis. Er war gerade pensioniert und noch sehr vital und hatte sich nach dem Tod meiner Mutter endlich erholt. Doch dann glitten wir wieder auseinander, und ich kann eigentlich nicht sagen, daß ich ihn kannte. Er war ein Mann, der einst ein ganz anderes Leben gehabt hatte, und in das Leben kam nie einer von uns hinein, nicht einmal meine Mutter.«

Hjelm nickte und streckte ihm die Hand hin. »Vielen Dank«, sagte er. »Wir lassen wieder von uns hören.«

»Es war schön, mit Ihnen reden zu können«, sagte Sheinkman und fügte hinzu: »Paul.«

»Es geht mir genauso. Harald.«

Auf dem Weg hinaus verabschiedete Hjelm sich von der Tochter. Eine Weile blieb er noch in dem alten Audi sitzen und blätterte die vergilbten Seiten durch. Dies war also in einem Konzentrationslager geschrieben worden, in dem grauenhaften Buchenwald. Irgendwie war es Leonard Sheinkman, dem Dichter aus Berlin, gelungen, Papier und Bleistift zu ergattern und vor den Lagerwachen zu verstekken. Das war eine bemerkenswerte Leistung.

Er startete den Motor, verließ den Bofinksväg und fuhr hinaus auf den Breviksväg, der bald zum Tyresöväg werden sollte. Der Himmel war noch immer klarblau, aber es war, als sei jene Haut durchbohrt und weggeweht worden – und der Himmel dahinter war tatsächlich blau. Der Druck, der auf der Landschaft gelegen hatte, war geschwunden, und die Natur war friedlich und frühlingshaft schön.

Es würde, trotz allem, auch in diesem Jahr wieder Sommer werden.

Das Handy klingelte. Es war Jorge Chavez. »Tatsächlich.« Das war alles.

Und Paul Hjelm verstand sofort. »Sie war also da?« sagte er.

»Die Techniker hatten eine unglaubliche Masse Kram aus dem Vielfraßgehege zusammengetragen, das muß ich sagen. Angefangen bei Brotstücken, als wären die Vielfraße Enten, bis zu Mausefallen. Zwei Mausefallen waren im Vielfraßgehege, eine davon war noch gespannt.«

»Das ist ein neues Volksvergnügen. Tiere zu quälen. Pferde werden in unseren offenen Landschaften regelmäßig gequält.«

»Außerdem acht Bierdosen. In einer der Bierdosen lag die lange, spitze Nadel. Ein Vielfraß muß unter dem Einfluß des Rauschgifts den Schädel gefressen, die Nadel wie eine Gräte in den Hals bekommen und sie irgendwie in eine Bierdose ausgespuckt haben.«

»Unergründlich sind die Wege des Herrn«, sagte Paul Hjelm und fuhr nach Hause.

Nach Hause ins Polizeipräsidium.

15

Am Montag, dem achten Mai, um halb neun, geschah im Polizeipräsidium auf Kungsholmen in Stockholm ein Wunder. Zum erstenmal in der Weltgeschichte schien die Sonne in die Kampfleitzentrale.

Nacheinander betraten die Mitglieder der A-Gruppe den tristen Saal, nacheinander stutzten sie beim Anblick des kleinen Sonnenlichtflecks auf dem Fußboden gleich hinter der Tür. Beinah ehrfürchtig drückten sie sich daran vorbei und setzten sich weiter vorn im Saal auf ihre Plätze. Als letzter traf Viggo Norlander ein und schloß die Tür hinter sich. Der Sonnenfleck verschwand. Er öffnete die Tür wieder – und schwupps, war der Sonnenfleck wieder da.

Die Menschen in der Kampfleitzentrale waren indessen Detektive und keine Mystiker. Die Ursache mußte erforscht und das Wunder entmystifiziert werden. Mit gemeinsamen Anstrengungen wurde der Sonnenfleck auf fünf Faktoren zurückgeführt. Als erstes schien draußen die Sonne. Als zweites schien sie durchs Fenster der Damentoilette, die wir zu einem früheren Zeitpunkt schon besucht haben. Als drittes war die Tür besagter Damentoilette in geöffneter Stellung von einer auf dem Boden liegenden zerknüllten Zigarettenschachtel festgehalten worden. Als viertes wurden die Sonnenstrahlen vom Fenster der Damentoilette zu dem Glas eines Kitschbildes weitergeschickt, das in Waldemar Mörners Zimmer aufgehängt werden sollte und – in Erwartung des Eintreffens selbiger hoher Persönlichkeit – auf dem Fußboden gegenüber der Tür zur Kampfleitzentrale abgestellt worden war. Und schließlich als fünftes, daß die Sonnenstrahlen von dem erwähnten Kitschgemälde eines weinenden Kindes durch die offene Tür in die Kampfleitzentrale weitergeleitet wurden.

Die Tür wurde geschlossen. Das Wunder war entmystifiziert. Und Jan-Olov Hultin ließ die Eulenbrille so tief seine gewaltige Nase hinuntergleiten, daß sie sich auf gleicher Höhe mit der makellos rasierten Oberlippe befand.

»Gute Neuigkeiten«, sagte Hultin neutral. »Aber die heben wir uns für später auf. Zunächst entschuldige ich mich bei Sara dafür, daß sie in das gestrige Fernsehdebakel hineingezogen wurde. Man muß ordentlich vorbereitet sein, wenn man neben Waldemar Mörner Platz nimmt.«

»Und man darf keinen ganzen Strauß von Mikrophonen verrücken.«

Wer hatte das gesagt? Wer war so wagemutig und verwegen, den Kopf in den Rachen des Löwen zu stecken? Man sah sich im Raum um und wartete auf den Augenbrauenkopfstoß.

Mit gemeinschaftlicher Anstrengung konnte der Ausspruch indessen zu Jan-Olov Hultin selbst zurückverfolgt werden. Selbstkritik? Eine drastische Persönlichkeitsveränderung war offenbar zu erwarten.

Schlaganfall? dachten vier Personen, deren Namen in alle Ewigkeit verborgen bleiben sollen.

»Es kam ein bißchen überraschend«, sagte Sara Svenhagen milde.

»Wir machen weiter«, sagte Hultin, als wäre nichts geschehen. »Die vorläufige Untersuchung der Spurensicherung am Südfriedhof hat nichts ergeben. Nicht einen brauchbaren Fußabdruck, nicht einen Fingerabdruck an Seil oder Körper. Dagegen Leonard Sheinkmans Fingerabdrücke auf mehreren Stücken des zerstörten Grabsteins unter ihm. Sollen wir das ganz einfach als ein Zeichen des Schmerzes deuten oder so, daß dieser Grabstein tatsächlich für ihn irgendeine Bedeutung hatte? War er auf dem Weg dorthin?«

»Der Name auf diesem Grabstein«, sagte Jorge Chavez, »ist als ›Shtayf‹ rekonstruiert worden. Nur das. Wir werden noch etwas über die Leiche herausfinden.«

»Das ist dein Job, Jorge«, sagte Hultin. »Und sonst? Was ist aus unserem Skinhead Andreas Rasmusson geworden?«

Kerstin Holm blickte in ein Papier. »Er hat anscheinend heute nacht eine Psychose bekommen. Er ist ins Söder-Krankenhaus eingeliefert worden.«

»Unter Bewachung?«

»Wenn man eine festgenommene Verdachtsperson ist, dann ist man bewacht. Ja, ein Assistent ist Tag und Nacht bei ihm. Den Informationen zufolge soll er vollkommen abgedreht sein.«

»Ich halte es für sehr wichtig, daß wir erfahren, was die Skinheads gesehen haben«, sagte Hultin. »Es muß möglich sein, herauszufinden, wer seine Freunde waren, mit wem er gestern zusammen war, etcetera, etcetera. Gunnar?«

»Okay«, sagte Gunnar Nyberg.

»Allerdings nach der Universität. Du und Viggo und der Kollege Andersson sollt um zehn Uhr im Institut für Slawische Sprachen eine Slawistin mit Namen Ludmilla Lundkvist treffen. Nehmt Andersson mit und fahrt nach Frescati.«

»Da«, sagte Nyberg sprachkundig.

»Jetzt«, sagte Hultin brutalneutral und hielt ein Papier in die Höhe, auf dem ein großes Pluszeichen zu sehen war, »liegt mir diese Skizze vor, die mir vollkommen anonym zugegangen ist. Sie besteht aus vier Segmenten ...«

»Quadranten«, sagte Chavez.

Hultin gab ihm einen sehr langen und sehr neutralen Blick.

» ... vier Segmenten, die der Reihe nach auf ›Skansen‹, ›Skogskyrkogården‹, ›Slagsta‹ und ›Odenplan‹ getauft sind. Unter ›Skansen‹ steht ›Fingerabdrücke, Pistole, Metalldraht, Seil, Epivu‹. Unter ›Skogskyrkogården‹ steht ›Nächste

Angehörige, *modus operandi* checken, Gehirnchirurg-Gutachten über Wirkung des Metalldrahts aufs Gehirn, Skinhead-Zeuge, andere Zeugen, Tatort checken‹. Ich habe hier gerade eigenmächtig ›Shtayf‹ hinzugefügt. Kann das von meinen Vorgesetzten in der Versammlung akzeptiert werden?«

»Ja klar doch«, sagte Chavez. »Gut gemacht, junger Mann.«

Wieder ein unendlich langer Blick. Dann: »Weiter. Unter ›Slagsta‹ steht: ›Check der Telefonate, Spurensicherungsprotokoll, Fahrzeug, Phantom-Zuhälter‹. Und unter ›Odenplan‹ steht: ›Handy, Gesprächsliste, Sprachexperte‹«.

Jan-Olov Hultin stand auf und ging zur Flipchart. Mit einer theatralischen Geste drehte er sie so, daß die Rückseite nach vorn zeigte. Darauf offenbarte sich das gleiche Pluszeichen wie auf dem Papier. »Nehmen wir also dieses anonyme Meisterwerk und machen es zur Nabe der Ermittlung. An mir soll's nicht scheitern. Wenn wir von hinten anfangen, kommen wir zu ›Sprachexperte‹. Dieses Detail wird also heute geklärt. Die weiteren Punkte, ›Handy‹ und ›Gesprächsliste‹, liegen bei den Technikern, die gerade mit der SIM-Karte herumpusseln und dergleichen. Hoffentlich bekommen wir im Laufe des Tages ein Abo und eine Liste der Gespräche. Der vorausgehende ... Quadrant: ›Slagsta‹. Sehen wir uns den ›Phantomzuhälter‹ einmal an, das Gesicht, das Jörgen Nilsson vom Norrboda-Motel herausmodelliert hat. Viggo, du machst dich an die Identifizierung, wenn ihr von der Sprachexpertin in Frescati zurückkommt. Okay?«

»Okay«, sagte Chavez.

Norlander sah ihn vergrätzt an und sagte: »Okay.«

»Was bedeutet ›Fahrzeug‹? Ein unbekanntes Motorgeräusch in Slagsta um halb vier, vier am Donnerstagmorgen. Nicht ganz leicht zu bearbeiten, aber interessant. Weitere Nachbarn befragen, bei Busfirmen anfragen und prüfen, welche Busse über welche Zollstationen Schweden verlassen haben. Klingt das unerträglich, Sara?«

»Nein, das geht in Ordnung«, sagte Sara und ließ das Seufzen nicht hören.

»Den Punkt ›Spurensicherungsprotokoll‹ kann ich selbst beantworten, weil ich das Material heute nacht durchgesehen habe. In den vier Motelzimmern wurde, hört jetzt genau hin, Sperma von achtzehn verschiedenen Männern gefunden. Soweit zur Aufnahme von Flüchtlingen in Schweden. Eine sehr große Anzahl Fingerabdrücke ist ebenfalls sichergestellt worden, hat aber bisher im Kriminalregister nichts klingeln lassen. Die achtzehn Männer waren also demnach normale, anständige Schweden.«

»Sowie möglicherweise der eine oder andere Nachbar im Norrboda-Motel«, sagte Kerstin Holm.

»Keine Blutflecken jedenfalls, keine Anzeichen von Gewalt. Physischer Gewalt also. Sonst nichts. Die Zimmer enthielten keinerlei persönliche Gegenstände. Schließlich der Punkt ›Check der Telefonate‹. Ist das etwas für Paul Hjelm? Als Dank hierfür.«

Hultin zeigte auf das Pluszeichen auf der Flipchart.

»Wenn ich Zeit habe«, sagte Hjelm.

»Du hast Zeit«, sagte Hultin neutral und fuhr fort: »Quadrant zwei, ›Skogskyrkogården‹. Der neue Punkt ›Shtayf‹ ist also Jorges. Dann haben wir ›Tatort checken‹, das ist geklärt: kein Resultat. Danach ›Skinhead-Zeugen‹ und ›andere Zeugen‹: Gunnar übernimmt also die Skinhead-Zeugen. Andere Zeugen existieren unseres Wissens nicht. Die Medien haben die Frage ja jetzt schon einen ganzen Tag hinausposaunt; möglicherweise melden sich neue Zeugen. Warten wir ab. Der unförmige Punkt ›Gehirnchirurg-Gutachten über Auswirkungen des Metalldrahts aufs Gehirn‹ existiert bereits in materieller Form, wenn auch teilweise undurchdringlich. Qvarfordt teilt in seinem gewohnten Stil folgendes mit:

›Der achtundachtzigjährige Körper ist für sein Alter gut erhalten. Keine Anzeichen von Arteriosklerose in irgendeiner Form. Keinerlei alterstypische Anzeichen von Enzephalomalazie. Zerebrum ungewöhnlich groß. Tätowierte Ziffern unmittelbar oberhalb des linken Handgelenks. Tendenz zu zervikaler Spondylose. Circumcisio postadoleszent. Rheumatoide Arthritis, initial, mit Symptomen in Hand- und Fußgelenken.‹ Die assistierende Obduzentin, die Gehirnchirurgin Ann-Christine Olsson, fährt ein wenig pädagogischer fort: ›Der Metalldraht im Gehirn kann nicht als direkte Todesursache bezeichnet werden. Er ist durch die Schläfe eingeführt und anschließend durch die Hirnrinde ein- und ausbewegt worden. Die Hirnrinde stellt das Schmerzzentrum des Gehirns dar. Dort wird der Schmerz bewußt gemacht. Eine Einwirkung dieser Art direkt auf die Hirnrinde dürfte ein maximales Schmerzerlebnis auslösen. Möglicherweise – doch darüber streitet die Forschung – kann dieses Schmerzerlebnis so stark werden, daß es zum Tode führt. Möglicherweise kann auch der Umstand, daß das Opfer mit dem Kopf nach unten aufgehängt war, den Schmerz intensiviert haben, aufgrund vermehrter Blutzufuhr in der Hirnrinde. Die Todesursache ist somit unsicher. Es trat ein Herzstillstand ein. Dieser kann auf Schock oder Schmerz zurückzuführen sein.‹«

Hultin machte eine kleine Pause. »Ein ebensolcher Metalldraht wurde am Sonntagnachmittag in dem Material aus dem Vielfraßgehege in Skansen gefunden. Mit gewisser Wahrscheinlichkeit bedeutet das: Zwei Männer wurden dadurch getötet, daß ihnen ein so starker und überwältigender Schmerz zugefügt wurde, daß sie ihn nicht überlebt haben. Den Schmerz, also.«

»Wenn nicht die Vielfraße schneller waren«, sagte Chavez.

»Sicherlich«, räumte Hultin ein. »Dies ist jedenfalls bedenkenswert. Hier ist viel Haß im Spiel. Eine dermaßen raffinierte und fürchterliche Hinrichtungsmethode auszudenken erfordert seinen Mann.«

»Oder seine Frau«, sagte Kerstin Holm.

»Oder seine Frau«, räumte Hultin wiederum ein. »Also wird der folgende Punkt, ›*modus operandi* checken‹, von größter Bedeutung sein. Ist eine derartige Hinrichtungsmethode früher schon einmal angewendet worden? Wann, wo, wie? Kerstin?«

»Natürlich«, sagte Kerstin. »Ich werd's versuchen.«

»Der Punkt davor, ›nächste Angehörige‹, ist bereits abgearbeitet. Kerstin, Jorge und Paul haben gestern nachmittag je eins der Kinder von Leonard Sheinkman besucht. Berichte über die Gespräche mit den Geschwistern Sheinkman sind verteilt worden und sollten auf allen Schreibtischen liegen. Können wir eine Zusammenfassung bekommen?«

»Ich war bei dem mittleren der Kinder«, sagte Chavez, »der Tochter Channa Nordin-Sheinkman in der Fridhemsgata. Eine sehr radikale Frau mit sehr dezidierten Meinungen. Kind der 68er-Bewegung. Hatte den Kontakt mit dem Vater nach dem Tod der Mutter 1980 stark eingeschränkt. Hatte also nicht viel zu sagen, außer daß er ein durch und durch autoritärer Mensch war, von dem sie so schnell wie möglich hatte wegkommen wollen. Sie bestand darauf, daß ich eine Notiz machte: Ich trauere nicht. Ich habe es also notiert. Sie lud mich übrigens zu einer ordentlichen Haschisch-Pfeife ein. Bitte macht eine Notiz, daß ich verzichtet habe, daran zu ziehen. Es sah mir zu bakteriell aus.«

»Ich war bei dem jüngsten Sohn«, sagte Kerstin Holm. »David Sheinkman in Näsbypark. Er hat im großen und ganzen die Arbeit des Vaters als Gehirnchirurg und entsprechend als Forscher im Karolinska weitergeführt. Frau und vier Kinder zwischen acht und siebzehn. Im Unterschied zum Vater ist er ziemlich fromm und in der jüdischen Gemeinde aktiv. Er hatte das ganze ziemlich komplizierte Begräbnisarrangement auf sich genommen, und ich hatte den Eindruck, daß seine Trauer tief und echt war. Es scheint jedoch eine Liebe auf Distanz gewesen zu sein, sozusagen. Sie trafen sich nur an Feiertagen, und das auf eine ziemlich formelle Art und Weise. Man muß David ohnehin als einen sehr formellen Menschen bezeichnen. Penibel und kontrolliert. Ich bekam den Eindruck, daß der Vater ihm sehr ähnlich war. David Sheinkman ist wohl so nah an Leonard Sheinkman, wie wir je kommen können. Aber er hatte sehr wenig über ihn als Menschen zu sagen.«

»Es sieht so aus, als liefe unser bester Kontakt mit der Familie über Harald Sheinkman, den ältesten Sohn«, sagte Hjelm. »Der alte Sheinkman wohnte in einer Dachwohnung in Haralds Haus, das ursprünglich seins gewesen ist, also Leonards. Geschieden und ausgebrannt, war Harald irgendwann in den achtziger Jahren auf die Bretter gegangen. Er ist Arzt, nicht Forscher, und inzwischen auch Schriftsteller. Ein sehr angenehmer Mann mit einem nicht ganz leicht zu nehmenden Humor. So etwas ist zu schätzen. Ich bin Leonards Wohnung durchgegangen. Vielleicht muß sie noch einmal angeschaut werden. Falls ja, kann ich das übernehmen. Ich habe auch einiges über Leonards Leben vor dem Krieg erfahren, Dichter, Familienvater. Ich habe einen ausführlichen Bericht geschrieben, falls es jemanden interessiert. Und ich habe sein Tagebuch aus Buchenwald. Das werde ich lesen. Allerdings ist es auf deutsch.«

»Ausgezeichnet«, sagte Hultin. »In der Freizeit natürlich.«

»Natürlich.«

»Ihr fangt an müde auszusehen. Aber wir haben noch einen sogenannten Quadranten, nämlich ›Skansen‹. Nun wollen wir mal sehen, was unser anonymer Künstler geschrieben hat. Dieses ›Epivu‹. Da sind wir wohl noch nicht viel weiter gekommen. Ich gehe davon aus, daß das Wort in euren Hirnen gespeichert ist, am besten im Schmerzzentrum. Dann ›Seil‹. Darum kümmert sich Jorge, soweit ich verstanden habe.«

»Aber ja doch«, sagte Chavez. »Die Seilproben von diversen Fabriken dürften im Lauf des Tages eintreffen.«

»›Metalldraht‹ ist ein weiterer Punkt. Gefunden. Gehört zu Kerstins *modus-operandi*-Untersuchung. Punkt zwei, ›Pistole‹. Bisher keine Rückmeldung wegen der Seriennummer der Luger. Aber – und ich habe euch eingangs gute Neuigkeiten versprochen – der erste Punkt unseres anonymen Künstlers lautet ›Fingerabdrücke‹.«

Wie die Dramaturgie es verlangte, bekam Kriminalkommissar Jan-Olov Hultin die ungeteilte Aufmerksamkeit des Auditoriums. Er sagte: »Interpol hat zwei Antworten auf die Fingerabdrücke des Vielfraßmanns geliefert. Aus zwei Ländern. Griechenland und Italien. Der Vielfraßverspeiste war Grieche. Er hieß Nikos Voultsos, geboren 1968 in Athen. Das erste Urteil wegen Körperverletzung erfolgte in Griechenland 1983, da war er fünfzehn. Danach folgt eine ganze Latte mehr oder weniger grober Straftaten, unter anderem Kuppelei. Als er 1993 des Mordes an drei Frauen verdächtigt wird, verschwindet er. Jetzt taucht er in Italien auf. Obwohl, richtig auftauchen tut er auch wieder nicht. Nikos Voultsos steht offenbar die ganze Zeit unter Verdacht seitens der italienischen Polizei, aber sie können ihn nicht fassen. Er taucht nämlich in Italien unter, genauer gesagt in Mailand, wo er mindestens zwanzig schwere Straftaten begeht, Schutzgelderpressung, Drogenvergehen, Körperverletzung, Vergewaltigungen, Mord. Und wieder Kuppelei. Unser Mann ist also tatsächlich Zuhälter.«

Sara betrachtete Kerstin. Kerstin betrachtete Sara. Ihre Blicke verrieten Genugtuung.

»Die Information von der italienischen Polizei ist ziemlich vage«, fuhr Hultin fort. »Möglicherweise kann man zwischen den Zeilen ›organisiertes Verbrechen‹ lesen, und was das in Italien bedeutet, dürfte wohl klar sein.«

»Die Mafia?« fragte Chavez.

»Wenn man es ganz genau nimmt«, sagte Hultin, »ist die Mafia wohl ein sizilianisches Phänomen. Neapel hat seine Camorra, eine vergleichbare Organisation. Und dann gibt es eine norditalienische Entsprechung, die mindestens ebenso mächtig ist. Es hat den Anschein, als habe Nikos Voultsos Bordelle für die norditalienische Mafia betrieben. Wenn wir sie einmal so nennen wollen.«

»Und da kommt er ins kleine Schweden«, sagte Kerstin Holm. »Um für die norditalienische Mafia Bordelle zu betreiben?«

»Und wird statt dessen von Vielfraßen gefressen«, sagte Chavez. »Da kann man von alternativer Karriere sprechen.«

»Die italienische Polizei hatte ihn anscheinend im Visier. Sie verloren ihn Mitte April aus den Augen. Am dritten Mai starb er in Skansen. Man könnte sich vorstellen, daß den Bossen in Mailand so viel Aufmerksamkeit gar nicht lieb war und sie ihn wegschickten. Ungefähr wie in *Der Pate*. Michael Corleone. Aber wahrscheinlich hatte er auch einen Auftrag. Und es wirkt nicht ganz unwahrscheinlich, daß der mit Kuppelei zu tun hatte.«

Kerstin Holm überlegte laut: »Eine gute Woche vor dem Verschwinden geht eine Welle von Beunruhigung durch die Zimmer 224, 225, 226 und 227 im Norrboda-Motel in Slagsta. Da sind wir ungefähr am fünfundzwanzigsten April. Man kann sich natürlich vorstellen, daß dies der Zeitpunkt war, an dem Nikos Voultsos hier eintraf. Der erste Anruf der gewalttätigen Odenplanfrau erreicht Slagsta am Samstag, dem neunundzwanzigsten April. Bis um 22 Uhr 54 am Mittwochabend, nur wenige Minuten nach Voultsos' Tod in Skansen, rufen sie einander an. Ein paar Stunden nach seinem Tod verschwinden sie.«

»Sie werden befreit«, sagte Sara Svenhagen atemlos.

»Sie ist *wirklich* Ninja-Feministin«, sagte Jorge Chavez und erntete einen verwunderten Blick seiner Ehefrau.

»Wenn das stimmt«, fuhr Kerstin fort, »hat sie also einen Mafioso ermordet. Und da muß man schnell verduften.«

»Alles das hängt eindeutig zusammen«, sagte Paul Hjelm. »Aber wo zu Teufel kommt Leonard Sheinkman ins Bild? Was hat der achtundachtzigjährige emeritierte Professor Leonard Sheinkman mit Nikos Voultsos und den Puffs der norditalienischen Mafia und mit extrem gewaltbereiten Ninja-Feministinnen zu tun? Warum wird *er* auf die gleiche Weise ermordet wie ein notorischer Vergewaltiger und Frauenmörder? Das paßt nicht zusammen.«

»Ich stimme dir zu«, sagte Hultin. »War es Zufall? Kam er zufällig daher? Kaum. Jemand hat ihn sehr intensiv gehaßt, aber es ist keinesfalls sicher, daß es diese Frau ist, die ihr Ninja-Feministin nennt, was das auch sein mag. Die Verbindung zu ihr ist zu schwach.«

»Gibt es ein Bild von diesem Nikos Voultsos?« fragte Kerstin Holm.

»Klar«, sagte Hultin und hielt ein Farbfoto eines dunkelhäutigen Mannes mit kühlen Augen in die Höhe. Ein klassischer Gangster. Er lächelte schief, trug einen leichten hellrosa Sommeranzug und eine sehr dicke goldene Kette um den Hals.

»Ich hoffe, er hat ihnen geschmeckt«, sagte Sara Svenhagen. »Dann war er ja immerhin noch nützlich.«

»Wenn du nach Slagsta fährst, Sara«, sagte Hultin, »dann nimm das Foto mit und zeige es allen. Vielleicht hat ihn dort draußen trotz allem jemand gesehen.«

Sara nickte stumm.

»Wir bräuchten näheren Kontakt mit der italienischen Polizei«, sagte Hjelm. »Es fehlt doch noch eine ganze Menge Information.«

Jan-Olov Hultin stand auf und beugte sich übers Katheder vor. »Das ist ja der Clou vom Ganzen«, krähte er. »Wir haben ja einen Mann vor Ort.«

16

Anja sah es, lange bevor er selbst es sah. Fünf Kinder sahen es, lange bevor er selbst es sah. Alle Welt sah es, lange bevor er selbst es sah.

Daß er möglicherweise eine ganz, ganz kleine Dosis zuviel ›Schönheit‹ und ›Frieden‹ bekommen hatte.

Arto Söderstedt trabte in dem kleinen Steinhaus im Chianti umher und redete sich ein, daß der Genuß noch ebensogroß war wie am ersten Tag. Er saß auf der Veranda, während der Frühlingsabend zur Frühlingsnacht wurde, trank sein kleines Glas Vin Santo, tunkte seinen kleinen Zimtzwieback ein und dachte: Oh, wie ich genieße. Und sicher genoß er immer noch. Sicher reichten die erneuernden Wellen der Renaissance bis in die robuste Schlafkammer. Sicher blühte das eheliche Leben wie nie zuvor; er war sogar unsicher, ob Anja nicht heimlich ein sechstes Kind plante – wie verhielt es sich eigentlich mit den präventiven Maßnahmen? Und sicher war es eine unsägliche Wohltat, am Morgen schlafen zu können, solange man wollte, und sich in den Büchern verlieren zu können, wie man wollte, in der Musik, die man wollte, den Kaffee zu trinken, den man wollte, sich dem Kleinkram zu widmen, auf den man Lust hatte. Aber irgendwo war es dennoch nicht richtig genug. Irgendwo reichten die Früchte von Onkel Perttis Geld nicht aus.

Anja Söderstedt genoß in um so volleren Zügen, aber sie machte nicht soviel Wesens davon. Arto hatte die Neigung des maskulinen Wesens, sein Wohlbefinden zur Schau zu stellen – und das Zur-Schau-Stellen hat bekanntlich eine Tendenz, das zur Schau Gestellte zu verschlingen. Am Ende ist das Zur-Schau-Stellen alles. Er lebte in einer Schale von Lebensgenuß; wenn jemand etwas unvorsichtig an der Schale kratzte, würde sie Risse bekommen und zerfallen, und Arto Söderstedt würde tief in den finstersten Abgrund des Infernos blicken.

Tja, vielleicht nicht richtig. Aber manchmal, wenn er da auf der Veranda saß und auf Anjas immer prachtvolleres Kräuterbeet blickte, kam es ihm in den Sinn, daß er ein Süchtiger war.

Workaholic in einer Entzugsklinik.

Anja hatte nämlich eine Leidenschaft in ihrem Leben – neben Arto, den sie sicher genauso intensiv liebte, wie er sie. Diese zweite Leidenschaft waren Kräuter. In ihrer Zeit in dem Haus in Västerås war sie dieser Leidenschaft mit glühendem Eifer nachgegangen; in den Töpfen auf den Fensterbänken in der Bondegata wuchsen sie eher zögernd. Aber hier, hier in der Toskana, im Herzen des Chianti, in unmittelbarer Nähe der mauerbewehrten mittelalterlichen Stadt Montefioralle, die die Hügel vor der Weinstadt Greve krönte, hier blühte ihre Leidenschaft auf wie nie zuvor. Sie wollte nie wieder von hier fort. Der Garten war in die lieblichsten Düfte gehüllt. Ihre Daumen waren grüner denn je, und lokalen Experten zufolge war es im ganzen Chianti noch nie jemandem gelungen, sechzehn verschiedene Sorten Basilikum zu züchten. Tatsache war, daß niemand je von so vielen verschiedenen Sorten gehört hatte. Aber beeindruckt waren sie, die Nachbarn.

Die Nachbarn, ja.

Eine Person fühlte sich noch wohler als Anja. Das war die älteste Tochter Mikaela. Sie war sechzehn und das Schönste, was es gab auf der ganzen Welt. Eines Morgens hatte sie sich in der geräumigen toskanischen Küche an den Tisch gesetzt und war nicht mehr Jungfrau. Er würde nie ganz genau sagen können, woran er es sah, aber es gab keinen Zweifel. Sie leuchtete. Die ganze Gestalt strahlte. Und Arto Söderstedt dachte, daß er die Rolle des entehrten Vaters übernehmen und mit der Schrotflinte in die Büsche hinausstürmen und jeden italienischen Jungzipfel in der ganzen Nachbarschaft abschießen müßte.

Aber es war einfach nicht drin. Er lächelte nur, und sein Lächeln war anscheinend ebenso selig wie Mikaelas, denn ihr eigenes verkümmerte, als es mit seinem moralisch verdorbenen Spiegelbild konfrontiert wurde. Sie lief hinaus zwischen die Weinstöcke und schämte sich wie ein Hund. Er lief hinter ihr her und schrie über den ganzen Weinberg, daß alles in Ordnung sei, solange der Junge Kondome benutzte. Vier weiße Köpfe in unterschiedlicher Höhe über dem Boden starrten ihn an, als er dastand und P-Wörter über die Weinstöcke rief. Sogar Klein-Lina kannte P-Wörter, und sie wußte, daß P-Wörter nicht gut waren, aber was P-Wörter waren, wußte sie nicht. Pornowörter, sagte die zweitälteste Tochter mit der Glut des Verbotenen im Blick. Ojojoj, sagte Lina und wußte auch nicht, was Pornowörter waren.

Am Ende kroch jedenfalls Mikaela mit glühenden Wangen wie ein besprühter Coloradokäfer zwischen den Weinstöcken hervor.

Als Anja sich aus dem Bett hochgerappelt hatte und auf den Altan hinaustrat, standen ihr Mann und ihre Tochter eng umschlungen in der milden Morgensonne, flankiert von vier weißen Köpfen in unterschiedlicher Höhe über dem Boden. Die Kräuter hüllten die Szene in einen himmlischen Duftschleier, und das Gezwitscher der Vögel zwischen den Olivenbäumen des Gartens erfüllte die Luft. Es war ein Bild, das sie nie vergessen würde. Das Paradies gab es wirklich.

Für Arto aber war es doch nur eine äußere Hülle. Anja sah es ganz deutlich und schaltete heimlich das Handy ein. Früher oder später würden sie anrufen, das wußte sie.

Und ein paar Tage später war es soweit.

Familie Söderstedt befand sich in Florenz. Es war das zweite Mal seit ihrer Ankunft in der Toskana. Beim ersten

Mal hatte Michelangelos Medici-Kapelle in San Lorenzo ihn so aus der Fassung gebracht, daß er ganz einfach dablieb. Nach einer halben Stunde auf den ziemlich wenigen Quadratmetern hatte seine Familie genug und begab sich in die Stadt. Sie nahmen in einem ausgezeichneten Lokal an der Lugarno Acciaioli am Arno ein ordentliches Mittagessen zu sich und schlenderten anschließend in aller Ruhe zurück über die Piazza della Signoria und Il Duomo und gelangten nach drei Stunden zurück zur Medici-Kapelle. Da stand der Vater immer noch auf den wenigen Quadratmetern, den Blick auf die grünweißen Marmorwände geheftet. Es war ihm plötzlich so vorgekommen, als hätte er, wie durch eine Offenbarung, das ganze Geheimnis der Renaissance verstanden. Der zurückhaltende Exzeß, der sich hinter Michelangelos stets gleich exaktem Handwerk verbarg, hypnotisierte ihn. Alles war möglich – und dennoch wurde nicht alles gemacht. Es gab da einen Verzicht, der nicht asketisch war, sondern der im Gegenteil gerade zeigte, daß jetzt, genau jetzt, im frühen sechzehnten Jahrhundert in Florenz, alles, wirklich alles möglich war. Arto Söderstedt mußte mit Gewalt fortgezerrt werden.

Also durfte die Familie zu einem etwas normaleren Besuch wiederkommen. Sich ein bißchen so verhalten, wie es sich für eine richtige Touristenfamilie aus dem barbarischen Skandinavien gehörte.

Sie saßen oben auf der anderen Seite des Arno in einem Restaurant an der Piazzale Michelangelo um einen runden Tisch und blickten über die Stadt. Aus der Vogelperspektive dürften sie ausgesehen haben wie ein kreisrundes Perlenhalsband.

Da klingelte das Handy.

Arto Söderstedt, der vom Autofahren befreit war, hatte eine Flasche Wein bestellt und reagierte nicht. Das Telefon klingelte weiter, und er reagierte immer noch nicht. Die Familie betrachtete ihn immer skeptischer.

»Ist Papa tot?« fragte Klein-Lina und fürchtete, vielleicht ein P-Wort ausgesprochen zu haben.

»Vielleicht, vielleicht nicht«, sagte Anja. »Es ist kein großer Unterschied.«

Da sprach er endlich, mit mechanischer Stimme: »Es kann unmöglich mein Handy sein. Das ist ausgeschaltet. Ausgeschaltete Handys klingeln nicht.«

Sie warteten. Die Zeit stand still.

Später, mit dem Lauf einer sehr grobkalibrigen Pistole im Mund, sollte Arto Söderstedt sich an diesen Augenblick erinnern und denken: Da, genau da, war alles möglich. Da, genau da, wäre es möglich gewesen zu verzichten, und es wäre kein asketischer Verzicht gewesen. Gerade in dem Augenblick hättest du darauf verzichten können, den Anruf auf deinem Handy anzunehmen. Dann hätte alles so bleiben können, wie es war, in einem paradiesischen Zustand, den du, Dummkopf, der du bist, in deinem Unverstand nicht zu würdigen gewußt hast. Du hattest die Möglichkeit zu diesem Verzicht und hast dich anders entschieden. Es war eine schlechte Wahl.

Er antwortete: »Arto am Arno.«

Dann war er genau vierzehn Minuten mäuschenstill.

»Und jetzt?« sagte Klein-Lina. »Ist er jetzt tot?«

Das waren die einzigen Worte, die geäußert wurden. Anja kippte die Weinflasche ein wenig an und versuchte abzuschätzen, wieviel der Gatte getrunken hatte. Als sie zu dem Ergebnis kam, daß es nicht mehr als ein Glas sein konnte, ließ sie sich klammheimlich den ganzen Rest der Flasche durch die Kehle laufen. Es dauerte genau vierzehn Minuten. Als er das Gespräch beendete, sagte sie, mit möglicherweise nicht ganz glockenreiner Aussprache: »Ich kann leider nicht mehr nach Hause fahren.«

Worauf Arto Söderstedt mit glasklarer Logik erwiderte: »Wir müssen ein Faxgerät finden.«

Die Familie begab sich im Gänsemarsch zu einem in der Nähe gelegenen Luxushotel, wo Arto Söderstedt erklärte, er sei Polizeibeamter und müsse ein Fax empfangen. Der Portier sollte seine Bereitwilligkeit schnell bereuen.

Söderstedt rief Hultin über das Handy an und gab ihm die Faxnummer durch. Dann ergossen sich vierundsechzig Seiten aus dem Faxgerät. Der Portier dachte an Tonerpatronen und blockierte Leitungen, behielt jedoch die ganze Zeit den geschulten Gesichtsausdruck von wohlwollender Nachsicht bei. Nachdem sämtliche Blätter gesammelt und geordnet waren, bekam er zu seiner Verblüffung hunderttausend Lire in die Hand gedrückt.

»Könnte ich dafür eine Quittung bekommen?« fragte Arto Söderstedt.

Nachdem der Portier die erste Trinkgeldquittung seines Lebens ausgestellt hatte, verabschiedete er sich von der seltsamsten Familie, die ihm je begegnet war. Wie es richtig zugegangen war, hätte er nicht zu sagen gewußt, aber er war um hunderttausend Lire reicher.

Mailand war eine Großstadt von ganz anderer Art als Florenz. Alles klang. Arto Söderstedt fädelte mit dem großen Familienauto ein und ein und schaffte es, jedesmal wieder zu exakt demselben Punkt zurückzukommen, einer stinkenden Müllverbrennungsanlage mit einer zehn Meter in den Himmel aufschießenden Flamme. Wie er die Karte auch drehte und wendete, er konnte nicht begreifen, wie es dieser verdammten Müllverbrennungsanlage immer wieder gelang, sich in das absolute Zentrum der Millionenstadt zu verwandeln.

Dabei war Mailand eine Stadt, die wirklich ein Zentrum hatte. Es war in konzentrischen Kreisen um den majestätischen, fast grotesken Dom angelegt, zu dem er schließlich gelangte, ohne anhalten zu können. Wie ein Abgasterrorist kutschierte er umher und hatte nach vielem Wenn und Aber das große Glück, weniger als fünf Kilometer von der Polizeistation am Corso Monforte entfernt einen Parkplatz zu finden.

Denn dorthin wollte er.

Nach einem Fußweg, der mehr die Bezeichnung »Stadtorientierung« verdient hätte, schritt er schließlich über die Schwelle der Eingangshalle – und trat in die fünfziger Jahre ein. Ja, wirklich, es war eine Zeitmaschine. Auf irgendeine Weise war er in ein Zeitloch geraten und wurde um vier Jahrzehnte in der Zeit zurückversetzt. Ohne Zweifel befand er sich in den fünfziger Jahren des zwanzigsten Jahrhunderts. Strenge Männer in weißen Hemden mit schmalen schwarzen Schlipsen, Damen in Kleidern und hochhackigen Schuhen, Reihen von Schreibtischen, deren wesentliches Arbeitsgerät Bleistift und Papier waren. Und natürlich Stempel. Stempel, Stempel, Stempel. Kein Computer, so weit das Auge reichte.

Er begab sich zu einer der Schreibtischdamen und fragte: »Commissario Italo Marconi?«

Ohne aufzublicken, zeigte die Dame auf eine geschlossene Tür etwa dreißig Meter entfernt. Während er diese Strecke zurücklegte, zählte er die Schreibtische, an denen er vorüberging. Es fehlte nicht viel, und er wäre im Gehen eingeschlafen. Es war wie Schafe zählen.

An der Tür stand tatsächlich in Mini-Buchstaben ›I Marconi‹. Kurz und bündig.

Er klopfte und bekam ein Brummeln zur Antwort.

Er trat ein.

War es draußen in der Bürolandschaft aus den Fünfzigern warm, feucht und staubig gewesen, so war es hier drinnen um so kühler und angenehmer. Und auf dem massiven alten Eichenschreibtisch stand ein hypermoderner Computer. Söderstedt verstand. Er hatte die *twilight zone* passiert und war zurück in der Gegenwart.

Der Mann hinter dem Schreibtisch war in Arto Söderstedts Alter, knapp fünfzig, und trug einen gewaltigen Schnurrbart. Der zarte Körper ließ seinen Schnauzer noch gewaltiger aussehen, wie einen enormen Propeller mitten im Gesicht. Söderstedt fürchtete, er könnte jeden Augenblick abheben und durchs Fenster davontuckern. Der Mann starrte den Eintretenden einen Moment lang an, als wäre dieser ein Albino-Mörder in einem sehr schlechten Gangsterfilm.

Dann leuchtete sein Gesicht auf wie eine Sonne. »I see«, sagte er, wanderte die ansehnliche Strecke um den Schreibtisch herum und streckte die Hand aus: »Mister Sadestatt from Sweden.«

»That's right«, sagte Mister Sadestatt from Sweden. »And you must be Italo Marconi.«

»Yes, yes. I believe you have animals who have killed one of my nastiest pimps. May we import them?«

Arto Söderstedt lachte höflich und wurde unmittelbar mit einem schwierigen Übersetzungsproblem konfrontiert. Was zum Teufel hieß Vielfraß auf englisch? Wasp? Nein, das war Hecht. Oder …?

Scheiß drauf.

»Yes«, sagte er nur. »Sie sind derjenige, der die Ermittlungen gegen den Griechen Nikos Voultsos geführt hat?«

Italo Marconis Lächeln verblaßte; seine sämtlichen Vorurteile über sozial inkompetente Nordeuropäer wurden bestätigt. Er machte eine Geste zum Stuhl gegenüber dem Schreibtisch, und Söderstedt sank darauf nieder. Oder eher: versank darin. Er war ziemlich weich.

»Das ist korrekt«, sagte Marconi. »Nikos Voultsos war ein selten unangenehmer Verbrecher. Vollkommen gewissenlos. Wir freuten uns, als er verschwand, und jetzt, wo er tot ist, freuen wir uns noch mehr.«

Der nimmt kein Blatt vor den Mund, dachte Söderstedt und fragte: »Waren Sie es, Kommissar, der die Zusammenfassung des Falles an Interpol geliefert hat, die dann nach Stockholm weitergeleitet wurde?«

»Das war ich«, nickte Marconi. »Möchten Sie einen Kaffee, Signor Sadestatt?«

»Danke, gern«, sagte Söderstedt.

»Ich werde einen kommen lassen«, sagte der Kommissar, stand auf und verließ das Zimmer. Nach einigen Minuten kam er zurück. Es sah aus, als hätte er gelacht.

»Der Kaffee kommt gleich«, sagte er, wanderte um den Schreibtisch herum, ließ sich wieder nieder, beugte sich über den Schreibtisch und fuhr fort: »Mir ist klar, daß mein Bericht dürftig erscheinen kann, aber nicht alle Informationen finden Platz in einem solchen Bericht. Ich stehe also voll und ganz zu Ihrer Verfügung; ich habe dies gerade mit meinen Vorgesetzten geklärt. Was möchten Sie also wissen?«

»War Voultsos Mafioso?«

Marconi hustete. Wie erklärte man einem Dorftrottel die nationalen Verhältnisse?

»Bei uns gibt es keine Mafia«, sagte er. »Die existiert in Sizilien. Dagegen haben wir ein paar lokale Verbrecherbanden. Unserer Einschätzung nach gehörte Nikos Voultsos zu einer dieser Banden.«

»Wie kam es, daß er eine ganze Reihe grober Verbrechen begehen konnte, ohne daß Sie ihn gefaßt haben?«

»Sie gehen ganz schön ran«, sagte Italo Marconi und betrachtete sein kreideweißes Gegenüber. »Es ist wichtig, daß Sie, was das italienische Rechtssystem anbelangt, zunächst einmal ein paar grundsätzliche Tatsachen verstehen. Man muß behutsam vorgehen und genau darauf achten, wohin man tritt. Es gibt stets eine Reihe von Rücksichten, die man in dieser oder jener Richtung nehmen muß. Ich kann darauf nicht näher eingehen. Wichtig war, daß wir Nikos Voultsos unter Beobachtung hatten.«

»Haben Sie sein Bordell beobachtet?«

Marconi lachte kurz auf. »Bordell und Bordell«, sagte er, richtete den Blick auf Söderstedt und fuhr fort: »Ich verstehe, daß Sie ungeduldig sind, Mister Sadestatt. Sie sind lange untätig gewesen und haben mit den Zehenspitzen auf der Suche nach Grünfutter in der trockenen toskanischen Erde gegraben. Und jetzt haben Sie die Chance bekommen. Sie stehen unter Dampf wie ein Drogensüchtiger nach dem ersten Schuß der Woche.«

Arto Söderstedt war nicht begeistert von Marconis Bildsprache. Ganz und gar nicht begeistert. Aber er verstand, was Marconi meinte.

Ohne die Stimme zu heben, aber mit Schnurrbartenden, die schon fast rotierten, fuhr Marconi fort: »Ihr Chef hat Sie als einen von Schwedens intelligentesten Polizeibeamten beschrieben, und ich habe keine Veranlassung, Signor Oltin nicht Glauben zu schenken. Er hörte sich an wie ein vernünftiger Mann. Er hat jedoch betont, daß Sie sich vermutlich am Anfang genauso verhalten würden, wie Sie es bisher getan haben. Hitzig. Gleich wird meine Sekretärin mit Kaffee und einer sehr kleinen Grappa kommen, um auf Ihr toskanisches Dasein anzustoßen, das auch uns hier oben im Norden als paradiesisch, wenngleich ein wenig langweilig erscheint. Lassen Sie uns die Getränke genießen und danach zu einem anderen Gesprächston finden.«

Söderstedt, der normalerweise eine gute Nase für Stimmungen hatte, eine Atmosphäre sozusagen erschnuppern konnte, erkannte auf der Stelle, daß Italo Marconi recht hatte. Er nickte leicht und sagte: »Sie haben vollkommen recht. Ich bitte um Entschuldigung.«

Das geschah nicht gerade häufig.

Als das Gespräch jetzt zu Familienbildung und Wohnverhältnissen hinübergelenkt wurde, begann Arto Söderstedt zu verstehen, wie die italienische Art zu arbeiten aussah. Er erholte sich gerade von einem Unfall.

Einem Zusammenprall von Kulturen.

Der Kaffee kam. Die sehr kleine Grappa erwies sich als ein bis zum Rand gefülltes Trinkglas. Marconi hob leicht das Glas, und Söderstedt erwiderte die Geste. Dann nippte er ein wenig an der Grappa, die von der feineren Sorte war und nicht nach Industrieabfällen schmeckte, sondern wirklich nach Trauben. Der italienische Branntwein Grappa wird ja bekanntlich auf den Weingütern aus Trester hergestellt.

»Sehr gut«, sagte Söderstedt.

»Es freut mich, daß er Ihnen schmeckt«, sagte Marconi. »Er kommt aus Ihrer Gegend, vom Weingut Castello di Verrazzano in den unwegsamen Hügeln nördlich von Greve. Meiner Ansicht nach machen sie dort außer einer hervorragenden Grappa einen der besten Weißweine des Chianti, was ja sonst kaum die Spezialität der Toskana ist.«

Dann tranken sie ein wenig großartigen Espresso, und die sehr dichte Schaumschicht verriet, daß die Polizeistation irgendwo im Schreibtischdschungel ihre eigene Espressomaschine versteckt hatte.

»Und jetzt«, sagte Marconi und stellte die kleine Kaffeetasse ab, »jetzt möchte ich ein paar Worte über Nikos Voultsos sagen. Ich habe ein einigermaßen klares Bild von den Stockholmer Ereignissen, und vieles paßt zu dem, was wir über Voultsos und seinen Arbeitgeber wissen. Was aus dem Rahmen fällt, ist natürlich Ihr Nobelpreisträger.«

Kandidat, dachte Söderstedt, sagte es aber nicht. Er hatte etwas dazugelernt. Obwohl er schon ein alter Hund war.

Marconi fuhr fort: »Nein, von unserer Seite können Sie nicht mit einer Verknüpfung zwischen Nikos Voultsos und diesem« – er las von einem Blatt ab – »Leonard Sheinkman rechnen. Ich kann Ihnen auch keine Hinweise geben, was die Identität des Mörders betrifft. Dagegen kann ich möglicherweise mit einem Vorschlag zur Klärung des Motivs beitragen. In Europa geht eine Art Krieg vor sich. Jetzt, wo Ost und West, Nord und Süd in Europa zusammentreffen – mehrere unterschiedliche Arten von Kriminalität –, bedeutet das einen unentwegten Kampf um die Kontrolle über die großen Bereiche: Drogen sind ja lange der wichtigste gewesen, Waffen sind natürlich ein bedeutender, Alkohol und Zigaretten ebenso, während beispielsweise Datenschmuggel und Schmuggel von Diebesgut in den Osten relativ neu sind, vor allem von im Westen gestohlenen Autos und Booten. Doch der richtig große neue Markt sind *Frauen*, und in ganz besonderem Umfang osteuropäische Frauen. Die großen Verbrechersyndikate haben angefangen, dies zu erkennen, und drängen energisch in die Prostitutionsbranche. Von Bordellen zu sprechen wäre kaum das richtige Wort – es gibt sie natürlich, aber das ist zweitrangig –, nein, es geht um Kontrolle über die Prostitution in ihrer Gesamtheit, vom elegantesten Hostessendienst bis zu den heruntergekommensten Huren an den Straßenecken. Offenbar sind wir Männer bereit, für Sex das meiste Geld auszugeben, mehr als für Alkohol und Drogen. Vielleicht verbirgt sich im Innersten dieser monströsen Tatsache doch eine Art von Hoffnung. Obwohl auch Hoffnung kaum das richtige Wort ist, wenn es das Gewerbe als solches betrifft. Die Prostitution geht immer eindeutiger Hand in Hand mit dem Drogengeschäft. Man hält die Frauen mit Drogen in Schach, bis sie verbraucht sind. Dann wirft man sie weg und schafft aus einem unerschöpflichen osteuropäischen Vorrat neue heran. Was wir beobachten, ist, daß Frauen unerhört viel schneller verschlissen werden als früher. Als Hure ist man heutzutage mit dreißig am Ende. Und dann ist man in der Regel tot. Zumindest wenn man aus dem Osten kommt.«

Marconi zündete sich eine Zigarette an und hielt Söderstedt die Schachtel hin, der ohne nachzudenken eine nahm. Da er in seinem Leben bisher erst drei Zigaretten geraucht hatte, war es allein die Grappa, die die nächsten zehn Minuten erträglich machte.

Und Marconis umfassende Information.

»Dies als Hintergrund«, fuhr er fort. »Die italienischen Verbrecherorganisationen, die ein bißchen im Schatten der russischen gelandet sind, sind jetzt dabei, sich an die Entwicklung in der modernen Sklavenhandelsbranche anzuhängen. Man kauft routinierte Zuhälter ein und schickt sie in Europa herum, um freie Prostituiertenställe zu übernehmen. Nikos Voultsos war ein solcher Zuhälter, mit hoher Wahrscheinlichkeit von einem Verbrechersyndikat hier in Mailand ausgesandt. Allem Anschein nach fing dieses Syndikat ihn bereits 1993 auf, als er drei Prostituierte ermordete, die versucht hatten, ihm in Piräus zu entfliehen. Die Organisation in Mailand, Ghiottone genannt, hielt ihn für eine brauchbare Kraft und holte ihn her. Ich habe mein gesamtes berufliches Leben dieser Organisation gewidmet, und ich habe erkannt, wie tief sie in die norditalienische Gesellschaft hineinreicht. Deshalb muß ich so unendlich behutsam vorgehen. Alles deutet darauf hin, daß sehr hochgestellte Persönlichkeiten der Gesellschaft in verschiedener Weise mit Ghiottone verquickt sind. Ich muß Sie also bitten, mindestens ebenso behutsam vorzugehen wie ich. Ein unvorsichtiger Schritt von Ihrer Seite, Signor Sadestatt, und die Arbeit von Jahrzehnten geht verloren. Es ist wichtig, daß Sie das verstehen. Aber Sie sehen ja vollkommen weiß aus.«

»Ich *bin* weiß«, sagte Söderstedt und sah ein, daß er eher grün war. »Das ist meine Natur.«

Er erlaubte sich, die Zigarette halb geraucht auszudrükken; das sollte wohl reichen als Nachweis seiner sozialen Kompetenz.

Marconi betrachtete skeptisch die Zigarette und das leere Grappaglas, fuhr aber nichtsdestoweniger fort: »Nach unendlicher Arbeit haben wir die Spinne im Netz ausgemacht; wir sind ziemlich sicher, daß ein hoch respektierter Bankier aus dieser Stadt der Kopf hinter dem Verbrechersyndikat Ghiottone ist. Er ist auch in der Kommunalpolitik aktiv und eine der treibenden Kräfte hinter der Lega Nord, wenn Ihnen das etwas sagt.«

»Die Separatistenpartei im Norden, die das Land in ein reiches Norditalien und ein armes Süditalien trennen will«, schluchzte Söderstedt.

»Ungefähr so, ja. Ich will hier nicht den Namen dieses Mannes nennen, doch die Ursache dafür, daß wir Nikos Voultsos haben gewähren lassen, obwohl er unter dem begründeten Verdacht steht, mindestens fünf schwere Straftaten begangen zu haben, ist die, daß wir es auf dickere Fische abgesehen haben. Wenn wir Ghiottone vom Kopf her zerschlagen können, werden alle in der Organisation ins Gras beißen. Und jetzt zeigt es sich ja, daß es auch gar nicht nötig war. Ihre Otter haben uns diesen Teil der Arbeit abgenommen.«

»Ich verstehe«, sagte Söderstedt und fühlte, daß zumindest das eine und andere kleine Pigment nach der Flucht in sein Gesicht zurückzukehren begann. Und da er immer noch nicht darauf kam, was Vielfraß auf englisch hieß, ließ er die zoologischen Unrichtigkeiten auf sich beruhen und fuhr statt dessen fort: »Und das Motiv für den Mord an Voultsos?«

»Konkurrenten«, sagte Marconi nonchalant. »Es findet wie gesagt ein Krieg statt in Europa, in dem es um die Kontrolle über die Prostitution geht. Allem Anschein nach ist es ein osteuropäisches Verbrechersyndikat mit Ambitionen in Schweden, das ihn aus dem Weg geräumt hat. Mit Hilfe der Dachse.«

Söderstedt nickte. Marconi hatte sich offenbar vorgenommen, jedes einzelne Mitglied der Marderfamilie auf diesem Planeten durchzugehen – außer dem Vielfraß. Das irritierte ihn ein wenig.

Marconi hielt ein Papier hoch, das aussah wie ein Fax. »Ihr Auftrag ist offiziell sanktioniert, Signor Sadestatt. Sie sind offenbar vorläufig zur europäischen Organisation für polizeiliche Zusammenarbeit, Europol, abkommandiert. Das bedeutet formal gesehen, daß Sie Zugang zu meinem gesamten Untersuchungsmaterial bekommen sollen. Wie steht es mit Ihrem Italienisch?«

»Es ist nicht konversationstauglich«, sagte Söderstedt. »Aber ich kann es einigermaßen lesen.«

»Ausgezeichnet«, sagte Marconi und überreichte seinem frischgebackenen Europakollegen eine würfelförmige Schachtel. Söderstedt starrte sie verwundert an.

Marconi fuhr fort: »Eine Sammlung von CD-Rom mit der gesamten Ghiottone-Ermittlung. Ich gehe davon aus, daß Sie einen Computer haben.«

Söderstedt nickte. Er hatte seinen Laptop hauptsächlich dazu benutzt, *Hearts* zu spielen, ein banales, aber beruhigendes Spiel, das unter Windows lief. Er gewann äußerst selten.

»Hier finden sich auch die Namen sämtlicher Verdächtiger, der des Bosses, unseres Bankiers, eingeschlossen. Ihr Anstellungsvertrag erlegt Ihnen Schweigepflicht auf, und jede Andeutung dessen, daß jemand anderer als Sie selbst diese CDs angerührt hat, wird als Dienstvergehen behandelt. Ist das klar?«

»Das ist klar«, sagte Söderstedt. »Nur eins noch. Die sehr eigentümliche Hinrichtungsmethode. Sind Sie jemals auf etwas Ähnliches gestoßen?«

»Sie meinen die Wiesel?« sagte Italo Marconi und lächelte.

»Nein, ich meine die Nadel im Gehirn. Ich meine das Aufhängen mit dem Kopf nach unten.«

Der Commissario nickte. Das hatte er verstanden. Das mit den Ottern und Dachsen und Wieseln war eine Art Spiel, das Söderstedt nicht verstand – noch nicht. Aber Marconi wußte, daß er es bald verstehen würde. Er wartete ab. »Ich habe ein paar Leute darauf angesetzt«, sagte er.

»Wir gehen zur Zeit alle Mordfälle in Italien durch und suchen nach vergleichbaren Morden.«

»Das habe ich vermutet«, sagte Söderstedt. Er glaubte, daß Marconi die Anerkennung wahrnahm, die sich in dieser Äußerung verbarg.

Dessen Lächeln verriet, daß es sich so verhielt.

Er stand auf und streckte die Hand aus. Söderstedt ergriff sie. Sein Respekt vor der italienischen Polizei war beträchtlich gestiegen.

»Ich habe das Gefühl, daß wir voneinander hören werden«, sagte Italo Marconi und strich sich über seinen enormen Schnauzbart.

»Das Gefühl habe ich auch«, sagte Arto Söderstedt, schüttelte die ausgestreckte Hand und wandte sich zum Gehen. Als er die Tür erreichte, hörte er Marconis Stimme: »By the way, do you know what ›ghiottone‹ means?«

Söderstedt wandte sich um. »No«, sagte er.

»Ghiottone means wolverine«, sagte Italo Marconi.

Söderstedt lachte auf.

Wolverine bedeutet nämlich Vielfraß.

17

Andersson hieß mit Vornamen Hubald.

Hubald Andersson.

Gunnar Nyberg wußte nicht recht, was er davon halten sollte, daß ein sportlicher, ziemlich robuster und frischexaminierter vierundzwanzigjähriger Bulle mit einem Blick, der töten konnte, mit Vornamen Hubald hieß.

Schallend loszulachen war im Moment jedenfalls nicht drin.

Die kleine dunkle Frau um die Fünfzig saß in ihrem Büro und sah russisch aus. In glockenreinem Schwedisch sagte sie: »Ich heiße also *nicht* Ludmila Engquist. Sie ist Hürdenläuferin und im Moment, glaube ich, so schwer verletzt, daß sie bei den Olympischen Spielen in Sydney nicht antreten wird. In ein paar Monaten wird sie eine Presseerklärung abgeben, daß sie aufhört. Glauben Sie mir. *Ich* heiße Ludmila Lundkvist und bin Dozentin für slawische Sprachen hier an der Uni. Und Sie sind die Kriminalinspektoren Gunnar Nyberg und Viggo Norlander und Polizeiassistent Hubald Andersson. Ist das korrekt?«

»Viggo?« sagte Hubald Andersson spontan.

»Hubald?« sagte Viggo Norlander spontan.

Dann brachen beide in schallendes Gelächter aus.

Ludmila Lundkvist sprach danach ausschließlich mit Gunnar Nyberg, der offenbar ein besonnener, schicker, großgewachsener Mann im besten Alter war.

»Sind Sie Russin?« fragte der besonnene, schicke, großgewachsene Mann im besten Alter.

»Ja«, sagte Ludmila Lundkvist und lächelte. »Ich komme aus Moskau. Ich habe mich in einen schwedischen Forscher verliebt, der sich mit Altrussisch beschäftigte und Ende der siebziger Jahre eine Konferenz in Moskau besuchte. Auf verschlungenen Wegen bin ich aus der Sowjetunion geflohen und ihm nach Schweden gefolgt, wo wir heirateten. Vor fünf Jahren ist er an Hodenkrebs gestorben. Wir hatten keine Kinder.«

Gunnar Nyberg hatte eine so detaillierte Erklärung vielleicht nicht erwartet, und er war noch zu frisch und unerfahren auf dem Heiratsmarkt, um zu bemerken, daß mit ihm geflirtet wurde. »Das tut mir leid«, sagte er nur.

»Und Sie, sind Sie verheiratet?«

»Nein«, sagte Nyberg verwundert und ergänzte: »Geschieden.«

Ludmila Lundkvist nickte lächelnd, legte drei Zettel vor sich auf den Schreibtisch und sagte: »Ich nehme an, Gunnar, Sie waren derjenige, der auf die Idee kam, das, was Sie aus dem Mobiltelefon gehört haben, aufzuschreiben?«

Nyberg konnte das nicht abstreiten.

»Das dachte ich mir«, sagte Ludmila und gab ihm einen Blick, den zirka vierundachtzig Prozent der männlichen Bevölkerung des Landes als sexy aufgefaßt hätten. Gunnar Nyberg war vor allem verwirrt.

»Ich möchte, daß Sie sich zwei Stimmen anhören«, fuhr sie fort. »Sie sprechen zwei verschiedene Sprachen, die ganz ähnlich klingen können. Hier ist die erste.«

Sie drückte auf eine Taste des Kassettenspielers auf dem Schreibtisch. Eine Männerstimme begann gleitende Diphthonge herunterzuleiern. Dann entstand eine Pause.

In dieser Pause sagte Ludmila Lundkvist: »Jetzt kommt gleich die zweite Stimme.«

Und die zweite Stimme setzte ein. Es klang ähnlich und doch nicht gleich. Auch hier gleitende Diphthonge, aber nur ähnlich. Als die Stimme geendet hatte, fragte die Dozentin für slawische Sprachen: »Welche von den beiden Sprachen war es, die Sie gehört haben?«

Hubald Andersson zeigte sinnlos auf den Kassettenspieler. Sonst war es still im Raum.

»Es handelt sich um dieselbe Stimme, die den gleichen Text in zwei verschiedenen Sprachen sagt«, verdeutlichte Ludmila Lundkvist. »Gunnar?«

Gunnar begriff noch immer nicht, warum ausgerechnet er zum Lieblingsstudenten ausgewählt worden war, doch er spürte den Druck. Er strengte seine Erinnerung bis zum äußersten an und sagte. »Die zweite. Da ist etwas mit dem Klangbild im ersten, was nicht richtig stimmt. Die Diphthonge«, tippte er blind.

Ludmila Lundkvists Gesicht leuchtete auf. »Und Sie beide?« fragte sie in gleichgültigem Tonfall.

»Vielleicht«, meinte Hubald Andersson.

»Schon möglich«, sagte Viggo Norlander.

Die Dozentin sah die Zettel durch und sagte: »Meine Beurteilung Ihrer ziemlich unterschiedlichen Buchstabenkombinationen stimmt mit Ihrer, Gunnar, überein. Es ist die zweite. Die erste Stimme sprach russisch, die zweite ukrainisch. Die meisten wissen nicht einmal, daß Ukrainisch eine eigene Sprache ist. Dabei wird es von fünfzig Millionen Menschen gesprochen. Früher hieß es ›Kleinrussisch‹ und war bis zum Beginn des zwanzigsten Jahrhunderts nicht als selbständige Sprache anerkannt. Es ist übrigens deutlich vom Polnischen beeinflußt, und gewisse Laute liegen irgendwo zwischen den russischen und den polnischen. Der auffälligste Unterschied im Klangbild, wie Sie, Gunnar, es ganz richtig gesagt haben, ist, daß das unbetonte ›O‹ erhalten bleibt, während es im Russischen reduziert wird, und daß das russische ›G‹ zu stimmhaftem ›H‹ geworden ist.«

Sie betrachtete die mit offenen Mündern dasitzenden Polizisten und schaltete den Kassettenspieler wieder ein. Während es noch still war, sagte sie: »Was Sie gehört haben, waren die klassischen Einleitungszeilen von *Der Mantel* des Ukrainers Gogol. Jetzt hören wir uns etwas anderes an, nämlich meinen Versuch einer Rekonstruktion dessen, was Sie auf diese Zettel gekritzelt haben. Ich lese es selbst, weil es eine Frauenstimme war, die Sie gehört haben. Passen Sie genau auf, und versuchen Sie zu hören, ob es stimmt.«

Es war noch immer still. Der Kassettenspieler rauschte nur. Wie ein frustrierter Studioreporter, der auf eine Einspielung wartet, die nicht kommt, sagte Ludmila Lundkvist: »Es muß sofort kommen.«

Und so war es.

Gunnar Nyberg mochte zwar die Richtung suggeriert worden sein, doch er fand schon, daß Ludmilas samtweiche Stimme ziemlich ähnlich klang wie jene, die er aus dem Handy gehört hatte, das er auf dem U-Bahngleis der Station Odenplan aus Hamid al-Jabiris Hand gerissen hatte.

Und das sagte er: »Es ist ziemlich ähnlich. Das kann es sehr wohl gewesen sein.«

»Ja«, sagte Viggo Norlander.

»Warum nicht?« sagte Hubald Andersson.

Ludmila Lundkvist sagte: »Wenn das stimmt, dann sagt die Stimme, in schwedischer Übersetzung: ›Alle gut durch. Dreihundertzweiundsiebzig bei Lublin.‹ Dann folgt diese Pause. Dann sagt sie: ›Fotze‹ und legt auf.«

»Fotze?« platzte Hubald Andersson heraus.

»Ich sagte es«, gab Ludmila Lundkvist angewidert zurück.

Gunnar Nyberg fragte: »Keine Namen?«

»Leider nein.«

»Aber Lublin müßte Ihnen vielleicht etwas sagen, Ludmila …«

»Ihnen auch, Gunnar. Sie kennen doch Isaac Bashevis Singer, den einzigen Literatur-Nobelpreisträger in jiddischer Sprache? 1960 hat er einen magischen kleinen Roman mit dem Titel *Der Zauberer von Lublin* geschrieben. Lublin ist eine Stadt in Polen. Sie liegt an der Europastraße 372 ungefähr hundert Kilometer südlich von Warschau. Und vielleicht zehn Kilometer von der ukrainischen Grenze entfernt. Die E 372 führt also in die Ukraine.«

»›Alle gut durch‹«, sagte Gunnar Nyberg nachdenklich. »›Dreihundertzweiundsiebzig bei Lublin‹. ›Durch‹ heißt also vermutlich ›durch den Zoll‹.«

»Das wirkt sehr wahrscheinlich«, sagte Ludmila Lundkvist. »Aber es kommt ganz darauf an, ob meine Rekonstruktion richtig ist.«

»Sie ist auf jeden Fall sehr überzeugend«, sagte Gunnar Nyberg, stand auf und streckte ihr die Hand hin. Sie nahm sie und hielt sie einen ganz kleinen Moment zu lange. Er fühlte, daß er sie wie ein Idiot anstarrte.

Sie standen draußen in dem unansehnlichen Unikorridor. Es gab nichts zu sehen, wirklich nichts. Der Aufzug kam, die Tür glitt auf.

Da sagte Viggo Norlander: »Du sollst hier nicht mitfahren, Gunnar.«

»Was?« sagte Gunnar Nyberg.

»Du sollst wieder zu der Dozentin hineingehen und sie für heute abend zum Essen einladen.«

»Was soll das heißen?«

Viggo Norlander hielt die Aufzugtür fest, beugte sich zu Gunnar Nyberg vor und flüsterte: »Du bist vielleicht ein viel smarterer Mensch als ich, Gunnar, aber hierauf verstehe ich mich besser. Selten habe ich weibliches Begehren so bloßgelegt gesehen.«

Gunnar starrte lange auf die geschlossene Aufzugtür.

Dann wandte er sich zurück in den Gang. Seine Herzschläge hallten durch die slawischen Flure wie afrikanische Trommeln.

18

Drei Männer in blauen Arbeitsoveralls wanderten zwischen den zerstörten Grabsteinen umher und fuhren die Stücke auf Schubkarren fort. Sie behandelten die Brocken wie schwerverletzte Wesen, die bald versorgt werden würden.

Jorge Chavez stand im Schatten der Eiche, an der Leonard Sheinkman gehangen hatte; als er nach oben blickte, sah er, daß an einem Ast in vier Meter Höhe die Rinde abgeschabt war. Er versuchte, einen Kletterweg am Stamm des Baums zu rekonstruieren. Es konnte nicht leicht gewesen sein, hinaufzukommen. Die Äste waren dünn und sahen bis oben hin brüchig aus. Derjenige, der den alten Mann aufgehängt hatte, mußte ungewöhnlich leicht, geschmeidig und stark gewesen sein.

Und unfaßbar grausam.

Die Sonne breitete eine versöhnliche Decke über dem Südfriedhof aus. Vermutlich war das eine Täuschung. Vermutlich würde es niemals möglich sein, ein so abstoßendes, feiges, erbärmliches Verbrechen zu sühnen. Vermutlich fiel der Täter ewiger Verdammnis anheim.

Ewig war jedenfalls die Erde auf einem jüdischen Friedhof, so viel wußte Jorge Chavez. Der Friedhof, Bet Hachajím, darf nie verlegt werden. Es ist ein heiliger Ort, heiliger Boden, der Vorhof der Ewigkeit, und es gibt eine ganze Reihe von ungeschriebenen Gesetzen, die diese Heiligkeit unterstreichen sollen: Man darf auf dem Friedhof weder essen noch trinken, noch rauchen, man darf nicht über die Gräber gehen, und man soll zum Zeichen der Ehrfurcht eine Kopfbedeckung tragen.

Chavez beugte sich nieder und rührte an die Reste des Grabsteins, auf dem ›Shtayf‹ gestanden hatte. Er verglich mit den anderen Gräbern. Alle Grabsteine hatten ungefähr die gleiche Form. Ganz oben standen zwei hebräische Buchstaben, die, wie er wußte, ›Hier ruht‹ bedeuteten, dann kamen der Name, das Geburtsdatum, das Todesdatum und ein Symbol, meistens ein Davidstern oder der siebenarmige Leuchter. Ganz unten auf allen Grabsteinen in seinem Gesichtsfeld standen fünf hebräische Buchstaben, die bedeuten sollten: ›Möge seine (oder ihre) Seele aufgenommen sein in den Bund des ewigen Lebens.‹

Es war noch genug da von Shtayfs Grabstein, um erkennen zu lassen, daß darauf weder Vorname noch Geburtsdatum gestanden hatten, nur ›Shtayf‹ und das Todesdatum: 7. September 1981. Die Frage war also, ob dieser mystische Shtayf, über dessen zerstörtem Grabstein Leonard Sheinkman seinen Tod gefunden hatte, etwas mit ihm zu tun gehabt hatte. Es war vielleicht ein ganz kleines bißchen weit hergeholt.

Longshot, wie es in amerikanischen Filmen hieß.

Aber auch solche konnten ja dann und wann treffen.

Chavez löste sich aus dem Schatten und sprang gewandt über das rot-weiß gestreifte Plastikband mit der Aufschrift ›Polizei‹. Die drei Overallmänner drehten sich um und betrachteten ihn.

Er war über ein Grab gegangen.

»Es tut mir leid«, rief er und hielt seinen Polizeiausweis hoch. »Ich fürchte, ich bin aus Versehen über ein Grab gegangen.«

Der älteste der drei Männer kam ihm entgegen. Er sah osteuropäisch aus – wie ein Schachspieler im Kulturhaus, dachte Chavez mit einem Vorurteil.

»Man soll nicht über Gräber gehen«, sagte der Mann ernst, »und man soll eine Kopfbedeckung tragen.«

Es war offenbar nicht das erste Mal, daß er diese Worte äußerte, denn aus seiner Tasche zauberte er eine kleine Mütze hervor, eine Kalotte.

Chavez nahm sie und bedankte sich. »Sie sind nicht zufällig Yitzak Lemstein?« fragte er und setzte sich die Kalotte mitten auf den Kopf.

Der alte Mann betrachtete ihn mit einem traurigen Blick. »Doch«, sagte er.

»Ich bin Jorge Chavez von der Reichskriminalpolizei. Haben Sie die Aufsicht über den Friedhof?«

»Ja«, sagte Yitzak Lemstein. »Ich und meine Söhne pflegen ihn.«

»Es ist wirklich entsetzlich, was letzte Nacht hier passiert ist. So etwas sollte in Schweden nicht vorkommen.«

»Es wird immer wieder passieren. Zu allen Zeiten und überall auf der Welt.«

Chavez hielt einen Moment erstaunt inne. Dann sagte er: »Es ist in den letzten Jahren viel Schaden angerichtet worden, soweit ich verstanden habe.«

»Ja«, sagte Lemstein lakonisch.

»Ich würde gern ein paar Fragen stellen, wenn Sie Zeit haben. Sie wissen ja, was mit Professor Sheinkman letzte Nacht hier geschehen ist. Kannten Sie ihn?«

»Nein.«

»Und Sie wissen nicht, warum er hier gewesen sein kann?«

»Nein.«

»Ich habe über diesen Grabstein nachgedacht, bei dem er getötet wurde ...«

»Wann können wir uns darum kümmern?«

»Wieso?«

»Wann wir uns um den Grabstein innerhalb der Absperrbänder kümmern können. Er liegt da, und es geht ihm schlecht.«

Chavez betrachtete den Mann eine Weile. Dann sagte er: »Darauf kann ich Ihnen keine genaue Antwort geben. Wahrscheinlich bald. Ich kann unsere Techniker anrufen und mich erkundigen, wenn Sie mir ein paar Fragen zu dem Stein beantwortet haben. Wer ist ›Shtayf‹? Und warum steht kein Vorname und kein Geburtsdatum auf dem Stein?«

Da kehrte der alte Mann ihm den Rücken zu. Er schritt langsam zu seiner Schubkarre und fuhr damit weg.

Chavez blieb ein paar Sekunden verblüfft stehen. Dann joggte er hinter dem Mann her. »Warum wollen Sie mir keine Antwort auf die Frage geben?«

»Das hat nichts mit euch zu tun. Es ist jüdisch.«

»Aber verflixt und zugenäht. Vielleicht war Leonard Sheinkman auf dem Weg zu diesem Stein. Es ist wichtig.«

Yitzak Lemstein blieb stehen, setzte die Schubkarre mit einem Ruck ab und fixierte Chavez. »Kennen Sie jüdischen Humor?« fragte er todernst.

»Nicht direkt«, räumte Chavez ein. »Woody Allen?«

Lemstein seufzte und packte wieder die Handgriffe seiner Karre.

Chavez legte vorsichtig die Hand auf seine Schulter und sagte: »Es tut mir leid. Sie müssen mir erklären, was Sie meinen.«

Eine Weile stand der Alte so mit den Händen um die Griffe der Karre da. Dann ließ er noch einen Seufzer hören, ließ die Karre los und wandte sich dem hartnäckigen Latino-Polizisten zu.

»Humor ist die Methode, mit der wir überlebt haben«, sagte Yitzak Lemstein. »Der jüdische Humor ist eine spezielle Form von Galgenhumor, oft voller Wortspiele. In den Vernichtungslagern wurden eine Menge Scherze gemacht. Das war ein Teil des Überlebens. Glauben Sie mir, ich weiß es.«

Er zeigte Chavez sein Handgelenk. Die schwarzen Ziffern waren fast ganz von dichten, grauen Haaren bedeckt. Aber dennoch leuchteten sie mit einem ganz und gar dunklen Licht.

Chavez nickte und sagte: »›Shtayf‹ ist also – ein Scherz?«

»Es ist jiddisch«, sagte der Alte. »›Shtayf‹ bedeutet ›steif‹. Englisch ›stiff‹. Leiche. Man kann auch auf dem Friedhof scherzen.«

»Aber warum steht es auf dem Grabstein? Was bedeutet es?«

»Daß es eine unbekannte Leiche ist. Das Grab des unbekannten Soldaten, sozusagen. Unbekannter toter Jude.«

»1981 gestorben und unbekannt?«

»Ja.«

»Waren Sie dabei, als er begraben wurde? Wenn es ein Mann war?«

»Es war ein Mann. Ja, ich habe ihn mitbegraben. Ich gehöre der Chevra Kadisha an. Es ist meine Pflicht als Pfleger des Friedhofs.«

»Chevra Kadisha?«

»Die Friedhofsgesellschaft.«

»Wenn er unbekannt war, woher wußten Sie denn, daß er Jude war?«

»Er war beschnitten. Und dann hatte er das hier.«

Er zeigte wieder auf die tätowierte Nummer an seinem Handgelenk.

Chavez nickte.

»Wie war er gestorben?«

»Ermordet. Erstochen, glaube ich. Ich meine mich zu erinnern, daß er nackt im Wald gefunden wurde. Aber genau weiß ich es nicht mehr. Niemand konnte ihn identifizieren. Aber Sie sind ja Polizist, Sie können doch mehr herausfinden.«

»Ja, und das werde ich auch tun. Fällt Ihnen sonst noch etwas ein? Wie alt war er?«

»Er war wohl um die Vierzig. Genau, und dann war da noch etwas.«

»Was denn?« fragte Chavez.

»Er hatte keine Nase.«

»Keine Nase?«

»Sie war weg.«

»Hatte der Mörder sie abgeschnitten?«

»Nein«, sagte Yitzak Lemstein. »Sie war schon lange weg. Es war nur eine große Narbe da.«

»Ich verstehe«, sagte Chavez, ohne sonderlich viel zu verstehen. »Haben Sie noch etwas anderes hinzuzufügen?«

»Nein«, sagte Lemstein. »Aber das haben Sie.«

Chavez sah ihn begriffsstutzig an. Dann hob er den Zeigefinger gen Himmel, stieß ein »Ah!« aus und rief beim

Staatlichen Kriminaltechnischen Laboratorium an. »Brunte«, prustete er. »Schwiegervaterherz. Alter Kumpel. Wie sieht es draußen auf dem Südfriedhof aus? Seid ihr ganz fertig damit?«

Er lauschte ein paar Sekunden. Dann beendete er das Gespräch mit einem Druck auf die Austaste und wandte sich mit einem Nicken Yitzak Lemstein zu. »Es geht in Ordnung, Sie können den Stein jetzt holen«, sagte er. »Shtayf hat ausgelitten.«

Yitzak Lemstein starrte ihn an, drehte sich um, griff seine Schubkarre und fuhr davon. Chavez blickte ihm noch eine Weile nach, wie er obeinig zu dem leidenden Grabstein fuhr.

Er selbst ging zu seinem Wagen.

Auf dem Weg dorthin rief er seine Frau an. »Hallo Sara«, sagte er. »Wo bist du?«

»In meinem Zimmer«, sagte Sara Svenhagen. »Ich bin gerade aus Slagsta zurückgekommen.«

»Hat jemand unseren Griechen erkannt?«

»Er hieß Nikos Voultsos. Möchtest du, daß ich dich ›mein Chilene‹ nenne?«

»In intimen Stunden gern, Frau Ich-will-nicht-Chavez-heißen-aber-gern-Svenhagen-wie-Papa-Brunte. Ich habe übrigens gerade mit deinem Vater telefoniert. Er war ganz genauso liebenswürdig wie gewöhnlich.«

»Nein«, sagte Sara ruhig. »Niemand kannte unseren Griechen. Doch das spielt vielleicht keine so große Rolle. Arto hat gerade aus Italien von sich hören lassen. Allem Anschein nach war Nikos Voultsos im Auftrag eines großen Verbrechersyndikats aus Mailand hier in Schweden. Es sieht so aus, als hätte er die acht Frauen in Slagsta übernehmen und einer Art Superpuff zuführen sollen. Außerdem ist die Nachricht vom Handy deiner Ninja-Feministin wahrscheinlich inzwischen übersetzt. Sie lautet folgendermaßen: ›Alle gut durch. Dreihundertzweiundsiebzig bei Lublin.‹ Ich checke gerade denkbare Fähren.«

»Lublin?« sagte Jorge. »Polen?«

»Ja. Es ist wohl ziemlich wahrscheinlich, daß es sich um unsere acht Damen handelt, die ›gut durch‹ sind. Vermutlich handelt es sich um ein konkurrierendes Syndikat in der Ukraine. Die angerufenen Frauen in Slagsta waren ja Ukrainerinnen, und die Nachricht auf dem Handy war ukrainisch. Also scheint die Ninja-Feministin Ukrainerin zu sein und einem Sex-Syndikat anzugehören.«

»Ich weiß nicht, ob sich das gut anhört oder schlecht«, sagte Jorge, gerade als Sara eine sonderbar metallische Stimme bekam. »Rein polizeilich gesehen ist es ja gut. Obwohl es auch ein bißchen besorgniserregend ist. Bist du noch da? Sara?«

Saras Stimme hatte jetzt einen industriellen Klang. Robocop, dachte Jorge.

Da kehrte die normale Stimme zurück. »... und was machst du?«

»Ich habe Angst, daß du dich in etwas Hartes und Kaltes verwandelst«, sagte Jorge Chavez.

»Sag mal, was ist denn mit dir los?« sagte eine schrekkenerregende Metallstimme.

»Deine Stimme ist seltsam. Jetzt verschwindet sie wieder. Scheiße. Ich spreche auf jeden Fall weiter. Ich wollte dich bitten, falls du ein paar Minuten Zeit hast, die unbekannten Leichen vom September 1981 anzusehen. Jüdischer Mann in den Vierzigern. Mit Konzentrationslagertätowierung, aber ohne Nase. Ich wiederhole: ohne Nase.«

Jetzt war sie weg. Er verfluchte die Erfindung des Mobiltelefons und drückte auf die Austaste.

Als er ins Auto stieg, saß noch immer ein kleines Käppchen auf seinem Kopf.

Sara blickte auf das verstummte Handy.

Etwas Hartes und Kaltes?

Sie saß in dem Zimmer, das sie mit Kerstin Holm teilte. Kerstin war ausgeflogen. Wohin, wußte sie nicht.

Sara Svenhagen warf einen Blick auf ihren Monitor. Da sah sie einen schematisierten Zeitplan. Sie laborierte mit einem Zeitraum zwischen vier Uhr am Morgen des 4. Mai, des Donnerstags, als die Frauen Slagsta verlassen hatten, und drei Uhr am Nachmittag des darauffolgenden Tages, also am Freitag, dem 5. Mai, als das Telefonat aus Lublin den abgetrennten Arm auf dem U-Bahnhof Odenplan erreichte. Man wäre demnach innerhalb von fünfunddreißig Stunden von Stockholm nach Lublin gereist. Wenn man an der Annahme festhielt, daß sie in einer Art von Bus gefahren waren und nicht mit dem Müllauto, dann mußten sie eine Fähre genommen haben. Von Schweden nach Polen verkehrten die Fähren Nynäshamn – Gdansk, Karlskrona – Gdynia und Ystad – Swinoujscie. Außerdem gab es noch die Fähre zwischen Kopenhagen und Swinoujscie. Sie war dabei gewesen, alternative Routen auszurechnen, als Jorge anrief. Die Öresund-Brücke würde erst in zwei Monaten eröffnet werden, doch es gab natürlich keinen Hinderungsgrund, über Dänemark zu fahren, sei es via Göteborg – Fredrikshavn, Helsingborg – Helsingør oder Malmö – Kopenhagen. Ebenso konnte man mit der Fähre leicht nach Deutschland gelangen, unter anderem von Ystad und Trelleborg nach Saßnitz oder Rostock. Und warum nicht Göteborg – Kiel? Die Alptraumroute war Helsingborg – Helsingør und dann Rødby – Puttgarden. Da wurde nirgendwo etwas registriert; in allen übrigen Fällen sollte es möglich sein, einen Bus mit mindestens acht Frauen aufzuspüren.

Die meisten dieser alternativen Routen waren in fünfunddreißig Stunden ohne Schwierigkeiten zu bewältigen. Im schlimmsten Fall alle. Jetzt mußten nur die Fahrpläne durchgesehen werden. Eine ziemlich trostlose Tabellenschreiberei lag vor ihr.

Also hatte sie nichts dagegen, sich zuerst einmal Jorges Sonderauftrag vorzunehmen. Mann ohne Nase. Während ihrer ziemlich aufreibenden Zeit in der Abteilung für

Pädophilie am Reichskrim, die immer noch von einem unbeeindruckten Partypolizisten namens Kommissar Ragnar Hellberg geleitet wurde, hatte sie sich eine ungewöhnliche Geschicklichkeit im Umgang mit Computern und Datenverarbeitung angeeignet. Es war also ein leichtes für sie, aus dem Verbrechensregister den fast zwanzig Jahre zurückliegenden Fall herauszusuchen.

Ein John Doe, will sagen ein unidentifizierter Mann von gut vierzig Jahren, war am Mittwoch, dem 9. September 1981 nackt im Wald neben dem kleinen Badesee Strålsjön in Lovisedal in Älta, südöstlich von Stockholm, gefunden worden. Der Tod infolge zweier tiefer Messerstiche mußte, wie die Obduktion ergeben hatte, im Laufe des Montags, also des 7. Septembers, eingetreten sein. Der Fundort war nicht identisch mit dem Tatort, soviel war klar. Die Leiche war also dorthin transportiert worden, höchstwahrscheinlich mit einem Wagen. Der Mann war schwarzhaarig und, den Aufzeichnungen des Gerichtsmediziners Sigvard Qvarfordt zufolge, ›stark behaart‹. Das auffälligste Merkmal war die fehlende Nase. Qvarfordt weiter: ›Auch das Nasenbein fehlt, und außer einer äußerst entstellenden Narbe ist nichts übrig. Die relative Ebenheit der Narbenoberfläche läßt darauf schließen, daß die Nase chirurgisch entfernt, möglicherweise abgesägt wurde.‹ Außerdem war der Mann beschnitten und trug am Arm eine Tätowierung ›vom Konzentrationslagertyp, aber mit unlesbaren Ziffern, als habe er versucht, diese mit einem Messer oder ähnlichem Gegenstand eigenhändig zu entfernen‹. Deshalb hatte die Jüdische Gemeinde in Stockholm es übernommen, den Toten zu begraben. Fotos und Fingerabdrücke waren an Interpol geschickt worden, doch ohne Ergebnis. Der Fall, unterzeichnet Erik Bruun, war noch ungelöst.

Sara speicherte dic Information und ging davon aus, daß es sich um Jorges ›Shtayf‹ handelte. Dann wandte sie sich wieder dem Fährverkehr zu.

Wenn ich mit einem Bus von Stockholm in die Ukraine will, fahre ich dann wirklich über Dänemark oder Deutschland? Fahre ich nicht trotz allem direkt von Schweden nach Polen? Das war zunächst einmal eine sinnvolle Vorauswahl. Und dann eher Gdynia oder Gdansk, nicht Swinoujscie, das ein bißchen abseits in der Pommerschen Bucht lag, gleich an der deutschen Grenze. Von den Zwillingsstädten Gdynia und Gdansk lief die E 77 geradewegs hinunter nach Warschau, von wo aus die E 372 über Lublin in die Ukraine führte. Die Logik sagte einem weiter, daß dann in erster Linie Nynäshamn in Frage kam, von wo aus die Reederei Polska Zegluga Baltycka, die sich inzwischen etwas peppiger Polferries nannte, nach Gdansk fuhr. In zweiter Linie würde man die Stena Line von Karlskrona nach Gdynia wählen. Sara begann in Nynäshamn. Eines der beiden Schiffe der Polferries, die M/S Rogalin oder die M/S Nieborow, ging am Donnerstag, dem 4. Mai, um 17.00 Uhr ab und war am Freitag um 11 Uhr 30 in Gdansk. Fragte sich, ob man bis 14 Uhr 55, als das Gespräch am Odenplan ankam, von Gdansk nach Lublin fahren konnte. Das mußte sie ausrechnen. Die Stena Line ihrerseits hatte die M/S Stena Europe, die um 21.00 Uhr am Abend Karlskrona verließ und um 07.00 Uhr in Gdynia ankam. Diese beiden Alternativen mußten überprüft werden.

Sara hätte dabei gern Unterstützung gehabt und fand Kerstin Holms Abwesenheit für einen kurzen Augenblick ein wenig unverantwortlich. Das war natürlich eine total egoistische Auffassung; sie legte sich auch schnell wieder. Statt dessen rief Sara ihren alten Kompagnon aus der Abteilung für Pädophilie an, den Fels in der Brandung, an dem man Halt finden konnte.

»Ja?« antwortete Gunnar Nyberg.

»Bist du im Hause?« fragte Sara. »Ich könnte mal kurz Hilfe brauchen bei einer Sache.«

»Nein, Sara«, sagte Nyberg ungewöhnlich kurz. »Ich bin gerade etwas beschäftigt. Ich rufe in ein paar Minuten zurück.«

Dann war er weg. Sie verfluchte die Erfindung des Mobiltelefons und legte auf.

Gunnar Nyberg klappte sein Handy mit einem lauten Klicken zusammen, schob es in die Innentasche seines beigefarbenen Lumberjacks und hoffte, daß es heil bliebe. Außerdem wollte er zu seiner Verabredung am Abend – nicht ›date‹, er weigerte sich, es ein ›date‹ zu nennen – ungern mit Schrammen und blauen Flecken erscheinen. Das würde auf eine Dozentin für slawische Sprachen keinen zukunftsträchtigen Eindruck machen.

Er seufzte tief und blickte sich in dem schäbigen, von Biergestank erfüllten Kellerloch am Rande von Åkersberga um. An der einen Betonwand hing eine schwedische Fahne, an der anderen eine Naziflagge, und im Innern des rechten Winkels, den die beiden Flaggen bildeten, standen vier massive Skinheads mit massiven Baseballschlägern.

Und hinter ihm lag eine Tür in Trümmern.

»Du hast die Tür kaputt gemacht, Scheißbulle«, brüllte einer der Skinheads.

»Außerordentlich bedauerlich«, sagte Nyberg weltmännisch. »Aber ihr hättet sie öffnen sollen, Jungs. Ich habe doch gehört, daß ihr da wart. Obwohl ihr versucht habt, euch zu verstecken wie kleine Pfadfinderinnen.«

Ein Murren ging durch die Reihe.

Er fuhr fort: »Ich suche Reine Sandberg. Ist er hier? Ich will nur mit ihm reden.«

Der am nächsten stehende Skinhead ging wild entschlossen zum Angriff über. Er schwang mächtig seinen Baseballschläger. Gunnar Nyberg mochte das nicht. Er hatte sich geschworen, im Dienst nie mehr Gewalt anzuwenden. Aber jetzt mußte es wohl erlaubt sein.

Mit einem gutgezielten Tritt in den Bauch schickte er

den Skinhead gegen die Betonwand. Die drei anderen zogen sich ein Stück zurück. Der Getretene krümmte sich in Embryonalhaltung und wimmerte ein wenig.

»Ich will euch nicht weh tun«, sagte Gunnar Nyberg zu den muskelbepackten und adrenalinprallen Skinheads, und aus dem Mund der meisten Menschen hätte diese Äußerung überambitioniert geklungen.

Nicht so aus Gunnar Nybergs.

Er trat einen Schritt näher und fuhr fort. »Hört her, Jungs. Jetzt seid mal nett zu einem alten Onkel. Ich bin schwedisch zurück bis ins vierzehnte Glied. Mein Vorfahr hat zusammen mit Erik dem Lispelnden und Lahmen rohe Aale verspeist. Ist einer von euch Reine Sandberg?«

Die drei noch stehenden Skinheads blickten sich an. Dann legten sie ihre Baseballschläger auf den Boden, und der größte von ihnen sagte. »Das bin ich. Was willst du?«

»Hast du gestern abend auf dem Südfriedhof jüdische Grabsteine zerstört?«

Reine Sandberg warf sich über sein Schlagholz und holte zu einem mächtigen Schlag gegen Gunnar Nyberg aus. Nyberg seufzte und fing ihn ab. Er glitt um ihn herum und wand ihm den Schläger aus der Hand. Dann drückte er ihn nach unten, so daß er, den Baseballschläger im Schritt, auf diesem saß, schubste ihn so gegen die Betonwand und hob das ganze Paket mit dem Baseballschläger als Hebel in die Höhe. Reine Sandberg schrie laut auf.

Gunnar Nyberg sagte zu den beiden noch stehenden Skinheads: »Seid so nett und laßt uns einen Moment allein.«

Das taten sie. Und zwar ziemlich schnell.

»Ich habe es auf die freundliche Art versucht«, sagte Gunnar Nyberg und zog den Schläger noch ein Stück weiter an. Wir versuchen es noch einmal. Dein bester Kumpel heißt Andreas Rasmusson, nicht wahr?«

Nyberg zog noch ein Stück an.

»Ja«, sagte Reine Sandberg.

»Ausgezeichnet. Ihr beide und noch ein paar habt gestern abend auf dem jüdischen Friedhof gesoffen und Grabsteine zerschlagen, nicht wahr?«

»Ja.«

»Gut. Was habt ihr da gesehen, was dazu geführt hat, daß Andreas Rasmusson, achtzehn Jahre alt, jetzt in der Notaufnahme der Psychiatrie liegt, während du, Reine Sandberg, vierundzwanzig, Baseballschläger schwingst und Polizisten angreifst, als wäre nichts geschehen?«

»Kein Stück«, stöhnte Sandberg. »Es war dunkel.«

»Willst du wirklich, daß wir die Sache auf diese Weise klären? Ich will es nicht.«

Und dann zog Gunnar noch ein Stück fester an. Er spürte, wie Sandbergs einer Hoden eigentümlich an dem Baseballschläger knirschte.

»Jajaja, tu das weg, dann erzähl ich. Nimm das weg!«

Weil die Stimme um eine gute Oktave gestiegen war, schien es an der Zeit zu sein. Nyberg riß den Baseballschläger aus dem Skinheadschritt. Sandberg sank zu Boden, beide Hände in den Schritt gepreßt.

»Also, laß hören«, sagte Gunnar Nyberg.

»Es war verdammt unheimlich. Sie glitten durch den Wald heran, dunkle, magere Gestalten. Als ob sie direkt aus den Bäumen herauskämen. Ganz schwarz gekleidet, wie Taucheranzüge, und mit schwarzen enganliegenden Kapuzen, wie Henker. Und sie hängten diesen Alten an den Baum, mit dem Kopf nach unten. Da sind wir abgehauen. Teufel, sind wir gerannt. Irgendwo unterwegs haben wir Andreas verloren. Er muß ganz allein auf dem Friedhof herumgeirrt sein, völlig durcheinander. Klar, daß er abgedreht ist.«

»Wie viele waren es?«

»Weiß nicht. Es kam mir so vor, als wären sie überall. Wie ein Gleiten nur. Eine – Gegenwart.«

»Eine Gegenwart?«

»Ich weiß nicht, wie ich es beschreiben soll. Ja, verdammt, eine gleitende Gegenwart. Mindestens fünf, glaube ich, auf jeden Fall.«

»Was meinst du mit mager?«

»Das Gegenteil von dir, Scheißbulle.«

Gunnar Nyberg betrachtete verwundert seinen gerade erst schlank getrimmten Körper. Konnte man ihn wirklich immer noch fett nennen?

»Klein also? Waren es kleine Wesen?«

»Nein, nicht direkt. Ich weiß nicht. Mager, dünn. Als ob sie sich einfach von den Bäumen ablösten. Rindenstreifen.«

»Rindenstreifen?«

»Hör doch mal auf, nur alles zu wiederholen, was man sagt. Verdammt, wir sind abgehauen, so schnell wir konnten. Wir glaubten, daß sie hinter uns herkämen, wie Gestalten aus der Mythologie, verdammich.«

»Gestalten aus der Mythologie?«

»Jetzt machst du es schon wieder«, sagte Reine Sandberg gekränkt.

Gunnar Nyberg dachte nach. Gestalten aus der Mythologie? Gab es nicht eine Person, an die er sich damit wenden konnte – jetzt, wo Arto nicht da war? Doch, es gab eine.

»Ich muß mal telefonieren«, sagte er. »Danach nehme ich dich fest und bringe dich zur Wache wegen Schändung jüdischer Gräber. Darum sollst du nicht herumkommen. Vielleicht kann deine Zeugenaussage als strafmildernder Umstand gewertet werden, was weiß ich.«

Dann telefonierte Gunnar Nyberg.

»Paul Hjelm«, sagte es am anderen Ende.

»Paul, hier ist Gunnar.«

»Servus, Gunnar. Na, kommst du voran mit den Skinheads?«

»Das kann man vielleicht so sagen. Ich habe gerade mit einem gesprochen, der behauptet, sie hätten eine Art ›gleitender Gegenwart‹ zwischen den Grabsteinen gesehen.

Mindestens fünf schwarzgekleidete, magere Wesen, die er als ›Gestalten aus der Mythologie‹ bezeichnete. Vielleicht ist das was für dich, alter Bücherwurm.«

»Sag das aber nicht heute abend zu deinem ›date‹.«

»Es heißt nicht ›date‹. Und was weißt du überhaupt davon?«

»Oh, das ganze Polizeipräsidium weiß davon. Wir werden mit Spruchbändern am Nebentisch sitzen.«

Gunnar Nyberg verfluchte die Erfindung des Mobiltelefons und betätigte die rote Taste. Dann rief er Sara Svenhagen zurück. Sie hatte lange genug gewartet.

»Ein Gespräch, hast du gesagt«, meckerte Reine Sandberg hinter ihm.

Paul Hjelm hockte in seinem Zimmer im Polizeipräsidium und war inzwischen überzeugt davon, daß er Hämorrhoiden hatte. Er saß ja eigentlich nur noch.

Durch den Raum strömten die Klänge von Miles Davis' *Kind of Blue*. Es war mittlerweile mehr eine Fixierung als ein Genuß. Ein natürliches Bedürfnis.

Einen Moment betrachtete er das Handy, als habe es vollkommen unbekannte Lautwellen ausgestrahlt. Etwas begann zusammenzuwachsen. Wundränder schlossen sich.

Den geschlagenen Tag hatte er mit der Liste der Telefonate verbracht, die in vier Zimmern im Norrboda-Motel geführt worden waren, ausgegangene wie eingegangene Anrufe. Nach mehreren Stunden trostlosen Suchens sagte es auf einmal klick. Eine neue Telefonnummer erweckte seine Aufmerksamkeit.

Seit Montag, dem vierundzwanzigsten April, waren auf sämtlichen vier Telefonen Gespräche von ein und demselben Zimmer im Grand Hôtel in Stockholm eingegangen, Raum 305. Die Gespräche gegen halb fünf am Nachmittag waren im Abstand von drei Minuten eingegangen; das war also eine gute Woche bevor Nikos Voultsos starb und die Damen das Weite suchten. Einige Tage später, am

Samstag, dem neunundzwanzigsten April, werden die Damen außerdem von der Ninja-Feministin vom Odenplan angerufen.

Grand Hôtel. Wie es sich gehört. Er rief direkt an und fragte den Portier: »Können Sie mir bitte sagen, wer am 24. April und danach in Zimmer 305 gewohnt hat?«

Am anderen Ende der Leitung war es einen Moment still. Dann sagte der Portier: »Jaha.«

»Jaha?«

»Offenbar ist er abgehauen. Ich erinnere mich nicht an ihn persönlich. Er hat eingecheckt unter dem Namen Marcel Dumas, französischer Staatsbürger.«

»Abgehauen? Was bedeutet das?«

»Zuweilen verlassen Gäste das Hotel spontan. Deshalb nehmen wir neuerdings immer die Kreditkartennummer als Sicherheit.«

»Statt Paß?«

»Genau.«

»Ihnen liegt also kein Paß vor?«

»Nein, aber wir haben die Nummer seiner Visakarte.«

»Gäste können also verschwinden, ohne daß es der Polizei gemeldet wird, weil Sie die Möglichkeit haben, die Bezahlung über die Kreditkartennummer einzuziehen?«

»So ist es. Die Polizei ist auch so schon überlastet.«

»In der Tat«, sagte Paul Hjelm. »Aber das heißt, daß Sie das Gesetz in die eigenen Hände nehmen. Und wenn ihm nun etwas passiert wäre? Wenn er, sagen wir, von Vielfraßen gefressen worden wäre?«

Der Portier schwieg.

Hjelm fuhr fort. »Und wann war das?«

»Am fünften Mai. Er kam am Sonntag, dem dreiundzwanzigsten April an. Am Abend des vierten Mai, Donnerstag, begannen wir mißtrauisch zu werden. Er hatte sich da vierundzwanzig Stunden nicht gezeigt. Als er die zweite Nacht fernblieb, haben wir sein Zimmer geräumt und sein Konto mit der Rechnung belastet. Zwölf Nächte. Die Rechnung belief sich auf dreiundsechzigtausend Kronen.«

»Dreiundsechzigtausend?«

»Ja.«

»Dann verstehe ich, daß Sie keine Meldung bei der Polizei gemacht haben.«

Erneutes Schweigen.

»Nun gut. Kann ich bitte die Nummer der Visakarte bekommen?«

»Die kann ich Ihnen nicht ohne weiteres geben.«

»Ich bin Polizeibeamter, zum Kuckuck.«

»Wie soll ich das wissen? Ehrlich gesagt: Nachlässiger Umgang mit Kreditkartennummern wird der Untergang der Zivilisation werden. Wir sind instruiert worden, mit Kreditkartennummern äußerst sorgfältig umzugehen.«

»Okay«, sagte Paul Hjelm und dachte über diese Variante des Harmageddon nach; es war vielleicht nicht ganz unberechtigt. Schon jetzt zirkulierte eine unfaßbare Menge von Visa- und American-Express-Nummern zum allgemeinen Gebrauch im Internet.

Ihm fiel schnell eine Lösung ein: »Sie bekommen von mir eine Faxnummer. Dann können Sie bei der Auskunft nachprüfen, daß es sich um eine Polizeinummer handelt. Reicht das?«

Der Portier überlegte.

Dann sagte er: »Das reicht.«

Paul Hjelm diktierte ihm die Faxnummer und fuhr fort: »Was ist mit den persönlichen Sachen des Gastes geschehen?«

»Sie wurden in seinen Koffer gepackt und ins Magazin gestellt.«

»In welches Magazin?«

»Wir haben ein Magazin für zurückgelassene Gegenstände. Wenn nach ein paar Monaten niemand etwas von sich hat hören lassen, schenken wir die Sachen einer Hilfsorganisation.«

»Was ist im Zimmer zurückgelassen worden?«

»Das weiß ich nicht. Ich war mit der Angelegenheit nicht befaßt.«

»Und dieses Magazin befindet sich also im Grand?«

»Ja, im Keller.«

»Der Koffer wird im Laufe des Tages abgeholt.«

»Ausgezeichnet«, sagte der Portier.

»Nur für die Hilfsorganisationen nicht«, sagte Paul Hjelm. »Ich schicke Ihnen per E-Mail ein JPEG-Bild von einem Gesicht. Ich möchte Sie bitten, dieses Bild so schnell wie möglich Ihrem gesamten Personal zu zeigen, um zu prüfen, ob es den verschwundenen Gast von Zimmer 305 darstellt. Wie ist Ihr Name?«

»Anders Grab.«

»Wie passend«, sagte Paul Hjelm. »E-Mail-Adresse?«

Er bekam sie und sagte abschließend: »Schicken Sie das Fax sofort herüber, dann schicke ich Ihnen genausoschnell das Bild.«

Anders Grab war offensichtlich ein tüchtiger Portier, denn schon nach zwei Minuten knarrte Pauls Fax los. In diesen zwei Minuten hatte Paul Hjelm Nikos Voultsos' Gesicht weggeschickt und außerdem noch über die zunehmenden Risiken in der digitalen Gesellschaft nachgedacht. Im Grunde hatte Grab recht, war aber ein wenig inkonsequent gewesen. Hjelm hätte ja keineswegs Polizist zu sein brauchen. Eine ganze Menge Information wurde ziemlich locker weitergegeben. Aber nicht die Kreditkartennummer. Da handelte es sich ja auch um das Wichtigste auf der Welt. Geld. Man hatte es unterlassen, das Verschwinden eines Gastes bei der Polizei zu melden, um ungestört dessen Konto mit Dreiundsechzigtausend belasten zu können, aber der Polizei hatte man die Nummer nicht geben wollen.

Es gab da ein paar ziemlich interessante Konsequenzen, über die man sich Gedanken machen konnte.

Das Fax war da. Die Nummer der Visakarte in Paul Hjelms Hand. Er nahm Kontakt mit dem schwedischen Büro von Visa auf, das sich mit Informationen über den Karteninhaber wieder melden wollte.

Er wandte sich von neuem der umfangreichen Liste mit Telefonnummern zu. Nach einer ereignislosen halben Stunde klingelte sein Telefon. Er nahm ab.

»Hallo, ist da Kriminalinspektor Hjelm?« sagte eine Frauenstimme.

»The one and only«, sagte Hjelm anspruchslos.

»Hier ist Mia Bengtsson. Ich arbeite als Bedienung im Grand Hôtel.«

»Hallo«, sagte Hjelm erwartungsvoll.

»Hallo. Anders hat mir das Bild von diesem Mann gezeigt. Das ist er.«

Paul Hjelm spürte einen tiefen inneren Frieden. Er wartete auf die Fortsetzung.

»Er hat mich ein paarmal angetatscht, wenn ich was aufs Zimmer gebracht hab. Und in der Bar unten hat er mich auch angemacht. Sogar im Französischen Speisesaal.«

»Es handelt sich also um den Gast in Zimmer 305 zwischen dem dreiundzwanzigsten April und dem fünften Mai?«

»Ganz genau. Luxusfixer. Mit Kokainringen um die Nasenlöcher wie ein Popstar.«

»Sie können ihn ruhig weiter anschwärzen. Er ist tot.«

»Au weia. Man soll ja nicht schlecht von den Toten sprechen ...«

»Dann soll man erst richtig loslegen«, sagte Paul Hjelm, um ihre Zunge zu lockern.

»Jaja. Ich würde ihn als einen ungewöhnlich widerwärtigen Typ bezeichnen, ganz einfach. Wir sehen solche Leute manchmal im Grand. Drogenleute haben ja ziemlich viel

Geld. Besonders beim Zimmerservice war es unangenehm; dann ist man ja allein im Zimmer des Gastes. Ich versuchte, mit ihm französisch zu sprechen, aber er verstand kein Wort, faßte mir nur an die Brüste und lachte ekelhaft. Der war kein Franzose.«

»Nein«, sagte Paul Hjelm. »Franzose war er nicht.«

»Viel Geld. Warf damit um sich. Einmal hab ich gesehen, wie er einen Tausender in Streifen riß. Nur um zu zeigen, wie cool er war. Es waren eine Reihe von Frauen auf seinem Zimmer. Ich bin ziemlich überzeugt davon, daß es Prostituierte waren.«

»Waren Sie es, die bemerkt hat, daß er verschwunden war?«

»Ich habe jedenfalls der Direktion mitgeteilt, daß das Zimmer unbenutzt war. Was danach passierte, weiß ich nicht. Er war nicht da, als ich am sechsten meine Schicht anfing. Das Zimmer war gemacht und leer.«

»Möchten Sie sonst noch etwas sagen?«

»Nicht direkt. Aber ich kann nicht behaupten, daß mir sein Tod leid tut.«

»Vielen Dank für die Hilfe, Mia. Tschüß dann.«

»Tschüß.«

Paul Hjelm saß ganz still. Die Verbindung zwischen Nikos Voultsos und Slagsta war da. Jetzt war sie eine Tatsache. Als ob es mit Ghiottone nicht gereicht hätte. Paul Hjelm lachte laut. Das hatte er auch getan, als Arto Söderstedt aus der Toskana anrief und von Vielfraßen und wolverines und ghiottini erzählte.

Ein Bild von Nikos Voultsos' Mörder begann sich abzuzeichnen. Es war facettenreich.

Einen dem Verbrechersyndikat Vielfraß, Ghiottone, angehörigen Mann nach Skansen zu jagen und ihn zu den Vielfraßen hineinzuschicken, war ausgesprochen subtil. Ein sehr handfester Gruß nach Mailand. Möglicherweise hatte man nicht eingeplant, daß der Körper des Mannes die

Vielfraße mit so viel Drogen versorgen würde, daß sie ihn nahezu spurlos beseitigten. Es fehlte ja nicht viel, und er hätte überhaupt nicht identifiziert werden können. Das war der erste Aspekt. Der Gruß nach Mailand.

Das zweite war der Metalldraht im Gehirn, der mehr in die Hirnrinde des Hirnforschers Leonard Sheinkman zu gehören schien. Doch dessen Rolle blieb dunkel. Deutsches Tagebuch mußte gelesen werden. Aspekt zwei also: Metalldraht im Gehirn. Auch ein Gruß? Gehörten diese Grüße zusammen? War dieser Gruß ebenfalls an Mailand gerichtet?

Ein dritter Aspekt hatte sich in der U-Bahn-Station Odenplan gezeigt, aber genauso in Skansen und auf dem Südfriedhof: maßlose Grausamkeit und ein hohes Maß an Geschicklichkeit in der edlen Kunst, einen Gegner unschädlich zu machen. Weiblich noch dazu, was trotz allem ziemlich ungewöhnlich war. Professionalismus oder – Haß? Oder sowohl als auch? Waren nicht doch ziemlich starke Gefühle in Wallung? Das war sein Eindruck. Es wurden nicht allein Botschaften geschickt, da war noch etwas anderes, das tiefer ging.

Dann die Fahrt in die Ukraine. ›Alle gut durch‹. Zwar eine Rekonstruktion dieser Slawistin auf einer ziemlich wackeligen Grundlage, aber immerhin. Wenn man das allerletzte glauben sollte, aus dem Mund eines Skinheads, dann handelte es sich um eine Bande, nicht um einen allein agierenden Mörder. Diese Bande transportiert also mindestens acht Prostituierte durch Europa. Ist so etwas durchführbar, wenn man sie kidnappt und mit Gewalt zwingt? ›Alle gut durch‹. Klang das nicht eher – fürsorglich? Ein Verbrechersyndikat hätte die Frauen wie eine Handelsware behandelt. Hätte man sich dann so ausgedrückt? ›Alle gut durch‹. Ein bißchen vage, natürlich, aber eine Ahnung. Witterung. So etwas durfte nicht verlorengehen. Außerdem handelt es sich also um ein Gespräch von Frau zu

Frau. ›Kein Kerl, so weit das Auge reichte‹, wie die alte Maja draußen bei der Kate auf Dalarö gesagt hatte. ›Alle gut durch‹. Aspekt vier: das Weibliche.

Und dann der fünfte Aspekt. Der bereits von Nikos Voultsos' wahnsinniger Flucht in Djurgården angedeutet wurde. Die blinde Panik. Er schoß wild um sich, zerschnitt sich beim Klettern die Hände, warf die Pistole weg und riß sich seine dicke Goldkette vom Hals, sein Herrscherzeichen. Die gleiche Panik hatte eine Bande grabschändender Skinheads in Rekordzeit quer über Skogskyrkogården gehetzt. Außer einem, der in dem Inferno zurückblieb und in der Psychiatrie landete. Eine dunkle, gleitende Gegenwart von etwas zwischen den Grabsteinen, das einen geläuterten Skinhead von ›Gestalten aus der Mythologie‹ sprechen ließ.

Paul Hjelm saß reglos. Etwas rief nach ihm. Etwas begann zusammenzuwachsen. Wundränder schlossen sich langsam. All die verschiedenen Sprachen, die sich durch diesen Fall zogen ... Es war wie der Turmbau zu Babel. Gott, der sagt: ›Wohlauf, laßt uns hernieder fahren und ihre Sprache daselbst verwirren, daß keiner des andern Sprache vernehme!‹ Der europäische Sprachenreichtum. ›Alle gut durch‹ auf ukrainisch. ›Shtayf‹ auf jiddisch. ›Ghiottone‹ auf italienisch, ›Wolverine‹ auf englisch. Und – ›Epivu‹ auf ...

Verflucht. Da stand nicht ›Epivu‹.

Hjelm klickte wie wild zwischen den Dateien hin und her. Die Datei mit den Fotos des Falles. Das Vielfraßgehege. Die verstreuten Textilfasern. Der Beinstumpf mit dem Kreuzknoten. Da. Die Buchstaben in der Erde. ›Epivu‹. Er vergrößerte das Bild. Es bedeckte den ganzen Bildschirm. Er vergrößerte noch weiter, fixierte den letzten Buchstaben: ›u‹. Noch größer. War da nicht so etwas wie ein Komma über und unter dem ›u‹? Natürlich war es das.

Und es war kein ›u‹. Es war ein ›Ypsilon‹. Das heißt, ungefähr ›i‹.

Und eine genauere Betrachtung des mittleren Buchstabens ergab, daß auf dem ›i‹ kein Punkt war.

Natürlich war es Griechisch.

Nikos Voultsos war so griechisch wie nur möglich.

Das bedeutete, daß ›p‹ nicht ›p‹ war, sondern ›ro‹, das heißt ›r‹. Und ›v‹ war nicht ›v‹, sondern ›ny‹, also ›n‹.

Nicht ›Epivu‹, sondern ›Ερινύ̧‹, was in etwa ›Erini‹ ausgesprochen wurde, mit Betonung auf der letzten Silbe. Und es war mit aller Sicherheit ein Wort.

Paul Hjelm meinte sogar, es zu kennen.

Er ging ins Internet und fand ein griechisches Lexikon. Kein Resultat. Mist. Da fiel ihm ein, daß es mehrere Versionen des Griechischen gab. Das Neugriechische hatte erstaunlich wenig mit dem Altgriechischen zu tun. Und hier dürfte es sich also um Altgriechisch handeln. Die ursprüngliche Sprache. Nach einiger Mühe fand er auf einer amerikanischen wissenschaftlichen Site mit Namen Perseus ein altgriechisches Lexikon. Er tippte es ein. Und bekam Antwort.

Es waren die Erinnyen.

Ihm fiel wieder ein, woher er das Wort kannte. Er war im Rahmen des allerersten Falles der A-Gruppe darauf gestoßen. Ein junger Mann namens Gusten Bergström war davon überzeugt, daß seine Schwester, die nach einem Vergewaltigungsversuch Selbstmord begangen hatte, sich von jenseits des Grabes mit Hilfe der antiken Rachegöttinnen, der Erinnyen, rächte.

Die Erinnyen waren die furchterregendsten Urzeitgestalten der Antike. Sie kamen aus dem Totenreich und nahmen Rache für begangenes Unrecht. Um das Gleichgewicht wieder herzustellen. Und sie gaben nie auf. Sie waren wie Fliegen.

Die Erinnyen waren weiblich, Rachegöttinnen.

Nikos Voultsos' letzte Handlung im Leben war, hinzuschreiben, wer ihn ermordete. Er schrieb es in Altgriechisch, der Sprache der Mythologie. Der Mann, der in Piräus drei Prostituierte ermordet hatte und im Begriff war, einen Puff in Stockholm zu übernehmen, war überzeugt davon, daß er von weiblichen Rachegöttinnen gejagt wurde.

War es das Gewissen, das ihn einholte?

Paul Hjelm schauderte. Mindestens fünf magere, dunkle Gestalten wie eine gleitende Gegenwart von etwas zwischen den Grabsteinen auf dem Südfriedhof, wie Gestalten aus der Mythologie ...

Nein, dachte er. Nein, dies ist kein Verbrechersyndikat wie irgendein anderes. Dies ist keine osteuropäische Mafiabande, die Frauen wie Fleischstücke verkauft. Nix da.

Er rief Kerstin an. Ganz spontan.

»Kerstin Holm«, sagte sie.

»Bist du im Haus? Oder vielleicht aus dem Häuschen? Oder auf dem Häuschen?«

»Nein, ich bin weder auf noch aus dem Häuschen. Warum interessiert sich alle Welt für meine Toilettenbesuche? Ich bin in meinem Zimmer. Viggo ist hier.«

»Na, sieh mal an«, sagte Paul Hjelm. »›Epivu‹ sind die Erinnyen, die antiken Rachegöttinen. ›Ερινῢ‹. Es ist Altgriechisch.«

»Du meine Güte«, sagte Kerstin Holm. »Wie bist du denn darauf gekommen?«

»Das ist eine lange Geschichte. Aber ein Mafiasyndikat ist es jedenfalls nicht.«

»Das habe ich auch nie geglaubt. Ihr habt es selbst gesagt. Ninja-Feminismus.«

»Ich glaube, du warst diejenige, die es gesagt hat. Wir haben es nur verdeutlicht.«

»Viggo hat den Phantomzuhälter gefunden. Den Mann, der mit dem Heimleiter Jörgen Nilsson im Norrboda-Motel im November letzten Jahres einen Deal gemacht hat. Er hieß Finn Johansen und war Norweger.«

»›Hieß‹? ›War‹?«

»Er hat am vierundzwanzigsten April Selbstmord begangen. Sich durch den Kopf geschossen. Mit einer Luger mit Schalldämpfer, die nicht seine war. Dagegen ist die Seriennummer der Luger von Nikos Voultsos sehr ähnlich. Es sind Zwillinge. Aus demselben Waffenlager.«

»Um welche Zeit?«

»Was, um welche Zeit?«

»Um welche Tageszeit am vierundzwanzigsten April?«

Eine Weile war es still. Dann ertönte Viggo Norlanders nicht ganz so bezaubernde Stimme: »Was treibst du eigentlich, Freddie Freeloader?«

»Wann hat er sich erschossen?«

»Gar nicht, würde ich tippen.«

»Ich auch.«

»Gegen eins, halb zwei am Tag, anscheinend. Um Viertel vor zwei kam seine Lebensgefährtin, eine Prostituierte, von ihrer täglichen Schicht nach Hause und fand ihn, wie man so schön sagt, in seinem eigenen Blut schwimmend.«

»Nikos Voultsos kam am dreiundzwanzigsten April nach Stockholm. Um halb fünf am vierundzwanzigsten rief er sämtliche vier Zimmer im Motel an, 224, 225, 226 und 227. Sie haben da gerade ein paar Stunden zuvor ihren Zuhälter Finn Johansen verloren, und zwar vermittels einer Waffe, die nahezu identisch ist mit der von Voultsos.«

Es rauschte ein bißchen im Telefon. »Ich höre dich«, sagte Kerstin Holm. »Es ist Sonntag. Sonntag, der vierundzwanzigste. Da breitet sich die Unruhe in den vier Motelzimmern aus. Die Mädchen wissen, daß sie von einer bedeutend größeren und vermutlich grausameren Gang als Finn Johansens übernommen worden sind. Den Vielfraßen. Ghiottone. Ein paar Tage später ruft deine Ninja-Feministin an.«

»Sie ist nicht meine. Und sie ist auch keine Ninja-Feministin. Sie ist eine Rachegöttin: Sie ist Erinnye.«

»Whatever. Irgendwie bietet sie den Mädchen eine Alternative zu der entstandenen Situation an; worum es sich im einzelnen handelt, wissen wir nicht. Es vergeht eine Woche, Nikos Voultsos befestigt seine Position als ihr neuer Zuhälter; möglicherweise führt er schon mal eine Machtdemonstration durch, am chesten in Kombination mit einer Art von Brutalsex unter Drogeneinfluß. Vielleicht reißt er sich weitere Ställe auf ähnliche Weise unter den Nagel; das müssen wir überprüfen. Vielleicht ist dieser Bus bei Lublin tatsächlich ein Bus, und vielleicht ist er voll.«

»Voll, womit? Geretteten Huren?«

»Ich bin mit dem Wort nicht einverstanden«, sagte Kerstin, »aber okay. Vielleicht. Während er dabei ist, seinen Auftrag von der Ghiottone-Organisation in Mailand auszuführen, wird sein Ableben geplant. Und durchgeführt. Sie lauern ihm irgendwo auf Djurgården auf. Wahrscheinlich wissen sie, daß er die Angewohnheit hat, sich dort hinzusetzen und Kokain zu schnupfen. Er wird mit großer Präzision zum Zaun von Skansen getrieben, genau zum Wolfsgehege. Wahrscheinlich ist schon vorher ein Loch in den Zaun daneben geschnitten worden, neben dem Wolfsgehege. Dadurch schleichen sie hinein, während er sich den Zaun hinaufkämpft und über den Zaun zu den Wölfen hineinspringt. Sie stehen oberhalb des Wolfsgeheges und warten auf ihn. Sie sehen, wie er verrückt wird und die Pistole fortwirft und sich die Goldkette vom Hals reißt. Sie folgen ihm ein paar Schritte. Dann fangen sie ihn, binden ihm mit einem rot-lila Seil die Beine zusammen, führen ihm den Metalldraht in die Schläfe ein und lassen ihn zu den Vielfraßen hinunter. Die schnappen sich einen kleinen Bissen, zunächst ein wenig vorsichtig, doch darin befindet sich eine ausreichend starke Dosis Kokain, um unsere bestialischen Mardertierchen zu einem Massaker zu pushen. Wahrscheinlich ist er da schon tot. Möglicherweise ist er bereits auf die gleiche, ein wenig ungreifbare Weise tot wie Leonard Sheinkman. Aus purem Schmerz, kann man annehmen. Als alles klar ist, ziehen sie das Seil hoch. Es ist nichts übrig. Die Vielfraße sind so hoch gesprungen, daß es ihnen gelungen ist, den Kreuzknoten abzubeißen. Das spielt auch weiter keine Rolle. Sie nehmen das Seil und hauen ab. Dann rufen sie, ziemlich unmittelbar, im Norrboda-Motel in Slagsta an. Dort nimmt eine der Ukrainerinnen in Zimmer 225 das Gespräch entgegen – entweder Galina Stenina oder Lina Kostenko. Sie hören, daß ihr Quälgeist Nikos Voultsos aus dem Spiel ist und daß der Transport wie geplant um vier Uhr am Morgen, wenn niemand zusieht, abgeht. Glückselig schwatzen sie die Nacht durch. Sie sind frei. Sie sind endlich frei. Kein Zuhälter mehr. Kein Scheiß-Stoff mehr. Nie wieder. Neues Leben. Zeit, das Blatt im Buch des Lebens umzublättern.«

Ja, dachte Paul Hjelm.

Natürlich, Kerstin, so ist es.

Er sagte: »Aber die Bande bleibt also da. Um einen alten Mann zu ermorden.«

»Ja, da kommt dieser Schlag. Du weißt genau, was für einen Schlag ich meine; alles sitzt haargenau, wie es soll, und da kommt er, da kommt die Enttäuschung und sickert ein und trübt das ganze Bild.«

»Ich kenne das nur zu gut«, sagte Paul.

»Weißt du, was ich gerade tue?« fragte Kerstin.

»Du denkst über die weiteren Abenteuer und Schicksale der Mädchen nach. Lublin und was danach kommt.«

»Und außerdem? Praktisch?«

»Ich habe nicht die blasseste Ahnung. Wäschst Schlüpfer? Klaubst Kletten aus den Haaren? Schneidest die Zehennägel mit der Heckenschere?«

»Schaue auf eine wachsende Liste.«

Kerstin Holm saß in ihrem Zimmer und schaute auf eine wachsende Liste. Viggo Norlander saß auf einem Stuhl direkt neben ihr und schaute sie an, während sie die wachsende Liste anschaute. Sie war eine herrliche Frau. Daß er das früher nicht gesehen hatte. Er, der als Experte gelten durfte, nach ein paar Jahren intensiven Umgangs mit dem anderen Geschlecht in allen denkbaren und undenkbaren Single-Bars in ganz Stockholm – bis er sich total unerwartet im Alter von fünfzig Jahren in einer Partnerschaft und als Vater eines Kleinkinds wiederfand. All dies geschah indessen, nachdem er von der russisch-estnischen Mafia auf einem Fußboden festgenagelt, sozusagen gekreuzigt worden war.

Es war ein bißchen kompliziert.

Wahrscheinlich kehrte der Blick für das andere Geschlecht zurück, weil Klein-Charlotte laufen lernte. Er verstand nicht ganz, wie es zusammenhing, aber es war eine Tatsache. Zum Glück hielt Astrid ihn in Trab, und so blieb sein Blick rein theoretisch.

Die wachsende Liste auf dem Monitor war ganz einfach Kerstin Holms Mailbox. Ihre Inbox wurde voller und voller, und am Ende hatte sie acht Mails von europäischen Polizeibehörden empfangen.

»Acht«, sagte sie zu dem verdutzten Handy.

»Erkläre dich, aber sofort«, sagte das verdutzte Handy.

»Europols und Interpols große Anfrage beginnt Früchte zu tragen. Allgemeiner Aufruf an alle größeren Polizeibehörden in Europa. Ich glaube, es handelt sich um die dreihundert größten Städte auf dem Kontinent. Ich weiß ja noch nicht, ob es positive Rückmeldungen sind, aber acht von diesen dreihundert europäischen Städten haben etwas über unseren *modus operandi* zu sagen.«

Die acht Mails leuchteten mit fetten Buchstaben. Als sie jetzt daraufklickte, normalisierten sie sich nach einigen Sekunden.

Mail eins: Kommentar aus Dublin. Kommissar Radcliffe. ›Ich frage mich, ob ich nicht von etwas Ähnlichem aus der früheren DDR gehört habe. Kontakten Sie Benziger in Weimar. Keine Ahnung, welchen Titel er hat, aber er ist nett. Das scheinen Sie auch zu sein, Ms Holm.‹

Mail zwei: Schimpfkanonade aus Paris. Polizeidirektor Mérimée. ›Mißbrauch von Europol-Mitteln. Sollen ausschließlich eingesetzt werden für: ungesetzlichen Drogenhandel, Vergehen, die illegale Einwanderung betreffen, Handel mit gestohlenen Fahrzeugen, Menschenhandel inkl. Kinderpornographie, Falschmünzerei und Fälschung von Zahlmitteln, ungesetzlichen Handel mit nuklearen und radioaktiven Stoffen, Terrorismus, illegale Geldwäsche im Zusammenhang mit Straftaten der genannten Art. Außerdem sollen mindestens zwei EU-Staaten involviert sein. Sie, Madame Holm, scheinen die Ressourcen von Europol für nationale Kleinkriminalität nutzen zu wollen.‹

Mail drei: Bestätigung aus Budapest. Kriminaldirektor Mészöly. ›Sehr interessant. Im Oktober 1999 hatten wir einen gleichgelagerten Fall. Neunundzwanzigjähriger Mann, tätig in der Prostitutionsindustrie, mit Kopf nach unten und Metalldraht in der Schläfe aufgehängt. Sind sehr interessiert an Ihrer Ermittlung, und Sie werden selbstverständlich über unsere informiert.‹

Mail vier: Dito aus Maribor, Slowenien. Polizeichef Sremac. ›Gleicher Fall hier im März. Schwerkrimineller aufgehängt und Schädel durchbohrt. Erwarten weitere Informationen.‹

Mail fünf, sechs und sieben: Bestätigungen aus Wiesbaden, Deutschland, Antwerpen, Belgien, und Venedig, Italien. Kommissar Roelants in Antwerpen fügt hinzu: ›Wundern Sie sich nicht, Ms Holm, wenn weitere Bestätigungen auftauchen. Wir, die bereits früher mit diesem Verbrechen zu tun hatten, halten intern und höchst inoffiziell seit Monaten Kontakt zueinander. Meiner Ansicht nach hat jedoch bisher keiner eindeutige Verbindungen zwischen den Fällen herstellen können.‹

Mail acht: Anfrage aus Stockholm. Abteilungsleiter Waldemar Mörner. ›Wer in Dreiteufelsnamen hat diese Rundfrage genehmigt? In wessen Budget landet sie? WM.‹

Kerstin Holm rief Paul Hjelm an. »Sie sind seit einem knappen Jahr aktiv«, sagte sie.

»In Europa?« fragte Paul Hjelm.

»Bisher Budapest, Maribor, Wiesbaden, Antwerpen und Venedig. Zusammen mit unseren Opfern sind also bisher insgesamt sieben Menschen aufgehängt, mit durchstochener Hirnrinde. Dazu Hamid al-Jabiri auf dem Bahnsteig am Odenplan. Acht Tote. Vielfraße scheinen aber bisher nicht vorgekommen zu sein.«

»Wer sind die Opfer?«

»Es scheinen tatsächlich durch die Reihe Schwerkriminelle zu sein. Alle, außer Leonard Sheinkman.«

»Hat einer deiner Kontakte irgendeine Verbindung zu Ghiottone angedeutet?«

»Nein. Aber es ist bisher alles noch unvollkommen, wir tauschen die Ermittlungen aus.«

»Übers Netz? Ist das wirklich sicher?«

»Was ist heutzutage sicher?« sagte Kerstin Holm.

Dann war sie nicht mehr zu hören. Paul Hjelm verfluchte die Erfindung des Mobiltelefons und drückte auf die Austaste.

19

Zwölfter Februar 1945

Habe endlich Papier und Bleistift bekommen. Will nicht Zeit und Kraft vergeuden, um zu erklären, woher; von beidem habe ich viel zu wenig. Meine Zeit tickt aus, meine Kräfte zerrinnen, ich spüre es, weiß es. Bald bin ich an der Reihe. Ich habe die Liste gesehen. Habe meinen Namen auf der Liste gesehen. Leonard Sheinkman, so stand es da. Das bin ich. Ich glaube, es ist gut, wenn ich es mir von Anfang an klarmache. Damit keine Mißverständnisse aufkommen.

Dies können die allerletzten Worte sein, die ich in meinem Leben schreibe, und ich will sie nicht an Unwichtigkeiten verschwenden. Das habe ich mehr als genug getan.

Ich habe mein Leben an Unwichtigkeiten verschwendet.

Ich wünschte wirklich, daß Liebe sich beschreiben ließe. Ich bin Dichter, ich beschreibe, das ist meine Arbeit, und doch kann ich es nicht. Und wer kann es dann? Vielleicht ist es nur im nachhinein möglich. Wenn alles schon zu spät ist.

Dann sollte es jetzt möglich sein.

Mein Sohn …

Nein. Nicht heute. Heute geht es nicht.

Heute will ich mich mit der Freude darüber zufrieden geben, wieder einmal einen Bleistift in der Hand zu halten, wieder einmal mit der Hand über das glatte Papier zu fahren.

Einst war es das Schreiben, das mich leben ließ. Werde ich nur der Erinnerung daran begegnen, wenn der Bleistift das Papier berührt? Oder werde ich wieder leben? Ein letztes Aufblühen?

Dreizehnter Februar 1945

Es ist so sonderbar, die Zeit zu sehen. Sie ist vor dem Fenster. Meine Kameraden hier sind fern. Es sind keine Kameraden, es sind Unglücksbrüder, und Unglücksbrüder meidet man, weil sie einen selbst spiegeln. Sehe ich aus wie sie? Ich bin dreiunddreißig, und wahrscheinlich sehe ich aus wie eine halbverweste Leiche. Hier gibt es Männer, die viel jünger sind als ich, und sie sehen älter aus als das Bild, das ich von mir selbst habe. Ich hoffe, es behalten zu können, bis ich sterbe.

Und das sollte wohl möglich sein; es ist nicht mehr lang bis dahin.

Ich sehe die Zeit. Man könnte glauben, daß sie ein schwarzer Glockenturm ist, etwas Materielles, eine Uhr mit einem komplizierten mechanischen Uhrwerk, ein Turm, der konstruiert wurde, um dem Zahn der Zeit Paroli zu bieten. Jede Sekunde ist der Triumph des Turms, jede Sekunde dieses Alterns, das unaufhörlich voranschreitet, Jahrhundert um Jahrhundert, wird mit der mechanischen Präzision dieses Uhrwerks bemessen. Doch nicht das sehe ich. Was ich sehe, ist die Zeit.

Ich kann es nicht erklären, aber es muß sein. Warum sollte sonst dieser Stift in meiner Hand liegen, warum sollte sonst all diese Mühe die Zeit hier, genau hier abgelagert haben, auf dem Punkt, in dem der Stift aufs Papier trifft?

Was ich sehe, ist die Zeit. Da muß ich anfangen. Meine Zeit, und wie die Zeit sich veränderte, als ich Magda traf und mit ihr zu Hause durch Berlin wanderte. Unser Tiergarten … So frei und friedlich. Vorher war ich ein leidender Dichter gewesen. Ich litt an Einsamkeit. Jetzt wurde ich ein schaffender Dichter. Ein schaffender Mensch. Ich glaube, daß ich auch im wirklichen Leben etwas schuf. Ein Zuhause. Ein gemeinsames Leben. Ein kleines bißchen Glück. Sie las, was ich schrieb. Sie war meine beste Leserin.

Dann kam das Kind. Unser Sohn. Wunder lassen sich nicht beschreiben. Jede Bewegung war ein Wunder. Die weichen Bewegungen der kleinen, rundlichen Arme. Der Kopf, der sich drehte. Die dunklen Augen, deren Pupillen sich zusammenzogen und weiteten. Alles war Wunder.

Und dies war die Zeit.

Jetzt sehe ich sie wieder. Ist sie noch immer ein Wunder? Kann sie, wie sie so mechanisch oben in dem sechskantigen schwarzen Glockenturm tickt, kann sie mir noch immer den Frieden schenken, der dem Wunder zukommt? Jetzt kann sie es, einen kurzen, kurzen Augenblick, während der Stift sich über das Papier bewegt. Ich spüre die Eiseskälte sich auf alles legen, sobald ich den Stift hebe. Die Zwischenräume zwischen den Worten sind Eisblöcke. Die Wörter frieren daran fest.

Die Männer wandern mit ihren verwundeten Köpfen wie Leichen über den Gang, und ich denke: Seht auch ihr die Zeit, Menschen? Seid auch ihr in der Lage, die Zeit für einen kurzen, kurzen Augenblick zu sehen? Aber was für Methoden habt ihr?

Ich selbst habe keine.

Die Schrift vergeht jetzt. Das Eis breitet sich über die Buchstaben und läßt den Stift am Papier festkleben, wie eine Zunge am eiskalten Metall haftenbleibt, und ich denke: Warum seid ihr gestorben und von mir gegangen? Warum bin nicht ich gestorben und von euch gegangen? Mein Gehirn wird zu Eis gefroren sein. Das ist mein einziger Trost und meine einzige kleine Spur von Widerstand.

Sterben.

Vierzehnter Februar 1945

Neuer Tag. Habe wieder die Liste gesehen. Der Eiswind blies vom Platz durchs Fenster herein, so daß sie durch die

Gittertür geweht wurde und vor meinen Füßen liegenblieb.

Ich glaube, daß ein weiterer Zeh entfernt werden muß. Der linke mittlere Zeh ist so schwarz wie dieser sechskantige schwarze Kirchturm dort draußen, der mich mit seinem gleichgültigen Ticken verhöhnt. Ich höre ihn nicht, aber ich sehe ihn. Ich sehe ihn die ganze Zeit, ununterbrochen.

Die Liste lag da an meinem schwarz gewordenen Zeh, und ich sah, daß mein Name nach oben kletterte. Ich nahm das entgegen wie ein Geschenk. Ein Geschenk des Eiswindes. Bald wirst du den Glockenturm in dein Eis einhüllen und die Zeit, sogar die Zeit, wie sie sich durch die Mechanik der Uhr bewegt und in ironischen Jubelklängen hinausgeworfen wird, sogar die Zeit wird von deinem Eis umhüllt sein, Eiswind, und alle Zeit wird enden. Jeder von uns wird sich durch ein ganz zu Eis gefrorenes Dasein bewegen, ein Augenblick, gefroren zu Nichtigkeit, und alle Menschen werden für alle anderen Menschen vollkommen stillstehen und vollkommen steifgefroren sein, und es wird ebenso viele Welten geben wie Menschen, und alle Menschen werden in ihrer gänzlich eigenen Welt leben, in der alle anderen Menschen steifgefroren sind.

Ich weiß, daß ich Tatsachen aufzeichnen sollte. Zeugnis ablegen. Detaillierte Berichte produzieren. Etwas, was die Nachwelt verifizieren und wovon sie etwas lernen kann. Irgendwann, lange, lange nach meinem Tod, wird all das, was hier geschieht, verurteilt werden, und ich sollte mir schon jetzt eine Methode ausdenken, damit meine Papiere mich überleben, sollte Wege für sie finden, Fluchtwege, um jeden Preis Nutzen und Gewinn aus diesem Bleistiftstummel und aus diesen wenigen Blättern ziehen, die schon jetzt, fast während ich schreibe – so bewegt sich die Zeit – vergilbt sind. Aber ich kann nicht. Ich kann keine Tatsachen aufzeichnen. Mein Geist funktioniert nicht so.

Er funktioniert überhaupt nicht.

Er ist nur ein Hirn, ein Mechanismus. Wie die Uhr. Und der Körper, er ist der Glockenturm, für einen einzigen Zweck gebaut: zu halten.

Nicht auseinanderzufallen, während der Mechanismus seziert wird.

Vielleicht sind sie Uhrmacher, die drei Offiziere.

Doch dann sehe ich wieder die Zeit, und sie ist wieder ein Wunder. Jetzt richtet er sich auf zum Sitzen. Und meine Frau hält ihn mit den Händen, nicht so, daß sie seinen kleinen dünnen Rücken berühren, aber ganz dicht, und zwischen der Hand und dem Rücken ist ein Feld, ein Magnetfeld von Leben, und das, was dort zwischen ihnen ist, das ist auch zwischen mir und ihnen, und ich weiß: Wenn dies nicht mehr da ist, dieses Magische, das wie ein Feld von Leben zwischen uns ist, wenn das nicht mehr ist, sind auch sie nicht mehr. Und sie sind nicht mehr. Sie sind tot. Ich bin tot. Warum bewege ich mich dennoch? Das Zucken des Fisches, nachdem ihm das Rückgrat gebrochen ist. Das Rennen des Huhns, nachdem es geköpft ist.

Ich bin zu erregt.

Wo ist meine Beherrschung?

Ich schließe für heute.

Genug.

Sterben.

Fünfzehnter Februar 1945

Ich lebe.

Eine kurze Weile noch. Einen kleinen Atemzug noch.

Dieses Krachen draußen in den Straßen, der wirbelnde Steinstaub, der durch die Fenster hereingeweht wird, das sollte Hoffnung wecken. Ich wage nicht zu hoffen. Für mich gibt es keine Hoffnung mehr. Meine Familie ist tot, und mein Name steht zu hoch oben auf der Liste.

Unser Tiergarten … Wir wanderten. Jenseits des Kanals lag der Zoo. Franz lachte und zeigte auf einen Pelikan. Er saß auf meinen Schultern.

Nein, es geht nicht.

Doch.

Mein Sohn saß auf meinen Schultern. Seine kleinen Fersen schlugen an meine Jacke und hinterließen unauslöschliche Spuren. Sie sind noch da, obwohl die Jacke verbrannt ist und die Schuhe verbrannt sind und seine kleinen, kleinen Füße verbrannt sind. Sie sitzen noch auf meiner Netzhaut, und wenn die Netzhaut brennt, werden diese kleinen, lehmigen Absatzspuren an meiner Jacke, die mich so ärgerten, irgendwo noch bleiben. Sie sind Aufzeichnungen. Sie sind Tatsachen. Sie sind Zeugnisse und Berichte.

Sie sind Leben.

Und er zeigte auf den Pelikan, und der Pelikan gab einen unnachahmlichen Laut von sich, aber er machte ihn nach, Franz saß auf meinen Schultern und hörte sich genauso an wie der Pelikan jenseits des Kanals, und wir lachten, ich lachte, Magda lachte, und Franz lachte, obwohl er nicht wußte, warum, und dieses Lachen, gerade dieses kleine grundlose Lachen, hat mich in der Landschaft des Todes am Leben erhalten. Und ich klettere weiter nach oben auf der Liste.

Eines gar nicht mehr fernen Tages werde ich ankommen, und dann wird es so sein wie bei Erwin. Erwin ist kein Jude. Ich glaube, er gehört zur Kategorie ›lebensunwertes Leben‹, mit einer leichten Beeinträchtigung des Verstandes, die im Grunde mehr sozialen als genetischen Ursprungs ist. Er ist kaum zwanzig. Ich könnte sein Vater sein.

Die Behandlung hat ihn wirr gemacht. Zunächst führten wir richtig kluge Gespräche; er verstand nichts von der

Gegenwart, aber desto mehr von den ewigen Fragen. Er hatte sich viele Gedanken gemacht. Viel Zeit zum Nachdenken gehabt. Nicht wie ich durchs Leben gehetzt. Jetzt ist nicht mehr viel von ihm übrig. Wenn ich ihn anspreche, ist er nicht da. Eine leere Hülle. Wo der Inhalt aus dem Kopf herausgelassen worden ist, sitzt eine unschuldige kleine Kompresse.

Es kommt mir schlimmer vor, als wenn er tot wäre. Jetzt läuft er umher als ständige Erinnerung daran, was ziemlich bald mit uns allen geschehen wird.

Wir sind nicht so viele.

Aber ich bin noch immer recht viele. Ich bin Leo, ich bin Magda, ich bin Franz. Und ich bin Erwin.

Ich bin auch Erwin.

Sechzehnter Februar 1945

Mein Sohn ging neben mir. Er hielt meine Hand, und wir gingen durch den Tiergarten. Es war naß und regnerisch, einer dieser fahlen, schmuddeligen Herbsttage, wie Berlin sie so oft zu bieten hat – fahl, schmuddelig und seltsam schön. Das Laub hatte zu fallen begonnen. Es mischte sich mit dem Schlamm in den Pfützen zu einem braungelben Brei. Kurz vor einer Pfütze blieb Franz plötzlich stehen. Er ließ meine Hand los, drehte sich um und umarmte mich.

Er reichte mir gerade bis über den Bauchnabel.

So standen wir eine Weile in dem feinen, kühlen Regen. Ich hielt ihn umfaßt. Ich hatte nichts zu sagen.

Dann verließ er mich.

Er ging zu der Pfütze mit dem Schlammbrei. Und während er ging, sank er in die Pfütze, Zentimeter um Zentimeter. Kein Wort sagte er, er ging nur und ging und sank und sank, bis nichts mehr da war. Sein schwarzer Scheitel verschwand mit einem schlürfenden Geräusch. Die Oberfläche war seltsam glatt.

Und ich, ich stand nur da und ließ ihn sinken. Ich rührte keinen Finger, um ihn zu retten. Keinen Finger.

Wir hätten fliehen können. Magda machte mir Vorhaltungen. ›Deine Freunde fliehen, die Kollegen fliehen, alle fliehen. Aber wir, wir bleiben. Warum? Warum willst du warten, bis der Tod kommt? Denk wenigstens an Franz.‹ Und ich sagte: ›So schlimm kann es nicht werden. Wir leben im zwanzigsten Jahrhundert. Wir haben Autos, Flugzeuge, Mikroskope. Wir haben Demokratien und Heilmittel und Psychoanalyse und avantgardistische Kunst. Alles, was wir tun müssen, ist zu überwintern, uns zu verkriechen, bis der Sturm vorübergezogen ist.‹

Ich bekam recht. Der Sturm zog vorüber. Als er vorüber war, war nichts mehr da. Wir waren mitgerissen worden. Alle.

Zurück blieb eine verwüstete Landschaft.

Ich habe meinen Sohn und meine Frau getötet. Meine Halsstarrigkeit hat sie getötet.

Laß alles in Schweigen versinken.

Laß mich sterben.

20

Er saß still im Bett. Etwas glitt im Dunkeln vorüber und zog ihn mit sich.

Vielleicht ein Eiswind.

Vielleicht die Erinnyen.

Er ließ die Finger über die vergilbten Blätter gleiten und betastete den Zwischenraum zwischen den gerade noch lesbaren Buchstaben. Dazwischen wuchs Eis. Zwischen den Buchstaben. Es würde nie schmelzen.

Paul Hjelm nahm die neu angeschaffte Lesebrille ab, legte sie auf den Nachttisch, löschte die Lampe und blickte in die Finsternis hinaus.

Ja, dachte er und tastete im Dunkeln nach Cillas warmem Körper. Seine Hand wand sich unter die Decke, landete zwischen ihren Schulterblättern und blieb dort liegen. Sie gab ein Brummen von sich. Eine Lebensäußerung.

Ja, so hätte es werden können. Ja, so hätte es auch für ihn aussehen können. Wenn er zur falschen Zeit geboren worden wäre und die falschen Eltern gehabt hätte. Dann hätten seine Gedanken sich in den gleichen Bahnen bewegen können wie Leonard Sheinkmans in jenen Februartagen 1945. Sprunghaft, ein wenig ungeordnet, aber mit großem und furchtbarem unterdrücktem Gefühl.

Leonard Sheinkman war davon überzeugt, daß er sterben würde. Er starb nicht. Einige Monate später ging der Krieg zu Ende. Er kam raus. Er war leer, unsagbar leer. Er stand vor der Wahl: Bleiben und untergehen oder weggehen und ein neues Leben beginnen. Ein anderer werden. Er wählte das zweite, es war möglich gewesen. Aber was war das für ein Ende, das er bekommen hatte? Fünfundfünfzig Jahre später an einem Baum hängend, ausgerechnet auf dem Jüdischen Friedhof. Wie war das möglich? Was war da geschehen?

Im Augenblick konnte Paul Hjelm aus dem Gelesenen keine rationalen Schlußfolgerungen ziehen. Er war zu bewegt. Es war ungefähr das, was er erwartet hatte – und doch auch wieder nicht. Ein anderer Ton. Von einer Traurigkeit über alle Trauer hinaus. Wie von jenseits des Grabes geschrieben.

Auf seinem Bauch lag das dicke deutsch-schwedische Lexikon. In der linken Hand hielt er die gelesenen Seiten, in der rechten die ungelesenen. Es war etwa die gleiche Menge Blätter auf beiden Seiten. Die Hälfte hatte er noch zu lesen. Er sah dem erwartungsvoll entgegen – und fürchtete sich davor.

Er fühlte sich völlig zerstört. Als habe jemand sein Inneres vollkommen durcheinandergebracht. Und so war es ja auch, in gewisser Weise.

Buchenwald, das größte Konzentrationslager in Nazi-Deutschland, lag sieben Kilometer vor den Toren Weimars in der alten DDR. Weimar war die Europäische Kulturhauptstadt des vergangenen Jahres gewesen, die Stadt, in der Goethe die Weltliteratur verändert hatte. 1919 wurde in Weimar die erste deutsche Demokratie geschaffen, die Weimarer Republik. 1926 wurde in Weimar die Hitlerjugend gegründet. Im selben Jahr hielt die Nationalsozialistische Deutsche Arbeiterpartei NSDAP ihre erste Parteiversammlung im Nationaltheater in Weimar ab. Zwischen 1937 und 1945 saßen zweihundertachtunddreißigtausend Menschen in Buchenwald gefangen. Es gab in Buchenwald keine Gaskammern, wohl aber eine Abteilung für ›medizinische Forschung‹. Sechsundfünfzigtausend Menschen starben in Buchenwald, fast in Sichtweite von Goethes Weimar. Zwischen 1945 und 1950 war Buchenwald ein sowjetisches Internierungslager für Deutsche. Weitere siebentausend Menschen starben.

Das europäische Paradox.

Paul Hjelm wollte sich zur Seite drehen, um das Licht auszumachen.

Da merkte er, daß es schon aus war.

Er schlief spät ein in dieser Nacht.

21

Hearts war nur noch eine Erinnerung. Auf dem Laptop im Haus unterhalb der mittelalterlichen Stadt Montefioralle bei Greve im Herzen des Chianti wurden keine Spiele mehr gespielt.

Es wurde Italienisch gelesen.

Es war Schwerstarbeit, sich durch Kommissar Italo Marconis Ermittlungsmaterial über das Mailänder Verbrechersyndikat Ghiottone hindurchzupflügen. Außerdem kamen aus Stockholm ständig neue Informationen per Mail, Telefon oder Fax.

Aber war man nun einmal Europabulle, so war man es.

Sinn und Zweck von Europol, der europäischen Organisation für Verbrechensbekämpfung mit Sitz in Den Haag, war die Verbesserung der Effektivität und der Zusammenarbeit zwischen den zuständigen Behörden der Mitgliedsländer bei der Vorbeugung und Bekämpfung von Terrorismus, illegalem Drogenhandel und anderen schwerwiegenden Formen organisierter internationaler Kriminalität. Europol hatte die Aufgabe, einen wesentlichen Beitrag zu den Maßnahmen der Europäischen Union gegen das organisierte Verbrechen zu leisten, und zwar mit besonderer Betonung auf den beteiligten kriminellen Vereinigungen.

»Okay«, sagte Söderstedt zu seinem Laptop, als er mit einem weiteren Glas Vin Santo in der Hand auf der Veranda saß. »Okay, das war ein Zitat. Computer, ich gestehe. Ich wußte ja nicht einmal, daß ich Eurobulle war, als ich nach Mailand gefahren bin. Ja, klar: Ich sitze hier mitten in der Siesta und zitiere Polizeivorschriften vor mir selbst als einzigem Zeugen. Und dir natürlich, Computer.«

»Mit wem redest du?« rief Anja aus dem Haus. Sie hatte im Kräuterbeet einen prächtigen Strauch Purpurkrausbasilikum aufgezogen und wirkte zur Feier des Tages ordentlich aufgedreht. Es war nicht der passende Zeitpunkt, mit einem Computer fremdzugehen.

»Mit dem Computer«, rief Arto zurück.

»Ich verstehe«, rief Anja. »Komm lieber und sag den Kleinen gute Nacht.«

»Wo ist Mikaela?« rief Arto.

»Was glaubst du?« rief Anja.

Ach, es war ein ständiges Rufen in dieser Familie.

Arto vergaß auf der Stelle, den Kleinsten gute Nacht zu sagen, und wandte sich von neuem dem Computer zu. Genaugenommen war der ja das jüngste Familienmitglied. Obwohl, na gut, er sagte ihm nicht gute Nacht.

Statt dessen teilte er ihm ohne Vorwarnung den Namen des alten Bankiers mit, der verdächtigt wurde, der unumschränkte Herrscher von Ghiottone zu sein. Er hieß Marco di Spinelli.

Es gab eine ganze Reihe Bilder von diesem Marco di Spinelli. Er sah sie sich an, eins nach dem anderen. Es war ein alter, aber zäher, magerer Herr, überhaupt nicht so, wie man sich einen Mafiaboß vorstellt. Aber er war auch Norditaliener. Aktiv in der Separatistenbewegung Lega Nord und allem.

Es gab sogar ein Bild von Marco di Spinelli, zusammen mit Nikos Voultsos. Wahrlich ein ungleiches Paar. Der aristokratische alte Silberfuchs mit hochgeschlossenem schwarzem Polohemd, und der rauhbeinige Grieche im hellrosa Anzug, mit offenem Hemd und üppiger Brustbehaarung und auffallend dicker Goldkette um den Hals. Sie begrüßten sich vor einem Luxusrestaurant im Zentrum von Mailand. Marco di Spinelli hatte die linke Hand auf Nikos Voultsos' Schulter gelegt, und Voultsos' Lächeln wirkte ziemlich unterwürfig.

Paul Hjelm hatte angerufen und über Erinnyen geredet. Außerdem hatte er zu berichten gewußt, daß Voultsos einen

Koffer mit Sachen und eine Visakartennummer hinterlassen hatte. Der Koffer hatte lediglich Kleidung und Wäsche enthalten; falls es im Zimmer noch Drogen irgendwelcher Art gegeben hatte, so waren diese in unbekannten Besitz im Grand Hôtel übergegangen. Die Nummer dagegen war interessant. Die schwedische Visa-Vertretung hatte sich mit dem Namen des Kontoinhabers gemeldet. Es war eine Aktiengesellschaft mit Namen S.A. Contra. Arto Söderstedt rief sogleich Kommissar Italo Marconi an, um ihm dies mitzuteilen.

Marconi sagte: »Das klingt wahrscheinlich. S.A. Contra ist ein Geldwäscheunternehmen im Umkreis der Organisation Ghiottone. Ihre Konten werden häufig für diverse Ausgaben benutzt. Natürlich ist nichts davon auf Ghiottone und di Spinelli zurückzuverfolgen.«

Söderstedt bedankte sich und legte auf.

Im übrigen fand er, daß es ihm ganz gut gelang, die Struktur der Organisation zu erkennen. Alles deutete darauf hin, daß es di Spinelli war, der wie die Spinne im Netz saß. Und alle Wege führten zu ihm.

Wie nach Rom.

Natürlich konnte Arto Söderstedt, Europabulle hin oder her, nicht das geringste gegen die Ghiottone-Organisation oder di Spinelli unternehmen. Das war ausgeschlossen. Hier saßen zahlreiche einheimische und kompetente Polizisten, die Jahre ihres Lebens damit verbracht hatten, dem Syndikat beizukommen. Es war nicht seine Aufgabe, gegen Ghiottone vorzugehen; das hieße, sich zu überheben. Nein, seine Aufgabe war es, den Mörder von Nikos Voultsos, Hamid al-Jabiri und Leonard Sheinkman zu fassen. Nur das.

Und Ghiottone war ganz klar ein Weg dahin.

Es fragte sich nur, ob dieser Weg gangbar war. Er überlegte, wie er am besten weiterkäme. Lange brauchte er nicht zu überlegen. Für ihn war es selbstverständlich.

Wenn jemand wußte, wer seinen Musketier ins Jenseits befördert hatte, dann der alte Bankier selbst.

Sieben Menschen, sechs davon Schwerkriminelle – vermutlich mehr oder weniger Zuhälter, Kerstins letzter Mail zufolge –, waren ringsum in Europa mit der gleichen Methode ermordet worden. Marconi sah keinen Grund für die Annahme, daß einer dieser sieben zu Ghiottone gehört hatte, aber dennoch mußte es in Marco di Spinellis Interesse liegen, diejenigen, die seinen handverlesenen griechischen Mörderzuhälter ermordet hatten, von der Bildfläche verschwinden zu lassen.

Wahrscheinlich nahm di Spinelli die Sache selbst in die Hand. Wahrscheinlich jagte er die Erinnyen bereits auf Hochtouren. Und wahrscheinlich war es vollkommen unmöglich für einen einzelnen schwedischen Kriminalbeamten, mit ihm zu reden. Und wenn er noch so sehr ermächtigter Eurobulle war.

Arto Söderstedt beschloß, Marconi zu fragen.

»Well«, sagte Marconi unerwartet. »Das wäre vielleicht einmal eine kleine Überraschung. Ungeschliffener kreideweißer schwedischer Kriminalbeamter von minderem Dienstrang macht eine persönliche Visite. Das könnte vielleicht seine Neugier wecken. Er liebt es, mit der Polizei seine Spielchen zu treiben.«

»Haben Sie selbst mit ihm gesprochen? Persönlich?«

»Viele Male. Ich bin beinah Stammgast in seinem Haus. Er ist überhaupt nicht so scheu auf diese sizilianische Niemand-weiß-genau-wer-der-Pate-ist-Art–und–Weise. Im Gegenteil. Er ist für einen so alten Mann ziemlich publizitätshungrig. Er ist ja praktisch Politiker. Oder eher: eine Art von Politiker.«

»Marco di Spinelli ist also – was? Zweiundneunzig Jahre alt?«

»Und schwimmt täglich zweihundert Meter und segelt Regatten und fährt zwischendurch Rallye. Er soll die värmländischen Wälder lieben, was das auch sein mag. Schwedisch?«

»Schwedisch. Ich kann ja so tun, als wäre ich ein Rallyefan. Ich bin schließlich Finne. Ein bißchen auf jeden Fall.«

»Ich werde Ihre Frage weiterleiten«, sagte Commissario Italo Marconi, und Söderstedt fand, daß er – geradewegs durch den Telefonhörer hindurch – sehen konnte, wie sich die gewaltigen Schnurrbartenden drehten.

Arto Söderstedt ließ den Blick über den planvoll beschatteten Garten schweifen. Alle Bäume und Büsche waren so plaziert, daß sie als Schattenspender dienen konnten. Es war eine mediterrane Strategie, die er gut kannte. Die Maisonne war von Tag zu Tag überzeugter davon, daß sie eine Sommersonne war und nicht eine miese kleine Frühlingssonne. Das Selbstvertrauen wuchs ununterbrochen – und mit ihm das Bedürfnis nach Siesta. Arto hatte es aufgegeben, die Gelegenheiten zu zählen, bei denen er zu einem Laden gekommen war und ihn verrammelt vorgefunden hatte. Was ihn wunderte, war, daß er aus seinen Fehlern nicht lernte; wie ein entlaufener Psychiatriepatient fuhr er fast täglich nach Greve hinein, nur um die ganze Stadt verrammelt zu finden. Von eins bis vier ruhte in Greve das Leben – und zwischen eins und vier kam der Weißfinne in seinem großen Familienauto angefahren, riß an einer verschlossenen Tür und produzierte ein paar Kaskaden undefinierbarer Laute.

Er brauchte eine Siesta. Soviel war klar.

Jetzt saß er im Schatten auf dem Altan unter einem extra Sonnenschirm, genehmigte sich ein *sehr kleines* Glas Vin Santo und sah auf die Uhr. Es war zwei. Mitten in der Siesta. Was ihn freute, war, daß Marconi sich am Telefon sofort gemeldet hatte. Erst jetzt im nachhinein wurde ihm klar, daß er mitten in der Ruhezeit angerufen hatte. Aber offenbar hatte Marconi die Siesta gestrichen. Genau wie er selbst.

Er war ein Siestaverweigerer.

Wahrscheinlich würde es sich auf die eine oder andere Weise rächen. Gerade im Moment durch Zerstreutheit. Seine Gedanken verflüchtigten sich und gingen ihre eigenen Wege. Dabei war er immer gut darin gewesen, den Bach einzudämmen und Kanäle zu ziehen, um den Gedankenstrom in die rechte Richtung zu lenken. Jetzt glich das Ganze eher dem Donaudelta.

Falls er bei Marco di Spinelli vorgelassen wurde, mußte er sehr gut vorbereitet dort erscheinen. Belesen sein wie ein Streber. Aber das Wissen mußte gleichzeitig so weit an den Rand des arbeitenden Bewußtseins gedrängt sein, daß es seinen Denkprozeß und seine Reaktionsfähigkeit nicht behinderte. Manchmal gelang es Arto Söderstedt, Verdächtigte dazu zu bringen, sich zu verplappern. Häufig dadurch, daß er sich dumm stellte. Sein Aussehen trug dazu bei. Es ließ sich schwer abstreiten, daß er ziemlich abwesend aussehen konnte.

›Ist Papa tot?‹

Er kicherte vor sich hin und tauchte vorsichtig die Zungenspitze in das *sehr kleine* Glas.

Wie konnte di Spinellis Interesse geweckt werden? Womit mußte man ihn locken, um ihm die Zunge zu lösen? Arto Söderstedt hatte an die zehn Bilder von di Spinelli auf den Bildschirm geholt und versuchte, sich rein visuell ein Bild von dem Mann zu machen. Noch war er ja nur ein Bild. Oder eher eine Bildserie.

Arto Söderstedt versuchte sich die ganze Situation vorzustellen, wie man ihn empfangen würde, wie di Spinelli reagieren würde, welche Gesprächsthemen sich ergeben würden und – vor allem – wie es überhaupt möglich sein würde, wesentliche Fragen zu formulieren, als wären sie ganz unwesentlich. Das war eigentlich der große und entscheidende Trick.

Das hatte er von Onkel Pertti gelernt.

Gut, Arto Söderstedt war ein ungewöhnlich gut ausgebildeter Bulle mit einer Vergangenheit, über die er höchst ungern sprach. Karriereanwalt in Vasa, Finnland, mit fünfundzwanzig. Hielt den Abschaum des Erdballs vom Rechtsstaat fern. Spezialisierte sich auf die reichsten und gerissensten und gewissenlosesten Verbrecher. Bis er von diesem verlogenen Wahnsinnsleben das Kotzen kriegte, fluchtartig das Land verließ und in Schweden landete, wo ihm nach ein paar Hundejahren das Kunststück gelang, Polizist zu werden, bis er den Oberen bei der Polizei Stockholm zu aufsässig wurde und nach Västerås versetzt wurde, wo er ein ruhiges, angenehmes und vollkommen unerträgliches Vorortleben führte. Da kam ein Kriminalkommissar mit einer Eulenbrille auf einer sehr großen Nase in die Wache spaziert. Und sein Leben änderte von neuem die Richtung.

In der A-Gruppe war er zum Joker geworden. Die Karte, die ein Spieler mit einem Pokerface nonchalant auf den Tisch wirft und dann den Jackpot einsackt.

Oder so ähnlich.

Trotz dieses wechselvollen Lebens, trotz des Übermaßes an Ausbildungswegen und Lehrgängen, war Onkel Pertti die Instanz, von der er den großen und entscheidenden Trick gelernt hatte.

Pertti Lindrot, der Held des Finnischen Winterkriegs, der Sieger bei Suomussalmi, der Mann, der der Familie Söderstedt postum diese denkwürdige Zeit in der Toskana geschenkt hatte, war keine Gestalt aus der Vergangenheit. Er war keiner von den Verwandten, die ansprechende Bilder von sich selbst in den Hinterköpfen der Kinder ablagern und damit ihr Leben um einige Jahrzehnte verlängern.

Er war ein verkommener, durch und durch boshafter Abfallhaufen, nur ein großer, stinkender, zahnlos höhnisch grinsender Mund.

Erinnerungen …

Eins jedoch hatte er von Onkel Pertti gelernt. Es war vorgekommen, daß dieser ihn auf den Schoß genommen und versucht hatte, ihm Vernunft beizubringen. Klein-Arto hatte nur eins im Sinn: so gewandt wie möglich zu entkommen. Er erinnerte sich noch ganz deutlich, wie der zahnlose Mund gestunken hatte. Doch mitten in einem allgemeinen Geschwafel kamen die wesentlichen Fragen. Sie hörten sich genauso an wie das Geschwafel, doch sie waren verbunden mit einem Blick, der nicht Onkel Perttis gewöhnlicher Blick war. In solchen Augenblicken sah der kleine Arto den Helden des Winterkriegs, den Guerillakrieger, der sich jahrelang in der Winterlandschaft versteckt gehalten hatte. Er hatte Bilder von Onkel Pertti gesehen aus jener Zeit, und das war wirklich etwas vollkommen anderes. Besonders ein Bild stand ihm ganz klar vor Augen. Der Stolz, der aus Onkel Perttis freundlich-hellem Gesicht leuchtete, wie er fest verankert, die Hand am Säbelgriff, in der Schneewehe stand, war nicht nur imponierend, er war auch bekannt.

Seltsam gut bekannt.

Gut bekannt wie ein Spiegelbild. Es war, als stünde Arto selbst dort in der Schneewehe, die Hand am Säbelgriff, und versuchte sich das Lachen zu verkneifen. Die Ähnlichkeit war direkt unangenehm.

Die Schwafeltaktik hatte Arto Söderstedt übernommen. Wenn auch nicht den Mund.

Okay, die Gedanken schweiften in alle Richtungen. Er versuchte, die Rinnsale aufzufangen und sie ins Hauptbett zurückzuleiten.

Es gelang nicht ganz.

Die Bilder des allem Anschein nach äußerst extravaganten und eisenharten Marco di Spinelli fügten sich nicht zu einem einheitlichen Porträt zusammen. Es blieb oberflächlich. Es blieb eine Serie nichtssagender Projektionen von Daten. Es blieb ungreifbar.

Er würde später einen neuen Anlauf nehmen müssen. Mit frischen Kräften.

Arto Söderstedt leerte das *sehr kleine* Glas Vin Santo in einem Zug, schaltete den Laptop aus und stand auf.

Dann machte er Siesta.

22

Kerstin Holm war beschäftigt. Normalerweise war sie gern beschäftigt. Sie liebte ihre Arbeit. Get a life, sagte sie manchmal zu sich selbst, wenn sie abends um neun merkte, daß sie allein noch im Präsidium saß. Doch dann dachte sie, daß sie bereits ein Leben hatte und daß die Arbeit tatsächlich ein sehr wichtiger Teil dieses Lebens war. Es bestand aus Arbeit, ihrem Kirchenchor und ein ganz klein wenig Jogging.

Und plötzlich war das nicht mehr richtig ausreichend.

Plötzlich fand sie es wahnsinnig anstrengend, beschäftigt zu sein.

Ihr Leben schickte sich in aller Stille an, eine Metamorphose durchzumachen. Noch eine. Und niemand hatte den geringsten Verdacht.

Sie hatte es sich inzwischen zur Gewohnheit gemacht, Arbeit und Privatleben nicht zu vermischen. Die Eskapade mit Paul Hjelm vor einigen Jahren war der Tropfen gewesen, der das Faß zum Überlaufen gebracht hatte. Bis dahin waren ihre Beziehungen durchweg polizeilich gewesen. Sie kam aus Göteborg und war mit einem Kollegen verheiratet gewesen, dessen Verhältnis zum Sex äußerst unkompliziert war. Wenn er wollte, hatte sie zu wollen. Das war sein Ausgangspunkt. Also kam es in dem polizeilichen Schlafzimmer zu mancher ganz unbewußten Vergewaltigung. Sie glaubte lange, es müsse so sein. Denn so war ihre Sexualität geprägt worden. Durch einen männlichen Verwandten. Mit Vorliebe an Feiertagen und in Garderoben.

Der Verwandte war seit langem tot, und ihr Exehemann war kürzlich wegen Alkoholismus vom Dienst suspendiert worden. Nach einem Liegenden noch zu treten, lag ihr nicht.

Doch sie glaubte zu verstehen, was richtige, wilde Rachgier war. Und bestimmt begegnete ihr genau diese in dem Ermittlungsmaterial aus Budapest, Maribor, Wiesbaden, Antwerpen, Venedig und Manchester. Das letzte Stück war im Verlauf des Tages eingetroffen; Kommissar Roelants in Antwerpen hatte recht: Es war noch nicht richtig Schluß.

Ein bekannter Zuhälter war schon im März des vorigen Jahres in einem Park in der Nähe des Fußballstadions Old Trafford ins Jenseits befördert worden, und zwar auf exakt die gleiche Weise wie Leonard Sheinkman und all die anderen. Der Fall erstreckte sich über einen längeren Zeitraum. Die Erinnyen waren seit über einem Jahr aktiv.

Die Rachegöttinnen.

Nirgendwo gab es irgendwelche Zeugen. Das machte den Skinhead Reine Sandberg und seine Bande einzigartig in Europa. Sie waren die einzigen, die sie gesehen und überlebt hatten. Seine inzwischen der Polizei genannten Kumpane bestätigten seine Geschichte bis ins kleinste Detail. Sie waren zu viert gewesen. Sie liefen in nackter Panik durch Skogskyrkogården. Als sie zur U-Bahnstation kamen, waren sie nur noch drei. Andreas Rasmusson, der sich in der Psychiatrie langsam zu erholen begann, war drei Stunden zwischen den Gräbern umhergeirrt. Dann hatte er es zur U-Bahn geschafft und war später völlig verwirrt von der Polizei auf dem Hauptbahnhof aufgegriffen worden.

Irgendwie wünschte sie, sie könnte Mitleid mit ihm haben.

Kerstin glaubte zu verstehen. Sie glaubte tatsächlich zu verstehen, worum es in diesem Fall ging. Es war hemmungslose, wilde Rachgier.

Die dunklen, mageren, schwarzgekleideten Gestalten waren zweifellos Frauen. Aber was für Frauen? Welche Frauen hatten Grund, Zuhälter zu ermorden? Prostituierte, natürlich. Es war wahrscheinlich, daß die sogenannte Ninja-Feministin einer Gang gut trainierter ehemaliger Prostituierter angehörte. Kleidung laut Adib Tamar am Odenplan: ›Rote Lederjacke, enge schwarze Hose, schwarze Joggingschuhe.‹ Hatte sie die ganze Ausrüstung unter der roten Lederjacke? War sie sozusagen kampfklar, wenn jemand sie angriff? Wurde es deshalb so unnötig brutal?

Normalerweise war es nicht unnötig brutal. Man griff sich nicht wahllos irgendwelche heruntergekommenen drogenabhängigen Klein-Zuhälter, sondern sämtliche ermordeten Zuhälter waren auch rücksichtslose Gewaltverbrecher. Allesamt waren sie Mörder. Und allesamt hatten sie ein paar Vergewaltigungen auf ihrem Konto.

Ja, es waren Schweine.

Wenn nun das, was sich auf der U-Bahnstation Odenplan abgespielt hatte, die Konsequenz kontrollierter Gewalttaten war? Wenn dies nun das erste Anzeichen dafür war, daß man nie Gewalt anwenden kann, ohne daß sie Spuren hinterläßt, ohne daß sie früher oder später explodiert und Amok läuft? Fast alle Vietnam-Veteranen sind schwer süchtig, die Männer, die die Atombomben über Japan abwarfen, wurden mehr oder weniger wahnsinnig, und wir fangen gerade erst an, die Langzeitfolgen der Gewalt in Jugoslawien zu erkennen. Gewalttäter – und sicher auch Gewalttäterinnen – werden zuletzt von ihren eigenen Gewalttaten verschlungen. Henker sind immer wahnsinnig geworden, die Geschichte legt davon Zeugnis ab. Man wird von innen heraus zerfressen.

Hamid al-Jabiri war kein mordender Zuhälter. Er war nicht gerade der Musterknabe Gottes, aber hatte er ein so grauenvolles Ende verdient? War er wirklich einer der zum Tode Verurteilten? Nein, da war es entgleist. Nach einem Jahr. Das war vielleicht eine erträglich lange Zeit. Von da an ging es nicht mehr.

Von da an entwickelte die Gewalt ihre eigene Dynamik. Sie war nicht mehr vollständig gesteuert. Sie begann auch selbst zu steuern.

Das war zumindest ein Deutungsversuch.

Seit einem Jahr waren die Erinnyen jetzt aktiv. Ihre Gewalthandlungen waren strikt kontrolliert und erstreckten sich nicht auf Unschuldige (wenn man, wieder einmal, von Leonard Sheinkman absah). Sie hatten Männer im Visier, die ihrer Meinung nach ganz einfach den Tod verdient hatten. Und sie bekamen einen grausigen Tod. Doch möglicherweise war das nicht alles, was sie taten. Es wäre interessant zu wissen, ob die Truppen immer weiter verstärkt wurden. Ob im Zuge der Rachehandlungen neue Kämpferinnen rekrutiert wurden. Waren acht allem Anschein nach ziemlich kaputte Frauen aus dem Norrboda-Motel einer Art Armee einverleibt worden? Würden auch sie sich nach erfolgtem Entzug und Training die engen schwarzen Sachen überstreifen und rundum in Europa Zuhälter ermorden? War dies eine Methode, der gewaltig wachsenden Prostitutionsindustrie zu begegnen?

Waren es die Frauen Osteuropas, die zurückschlugen?

Falls es so war, hoffte Kerstin Holm, daß sie nicht gefaßt würden.

Ja, sie war Polizistin. Ja, es war ihr Job, Verbrechen zu verhindern und Verbrecher zu fassen. Und ja, sie hoffte, daß sie nicht gefaßt würden.

Das hieß nicht, daß sie nicht ihren Job machte. Aber sie war nicht besonders froh über ihre Aufgabe.

Und nicht nur, weil ihr Leben gerade eine Metamorphose durchlief.

Nach der Scheidung von ihrem Polizei-Kollegen-Ehemann landete Kerstin Holm in Stockholm. Die A-Gruppe wurde gebildet. Während einer kurzen, intensiven Beziehung mit Paul Hjelm hatte sie sämtliche Schleusen geöffnet und alles erzählt.

Zum erstenmal in ihrem Leben, und das machte die Beziehung zu ihm zu etwas ganz Besonderem, auch nachdem das Verhältnis zu Ende war. Sie liebte ihn noch immer, allerdings nicht so, nicht in der Form, daß sie ihr Leben mit ihm würde verbringen wollen. Aber er war mit seiner eigentümlichen Kombination von Ungeschicktheit und Präzision, Zärtlichkeit und Härte, Verbissenheit und Passivität, Intellekt und Gefühl ein Mann, der ihr ganz einfach ungewöhnlich lebendig vorkam. In ihm war ständig alles in Bewegung. Er würde nie stagnieren.

Sie waren sich außergewöhnlich ähnlich. Sie hatte sich in ihr Spiegelbild verliebt, und das Spiegelbild war ein Mann. Das war der Fehltritt. In den letzten Tagen hatte sie verstanden, daß genau das der Fehltritt war.

Was sie brauchte, war etwas ganz anderes.

Nach Paul hatte sie eine merkwürdige, intensive Beziehung zu einem sechzigjährigen Pastor der Schwedischen Kirche, der krebskrank war und bald darauf starb. Es war eine umwälzende Erfahrung, die sie zwang, die Voraussetzungen, auf denen ihr Leben beruhte, zu überprüfen. Das hatte sie jetzt zwei Jahre lang getan.

Und dann kam die Metamorphose. Sie steckte gegenwärtig mitten drin.

Auf dem Bildschirm prüfte sie jetzt nach, inwieweit die Ermittlungen aus Ungarn, Slowenien, Deutschland, Belgien, Italien und England in irgendeiner Weise andeuteten, daß im Zusammenhang mit den Zuhältermorden Prostituierte verschwunden waren. Deutschland, Italien und England gingen recht glatt, und mit Hilfe eines persönlich zusammengestellten kleinen Lexikons denkbarer Stichworte funktionierte es allmählich auch mit ungarisch, serbokroatisch und niederländisch. Aber schnell ging es nicht. Alle hatten zwar Zusammenfassungen auf englisch geschickt, mehr oder weniger holperig, doch wenn sie es wirklich genau wissen wollte, mußte sie sich in das Sprachenchaos der Originalermittlungen begeben.

Sie dachte ans elfte Kapitel des ersten Buchs Mose. Der Turmbau zu Babel. Warum war Gott eigentlich auf die Idee verfallen, die einheitliche Menschensprache in so viele aufzuspalten? Warum hatte er die Idee, uns füreinander unbegreiflich zu machen? Hatte die Religion wirklich eine sinnvolle Erklärung dafür?

Sie ging ins Internet und suchte nach der Bibel. Sie fand als einziges die alte Bibelübersetzung. Das mußte genügen. Die ganze Erzählung vom Turmbau zu Babel war in neun kryptischen Versen enthalten, die mit diesem begannen: ›Es hatte aber alle Welt einerlei Zunge und Sprache.‹ Was geschieht dann? Die Menschen kommen darauf, wie man Ziegel herstellt, und schließlich bauen sie eine Stadt und einen Turm, der so hoch werden soll, daß er an den Himmel reicht. Das hört sich doch nicht so schrecklich an. Aber das Ziel der Menschen ist offenbar, zu verhindern, daß man ›in alle Länder zerstreut wird‹. Man will seine eine Sprache sprechen und an einem einzigen Ort bleiben. Da taucht Gott auf und denkt ungefähr: Es sieht so aus, als wäre den Menschen nichts unmöglich. Da kommt er auf die Idee, hinabzusteigen und ihre Sprache zu verwirren, ›daß keiner des andern Sprache vernehme‹. Und dann verstreut er sie über die Erde.

Es gibt keine direkte Erklärung für Gottes Handeln, doch allem Anschein nach benutzt er die Sprachverwirrung, um die Menschen über den ganzen Erdball zu zerstreuen, damit sie nicht alle zusammen an einer Stelle hokken. Denn dann wäre ihnen alles möglich. Auch einen Turm in den Himmel zu bauen, die Domäne Gottes.

Kerstin Holm fragte sich, ob der Mensch wirklich stärker gewesen wäre, wenn alle an einem Ort gelebt und eine Sprache gesprochen hätten. Wäre uns dann alles möglich gewesen? Im Gegenteil, es klang eher erstickend. Der so geschmähte alttestamentarische Gott, der Gott der Juden, schien die Menschheit eher vor einem faschistoiden Uniformismus gerettet und den kontinuierlichen Austausch zwischen Menschen mit unterschiedlichen Sprachen, unterschiedlichen Erfahrungen, unterschiedlichem Klima, unterschiedlichem Weltbild ermöglicht zu haben. Der Grund war nicht der, daß er fürchtete, der Turmbau zu Babel könnte seine himmlische Domäne beeinträchtigen – er fürchtete vielmehr, daß der Turm von Babel der Untergang der Menschheit durch Inzucht werden könnte.

Wenn es einen Gott gab, dann hatte er uns durch die Erschaffung der verschiedenen Sprachen davor gerettet, an unserer eigenen Selbstgenügsamkeit zu ersticken.

Mit der Rückendeckung dieser Argumentation vertiefte sie sich in die eigentümlichen ungarischen Wörter und fühlte die herausfordernde Kraft des Fremden davon aufsteigen.

Kriminaldirektor Mészölys Bericht war der letzte. Das Opfer in Budapest war ein neunundzwanzigjähriger Zuhälter, der am zwölften Oktober 1999 in seiner Wohnung aufgehängt worden war. Fieberhaft suchte sie nach gleichzeitig verschwundenen Prostituierten. Mészöly erwähnte nichts in der Art.

Sechs Länder, dachte Kerstin, davon vier EU-Länder. Ungarn, Slowenien, Deutschland, Belgien, Italien und Großbritannien – keines von diesen schien über die Frauen der Sex-Industrie in nennenswertem Umfang Bescheid zu wissen. Daß dies bei Schweden der Fall war, verdankte sich mehr einem Zufall; daß wir es entdeckten, beruhte eigentlich nur darauf, daß wir glaubten, sie seien Asylbewerberinnen, die untergetaucht waren. Da haben wir reagiert. Da lief die Nation Gefahr, verunreinigt zu werden. Wenn acht Prostituierte von den Straßen Stockholms verschwunden wären, hätte kein Hahn danach gekräht. Acht Fälle weniger beim Sozialamt. Viele hätten einen Seufzer der Erleichterung ausgestoßen. Mehr wäre kaum passiert.

Daß in den Ermittlungen keine Hinweise auf verschwundene Prostituierte auftauchten, bedeutete nicht, daß es keine gab. Gelegenheit für eine zweite gemeinsame E-Mail an die beteiligten Länder.

Sie ging die alten E-Mails durch. Von Nummer acht konnte sie nicht genug bekommen: ›Wer in Dreiteufelsnamen hat diese Rundfrage genehmigt? In wessen Budget landet sie? WM.‹

Je öfter sie diese Mail las, desto wunderbarer erschien sie ihr. Es war eine fabelhafte Zusammenfassung des Wirkens von Waldemar Mörner.

Nummer zwei war auch gut, die Schimpfkanonade des Pariser Polizeidirektors Mérimée: ›Sie, Madame Holm, scheinen die Ressourcen von Europol für nationale Kleinkriminalität nutzen zu wollen.‹ Angesichts dessen, was zur Zeit rundum in Europa geschah, lohnte es sich beinahe, diese Mail aufzuheben, um sie dem guten Polizeidirektor bei passender Gelegenheit in den Arsch zu schieben.

Jaja, das klang vielleicht ein bißchen rachsüchtig.

Mail Nummer eins war dagegen ungerührt. Der cyberflirtende Kommissar Radcliffe aus Dublin. ›Keine Ahnung, welchen Titel er hat, aber er ist nett. Das scheinen Sie auch zu sein, Ms Holm.‹ Und der genannte Nette hieß anscheinend Benziger. ›Ich frage mich, ob ich nicht von etwas Ähnlichem aus der früheren DDR gehört habe. Kontakten Sie Benziger in Weimar.‹

Es stimmte. Das hatte sie vergessen. Sie fand eine E-Mail-Adresse der Polizei in Weimar und schrieb eine kurze Anfrage an den ihr vollkommen unbekannten Benziger.

Und dann schickte sie die gemeinsame Anfrage an sechs Länder, in denen Zuhälter mit einer in die Schläfe eingeführten langen Metallnadel an den Füßen aufgehängt worden waren.

Die Schläfe, ja. Genau da. Kerstin Holm befingerte ein bißchen ihre eigene verdünnte linke Schläfe, wo kein Haar mehr wachsen wollte. War es nicht eine ziemlich schauderhafte Tatsache, daß diese Nadeln genau an dem Punkt in den Kopf eindrangen, wo sie selbst vor weniger als einem Jahr von einer Kugel getroffen worden und nur um Millimeter vom Tod entfernt gewesen war?

Sie mochte keine solchen Zusammentreffen. Es blieb selten dabei.

Sie hatte eine vage Erinnerung daran, auf einem matschigen Rasen gelegen und mit Paul Hjelm ihr Blut vermischt zu haben, unter einem Himmel, der alle Schleusentore geöffnet hatte. Und wie sie völlig fertig, völlig durchnäßt, völlig blutüberströmt geflüstert hatte: ›Paul, ich liebe dich.‹

Sie fürchtete, er könnte sie mißverstanden haben. Zwar liebte sie ihn, aber sie wußte nicht richtig, wie.

Sie war nämlich im Begriff, eine Metamorphose durchzumachen.

Doch es war noch nicht möglich, daran zu rühren.

23

Die Schönheit des Abstrakten. Ein Fall, der immer komplizierter, immer umfassender wurde, konzentriert auf das sehr einfache, sehr klare Pluszeichen eines anonymen Künstlers.

Möglicherweise hätte es ein Minuszeichen sein sollen.

Jan-Olov Hultin grämte sich insgeheim, daß nicht er der Künstler war. Seine Skizzen waren in der Regel groß und absurd, mit Strichen und Pfeilen in alle Richtungen, und am Ende war die Flipchart so voll, daß er auf der Rückseite weitermachen mußte. Wenn die Striche und Pfeile sich so weit ausdehnten, daß er ständig die Tafel umdrehen mußte, um einen Gedankengang zu erklären, hatte sein Auditorium im allgemeinen schon aufgegeben.

Also zog er die Schönheit des Abstrakten vor.

Deren absoluter Gegensatz in Stapeln vor ihm auf dem Katheder lag. Zum erstenmal seit dem Beginn des Ganzen hatte er sich die Zeit genommen, zu lesen, wie die Presse reagierte. Die Geheimhaltung hatte zum Glück gut funktioniert; das war ungewöhnlich.

Der Quadrant ›Skansen‹. Der Vielfraßfall war überhaupt kein Fall. In den ersten Tagen waren eine Menge aufsehenerregender Schlagzeilen und Großaufnahmen der abgenagten Knochen erschienen, und in der Abendpresse wurde lebhaft darüber diskutiert, wie gefährlich Skansen für unsere unschuldigen Kinder war.

Kinder wurden in gefährlicher Nähe von Bären fotografiert. Die Leitung von Skansen wurde in verschiedenen Fernsehdebatten zur Rede gestellt, in denen Forderungen nach ihrer sofortigen Entlassung laut wurden, und ein allgemeines Verbot von Vielfraßen war im Gespräch. Der zuständige Minister sollte die Vorschriften überprüfen.

Der Quadrant ›Slagsta‹. Über die acht verschwundenen Frauen hatte Hultin bisher keine einzige Zeile gefunden. Es war ganz einfach keine Nachricht.

Der Quadrant ›Odenplan‹. Hamid al-Jabiris Tod blieb erfreulicherweise ein Unglück. Einer Zeitung war es gelungen, ein Bild des Unterkörpers auf den Gleisen zu bekommen. Es wurde ohne Umschweife veröffentlicht. Eine Fernsehdebatte über die Sicherheit in der U-Bahn hatte eine so niedrige Einschaltquote, daß einige der Firmen aus dem Werbeblock sich zusammentaten und einen Diskussionsartikel in *Dagens Nyheter* schrieben. Dem weitere folgten. Es hieß, einer der Diskutanten, Leiter der Abteilung für Öffentlichkeitsarbeit bei einer fleißig werbenden Brauerei, habe dreiundzwanzigtausend Kronen mit seinen Artikeln verdient. Hierüber wurde eine neue Debatte in Gang gebracht.

Der Quadrant ›Skogskyrkogården‹. Das alles andere überschattende traurige Ende Leonard Sheinkmans wurde als eine rassistische Tat von gröbstem Kaliber behandelt, nicht zuletzt nach Waldemar Mörners Patzer in der live übertragenen Pressekonferenz von Sonntag. Im übrigen wurde ausführlich Sara Svenhagens chlorgrüner Stoppelhaarschnitt kommentiert, woraufhin sie drei Einladungen zu Filmpremieren und eine zum zwanzigjährigen Jubiläum des Café Opera erhielt. Pressevertreter hatten mit allen Mitteln versucht, das Krankenhauspersonal zu bestechen, um mit der ›festgenommenen Verdachtsperson‹ Andreas Rasmusson sprechen zu können, der einer Zeitung zufolge ›diesmal nicht nur jüdische Gräber geschändet, sondern auch einen alten jüdischen Professor der Kernphysik bestialisch ermordet hatte‹. Die gleiche Quelle fuhr fort: ›Die hartnäkkigen Polizeiverhöre mit dem Mörder führten zu dessen Einlieferung in eine Nervenheilanstalt. Einer Quelle zufolge wurden umgekehrte Schlagstöcke benutzt.‹ Das Aufhängen an den Füßen wurde diskutiert, doch die lange Metallnadel wurde aus den Medien herausgehalten. Einem Fernsehsender war es gelungen, den alten Friedhofspfleger Yitzak Lemstein vor die Kamera zu bekommen, der seinen tätowierten Arm vorzeigen mußte. Das Publikum im Studio las von Plakaten ab, daß man sich lautstark empören solle. So geschah es auch. Im folgenden Interview erwähnte Lemstein unglücklicherweise den Besuch von Chavez und den Grabstein mit der Aufschrift ›Shtayf‹. Es wurde jedoch nicht weiter nachgefragt. Der Moderator hatte nämlich Schwierigkeiten damit, das Wort ›jiddisch‹ unterzubringen.

Jan-Olov Hultin dachte einen Augenblick über die Chancen nach, einen Schlaganfall zu erleiden, schob den Zeitungsstapel von sich und sagte, gänzlich unvermittelt: »Was das Mobiltelefon angeht, müssen wir noch auf Bescheid warten. Es handelt sich tatsächlich um ein in der Ukraine registriertes Handy, aber die ukrainische Telefongesellschaft ist anscheinend nicht in der Lage, eine Aufstellung der geführten Gespräche zu liefern. Ihre Technik hinkt um ein Jahrzehnt hinterher, es ist ganz einfach technisch nicht möglich. Unsere schwedischen Techniker helfen ihnen jetzt nach und nach auf die Sprünge. Im übrigen kennt ihr die neue Entwicklung. Arto ist jetzt formal an der Ermittlung beteiligt, als Europolpolizist. Ich habe gerade erfahren, daß er zu dem mutmaßlichen Kopf der Organisation Ghiottone vorgelassen wird, was außer Vielfraß ja auch ›Feinschmecker‹ bedeutet. Dieser Kopf ist ein zweiundneunzigjähriger Bankier mit Namen Marco di Spinelli. Arto wird ihn heute abend aufsuchen. Wollen wir jetzt der Reihe nach weitergehen? Jorge?«

Chavez seufzte leicht und blickte in seine Papiere. »Seilenden treffen nach und nach ein«, sagte er. »Wir können nur hoffen, daß wir das richtige treffen und daß es nur wenige Wiederverkäufer gibt. Und daß jemand sich daran erinnert, wer das Seil gekauft hat. Das Ganze ist ziemlich weit hergeholt und kann kaum höchste Priorität erhalten.

Bisher stimmt jedenfalls noch keine der Seilproben mit unserem überein. Mein zweiter Punkt ist interessanter. Die Frage ist, ob es reiner Zufall war, daß Leonard Sheinkman am Grab des anonymen ›Shtayf‹ hing. Hinter diesem ›Shtayf‹ verbirgt sich nämlich ein zwanzig Jahre alter Mord. Das Opfer war um die Vierzig, ein ehemaliger KZ-Insasse, erstochen. Er hätte mit Hilfe der in den Unterarm eintätowierten Zahl identifiziert werden können, aber offenbar hat er versucht, sie mit einem Messer fortzuschaben, deshalb war sie unleserlich. Das auffallendstes Merkmal war, daß er keine Nase hatte. Meiner Ansicht nach ist es sehr seltsam, daß die Ermittlung der Polizei von Huddinge 1981 so total scheiterte. Jemand hätte einen Mann ohne Nase sehen müssen, seine Erscheinung hätte Aufsehen erregen müssen, wohin er auch kam. Außerdem hat Interpol den Mann damals nicht identifizieren können. Ich habe das Gesicht und die Fingerabdrücke noch einmal hingeschickt. Europa ist ja seit damals nicht nur größer, sondern auch durchlässiger geworden.«

Jan-Olov Hultin sah nicht aus wie gewöhnlich. Da jede kleine Veränderung seines steinernen Gesichts unmittelbar Aufmerksamkeit weckte, hielt die A-Gruppe den Atem an. War es der befürchtete Schlaganfall?

»Es war mein Fall«, sagte er und sank durch ein Zeitloch. Das Zeit-Raum-Kontinuum wurde mit einem schnellen Schnitt gekappt, die Uhren rasten wie wahnsinnig rückwärts. Jan-Olov Hultin war um die Vierzig und befand sich in einem neu eingerichteten kleinen Büro im Polizeipräsidium, lehnte sich zufrieden zurück und dachte: Endlich. Es war ganz unverkennbar.

Einen Augenblick lang herrschte Schweigen. Dann sagte Chavez: »Nein.«

»Was?« sagte Hultin und bewegte sich zurück durch die Äonen. Die Sternhaufen schossen schneller als mit Lichtgeschwindigkeit vorbei.

»Da stand etwas anderes«, sagte Chavez. »Bruun. Kommissar Erik Bruun von der Polizei Huddinge. Kenne ich den Namen nicht von irgendwoher?«

Paul Hjelm lachte laut. Er wurde mit spürbarer Skepsis betrachtet.

»Erik Bruun ist mein früherer Chef«, erklärte er. »Der, der mich in die A-Gruppe gepuscht hat.«

»Genau«, sagte Chavez. »Wir waren einmal da. Aber da war er gerade in Pension gegangen.«

»Herzinfarkt«, nickte Hjelm. »Zu viele Zigaretten.«

Hultin begann wieder der alte zu werden. Man atmete auf. Der Pfropfen hielt sich anscheinend auch diesmal fern.

Er sagte: »Es war genau zu dem Zeitpunkt, 1981, als Bruun auch mich ins Reichskrim puschte. Er hat ziemlich viel gepuscht seinerzeit. Ich bekam den Fall am neunten September und begann sehr zerstreut damit, ihn durchzusehen. Ich wußte ja, daß ich jeden Tag mit einer Antwort auf meine Bewerbung rechnen konnte. Und in diesen ersten Tagen habe ich den Fall höchst unprofessionell gehandhabt. Meine gröbste Fehlleistung bis zum Kentuckymörder. Am elften September bekam ich Antwort und zog sofort hierher. Bruun übernahm die mehr oder weniger gestrandete Ermittlung.«

»Das ist wirklich ein Witz«, sagte Hjelm. »Ich bin 1984 frisch vom Examen zu ihm gekommen. Ich kann mich nicht erinnern, daß er einen Fall mit einem nasenlosen Mann erwähnt hätte.«

»Es wurde kein richtiger Fall«, sagte Hultin. »Ein John Doe unter anderen. Nicht einmal die Presse war besonders interessiert. Damals war es nicht möglich, mit Porträts von Leichen in die Medien zu gehen. Die Zeiten haben sich geändert.«

»Woran erinnerst du dich?« fragte Chavez.

»Er lag in einem Graben bei einem kleinen See in Älta, unmittelbar neben dem Fahrweg. Keine Reifenabdrücke, die der Rede wert waren. Er war nackt und hatte zwei mit großer Wucht beigebrachte Messerstiche im Rücken, von denen jeder auf der Stelle tödlich war. Die Ziffern auf dem Arm waren in einem Wirrwarr von Narben fast verschwunden, als habe er versucht, sie im Suff abzuschaben. Und dann diese Nase …«

»Ich habe ein Bild hier«, sagte Chavez und ließ ein gealtertes Farbfoto herumgehen.

»Ich bekam eigentlich überhaupt nichts Greifbares«, fuhr Hultin fort, »keine Zeugen, keine Spuren. Niemand in ganz Schweden schien diesen Mann ohne Nase gesehen zu haben. Anderseits habe ich, wie gesagt, nicht besonders gründlich gesucht.«

»Ich frage mich eins«, sagte Kerstin Holm, den Blick auf das Foto gerichtet. »Warum macht man nichts gegen eine so gravierende Entstellung? Ein einziger Blick eines plastischen Chirurgen hätte doch ausgereicht, um ihn ob der Herausforderung jubeln zu lassen.«

»Gute Frage«, meinte Hultin. »Armut? Kein Kontakt mit dem Gesundheitssystem? Ein Ausgestoßener?«

»Und dazu noch Ausländer«, sagte Kerstin und nickte schwach.

»Wäre das nicht eine passende Gelegenheit, Bruun einen Besuch abzustatten?« fragte Hjelm hoffnungsvoll. Er hatte seinen alten Chef nicht gesehen, seit der Herzinfarkt ein Monstrum namens Sten Lagnmyr an dessen Stelle gerückt hatte.

»Ich finde schon«, sagte Hultin. »Du und Jorge.«

»Okay«, sagten die beiden im Duett.

»Und wie kommst du mit den Schiffen voran, Sara?« fuhr Hultin fort und sah neutraler aus als seit langem. Es war augenscheinlich an der Zeit, den Gefühlsschwall zu kompensieren.

»Ganz ordentlich«, sagte Sara Svenhagen. »Es gibt viele Möglichkeiten, von Stockholm per Bus nach Lublin zu gelangen, besonders wenn man fünfunddreißig Stunden Zeit hat. Dies ist also die Zeit zwischen dem eventuellen Abgang des Busses in Slagsta und dem Anruf auf dem Handy aus Lublin. Am logischsten wäre es wohl, sich auf die nächste Fähre zu begeben, in Nynäshamn, und von da nach Gdansk überzusetzen, das ist die direkteste Verbindung, wenn man über Lublin in die Ukraine fahren will. Es ist eine Nachtfähre, die um siebzehn Uhr abgeht und erst um halb zwölf am nächsten Tag in Gdansk ankommt. Von Gdansk nach Lublin sind es ungefähr fünfhundert Kilometer. Das Gespräch kam um drei am Odenplan an. Wenn es, sagen wir mal, eine halbe Stunde dauert, von der Fähre herunterzukommen, muß man ein Tempo von vielleicht hundertsechzig, hundertsiebzig fahren, um bis drei Uhr in Lublin zu sein. Das geht nicht. Es ist also die falsche Fähre. Die zweite denkbare Möglichkeit direkt von Schweden aus ist Karlskrona. Die M/S Stena Europa lief um neun Uhr am Abend von Karlskrona aus und war am nächsten Morgen um sieben in Gdynia. Da hatte man acht Stunden Zeit für die fünfhundert Kilometer. Das klingt schon besser. Also habe ich mich mit der Stena Line in Verbindung gesetzt, um zu erfahren, was sie an diesem Tag an Bussen befördert haben. In der Nacht vom vierten auf den fünften Mai waren acht Busse an Bord der Fähre von Karlskrona. Vier waren organisierte Gruppenreisen, ein polnischer, ein deutscher und zwei schwedische; einer von den schwedischen bestand ausschließlich aus männlichen Singles auf dem Weg nach Osten, um sich Langzeit-Partner oder, alternativ, Geschlechtskrankheiten anzuschaffen. Ein Bus sollte von einer polnischen Firma verschrottet werden, der Rest war privat. Jetzt kommt das Interessante. Was wird von Schweden nach Polen geschmuggelt – statt umgekehrt?«

»Jagdflugzeuge?« schlug Viggo vor.

»Elchschaufeln?« schlug Jorge vor.

»Beinah«, sagte Sara. »Seeadler.«

»Wilderei?« fragte Kerstin.

»Komm zur Sache«, sagte Hultin.

»Der private polnische Bus war bis oben hin voll mit illegal geschossenen Seeadlern. Anscheinend haben der polnische und der schwedische Zoll mit der Naturschutzbehörde zusammengearbeitet. Die Naturschutzbehörde hat einen Videofilm von dem Zugriff aufgenommen. Eine Minute davon lief am Freitagabend in den Nachrichten. Aber sie haben offenbar ziemlich viel Filmmaterial, das sie im Laufe des Tages herüberschicken. Wenn wir Dusel haben, sieht man etwas von den anderen Bussen. Außerdem habe ich vor, einen Trip nach Karlskrona zu machen und mit dem Personal auf dem Schiff zu reden. Es ist die gleiche Schicht, die heute abend nach Gdynia fährt. Erlaubt das Budget einen Flug nach Landskrona?«

»Zweck?« sagte Hultin.

»Bilder von Galina Stenina, Valentina Dontsjenko, Lina Kostenko, Stefka Dafovska, Mariya Bagrjana, Natalja Vaganova, Tatjana Skoblikova und Svetlana Petruseva herumzeigen. Herausfinden, woran das Personal sich erinnert. Wenn sie an Bord waren, müssen sie in der einen oder anderen Weise aufgefallen sein.«

»Hast du die Namen auswendig gelernt?« fragte Jorge verwundert.

»Das ist das mindeste, was man tun kann, wenn man an diesem Fall arbeitet«, sagte Sara nadelspitz.

»Die Reise ist bewilligt«, sagte Hultin kurz. »Viggo?«

Als sei es die natürlichste Sache von der Welt, sagte Viggo Norlander: »Wir kriegen noch ein Kind.«

»Aber Viggo, verdammt«, stieß Gunnar Nyberg hervor. »Astrid ist achtundvierzig.«

»Siebenundvierzig«, korrigierte Norlander. »Und wie alt ist die Dozentin Ludmila?«

»Glückwunsch, Viggo«, sagte Kerstin Holm. »Hör nicht auf diese verbohrten Spießer. Sie sind nur neidisch.«

»Was ist denn das für ein Plural?« sagte Paul Hjelm. »Woher kommt der?«

»Frauen gratulieren und Männer bedauern«, sagte Sara Svenhagen. »So soll es sein. Glückwunsch, Viggo.«

»Jaja, Glückwunsch, alter Rammler«, sagte Hjelm.

Und noch ein paar weitere Glückwünsche wurden gemurmelt, bevor Norlander unberührt fortfuhr: »Die Umstände, unter denen der Zuhälter Finn Johansen zu Tode kam, liegen, wie bekannt, im dunkeln. Die Pistole, mit der er sich erschoß, dürfte drei Minuten nach der von Nikos Voultsos hergestellt worden sein. Außerdem waren die Schalldämpfer identisch. I rest my case.«

»Wer war der Mann?« fragte Kerstin Holm. »Wie bekam er Kontakt zu den Frauen in Slagsta? Hat er sie hergeholt?«

»Finn Johansen scheint nicht der Typ gewesen zu sein, der Huren ›herholte‹«, sagte Viggo Norlander. »Dagegen hatte er eine gewisse Fähigkeit, neue freie Strichmädchen aufzuspüren. Seine Spezialität war es, Bräute ohne Beschützer zu finden. Und so ist es wohl zugegangen. Ich habe mir den Hintergrund des Norrboda-Motel ein wenig angesehen. Wie kam es, daß acht Huren vier unmittelbar nebeneinanderliegende Räume teilten? Offenbar war es nicht Jörgen Nilsson, der das bestimmte. Er wurde zu einem späteren Zeitpunkt einbezogen, und zwar von Finn Johansen. Ich glaube, es ging folgendermaßen vor sich: Botkyrkas Flüchtlingsunterkunft war überfüllt. Bei der Verlegung konnten alleinstehende Asylsuchende offenbar Wünsche äußern, mit wem sie ein Zimmer teilen wollten. In der alten Unterkunft wohnten nur zwei von diesen acht zusammen. Ich glaube, daß sie sich fanden und beschlossen, zusammenzuarbeiten. Es ist durchaus möglich, daß einige von ihnen nicht auf den Strich gingen, bevor sie herkamen. Obwohl die Porträts eher klassischen Hurenbildern gleichen. Finn bekam jedenfalls Wind davon, daß dieser gewinnbringende Puff existierte, ging hin und beschützte sie und versorgte sie mit Drogen. Ich tippe mal, daß es so vor sich ging. Ich habe mit einer Reihe von Huren geredet und ...«

»Kannst du nicht damit aufhören, ›Huren‹ zu sagen?« sagte Kerstin Holm.

»Warum denn? Es sind doch Huren.«

»Das Wort hat so etwas Gewalttätiges an sich. Es ist wie eine Vergewaltigung jedesmal, wenn man es sagt.«

Paul Hjelm sah sie ein bißchen vorsichtig von der Seite an.

»Ich will es versuchen«, sagte Viggo Norlander. »Aber alte Hunde sind alte Hunde.«

»Wie wahr«, sagte Kerstin Holm.

»Ich habe also mit einer Reihe von Mädchen geredet (ohne zu stocken, dachte Viggo zufrieden), die zu Finns Puff gehörten. Er konnte offenbar hart sein, aber wenn man sich nichts herausnahm, war er einer der reelleren Zuhälter auf der Straße. Das bedeutet wohl nur, daß sie ein bißchen weniger häufig gezwungen wurden, die gynäkologische Ambulanz aufzusuchen. Sonst gibt es dazu nicht viel zu sagen.«

»Gut«, sagte Hultin aufrichtig. »Paul?«

»Ihr habt ja alle von Voultsos' Aufenthalt im Grand gehört. Dreiundsechzigtausend hat er postum bezahlt. Oder eher sein Auftraggeber; Arto zufolge gehört das Konto dem Ghiottoneklan. Unter den übrigen Telefonnummern von und nach Slagsta habe ich nichts von Interesse gefunden. Die eingehenden Gespräche waren hauptsächlich von Freiern, die ausgehenden hauptsächlich von Finn Johansen, aber natürlich ein ›alias‹. Das Telefon der Freundin. Dann war da noch das mit den Erinnyen. Literarisch gesehen ist es verdammt spannend. Kennt ihr Aischylos?«

»Das Literarische erledigst du außerhalb der Arbeitszeit, nehme ich an«, sagte Hultin brutal.

»Selbstverständlich«, erwiderte Hjelm und fuhr unangefochten fort: »Im antiken Griechenland im fünften Jahrhundert vor Christus wetteiferte man in der Disziplin Tragödien. Die Tragödienverfasser schrieben drei Dramen, mit denen sie gegeneinander antraten. Sie nahmen Motive aus älteren Mythen, und die Tragödien pflegten zusammenzuhängen, als Trilogie. Eine vollständige Trilogie ist erhalten. Sie wurde vom ältesten der Tragödiendichter, Aischylos, geschrieben, und sie heißt *Orestie*. Das erste Drama heißt *Agamemnon* und handelt davon, wie der Anführer der Griechen im Trojanischen Krieg nach Hause zurückkehrt. Als Kriegstrophäe hat er eine Geliebte mitgebracht, eine Zauberin mit Namen Kassandra. Seine Ehefrau Klytämnestra hat sich ihrerseits einen Liebhaber zugelegt, und sie ermordet sowohl ihren Ehemann wie auch die unschuldige Geliebte. So endet es. Es hört sich ziemlich banal an, aber es ist verdammt noch mal das Giftigste, was je geschrieben worden ist. Okay, Teil zwei der Trilogie heißt *Die Opfernden am Grab*. Da ist Agamemnons und Klytämnestras Sohn Orest auf der Jagd nach der Mutter und ihrem Liebhaber. Die Ehre verlangt, daß er seinen Vater rächt. Blutrache. Könnt ihr folgen?«

»Tja«, sagte Hultin tastend.

»Und wie es sich gehört, rächt er den Vater und ermordet seine Mutter. End of part two. Nummer drei heißt *Die Eumeniden*. Weil er Blutschuld auf sich geladen hat, wird Orest von den furchtbarsten Wesen gejagt, die der Mythos aufzubieten hat. Sie kommen aus den ältesten Teilen des Totenreichs. Es sind die Rachegöttinnen, die Erinnyen. ›Wir sind die furchtbaren Töchter der Nacht, und Rachegeister heißen wir im Hades.‹ Sie holen Orest ein, doch als die Stunde der Rache schlagen soll, betritt Athene, die weise Göttin der Stadt Athen, die Bühne. In einem Gericht ersetzt sie die uralten Blutrachegesetze, die die Erinnyen antreiben, mit modernen Richtlinien, die der neugewonnenen Demokratie Athens würdig sind. Die Barbarei wird bezwungen, die Zivilisation siegt. Und die Erinnyen werden gezähmt. Sie werden der zivilisierten Gesellschaft einverleibt, indem ihnen eine ›ruhige und stille Zuflucht‹ angeboten wird. Das Zeitalter des Urzeitwütens ist vorbei. Nach den blinden, haßerfüllten alten Göttern übernehmen die jungen, vernünftigen das Regime. Und die Erinnyen werden Eumeniden. Machtlos, aber mit einem neugewonnenen, friedlichen Sinn. Zum erstenmal überhaupt.«

Hjelm sah sich in der Kampfleitzentrale um. Es sah tatsächlich so aus, als hörten sie ihm zu. »Wollen wir, daß dies hier so endet?« fragte er.

Es war eine Weile still. Er sah Kerstin an. Sie blickte zurück. Mit einem Blick, der seinem glich. Und der war sehr, sehr schwer zu deuten.

Am Ende sagte Hultin: »Liest du nicht auch etwas anderes?«

»Doch«, sagte Hjelm. »Leonard Sheinkmans Tagebuch. Aber das ist im Moment zu schwer. Ich möchte gern zu einem späteren Zeitpunkt darauf eingehen.«

»Zu schwer?«

»Zu schwer.«

»Aha, so«, sagte Hultin, ein wenig gelähmt in seiner Handlungskraft. »Nun, Gunnar?«

»Etwas Neues«, sagte Gunnar Nyberg. »Die Verhöre mit den Skinheads bestätigen Reine Sandbergs Darstellung der Ereignisse. Sie sind zum Jüdischen Friedhof gegangen, haben gesoffen und Grabsteine zerschlagen und nationalsozialistische Kampflieder gesungen. Da haben sie plötzlich den alten Mann entdeckt, der dahin kam. Obwohl er keine kleine Mütze auf dem Kopf trug, erkannten sie sofort, daß er ein alter Jude war. Sie hatten vor, zu ihm zu gehen und ihn zu ärgern, vielleicht ihn zu verprügeln. In diesem exaltierten Zustand sahen sie die schwarzen Gestalten herangleiten und wurden von solcher Panik gepackt, wie sie nur Menschen mit aufgeblasenem, eingebildetem Mut überfällt. Sie rannten weg wie die Hasen.«

»Und das Neue?« sagte Hultin neutral.

»Er blieb bei dem Grabstein stehen. Leonard Sheinkman blieb an ›Shtayfs‹ Grabstein stehen.«

»Ja!« platzte Chavez dazwischen. »Ich wußte es.«

Gunnar Nyberg fuhr ungerührt fort: »Als Sheinkman bemerkte, daß der Grabstein zerstört war, sah es aus, als finge er an zu lachen. Er bückte sich und strich über die Stücke. Da kamen die Gestalten. Sie lösten sich, diesem Burschen Reine zufolge, ›wie Rindenstreifen‹ von den Bäumen. Der Skinhead, der am längsten blieb, behauptet, sie hätten miteinander gesprochen. Sheinkman wechselte einige Worte mit den Gestalten. Vollkommen ruhig. Dann ging es unglaublich schnell, als sei der ganze Ablauf eingeübt.«

»Das war er«, sagte Kerstin Holm. »Es war das achte Mal. Mindestens. Wenn ich alles richtig auf die Reihe bekommen habe, fing es im März vorigen Jahres an. In Manchester. Im Juli war es Antwerpen, im Oktober Budapest, im Dezember Wiesbaden, im Februar Venedig, im März Maribor – und im Mai Stockholm. Skansen. Man kann sehen, daß das Tempo zunimmt. Sie werden immer geschickter. Es dauert zwei Monate, die Aktion in Stockholm vorzubereiten. Es gibt ja vieles, was koordiniert werden muß. Stockholm bedeutet eine Neuerung auf mehreren verschiedenen Ebenen. Eine Weiterentwicklung. Teils will man eine raffinierte Botschaft an die Ghiottone-Organisation in Mailand schicken. Teils will man noch einen Mann ermorden, eine ganz neue Kategorie: einen alten Professor. Diese Neuerungen sind beide rätselhaft. Warum einen Gruß nach Mailand schicken? Warum einen Mann ermorden, der normalerweise nicht das geringste mit Prostitution und Zuhältern zu tun gehabt haben kann? Will der Gruß an das Syndikat in Mailand sagen: Wir wissen, wer ihr seid, ihr habt noch nicht das letzte Wort von uns gehört?«

»Das ist wohl nicht ganz undenkbar«, sagte Paul Hjelm. »Man hat vielleicht endlich eines der großen Verbrechenssyndikate lokalisiert, die dabei sind, sich die Kontrolle über den wachsenden Prostitutionsmarkt in Europa anzueignen. Jetzt geht man dagegen an. Und man will, daß sie das wissen.«

»Wir sagen die ganze Zeit ›man‹«, sagte Kerstin. »Ich auch. Aber es ist nicht wirklich ›man‹, der gegen Ghiottone vorgeht. Es ist ›frau‹. Doch das kann man kaum sagen. Der allgemeine Sprachgebrauch macht es fast unmöglich.«

»Und die Biologie«, sagte Jorge.

»Was sagst du da?« stieß Sara hervor.

»Ich habe heute morgen einen Diskussionsartikel von einem Forscher in Rechtspsychiatrie gelesen. Ihm zufolge hat die männliche Gewalt rein biologische Ursachen und hat nichts mit der Männerrolle zu tun. Er zeigt sogar ein Diagramm, auf dem eine Kurve die Konzentration von Testosteron im Blut beschreibt und eine andere die Anzahl gerichtlich verfolgter Gewaltverbrechen. Die beiden Kurven entsprechen einander bis ins Detail. Testosteron bringt Gewalt hervor. Kastrierte Männer haben eine verminderte Aggressionsbereitschaft. Die Evolution hat diese Aggressionsbereitschaft in die männlichen Erbanlagen plaziert, damit der Mann mit anderen Männern um Fortpflanzung und Nahrungsbeschaffung in Wettbewerb treten sollte. In allen bekannten Kulturen sind Männer zu allen Zeiten gewaltbereiter gewesen als Frauen. Alle Männer sind Gewalttäter, aber weil wir in erster Linie auf unser Eigeninteresse schauen, sehen wir ein, daß der Gebrauch von Gewalt in unserem Typ von Gesellschaft nicht zu positiven Auswirkungen führt. Also leiten wir unsere Gewaltbereitschaft auf andere, lohnendere Aktivitäten um, wie beispielsweise Sport.«

»Warte, bis wir nach Hause kommen, dann wirst du sehen, ob das wahr ist«, sagte Sara Svenhagen gewaltbereit.

»Ich referiere nur einen Artikel«, sagte Jorge Chavez konsterniert. »Es ist interessant, daß derartige Gedankengänge tatsächlich unter angesehenen Forschern im Umlauf sind. Er bringt sogar Beispiele aus dem Tierreich. Ich habe geglaubt, so etwas wäre gründlich widerlegt. Nicht zuletzt von großen Spinnenweibchen, die ihre Miniaturmännchen gleich nach der Paarung töten.«

Kerstin Holm sagte:

»Biologismus besagt, daß der Mensch voll und ganz von biologischen Gesetzen gelenkt wird. Ökonomismus besagt, daß alles menschliche Handeln auf Gewinnstreben zurückzuführen ist. Zwei Wörter, die man sich merken sollte.«

»Es riecht ein *ganz klein bißchen* nach Schädelmessung«, sagte Hjelm. »Das rassenbiologische Institut in Uppsala.«

»Die Erinnyen«, sagte Holm. »Es ist ja interessant, daß die alten Griechen ihre gewaltbereitesten Urzeitwesen zu Frauen machten.«

»Also können unsere gewaltbereiten Erinnyen keine Frauen sein«, sagte Hultin neutral. »Umdenken.«

Sie betrachteten ihn. Er verzog keine Miene.

»Wollen wir versuchen, jetzt weiterzumachen?« sagte er schließlich. »Damit auch ein bißchen Arbeit erledigt wird.«

Kerstin versuchte, an ihren Gedankengang von vorhin anzuknüpfen. Am Ende gelang es ihr einigermaßen:

»Es ist möglich, daß die Aktion in Stockholm auch in einer dritten Hinsicht eine Neuerung beinhaltet. Wir haben keine Bestätigung erhalten, daß bisher irgendwelche Prostituierte rekrutiert wurden – denn es hat den Anschein, als passierte genau das, daß die Mädchen von Slagsta zur Basis in der Ukraine transportiert werden. Es kann also das erste Mal sein, daß dies geschieht; und falls es so ist, geht es darum, daß man anfängt, Prostituierte zu befreien. Es kann jedoch sehr gut schon vorher geschehen sein: der Überblick der europäischen Behörden über gefallene Frauen ist nicht immer beispielhaft.«

»Was für Frauen sind diese Erinnyen eigentlich?« sagte Viggo Norlander. »Es ist also nicht nur eine, die so gut trainiert ist wie die vom Odenplan, sondern es sind mindestens fünf?«

»Ich habe dennoch den Eindruck, daß sie die Anführerin ist«, sagte Kerstin Holm. »Sie hat Kontakt mit Slagsta, sie wird vom Bus in Lublin angerufen. Aber natürlich wirken sie gut trainiert ...«

»Mindestens fünf auf dem Südfriedhof«, sagte Sara Svenhagen. »Dazu also noch mindestens eine im Bus, die, die angerufen hat. Reiseleiterin, sozusagen. Es ist eine ziemlich große Organisation.«

»Und ich glaube, daß sie größer und größer wird«, sagte Kerstin Holm. »Ja, Viggo, was sind das für Frauen? Es handelt sich ja doch um ziemlich rohe Gewalt. Es muß Haß im Spiel sein, und Rache. Ich glaube, es ist eine Gang osteuropäischer ehemaliger Prostituierter, die zurückschlägt.«

»Unter Zufügung größtmöglicher Schmerzen«, sagte Paul Hjelm.

»Ja. Zuerst versetzt man das Opfer mit diesem gespensterhaften Schleichen in Todesangst. Dann bedient man sich einer mehr oder weniger wissenschaftlichen Methode, um so viel Schmerz zuzufügen, wie überhaupt möglich. Das ist wirklich ein wenig ausgefallen.«

»Richtig normal ist es nicht«, sagte Chavez.

»Nein«, sagte Kerstin Holm. »Richtig normal ist es nicht.«

24

Palast, dachte Söderstedt. Palast ist das richtige Wort.

Man konnte es nicht anders nennen.

Es lag in den Vierteln in unmittelbarer Nähe des Doms, in den innersten der konzentrischen Kreise Mailands, wie im Fadenkreuz eines Zielfernrohrs. Arto Söderstedt blickte zur Fassade aus dem sechzehnten Jahrhundert mit der gleichen Faszination auf, die er stets vor Werken der Renaissance empfand. Dieses Gefühl, daß alles möglich ist, daß wir gerade aus dem Dunkel der Zeiten herausgetreten sind, daß die Winde in unsere Richtung wehen, daß wir nur immer besser und besser werden und daß wir von niemandem etwas zu befürchten haben.

Ungefähr wie die EDV-Revolution. Allerdings ist es jetzt eine Parallelwelt, in der alles möglich ist. Diese Wirklichkeit ist verbraucht, aber die Cyber-Wirklichkeit ist gänzlich unerforscht. Eine enorme Karte, die nur ein einziger, flächendeckender weißer Fleck ist. Columbus, Ves pucci, Cortès, Vasco da Gama, Fernão de Magalhães, alle waren sie wiederauferstanden, um im Namen reicher Machthaber eine Welt zu erobern. Es war zu hoffen, daß die Völkermorde im Cyberspace eine Spur weniger blutig sein würden.

Aber die Kunst würde kaum ähnliche Höhen erreichen.

Der Palast stand sogar im Führer, in den Jahren 1538 bis 1564 von einem Architekten namens Chincaglieria für das hochwohlgeborene Geschlecht Perduto erbaut. Daß er Palazzo Riguardo hieß, empfand Söderstedt als Ironie. ›Riguardo‹ bedeutet nämlich Rücksicht.

Der Garten, der durch das Gittertor in der Mauer zu erkennen war, wirkte großartig, aber ein wenig zusammengedrückt, wie private Innenstadtgärten es logischerweise sein müssen. Söderstedt klappte den Führer zu, steckte ihn in seine Aktentasche und drückte auf einen Knopf im Mauerwerk. Nichts war zu hören, nichts zu sehen. Nur eine einsame Katze schoß mit zornigem Miauen durchs Grün des Gartens.

Er wartete. Die Sonne hatte den ganzen Tag hoch am Himmel gestanden. Die erste Maiwoche war vergangen, der Sommer war über den Apennin heraufgeklettert und hatte schließlich Mailand erreicht. Söderstedt wartete weiter und betrachtete die Sonne, wie sie, etwas mehr ins Rot spielend, zwischen zwei grob verputzten Steinfassaden durchschien, die gegen die Ränder der Sonnenscheibe vollkommen schwarz aussahen. Es war Abend in der großen Stadt. Der Verkehr war noch intensiv, doch es kam ihm so vor, als wäre die Luft leichter zu atmen. Es war ein Glück, daß die Autofahrt von den Hügeln des Chianti bis in den Smog Mailands so lang war; das gab den Lungen Zeit, sich an die Luftverschmutzung zu gewöhnen.

Er wartete noch immer. Er hatte nicht vor, klein beizugeben.

Schließlich sagte eine Stimme barsch: »Nome?«

»Arto Söderstedt, Europol.«

Es war ein Debüt. Fühlte sich ganz okay an, es zu sagen.

»Carta d'identità?«

Er hielt seinen schwedischen Polizeiausweis zusammen mit der provisorischen Europolmarke hoch. Er wußte nicht, in welche Richtung er sie halten sollte – er sah nirgendwo eine Kamera.

Schließlich sagte die barsche Stimme: »Avanti.«

Das schwere Gittertor glitt lautlos auf. Er betrat den Garten und ging die Treppe hinauf. Dort empfingen ihn drei stabile Männer in ausgebeulten Jacketts. Nichts Neues unter der Sonne.

Er wurde zweimal nacheinander von zweien der Männer abgetastet. Der dritte leerte den Inhalt seiner Aktentasche aus und untersuchte genauestens die Pikachufigur, die an seinem Autoschlüssel baumelte. Der Mann drückte darauf. Sie piepte.

»Pokémon«, sagte Arto Söderstedt, während ein anderer Mann seine Geschlechtsteile drückte. Sie piepten nicht.

Die Männer sagten nichts. Söderstedt war bombensicher, in einem Low-Budget-Film gelandet zu sein. Die Tür, die aufglitt, war die Öffnung zu einer Filmkulisse, und er trat unvermittelt aus der Wirklichkeit in die Fiktion. Jetzt lief der Film an.

Den Rest seines Besuchs in Marco di Spinellis Palast agierte er so, als spielte er Detektiv. Die ganze Zeit hörte er, wie seine schleppend coole Philip-Marlowe-Stimme das Geschehen kommentierte. »Es war einer von jenen Tagen, an denen ich mir lieber meinen rechten Arm abgehackt hätte, als aus dem Bett zu steigen.«

Die drei Männer – es widerstrebte ihm, sie die drei Weisen zu nennen – führten ihn durch Flure, die mit ihrer vollkommenen Schönheit brillierten. Zwischen den Männern auf dem Fußbodenniveau und den Stukkaturen an der Decke lag ein unendlicher Abstand – und nicht nur in Zeit und Raum.

Am Ende kamen sie in ein Vorzimmer, das nicht von schlechten Eltern war. Es war zwar höher als breit, aber dafür ein Wunder an gut renovierter Holzschnitzkunst. An einem Schreibtisch, der mit Sicherheit der Originaleinrichtung der Familie Perduto zuzurechnen war, saß ein schlanker Herr in dunklem Röhrenhosenanzug und mit einer Brille aus den fünfziger Jahren. Er sah aus wie Marcello Mastroianni in *La dolce vita*. Es war offenbar der Privatsekretär. Der Mann, der alles unter Kontrolle hatte. Einer der letzten der immer stärker von der Ausrottung bedrohten Art, die Computer überflüssig machen.

»Signor Sadestatt«, sagte er, rückte die Brille zurecht und streckte die Hand aus.

So sollte sein Name offenbar ausgesprochen werden. Wenn sonst nichts, dann war es wenigstens konsequent.

Signor Sadestatt streckte die Hand aus und nickte stumm; er war ja bereits vorgestellt. Der andere hatte offensichtlich nicht die Absicht, sich vorzustellen. Vermutlich sah er sich selbst nicht als Menschen, sondern als eine Funktion.

»Signor di Spinelli wird Sie in ein paar Minuten empfangen«, sagte die Brille. »Sie haben fünfzehn Minuten Zeit. Danach muß Signor di Spinelli leider nach New York reisen. Er hat sogar einen späteren flight genommen, um so kurzfristig noch im Stande zu sein, Sie zu empfangen.«

»Thank you very much«, sagte Signor Sadestatt und fühlte sich eingesülzt. Buchstäblich. Er lag in Sülze, und auf dem Glas war ein Deckel, durch den er nicht hinauskam.

Die Sekunden schienen Siesta zu halten. Sie bewegten sich zäh wie Sirup. Waren wie Sülze. Er lag darin und versuchte, sich zu bewegen. Die Bewegungen waren sehr langsam. Nach einem unbeschreiblich langen Zeitraum machte es plopp, der Deckel hob sich, er wurde herausgefischt, und alles war wie gewöhnlich.

Abgesehen davon, daß er mit einem italienischen Mafiaboß sprach.

Die Bilder hatten nicht gelogen. Marco di Spinelli trug wirklich ein sportliches schwarzes Polohemd mit einem niedrigen Rollkragen unter einem schwarzen Anzug vom absolut neuesten Schnitt. Söderstedt tippte auf Armani. Das Gesicht war zwar faltig, aber der Blick war nicht der eines Zweiundneunzigjährigen. Er war glasklar hellbraun und paßte außerordentlich gut zu dem frischfrisierten grauen Haar. Silberfuchs blieb ein angemessener Vergleich.

Konnte man mit zweiundneunzig wirklich noch alle Haare haben? War es physiologisch möglich?

Das Büro war unübertrefflich. Söderstedt hatte noch nie etwas Ähnliches gesehen. Drei der Wände waren mit farbenfrohen Gobelins aus dem sechzehnten Jahrhundert behangen, die eine weitläufige paradiesische Landschaft mit Hirten und Hirtinnen, Schafen und Springbrunnen darstellten. Über einem offenen Kamin an der vierten und letzten Wand hingen zwei Gemälde, deren Stil Söderstedt bekannt war. Das erste, eine auf einer Mauer sitzende schöne Frau darstellend, mußte ein echter Leonardo sein. Das zweite, ein stilreines Doppelporträt, erkannte er als einen Piero della Francesca. Oberhalb dieser scheinbar lebenden sechshundertjährigen Gestalten wölbte sich die Decke in einer Reihe von Bögen, die mit höchster Wahrscheinlichkeit mit echtem Blattgold überzogen waren. In der Mitte der Decke gingen die Bögen in eine große Dekkenkrone mit Tausenden von Kristallen in einer Vielzahl von Mustern über, die einander durchdrangen und ein raffiniertes, klirrendes Netz formten, denn der ganze Leuchter strebte nach oben, der Decke zu. Unter diesem goldenen Netzgewölbe, unter ebendieser beweglichen, blendenden Kristallkrone mußte der Ahnvater Perduto gesessen und durch das hohe, tief versenkte Fenster auf das Mailand des sechzehnten Jahrhunderts geblickt haben, während er den Gänsekiel über dem Tintenfaß ruhen ließ. Dann schrieb er mit leichter Hand und in zierlicher Schrift weiter an seinem geschliffenen Sonett.

Di Spinelli stand vor einer der gobelinbehangenen Wände, die Hand hinter dem Gewebe. In dem Wandteppich tat sich ein Spalt auf, und durch den Spalt war die nackte Steinmauer zu sehen. Ein häßlicher roter Knopf wurde an der Wand sichtbar. Marco di Spinelli hielt ihn gedrückt. Die klangreiche Fahrt der Kristallkrone zum Netzgewölbe der Decke war beendet. Der alte Mann mit dem markanten Profil ließ den Knopf los und streckte Söderstedt in einer stummen Begrüßung die Hand hin. Statt einer Vorstellung oder einer Begrüßungsformel waren Marco di Spinellis erste Worte: »Sind Sie sich dessen bewußt, Signor Sadestatt, daß der Marquis Perduto an ebendiesem Tisch saß und seine berühmten Sonette an die kleine Amelia komponierte, die er im Alter von acht Jahren traf und nie zu vergessen vermochte?«

Die Stimme war trocken, das Englisch makellos. Mit edelbritischem Akzent.

»Das Konzept kommt mir bekannt vor«, sagte Arto Söderstedt und ließ sich in dem ihm angewiesenen Sessel vor dem Kamin nieder.

Marco di Spinelli kicherte leicht, goß ohne Umstände zwei kleine Calvados ein, stellte sie auf das Tischchen zwischen den Sesseln und setzte sich.

»So waren die Zeiten«, sagte er. »Der Petrarkismus grassierte in Europa. Alle schrieben Liebessonette an ein kleines Mädchen, das sie in der Kindheit getroffen zu haben und nie vergessen zu können glaubten. Eine Zeit der Massenpsychose. Ungefähr wie die jetzige. Don't you agree?«

»In gewisser Weise«, sagte Söderstedt und nahm das Glas entgegen, das ihm jetzt hingehalten wurde. Er roch mit Kennermiene am Glas und sagte: »Ein Grand Solage Boulard, tatsächlich.«

Marco di Spinelli hob eine Augenbraue und sagte: »Sie sind ein Kenner, Signor Sadestatt?«

»Ich habe auf die Flasche gesehen«, sagte Signor Sadestatt.

»Ich weiß«, sagte di Spinelli.

»Das war mir klar«, sagte Söderstedt.

»Mir ist klar, daß es Ihnen klar war«, sagte di Spinelli.

Es hätte, mit anderen Worten, lange so weitergehen können.

Das Eis war auf jeden Fall gebrochen, und Söderstedt wußte ungefähr, wo er di Spinelli hatte. Da, wo er ihn erwartet hatte.

»Ich muß gestehen«, sagte der alte Silberfuchs, »daß ich eine Art von Schock bekommen habe, als sie eingetreten sind, Signor Sadestatt.«

»Das war Ihnen nicht anzumerken«, sagte Söderstedt.

»Sie erinnern mich nämlich an einen Menschen, den ich vor Ewigkeiten kannte, im Anbeginn der Zeiten.«

»Während des Krieges? Hatten Sie viel Kontakt mit blonden Männern während des Krieges?«

Marco di Spinelli lächelte bissig und sagte: »Lassen Sie uns zur Gegenwart kommen, weil ich ja leider andere Aufgaben habe, die auf mich warten. Daß man nie abschalten kann.«

»Dann will ich konkret werden«, sagte Söderstedt. »Ein Grieche mit Namen Nikos Voultsos hat das Kunststück fertiggebracht, sich in einem Zoo in Stockholm von Vielfraßen verspeisen zu lassen. Haben Sie davon gehört?«

»Ich habe davon reden hören«, sagte di Spinelli. »Ein merkwürdiges Schicksal.«

»Ich habe ein Foto von Ihnen beiden zusammen. Sie schütteln sich die Hand, und Sie, Signor di Spinelli, legen Ihre andere Hand auf Voultsos Schulter. Es sieht richtig gemütlich aus. Aber Nikos Voultsos war nicht gemütlich.«

Marco di Spinelli hob die Hände zu einer resignierenden Geste.

»Kommen Sie nur, um mir all das zu sagen, was die italienische Polizei schon hundertmal gesagt hat? Ich hatte gehofft, Sie wären vielleicht ein wenig ... origineller ...«

»Ich möchte lediglich wissen, wie Sie selbst die Tatsache erklären, daß Sie, ein ehrenwerter Bankier und Politiker, diesen mehrfachen Mörder und Gewaltverbrecher kennen.«

»Ich war zutiefst schockiert, als ich hörte, daß er ein Krimineller war. Wir sind uns zufällig eines Morgens in einem Café begegnet und haben uns unterhalten. Weiter geht meine Bekanntschaft mit diesem Mann nicht. Wie hieß er, sagten Sie? Valtors?«

»Exactly«, sagte Söderstedt und fuhr auf schwedisch fort: »Waldhorn.«

Der Alte betrachtete ihn mit hochgezogenen Augenbrauen. Söderstedt fuhr fort: »Wie deuten Sie selbst die Tatsache, daß Nikos Voultsos von unbekannten Verbrechern direkt zu den Vielfraßen, *ghiottone*, getrieben und dort regelrecht hingerichtet wurde?«

»Wirklich?« sagte di Spinelli und sah überrascht aus. »Schwedische Massenmedien sprechen von einem Unfall. Sie kommen doch nicht hierher und plaudern Dinge aus, die zufällig der Geheimhaltung unterliegen?«

»Es ist erfreulich zu hören, daß Sie so genau verfolgt haben, wie die schwedischen Medien den Tod dieses flüchtigen Bekannten kommentieren. Sie lesen also Schwedisch? Dann können wir vielleicht Schwedisch sprechen?«

»Es war Marconi, der mich informiert hat. Sie kennen wohl den guten Kommissar mit dem überdimensionierten Schurrbart? Er ist ein sehr guter Freund. Ein richtig guter Freund.«

»Aber Sie geben doch zu, daß es gräßlich ist? Man fragt sich, was das für Leute sind, die so mir nichts dir nichts mit dem grausamen Nikos Voultsos kurzen Prozeß machen. Nema problema. Schnitt-schnitt, und er war in sehr kleine Bestandteile aufgelöst. Und von den Prostituierten blieb nicht einmal das übrig. Sie verschwanden einfach. Blopp, weg.«

»Sie werden vulgär, Signor Sadestatt. Und die Zeit vergeht.«

»Was haben Sie während des Krieges gemacht?«

»Das haben Sie schon in meiner Akte gelesen. Stellen Sie sich nicht dumm.«

»Ich hätte es nur gern von Ihnen selbst gehört.«

»Da gibt es nicht viel zu erzählen. Ich bin vor den Faschisten aus dem Lande geflohen. In die Schweiz. Warum interessieren Sie sich für meine tristen Kriegserlebnisse?«

»Das kann ich Ihnen leider nicht beantworten«, sagte Söderstedt gleichgültig und fuhr fort: »Wie kommt es, daß es keine einzige Spur von Ihnen in der Schweiz gibt?«

»Warum käuen Sie all das wieder, wovon die Polizei seit Jahren schwafelt? Ich habe unter wechselnden Identitäten gelebt, weil die Faschisten es auf mich abgesehen hatten.«

»Die Faschisten hatten es auf Sie abgesehen – und jetzt sind Sie aktiv in der Lega Nord? Einer separatistischen Partei, die eng mit den Faschisten zusammenarbeitet?«

»Das ist ein notwendiges Übel. Politische Taktik. Wir sind keine Faschisten. Wir wollen nur eine Grenze festschreiben, die in der Praxis bereits existiert.«

»Ein Norditalien und ein Süditalien?«

»Alles Geld, das hier oben erwirtschaftet wird, fließt dort unten hin. Wir wollen es hier oben behalten und ein Land mit einem normal-europäischen Standard werden.«

Arto Söderstedt hielt sehr plötzlich ein Foto hoch. Er studierte sorgfältig di Spinellis Gesichtsausdruck. »Kennen Sie diesen Mann?«

»Nein.«

»Und diesen?« sagte Söderstedt und hielt ein weiteres Foto hoch.

»Nein.«

»Das erste zeigt Leonard Sheinkman als Fünfundachtzigjährigen, das zweite Leonard Sheinkman als Fünfunddreißigjährigen.«

»Leonard Shinkman? Ich kenne keinen Leonard Shinkman.«

»Den Schinkenmann«, sagte Arto Söderstedt auf schwedisch.

Marco di Spinelli betrachtete ihn mißtrauisch.

»Dann bedanke ich mich«, sagte Arto Söderstedt, kippte den Calvados hinunter und stand auf.

»Sind Sie fertig?« fragte di Spinelli verblüfft.

»Sie hatten es doch so eilig. Ich möchte Ihrer wichtigen New-York-Reise nicht im Wege stehen. Ich habe erfahren, was ich wollte. Danke. Ich hoffe, wir sehen uns wieder.«

Und damit war er draußen im Vorzimmer, bevor Marco di Spinelli aus dem Sessel hochgekommen war. Die Brille saß am Schreibtisch, blätterte in einem Papierstapel und sah ihn verwundert an. Söderstedt ging weiter in den Gang hinaus. Da saßen die drei Typen und kauten Äpfel. Sie warfen wie auf Kommando die Äpfel in einen Papierkorb und vollführten Bewegungen in Richtung der ausgebeulten Partien ihrer Jacketts. Es sah aus wie Simultanschwimmen.

»Teamwork«, sagte Arto Söderstedt und nahm Fahrt auf durch die blendenden Gänge. Ein Typ überholte ihn, die anderen blieben hinter ihm. Wenn man die Prozedur nicht befolgte, wurde man vermutlich entlassen. Statt einer Abfindung bekam man einen Zementklotz um die Füße. Auch nicht schlecht.

Ja, Arto Söderstedt benahm sich seltsam. Er blieb auf dem Bürgersteig stehen und blinzelte in die rote Sonne, die gerade hinter den Mailänder Hausdächern versank. Er benahm sich seltsam, weil er fand – doch das war so vage, nur eine Ahnung, wie eine erste kleine Andeutung –, daß er genau das erfahren hatte, was er erfahren wollte.

Onkel Perttis berühmte Schwafeltaktik hatte funktioniert.

Marco di Spinelli kannte Leonard Sheinkman. Nicht als Fünfundachtzigjährigen vielleicht, aber bestimmt als Fünfunddreißigjährigen.

Und das war 1947.

25

Viggo Norlander sollte mit zwei Damen, die nicht von Pappe waren, Videos ansehen. Allein mit den Damen in einem Raum von schweißtreibender Enge spürte er fast einen Anflug von Geilheit, als er auf die Play-Taste des Videorecorders drückte.

Das grünliche Stoppelhaar konnte er zwar nur schwer verdauen, doch da es ein Gesicht krönte, das ein wahres Wunder jugendlicher Schönheit war, wurde dieser Einwand vollkommen belanglos. Das zerzauste kastanienbraune Haar dagegen war ungeheuer ansprechend. Und die Dame, die es trug, war einfach unbeschreiblich. Er sah geradewegs durch ihre Kleider hindurch. Es war phantastisch.

»Laß gut sein, Viggo«, sagte Sara Svenhagen. »Sie fallen dir gleich aus dem Kopf.«

»Wovon redest du?« sagte Viggo mit gut maskierter Beschämung.

»Es ist wirklich so, wie die Leute sagen«, ergänzte Kerstin Holm. »Wenn ein Mann erfährt, daß er ein Kind gezeugt hat, wird er geiler denn je.«

»Aber was ist denn mit euch los?« sagte Viggo und wurde zum erstenmal seit dreißig Jahren rot. »Was habe ich denn gemacht?«

»Schalte einfach nur an«, sagte Sara.

»Aber das habe ich doch getan«, entgegnete Viggo verwirrt. Wie sonderbar es sich anfühlte, rot zu werden. Erinnerungen drängten sich auf, von denen er nichts wissen wollte. Gleichzeitig fand er es gut, daß sie kamen. Sie waren so lange verschüttet gewesen.

»Jetzt kommt es gleich, jetzt«, sagte Sara, und Viggo konnte es nicht lassen, alles mögliche in diese Worte hineinzudeuten.

Eis, dachte er. Gibt es keine Eiswürfel, um sie in die Hose zu kippen?

»Die Naturschutzbehörde hatte vier Stunden Film«, fuhr Sara fort. »Sie sind dem Adlerschänder von St. Annas Skärgård oben in Östergötland gefolgt, wo jemand gemeldet hatte, einen Bus voller Federn gesehen zu haben. Als der Bus in Karlskrona auf die Fähre fuhr, haben sie gefilmt. Und als er wieder runterfuhr und vom polnischen Zoll geschnappt wurde, haben sie diese Sequenz hier aufgenommen.«

Das Bild kam unklar. Dann wurde es scharf. Der Bug einer großen Fähre. Die Bugklappe glitt hoch. Busse fuhren hinaus. Zuerst ein paar große Touristenbusse, einer mit deutschem Kennzeichen, dann ein schwedischer. Danach ein etwas kleinerer, ein bißchen schäbig. Er fuhr auf die Kamera zu. Die Kamera folgte ihm. Der Zoll schlug zu. Robuste uniformierte Polen traten die Bustür auf, stürmten hinein und zerrten den Fahrer heraus. Der Adlerschänder wurde auf den Asphalt gepreßt. Die Kamera filmte ihn, während sie an ihm vorbeiglitt. Die Bustür stand offen. Die Kamera schwenkte die Stufen hinauf, dann nach links ins Innere des Busses. Über die Sitzbänke. Zehn Seeadler lagen auf den Sitzen ausgebreitet. Die Kamera schwenkte hinüber auf die andere Seite des Busses. Da wurde das Bild angehalten.

»Hier«, sagte Sara und zeigte auf den Fernsehschirm. Über den getöteten Adlern sah man das Busfenster. Durch die Scheibe sah man die Vorderfront eines anderen, kleineren Busses von links herankommen.

Sara Svenhagen ließ den Film so langsam wie möglich ablaufen, bis die Fensterscheiben des anderen Busses ins Bild kamen. Durch das Fenster war ein Gesicht zu erkennen. Da stoppte der Film.

»Das hier«, sagte Sara, »ist Svetlana Petruseva, die Weißrussin von Zimmer 226 im Norrboda-Motel in Slagsta.«

Viggo Norlander und Kerstin Holm betrachteten Svetlanas Paßfoto und verglichen es mit der ein wenig unscharfen Gestalt auf dem Fernsehschirm.

»Doch«, sagte Viggo. »Das könnte sie sein.«

»Sieht ganz so aus«, sagte Kerstin. »Aber es fragt sich, ob das als Beweis ausreicht.«

»Es kommt noch mehr«, sagte Sara.

Der Bus setzte seine Zeitlupenfahrt hinter den Fenstern des Adlerschänderbusses fort. Im selben Moment, in dem er vorüberfuhr, wurde die Kamera ein klein wenig gedreht, so daß die Rückseite des anderen Busses sichtbar wurde. Hier hielt Sara das Bild erneut an.

Man sah die Heckscheibe des anderen Busses. Zwei Gesichter schauten heraus, um die Aktion des Zolls zu verfolgen. Eins davon erkannten sie sofort. Es war ganz eindeutig die Ukrainerin Lina Kostenko aus Zimmer 225, dem Zimmer, mit dem die Ninja-Feministin in Kontakt gestanden hatte. Das Gesicht daneben war unbekannt, es war eine junge, dunkle Frau, und in ihrer Hand war ein Mobiltelefon zu erkennen.

»Sieh mal an«, sagte Kerstin Holm. »Von diesem Handy aus wurde also ein paar Stunden später bei einem abgetrennten Arm in der U-Bahnstation Odenplan angerufen.«

»Dies ist unser erstes und einziges Porträt eines Mitglieds der Bande«, sagte Sara Svenhagen. »Die Techniker arbeiten auf Hochtouren daran. Und sie arbeiten auch hieran.«

Saras Finger glitt am Bildschirm nach unten zu einem sehr undeutlichen, halb abgeschnittenen Nummernschild. »Es ist ein schwedisches Kennzeichen«, sagte sie. »Mehr können wir im Moment nicht sagen.«

»Schwedisches Kennzeichen …«, sagte Viggo.

Sara sagte: »Mit einem Bus mit ukrainischem Kennzeichen durch halb Schweden zu fahren, von Stockholm nach Karlskrona, wäre vermutlich schwierig geworden. Es hätte

Aufmerksamkeit erregt. Wahrscheinlich ist der Bus gemietet.«

»Sollen wir davon ausgehen«, sagte Viggo, »daß die Damen auch schwedische Pässe hatten? Daß sie die ganze Chose als Schwedinnen durchgezogen haben? Ihre richtigen Pässe sind wohl zurückgeblieben?«

»Ja«, sagte Kerstin, stand auf und streckte sich. »Es ist ziemlich wahrscheinlich, daß sie mit falschen schwedischen Pässen versehen wurden, ja. Auf jeden Fall westeuropäischen. Damit es beim Zoll kein Problem gab. Wir gehen mit dem Porträt dieser Frau und mit dem Kennzeichen an die Öffentlichkeit, sobald die Techniker damit fertig sind. Und du, Sara, fährst du trotz allem nach Karlskrona?«

»Es ist jetzt zu spät geworden«, sagte Sara und blickte auf ihre Uhr. »Meinen Informationen zufolge kommt morgen dieselbe Schicht aus Gdynia zurück. Ich passe sie in Karlskrona ab.«

»Nimm Viggo mit«, sagte Kerstin. »Er scheint nicht besonders viel zu tun zu haben. Außerdem glaube ich, daß ein bißchen Seeluft ihn etwas abkühlen würde.«

Viggo Norlander nickte eifrig.

Es würde noch dreißig Jahre dauern, bis er wieder einmal rot werden würde.

26

Endlich war es soweit. Chavez begriff nicht richtig, warum Hjelm eine so große Nummer daraus machte. Sie befanden sich in einer tristen alten Junggesellenwohnung in Eriksberg, südlich von Stockholm. Der Gastgeber servierte Kaffee und sah aus wie jeder x-beliebige Alte.

Doch für Paul Hjelm war es ein heiliger Augenblick. Vermutlich würde er das gleiche empfinden, wenn er Zutritt zu Jan-Olov Hultins legendärem Haus am Ufer des Ravalen in Norrviken bekäme. Obwohl er bedeutend länger unter Erik Bruun gearbeitet hatte.

Tatsache war, daß er von Bruun alles gelernt hatte; daran gab es nichts zu rütteln.

Aber er kannte ihn nicht wieder.

Es war nicht direkt ein tragisches Erlebnis, wie wenn man einen ehemaligen Sportstar in einem Körper herumwanken sieht, der jeden Augenblick in sich zusammenzufallen droht. Es war komplizierter.

Kriminalkommissar Bruun war stets ein überaus kräftiger Herr mit über das Doppelkinn verteilten grauroten Bartstoppeln gewesen. Sein hervorstechendstes persönliches Merkmal war gewesen, daß stets eine ungewöhnlich übel riechende schwarze russische Zigarre zwischen seinen Lippen hing. Sein Büro bei der Polizeistation Huddinge, bekannt als Das Bruune Zimmer, wurde regelmäßig von der Gesundheitsbehörde beanstandet. Und nur die Tatsache, daß er unablässig gegen alle erdenklichen Vorschriften verstieß, verhinderte es, daß dieser souveräne Polizeibeamte noch weiter auf der Karriereleiter nach oben kletterte. Wenn wir in den letzten Jahrzehnten Erik Bruun als Reichspolizeichef gehabt hätten, sähe sehr vieles sehr viel besser aus, davon war Hjelm überzeugt.

Jetzt war Bruun ein schlank gewordener alter Herr ohne Doppelkinn, ohne graurote Bartstoppeln, ohne schwarze Zigarren. Er sah entschieden gesünder aus – aber auch ein bißchen langweiliger.

Und die legendäre Junggesellenbude in Eriksberg sah aus wie jede x-beliebige Junggesellenwohnung. Und der Pensionär servierte – Zimtschnecken.

»Du weißt, daß ich ganz genau weiß, was du denkst«, sagte er und setzte sich.

»Vermutlich«, sagte Paul Hjelm.

»Es war notwendig«, sagte Bruun. »Sonst wäre ich gestorben. Die Legende hätte gelebt, und ich wäre gestorben. Mir ist es lieber, wenn die Legende stirbt und ich lebe.«

»Das verstehe ich«, sagte Paul Hjelm.

»Klar«, sagte Bruun und beugte sich vor. »Klar verstehst du. Aber du akzeptierst es nicht. Du akzeptierst nicht, daß ich ein normaler Pensionär geworden bin, der in Pantoffeln herumschlurft und aufgetaute Zimtschnecken mit hohem Schimmelfaktor auftischt. Es wäre besser gewesen, in der Legende zu leben. Tatsache ist, daß du in genau diesem Augenblick hier sitzt und bedauerst, daß der Infarkt mich nicht umgebracht hat.«

»Du bist kein normaler Pensionär«, konstatierte Hjelm, biß in eine Zimtschnecke und fuhr fort: »Aber der Schimmelfaktor hat es wirklich in sich, verdammt.«

»Was ist ein normaler Pensionär?« fragte Chavez, der auch teilhaben wollte an dieser Sitzung des Vereins für gegenseitige Bewunderung. »Ist es etwas in der Art wie ein normaler Einwanderer?«

»So in der Art«, sagte Bruun mit einer Neutralität, die Chavez auf der Stelle verstehen ließ. Hultins Wurzeln und Hjelms Wurzeln verstehen ließ. Es war ein erhellender Augenblick.

Bruun fuhr fort:

»Jungs, Jungs, ihr habt einen ehemaligen Pensionär als Chef. Das hat nicht jeder. Als Jan-Olov Pensionär war, spielten wir einmal die Woche im Kulturhaus Schach. Das war der Höhepunkt meines Lebens. Vorbei. Ich bin einsam auf eine Weise, wie nur ein alter Polizist einsam sein kann. Vollständig einsam.«

Hjelm und Chavez tauschten einen Blick und fühlten, daß dies hier anstrengend werden konnte.

»Vergeßt nur nicht, daß ich weiß, was ihr denkt«, fuhr Bruun fort und lächelte. »Alle beide.«

»Du kennst mich doch gar nicht«, sagte Chavez gereizt. »Wieso behauptest du, zu wissen, was ich denke?«

»Weil ich weiß, was für Polizisten ihr seid.«

»Hör auf«, sagte Chavez.

»Ihr habt gedacht, das, was ihr gehört habt, sei der Anfang eines Klagelieds. Aber das ist nicht der Fall. Ich bin vollständig einsam – und *ich will* vollständig einsam sein. Es paßt mir ausgezeichnet. Ich hoffe, daß ich auch die Möglichkeit haben werde, vollständig einsam zu sterben. *Ich will*, daß man meine Leiche erst findet, wenn sie angefangen hat zu stinken. *Ich will*, daß man mich aus einem Meer weißer Leichenwürmer herausfischt.«

Die Kombination der Bildsprache mit dem Schimmelfaktor war ekelerregend.

»Wie meinst du das?« sagte Hjelm.

»Das weißt du ganz genau. Du bist genauso, trotz Frau und Kindern und Hund und Katze.«

»Papagei«, sagte Hjelm.

Chavez lachte auf, kurz und abrupt. Wie ein Papagei. Der Alte ging ihm wirklich auf die Nerven. Er war ein Besserwisser, das war mal klar.

»Jorge Chavez«, sagte Bruun und sah ihn ein wenig schräg von der Seite an. »Du hältst mich für einen Besserwisser, nicht wahr?«

»Stimmt«, sagte Chavez und versuchte, unberührt zu erscheinen.

»Ich finde nur, daß das Glück ein bißchen zu vorhersagbar geworden ist. Wir wissen von vornherein, was der Begriff ›Glück‹ umfassen soll, und ganz unten auf der Skala liegt Einsamkeit. Hinter Geisteskrankheit und Drogenabhängigkeit. Geisteskranke und Drogensüchtige können wir verstehen, wir sozial geschulte Wesen, aber Einsame werden wir nie verstehen. Die Einsamkeit ist ein Unzustand, den wir um jeden Preis zu überwinden versuchen. Wir nehmen jedes erdenkliche Leiden auf uns, nur um nicht einsam sein zu müssen.«

»Du willst also eine Ehrenrettung der Einsamkeit erreichen?« sagte Chavez skeptisch.

»Ehre hat mit der Sache nichts zu tun. Wir leben ganz einfach in einer Gesellschaft, die einen Horror vor der Einsamkeit und vor dem Schweigen hat. Ich will einsam sein, und ich will, daß Schweigen um mich ist. Euch kenne ich auf die Art und Weise, wie ich Menschen kennen will. Ziemlich detailliert, aber aus reichlich Abstand.«

»Was meinst du damit? Wie solltest du uns denn kennen?«

»Wie, glaubst du, haben wir uns bei jenen Schachpartien die Zeit vertrieben? Wie Pensionäre es tun: Wir haben Erinnungen ausgetauscht.«

»Also ihr habt ganz offen im Kulturhaus gesessen und die Persönlichkeit einzelner Polizisten diskutiert?«

»Ihr hattet Kodenamen. Du, Jorge, warst Soli. Und du, Paul, warst Keve.«

»Keve Hjelm«, sagte Paul Hjelm. »Was für eine unknackbare Chiffrierung.«

»Keve Hjelm war der erste Martin Beck im Film«, sagte Erik Bruun und blickte zu seinem einstigen Adepten auf.

»Ich bin aber nicht direkt Martin Beck«, meinte Hjelm verlegen.

»Nicht direkt, nein«, sagte Bruun kryptisch.

»Und Soli, was ist das?« sagte Chavez.

»Das charakteristischste Werk des mexikanischen Komponisten Carlos Chavez.«

»Ihr scheint euch ja königlich amüsiert zu haben«, sagte Chavez sauer. »Und was habt ihr über mich gesagt – über Soli?«

»Das ist vertraulich«, sagte Bruun erhobenen Hauptes. »Aber ihr wurdet so durch die Mangel gedreht, daß ich beanspruchen kann, ungefähr zu verstehen, wie ihr denkt.«

Ohne nachzudenken biß Hjelm noch ein Stück von der Zimtschnecke ab. Er bereute es lange.

»Was weißt du denn von diesem Fall?« fragte er und spürte, wie sich die schimmelige Zimtschneckenpampe am Gaumen festsetzte. Jeder Versuch, sie mit der Zunge abzustreifen, war vergebens.

»Viel zu wenig«, sagte Bruun bedauernd. »Jan-Olov war nicht richtig wie sonst. Glaubt ihr, er brütet irgendeine Krankheit aus?«

»Kaum«, sagte Hjelm. »Aber er grübelt über etwas nach. Das ist nicht seine Art.«

»Nein«, räumte Bruun ein. »Grübeln ist nicht seine Art.«

Jorge Chavez hatte das Drumherumgerede satt und sagte: »Auf jeden Fall weißt du, daß wir uns für einen Mann ohne Nase interessieren.«

»Natürlich«, sagte Bruun.

»Hast du dein Gedächtnis durchsucht?«

»Das war nicht nötig. Ich erinnere mich an alles.«

»So eine Überraschung«, sagte Chavez frostig.

Erik Bruun lachte auf. »Soli, Soli«, sagte er, als spräche er zu einem ungezogenen, aber von Herzen geliebten Enkelkind.

»Und woran erinnerst du dich?« drängelte Chavez.

»Es gab eigentlich nur eine Spur, die diesen Namen verdiente«, sagte Bruun ruhig. »Es war 1981. Das Phänomen Schwarztaxi war gerade in Erscheinung getreten. Ein

Schwarztaxifahrer namens Olli Peltonen saß in einer Kneipe, las im *Aftonbladet* die Artikel über den Mord und gab groß und breit damit an, diese Leiche ohne Nase gefahren zu haben. Eine Frau hörte das und rief die Polizei an. Als wir ankamen, war er verschwunden, doch sein Tischnachbar wußte, wer er war. Es zeigte sich, daß Peltonen schon früher untergetaucht war als Verantwortlicher für Stockholms ersten großen Schwarztaxiring. Wir zeigten überall sein Foto, doch er blieb verschwunden.«

»Warum stand kein Wort darüber in deiner Ermittlung?«

»Ich habe einen Hinweis auf die Schwarztaxiermittlung beigefügt«, sagte Bruun. »Ich nehme an, daß er bei der Übertragung in das neue EDV-System abhanden gekommen ist. Das Kleingedruckte pflegt sich leider in Luft aufzulösen. Besonders bei Ermittlungen, die niemanden interessieren.«

Erik Bruun machte eine Pause und starrte an die Decke. Endlich eine Geste, die Hjelm wiedererkannte. Dann fuhr Bruun fort, das Gesicht weiterhin nach oben gerichtet: »Es ist fast zwanzig Jahre her. Merkwürdig, welches Gedächtnis für Gesichter man sich als Kriminaler antrainiert. Ich sah Peltonen vor einiger Zeit in der Zeitung. Es war beim Streik der Taxifahrer oben in Arlanda, falls ihr euch daran erinnert. Ein gesellschaftlich ganz interessanter Vorgang. Eine Gang von Kleinkapitalisten, die den Syndikalisten verbunden sind, trat in einen wilden Streik, weil die Taxiplätze, die dem Flughafengebäude am nächsten liegen, für drei große Gesellschaften reserviert waren. Kleine Syndikalist-Kapitalisten im Protest gegen die Großkapitalisten. Vielleicht ist das die Melodie der Zukunft.«

»Und?« sagte Chavez immer ungeduldiger.

»Einer von ihnen war Olli Peltonen. Das Bild zeigte ihn, wie er einen Wagen von Taxi Stockholm mit Fußtritten traktierte. Unter dem Bild stand ein Name, und es war nicht Olli Peltonen. Anscheinend nennt er sich jetzt Henry Blom. Er betreibt ein kleines Taxiunternehmen mit dem vertrauenerweckenden Namen Hit Cab.«

»Und warum hast du die Polizei nicht informiert?« fragte Chavez.

Erik Bruun beugte sich vor und durchbohrte ihn mit dem Blick.

»Weil ich mich inzwischen von allem fernhalte«, sagte er.

Hjelm sah, daß Chavez kochte. Kleine Rauchsignale stiegen aus seinen Ohren auf. Es wäre interessant, wenn man sie deuten könnte.

»Eins jedenfalls hat er nicht verloren«, sagte Hjelm.

»Was denn?« murmelte Chavez.

»Die Fähigkeit, Leute bis aufs Blut zu reizen.«

Chavez murmelte etwas, was glücklicherweise nicht zu verstehen war.

Sie fuhren zum Globen. Die enorme Kugel türmte sich bereits wie ein bedrohlicher Tischtennisball in der Ferne auf. ›The Glob‹, wie man auf englisch sagen konnte.

Der Rotzklecks.

Hjelm fuhr. Chavez saß daneben und war stinkig.

Sie hatten das Taxiunternehmen Hit Cab recht schnell lokalisiert. Es lag neben dem Globen. Hjelm rief an. Henry Blom antwortete in gebrochenem Schwedisch. Hjelm nannte sich Harrysson und gab vor, Finanzchef der Clam Invest AG zu sein, die hauptsächlich in der Schalentierbranche investierte. Harrysson erklärte, sich für die Dienste von Hit Cab auf einer regelmäßigen Basis zu interessieren. Er fragte, ob Henry Blom im Laufe des Tages anzutreffen wäre. Das war Henry Blom nicht, doch mit Hinsicht auf den Umfang des potentiellen Auftrags konnte er sich vorstellen, seinen Tagesplan umzustellen. Das hielt Harrysson für eine außerordentlich gute Idee. Er und sein Assistent (finsterer Blick von Chavez) würden im Laufe der nächsten Stunde bei Hit Cab eintreffen. Henry Blom gab Harrysson eine detaillierte Wegbeschreibung und legte hoffnungsfroh den Hörer auf.

»Du bist ein sehr grausamer Mensch«, sagte Chavez.

»Manchmal«, sagte Hjelm.

So traf der Finanzchef der Schalentier-Gesellschaft Clam Invest mit Assistent bei Hit Cab am Fuße von The World Famous Glob ein.

Henry Blom war ein glatzköpfiger Mann von Mitte Fünfzig, der ein sehr schlechtes Schwedisch mit grobem finnischem Akzent sprach. Er begrüßte die hohen Herrschaften unterwürfig, bat sie, Platz zu nehmen, und ließ von einem Mädchen Kaffee servieren, das kaum die Sekundarstufe abgeschlossen haben durfte. Henry Blom hatte den Herrschaften bereits einige billig gestaltete Broschüren in die Hand gedrückt, als diese ihm plötzlich ihre Polizeiausweise unter die Nase hielten. Der eine von ihnen sagte: »Olli Peltonen, glaube ich, der Vater des Schwarztaxis.«

Wie verhext starrte Blom auf die beiden Männer, die vor seinen Augen die Gestalt wechselten.

»Leider müssen wir die ganze Zukunft von Hit Cab zerstören«, sagte Harrysson, der Hjelm hieß. »Nicht genug damit, daß Sie seit langem wegen des Betriebs schwarzer Taxis gesucht werden, nicht genug damit, daß Sie Ihr neues Unternehmen unter falschem Namen gegründet haben, Sie beschäftigen auch Mädchen, die viel zu jung sind, um bei Ihnen angestellt zu sein.«

»Kinderarbeit nennt man das«, sagte der Assistent namens Chavez. »Darauf stehen richtig strenge Strafen.«

»Aber«, sagte Harryssonaliashjelm, »es gibt eine Alternative.«

Henry Blom, der Olli Peltonen hieß, spürte, wie der Privatjet des Daseins eine Bruchlandung hinlegte. Man sah, wie es im ganzen Flugzeugrumpf weh tat. »Welche Alternative?« stammelte er.

»Daß Sie uns von einem Mann ohne Nase erzählen.«

Die Masken waren gefallen.

Der heftig blinzelnde Mann hieß Olli Peltonen und nicht anders. Schließlich nickte er, wie von einer Einsicht überwältigt.

»Ich verstehe«, sagte er. »Und wenn ich erzähle?«

»Dann werden wir die Lage einer erneuten Beurteilung unterziehen«, sagte Chavez geschraubt. »Vermutlich hat sich die Lage für Sie dann entscheidend verbessert.«

»Was?« sagte Peltonen.

»Du erzählen. Wir Augen zumachen.«

»Jaja. Das war der, der ermordet wurde, oder?«

»Genau.«

»Neunzehnhundert … Kann es … zweiundachtzig gewesen sein?«

»Einundachtzig«, sagte Hjelm. »September 1981.«

»Ich habe ihn gefahren, das ist richtig. Ich erinnere mich deutlich an ihn. Es war furchtbar. Er sah einfach gräßlich aus. Eine komische Verletzung.«

»Von wo haben Sie ihn gefahren?«

»Vom Freihafen. Er mußte mit einem Schiff gekommen sein.«

»Wie hat er Sie gefunden? Sie hatten kein Taxischild.«

»Nein. Schwarztaxis sind Taxis ohne Schild.«

»Das nennt man eine euphemistische Umschreibung. Wie kam er auf Sie?«

»Ich glaube, ich bin einfach da unten herumgefahren. So läuft es noch immer, glaube ich. Ich weiß es nicht, ich habe ja nichts mehr damit zu tun. Man fragt die Leute, die aussehen, als bräuchten sie einen Wagen, ob sie einen Wagen brauchen.«

»Und wann war das?«

»An das Datum kann ich mich nicht erinnern.«

»Er wurde am Sonntag, den 9. September gefunden. Die Schlagzeilen waren an dem Sonntag in den Abendzeitungen. Und da haben Sie wohl in der Kneipe gesessen und lauthals getönt, daß Sie ihn gefahren hätten.«

»Dann muß es an einem Freitag gewesen sein. Am Freitag, dem siebten. Am Abend, ich bin meistens abends gefahren. Nach sieben Uhr.«

»Woran erinnern Sie sich bei ihm? Wie war er gekleidet? Was machte er für einen Eindruck? Welche Sprache sprach er?«

»Er saß auf dem Rücksitz. Der einzige Eindruck, den er machte, war der, daß er keine Nase hatte; das stellte sozusagen alles andere in den Schatten. Das einzige, was er auf der ganzen Fahrt sagte, war die Adresse, zu der ich ihn fahren sollte. Sehr gebrochen, meine ich mich zu erinnern. Er war noch weniger schwedisch als ich.«

»Und wohin haben Sie ihn gefahren?«

»Das weiß ich nicht mehr.«

»Na, nun komm schon, Ollipolli. Denken Sie nach.«

»Es ist keine Kinderarbeit«, sagte Peltonen heftig. »Sie ist meine Enkelin. Manchmal schwänzt sie die Schule, und dann darf sie herkommen und ein bißchen helfen. Ist doch besser so, als wenn sie bei den Fixern im Högdalen Zentrum säße.«

»Es handelt sich also um eine soziale Hilfstätigkeit?«

»Sie ist meine Enkelin. Ich liebe sie. Sie können mich nicht wegen Kinderarbeit belangen.«

»Das hatten wir auch nicht vor. Jetzt kommen Sie schon. Wohin haben Sie den Mann ohne Nase gefahren? Was hat er gesagt, wo er hinwollte?«

»Ich muß wissen, daß Sie mich nicht festnehmen. Können Sie nicht ein Papier aufsetzen oder so was?«

»Natürlich nicht. Haben Sie sich unter dem Namen Henry Blom eines Verbrechens schuldig gemacht? Seien Sie ehrlich. Wir prüfen es nach.«

»Nein, nein. Hit Cab war meine Möglichkeit, ins Leben zurückzukehren. Ich habe mich so lange versteckt, ich bin versackt. Es war unerträglich. Dann kam ich auf die Idee, daß ich eine neue Identität erfinden könnte. Es dauerte, und es war anstrengend, aber es war es wert. Ich bin jetzt anständig. Ich verdiene nicht besonders viel, und die großen Gesellschaften reißen die meisten Fahrten an sich. Ich war in Arlanda und habe gegen sie protestiert.«

»Wann haben Sie die Identität gewechselt?«

»Vor drei Jahren.«

»Und es kam Ihnen nicht in den Sinn, daß Ihr Vergehen inzwischen verjährt war?«

Olli Peltonen starrte sie wild an.

»Es liegt eine gewisse Ironie darin«, sagte Chavez. »Um einer Straftat zu entrinnen, die keine Straftat mehr ist, machen Sie sich einer größeren Straftat schuldig, und das ist die einzige, wofür wir Sie festnehmen könnten. Daß Sie sich Henry Blom nennen.«

»Ist das wirklich wahr?«

»Allerdings«, sagte Hjelm. »Sie haben sich so lange versteckt, daß Sie dem Gesetz inzwischen egal sind. Aber Mord ist dem Gesetz nicht egal. Da ist die Verjährungsfrist sehr, sehr lang. Also helfen Sie uns jetzt. Dann dürfen Sie für den Rest Ihres Leben Henry Blom heißen, und niemand wird protestieren. Darauf haben Sie mein Wort.«

Olli Peltonen saß ganz still da und dachte über die Ironie des Schicksals nach. Dann sagte er: »Es war nach Süden.«

Das war alles.

»Jetzt kommen Sie schon«, sagte Chavez. »Sie sind Taxifahrer. Sie kennen jede Straßenecke von Groß-Stockholm aus dem Effeff. Wohin haben Sie den Mann ohne Nase gefahren?«

Peltonen dachte nach. Er mußte sich über ein großes und furchtbares Loch in der Zeit zurückbewegen. Er balancierte auf der schmalen Planke über dem abgrundtiefen Loch. Schritt für Schritt, schwankend, ging er rückwärts.

Und dann sprang Olli Peltonen auf der anderen Seite herunter.

»Nytorp«, sagte er mit einem jugendlichen Klang in der Stimme.

»Wo zum Teufel liegt Nytorp?« fragte Chavez, der *nicht* jede Straßenecke von Groß-Stockholm aus dem Effeff kannte.

»Nytorp liegt in Tyresö«, sagte Peltonen stolz.

Tyresö, dachte Paul Hjelm.

»Wissen Sie noch die Adresse?« sagte er. »Die Straße?«

Peltonen dachte nach. Es dauerte seine Zeit.

»Es war ein Vogelname«, sagte er.

Schweigen.

»Ein gewöhnlicher Vogel«, sagte er. »Ein ganz gewöhnlicher schwedischer Vogel.«

Neue Pause.

»Nicht Sperling«, sagte er. »Und nicht Kohlmeise.«

Erneutes Schweigen.

Dann stand Olli Peltonen auf und stieß hervor: »Buchfink!«

Bofinksvägen. Paul Hjelm lehnte sich zurück.

Er war kürzlich dort gewesen.

Bei einem Sohn, der seinen Vater verloren hatte.

Im Bofinksvägen in Tyresö hatte Leonard Sheinkman gewohnt.

27

Siebzehnter Februar 1945

Das Donnern ist jetzt sehr laut. Es fühlt sich beinah wirklich an.

Fast noch wirklicher als mein Name, der an der Spitze der Liste steht.

Heute glaubte ich, die Decke würde einstürzen. Teile fielen auf uns herunter, sie sahen aus wie Eisschollen. Ein Stoß erschütterte das ganze Gebäude. Ich weiß nicht, was dort draußen geschieht. Aber ich frage mich, ob wir überleben werden.

Es ist klar, daß ich weiß, was geschieht. Es ist klar, daß es Bomben sind. Die Bomben der Befreier töten die Eingesperrten.

Darf man wagen, von Ironie zu sprechen?

Ja, man darf. Man muß es. Wie könnte man sonst atmen? Der letzte Atemzug muß durch einen Filter von Humor getan werden. Ich rufe mir jeden Jiddischwitz ins Bewußtsein, den ich je gehört habe. Es sind nicht so viele. Als religiöser Mensch war ich nicht sonderlich gelungen. Ich hatte zu großen Respekt vor der Seele.

Sie gehen dort auf dem Gang, ich sehe sie durch das Zellenfenster, sie wandern wie unselige Geister durch ein Dasein, das schon vorüber ist. Sie fragen sich, warum sie am Ufer des Todesflusses zurückgeblieben sind. Wie betrunkene Schiffe schwanken sie auf dem Todesfluß. Die Kompressen leuchten wie Laternen von den geleerten Schädeln.

Ja. Ich kann nicht an dieses Schicksal rühren, das mich erwartet. Es geht nicht. Es ist jenseits von allem.

Ich sollte keine Angst spüren. Das ist ein Lebenszeichen. Ich habe nicht das Recht, Lebenszeichen zu zeigen.

Ich habe nicht das Recht.

Der Regen. Der Nachmittag, der in Grau ertrank. Und sie werden fortgebracht, um erschossen zu werden.

Nein. Die andere Seite. Laß mich von der Zeit sprechen.

Nein. Nicht diesmal.

Klare Worte. Du stehst auf der Schwelle des Todes, Mensch. Sprich klare Worte.

Deine Frau und dein Sohn wurden fortgebracht, um erschossen zu werden. Du sahst, wie sie um die Ecke geführt wurden. Sie sollten zum Hinrichtungsplatz des Lagers und erschossen werden. Sie sollten getötet werden. Magda hatte in der Unterkunft Essen gestohlen für Franz, der verhungerte. Dafür wurde meine Frau getötet. Und unser Sohn auch, zur Abschreckung.

Und ich landete hier.

Aber in der Hölle war ich schon.

Achtzehnter Februar 1945

Man glaubt, den Bleistift nie wieder halten zu können. Man glaubt, das Schlimmste geschrieben zu haben, das man schreiben kann. Was hat es für einen Sinn, weiterzumachen? Und doch tut man es. Und doch kommt immer ein neuer Tag.

Die Bomben fallen schwerer und schwerer. Ich habe die Zeit erzittern sehen.

Ich werde die Zeit beschreiben. Ich glaube, daß ich es bereits getan habe. Die Zeit besteht aus zwei Dingen: einer Uhr und einem Turm. Der Turm ist da, damit die Uhr gehen soll. Die Uhr geht, um dem Turm zu huldigen.

Die Uhr ist unsere Seele und der Turm unser Körper.

Obgleich wir hier sind, um zu beweisen, daß die Uhr Materie ist. Daß die Uhr nur der Mechanismus ist, der die

Zeiger vorwärts treibt. Die gleiche Bewegung in alle Ewigkeit.

Oder bis der Turm fällt.

Und ich habe ihn zittern sehen. Eine Bombe hätte ihn fast gefällt. Eine Bombe war im Begriff, die Zeit zu fällen.

Laß mich die Zeit beschreiben.

Die Zeit hat einen weißen Grund. Der weiße Grund ist vielleicht vierkantig. Dann kommt das Schwarze. Das Schwarze besteht aus drei Stücken. Das untere schwarze Stück ist sechskantig. Auf drei der sechs Flächen, jeder zweiten, sind zwei Fenster übereinander. Das untere ist etwas größer als das obere. Und unmittelbar über dem oberen beginnt das nächste Stück, das Zwischenstück. Es ist ebenso schwarz und hat die Form einer kleinen gewölbten Mütze. Da sitzt die Uhr. Zuletzt kommt die Spitze. Die Spitze ist auch schwarz und sieht scharf aus wie eine Nadelspitze.

Ich bin Jude. Ich habe nie begriffen, warum Kirchen so scharf und spitz aussehen müssen. Synagogen sehen nicht scharf und spitz aus. Ich habe immer gedacht, daß sie wie Brüste aussehen. Wie Mutterbrüste.

Warum beschreibe ich die Zeit so detailliert? Weil es sie bald nicht mehr geben wird. Weil die nächste Bombe sie fällen wird. Weil sie schon im schwachen Wind zittert.

Weil die Zeit im Begriff ist zu sterben.

Neunzehnter Februar 1945

Erwin ist tot. Er war eine freundliche Seele. Einer der drei Offiziere hat es mir erzählt. Der freundlichste von ihnen. Er ist weniger deutsch als ich und sehr blond. Und er sieht sehr traurig aus.

Er tötet mit Trauer in den Augen.

Die beiden anderen tun das nicht. Einer tötet aus Interesse. Er ist nicht grausam, nur kalt. Er betrachtet, macht Beobachtungen, führt Buch. Aber der dritte, der mit einem kleinen lila Muttermal am Hals, das die Form eines Rhombus hat, der ist grausam. Er will töten. Ich kenne diesen Blick von früher. Er will, daß man leidet. Dann soll man sterben. Danach ist er zufrieden.

Ich kenne ihre Namen nicht. Sie nennen keine Namen. Es sind drei anonyme Mörder. Aber sie sind einander nicht gleich. Nicht einmal die Mörder sind einander gleich.

Erwin starb vor Schmerzen.

Er lebt nicht mehr in mir. Ich spürte, wie er in mir starb, und da fühlte ich auch, wie ich selbst starb.

Morgen, wenn die Zeit noch existiert, werde ich erzählen, wann ich gestorben bin.

Zwanzigster Februar 1945

Ihre Stimme spricht jede Nacht zu mir. Es sind immer die gleichen Worte: ›Warum willst du auf den Tod warten? Denk wenigstens an Franz.‹

Ich glaubte, ich hätte an Franz gedacht. Das ist meine einzige Verteidigung. Er reichte mir bis zum Nabel. Wir konnten uns unterhalten. Ich fragte ihn: ›Willst du, daß wir fliehen, Franz? Wir müssen alles zurücklassen.‹ Er sagte: ›Nein.‹ Und ich hörte auf ihn.

Natürlich lüge ich. Es ist lächerlich zu lügen, wenn man mit einem Fuß im Grabe steht. Ich weiß nicht, warum ich es geschrieben habe. Warum habe ich es geschrieben, Gott?

Nein. Du antwortest nicht.

Franz gab die Antwort, die ich hören wollte. Ich stellte die Frage so, daß er nur ›Nein‹ antworten konnte. Wie hätte er etwas anderes antworten können?

Ich war es, der bleiben wollte. Ich konnte Berlin nicht verlassen. Es war meine Stadt, mein Land, mein Leben.

Und so verleugnete ich sie.

Da bin ich gestorben.

Ich habe ja versprochen, es heute zu erzählen. Ich habe es mir selbst versprochen.

Sie führten Magda und Franz ab, um sie zu erschießen. Magda wurde ertappt, als sie Brot aus der Unterkunft der Soldaten stahl. Sie haben sie erschossen.

Und ich rührte keinen Finger. Dann hätten sie mich auch erschossen.

Ich verstehe nicht, was das für ein eigentümlicher Überlebensinstinkt war. Ich wußte ja schon damals, daß ich gestorben war. Warum wählte ich einen langgezogenen Leidenstod, statt versöhnt zusammen mit meiner Familie zu sterben?

Jetzt fällt die Zeit. Jetzt, vor meinen Augen. Während ich dies schreibe. Der schwarze Turm mit dem alten Präzisionsuhrwerk, das Mauerwerk, das Jahrhunderte hindurch gestanden hat – jetzt genau fällt es. Die Kirchenfenster klirren spröde durch das Dröhnen der Bomben. Umrahmt vom aschgrauen Weltuntergangsrauch der fallenden Stadt steigt eine farbenfrohe Wolke von Glassplittern auf.

Es hätte schön sein können.

Einundzwanzigster Februar 1945

Mein Name steht an erster Stelle auf der Liste. Die Zeit ist gefallen. Ich habe sie ja fallen sehen.

Der freundlichste der drei Offiziere war bei mir und hat es mir mitgeteilt. Ich sollte eine Stunde bekommen, um mich vorzubereiten.

Bald wird die kleine Kompresse an meiner Schläfe sitzen. Jemand wird durch ein Zellenfenster auf mich hinausblicken und denken, daß sie wie eine Laterne leuchtet.

Ich weiß nicht, was ich sagen soll. Bald wird der Schmerz mich mit einer Kraft erreichen, die ich mir nie auch nur im Traum hätte vorstellen können.

Das ist der Preis für meinen Verrat.

28

Er mußte es zugeben. Er liebte diesen Fall bereits. Ein paar Tage waren vergangen, die Informationen strömten herein, aus Mailand ebenso wie aus Stockholm, und er begann einzusehen, daß dieser Fall kein richtig normaler Fall war.

Richtig normal war er nicht. Richtig normal war auch Kommissar Italo Marconi nicht. Seine Miene war finster. »Ein richtig guter Freund?« sagte er und fixierte den Mann auf der anderen Seite des Schreibtischs.

Der Mann auf der anderen Seite des Schreibtischs sagte: »So hat er sich ausgedrückt. Es lag ihm sehr viel daran, es zu betonen.«

Marconi schüttelte den Kopf. Die Schnauzbartenden zitterten wie Schilf im Seewind. »Signor Sadestatt«, sagte er schließlich. »Sie glauben also, daß ich Marco di Spinellis sehr guter Freund bin?«

»Keineswegs«, sagte Söderstedt. »Aber er wollte, daß ich es glaube. Warum?«

»Weil es ihm in der Vergangenheit einmal gelungen ist, mich mit einem anderen Polizisten in einen Streit zu verwickeln. Ich habe ihn beschuldigt, gekauft zu sein. Ich habe mich geirrt. Erst nachdem er Selbstmord begangen hatte, fand ich den Beweis.«

»Er spielt gern seine Spielchen mit der Polizei«, nickte Söderstedt und versuchte, sich in eine entsprechende Situation zu versetzen. Arto Söderstedt beschuldigt Paul Hjelm, bestochen zu sein. Paul Hjelm nimmt sich das Leben. Arto Söderstedt erfährt, daß Paul Hjelm unschuldig ist.

Es ging nicht.

Die Situation war so vollkommen anders.

Er hoffte, daß es so bliebe.

»Das tut mir wirklich leid«, sagte er und fand, daß es jämmerlich klang.

»Mir auch«, sagte Marconi und straffte sich.

»Er will also nicht mehr mit mir spielen?« sagte Söderstedt.

»Es sieht nicht danach aus. Er weigert sich, Sie zu treffen. Was wollen Sie mit einer neuen Zusammenkunft erreichen?«

»Ich möchte ihn noch ein wenig mehr unter Druck setzen.«

»Marco di Spinelli setzt man nicht unter Druck.«

»Doch«, sagte Söderstedt. »Er darf nur nicht merken, daß man es tut.«

»Ich bin nicht ganz sicher, ob ich begriffen habe, was Sie bei Ihrem letzten Besuch erreicht zu haben glauben. Er kannte also diesen jüdischen Greis, Leonard Sheinkman?«

»Ich bin ziemlich sicher, daß er ihm im Krieg begegnet ist. Und es gibt keine Hinweise, was er während des Krieges gemacht hat?«

»Sie haben seine Akte selbst gelesen. Sein Leben ist gut dokumentiert. Nur die Kriegsjahre nicht. Und er war nie Mitglied der faschistischen Partei. Seltsamerweise. Er ist ein Selfmademan aus den Armenvierteln von Mailand. Er tat sich in einer Klosterschule hervor und wurde von einem katholischen Priester unter die Fittiche genommen, der ihm weitergehende Studien ermöglichte. Er wurde schon früh Banker und übernahm unmittelbar nach dem Krieg eine von Mailands führenden Banken. Wie und von wann an diese ursprünglich so respektable Bank für kriminelle Transaktionen benutzt wurde, entzieht sich unserer Kenntnis. Wir suchen Beweise. Wir finden keine Beweise. Wir sind irritiert darüber, daß wir keine Beweise finden.«

Arto Söderstedt nickte langsam. Dann sagte er: »Wollte er nach New York?«

»Nein«, sagte Marconi. »Er verläßt seinen Palast inzwischen nicht mehr. Es ist über ein Jahr her, seit er zuletzt aus dem Haus gegangen ist.«

»Ich verstehe«, sagte Söderstedt.

Er überlegte eine Weile, dann fuhr er fort: »Ich hätte gern einen Grundriß des Palazzo Riguardo.«

Italo Marconi betrachtete ihn mißtrauisch. »Sie hätten gern einen Grundriß des Palazzo Riguardo?«

»Ja. Danke.«

»Es ist möglich, daß Sie di Spinelli unter Druck setzen können, ohne daß er es merkt«, sagte Marconi. »Aber Sie können mich nicht täuschen, ohne daß ich es merke. Wollen Sie irgendeinen Teufelskram aushecken, der meine ganze Ermittlung aufs Spiel setzen kann?«

»Mitnichten«, sagte Arto Söderstedt und fühlte sich verdächtigt. Daran war er anderseits ziemlich gewöhnt.

»Und was um alles in der Welt wollen Sie dann mit einem Grundriß des Palazzo Riguardo?« stieß der normalerweise sehr beherrschte Kommissar hervor. Seine Schnurrbartenden schwirrten wie die Rotoren eines Hubschraubers. Er erhob sich von seinem Platz am Schreibtisch und trat ans Fenster. Dort schien er sich wieder zu beruhigen. Mit dem Rücken zu seinem Europolkollegen fuhr er unwirsch fort: »Ich weiß nicht, was Sie im Schilde führen, Sadestatt, und das irritiert mich. Ich habe die schrecklichsten Befürchtungen, daß Sie mit Ihren Mißgriffen die Arbeit von vielen Jahren zunichte machen. Was haben Sie sich dabei gedacht, hinzugehen und di Spinelli geheime Informationen zu enthüllen?«

»Ich habe schon versucht, das zu erklären«, sagte Söderstedt geduldig. »Er weiß bereits alles. Ich habe ihm keinerlei Neuigkeiten erzählt. Wir wissen, daß er es weiß, und wir sagen ihm, daß wir wissen, daß er es weiß. Daß unbekannte Mörder den Handlanger der Vielfraße den Vielfraßen vorgeworfen haben. Daß dieser Handlanger im Begriff war, in Stockholm für die Vielfraße ein Netz von organisierter Prostitution zu errichten. Daß diese Prostituierten anschließend verschwanden. All dies weiß er ganz genau. Er ist bereits auf der Jagd nach ihnen. Es ist gut, wenn er weiß, daß wir das auch wissen.«

»Und Sie glauben nicht, daß er das durchschaut?« sagte Marconi und drehte sich um, sogleich ein bißchen interessierter.

»Doch, sicher«, sagte Söderstedt. »Und deshalb ist er zufrieden. Ich glaube, daß er gerade eingesehen hat, daß er bei unserem Gespräch Zufriedenheit empfand. Das ist der Grund, warum er nicht mehr mit mir reden will. Ich habe ihn dazu gebracht, sich zufrieden zu fühlen. Jetzt grämt er sich deswegen. Er brütet darüber nach, was er mir verraten hat, während er diese Zufriedenheit empfand. Ich glaube, diese Unsicherheit ist gut.«

»Es sieht so aus, als spielten Sie sein Spiel«, sagte Marconi und setzte sich mit einem Plumps.

»Es ist gut, wenn es so aussieht«, sagte Arto Söderstedt und sah dämlich aus. Marconi betrachtete diesen Gesichtsausdruck und fand ihn grundfalsch. Er nickte und lächelte.

»Und deshalb brauchen Sie einen Grundriß von seinem Palast? Das ist ja vollkommen logisch.«

Arto Söderstedt lächelte ebenfalls. »Genau«, sagte er. »Logisch ist noch untertrieben.«

Marconi fuhr fort zu nicken: »Und Sie glauben also …?«

»Ja. Daß er in Gefahr ist.«

»Daß Marco di Spinelli in Gefahr ist? Wissen Sie, was für phantastische Sicherheitssysteme dieser Palast hat? Wissen Sie, wie viele Wachen er hat? Dort hineinzukommen ist etwa das gleiche, wie in Fort Knox einzudringen.«

»Sie wissen, daß Sie meiner Meinung sind, Kommissar«, sagte Arto Söderstedt. »Sie kommen und holen ihn sich.«

»Wer denn?« fragte Italo Marconi, ohne daß es wirklich eine Frage war.

Und Arto Söderstedts Antwort war keine wirkliche Antwort: »Die Erinnyen«, sagte er.

29

Es war Freitag, der zwölfte Mai. Die Zeit war ein wenig träger geworden. Es würde wohl möglich sein, am Wochenende freizubekommen.

Die Zeit war lästig. Sie verhielt sich nicht wie gewöhnlich.

Wahrscheinlich war sie aus den Fugen geraten.

Sand im Getriebe, vermutete Paul Hjelm. Wenn das Vorspiel einer Ereigniskette klar und eindeutig ist, läuft die Zeit ab wie gewöhnlich. Wenn die Vergangenheit in Ordnung ist, wenn Konflikte und Ungerechtigkeiten erkannt und entlarvt sind, wenn die Wunden mit der Zeit verheilt sind, dann liegt ein gewisses Maß an Versöhnung vor, dann ist es der Zeit möglich, sich linear zu bewegen. Aber wenn das Vergangene irgendwie falsch ist, verfälscht, dann fault der Gang der Zeit, dann bleibt Schmutz im Auge der Zeit hängen, dann gerät Sand ins Getriebe der Zeit, und die Zeit verhält sich wunderlich. Das war zumindest eine Theorie.

Die Zeit war aus den Fugen geraten, wer war Paul Hjelm, sie wieder einzurichten?

Außerdem würde es ziemlich weh tun.

Unheilszeiten, sagte man früher. Man hamsterte, verbarrikadierte sich und ließ keinen Deubel über die Brücke. Und hoffte nur, daß die Kinder mit *einem* Kopf geboren würden, nicht mit zweien.

Man begriff nie, daß die Kinder gerade deswegen zwei Köpfe bekommen konnten. Weil man keinen Deubel über die Brücke ließ.

»Nun wach schon auf.«

›Jetzt fällt die Zeit. Jetzt, vor meinen Augen. Während ich dies schreibe.‹

Leonard Sheinkmans Worte hatten sich in Paul Hjelm festgekrallt. Er hatte bewußt darauf verzichtet, zum Tagebuch zurückzukehren. Er wußte, daß er es nicht mit klarem und analytischem Blick lesen konnte, doch genau das war nötig.

Es verhinderte indessen nicht, daß das Tagebuch zu ihm zurückkehrte. Tatsache war, daß verstreute Sheinkman-Phrasen ihn ständig heimsuchten. Aber nur verstreute. Das Ganze war noch immer zu schwer.

»Hallo, aufwachen.«

Leo Sheinkmans Schicksal …

Zuerst überredet er seine Familie, in Deutschland zu bleiben, statt zu fliehen. Dann sieht er, wie sie fortgeführt werden zur Erschießung – und sagt kein Wort. Am Ende landet er in einer Abteilung, wo er gezwungen wird, auf seinen qualvollen Tod zu warten, den er buchstäblich näher kommen sieht. Das ist der Zustand, in dem er schreibt. Das ist der Zustand, in dem er befreit wird. Das ist der Zustand, in dem er nach Schweden kommt. Es ist nicht erstaunlich, daß er im Buch des Lebens die Seite umblättern mußte, wie sein Sohn Harald es ausdrückte, als sie im Bofinksvägen miteinander sprachen. Leonard Sheinkman muß die Vergangenheit auslöschen. Er muß sie mit Mitteln der Suggestion beseitigen. Er wird Forscher. Er lernt zu verstehen, wie das Gehirn funktioniert. Er betreibt zielbewußt Gehirngymnastik. Und es gelingt ihm, eine neue Seite aufzuschlagen. Die Seite, auf die er sein neues Leben schreibt, ist vollkommen leer.

Möglicherweise scheint ab und zu der Text von der anderen Seite durch.

»Jetzt werd schon wach, verdammt!«

»Was?« sagte Paul Hjelm.

Die ganze Kampfleitzentrale starrte ihn an. Es waren ziemlich viele Augen. Er zählte bis zwölf, bevor er wach wurde.

»Oj«, sagte er. »Ich glaube, ich bin in ein Zeitloch gefallen.«

»Das grassiert gerade«, sagte Jan-Olov Hultin neutral.

Hjelm starrte auf einen Haufen auf Hultins Katheder. Chavez stand daneben. Der Haufen war ziemlich bunt, aber die Farben Rot und Lila dominierten.

»Bisher eingegangene Beiträge aus Europa«, sagte Jorge Chavez. »Vierzig Prozent der Seilproben sind nicht rot und lila gestreift. Einige Hersteller haben ganze Karten mit Warenproben geschickt. Von einer tschechischen Firma haben wir eine zehn Zentimeter dicke Festmacherleine für Öltanker bekommen. Sie ist weiß und aus Hanf, und das Porto beläuft sich auf achthundert Kronen.«

»Speziell für die tschechische Küste entwickelt«, sagte Viggo Norlander.

Sie starrten ihn an.

»Die es nicht gibt«, verdeutlichte er.

Chavez räusperte sich ein wenig verwirrt. Dann fuhr er fort:

»Drei Proben sind brauchbar. Die Techniker untersuchen gerade ihre chemische Zusammensetzung, um zu sehen, ob es sich um unsere Art von Seil handelt.«

Dann raffte er seine Seilproben zusammen, fegte sie mit dem Arm in eine Sporttasche und kehrte an seinen Platz zurück.

»Vorbildlich kurz gefaßt«, sagte Jan-Olov Hultin und wischte sein Katheder sauber.

Hjelm sah auf die Uhr. Mit den Füßen hing er noch immer im Zeitloch. Es war drei Uhr. Drei Uhr am Freitagnachmittag. Bald Wochenende. Dann würde er sich wieder dem Tagebuch zuwenden.

»Könntest du dir vorstellen, jetzt weiterzumachen, Paul?« sagte Hultin mit unheilverheißender Milde.

Hjelm versuchte, sich zusammenzureißen.

»Ihr kennt ja Henry Blom, alias Olli Peltonen. Gunnar und ich haben uns, wie bekannt, einige Zeit mit dem Freihafen befaßt. Dort hat also Peltonens Schwarztaxi irgendwann nach sieben am Abend des siebten September 1981 unseren naseweisen Freund aufgenommen. Es war nicht einfach, die alten Hafenarchive aufzutreiben. Jetzt haben wir es aber geschafft, glaube ich. Eine ansehnliche Anzahl Schiffe ist an dem fraglichen Tag eingelaufen. Wenn wir aber davon ausgehen, daß es stimmt, wie Peltonen sagt, daß die Fahrt kurz nach sieben Uhr am Abend stattfand, dann können wir den fraglichen Zeitraum ein wenig enger fassen. Vielleicht können wir annehmen, daß der Mann ohne Nase, also der spätere Shtayf auf dem Südfriedhof, nicht den ganzen Tag unten im Freihafen stand und sich in der Spätsommersonne sonnte, sondern daß er ziemlich rasch an sein Endziel gelangen wollte. Falls es so ist, sind drei Schiffe von Interesse. Gunnar?«

Gunnar Nyberg hatte sich seit der Auseinandersetzung mit den Skinheads in Åkersberga auffallend zurückgehalten. Doch das hatte nur wenig mit Skinheads zu tun. Dagegen hatte es mit einer Dozentin in Slawistik zu tun. Er grübelte ganz einfach darüber nach, wie diese sonderbaren Empfindungen zu erklären waren, die durch seinen Riesenkörper wogten. War es wirklich Liebe? Es war so lange her, und ehrlich gesagt wußte er nicht, ob er jemals in seinem Leben Liebe empfunden hatte. Doch, zu seinen Kindern in den letzten Jahren, als sie schon erwachsen waren, aber vorher? War er jemals verliebt gewesen in die arme Gunilla? Scharf auf sie: Ja. Verliebt: Nein. Möglicherweise, möglicherweise war er jetzt tatsächlich verliebt in die Dozentin Ludmila Lundkvist. Sie waren in ein kleines russisches Lokal in der Drottninggata gegangen. Gunnar hatte zum erstenmal im Leben Borscht gegessen und Bärenbraten. Gut möglich, daß auch der eine oder andere Tropfen Wodka hinuntergeglitten war. Anschließend waren sie in ihre Wohnung in der Luntmakargata gegangen; es war vollkommen selbstverständlich gewesen. Sie hatten eine wunderbare Nacht verbracht. Hinterher wußte er nicht einmal, ob sie ›Sex gehabt‹ hatten, wie es inzwischen so forsch hieß. Es war alles mehr ein Gefühl, wogende Empfindungen, die durch seinen Riesenkörper zogen. Danach hatten sie sich ein weiteres Mal getroffen, zu Hause bei ihm in Nacka. Da hatten sie definitiv ›Sex gehabt‹. Es war ganz einfach himmlisch. Sie hatte auf der Empore in der Kirche von Nacka gesessen und zugehört, als der Kirchenchor übte. Der Chorleiter hatte am Ende gesagt, daß der Baß an diesem Tag ungewöhnlich rein und klar geklungen habe. Dann gingen sie nach Hause und liebten sich. Ungewöhnlich rein und klar.

Nein, sie hatten keinen ›Sex gehabt‹. Sie hatten sich geliebt.

Jetzt sagte Gunnar Nyberg ungewöhnlich rein und klar: »Die drei in Frage kommenden Schiffe an diesem Abend waren: die französische M/S Marie Curie, die um 16 Uhr 15 mit einer Stückgutladung aus Le Havre eintraf, die sowjetische M/S Cosmopolit, die um 18 Uhr 25 mit einer Stückgutladung aus Odessa einlief, und schließlich die deutsche M/S Mercedes, die um 19 Uhr 35 mit einer Ladung PKWs aus Kiel ankam. Wir versuchen, diese Schiffe nach zwanzig Jahren und einer gründlichen Veränderung der Europakarte zu lokalisieren. Es scheint nicht ganz einfach zu sein. Möglicherweise könnten wir sagen, daß Zeit und Raum auf die Cosmopolit hindeuten.«

»Aus Odessa in der Sowjetunion«, sagte Paul Hjelm.

»Der heutigen Ukraine«, sagte Gunnar Nyberg.

Eine Weile war es still. Ein Koordinatensystem, das aussah wie ein großes Pluszeichen, trat auf einer Reihe von Netzhäuten in Erscheinung. Ein Quadrant, der ein wenig in der Luft hing, wurde zu den anderen hingesogen.

»Hypothesenstunde«, sagte Paul Hjelm. »Wenn der nasenlose Shtayf aus der Ukraine kommt und zu Leonard Sheinkman fährt, haben wir die Verbindung, die uns gefehlt hat. Sie ist natürlich immer noch extrem vage, aber falls es so ist, haben wir eine denkbare Verbindung zwischen unseren ukrainisch sprechenden Erinnyen und unserem emeritierten Professor. Es wird natürlich nicht weniger interessant dadurch, daß Shtayf am gleichen Tag ermordet wird, an dem er Sheinkman besucht, und daß er in dem kleinen Badesee Strålsjön in Älta gefunden wird, das unmittelbar nordwestlich von Tyresö liegt. Es wird auch nicht weniger interessant dadurch, daß Sheinkman neunzehn Jahre später zu Shtayfs Grab pilgert und über diesem Grab seinen Tod findet.«

»Das kann man nicht sagen, nein«, meinte Hultin. »Was zum Teufel ist das hier? Was für ein Verbindungsglied fehlt uns?«

»Möglicherweise denken wir an irgendeinem Punkt falsch«, sagte Hjelm. »Ich habe das vage Gefühl, daß irgendwo ein Denkfehler steckt.«

»Aber vage Gefühle sind nicht das, womit wir unseren Job machen.«

»Sag das nicht.«

»Habt ihr noch mehr?«

»Nein«, sagte Hjelm. »Gunnar und ich machen mit den Schiffen weiter. Als nächstes muß der alte sowjetische Frachter Cosmopolit lokalisiert werden. Außerdem werde ich mir Leonard Sheinkmans Tagebuch noch näher ansehen.«

»Hast du das noch nicht getan? Ist es noch immer zu schwer?«

»Ja«, sagte Paul Hjelm.

Hultin seufzte tief und wandte sich an Kerstin Holm: »Kerstin?«

Sie schaute auf wahnwitzige Papierstapel hinab und sagte: »Ich mache, wie gesagt, weiter mit den Aufhängungen in Europa. Ich kämme Ermittlungen in verschiedenen Sprachen mit dem Läusekamm durch. Auf jeden Fall haben wir nicht mehr hereinbekommen, das ist immerhin ein Trost. Dagegen haben meine Nachfragen bei Robbins in Manchester, Mészöly in Budapest, Sremac in Maribor, Roelants in Antwerpen, von Weizsäcker in Wiesbaden und Gronchi in Venedig gewisse Ergebnisse gebracht. Von diesen Städten ist Maribor die kleinste. Das war auch die Aufhängung, die Stockholm unmittelbar voraufging, im März. Die slowenische Polizei ist diejenige, die sich am meisten Mühe gibt, als guter Partner bei der europäischen Zusammenarbeit zu erscheinen, und Maribor ist, wie gesagt, eine ziemlich kleine Stadt. Es scheint, als wären tatsächlich im März einige Prostituierte aus Maribor verschwunden. Auch von Kommissar Gronchi in Venedig liegen gewisse Andeutungen vor, aber sie sind eher vage. Venedig ging Maribor voraus. Das war im Februar. Wiesbaden ist auch nicht riesig, und Kriminalinspektor von Weizsäcker ist sehr dezidiert: Von dort sind keine Prostituierten verschwunden. Das war im Dezember. Möglicherweise kann man das so deuten, daß die Erinnyen in diesem Frühjahr angefangen haben zu expandieren. Und wenn das zutrifft, haben wir erst den Anfang gesehen. Außerdem habe ich endlich Antwort von einem Kriminalinspektor Benziger in Weimar bekommen. Kommissar …«

»Haben sie wirklich solche Titel?« fragte Viggo Norlander. »Normale, ehrliche, urschwedische Titel?«

»Natürlich nicht«, sagte Kerstin Holm. »Es sind ungefähre Übersetzungen. Um Titel und Beförderungswege und Hierarchien in nationalen Polizeiorganisationen zu verstehen, ist große Detailkenntnis erforderlich. Bei uns ist es schon schwer genug. Ich weiß kaum, welchen Titel ich selbst habe, geschweige denn, wie ich ihn übersetzen müßte. Darf ich weitermachen?«

»Laß mich nachdenken«, sagte Norlander naßforsch. »Doch. Doch, das geht in Ordnung.«

»Danke. Kommissar Radcliffe in Dublin hatte vorgeschlagen, mit diesem Benziger Kontakt aufzunehmen. Er hat vor einer Stunde geantwortet. Ich lese: ›Sehr geehrte Frau Holm. Ich bedauere es außerordentlich, daß ich Ihre E-Mail erst jetzt beantworten kann. Ich war durch einen auswärtigen Auftrag verhindert. Jimmy hat recht daran getan, Sie an mich zu verweisen. Also James Radcliffe. Auf einer internationalen Konferenz erwähnte ich ihm gegenüber vor kurzem, daß wir auf einen *modus operandi* gestoßen sind, der an Ihren Fall erinnert. Ich weiß jedoch sehr wenig darüber, weil es sich nicht um eine polizeiliche Angelegenheit handelt. Ich muß Sie diesbezüglich an Professor Ernst Herschel vom Historischen Institut der Universität Jena verweisen. Mit freundlichen Grüßen, Kriminalinspektor Josef Benziger, Weimar.‹«

»Hast du schon Kontakt mit diesem Herschel?« fragte Hultin.

»Nein«, sagte Holm. »Am Telefon meldet sich niemand. Ich habe ihm eine Mail geschickt.«

»Danke. Noch etwas?«

»Im Moment nicht.«

»Dann können wir die Sitzung ja mit einer kleinen Filmvorführung beschließen?«

»Ja, aber hallo«, sagte Viggo Norlander fröhlich. »Ich und deine Frau, Jorge, haben eine gemeinsame Reise unternommen. Eine Art Flitterwochen. Wir haben in Karlskrona sogar das Hotelzimmer geteilt.«

»Das haben wir nicht«, sagte Sara ruhig.

»Nein, vielleicht nicht«, fuhr Norlander fort, ohne sich beirren zu lassen. »Aber ich habe sie in allen möglichen Stellungen gefilmt.«

»Wenn du nicht aufhörst, darfst du nicht auf das Fest kommen«, sagte Chavez relativ unberührt und wühlte in den Tauenden.

»Was für ein Fest?« fragte Viggo.

»Oj«, sagte Jorge und legte die Hand auf den Mund. »Vielleicht war er gar nicht eingeladen.«

»Unsere Einzugsfete«, sagte Sara und stand auf. »Ich gehe davon aus, daß ihr alle kommt. Morgen abend um sieben. Eßt vorher nichts. Birkagatan in Birkastan. Alle haben hoch und heilig versprechen müssen, daß die laufende Ermittlung mit keinem Wort erwähnt wird.«

»Warum habt ihr mir nichts gesagt?« klagte Viggo. »Wo wir so viel zusammen gereist sind, Sara.«

»Du bist nicht eingeladen, Viggo«, sagte Jorge. »So einfach ist das. Wir haben alle eingeladen außer dir.«

»Hört jetzt auf«, sagte Sara. »Du weißt sehr wohl, daß du eingeladen bist, Viggo. Astrid hat schon zugesagt. Charlotte kommt mit. Im übrigen haben wir von allen Antwort bekommen, glaube ich. Jan-Olov, wie ist es jetzt? Kommt deine Frau mit?«

»Aber ja«, sagte Jan-Olov Hultin, der plötzlich ein Privatleben offenbarte und hinzufügte: »Sie heißt Stina.«

»Und dann war noch unklar, Gunnar, mit wie vielen Personen ...«

»Zwei«, sagte Gunnar Nyberg in reinem und klarem Baß.

»Es kommen also alle?« sagte Jorge. »Prima. Dann muß ich es noch zum Schnapsladen schaffen und ein bißchen mehr Duca kaufen.«

»Was ist das denn für ein bescheuerter südamerikanischer Scheiß?« stichelte Viggo weiter.

»Das ist ein vollmundiger italienischer Rotwein. Duca d'Aragona 1993. Und ein Scheiß ist er nicht. Dagegen ist er fast immer ausverkauft. Wahrscheinlich muß ich zum Nacka Forum fahren. Aber für euch tu ich das gern.«

Jorge Chavez war mit anderen Worten ein Wunder an Geduld. Hjelm betrachtete ihn skeptisch. Es war eine Maske, es mußte eine Maske sein. So drastisch konnte sich kein Mensch verändern. »Alle kommen nicht«, sagte er vorsichtig. »Arto nicht.«

»Da wäre ich nicht so sicher«, sagte Jorge kryptisch.

»Dann laßt uns zusehen, daß unser Freund noch rechtzeitig zu seinem Wein kommt«, sagte Hultin. »Laß den Film laufen, Viggo.«

Die Fernbedienung in Viggo Norlanders Hand setzte den Videorecorder vorn neben der Flipchart mit einem Klicken in Gang. Einen endlos langen Schwenk über ein tristes Hafengelände begleitend, sagte Sara: »Während diese Totale von Karlskronas Hafen vorbeizieht, kann ich vielleicht als erstes sagen, daß Viggo und ich noch einmal das gesamte Filmepos der Naturschutzbehörde über den polnischen Adlerschänder Wojcieck Bienek durchgesehen haben. Seine Kunden waren übrigens, wie sich herausstellte, Deutsche, Japaner und Amerikaner. Besonders die Aufnahmen aus dem Schiffsinneren haben wir aufmerksam betrachtet. Darin kamen keine der ausgewanderten Slagstamädchen vor.«

Nach dem Schwenk über Karlskrona folgte eine lange, verwackelte Sequenz mit vorüberwischenden Pflastersteinen. Dazwischen war ein offensichtlich neuer italienischer rechter Herrenschuh mit deutlichen Flecken zu erkennen. Im Hintergrund war ein Murmeln zu hören:

»Verflucht, wo ist sie denn jetzt hin, das Grüngemüse?«

Viggo Norlander räusperte sich vernehmlich: »Das sollte doch geschnitten werden, Sara«, sagte er unwirsch.

»Ich fand, es lohnte sich, das mitzunehmen«, sagte Sara friedlich.

»Das finde ich auch«, sagte Hultin neutral.

Jetzt erschien das Grüngemüse auf dem Fernsehschirm. Sara Svenhagens chlorgefärbtes Stoppelhaar befand sich einem wettergegerbten Mann in Uniform gegenüber, der in einer engen Kajüte mit fettfleckigen Seekarten an den Wänden saß. Er blickte auf ein Papier und sagte: »Nein. Wir haben keinerlei Information über diesen Bus oder seine Passagiere. Außer daß sie drei Kabinen bestellt hatten.«

»Das klingt ja, als gäbe es doch einige Informationen«, sagte das Grüngemüse aufmunternd. »Wie viele Personen waren denn gebucht?«

Der Wettergegerbte las in den Papieren, nicht ohne Schwierigkeit. »Elf Erwachsene«, sagte er schließlich.

»Erwachsene?« sagte Sara Svenhagen.

»Keine Kinder«, verdeutlichte der Wettergegerbte.

Dann erstarrte er mit einer eigentümlichen Grimasse um die Mundwinkel.

»Danke, Viggo«, sagte Sara und wandte sich der Kampfleitzentrale zu: »Elf Erwachsene heißt also, noch drei außer unseren acht aus Slagsta. Zwei hatten wir schon vermutet: einen Fahrer plus die Frau mit dem Handy, auf die wir zurückkommen. Jetzt zeigte sich also, daß es drei waren. Die Vereinigung der Erinnyen scheint unaufhörlich zu wachsen. Wir machen weiter, Viggo. Ihr müßt jetzt genau aufpassen, es gibt schnelle Schnitte, MTV-Ästhetik.«

Norlander drückte auf die Fernbedienung. Der Wettergegerbte verschwand, die Grimasse mit ihm.

Rascher Schnitt zu junger weißgekleideter Frau mit slawischem Aussehen vor einer Masse von Küchengeräten an einer Wand: »Nur Frauen, ja«, sagte sie in gepflegtem Schwedisch. »Drei Kabinen. In einer drei, in den beiden anderen je vier. Vierbettkabinen. Aber sprechen Sie mit Wislawa. Ich glaube, sie hatte die Kabinen.«

Rascher Schnitt zu einer noch jüngeren, dunklen Frau im Bikini, die sich an Deck sonnte. Die Kamera zuckte ein wenig, aber der berüchtigte Kameramann konnte der Versuchung widerstehen, zur Bikinilinie hinabzugleiten.

»Woher kommen Sie, Wislawa?« fragte Sara aus dem Off.

»Ich bin Polin«, antwortete das Bikinimädchen in gutem Schwedisch.

»Haben Sie gehört, ob sie miteinander gesprochen haben?«

»Ja. Verschiedene Sprachen. Ein bißchen russisch, ein bißchen bulgarisch.«

»Ukrainisch?«

»Ich kann Ukrainisch nicht von Russisch unterscheiden. Bulgarisch ist etwas anderes, aber ich verstehe es nicht. Russisch kann ich ein bißchen.«

»Haben Sie gehört, was sie sagten?«

»Nein. Sie sprachen nie, wenn ich dabei war. Ich hörte ihre Stimmen vom Gang aus. Es wurden nie richtige Worte. Aber ich habe nur saubergemacht. Serviert hat Jadwiga.«

Neuer Schnitt zu einem weiteren jungen Mädchen, blonder und in T-Shirt und Jeans. Sie wollte gerade mit einem Jungen mit Sonnenbrille an Land gehen, als sie am Landgang aufgehalten wurde. Das Bild schwankte kräftig, und ein hechelndes Geräusch war während des folgenden Gesprächs im Hintergrund zu hören.

»Sind Sie Jadwiga?«

»Ja«, sagte das Mädchen und fuhr zurück. »Nimm die Kamera weg. Was tust du da, schmieriger Alter.«

»Wir sind von der schwedischen Polizei«, sagte Sara und hielt ihren Ausweis hoch.

»Der auch?« sagte Jadwiga und machte eine Geste mit dem Kopf.

»Ja. Komisch, nicht?« sagte Sara Svenhagen neutral.

»Mußt du so hecheln?« sagte Jadwiga in klagendem Ton.

»Ich bin ein alter Mann«, sagte die hechelnde Stimme.

»Kennen Sie diese Frauen?« sagte Sara.

Jadwiga betrachtete eine Karte mit Fotos. »Klar«, sagte sie. »Die meisten waren dabei, vielleicht alle. Schliefen in drei Kabinen. Ich glaube, sie waren während der gesamten Überfahrt in den Kabinen. Gingen nie raus. Ich habe ihnen das Abendessen serviert und am Morgen Frühstück.«

»Die wichtigste ist sie«, sagte Sara und zeigte auf eins der Bilder. »Können Sie etwas über sie sagen?«

Jadwiga kratzte sich am Kopf und sagte: »Sie war Russin, glaube ich. Irgendein russischer Dialekt. Mein Russisch ist nicht so gut.«

»Da haben Sie nicht gehört, worüber sie sprachen?«

»Vielleicht ein bißchen. In meinen ersten Schuljahren war Russisch obligatorisch. Als ich dann gerade angefangen hatte, die Grundlagen zu begreifen, wurde es Englisch.«

»Sie sprechen ja sehr gut Schwedisch«, sagte Sara.

»Danke.«

»Scheiße!« hörte man jemand brüllen, dann kam ein Knall, und das Bild zeigte den Himmel durch eine Schiffsreling hindurch.

Neuer Schnitt. Wieder Jadwiga, mit einer Kaffeetasse vor sich und essenden Menschen im Hintergrund.

»Wir versuchen es noch einmal«, sagte Saras Stimme. »Bist du sicher, daß sie noch geht, Viggo?«

»Viggo?« sagte Jadwiga amüsiert.

»Tja«, sagte Norlanders nicht mehr hechelnde Stimme, »ich bin ausgerutscht.«

»Also, Jadwiga. Wo waren wir?«

»Die da«, sagte sie und zeigte auf die Fotokarte. »Sie hat mit den beiden anderen in der Kabine einen komischen russischen Dialekt geredet. Ich habe ein bißchen mitgekriegt, als ich das Frühstück servierte. Als ich am Abend vorher das Essen servierte, waren sie mucksmäuschenstill.«

»Sie schlief also in der Kabine, in der drei Passagiere waren?«

»Ja.«

»Könnten Sie die beiden anderen in der Kabine beschreiben?«

»Ich glaube schon. Um die Dreißig, vielleicht. Ein bißchen südslawisches Aussehen. Wenn ich nordslawisch aussehe.«

»Und die beiden waren keine von den anderen hier auf den Fotos?«

»Nein, die waren in den anderen Kabinen. Vier in jeder. Sie machten mehr Krach. Drogensüchtige.«

»Und die drei in der dritten Kabine würden Sie nicht als Drogensüchtige bezeichnen?«

»Nein. Ich dachte, es wären Sozialarbeiterinnen oder etwas in der Art. Die eine Gang alter Fixerinnen begleiteten. Zum Entzug.«

»Würden Sie diese beiden Frauen in der Dreierkabine wiedererkennen? Oder könnten Sie helfen, eine Zeichnung von ihnen anzufertigen?«

»Vielleicht.«

»Was haben sie denn gesagt?«

»Wie?«

»Haben Sie nicht gesagt, Sie hätten etwas gehört, als Sie das Frühstück servierten?«

»Ich versuche, mich zu erinnern. Zuerst ging es ums Wetter, daß es schön war, daß sie eine ruhige Nacht gehabt hatten. Dann etwas darüber, daß die Mädchen sich galant aus der Affäre gezogen hatten. Eine hat gesagt, sie wäre stolz auf sie. Dann etwas darüber, daß jemand benachrichtigt werden mußte, wenn sie durch wären. Dann fragten sie mich, ob es kein Roggenbrot gäbe. Dann fragte eine, wann sie zuletzt kontrolliert worden wären. Eine andere sagte, es sei erst zehn Minuten her. Und mich fragten sie, ob ich in den Nachbarkabinen gewesen sei. Ich antwortete, ja. Da fragten sie, ob sie nett zu mir waren. Ich antwortete, ja. Dann bat eine um eine extra Tasse Kaffe. Die bekam sie. Und danach bin ich gegangen.«

»Meine Güte«, sagte Saras Stimme. »Sie haben ein gutes Gedächtnis.«

»Danke.«

»Jemand sollte also benachrichtigt werden, wenn sie durch wären? War es so?«

»Sie haben auch ein gutes Gedächtnis.«

»Wer? Haben sie einen Namen genannt?«

»Ja, sie haben einen Namen genannt. Aber daran erinnere ich mich nicht.«

Neuer Schnitt. Jadwiga saß an einem Schreibtisch mit einem Computer. Ein dicker Mann in Polizeiuniform saß davor und schrieb und betätigte die Maus. Daneben konnte man zur Hälfte Sara sitzen sehen.

»Ich weiß nicht«, sagte Jadwiga und zeigte auf den Monitor. »Ungefähr so. Ein bißchen schrägere Augen vielleicht.«

»Viggo«, sagte Sara mit einer gewissen Müdigkeit in der Stimme. »Es gibt keinen Grund, das hier zu filmen.«

»Doch, durchaus«, sagte eine unverkennbare Männerstimme, während die Kamera um den Schreibtisch glitt und Jadwiga aufs Korn nahm, die eine irritierte obszöne Geste machte.

»Stör sie nicht«, sagte Sara noch müder.

»Sieht aus wie Magdalena Forsberg«, sagte der Uniformierte in Karlskronamundart und betrachtete enttäuscht den Bildschirm.

Jadwiga dagegen sah plötzlich erschrocken aus.

»Kein Grund, sich Sorgen zu machen«, sagte die unverkennbare Männerstimme. »Niemand wird glauben, du hättest die weltbeste Biathlon-Sportlerin bezichtigt.«

Jadwiga stand auf. Die Kamera folgte ihr. »Aber *das* war es«, stieß sie aus.

Sara Svenhagen tauchte neben ihr auf und sagte: »Was meinen Sie, Jadwiga?«

»Den Namen«, sagte die junge Polin. »Von der Frau, die benachrichtigt werden sollte.«

»Magdalena Forsberg?« sagte die unverkennbare Männerstimme.

»Magda«, sagte Jadwiga.

Es folgte ein abrupter Schnitt zu etwas, was wie das Gelände einer Kfz-Werkstatt aussah. Ein Mann mit Schnauzbart und Shell-Kappe stand vor einer Reihe mehr oder weniger defekter Busse und wischte sich die ölverschmierten Hände ab.

Er blickte mißtrauisch in die Kamera. »Was soll denn das bedeuten«, sagte er auf småländisch. »*Sind Sie deutsch? Sie können hier nicht fotografieren.*«

»Entschuldigung«, sagte Saras Stimme. Von der Seite wurde ihre Hand mit dem gezückten Polizeiausweis ins Bild gestreckt. »Ist dies hier Anderstorps bil & buss AB?«

»Ja. Nehmen Sie die Kamera weg. Brauchen Sie dafür nicht eine Genehmigung?«

»Da liegt er gar nicht so falsch«, sagte Jan-Olov Hultin laut.

»Schsch«, zischte Sara, während sie gleichzeitig auf dem Fernsehschirm fragte: »Sind Sie Anders Torp?«

»Ja«, sagte der Schnauzbartmann, immer noch mißtrauisch, doch jetzt mit spürbarem Stolz. »Anders Torp in Anderstorp.«

»Vermieten Sie Busse?«

»Ja«, sagte Anders Torp. »Das kommt vor.«

»Haben Sie einen Bus mit diesem Kennzeichen vermietet?«

Ein Notizblock wurde ins Bild geschoben.

Anders Torp betrachtete ihn und nickte. »Ein alter Volvo, kleineres Modell«, sagte er. »Sie haben ihn für einen Monat gemietet. Es muß so zwei Wochen her sein.«

»Glänzend«, sagte eine unverkennbare Männerstimme.

»Ist der auch von der Polizei?« sagte Anders Torp und zeigte direkt ins Bild. »Ich möchte wirklich gern wissen, ob Sie hier einfach so ohne Genehmigung filmen dürfen. Vielleicht sollte ich lieber keine Fragen mehr beantworten.«

»Wenn Sie etwas zu verbergen haben, schlage ich vor, daß Sie das tun«, sagte Sara.

»Vorbildlich«, sagte Hultin.

»Schsch«, zischte Sara.

»Ich habe nichts zu verbergen«, sagte Anders Torp gekränkt.

»Dann setzen wir die Reise fort«, sagte Sara. »*Då fortsätter vi resan*, wie es in *Yellow Submarine* heißt.«

»Haben Sie das auch gehört?« sagte Anders Torp, und seine Miene hellte sich auf. »Irgendwo in der Mitte, wo es einen Moment chaotisch wird. Die Eagles haben ihre Rückwärtsmitteilungen eingeblendet, die Beatles haben einen schwedischen Sprecher eingespielt. Das ist Klasse.«

»Wer hat den Bus gemietet?« fragte Sara kurz.

Anders Torp sah sie bewundernd an. Sie hatte offenbar die Mauer seines Mißtrauens durchbrochen.

»Eine Frau«, sagte er. »Keine Schwedin.«

»Woher kam sie? Osteuropa?«

»Nein, dann hätte ich nicht vermietet. Da weiß man doch, daß der Bus nicht zurückkommt.«

»Sie muß doch einen Führerschein vorgelegt haben …«

»Und einen Paß«, sagte Anders Torp. »Das muß man, als Ausländer. Ich glaube, sie war Deutsche. Ich kann nachsehen.«

Er verschwand. Die Kamera schwenkte auf Sara.

Die unverkennbare Männerstimme sagte: »Yellow Submarine?«

Sara zeigte auf eine Wand der Busgarage. Die Kamera zoomte ein verblichenes Poster mit psychedelischem Muster heran, bis die Texte ›Beatles‹ und ›Yellow Submarine‹ erkennbar wurden. Dann kehrte die Kamera zu Sara zurück.

»Raffiniert«, sagte die unverkennbare Männerstimme.

»Tja«, sagte Sara und sah ziemlich zufrieden aus.

Dann kam Anders Torp aus Anderstorp zurück. Er hielt ein Blatt Papier in der Hand. Es flatterte wild im småländischen Frühsommerwind. »Hier«, sagte er und zeigte auf das ungestüme Papier. »Führerscheinnummer und Paßnummer.«

Sara nickte und sagte: »Wir kopieren es nachher. War es eine von diesen hier?«

Sie hielt ihm die Karte mit den Fotos hin. Anders Torp nahm sich Zeit für jedes einzelne der neun Fotos. Er schüttelte den Kopf. »Nein«, sagte er.

Dann streckte Sara ihm noch zwei Fotos hin, etwas größere.

Anders Torp betrachtete das erste. Dann griff er zum zweiten, und sein Gesicht hellte sich auf wie vorher, als *Yellow Submarine* erwähnt wurde. »Dies hier ist ihr sehr ähnlich«, sagte er und nickte.

Sara Svenhagen machte das Daumen-hoch-Zeichen in die Kamera. Die Kamera schwankte und fiel zu Boden. Man sah noch die Sonne hinter eine Wolke huschen, bevor das Bild sich im Krieg der Ameisen auflöste.

Eine Weile war es still. Dann sagte Jan-Olov Hultin: »Ich bin mir nicht sicher, ob die Videokamera ein richtig gutes Gerät im Zusammenhang mit einer polizeilichen Ermittlung ist …«

Sara Svenhagen machte das Daumen-hoch-Zeichen zu Viggo Norlander. Er antwortete fröhlich mit der gleichen Geste. Diesmal war keine Kamera da, die hinfallen konnte. Es war offensichtlich, daß er einen unschätzbaren Beitrag geleistet zu haben glaubte.

Dann sagte Sara: »Die sogenannte Ninja-Feministin kann also endlich einen Namen bekommen. Magda.«

»Außerdem«, sagte Viggo Norlander, »haben wir die hier.«

Er hielt drei Fotos wie einen Fächer in die Höhe. Eins war eine richtige Fotografie – das von den Technikern gereinigte Bild aus dem Film der Naturschutzbehörde, das die Frau mit dem Handy zeigte. Die beiden anderen waren ziemlich ausgeprägte Phantombilder, also Computerrekonstruktionen.

»Diese beiden«, sagte Viggo, »wurden also von einem korpulenten Polizisten in Karlskrona in Zusammenarbeit mit der polnischen Kellnerin Jadwiga von der Stena Europe erstellt.«

Er legte eins der Phantombilder hin, behielt das andere in der erhobenen Hand und fuhr fort: »Dieser Frau vermietete Anders Torp in Anderstorp seinen Bus. Wir können davon ausgehen, daß sie die Fahrerin der Erinnyen ist.«

»Paß und Führerschein waren deutsch«, sagte Sara. »Sie sind ohne jeden Zweifel gefälscht. Könnt ihr raten, auf welchen Namen sie lauteten?«

»Nein«, sagten alle.

»Eva Braun«, sagte Sara Svenhagen.

»Leider war die Kamera kaputtgegangen, als Anders Torp das sagte«, fuhr Viggo Norlander fort.

»Miese Qualität«, sagte Jan-Olov Hultin neutral.

Da klingelte das Telefon. Hultin nahm den Hörer ab. »Ja«, sagte er. »Ja, ja. Wieso schwierig? Aha. Okay. Gut. Danke.«

Dann legte er wieder auf und sagte: »Das war Chefkriminaltechniker Brynolf Svenhagen. Er war aufgebracht.«

»Ojemine«, sagte Jorge Chavez sardonisch und schielte auf die Uhr; der Besuch im Schnapsladen schien in immer weitere Ferne zu rücken.

Hultin sagte: »Es ist eine Antwort gekommen auf unsere Anfrage wegen des Mannes ohne Nase.«

Die aufmüpfige Versammlung lauschte plötzlich gespannt wie Kinder am ersten Schultag.

»Warum war Brunte denn aufgebracht?« fragte Paul Hjelm und erntete einen sauren Blick von Sara Svenhagen.

»Weil die Antwort ungewöhnlich diffus ist. Sie behaupten, sie hätten keine Kooperationsabsprache mit Europol. Sie weigern sich, den Namen zu nennen, und sie verlangen, daß wir einen Mann hinunterschicken.«

»Hinunterschicken?« sagte Chavez. »Haben die noch nie was vom Internet gehört?«

»Wohl nur mit Mühe und Not, würde ich meinen«, sagte Hultin und nahm den Hörer ab.

»Aber du hast doch wohl nicht vor, einen zu schicken?«

»Doch«, sagte Hultin und wählte eine sehr lange Nummer. »Wir haben doch schon einen Europareisenden. Arto kann Anfang der Woche hinfahren.«

»Aber *wo*hin denn?« sagte Paul Hjelm. »Woher kommt unser Nasenmann?«

»Das ist der Grund, warum ich mich füge, ohne zu murren«, sagte Jan-Olov Hultin und sah auf. »Shtayf kam aus Odessa. In der Ukraine.«

30

Es war Samstagabend in der Toskana. Familie Söderstedt saß auf der Veranda, während die Sonne langsam über die Hügel herabsank. Errötende Sonnenstrahlen pinselten die Weinberge goldstreifig. Ein Hauch von siebzehn verschiedenen Sorten Basilikum wehte vom Kräuterbeet herüber, und die anhaltende Tageswärme ließ die Abendluft in der Dämmerung leicht erzittern. Die letzten Reste von Anjas fabelhaftem Spezialpesto, das auf dem Neuzugang eines butterblauen Rosenzweigbasilikums basierte, rutschten gerade durch die Kehle, perfekt vermischt mit einem vollmundigen Brunello.

Und alles – ganz genau alles – war sehr gut.

Arto Söderstedt blickte in die Runde. Zwischen all den kreideweißen Köpfen war ein schwarzer. Er gehörte einem siebzehnjährigen Weinbauernsohn namens Giorgio. Er war es, der seiner ältesten Tochter die Unschuld geraubt hatte. Mikaela hatte ihn eines Tages mitgebracht und vorgestellt. Arto fand das großartig. Ihm wurde etwas verehrt, ihm wurde tatsächlich gedankt dafür, daß er sie überzeugt hatte, sich nicht schämen zu müssen. Hoffentlich würde die Einsicht sie durchs Leben begleiten.

Schämen muß man sich nur, wenn man einem anderen etwas Böses antut.

Nur dann.

Giorgio war ein sehr schüchterner Junge, der in der Überzeugung lebte, daß der Vater des geliebten Mädchens per definitionem rasend war. Daß es seine Pflicht war, rasend zu sein. Aber auch Giorgios eigener Vater schien nicht besonders rasend zu sein. Söderstedts luden den Weinbauern und seine Frau eines Abends ein. Beide machten einen nervösen Eindruck, als stünden sie vor Gericht.

Dies also war das Ehepaar, dessen Tochter ihr nichtsnutziger Sohn entjungfert hatte. Die Eheleute Söderstedt hatten ihren gesamten Charme aufgeboten, um sie zu überzeugen, daß alles in Ordnung war, und ganz langsam hatte sich das Weinbauernpaar entspannt. Es endete damit, daß alle einander in Lobpreisungen der Liebe und des Weins und des Lebens übertrafen.

Jemand hier am Tisch ist schwanger.

Pang – machte es, als ihm die Einsicht kam.

Es war etwas mit der Stimmung. Diese spezifisch weibliche, völlig lautlose Telepathie schickte ihre Wellen quer über den Tisch. Er kannte es von früher. Fünfmal, um genau zu sein. Er gehörte praktisch zu den Experten.

Zuerst ging sein Blick hinüber zu Linda, der zweitältesten Tochter. Sie war vierzehn. Das kam ihm ziemlich ungefährlich vor. Und das war es auch. Sie verschlang Pasta, warf verstohlene Blicke in die Runde und war genau wie immer. Vor allem unglaublich neugierig auf Giorgio. Mit einem kleinen Lächeln fragte er sich, was wohl in ihren Gedanken ablief. Wo sie auf Widerstand stießen.

Dann kam der kritische Augenblick. Er faßte sich ein Herz und wandte sich Mikaela zu. Sie leuchtete. Doch es war das Leuchten der Liebe und nichts anderes, davon war er ziemlich überzeugt.

Jaha, dachte er und atmete auf. Ich habe mich geirrt. Ich dachte schon, ich würde nie mehr Kinder aus dem Tagesheim abholen. Aber von wegen.

Ich werde in ein paar Jahren einen Nachzügler aus dem Tagesheim abholen.

Er wandte sich Anja zu, die ihr Butterblaurosenzweigbasilikumpesto auf der Zunge zergehen ließ. Sie schimmerte.

Ja, es war ein Unterschied zwischen Leuchten und Schimmern. Ein gewaltiger Unterschied.

»Also du sitzt da und bist schwanger?« sagte er und nahm noch einen Schluck Wein.

Anja verschluckte sich am Pesto. Er mußte aufstehen, um sie herumgehen und das gute alte *Heimlich*-Manöver durchführen. Er faßte sie unterhalb der Brust und drückte zu. Ein ordentlicher Klumpen Pesto landete mitten auf dem Tisch. Giorgio verzog angeekelt das Gesicht. Mikaela wäre vor Scham am liebsten im Erdboden versunken. Sie hatte noch nicht richtig ausgelernt.

Anja wischte sich die Tränen mit einer Serviette ab, mit der sie anschließend die Pestoreste vom Tisch wischte. Ihre Miene war vollkommen ausdruckslos. Dann saß sie da und starrte über die Dämmerungslandschaft hinaus in die Ferne. Arto setzte sich auch. Er beobachtete sie, um zu sehen, ob die telepathischen Wellen wiederkamen.

Giorgio betrachtete unschlüssig seine halb gegessene Portion Pesto.

»You don't have to eat it«, sagte Anja, ohne den Blick von der Unendlichkeit abzuwenden.

Die Wellen waren abwesend, als Mikaela und Giorgio sich davonstahlen, um in intimem Tonfall die Erwachsenenwelt zu schmähen, sie waren abwesend, als Linda und Peter davonglitten, um in der zunehmenden Dunkelheit herumzuschleichen und sich gegenseitig zu Tode zu erschrecken, sie waren abwesend, als Stefan Klein-Linas Hand faßte und mit ihr davontappte, um italienisches Kinderfernsehen zu gucken.

Aber als die Eheleute allein auf der Veranda zurückblieben, als die Zikaden sich ins Zeug legten, daß es um ihre Beine Funken sprühte, da kamen die telepathischen Wellen wieder. Anjas Blick kehrte aus der Ferne zurück und begegnete seinem unverwandt bohrenden. Ein paar Sekunden saß sie da und beobachtete ihren eigentümlichen Ehemann. Dann schüttelte sie rasch den Kopf, lächelte kurz und verschwand.

Keine Frage, es würde einen Nachzügler geben.

Er ging hinüber zu seiner Ecke der Veranda und schaltete den Computer ein. Der rasselte und röchelte. Arto Söderstedt lebte in ständiger Furcht davor, sein Computer könnte einem Informationsschlag erliegen und ganz einfach den Geist aufgeben. All diese CD-Roms, die eingegeben wurden, all die Informationen, die über die Festplatte verstreut waren – wo verlief eigentlich die Grenze des ihr Zumutbaren?

Arto Söderstedt holte den Grundriß des Palazzo Riguardo hervor, den Kommissar Marconi ihm nur widerwillig überlassen hatte. Dazu hatte ihm der gute Kommissar – allerdings noch widerstrebender – alle kritischen Punkte des vierunddreißig Zimmer zählenden Gebäudes gezeigt. Zum Abschluß hatte er sich, die Hände an den Hüften, vor ihm aufgebaut und mit fordernder Stimme gesagt: »Ich sollte aber schon wissen, wofür sie dies brauchen, Signor Sadestatt.«

Signor Sadestatt erwiderte: »Welcher ist der beste Weg hinein?«

Signor Marconi war fassungslos. Alles andere wäre undenkbar gewesen.

Söderstedt verdeutlichte: »Nicht für mich, für die Erinnyen.«

Marconi beobachtete ihn. Sein Blick war starr.

»Man kommt nicht anders an ihn heran als in seinem Haus«, fuhr Söderstedt fort. »Er hat seinen Palast seit – was haben Sie gesagt? – einem Jahr nicht verlassen?«

Marconi nickte, doch nicht gleichgültig.

»Also muß man in den Palazzo Riguardo, um an ihn heranzukommen.«

»Und Sie sind wirklich sicher, daß diese … Erinnyen hinter ihm her sind?«

»Ich bin mir dessen immer sicherer, ja.«

»Warum?«

»Weil dies mit den Vielfraßen so wunderbar deutlich war. Weil es irgendeine direkte Verbindung zwischen Leonard Sheinkman in Stockholm und Marco di Spinelli in Mailand gibt. Weil die Kombination Vielfraß/Greis direkt auf den Palazzo Riguardo hinweist. Weil di Spinelli die Spinne im Netz ist. Bei ihm laufen alle Fäden zusammen. Von ihm gehen alle Fäden aus. Er selbst hat das Netz gesponnen, in dem er sich verfangen wird. Er hat die Gestalten, die ihn verzehren werden, selbst geschaffen.«

»Das klingt ziemlich überzeugend«, sagte Marconi aufmunternd, um gleich danach Eiswasser über den kochenden Finnlandschweden zu gießen: »Aber gibt es wirklich eine einzige greifbare Verbindung zwischen Sheinkman und di Spinelli?«

»Er kannte ihn.«

»Das sagen Sie, ja. All dies beruht auf einer Rückenmarksreaktion bei Ihnen. Außerdem müßte doch in diesem Fall Sheinkman das Opfer sein und di Spinelli der Henker. Warum sowohl das Opfer als auch den Henker ermorden?«

»Nichts sagt uns, daß di Spinelli der Henker ist. Sie sind vielleicht Brüder im Unglück.«

»Marco di Spinelli als Lagerinsasse in Buchenwald? Sie machen Scherze.«

»Ihre Äußerung, Signor Marconi, deutet an, daß Sie gegenteiliger Ansicht sind, all Ihrer früheren Neutralität zum Trotz.«

»Sehen Sie sich Marco di Spinelli an, Signor Sadestatt. Ist das ein Mann, der von einer Vergangenheit in einem Konzentrationslager gequält wird, in dem er von maschinenmäßig mordenden Nazis erniedrigt wurde? Ist das ein Mann, der nach einem halben Jahrhundert noch immer Psychopharmaka schluckt, um eine Stunde in der Nacht Schlaf zu finden? Ist das ein Mann, der gräßlichsten medizinischen Experimenten ausgesetzt gewesen ist?«

Hier hatte Arto Söderstedt sich tatsächlich gebremst. Der distinguierte Kommissar, normalerweise ein Wunder an Selbstbeherrschung, ließ für einen kurzen Moment die Beweggründe seiner Hartnäckigkeit erkennen.

Sie waren persönlicher Art.

Auf die eine oder andere Weise persönlicher Art.

»Ihr Vater?« sagte Söderstedt kühn.

»Es ist meine ganze Jugend«, sagte Italo Marconi, und sein Blick war bohrend. »Das Zentrum meiner Kindheit. Sie können nicht schlafen. Sie können nie schlafen.«

Söderstedt schwieg.

Er wartete, bis Marconi, mit gefaßter, aber bebender Stimme, fortfuhr: »Buchenwald war ein grauenhaftes Konzentrationslager in Nazideutschland. Gegen Ende des Krieges saßen dort fast nur noch Nichtdeutsche. Die deutschen Juden waren schon in die Vernichtungslager in Polen abtransportiert, soweit an ihnen keine medizinischen Experimente durchgeführt wurden, und Buchenwald wurde immer mehr ein Internierungslager für ausländische Gefangene. Mein Vater war italienischer Kommunist. Man untersuchte die Bewegung des Bluts durch die Muskelmasse, indem man es live beobachtete, sozusagen. Sezierung des lebenden rechten Arms, natürlich ohne Betäubung. Er lief fast ein Jahr mit dem sezierten herabhängenden Arm herum, bevor Einheiten der dritten US-Armee am elften April Buchenwald erreichten und die Lagertore öffneten.«

Söderstedt wußte nicht recht, wie er mit diesen Informationen umgehen sollte. »Das tut mir leid«, sagte er kraftlos.

»Mir auch«, sagte Marconi und machte sich an verschiedenen Papieren auf seinem Schreibtisch zu schaffen. »Meine gesamte Erfahrung sagt mir also, daß di Spinelli nie in einem Konzentrationslager gesessen hat. Darauf würde ich mein Leben setzen.«

»Sie haben natürlich recht«, sagte Söderstedt. »Es war nur so ein Einfall.«

»Aber entwickeln Sie trotzdem Ihren Gedankengang«, sagte Marconi und war wieder ganz der alte.

»Wer einen achtundachtzigjährigen ehemaligen KZ-Gefangenen tötet, indem er ihn an den Beinen aufhängt und ihm mit einem Metalldraht im Gehirn herumstochert, ist per definitionem Faschist. Ich finde, daß die Kollegen in Stockholm ein bißchen zu leichtfertig davon ausgegangen sind, daß diese Erinnyen in einer Art Mission unterwegs sind. Daß sie vergewaltigte Frauen befreien. Auf mich wirken sie ausgesprochen faschistoid. Auch wenn sie Frauen sind.«

Italo Marconi nickte. Dann sagte er: »Es gibt einen Weg hinein.«

Arto Söderstedt horchte auf, während er sich über die große, uralte Zeichnung des Palastes beugte, die aufgerollt auf dem Schreibtisch lag. Erst jetzt bemerkte Söderstedt, wie minutiös jeder Raum im Palast kartiert war.

»Wir kennen wirklich jeden Winkel im Palazzo Riguardo«, fuhr Marconi fort. »Von hier aus wird ein Unternehmen von der Art geführt, die im Begriff ist, unser Land und unseren Kontinent in den Ruin zu stürzen. Marco di Spinellis Unternehmen stellt ganz einfach die Marktwirtschaft in ihrer reinsten Ausprägung dar. Die unkontrollierte Marktwirtschaft residiert in einem Palast, in dem die hervorragendsten Künstler des Abendlandes durch die Jahrhunderte die Korridore der Macht geschmückt haben. Es ist große und vollendete Schönheit, es ist Bildung, es ist Geschichtsbewußtsein – und es ist schiere, brutale Macht.«

Arto Söderstedt begann zu begreifen, warum der Palast bis ins letzte kartiert war. Man verstand den ganzen Mechanismus – aber man konnte ihn nicht stillegen.

»Der Aufbau des Palastes ist ein bißchen wie bei einer Zwiebel«, fuhr Marconi fort und vollführte weitläufige Gesten über der Zeichnung. »Mit dem Unterschied, daß es einen Kern gibt. Und der Kern ist Marco di Spinellis Büro. Man muß eine Schale nach der anderen durchstoßen. Als die Familie Perduto im sechzehnten Jahrhundert den Palast errichten ließ, war sie von allen Seiten bedroht. Der

Palast wurde als eine Reihe einander umschließender Mauerwerke gebaut. Man merkt es nicht, wenn man durch die Korridore wandert, aber Tatsache ist, daß man eine Zugbrücke nach der anderen passieren muß, und diese Zugbrücken können äußerst schnell hochgeholt werden, so daß man direkt in den Wallgraben stürzt, wenn Sie die Bildsprache erlauben. Obgleich der Palast einen offenen und weitläufigen Eindruck macht, gibt es nur ein einziges Tor durch jede Schale, und an diesem Tor befindet sich eine gutbewachte und unverzüglich hochklappbare Zugbrücke. Der Versuch, durch diese Tore hindurch die Schalen zu bezwingen, ist sinnlos.«

Söderstedt ließ ein kleines Lachen hören. Er sagte: »Gehet ein durch die enge Pforte. Denn die Pforte ist weit, und der Weg ist breit, der zur Verdammnis führt, und ihrer sind viele, die darauf wandeln. Und die Pforte ist eng, und der Weg ist schmal, der zum Leben führt, und wenige sind ihrer, die ihn finden.«

Marconi warf ihm einen raschen Blick zu. Ein kurzes Lächeln huschte über sein Gesicht und er nickte: »Matthäus sieben, Vers 13. Es ist wirklich ein schmaler Weg, und es sind ihrer wenige, die ihn finden. Wir haben ihn wie ein As im Ärmel. Für den Fall, daß wir mit sofortiger Wirkung hinein müssen. Hier ist er.«

Söderstedt folgte Marconis Strich, der sich hinaus zu der inzwischen pechschwarzen toskanischen Landschaft erstreckte wie die Spuren des Glühwürmchenfluges, die sich noch eine Weile auf der Netzhaut halten. Es kam ihm vor, als bildete der Strich eine unlesbare Schrift.

Als Marconi mit seinem Strich fertig war, hatte Söderstedt gefragt: »Was glauben Sie selbst, was di Spinelli im Krieg gemacht hat?«

Marconi legte den Stift hin und fixierte seinen nordeuropäischen Kollegen. »Aber das ist doch glasklar«, sagte er. »Er war Nazi.«

Wie von dem Gleichnis herbeigerufen, tauchte ein Schwarm Glühwürmchen im Garten auf und führte einen flüchtigen Tanz auf, der noch lange, lange sichtbar blieb, nachdem sie selbst verschwunden waren. Ein Gewirr von Lichtfäden, die auch durch das Schließen der Augen nicht zu vertreiben waren, machte es unmöglich, Marconis enge Pforte zu erkennen.

Arto Söderstedt saß eine gute Weile da, starrte ins Nichts und versuchte, die Schrift der Glühwürmchen zu lesen. Er las so lange, bis der Text sich allmählich vor seinen Augen auflöste.

Schließlich war nur noch Italo Marconis helle Linie übrig. Sie schlängelte sich quer durch die Zeichnung wie die zittrige Bleistiftlinie eines Kindes durch das Labyrinth eines Comic-Hefts.

Er sah vor sich, wie die Erinnyen, vielleicht in ebendiesem Augenblick, über die gleiche Zeichnung gebeugt saßen und auf genau den gleichen Strich zeigten wie er selbst. Sie waren unterwegs, er fühlte es. Plötzlich kam es ihm so vor, als erbebte der Garten, wie von einer Art gleitender Gegenwart von etwas. Im Augenwinkel sah er einen Schatten hinter einen Baum gleiten. Und noch einen. Dann schien die ganze Natur in gleitende Schatten gehüllt, die Bäume schienen sich zu bewegen, der Wald näherte sich.

Arto Söderstedt schauderte und versuchte, das Unbehagen abzuschütteln.

Wer waren sie, diese unerbittlichen Gestalten aus der vergessenen Tiefe des Mythos?

Längst war die Zivilisation überzeugt, sie gezähmt zu haben.

Sie schlichen sich an ihre Opfer heran. Mit großer Präzision trieben sie ihre immer panischer werdenden Opfer genau zu dem vorgesehenen Mordplatz. Wenn sie ihn erreichten, waren die Opfer mürbe, zitterten bis in die Tiefe ihrer Seele. Sie versetzten die vergessene, verdrängte Tiefe in ein Beben, und dann hängten sie das Opfer an den Füßen auf und führten eine fürchterliche Nadel in sein Gehirn ein.

Zu diesem Zeitpunkt hatten sie ihre Opfer bereits in den Wahnsinn getrieben.

Alle außer Leonard Sheinkman. Er hatte sogar mit ihnen gesprochen. Ruhig und still.

Als hätte er auf sie gewartet. Als hätte er lange auf sie gewartet.

Worauf hatte er gewartet? War es etwas, was er im Konzentrationslager gesehen hatte? War es sein eigener Verrat, von dem Paul Hjelm berichtet hatte, nachdem er Sheinkmans Tagebuch gelesen hatte? Sein zweifacher Verrat?

Waren es die Rachegeister seiner Frau und seines Sohnes, auf die er wartete?

Nein, sein Verrat war nicht von dieser Art. Sicher hätte er seine Familie nehmen und nach Amerika fliehen können – daß er das nicht getan hatte, war eine Art Verrat. Sicher hätte er laut protestieren können, als seine Frau und der Sohn hingerichtet wurden, doch das hätte keinen wirklichen Unterschied gemacht.

Nein, es handelte sich um etwas anderes, etwas Schwereres. Da stimmte er ganz mit Paul überein. »Ich habe das vage Gefühl, daß irgendwo ein Denkfehler steckt«, wie er sich am Telefon ausgedrückt hatte.

Und dann war das zweite Gespräch gekommen.

Von Hultin.

»Was hältst du von dem gespenstisch schönen Odessa?«

Morgen würde er fahren. Er würde sein vernachlässigtes Paradies verlassen und sich in die Höhle des Löwen begeben. Er würde versuchen zu vermeiden, daß er beraubt wurde, er würde sich aggressive Bettler vom Leib halten und sich mit unwilligen Oststaatenpolizisten ohne Computer herumärgern.

Aber er hatte es selbst gewählt.

Und keine Sekunde bereute er es.

Er sah auf die Uhr. Es war Zeit. Er klickte die Datei mit der Zeichnung des Palazzo Riguardo weg und tauschte die CD-Rom gegen eine andere aus, die er neu gekauft hatte. Er startete die Installation eines Programms und öffnete einen kleinen Karton, der neben dem Computer auf dem Verandatisch lag. Die Grillen zirpten und gaben der pechschwarzen Finsternis Konturen.

Er packte eine Vorrichtung aus, die einer kleinen Taschenlampe glich. Er schloß das kleine Ding an seinen Laptop an und befestigte es auf dem oberen Rand des aufgeklappten Bildschirms.

Die Installation war fertig. Er akzeptierte alle mystischen Lizenzverträge und sah sich selbst auf dem Bildschirm. Er war kohlrabenschwarz.

Er zog die Stehlampe heran, die hinter ihm stand, und richtete ihren Schein auf sein Gesicht. In der gleichen Sekunde leuchtete auch sein Gesicht auf dem Bildschirm auf. Einen kurzen Moment lang war ihm, als sähe er Onkel Pertti vor sich, den jungen Onkel Pertti mit der Hand am Säbel. Der Arto Söderstedt so ähnlich war, daß es zum Lachen war. Was tat er da? Ein Schauder durchfuhr ihn.

Arto streckte ihm die Zunge heraus. Onkel Pertti auf dem Bildschirm streckte auch die Zunge heraus.

Der Bann der Verzauberung war gebrochen.

Arto Söderstedt kehrte zum Technischen zurück. Jetzt sollte es funktionieren.

Er klickte sein Bild vom Bildschirm weg. Es gehörte ihm und sonst niemand.

Während er das Internet aufrief, sammelten sich die Insekten um die einsame Lichtquelle. Er fühlte, daß sein Gesicht gesprenkelt war von unbekannten Flugviechern, als er endlich ein ganz anderes, doch ebenso wohlbekanntes Gesicht auf dem Bildschirm erkannte und sagte: »Hallo, Lohnarbeiter.«

31

Cilla sah erwartungsvoll aus, als das geläuterte Paar einen eleganten Hauseingang in Birkastan betrat. Ihr Gesichtsausdruck veränderte sich nicht, während sie die echte Jugendstiltreppe hinaufstiegen, und auch nicht, als sie vor der Tür mit dem einzigen ausländischen Namen im ganzen Viertel standen. Da wagte auch Paul Hjelm, sich erwartungsvoll zu fühlen.

Obwohl es fast halb acht war.

Sie griff nach seinem Arm, und er fühlte sich plötzlich an ihre gemeinsame Jugend erinnert. Es war so lange her, seit er diesen Griff gespürt hatte, er war beinah ein bißchen gerührt.

»Daß ich sie endlich alle einmal treffe«, sagte Cilla, während er umständlich den Blumenstrauß aus dem Seven Eleven-Laden an der Ecke aus dem Papier wickelte.

»Aber das hast du doch längst!« sagte er erstaunt.

»Nein«, sagte sie und drückte seinen Arm.

Er klingelte.

Sara machte auf. Sie trug dezentes Make-up unter den grünlichen Stoppelhaaren, die zu Ehren des Tages ein bißchen extra struppig waren, und ihr schlichtes dunkelblaues Kleid erhob nicht den Anspruch, irgendwelche Formen zu verbergen. Sie umarmte die beiden und hieß sie willkommen. Der müde Seven Eleven-Strauß wurde glücklicherweise durch eine Flasche Malt-Whisky ergänzt.

Sie betrachtete die Flasche, nickte und flüsterte Paul zu: »Du vergißt doch nicht das heilige Versprechen?«

Paul lachte leichthin und schüttelte den Kopf.

Mit keinem Wort den laufenden Fall zu erwähnen.

Er würde alles tun, was in seiner Macht stand, um das Versprechen zu halten. Doch leicht würde es nicht sein.

Jorge kam ihnen aus dem Wohnungsinneren entgegen. Er trug ein blaues Hemd und einen ganz neuen beigefarbenen Leinenanzug, der jedoch genauso aussah wie der alte. »Jetzt ist das Essen hinüber«, sagte er und drückte ihnen je ein Glas roten Martini in die Hand.

»Auweia«, sagte Cilla, während sie ihre Jacke aufhängte. »Sind wir so spät?«

»Ah«, sagte Jorge. »Du schimmerst, Cilla.«

»Schimmerst?« sagte sie und umarmte ihn.

Er warf einen Blick auf die Whiskyflasche, die Sara ihm reichte.

»Cragganmore?« sagte er.

»Perfekt, wenn man die Exzesse satt hat«, sagte Paul.

»Aber kommt doch rein«, sagte Jorge mit einer galanten einladenden Geste zu den späten Gästen. »Daß nicht einmal du hier gewesen bist, Paul. Das nenne ich soziale Misere.«

Sie traten durch einen Vorhang aus indianischen Perlenschnüren vom engen Flur in die Wohnung.

»Chilenisch«, sagt Jorge.

Sie folgten einem Duft von knoblauchgesättigtem Essen ins Wohnzimmer. Auf dem Weg dahin warf Paul einen Blick in die Küche. Sie war groß und wirkte gemütlich. Der Holzfußboden in der Küche kam ihm ein wenig ungewöhnlich vor. Auf dem Gasherd standen Töpfe und köchelten vor sich hin.

»Gas«, sagte er und zeigte darauf.

»Unübertroffen«, sagte Jorge. »Aber du sollst jetzt nicht heimlich gucken.«

Die Damen hatten schon das Wohnzimmer erreicht. Sie standen bei einer Gruppe von Menschen an einem niedrigen Glastischchen, offenbar indisch. Alle schienen Gläser mit roter Flüssigkeit in den Händen zu halten. Außer einer, die eine Flasche mit Schnuller hielt. Sie saß auf Viggo Norlanders Schoß.

Paul winkte in die Runde und ließ einen raschen Blick durchs Wohnzimmer schweifen. Es war ziemlich groß und so uneinheitlich wie üppig möbliert. Es gab nicht viel freie Fläche – was hauptsächlich an dem riesigen runden gedeckten Tisch lag, der mitten im Raum stand. Erstaunlich viele Bücher, und ein paar Bilder an den Wänden, die echt zu sein schienen. Es machte einen geschmackvollen, aber ein bißchen chaotischen Eindruck.

Was wohl ganz gut zu beiden paßte, Sara wie Jorge.

Ein wenig zerstreut tätschelte er Klein-Charlottes spärliches dunkelblondes Haar. Dann streckte er der Dame an Viggos Seite die Hand hin. Sie hatte die gleiche Haarfarbe wie ihre Tochter, trug ein recht strenges rosa geblümtes Kleid und sah aus, als ginge sie mit Riesenschritten auf die Fünfzig zu.

»Paul«, sagte er.

»Astrid«, sagte sie und fuhr fort: »Du bist also der berühmte Paul Hjelm, der Meisterdetektiv.«

Paul bedachte Viggo mit einem verwunderten Blick. Viggo zuckte vieldeutig mit den Achseln und warf Charlotte hoch, daß ihr die Luft wegblieb.

»Herzlichen Glückwunsch«, sagte Paul.

»Wozu denn?« fragte Astrid.

Paul bedachte Viggo mit einem weiteren, diesmal beunruhigten Blick, doch Viggo warf nur weiter seine Tochter in die Luft.

»Zum Familienzuwachs«, sagte Paul.

»Ach so«, sagte Astrid erstaunt, aber nicht ärgerlich. »Ja, natürlich. Danke.«

Paul wandte sich an Viggo, zeigte auf Klein-Charlotte und sagte: »Du hast sie wohl ordentlich gefilmt, auf Video.«

»Bei ihr habe ich geübt«, sagte Viggo todernst.

Paul ging weiter zum Sofa. Aus dem Augenwinkel sah er Cilla im Gespräch mit Kerstin Holm; ein komisches Gefühl.

Eine schwarzgekleidete kleine Frau reichte ihm die Hand und sagte: »Ludmila.«

Er schaltete nicht richtig. Fühlte sich schwer von Begriff und plump. Wie ein Fisch auf dem Trockenen. »Paul«, sagte er und flatterte mit den Kiemen. »Hej.«

Ein Bücherregal wurde zur Seite geschoben, und ein sehr großer Körper wand sich dahinter hervor. »Meine Fresse, was für ein kleines Klo«, sagte Gunnar Nyberg. Er ging direkt auf Cilla zu und begrüßte sie höflich wie ein pensionierter Offizier vom alten Schlage.

»Ja«, sagte Jorge laut. »Das ist der Nachteil an dieser Wohnung. Wir haben keinen Platz für eine Waschmaschine.«

Erst bei Gunnars Anblick schaltete Paul. »Natürlich«, stieß er hervor, noch immer die Hand der kleinen Frau in seiner haltend. »Ludmila. Frau Dozentin.«

»Halten wir die Titel hoch, Herr Kriminalinspektor«, sagte Ludmila mit milder Ironie. Er lächelte über sich selbst. Es gelang ihm recht gut.

Gunnar Nyberg ließ ein lautes und dröhnendes Baßlachen hören. Paul fragte sich, was Cilla wohl gesagt hatte, um dieses Lachen hervorzurufen. Ihm selbst gelang das äußerst selten.

Er kam zur Mitte des Sofas. Eine ältere Dame mit leicht grauem Haar und markanter Faltenbildung um die Augen reichte ihm mit neutraler Miene die Hand. Das genügte, um ihn schalten zu lassen. Es wurde immer besser. Er begann warm zu werden. »Frau Hultin, vermute ich«, sagte er archaisch.

»Stina«, sagte die Dame neutral.

»Paul«, sagte er und fügte überflüssigerweise hinzu: »Hjelm.«

Diese Sache mit Vornamen und Nachnamen. Es fiel ihm noch immer lächerlich schwer, Hultin anders zu nennen als Hultin. Also wurde seine Frau unweigerlich ›Frau Hultin‹.

Alles andere war reine Selbstüberwindung. Er wünschte wirklich, er verstünde, warum. Vermutlich war es irgendeine hierarchische Prägung, die er wohl niemals ganz abstreifen konnte.

Der Augenblick der Prüfung war jedenfalls gekommen. Hultin saß in der äußersten Ecke und hielt ein Glas in der Hand, so leer, daß es wie ausgeleckt aussah. Sie begrüßten sich.

»Jan-Olov«, sagte Paul unter Aufbietung seiner ganzen Selbstüberwindung. »Dein Glas ist leer, wie ich sehe.«

»Wir sind seit einer Dreiviertelstunde hier«, sagte Hultin. »Ich traue dieser Redensart von wegen ›Je später der Abend‹ nicht richtig.«

»Ich auch nicht«, sagte Paul. »Und trotzdem komme ich immer als letzter.«

In diesem Moment erschien Sara in der Küchentür und klatschte in die Hände wie eine altmodische Gastgeberin.

»Verehrte Gäste«, sagte sie mit kräftiger, handfester Stimme. »Nehmt Platz am Tisch. Jorge, hilf mir mal tragen.«

»Hilf mal hier, hilf mal da«, sagte Jorge und löste sich widerwillig von der Gesellschaft. »Ich habe doch schon das Essen gemacht.«

»Und ich bin der schwedische Ministerpräsident«, sagte Sara und verschwand in der Küche.

Die Gäste erhoben sich ein wenig zögernd, weil nur sehr wenige Menschen sich als erste an einen leeren Tisch setzen mögen. Besonders wenn – wie es hier offensichtlich der Fall war – keine Sitzordnung vorgegeben ist.

Auf dem Weg zum Tisch stieß Paul mit Cilla und Kerstin zusammen. Er nahm Kerstin in den Arm. Cilla stand daneben und betrachtete sie. Es kam ihm immer noch sehr seltsam vor. Trotz der Jahre, die verflossen waren und die milde Decke der Versöhnung über die Landschaft der Vergangenheit gebreitet hatten. Wenn man sich nun in Klischees suhlen wollte.

»Alles okay, Kerstin?« sagte er.

»Alles okay«, sagte sie.

Mehr wurde nicht gesagt. Gunnar stieg auf einen Stuhl, der sich aufs äußerste anstrengte, um allen erdenklichen Naturgesetzen zu trotzen. Und es gelang. Er hielt.

Der Große auf dem Stuhl zählte laut. »Eins, zwei, drei, vier, fünf, sechs Damen. Sieben mit Charlotte. Eins, zwei, drei, vier, fünf Herren. Ein klares Ungleichgewicht.«

»Wir können nebeneinandersitzen«, sagten Kerstin und Cilla.

Paul betrachtete sie mißtrauisch.

»Dann machen wir es so«, sagte Gunnar, der in seinem frischgewonnenen Zustand auch noch von Führermanie befallen zu sein schien. »Neben mir Astrid, dann Jan-Olov, Sara, Paul, Stina, Viggo, Ludmila, Jorge, Cilla, Kerstin. Und Charlotte sitzt bei ...?«

»Astrid«, sagte Viggo.

»Viggo«, sagte Astrid.

»Ausgezeichnet«, sagte Gunnar und sprang mit der neuerworbenen Beweglichkeit des Abgespeckten vom Stuhl.

Charlotte saß tatsächlich während des gesamten Essens auf Viggos Schoß. Es gab eine chilenische Fleischpfanne mit atemberaubenden Mengen Knoblauch. Der Wein, ein Duca d'Aragona 1993, war perfekt auf die Knoblauchmenge abgestimmt und wurde folglich in bacchanalischen Quantitäten konsumiert.

»Weinverbrauch ist ein Zeichen der Europäisierung«, sagte Ludmila gegen Ende der Mahlzeit in einem Ton, der für Gegenargumente keinen Raum ließ.

»Wie meinst du das?« fragte Hultin, der die Gesellschaft dadurch überrascht hatte, daß er den Löwenanteil daran für sich beanspruchte.

Also am Weinverbrauch.

»Als ich nach Schweden kam«, fuhr Ludmila fort, »stecktet ihr noch genauso im Wodkagürtel wie wir Russen, nur nicht ganz so fest. Nach und nach seid ihr zu Wein übergegangen. Von Branntwein zu Wein.«

»Wein wie Wein«, sagte Viggo und fuhr der schon lange eingeschlafenen Charlotte mit der Hand übers schüttere Haar.

Ludmila ignorierte ihn umstandslos. »In Rußland dagegen, und eigentlich in ganz Osteuropa, zieht sich der Wodkagürtel immer fester zusammen. Wir sind auf dem besten Wege, eine verlorene Nation zu sein.«

»Aber doch nicht nur deshalb?« sagte Paul und tangierte das heilige Versprechen. Er erntete auch ein paar strenge Blicke.

Frauenblicke.

»Ich bin davon überzeugt«, fuhr Ludmila fort, »daß sich der Zustand einer Nation danach bemessen läßt, wie hoch der Weinanteil am gesamten Alkoholverbrauch ist. Je größer der Weinanteil, desto höher das seelische Wohlbefinden im Lande.«

»Es gibt aber auch eine Dunkelziffer«, sagte Gunnar und schien vom Wein total unbeeinflußt zu sein. »Ich glaube, daß Schweden die höchste Dunkelziffer in der Welt hat.«

»Meinst du Selbstgebrannten?« sagte Paul.

»Und Schmuggelschnaps. Aber vor allem selbstgebrannten, also Branntwein.«

»Warum heißt es eigentlich Branntwein?« fragte Viggo, ohne einen einzigen Augenblick aufzuhören, seiner Tochter übers Haar zu streichen. »Es ist doch verdammich kein Wein.«

Ludmila nutzte die Gelegenheit zu einem linguistisch-pädagogischen Exkurs: »Das Wort ist im Mittelalter ins Schwedische gekommen. Damals hieß es ›brännewin‹ und kam vom niederdeutschen ›bernewin‹, das ›gebrannter, also destillierter Wein‹ bedeutet. Auf niederländisch hieß es ›brandewijn‹, was dann nach und nach zu ›brandy‹ wurde.«

Paul sah, daß Gunnar von seiner Freundin schwer beeindruckt war. Nach all den Jahren zeigte es sich also, daß dies sein Frauengeschmack war.

»Aber das ist doch keine Antwort«, widersprach Viggo. »Wir sind genau da, wo wir vorher waren, und treten auf der Stelle. Warum nannten sie es Wein, wenn es Sprit war?«

»Weil es das Wort ›Sprit‹ noch nicht gab«, sagte Ludmila. »Das wurde Ende des achtzehnten Jahrhunderts nicht aus dem Deutschen, sondern aus dem Französischen importiert. Es kommt direkt vom französischen ›esprit‹, also ›Geist‹.«

»Also Wein bedeutete Sprit, und Sprit bedeutete nicht mal'n Schiet«, reimte Viggo unerwartet aggressiv.

»Die Sprache verändert sich laufend«, sagte Ludmila ruhig.

»Und du schreist Ludmilla nicht so an«, sagte Gunnar ebenso ruhig.

Nicht die neun schweren Schläge vom Turm der fernen Gustav-Vasa-Kirche unterbrachen die leicht angesäuerte Diskussion, sondern die Tatsache, daß Jorge plötzlich einen Laptop mitten auf den Eßtisch stellte.

Die neun Schläge erzeugten jedoch einen Widerhall in Pauls Bewußtsein. Mit jedem einzelnen Schlag nahm eine ebenso abrupte wie absurde Einsicht festere Form an. Am Ende war sie so vollständig und so überwältigend, daß er ein ganzes Glas Duca d'Aragona hinunterkippen mußte, um das heilige Versprechen nicht zu brechen.

Jorge befestigte ein Ding, das wie eine kleine Taschenlampe aussah, an der Oberkante des aufgeklappten Bildschirms. Dann drehte er den Laptop so, daß er seinem eigenen Platz am Tisch zugewandt war, setzte sich und rief die Gäste zu sich. »Sammelt euch, Leute!«

Die Leute standen widerwillig und zögernd auf. Hultin machte ein paar elegante Wackelschritte und lächelte schief. Seine Frau Stina stützte ihn und sagte ungerührt: »Wein ist angeblich gut gegen Schlaganfall. Ich erlaube mir, das zu bezweifeln.«

Gunnar senkte seinen ehemaligen Riesenkörper hinter Ludmilas Stuhl und streichelte ihr leicht den Nacken. Kerstin warf sich seitlich über Cilla, die laut und, wie Paul fand, völlig unmotiviert lachte. Astrid ging zu Viggo hinüber und klopfte ihm liebevoll auf den Schädel; er selbst streichelte unverdrossen die Haarsträhnen seiner schlafenden Tochter. Paul rutschte hinüber und stellte sich ganz hinten hin. Sara trat neben ihn und legte den Arm um ihn. Er merkte es kaum.

Es flimmerte auf dem Bildschirm, und eine eigentümliche Gestalt offenbarte sich.

»Hallo, Lohnarbeiter«, sagte die eigentümliche Gestalt.

»Nein, verdammich, ich glaub's nicht«, stieß Viggo hervor. »Der finnländische Finnenbulle.«

»Arto«, sagte Jorge und wirkte einen Augenblick lang stocknüchtern. »Wie geht's? Wir haben hier Einzugsfest.«

»Das habe ich mitgekriegt«, sagte Arto Söderstedts ein wenig sprunghaftes Abbild. »Ich selbst habe gerade angefangen, auf meinen täglichen Vin Santo zu verzichten. Ich habe heute angefangen. Nach drei Gläsern Wein kam ich zu diesem drastischen Entschluß.«

Ein allgemeines Gemurmel breitete sich in der Wohnung in Birkastan aus.

Jorge stellte mit großer Autorität und einem Pschsch die Ruhe wieder her. »Wie geht es dir?« wiederholte er.

»Danke, ausgezeichnet«, sagte Arto. »Wenn mir nicht eine Reise bevorstände. Wird man in der Ukraine nicht regelmäßig ausgeraubt?«

»Du hast auch das heilige Versprechen geleistet, nicht wahr?«

»Ja, natürlich. Verzeihung. Nein, wie gesagt, es geht gut. Abgesehen davon, daß meine Tochter die Unschuld verloren hat, daß ich einen Nachzügler bekomme und daß hinter den Basilikumpflanzen uralte Rachegöttinnen lauern.«

Kerstin und Sara räusperten sich vernehmbar. Das Söderstedtsche Abbild legte die Hand vor den Mund und bekreuzigte sich. »Tut mir leid«, sagte er. »Slip of tongue.«

»Nachzügler?« schrie Viggo. »Jesses, Maria und Joseph, du alter Bock. Wir kriegen auch ein Kind.«

»Apropos Böcke?« sagte Arto. »Prima, Mensch, gratuliere. Gut fürs Babysitten, außerdem.«

»Und der Familie geht's gut?« sagte Jorge.

»Doch, doch«, sagte Söderstedt. »Wir mußten vor einer Stunde ein kleines *Heimlich*-Manöver durchführen, aber sonst ist alles in Ordnung. Zeig mal ein bißchen von eurer Wohnung.«

Jorge löste die kleine Kamera vom Bildschirm des Laptops und ließ sie kreisen.

»Oj«, sagte Arto. »Was für grünes Haar.«

»Zwanzig Bahnen jeden Sonntag«, sagte Sara lakonisch.

»Aber ob morgen, das lassen wir lieber offen«, sagte Jorge.

»Nein, hört mal, das sieht richtig prima aus. Ist das Kinderzimmer eingerichtet?«

»Dieses blöde Kindergequatsche dauernd«, sagte Jorge.

»Bald«, sagte Sara.

Das Thema wurde rasch und ohne weitere Zwischenfälle aufgegeben. Alle Anwesenden verabschiedeten sich der Reihe nach von Arto. Anja tauchte einen kurzen Moment auf dem Bildschirm auf und sagte skeptisch: »Das Wunder der Technik.«

In diesem Augenblick löste sich das Bild in eine Masse eigentümlicher bunter Quadrate auf, so daß der Bildschirm einem Kirchenfenster ähnlich war.

Das jedenfalls fand Paul. Die Kirchenglocken hallten noch immer in seinem Innern wider.

Ihm war, als könnte er jeden Augenblick platzen.

Die bacchantische Gesellschaft verteilte sich anschließend ein wenig unregelmäßig auf Sofas und Sesseln um den indischen Glastisch.

Paul blieb am Bücherregal stehen. Für einen kurzen Moment verebbte der Klang der Kirchenglocken, und etwas anderes trat an seine Stelle. Er zog ein Buch aus dem Regal, *Die große Leere*. Der Verfasser hieß Ellroy.

Jorge stand da und paffte an einer Zigarette, die er so unroutiniert in der Hand hielt wie ein Schulmädchen. Er lachte, zeigte auf das Buch und sagte: »Da hast du deine Vielfraße. James Ellroy.«

»Allerdings sind es keine Vielfraße«, sagte Kerstin und paffte genauso unroutiniert, zumal ihr gleichzeitig mindestens ein Priem unter der Lippe klebte.

»Wolverine Blues«, sagte Jorge und gab Sara einen feuchten und rauchigen Kuß.

Eine Flasche frisch eingetroffener Cragganmore wurde entkorkt, und die asymmetrischen Wellen der Diskussion schwappten durch die kleine Dreizimmerwohnung, bis Salsamusik aus unsichtbaren Lautsprechern zu strömen begann und unrhythmisches Trampeln die Decke der Nachbarn traktierte. Hultin und Stina tanzten Walzer zur Salsamusik. Es sah aus wie ein paar angeschossene Lemminge auf dem Weg zur Felskante. Jorge forderte Cilla ganz förmlich zum Tanz auf und segelte mit professionellen Tanzschritten durchs Zimmer. In wenigen Minuten verwandelte sie sich von einem blonden Fähnchen in eine dunkle, mystische Latino-Tanzkönigin. Wahrscheinlich war einfach nur die Beleuchtung schwach. Gunnar und Ludmila tanzten einen Knutscher. Es sah direkt lebensgefährlich aus. Eine Katze in der Umarmung eines Grizzlybären. Ein Saugfisch an einem Hai. Ein Lamm in der Umschlingung einer Anakonda. Viggo und Astrid übergaben unter schweren Bedenken Charlotte an Sara, die anschließend dasaß und die Kleine mit schmachtenden

Zügen liebkoste, und begaben sich als mittelmäßiges Volkstanzpaar auf die Tanzfläche.

Nur Paul und Kerstin blieben stieselig stehen und betrachteten das Spektakel aus der Distanz.

Er hatte die plötzliche Vision einer sterbenden Zivilisation, die stolpernde Tanzschritte am Abgrund machte, er sah die Gestalten als geschichtslose Hüllen, die ihr Gehopse gleich Marionetten über einer Tiefe vollführten, in die sie stürzen würden, wenn der Puppenspieler die Drähte losließe. Und dann wäre es schon zu spät.

Es dauerte nur einen ganz kurzen Moment, und im Grunde war es nicht besonders ergiebig. Distanz ist nur Feigheit, dachte er verwirrt, nahm Kerstin an der Hand und führte sie auf die Tanzfläche, und sie ließ sich führen. Allerdings war es eigentlich so, daß sie führte und er sich einbilden durfte, er täte es. Als er seine Wange in ihrem zerzausten dunklen Haar begrub und Düfte spürte, die er jahrelang nicht gespürt hatte, verflüchtigten sich die hartnäckigen Kirchenglocken in seinem Innern, und als er das Ohr an die dünne, dünne Stelle an ihrer linken Schläfe legte, war ihm, als träte er in Direktkontakt mit ihren Gedanken. Und das war nicht das schlechteste.

Er hatte keine Ahnung, wie sie im Taxi gelandet waren, doch da saßen sie, und Cillas blondes Haar lag wieder über seine Schulter gebreitet, und er hörte sie sagen: »Ich weiß, daß ihr eine Affäre hattet.«

Er hätte wohl empört sein sollen. Doch er war es nicht. Er strich ihr sacht übers Haar und schwieg.

»Es ist okay«, sagte Cilla. »Ich weiß, daß es lange her ist.«

»Hat sie das gesagt?«

»Sie hat viel gesagt. Ich mag Kerstin richtig gern.«

»Hast du es früher gewußt?«

»Ich habe es vermutet. Aber mir war auch klar, daß es vorbei war.«

»Hast du sie gefragt?«

»Nein. Sie hat es selbst gesagt. Ich habe den Eindruck, daß sie mit der Vergangenheit ins reine kommen will. Löcher in der Zeit zustopft, wie sie es genannt hat.«

Paul lächelte. Er war wohl schon früher im Direktkontakt mit ihren Gedanken gewesen. Vielleicht dachte er Kerstins Gedanken. Vielleicht war deshalb ihr Schädelknochen verdünnt worden. Damit vernünftige Gedanken ihn leichter erreichten.

Cilla fuhr fort: »Es ist okay, Paul. Ich hatte auch eine Affäre. Damals.«

Aber jetzt? dachte er. Sollte ich jetzt nicht empört reagieren?

»Als wir uns getrennt hatten?« sagte er nur.

Um ein bißchen Ordnung zu schaffen.

»Ja, in dem Frühjahr. Sie war ebenso kurz wie eure Geschichte. Aber sonderbarerweise möchte ich es nicht ungeschehen machen.«

»Ich auch nicht«, sagte Paul.

»Hast du nicht bemerkt, daß irgend etwas mit ihr vorgeht?«

»Mit Kerstin? Nein, nicht direkt.«

»Sie hat erzählt, daß sie eine Krise durchmacht. Eine Metamorphose, hat sie es genannt. Sie sagt, sie hätte nicht gewagt, es sich richtig einzugestehen.«

»Hat sie gesagt, was es ist?«

»Nicht direkt. Aber ich glaube, daß sie auf dem Weg ist, religiös zu werden.«

Sie verstummten. Von wegen Direktkontakt, dachte Paul und spürte, wie der Alltag sich im Taxi breitmachte.

Religiös?

Als sie im Bett lagen und viel zu müde und erledigt waren, um all das zu tun, woran sie im Taxi gedacht hatten, kehrten die Kirchenglocken zurück in Pauls Bewußtsein. Unmittelbar bevor er einschlief, dachte er noch, daß er von der Schweigepflicht entbunden war. Die Zeit des heiligen Versprechens war zu Ende.

Er erzählte Cilla alles. Daß sie tief und fest schlief, spielte keine entscheidende Rolle.

Es ging eher darum, nicht zu platzen.

Vielleicht schlief er schon, als er sagte: »Es gab doch wohl keine Kirche in Buchenwald.«

32

Da wir aus humanitären Gründen den Sonntag lieber mit Schweigen übergehen, machen wir einen Zeitsprung zum Montag.

Montag, der fünfzehnte Mai.

Montagmorgen können ganz unterschiedlich aussehen. Für die einen ist es die reine Freude, nach einem langen, sich dahinschleppenden Wochenende in Einsamkeit oder ehelicher Misere wieder zur Arbeit zu gehen. Für andere beinhaltet es eine unendliche Quälerei, sich hochzurappeln und eine sinnlose, kreativitätstötende Woche vor sich zu haben. Für wieder andere ist es eine Qual, sich vorzustellen, daß jetzt alle anderen zur Arbeit gehen, all die Glücklichen, die überhaupt eine Arbeit haben, zu der sie gehen können.

Aber es gibt noch eine weitere Kategorie: Glückspilze, die trotz eines außergewöhnlich erfreulichen Wochenendes in kindlicher Erwartung der Arbeit entgegensehen.

Einer der letzteren hieß Paul Hjelm.

Er kehrte zu Leonard Sheinkmans Tagebuch aus jener

furchtbaren Woche im Februar 1945 zurück. Das Tagebuch lag im Polizeipräsidium – und wäre das nicht der Fall gewesen, hätte der Sonntag nicht mit Schweigen übergangen werden können.

Er fand nämlich eine ganze Menge.

Es fing jedoch schleppend an. Obwohl ›schleppend‹ kaum das richtige Wort ist. Es begann eher mit Selbstverachtung.

Er fühlte sich wie ein Vergewaltiger.

Die zehn vergilbten Seiten des Tagebuchs waren auf dem Schreibtisch ausgebreitet. Die Stellen, wo der Bleistift das Papier berührt hatte, formten eine Schrift. Diese Schrift war nicht nur gelagerte Information über ein objektiv rekonstruierbares Geschehen in der Vergangenheit.

Es waren Worte vom Rand des Todes, und diese Worte hatten in ihm Widerhall erzeugt und ihn in den Abgrund gestoßen. Er hatte geweint zu diesen Worten, ein Weinen, das aus den innersten Winkeln der Seele kam. Die Worte hatten eine Zeit und eine Erfahrung wachgerufen, die allmählich verblaßte. Sie kamen ihm auf eine gewisse Weise heilig vor.

Dieser Text lag jetzt vor ihm, ausgebreitet wie ein Vergewaltigungsopfer, und er wollte sich jetzt darüber hermachen mit dem ganzen Arsenal von rationalen Strukturen, auf dem die abendländische Fortschrittsgesellschaft aufbaute: Logik, analytische Schärfe, stringente Penetration.

Er würde den Text ganz einfach vergewaltigen.

Wie es einem guten europäischen weißen heterosexuellen Mann in mittleren Jahren ansteht.

Ihn anderseits ungestört in seinem Kokon ruhen zu lassen, das hieße, vor der Wahrheit zurückzuweichen, auf Erkenntnis zu verzichten, einen mythischen, unveränderlichen Zustand des Bebens zu akzeptieren, in ein Zeitalter des Dunkels zurückzutreten und finsteren, unmenschlichen Kräften den Weg zu bereiten.

Gab es nicht eine Methode, nüchtern und scharf zu analysieren und *dennoch* – vielleicht gerade *dadurch* – das betroffene Mysterium am Leben zu erhalten?

Dies schien die entscheidende Frage zu sein. Und nicht nur, was Leonard Sheinkmans Tagebuch betraf, auch nicht nur für diesen Fall in seiner Gesamtheit, sondern auch für die Gesellschaft in ihrer Gesamtheit.

War es das, was Kerstin erkannt hatte?

Hatte sie erkannt, daß wir ohne das Mysterium nur leere Hüllen sind?

In diesem Augenblick überwand Paul Hjelm sich selbst (wie man zu sagen pflegt, wenn die Dinge wieder in die eingefahrenen Gleise zurückkehren) und machte sich an den Text. Mit Hilfe von Logik, analytischer Schärfe und stringenter Penetration nahm er sich Leonard Sheinkmans Tagebuch aus einer für dessen weiteres Leben entscheidenden Woche im Februar 1945 an, kurz vor Kriegsende.

Leonard Sheinkman hatte sich *nicht* in Buchenwald befunden, in jenem grauenhaften Konzentrationslager, das im Juli 1937 vor den Toren der Kulturstadt Weimar errichtet wurde, auf einer öden Anhöhe mit Namen Ettersberg. Dort gab es definitiv keine Kirche vor dem Fenster.

Zwei Alternativen waren denkbar: Entweder war die Kirche lediglich ein Bild, ein Gleichnis, um ›die Zeit zu sehen‹, wovon Sheinkman die ganze Zeit sprach, oder sie existierte tatsächlich und war *zugleich* ein Bild, um ›die Zeit zu sehen‹. Für letzteres sprach, daß diese Kirche so detailliert beschrieben wurde, und außerdem in Verbindung mit den Bombardements durch die Alliierten, die ja im Februar 1945 in Deutschland verstärkt wurden.

Alles deutete darauf hin, daß Sheinkman sich in einer Stadt befand, nicht auf einer öden Anhöhe.

Warum hatte er dann sein ganzes späteres Leben hindurch behauptet, er sei in Buchenwald gewesen? Warum hatte er seinen Kindern konkret gesagt, daß er in Buchenwald gesessen hatte?

Auch hier gab es zwei Möglichkeiten: Entweder hatte er in dieser Stadt so Entsetzliches erlebt, daß ihm selbst der Alptraumort Buchenwald wie eine freundlichere und leichter zu handhabende Alternative vorkam, oder aber – er hatte etwas zu verbergen.

Paul Hjelm wartete damit. Er wartete auch mit der Stadt, die zum gegenwärtigen Zeitpunkt wohl nicht zu identifizieren war. Statt dessen nahm er sich der beschriebenen Örtlichkeit an.

Offenbar handelte es sich um eine Institution. Die Gefangenen sitzen in einer Art von Zellen. Es gibt eine Liste, und wenn man ganz oben auf dieser Liste landet, wird einem etwas Entsetzliches zugefügt. Das Ergebnis ist, daß auf irgendeine Art und Weise die Persönlichkeit ausgelöscht wird. Wie es bei dem Kameraden Erwin der Fall ist. *Wenn ich ihn anspreche, ist er nicht da. Eine leere Hülle. Wo der Inhalt aus dem Kopf herausgelassen worden ist, sitzt eine unschuldige kleine Kompresse.* Diese Kompresse kehrt wieder. *Die Kompressen leuchten wie Laternen von den geleerten Schädeln.* Und: *Bald wird die kleine Kompresse an meiner Schläfe sitzen.*

Schläfe, dachte Paul Hjelm und schloß die Augen.

Natürlich.

Eine dünne Wand trennte Paul Hjelm von Kerstin Holm. Auf der anderen Seite dieser Wand wurde ein Gespräch mit Europa geführt. Genauer gesagt mit Professor Ernst Herschel am Historischen Institut der Universität Jena.

Er war sehr widerwillig.

Eine Herausforderung, sozusagen.

»Es war falsch, es Josef gegenüber zu erwähnen«, sagte er in einem akademischen Englisch. Gebrochen, aber grammatikalisch fehlerfrei.

»Josef?« sagte Kerstin Holm.

»Josef Benziger in Weimar. Er hat eine Zeitlang bei mir studiert. Ein sehr vielversprechender Mann. Ich begreife nicht, wie er Polizist werden konnte.«

»In welchem Zusammenhang haben Sie es Josef gegenüber erwähnt?«

»Wir trafen uns auf ein Bier, und ich machte ihm Vorwürfe, weil er die Forscherausbildung nicht zu Ende gebracht hatte. Bei der Gelegenheit unterlief mir die Unvorsichtigkeit, mein neues Forschungsprojekt zu erwähnen. Hauptsächlich, um ihm zu zeigen, was für Lekkerbissen ihm entgangen waren.«

»Es dreht sich also um Ihr neues Forschungsprojekt?«

Schweigen in Jena.

Kerstin fuhr fort: »Was hindert Sie daran, dieses neue Projekt zu diskutieren?«

»Verschiedene Gründe, Frau Holm.«

»Fräulein«, sagte Kerstin Holm jugendlich.

»Es handelt sich um ein überaus heikles Projekt, Fräulein Holm. Ich hoffe, in zwei Jahren mit meinem Forscherteam so weit zu sein, daß wir fertige Ergebnisse publizieren können. Im Augenblick befindet sich das Projekt in einem wissenschaftlich recht unbefriedigenden Zustand.«

Akademische Reviere, dachte Kerstin Holm. Hier mußte man seine Worte auf der Goldwaage wiegen. Wahrscheinlich winkte eine gutdotierte amerikanische Gastprofessur, und die zu opfern war der Professor nicht bereit.

Nicht einmal, um eine internationale Mordermittlung zu unterstützen.

Sie konnte ihn zwingen. Sie konnte mit harten Bandagen vorgehen, einen Gerichtsbeschluß erwirken und ihn zum Sprechen zwingen. Aber einerseits würde das zu lange dauern, anderseits würde bei diesem Vorgehen viel Wichtiges, Dinge, die man nur im Vertrauen sagt, verlorengehen. Sie mußte sich behutsam vortasten.

»Wir werden keine wissenschaftlichen Ergebnisse preisgeben«, sagte sie.

Professor Herschel lachte auf. »Aber Fräulein Holm«, sagte er. »Wir sind beide im öffentlichen Dienst tätig. Wir wissen, wie wenig wir im Verhältnis zu jedem kleinen Laufburschen in der freien Wirtschaft verdienen. Die Welt ist im Moment extrem ungerecht, und ich würde Ihnen nicht einmal einen Vorwurf machen, wenn Sie die Information für Hunderttausende von Mark an die Bild-Zeitung verkauften. Aber wir wissen beide, daß öffentliche Institutionen so durchlässig sind wie Siebe. Alles, was die Polizei weiß, wissen binnen weniger Stunden auch die Medien.«

»Sie haben vollkommen recht«, sagte Kerstin Holm. »Wie wollen wir denn jetzt verfahren? Haben Sie einen Vorschlag?«

Neues Schweigen in Jena. Doch diesmal hatte sie den Eindruck, daß es ein anderes, ein nachdenkliches Schweigen war.

»Und noch etwas«, sagte Herschel. »Ich weiß, daß sie glauben, es handele sich nur um akademische Reviere, das höre ich an Ihrer Stimme. Aber es gibt noch einen wichtigeren Aspekt. Sind Sie einmal im Hitlerbunker in Berlin gewesen?«

»Nein«, sagte Kerstin Holm.

»Das sind sehr wenige. Und so soll es auch sein. Er darf auf gar keinen Fall zu einem Wallfahrtsort für den anwachsenden Neonazismus werden. Die Geschichte und die wissenschaftliche Wahrheit müssen gegen praktische Aspekte abgewogen werden. Es ist eine Frage der Pragmatik. Was dient der Demokratie mehr? Die Wahrheit oder das Schweigen?«

»Wir sprechen also über einen neuen potentiellen Wallfahrtsort für Neonazis?«

»Ja«, sagte Ernst Herschel.

»Ich verstehe«, sagte Kerstin Holm.

Es war einen Moment still. Herschel dachte an das rasche Anwachsen des Neonazismus in der undemokratisch geschulten ehemaligen DDR. Holm dachte an die Erinnyen. Sie fragte sich, ob sich das Bild, das sie sich von ihnen machte, allmählich veränderte.

Schließlich sagte sie: »Ich kann Ihre Besorgnis sehr gut verstehen, Professor Herschel. Es ist eine durchaus berechtigte Sorge um die Zukunft. Aber die Zukunft muß auch gegen die Gegenwart abgewogen werden. Und Ihre Schweigepflicht muß gegen meine abgewogen werden. Ich werde Ihnen jetzt etwas sagen, das der äußersten Geheimhaltung unterliegt.«

Neues Schweigen in Jena. Wieder eine neue Sorte. Ein lauschendes Schweigen.

Kerstin Holm fuhr fort: »Ich arbeite gegenwärtig mit mehreren europäischen Ländern im Rahmen einer gemeinsamen Ermittlung zusammen. Bisher sind im Laufe eines guten Jahres in Schweden, Ungarn, Slowenien, England, Italien und Deutschland sieben Menschen ermordet worden. Sie sind alle auf die gleiche Art und Weise ermordet worden; sie wurden mit dem Kopf nach unten an den Füßen aufgehängt, dann wurde ihnen eine sehr spezielle steife Nadel in die Schläfe eingeführt und im Schmerzzentrum der Hirnrinde hin und her bewegt.«

Neues Schweigen in Jena. Langsam akzeptierend, langsam immer bereitwilliger.

»Ich verstehe«, sagte Ernst Herschel schließlich. »Die Zukunft ist bereits da.«

»So kann man die Sache wohl formulieren.«

»Wer steckt dahinter?«

»Das wissen wir nicht, aber wir nennen sie die Erinnyen.«

Wieder Schweigen in Jena. Ein Schweigen der Vorbereitung. Dann barst die Stille: »Als die Mauer fiel, war Weimar eine gefallene DDR-Schönheit«, begann der Professor. »Zehn Jahre später war die Stadt – mit sechzigtausend Einwohnern – Kulturhauptstadt Europas. Hier wirkten Cranach, Bach, Goethe, Schiller, Herder, Wieland, Liszt, Nietzsche, Strauss, Böcklin, die Bauhaus-Architekten. Hier wurde die erste deutsche Demokratie geschaffen. Hier wurde das allererste Parteitreffen der Nationalsozialistischen Partei abgehalten. Hier wurde die Hitlerjugend ins Leben gerufen. Hier wurde Buchenwald gebaut, zuerst deutsches, danach sowjetisches Konzentrationslager. Das Beste und das Schlechteste der europäischen Kultur findet sich hier nebeneinander.«

Der Professor machte eine Pause und fuhr dann fort: »Einige Jahre nach dem Fall der Mauer wurde am Rand des Stadtkerns von Weimar ein verfallenes und verbarrikadiertes Gebäude geöffnet, nicht weit vom Weimarhallen-Park. Das Gebäude war seit dem Krieg nicht geöffnet worden. In seinem Keller wurden die Überreste einer medizinischen Forschungsabteilung entdeckt. Sie war offenbar in höchster Eile verlassen worden. Man hatte versucht, so gut es ging, alle Spuren zu verwischen. Die Archive lagen zerstört und teilweise verbrannt im Keller. Es gab Zellen mit sehr dicken Fensterscheiben und ein paar geräuschisolierte zentrale Forschungsräume. Ich wurde sogleich hinzugezogen, sorgte dafür, daß kein Wort an die Medien drang, und sammelte einen kleinen Kreis von Forschern um mich. Minutiös untersuchten wir jeden einzelnen Quadratmeter des Gebäudes. Es dauerte mehrere Jahre. Jetzt werten wir die Funde aus. Das Gebäude ist vor ein paar Jahren vollkommen renoviert worden.«

»Und was für ein Institut war es?« fragte Kerstin Holm atemlos.

»Es wurde Schmerzzentrum genannt«, sagte Ernst Herschel.

Auf der anderen Seite der dünnen Wand las Paul Hjelm weiter in Leonard Sheinkmans Tagebuch.

Es wurde immer deutlicher.

Die Gefangenen in dem Gebäude standen Schlange in Erwartung eines Experiments, das an ihnen durchgeführt werden sollte: Ihre Seelen wurden durch ein kleines Loch in der Schläfe entleert, wo anschließend eine Kompresse angelegt wurde, um die Wunde zu verbergen.

›Erwin starb vor Schmerz.‹

Gleichzeitig fallen die Bomben der Alliierten um die Hausecke. Leonard Sheinkman kommt der Spitze der Liste immer näher. Schließlich ist er da. Das Tagebuch endet genau zu dem Zeitpunkt, als er weggeführt werden soll. Statt dessen wird er befreit. Der Gong rettet ihn. Er emigriert nach Schweden und löscht seine fürchterliche Vergangenheit aus.

Zwei Dinge von Bedeutung werden erwähnt, dachte Paul Hjelm mit messerscharfer abendländischer Logik. Zum einen die Kirche, zum anderen die Quälgeister.

Der Quälgeister scheinen drei an der Zahl zu sein. Am neunzehnten Februar spricht Sheinkman von ihnen. Sie sind anscheinend etwas unterschiedlich im Wesen. ›Ich kenne ihre Namen nicht. Sie nennen keine Namen. Es sind drei anonyme Mörder. Aber sie sind einander nicht gleich. Nicht einmal die Mörder sind sich gleich.‹

Sheinkman bekommt Kontakt zu einem von ihnen. ›Der freundlichste von ihnen. Er ist weniger deutsch als ich und sehr blond. Und er sieht sehr traurig aus. Er tötet mit Trauer in den Augen.‹ Das ist der erste.

Dann geht es weiter: ›Die beiden anderen tun das nicht. Einer tötet aus Interesse. Er ist nicht grausam, nur kalt. Er betrachtet, beobachtet, führt Buch.‹ Das ist der zweite.

Und dann gibt es noch einen. ›Aber der dritte, der mit einem kleinen lila Muttermal am Hals, das die Form eines Rhombus hat, er ist grausam. Er will töten. Ich kenne diesen Blick von früher. Er will, daß man leidet. Dann soll man sterben. Danach ist er zufrieden.‹

Paul Hjelm schrieb und systematisierte.

Quälgeist 1: Sehr blond, nicht deutsch, traurig.

Quälgeist 2: Eiskalt, passionierter Wissenschaftler.

Quälgeist 3: Grausam, sadistisch, rhombenförmiges kleines Muttermal am Hals.

Mehr war dem Tagebuchtext nicht zu entnehmen.

Statt dessen die Kirche. Die Stadt. Wo werden Leonard Sheinkmans Ehefrau und Sohn getötet? Es ist ein Lager. ›Sie sollten zum Hinrichtungsplatz des Lagers und erschossen werden.‹ Aller Wahrscheinlichkeit nach ist es wirklich Buchenwald. Danach wird er verlegt. ›Und ich bin hier gelandet.‹

Seinen Kindern sagt er, er habe in Buchenwald gesessen. Falls es sich so verhält, daß er nicht besonders weit fort verlegt wird, ist es sehr wohl denkbar, daß er meint, noch immer in Buchenwald zu sein. Einem Annex von Buchenwald.

Also Weimar.

Die Kirche. Achtzehnter Februar. Diese eigentümliche Beschreibung des konkreten Aussehens der Zeit. ›Die Zeit hat einen weißen Grund. Der weiße Grund ist vielleicht vierkantig. Dann kommt das Schwarze. Das Schwarze besteht aus drei Stücken. Das untere schwarze Stück ist sechskantig. Auf drei der sechs Flächen, jeder zweiten, sind zwei Fenster übereinander. Das untere ist etwas größer als das obere. Und unmittelbar über dem oberen beginnt das nächste Stück, das Zwischenstück. Es ist ebenso schwarz und hat die Form einer kleinen gewölbten Mütze. Da sitzt die Uhr. Zuletzt kommt die Spitze. Die Spitze ist auch schwarz und sieht scharf aus wie eine Nadelspitze.‹

Paul Hjelm ging ins Internet und suchte Weimar. Es stimmte tatsächlich, daß im Februar 1945 die Bomben der

Alliierten auf Weimar fielen. Er fand eine Übersicht über die Kirchen der Stadt. Sie waren abgebildet.

Der Dom, die Stadtkirche, war ein großes Ding, das im Krieg zerstört worden war, doch sie war es nicht. Kein Punkt stimmte. Die zweite große Kirche der Stadt lag etwas weiter im Norden. Sie hieß Jakobskirche. Es war eine weiße Kirche mit einem schwarzen Turm in drei Segmenten, zuerst ein sechskantiges, bei dem jede zweite Fläche von zwei übereinander liegenden Fenstern geschmückt wurde, das untere davon etwas größer als das obere. Das nächste Segment hatte die Form einer kleinen gewölbten Mütze mit einer Uhr. Ganz oben saß die Spitze, sie sah aus wie eine Nadel.

Es bestand kein Zweifel.

Leonard Sheinkman hatte durch das Fenster die Jakobskirche in Weimar gesehen und sie mit der Zeit gleichgesetzt.

Auf der anderen Seite der Wand ging Kerstin Holms immer ergiebigeres – und immer schrecklicheres – Gespräch mit Ernst Herschel in Jena weiter.

»Schmerzzentrum?« fragte sie.

»Sie nannten es Schmerzzentrum«, sagte er. »Man experimentierte mit dem Schmerzzentrum des Gehirns. Der Hirnrinde. Das Ziel der Versuche war, beim Versuchsobjekt die größtmögliche Schmerzempfindung hervorzurufen. Die Prozedur wurde nach und nach experimentell entwickelt. Allem Anschein nach hatte es in Buchenwald mit einfachen Schmerztests angefangen. Die Ergebnisse schienen so vielversprechend zu sein, daß eine Dependance eingerichtet wurde, vermutlich auf persönlichen Befehl Himmlers. Hier kamen die Experimente ernstlich in Gang. Allmählich fand man heraus, daß eine erhöhte Blutzufuhr im Gehirn dazu beitrug, den Schmerz zu verstärken, und man fing an, die Versuchsobjekte mit dem Kopf nach unten aufzuhängen. Auch die lange Nadel wurde experimentell entwickelt. Man war offenbar einem Durchbruch sehr nahe, als die amerikanischen Truppen Weimar einnahmen. Das Archiv bricht Ende März abrupt ab. Anfang April marschierten die Amerikaner ein. Wahrscheinlich hat man beim Herannahen des Endes die Sachen gepackt und sich in Luft aufgelöst. Es wurde nie jemand zur Verantwortung gezogen. Tatsache ist, daß die Existenz des Instituts völlig unbekannt war, bevor wir das Gebäude öffneten. Alle übrigen Spuren sind verschwunden.«

»Sind die Verantwortlichen identifiziert?« fragte Kerstin Holm. Sie erkannte ihre eigene, sonst so wohlklingende Altstimme nicht wieder.

»Nicht ganz«, sagte Ernst Herschel. »Was wir wissen, haben wir dem Jüdischen Dokumentationszentrum in Wien mitgeteilt. Simon Wiesenthal, Sie wissen ja.«

»Ja«, sagte Kerstin mit der gleichen wunderlich krächzenden Stimme. »Und was wissen Sie?«

»Daß es drei verantwortliche Offiziere und Wachsoldaten gab. Alle von der SS.«

»Namen?«

»Nur zwei von ihnen. Leider.«

»Welche Namen haben Sie?«

»Lassen Sie mich zunächst die Befehlsordnung erklären. Zwei der drei waren Ärzte. SS-Ärzte, wenn Sie die Tragweite einer solchen Bezeichnung verstehen. Ärzte – und Offiziere, natürlich. Der dritte war kein Arzt. Er war der Chef. Das ganze Institut, das Schmerzzentrum, war sein Werk. Er hieß Hans von Heilberg. Er sorgte selbstverständlich dafür, daß sämtliches Material über ihn verbrannt wurde, und ansonsten ist seine Existenz in anderen Kriegsarchiven nur sehr sporadisch belegt. Nach dem Krieg findet sich keine Spur von ihm. Wir wüßten überhaupt nichts von ihm, wüßten nicht, wer der Leiter des Instituts war, wenn er nicht von einem der Ärzte wegen eines Leidens behandelt worden wäre. Ein Muttermal hatte angefangen zu bluten, und er fürchtete, er habe Hautkrebs. Das war im August 1944. Seine Befürchtung wurde von dem Arzt als ›chronische Hypochondrie‹ abgetan.«

»Ein Muttermal?«

»Ein Muttermal am Hals. Es hatte unserer Information zufolge die Form eines Rhombus. Das ist alles, was wir über Hans von Heilbergs Äußeres wissen.«

»Und die Ärzte?«

»Über einen von ihnen wissen wir sehr wenig. Es gelang ihm, sämtliche schriftlichen Spuren zu vernichten. Doch seltsamerweise vergaß er ein Foto. Wir haben also ein Bild von ihm. Es ist das einzige Bild überhaupt, das wir haben.«

»Und der zweite?«

»Ich habe es ein bißchen hinausgezögert, wie Sie sicher bemerkt haben, Fräulein Holm. Er stellt ein Problem für Sie dar. Für Ihre ganze neutrale Nation. Der zweite SS-Arzt war nämlich Schwede.«

»Schwede?«

»Über ihn haben wir am meisten Information. Er war nicht ganz so akribisch wie die anderen beim Verwischen seiner Spuren. Vielleicht glaubte er nicht, daß er überleben würde. Vielleicht war ihm alles gleichgültig. Er hieß Anton Eriksson.«

»Jesses«, sagte Kerstin.

»Ich weiß, daß Sie endlich angefangen haben, sich mit Ihrem nationalen Erbe aus der Zeit des Zweiten Weltkriegs auseinanderzusetzen, Fräulein Holm. Sie haben in der Waffen-SS und hier und da ein bißchen Kanonenfutter gefunden. Aber auf einen schwedischen SS-Mann dieser Größenordnung sind Sie bisher nicht gestoßen. Das war auch einer der Gründe für meine anfängliche Zurückhaltung. Ich habe mich gefragt, ob ich die Angelegenheit nicht zuerst auf einer etwas höheren Ebene zur Sprache bringen sollte. Aber jetzt ist es gesagt. Machen Sie damit, was Sie wollen.«

»Das werde ich«, sagte Kerstin Holm.
»Ich faxe Ihnen das Material zu«, sagte Herschel.

Sie trafen sich im Gang auf Höhe der dünnen Wand, die ihre Zimmer voneinander trennte. Jeder zeigte auf den anderen.

»Weimar«, sagten sie unisono.

Dann gingen Paul Hjelm und Kerstin Holm in Kerstins Zimmer. Sie informierten sich rasch gegenseitig über ihre jeweiligen Fortschritte. Danach betrachteten sie ein Fax, das gerade ausgeworfen wurde. Es handelte von Anton Eriksson. Und es enthielt eine sehr undeutliche, fast schwarze Fotografie des dritten Mannes.

»Drei Männer«, sagte Paul Hjelm. »Quälgeist drei dürfte identifiziert sein. ›Grausam, sadistisch, rhombenförmiges kleines Muttermal am Hals.‹ Hans von Heilberg. Der Leiter.«

»Dieses Foto sagt ja nicht viel«, meinte Kerstin Holm. »Aber deine Zusammenfassung von Quälgeist eins hört sich nach einem denkbaren Anton Eriksson an. ›Sehr blond, nicht deutsch, traurig.‹ Daß gerade der Traurige es unterläßt, seine Spuren gründlich zu verwischen, wirkt glaubhaft. Er war wohl schon von seinem Gewissen aufgefressen.«

»Sollen wir dann annehmen, daß Quälgeist zwei – ›eiskalter Wissenschaftler‹ – der unidentifizierte Mann auf dem Foto ist? Der Umstand, daß er alle anderen Spuren vernichtete, läßt wohl auf eine gewisse kühle Rationalität schließen.«

Eine Weile saßen sie da und dachten nach, jeder für sich. Dennoch waren ihre Gedanken fast gleich. Als wären ihre Hirne durch keinen Knochen und keinen Knorpel getrennt.

»Was haben wir jetzt hier?« sagte Paul Hjelm schließlich. »Wie sind die Erinnyen zu dieser Hinrichtungsmethode gekommen? Warum gehen sie genau nach dieser Methode vor, wenn sie Zuhälter hinrichten? Und wo zum Teufel kommt Sheinkman dabei ins Bild? Er hätte hingerichtet werden sollen. Er war an der Spitze der Liste. Er kam davon. Wie ist er davongekommen?«

Kerstin übernahm: »Und warum erzählte er nie etwas davon? Hätte er die Welt nur darüber informiert, daß dieses grauenhafte, verfluchte Institut existierte, dann hätte man alle drei festnehmen können. Man hätte auf jeden Fall gleich nach Kriegsende nach ihnen fahnden können. Statt dessen hielt er es über ein halbes Jahrhundert geheim.«

»Er blätterte die Seite im Buch des Lebens um«, sagte Paul. »Er löschte seine Vergangenheit aus. Er wollte nichts mehr davon wissen. Er entfernte sie. Wie einen Tumor.«

»Sie müssen es von Herschel erfahren haben«, sagte Kerstin und stand auf.

»Wer?«

»Die Erinnyen können nur eine einzige Quelle für die Kenntnis des Aufhängens mit dem Kopf nach unten und dieser Nadel im Gehirn gehabt haben, und das ist das Forscherteam in Weimar.«

»Ruf an und frag, wer davon wußte. Alle überhaupt. Wer betrat als erster das Haus? Wen hat er informiert? Wie erreichte die Information Herschel? Wie lief es ab, als er sein Forscherteam zusammenstellte? Wer gehörte dazu? Was gab es sonst noch für Personal? Wie ging es vor sich, als das Haus renoviert wurde?«

»Du hast recht«, sagte Kerstin und griff zum Hörer.

»Und doch wieder nicht«, sagte Paul. »Es gibt andere mögliche Quellen. Wenn Sheinkman überlebt hat, können auch andere überlebt haben. Die Wachsoldaten im Schmerzzentrum. Und dann natürlich noch drei Personen.«

»Drei Kriegsverbrecher, die vor mehr als fünfzig Jahren untergetaucht sind«, nickte Kerstin.

»Ruf trotzdem an«, sagte Paul.

Kerstin redete eine Weile mit Ernst Herschel. Er versprach, eine Liste mit sämtlichen denkbaren Namen zusammenzustellen, auch darüber wann und wie die Betreffenden von der Methode erfahren haben konnten.

»Noch eins«, sagte Kerstin. »Gab es irgendwelche Listen über die Versuchspersonen?«

»Ja«, sagte Ernst Herschel. »Aber es sind lediglich Buchstabenkombinationen. Keine Namen. Keine Individuen. Nur Buchstaben. Es war wohl am einfachsten so.«

»Vermutlich«, sagte Kerstin Holm. »Noch einmal vielen Dank für Ihre Hilfe. Und bereiten Sie sich auf einen Besuch vor.«

»Wieso?« fragte der Professor.

»Wir schicken einen Mann zu Ihnen hinunter«, sagte Kerstin und legte auf.

»Arto?« fragte Paul.

»Unser weitgereister Freund«, sagte Kerstin.

Dann machten sie sich daran, wie mit einem einzigen Paar Augen die Akte des schwedischen SS-Arztes Anton Eriksson durchzulesen.

Das war das Schmerzzentrum.

33

Odessa war eine gefallene Schönheit. Der Satz klang wie ein Zitat aus einer Touristenbroschüre.

Arto Söderstedt empfand eine gewisse Enttäuschung darüber, daß alle seine Vorurteile bestätigt wurden. Er sah in jedem verfallenen Wodkawrack – und es gab deren nicht wenige – einen potentiellen Räuber und wurde ununterbrochen von Bettlern angegangen, meistens Kindern, die ihm zu maßlos überhöhten Preisen fleckige Ansichtskarten verkaufen wollten. Und die Stadt hatte einen ganz speziellen Duft. Wie eine in die Jahre gekommene Hure, dachte er brutal. Billiges Parfüm, um den Verfall zu überdecken.

Dagegen hatte er noch nicht die Möglichkeit gehabt, an unwilligen Oststaatenpolizisten ohne Computer sein Verhandlungsgeschick zu erproben. Er wartete noch immer darauf, daß geöffnet wurde. ›Vielleicht etwas später‹, wie ein neben dem Polizeipräsidium wohnender Mann in schwerfälligem Deutsch ausgestoßen hatte.

Es lag kein Grund vor, zum Hotel zurückzugehen, das in seiner Mischung aus luxuriöser Pracht und Verfall als überdeutliches Symbol für Odessa angesehen werden konnte. Also wanderte er. Er fand auch den Strand – den es nicht gab. Denn Odessa war eine Hafenstadt mit der kleinen Eigenheit, daß sie an die hundert Meter fast senkrecht oberhalb des Wassers lag. Das einzige, was die Stadt mit dem Wasser verband, war, genaugenommen, die weltberühmte Treppe, über die in Eisensteins Revolutionsfilm *Panzerkreuzer Potemkin* der Kinderwagen herunterrollt. Erst durch den Bau der Treppe im neunzehnten Jahrhundert entstand eine direkte Verbindung zwischen der Stadt und dem Wasser, zwischen Odessa und dem Schwarzen Meer.

Die Stadt war einmal mächtig gewesen, und vermutlich machte sie, vom Wasser aus gesehen, noch immer einen mächtigen Eindruck. Aber wenn man sich durch ihre Straßen bewegte, nahm man sie in erster Linie als ärmlich wahr. Ein Relikt aus vergangenen großen Zeiten. Natürlich erfolgten die Transporte zum wichtigsten Hafen der Ukraine jetzt auf anderen Wegen, doch zu jener Zeit war die Treppe von lebhaftem Verkehr gekennzeichnet. Es war kein Zufall, daß sie bei Eisenstein als Symbol für die kapitalistische Wirtschaft diente.

Zumindest war das Arto Söderstedts Interpretation.

Jetzt war die Treppe Aufenthaltsort für alles erdenkliche gesellschaftliche Treibgut, Bettler und Drogensüchtige, und die Stufen zu betreten, kam direkter Gesundheitsgefährdung gleich. Bevor er sie betrat, glitt Söderstedt seitwärts in ein Gebüsch und brach einen Ast ab. Er sah wie ein Spazierstock aus – aber eigentlich war er eine Waffe. Er war bereit, sich zu verteidigen. Es durfte nur nicht so aussehen.

Er stieg hinunter und wieder hinauf. Er zählte siebzehn Attacken von Bettlern, die als Ansichtskartenverkäufer verkleidet waren. Dazu – trotz aller Versuche, sich mit dem Stock gegen Annäherungsversuche zu wehren – drei Wodkaflecken auf der Kleidung. Zum Glück keine Kotze.

Als er das obere Ende der Treppe wieder erreichte, blieb er mit dem Stock in der Hand stehen. Im nächstgelegenen Schaufenster stand Onkel Pertti mit der Hand am Säbel. Arto starrte ihn wie verhext an. Er starrte zurück. Arto ließ den Stock fallen. Onkel Pertti ließ den Säbel fallen. Arto streckte ihm die Zunge heraus. Onkel Pertti streckte ihm die Zunge heraus.

Der Bann war gebrochen.

Was wollte der alte Knacker eigentlich? dachte Arto Söderstedt und ließ ihn zwischen den Stiefeln im Schaufenster stehen. Wieso diese Hartnäckigkeit?

Er schlenderte die merkwürdige Strandpromenade hundert Meter über dem Wasser entlang und blickte auf die starre schwarze Oberfläche des Schwarzen Meers hinaus, das wunderschön in der Morgensonne glänzte. Er merkte, daß seine Einstellung zu dieser Stadt immer versöhnlicher wurde. Sie hatte eine Schönheit, die sich nicht einschmeichelte, wie es bei der italienischen zuweilen der Fall sein konnte. Es war eine Schönheit, die ihre Makel nicht zu verbergen suchte. Statt dessen schien die Stadt zu sagen: So bin ich eben, take it or leave it. Ungefähr wie Onkel Pertti.

Er kam an der berühmten Oper und der Universität vorbei, und die Gebäude waren wirklich schön. Er war nicht einmal mehr sicher, daß der Verfall tragisch war. Vielleicht sollte der Gang der Zeit in einem Kunstwerk bewahrt bleiben. Vielleicht sollte es nicht restauriert und geschmückt und geschminkt werden und versuchen, etwas anderes zu sein, als es war. Angefressen von der Zeit – wie alles übrige auf Erden. Sollte die Kunst wirklich aus der Zeit herausgelöst und mit einem Ewigkeitswert versehen werden, der grundfalsch war? Und wenn die Alternative Auslöschung hieß? Wenn die Zeit nur ein Saboteur war, eine Zerstörerin ewiger Werte? Sollte man ihr dann nicht entgegenwirken?

Das Argument des plastischen Chirurgen.

Gerade als er fühlte, daß er vielleicht etwas richtig Wesentlichem auf die Spur gekommen war, gelangte er – ohne es beabsichtigt zu haben – zurück zum Polizeipräsidium. Und die Tür war offen.

Er irrte durch verfallene Flure und merkte, daß ihm das Wort ›Verfall‹ ein bißchen zu häufig in den Sinn kam. Wenn genau diese Flure sich in Schweden oder Finnland befänden, würde er sie dann auch als verfallen bezeichnen? Oder war das Wort ganz einfach unauflöslich mit dieser Stadt verbunden?

Dabei fiel ihm ein, daß Odessa nicht nur eine Stadt war. Es war auch eine Organisation. Eine sehr unangenehme Organisation. Organisation der ehemaligen SS-Angehörigen. Im Jahre 1947 gegründet, um hohen Nazis zu einer neuen Identität in Südamerika oder im Mittleren Osten zu verhelfen. 1952 ersetzt durch Kameradenwerke.

Der Zusammenhang war ihm nicht richtig klar, doch es gab ihn. Er fühlte es besonders deutlich, als er an der Tür klingelte, auf der in kyrillischen Buchstaben etwas wie

›Kommissar Alexej Svitlytjnyj‹ stand. Den sollte er auf jeden Fall treffen.

Alexej Svitlytjnyj saß an seinem Tisch und war vorgewarnt. Genau wie Söderstedt vermutet hatte, gab es keinen Computer auf dem majestätischen Schreibtisch. Dagegen hing eine sonderbar gerollte Zigarette wie angeleimt im Mundwinkel des kräftigen, untersetzten Mannes im tadellosen Oststaatenanzug. Der Anzug sah aus wie die, die sowjetische Führer zu tragen pflegten, wenn sie auf irgendwelchen Erhöhungen über dem Roten Platz standen und steif vorbeiziehenden Militärparaden winkten. Arto Söderstedt hatte immer den Verdacht gehegt, daß sie ausgestopft und ferngesteuert waren.

Svitlytjnyj war nichts von beidem, aber ziemlich träge. Sein Englisch indessen war auf einem unerwartet hohen Niveau. »Ich habe die Angelegenheit mit unserem Justizministerium geklärt«, sagte er, nachdem die gegenseitige Vorstellung erledigt war. »Es ist kein Problem, daß Sie als Repräsentant von Europol unser Ermittlungsmaterial einsehen. Dagegen waren wir eher skeptisch, ob wir es um den halben Erdball an die schwedische Polizei schicken sollten.«

»Sie haben den Nasenlosen also identifiziert?« sagte Söderstedt.

Svitlytjnyj nickte schwer wie ein alter Braunbär.

Wackelpuppe, dachte Söderstedt und freute sich über ein Wort, das er lange nicht benutzt hatte. Diese Plastikpuppen mit rauhem Pelz und losem Kopf, der unendlich lange vor und zurück schaukelte, wenn man ihn in Bewegung setzte.

»Das ist korrekt«, sagte Svitlytjnyj und reichte Söderstedt mit einer trägen Bewegung eine abgegriffene braune Mappe über den Tisch, auf der Hammer und Sichel prangten. »Aus der Sowjetzeit«, fügte er mit einer Geste zu dem Hammer-und-Sichel-Zeichen hinzu. »Auch das ein Grund für die Auslieferunsgproblematik.«

Söderstedt schlug die Mappe auf und starrte auf ein Dikkicht kyrillischer Buchstaben.

»Es ist in russisch«, sagte er unbedacht.

»Das ist es mitnichten«, sagte Svitlytjnyj. »Es ist ukrainisch. Eine Sprache, die von siebenmal so vielen Menschen gesprochen wird wie Schwedisch.«

»Verzeihung«, sagte Söderstedt verbindlich.

»Drehen Sie die Seite um«, sagte Svitlytjnyj. »Dort finden Sie ein Foto.«

Söderstedt tat, wie ihm geheißen. Ein sehr seltsames Wesen starrte ihn mit dunklem Blick an.

Es hatte keine Nase.

»Er heißt Kouzmin«, sagte der Kommissar und nahm einen Lungenzug aus der festgewachsenen Zigarette, die zu diesem Zeitpunkt cirka vier Millimeter lang war. Söderstedt fragte sich, wie es wohl weiterginge. Die Kippe war ein richtiger *cliffhanger*. Würde sie wohl noch einen Lungenzug überstehen? Fortsetzung folgt.

»Koutjschmin?« versuchte er.

Svitlytjnyj nickte seitwärts und vollführte eine schaukelnde Geste mit der Hand. »Ungefähr so«, sagte er. »Franz Kouzmin. Sein Straftatenregister ist nicht besonders umfassend. Es handelt sich hauptsächlich um Delikte, die mit seinem langjährigen und intensiven Alkoholmißbrauch zusammenhängen. Bagatellsachen. Einbruch, Hehlerei, Trunkenheit. Er ist kaum ein großer Verbrecher. Wurde Ende September 1981 von seiner Tochter als vermißt gemeldet. Er war offenbar Witwer.«

»Steht da etwas über die Nase?« fragte Söderstedt.

»Die fehlende Nase« sagte Svitlytjnyj und erhob sich; es dauerte ungefähr eine halbe Minute. »Darf ich vorschlagen, daß wir in den Computerraum hinübergehen?«

Ein Mysterium, dachte Söderstedt. Die mikroskopisch kleine Zigarette war spurlos verschwunden. Statt dessen steckte eine frisch gerollte und angezündete Zigarette im selben Mundwinkel. Es war geschehen, ohne daß er, der routinierte finnlandschwedische Detektiv, etwas gesehen hatte.

»Haben Sie einen Computerraum?« sagte er zerstreut und stand auf.

Svitlytjnyj kicherte ein wenig und nahm einen tiefen Lungenzug. »Das hätten Sie nicht gedacht, wie?« sagte er.

Sie traten hinaus auf den Flur und wanderten durch die Unendlichkeit.

»Wir sind dabei, das gesamte alte Archiv auf das neue EDV-System umzustellen«, sagte der Kommissar, »und bei dieser Gelegenheit übersetzen wir gleich alle Akten ins Englische. Das dauert seine Zeit. Wir sind bis zum Buchstaben ›L‹ gekommen. Sie haben Glück.«

»Und was war mit der Nase?« insistierte Söderstedt.

»Der fehlenden Nase«, insistierte Svitlytjnyj und öffnete eine Tür.

Sie betraten ein Hackerparadies. Die Computerausrüstung schien denkbar jüngsten Datums zu sein. Mehrere Männer und Frauen saßen an modegerecht blitzenden Terminals und bedienten ihre Tastaturen. Es sah aus wie in einer amerikanischen Börsenhaifirma.

»Na, jetzt sind Sie platt«, sagte Svitlytjnyj und grinste.

»Wie können Sie sich so etwas leisten?« entfuhr es Söderstedt undiplomatisch.

»Mafiagelder«, sagte der Kommissar ernst.

Mehrere Mitarbeiter im Raum lachten allerdings schallend.

»Ich erkläre Ihnen kurz die Bedienung«, fuhr Svitlytjnyj ruhig fort und tat es.

Und so las Arto Söderstedt in aller Ruhe die Akte des Franz Kouzmin – in tadellosem Englisch.

Die zwölfjährige Tochter, die im Kinderheim lebte, hatte ihn Ende September als vermißt gemeldet, als sie ihren monatlichen Besuch bei ihm machte. Seine Frau war offenbar bereits zwei Jahre nach der Geburt der Tochter an Krebs gestorben, und weil er immer mehr trank, war ihm die Tochter fortgenommen und im Kinderheim untergebracht worden. Es gab einen Auszug aus einem Verhör mit ihr.

Sie hatte gesagt: ›Und gerade wo Papa aufgehört hatte zu trinken. Seit einem Monat war er völlig nüchtern. Und ganz, ganz froh.‹ Doch sie hatte nicht gewußt, warum.

Okay, dachte Söderstedt und hielt inne. Kouzmin hörte auf zu trinken und war froh, erwartungsvoll. Wie vor einer Reise. Nach Schweden. Offenbar hatte er etwas gefunden, und dieses Etwas veranlaßte ihn, sich aus seinem langjährigen Alkoholmißbrauch herauszukämpfen und an Bord der M/S Cosmopolit mit dem Ziel Frihamnen in Stockholm zu gehen.

Arto las weiter.

Nun fand das Nasenproblem seine Erklärung. Er hätte es sich denken sollen. Sie alle hätten es sich denken sollen.

Franz Kouzmin wurde von einer ukrainischen Frau adoptiert, die sich in Buchenwald seiner angenommen hatte, wo seine Eltern umgekommen waren. Er selbst wurde Opfer eines medizinischen Experiments, bei dem es um die Atmung ging. Wie wichtig waren die Atemwege in der Nase für die Atmung?

Um Antwort auf diese Frage zu erhalten, hatten die SS-Ärzte in Buchenwald dem kleinen Franz die Nase abgesägt.

Es zeigte sich, daß man ohne Nase leben konnte.

Das war gut zu wissen.

Danach wurde es schwerer. Wenn mir jemand die Nase abgesägt hätte, dachte Söderstedt, wäre ich wohl auch Alkoholiker geworden.

Dann kam es.

Ein Name.

Er erstarrte und rief instinktiv über sein Handy in Stockholm an.

Kommissar Jan-Olov Hultin meldete sich. Er sagte: »Ich wollte dich auch gerade anrufen, Arto. Du mußt nach Weimar fahren.«

Arto Söderstedt ignorierte ihn glockenrein.

»Hör zu jetzt, was ich gefunden habe«, sagte er und betrachtete den Bildschirm vor sich.

»Ich höre«, sagte Hultin.

»›Shtayf‹ auf dem Südfriedhof, der Mann ohne Nase, hieß Franz Kouzmin. Aber er wurde nicht unter diesem Namen geboren. Er wurde im Januar 1935 als Kind jüdischer Eltern in Berlin geboren. Sein Name war Franz Sheinkman.«

Es war einen Moment still am anderen Ende. »Herr Gott«, sagte Hultin dann.

»Das kann man wohl sagen«, gab Söderstedt zurück.

»Erzähl mehr.«

»Er war Witwer und Alkoholiker und hatte gerade aufgehört zu trinken. Frohen Sinnes verläßt er heimlich die Sowjetunion und reist nach Schweden, genauer gesagt zu seinem Vater Leonard Sheinkman im Bofinksvägen in Tyresö. Irgendwie ist es ihm gelungen, seinen Aufenthaltsort ausfindig zu machen. Das bringt ihn dazu, mit dem Trinken Schluß zu machen. Sein Vater glaubt ja, daß er tot ist, zusammen mit seiner Mutter in Buchenwald ermordet. Aber es kam anders. Er wurde das Opfer medizinischer Experimente, in deren Verlauf ihm die Nase abgetrennt wurde. Am Abend des siebten September 1981 kommt er bei seinem Vater in Tyresö an. Was bei dieser Begegnung geschieht, wissen wir nicht. Was wir wissen, ist, daß er zwei Tage später erstochen bei einem kleinen Badesee in der Nähe gefunden wird.«

»Ich verstehe«, sagte Hultin.

»Was verstehst du?«

»Daß du ausgezeichnete Arbeit geleistet hast. Kannst du die Akte hermailen? Erlauben sie das?«

»Ich glaube schon«, sagte Söderstedt und warf einen Blick zu dem großen Alexej Svitlytjnyj hinauf. Die Zigarette war jetzt wieder so klein, aber er mußte gestehen, daß er das Interesse daran verloren hatte.

»Dann mußt du jetzt nach Weimar fahren«, sagte Hultin. »Du sollst dich mit einem Professor Ernst Herschel am Historischen Institut der Universität Jena treffen. Fahr, sobald du kannst. Weitere Instruktionen bekommst du unterwegs.«

»Gib mir einen Tip«, bat Söderstedt.

»Das Institut, wo die Methode mit der Nadel im Gehirn entwickelt wurde.«

»Ah«, sagte Söderstedt und drückte auf den Ausknopf.

Svitlytjnyj sog den mikroskopisch kleinen Zigarettenstummel in den Mund, löschte ihn mit ein bißchen angesammeltem Speichel, spuckte ihn aus und hatte unmittelbar eine neue, fertig gerollte Zigarette bereit, die er anzündete, während er sich über den Computer beugte und Arto Söderstedt half, sich mit den kyrillischen Befehlen auf dem Bildschirm zurechtzufinden.

Dann flog die Akte Franz Kouzmin-Sheinkman über Europa.

Söderstedt kam es plötzlich so vor, als wäre er nur nach Odessa gerufen worden, um die Computerausrüstung zu bewundern und in der gesamteuropäischen Polizeigemeinschaft Goodwill zu verbreiten.

Er sagte: »Ich müßte die Akte auch zum eigenen Gebrauch kopieren.«

Er bekam eine Diskette, und der Rechner fragte ihn:

›Save Kouzmin?‹

Er antwortete ›Yes‹.

Mit Nachdruck.

34

Anton Eriksson wurde 1913 in dem kleinen Ort Örbyhus nördlich von Uppsala geboren. Mit gut zwanzig Jahren wurde er an der Universität Uppsala immatrikuliert, und nach Studien unter anderem in Medizin, Deutsch und Anthropologie schloß er sich dem freistehenden Institut an, das die aufsehenerregendste Institution der ruhmreichen Universitätsstadt war. 1922, im gleichen Jahr, in dem die Sozialdemokraten die Sterilisierung geistig Behinderter ›wegen der aus rassenhygienischer Sicht schädlichen Folgen der Fortpflanzung geistig Zurückgebliebener‹ befürworteten, war nämlich in Uppsala das weltweit erste Institut für Rassenbiologie eingerichtet worden, Statens institut för rasbiologi, das später zum Vorbild diente für das Kaiser-Wilhelm-Institut für Rassenhygiene in Berlin.

Das Kaiser-Wilhelm-Institut für Rassenhygiene seinerseits war eine wichtige Voraussetzung für die Ausrottung der Juden.

Wenngleich die geschichtliche Entwicklung natürlich länger war. Das frühe zwanzigste Jahrhundert war von großen Veränderungen geprägt. Schweden entwickelte sich von einer Agrargesellschaft zu einer Industriegesellschaft. In Zeiten großer Umwälzungen entsteht ein Bedarf an Sündenböcken. Die Juden waren geeignete Sündenböcke, weil man ihnen sowohl Bolschewismus als auch Kapitalismus als auch Antipatriotismus, will sagen Zionismus, vorwerfen konnte – man brauchte nur zu wählen. Dieses Rassendenken war mit den Modewissenschaften Anthropologie und Genetik verbunden. Die Schwedische Gesellschaft für Rassenhygiene wurde 1909 begründet, und es gab eine internationale rassenbiologische Gesellschaft, in der diskutiert wurde, wie man einen Übermenschen schaffen könnte. Als man 1912 in London einen Weltkongreß in großem Stil abhielt, hatte kein Geringerer als Winston Churchill den Vorsitz inne. 1918 schlug ein Professor von Karolinska Institutet die Einrichtung eines Nobel-Instituts für Rassenbiologie vor; die Zeit war noch nicht reif. 1921 wurde jedoch ein von Vertretern sämtlicher Reichstagsparteien unterschriebener Antrag eingebracht, ein rassenbiologisches Institut zu gründen, und der Schwedische Reichstag faßte mit großer Mehrheit einen entsprechenden Beschluß. Das Institut wurde am Neujahrstag 1922 eröffnet. Sein Leiter war Herman Lundborg. Man hatte sieben Angestellte und verfügte über Haushaltsmittel von sechzigtausend Kronen.

Herman Lundborg war der Auffassung, die nordische Rasse sei allen anderen überlegen, und mit den Jahren tendierte er immer deutlicher zu antisemitischen Standpunkten. Das Institut wurde gleichzeitig von Lundborgs Deutschfreundlichkeit durchdrungen. Mehrere Deutsche besuchten das Institut und hielten Vorlesungen, darunter Hans F. Günther, der bald darauf der Ideologe der Nazis in Rassenfragen wurde. 1932 wurde in New York der Weltkongreß der Internationalen Rassenbiologischen Gesellschaft abgehalten. Herman Lundborg nahm daran teil, auch die gesamte amerikanische Oberklasse war vertreten, mit Familien wie Kellogg, Harriman und Roosevelt im Mittelpunkt. Vorsitzender des Kongresses war Ernst Rüdin, jener Mann, der binnen kurzem Hitlers umfangreiches Sterilisierungsprogramm leiten sollte.

Zu dieser Zeit hatte das Schwedische Rassenbiologische Institut in Uppsala zu stagnieren begonnen, trotz seines fest verankerten internationalen Ansehens. Der Haushalt war auf dreißigtausend Kronen geschrumpft, und Lundborg war als Leiter nicht mehr tragbar. Im Juni 1936 wurde er durch Gunnar Dahlberg ersetzt, der in gewisser Weise die Ausrichtung des Instituts veränderte, und zwar von der Rassenbiologie fort zu Humangenetik und zur Kunst des *social engineering*. Dies führte nach und nach zu den berüchtigten Zwangssterilisierungen geistig Behinderter.

Anton Eriksson kam gegen Ende von Lundborgs Zeit ans Institut. Die rassenbiologischen und antisemitischen Gedanken wurden sein Credo, und als Dahlberg die Leitung des Instituts übernahm, faßte Eriksson die Kursänderung als einen Verrat an Herman Lundborgs Erbe auf. Ihn interessierte die medizinisch und chirurgisch ausgerichtete Rassenbiologie.

In dem Material aus Weimar war auch ein kurzer Text von Anton Eriksson enthalten, der im Frühjahr 1936 in der dem deutschfreundlichen Torsten Kreuger gehörenden Abendzeitung *Aftonbladet* erschienen war. Darin versucht Eriksson mittels einer ausschließlich klinischen Vorgehensweise die biologisch bedingte Unterlegenheit der Juden zu beweisen. Um seine These zu belegen, bezieht er sich auf Herman Lundborgs berühmte Skizzen von menschlichen Profilen.

Anfang 1937 verläßt Anton Eriksson Schweden, um in Berlin Medizin zu studieren. Als letztes heißt es von ihm, daß er am Kaiser-Wilhelm-Institut für Rassenhygiene tätig ist und daß er für die SS-interne Offiziersausbildung angenommen wurde.

Dann wird es still um den begabten Studenten aus Örbyhus. Sehr still.

Kerstin Holm und Paul Hjelm lasen die Akte zusammen. Sie schwiegen beide, und es gab keinen Abstand zwischen ihnen.

Sie spürten, wie sich vor ihren Augen die schwedische Geschichte veränderte. Wer hatte in der Schule hiervon gesprochen? Wer hatte sie aufgeklärt über das dunkle Erbe des human neutralen nordischen Landes?

Niemand.

Die schwarzen Löcher im Raum-Zeit-Kontinuum begannen sich zu füllen.

Und sie näherten sich dem Sand im Getriebe, dem grundlegenden Denkfehler.

Die Zeit legte sich zurecht.

Nicht zuletzt dank Arto Söderstedts frischer und merkwürdiger Information aus Odessa.

Nichts in dem, was sie gefunden hatten, deutete darauf hin, daß der zukünftige SS-Arzt Anton Eriksson Tendenzen zu Reue und Gewissensqualen gehabt hätte. Im Gegenteil, er zeigte sich als ›eiskalter Wissenschaftler‹.

Quälgeist 2.

Warum sollte dann dieser rational beherrschte, klinisch arbeitende Antisemit im Schmerzzentrum in Weimar gravierende Beweise zurücklassen? Zwar kein Foto – doch eine Menge an Material.

Warum?

Es gab nur eine denkbare Erklärung.

Er hatte einen bombensicheren Fluchtweg.

»Wann endet Leonard Sheinkmans Tagebuch?« fragte Kerstin.

»Am einundzwanzigsten Februar 1945«, sagte Paul und nickte.

»Und wann marschieren die Amerikaner in Weimar ein?«

»Buchenwald wird am elften April befreit.«

Kerstin Holm beugte sich über den Tisch vor, legte eine Prise nach und sagte: »Es vergehen eineinhalb Monate zwischen dem Tag, an dem Leonard Sheinkman in den Operationssaal geführt wird, um mit dem Kopf nach unten aufgehängt zu werden und eine Metallnadel ins Gehirn eingeführt zu bekommen, und dem Tag, an dem Weimar befreit wird. Als er herauskommt, ist ihm wohl kaum im Gehirn herumgestochert worden. Statt dessen lernt er verblüffend schnell Schwedisch, sattelt verblüffend schnell vom Dichter zum Gehirnspezialisten um und wird Professor und Nobelpreiskandidat.«

»Was geschieht in den eineinhalb Monaten zwischen dem einundzwanzigsten Februar, als das Tagebuch endet, und der Befreiung am elften April?«

»Natürlich«, sagte Kerstin Holm, »daß Leonard Sheinkman stirbt. Der jüdische Berliner Dichter stirbt unter fürchterlichen Qualen in einem Kellerraum in Weimar.«

Paul Hjelm stand auf, ging zum Computer und tippte einen Befehl ein.

»Wir haben es die ganze Zeit vor Augen gehabt«, sagte er schließlich und zeigte auf den Bildschirm. »Qvarfordts hoffnungslose Notizen von Leonard Sheinkmans Obduktion. Der Denkfehler. ›Tendenz zu zervikaler Spondylose. Circumcisio postadoleszent. Rheumatoide Arthritis, initial, mit Symptomen in Hand- und Fußgelenken.‹

»Circumcisio postadoleszent«, sagte Kerstin. »Beschneidung im Erwachsenenalter.«

»Es ist in dem ganzen Latein untergegangen«, sagte Paul.

»In der Sprachverwirrung«, sagte Kerstin.

Sie saßen eine Weile schweigend da, während die Dinge auf sie einstürzten. Nach und nach traten ihnen die grotesken Konsequenzen ihrer Einsicht vor Augen.

Der eiskalte Judenhasser und Judenquäler Anton Eriksson ist an einer experimentellen Folter des jüdischen Dichters Leonard Sheinkman beteiligt. Das erste Mal am einundzwanzigsten Februar 1945. Möglicherweise überlebt Sheinkman ein paarmal und schwankt wie ein unseliger Geist durch die Flure. Möglicherweise stirbt er direkt. Auf jeden Fall ist er schon lange tot, als das Personal Ende März oder Anfang April aus dem Institut flieht. Wahrscheinlich ist sich der kühle Eriksson schon im Februar bewußt, daß die Tage des Instituts und ganz Nazideutschlands gezählt sind. Wahrscheinlich hat er bereits ein passendes Opfer ausgesucht, mit dem er die Identität tauscht, als der Krieg vorüber ist. Es ist der gleichaltrige Leonard Sheinkman.

Der Judenhasser wird Jude.

Der Mörder nimmt die Identität des Opfers an.

Nach Sheinkmans Tod behält Eriksson dessen Papiere, soweit vorhanden, andernfalls stellt er neue aus. Er läßt sich Sheinkmans Gefangenennummer auf den Arm tätowieren und läßt sich beschneiden. Alle Luken müssen abgedichtet werden. Er weiß, spätestens aus Sheinkmans Tagebuch, das er selbstverständlich beschlagnahmt, daß dessen Frau und Sohn in Buchenwald umgekommen sind – eine Familie existiert nicht. Möglicherweise läßt er auch eine Gesichtsoperation durchführen, um einer Entdeckung in Schweden zu entgehen. Es ist jedoch zehn Jahre her, daß Anton Eriksson das Land verlassen hat, und dazwischen liegt ein Weltkrieg, das Risiko, entdeckt zu werden, ist also minimal. Er gelangt nach Schweden, lernt in Rekordzeit Schwedisch, was nicht verwunderlich ist, wenn man bedenkt, daß er seine Muttersprache lernt. Er durchläuft auch die Ausbildung zum Arzt in Rekordzeit, was nicht verwunderlich ist, wenn man bedenkt, daß er bereits Arzt ist. Er wird in Rekordzeit Hirnforscher, was nicht verwunderlich ist, wenn man bedenkt, daß er schon eifrig mit menschlichen Gehirnen experimentiert hat. Und niemand erkennt ihn. Er hat es geschafft. Er hat seine Metamorphose durchgemacht und lebt jetzt als Jude. Er geht in die Synagoge, feiert Sabbat, Pessach, Sukkot, Chanukka, Jom Kippur und heiratet eine Jüdin.

Und der Nazi bekommt jüdische Kinder.

Nichts von dem mußte angesprochen werden.

Aber eins mußte angesprochen werden: »Wie konnte er damit leben?«

Sie sahen sich an.

»Ich glaube nicht, daß er es konnte«, sagte Paul Hjelm. »Ich glaube, daß er sein Gehirn ganz bewußt so trainierte, daß es die Vergangenheit ausklammerte. Ich glaube, daß Anton Eriksson tatsächlich Leonard Sheinkman *wurde*.

Ich glaube sogar, daß es ihm gelang, sich selbst zu suggerieren, daß er das Tagebuch geschrieben hätte.«

»Aber zweimal wird er an die Vergangenheit erinnert«, sagte Kerstin. »Das erste Mal am siebten September 1981. Da ist er fast siebzig. Auf der Schwelle seines Hauses im Bofinksvägen in Tyresö steht ein freudestrahlender, jetzt nüchterner ukrainischer Jude ohne Nase und erhebt den Anspruch, sein Sohn zu sein. Franz Sheinkman. Es ist der reine Wahnsinn. Er tötet ihn mit einem Küchenmesser. Zwei wuchtige Stöße, die die ganze Kraft seines Handelns, die ganze Tragweite seiner Einsicht erkennen lassen. Er fährt mit der Leiche in den Wald und wirft sie in der Nähe eines Badesees aus dem Wagen.«

»Das zweite Mal ist, als er die Gegenwart der Erinnyen spürt«, sagte Paul Hjelm. »Da kommt alles mit extremer Wucht zurück. Er wird gezwungen, das Blatt im Buch des Lebens wieder umzublättern. Er wird gezwungen, den Text auf der Rückseite des Papiers zu lesen, den er meinte, gelöscht zu haben. Der treibt ihn hinaus zu Franz Sheinkmans anonymem Grab. ›Shtayf‹. Der Grabstein liegt zerschmettert da. Von Neonazis. Es muß ihm vorkommen wie blanke Ironie. Genau da treten die Erinnyen in Erscheinung. Die Rachegöttinnen aus der Urzeittiefe. Bevor sie ihn mit exakt der Methode töten, mit der er selbst am Schmerzzentrum in Weimar zahllose Menschen getötet hat, spricht er mit ihnen. Vermutlich ist er zu diesem Zeitpunkt mit der unerhörten Tragweite seiner Schuld konfrontiert worden und sagt etwas wie ›endlich‹ oder ›wie lange ihr gewartet habt‹. Genau wie Nikos Voultsos in Skansen sieht er sie als wirkliche Rachegöttinnen an, als wirkliche Erinnyen.«

Denn in beiden Fällen gab es einiges zu rächen.

»Dann bleibt trotzdem noch die Frage, was diese beiden Sorten von Rache verbindet. Die Rache der Prostituierten an ihren Zuhältern und die Rache der Lageropfer an ihren Henkern. Wo ist das Verbindungsglied?«

»Wir müssen abwarten, welche Namen Professor Herschel in Weimar uns bieten kann«, sagte Paul Hjelm.

Danach sagten sie nicht mehr viel.

Worte kamen ihnen so nichtig vor.

35

Arto Söderstedt hatte Weimar schon immer sehen wollen. Es war einer seiner heimlichen Träume, die zu verwirklichen Onkel Perttis Geld ihm helfen sollte. Irgendwann in nicht allzu ferner Zukunft würde er herkommen.

Dieser Besuch zählte nämlich nicht.

Er saß im Zug von Leipzig, wohin die Maschine aus Odessa ihn am Abend zuvor gebracht hatte. Er war in einem Hotel Fürstenhof abgestiegen und eingeschlafen, ohne die Schönheit des alten Patrizierpalastes zu genießen, und hatte einen Schluckauf bekommen, als ihm von einer wunderschönen Blondine, die auszuschimpfen er nicht das Herz hatte, die Hotelrechnung zugeschoben wurde. Er bezahlte folgsam und hoffte, daß die Rechnungsprüfer der Reichskriminalpolizei nicht allzu lautstark protestierten. Oder sollte er es wagen, die Rechnung an Europol in Den Haag zu schicken?

Dann war er die wenigen Schritte den Tröndlinring hinabgegangen, im milden, zentraleuropäischen Licht eines traumhaften Frühlingsmorgens, und in den Zug nach Weimar gesprungen, der jetzt über die Ebene glitt und die Grenze zwischen Sachsen und Thüringen in der früheren DDR passierte.

Während Orte wie Bad Kösen, Bad Sulza und Apolda vorüberflogen, las er die letzte Mail von Hultin, die er im Hotel Fürstenhof in Leipzig für eine Interntelefongebühr von bescheidenen fünfundvierzig D-Mark empfangen hatte. Sollte auch die Rechnung an Den Haag gehen? Wo verlief die gesamteuropäische Grenze für behördlichen Mißbrauch?

Er ließ die entsprechende Argumentation auf sich beruhen und fing an zu lesen.

Leonard Sheinkman war nicht Leonard Sheinkman.

Er war, so unangenehm es auch sein mochte, ein schwedischer SS-Arzt mit Namen Anton Eriksson.

Das also war des Pudels Kern.

Wie Goethe in Weimar gedichtet hatte.

An einer anderen Stelle des ›Faust‹ nannte er außerdem Leipzig ›Klein Paris‹, und als der Zug in den Hauptbahnhof von Weimar einfuhr, kam ihm Leipzig unweigerlich wie eine Metropole vor.

Weimar war nichts anderes als ein kleines Provinznest.

Dennoch war die Stadt im Jahr zuvor Kulturhauptstadt Europas gewesen. Goethe hatte auch die Gelegenheit genutzt und wurde zweihundertfünfzig Jahre alt.

Still going strong.

Auf dem Bahnsteig wartete eine kleine dunkle Frau von knapp dreißig Jahren. In der Hand hielt sie ein Schild mit den handgeschriebenen Worten ›Herr Söderstadt‹.

Wir sind auf dem richtigen Weg, dachte er, schleppte seinen unnötig schweren Koffer zu ihr hinüber und streckte ihr die Hand hin.

Sie gab ihm einen schnellen, scharfen und scheuen Blick.

»Mein Name ist Elena Basedow«, sagte sie auf englisch mit überraschend tiefer Stimme. »Ich gehöre zu Professor Herschels Assistententeam.«

»Arto Söderstedt«, sagte Arto Söderstedt.

»Nicht -stadt?«, sagte Elena Basedow und schaute auf ihr handgeschriebenes Schild.

»Nicht richtig«, sagte er. »More of a small village.«

Sie lächelte ein wenig in sich gekehrt. »Like Weimar«, sagte sie und machte eine ausladende Handbewegung.

»Hopefully«, sagte Söderstedt ein wenig hölzern.

Sie setzten sich in Bewegung. Es war noch immer ein sehr schöner zentraleuropäischer Frühlingsmorgen.

»Team?« sagte Söderstedt. »Hat der Professor viele Assistenten?

»Nicht direkt«, sagte Elena Basedow. »Zur Zeit sind wir ein reines Forscherteam. Die Assistenten sind Doktoranden. Früher waren es wesentlich mehr.«

»Bei der Erforschung des Schmerzzentrums?«

»Ja, genau. Bis zum Herbst 1998 gab es eine ganze Reihe freiwilliger Studenten. Unbezahlte Geschichts- und Archäologiestudenten.«

»Hmm«, sagte Arto Söderstedt.

Sie blieben vor einem älteren Volkswagen Vento auf dem Parkplatz des Bahnhofs stehen.

Elena Basedow öffnete ihm die Tür und hob eigenhändig seinen unnötig schweren Koffer in den Kofferraum.

»Wir fahren zuerst dahin«, sagte sie und knallte den Kofferraumdeckel zu, daß der Wagen einen Satz machte. »Er wartet dort.«

Weil ihm ihre Äußerung ein wenig kryptisch erschien, sagte Söderstedt: »Wohin?«

»Zum Schmerzzentrum. Es ist jetzt rundum erneuert. Eine IT-Firma hat das Gebäude übernommen, ohne zu ahnen, was dort während des Krieges geschah. Nicht daß sie sich etwas daraus machen würden ...«

»Aber Sie machen sich etwas daraus«, sagte Söderstedt, während der Wagen das Bahnhofsgelände verließ und sich in Richtung des südlich gelegenen kleinen Stadtkerns bewegte.

Sie warf ihm einen schnellen, scheuen Blick zu. »Ja«, sagte sie. »Das tue ich.«

»Sie sind Jüdin«, sagte Söderstedt.

»Ich bin alles mögliche«, sagte Elena Basedow. »Zum einen bin ich verwandt mit dem von Rousseau beeinflußten Pädagogen Johann Bernhard Basedow, der im achtzehnten Jahrhundert gelebt hat. Zum anderen bin ich halbe Griechin. Und dann bin ich Jüdin. Ja.«

»Eine Mischung vom Besten«, sagte Söderstedt und kam sich abstoßend reinrassig vor.

Wieder warf sie ihm einen dieser schnellen, scheuen Blicke zu.

»Da ist es«, sagte sie und zeigte nach vorn.

In einer kleinen, etwas abseits gelegenen Straße nördlich des eigentlichen Stadtkerns lag ein Gebäude von plastikartigem Aussehen, als wäre es kandiert und mit Zuckerglasur überzogen. Ein Stück weit entfernt ragte der sechskantige, total renovierte schwarze Turm der Jakobskirche auf.

›Ich sehe die Zeit.‹

Von den Kellerfenstern des Glasurgebäudes aus war der Kirchturm in seiner vollen Höhe sichtbar.

Vor dem kandierten Haus, an dem ein eiscremefarbenes Schild *OUD Systeme* verkündete, wartete ein aufrechter, gutgekleideter Mann im Anzug.

Er trat ohne zu zögern an die Beifahrertür des Vento und öffnete sie dem Gast. »Professor Ernst Herschel«, sagte er und streckte die Hand aus.

Bei Arto Söderstedts Anblick erstarrte er, einen kurzen Augenblick zwar nur, doch genug, um den Detektiv in Arto Söderstedt reagieren zu lassen. Weil Herschels Miene sich unmittelbar darauf wieder normalisierte, beschloß Söderstedt abzuwarten.

Aber er fühlte sich nicht richtig wohl in seiner Haut.

Kürzlich hatte jemand gesagt: ›Ich muß gestehen, daß

ich eine Art von Schock bekommen habe, als Sie eingetreten sind.‹

Die Unruhe saß ihm im Hinterkopf, als er aus dem Wagen kletterte und dem Zeigefinger des Professors zu dem kandierten Gebäude folgte.

»So sieht es also jetzt aus«, sagte Ernst Herschel in lokkerem Ton. »Die neue Zeit hüllt alles ins Blattgold der Vergessenheit.«

Dann setzte er sich auf die Rückbank des Wagens. Söderstedt kletterte wieder hinein. Der Vento fuhr davon.

»Wir fahren nach Süden zur Hochschule für Architektur und Bauwesen«, erklärte Herschel. »Ich habe dort noch mein altes Arbeitszimmer. Ich gehöre also der Universität Jena an, zwanzig Kilometer östlich von hier. Weimar hat keine Universität, aber dafür eine Anzahl von kleineren Hochschulen. Eine von ihnen hat uns für das Projekt Räume zur Verfügung gestellt.«

Der Wagen fuhr an dem mächtigen Schloß vorbei, das wirkte, als gehörte es in eine bedeutend größere Stadt.

Dann gelangten sie zur Hochschule für Architektur und Bauwesen. Während sie eine Treppe hinaufstiegen, die Assoziationen an ruhmreiche Traditionen weckte, überlegte Söderstedt, was wohl die Mitarbeiter der Hochschule für Architektur über das kandierte Haus in der Nachbarschaft zu sagen hatten.

Sie betraten ein kaltes, aber ziemlich elegantes Büro. Elena Basedow schaltete unmittelbar die Kaffeemaschine ein. Dann verschwand sie durch die Tür.

Das Assistententeam, dachte Söderstedt und ließ sich auf dem ihm angewiesenen Stuhl nieder.

Herschel sank in seinen Schreibtischsessel. »Ich bin nur noch recht selten hier«, sagte er. »Die abschließende Auswertung der Untersuchung zum Schmerzzentrum findet am Historischen Institut in Jena statt.«

Er hielt Söderstedt eine Liste hin.

»Dies habe ich gerade nach Stockholm gefaxt. Es ist eine Liste aller Personen, die möglicherweise während der Tätigkeit des Forscherteams in Weimar von der Art des … Experiments haben reden hören. Diese Liste ist für Sie. Bitte sehr.«

»Danke«, sagte Arto Söderstedt. »Und überhaupt für die Zusammenarbeit. Sie ist von unschätzbarem Wert.«

»Ihre Kollegin Holm hat mich davon überzeugen können, daß ich mit Ihnen zusammenarbeiten sollte. Ich war eingangs ein wenig skeptisch. Aber ich verstehe nicht alles richtig. Es geht also um eine Bande, die europaweit mit solchen Nadeln arbeitet?«

Herschel öffnete eine Schublade seines Schreibtischs, entnahm ihr eine rostige, lange, dünne steife Nadel und reichte sie Söderstedt über den Schreibtisch.

»Jesses«, sagte Söderstedt und nahm sie in die Hand.

Ihm war, als spürte er das bedrückende Erbe, das auf ihr lastete. Sie war beinah zu schwer, um sie zu halten. »Ja«, fuhr er fort, während er sie drehte und wendete. »So ist es. Aber wir haben große Probleme zu verstehen, wer sie sind.«

»Die Erinnyen«, sagte Herschel.

Söderstedt betrachtete ihn. Hatte Kerstin das tatsächlich auch gesagt? Hatten sie so guten Kontakt bekommen?

Herschel fuhr fort:

»Dem Mythos zufolge werden die Erinnyen zu Eumeniden, als Athena sie zivilisiert. Sie werden in eine moderne Rechtsgesellschaft eingebunden. Glauben Sie, daß etwas Entsprechendes geschehen wird?«

»Gibt es eine moderne Rechtsgesellschaft, in die sie eingebunden werden könnten?« fragte Arto Söderstedt.

Herschel starrte ihn einen Augenblick an. Dann fing er an zu lachen, laut und beinah wild.

Als der Anfall vorüber war, sagte er:

»Eine Sache habe ich dem reizenden Fräulein Holm vergessen zu erzählen. Apropos moderne Rechtsgesellschaft.

Wissen Sie, was die drei führenden Gestalten des Schmerzzentrums als Gehaltsbonus bekamen?«

Arto Söderstedt wußte es nicht.

»Zahngold«, sagte Herschel.

Nach einer Pause fuhr er fort: »Sie teilten sich das persönliche Eigentum ihrer Opfer. Zahngold war die wichtigste Einnahmequelle. Sie dürften eine ganze Menge zusammenbekommen haben. Je mehr Juden sie töteten, desto mehr Gold. Das ist Wissenschaft.«

Söderstedt verspürte Übelkeit. Schließlich sagte er:

»Ach, eins noch. Sie haben reichhaltiges Material über Anton Eriksson nach Stockholm gefaxt. Aber Sie hatten auch etwas über Hans von Heilberg, den Leiter des Schmerzzentrums. Das ist nicht nach Stockholm gegangen. Ich habe es jedenfalls nicht bekommen.«

Herschel nickte. »Da werden Sie recht haben«, sagte er. »Ich habe vermutlich nur das Material über Eriksson geschickt. Hier ist die Akte Hans von Heilberg.«

Sie erschien wie auf Bestellung.

Söderstedt wartete einen Augenblick, bevor er die Akte Hans von Heilberg aufschlug. Er war sich ziemlich sicher, was er darin finden würde.

Dann holte er tief Luft und tauchte in den Text ein.

Er verstand unmittelbar. So einfach, so glasklar. Heilberg, Hans von. Geb. 18.7.08 in Magdeburg. Vater aus adliger deutscher Familie, Mutter aus adliger italienischer Familie. Zweisprachig.«

Den Rest zu lesen kam ihm unnötig vor.

Hans von Heilberg war Marco di Spinelli.

So war das also.

Arto Söderstedt war schon auf dem Weg nach Mailand. Er schob dem verblüfften Herschel die Papiere hinüber und stand auf, als ihm noch etwas einfiel. »Ach richtig«, sagte er. »Die Stockholmer haben gesagt, die Fotografie des dritten Mannes sei bei der Fax-Übermittlung nur schwarz herausgekommen. Es wäre gut, wenn ich sie noch einmal sehen könnte.«

Für den Bruchteil eines Augenblicks erstarrte Ernst Herschel. Die gleiche Bewegung wie vorhin am Wagen. In Arto Söderstedts Innerem hallte das Echo von Marco di Spinellis Stimme wider: ›Ich muß gestehen, daß ich eine Art von Schock bekam, als Sie eintraten, Signor Sadestatt. Sie erinnern mich nämlich an einen Menschen, den ich vor einer Ewigkeit kannte, im Anbeginn der Zeiten.‹ Und er sah ein Bild, das Foto eines stattlichen Mannes mit leuchtendhellem Gesicht, der fest verankert mit der Hand am Säbel in einer Schneewehe stand. Und das Bild war nicht nur imponierend, es war auch bekannt.

Bemerkenswert gut bekannt.

Er seufzte tief, während ihm das Foto des dritten Mannes aus dem Schmerzzentrum hingehalten wurde. Er wußte, daß er sich selbst begegnen würde.

Und so war es.

Der Mann auf dem Bild war Arto Söderstedt selbst.

Ein Schauder durchfuhr ihn.

»Eine bemerkenswerte Ähnlichkeit«, sagte Ernst Herschel.

Arto Söderstedt stürzte aus dem Zimmer.

36

Auf dem Flug von Leipzig nach Mailand gelang es ihm endlich, ein wenig Ordnung in seine Gedanken zu bringen. Da hatte die schlimmste Wut und das schlimmste Entsetzen sich schon etwas gelegt.

Aber es war vollkommen klar.

Es gab keinerlei Ausflüchte.

Er fühlte sich aus dem Paradies vertrieben.

In Finnland genossen die finnischen SS-Männer die gleichen Rechte wie alle übrigen Kriegsveteranen. Da der Finnische Winterkrieg ein Kampf gegen die ins Land eingefallene Sowjetunion war, war es natürlich, daß die Widerstandskämpfer sich dem Gegner der Sowjetunion zuwandten, also Deutschland. Zahlreiche Kämpfer aus dem Winterkrieg gingen später in der SS auf. Gedenkfeste waren an der Tagesordnung.

Ein gutes Jahr zuvor war es zu einem internationalen Skandal gekommen, als der Verein zum Gedenken der Gefallenen die Absicht kundtat, für die in der Ukraine gefallenen finnischen und deutschen SS-Männer einen Gedenkstein aufzustellen, und gerade kürzlich hatte die jüdische Gemeinde in Helsinki gegen eine ganz spezielle Veranstaltung protestiert. Zu einer finnischen SS-Feier hatten die Veteranen deutsche Kollegen eingeladen. Sollte Finnland tatsächlich offiziell deutsche SS-Veteranen einladen, alte deutsche Nazis aus der Organisation, die für die systematische Ausrottung von Millionen von Juden in Europa verantwortlich war?

Die jüdische Gemeinde fand dies ein wenig schwer verdaulich.

Es war also nichts Ungewöhnliches, daß finnische Kämpfer aus dem Winterkrieg sich der SS anschlossen. Sie waren von der finnischen Regierung als Kriegsveteranen offiziell sanktioniert worden.

Pertti Lindrot, der Onkel von Arto Söderstedts Mutter, war ein junger, enthusiastischer Landarzt, als er beim plötzlichen Einfall der Sowjetunion in den Finnischen Winterkrieg hineingezogen wurde. Er zeigte eine große Schwäche für den Guerillakrieg in winterlichen Wäldern und wurde mehrfach befördert. Nach einigen entscheidenden Schlachten wurde er zum Helden und verschwand beim Sieg der Russen in den Wäldern wie ein klassischer Guerillero. Bei Kriegsende tauchte er wieder auf, mehr oder weniger gebrochen. Trank immer mehr, konnte sich auf verschiedenen Arztstellen in immer versteckteren Provinznestern nicht halten, kehrte schließlich nach Vasa zurück und wurde ein Original, das bis ins hohe Alter von neunzig Jahren sein trauriges Leben führte.

Jetzt wußte Arto Söderstedt, was Onkel Pertti nach dem Sieg der Sowjetunion im Finnischen Winterkrieg gemacht hatte.

Der junge Landarzt war SS-Offizier geworden.

Er war einer der Verantwortlichen für das Schmerzzentrum in Weimar geworden. Und er sah seinem Großneffen sehr, sehr ähnlich.

Und er hatte es nicht gern getan. Quälgeist 1, laut Paul Hjelms schematisierter Übersicht: ›Sehr blond, nicht deutsch, traurig‹. Leonard Sheinkmans Worte vor seinem Tod: ›Der freundlichste von ihnen. Er ist weniger deutsch als ich und sehr blond. Und er sieht sehr traurig aus. Er tötet mit Trauer in den Augen.‹

Onkel Pertti hatte es nicht gern getan, doch das Zahngold hatte er genommen. Und weitergegeben.

Und auf einem Fundament von jüdischem Zahngold hatte jetzt Arto Söderstedt sein toskanisches Paradies gebaut.

Er spürte, wie er blaß wurde.

Sein Paradies war mit den ausgebrochenen Zähnen Hunderter ermordeter Leonard Sheinkmans bezahlt.

Er mußte zur Flugzeugtoilette laufen und sich übergeben. Ihm war, als käme es eimerweise. Er kotzte seinen ganzen Abscheu, sein ganzes Entsetzen, seine ganze Angst, sein ganzes zerrissenes Gewissen aus sich heraus.

Ich trample auf ihren Leichen herum, schrie die Kotze. Sie brüllte: Ich trample auf ihren Leichen herum, um die

Nase über die Scheiße zu kriegen. Ich rieche den Gestank, heulte die Kotze. Sie schrie: Ich rieche den Gestank, und ich blicke hinaus zum Horizont, und ich tue so, als fände ich ihn schön und als röche es nach siebzehn Sorten Basilikum und nicht nach Scheiße und Tod und Leichen.

Dann verwandelte sich das Gefühl, erledigt zu sein, in etwas anderes. Was in ihm hochkam, war nicht mehr die Kotze der Selbstverachtung. Es war nicht mehr das Entsetzen über Onkel Perttis Verwandlung vom Kriegshelden zum Folterer und Mörder. Es war nicht mehr der Ekel darüber, das böse Blut eines Kriegsverbrechers und Nazis in seinem Körper zirkulieren zu fühlen. Es war nicht mehr der Brechreiz darüber, das Raubgold des Kriegsverbrechers auszugeben.

Es war Zorn.

Reiner und glühender Zorn, und er richtete sich gegen eine, eine einzige Person.

Hans von Heilberg alias Marco di Spinelli.

Arto Söderstedt kehrte an seinen Sitz zurück. Eine kurze Turbulenz ließ das Flugzeug erbeben.

Und das Erbeben war in ihm.

Er schaute auf einen Ausdruck, den er sich von einer Zeichnung gemacht hatte. Es war die Zeichnung eines Palastes. Und eine dünne, helle, kurvige Linie schlängelte sich durch die gesamte Konstruktion.

Er würde ihn zur Rede stellen.

So einfach war es.

Er dachte an das Ende seiner letzten Begegnung mit Kommissar Italo Marconi. Es war seltsam gewesen.

Der Kommissar zog seine schlingernde Linie kreuz und quer über die Zeichnung. Es sah aus wie die unsichere Bleistiftlinie eines Kindes durch das Labyrinth in einem Comic-Heft.

Söderstedt hatte gefragt: »Was glauben Sie persönlich, was Marco di Spinelli während des Krieges gemacht hat?«

Marconi hatte den Bleistift hingelegt und seinen nordischen Kollegen fixiert: »Aber das ist doch glasklar«, sagte er. »Er war Nazi.«

Söderstedt fixierte zurück, nickte langsam und sagte:

»Herr des Himmels, Italo. Du willst, daß ich ihn hochnehme.«

»Ich will, daß du herausfindest, wer er eigentlich ist, ja. Es ist möglich, daß du mehr Erfolg hast als ich, Arto, mit neuen Ausgangspunkten und weniger strengen Restriktionen.«

»Das meine ich nicht«, sagte Söderstedt. »Du willst, daß ich mir *auf diesem Weg* Zugang verschaffe.«

Marconi warf ihm einen schnellen Blick zu, strich sich ebenso schnell über den großen Schnauzbart und sagte, indem er den Finger über die Zeichnung führte: »Rein theoretisch – und jetzt meine ich wirklich rein theoretisch – ist es ein ausgesprochener Einmannjob. Man gelangt durch eine Klappe im Müllraum hinein. Die Klappe führt auf eine Gasse hinterm Palast. Durch diese Klappe wird der Müll einmal die Woche mit einem Vakuumsauger geleert. Die Klappe ist mit einem starken Schloß versehen. Außerdem muß es schnell gehen, und man muß ein ganz spezielles Bewegungsschema befolgen, weil die Überwachungskameras an der gegenüberliegenden Wand sich in einem speziellen Takt bewegen.«

»Das hört sich völlig unüberwindlich an«, sagte Söderstedt.

»Das wäre es«, sagte Marconi, »wenn man nicht mit dem Bewegungsschema und mit dem zeitlichen Rahmen vertraut wäre – und keinen kürzlich kopierten Schlüssel zur Verfügung hätte.«

Ein brauner Umschlag wurde auf den Schreibtisch gelegt. Es klapperte leicht. Söderstedt betrachtete ihn mißtrauisch. »Hast du allen Ernstes die Absicht, einen blauäugigen schwedischen Polizisten kaltblütig den Kopf in den Rachen des Löwen stecken zu lassen?«

»Das waren viele Klischees in ein und demselben Satz«, sagte Italo Marconi mit einem schwachen, mit Mühe und Not erkennbaren Lächeln.

»Mach weiter«, sagte Arto Söderstedt, ohne eine Miene zu verziehen.

»Im Innern des Müllraums wird es leichter. Man ist jedenfalls die Überwachungskameras los. Von drei Stellen des Palastes aus führen breite Schächte hier hinein, durch die der Müll in den Müllcontainer poltert.«

»Laß mich mal sehen, ob ich verstehe, rein theoretisch also. Dieser Müllcontainer ist also ganz geschlossen?«

»Richtig. Er hat einen Deckel mit vier Rohren. Das Absaugrohr führt zur Gasse auf der Rückseite; dadurch gelangt man hinein. Dann ist man im Müllcontainer.«

»In einem geschlossenen, stinkenden pechschwarzen Müllcontainer.«

»Am Gestank und an der Abgeschlossenheit kann man leider nichts ändern. Aber dem Problem der Dunkelheit kann man mit einer Taschenlampe beikommen. Wenn man also in den Container hineinkommt, führen drei Rohre durch verschiedene Schächte zu drei Stellen im Palast. Der nächstgelegene führt zur Küche, doch das ist viel zu weit entfernt vom Kern der Zwiebel. Der hinterste führt zum Vorzimmer des großen Salons, und auch das ist zu weit weg, nur auf der anderen Seite. Der mittlere Schacht dagegen endet in einer kleinen Pantry, die zu di Spinellis geheimstem Raum gehört. Seine drei persönlichen Leibwächter wissen davon, du hast sie schon getroffen. Und natürlich sein Privatsekretär.«

»Das Glasauge«, sagte Söderstedt.

»Ganz genau«, sagte Marconi unerwartet. »Marco di Spinellis geheimer Raum ist der Ort, an dem er all die Jahre über Prostituierte empfangen hat. Das Liebesnest. Von der Pantry abgesehen gibt es nur eine Tür in diesem Liebesnest, und die führt zu seinem Büro.«

»Ich habe in seinem Zimmer nur eine Tür gesehen, und die führte zum Zimmer des Privatsekretärs. Das, durch das ich hineingekommen bin.«

»Die Tür zur Pantry befindet sich hinter den großen Wandteppichen aus dem sechzehnten Jahrhundert.«

»Und um dorthin zu gelangen, muß man also durch einen Müllschacht zehn Meter senkrecht in die Höhe klettern?«

»Sieben«, sagte Italo Marconi. »Sieben Meter senkrecht nach oben, dann noch zehn Meter, die ein bißchen schräg sind, am Anfang und am Ende. Rein theoretisch würde ich kräftige Kletterschuhe empfehlen und einen sehr dicken Pullover mit hoher Reißfestigkeit und verstärkten Ellenbogen. Der Deckel des Müllschachts muß von innen mit einem Schraubenschlüssel geöffnet werden.«

»Und was zum Teufel soll ich da?«

»Du?« sagte Marconi und fixierte Söderstedt. »Wer in Dreiteufelsnamen hat denn von dir gesprochen?«

Dann machte er eine Pause, seufzte und fuhr fort: »Dir ist etwas gelungen, was seit langem niemandem gelungen ist. Du hast Marco di Spinelli aus dem Gleichgewicht gebracht. Ich weiß nicht, wie du es gemacht hast, aber du hast es gemacht. Wir müssen in dem Topf umrühren, und du könntest der Löffel sein, nach dem wir so lange gesucht haben. Rein theoretisch also.«

»Und die Erinnyen?«

»Tja. Für uns bleiben sie ja eine eher abstrakte Geschichte. Du kannst vielleicht auch denen einen Strich durch ihre Rechnung machen.«

Als Arto Söderstedt an jenem Tag Italo Marconis Büro verließ, hatte er nicht im allergeringsten mit dem Gedanken gespielt, sich kräftige Kletterschuhe und einen Pullover mit hoher Reißfestigkeit und verstärkten Ellenbogen anzuschaffen – mit so etwas gaben sich Viggo Norlander und Gunnar Nyberg ab.

Jetzt war alles anders. Schon in Leipzig hatte er kräftige Kletterschuhe und einen sehr dicken Pullover von hoher Reißfestigkeit mit verstärkten Ellenbogen gekauft.

Und jetzt war ihm auch klargeworden, warum es ihm gelungen war, Marco die Spinelli aus dem Gleichgewicht zu bringen. Es war nur teilweise sein Verdienst. Sein Aussehen spielte auch eine gewisse Rolle. Er war zu Hause bei Hans von Heilberg aufgetaucht – der seit einem halben Jahrhundert nicht mehr Hans von Heilberg war – und hatte ihm seine beiden Kumpane aus dem Schmerzzentrum gezeigt: zunächst, in seiner eigenen Gestalt, Pertti Lindrot, dann, in Leonard Sheinkmans Gestalt, Anton Eriksson. Wie sie damals ausgesehen hatten.

Es war klar, daß er aus dem Gleichgewicht gekommen war.

In Marco di Spinellis Person vereinten sich die beiden Rachemotive. Als Hans von Heilberg, Leiter des Schmerzzentrums in Weimar, hatte er zahlreiche Menschen erniedrigt und ermordet. Als Marco di Spinelli, Chef des Verbrechersyndikats Ghiottone in Mailand, hatte er ebenfalls zahlreiche Menschen erniedrigt und ermordet.

Er war ein zutiefst verachtenswerter Mensch.

Auch die Erinnyen vereinten in sich die beiden Rachemotive, so viel war ihm klar. Aber wie? Es fehlte eine Frau, die zweifach Opfer des Bösen geworden war, das von dem Ghiottone-Boß ausging. Zuerst von ihm als Hans von Heilberg, danach von ihm als Marco di Spinelli.

Diese Frau wußte außerdem, daß der alte Professor in Stockholm nicht Leonard Sheinkman hieß und der alte Mafiaboß in Mailand nicht Marco di Spinelli.

Die Führerin der Erinnyen war eine jüdisch-ukrainische ehemalige Prostituierte mit Kontakten zum Forscherteam in Weimar.

Arto Söderstedt bewegte sich nicht und wagte kaum zu atmen. Dies alles mußte sich setzen.

Dann nickte er und nahm eine Akte zur Hand.

Eine Akte aus Odessa.

Die Akte Kouzmin. Franz Kouzmins trauriges Leben lag aufgeschlagen vor ihm, und Söderstedt füllte die Lükken selbst aus.

Kouzmin, Franz. Geboren am siebzehnten Januar 1935 unter dem Namen Franz Sheinkman als Kind jüdischer Eltern in Berlin. Von August 1940 an Konzentrationslager Buchenwald. Die Mutter im November 1944 hingerichtet. Der Vater ins Schmerzzentrum in Weimar verlegt, wo er im Februar 1945 stirbt. Der neunjährige Franz wird das Opfer medizinischer Versuche. Im Januar 1945 wird ihm die Nase entfernt. Eine ukrainische Frau namens Elena Kouzmin hat Mitleid mit ihm, sie adoptiert ihn später und nimmt ihn mit in ihre Heimatstadt, das vom Krieg verwüstete Odessa. Die Familie lebt im Elend. Franz wächst als adoptiertes, jüdisches, nasenloses Armenkind auf. Natürlich wird er in seiner Schule gemobbt und verfällt früh dem Alkohol. 1967, mit zweiunddreißig Jahren, heiratet er eine Alkoholikerin. 1969 bekommen sie eine Tochter. 1971 stirbt die Ehefrau an Kehlkopfkrebs, Folge ihres Alkoholismus. 1974 wird die Tochter im Kinderheim untergebracht.

Irgendwann zu Anfang der achtziger Jahre rafft Franz sich auf und beginnt, in Europa nach Verwandten zu suchen, die überlebt haben. Im Sommer 1981 stößt er auf den Namen seines Vaters. In Schweden. Im August besteigt er die M/S Cosmopolit und begibt sich nach Schweden, um seinen Vater wiederzusehen – und vermutlich mit der Absicht, unmittelbar danach die Tochter aus dem Kinderheim zu holen. Er erinnert sich an seinen Vater vage als eine (dem Tagebuch nach zu urteilen) gute Gestalt aus der tiefsten Vergangenheit. Um 18 Uhr 25 am siebten September legt die M/S Cosmopolit im Stockholmer Freihafen an. Franz geht an Land und findet ein Schwarztaxi, das von einem Finnen namens Olli Peltonen gefahren wird. Der Mann fährt ihn zu der Adresse Bofinksvägen in Tyresö. Der Vater macht auf. Sie erkennen sich nicht. Das ist nicht verwunderlich. Es sind fast vier Jahrzehnte vergangen, seit sie sich zuletzt sahen. Freudestrahlend betritt der Sohn das feine Haus seines Vaters. Der Mann, den er für seinen Vater hält, stößt ihm ein Küchenmesser in den Rücken. Was ihm in den letzten Sekunden seines Lebens durch den Kopf schießt, kann man sich kaum vorstellen. In Odessa kommt die Tochter Ende September in die Wohnung ihres Vaters. Die Wohnung ist leer. Sie meldet sein Verschwinden bei der Polizei. Die letzten Worte der Akte Franz Kouzmin sind die seiner zwölfjährigen Tochter: ›Und gerade jetzt, wo Papa aufgehört hatte zu trinken. Seit einem Monat war er völlig nüchtern. Und ganz, ganz froh.‹

Dort sollte die Akte enden. Es sollte nichts mehr zu sagen geben über die traurige Gestalt Franz Kouzmin.

Doch es folgten noch ein paar Seiten.

›Save Kouzmin?‹ ›Yes.‹

Es war *eine andere Person* Kouzmin. Die Akte war mitkopiert und gespeichert worden.

Magda Kouzmin. Die Tochter.

Kouzmin, Magda. Geboren 1969 in Odessa. Eltern: Franz Kouzmin, geb. Sheinkman, und Lizavjeta Kouzmin, geb. Sjatova. Tod der Mutter 1971, von ihrem fünften Lebensjahr an im Kinderheim. Als sie zwölf ist, stirbt ihr Vater. Früher Drogenkonsum. Aufgegriffen wegen Prostitution 1984, im Alter von fünfzehn Jahren, danach weitere dreißigmal bis 1997. Außerdem an die zwanzigmal mißhandelt, wonach mehrfach Krankenhausbehandlung erforderlich. Gehört seit 1987 zu einem Bordell, das Parteifunktionäre mit Prostituierten versorgt. Dem Vernehmen nach bei den Parteifunktionären hoch geschätzt. Zitat Zeugenaussage: ›Macht ihre Arbeit unglaublich gut. Habe noch nie solchen Genuß erlebt.‹ Nach dem Zerfall der Sowjetunion wird dieses Bordell von der ukrainischen Mafia übernommen, die ihrerseits im Februar 1996 unter die Kontrolle einer den ukrainischen Behörden unbekannten internationalen Organisation namens Ghiottone gerät. Zwischen Februar 1996 und August 1997 siebenmal mißhandelt. Von ihrem Zuhälter Artemij Tolkatjenko im August 1997 als vermißt gemeldet, zusammen mit zwei weiteren Prostituierten. Tolkatjenko ging 1998 nach Manchester in England, wo er am dreizehnten März 1999 in der Nähe des Fußballstadions Old Trafford ermordet wird. Magda Kouzmins weiteres Schicksal ist unbekannt.

Magda. Auf den Namen der Großmutter väterlicherseits getauft, der Ehefrau Leonard Sheinkmans.

Magda. In der Stockholmer U-Bahnstation Odenplan von Lublin aus angerufen.

Magda. Die Anführerin der Erinnyen.

Magda. Leonard Sheinkmans Enkelin.

Im Februar 1996 wird Magdas Bordell von Ghiottone übernommen. Es wird anscheinend ein noch höllischeres Leben als vorher. Sieben polizeilich gemeldete Fälle von Mißhandlung bedeuten mindestens zwanzig in der Wirklichkeit. Im August hat sie genug. Es geht nicht mehr. Sie flieht, zusammen mit zwei Kolleginnen. Sie ist achtundzwanzig Jahre alt und schrecklich verwüstet. Es gibt zwei Möglichkeiten. Sterben oder das Blatt im Buch des Lebens wenden. Sie wendet das Blatt – doch ohne die Vorderseite zu vergessen. Im Gegenteil, diese bestimmt ihre ganze Zukunft. Sie wird ihre Antriebskraft während des Entzugs und im Training. Ihre beiden früheren Kolleginnen sind die ganze Zeit mit ihr zusammen. Zielbewußt trainieren sie ein gutes Jahr lang. Dann schlägt die Stunde der Rache. Sie verfolgen die Spur ihres alten Quälgeistes Artemij Tolkatjenko, den Zuhälter von Ghiottone aus Odessa. Er ist nach England geschickt worden, wahrscheinlich, um – wie Nikos Voultsos ein Jahr später in Stockholm – Ställe mit

Prostituierten zu übernehmen. Sie ermorden ihn. Möglicherweise retten sie schon jetzt weitere Kolleginnen und nehmen sie mit.

Etwas ist geschehen. Möglichkeiten zeichnen sich ab. Sie erkennen, wieviel Leid es in der Prostitutionsbranche rundum in Europa gibt. Und sie können tatsächlich etwas tun. Sie werden Rachegöttinnen. Erinnyen.

Warum wählt man aber schon beim ersten Mord die Hinrichtungsmethode aus Weimar? Hat Magda Kouzmin bereits die Verknüpfung zwischen Ghiottone und dem Schmerzzentrum hergestellt?

Kennt sie Marco di Spinelli schon jetzt?

Noch etwas anderes muß zwischen der Flucht im August 1997 und dem ersten Mord im März 1999 geschehen sein. Sie hat erfahren, was sich im Schmerzzentrum in Weimar abgespielt hat. Sie übernimmt die Methode. Wie hat sie davon erfahren? Verbindet sie es schon mit dem, was ihrem Vater zugestoßen ist? Wahrscheinlich nicht. Wahrscheinlich erfährt sie später davon, vielleicht in diesem Jahr. Als sie sich aufmacht, um den falschen Leonard Sheinkman aufzusuchen.

Wie konnte Magda Kouzmin vor dem März 1999 die Methode kennengelernt haben?

Es gab nur eine Möglichkeit. Das Forscherteam von Professor Ernst Herschel.

Herschel hatte Arto Söderstedt eine Liste mitgegeben. Er suchte sie aus seiner Tasche heraus. Was war in Weimar gesagt worden? ›Bis zum Herbst 1998 gab es eine Anzahl freiwilliger Studenten. Unbezahlte Geschichts- und Archäologiestudenten.‹

Magda beendete ihr Prostituiertendasein im August 1997. Sie kann kaum kurz danach als unbezahlte Geschichts- und Archäologiestudentin agiert haben. Es ist ein chaotischer Zustand. Sie sind vor einer fürchterlichen Mafiaorganisation geflohen und müssen sich versteckt halten. Außerdem müssen sie sich entgiften und über ihre Zukunft entscheiden. Wahrscheinlich ist das nicht möglich vor dem Jahreswechsel 1997/98. Bis zum Herbst 1998 gab es unbezahlte Geschichts- und Archäologiestudenten. Das schränkte die Auswahl auf eine Zeit während, sagen wir, der ersten Hälfte von 1998 ein.

Söderstedt arbeitete sich durch die Liste. Herschels Notizen zufolge hatten die freiwilligen Studenten zwar keinen Zugang zu wichtigen Informationen, doch das mußte ja zu bewerkstelligen sein. Sie konnte kaum als etablierte Geschichtsforscherin aufgetreten sein.

Was hatte es in der ersten Jahreshälfte 1998 an Gelegenheitsarbeitern gegeben?

Sieben Personen hatten im Frühjahr 1998 angefangen und waren verschwunden, als das Gebäude für die glasurmäßige Renovierung geschlossen wurde. Fünf davon waren Frauen. Sie hießen Steffi Prütz, Maryann Rollins, Inka Rothmann, Elena Basedow und Heidi Neumann.

Arto Söderstedt betrachtete die Namen eine Weile.

Elena Basedow hatte er ja getroffen. Sie arbeitete immer noch in Herschels sogenanntem Assistententeam. Die patente kleine Frau, die ihn am Hauptbahnhof in Weimar abgeholt hatte.

›Herr Söderstadt.‹

Die konnte er streichen.

Während er die vier übrigen Namen betrachtete, passierte jedoch etwas. Da war etwas mit den Vornamen. Magda nach der Großmutter. Aber es gab noch eine Großmutter. Jene Frau Kouzmin, die sich des elternlosen Franz Sheinkman in Buchenwald angenommen hatte. Wie hieß sie?

Elena Kouzmin.

Arto Söderstedt saß ganz still.

Elena.

Er war ihr begegnet.

Vor nur ein paar Stunden war er ihr begegnet.

Eine Welle von Eis wogte durch seinen Körper.

Die Anführerin der Erinnyen hatte ihn in ihrem Wagen gefahren. Einem Volkswagen Vento. In Weimar.

Elena Basedow war Magda Kouzmin.

Die Frau, die die Vielfraße mit Nikos Voultsos gefüttert hatte, die Hamid al-Jabiri wie eine Schubkarre über den U-Bahnsteig am Odenplan geschoben und Anton Eriksson alias Leonard Sheinkman an einer Eiche auf dem Südfriedhof aufgehängt hatte.

Da drang eine erregte Frauenstimme zu ihm durch:

»Jetzt reicht es aber wirklich. Jetzt sagen wir es zum letztenmal.«

Arto Söderstedt blickte auf und sah eine erzürnte Stewardeß, die die Hände in die Seiten gestemmt hatte.

»Entschuldigung?« sagte er verwundert.

Die Stewardeß sagte: »Die Maschine ist vor einer halben Stunde gelandet.«

Noch auf dem Flughafengelände rief er Ernst Herschel an und fragte: »Elena Basedow, die mich am Bahnhof abgeholt hat, arbeitet sie schon lange für Sie?«

»Sie arbeitet nicht für mich.«

»Wie bitte?«

»Ich bin schon gestern nach Weimar gekommen, um eine Reihe von Dingen in meinem Büro durchzusehen. Ich habe im Hotel übernachtet. Wir sind uns zufällig am Abend begegnet, und ich erinnerte mich an sie von der Arbeit im Schmerzzentrum. Am Morgen habe ich sie gefragt, ob sie Sie mit meinem Wagen am Bahnhof abholen könnte, weil ich noch einiges zu erledigen hatte.«

»Wie war sie?«

»Wie bitte?«

»Wie war sie im Bett?«

»Mein Gott noch mal.«

»Ich meine es wirklich ernst«, sagte Söderstedt. »Wie war sie im Bett? Es ist wichtig.«

Es war einen Moment lang still. »Ich habe noch nie einen solchen Genuß erlebt«, sagte Professor Ernst Herschel.

Söderstedt bedankte sich und beendete das Gespräch. Er stand eine Weile da und war in Gedanken versunken.

Was hatte sie dort gemacht?

Was für zusätzliche Informationen hatte sie gebraucht?

Er rief sich alles in Erinnerung. Es waren nicht einmal fünf Stunden vergangen. Was war mit ihrem Blick auf dem Bahnsteig? Ein schneller, scharfer und scheuer Blick.

Wenn sie – wie di Spinelli und Herschel – in Arto Söderstedt Pertti Lindrot erkannt hatte, dann hatte sie das sehr, sehr gut versteckt.

37

Arto Söderstedt trug kräftige Kletterschuhe und einen sehr dicken Pullover von hoher Reißfestigkeit mit verstärkten Ellenbogen. Dazu eine derbe militärgrüne Hose mit ordentlich vielen Taschen.

Er hatte ein Hotel in unmittelbarer Nähe des Palazzo Riguardo genommen. Dort saß er in seinem Zimmer und sah auf die Uhr. Es war vier Uhr morgens. Da begab er sich hinaus in die Mailänder Nacht.

Es war noch finster. Mailand schlief seinen Schönheitsschlaf. Nur vereinzelt klang das Geräusch eines Autos durch die Großstadtnacht. Aus der Tiefe des Himmelsgewölbes lugten die Sterne hervor, der Mond war nur eine schmale Sichel.

Arto Söderstedt durchquerte einen kleinen Park und gelangte zum Beginn einer Gasse. Auf der einen Seite lag eine vollkommen glatte Hausfassade. In einiger Höhe an der Wand waren zwei Überwachungskameras angebracht. Auf der anderen Seite der Gasse lag die Rückseite des Palazzo Riguardo. Die wenigen Fenster, die auf diese Seite hinausgingen, waren hoch oben.

Man sah eine runde Klappe mit einem schweren Schloß. Sie war tief in die dicke rosa Hauswand versenkt.

Söderstedt betrachtete die beiden Überwachungskameras, die sich sehr langsam von rechts nach links drehten. Er wartete.

Als die Kameras ihre äußerste Position erreichten, stürzte er in die Gasse und drückte sich gegenüber vom Palast dicht an die glatte Fassade. Er blickte zur Uhr und wartete. Die Kameras machten kehrt und bewegten sich zurück, jede von ihrer Seite.

Der Schlüssel, der an seiner Hand hing, zitterte leicht in der lauen Nacht.

Sein Blick war auf die Uhr gerichtet. Vier, drei, zwei, eins.

Null.

Er ging los. Überquerte die Gasse. Schnell mit dem Schlüssel ins Schloß. Rasch die Klappe hoch. Und dann tauchte er hinein. Ins Ungewisse.

Während er durch eine pechschwarze, nach unten führende Röhre glitt, hörte er über sich in der Gasse die Klappe zuschlagen. Dann fiel er mit einem dumpfen Aufprall in den Container.

Er befand sich inmitten eines furchtbaren Gestanks. Fauler Fisch. Es war stockfinster, und die Luft kam ihm sauerstoffarm vor. Er blieb wie ein unförmiger Haufen im Müll liegen und versuchte, ruhig zu atmen. Er steckte den Schlüssel in eine Hosentasche mit Klettverschluß. Dann tastete er nach einer anderen Tasche und fühlte die Kontur einer kleinen Pistole, die in Marconis Umschlag gelegen hatte. »Eine rein theoretische Pistole, vermute ich«, wie Söderstedt gesagt hatte. Er tastete nach einer dritten Tasche. Daraus holte er eine kleine Taschenlampe und knipste sie an.

Er lag in einem Müllhaufen. Ameisen liefen hin und her über vergammelte Fischreste. Kleine schwarze Würmer ringelten sich aus den Augenhöhlen eines Fischkopfs. Übelkeit stieg in ihm hoch, die er jedoch zurückdrängte. Es gab keine Alternative.

Er richtete den starken Lichtstrahl an die Decke des Containers. Dort waren tatsächlich die Öffnungen von vier im Durchmesser etwa einen halben Meter dicken Rohren. Er machte zunächst die Öffnung aus, durch die er gekommen war. Sie lag hinter ihm. Er stand langsam auf. Wenn er den Kopf einzog und den Rücken sehr krumm machte, konnte er stehen. Er ging an der ersten von drei Rohrmündungen in der anderen Hälfte des Containers vorbei. Bei der zweiten blieb er stehen und steckte den Kopf in die Öffnung. Er führte die Taschenlampe ins Rohr und leuchtete nach oben.

Das Rohr ging in einen Schacht über, der zunächst schräg zur Seite verlief, mit einer Neigung von vielleicht sechzig Grad. In ungefähr acht Meter Entfernung ging es steil nach oben. Dort begann also eine sieben Meter lange Kletterpassage.

Er hoffte, daß um vier Uhr in der Nacht niemand Müll aus der kleinen Pantry in den Schacht warf.

Dagegen konnte ihn natürlich jemand hören.

Das Rohr war aus Metall, wahrscheinlich irgendeine Aluminiumlegierung. Unvorsichtige Bewegungen würden aller Wahrscheinlichkeit nach ein ziemlich gutes Echo geben, auch wenn das Rohr direkt an den dicken Steinwänden entlanglief und gedämpft war.

Er merkte, wie er stank.

Sie würden ihn auf der Stelle riechen können.

Marconi: »Nimm eine komplette zweite Garnitur Sachen mit. Zieh eine Hose mit vielen geräumigen Taschen an. Rein theoretisch also.«

Am schwersten war es, hochzukommen. Er steckte etwas mehr als bis zu den Achseln in der Röhre. Er mußte also so hoch wie möglich springen, sich festklemmen, sich mit den verstärkten Ellenbogen gegen die Wand der Röhre stemmen und aufwärtsrobben, bis die Füße ihren Part übernehmen konnten. Die Schräge machte es ein bißchen einfacher.

Er sprang und klemmte sich fest. Er stemmte sich mit den Ellenbogen gegen die Röhrenwand und robbte aufwärts, bis die Füße mitmachen konnten. Es ging. Jetzt saß er fest in dem schrägen Schacht. Er leuchtete über sich. Die acht Meter kamen ihm wie achthundert vor. Jetzt mußte er mit seinen Kräften haushalten.

Dies hier war ja erst das Vorspiel.

Es dauerte. Langsam, Stück für Stück, arbeitete er sich nach oben. Er spürte, daß er mehr Kraft verbrauchte, als er sollte.

Für die acht Meter brauchte er fast eine Viertelstunde. In dem Knick des Schachts, da, wo die Schräge in die Senkrechte überging, blieb er sitzen und schöpfte Atem. Er öffnete eine weitere Hosentasche und entnahm ihr eine Flasche mit einem Energietrunk. Er goß ihn hinunter, steckte die Flasche wieder in die Tasche und wartete, bis sein Atem sich beruhigt hatte. Die Wirkstoffe des Energietrunks erreichten das Blut. Seine Kräfte erneuerten sich.

Er leuchtete in den senkrechten Schacht hinauf. Eine sehr große Zahl von Metern über ihm, siebenhundert vielleicht, dachte er, machte der Schacht wieder einen Knick und verlief schräg nach oben.

Der Endspurt eines Marathonlaufs.

Dann begann er, sich hochzuarbeiten. Es war mühselig, aber er fand bald einen Rhythmus, den er ausnutzen konnte. Er leistete Schwerstarbeit, doch trotz der Anstrengung gab er kaum Geräusche von sich. Trotz seiner schnellen Atemzüge empfand er eine gewisse Genugtuung darüber, daß er keinen Laut von sich gab.

Da kam die Mülltüte.

Er hörte, wie die Klappe für den Mülleinwurf geöffnet wurde, war also vorbereitet. Er hielt den Atem an und drückte sich mit aller Kraft an die Schachtwand. Während er wartete, kam das Geräusch näher und näher. Er spannte bis zum äußersten die Nackenmuskeln an. Dann klatschte die Mülltüte auf seinen Kopf.

Er spürte den Gestank.

Abfall von Schalentieren.

In dieser unglücklichen Lage schaffte er es, zu denken. Er wollte die Tüte nicht am Kopf vorbeilassen, für den Fall, daß sie irgendwo zwischen seinem Gesicht und der Schachtwand oder seiner Brust und der Schachtwand steckenblieb. Es war besser, sie auf dem Kopf bis zum Knick in der Röhre zu transportieren und dort zu versuchen, sich an ihr vorbeizuwinden. In einem Knick entsteht automatisch mehr Platz.

Also kletterte er die letzten drei Meter mit einer Mülltüte auf dem Kopf aufwärts, wie eine aus der Art geschlagene afrikanische Wasserträgerin.

Im Knick gelang es ihm tatsächlich, sich an der Mülltüte vorbeizuwinden. Er saß im Knick, die Füße gegen die senkrechte Schachtwand gepreßt, und hielt die Tüte über den Abgrund.

Konnte er es wagen, sie fallen zu lassen? Wenn es zu hören war, konnte die Verzögerung um mehrere Minuten natürlich Aufmerksamkeit erregen. Anderseits befand er sich ziemlich tief unten im Mauerwerk.

Er ließ sie fallen. Sie machte auf ihrem Weg zum Container nicht viel Aufhebens von sich.

Dann leuchtete er nach oben. Wieder eine Schräge, diesmal so um die siebzig Grad. Vielleicht sechs Meter über sich erkannte er die Innenseite der Mülleinwurfklappe. Vor nur ein paar Minuten war diese Klappe geöffnet worden. Würde sie ein weiteres Mal geöffnet, so würde er mit großer Wahrscheinlichkeit entdeckt, würde erschossen werden und wie jeder andere Müll in den Container fallen.

Vielleicht hatte man inzwischen eine weitere Mülltüte gefüllt.

Anderseits gab es keine richtige Umkehrmöglichkeit.

Er drückte sich aufwärts, Zentimeter um Zentimeter. Die Ellenbogen des dicken Pullovers begannen durchzuscheuern. Er spürte, wie die rauhe Oberfläche der Schachtwand sich gierig in immer mehr nackte Haut preßte.

Er war jetzt so weit oben, daß er die Luke betrachten konnte, ohne Genickstarre zu bekommen. Er öffnete den Klettverschluß der Tasche mit der Pistole. Wie schnell er sie wohl würde ziehen können, fragte er sich. Ohne den Halt zu verlieren und hilflos in den Schacht hinabzustürzen.

Zentimeter um Zentimeter, Millimeter um Millimeter, näher, näher, näher. Die Haut an seinen Ellenbogen war aufgerissen. Er fühlte, wie das Blut herausgepreßt wurde. Und dennoch machte er weiter, Zentimeter um Zentimeter, Millimeter um Millimeter, bis er an der Klappe angekommen war.

Er legte vorsichtig die Fingerspitzen an die Metalloberfläche, zog einen Schraubenschlüssel aus einer weiteren Tasche und setzte ihn mit so viel Feinmotorik, wie er überhaupt aufzubieten vermochte, im Innern des Handgriffmechanismus fest. Seine Hände zitterten kräftig. Für einige Sekunden schepperte es schwach zwischen dem Schraubenschlüssel und dem Handgriff. Dann saß er, wie er sitzen sollte.

Er holte tief Luft und hielt den Schlüssel ganz, ganz still.

Dann drehte er ihn langsam gegen den Uhrzeigersinn.

Während er drehte, dachte er an Konsequenzen. Vor einer Viertelstunde war jemand in der Pantry gewesen und hatte Müll in den Schacht geworfen. Was sagte ihm, daß dieser Jemand nicht noch im Raum war? Es war zwar kein Laut von dort zu hören, aber es reichte ja, wenn di Spinelli im Liebesnest war, also im Raum nebenan. Es war nicht sein gewöhnliches Schlafzimmer, aber er hatte dort häufig eine Prostituierte über Nacht. Vielleicht hatten sie Hummer gegessen und Champagner getrunken. Er war dankbar dafür, daß er nicht die Champagnerflasche auf den Kopf bekommen hatte.

Die Sorge wäre nicht nötig gewesen.

Er öffnete die Luke einen winzigen Spalt weit. Er sah die Umrisse eines Herds mit Kochplatten. Sonst nichts.

Plötzlich wurde die Luke aufgerissen, und er hatte den Lauf eines großkalibrigen Schießeisens im Mund stecken. Das Licht in der Pantry wurde eingeschaltet und stach in seine ans Dunkel gewöhnten Augen. Er wurde unsanft aus dem Schacht hochgerissen und auf den Boden geworfen.

»Neues Parfüm?« fragte Marco di Spinelli.

Dann erhielt Söderstedt einen Tritt in den Bauch, wurde an den Haaren hochgezogen und auf einen Stuhl gestoßen. Die drei Gorillas standen in einem Ring um ihn herum. Einer von ihnen stieß ihm wieder sein großkalibriges Schießeisen in den Mund. Er dachte: Damals, in dem Restaurant am Piazzale Michelangelo in Florenz, ganz genau da, als das Handy klingelte, da war alles möglich. Damals, genau da, als der Wein eingeschenkt war und er am Tisch saß und die Frühlingswinde genoß und Florenz wie ein von Menschen geschaffenes Paradies vor ihm lag, genau damals wäre es möglich gewesen, den Anruf auf dem Handy nicht anzunehmen.

Dann wäre dein Paradies intakt geblieben.

Ein bißchen langweilig vielleicht, aber paradiesisch langweilig.

Die Pistole wurde aus dem Mund gezogen.

An der Wand hinter den Gorillas stand Marco di Spinelli mit geradem Rücken. Zweiundneunzig Jahre alt und überzeugt von der Überlegenheit seiner Gene. »War das nicht spaßig mit der Mülltüte?« sagte er und fuhr mit gerümpfter Nase fort: »Sie riechen wahrlich nicht gut, Signor Sadestatt.«

Einer der Gorillas konfiszierte Söderstedts kleine Pistole und reichte sie di Spinelli hinüber, der sie interessiert betrachtete.

»Eine von denen, wie die Polizei sie gern benutzt, wenn sie nicht für die Polizei gehalten werden möchte. Aus irgendeinem Grund nehmen sie immer die gleiche.«

Er reichte dem Gorilla die Pistole zurück und sagte nonchalant: »Ich nehme an, sie lag in dem Umschlag.«

Arto Söderstedt schloß die Augen und verstand. Er fühlte, wie ihm das Blut aus dem Mund lief, und fragte sich, wie viele Zähne wohl ausgeschlagen waren.

Und mit einer Klarheit, die ihm das Blut in den Adern gefrieren ließ, erkannte er, daß er niemals seinen kleinen Nachzügler zu Gesicht bekommen würde.

»Aber das begreifen Sie wohl«, sagte di Spinelli, »daß wir diesen ekelhaft unbestechlichen Marconi jahrelang gefilmt haben. Wir sind Ihnen nach Odessa und nach Leipzig gefolgt, und von da nach Weimar und zurück nach Mailand. Es hätte Ihnen ja etwas zustoßen können.«

»Hans von Heilberg«, zischte Söderstedt.

»Jaja«, sagte di Spinelli gelangweilt. »Aber Marconi hatte vollkommen recht damit, daß Sie mich bei Ihrem ersten Besuch tatsächlich überrascht haben. Ich hatte ja den Film aus Marconis Büro gesehen, aber Sie saßen mit dem Rükken zur Kamera, also sah ich Ihr Gesicht nicht. Das überraschte mich. Außerdem machten Sie einen ungewöhnlich mediokren Eindruck. Dann wurde mir ja klar, daß das eine Maske war. Sie waren nicht ungewöhnlich medioker, nur medioker. Und das ist in gewisser Weise noch trister.«

»Und die Erinnyen?« fauchte Söderstedt.

»Osteuropäische Konkurrenz«, sagte di Spinelli achselzuckend. »Davon gibt es inzwischen reichlich. Aber damit werden wir schon fertig. Bald erwischen wir sie. Sie verlieren in der Regel die Geduld. Doch wir haben ein weiteres Fragezeichen geradezubiegen, Signor Sadestatt.«

»Wie es kommt, daß ich dem SS-Arzt Pertti Lindrot im Schmerzzentrum in Weimar so ähnlich bin?«

»Ja, wieso?«

»Sie brauchen sich keine Sorgen zu machen«, sagte Söderstedt. »Beide sind tot. Pertti Lindrot hat den Rest seines Lebens dazu benutzt, sich totzusaufen. Anton Eriksson war später jüdischer Professor, wurde mit dem Kopf nach unten aufgehängt und bekam eine Metallnadel ins Gehirn.«

»Sieh einmal an«, sagte di Spinelli. »Aber Sie haben nicht auf meine Frage geantwortet.«

»Das gedenke ich auch nicht zu tun«, sagte Söderstedt einfach.

Und plötzlich fühlte er eine Art gleitender Gegenwart im Palast. Und er lächelte breit ob di Spinellis Kaspereien am Rand des Ruins.

»Für den Fall ist es an der Zeit, ein paar alte Erinnerungen wachzurufen«, sagte Hans von Heilberg und griff nach einer kleinen Schachtel von dem Typ, in dem man wertvolle Halsbänder aufbewahrt. »Ein Kleinod für Sammler«, sagte er und holte eine lange, schmale, steife Metallnadel aus der Schachtel. Er bog sie ein wenig, wie ein Fechtmeister vor dem Gefecht seinen Degen biegt.

Dann starben seine drei Gorillas.

Die Nadel federte zurück, und Marco di Spinelli schaute verwundert auf seine drei durchschossenen Fleischberge.

Ein Huschen bei der Türöffnung zum Liebesnest. Wie Luftspiegelungen. Es war vollkommen leer dort draußen. Außer einer vagen Bewegung war nichts zu merken gewesen.

»Ihr bewegt euch schnell, Magda«, sagte Arto Söderstedt in die Leere hinaus.

Es blieb leer und still. Marco di Spinelli starrte in das stumme Dunkel des Raums, in dem er jahrzehntelang Prostituierte empfangen hatte. Möglicherweise war da zumindest eine Spur von Erschrecken in seinen stahlgrauen Augen. Er griff die großkalibrige Pistole eines der Gorillas und schlich hinüber in sein Liebesnest. Er verschwand um die Ecke.

Söderstedt hörte ihn.

Er hörte ihn sterben.

Marco di Spinelli schrie nicht, das wäre unter seiner Würde gewesen, doch er gab ein Röcheln von sich, und das Röcheln ließ vernehmen, daß er schon zu lange gelebt habe.

Viel zu lange.

Er hing mit dem Kopf nach unten am Kristalleuchter in seinem wunderschönen Büro. Er hing dort als ein bedeutend moderneres Kunstwerk neben den Meisterwerken von Leonardo und Piero della Francesca und den großen Wandteppichen aus dem sechzehnten Jahrhundert. Ein sehr schwaches Mondlicht schien durch das Fenster herein, an dem der Marquis Perduto gesessen und seine berühmten Sonette an die kleine Amelia komponiert hatte, der er im Alter von acht Jahren begegnet war und die er nie zu vergessen vermochte.

Arto Söderstedt stand neben di Spinelli. Die Pistole hing an seiner Hand, wie Marco di Spinelli an seinem vollendeten Kronleuchter hing. Baumelnd. Es gab nichts, worauf er die Pistole hätte richten können. Der Raum war leer. An anderen Stellen des Gebäudes saßen Wachmannschaften und spielten Karten. Sie wußten noch nicht, daß sie arbeitslos waren.

Er trat näher und betrachtete Hans von Heilbergs Gesicht. Wie dieser selbst Hunderte von Opfern betrachtet hatte, deren Zahngold sein Bankgeschäft begründet hatte, das wiederum sein Imperium des Verbrechens begründet hatte.

Alles ging Hand in Hand.

Hans von Heilbergs Polokragen war abgeschnitten. Ein lilafarbenes, rhombenförmiges Muttermal leuchtete auf der weißen Haut.

Aus seiner Schläfe ragte eine lange, scharfe, steife Nadel, und das Stahlgraue in seinen Augen war geborsten vor Schmerz.

Die Zeit begann, sich langsam wieder zurechtzudrehen.

»Magda, bist du da?« sagte Söderstedt und betrachtete das ausgelaufene Grau im Weißen von di Spinellis Augen.

Ein weiches Gleiten in seinem Rücken bekräftigte, daß sie da war.

Sie waren alle da.

Doch als er sich umwandte, war niemand zu sehen.

Er lächelte.

Dann sagte er, geradewegs in den Raum hinein, ins Unbegreifliche hinein: »Danke.«

38

Es war Hochsommer in Stockholm.

Die Sonne stand niedrig, und der Himmel war blau auf eine ungewöhnlich dunkle Weise. Dennoch war es keineswegs so, als hätte ein Bühnenbildner in der Oper versucht, Natur zu imitieren.

Es war vielleicht nicht richtig Natur, aber auf jeden Fall war es naturähnlicher als vorher.

Als einige Wochen vorher.

Und Natur ist die schreckliche, grausame Wahrheit.

Als Paul Hjelm das vorige Mal im Bofinksväg in Tyresö gewesen war, hatte er ein langes, eingehendes und offenes Gespräch mit Leonard Sheinkmans Sohn geführt. Obwohl Leonard Sheinkmans einziger Sohn gerade hier vor zwanzig Jahren gestorben war. Der Mann, mit dem Hjelm gesprochen hatte, war nicht der Sohn Leonard Sheinkmans. Es war der Sohn des Massenmörders und Nazis Anton Eriksson. Er war ein jüdischer Mann mit Namen Harald Sheinkman und sollte jetzt über den wahren Sachverhalt aufgeklärt werden.

Daß sein Vater nicht Jude gewesen war, sondern Nazi.

Daß sein Vater nicht Opfer gewesen war, sondern Henker.

Daß sein Vater nicht sein eigenes Tagebuch geschrieben, sondern es gestohlen hatte, um es für Hintergrundstudien und zur Autosuggestion zu benutzen.

Daß sein Vater damit experimentiert hatte, wie der denkbar größte Schmerz herbeigeführt werden konnte, indem er in einem alptraumartigen Keller in Weimar eine Versuchsperson nach der anderen umbrachte.

Daß sein Vater Frauen und Kinder ermordet hatte.

Wie weit erstreckten sich die Möglichkeiten der Versöhnung?

Schmerzzentrum.

Die Klänge von Miles Davis' *Kind of Blue* rollten durch den alten Audi. Und genau so fühlte sich Paul Hjelm.

Kind of Blue.

Er sagte: »Was machst du gerade durch?«

Kerstin Holm wandte sich ihm zu und betrachtete ihn.

Ihre eigene Krise war in den Hintergrund getreten. Ihre Gedanken waren von den Erinnyen erfüllt. Es war für nichts anderes Platz.

Sie schufen Gerechtigkeit, ihre eigene Form von Gerechtigkeit. Diese Gerechtigkeit bestand in Rache, nicht mehr und nicht weniger. Sie rächten ungerächtes Unrecht.

Doch was unterschied sie dann von einer staatlich sanktionierten Todesstrafe?

Sie wußte es nicht. Manchmal kamen sie ihr faschistoid vor. Manchmal als rechtmäßige Rächerinnen. Manchmal als die einzigen wirklichen Freiheitskämpfer. Dann wieder als reine Terroristen. Manchmal als abgedrängte, aber lebensnotwendige mystische Kräfte.

Nur eins war klar: Die Erinnyen würden nie Eumeniden werden. Sie würden sich von der gegenwärtigen Leichtgewichtsgesellschaft niemals neutralisieren lassen.

So sah das westliche Leben aus – leichtgewichtig, leichtlebig, leicht verdaulich, leicht gefickt. Die unerträgliche Leichtigkeit des Seins. Eine amerikanische Existenz light. Mit chemischen Süßmitteln, die unendlich viel schneller töten als richtiger Zucker.

Und so sah ihre Krise aus. Ihre – Metamorphose. Auch wenn das Wort ihr ein bißchen hochgestochen vorkam. Anmaßend – und wenn man eines nicht sein durfte, dann anmaßend. Da verlief die Grenze. In jeder Hinsicht.

Was sie suchte, war die Freizone, wo die Urkräfte ungehindert aufsteigen und sich entfalten konnten. Zu dieser Blase, die wir immer gern zum Platzen bringen, bevor sie zu groß wird. Dieser Blase, deren virtuelle Gegenwart sie jedesmal fühlte, wenn sie mit dem Chor in der Kirche stand und die Töne zu den hohen Gewölben aufsteigen und sich von ihnen wie in einer warmen, warmen Umarmung umfangen ließ. Religiös? Jaein. Aber ohne Gefühl für das Heilige stirbt auch das Gefühl für das Unheilige. Und das müssen wir uns erhalten. Sonst sterben wir.

Ungefähr so war es. Aber wie sagt man das am besten?

Vielleicht so: »Es ist nicht ganz einfach zu erklären. Aber es ist nichts Schlimmes. Ich grüble und pussele so ein bißchen vor mich hin.«

Paul Hjelm lachte unbeschwert. »The story of my life«, sagte er.

Sie schwiegen eine Weile. Der Abstand zwischen ihnen war nicht besonders groß. Es gab keine wasserdichten Schotten zwischen ihnen. Es schwappte über. Nein, man konnte sich nicht restlos verstehen. Aber konnte man sich selbst restlos verstehen?

So what? Wie es aus den Lautsprechern tönte.

Die Bilder auf ihrer Netzhaut waren auf jeden Fall die gleichen. Hultins Flipchart. Zuerst fünf Namen: unten die beiden, die zusammen mit Magda im August 1997 vor Ghiottone aus Odessa geflohen waren. Oben drei Namen in roten Großbuchstaben: Magda Kouzmin, Magda Sheinkman, Elena Basedow. Drei Namen, ein Mensch. Dazu ein von Arto Söderstedt und Ernst Herschel gemeinsam erstelltes Phantombild. Arto hatte vertraulich mitgeteilt, er vermute, daß Herschel bessere Voraussetzungen habe, ihre Vagina zu beschreiben als ihr Gesicht, aber es war auf jeden Fall ein Bild geworden. Von einem Gesicht und nichts anderem. Das Bild war auch Adib Tamir gezeigt worden, und er hatte genickt. Ja. So sah sie aus, die Braut, die Hamid zerstückelt hatte.

Arto Söderstedt war also okay. Allerdings war er vier Zähne losgeworden, trug noch immer eine sonderbare Zahnspange und konnte seinen Vin Santo nur durch ein Saugröhrchen schlürfen. Er sprach auch etwas wunderlich. Davon abgesehen aber klang er froher denn je.

Es war fraglich, ob er je wieder nach Hause kommen würde.

Neben dem Phantombild von Magda hingen jetzt vier weitere Fotos, das heißt, drei Phantombilder und ein richtiges Foto. Immer noch war erst eine der Erinnyen auf die fotografische Platte gebannt, und zwar die mit dem Handy im Bus in Gdynia, zwei waren Phantombilder, die Jadwiga von der M/S Stena Europe produziert hatte, und das dritte war von einem Verkäufer eines Großmarkts in Bromma zusammengestückelt worden, zu dem Jorge mit großer Finesse das rot-lila gestreifte Seil zurückverfolgt hatte. Der Verkäufer erinnerte sich an eine schwarzgekleidete Frau, die er als Osteuropäerin ausgemacht und außerdem angemacht hatte. Sie bezahlte mit einhundertzwanzig Kronen und einem Tritt in den Schritt. Deshalb erinnerte er sich so deutlich an sie, und sie war keine von den bekannten vier. Also mußte es eine von denen sein, die an den Aufhängaktionen in Skansen und auf dem Südfriedhof beteiligt waren. Und auch im Palazzo Riguardo, war anzunehmen.

Der Tritt in den Schritt erschien plötzlich als ausgesprochen sanft, beinah wie eine Zärtlichkeit.

Da hingen sie jedenfalls, fünf markante Frauengesichter mit leicht slawischem Einschlag.

Alle außer Magda Kouzmin nicht identifiziert.

Europa jagte sie jetzt, und das war ihr Fehler.

Der Fehler der A-Gruppe.

Weder Paul noch Kerstin waren sich richtig sicher, ob sie das gut fanden.

Es war ein Fall, in dem viele Schuldige identifiziert worden waren und kein einziger festgenommen worden war. Dagegen war die Zeit ein wenig zurechtgerückt worden, war wieder im Takt mit sich selbst. Und Jan-Olov sah kerngesund aus. Kein Schlaganfall in Sicht. Kein schwarzes Loch im Kontinuum der Raumzeit. Möglicherweise ein neu gewecktes Gefühl von Clairvoyance, doch damit konnte man leben. Sogar Hultin.

Es war eine Antwort von der lahmen Telefongesellschaft in der Ukraine eingetroffen. Das Handy vom Odenplan hatte mehrfach zwei verschiedene Nummern in Mailand angewählt. Teils den Palazzo Riguardo, vermutlich Drohanrufe, teils ein in der Nähe gelegenes Hotelzimmer, und es war nicht ganz unvorstellbar, daß dort einige der Erinnyen gesessen und den Palast ausgekundschaftet hatten. Außerdem eine große Anzahl von Gesprächen von und nach Slagsta. Und sonst nichts weiter, was von Interesse war.

»Also, gehen wir rein?« sagte Paul Hjelm. »Gehen wir rein und zerstören Harald Sheinkmans Leben gerade in dem Moment, wo er wieder auf die Füße gekommen ist?«

Das war ihr Auftrag.

Sie betrachteten das feine Haus am Bofinksväg in Tyresö. Sie sahen es vor sich, wie ein Mann ohne Nase fast beschwingt über das schöne Grundstück hüpfte, mit der Hand an den Rosensträuchern entlangglitt und durch die Löcher, die er statt der Nase hatte, die Gartendüfte einsaugte und die feine Tür erreichte und dachte: ›Daß es Papa so gut ergangen ist und mir so schlecht. Aber jetzt, jetzt werden die Wunden meines Lebens heilen. Sobald ich mit Papa wiedervereint bin, den ich liebte, als wir in Berlin wohnten, und der mich jeden Abend in dem gräßlichen Buchenwald tröstete. Dann werde ich nach Odessa zurückkehren und Magda aus diesem schrecklichen Kinderheim herausholen, wo alle zu Drogensüchtigen und Huren werden, und wir werden hierher ziehen, in das feine Schweden, und endlich eine richtige Familie werden.«

Ein paar Minuten später war er tot.

Sollte Anton Eriksson tatsächlich auch das Leben seiner eigenen Kinder zerstören dürfen? Postum?

»Wir scheißen drauf«, sagte Kerstin Holm und legte den Sicherheitsgurt wieder an.

»Und die Wahrheit?« sagte Paul Hjelm und schnallte sich an.

»Es muß eine Grenze geben«, sagte Kerstin Holm.

Paul Hjelm lachte, drehte den Zündschlüssel um und fuhr wieder auf den Bofinksväg in Tyresö.

Anton Eriksson durfte der Mann bleiben, der er sein halbes Leben lang zu sein geglaubt hatte. Professor Leonard Sheinkman.

Der Nobelpreiskandidat.

Es war zu hoffen, daß er sich irgendwie mit seinem gefälschten Leben versöhnt hatte, bevor er starb.

Paul Hjelm gab Gas und drehte die Musik lauter.

So fühlten sie sich. Genau so.

Kind of Blue.

39

Dann geschah das, wovon er nur geträumt hatte.

Sie kam zu Besuch. ›Ein Sonnenstrahl‹, wie Anja am Abend sagte.

Sie tauchte einfach auf. Arto saß auf der Veranda und schlürfte Vin Santo durch den Trinkhalm und ließ es sich einfach nur wohl sein, und Anja ging an die Tür und machte auf.

Sie kam auf die Veranda und sagte: »Deine Kollegin von der italienischen Polizei.«

»Kollegin?« dachte er.

Dann wandte er sich um, und da stand sie.

Sie sah genauso aus wie in Weimar. Sie wirkte ein wenig ängstlich und hielt krampfhaft eine kleine Handtasche fest. »Herr Söderstadt«, sagte sie vorsichtig.

Sie war es wirklich.

Es war Magda Kouzmin.

Es war Magda Sheinkman.

Es war Elena Basedow.

Er konnte nicht umhin, ein ganz kleines bißchen zu lachen.

Sie sah nicht so schrecklich mörderisch aus. Erinnye bei Tage.

Er bot ihr einen Stuhl an. Sie dankte und setzte sich. Er wußte nicht, wie er anfangen sollte. Sie offensichtlich auch nicht. Eine Weile saßen sie schweigend da und betrachteten die Kinder, die herumliefen und wie Schachfiguren im Grünen aussahen. Fünf Weiße und inzwischen vier Schwarze. Die Schar der Spielkameraden wuchs langsam, aber sicher.

»Ich beneide Sie«, sagte sie. »Sie leben. Ich tue etwas anderes.«

»Der Onkel meiner Mutter hat Ihren Großvater ermordet«, sagte Arto Söderstedt.

Es gibt verschiedene Eröffnungssätze.

Sie wandte sich ihm zu und lächelte. »Ich dachte mir, daß er ein Verwandter sein mußte.«

»Er ist vor kurzem gestorben. Ich habe ihn beerbt. Was Sie hier um sich herum sehen, ist ein falsches Paradies. Es ist Ihr Geld. Und das vieler anderer. Ich weiß noch immer nicht, ob ich der Welt erzählen soll, daß der Kriegsheld Pertti Lindrot ein Schwein war. Ich weiß nicht – soll ich deshalb das Glück meiner Kinder aufs Spiel setzen?«

»Ich weiß es auch nicht«, sagte sie. »Pertti Lindrot?«

»Ja. Aus Finnland.«

»Der dritte Mann«, nickte sie. »Er ließ sich nicht identifizieren. Es war unmöglich. Schließlich erfuhr ich, daß es auf jeden Fall ein Foto von ihm gab, und zwar bei Herschel in Weimar. Ich bin hingefahren und habe mit ihm geschlafen und das Foto kopiert. Kurz danach holte ich am Bahnhof den Mann ab, den ich eine Stunde zuvor auf einem sechzig Jahre alten Foto gesehen habe. Es war ein bißchen eigenartig.«

»Ich verstehe«, sagte Söderstedt. »Er hat sich totgesoffen, langsam, aber sicher. Das ist das Versöhnliche in seiner Existenz.«

»Vielleicht«, sagte Magda Kouzmin zögernd. »Ich habe übrigens auch darauf geachtet, daß das Muttermal am Hals bestätigt wurde.«

»Wie sind Sie in den Palazzo Riguardo gekommen?«

»Auf dem gleichen Weg wie Sie, eine nach der anderen, ganz in Ruhe. Ein paar Stunden vorher. Sie waren überhaupt nicht wachsam. Auf Sie haben sie gewartet, nicht auf uns. Sie folgten Ihnen. Sie haben Sie die ganze Zeit beobachtet.«

»Woher wissen Sie das?«

»Wir haben *sie* beobachtet.«

»Sie sind mir also gefolgt, und Sie sind ihnen gefolgt?«

»Ja. Was ich wissen möchte, ist: Wie haben Sie mich identifiziert?«

Er betrachtete sie. War sie trotz allem sozusagen beruflich hergekommen? Das war kein gutes Gefühl.

Sie sah sofort, daß es kein gutes Gefühl war.

»Verzeihung«, sagte sie. »Ich wollte nicht schnüffeln. Eigentlich wollte ich nur nach Großvaters Tagebuchblättern fragen.«

»Die sollten wohl Ihnen gehören«, sagte Söderstedt. »Aber ich habe nur Kopien. Die können Sie bekommen.«

»Danke.«

Dann erzählte er. Wider besseres Wissen. »Ich habe Sie über Ihren Vater gefunden«, sagte er. »Da habe ich verstanden, was Sie durchgemacht hatten.«

»Mein Schicksal ist kaum einzigartig«, sagte sie. »Es ist – europäisch.«

Er gab ein etwas bitteres Kichern von sich und sagte: »Jetzt bin ich an der Reihe, technisch zu werden. Wie kamen Sie auf die Methode? Warum schlossen Sie sich an das Forscherteam in Weimar an?«

»Ghiottone übernahm das Bordell in Odessa. Es war in der Zeit, als Marco di Spinelli seinen Palast noch verließ. Er besuchte uns. Er ›testete die Mädchen‹, wie er sich ausdrückte. Mich mochte er so gut leiden, daß er im Eifer des Gefechts mit richtig widerwärtigen Kriegsverbrechen prahlte. Das machte ihn so richtig geil. Und er sagte Weimar. In dem Augenblick beschloß ich, ihm seine eigene Medizin zu verabreichen. Damit fing alles an. Daß ich mir di Spinelli vornahm. Das war der Ausgangspunkt. Und die Methode, die er beschrieb, hörte sich gut an. Dann wurden wir die ganze Zeit von seinem Kotzbrocken von Handlanger Artemij Tolkatjenko mißhandelt. Und als wir uns schließlich durchgerungen hatten, war es einfach logisch, bei ihm anzufangen. Wo er sich auch befand. Es zeigte sich, daß er in England war. Manchester. Danach fingen wir an, uns ausschließlich richtig abscheuliche Zuhälter vorzunehmen. Aber wir waren die ganze Zeit zu Marco di Spinelli unterwegs.«

»Dann ist es jetzt vorbei? Die Erinnyen werden Eumeniden?«

»Wir werden sehen«, sagte Magda und lächelte in sich gekehrt. »Als wir aus Odessa abgehauen und von den Drogen runter waren, bin ich also nach Weimar gefahren, um zu sehen, womit er im Krieg zu tun hatte. Es gab da eine Menge Geheimniskrämerei, aber am Ende landete ich mit Hilfe eines falschen Zeugnisses im Schmerzzentrum, wo ich kleine Hilfsjobs übernahm. Mir wurde klar, daß er dort gewesen war. Und ich suchte. Nachts war ich oft allein da. Schließlich fand ich eine von diesen Nadeln und begann zu verstehen, wie es funktionierte. Ich fand auch ein Papier aus einem Archiv. Es war ein verdammter Schock. Der Name Leonard Sheinkman wurde im Zusammenhang mit einem Tagebuch erwähnt. Es stand ausdrücklich da, daß er tot war und daß der sogenannte Schwede das Tagebuch an sich genommen hatte. Ich begriff, daß das mein richtiger Großvater war. Mein Vater hatte erzählt, daß er als Kind Sheinkman geheißen hatte und daß sein Vater aus Buchenwald weggebracht worden war. Ich verbrannte das Papier und prägte mir alles ein. Was ich habe, ist die Erinnerung. Mit der Erinnerung arbeite ich. Später nahm ich mir Papas Hinterlassenschaft vor, nur ein paar lose Blätter. Da fand ich Notizen, die sich auf ein Schiff mit dem Zielhafen Stockholm bezogen. Im Telefonbuch von Stockholm fand ich den Namen Leonard Sheinkman. Den Namen meines Großvaters. Ich begriff, daß er der sogenannte Schwede sein mußte. Der sich als Großvater ausgab. Und er hatte Papa getötet. Nicht nur Großvater, sondern auch Papa. Derselbe Mann hatte sie beide getötet, Papa und Großvater.«

»Sie haben ihn über dem Grabstein Ihres Vaters aufgehängt. Er war auf dem Weg dahin.«

»Wirklich? Das wußte ich nicht«, sagte Magda und sah echt überrascht aus. »Er war ein paar Tage in der U-Bahn herumgereist, als wäre er auf dem Weg irgendwohin. Er hat wohl mit dieser Reise sich selbst und seine Verbrechen eingeholt.«

»Apropos U-Bahn«, sagte Arto Söderstedt. »Sie haben nur richtige Schwerverbrecher ermordet, Mörder und Frauenschänder. Die drei Gorillas im Palazzo Riguardo waren auch schwer kriminell. Und das war Ihnen wohl vorher klar?«

»Ja.«

»Aber die U-Bahn in Stockholm? Odenplan? Das war ein Einwandererjunge, der Handys klaute. Er hieß Hamid al-Jabiri. Hatte er es verdient, in Stücke gerissen zu werden?«

»Nein«, sagte Magda schwer. »Es ist einfach passiert.«

»Adrenalin?«

»Vermutlich.«

»Sehen Sie nicht, daß es außer Kontrolle gerät? Bald wird die Gewalt zum Selbstzweck werden. Bald werden

ein wie Baader-Meinhof oder die
verden zu Feinden. Alle werden es
erden, nur Sie selbst nicht.«
t inne und legte die Hand auf Mag-
eine Worte wirklich gut zu wählen.
gen Leben davon ab.
auf«, sagte er. »Es ist nicht mehr nötig.
lli bekommen. Alle, die in den Tod Ihres
ickelt waren, sind erledigt. Sie haben mir
tet, und ich bitte Sie: Hören Sie hier auf. Es
ne andere Art von Gesellschaft. Sowohl die
ls auch ihre Gegner werden immer undemo-
Das ist das einzige, was geschehen wird. Das
s Sie wirklich ermorden, ist die Demokratie. Sie
hlich. Und sie ist wichtig. Trotz allem. Hören
uf.«
öderstedt kam sich vor wie Athene in der Orestie
chylos:

nz unermüdlich rede ich dir zu,
ß du nie sagst, es sei der alte Gott
vom neuen und den Bürgern meiner Stadt
gastlich, ehrlos aus dem Land gejagt.

Schließlich antwortet die Führerin der Erinnyen: ›Ich glaube, du besänftigst mich, es weicht mein Zorn.‹

Und die Erinnyen werden Eumeniden.

Aber das war Dichtung.

Dies hier war etwas anderes.

»Ich glaube nicht, daß das noch möglich ist«, sagte Magda mit der Andeutung eines Lächelns. »Selbst wenn ich es wollte.«

Er nickte. »Ich habe es auf jeden Fall versucht«, sagte er.

Sie saßen noch eine Weile da. Die Mauer zwischen ihnen hatte sich wieder erhoben.

»Ich hole das Tagebuch«, sagte er und ging.

Magda blieb noch einen Moment auf der Ver hen. Sie ließ den Blick über die paradiesische La schweifen, und niemand, niemand in der ganz konnte wissen, was sie dachte.

Er kam zurück und überreichte ihr die Tagebuc Sie trennten sich wortlos. Er sah ihr nach, als sie den len, steilen, kurvigen Weg nach Greve hinabwanderte

Das Chianti zeigte sich von seiner besten Seite. Di ne spielte auf ihrem Rücken und ließ ihre schwarze dung fast selbstleuchtend erscheinen. Sie verschwan ein Stück leuchtender Schwärze hinter der Hügelkup

Er fand, daß ihr Schatten unbegreiflich lange sic blieb.

Vermutlich würde er nie verschwinden.

Da stand er im Duft von neunzehn Sorten Basilik Ein warmer Wind streichelte ihm leicht die Wange. Weinbauern schritten langsam in ihren Furchen an sonnenüberfluteten Hängen auf und ab. Die Kinder lie in immer wilderem Tanz umher, Schwarz war nicht län von Weiß zu unterscheiden, Weiß nicht länger von Schwa und der Klang ihrer Stimmen stieg in einem Jubelchor den kleinen, selbstleuchtenden Wolkentupfern am blauen Himmel auf.

Alles war wunderbar. Und alles war falsch.

Und er war nicht allein. Er war ein Kontinent.

Anja tauchte wie ein deplazierter Kürbis aus ihrem Basilikumbeet auf. Sie kam herauf und stellte sich neben ihn auf die Veranda und nahm einen kleinen Schluck von seinem Trinkhalm-Vin Santo. »Ist es nicht wunderbar?« sagte sie.

»Ja«, sagte er und streichelte ihren Bauch.

So verharrten sie einen Augenblick.

Schließlich sagte er: »Und wie geht es dem kleinen Rakker?«

Anja lachte schallend und versetzte ihm einen Klatsch mit den Gartenhandschuhen. »Was ist bloß los mit dir?« stieß sie hervor. »Ich *bin* nicht schwanger.«

2,- €

PIPER NORDISKA

Arne Dahl
Ungeschoren

Kriminalroman. Aus dem Schwedischen von Wolfgang Butt.
416 Seiten. Gebunden

Mittsommer, die hellste Nacht des Jahres steht bevor, die magische Zeit der Hoffnung, Sehnsüchte und Mythen. Kaum aber ist die Abschiedsfeier von Jan-Olov Hultin, dem Leiter der Stockholmer Sonderermittlungsgruppe, vorüber, werden binnen kurzem die Leichen von vier Menschen gefunden. Auf unterschiedlichste Weise zu Tode gekommen, verbindet sie doch ein grausiges Detail: Alle Opfer tragen eine winzige Tätowierung in der Kniekehle, die zusammen ein Wort ergeben: P-U-C-K. Wo aber liegt die Motiv des Täters? Und was verbirgt sich hinter dem rätselhaften Hinweis auf Puck, Shakespeares boshaften Geist aus dem »Sommernachtstraum«? Getrieben von einer perfiden Moral aber hat der Täter sein Werk noch nicht vollendet – und scheint zu gerissen für die Stockholmer Sonderermittler.
»Ungeschoren« heißt der neue Fall für das Stockholmer A-Team, der Sonderermittlungsgruppe für Mordfälle von internationaler Tragweite, die nun von der jungen Kommissarin Kerstin Holm geführt wird. Raffiniert und atemberaubend spannend, geradezu spielerisch leicht und teuflisch zugleich geht dieser Kriminalroman an die Grenzen des Genres und gehört unbestritten zu den brillantesten seiner Art.

08/1008/01/L